季寄せ

角川春樹 編

角川春樹事務所

凡例

一、本書は俳句の季語を四季別に集成したものである。季語の配列は、春・夏・秋・冬・新年の順とした。

一、俳句実作者や季語を愛好する人たちに、どういう季語があるか、またその季語にはどのような傍題、異名、別名があるかを示した。また、他の季において関連季語のあるものについては春夏などを付して傍題のあとに示した。全季語について、紙面の許すかぎりの解説を付したが、詳しい解説については小社版『現代俳句歳時記』を併せて参照していただきたい。

一、各季の範囲は以下の基準に従った。

春　立春から立夏の前日まで（陰暦一月・二月・三月　陽暦二月・三月・四月）

夏　立夏から立秋の前日まで（陰暦四月・五月・六月　陽暦五月・六月・七月）

秋　立秋から立冬の前日まで（陰暦七月・八月・九月　陽暦八月・九月・十月）

冬　立冬から立春の前日まで（陰暦十月・十一月・十二月　陽暦十一月・十二月・一

月）

新年　正月に関係する自然・生活・生物は「新年」として独立させた。

一、本書は現在作句されている季語を広く採集し、収録することを主眼とした。祭、行事など広範に知られていて例句のあるものについては極力収録した。

一、各季の季語の配列は、時候・天文・地理・人事・宗教・動物・植物の分類別とした。さらに人事は行事・衣・食・住・農耕狩猟・遊楽・情緒に、宗教は神道・仏教・キリスト教・忌日に、動物は四足動物・鳥・魚介・虫に、植物は花木・果樹・樹木・草花・野菜作物・野草・茸・海藻に細別し、読者の便利になるよう努めた。ただし、新年の動物・植物は立項季語が少ないため、細別は省略した。

一、見出し季語の表記は、原則として歴史的仮名遣いとした。漢字表記の季語には右側に現代仮名遣いによるふりがなを付し、そのふりがなが歴史的仮名遣いによる表記と異なるものについては、下に二行割りで記した。

一、誤読や難読のおそれのあると思われる漢字には適宜、現代仮名遣いによるふりがなを付した。ただし、例句に限り、歴史的仮名遣いとした。

一、年号は日本暦を用い、昭和以外には西暦を（ ）内に示した。

一、各季語には参考のために例句を一句だけ収録した。例句はその季語にもっともふさわしいと思われる句の収録に努めた。

一、忌日については従来の忌日に加え、原裕、上田五千石、細見綾子、石原八束など、平成十二年現在までの忌日を補った。

一、五十音順季語総索引は、見出し季語と傍題・異名などを五十音順に巻末に配列した。見出し季語はゴシック体（太字）で示した。

季寄せ・目次

凡例……一

	春	夏	秋	冬	新年
時候	八	一一三	三一〇	四四二	五六二
天文	一五	一二八	三一七	四五〇	五六六
地理	二一	一四八	三二七	四五九	五六八
人事					
行事	二七	一五三	三三一	四六三	五六九
衣	三四	一六〇	三三九	四七三	五八九
食	三五	一六五	三四〇	四七九	五八九
住	四〇	一七六	三四四	四九一	五九一
農耕狩猟	四三	一八五	三四七	五〇〇	五九六
遊楽	五二	一九六	三五八	五〇九	五九八
情緒	五七	二〇四	三六〇	五一三	六〇三

宗教
神道……五八……二〇七……三六一……五一六……六〇三
仏教……六〇……二一四……三六五……五二一……六〇七
キリスト教……六五……二一六……三六九……五二三……六〇九
忌日……六七……二一七……三七〇……五二四
動物……六〇九
四足動物……七三……二二五……三七九……五三二
鳥……七六……二二七……三八〇……五三五
魚介……八二……二三六……三八五……五三九
虫……八九……二四三……三八九……五四四
植物……六一一
花木……九二……二五三……三九六……五四五
果樹……九八……二五七……三九八……五四八
樹木……九九……二六二……四〇一……五四九
草花……一〇六……二七一……四一三……五五三
野菜作物……一一一……二八一……四一六……五五四
野草……一一六……二九一……四二四……五五六
茸……一二七……三〇七……四三七……五五九
海藻……一二七……三〇八……四三九……五六〇

装幀・伊藤鑛治

春

時候

春《はる》 立春（二月四日ごろ）から立夏（五月六日ごろ）前日まで。陽暦の二月、三月、四月にあたる。万象萌える楽しい季節。**青陽**《せいよう》 **青春**《せいしゅん》 **芳春**《ほうしゅん》 **陽春**《ようしゅん》 **東帝**《とうてい》 **青帝**《せいてい》 **蒼帝**《そうてい》 **三春**《さんしゅん》 **九春**《きゅうしゅん》 **京の春**《きょうのはる》 **春の岬**《はるのみさき》 **春の道**《はるのみち》 〔新〕初春〔春ひとり槍投げて槍に歩み寄る　能村登四郎〕

初春《しょしゅん》 春の初め。新年の初春《はつはる》とは別。**春初**《はるはじめ》 **上春**《じょうしゅん》 **孟春**《もうしゅん》 **春の初め**《はるのはじめ》 〔新〕初春〔枯枝に初春の雨の玉円《まど》か　高浜虚子〕

二月《にがつ》 立春の月。時候でいえば早春。陰暦では仲春にあたる。**二ン月**《にがつ》 **二月早や**《にがつはや》 **二月雪**《にがつゆき》《にぐわつ》 〔春〕如月〔葉牡丹の火むら冷めたる二月かな　松本たかし〕

旧正月《きゅうしょうがつ》 《きうしやうぐわつ》旧暦の正月。だいたい陽暦の一月終わりごろ。**旧正**《きゅうしょう》 〔新〕正月・女正月・小正月・二十日正月〔道ばたに旧正月の人立てる　中村草田男〕

寒明《かんあけ》 寒三十日の終わる日。立春になると寒が明けたといっているがまだ寒さが続く。**寒明ける**《かんあ》 **寒の明け**《かんのあ》 **寒終る**《かんおわ》 **寒過ぎる**《かんす》 〔冬〕寒・大寒・寒の入〔川波の手がひら〱と寒明くる　飯田蛇笏〕

立春《りっしゅん》 二十四節気の一つ、陽暦二月四日ごろ。**春立つ**《はるた》 **春立てり**《はるた》 **春来る**《はるく》 **春になる**《はる》 **春迎ふ**《はるむか》 **立春大吉**《りっしゅんだいきち》〔立春の米こぼれをり葛西橋　石田波郷〕

早《そう》 春《しゆん》《さうしゆん》 寒さがまだ去らない春まだ間もないころ。春への期待感がこめられている。**春早《はるはや》し** **春《はる》さき** 〔早春の山笹にある日の粗らさ　細見綾子〕

春浅《はるあさ》し 春になって日が浅い二月ごろ。**浅《あさ》き春《はる》** **浅春《あさはる》** **浅春《せんしゆん》** **春淡《はるあわ》し** 〔春浅し空また月をそだてそめ　久保田万太郎〕

冴返《さえかえ》る《さえかへる》 立春後、ゆるんだ寒気が戻ってくること。**冱返《いてかえ》る** **しみ返《かえ》る** **寒返《かんかえ》る** **寒戻《かんもど》る** **寒戻《かんもど》り** [春]凍返る [冬]冴ゆる 〔筆選ぶ店先にゐて冴え返る　室生犀星〕

余《よ》 寒《かん》 寒が明けてから、なお残る寒さ。**残《のこ》る寒《さむ》さ** **余《よ》寒《かん》きびし** **余《よ》寒空《かんぞら》** **余《よ》寒雲《かんぐも》** **余《よ》寒風《かんかぜ》** [冬]寒さ・寒 〔鎌倉を驚かしたる余寒あり　高浜虚子〕

春《はる》 寒《さむ》 立春になってからの寒さ。**春寒《しゆんかん》** **春寒《はるさむ》し** **寒《さむ》き春《はる》** **春《はる》の寒《さむ》さ** [冬]寒さ・寒 〔春寒し水田の上の根なし雲　河東碧梧桐〕

料《りよう》 峭《しよう》《れうせう》 春風が寒く感じられること。**春《しゆん》 寒料《かんりよう》 峭《しよう》** 〔料峭や家焼けて門のこりたる　宮下翠舟〕

遅《ち》 春《しゆん》 春の訪れの遅いこと。また、いつまでも春暖とならない場合にも用いる。**春遅《はるおそ》し** **遅《おそ》き春《はる》** **春遅《はるち》々《ち》** **おそ春《はる》** 〔おそはるの雀のあたま焦げにけり　室生犀星〕

春《はる》めく 寒さがゆるみ、万象すべて春らしくなること。**春動《はるうご》く** **春《はる》きざす** 〔春めきてものの果てなる空の色　飯田蛇笏〕

春《はる》ざれ 春になるの意。〔春ざれや母に似し子の憂ひがち　野村浜生〕

魚氷《うおひ》に上《のぼ》る《うをひにのぼる》 七十二候の一つ。陽暦のおよそ二月十日から十九日のころ。水がぬるん

できて、氷の割れ目から魚が躍り出る季節。〔山陰や魚氷に上る風のいろ　原　裕〕

雨《う》水《すい》　二十四節気の一つ。陽暦二月十八、九日ごろ。雪が雨となり、雪や氷が解けて水となる意。〔落ちてゐし種ふくらめる雨水かな　滝沢伊代次〕

獺《かわおそ》魚《うお》を祭《まつ》る《かはおそうをまつる》　七十二候の一つ。陽暦のおよそ二月二十日から二十四日のころ。獺は魚を捕ること巧みで、捕らえた魚の祭りをするという俗説から生まれた。**獺《おそ》の祭《まつり》**　**獺《だつ》祭《さい》魚《ぎよ》**　**獺《だっ》祭《さい》**　〔獺の祭見て来よ瀬田の奥　松尾芭蕉〕

如《き》月《さらぎ》　陰暦二月の異称。陽暦のほぼ三月にあたる。**衣更着《きさらぎ》**　**梅見月《うめみづき》**　**初花月《はつはなづき》**　**雪消月《ゆきげづき》**　〔きさらぎが眉のあたりに来る如し　細見綾子〕

二月尽《にがつじん》《にぐわつじん》　二月の終わりの日。二月の尽きる意。**二月果《にがつは》つ**　**二月尽《にがつつ》く**　**二月終《にがつおわ》る**　**二月逝《にがつゆ》く**　〔ちらちらと空を梅ちり二月尽　原　石鼎〕

仲《ちゅう》春《しゅん》　陰暦二月、陽暦三月のころ。三春の真ん中。**春半《はるなか》ば**　**春《はる》さ中《なか》**　〔仲春や斜めに歩くチンドン屋　渡辺桂子〕

三《さん》月《がつ》《さんぐわつ》　仲春の月。日一日と春らしくなってくる。【春】弥生　〔いきいきと三月生る雲の奥　飯田龍太〕

啓《けい》蟄《ちつ》　二十四節気の一つ。陽暦三月六日ごろ。冬眠から覚めた蛇や蜥蜴、蛙など地中の虫や動物が這い出してくる陽気。〔啓蟄の蚯蚓の紅のすきとほる　山口青邨〕

鷹《たか》化して鳩《はと》となる《たかくわしてはととなる》　七十二候の一つ。陽暦のおよそ三月十六日から二十日のころ。**鷹《たか》鳩《はと》と化《か》す**　**鳩《はと》と化《か》す鷹《たか》**　【春】田鼠《でんそ》化して鶉《うずら》となる　【秋】雀蛤となる　【冬】雉子大水に入りて蛤

となる〔鷹鳩に化して青天濁りけり　松根東洋城〕

竜天に登る《りゅうてんにのぼる》　春の精気に乗じて竜が昇天するという俗信。㊙竜淵に潜む〔竜天に登ると見えて沖暗し　伊藤松宇〕

春分《しゅんぶん》　二十四節気の一つ。陽暦三月二十一日ごろ。昼と夜の時間が等しくなる日。中日《ちゅうにち》　春分《しゅんぶん》の日《ひ》　時正《じしょう》の日《ひ》　㊙秋分〔春分の雨に曝《さら》して魚箱　宮坂静生〕

彼岸《ひがん》　春分の日を中日として、三月十八日から二十四日までの七日間。お彼岸《ひがん》　彼岸中日《ひがんちゅうにち》　万燈日《まんとうび》　彼岸太郎《ひがんたろう》　終《しま》ひ彼岸《ひがん》　彼岸《ひがん》に入《い》る　入《い》り彼岸《ひがん》　彼岸前《ひがんまえ》　彼岸過《ひがんすぎ》　彼岸道《ひがんみち》　彼岸明《ひがんあ》け　お中日《ちゅうにち》　㊡彼岸会　㊙秋彼岸〔浮葉見えてさゞ波ひろき彼岸かな　渡辺水巴〕

春社《しゅんしゃ》　春分に最も近い戊《つちのえ》の日。社日《しゃにち》　社日様《しゃにちさま》　社日詣《しゃにちもうで》　社翁《しゃおう》の雨《あめ》　社燕《しゃえん》　㊙秋社〔竹林に社日の雨の音もなし　古谷実喜夫〕

弥生《やよい》《やよひ》　陰暦三月の異称。花見月《はなみづき》　桜月《さくらづき》　花咲月《はなさきづき》　春惜月《はるおしみづき》　夢見月《ゆめみづき》　弥生月《やよいづき》〔濃《こまや》かに弥生の雲の流れけり　夏目漱石〕

三月尽《さんがつじん》《さんぐわつじん》　陰暦三月の終わり。今は陽暦の三月の終わりにも用いる。弥生尽《やよいじん》　弥生尽《やよいつ》く　三月終《さんがつおわ》る　三月尽《さんがつつ》く　㊙九月尽〔藺たけて紅の菓子あり弥生尽　水原秋櫻子〕

晩春《ばんしゅん》　春の終わり、四月にあたる。季春《きしゅん》〔晩春の瀬々のしろきをあはれとす　山口誓子〕

四月《しがつ》《しぐわつ》　春の終わりの季節。四月来《しがつく》る　四月冷《しがつひ》ゆ　四月寒《しがつさ》む　四月始《しがつはじ》まる　㊛卯月〔山葵田の水音しげき四月かな　渡辺水巴〕

清明《せいめい》　二十四節気の一つ。陽暦四月五日ごろ。清明節《せいめいせつ》　㊡清明祭〔水替へて清明の日の小

鳥籠　星野麥丘人〕

春暁《しゅんぎょう》　《しゅんげう》春の明け方。**春**《はる》**あかつき**　**春**《はる》**の暁**《あかつき》　**春**《はる》**の曙**《あけぼの》　**春夜明**《はるよあけ》　**春**《はる》**の夜明**《よあけ》　**春**《はる》**の朝明**《あさけ》　**春曙**《しゅんしょ》　〔春暁や一《いち》点燈の大伽藍　阿波野青畝〕

春《はる》**の朝**《あさ》　薄闇残る幻想的な朝である。**春朝**《しゅんちょう》　**春**《はる》**あした**　〔襟垢《ゑりあか》にひんやり触れぬ春の朝　斎藤白雲堂〕

春昼《しゅんちゅう》　《しゅんちう》明るく、のどかに、眠たくなるような春の昼間のこと。**春**《はる》**の昼**《ひる》　**春**《はる》**の昼間**《ひるま》　**春真昼**《はるまひる》　〔春昼や魔法の利かぬ魔法壜　安住　敦〕

春《はる》**の夕**《ゆうべ》　《はるのゆふべ》春の日暮れ。**春夕**《はるゆう》**べ**　**春**《はる》**の夕**《ゆう》　**春薄暮**《はるはくぼ》　〔春の夕厨の妻を遠くおもふ　日野草城〕

春《はる》**の暮**《くれ》　春の日の夕暮れ時のこと。㊍春の宵　〔鈴に入る玉こそよけれ春のくれ　三橋敏雄〕

春《はる》**の宵**《よい》　《はるのよひ》春の日が暮れて、まだまもない宵のほど。**春宵**《しゅんしょう》　**宵**《よい》**の春**《はる》　〔春の宵妻のゆあみの音きこゆ　日野草城〕

春《はる》**の夜**《よ》　春の夜は何となく艶である。**春**《はる》**の夜**《よる》　**春夜**《しゅんや》　**夜半**《よわ》**の春**《はる》　〔春の夜や女に飲ます陀羅尼助　川端茅舎〕

暖《あたた》**か**　春の陽気の暖かさをいう。**暖**《あたた》**かし**　**暖雨**《だんう》　**春暖**《しゅんだん》　**ぬくし**　**ぬくとし**　㊄暖冬　〔暖かし若き叔母なる口ひげも　永井東門居〕

麗《うらら》**か**　万象柔らかに明るく美しいさま。**うらら**　**うららけし**　**うららに**　**うららかに**　**麗日**《れいじつ》　**町**《まち》**うらら**　**橋**《はし》**うらら**　**舟**《ふね》**うらら**　**朝**《あさ》**うらら**　**蝶**《ちょう》**うらら**　**波**《なみ》**うらら**　**峡**《かい》**うらら**　**日**《ひ》**うらら**　㊎秋麗

〔冬〕冬麗 〔うららかや猫にものいふ妻のこゑ　日野草城〕

長閑《のどか》 ゆったりとして、のびやかな春の日の気分のこと。**のどけさ　のどけし　のどやか　長閑《のどか》なる　駘蕩《たいとう》** 〔古寺の古文書もなく長閑なり　高浜虚子〕

日《ひ》永《なが》 昼の長くなった春の日をいう。最も日の長いのは夏至前後。**永日《えいじつ》　永《なが》き日《ひ》　日《ひ》の永《なが》さ　日《ひ》永《なが》し　沼日《ぬまひ》永《なが》　橋日《はしひ》永《なが》** 〔春〕遅日　〔冬〕短日・日脚伸ぶ 〔永き日のにはとり柵を越えにけり　芝不器男〕

遅《ち》日《じつ》 日永と同意であるが、日の暮れるのが遅くなった感じを強めている。**遅《おそ》き日《ひ》　暮《くれ》遅《おそ》し　暮《く》れかぬる　夕長《ゆうなが》し　春日《しゅんじつ》遅々《ちち》** 〔春〕日永　〔冬〕日脚伸ぶ・暮早し 〔遅き日や日輪ひそむ竹の奥　西山泊雲〕

花冷《はなび》え 桜の咲くころ、急に冷えこむことをいう。**花《はな》の冷《ひ》え　花冷《はなひ》ゆる** 〔秋〕冷やか 〔花冷の闇にあらはれ篝守《かがりもり》　高野素十〕

木《こ》の芽時《めどき》 樹木の芽吹くころ。三月下旬から四月初旬ころ。**芽《め》立時《だちどき》　芽《め》立前《だちまえ》** 〔春〕木《こ》の芽《め》・木《き》の芽《め》 〔夜の色に暮れゆく海や木の芽時　原　石鼎〕

花《はな》時《どき》 桜の花の咲くころ。**桜時《さくらどき》　花《はな》の頃《ころ》　花過《はなす》ぎ** 〔春〕花 〔硝子器を清潔にしてさくら時　細見綾子〕

蛙《かわず》の目《め》借時《かりどき》 かはづのめかりどき　晩春のころの暖かさに睡気を催すこと。蛙に目を借りられるからだとも、蛙の雌狩り時ともいう。**目《め》借時《かりどき》　めかる蛙《かえる》** 〔煙草吸ふや夜のやはらかき目借時　森　澄雄〕

田鼠《でんそ》化《か》して鶉《うずら》となる《でんそくわしてうずらとなる》　七十二候の一つ。だいたい四月十日から十四日まで。**田鼠鶉《でんそうずら》と化《か》す**　春鷹化して鳩となる　秋雀蛤となる　冬雉子大水に入りて蛤となる　〔二上《ふたかみ》の鶉と化して田の鼠　上西兵八〕

穀《こく》雨《う》　二十四節気の一つ。四月二十日ごろ。このころの雨は百穀をうるおす。〔伊勢の海の魚介豊かにして穀雨　長谷川かな女〕

春深《はるふか》し　春の盛りを過ぎたころのこと。**春《はる》たけなは**　**春闌《はるた》く**　**春更《はるふ》く**　**深《ふか》き春《はる》**　**春深《はるふか》む**　〔春闌けし牧をいだけど雪の嶺　石橋辰之助〕

八十八夜《はちじゆうはちや》《はちじふはちや》　立春から数えて八十八日目、五月二、三日ごろ。〔きらきらと八十八夜の雨墓に　石田波郷〕

春暑《はるあつ》し　晩春に気温が上がって暑さを覚えること。**春《はる》の暑《あつ》さ**　**暑《あつ》き春《はる》**　**春《はる》の汗《あせ》**　夏暑し　秋残暑　〔黒服の春暑き列上野出づ　飯田龍太〕

暮《くれ》の春《はる》　春の季節の末のころ。**暮春《ぼしゆん》**　**末《すえ》の春《はる》**　**春暮《はるく》るる**　春春の暮　〔人入つて門のこりたる暮春かな　芝不器男〕

行《ゆ》く春《はる》　春がまさに終わろうとするころ。**春行《はるゆ》く**　**春《はる》の名残《なごり》**　**春終《はるおわ》る**　**春過《はるす》ぐ**　**春《はる》の果《はて》**　**春尽《はるつ》く**　**春送《はるおく》る**　**春《はる》の別《わか》れ**　**春去《はるさ》る**　**春《はる》の行方《ゆくえ》**　〔ゆく春やおもたき琵琶の抱ごゝろ　与謝蕪村〕

春惜《はるお》しむ《はるをしむ》　過ぎゆく春を惜しむ気持ち。**惜春《せきしゆん》**　**春《はる》を惜《お》しむ**　秋秋惜しむ　〔春惜しむおんすがたこそとこしなへ　水原秋櫻子〕

夏近《なつちか》し　春闌けて、日ざしに夏の近いことが感じられるころ。**夏隣《なつどな》る**　**夏隣《なつどなり》**　**近《ちか》き夏《なつ》**　〔夏近

し雲取山に雲湧けば　轡田　進〕

四月尽《しがつじん》　四月の終わりをいう。**四月終る**《しがつおわる》　**四月尽く**《しがつつく》　〔夜具の下畳つめたき四月尽《しぐわつじん》　橋本多佳子〕

天文

春《はる》**の日**《ひ》　春の太陽と春ののどかな一日をいう場合とがある。**春日**《はるび》　**春日**《しゅんじつ》　**春日和**《はるびより》　**春**《はる》**の陽**《ひ》　**春日**《はるひ》**影**《かげ》　**春**《はる》**の朝日**《あさひ》　**春**《はる》**の夕日**《ゆうひ》　**春**《はる》**の入日**《いりひ》　**春日輪**《はるにちりん》　**春日**《はるひ》**向**《なた》　**春日**《はるひ》**照**《て》**る**　**春日**《はるひ》**さす**　**春**《はる》**の陽**《ひ》**ざし**　〔大いなる春日の翼垂れてあり　鈴木花蓑〕

春《しゅん》**光**《こう》　柔らかく暖かい春の陽光。**春**《はる》**の匂**《におい》　**春望**《しゅんぼう》　**春**《はる》**の光**《ひかり》　[秋]秋光　〔春光《しゅんくわう》やさゞなみのごと茶畑あり　森田　峠〕

春《しゅん》**色**《しょく》　春の景色のこと。**春**《はる》**の色**《いろ》　**春景色**《はるげしき》　**春景**《しゅんけい》　〔暮れかかる雲の端《は》に見し春の色　頴原退蔵〕

春《はる》**の空**《そら》　春は雲のない青空でもほの白くかすんで、やさしさがある。**春空**《はるぞら》　**春天**《しゅんてん》　〔春空に露びっしりとあるごとし　中川宋淵〕

春《はる》**の雲**《くも》　空一面に薄く刷いたように現れることが多い。**春雲**《はるぐも》　**春**《はる》**の綿雲**《わたぐも》　〔鯉浮いて山の春雲一つ咬《く》ふ　森　澄雄〕

春《はる》の月《つき》　ほのぼのとした親しみと艶のある月。**春月《しゆんげつ》**　**春月夜《はるつきよ》**　**春満月《はるまんげつ》**　【春】朧月　〔外《と》にも出よ触るるばかりに春の月　中村汀女〕

春三日月《はるみかづき》　舟の形にみえる、春ならではの三日月。**春《はる》の三日月《みかづき》**　【秋】三日月　【冬】冬三日月　〔貨車長き春の三日月光り出す　石田波郷〕

朧《おぼろ》　春の夜、温暖の気に万物がもうろうとかすんだように見えるさまをいう。**草朧《くさおぼろ》**　**橋朧《はしおぼろ》**　**谷朧《たにおぼろ》**　**灯朧《あかりおぼろ》**　**鐘朧《かねおぼろ》**　**影朧《かげおぼろ》**　**庭朧《にわおぼろ》**　**海朧《うみおぼろ》**　**門朧《もんおぼろ》**　**家朧《いえおぼろ》**　**村朧《むらおぼろ》**　**朧立《おぼろた》つ**　**朧《おぼろ》めく**　**初朧《はつおぼろ》**　〔あけし木戸閉めておぼろにもどしけり　久保田万太郎〕

朧《おぼろ》月《づき》　おぼろにかすんだ春の月。**朧夜《おぼろよ》**　**月朧《つきおぼろ》**　**朧月夜《おぼろづきよ》**　〔大原や蝶の出て舞ふ朧月　内藤丈草〕

春《はる》の星《ほし》　春の星は柔らかく淡くまたたく。**春星《しゆんせい》**　**春北斗《はるほくと》**　**星朧《ほしおぼろ》**　【夏】夏の星　【秋】秋の星・星流る　【冬】冬の星　〔乗鞍《のりくら》のかなた春星かぎりなし　前田普羅〕

春《はる》の闇《やみ》　春の月のない暗い夜をいう。**春闇《はるやみ》**　【夏】五月闇・木下闇　〔ものゝ芽を赤しと思ふ春の闇　三橋鷹女〕

春《はる》風《かぜ》　春の、のどかであたたかい風。**春《はる》の風《かぜ》**　**春風《しゆんぷう》**　〔古稀《こき》といふ春風にをる齢《よはひ》かな　富安風生〕

東《こ》風《ち》　春になって、東あるいは北東から吹いてくる風。春浅く荒れ気味に吹くこともある。**こち風《かぜ》**　**正東風《まごち》**　**東風吹《こちふ》く**　**朝東風《あさごち》**　**夕東風《ゆうごち》**　**東風《こち》の昼《ひる》**　**東風荒《こちあ》れ**　**荒東風《あれごち》**　**強東風《こわごち》**　**鰆東風《さわらごち》**　**雲雀東風《ひばりごち》**　**椿東風《つばきごち》**　**梅東風《うめごち》**　**桜東風《さくらごち》**　**東風《こち》の海《うみ》**　**東風《こち》の波《なみ》**　【夏】土用東風　【秋】盆東風　【新】初

東風〔夕東風や海の船ゐる隅田川　水原秋櫻子〕

貝寄風《かいよせ》 《かひよせ》陰暦二月二十日ごろ、難波の浦に吹く風。風で貝が海辺に吹き寄せられるという。**貝寄《かいよせ》**　**貝寄吹《かいよせふ》く**　**貝寄《かいよ》する風《かぜ》**〔貝寄風に乗りて帰郷の船迅《はや》し　中村草田男〕

涅槃西風《ねはんにし》 陰暦二月十五日涅槃会のころ、七日間ほど吹く西風。**彼岸西風《ひがんにし》**　**涅槃吹《ねはんぶき》**　[春]涅槃〔舟べりに鱗の乾く涅槃西風　桂 信子〕

比良八荒《ひらはっこう》 《ひらはっくわう》陰暦二月二十四日、比良八講が行われるころ吹く、北または西の春寒の風。**八荒《はっこう》**　**比良《ひら》の八荒《はっこう》**　**八講《はっこう》の荒《あ》れ**　**比良《ひら》八講《はっこう》の荒《あ》れ**　[春]比良八講〔比良八荒仏間の奥も湖の音　角川春樹〕

春一番《はるいちばん》 春になって初めて吹く強い南風。**春一《はるいち》**　**春二番《はるにばん》**　**春三番《はるさんばん》**　**春四番《はるよばん》**〔春一番山を過ぎゆく山の音　藤原滋章〕

風光《かぜひか》る 日ざしの明るい春は吹く風が光るような感じがする。**光《ひか》る風《かぜ》**　**風《かぜ》かがやく**　**風眩《かぜまぶ》し**〔地玉子の殻のたしかさ風光る　鈴木真砂女〕

春疾風《はるはやて》 春に吹く強風。**春嵐《はるあらし》**　**春《はる》はやち**　**春颷《はるはやて》**　**春突風《はるとっぷう》**　**春烈風《はるれっぷう》**　**春荒《はるあれ》**　[春]春一番　フェーン〔春嵐屍《かばね》は敢て出でゆくも　石田波郷〕

春北風《はるきた》 春まだ寒くて強い北風。**春《はる》の北風《きたかぜ》**　**春北風《はるならい》**　**黒北風《くろぎた》**　[冬]北風〔あきなひの小物ならべて春北風　長谷川双魚〕

桜《さくら》まじ 桜が咲くころに吹く南風のこと。おもに九州地方の呼称。〔桜まじ舟路おのづと島へ向く　河野南畦〕

油《あぶら》まじ　四月ごろ吹く南風。東海道以西地方の呼称。**油《あぶら》まぜ**　【夏】まじ　〔油南風マスト黄ばみしギリシャ船　大石晃三〕

ようず　近畿以西で使われる、三〜四月の雨もよいのなまぬるい風の呼称。〔淀川をようず渡れる夜の鴨　森　澄雄〕

春塵《しゅんじん》《しゅんぢん》　春先のころ突風が吹き砂や埃の舞い上がること。その砂塵。**春埃《はるぼこり》**　**春《はる》の塵《ちり》**　**春《はる》の埃《ほこり》**　**砂《すな》あらし**　〔春塵の没日《いりひ》音なき卓を拭き　加藤楸邨〕

霾《つちふる》　中国北部のモンゴル地方の砂塵が日本に下降してくること。**霾《ばい》**　**霾天《ばいてん》**　**黄沙《こうさ》**　**黄塵《こうじん》**　**蒙古風《もうこかぜ》**　**つちかぜ**　**つちぐもり**　**霾《よな》ぼこり**　**霾曇《よなぐもり》**　**胡沙《こさ》降《ふ》る**　〔真円《まんまる》き夕日霾なかに落つ　中村汀女〕

春霖《しゅんりん》　絹を引くような春の長雨。**春《はる》の長雨《ながあめ》**　**春霖雨《はるりんう》**　【春】菜種梅雨　【夏】卯の花腐し・梅雨　【秋】秋霖　〔春霖や隣へ皿を借りに出る　星野竹翠〕

春《はる》　雨《さめ》　絹糸のような春の雨。**春《はる》の雨《あめ》**　**春雨《しゅんう》**　**春雨傘《はるさめがさ》**　〔春雨や喰はれ残りの鴨が鳴く　小林一茶〕

春時雨《はるしぐれ》　春に降る通り雨。**春《はる》の時雨《しぐれ》**　【冬】時雨　〔いつ濡れし松の根方ぞ春しぐれ　久保田万太郎〕

花時雨《はなしぐれ》　桜の花のころに降る時雨。〔花時雨てふ深吉野の山雨来る　角川春樹〕

花《はな》の雨《あめ》　桜の花に降る雨、または花どきの雨。**花時《はなどき》の雨《あめ》**　【春】花　〔くすり飲む白湯《さゆ》さましおく花の雨　小倉あさ代〕

杏花雨《きょうかあめ》《きやうくわあめ》　四月五日ごろ、清明の日に降る雨。〔野の寺に茶の湯の席や杏花雨　西村のぶを〕

菜種梅雨《なたねづゆ》　菜の花の盛りのころ降り続く雨。【夏】梅雨　〔わが魔羅の日暮の色も菜種梅雨　加藤楸邨〕

春驟雨《はるしゅうう》《はるしうう》　春に降るにわか雨。**春の驟雨**《はるのしゅうう》　**春の夕立**《はるのゆうだち》　【夏】驟雨・夕立　〔春驟雨木馬小暗く廻り出す　石田波郷〕

春の雪《はるのゆき》　春になってから降る雪。**春雪**《しゅんせつ》　**春大雪**《はるおおゆき》　**春深雪**《はるみゆき》　**春吹雪**《はるふぶき》　【春】淡雪　〔傘ひらきたる青年に春の雪　黒田杏子〕

淡雪《あわゆき》《あはゆき》　春の雪のこと。すぐ消え、解けやすい。**沫雪**《あわゆき》　**泡雪**《あわゆき》　**牡丹雪**《ぼたんゆき》　**綿雪**《わたゆき》　**たびら雪**《ゆき》　**かたびら雪**《ゆき》　**だんびら雪**《ゆき》　【春】春の雪　〔綿雪やしづかに時間舞ひはじむ　森澄雄〕

斑雪《はだれ》　春になってまだらに消え残った山野の雪。**はだら**　**はだら雪**《ゆき》　**はだれ雪**《ゆき》　**斑雪野**《はだれの》　**斑雪**《はだれ》**山**《やま》　**斑雪嶺**《はだれみね》　**まだら雪**《ゆき》　**夕斑雪**《ゆうはだれ》　【春】雪の果　〔斑雪嶺の暮るるを待ちて旅の酒　星野麥丘人〕

雪の果《ゆきのはて》　春半ばを過ぎて降る、しまいの雪のこと。**名残**《なごり》**の雪**《ゆき》　**雪**《ゆき》**の別**《わか》**れ**　**忘**《わす》**れ雪**《ゆき》　**雪**《ゆき》**の名残**《なごり》　**雪**《ゆき》**の終**《おわ》**り**　【春】春の雪・淡雪・斑雪　〔雪の果泣くだけ泣きし女帰す　大野林火〕

春の霙《はるのみぞれ》　春に降る霙。**春**《はる》**みぞれ**　【冬】霙　〔もろ〳〵の木に降る春の霙かな　原石鼎〕

春の霰《はるのあられ》　春に降る霰。野菜などに害を及ぼすことがある。**春**《はる》**あられ**　**春霰**《しゅんさん》　【冬】霰　〔石の上春の霰の鮮しき　草間時彦〕

春《はる》の雹《ひょう》　春に降る雹。　[夏]雹　〔保険勧誘パーマに春の雹飾り　長岡夏日子〕

春《はる》の霜《しも》　春に降る霜。　**春霜《はるしも》**　**春霜《しゅんそう》**　[春]忘れ霜　[秋]秋の霜　[冬]霜　〔春霜に美しう老いておはすらむ　中川宋淵〕

別《わか》れ霜《じも》　四月中旬から五月初めにかけて降る最後の霜。　**忘《わす》れ霜《じも》**　**霜《しも》の名残《なごり》**　**晩霜《ばんそう》**　**終霜《しゅうそう》**　**名残《なごり》の霜《しも》**　**霜《しも》の別《わか》れ**　**霜《しも》の果《はて》**　**霜害《そうがい》**　[春]春の霜　[秋]秋の霜　[冬]霜　〔別れ霜庭はく男老いにけり　正岡子規〕

春《はる》の露《つゆ》　露はもともと秋季。春の露は可憐《かれん》。　[夏]夏の露　[秋]露　〔春の露荒れし庭ゆゑ大粒に　村山さとし〕

春《はる》の虹《にじ》　色が淡くぼんやりしている。初虹は清明《せいめい》（四月五日ごろ）のころ。　**初虹《はつにじ》**　[夏]虹　[秋]秋の虹　[冬]冬の虹　〔春の虹消ゆまでを子と並び立つ　大野林火〕

初《はつ》雷《らい》　立春後初めて鳴る雷のこと。啓蟄のころによく鳴るので、虫出しの雷ともいわれる。　**初《はつ》かみなり**　**虫出《むしだ》し**　**虫出《むしだ》しの雷《らい》**　[夏]雷　[秋]秋の雷　[冬]冬の雷　〔虫出しやささくれだちし水の面　岸田稚魚〕

春《はる》の雷《らい》　立春後に起こる雷。　**春雷《しゅんらい》**　**春《はる》かみなり**　**春雷雨《はるらいう》**　[春]初雷　[夏]雷　[秋]秋の雷　[冬]冬の雷　〔あえかなる薔薇撰《え》りをれば春の雷　石田波郷〕

佐《さ》保《お》姫《ひめ》　さほひめ　春の野山の造化をつかさどる女神の名。　[秋]竜田姫　[冬]うつた姫　〔佐保姫の先触れや雨こまやかに　小澤満佐子〕

霞《かすみ》　水蒸気が立ちこめ、遠くのものがぼんやり見えること。　**霞《かす》む**　**薄霞《うすがすみ》**　**遠霞《とおがすみ》**　**山霞《やまがすみ》**　**朝《あさ》**

霞《かすみ》　昼霞《ひるがすみ》　夕霞《ゆうがすみ》　春霞《はるがすみ》　八重霞《やえがすみ》　横霞《よこがすみ》　草霞《くさかす》む　霞濃《かすみこ》し　町霞《まちかす》む　村霞《むらかす》む　鐘霞《かねかす》む　霞立《かすみた》つ　霞《かすみ》渡《わた》る　霞棚引《かすみたなび》く　[夏]夏霞　[冬]冬霞　[新]初霞　〔春なれや名もなき山の薄霞　松尾芭蕉〕

雪《ゆき》ねぶり　雪解けのころ、地面に立つ靄《もや》をいう。越後や信州地方の方言。〔山神の祠隠しの雪ねぶり　富沢みどり〕

春《はる》旱《ひでり》　春の旱のこと。**春《はる》の旱《ひでり》**　[夏]旱　[秋]秋旱　[冬]冬旱・寒旱　〔春旱百姓釣に行くほかなし　渡辺雪城〕

陽炎《かげろう》《かげろふ》　地上から水蒸気が蒸発してゆらゆらと炎のように立ち昇る現象。**野馬《やば》　糸遊《いとゆう》　遊《ゆう》糸《し》　陽炎燃《かげろうも》ゆる　陽焔《ようえん》　陽炎《かげろ》へる　陽炎《かげろ》ひて　陽炎立《かげろうた》つ　かぎろひ**　〔原爆地子がかげろふに消えゆけり　石原八束〕

春《しゅん》陰《いん》　曇りがちな春の天候をいう。[春]花曇・鳥曇　〔春陰や眠る田螺の一ゆるぎ　原石鼎〕

花《はな》曇《ぐもり》　花どきの曇り空。**養花天《ようかてん》**　[春]春陰　〔ペン皿のうすき埃や花曇　富安風生〕

鳥《とり》曇《ぐもり》　春に雁・鴨などの渡り鳥が北方へ帰ってゆくころの曇り空。**鳥雲《とりくも》　鳥風《とりかぜ》**　[春]鳥帰る・鳥雲に入る　〔また職をさがさねばならず鳥ぐもり　安住敦〕

鰊曇《にしんぐもり》　北海道の鰊の漁期にあたるころの曇り空。**鰊空《にしんぞら》**　[春]春陰・花曇・鳥曇　〔故里へ近づく鰊ぐもりかな　高岸藤渓〕

蜃気楼《しんきろう》　光の異常屈折によって見えないはずの風景や映像が海上はるかに出現すること。**海《かい》市《し》　山市《さんし》　蜃楼《しんろう》　蜃市《しんし》　喜見城《きけんじょう》　かいやぐら　きつねだな**　〔魚津とはさみしき町や蜃気楼

加藤三七子〕

春《はる》の夕焼《ゆうやけ》《はるのゆふやけ》 柔らかい感じで風情がある。**春夕焼《はるゆやけ》** **春茜《はるあかね》** 〔夏〕夕焼 〔雪山に春の夕焼滝をなす 飯田龍太〕

フェーン 春先、乾燥した高温の大風が吹き起こる現象。**風炎《ふうえん》** **風焔《ふうえん》** 〔春〕春疾風・春一番 〔夏〕熱風 〔フェーン吹くと喘《あへ》ぐ思ひに旅ゆく日 嶋岡 豊〕

地理

春《はる》の山《やま》 木々が芽吹き、鳥の声も聞こえる明るくなった山。**春山《はるやま》** **弥生山《やよいやま》** **春嶺《しゆんれい》** **春山路《はるやまじ》** **春山辺《はるやまべ》** **春《はる》の尾根《おね》** **春山家《はるやまが》** **春富士《はるふじ》** 〔春の山のうしろから烟が出だした 尾崎放哉〕

山笑《やまわら》ふ 『臥遊録』の「春山淡冶にして笑ふが如く」よりきた語。春の山の生気に満ちた感じをいう。**笑《わら》ふ山《やま》** 〔夏〕山滴る 〔秋〕山粧ふ 〔冬〕山眠る 〔山笑ひ大きな月をあげにけり 内藤双柿庵〕

春《はる》岬《みさき》 春の海に突き出た岬。**春《はる》の岬《みさき》** 〔夏〕青岬 〔冬〕枯岬 〔白鳥のひかり翔ちたる春岬 岸原清行〕

春《はる》の野《の》 草が萌え、花が咲き、鳥の鳴く春の野原。**春野《はるの》** **春郊《しゆんこう》** **春野道《はるのみち》** **弥生野《やよいの》** **春《はる》の野辺《のべ》** 〔吾も春の野に下り立てば紫に 星野立子〕

焼《やけ》野《の》 野焼きをしたあとの春の野。末黒野は、焼き跡の黒々としている野。**焼野原《やけのはら》** **焼原《やけはら》** **焼《や》きし野《の》** **末黒《すぐろ》** **末黒野《すぐろの》** 〔月いよ〳〵大空わたる焼野かな　飯田蛇笏〕

春《はる》の水《みず》 《はるのみづ》 春の雪解けの水や降雨が河川や湖沼の水嵩を増す。生き生きと豊かに流れる水。**春水《しゅんすい》** **水《みず》の春《はる》** 〔春水と行くを止むれば流れ去る　山口誓子〕

水温《みずぬる》む 《みづぬるむ》 春、沼や池、清水や川などの水がぬるむこと。**温《ぬる》む水《みず》** **温《ぬる》む池《いけ》** **温《ぬる》む沼《ぬま》** **温《ぬる》む川《かわ》** **井《い》水温《すいぬる》む** [冬]水涸《みずか》る 〔水ぬるむ主婦のよろこび口に出て　山口波津女〕

春《はる》の川《かわ》 《はるのかは》 雪解水を加え勢いよく豊かに流れる川。ささやかな流れにも明るさがある。**春川《はるかわ》** **春江《しゅんこう》** **春《はる》の江《え》** **春《はる》の瀬《せ》** 〔春川に身をさかしまに濯《すす》ぎをり　星野立子〕

春《はる》の池《いけ》 日のきらめきにも春らしさの感じられる春の池。**春池《はるいけ》** 〔彳《たたず》みておのおの遠し春の池　鈴木芳如〕

春《はる》の沼《ぬま》 おぼろにたゆたう春の沼。**春沼《はるぬま》** 〔峠より下りて憩《いこ》ひぬ春の沼　下村天児〕

春《はる》の湖《うみ》 春の湖のこと。〔春の湖の遊覧船に女人句座　福田清人〕

春《はる》の浜《はま》 うららかな海を抱く春の浜。**春汀《はるなぎさ》** **春《はる》の汀《なぎさ》** **春《はる》の磯《いそ》** 〔引く波も寄せくる波も春汀　橋口明子〕

春《はる》の海《うみ》 春ののどかなのんびりした海をいう。魚の動きも目立ち、白帆も行き交う。〔春の海ひねもすのたり〳〵かな　与謝蕪村〕

春《はる》の波《なみ》 春の海や河川、湖沼に立つ波。伸びやかで明るい。**春濤《しゅんとう》** **春浪《はるなみ》** **春怒濤《はるどとう》** 〔人の世のことばに倦みぬ春の浪　三橋鷹女〕

春潮《しゅんちょう》　春の潮は淡い藍色に変わり、干満の差が著しい。**春**《はる》**の潮**《しお》〔春潮《しゅんてう》といへば必ず門司《もじ》を思ふ　高浜虚子〕

彼岸潮《ひがんじお》　春分のころは潮の満干の差が大きく大潮となる。**彼岸波**《ひがんなみ》　秋初潮〔焼き玉の匂ひ舳先に彼岸潮《ひがんじほ》　鷹羽狩行〕

潮干《しおひ》　春になると潮が遠く退いて広い砂浜をつくる。**汐干**《しおひ》　**潮干潟**《しおひがた》　**干潟**《ひがた》　**干潟波**《ひがたなみ》　**大干潟**《おおひがた》　**干潟見**《ひがたみ》**に**　**干潟暮**《ひがたく》**るる**　春汐干《しほひ》狩〔あすもある干潟と思ひゆきてみず　山口波津女〕

春田《はるた》　苗を植えない前の田。げんげを咲かせている田もあれば水田もある。**春**《はる》**の田**《た》　**春田道**《はるたみち》　**春田圃**《はるたんぼ》　**春田晴**《はるたばれ》〔みちのくの伊達《だて》の郡《こほり》の春田かな　富安風生〕

げんげ田《だ》　げんげを一面に咲かせている田。**紫雲英田**《げんげだ》　**げげ田**《た》　**げんげんの田**《た》　**げげ田道**《たみち》　**花田**《はなだ》　春げんげ〔げんげ田や花咲く前の深みどり　五十崎古郷〕

苗代《なわしろ》　種籾《たねもみ》を蒔きつけて稲苗をつくる田。**苗田**《なえだ》　**苗代田**《なわしろだ》　**苗代水**《なわしろみず》　**苗代道**《なわしろみち》　**苗代垣**《なわしろかき》　**岡苗代**《おかなわしろ》　**苗代案山子**《なわしろかかし》　**苗代寒**《なわしろざむ》〔苗代《なはしろ》の月夜ははんの木にけむる　長谷川素逝〕

春《はる》**の園**《その》　草木が芽吹き、花の咲いているいかにも春らしい庭園や公園。**春園**《しゅんえん》　**春**《はる》**の庭**《にわ》　**春苑**《しゅんえん》〔春園のホースむく〱水通る　西東三鬼〕

春《はる》**の堤**《つつみ》　春の、うららかな土手のこと。**春**《はる》**の土手**《どて》〔木の瘤《こぶ》を鴉とまがふ春の土堤　飴山實〕

春《はる》**の土**《つち》　草が萌え出るころの土。**土**《つち》**の春**《はる》　**春土**《はるつち》　**土恋**《つちこい》**し**　**土現**《つちあらわ》**る**　**土匂**《つちにお》**ふ**〔にはとりの掻き散らかせし春の土　青柳志解樹〕

春泥《しゅんでい》 霜解け、雪解け、雨水などでできる春のぬかるみ。**春**《はる》**の泥**《どろ》 **春泥道**《はるどろみち》 〔春泥を歩く汽笛の鳴る方へ　細見綾子〕

逃《にげ》**水**《みず》 にげみづ 路上や草原で、遠くにあるように見える水に近づくと、また遠ざかってしまう現象。〔逃げ水や人を侍《たの》みて旅つづく　角川源義〕

堅《かた》**雪**《ゆき》 冬じゅう積もった雪が、春の暖気に解けかかり、夜気の冷えにさらされて表面がザラメのように堅くなった状態の雪。**雪垢**《ゆきあか》 **雪泥**《ゆきどろ》 〔雪垢を踏みわたりし子隣より　村上しゅら〕

残《ざん》**雪**《せつ》 春になっても消えずに残っている雪。山や野、木々や竹藪のなかなどに残っている。**残**《のこ》**る雪**《ゆき》 **雪残る**《ゆきのこる》 **去年**《こぞ》**の雪**《ゆき》 **陰雪**《かげゆき》 〔藪の中魂抜けて雪残りけり　大串章〕

雪《ゆき》**間**《ま》 冬に積もった雪が春になって消えはじめ、地肌を現わしてくること。**雪**《ゆき》**のひま** **雪**《ゆき》**の絶間**《たえま》 [春]斑雪・雪間草 〔勧進の幟はためく雪間かな　舘岡沙緻〕

雪《な》**崩**《だれ》 春暖になって山の雪が、谷間や裾の方へくずれ落ちること。**雪**《ゆき》**なだれ** **なだれ雪**《ゆき》 **雪**《ゆき》**くずれ** **底雪崩**《そこなだれ》 **風雪崩**《かぜなだれ》 **大雪崩**《おおなだれ》 **雪崩る**《ゆきくずる》 **遠雪崩**《とおなだれ》 **雪崩跡**《なだれあと》 **地**《じ》**こすり** 〔国二つ呼びかひ落す雪崩かな　前田普羅〕

雪《ゆき》**解**《どけ》 春になって野や山の雪が解けること。**雪解**《ゆきげ》 **雪消**《ゆきげ》 **雪解水**《ゆきげみず》 **雪解野**《ゆきげの》 **雪解山**《ゆきげやま》 **雪解田**《ゆきげた》 **雪解畑**《ゆきげばた》 **雪解道**《ゆきげみち》 **雪解風**《ゆきげかぜ》 **雪解空**《ゆきげぞら》 **雪解晴**《ゆきげばれ》 **雪解光**《ゆきげこう》 **山雪解**《やまゆきげ》 **雪解谷**《ゆきげだに》 **雪解靄**《ゆきげもや》 [夏]雪解富士 〔雪解川烏賊を喰ふとき目にあふれ　細見綾子〕

雪《ゆき》**しろ** 山野の積雪が解けて川や海、田畑へ流れ出すのをいう。**雪代**《ゆきしろ》 **雪汁**《ゆきしる》 **雪濁り**《ゆきにごり》 **雪**《ゆき》**しろ**

水《みず》〔雪しろのひかりあまさず昏るるなり　岸田稚魚〕

春出水《はるでみず》　山々の融雪で生じる出水。春の長雨によって河水が増水することも春出水《はるでみづ》という。**春の出水**《はるのでみず》　**春洪水**《はるこうずい》　[夏]出水　[秋]秋出水　〔春出水中洲の柳ひたりたる　高浜虚子〕

凍返る《いてかえる》　春になってゆるんだ道や土が寒さのぶり返しで凍てに戻ることをいう。**春の凍て**《はるのいて》　**凍返る**《いてかへる》　**凍戻る**《いてもどる》　**戻る凍**《もどるいて》　[春]冴返る・凍解　[冬]冱つる　〔凍返る養魚池の風日もすがら　塚原麦生〕

凍解《いてどけ》　凍っていた大地が春になってゆるみ解けること。**凍解く**《いてとく》　**凍ゆるむ**《いて》　[冬]凍《こお》る　〔凍解や子の手を引いて父やさし　富安風生〕

薄氷《うすらい》　春になって、薄く張る氷。風が吹けば揺れ動くような、季節感のある薄氷《うすらひ》である。**残る氷**《のここおり》　**薄氷**《うすごおり》　**春の氷**《はるのこおり》　**春氷**《はるごおり》　〔薄氷ひよどり花の如く啼く　飯田龍太〕

氷解《こおりどけ》　凍りついたままの池沼や河川など春に解け始めたり、解けた氷《こほりどけ》が浮流すること。**氷解く**《こおりとく》　**解氷**《かいひょう》　**浮氷**《うきごおり》　**氷浮く**《こおりうく》　**氷消ゆ**《こおりきゆ》　**解氷湖**《かいひょうこ》　**解氷期**《かいひょうき》　〔薔薇色の暈《かさ》して日あり浮氷　鈴木花蓑〕

流氷《りゅうひょう》　一月下旬から三月下旬にかけて北海道に接岸する流氷《りうひよう》の群を指す。**氷流る**《こおりながる》　**流氷期**《りゅうひょうき》　**流氷盤**《りゅうひょうばん》　**海明**《うみあけ》　〔流氷や宗谷の門波《となみ》荒れやまず　山口誓子〕

行事

年祈《としご》ひの祭《まつり》　二月十七日。一年の稲の豊穣を予祝《よしゆく》する民俗行事が、神道の儀式として行われるようになった。**祈年祭《きねんさい》**〔雪中の焚火の跡や祈年祭　石田勝彦〕

曲《きよく》　水《すい》　三月最初の巳の日の節句に行われた宴。庭園の小流れのほとりに各々座を設け、上流から流れて来る盃が通りすぎないうちに詩を作り盃の酒を飲むという遊宴。**曲水《きよくすい》の宴《うたげ》**　**流觴《りゆうしよう》**　**曲水《ごくすい》**　**曲水《めぐりみず》の豊明《とよあかり》**　**盃《さかずき》流《なが》し**〔曲水や草に置きたる小盃　高浜虚子〕

春季皇霊祭《しゆんきこうれいさい》《しゆんきくわうれいさい》　春分の日、天皇が宮中で歴代の天皇等の神霊を親祭される祭儀。**皇霊祭《こうれいさい》**　秋秋季皇霊祭〔ぬるま湯の朝風呂春季皇霊祭　久永芦秋〕

建国記念日《けんこくきねんび》　二月十一日。国民の祝日。かつては紀元節と呼ばれた。**建国《けんこく》の日《ひ》**　**建国日《けんこくび》**　**建国祭《けんこくさい》**　**紀元節《きげんせつ》**　**梅花節《ばいかせつ》**　**梅佳節《ばいかせつ》**〔箸といふ文化が不思議建国日　林　翔〕

放送記念日《ほうそうきねんび》《はうそうきねんび》　三月一日。大正十四年芝浦の東京放送局仮スタジオからラジオの初放送が行われた日。**放送《ほうそう》の日《ひ》**　**放送日《ほうそうび》**〔放送の日の白き雲浮べたり　細川加賀〕

春分《しゆんぶん》の日《ひ》　三月二十一日前後。彼岸の中日。国民の祝日。**春分《しゆんぶん》**　**お中日《ちゆうにち》**　秋秋分の日〔春分

の日をやはらかくひとりかな　山田みづえ〕

電気記念日《でんききねんび》　三月二十五日。明治十一年虎の門の工務大学校にデュポスク・アーク灯が初めてともされた日。**電気**《でんき》**の日**《ひ》　〔片隅にアイロン控へ電気の日　小川千賀〕

昭和《しょうわ》**の日**《ひ》　四月二十九日。昭和の時代を顧み、国の将来を考える国民の祝日。昭和天皇の誕生日。平成元年から十八年まで「みどりの日」。〔天皇の丸い眼鏡よ昭和の日　井桁衣子〕

憲法記念日《けんぽうきねんび》《けんぱふきねんび》　五月三日。国民の祝日。昭和二十二年の日本国憲法の施行を記念し、各種の行事が行われる。**憲法記念**《けんぽうきねん》**の日**《ひ》　**憲法**《けんぽう》**の記念日**《きねんび》　〔憲法記念日何はあれけふうららなり　林　翔〕

みどりの日《ひ》　五月四日。自然に親しみ豊かな心をはぐくむ日。平成十九年より五月四日になる。〔書に倦めば水遣りに出てみどりの日　宮岡計次〕

絵踏《えぶみ》《ゑぶみ》　江戸時代、キリスト教禁制のため春になると、聖母マリア像や十字架上のキリストの像を描いた絵を踏ませて、信者でない証を立てさせた。**踏み絵**《ふみえ》　**寺請証文**《てらうけしょうもん》　〔遊び女のちひさき足の絵踏かな　細川加賀〕

初《はつ》**午**《うま》　二月最初の午の日。各地の稲荷神社で初午祭が行われ、縁日となる。**午祭**《うままつり》　**初午団子**《はつうまだんご》　**初午詣**《はつうまもうで》　**稲荷講**《いなりこう》　**福参り**《ふくまいり》　**初午芝居**《はつうましばい》　**初午**《はつうま》 **狂言**《きょうげん》　**一**《いち》**の午**《うま》　**二**《に》**の午**《うま》　**三**《さん》**の午**《うま》　〔初午やどの道ゆくもぬかるみて　檜　紀代〕

二月礼者《にがつれいじゃ》《にぐわつれいじや》　正月に年始回りのできなかった人が、二月一日、回礼にまわる風習をいう。**二**《に》**月**《がつ》**の礼者**《れいじや》　㊎礼者　〔二月礼者舞台衣装のまま来る　棚山波朗〕

事《こと》始《はじめ》 陰暦二月八日。一年じゅうの祭事・農事を始める日のこと。**事八日《ことようか》** **おこと** **お事汁《ことじる》** 冬事始 〔いささかの塵もめでたや事始 森川暁水〕

春《はる》ごと 陰暦二、三月ごろに行う春の事祭り。**春《はる》の事《こと》** **事日《ことび》** **事祭《ことまつり》** 〔春事の頃の河内は菜種色 後藤比奈夫〕

二日灸《ふつかきゆう》《ふつかきう》 陰暦二月二日に据える灸。この日の灸は効能が倍加するなどの俗信がある。**二日《ふつか》やいと** **春《はる》の灸《きゆう》** 夏土用灸 秋後の二日灸 冬寒灸 新初灸 〔命惜しといふにあらねど二日灸 塚田光貞〕

出《で》代《がわり》 昔の風習。奉行人が契約期間を終え、新しく勤める者と入れ替わること。**出替《でがわり》**《でがはり》 **新参《しんざん》** **古参《こさん》** **御目見得《おめみえ》** **出替女《でがわりめ》** **出替《でがわ》りぬ** 秋後の出代 〔新参の身にあか〵と灯りけり 久保田万太郎〕

針供養《はりくよう》《はりくやう》 二月八日。関東ではこの日、針を休め、折れた針の供養をする。関西では十二月八日に行い、季が異なる。**針祭《はりまつり》** **針祭《はりまつ》る** **針納《はりおさ》め** **針山祭《はりやままつ》る** **納《おさ》め針《ばり》** 冬針供養 〔針供養女の齢《よはひ》くるぶしに 石川桂郎〕

寒《かん》食《しよく》 冬至から百五日目を寒食節、百五節などといい、火気を断ち前もって調理した食物をたべた。中国の故事による。**冷烟節《れいえんせつ》** **寒食節《かんしよくせつ》** 〔寒食や鍋の底なる干大根 永田青嵐〕

上《じよう》巳《し》《じやうし》 三月三日のこと。中国で三月の上《かみ》の巳《み》の日を節日とした。**重三《ちようさん》** **元巳《げんし》** **上巳餅《じようしもち》** 春桃の節句・曲水 〔眼覚めけり上巳の餅を搗《つ》く音に 相生垣瓜人〕

桃《もも》の節句《せつく》 三月三日の節句をいう。**三月節句《さんがつせつく》** **弥生《やよい》の節句《せつく》** **桃花《とうか》の節句《せつく》** **雛《ひな》の節句《せつく》** **桃《もも》の日《ひ》** 春雛

祭〔昼空に月あり桃の節句なり　宮津昭彦〕

雛《ひな》市《いち》　三月の節句を前に雛や雛道具を売る市。**雛《ひな》の市《いち》　雛《ひな》の店《みせ》　雛売場《ひなうりば》　雛買《ひなか》ふ**　〔男来て鍵開けてゐる雛の店　鈴木鷹夫〕

雛《ひな》祭《まつり》　三月三日、女児の息災を祈って行われる行事。雛人形を飾り祝う。**雛飾《ひなかざ》り　雛人形《ひなにんぎよう》　雛《ひな》の調度《ちようど》　雛道具《ひなどうぐ》　雛屏風《ひなびようぶ》　雛段《ひなだん》　雛《ひな》の宴《えん》　雛《ひな》の膳《ぜん》　雛《ひな》の酒《さけ》　雛《ひな》の盃《さかずき》　雛料理《ひなりようり》　雛《ひな》の灯《ひ》　雛灯《ひなあか》り　雛《ひな》ぼんぼり　紙雛《かみびな》　糸雛《いとびな》　立雛《たちびな》　土雛《つちびな》　内裏雛《だいりびな》　御所雛《ごしよびな》　変《かわ》り雛《びな》　吉野雛《よしのびな》　京雛《きようびな》　奈良雛《ならびな》　こけし雛《びな》　官女雛《かんじよびな》　五人囃《ごにんばや》し　ひひな　雛《ひな》の箱《はこ》　雛《ひな》の夜《よる》　雛《ひな》の日《ひ》　雛飾《ひなかざ》る　雛《ひな》の宵《よい》　雛《ひな》の間《ま》　雛《ひな》の宿《やど》　雛《ひな》の家《いえ》　雛《ひな》の客《きやく》　古雛《ふるびな》　雛《ひな》の前《まえ》　夜半《やわ》の雛《ひな》　木彫雛《きぼりびな》　男雛《おびな》　女雛《めびな》　雛《ひな》の軸《じく》　雛遊《ひなあそ》び　雛合《ひなあわ》せ**　［秋］後の雛　〔仕《つかまつ》る手に笛もなし古雛　松本たかし〕

雛《ひな》の使《つかい》《ひなのつかひ》　三月の節句のころ、雛人形を小さな駕籠《かご》にのせ、親類などへおくる習慣が江戸時代にあり、その雛人形のことを雛の使といった。**雛《ひな》の駕籠《かご》**　〔雛の使者柿の木坂へ立《た》ちにけり　鈴木栄子〕

流《なが》し雛《びな》　桟俵にのせて紙雛や土雛を川や海に流す行事。一家の災厄を払う意味がある。**雛送《ひなおく》り　雛流《ひなながし》し　雛流《ひななが》す　捨雛《すてびな》**　〔雛の眼のいづこを見つつ流さるる　相馬遷子〕

雛《ひな》納《おさめ》《ひなをさめ》　お祭りをした雛を片付けて仕舞うこと。**をさめ雛《びな》　雛仕舞《ひなしま》ふ　雛納《ひなおさ》む**　〔あたゝかき雨夜の雛を納めけり　西島麦南〕

鶏《とり》合《あわせ》《とりあはせ》　宮中行事だったが民間に伝わり、現在各地で軍鶏《しやも》による闘鶏が行われている。**闘鶏《とうけい》　鶏《とり》の蹴合《けあい》　勝鶏《かちどり》　負鶏《まけどり》　賭鶏《かけどり》　闘鶏師《とうけいし》**　〔闘鶏のばつさばつさと宙鳴れり　野澤節

子〕

雁風呂《がんぶろ》　津軽外ヶ浜に伝わる風習。雁が北へ帰るころ、浜辺の木片を拾って風呂を沸かすこと。**雁供養**《かりくよう》　秋雁　〔雁風呂や日の暮れ方を浪さわぐ　豊長みのる〕

日迎《ひむか》**へ**　彼岸の行事。老女や女子どもが各寺を巡拝する。午前を日迎え、午後を日送り。**日**《ひ》**送**《おく》**り**　**日**《ひ》**の伴**《とも》　〔日迎への婆休みをり道の石　滝沢伊代次〕

伊勢参《いせまいり》《いせまゐり》　伊勢神宮に参拝する行事。時候のよい春の行事と昔はきまっていた。**伊勢参宮**《いせさんぐう》　**御蔭参**《みかげまいり》　**抜参**《ぬけまいり》　**伊勢講**《いせこう》　**伊勢道者**《いせどうじゃ》　秋伊勢御遷宮　〔潮騒の二見泊りに伊勢道者　高橋淡路女〕

十三詣《じゅうさんまいり》《じふさんまゐり》　四月十三日（もとは陰暦三月十三日）当年十三歳の少年少女が、知恵や福徳をさずかるために虚空蔵菩薩《こくぞうぼさつ》に参詣する行事。**知恵詣**《ちえもうで》　**知恵貰**《ちえもら》**ひ**　新初虚空蔵　〔はじめての嵯峨に十三参りかな　松瀬青々〕

義士祭《ぎしさい》　四月一～七日。東京高輪泉岳寺《せんがくじ》で行われる赤穂《あこう》義士の霊を祭る催し。**義士祭**《ぎしまつり》　**泉岳寺**《せんがくじ》　**義士大祭**《ぎしたいさい》　春大石忌　冬義士会　〔義士祭の太鼓玩具として打たる　岸風三楼〕

水口祭《みなくちまつり》　種籾を蒔いた日に、一年の豊作を祈って苗代の水口で田の神を祭る行事。**苗代祭**《なわしろまつり》　**みと祭**《まつり》　**種祭**《たねまつり》　**苗**《なえ》**じるし**　**苗**《なえ》**みだけ**　**田**《た》**の神**《かみ》**の腰掛**《こしかけ》　〔絹糸の雨に水口まつりけり　大峯あきら〕

渡《わた》**り漁夫**《ぎょふ》　鰊の漁期に北海道の網元に雇われて、北海道へ渡る東北地方の漁夫。**漁夫渡**《ぎょふわた》**る**　**漁**《ぎょ》**夫来**《ふく》**る**　**漁夫募**《ぎょふつの》**る**　**ヤンシュ来**《く》**る**　夏漁夫帰る　秋松前帰る　〔渡り漁夫荷に一冊の文庫

本　近藤一鴻〕

河豚供養《ふぐくよう》《ふぐくやう》　三月から四月にかけて河豚の季節の終了期に行う追善供養の行事。**河豚放生**《ふぐほうじよう》　[冬]河豚　〔沖かけて花ぐもりせり河豚供養　水原秋櫻子〕

四月馬鹿《しがつばか》《しぐわつばか》　四月一日、罪のないいたずらをしたり嘘を言い合うこと。ヨーロッパから伝来した風習。**万愚節**《ばんぐせつ》　**エープリル・フール**　〔指切つて血がとまらぬよ四月馬鹿　石川桂郎〕

緑の週間《みどりのしゆうかん》《みどりのしうかん》　四月一日から一週間、九州・四国は三月、北海道は五月、国土緑化と自然愛護を目的とした行事。**植樹祭**《しよくじゆさい》　**植樹式**《しよくじゆしき》　**植林**《しよくりん》　**緑**《みどり》**の羽**《は》**根**《ね》　**緑化週間**《りよつかしゆうかん》　**愛林日**《あいりんび》　[秋]赤い羽根　〔祝辞みな未来のことや植樹祭　田川飛旅子〕

メーデー　五月一日。労働者の祭日。**労働祭**《ろうどうさい》　**労働節**《ろうどうせつ》　**五月祭**《ごがつさい》　**メーデー歌**《か》　**メーデーの日**《ひ》　**メーデー旗**《き》　**労働歌**《ろうどうか》　〔ねむき子を負ひメーデーの後尾ゆく　佐藤鬼房〕

どんたく　五月三、四日、福岡市全域で行われる博多の祭。**どんたく囃子**《ばやし》　**松囃子**《まつばやし》　〔どんたくの鼓の音ももどりたる　吉岡禅寺洞〕

春《しゆん》**闘**《とう》　毎年春に行う労働組合の賃上げなど労働条件改善の闘争。**春季闘争**《しゆんきとうそう》　[冬]年末闘争　〔春闘に〝狎〟といふ字は〝犭《けものへん》〟　富安風生〕

ゴールデン・ウィーク　四月末から五月始めにかけて、祝日や休日の続く週間。**黄金週間**《おうごんしゆうかん》　〔黄金週間啼かぬ鴉の枝に来て　鈴木真砂女〕

入学試験《にゆうがくしけん》《にふがくしけん》　高校、大学また私立の小中学へ入る試験。**受験**《じゆけん》　**受験生**《じゆけんせい》　**受験期**《じゆけんき》　**受験子**《じゆけんし》

受験禍《じゆけんか》　受験苦《じゆけんく》　受験日《じゆけんび》　合格《ごうかく》〔首出して湯の真中に受験生　長谷川双魚〕

大試験《だいしけん》　狭くは卒業試験、広義には進級のための学年試験をいう。**学年試験《がくねんしけん》　進級試験《しんきゆうしけん》　卒業《そつぎよう》試験《しけん》　及第《きゆうだい》　落第《らくだい》**〔三方に窓ある部屋や大試験　徳川夢声〕

卒《そつ》業《ぎよう》《そつげふ》　小学校から大学までの卒業試験は三月。学校の全課程を履修し終えること。**卒《そつ》業生《ぎようせい》　卒業式《そつぎようしき》　卒業期《そつぎようき》　卒業証書《そつぎようしようしよ》　卒業歌《そつぎようか》　謝恩会《しやおんかい》　卒業論文《そつぎようろんぶん》**　㊡入学〔卒業す円周率の割り切れし　成瀬櫻桃子〕

春休《はるやす》み　三月中・下旬から四月上旬にかけての各学校の休暇。**春《はる》の休《やす》み　春休暇《はるきゆうか》**　㊰夏休み　㊯冬休み〔鉛筆一本田川に流れ春休み　森　澄雄〕

進《しん》級《きゆう》《しんきふ》　学年が上へ進むこと。**新学級《しんがつきゆう》　新学期《しんがつき》**〔かけ算の九九を憶えて進級す　樋笠文〕

入《にゆう》学《がく》《にふがく》　四月上旬、小学校から大学、各種専門学校など新しい学校に入ること。**入学式《にゆうがくしき》　新入生《しんにゆうせい》　入学児《にゆうがくじ》　進学《しんがく》　入学期《にゆうがくき》　一年生《いちねんせい》　入園《にゆうえん》**〔入学の子に見えてゐて遠き母　福永耕二〕

新社員《しんしやいん》《しんしやゐん》　中・高校や大学を卒業し、四月に会社などへ入社した人。**新入社員《しんにゆうしやいん》　初出社《はつしゆつしや》　入社式《にゆうしやしき》**〔たんぽぽの折目乳出て新社員　平畑静塔〕

遠《えん》足《そく》《ゑんそく》　おもに学校の行事。教師に引率され野山などに一日の行楽をすること。**遠足児《えんそくじ》　遠足の列《えんそくのれつ》**　㊙運動会〔遠足や出羽の童に出羽の山　石田波郷〕

納税期《のうぜいき》　二月十六～三月十五日。確定申告の期間。〔銀行の前に犬居り納税期　加藤石雲〕

種痘《しゅとう》　天然痘の予防接種。明治初期から春に行われたので、春の季語となった。**植疱瘡**《うえぼうそう》　**種痘**《しゅとう》**の子**《こ》　〔種痘の日まだ少女めく母もゐし　車谷　弘〕

衣

花衣《はなごろも》　花見の着物の総称。**桜衣**《さくらごろも》　**桜**《さくら》**がさね**　**花見衣**《はなみごろも》　**花**《はな》**の袖**《そで》　**花**《はな》**の袂**《たもと》　〔花衣ぬぐやまつはる紐いろ〳〵　杉田久女〕

頭巾脱《ずきんぬ》**ぐ**《づきんぬぐ》　寒さを防ぐために用いた頭巾を、春暖くなって脱ぐこと。**捨頭巾**《すてずきん》　冬頭巾　〔思ひ立つて孫訪ふ日なり捨頭巾　巖谷小波〕

外套脱《がいとうぬ》**ぐ**《ぐわいたうぬぐ》　春になり、外套を脱ぐこと。冬マント・外套　〔マント脱ぐ川幅歩幅さだまりて　新谷ひろし〕

角巻脱《かくまきぬ》**ぐ**　春になって角巻を脱ぐこと。冬角巻　〔角巻を脱ぎ亡母のごと口重し　村上しゆら〕

胴着脱《どうぎぬ》**ぐ**　胴着は上着と下着の間に着る防寒用の衣服で、春になりそれを脱ぐこと。**袖無**《そでな》**し脱**《ぬ》**ぐ**　**羽織脱**《はおりぬ》**ぐ**　**チャンチャンコ脱**《ぬ》**ぐ**　冬胴着　〔松の秀に昼月高き胴着脱ぐ　富安風生〕

春袷《はるあわせ》《はるあはせ》　春に着る袷。色も淡く、柄は華やか。**春**《はる》**の袷**《あわせ》　夏袷　〔行きずりの私語も柔らか春袷　大津信子〕

春服《しゅんぷく》　春に着る軽やかな衣服。**春**《はる》**の服**《ふく》　**春装**《しゅんそう》　**春**《はる》**の装**《よそお》**ひ**　**春**《はる》**ごろも**　新春着　〔春の服買ふや

余命を意識して　相馬遷子〕

春外套《はるがいとう》　《はるぐわいたう》冬の重い外套を脱いだあと、春になって着替える外套。**スプリング**　**春**《はる》**コート**　**合**《あい》**オーバー**　[冬]外套　〔春コート深く合せて船隅に　岡本　眸〕

春《はる》**ショール**　女性が用いる春の肩掛。**春**《はる》**のマフラー**　**春**《はる》**の肩掛**《かたかけ》　[冬]ショール　〔さいはての句碑に掛け置く春ショール　角川照子〕

春《はる》**セーター**　毛糸も細い素材で、色も淡い春に着るセーター。[冬]セーター　〔ハモニカの一音はづれ春セーター　金井文子〕

春手袋《はるてぶくろ》　春にはめる手袋。柔らかい布地を用いる。**春手套**《はるしゆとう》　[冬]手袋　〔旅楽し春手套すぐ汚れても　藤原未知子〕

春帽子《はるぼうし》　日射をさえぎるために用いる春の装いの帽子。**イースターハット**　[夏]夏帽子　[冬]冬帽子　〔賭け馬に声掛けてゐる春帽子　黛まどか〕

春日傘《はるひがさ》　春の日射が強いとき、日焼を防ぐために用いる日傘。**春**《はる》**のパラソル**　[夏]日傘　[秋]秋日傘　〔春日傘翳《かげ》うつくしく胸の辺に　加畑吉男〕

食

山葵漬《わさびづけ》　山葵の茎、葉、根などをこまかく刻み粕漬けにしたもの。[春]山葵　[夏]山葵の花　〔ほろ〳〵と泣き合ふ尼や山葵漬　高浜虚子〕

木《き》**の芽漬**《めづけ》　山椒、通草《あけび》の若芽などを塩漬けにしたもの。[春]山椒の芽　〔山々や雨の上がり

て木の芽漬　小島　健〕

花菜漬《はななづけ》　菜の花の蕾を摘んで塩漬けにしたもの。**菜**《な》**の花漬**《はなづけ》　㊣菜の花　〔多い目に御飯を炊いて花菜漬　稲畑汀子〕

桜《さくら》　**漬**《づけ》　八重桜の花を塩漬けにしたもの。熱湯を加えた飲みものを桜湯という。**桜湯**《さくらゆ》　**塩桜**《しおざくら》　**花漬**《はなづけ》　㊣桜　〔桜漬白湯《さゆ》にひらきてゆくしじま　黒田杏子〕

蕗味噌《ふきみそ》　蕗の薹をすりつぶして、味噌と砂糖・味醂《みりん》などを加えたもの。**蕗**《ふき》**の薹**《とう》**味噌**《みそ》　㊣蕗の薹　㊢蕗　〔蕗味噌に夜もざんざんと山の雨　鷲谷七菜子〕

木《き》**の芽**《め》**味噌**《みそ》　山椒の新芽を味噌とすり合わせたもの。**山椒**《さんしょう》　**味噌**《みそ》　㊣山椒の芽　〔木の芽味噌夜の雨が灯をやはらげり　皆川盤水〕

木《き》**の芽**《め》**和**《あえ》　《きのめあへ》山椒の芽と味噌をすり合わせて、竹の子や烏賊などと和えたもの。**山椒**《さんしょう》　**和**《あえ》　㊣山椒の芽　〔雨の日は雨を聴きをり木の芽和へ　角川春樹〕

田《でん》　**楽**《がく》　豆腐を竹串に刺し、山椒の芽をすり込んだ味噌をつけて焼いたもの。**木**《き》**の芽**《め》**田楽**《でんがく》　**田**《でん》**楽豆腐**《がくとうふ》　**田楽焼**《でんがくやき》　**田楽刺**《でんがくさし》　〔田楽に夕餉すませば寝るばかり　杉田久女〕

若布《わかめ》**和**《あえ》　《わかめあへ》若布を主とした酢《す》味噌和え。㊣若布　〔若布和酒にくづるるひと夜かな　草間時彦〕

独活《うど》**和**《あえ》　《うどあへ》酢水でさらした独活に白味噌と砂糖を加えた和えもの。**酢**《す》**独活**《うど》　**独活膾**《うどなます》　㊣独活　〔独活膾余酔の人に勧めけり　菅原師竹〕

青《あお》　**饅**《ぬた》　《あをぬた》分葱《わけぎ》、浅葱《あさつき》、芥菜《からしな》などを茹でて酢味噌で和えたもの。**葱**《ねぎ》**ぬた**　〔青饅やいとけな

かりし母の酔ひ　山田みづえ〕

胡葱膾《あさつきなます》　胡葱と浅蜊のむき身や魚類などを酢味噌で和えたもの。**あさつきぬた**　春胡葱　〔冷飯にうたてやのあさつき膾　尾崎紅葉〕

鮒《ふな》膾《なます》　鮒を三枚におろしそぎ切りにしたものに、いろいろなつけ酢をつけて食べる。**鮒《ふな》の子《こ》まぶし**　**山吹膾《やまぶきなます》**　**子《こ》守膾《もりなます》**　〔京を出て瀬田の泊りや鮒膾　織田烏不関〕

田螺和《たにしあえ》《たにしあへ》　田螺の身をゆで、胡葱《あさつき》や田芹などと酢味噌和えにしたもの。**つぶ和《あえ》**　春田螺　〔田螺和へ子規に遺りし借用書　角川春樹〕

蜆《しじみ》汁《じる》　蜆を入れた味噌汁。春蜆　〔世のつねの浮き沈みとや蜆汁　鈴木真砂女〕

蒸《むし》鰈《がれい》《むしがれひ》　鰈を塩水で蒸して陰干しにしたもの。**柳《やなぎ》むし**　**柳《やなぎ》むしがれひ**　〔若狭には仏多くて蒸鰈　森澄雄〕

干《ほし》鰈《がれい》《ほしがれひ》　鰈の内臓を取って天日に干し上げたもの。冬霜月鰈　〔干鰈桃散る里のたよりかな　室生犀星〕

白子干《しらすぼし》　鰯《いわし》の稚魚を茹でて干したもの。大根おろしと和えると淡泊で美味。**白子《しらす》**　**ちりめんじやこ**　**ちりめん**　〔子を抱けりちりめんざこをたべこぼし　下村槐太〕

鯛《たい》の浜焼《はまやき》《たひのはまやき》　鯛を塩竈の中に入れ、蒸し焼きまたは塩焼きにしたもの。瀬戸内の名産。**浜焼《はまやき》**　〔浜焼の鯛の豪華に箸とりぬ　村山古郷〕

目《め》刺《ざし》　小型の鰯を竹串や藁に刺して干したもの。**目刺鰯《めざしいわし》**　**ほほざし**　**ほざし**　**目刺焼《めざしや》く**　**目刺《めざし》干《ほ》す**　**目刺一連《めざしいちれん》**　春青鰯　秋鰯　冬潤目鰯　〔火にぬれて目刺の藍のながれけり　渡辺

水巴〕

干《ひ》鱈《だら》　鱈を開いて塩漬けにして干したもの。**乾鱈《ほしだら》**　**棒鱈《ぼうだら》**　**打鱈《うちだら》**　冬鱈　〔塩の香のまづ立つ干鱈あぶりけり　草間時彦〕

壺《つぼ》焼《やき》　栄螺《さざえ》を殻のまま直火で焼いたもの。**栄螺《さざえ》の壺焼《つぼやき》**　**焼栄螺《やきさざえ》**　春栄螺　〔壺焼やいの一番の隅《すみ》の客　石田波郷〕

鶯餅《うぐいすもち》　《うぐひすもち》鶯色の餅菓子。黄な粉の色からその名がある。〔泪もろくて鶯餅の粉こぼす能村登四郎〕

蕨《わらび》餅《もち》　蕨の根の澱粉に、もち米の粉を加えて作った餅のこと。〔かたはらに鹿の来てゐるわらび餅　日野草城〕

草《くさ》餅《もち》　蓬や母子草などの葉を入れて搗いた餅。**草《くさ》の餅《もち》**　**蓬餅《よもぎもち》**　**母子餅《ほうこもち》**　〔人当たり柔らかく生き蓬餅　岩城久治〕

桜《さくら》餅《もち》　桜の葉で包んだ餅菓子。〔さくらより少し色濃し桜餅　森　澄雄〕

椿《つばき》餅《もち》　椿の葉でおおった餡《あん》入りの餅菓子。〔椿餅宵にてすみし法事かな　関戸靖子〕

菱《ひし》餅《もち》　雛の節句に用いる菱形に切った紅白緑三色の餅。**雛《ひな》の餅《もち》**　〔ひし餅のひし形は誰が思ひなる　細見綾子〕

雛《ひな》あられ　あられ餅と豆を炒《い》りまぜ、砂糖で味をつけたもの。素朴な味。**雛菓子《ひながし》**　〔雛菓子の美しかりし世もありし　池内たけし〕

白《しろ》酒《ざけ》　雛祭に用いる酒で、蒸した糯米《もちごめ》と味《み》醂《りん》で作る。**お白酒《しろざけ》**　**白酒瓶《しろざけびん》**　〔白酒の紐の如くに

桃《もも》の酒《さけ》　桃の花を酒に浮かべたもの。**桃花酒《とうかしゅ》**　[春]桃の節句　〔夜風出てひとりに余る桃の酒つがれけり　高浜虚子〕

五加木飯《うこぎめし》　五加木の新芽を炊き込んだ飯。**五加飯《うこぎめし》**　**五加茶《うこぎちゃ》**　[春]五加木　〔五加木飯通夜もまつ清川とみ子〕

枸杞茶《くこちゃ》　枸杞の若葉を摘んでお茶にしたもの。**枸杞《くこ》の茶《ちゃ》**　[春]枸杞飯　〔基隆《キールン》ははや雨季となるりのこころあり　岡本高明〕

菜《な》　飯《めし》　青菜を塩味で炊き込んだり、混ぜ合わせたご飯。**青菜飯《あおなめし》**　〔故里の人や汗して菜飯食枸杞茶かな　加藤大虫子〕

枸杞飯《くこめし》　枸杞の若葉を炊きこんだ飯。[春]枸杞茶　〔枸杞飯やわれに養生訓はなくふ　細見綾子〕

嫁菜飯《よめなめし》　嫁菜の若葉を摘んで炊きこんだ飯。[春]嫁菜　〔炊き上げてうすき緑や嫁菜飯　山口青邨〕

白魚飯《しらうおめし》　白魚とご飯を共に薄塩で炊いたり、ご飯に白魚汁をかけたりする。**白魚飯《しらおめし》**　**白《しら》**《しらうをめし》**魚鍋《おなべ》**　〔白魚飯酒の香立つをよろこべり　水原秋櫻子〕　杉田久女〕

治聾酒《じろうしゅ》　《ぢろうしゅ》春の社日（春分に一番近い戊《つちのえ》の日）に酒を飲めば耳の悪いのが治るという言い伝えがある。〔治聾酒の酔ふほどもなくさめにけり　村上鬼城〕

味噌豆煮《みそまめに》る　大豆を煮てつぶし、味噌玉にして軒に干す。**味噌玉《みそだま》**　**味噌玉干《みそだまほ》す**　[秋]焼味噌　[冬]

味噌搗〔味噌玉に月日さみしき夜となりぬ　村上しゅら〕

数《かず》の子《こ》製《せい》す　数の子を作るのは三月から四月にかけての鰊《にしん》の盛期。真水で洗い、乾燥させ、貯蔵する。**数《かず》の子《こ》干《ほ》す**　**新数《しんかず》の子《こ》**　新数の子〔鷗《ごめ》は輪を描き数の子を乾《ほ》す日和　菅原鳳舟〕

春窮《しゅんきゅう》　四月から五月にかけての春の端境期。米穀などが不足がちになる。〔戯れざまに彫り春窮の羅漢たち　邊見京子〕

住

春燈《しゅんとう》　春の夜をともすはなやぎのある燈火。**春《はる》の灯《ひ》**　**春燈《はるともし》**　**春灯《はるひ》**　**春《はる》の燭《しょく》**　**春《はる》の燈《ともし》**　**春燈火《しゅんとうか》**　夏夏の燈　秋秋の燈　冬寒燈〔春燈にひとりの奈落ありて坐す　野澤節子〕

春障子《はるしょうじ》《はるしやうじ》　障子は冬の季語だが、春になってからの障子。**春《はる》の障子《しょうじ》**　秋障子貼る・障子洗ふ　冬障子〔春障子引けば明るき海ありぬ　山崎ひさを〕

春の炉《ろ》　春寒に焚く炉。**春炉《はるろ》**　**春囲炉裏《はるいろり》**　冬炉〔春の炉に焚く松かさのにほひけり　藤岡筑邨〕

春炬燵《はるごたつ》　春になっても置かれている炬燵。北国では五月初旬ごろまで用いる。**春《はる》の炬燵《こたつ》**　**春《はる》の火燵《こたつ》**　冬炬燵〔忘れもののやうに母ゐる春炬燵　猪口節子〕

春暖炉《はるだんろ》　春になっても用いる暖炉のこと。**春《はる》の暖炉《だんろ》**　**春《はる》ストーブ**　冬暖炉・ストーブ〔春暖炉わが患者らは癒えゆくも　相馬遷子〕

春火鉢《はるひばち》　春になってもまだ片付けないでいる火鉢。**春**《はる》**の火鉢**《ひばち》　**春火桶**《はるひおけ》　冬火鉢　〔平らかにくづれて火あり春火桶　皆吉爽雨〕

炬燵塞ぐ《こたつふさ》　春になって炬燵を片付けること。その上に畳や板を敷き部屋が広くなる。**炬燵**《こたつ》**の名残**《なごり》　**炬燵**《こたつ》**しまふ**　冬炬燵　〔昼過ぎの炬燵塞ぎぬ夫の留守　河東碧梧桐〕

暖炉納む《だんろおさ》　だんろをさむ　暖炉やストーブなどを元の箱や納屋に納めること。**暖炉**《だんろ》**外**《はず》**す**　**暖炉**《だんろ》**しまふ**　**ストーブ除**《のぞ》**く**　冬暖炉　〔残したる母の暖炉も今日納む　中村美治〕

炉《ろ》**塞**《ふさぎ》　昔は陰暦三月晦日に行われた。炉の上に板蓋を置いて閉じること。茶の湯では、風炉に代わる。**炉**《ろ》**を塞**《ふさ》**ぐ**　**炉**《ろ》**の名残**《なごり》　**炉**《ろ》**の別**《わか》**れ**　**炉蓋**《ろぶた》　夏夏炉　冬炉・炉開　〔塞がむと思ひてはまた炉につどふ　馬場移公子〕

釣《つり》**釜**《がま》　茶道の言葉。天井から自在鉤を用いて釜をつり、炉火の上にかける。〔釣釜や出して古りたる旅簞笥　木下子竜〕

厩出し《うまやだ》　冬の間厩に入れていた牛や馬を野外に出し、運動と日光浴をさせる。**まや出**《だ》**し**　春牧開　〔厩出しの大きかりける馬の顔　森田峠〕

北窓開く《きたまどひら》　寒風を防ぐため冬じゅう閉め切っていた北側の窓を春に開け放つこと。**北開**《きたひら》**く**　冬北窓塞ぐ　〔北窓を開け父の顔母の顔　阿波野青畝〕

目《め》**貼剝**《ばりは》**ぐ**　窓や壁の目貼りを取り除くこと。**目貼**《めばり》**とる**　冬目貼　〔目貼はぐや故里の川鳴りをらむ　村越化石〕

雪《ゆき》**割**《わり》　道路や家の周りに積もった根雪を割ったりして雪解けを早める。**雪切**《ゆききり》　**雪掘**《ゆきほり》　**雪消**《ゆきけし》

雪割夫《ゆきわりふ》　雪切夫《ゆききりふ》　雪割る《ゆきわる》　〔雪割りて真青な笹ひらめかす　加藤楸邨〕

雪囲解く《ゆきがこいと》　雪や寒風を防ぐため家の外側を囲っていた丸太や筵《むしろ》を取り除くこと。**雪囲とる**《ゆきがこい》　**雪垣解く**《ゆきがきと》　**雪除とる**《ゆきよけ》　**冬構解く**《ふゆがまえと》　**冬囲とる**《ふゆがこい》　**雪吊解く**《ゆきづりと》　㊅雪囲・冬構　〔雪囲除れし仏間に日本海　木村蕪城〕

霜除解く《しもよけと》　霜害を防ぐための藁やむしろで囲ってあった霜除を解くこと。**霜除とる**《しもよけ》　**霜覆解く**《しもおおいと》　**霜囲とる**《しもがこい》　㊅霜除　〔雪除を解かざる寺に忌を修す　森田峠〕

風除解く《かぜよけと》　寒風を防ぐ風除を春になって取り除くこと。**風垣解く**《かぜがきと》　**風囲解く**《かぜがこいと》　**風除払ふ**《かぜよけはら》　㊅風除　〔風除解かれ大きく焚かれ婚の夜　村越化石〕

橇《そり》**しまふ**　冬の間使っていた橇を物置などに蔵《しま》いこむこと。**捨橇**《すてぞり》　**しまひ橇**《ぞり》　**橇囲ふ**《そりかこ》　㊅橇　〔しまひ橇して大吹雪また来る　二唐空々〕

車組む《くるまく》　冬の間ばらばらにして蔵ってあった荷車や馬車を組み立てること。**車出す**《くるまだ》　㊅車蔵　〔車組む馬屋にあかりとりひとつ　村上しゅら〕

屋根替《やねがえ》　積雪や強風などでいたんだ屋根を葺《ふ》き替え、修繕すること。**葺替**《ふきかえ》　**屋根葺く**《やねふ》　〔葺替《やねがへ》へし萱の金色阿弥陀堂　瀧春一〕

垣繕ふ《かきつくろ》　風雪で壊れた垣根を修理すること。**垣手入**《かきていれ》　〔仮の世に仮の垣根を繕ひし　高野素十〕

緑摘む《みどりつ》　松の枝ぶりが悪くならないように若芽を摘むこと。**松の緑摘む**《まつのみどりつ》　**若緑摘む**《わかみどりつ》　㊮若緑　㊎松手入　〔緑摘む池の中より梯子《はしご》立て　青柳志解樹〕

農耕狩猟

野《の》焼《や》く 冬枯れの野や土手の枯れ草を焼くこと。草の生育をよくし害虫駆除になる。**野焼《のやき》 野《の》を焼《や》く 野火《のび》 草焼《くさや》く 堤焼《つつみや》く 土手焼《どてや》く 野辺焼《のべや》く 原焼《はらや》く 丘焼《おかや》く 焼野《やけの》 焼原《やきはら》 野《の》を焼《や》く火《ひ》 大野焼《おおのや》く 野火煙《のびけむ》り 野火走《のびはし》る 野火這《のびは》ふ 遠野火《とおのび》 野火守《のびもり》 野火消《のびき》ゆ 夜《よる》の野火《のび》 野火熾《のびさか》ん** 〔古き世の火の色動く野焼かな 飯田蛇笏〕

山焼《やまや》く 早春、山の枯木や枯草に火を放って焼くこと。草や山菜類などの生育を促す。山火ともいう。**山焼《やまやき》 山《やま》を焼《や》く 山火《やまび》 焼山《やけやま》 遠山火《とおやまび》 山火燃《やまびも》ゆ 山焼《やまや》く火《ひ》** ［新］奈良の山焼 〔母の頬にはるけく動く山火かな 中村汀女〕

畦焼《あぜや》く 害虫駆除などのため田畑や畦を焼くこと。**畑焼《はたけや》く 畑焼《はたやき》 畦焼《あぜやき》 焼畑《やきはた》つくる やけばた 畦火《あぜび》 畦火跡《あぜびあと》 畑焼《はたや》く火《ひ》** 〔畦焼に多摩の横山暮れ去んぬ 水原秋櫻子〕

芝焼《しばや》く 害虫駆除や芝の生育を促すために枯芝を焼くこと。**芝《しば》を焼《や》く 芝火《しばび》 芝焼《しばや》く火《ひ》** 〔芝焼いて曇日紅き火に仕ふ 野澤節子〕

麦《むぎ》踏《ふみ》 冬の間、霜に浮き上がった麦の芽を踏みつける農作業。**麦《むぎ》を踏《ふ》む** ［春］青麦 ［夏］麦 ［冬］麦蒔 〔うしろ手におのれなぐさめ麦を踏む 山上樹実雄〕

農具市《のうぐいち》 一月から四月の農閑期に開かれる農具の市。〔嶺越しの雪のとびくる農具市 岡本富子〕

耕《たがや》し 田畑の土を鋤き返し、柔らかくなったところに種を蒔いたり、苗を植える。**耕《たがえ》し**

耕《たがや》す **春耕《しゅんこう》** **耕人《こうじん》** **耕馬《こうば》** **耕牛《こうぎゅう》** **馬耕《ばこう》** **耕耘機《こううんき》** 秋秋耕 冬冬耕 〔耕して天にのぼるか対州馬《つしまうま》 角川源義〕

田打《たうち》 田植の準備のため田の土を鋤き返すこと。 **春田打《はるたうち》** **田《た》を打《う》つ** **田《た》を返《かえ》す** **田返《たがえ》し** **田《た》を鋤《す》く** **田起《たおこ》し** **田掻《たがき》** **田鋤牛《たすきうし》** **田鋤馬《たすきうま》** **田打人《たうちびと》** **峡田打《かいたう》ち** **田打女《たうちめ》** 〔ひろびろと田起しの雨近江なり 森 澄雄〕

畑打《はたうち》 畑の土を打ち返し、種蒔きの用意をすること。 **畑打《はたう》つ** **畑打《はたけう》つ** **畑《はたけ》 返《かえ》す** **畑鋤《はたけす》く** 〔はるかなる光も畑を打つ鍬か 皆吉爽雨〕

畦塗《あぜぬり》 田の水が漏れないように土を練りあげて畦を塗り固めること。 **畦《あぜ》を塗《ぬ》る** **畦塗《くろぬ》り** **塗《ぬり》畦《あぜ》** **畦叩《あぜたた》き** 〔塗り上げし畦の掌型へ夕陽澄む 吉田鴻司〕

種物《たねもの》 冬の間保存しておいた稲の籾以外の春蒔きの穀類、蔬菜、草花の種のこと。 **物種《ものだね》** **花種《はなだね》** **種袋《たねぶくろ》** **種売《たねうり》** **種物屋《たねものや》** **種屋《たねや》** **物《もの》の種《たね》** **花種買《はなだねか》ふ** 秋種採 〔花種を郵便局で貰ひけり 角川春樹〕

種選《たねえら》び 種籾を塩水に浸して、悪い種を取り除き、充実した種を選り分けること。 **種選《たねよ》り** **種《たね》を選《よ》る** 秋種採 〔うしろより風が耳吹く種撰み 飴山 實〕

種井《たねい》 たねゐ 籾を蒔く前に、種籾の俵を池や川、井戸に浸しておくこと。またその井戸。 **種《たな》池《いけ》** **種桶《たねおけ》** **種井戸《たないど》** **種井時《たないどき》** 〔種池の映せしは亡き人ばかり 佐野美智〕

種俵《たねだわら》 たねだはら 種浸しに使われる袋。 **すぢ俵《だわら》** 〔種俵緋鯉の水につけてあり 星野立子〕

種浸《たねひた》し 苗代に蒔く籾種の俵を川や井戸に浸しておくこと。 **種浸《たねつ》ける** **種《たね》ふせる** **籾《もみ》つける** **種《たね》**

種《たね》 蒔《まき》 **浸《ひた》す** **籾浸《もみひた》す** 〔種浸す母屋の影ののしかかり　高橋伸張子〕 種籾を苗代に蒔くこと。 **種《たね》を蒔《ま》く** **種《たね》おろし** **すぢ蒔《まき》** **籾蒔《もみま》く** **籾《もみ》おろす** 〔種蒔ける者の足あと洽《あまね》しや　中村草田男〕

物種蒔《ものだねま》く 秋咲きの花の種を蒔くこと。物種は野菜や花の種の総称。 **花種蒔《はなだねま》く** 〔子に蒔かせたる花種の名を忘れ　安住 敦〕

種案山子《たねかがし》 種籾を蒔いた苗代に立てる案山子。 秋案山子 〔風狂の誰彼に似る種案山子　伊藤白潮〕

苗《なえ》 床《どこ》 野菜や草花、樹木の苗を育てる仮床。 **種床《たねどこ》** **苗圃《びょうぼ》** **温床《おんしょう》** **冷床《れいしょう》** **苗障子《なえしょうじ》** 〔苗床となりて濡れゐる蜜柑箱　飴山 實〕

苗《なえ》 札《ふだ》 苗床や花壇などに蒔いた草花や野菜の品種や名称、月日を記して立てる小さい木の札。 〔苗札にややこしき名を書きにけり　細川加賀〕

苗木市《なえぎいち》 寺社や公園などに立つ苗木を売る市。 **苗売《なえうり》** **苗市《なえいち》** **苗木売《なえぎうり》** **苗木市立《なえぎいちた》つ** 春植木市 夏夜店 〔奥多摩の山見えてゐる苗木市　皆川盤水〕

植木市《うえきいち》 寺社の境内などに立つ植木市。 春苗木市 夏夜店 〔植木市当て字ばかりの名札つく　右城暮石〕

朝顔蒔《あさがおま》く 八十八夜前後に蒔くのが最もよいといわれる。 **朝顔植《あさがおう》う** 秋朝顔 〔越すつもりあれどあさがほ蒔《ま》きにけり　久保田万太郎〕

夕顔蒔《ゆうがおま》く 夕顔の種を蒔くこと。 夏夕顔 秋夕顔の実 〔身にまつはる子無く夕顔の

種子を蒔く　八牧美喜子〕

鶏頭蒔《けいとうま》く　鶏頭の種を蒔くこと。**けいと蒔《ま》く**　秋鶏頭　〔真ッ黒な鶏頭の種蒔きにけり　安住敦〕

牛蒡蒔《ごぼうま》く《ごばうまく》　牛蒡はじかに畑に蒔く。春蒔きと秋蒔きがある。　夏牛蒡の花　秋牛蒡引く　〔老人や牛蒡蒔く日の白手拭　草間時彦〕

甜瓜蒔《まくわま》く《まくはまく》　温床にすじ蒔きし、子葉が開いたあと移植する。**甜瓜植《まくわう》う**　夏甜瓜　〔まくは瓜蒔き一坪を菜園《さえん》とす　上林松代〕

西瓜蒔《すいかま》く《すいくわまく》　西瓜の種を蒔くこと。**西瓜植《すいかう》う**　夏西瓜の花　秋西瓜　〔弧を描いて天日めぐり西瓜蒔く　安住敦〕

胡瓜蒔《きゅうりま》く《きうりまく》　胡瓜の種を蒔くこと。**胡瓜植《きゅうりう》う**　夏胡瓜の花・胡瓜　〔小吏たる心安さよ胡瓜植う　遠藤梧逸〕

糸瓜蒔《へちまま》く　四月中旬ごろ、じか蒔《まき》か苗から移植する。**糸瓜植《へちまう》う**　夏糸瓜の花　秋糸瓜　〔癒ゆる日の身をうたがはず糸瓜蒔く　辻輝城子〕

南瓜蒔《かぼちゃま》く　霜のなくなったころに温床で苗を育て畑に植える。**とうなす蒔《ま》く**　**ぼうぶら蒔《ま》く**　**南《かぼ》瓜植《ちゃう》う**　夏南瓜の花　秋南瓜　〔先生に南瓜の記あり南瓜蒔く　木村蕪城〕

茄子蒔《なすま》く　茄子の種を蒔くこと。**茄子《なす》を蒔《ま》く**　夏茄子・茄子植う　〔ひと夜さにあがりし雨や茄子植うる　上村占魚〕

藍蒔《あいま》く《あゐまく》　二月ごろ種を蒔き、十七センチくらいに伸びたら苗床から畑へ移植する。**藍植《あいう》**

う　夏藍刈　秋藍の花〔十郎兵衛屋敷に植ゑて藍の苗　林　俊子〕

麻蒔く《あさま》　堆肥を混ぜてじか蒔きする。　夏麻〔油売り麻蒔きをれば来るなり　松瀬青々〕

蓮植う《はすう》　蓮根を二、三節に切って縦に二十センチぐらいの深さに植える。　夏蓮〔白鷺や蓮うゑし田のさざなみに　木津柳芽〕

睡蓮植う《すいれんう》　すゐれんうう　池に直接植えることもあるが、鉢植えにして池中に沈めたり、水をたたえた鉢に植える。　夏睡蓮〔睡蓮を植う学僧の泥手足　木内彰志〕

蒟蒻植う《こんにやくう》　種蒟蒻玉を畑に穴を掘って植える。　夏蒟蒻の花　冬蒟蒻掘る〔こんにやく玉有無を言はさず埋めにけり　成瀬櫻桃子〕

芋植う《いもう》　里芋、八頭《やつがしら》など芋類は三、四月ごろ種芋を植え付ける。　**種芋植う《たねいもう》**　**里芋植う《さといもう》**　春種芋　秋芋〔芋植ゑて円《まど》かな月を掛けにけり　高浜虚子〕

馬鈴薯植う《じやがいもう》　種薯を二、三個に切り木灰を切口に付けじかに畑に植える。　**馬鈴薯植う《ばれいしよう》**　秋馬鈴薯〔じやが薯《いも》を植ゑることばを置くごとく　矢島渚男〕

木《こ》の実《み》植《う》う　松、椚、椎、樫、櫟などの木の実を春先に苗床に蒔くこと。　秋木の実〔木の実植う身に残る刻惜しみつつ　有馬籌子〕

球根植う《きゆうこんう》　きうこんうう　冬の間囲っておいた球根を春になって植える。　**ダリア植《う》う**　**百合植う《ゆりう》**〔百合植うるうしろに妻が灯をかざす　五所平之助〕

果樹植う《かじゆう》　くわじゆうう　果樹の移植は四月初旬ごろ。蜜柑《みかん》は三月初めに植える。　**桃植う《ももう》**　**柿植う《かきう》**　**蜜柑《みかん》植《う》う**〔桃植うや晩婚の子の汝が為に　杉山岳陽〕

苗木植う《なえぎう》《なへぎうう》　苗床で育った苗木を移し植えること。**桐苗植う**《きりなえう》　**松植う**《まつう》　**植林**《しょくりん》　〔棒苗を植ゑて間遠や桐畑　宮岡計次〕

桑植う《くわう》《くはうう》　溝を掘り、堆肥を施し、その上に苗を置き土をかぶせる。【春】桑・桑の花　【夏】桑の実　〔桑植うる人のしたしく道を問ふ　小堀素洞〕

剪定《せんてい》　芽吹き前に樹木の枝先を剪ったり伸びた枝や葉を刈り込むこと。**剪定す**《せんてい》　**剪枝**《せんし》　【夏】木の枝払ふ　【秋】松手入　〔剪定の桃を夕焼《ゆやけ》の癒すなり　大野林火〕

接木《つぎき》　同類異種の草木を接ぎ合わせる果樹の繁殖法。接合する幹を砧木《だいぎ》、枝芽を接穂《つぎほ》という。**接穂**《つぎほ》　**砧木**《だいぎ》　**接木苗**《つぎきなえ》　**芽接**《めつぎ》　**切接**《きりつぎ》　**根接**《ねつぎ》　**接木師**《つぎきし》　**接木する**《つぎき》　〔夢すこし現《うつつ》とちがふ接木かな　神尾季羊〕

挿木《さしき》　梢、枝などを切り取り地に挿して根を生じさせる分栽法。**挿穂**《さしほ》　**挿芽**《さしめ》　**挿葉**《さしば》　**挿床**《さしどこ》　〔挿木せしゆゑ日に一度ここに来る　山口波津女〕

取木《とりき》　枝に傷をつけて土でおおい、油紙などで包んで根の出たところを分割して苗木を作ること。**圧枝**《あつえ》　**取枝**《とりえ》　〔取木するだけの親木となりにけり　渡辺あつし〕

根分《ねわけ》　多年草は春になると古株から新芽を出すので、その芽を分けて移植すること。**株分**《かぶわけ》　**根分する**《ねわけ》　〔根分せるもの何々ぞ百花園　高浜虚子〕

菊根分《きくねわけ》　枯れた菊の株から出た新芽を切り離して苗床や針に植えること。**菊分つ**《きくわか》　**菊の根分**《きくねわけ》　【秋】菊　〔菊根分働くに似て遊ぶなり　石塚友二〕

菊植う《きくう》　菊苗を鉢や床に植えること。**菊苗**《きくなえ》　【夏】菊挿す　【秋】菊　〔菊植ゑて竹の下庵暗からず

尾崎紅葉〕

萩根《はぎね》分《わけ》 萩の新芽を古株から根分けして一株ずつ植えること。**萩《はぎ》の根《ね》分《わけ》** 夏青萩 秋萩 〔萩根分して小机に戻りけり 村山古郷〕

菖蒲根《しょうぶね》分《わけ》《しやうぶねわけ》 出てきた芽を春になり一つずつ菖蒲田に植えること。**菖蒲《しょうぶ》の根《ね》分《わけ》** 夏菖蒲・花菖蒲 〔根分せし菖蒲一束畦におく 南部憲吉〕

野老《ところ》掘《ほ》る 野老は正月用の飾り物にする。蔓が枯れてから掘り取る。**野老《ところ》掘《ほり》** 新野老 〔野老掘り山々は丈あらそはず 飯田龍太〕

慈姑《くわい》掘《ほ》る《くわゐほる》 水田に植えた慈姑は茎や葉が枯れてから掘り出す。主成分はでんぷん、食用とする。春慈姑 〔慈姑掘る門田深きに腰漬けて 石塚友二〕

若布《わかめ》刈《か》る 全国各地の沿岸に産する。地方によって異なるが、二、三月から四月にかけて刈りとる。**若布《わかめ》刈《かり》** **若布《わかめ》採《と》る** **めかり** **若布《わかめ》舟《ぶね》** **若布《め》刈舟《かりぶね》** **若布《め》刈鎌《かりがま》** **若布《め》刈竿《かりざお》** **若布《わかめ》干《ほ》す** 春若布 夏荒布 冬和布《め》刈神事《かりのしんじ》 〔若布刈る海女に禍福のなかりけり 鈴木真砂女〕

海苔《のり》掻《かき》 食用紅藻類の甘海苔のこと。天然の海苔の採取は古くからあるが、いまは養殖。十二月ごろから四月ごろにかけて掻きとる。**海苔《のり》を掻《か》く** **海苔《のり》採《と》る** **海苔《のり》粗朶《そだ》** **海苔《のり》篊《ひび》** **海《の》苔簀《りす》** **海苔籠《のりかご》** **海苔舟《のりぶね》** **海苔砧《のりきぬた》** **海苔干《のりほ》す** **海苔障子《のりしょうじ》** **海苔乾《のりかわ》く** 〔海苔掻の去りたる岩の暮るるのみ 大串章〕

牧《まき》開《びらき》 春に牧場を開くこと。**牧《まき》を開《ひら》く** 春厩出し 冬牧閉す 〔朝霧に寄り添ふ牛や牧びらき 相馬遷子〕

羊《ひつじ》の毛刈《けか》る 緬羊の毛を刈り取ること。**羊剪毛《ひつじせんもう》** **剪毛期《せんもうき》** **羊刈《ひつじか》る** 〔羊毛刈る膝下に荒きけものの息　橋本多佳子〕

桑解《くわと》く 《くはとく》冬の間、風雪の害を避けるため、藁でくくっておいた桑の枝を春になり芽の出る前にほどくこと。**桑《くわ》ほどく** **桑《くわ》を解《と》く** **桑《くわ》の枝《えだ》ほどく** ［秋］桑くくる 〔桑解けば雪嶺春をかゞやかす　西島麦南〕

霜《しも》くすべ 桑の霜害を防ぐために桑畑で火を焚くこと。［春］別れ霜 ［冬］霜 〔霜くすべ三里かなたに信濃口　飯田龍太〕

桑摘《くわつみ》 《くはつみ》養蚕のために桑の葉を摘むこと。**桑《くわ》を摘《つ》む** **桑摘女《くわつみめ》** **桑摘唄《くわつみうた》** **桑籠《くわかご》** **桑車《くわぐるま》** **桑売《くわう》り** **桑剪《くわき》る** **夜桑摘《よぐわつ》む** ［春］桑・桑の花・桑解く ［夏］桑の実 ［秋］桑括る 〔母小さし桑にかくれて桑を摘む　倉田紘文〕

蚕飼《こがい》 《こがひ》春蚕を飼うこと。蚕飼は春から秋にかけて何回も行われるが、春が最盛期である。**養蚕《ようさん》** **掃立《はきたて》** **蚕座《こざ》** **蚕屋《こや》** **蚕棚《こだな》** **蚕籠《こかご》** **蚕飼時《こかいどき》** **蚕飼《かいこか》ふ** **蚕疲《こづか》れ** **飼屋《かいや》** **蚕屋障子《こやしょうじ》** **春蚕《はるご》** **掃《は》く** ［夏］夏蚕 ［秋］秋蚕 〔高嶺星蚕飼の村は寝しづまり　水原秋櫻子〕

蚕卵紙《たねがみ》 蚕の卵を付着させた紙。**蚕卵紙《さんらんし》** **種紙《たねがみ》** 〔粒々の種生きてをり蚕卵紙　細木芒角星〕

春挽糸《はるひきいと》 新繭の出るまで、前年の繭から糸を挽く。春繭から挽いた糸は夏挽糸となる。**春挽《はるひき》** **生糸《きいと》** ［夏］新糸 〔春挽糸大繭釜の湯に踊り　千保霞舟〕

茶摘《ちゃつみ》 茶の若芽を摘むこと。八十八夜から二、三週間が最盛期。**茶《ちゃ》を摘《つ》む** **茶摘時《ちゃつみどき》** **茶山時《ちゃやまどき》** **一番茶《いちばんちゃ》** **二番茶《にばんちゃ》** **三番茶《さんばんちゃ》** **四番茶《よんばんちゃ》** **茶摘女《ちゃつみめ》** **茶摘唄《ちゃつみうた》** **茶摘籠《ちゃつみかご》** **茶山《ちゃやま》** **茶園《ちゃえん》** **茶畑《ちゃばたけ》** **茶摘人《ちゃつみびと》**

〔夕づきて励み仕舞ひの茶摘歌　宮津昭彦〕

製《せい》茶《ちゃ》　摘んだ茶の葉を蒸籠《せいろう》で蒸し、焙炉《ほいろ》の上で手で揉んで作ること。**茶《ちゃ》を製《せい》す**　**茶作《ちゃつく》り**　**茶《ちゃ》揉《も》み**　**焙炉《ほいろ》**　**焙炉場《ほいろば》**　**焙炉唄《ほいろうた》**　**焙炉師《ほいろし》**　〔懐柔を事とするなる製茶かな　相生垣瓜人〕

利《きき》茶《ちゃ》　製茶の出来上がりを検するため、茶の香味風味を種別すること。**かぎ茶《ちゃ》**　**聞茶《ききちゃ》**　夏新茶　〔茶を利くやじつと障子の桟を見て　巖谷小波〕

鮎《あゆ》汲《くみ》　川をさかのぼってくる鮎の稚魚をすくいとること。**汲鮎《くみあゆ》**　**鮎《あゆ》を汲《く》む**　**小《こ》鮎汲《あゆくみ》**　夏鮎　〔鮎汲みて遠き父祖より世捨人　堀口星眠〕

魞挿《えりさ》す　河や湖沼など魚の通り路に竹簀で囲いを作り、魚を捕る方法。**魞《えり》を挿《さ》す**　**挿《さ》す魞《えり》**　**魞《えり》挿《さし》**　**魞場《えりば》**　**魞簀《えりす》**　秋魞を解く　冬魞簀編む・魞編む　〔魞を挿す力のかひな見ゆるかな　高浜年尾〕

上《のぼ》り簗《やな》　春先、川をのぼる鮎・鮭・鱒などをとるための仕掛け。木や竹を並べた装置。夏魚簗　秋下り簗　〔上り簗秩父は山を集めけり　落合水尾〕

鯛《たい》網《あみ》《たひあみ》　春は鯛の旬で、瀬戸内海では鯛網の船が出て賑わう。広島県福山市の鞆《とも》の浦《うら》が有名。**鯛《たい》の網《あみ》**　**吾智網《ごちあみ》**　**鯛葛網《たいかつらあみ》**　**鯛地漕網《たいじこきあみ》**　春桜鯛・魚島　夏石鯛・黒鯛　〔鯛網や出船の前の大漁ぶし　村山古郷〕

磯《いそ》竈《かまど》　若布刈りの海女などが岩陰などに竈を作り火を焚いて体を温める。**磯焚火《いそたきび》**　新初竈　冬焚火　〔閨《ねや》を出し顔を合はして磯焚火　平畑静塔〕

磯《いそ》開《びらき》　一定期間採取を禁じていた海藻や貝類の漁場を解禁すること。**磯《いそ》の口明《くちあけ》**　**海下《うみおり》**　**初磯《はついそ》**

磯菜摘《いそなつみ》　**口明祭**《くちあけまつり》〔紅蓮とはならぬ火育て磯開き　井桁白陶〕
海の岩礁についている海藻類、主に石蓴《あおさ》を摘むこと。**磯菜摘**《いそなつ》**む**　**摘**《つ》**む磯菜**《いそな》〔防人《さきもり》の妻恋ふ歌や磯菜摘む　杉田久女〕

海女《あま》　海にもぐって貝や海藻を採る女性。**磯海女**《いそあま》　**沖海女**《おきあま》　**海女**《あま》**の笛**《ふえ》　**磯嘆**《いそなげ》**き**　**海女**《あま》**もぐる**　**海女**《あま》**くぐる**　**陸人**《かちど》　**舟人**《ふなど》　**海女**《あま》**の海**《うみ》〔海女潜ぐる海の明るさ地に残し　佐川広治〕

木流《きなが》**し**　冬の間の伐木を春の雪解水に乗せて下流に流すこと。**管流**《くだなが》**し**　**堰流**《せきなが》**し**　**修羅落**《しゅらおと》**し**　**初筏**《はついかだ》〔木流しのもう始まらん水喜々と　加藤楸邨〕

団扇作《うちわつく》**る**《うちはつくる》　団扇作りは、夏をひかえての季節が盛んで忙しい。**団扇作**《うちわつく》**り**　**扇作**《おうぎつく》**り**　**団扇干**《うちわほ》**す**　**団扇張**《うちわは》**る**　[夏]団扇・扇　[秋]秋団扇・秋扇〔つま立ちてほそき腕《かひな》や団扇干す　田村寿子〕

遊楽

磯遊《いそあそび》　春の行楽の一つで、潮の引いた磯に遊ぶこと。**磯祭**《いそまつり》〔子との距離いつも心に磯遊び　福永耕二〕

汐干狩《しおひがり》《しほひがり》　干潟で貝や磯の物をとって楽しむこと。**干潟遊**《ひがたあそ》**び**　**汐干**《しおひ》　**潮干貝**《しおひがい》　**潮干籠**《しおひかご》　[春]潮干〔先生のはりきつてゐる潮干狩　いさ桜子〕

観潮《かんちょう》《くわんてう》　鳴門海峡の大渦を観ること。春になると潮の干満の差が激しくなり、大渦が現出する。**渦見**《うずみ》　**渦潮見**《うずしおみ》　**渦見舟**《うずみぶね》　**観潮船**《かんちょうせん》　**渦潮**《うずしお》〔渦潮の渦の快楽を思ひ寝る　上田

五千石〕

春《はる》の旅《たび》 芽吹きの季節の興趣にかなった旅のこと。**春旅《はるたび》**〔春の旅栄螺の籠のとどきけり 長谷川かな女〕

春鮒釣《はるぶなつり》 春、鮒は産卵のため、小川や岸近くに乗っ込んでいく。このころの鮒は食いがよい。**春《はる》の鮒釣《ふなつ》る** 春 乗込鮒《のっこみぶな》〔春鮒釣硝子戸のある家に帰る 加倉井秋を〕

踏《とう》青《せい》 《たふせい》陰暦三月三日、春、野に出て青草を踏み宴を催したことから、野原で遊ぶこと。**青《あお》き踏《ふ》む** 春 野遊〔天平の仏にまみえ青き踏む 石原八束〕

野《の》遊《あそび》 野に出て遊ぶこと。**野《の》に遊《あそ》ぶ** **春遊《はるあそび》** **ピクニック**〔子と母とわが妻のこゐ野に遊ぶ 原 裕〕

摘《つみ》草《くさ》 野や堤で食用になる野の草や草花を摘み興ずること。**草摘《くさつ》む** 春 野遊〔子を連れては草も摘むそこら水音 種田山頭火〕

蕨《わらび》狩《がり》 芽を出すとたちまち伸びる蕨を摘むこと。**蕨《わらび》とる** **蕨摘《わらびつ》み** 春 蕨〔ちらばりてみなが見えをりわらび狩 皆吉爽雨〕

梅《うめ》見《み》 梅の花を観賞すること。**観梅《かんばい》** **梅見《うめみ》茶屋《ちゃや》** 冬 探梅〔青空のいつみえそめし梅見かな 久保田万太郎〕

花《はな》見《み》 桜見物、桜の花を観賞すること。四季の行楽のうち随一のもの。**お花見《はなみ》** **花見客《はなみきゃく》** **花《はな》見衆《みしゅう》** **花見人《はなみびと》** **花人《はなびと》** **花見船《はなみぶね》** **花《はな》の茶屋《ちゃや》** **花《はな》の幕《まく》** **花《はな》の宴《うたげ》** **花見《はなみ》酒《ざけ》** **花《はな》の酔《よい》** **花見《はなみ》笠《がさ》** **花見《はなみ》の座《ざ》** **花筵《はなむしろ》**〔たらちねの花見の留守や時計見る 正岡子規〕

桜《さくら》狩《がり》 山野に桜の花をたずね歩くこと。**花巡《はなめぐ》り** **桜見《さくらみ》** **観桜《かんおう》** **桜人《さくらびと》** 〔業平の墓をたづねて桜狩 高野素十〕

花《はな》篝《かがり》 夜桜に風趣を添えるために焚く篝火。**花雪洞《はなぼんぼり》** 〔花篝月の出遅くなりにけり 西島麦南〕

花《はな》守《もり》 花を守る人。花の番人。公園や庭苑を巡回する園丁。**桜守《さくらもり》** **花《はな》の主《ぬし》** **花《はな》のあるじ** 〔花守の僧行きずりに合掌す 角川源義〕

花疲《はなづか》れ 花見をして人出や陽気のため心身の疲れること。**花見疲《はなみづか》れ** 〔坐りたるまま帯解くや花疲れ 鈴木真砂女〕

太《た》夫《ゆう》の道中《どうちゅう》《たゆふのだうちゆう》 四月二十一日、京都島原遊郭で行われた行事。**傘止太夫《かさどめだゆう》** **島原《しまばら》の太夫《たゆう》の道中《どうちゅう》** **道中《どうちゅう》** **道中太夫《どうちゅうだゆう》** 〔すぐあとに次の太夫の禿《かむろ》かな 山本ちかし〕

浪花踊《なにわおどり》《なにはをどり》 大阪北の新地で行われた春の踊り。今では「上方花舞台」という。〔舞の手や浪花をどりは前へ出る 藤後左右〕

芦辺踊《あしべおどり》《あしべをどり》 大阪の南四花街の芸妓が演技場で演じた春の踊り。今では「上方花舞台」のみ。〔手にしたる芦辺踊の下足札 安田孔甫〕

都踊《みやこおどり》《みやこをどり》 四月一〜三十日、京都の祇園花見小路の歌舞練場で、祇園の舞妓・芸妓の演ずる春の踊り。〔傘さして都をどりの篝守 後藤夜半〕

東踊《あずまおどり》《あづまをどり》 四月末の四日間、東京の新橋演舞場で、新橋の芸妓の演ずる春の踊り。〔濃き紅の東踊の小提灯 下田実花〕

鴨川踊《かもがわおどり》《かもがはをどり》　五月一〜二十四日と十月十五日〜十一月七日に行われる、京都市祇園の舞妓・芸妓の演ずる踊り。〔大川や鴨川踊の灯が泳ぐ　中村美治〕

三の替《さんのかわり》《さんのかはり》　三月に上演する歌舞伎芝居のこと。**三月狂言**《さんがつきょうげん》　**弥生狂言**《やよいきょうげん》　〔嫋々《でうでう》と三の替の玉三郎　茂住照女〕

春場所《はるばしょ》　三月の第二日曜から十五日間、大阪府立体育館で行われる大相撲。**三月場所**《さんがつばしょ》　**大阪場所**《おおさかばしょ》　**浪花場所**《なにわばしょ》　［夏］夏場所（五月）・名古屋場所（七月）　［秋］秋場所（九月）　［冬］九州場所（十一月）　［新］初場所（一月）〔春場所の太鼓に運河光るなり　渡辺亀齢〕

ボートレース　関東では隅田川・戸田、関西は琵琶湖・瀬田川などで行われる。**競漕**《きょうそう》　**競漕**《きょうそう》**会**《かい》　**レガッタ**　〔競漕や花も終りの日曜日　水原秋櫻子〕

猟期終る《りょうきおわる》《れふきをはる》　狩猟期間は北海道は十月一日〜一月三十日、北海道を除く他の地方は十一月十五日〜二月十五日まで。**猟名残**《りょうなごり》　**名残**《なごり》**の猟**《りょう》　**終猟**《しゅうりょう》　［秋］初猟　［冬］狩　〔犬吠ゆる一つ嗄声猟名残　和田暖泡〕

春スキー《はる》　スキーシーズンは終わったが、まだ雪の深い所を求めて春にスキーをすること。**春**《はる》**のスキー**　［夏］夏スキー　［冬］スキー　〔春スキー胸の隆起に日をあつめ　河野南畦〕

鶯合《うぐいすあわせ》《うぐひすあはせ》　飼鶯を持ち寄って啼き声の優劣をきめる競技。**啼合**《なきあわせ》　**鳴合**《なきあわせ》　**銘鶯会**《めいおうかい》　［春］鶯・鶯笛　〔枝折戸をひそと客来て銘鶯会　内村あやめ〕

凧《たこ》　凧揚げの季節は地方によって相違があり、毎年四月に行われる長崎の凧揚《はたあげ》は有名。**紙鳶**《しえん》　**いかのぼり**　**いか**　**かかり凧**《だこ》　**落凧**《おちだこ》　**凧揚**《たこあ》**げ**　**凧**《たこ》**の糸**《いと》　**凧**《たこ》**の尾**《お》　**絵凧**《えだこ》　**字凧**《じだこ》　**奴凧**《やっこだこ》　**唸**《うな》

り凧《だこ》　ぶんぶん凧《だこ》　凧上《たこあが》る　大凧《おおだこ》　凧日和《たこびより》　凧《たこ》の絵《え》　切《き》れ凧《だこ》　凧《たこ》の空《そら》　新正月の凧　〔青空がぐんぐんと引く凧の糸　寺山修司〕

風船《ふうせん》　紙やゴム製の、息を吹き込んで遊ぶ玩具。**紙風船**《かみふうせん》　**ゴム風船**《ふうせん》　**風船玉**《ふうせんだま》　**風船売**《ふうせんうり》　**赤風船**《あかふうせん》　〔日曜といふさみしさの紙風船　岡本眸〕

風車《かざぐるま》　風を受けると回る仕掛けの幼児の玩具。**風車売**《かざぐるまうり》　〔父がまづ走つてみたり風車　矢島渚男〕

石鹸玉《しやぼんだま》　石鹸水やむくろじの実を煎じた液を麦藁の管の端につけて吹くと、五色の玉がいくつも飛びだす。春の子供の遊び。**石鹸玉消**《しやぼんだまき》**ゆ**　**石鹸玉吹**《しやぼんだまふ》**く**　**石鹸玉飛**《しやぼんだまと》**ぶ**　〔しやぼん玉底にも小さき太陽持つ　篠原梵〕

鶯笛《うぐいすぶえ》　一〇センチほどの青竹で作った笛。鶯の囀《さえず》りをまねるのである。春鶯　〔鶯笛《うぐひすぶえ》吹きて気抜けの刻ありぬ　永方裕子〕

雲雀笛《ひばりぶえ》　篠竹か土器の笛で、水を使って雲雀の鳴き声を出すように作られており、雲雀を捕らえるのに用いる。春雲雀　〔若き日の教へ子来たり雲雀笛　太田寿子〕

駒鳥笛《こまぶえ》　駒鳥の鳴き声が出るように作られた笛。吹いて聞かせると、誘われて駒鳥が鳴きだすという。夏駒鳥　〔駒鳥笛や離郷間近き丘に佇ち　山口一舞子〕

雉子笛《きじぶえ》　雄雉子を誘うため雌の声に似せて吹く笛。春雉子　〔雉笛や邑《まち》川光る雲の下　角川源義〕

貝合《かいあわせ》《かひあはせ》　三百六十個の蛤の貝殻を数人に分配して左貝右貝を合わせる遊び。〔雨の日

や忽ち飽きて貝合せ　井石雅水〕

鞦《しゅう》**韆**《せん》　ぶらんこのこと。**秋**《しゅう》**千**《せん》　**ぶらんこ**　**ふらここ**　**ふらゝこ**　**半仙戯**《はんせんぎ》　〔鞦韆は漕ぐべし愛は奪ふべし　三橋鷹女〕

情緒

春《はる》**の風邪**《かぜ》　冬の風邪のような厳しい感じはないが、侮《あなど》っていると長引くことが多い。**春風邪**《はるかぜ》　**春風邪**《はるかぜ》**ひく**　夏夏の風邪　冬風邪　〔春の風邪机の果の没日かな　加藤楸邨〕

雁瘡《がんがさい》**癒ゆ**　雁瘡は発疹性皮膚病の俗称。雁の来る秋発生し、雁の去る春のころ、治るといわれる。秋雁瘡　〔雁瘡癒ゆお椀かむりの子ぞあはれ　一之瀬川芳子〕

花粉症《かふんしよう》《かふんしやう》　ある種の花粉の吸入によりおきるアレルギー性炎症。**花粉熱**《かふんねつ》　〔罰のごと妻にはや来る花粉症　浅井火扇〕

朝《あさ》**寝**《ね》　春の寝ごこちのよさに、うつらうつらとつい寝過ごしてしまうこと。**朝寝**《あさね》**人**《びと》　夏昼寝　〔朝寝して吾には吾のはかりごと　星野立子〕

春《しゅん》**眠**《みん》　春はうつらうつらと、眠くなることが多い。夜の眠りに限らず、昼の眠りや宵寝などにもいう。**春睡**《しゅんすい》　**春**《はる》**の眠**《ねむ》**り**　**春眠**《はるねむ》**し**　〔春眠の子のやはらかき指ひらき　深見けん二〕

春興《しゅんきょう》　春の浮き浮きした楽しい気持ちをいう。**春**《はる》**たのし**　秋秋興　〔春興や頬杖ついて海の上　岸田稚魚〕

春《はる》の夢《ゆめ》　春眠中に見る夢。 [新]初夢　〔春の夢みてゐて瞼ぬれにけり　三橋鷹女〕

春《しゅん》意《い》　春ののどかな気持ち、気分をいう。 **春心《はるごころ》**　**春《はる》の情《じょう》**　[秋]秋意　〔窓の枝揺るるは春意動くなり　富安風生〕

春愁《しゅんしゅう》《しゅんしう》　華やかな楽しさの中にふと感じられる春の哀愁、ものおもい。 **春《はる》の愁《うれい》**　**春愁《はるうれ》ふ**　**春《はる》かなし**　**春怨《しゅんえん》**　[秋]秋思・秋の愁　〔春愁の渡れば長き葛西橋　結城昌治〕

宗教

神道

祈年祭《きねんさい》　毎年二月、宮中や伊勢神宮はじめ神社で豊年を祈る祭。　〔下萌のきざし始めぬ祈年祭　滝沢伊代次〕

春祭《はるまつり》　春行われる祭の総称。農事の開始にあたって五穀の豊穣を祈願する。 **春《はる》の祭《まつり》**　[夏]祭　[秋]秋祭　〔吹矢もて女うたるる春祭　富安風生〕

鬼《おに》祭《まつり》　二月十、十一日。豊橋市安久美《あくみ》神戸《かんべ》神明社の鬼と天狗の神事。　〔厄除の的奪ひ合ふ鬼まつり　山田春生〕

橿原祭《かしはらまつり》　二月十一日。大和橿原神宮の例祭。　〔やまとなる古き橿原まつりかな　天川 新〕

菜種御供《なたねごく》　二月二十五日。京都市北野神社で行われる菅原道真公の忌日の祭事。**梅花祭**《ばいかさい》　**北野**《きたの》**菜種御供**《なたねごく》　**梅花御供**《ばいかごく》　**天神御忌**《てんじんおんき》　**道真忌**《みちざねき》　〔梅花祭舞妓の髪に雪が降る　尼崎たか〕

お水送り《みずおく》　《おみづおくり》　三月二日。福井県小浜《おばま》市の神宮寺《しんぐうじ》の神事。奈良東大寺二月堂でのお水取の水を遠敷《おにゅう》川の鵜の瀬から送る。**若狭**《わかさ》**のお水送り**《みずおく》　**送水会**《そうすいえ》　〔大護摩の榾《たぶ》の根焦がす水送り　二宮英子〕

粟島祭《あわしままつり》　《あはしままつり》　三月三日。和歌山市加太の加太神社の祭礼。**淡島祭**《あわしままつり》　〔淡島祭河口を汽船のぼりくる　高木良多〕

春日祭《かすがまつり》　三月十三日。奈良の春日大社で行われる祭礼。**申祭**《さるまつり》　〔申祭三笠青みてゐたりけり　山之内基〕

浅間祭《せんげんまつり》　四月一～五日。静岡市浅間神社の祭礼。**二十日会祭**《はつかえさい》　〔二十日会祭稚子《ちご》の準備も整《ととの》ひて　太田文萠〕

鎮花祭《はなしずめまつり》　《はなしづめまつり》　桜の散るころ横行する悪霊・疫神を鎮める祭。四月十八日奈良県の大神《おおみわ》神社と摂社の狭井《さい》神社で祭祀が行われる。〔花鎮め花によりゆく水をみる　津根元潮〕

清明祭《せいめいさい》　中国伝来という沖縄の先祖祭。春分後十五日目の清明の日の祭、四月五日ごろ。**清明参**《せいめいまいり》　**しいみい**　[春]清明・清明節　〔清明祭や子等すべり落つ墓の胎《はら》　大嶺清子〕

安良居祭《やすらいまつり》　《やすらゐまつり》　四月の第二日曜日、京都の今宮神社の摂社の疫神社で行われる花鎮めの祭事。**安良居**《やすらい》　**やすらゐ花**《ばな》　**今宮祭**《いまみやまつり》　〔安良居の睡りし子鬼横抱きに　関戸靖子〕

花換祭《はなかえまつり》　《はなかへまつり》　福井県金ケ崎宮で花時の十日間、造花を交換しあう祭。〔花換や沖ゆく船

のさみしくて　川上季石〕

鬼太鼓《おにでこ》　四月十三〜十五日。佐渡新穂村管明寺内の天神の祭に奉納される太鼓。**鬼太鼓**《おにだいこ》　〔鬼太鼓沖に烏賊火の殖えはじむ　山田春生〕

山王祭《さんのうまつり》　四月十二〜十五日。滋賀県日吉《ひえ》神社の祭礼。**日吉祭**《ひえまつり》　**申　祭**《さるまつり》　**午の神事**《うまのしんじ》　夏江戸山王祭《さんわうまつり》　〔山王祭太鼓に湖は白みゆく　大矢東篁〕

高山祭《たかやままつり》　四月十四、十五日。岐阜県高山市の日枝神社の祭礼。　〔嶺の雪の照り合ふ高山祭かな　金尾梅の門〕

稲荷祭《いなりまつり》　四月の第二午の日から五月初めの卯の日まで。京都市稲荷神社の祭礼。**稲荷祭御出**《いなりまつりおいで》　**稲荷の御出**《いなりのおいで》　**稲荷神幸祭**《いなりしんこうさい》　〔稲荷祭お山めぐりの鈴連ね　木田千女〕

靖国祭《やすくにまつり》　四月二十一〜二十三日。東京九段の靖国神社の春季大祭。**招魂祭**《しょうこんさい》　秋靖国神社秋季大祭　〔招魂祭遠く来りし顔と遭ふ　三橋敏雄〕

上杉祭《うえすぎまつり》　四月二十九日〜五月三日。米沢市上杉神社と松崎神社の春祭。謙信軍団出陣の儀式や川中島模擬合戦などが行われる。　〔吾妻嶺や上杉祭夕寒し　皆川盤水〕

先帝祭《せんていさい》　五月二〜四日。下関市赤間宮で行う安徳天皇を奉祀する法会。**先帝会**《せんていえ》　〔海峡を夕日埋むる先帝祭　すずき波浪〕

仏　教

摩耶詣《まやもうで》《まやまうで》　二月初午の日に、神戸市摩耶山忉利天上寺《とうりてんじょうじ》に参詣すること。**摩耶参**《まやまいり》　**摩耶昆布**《まやこんぶ》

〔摩耶参り馬の薬も買ひにけり　寺野守水老〕

涅槃会《ねはんえ》《ねはんゑ》　陰暦二月十五日の釈尊入寂の日、行われる法会。　**涅槃**《ねはん》　**お涅槃**《ねはん》　**涅槃の日**《ねはんのひ》　**涅槃像**《ねはんぞう》　**涅槃絵**《ねはんえ》　**涅槃図**《ねはんず》　**寝釈迦**《ねしやか》　**涅槃寺**《ねはんじ》　**涅槃講**《ねはんこう》　**涅槃粥**《ねはんがゆ》　**涅槃雪**《ねはんゆき》　**涅槃変**《ねはんへん》　**涅槃光**《ねはんこう》　[春]涅槃西風
〔葛城の山懐に寝釈迦かな　阿波野青畝〕

遺教経会《ゆいきょうぎょうえ》《ゆいけうぎやうゑ》　京都大報恩寺釈迦堂の涅槃会行事。　**遺教会**《ゆいきょうえ》　**訓読会**《くんどくえ》　〔遺教経会今日ふるさとに身を置きて　村山古郷〕

常楽会《じょうらくえ》《じやうらくゑ》　陰暦二月十五日。奈良の興福寺・法隆寺、大阪の四天王寺で行う涅槃会法会。
〔常楽会闇に馴れたる眼《まなこ》据ゑ　飯田龍太〕

積塔会《しゃくとうえ》《しやくたふゑ》　陰暦二月十六日。京都清聚庵《せいじゅあん》で石塔を積む供養。　〔梅ヶ香に検校座しぬ積塔会　島田五空〕

聖霊会《しょうりょうえ》《しやうりやうゑ》　聖徳太子の忌日法会。奈良法隆寺では三月二十二日から三日間、大阪四天王寺でも行われる。　**貝の華**《かいのはな》　〔聖霊会あまたの亀も浮き出でて　土田春秋〕

比良八講《ひらはっこう》《ひらはつかう》　陰暦二月二十四日。滋賀県白鬚神社の比良明神で比叡山の僧が勤修した法華八講。　**八講**《はっこう》　[春]比良八荒　〔比良八講までの寒さと言ひにけり　角川春樹〕

浦佐の堂押《うらさのどうおし》《うらさのだうおし》　三月三日。新潟県普光寺《ふこうじ》で参詣者が裸で押し合う祭。　**堂押祭**《どうおしまつり》　**押**《お》**し合**《あ》**ひ祭**《まつり》
〔蠟番の修羅の真裸堂押祭　勝又水仙〕

修二会《しゅにえ》《しゆにゑ》　三月一～十四日。奈良市東大寺二月堂で行う国家安穏を祈念する行事。　**お松明**《たいまつ》　**二月堂**《にがつどう》**の行**《おこな》**ひ**　**修二月会**《しゅにがつえ》　〔修二会の奈良に夜来る水のごと　角川源義〕

お水取《みずとり》《おみづとり》　三月十三日。奈良東大寺修二会行事の一つ。**水取《みずとり》**〔水取の寒さ掟のごとく来る　大橋敦子〕

嵯峨《さが》の柱松明《はしらたいまつ》《はしらたいまつ》　三月十五日。京都市清涼寺釈迦堂で行われる火祭の行事。**嵯峨《さが》の御松明《おたいまつ》**　**御松明《おたいまつ**》　**柱松明《はしらたいまつ》**〔御松明の寂光きえて大伽藍　高桑義生〕

嵯峨大念仏《さがだいねんぶつ》　四月の毎土・日曜日、京都市清涼寺釈迦堂で行われる融通念仏会。十月にも一日だけ行う。**大念仏《だいねんぶつ》**〔松の間の僧の立見や嵯峨念仏　金谷柳青〕

彼岸会《ひがんえ》《ひがんゑ》　彼岸の七日間、全国諸寺で行う法会。**彼岸詣《ひがんもうで》**　**彼岸参《ひがんまいり》**　**彼岸講《ひがんこう》**　**彼岸団子《ひがんだんご》**　**彼岸寺《ひがんでら》**　**彼岸鐘《ひがんがね》**　**彼岸墓地《ひがんぼち》**　**彼岸婆《ひがんばば》**　**彼岸御堂《ひがんみどう》**　[春]彼岸　[秋]秋彼岸〔彼岸会の故山ふかまるところかな　飯田蛇笏〕

御影供《みえいく》　四月二十一日。真言宗の寺院で行う開祖弘法大師の忌日法会。**みえく**　**空海忌《くうかいき》**　**弘法《こうぼう》忌《き》**　**正御影供《しょうみえいく》**　**御影講《みえいこう》**〔御影供やいまも亡びぬいろは歌　近藤一鴻〕

道明寺祭《どうみょうじまつり》《だうみやうじまつり》　三月二十五日。大阪府藤井寺市の道明寺、天満宮で行う菜種御供の祭。**道《どう》明寺糒《みょうじほしい》**〔道明寺ほしひをつとに土師の客　安本黄塔子〕

薬師寺花会式《やくしじはなえしき》《やくしじはなゑしき》　三月三十日〜四月五日。奈良薬師寺で行う造華法会。**花会式《はなえしき》**〔喚鐘《かんしょう》にみだるる燭や花会式　水原秋櫻子〕

六阿弥陀詣《ろくあみだもうで》《ろくあみだまうで》　彼岸のうちの一日に、六か所の阿弥陀如来を巡拝する行事。**六阿弥陀《ろくあみだ》**　**阿《あ》弥陀参《みだまいり》**〔野の道や梅から梅へ六阿弥陀　正岡子規〕

開帳《かいちょう》《かいちやう》　ある一定の期間だけ、ふだんは開かない厨子《ずし》を開いて、秘仏を参拝させるこ

と。**出開帳**《でかいちょう》　**居開帳**《いかいちょう》　**御開帳**《みかいちょう》　**開帳寺**《かいちょうでら》　〔千手見せ給はぬ恨み御開帳　森田　峠〕

遍　路《へんろ》　弘法大師ゆかりの四国八十八か所の霊場を巡礼する行事。**お遍路**《へんろ》　**四国遍路**《しこくへんろ》　**四国巡り**《しこくめぐ》　**島遍路**《しまへんろ》　**遍路人**《へんろびと》　**遍路笠**《へんろがさ》　**遍路杖**《へんろづえ》　**遍路宿**《へんろやど》　[秋]秋遍路　〔雲がさびしくて遍路も群つくる　藤田湘子〕

お札流し《ふだなが》　四国遍路十か寺が遍路の納めたお札を海に流す行事。〔罪障の消ゆ如流るお札かな　関谷嘶風〕

日光強飯式《にっこうごうはんしき》《にっくわうがうはんしき》　四月二日。栃木県日光山輪王寺で大椀の御飯を頂く儀式。**輪王寺強飯式**《りんのうじごうはんしき》　**天狗の強飯**《てんぐ》《ごうはん》　**日光責**《にっこうぜめ》　〔雪冷えの膝を正して強飯式　木内彰志〕

鞍馬の花供養《くらま》《はなくよう》《くらまのはなくやう》　四月十八～二十二日。京都市鞍馬寺で行われる法会。**花供養**《はなくよう》　**花供懺法**《はなぐせんぼう》　〔泣虫の稚児山伏や花供養　若月瑞峰〕

仏生会《ぶっしょうえ》《ぶつしやうゑ》　四月八日。釈迦の降誕を祝福する法会。**釈尊降誕祭**《しゃくそんこうたんさい》　**仏誕会**《ぶったんえ》　**誕生会**《たんじょうえ》　**降誕会**《こうたんえ》　**浴仏会**《よくぶつえ》　**灌仏会**《かんぶつえ》　**竜華会**《りゅうげえ》　[春]甘茶　花祭　〔仏生会鎌倉のそら人歩く　川崎展宏〕

甘　茶《あまちゃ》　釈迦の降誕を祝して仏生会の時、誕生仏にそそぐお茶。**五香水**《ごこうすい》　**五色の水**《ごしきのみず》　**仏の産湯**《ほとけのうぶゆ》　**甘茶仏**《あまちゃぶつ》　**甘茶寺**《あまちゃでら》　**甘茶の杓**《あまちゃ》《しゃく》　**甘茶灌ぐ**《あまちゃそそ》　**灌仏**《かんぶつ》　**浴仏**《よくぶつ》　**誕生仏**《たんじょうぶつ》　**甘茶飲む**《あまちゃの》　[春]仏生会　〔濡れてすぐ乾く台座や甘茶仏　磯貝碧蹄館〕

花　祭《はなまつり》　四月八日。釈迦の生誕を祝福する行事。[春]仏生会　〔花祭後れじと蹤《つ》く風の稚子　石塚友二〕

花御堂《はなみどう》《はなみだう》　仏生会の灌仏を安置する小さな御堂。**花亭**《かてい》　**花の塔**《はなのとう》　〔門前にあをあをと海花御

堂　高野素十〕

吉野《よしの》の花会式《はなえしき》 よしののはなゑしき　四月十一、十二日。吉野金峯山《きんぶ》寺蔵王堂で行われる花供《はなぐ》懺法会《せんぽうえ》。**花会《はなえ》式《しき》**　**鬼踊《おにおどり》**　**餅配《もちくばり》**　〔稚児よりも僧うつくしき花会式　角川春樹〕

西大寺大茶盛《さいだいじおおちゃもり》 さいだいじおほちやもり　四月十五、十六日。奈良西大寺の行事。一抱えもある大茶盌《ちゃわん》に茶を点てて参詣人に供する。〔金襴の帯に落花や大茶盛　舘岡沙緻〕

釈《せき》　奠《てん》　四月の第四日曜日に東京湯島聖堂、四月十日に佐賀県多久市の孔子廟で行われる孔子の祭。**孔子祭《こうしさい》**　**おきまつり**　**釈菜《せきさい》**　[秋]秋の釈奠　〔坂多き湯島や雨のおきまつり　矢島房利〕

御身拭《おみぬぐい》 おみぬぐひ　四月十九日。京都市清凉寺釈迦堂の本尊釈迦如来を香湯で浸した布で拭う儀式。**お身拭《みぬぐ》ふ**　〔お身拭末世の塵のかく多し　園田二狼〕

御《ぎょ》　忌《き》　四月十九～二十五日。浄土宗の各寺院で行う法然上人の忌日の法会。**法然忌《ほうねんき》**　**法然《ほうねん》上人忌《しょうにんき》**　**円光忌《えんこうき》**　**御忌詣《ぎょきもうで》**　**御忌《ぎょき》の寺《てら》**　**御忌《ぎょき》の鐘《かね》**　**御忌小袖《ぎょきこそで》**　〔行春の旅にゐたれば法然忌　森　澄雄〕

壬生念仏《みぶねんぶつ》　四月二十一～二十九日。京都市壬生寺で行われる大念仏会。**壬生《みぶ》ねぶつ**　**壬生祭《みぶまつり》**　**壬生狂言《みぶきょうげん》**　**壬生《みぶ》の鉦《かね》**　**壬生《みぶ》の踊《おどり》**　**壬生《みぶ》の面《めん》**　〔うららかに妻のあくびや壬生念仏　日野草城〕

行基詣《ぎょうきもうで》 ぎやうきまうで　四月二、三日の両日、兵庫県昆陽寺で行う開基、行基菩薩の忌日法会に詣ること。**行基菩薩忌《ぎょうきぼさつき》**　**行基参《ぎょうきまいり》**　**行基忌《ぎょうきき》**　〔短かさよ行基参のつみ蓬　松瀬青々〕

興福寺文殊会《こうふくじもんじゅえ》《こうふくじもんじゆゑ》　四月二十四、二十五日。奈良興福寺東金堂で行われる。〔文殊会や子の一字書きの奉納額　大野修二〕

峰《みね》　**入**《いり》　四月から八月にかけて奈良と和歌山にまたがる紀伊山地の大峰山に修行のために登山参拝する行事。**大峯入**《おおみねいり》　**順**《じゅん》**の峰入**《みねいり》　**順**《じゅん》**の峰**《みね》　**入峯**《にゅうぶ》　[秋]逆の峰入　〔峰行者霞のなかに昼餉食ふ　木内彰志〕

藤原祭《ふじわらまつり》《ふじはらまつり》　五月一〜五日。岩手県中尊寺と毛越寺で行われる祭。**平泉**《ひらいずみ》　**藤原祭**《ふじわらまつり》　〔判官の馬仕立てゐる藤原祭　小原啄葉〕

鐘供養《かねくよう》《かねくやう》　春の終わりごろ、各寺で行われる梵鐘供養の行事。**釣鐘供養**《つりがねくよう》　〔悪相の僧が仕切りて鐘供養　大牧広〕

キリスト教

二十六聖人祭《にじゅうろくせいじんさい》《にじふろくせいじんさい》　二月五日。日本最初の殉教者二十六人を記念するカトリックの祝日。**知命祭**《ちめいさい》　**二十六聖祭**《にじゅうろくせいさい》　〔暮れてなほ空透きとほる知命祭　下村ひろし〕

バレンタインの日《ひ》　二月十四日。ローマの聖バレンタインの殉教を記念する祭。**バレンタインデー**　〔バレンタイン・デー暖炉に薔薇《バラ》の木を焚けり　角川春樹〕

聖《せい》**ヨセフ祭**《さい》　三月十九日。キリストの養父ヨセフが亡くなった日。**浄配祭**《じょうはいさい》　**守護者祭**《しゅごしゃさい》　〔浄配祭幼な覚えの聖歌あり　頭島如安〕

御《お》**告祭**《つげさい》　三月二十五日。天使が処女マリアに聖霊によってキリストを身ごもったことを告げ

た日。告知祭《こくちさい》　お告《つ》げの祝日《しゅくじつ》　受胎告知日《じゅたいこくちび》〔羽紅き受胎告知の大天使　景山筍吉〕

謝肉祭《しゃにくさい》　四旬節に入る灰の水曜日の直前三日間をいう。肉食を断つ習慣の四旬節の前の最後に肉食を許されている三日間。カーニバル〔金の靴一つ落ちゐし謝肉祭　有馬朗人〕

灰《はい》の水曜日《すいようび》　四旬節の始まる水曜日をいう。信者の額に灰で十字架を書く。聖灰水曜日《せいかいすいようび》　聖灰祭《せいかいさい》　《はひのすいえうび》〔猫あるく気配や灰の水曜日　ながさく清江〕

四旬節《しじゅんせつ》　復活祭前の四十日間。教徒たちはキリストの受難をしのんで斎戒する。七旬節《しちじゅんせつ》　六《ろく》旬節《じゅんせつ》　五旬節《ごじゅんせつ》〔今日はけふの悔あり風の四旬節　古賀まり子〕

受難節《じゅなんせつ》　四旬節中の第五の日曜日から復活祭の前日までの二週間。キリストの受難と死去とを特別に記念する期間。受苦節《じゅくせつ》　受難日《じゅなんび》　受難週《じゅなんしゅう》〔オルガンの黒布ゆゆしや受難節　下村ひろし〕

棕櫚《しゅろ》の日曜日《にちようび》　《しゅろのにちえうび》復活祭直前の日曜日、聖週間の始まる日。ユダヤ人たちはキリストのエルサレム入りを棕櫚の枝を振って喜んだ。棕櫚《しゅろ》の聖日《せいじつ》　棕櫚《しゅろ》の主日《しゅじつ》　枝《えだ》の主日《しゅじつ》　パーム・サンデー〔乳しぼりきし手を組めり聖枝祭　佐野美智〕

聖週間《せいしゅうかん》　復活祭直前の棕櫚の日曜日より始まる一週間。聖週期《せいしゅうき》　大週間《だいしゅうかん》　聖週《せいしゅう》〔聖週間木椅子に坐りだこの節《ふし》　鷹羽狩行〕

聖木曜日《せいもくようび》　《せいもくえうび》聖週間中の木曜日。キリストは最後の晩餐を使徒たちとともにし聖体の秘蹟を制定された。聖木曜《せいもくよう》　最後《さいご》の晩餐《ばんさん》〔パンちぎる聖木曜のわが一家　阿波野青畝〕

聖金曜日《せいきんようび》　《せいきんえうび》聖週間中の金曜日。キリストの受難と十字架上の死去を記念する日。聖金《せいきん》

曜《よう》　受難日《じゆなんび》　グッド・フライデー　用意日《よういび》の金曜《きんよう》　〔聖金曜のオルガン低し辛夷の芽　古賀まり子〕

聖土曜日《せいどようび》《せいどえうび》　聖週間中の土曜日。キリストの遺骸が墳墓に安置された日。**聖土曜**《せいどよう》　〔気象庁開花宣言聖土曜　景山筍吉〕

復活祭《ふっかつさい》《ふくくわつさい》　春分後の最初の満月の後の第一日曜日。キリストが死後三日目に甦った復活を記念する日。**イースター　イースター・ホリデー　イースター・リリー　イースター・エッグ　染卵**《そめたまご》　**パスハ　パスカ　パーク　復活節**《ふっかつせつ》　〔胸に享く復活祭の染卵　石田波郷〕

白き日曜日《しろきにちようび》《しろきにちえうび》　復活祭後の第一日曜日。**白衣の主日**《びやくいしゆじつ》　**低き主日**《ひくしゆじつ》　**白衣の土曜**《びやくいどよう》　〔ヨットの帆傾く白き日曜日　北脇泊船〕

忌日

光悦忌《こうえつき》《くわうえつき》　陰暦二月三日。江戸初期の工芸家・茶人本阿弥光悦の忌日。寛永十四年（一六三七）没、七十九歳。〔貝の名に鳥やさくらや光悦忌　上田五千石〕

清盛忌《きよもりき》　陰暦二月四日。平清盛の忌日。養和元年（一一八一）没。〔六波羅や禿《かむろ》の墓も清盛忌　星野麦人〕

句仏忌《くぶつき》　二月六日。東本願寺第二十三世法主・俳人大谷句仏の忌日。昭和十八年没。〔句仏忌や我れ生き残る雪の国　名和三幹竹〕

節忌《たかしき》　二月八日。小説家・歌人長塚節の忌日。大正四年（一九一五）没。**節の忌**《たかしき》　**長塚忌**《ながつかき》

〔こでまりのけぶる水辺やたかしの忌　中條千枝子〕

友二忌《ともじき》　二月八日。俳人・小説家石塚友二の忌日。昭和六十一年没、八十歳。〔友二忌の昼いちまいの蕎麦せいろ　星野麥丘人〕

菜《な》**の花忌**《はなき》　二月十二日。小説家司馬遼太郎の忌日。平成八年没、七十二歳。**司馬**《しば》**遼太郎忌**《りょうたろうき》〔海見ゆる坂をのぼれば菜の花忌　福原知子〕

妓王忌《ぎおうき》《ぎわうき》　陰暦二月十四日。「平家物語」に出てくる白拍子妓王の忌日。**祇王忌**《ぎおうき》〔妓王忌の夜はみぞれとなりにけり　皆川盤水〕

霽月忌《せいげつき》　二月十五日。俳人村上霽月の忌日。昭和二十一年没。〔冴え返る屏風の銀や霽月忌　三由孝太郎〕

兼好忌《けんこうき》《けんかうき》　陰暦二月十五日、四月八日と諸説がある。鎌倉末期の歌人・随筆家吉田兼好の忌日。没年未詳。〔読まず書かず風の二月や兼好忌　星野麥丘人〕

西行忌《さいぎょうき》《さいぎやうき》　陰暦二月十六日。平安末・鎌倉初期の歌僧西行法師の忌日。建久元年（一一九〇）没、七十三歳。**円位忌**《えんいき》　**山家忌**《さんかき》〔花あれば西行の日とおもふべし　角川源義〕

安吾忌《あんごき》　二月十七日。小説家坂口安吾の忌日。昭和三十年没、四十九歳。**坂口忌**《さかぐちき》　**安吾**《あんご》**の忌**《き》〔驕る梅照る梅固し安吾の忌　小林専太郎〕

元政忌《げんせいき》　陰暦二月十八日。江戸前期の高僧元政上人の忌日。寛文八年（一六六八）没、四十五歳。〔架け更へて青き筧《かけひ》や元政忌　内藤十夜〕

かの子忌《こき》　二月十八日。小説家岡本かの子の忌日。昭和十四年没、五十歳。**かの子**《こ》**の忌**《き》〔河

底の水の胎動かの子の忌　松下千代〕

鳴雪忌《めいせつき》　二月二十日。俳人内藤鳴雪の忌日。大正十五年（一九二六）没、七十九歳。**老梅忌**《ろうばいき》〔この道をふみもまどはず鳴雪忌　富安風生〕

多喜二忌《たきじき》　二月二十日。小説家小林多喜二の忌日。昭和八年没、三十歳。**多喜二の忌**《たきじのき》〔多喜二忌や糸きり〳〵とハムの腕　秋元不死男〕

風生忌《ふうせいき》　二月二十日。俳人富安風生の忌日。昭和五十四年没、九十三歳。〔朴の芽の今年は遅き風生忌　清崎敏郎〕

不器男忌《ふきおき》《ふきをき》　二月二十四日。俳人芝不器男の忌日。昭和五年没、二十八歳。**不器男の忌**《ふきおのき》〔不器男忌のあをぞらの凍まさりけり　鈴木しげを〕

丈草忌《じょうそうき》《ぢやうさうき》　陰暦二月二十四日。蕉門十哲の一人内藤丈草の忌日。元禄十七年（一七〇四）没、四十二歳。〔つれなきは比良の雪なり丈艸忌　松瀬青々〕

茂吉忌《もきちき》　二月二十五日。歌人斎藤茂吉の忌日。昭和二十八年没、七十一歳。**茂吉の忌**《もきちのき》〔灯を消して白き山あり茂吉の忌　角川春樹〕

利休忌《りきゅうき》《りきうき》　陰暦二月二十八日。安土・桃山時代の茶人千宗易・利休の忌日。天正十九年（一五九一）没、七十一歳。**利休の忌**《りきゅうのき》〔利久忌の海鳴せまる白襖　鷲谷七菜子〕

逍遥忌《しょうようき》《せうえうき》　二月二十八日。小説家・評論家・劇作家坪内逍遥の忌日。昭和十年没、七十六歳。**逍遥の忌**《しょうようのき》〔逍遥忌子に遺す一書あらば足る　鈴木蚊都夫〕

三汀忌《さんていき》　閏二月二十九日。小説家・劇作家・俳人久米正雄の忌日。昭和二十七年没、六十歳。

久米忌《くめき》　海棠忌《かいどうき》　三汀《さんてい》の忌《き》　微苦笑忌《びくしょうき》　〔いつすぎし梅のさかりや三汀忌　久保田万太郎〕

其角忌《きかくき》　陰暦二月三十日、一説に二十九日。蕉門十哲の一人宝井其角の忌日。宝永四年（一七〇七）没、四十七歳。**其角《きかく》の忌《き》**　**晋翁忌《しんおうき》**　**晋子忌《しんしき》**　〔其角忌の夜となれば夜の遊びかな　長谷川春草〕

俊寛忌《しゅんかんき》　しゅんくわんき　陰暦三月二日。平安末期の僧俊寛の忌日。治承三年（一一七九）没。**俊寛《しゅんかん》の忌《き》**　〔磯椿雨うそ寒し俊寛忌　幕内千恵〕

立子忌《たつこき》　三月三日。俳人星野立子の忌日。昭和五十九年没、八十一歳。〔立子忌の昨日と過ぎし衣たたむ　今井つる女〕

為朝忌《ためともき》　陰暦三月六日。平安末期の武将源為朝の忌日。治承元年（一一七七）没、三十一歳。**為朝《ためとも》の忌《き》**　〔入港の船の賑はひ為朝忌　槇　蕗子〕

幽学忌《ゆうがくき》　陰暦三月八日。江戸後期の教育家・農学者大原幽学の忌日。安政五年（一八五八）没、五十九歳。**幽学《ゆうがく》の忌《き》**　〔わが生涯農一すぢに幽学忌　田中朝城〕

蒼虬忌《そうきゅうき》　さうきうき　陰暦三月十三日。江戸後期の俳人成田蒼虬の忌日。天保十三年（一八四二）没、八十二歳。〔月並の俳諧の徒の蒼虬忌　梅津　光〕

善導忌《ぜんどうき》　ぜんだうき　陰暦三月十四日。中国の浄土教大成の僧善導の忌日。永隆《えいりゅう》二年没、六十八歳。〔青柳に遊ぶ糸あり善導忌　松瀬青々〕

梅若忌《うめわかき》　陰暦三月十五日。謡曲「隅田川」中の人物梅若丸の忌日。**梅若祭《うめわかさい》**　**梅若《うめわか》の涙雨《なみだあめ》**　〔石

投げて水輪たのしむ梅若忌　角川照子〕

月斗忌《げっとき》 三月十七日。俳人青木月斗の忌日。昭和二十四年没、七十一歳。〔月斗忌やせめて供華など大どかに　菅　裸馬〕

人麿忌《ひとまろき》 陰暦三月十八日。万葉歌人柿本人麿の忌日。没年未詳。**人麻呂忌**《ひとまろき》 **人丸忌**《ひとまるき》 **人丸祭**《ひとまるさい》〔新雪の浅間燃えたり人丸忌　相馬遷子〕

小町忌《こまちき》 陰暦三月十八日。平安前期の歌人小野《おのの》小町の忌日。没年未詳。**小町の忌**《こまちのき》〔小町忌や二軒茶屋より供へ物　佐々木紅春〕

大石忌《おおいしき》《おほいしき》 陰暦二月四日。浅野藩家老大石内蔵助良雄の忌日。元禄十六年（一七〇三）没、四十四歳。**良雄忌**《よしおき》 **良雄の忌**《よしおのき》 [春]義士祭 [冬]義士会〔風のくる柱に凭れ大石忌　福島　勲〕

竹冷忌《ちくれいき》 三月二十日。俳人角田竹冷の忌日。大正八年（一九一九）没、六十三歳。**竹冷の忌**《ちくれいのき》〔夜の畦火はしりはばたき竹冷忌　佐野鬼人〕

蓮如忌《れんにょき》 陰暦三月二十五日。鎌倉中期の僧・本願寺第八世蓮如上人の忌日。明応八年（一四九九）没、八十四歳。**中宗会**《ちゅうそえ》 **蓮如の忌**《れんにょのき》〔大寺の屋根に月あり蓮如の忌　成瀬櫻桃子〕

誓子忌《せいしき》 三月二十六日。俳人山口誓子の忌日。平成六年没、九十二歳。「天狼」主宰。**天狼忌**《てんろうき》〔告げたきは先づ地震《なゐ》のこと誓子の忌　桂　信子〕

犀星忌《さいせいき》 三月二十六日。詩人・小説家室生犀星の忌日。昭和三十七年没、七十三歳。**犀星の**《さいせい》

忌《き》〔坂の上の明治の火の見犀星忌　黒田桜の園〕

赤彦忌《あかひこき》 三月二十七日。歌人島木赤彦の忌日。大正十五年（一九二六）没、五十歳。**赤彦の忌**《あかひこのき》〔一雨あり湖岸萌え初め赤彦忌　小口白湖〕

宗因忌《そういんき》 陰暦三月二十八日。江戸前期の連歌師・俳諧談林派の祖西山宗因の忌日。天和二年（一六八二）没、七十八歳。**西翁忌**《さいおうき》 **梅翁忌**《ばいおうき》 **宗因の忌**《そういんのき》〔宗因忌浪花の梅のなつかしき　酒井至人〕

三鬼忌《さんきき》 四月一日。俳人西東三鬼の忌日。昭和三十七年没、六十二歳。**三鬼の忌**《さんきのき》 **西東忌**《さいとうき》〔三鬼忌のハイボール胃に鳴りて落つ　楠本憲吉〕

光太郎忌《こうたろうき》《くわうたらうき》 四月二日。彫刻家・詩人高村光太郎の忌日。昭和三十一年没、七十三歳。**連翹忌**《れんぎょうき》 **光太郎の忌**《こうたろうのき》〔光太郎忌山ありて川ひかるなり　上田小八重〕

達治忌《たつじき》《たつぢき》 四月五日。詩人三好達治の忌日。昭和三十九年没、六十三歳。**鷗忌**《かもめき》 **達治の忌**《たつじのき》〔達治忌や妻に不縁はさだめなり　石原八束〕

放哉忌《ほうさいき》《はうさいき》 四月七日。俳人尾崎放哉の忌日。大正十五年（一九二六）没、四十二歳。**放哉の忌**《ほうさいのき》〔放哉忌竹の病む葉を虚空より　飯田龍太〕

虚子忌《きょしき》 四月八日。俳人高浜虚子の忌日。昭和三十四年没、八十四歳。**椿寿忌**《ちんじゅき》 **虚子の忌**《きょしのき》〔虚子の忌の大浴場に泳ぐなり　辻桃子〕

節子忌《せつこき》 四月九日。俳人野澤節子の忌日。平成七年没、七十五歳。**桜忌**《さくらき》 **節子の忌**《せつこのき》〔節子忌を修せし夕べ種おろす　きくちつねこ〕

啄木忌《たくぼくき》　四月十三日。詩人・歌人石川啄木の忌日。明治四十五年（一八八二）没、二十八歳。**啄木**《たくぼく》**の忌**《き》〔あ・あ・あ・とレコードとまる啄木忌　高柳重信〕

お国忌《くにき》　一説に四月十五日。慶長時代、女歌舞伎の祖となった阿国の忌日。慶長十二年（一六〇七）（？）没。**阿国忌**《おくにき》　**阿国**《おくに》**の忌**《き》〔阿国忌や旅路の中の杉並木　北野民夫〕

康成忌《やすなりき》　四月十六日。小説家川端康成の忌日。昭和四十七年没、七十三歳。**川端忌**《かわばたき》　**康成**《やすなり》**の忌**《き》
〔花は葉に季《とき》を譲りぬ康成忌　松本昌之〕

百閒忌《ひやっけんき》《ひやくけんき》　四月二十日。小説家・随筆家内田百閒の忌日。昭和四十六年没、八十一歳。
百鬼園忌《ひやっきえんき》　**木蓮忌**《もくれんき》〔取皿の座りの悪き百閒忌　さくたやすい〕

荷風忌《かふうき》　四月三十日。小説家永井荷風の忌日。昭和三十四年没、七十九歳。**偏奇館忌**《へんきかんき》　**荷風**《かふう》**の忌**《き》〔荷風忌や精養軒のオムライス　佐藤紫城〕

動物

四足動物

獣交む《けものつるむ》　春は獣の交尾期、牛馬の家畜は種つけをする。**獣**《けもの》**さかる**　**犬**《いぬ》**さかる**　〔青竹の奥あかるくて犬交る　加藤楸邨〕

熊穴《くまあな》出《い》づ　冬眠の熊は雪解けを待って山野に出て餌をあさる。**熊穴《くまあな》を出《で》る**　**穴《あな》を出《で》し熊《くま》**　冬　熊・熊穴に入る・冬眠　〔穴熊のわれを見るべく穴を出づ　田中朗々〕

若《わか》　駒《こま》　駒は馬の子または若い馬のことで、馬と同義にも使う。春野に放牧した馬のこと。**春《はる》の駒《こま》**　**春駒《はるこま》**　**春《はる》の馬《うま》**　春 馬の子　新年 春駒　〔若駒の親にすがれる大き眼よ　原　石鼎〕

馬《うま》の子《こ》　馬の子は受胎後一年で生まれる。**仔馬《こうま》**　**馬《うま》の子《こ》生《うま》る**　**仔馬《こうま》跳《と》ぶ**　**孕《はら》み馬《うま》**　秋 馬肥ゆる　〔微風にも仔馬の聡き耳二つ　柴田白葉女〕

春《はる》の鹿《しか》　春になると雄鹿は角が落ち、雌鹿は脱毛する。**春鹿《はるじか》**　春 落し角《づの》　夏 袋角　秋 鹿　〔春の鹿水のひびきが木の間より　友岡子郷〕

孕《はら》み鹿《じか》　秋に交尾し、子を孕んでいる鹿。四月から六月ごろ出産する。**鹿孕《しかはら》む**　秋 鹿　〔孕鹿ねまりて海を眺めをり　新田祐久〕

落《おと》し角《づの》　鹿の角は春自然に落ちて、初夏になると新しい角が生えてくる。**鹿《しか》の角落《つのお》つ**　**忘《わす》れ角《づの》**　**角落《つのお》す鹿《しか》**　**落角《おとしづの》**　**角落《つのお》つ**　夏 袋角　秋 鹿・角切　〔風強く晴れたる山の落し角　宇佐美魚目〕

海《あざ》　豹《らし》　北海沿岸に群棲しているが、春秋二季に南下し、北海道・本州中部まで出現する。**トッカリ**　〔蒼き流氷あざらし丸眼して乗りぬ　多田睦子〕

猫《ねこ》の恋《こい》　交尾期の猫の妻恋い。昼夜となく鳴きわめく。ことに目立つのは春。**恋猫《こいねこ》**　**猫《ねこ》の妻恋《つまこい》**　**猫《ねこ》さかる**　**浮《う》かれ猫《ねこ》**　**猫《ねこ》の別《わか》れ**　**猫《ねこ》の夫《つま》**　**猫《ねこ》の妻《つま》**　**戯《たわむ》れ猫《ねこ》**　**孕猫《はらみねこ》**　**恋《こい》の猫《ねこ》**　**通《かよ》ひ猫《ねこ》**

猫《ねこ》の子《こ》

春《はる》の猫《ねこ》　［冬］竈猫《かまどねこ》　〔恋猫の皿舐めてすぐ鳴きにゆく　加藤楸邨〕

猫の子は年じゅう生まれるが、春が最も多い。**子《こ》猫《ねこ》**　**猫生《ねこうま》る**　**猫《ねこ》の親《おや》**　［春］猫の恋

〔黒猫の子のぞろぞろと月夜かな　飯田龍太〕

亀《かめ》鳴《な》く

亀は鳴かないが、想像上の季題である。　［夏］海亀・亀の子　〔裏がへる亀思ふべし鳴けるなり　石川桂郎〕

蟇穴《ひきあな》を出《い》づ

冬眠からさめた蟇が春になって地上に現れること。**蟇穴《ひきあな》を出《で》る**　**蟇出《ひきい》づ**　［夏］蟇

〔蟇出でてすぐにおのれの位置を占む　山崎ひさを〕

蛇穴《へびあな》を出《い》づ

地中に冬眠していた蛇が、春になり暖かくなると穴を出てくること。**蛇穴《へびあな》を出《で》る**　**蛇出《へびい》づ**　**穴《あな》を出《で》し蛇《へび》**　［夏］蛇　［秋］蛇穴に入る　〔蛇穴を出て見れば周の天下なり　高浜虚子〕

蜥蜴穴《とかげあな》を出《い》づ

蜥蜴出《とかげい》づ　**蜥蜴穴《とかげあな》を出《で》る**　**穴出《あなで》し蜥蜴《とかげ》**　［夏］蜥蜴　［秋］蜥蜴穴に入る　〔蜥蜴出て風の中より水田の香《か》　森　澄雄〕

蝌《か》蚪《と》

蝌《くわ》も蚪《と》も杓の形をした生き物の意で、蛙の幼生のお玉杓子を表す。**お玉杓子《たまじゃくし》**　**蛙《かえる》子《こ》**　**蛙《かえる》の子《こ》**　**蛙生《かえるうま》る**　**蝌蚪《かと》の紐《ひも》**　**蝌蚪《かと》の水《みず》**　**蝌蚪《かと》の国《くに》**　**蝌蚪群《かとむ》る**　**蝌蚪生《かとうま》る**　［夏］青蛙・雨蛙　〔川底に蝌蚪の大国ありにけり　村上鬼城〕

蛙《かわず》

《かはづ》一般的には、かえるといっている。春から夏にかけて、雌を呼んで鳴きたてる。

殿様蛙《とのさまがえる》　**赤蛙《あかがえる》**　**土蛙《つちがえる》**　**田蛙《たがえる》**　**初蛙《はつがえる》**　**昼蛙《ひるがえる》**　**夕蛙《ゆうがえる》**　**夜蛙《よがえる》**　**遠蛙《とおがえる》**　**蛙《かえる》合戦《がっせん》**　**蛙鳴《かえるな》く**　**痩蛙《やせがえる》**　**蛙田《かえるた》**　**苗代蛙《なわしろかわず》**　［春］蛙の日借時　［夏］青蛙・雨蛙・河鹿・蟇　〔昼蛙どの畦のどこ曲らうか　石

川桂郎〕

鳥

春の鳥《はるのとり》 春に野山や人家の庭先などに来る小鳥の総称。**春禽**《しゅんきん》 春囀・百千鳥・鳥交る 〔わが墓を止り木とせよ春の鳥 中村苑子〕

貌鳥《かおどり》 美しい春の鳥の総称か。**貌よ鳥**《かおよどり》 **杲鳥**《はこどり》 〔貌鳥のなぞめくごとく消えたき日 赤尾兜子〕

花鳥《はなどり》 特定の種類を指すわけではなく、花に来る鳥とも解される。〔花鳥を待ちたる昼のブランデー 秋山巳之流〕

呼子鳥《よぶこどり》 古来諸説があり、伝説の鳥。〔み吉野や花啣《くは》へたる呼子鳥 角川春樹〕

百千鳥《ももちどり》 春になって多くの小鳥が群鳴しているのをいう。秋色鳥・小鳥 〔百千鳥柩《ひつぎ》の汝を運ぶ上 大野林火〕

鶯《うぐいす》 梅の花の咲くころ、春のことぶれを告げる鳥。日本の代表的な鳴禽。**黄鳥**《うぐいす》 **匂鳥**《においどり》 **藪鶯**《やぶうぐいす》 **飼鶯**《かいうぐいす》 **鶯**《うぐいす》**の初音**《はつね》 **初音**《はつね》 **鶯**《うぐいす》**の谷渡**《たにわた》**り** **春告鳥**《はるつげどり》 夏老鶯 冬笹鳴 新初鶯 〔鶯や前山いよゝ雨の中 水原秋櫻子〕

雉《きじ》 日本特有の鳥。春の繁殖期に雄が鋭く鳴いて雌を呼ぶ。**雉子**《きじ》 **きぎす** **きぎし** **雉子**《きじ》**のほろろ** **夕**《ゆう》**きぎす** **夜**《よる》**のきぎす** **雉子翔**《きじた》**つ** **雉子**《きじ》**の声**《こえ》 春雉子笛 〔雉子の眸のかうかうとして売られけり 加藤楸邨〕

山鳥《やまどり》　雉子よりやや大きく鳴き声のかわりにドロドロドロと大きな羽音を立てて友鳥を呼ぶ。〔雪原を来てやまどりの尾をひらふ　那須乙郎〕

小綬鶏《こじゅけい》　鶉よりやや大きく、高い声で鳴く。〔小綬鶏や朝日うつろふ旅の膳　下村ひろし〕

雲雀《ひばり》　雀よりやや大きく、畑や草原に巣を作り空中高く上がって鳴く。鳴き終ると直線に下りてくる。**告天子**《こくてんし》　**叫天子**《きょうてんし》　**初雲雀**《はつひばり》　**揚雲雀**《あげひばり》　**落雲雀**《おちひばり》　**朝雲雀**《あさひばり》　**夕雲雀**《ゆうひばり》　**雲雀野**《ひばりの》　**雲雀籠**《ひばりかご》　**雲雀**《ひばり》**あがる**　**雲雀落**《ひばりお》**つ**　[夏]夏雲雀　[冬]冬雲雀　〔くもることわすれし空のひばりかな　久保田万太郎〕

麦《むぎ》**鶉**《うずら》　《むぎうづら》鶉は青麦の伸びるころ繁殖する。この時期の鶉のこと。**ひひ鳴**《な》**き**　[夏]鶉の巣　[秋]鶉　〔睡る間に月夜は消えて麦鶉　藤田湘子〕

鷽《うそ》　雀より少し大きく、色彩の優美な鳥で、口笛に似た声で鳴く。**鷽鳥**《うそどり》　**琴弾鳥**《ことひきどり》　**鷽**《うそ》**の琴**《こと》　**鷽姫**《うそひめ》　**照鷽**《てりうそ》　**雨鷽**《あまうそ》　**黒鷽**《くろうそ》　[新]鷽替　〔鷽の来て雪こぼしをり雪の晴　森澄雄〕

河原鶸《かわらひわ》　《かははらひは》雀よりやや小さく緑がかった褐色の鳥。**小河原鶸**《こがはらひわ》　[秋]鶸　〔河原鶸機屋のひるのしづもりに　山谷春潮〕

頬《ほお》**白**《じろ》　《ほほじろ》雀ぐらいの大きさで、鳴き声は鈴を振るように美しい。眼の上下の白線が特徴。**深山頬白**《みやまほおじろ》　[夏]頬赤　〔頬白や一人の旅の荷がひとつ　有働亨〕

山椒喰《さんしょうくい》　《さんせうくひ》雀よりやや大きく、尾が長い。後頭部と顔は黒色で背は灰色。[夏]山椒魚　〔山椒喰亡びし村の屋根の上　多田薙石〕

春《はる》**の鵙**《もず》　秋とちがって優しさを含んだ艶のある囀りをする。**春鵙**《はるもず》　[秋]鵙　[冬]冬鵙　〔眦《まなじり》に金

ひとすぢや春の鵙　橋本鶏二〕

燕《つばめ》

春渡来し、軒などに巣を作り繁殖、秋に南へ帰る。**乙鳥**《つばめ》　**玄鳥**《つばめ》　**つばくら**　**つばくらめ**　**つばくろ**　**燕来**《つばめく》**る**　**初燕**《はつつばめ》　**朝燕**《あさつばめ》　**夕燕**《ゆうつばめ》　**昼燕**《ひるつばめ》　**川燕**《かわつばめ》　**燕鳴**《つばめな》**く**　**飛**《と》**ぶ燕**《つばめ》　**飛燕**《ひえん》　夏燕の子・岩燕・夏燕・雨燕《あまつばめ》　秋燕帰る　冬越冬燕　〔つばめつばめ泥が好きなる燕かな　細見綾子〕

岩燕《いわつばめ》

燕よりやや小さく脚は白い。山地・海岸の絶壁に営巣する。〔岩燕《いはつばめ》日の澄みを飛び飛びやまず　柴田白葉女〕

引鶴《ひきづる》

春になって北方へ帰ってゆく鶴のこと。**鶴帰**《つるかえ》**る**　**帰**《かえ》**る鶴**《つる》　**鶴去**《つるさ》**る**　**鶴引**《つるひ》**く**　**残**《のこ》**る鶴**《つる》　秋鶴来る　冬鶴・凍鶴　〔引鶴の雲居の声の落ち来る　大橋櫻坡子〕

白鳥《はくちょう》**帰**《かえ》**る**《はくてうかへる》

白鳥がシベリアへ帰っていくこと。**残**《のこ》**る白鳥**《はくちょう》　冬白鳥　〔白鳥二羽湖光を曳いて帰りけり　石原八束〕

春《はる》**の雁**《かり》

雁は春、北に帰っていくが、帰り遅れている雁や残っている雁をいう。**春雁**《はるかり》　**残**《のこ》**る雁**《かり》　春帰雁　秋雁　冬冬の雁　〔﨟纈《らうけつ》の蠟煮ゆるなり春の雁　飴山實〕

帰雁《きがん》

春になって寒地へ帰る雁。**帰**《かえ》**る雁**《かり》　**雁帰**《かりかえ》**る**　**雁行**《かりゆ》**く**　**行**《ゆ》**く雁**《かり》　**去**《さ》**る雁**《かり》　**雁去**《かりさ》**る**　**雁**《かり》**の名残**《なごり》　**名残**《なごり》**の雁**《かり》　**いまはの雁**　春春の雁・雁風呂《がんぶろ》　秋雁　冬冬の雁　〔雁ゆきてまた夕空をしたゝらす　藤田湘子〕

引鴨《ひきがも》

一群ずつ、繁殖地の北方へ帰る鴨。**鴨帰**《かもかえ》**る**　**帰**《かえ》**る鴨**《かも》　**行**《ゆ》**く鴨**《かも》　**去**《い》**ぬ鴨**《かも》　**去**《さ》**る鴨**《かも》　**鴨引**《かもひ》**く**　春春の鴨　夏夏鴨・鴨の子・通し鴨　秋初鴨　冬鴨　〔引鴨に一夜の雪や前白根　藤

田湘子〕

春《はる》の鴨《かも》　春になっても北へ帰らず、湖や沼に残っている鴨。**残《のこ》る鴨《かも》**　**引残《ひきのこ》る鴨《かも》**　**残《のこ》り鴨《がも》**　春引鴨　夏夏鴨・鴨の子・通し鴨　秋初鴨　冬鴨　〔残りしか残されゐしか春の鴨　岡本眸〕

海猫渡《うみねこわた》る　鷗の一種で猫に似た声で鳴く。二月から三月にかけて渡ってくる。**海猫渡《ごめわた》る**　**ごめ来《く》る**　夏海猫　秋海猫帰る　〔海を見るひとりの午后をごめ渡る　きくちつねこ〕

鳥帰《とりかえ》る《とりかへる》　春、越冬した渡り鳥が北方の繁殖地へ帰っていくことをいう。**帰《かえ》る鳥《とり》**　**小《こ》鳥帰《とりかえ》る**　**小《こ》鳥引《とりひ》く**　**鳥引《とりひ》く**　**引鳥《ひきどり》**　秋小鳥・渡り鳥　〔鳥帰るいづこの空もさびしからんに　安住　敦〕

鳥雲《とりくも》に入《い》る　北方へ遠く帰ってゆく鳥たちが雲間に入って見えなくなること。**雲《くも》に入《い》る鳥《とり》**　**雲《くも》に鳥《とり》**　**鳥雲《とりくも》に**　春鳥帰る・鳥曇　〔少年の見遣るは少女鳥雲に　中村草田男〕

囀《さえずり》《さへづり》　さまざまな春の鳥が、いっせいに鳴くことをいう。**囀《さえず》る**　**鳥囀《とりさえず》る**　〔さへづりや綿ふくませる死者の頬　後藤兼志〕

鳥交《とりさか》る　春は鳥の繁殖期で、盛んに囀《さえず》り交尾する。**鳥《とり》つるむ**　**さかる鳥《とり》**　**鳥《とり》の恋《こい》**　**鳥《とり》の妻恋《つまごい》**　**雀《すずめ》交《さか》る**　**鳥《とり》つがふ**　**小《こ》鳥《とり》の恋《こい》**　**恋雀《こいすずめ》**　〔そのことも真空のなかや鳥交る　森　澄雄〕

鶴《つる》の舞《まい》《つるのまひ》　交尾期のツルが雌の前で見せる舞踊。〔鶴の舞ひ見し夜の夢も舞ひにけり　林　佑子〕

孕《はら》み雀《すずめ》　卵を孕んだり抱いたりして巣にこもっている雀のこと。**子《こ》持雀《もちすずめ》**　**子《こ》持鳥《もちどり》**　〔孕雀とな

りしか鳴きのやさしさよ　上村占魚〕

雀《すずめ》の子《こ》　孵《ふ》化《か》後二週間くらいで巣立ち、巣立ちののち十日ほどで飛べるようになる。**子雀《こすずめ》**　**雀《すずめ》の雛《ひな》**　**黄雀《きすずめ》**　**親雀《おやすずめ》**　**雀子《すずめご》**　冬寒雀　新初雀　〔子雀に雨の水輪のけぶるなり　角川源義〕

鳥《とり》の巣《す》　鳥が樹上や木の空洞、藪、草むら、人家などに作った巣。**巣《す》鳥《どり》**　**小《こ》鳥《とり》の巣《す》**　**巣《す》の鳥《とり》**　**巣籠《すごもり》**　**巣隠《すがくれ》**　夏浮巣　〔鳥の巣をいたはりて木を伐らせけり　森鷗外〕

巣《す》箱《ばこ》　野鳥のために林や庭先に人工的に作った巣。**鳥《とり》の巣《す》箱《ばこ》**　〔病室に巣箱作れど燕来ず　石田波郷〕

古《ふる》巣《す》　一度使った巣は翌年はかえりみられない。捨てられた巣は古家のようである。〔隠れ沼や古巣日光透くばかり　野澤節子〕

鳥《とり》の卵《たまご》　野鳥の卵は鳥の種類により色も大きさもちがう。**小《こ》鳥《とり》の卵《たまご》**　**抱卵期《ほうらんき》**　〔燈台も木々の香に噎《む》せ抱卵期　大島民郎〕

鷲《わし》の巣《す》　高山の岸壁の岩棚《いわだな》や松の樹上一四メートルくらいのところに営まれる。**巣《す》の鷲《わし》**　**鷲巣《わしす》**　冬鷲　〔鷲の巣や碧落に巌吹かれ寂ぶ　河本素城〕

鷹《たか》の巣《す》　大鷹は、山地の森林の七、八メートルの樹枝上や木のまたに巣を作る。**巣《す》の鷹《たか》**　**鷹巣《たかす》**　秋鷹の山別　冬鷹　〔鷹の巣やひとり泉のゆらめける　山上樹実雄〕

鶴《つる》の巣《す》　鶴は日本では丹頂が北海道釧路などの湿原で営巣するだけである。**鶴《つる》の巣《す》籠《ごもり》**　冬鶴・凍鶴　〔鶴の巣や湿原の草青み初む　桃井細流〕

雉子《きじ》の巣《す》　原野・畑・雑木林など草に覆われた地上に作る。**巣《す》の雉子《きじ》**　**雉子巣《きじす》**　春雉　〔雉子の巣《す》や驚破《すは》翔ち出づる羽の音　細木芒角星〕

鳶《とび》の巣《す》　一〇メートル以上の大木の枝上に、細い枝を組み合わせた径五〇センチもある大きな巣。**巣《す》の鳶《とび》**　**鳶巣《とびす》**　〔鳶巣籠る雨また雨の海のそば　須並一郎〕

鶯《うぐいす》の巣《す》　竹藪、笹の茂み、草原など地上一メートルぐらいのところに作る。　春鶯　夏老鶯《うぐひすのす》《おいうぐひす》　〔鶯の巣の近くにて杣の道　島木君江〕

燕《つばめ》の巣《す》　人家の梁や軒などに泥や藁などで椀形の巣を営む。**巣燕《すつばめ》**　**巣籠《すごも》る燕《つばめ》**　春燕　〔燕の巣みどりのかげのさしゐたり　大野林火〕

雀《すずめ》の巣《す》　藁や鳥の抜け毛などで、廂の裏や屋根瓦のすき間などに作る。**雀《すずめ》の巣藁《すわら》**　冬寒雀　新初雀　〔雀の巣かの紅糸をまじへをらむ　橋本多佳子〕

雲雀《ひばり》の巣《す》　原野や畑などの雑草や麦・大豆の根もとに作る。　春雲雀　夏夏雲雀　冬冬雲雀　〔雲雀の巣はるかに急ぐ人のあり　中田みづほ〕

鴉《からす》の巣《す》　森の木の高いところに、木の小枝を椀のような形に組み合わせた径五〇センチくらいの巣。**烏《からす》の巣《す》**　**巣鴉《すがらす》**　夏烏の子　冬寒鴉　新初鴉　〔巣鴉や春日に出ては翔ちもどり　芝不器男〕

鷺《さぎ》の巣《す》　白鷺《しらさぎ》の類や五位鷺《ごいさぎ》は、繁殖期には一か所に無数に集まって営巣する。　夏青鷺・白鷺　〔青鷺の高度の端麗巣をつくる　加藤知世子〕

巣立鳥《すだちどり》　雛鳥が成長して、巣を離れ、飛び立てるようになったことをいう。**鳥《とり》の巣立《すだち》**　**巣立《すだち》**

巣立《すだ》つ　親鳥《おやどり》　鳥巣立《とりすだ》つ　鳶巣立《とびすだ》つ　鷹巣立《たかすだ》つ　[春]鳥の巣・古巣　〔巣立鳥高嶺の壁のこたへなし　藤田湘子〕

魚　介

浮鯛《うきだい》　浮鯛《うきだひ》　春先、産卵のため外海から内海に入ってきた鯛が、水圧の変化で腹を膨《ふく》らまして浮き上がる現象。　[春]桜鯛　〔鯛浮くといふ瀬戸海の潮真青　文田文二〕

桜鯛《さくらだい》　桜鯛《さくらだひ》　桜どきに産卵のため沿岸に来る真鯛のことで、とくに雄の真鯛は性ホルモンの作用で赤みを帯びる。　**花見鯛《はなみだい》**　**乗込鯛《のっこみだい》**　[春]鯛網　[夏]黒鯛・石鯛・麦藁鯛　[冬]寒鯛　〔夕餉まだ日のあるうちや桜鯛　森　澄雄〕

魚島《うおじま》　魚島《うをじま》　瀬戸内海で八十八夜のころから鯛や鰆などが産卵のため、海が膨れるほど集まることをいう。　**魚島時《うおじまどき》**　[春]桜鯛　〔魚島の瀬戸の鷗の数しれず　森川暁水〕

眼張《めばる》　目が大きく、朱金色の磯魚。　**黒《くろ》めばる**　**赤《あか》めばる**　**金《きん》めばる**　〔一匹づつ眼張の付きし夕べかな　川崎展宏〕

鰊《にしん》　春、沿岸に群れて来て海藻に産卵、再び海へ出る。北海道西部沿岸付近が主産卵場だったが、近年回遊コースや産卵場が変わった。　**鯡《にしん》**　**青魚《にしん》**　**黄魚《にしん》**　**春告魚《にしん》**　**鰊群来《にしんくき》**　**鰊漁《にしんりょう》**　**鰊汲《にしんく》む**　**鰊網《にしんあみ》**　**鰊場《にしんば》**　**鰊舟《にしんぶね》**　**鰊干《にしんほ》す**　**鰊釜《にしんがま》**　**鰊小屋《にしんごや》**　**鰊漁夫《にしんぎょふ》**　[夏]身欠鰊　〔唐太《からふと》の天《あめ》ぞ垂れたり鰊群来　山口誓子〕

鰆《さわら》　鰆《さはら》　体長一メートルくらいのやや細長くて平たい魚。　**馬鮫魚《さわら》**　**さごち**　**さごし**　**鰆網《さわらあみ》**

鰆船《さわらぶね》　沖鰆《おきさわら》〔鰆舟瀬戸口を出て暮光負ふ　西村公鳳〕

鱵《さより》　体が細長く、体長三～四〇センチくらい。肉は透きとおり、味は淡泊。**竹魚**《さより》　**細魚**《さより》　**水針魚**《さより》　**針魚**《はりお》　**鱵汲む**《さよりくむ》　**鱵舟**《さよりぶね》〔美貌なる鱵の吻《くち》は怖るべし　安住敦〕

春鰯《はるいわし》　日本海沿岸の鰯漁は春、四月から五月にかけてが最盛期。子を持ち美味。[春]目刺　[秋]鰯　[冬]潤目鰯〔春鰯ひと夜の雨の銚子港　皆川盤水〕

鮎並《あいなめ》　鮎に似た淡泊な味で、四、五月ごろが旬《しゅん》。椀種やちり鍋・煮魚《にざかな》などに供される。**あぶらめ**　**あぶらこ**〔あいなめは息吐く焼いてしまふべし　新谷ひろし〕

子持鯊《こもちはぜ》　鯊の産卵期に、腹部がぽってりと張って黄金色の卵の粒が透けてみえる状態。[秋]鯊・鯊釣〔一トしきり釣れて干汐や子持ち鯊　谷脇蓼花〕

鯥五郎《むつごろう》《むつごらう》　九州の有明海に産するハゼ科の浅海魚。干潟に棲む。**むつ**　**むつ飛**《と》**ぶ**　**鯥掘**《むつほ》**る**　**鯥掛**《むつか》**け**　**鯥曳網**《むつひきあみ》　**鯥袋網**《むつふくろあみ》〔鯥五郎おどけ目玉をくるりんと　上村占魚〕

鮊子《いかなご》　関東ではこうなご、関西ではかますごともいう。**玉筋魚**《いかなご》　**こうなご**　**かますご**　**かます**　**じやこ**　**しわ鮊子**《いかなご》　**鮊子干**《いかなごほ》**す**　**いかなご舟**《ぶね》〔鮊子を干せば潮の香濃くなれり　若月瑞峰〕

ぎんぽ　扁平で細長く、やや鰌《どじょう》に似る。体長一八センチぐらい。**銀宝**《ぎんぽ》〔ぎんぽ揚げて板前の指細りたる　村田逸風〕

ごんずゐ　鯰《なまず》に近縁の魚で体形は鯰に似ているが、ほとんど食用にしない。〔月の下ごんずゐは釣り捨てられて　大場白水郎〕

白魚《しらうお》《しらうを》　体長約八～九センチで、やせ形の半透明の優美な魚。黒眼があざやか。煮ると

白色になる。しらを　しろを　銀魚《しらうお》　白魚舟《しらうおぶね》　白魚鍋《しらうおなべ》　白魚汁《しらうおじる》　白魚捕《しらうおと》り　白魚汲《しらうおく》む　白魚火《しらうおび》　白魚和《しらうおあえ》　〔白魚のさかなたること略しけり　中原道夫〕

黄鯝魚《わたこ》　琵琶湖特産の魚。近年、穴道湖に放流され育っている。わたか　うまうを　わたうを
〔わたこ捕る子におだやかな今日の比良　田中勝堂〕

鱒《ます》　鮭と同属で、五月ごろ産卵のため母川に回帰する。本鱒《ほんます》　川鱒《かわます》　紅鱒《べにます》　姫鱒《ひめます》　海鱒《うみます》　上《のぼ》り鱒《ます》　鱒上《ますのぼ》る　鱒釣《ますつり》　虹鱒飼《にじますか》ふ　〔紅鱒の斑をこぼさずに焼かれけり　渡辺恭子〕

諸子《もろこ》　体長約一〇センチ、背は黒く、腹は白い淡水魚。その形から柳葉魚の字をあてる。琵琶湖に多く産する。諸子魚《もろこうお》　諸子鮠《もろこはえ》　初諸子《はつもろこ》　柳諸子《やなぎもろこ》　柳葉諸子《やなぎもろこ》　本諸子《ほんもろこ》　柳葉魚《もろこ》　諸子《もろこ》釣《つ》る　〔火にのせて草のにほひす初諸子　森　澄雄〕

公魚《わかさぎ》　本来、海産魚だが、湖沼に移殖、体長一〇センチほどで、背は淡黄色、腹部は銀白色。味は淡泊で美味。鰙《わかさぎ》　雀魚《すずめうお》　桜魚《さくらうお》　あまさぎ　公魚漁《わかさぎりょう》　公魚舟《わかさぎぶね》　〔公魚をさみしき顔となりて喰ふ　草間時彦〕

桜鯎《さくらうぐい》　《さくらうぐひ》桜時、雄の腹に美しい縦線が現われるのでこの名がある。花《はな》うぐひ　〔花うぐひ焼かれて卵こぼしけり　長谷川睦子〕

柳鮠《やなぎはえ》　一〇センチほどのはやの体型が柳の葉のようであるところからの通称。鮠《はえ》　はや
〔瀬の色に紛れ紛れず柳鮠　大橋敦子〕

初鮒《はつぶな》　鮒は水がぬるむと冬眠状態からさめて、さかんに餌づく。春初めてとれるという意からいう。春《はる》の鮒《ぶな》　春鮒《はるぶな》　㊬乗込鮒　㊇寒鮒　〔掌に重く有明色の春の鮒　加藤楸邨〕

乗込鮒《のっこみぶな》 春になって、産卵のため小川や溝に乗り込んでくる鮒。夏濁鮒 秋紅葉鮒 冬寒鮒〔乗込み鮒沼の端より雨上り 植村 隆〕

鮒《ふな》の巣離《すばな》れ 冬眠状態の鮒が水ぬるんで泳ぎ出た様子をいう。**鮒《ふな》の巣立《すだち》** 春乗込鮒・初鮒〔白雲を浮かべて鮒の巣立ちかな 戸川稲村〕

子持鮒《こもちぶな》 三、四月ごろのお腹に卵を持った鮒のこと。夏濁鮒 秋紅葉鮒 冬寒鮒〔舟底や眼を動かせて子持鮒 植村 隆〕

若《わか》鮎《あゆ》 三月ごろ、海から川に遡ってくる四〜六センチの小鮎。**小鮎《こあゆ》 鮎《あゆ》の子《こ》 上《のぼ》り鮎《あゆ》 鮎《あゆ》のぼる** 夏鮎 秋落鮎〔のぼり鮎すぎてまた来る蕗の雨 加藤楸邨〕

雪代山女《ゆきしろやまめ》 雪解け水のあふれるころの渓流の山女。**雪代岩魚《ゆきしろいわな》** 夏山女 秋木葉山女〔釣られたる雪代山女身を反らす 田川江道〕

彼岸河豚《ひがんふぐ》 河豚の一種で、春の彼岸ごろに産卵するためこの名がある。**名古屋河豚《なごやふぐ》** 春菜種河豚 冬河豚〔媚《こ》び哀れなり明眸《めいぼう》の彼岸河豚 坂東菖雨〕

菜種河豚《なたねふぐ》 菜種の咲くころの河豚。春彼岸河豚 冬河豚〔菜種河豚放り出されてふくれけり 梅沢しづ子〕

鰉《ひがい》 体長約一五センチほどの淡水魚。琵琶湖などに産する。〔酒少し淡海の鰉《ひがひ》の夜 森 澄雄〕

螢烏賊《ほたるいか》 体長五センチ前後の烏賊で、発光器を持ち海中で光を発する。**まついか** 夏烏賊〔花の後はやも賜はる螢いか 角川源義〕

花烏賊《はないか》　桜のころにとれる烏賊のことをいう。　**桜烏賊**《さくらいか》　**甲烏賊**《こういか》　**真烏賊**《まいか》　夏烏賊　〔花烏賊を煮て吹き降りの夕なり　百合山羽公〕

飯蛸《いいだこ》　親指大の頭の小さな蛸で、成熟した卵巣が飯粒に似ているのでこの名がある。　**いしだこ**《いひだこ》　**望潮魚**《いいだこ》　**高砂飯蛸**《たかさごいいだこ》　夏蛸　〔夕澄みて飯蛸泳ぐ舟のうち　堀口星眠〕

栄螺《さざえ》　拳の形をした巻貝で、多く外海に面した岩礁地帯に棲息。　**拳螺**《さざえ》　**栄螺子**《さざえ》　**栄螺焼**《さざえやき》　**生栄螺**《なまさざえ》　**焼栄螺**《やきさざえ》　春壺焼　〔しんかんと栄螺の籠の十ばかり　飯田龍太〕

蛤《はまぐり》　浅海の砂底に棲む二枚貝。　**蛤鍋**《はまなべ》　**蒸蛤**《むしはまぐり》　**焼蛤**《やきはまぐり》　**酢蛤**《すはまぐり》　**蛤**《はま》**つゆ**　**大蛤**《おおはまぐり》　**蛤掘**《はまぐりほ》**る**　〔蛤を逃がせば舌を出しにけり　高浜虚子〕

浅蜊《あさり》　浅海の砂泥に棲む二枚貝。全国いたるところに見られ、汐干狩で多くとれる。養殖も行われている。　**姫浅蜊**《ひめあさり》　**浅蜊売**《あさりうり》　**浅蜊汁**《あさりじる》　**浅蜊籠**《あさりかご》　**浅蜊殻**《あさりがら》　**浅蜊貝**《あさりがい》　**浅蜊舌出**《あさりしただ》**す**　**浅蜊舟**《あさりぶね》　**浅蜊掻**《あさりか》**く**　**浅蜊捕**《あさりと》**り**　〔浅蜊汁殻ふれ合ふもひとりの餉　永方裕子〕

貽貝《いがい》　黒色の三角形の殻を持つ二枚貝。　**貽**《い》**の貝**《かい》　**姫貝**《ひめがい》　**瀬戸貝**《せとがい》　〔留守の戸に海女の子遊ぶ貽貝かな　滝　正巳〕

簾貝《すだれがい》　長楕円形の二枚貝で、殻に簾に似た溝がある。　〔欠航に重ねる泊りすだれ貝　小川匠太郎〕

月日貝《つきひがい》　丸い形をした八、九センチの二枚貝。殻の一枚は紫赤色、一枚は淡黄白色で、月日に見立てた。　〔あこがれて南の海や月日貝　森　澄雄〕

板屋貝《いたやがい》　帆立貝に似た形で一〇センチくらいの二枚貝。　**杓子貝**《しゃくしがい》　〔東海の浜に拾ひぬ杓

子貝　東白日子〕

赤貝《あかがい》《あかがひ》 アカガイ科の二枚貝。春が産卵期で最も美味。**蚶**《きさ》 **血貝**《ちがい》 〔手秤にかけて赤貝三つ買ふ　北田桃代〕

常節《とこぶし》 北海道南部以南の浅海の岩礁に棲息する。形も味も鮑《あわび》の小型と見ていい。**小鮑**《とこぶし》 **万年鮑**《まんねんあわび》 **先年貝**《せんねんがい》 〔常節を採るには海が明るすぎる　加倉井秋を〕

馬蛤貝《まてがい》《まてがひ》 横の長さ一二、三センチに達する二枚貝。肉は美味。**馬刀**《まて》 **馬刀貝**《まてがい》 **剃刀貝**《かみそりがい》 **あかまて** **馬刀突**《まてつき》 **馬刀掘**《まてほり》 〔いちどだけ父と馬刀突きしたること　星野麦丘人〕

馬鹿貝《ばかがい》《ばかがひ》 蛤に似た二枚貝で、殻をあけて足を出していることが多い。**馬珂貝**《ばかがい》 **うば貝**《がい》 **おとり貝**《がい》 **ありそ貝**《がい》 **青柳**《あおやぎ》 〔砂噛んでばか貝の打ち寄せらるる　平井照敏〕

潮吹《しおふき》《しほふき》 バカガイ科の二枚貝。**潮吹貝**《しおふきがい》 〔子の顔や潮吹き貝に顔吹かれ　百合山羽公〕

鳥貝《とりがい》《とりがひ》 ザルガイ科の二枚貝で、鮨種や酢のものにして美味。[春]鳥貝 〔鳥貝の泥吐く桶の濁りかな　霞秋〕

子安貝《こやすがい》《こやすがひ》 タカラガイ科の巻貝の異名。安産のお守りにされるのでこの名がある。**貝子**《ばいし》 **宝貝**《たからがい》 〔子安貝海女の授乳のおほらかに　金井文子〕

細螺《きさご》 やや扁平でそろばん玉ほどなので、彩色しておはじき用にされていた。**きしやご** **ぜぜ貝**《がい》 **いぼきさご** 〔浪退けば細螺おびたゞしきことよ　阿波野青畝〕

桜貝《さくらがい》《さくらがひ》 貝の色と形が桜の花びらのようであるところからこの名がある。**花貝**《はながい》 **紅貝**《べにがい》 〔さくら貝拾ひあつめて色湧けり　上村占魚〕

蜆《しじみ》

内海や湖沼など淡水に棲息する小粒の二枚貝。**蜆貝**《しじみがい》　**真蜆**《ましじみ》　**紫蜆**《むらさきしじみ》　**大蜆**《おおしじみ》　**瀬田蜆**《せたしじみ》　**大**《やま》**和蜆**《としじみ》　**業平蜆**《なりひらしじみ》　**蜆舟**《しじみぶね》　**蜆掻**《しじみか》**く**　**蜆**《しじみ》**の舌**《した》　**蜆捕**《しじみと》**る**　**蜆川**《しじみがわ》　**蜆売**《しじみうり》　**むき蜆**《しじみ》　**蜆桶**《しじみおけ》　**蜆籠**《しじみかご》　[春]蜆汁　[夏]土用蜆　[冬]寒蜆　〔根の国の水脈《みを》引き帰る蜆舟　佐川広治〕

蜷《にな》

細長い巻貝。水底の泥に筋をつけて這う。**みな**　**河貝子**《かばいし》　**海蜷**《うみにな》　**川蜷**《かわにな》　**にだ**　**蜷**《にな》**の道**《みち》　**蜷群**《になむ》**れて**　**杭**《くい》**の蜷**《にな》　〔砂川の蜷に静かな日ざしかな　村上鬼城〕

北寄《ほつき》**貝**《がい》

《ほつきがひ》うばがいの異名で食用として美味。**ほつき**　**ほつき曳**《ひ》**く**　**北寄鍋**《ほつきなべ》　**蒸北寄**《むしほつき》　**北寄売**《ほつきうり》　**北寄**《ほつき》**舟**《ぶね》　〔北寄貝寄る夜は海鳴りの戸に近し　法師浜桜白〕

田《た》**螺**《にし》

蝸牛《かたつむり》をやや長くした形の淡水産巻貝、池や田の泥の中に棲む。**田螺鳴**《たにしな》**く**　**田螺取**《たにしと》**り**　**田螺売**《たにしうり》　**田螺掘**《たにしほり》　**田螺殻**《たにしから》　**田螺**《たにし》**の道**《みち》　**田螺和**《たにしあえ》　〔水のなか田螺黒き身出し尽す　沢木欣一〕

烏《からす》**貝**《がい》

《からすがひ》殻が暗褐色なので烏貝という。母貝から淡水真珠がとれる。〔くはへゐる藁一とすぢや烏貝　黒米松青子〕

桜《さくら》**蝦**《えび》

小蝦の一種。透明な桜色をしていて、桜時にとれる。干しえびにすることが多い。**ひかり蝦**《えび》　〔桜えび潮の匂ひの黒眼持つ　小出文子〕

望《しお》**潮**《まねき》

《しほまねき》海辺の小蟹。干潮時に大きなはさみを動かす姿が潮を招いているように見える。**潮招**《うしおまねき》　**てんぼ蟹**《がに》　[夏]蟹　〔潮まねき潮を招きて暮れゐたり　山本甲二〕

寄居虫《やどかり》

蟹に似た触手と爪の足を持ち、巻貝の殻に棲みつく。成長するに従い大きな貝殻に棲み替える。**がうな**　**本**《ほん》**やどかり**　**おにやどかり**　**寄居虫売**《やどかりうり》　〔やどかりの又顔出して歩きけり　阿部みどり女〕

いそぎんちゃく 岩礁に着生、花のような触手をもつ腔腸動物。**磯巾着《いそぎんちゃく》** **いしぼたん** 〔るいるいと磯巾着の咲く孤独 土橋石楠花〕

海《う》胆《に》 浅海の岩間や砂泥の底に棲む。棘におおわれ、栗の毬に似る。卵巣が食用になる。**雲丹《うに》** **海栗《うに》** **雲丹割《うにさ》く** **雲丹突《うにつ》く** **雲丹刺《うにさ》す** 〔海胆居りて海胆の折れ針ちらばれる 森田峠〕

虫

雪《ゆき》虫《むし》 二、三月雪の解けるころ、雪の上にわくように群れる黒い小さな昆虫。 冬 綿虫 〔雪虫や影もつこころ負ひてゆく 角川春樹〕

地《じ》虫《むし》穴《あな》を出《い》づ《ちむしあなをいづ》 地中に冬眠していた蟄虫類が春暖に誘われて穴を出てくること。**地《じ》虫《むし》出《い》づ** **地《じ》虫《むし》穴《あな》を出《で》る** **穴《あな》出《い》でし虫《むし》** **虫《むし》穴《あな》を出《で》る** 春 啓蟄 秋 地虫鳴く 〔地虫出づふさぎの虫に後れつつ 相生垣瓜人〕

蟻《あり》穴《あな》を出《い》づ 穴の中で冬籠りしていた蟻が穴を出ること。**蟻《あり》穴《あな》を出《で》る** **蟻《あり》出《い》づ** 夏 蟻 〔蟻かなし穴出づる日も土を咥《くは》へ 上村占魚〕

初《はつ》蝶《ちょう》《はつてふ》 春になって初めて見る蝶。〔初蝶来何色と問ふ黄と答ふ 高浜虚子〕

蝶《ちょう》生《うま》る《てふうまる》 蛹《さなぎ》で越冬した紋白蝶は、早春羽化し彼岸桜の咲くころに現われる。〔蝶生る光あつめて輸血瓶 古賀まり子〕

蝶《ちょう》《てふ》 四季を通じてどこにでもいて見かけるが、春に多く発生するので、単に蝶とい

えば春の季語。蝶々《ちょうちょう》 胡蝶《こちょう》 春《はる》の蝶《ちょう》 山蝶《やまちょう》 蝶飛《ちょうと》ぶ 眠《ねむ》る蝶《ちょう》 しじみ蝶《ちょう》 白蝶《しろちょう》 黄蝶《きちょう》 紋白《もんしろ》蝶《ちょう》 紋黄蝶《もんきちょう》 烏蝶《からすちょう》 蝶《ちょう》の昼《ひる》 蝶《ちょう》の影《かげ》 風《かぜ》の蝶《ちょう》 蝶《ちょう》を追《お》ふ 蝶《ちょう》まぶし 蝶消《ちょうき》ゆ 胡蝶舞《こちょうま》ふ 夏夏の蝶・揚羽蝶 秋秋の蝶 冬冬の蝶・凍蝶 〔方丈の大庇より春の蝶 高野素十〕

蜂《はち》 花の蜜を吸いに来る昆虫。種類はきわめて多い。**足長蜂《あしながばち》 熊蜂《くまばち》 地蜂《じばち》 土蜂《つちばち》 穴蜂《あなばち》 山《やま》蜂《ばち》 花蜂《はなばち》 蜜蜂《みつばち》 女王蜂《じょおうばち》 雄蜂《おすばち》 働《はたら》き蜂《ばち》 蜂飼《はちか》ふ 蜂《はち》の剣《けん》 蜂《はち》の針《はり》 蜂飛《はちと》ぶ 蜂光《はちひか》る 蜂歩《はちあゆ》む 蜂刺《はちさ》す 雨《あめ》の蜂《はち》 昼《ひる》の蜂《はち》 蜂《はち》の翅《はね》 怒《おこ》る蜂《はち》 蜂《はち》を搏《う》つ 蜂《はち》の渦《うず》 蜂《はち》の声《こえ》** 秋秋の蜂・蜂の子 冬冬の蜂 〔狂ひても母乳は白し蜂光る 平畑静塔〕

蜂《はち》の巣《す》 軒端や木の枝、土中などに作る巣。**巣蜂《すばち》 蜂《はち》の巣箱《すばこ》 蜂《はち》の箱《はこ》** 〔蜂の巣に予報以外の雨来たり 神蔵 器〕

虻《あぶ》 ハエ目の昆虫。蠅に似ているが、体も眼も大きい。羽が強い唸りを発して飛ぶ。**姫《ひめ》虻《あぶ》 花虻《はなあぶ》 青虻《あおあぶ》 牛虻《うしあぶ》 虻《あぶ》の声《こえ》 虻唸《あぶうな》る 虻日和《あぶびより》 虻《あぶ》の昼《ひる》 虻翔《あぶと》ぶ 虻光《あぶひか》る** 〔母の背に居る高さ虻の来る高さ 中村草田男〕

春《はる》の蚊《か》 成虫のまま越冬し、春に出てきた蚊。**春蚊《はるか》 初蚊《はつか》 春蚊鳴《はるかな》く 春蚊来《はるかく》る 春蚊出《はるかい》づ 初《はつ》蚊出《かい》づ** 夏蚊 秋秋の蚊 冬冬の蚊 〔観音の腰のあたりに春蚊出づ 森 澄雄〕

花見虱《はなみじらみ》 虱は花見ごろから出はじめるのでこの名がある。夏虱 〔風流も何かは花見虱とて 山口青邨〕

春《はる》の蚤《のみ》 蚤は冬の間じっとしているが、春になると活動を始める。**新蚤《しんのみ》 蚤出《のみで》る** 夏蚤 冬冬の蚤 〔春の蚤のがれ新聞うちひびかす 原田種茅〕

蠅生る《はえうまる》《はへうまる》 春になって生まれた蠅をいう。**蠅の子**《はえのこ》 【夏】蠅 〔蠅生れ早や遁走の翅《はね》使ふ　秋元不死男〕

春の蠅《はるのはえ》《はるのはへ》 成虫のまま越冬し、出てきた蠅をいう。【春】蠅生る 【夏】蠅 【秋】秋の蠅 【冬】冬の蠅 〔サルトル死す壁に動かぬ春の蠅　佐藤和夫〕

蚕《かいこ》《かひこ》 絹糸を取るため最も貴重な昆虫であった。**蚕**《こ》 **お蚕**《こ》 **おかひこ** **桑子**《くわこ》 **春蚕**《はるご》 **毛蚕**《けご》 **蟻蚕**《ぎさん》 **捨蚕**《すてご》 **透蚕**《すかしご》 **蚕時**《かいこどき》 **蚕**《こ》**ざかり** **蚕**《こ》**の匂**《にお》**ひ** **眠**《ねむ》**り蚕**《ご》 **蚕**《こ》**の眠**《ねむ》**り** 【春】蚕飼 【夏】夏蚕・蚕の上蔟・繭 【秋】秋蚕 〔柩過ぐいま蚕ざかりの家の前　飯田龍太〕

春の蟬《はるのせみ》 春いちばん早く鳴き出す蟬。**春蟬**《はるぜみ》 **春蟬**《しゅんせん》 **松蟬**《まつぜみ》 【夏】蟬 【秋】秋の蟬 〔春蟬や多摩の横山ふかからず　篠田悌二郎〕

山繭《やままゆ》 蚕より大きい野性の蛾の繭。櫟、楢、樫などの林で見られる。**山蚕**《やままゆ》 **山蚕**《やまがいこ》 【夏】天蚕 〔てのひらに山繭春の夕日透く　沢木欣一〕

植物

花木

梅《うめ》

早春、百花にさきがけて咲く。香り、花の色に気品もあり、古来より日本人に愛されて親しまれ、多くの詩歌に詠まれてきた。**梅の花**《うめのはな》　**好文木**《こうぶんぼく》　**春告草**《はるつげぐさ》　**野梅**《やばい》　**白梅**《はくばい》　**臥竜**《がりょ》**梅**《うばい》　**枝垂梅**《しだれうめ》　**飛梅**《とびうめ》　**老梅**《ろうばい》　**梅**《うめ》**が香**《か》　**梅咲**《うめさ》**く**　**梅**《うめ》**の宿**《やど》　**梅**《うめ》**の園**《その》　**梅林**《ばいりん》　**梅**《うめ》**の影**《かげ》　**梅一枝**《うめひとえだ》　**梅一輪**《うめいちりん》　**朝**《あさ》**の梅**《うめ》　**薮**《やぶ》**の梅**《うめ》　**梅**《うめ》**の月**《つき》　**谷**《たに》**の梅**《うめ》　**丘**《おか》**の梅**《うめ》　**梅夕**《うめゆう》**べ**　**梅**《うめ》**ひらく**　**梅白**《うめしろ》**し**　**梅散**《うめち》**る**　**月**《つき》**の梅**《うめ》　**夜**《よる》**の梅**《うめ》　**闇**《やみ》**の梅**《うめ》　**梅**《うめ》**の村**《むら》　**梅便**《うめだよ》**り**　**梅二月**《うめにがつ》　**梅日和**《うめびより》　**遅梅**《おそうめ》　**軒**《のき》**の梅**《うめ》　**梅屋敷**《うめやしき》　**梅折**《うめお》**る**　【春】梅見　【夏】青梅　【冬】探梅・冬の梅　〔勇気こそ地の塩なれや梅真白　中村草田男〕

紅梅《こうばい》

蘂が長く濃艶な趣がある。花期は白梅よりも遅い。**薄紅梅**《うすこうばい》　**未開紅**《みかいこう》　〔白梅のあと紅梅の深空あり　飯田龍太〕

盆梅《ぼんばい》

梅を盆栽仕立てにしたもの。**鉢**《はち》**の梅**《うめ》　**盆**《ぼん》**の梅**《うめ》　〔盆梅が満開となり酒買ひに　皆川盤水〕

椿《つばき》

花弁の肉が厚くつやつやした葉の間に、大輪の濃麗な赤や白の花を咲かせる。**山椿**《やまつばき》　**薮椿**《やぶつばき》　**乙女椿**《おとめつばき》　**白椿**《しろつばき》　**紅椿**《べにつばき》　**赤椿**《あかつばき》　**一重椿**《ひとえつばき》　**八重椿**《やえつばき》　**玉椿**《たまつばき》　**つらつら椿**《つばき》　**花椿**《はなつばき》　**落椿**《おちつばき》　**雪椿**《ゆきつばき》

散椿《ちるつばき》 **椿咲**《つばきさ》**く** **椿落**《つばきお》**つ** **椿散**《つばきち》**る** **崖椿**《がけつばき》 **椿掃**《つばきは》**く** **夕椿**《ゆうつばき》 **夜**《よる》**の椿**《つばき》 秋椿の実 冬寒椿 〔落椿とはとつぜんに華やげる　稲畑汀子〕

初花《はつはな》 初桜《はつざくら》。その春に初めて咲く桜の花のこと。〔初花の便りが水の近江より　川崎展宏〕

彼岸桜《ひがんざくら》 彼岸のころ、他の桜にさきがけて咲く。小ぶりで、一重咲きの淡紅色である。**小彼**《こひ》**岸**《がん》 **江戸彼岸**《えどひがん》 **姥彼岸**《うばひがん》 〔尼寺や彼岸桜は散りやすき　夏目漱石〕

枝垂桜《しだれざくら》 エドヒガンの園芸種で細い枝が垂れ下がり、花は淡紅色。**糸桜**《いとざくら》 **しだり桜**《ざくら》 **紅枝垂**《べにしだれ》 〔真青なる空より枝垂桜かな　富安風生〕

桜《さくら》 日本を代表する国花。古来、日本人に賞されてきた。**桜花**《おうか》 **桜花**《さくらばな》 **桜**《さくら》**の花**《はな》 **若桜**《わかざくら》 **老桜**《おいざくら》 **桜陰**《さくらかげ》 **朝桜**《あさざくら》 **夜桜**《よざくら》 **磯桜**《いそざくら》 **庭桜**《にわざくら》 **門桜**《かどざくら》 **家桜**《いえざくら》 **一重桜**《ひとえざくら》 **牡丹桜**《ぼたんざくら》 **御所桜**《ごしょざくら》 **楊貴妃桜**《ようきひざくら》 **桜月夜**《さくらづきよ》 **桜咲**《さくらさ》**く** **満開**《まんかい》**の桜**《さくら》 冬冬桜 〔さきみちてさくらあをざめゐたるかな　野澤節子〕

花《はな》 花といえば俳句では桜の花を指す。**花盛**《はなざか》**り** **花**《はな》**の陰**《かげ》 **花明**《はなあか》**り** **花**《はな》**の香**《か》 **花埃**《はなぼこり》 **花**《はな》**の主**《あるじ》 **花**《はな》**の山**《やま》 **花**《はな》**の宿**《やど》 **花**《はな》**の昼**《ひる》 **夜**《よる》**の花**《はな》 **花**《はな》**に酔**《よ》**ふ** **花咲**《はなさ》**く** **花白**《はなしろ》**し** **花**《はな》**あはれ** **花三分**《はなさんぶ》 **花満開**《はなまんかい》 **花**《はな》**を掃**《は》**く** **花**《はな》**の闇**《やみ》 **花**《はな》**の夜**《よる》 **花月夜**《はなづきよ》 **花影**《はなかげ》 **花**《はな》**の寺**《てら》 **花了**《はなおわ》**る** **花**《はな》**の門**《もん》 〔花影婆娑《ばさ》と踏むべくありぬ岨《そば》の月　原石鼎〕

花《はな》**の雲**《くも》 遠くから見て桜の花を雲と見紛うさま。〔西行の乗つてゐるなり花の雲　佐川広治〕

山《やま》 **桜**《ざくら》 赤みがかった若葉と同時に花が開く。花は淡紅白色。**吉野桜**《よしのざくら》 〔われ亡くて山べのさ

くらさきにけり　森　澄雄〕

八重桜《やえざくら》　八重咲きの桜の総称。他の桜と比べてもっとも遅い。〔八重桜見れば彼方も八重桜《やへざくら》　菖蒲あや〕

遅桜《おそざくら》　花時におくれて咲く桜。〔一もとの姥子《うばこ》の宿の遅桜　富安風生〕

落花《らっか》　散る花、また散った桜の花。**散《ち》る花《はな》**　**花散《はなち》る**　**散《ち》る桜《さくら》**　**花吹雪**《はなふぶき》　**桜吹雪**《さくらふぶき》　**飛花**《ひか》　**花屑**《はなくず》　**花《はな》の塵**《ちり》　**落花**《らくくわ》〔法螺貝の音の中なる落花かな　角川春樹〕

残花《ざんか》　春も末のころ、咲き残った桜の花のこと。**残《のこ》る花《はな》**　**名残《なごり》の花《はな》**　**残《のこ》る桜《さくら》**　**残桜**《ざんおう》　㊐余花　**残花**《ざんくわ》〔夕ぐれの水ひろびろと残花かな　川崎展宏〕

桜蘂降る《さくらしべふる》　桜の花の散ったあと、萼《がく》やこまかい蘂がこぼれるように散ること。〔桜蘂ふる一生が見えてきて　岡本　眸〕

牡丹の芽《ぼたんのめ》　朱色の太い芽は逞しく、力がみなぎっている。**芽牡丹**《めぼたん》　㊐牡丹　㊅寒牡丹・牡丹　焚火〔牡丹の芽当麻の塔の影とありぬ　水原秋櫻子〕

薔薇の芽《ばらのめ》　品種により朱色を帯びた芽、緑色の芽、細く鋭い芽といろいろである。**薔薇芽立つ**《ばらめたつ》　**野茨の芽**《のいばらのめ》　㊐薔薇　㊎秋薔薇　㊅冬薔薇〔妻のみが働くごとし薔薇芽立つ　石田波郷〕

山茱萸の花《さんしゅゆのはな》　早春、葉の出る前に黄色い細かい花が繖形《かさがた》に集まって咲く。**山茱萸**《さんしゅゆ》　**春黄金花**《はるこがねばな》　**山茱萸咲く**《さんしゅゆさ》　㊎山茱萸の実〔山茱萸に明るき言葉こぼし合ふ　鍵和田秞子〕

黄梅《おうばい》　早春、葉に先立って梅の花に似た六弁の鮮黄色の花をつける。**迎春花**《げいしゅんか》　㊑梅　**黄梅**《わうばい》

〔黄梅に佇《た》ちては恃《たの》む明日の日を　三橋鷹女〕

花蘇枋《はなずおう》《はなずはう》　葉に先立って紅紫色の小型の蝶形花が群れ咲く。**紫荊**《すおう》　**蘇枋**《すおう》**の花**《はな》　**蘇枋**《すおう》**咲**《さ》**く**　秋蘇枋の実　〔遠目にも男の彼方蘇枋咲く　森 澄雄〕

辛　夷《こぶし》　一説に、蕾が赤子の拳の形に似ていることからの名。枝先に白い花をつける。**木筆**《こぶし》　**山木蓮**《やまもくれん》　**姫辛夷**《ひめこぶし》　**幣辛夷**《しでこぶし》　**やまあららぎ**　**こぶしはじかみ**　**花辛夷**《はなこぶし》　**辛夷**《こぶし》**の花**《はな》　**田打桜**《たうちざくら》　**辛夷**《こぶし》**咲**《さ》**く**　**大辛夷**《おおこぶし》　**辛夷散**《こぶしち》**る**　〔青空ゆ辛夷の傷みたる匂ひ　大野林火〕

花水木《はなみずき》《はなみづき》　ミズキ科の落葉小高木。北アメリカ原産。水木の花とは別種。〔一つづつ花の夜明けの花みづき　加藤楸邨〕

ミモザ　通称ミモザと呼ばれているのは、アカシアの一種、銀葉《ぎんよう》アカシアである。〔ミモザ咲き海かけて靄黄なりけり　水原秋櫻子〕

三椏《みつまた》**の花**《はな》　枝が三つに岐《わか》れており、新芽にさきがけて黄色の花が咲く。**結香**《むすびき》**の花**《はな》　**三椏咲**《みつまたさ》**く**　**花三椏**《はなみつまた》　冬楮蒸す　〔三椏の花に光陰流れ出す　森 澄雄〕

沈丁花《じんちょうげ》《ちんちやうげ》　紫紅色の花がかたまって咲き、香りが高い。**丁字**《ちょうじ》　**芸香**《うんこう》　**沈丁**《じんちょう》　**沈丁**《じんちょう》**の香**《か》　**沈丁**《じんちょう》**匂**《にお》**ふ**　**沈丁咲**《じんちょうさ》**く**　**沈丁**《じんちょう》**ほころぶ**　夏丁字草　〔沈丁やをんなにはある憂鬱日　三橋鷹女〕

連　翹《れんぎょう》《れんげう》　葉に先立ち葉脈に黄色の四弁花を無数につける。**いたちぐさ**　**いたちはぜ**　**連翹黄**《れんぎょうき》**に**　**連翹咲**《れんぎょうさ》**く**　〔連翹や大悲のほとけ見て飽かず　角川春樹〕

土佐《とさ》**みづき**　土佐の山地に自生、淡黄色の五弁花を垂れる。**土佐**《とさ》**水木**《みずき》　**蠟弁花**《とさみずき》　夏水木の花　〔土佐みづき山茱萸も咲きて黄をきそふ　水原秋櫻子〕

海《かい》　棠《どう》　枝先に長い花柄の紅い花を総状につける。**ねむれる花《はな》　睡花《ねむりばな》　垂糸海棠《はなかいどう》　花海棠《はなかいどう》　海棠の花《かいどうのはな》《かいだう》　海棠咲《かいどうさ》く**　[秋]秋海棠　〔海棠の花より花へ雨の鶲《ひよ》　阿波野青畝〕

ライラック　紫色の小花が総状に咲き、芳香を放つ。**リラ　リラの花《はな》　リラ咲《さ》く　リラ冷《び》え　リラ匂《にお》ふ**　〔舞姫はリラの花よりも濃くにほふ　山口青邨〕

長　春花《ちょうしゅんか》《ちやうしゆんくわ》　ふつう庚申薔薇《こうしんばら》と呼ばれ、淡紫紅色などの花をつける現代の薔薇の原種。〔癒え難き病ひ身歎く長春花　小松日枝女〕

山桜桃《ゆすら》の花《はな》　花が梅に似て淡い紅色なので、ゆすらうめといわれる。**梅桃《ゆすらうめ》　ゆすら　英桃《ゆすら》　ゆすら咲《さ》く　花《はな》ゆすら**　[夏]山桜桃　〔歎けとてやゆすらうめ咲く厨裏《くりや》　木下夕爾〕

郁李《にわうめ》の花《はな》《にはうめのはな》　高さは一メートル前後で、淡紅色または白色の小花をつける。**庭梅《にわうめ》の花《はな》　こうめの花《はな》　にはざくら**　〔郁李の咲き満ち部屋に婚衣裳　河府雪於〕

桜桃《おうとう》の花《はな》《あうたうのはな》　さくらんぼの花のこと。淡紅または白色の五弁花を枝先に群がり咲く。**西《せい》洋実桜《ようみざくら》　さくらんぼの花《はな》**　[夏]さくらんぼ・桜桃の実　〔蕎麦くふや桜桃の花咲く頃の　森　澄雄〕

青木《あおき》の花《はな》《あをきのはな》　あまり目立たない、えび茶色の小さな四弁花。**青木咲《あおきさ》く**　[冬]青木の実　〔青木咲きしづかに妻の日曜日　大屋達治〕

馬酔木《あしび》　四、五月ごろ、鈴蘭に似た白い花を総状に垂れる。**あしびの花《はな》　あせび　あせぼ　あせみ　あしび咲《さ》く　花馬酔木《はなあしび》　馬酔木野《あしびの》**　〔来しかたや馬酔木咲く野の日のひかり　水原秋櫻子〕

満天星《どうだん》の花《はな》　新葉とともに白い壺状の小花を開く。**満天星躑躅《どうだんつつじ》**〔触れてみしどうだんの花かたきかな　星野立子〕

躑躅《つつじ》　春から夏にかけて漏斗状の色とりどりの花を咲かせ、種類が多い。**杜鵑花《つつじ》**　**山躑躅《やまつつじ》**　**雲仙躑躅《うんぜんつつじ》**　**深山霧島《みやまきりしま》**　**躑躅咲《つつじさ》く**　**蓮華《れんげ》つつじ**　**花躑躅《はなつつじ》**　**緋躑躅《ひつつじ》**　**白躑躅《しろつつじ》**　**躑躅燃《つつじも》ゆ**　〔白つつじこころのいたむことばかり　安住 敦〕

山査子《さんざし》の花《はな》　梅の花に似た白色の小さな五弁花で、ふさになって咲く。**花山査子《はなさんざし》**　秋山査子〔花さんざし斧のこだまの消えてなし　神尾久美子〕

こでまりの花《はな》　白い小花が直径三センチほどの毬状に集まって咲く。**小粉団《こでまり》の花《はな》**　**団子花《だんごばな》**　**小手《こで》鞠《まり》**　**鈴懸《すずかけ》**　夏繡毬花　〔小でまりの花に風いで来りけり　久保田万太郎〕

雪《ゆき》柳《やなぎ》　雪白の五弁の小花を多数つける。葉が柳に似ている。**小米花《こごめばな》**　**小米桜《こごめざくら》**　**米《こめ》やなぎ**　**ゑくぼ花《ばな》**　〔雪柳老の二人に一と間足り　富安風生〕

木《もく》蓮《れん》　葉に先立ち紫紅色の六弁花を上向きに開く。**木蘭《もくれん》**　**紫木蓮《しもくれん》**　**白木蓮《はくもくれん》**　**紅木蓮《べにもくれん》**　**白《はく》れん**　**更紗木蓮《さらさもくれん》**　**木蓮花《もくれんか》**　**木蓮咲《もくれんさ》く**　**木蓮《もくれん》の花《はな》**　**夕木蓮《ゆうもくれん》**　〔白木蓮の散るべく風にさからへる　中村汀女〕

藤《ふじ》　《ぢふ》長い花穂を延ばして総状に薄紫色の花を密生する。**藤《ふじ》の花《はな》**　**山藤《やまふじ》**　**野藤《のふじ》**　**白藤《しらふじ》**　**藤《ふじ》の房《ふさ》**　**藤《ふじ》の棚《たな》**　**花藤《はなふじ》**　**藤見《ふじみ》**　**藤波《ふじなみ》**　**藤垂《ふじた》る**　**雨《あめ》の藤《ふじ》**　秋藤の実　〔白藤や揺りやみしかばうすみどり　芝不器男〕

山《やま》吹《ぶき》　枝先に鮮黄色の五弁花を開く。**面影草《おもかげぐさ》**　**かがみ草《ぐさ》**　**八重山吹《やえやまぶき》**　**濃山吹《こやまぶき》**　**葉山吹《はやまぶき》**　**白山吹《しろやまぶき》**

黄山吹《きやまぶき》　**山吹**《やまぶき》**の花**《はな》　**野**《の》**山吹**《やまぶき》　冬枯山吹〔山吹に山の日ざしの惜しみなく　清崎敏郎〕

果樹

桃《もも》**の花**《はな》　中国原産で、淡紅色、緋色、白色などの五弁花を咲かせる。**白桃**《しらもも》　**緋桃**《ひもも》　**枝垂桃**《しだれもも》　**桃**《もも》**咲**《さ》**く**　**桃畑**《ももばたけ》　**桃**《もも》**の村**《むら》　**桃林**《ももばやし》　**桃**《もも》**の宿**《やど》　**桃**《もも》**の下**《した》　**桃日和**《ももびより》　夏早桃　秋桃の実〔葛飾や桃の籬《まがき》も水田べり　水原秋櫻子〕

李《すもも》**の花**《はな》　白色楕円形の五弁花は形が桃に似ているが、花は小さく、数が非常に多い。**李咲**《すももさ》**く**　**花李**《はなすもも》　夏李〔雲裏の日のまぶしさよ花すもも　木下夕爾〕

巴旦杏《はたんきょう》**の花**《はな》《はたんきやうのはな》　李の改良種で、白色五弁の花はほとんど李と変わらない。**巴旦杏咲**《はたんきょうさ》**く**　夏巴旦杏〔巴旦杏の花さびしき我が家かな　福島藤一郎〕

梨《なし》**の花**《はな》　バラ科の落葉果樹で、新葉とともに白色五弁花を開く。**梨花**《りか》　**梨咲**《なしさ》**く**　**花梨**《はななし》　秋梨　冬晩三吉〔青天や白き五弁の梨の花　原　石鼎〕

杏《あんず》**の花**《はな》　梅に似るが梅より遅れて淡紅色や白の五弁花を開く。**からももの花**《はな》　**花杏**《はなあんず》　**杏咲**《あんずさ》**く**　**杏**《きよ》**花村**《うかそん》　夏杏子〔花杏受胎告知の翅音びび　川端茅舎〕

林檎《りんご》**の花**《はな》　中央アジア原産。中国から渡来した。白色五弁花を咲かせる。**花林檎**《はなりんご》　**林檎咲**《りんごさ》**く**　夏青林檎　秋林檎　冬冬林檎〔花林檎ほとほと白し夜の床も　野澤節子〕

榲桲《まるめろ》**の花**《はな》　紅色を帯びた白い木瓜に似た五弁花を枝先に開く。**マルメロの花**《はな》　**花**《はな》**マルメロ**　**マルメロ咲**《さ》**く**　秋榲桲〔マルメロの花咲き遠く吾は来し　山口青邨〕

榠樝《かりん》の花《はな》《くわりんのはな》　淡紅色の五弁花を開く。**からぼけの花《はな》**　**西洋榠樝《せいようかりん》**　**メドラー**　秋榠樝　〔海風にくわりんは花をやや残す　細川加賀〕

伊予柑《いよかん》　多汁で、香りがよく、風味がある。**穴門蜜柑《あなとみかん》**　**伊予蜜柑《いよみかん》**　冬蜜柑　〔伊予柑は図太く食ふがよろしけれ　五十崎朗〕

ネーブル　多汁で甘みと酸味が適当。香気が高い。**臍蜜柑《へそみかん》**　**甘《あま》だいだい**　〔前掛で拭ふネーブルを剪りし手を　草間時彦〕

八朔柑《はつさくかん》　陰暦八月朔日《ついたち》ごろから熟しはじめるのでこの名がある。**八柑《はつかん》**　**八朔《はつさく》**　〔夜を独り八朔柑苦し生き残り　石田波郷〕

三宝柑《さんぼうかん》　果実は小さく種が多い。香り、風味もよい。**達磨柑《だるまかん》**　**宝莱柑《ほうらいかん》**　〔三宝柑たわわや旅は大まかに　藤崎 実〕

春蜜柑《はるみかん》　春には貯蔵のきくみかんが市場に出回る。**春《はる》の蜜柑《みかん》**　夏蜜柑の花　秋青蜜柑　冬蜜柑　〔春蜜柑しぶきもなさず剝かれけり　川村たか女〕

樹　木

木《こ》の芽《め》　春の木の芽の総称。木により遅速がある。**きのめ**　**木《こ》の芽張《めは》る**　**木《こ》の芽晴《めばれ》**　**木《こ》の芽風《めかぜ》**　**木《こ》の芽雨《めあめ》**　**木《こ》の芽山《めやま》**　**木々《きぎ》の芽《め》**　**芽木《めぎ》**　夏土用芽　秋秋芽　冬冬芽　〔隠岐やいま木の芽をかこむ怒濤かな　加藤楸邨〕

芽立《めだ》ち　木の芽と同意。**芽吹《めぶ》く**　**芽《め》ぐむ**　**芽吹《めぶ》く木々《きぎ》**　**芽吹《めぶ》く木《き》**　**芽《め》ぐむ山《やま》**　**新芽立《しんめた》つ**　**芽吹《めぶ》き初《そ》む**

芽吹気配《めぶきけはい》　木々芽《きぎめ》ぐむ　〔快々と籠る日々なり木の芽立つ　田川飛旅子〕

春《しゅん》　林《りん》　すべての春の林をいう。芽はふくらみ、新葉がひらき、新鮮な生命感が満ち溢れる。**春《はる》の樹《き》　春《はる》の森《もり》**　冬寒林　〔春林に煙のごとき朝の経　青柳志解樹〕

蘖《ひこばえ》　樹木の切株や根元から新芽の出てくること。**蘖《ひこばえ》す　ひこばゆ**　〔ひこばえや水船の水溢れ出づ　山田みづえ〕

松《まつ》の芯《しん》　松の新芽をいう。**若緑《わかみどり》　緑立《みどりた》つ　若松《わかまつ》　初緑《はつみどり》　松《まつ》の緑《みどり》　緑《みどり》なす松《まつ》**　春松の花・緑摘む　夏松落葉　〔緑なす松や金欲し命欲し　石橋秀野〕

柳《やなぎ》の芽《め》　早春、萌黄色の新芽を吹く。**芽柳《めやなぎ》　芽《め》ばり柳《やなぎ》**　春柳　夏葉柳　秋柳散る　冬枯柳　〔雨びよりも水の動かず柳の芽　神蔵器〕

山椒《さんしょう》の芽《め》　《さんせうのめ》若芽は香気が強く、料理に用いる。**芽《め》山椒《さんしょう》　木《き》の芽《め》**　春山椒の花　夏青山椒　秋山椒の実　〔擂鉢は膝でおさへて山椒の芽　草間時彦〕

楓《かえで》の芽《め》　《かへでのめ》鮮紅色をした芽は繊《ほそ》く、先が尖っていて美しい。**芽楓《めかえで》**　夏若楓　秋楓　〔楓萌えわが服の紺寂びにけり　藤田湘子〕

楤《たら》の芽《め》　梢の上に固まって新芽を吹く。独得の風味があり食用にする。**多羅《たら》の芽《め》　楤芽《たらめ》　楤《たら》の芽摘《めつ》む**　秋楤の花　〔楤の芽の仏に似たる瀬のひかり　角川源義〕

枸杞《くこ》の芽《め》　若芽は梢の上にかたまって出る。摘んで食用にする。**枸杞《くこ》　枸杞芽《くこめ》　枸杞芽摘《くこめつ》む　枸《く》杞摘《こつ》む**　春枸杞飯　秋枸杞の花・枸杞の実　〔枸杞青む日に日に利根のみなとかな　加藤楸邨〕

五加木《うこぎ》　幹や枝に棘があり、新芽を食用にする。**五加《うこぎ》**　**むこぎ**　**五加垣《うこぎがき》**　**五加摘《うこぎつ》む**　[春]五加木飯　〔笹の根に雪残りゐてうこぎ摘む　有川文子〕

令法《りょうぶ》《りやうぶ》　沙羅の木に似ている。若葉を摘んで食用にする。**令法摘《りょうぶつ》む**　**令法飯《りょうぶめし》**　**令法茶《りょうぶちゃ》**　〔馬《ま》柵《せ》に肘のせてりやうぶの香にをりぬ　山田千城〕

桑《くわ》《くは》　晩春、縁に鋸歯《のこぎりば》のある、つやつやした葉を繁茂する。**桑《くわ》の葉《は》**　**桑《くわ》の道《みち》**　**桑畑《くわばたけ》**　[春]桑の芽・桑解く・桑摘　[夏]桑の実　[秋]桑括る　〔つぎつぎに桑揺れて来て母出でし　倉田紘文〕

桑《くわ》の芽《め》《くはのめ》　早春、いっせいに新芽が伸びる。**芽《め》桑《くわ》**　[春]桑・桑の花　[夏]桑の実　〔桑の芽や雪嶺のぞく峡の奥　水原秋櫻子〕

柳《やなぎ》　柳といえば枝垂柳のことをいう。独得の風情がある。**枝垂柳《しだれやなぎ》**　**糸柳《いとやなぎ》**　**白楊《はこやなぎ》**　**水楊《みずやなぎ》**　**春柳《はるやなぎ》**　**青柳《あおやぎ》**　**川柳《かわやなぎ》**　**門柳《もんやなぎ》**　**柳影《やなぎかげ》**　**柳《やなぎ》の糸《いと》**　**柳《やなぎ》の雨《あめ》**　**楊柳《ようりゅう》**　**柳垂《やなぎた》る**　**柳青《やなぎあお》し**　**夕柳《ゆうやなぎ》**　**雨柳《あめやなぎ》**　[春]柳の芽・猫柳　[夏]葉柳　[秋]柳散る　[冬]枯柳　〔対岸の人に日当る柳かな　岸田稚魚〕

山梨《やまなし》の花《はな》　梨の原種。梨の花に似て、それよりも小粒の白い五弁花。**鹿梨《しかなし》の花《はな》**　**棠梨《やまなし》の花《はな》**　**棠《やま》梨咲《なしさ》く**　**小梨《こなし》の花《はな》**　〔山梨の花まづ白く峡夜明　福田蓼汀〕

金縷梅《まんさく》　他の花にさきがけて、黄色の四弁の花を開く。**銀縷梅《ぎんろばい》**　**まんさくの花《はな》**　〔まんさくや峡人はまだ外《と》に出でず　森　澄雄〕

木瓜《ぼけ》の花《はな》　葉に先立って棘のある枝上に五弁花がかたまって咲く。**緋木瓜《ひぼけ》**　**紅木瓜《べにぼけ》**　**白木瓜《しろぼけ》**　**更紗木瓜《さらさぼけ》**　**蜀木瓜《しょくぼけ》**　**唐木瓜《からぼけ》**　**花木瓜《はなぼけ》**　**木瓜咲《ぼけさ》く**　**木瓜燃《ぼけも》ゆ**　[秋]木瓜の実　[冬]寒木瓜　〔花木

瓜の地にこぼしてぞ琴を抱く　河野多希女〕

樝子《しどみ》の花《はな》　木瓜の一種。丈が低く、草の中にうずまり咲く。**樝子咲く《しどみさく》**　**花樝子《はなしどみ》**　**草木瓜《くさぼけ》**　【秋】樝子の実　〔草木瓜や故郷のごとき療養所　石田波郷〕

松《まつ》の花《はな》　雌雄同株で、二、三個の紫色の雌花と米粒のような薄緑の多数の雄花をつける。**十《と》返《かえ》りの花《はな》**　**松《まつ》の花粉《かふん》**　**松花粉《まつかふん》**　【春】松の芯　【夏】松落葉　【秋】新松子　〔風呂沸くやしんと日あたる松の花　清原枴童〕

杉《すぎ》の花《はな》　雌雄同株で風媒花である。四月ごろ開花するがあまり目立たない。**杉《すぎ》の花粉《かふん》**　【秋】杉の実　〔峡空へ吹きぬけ杉の花けぶる　山口草堂〕

柃《ひさかき》の花《はな》　白い小花を葉腋に二つ、三つと咲かせる。**柃咲く《ひさかきさく》**　〔あしらひて柃の花や適ふべき　富安風生〕

銀杏《いちょう》の花《はな》《いてふのはな》　雌雄異株で、新葉とともに花は別々の株に咲く。**公孫樹《いちょう》の花《はな》**　**ぎんなんの花《はな》**　**花銀杏《はないちょう》**　**銀杏咲く《いちょうさく》**　【秋】銀杏黄葉・銀杏散る　【冬】枯銀杏　〔銀杏咲く切支丹寺の化粧《けは》ひ妻　石原八束〕

楓《かえで》の花《はな》《かへでのはな》　新葉に先立って暗紫色の小花を開く。**花楓《はなかえで》**　**楓咲く《かえでさく》**　【夏】若楓　【秋】楓　〔花楓紺紙金泥経くらきかも　水原秋櫻子〕

榧《かや》の花《はな》　雌雄異株、四月ごろ小さな黄色い花をつける。【秋】榧の実　【新】榧飾る　〔榧の花遠《をち》の沼波たゆたひて　志摩芳次郎〕

榛《はん》の花《はな》　暗紫褐色の長い紐状の雄花を小枝から垂らし花粉を吹く。雌花は同じ枝の下部に咲

く。**はりの木《き》の花《はな》**　**赤楊《はんのき》の花《はな》**　**榛《はり》の花《はな》**　〔空ふかく夜風わたりて榛の花　飯田龍太〕

榛《はしばみ》の花《はな》　雌雄同株で、葉に先立って花をつける。【秋】榛の実　〔はしばみにふためきとぶや山がらす　飯田蛇笏〕

白樺《しらかば》の花《はな》　初夏に黄褐色の穂状の目立たない花をつける。**花《はな》かんば**　**樺《かば》の花《はな》**　**樺咲《かばさ》く**　**花白樺《はなしらかば》**　**白樺咲《しらかばさ》く**　〔花かんば北軽井沢夜明けたり　佐川広治〕

梓《あずさ》の花《はな》　あづさのはな　黄褐色の雄花を垂れ、下枝に緑色の雌花を上向きにつける。**梓咲《あずささ》く**　**花梓《はなあずさ》**　〔足重き今日の山越え花あづさ　斎川緑川〕

樫《かし》の花《はな》　雌雄同株で、新葉とともに黄褐色の小花が穂になって垂れる。**樫咲《かしさ》く**　**花樫《はなかし》**　【秋】樫の実　〔小学校むかしも暗く樫の花　西尾一〕

黒文字《くろもじ》の花《はな》　四、五月ごろ、葉の出るのとほとんど同時に、枝頭に黄色い小さな花を傘形につける。枝にある黒斑を文字に見立てて、黒文字の名がある。〔七七忌くろもじの黄の花の壺　岡井省二〕

木五倍子《きぶし》の花《はな》　三、四月ごろ、蕾をつけた花穂を垂らし、元の方から咲きはじめる。花は黄緑色で、半開状にまるまって咲く。〔きぶしの花中空は水ながれざる　上田睦子〕

猫柳《ねこやなぎ》　柳の一種。葉の出る前に銀ねずみ色の絹毛の花穂をつける。**ゑのころ柳《やなぎ》**　〔来てみればほゝけちらして猫柳　細見綾子〕

柳絮《りゅうじょ》　りうじよ　雌株の花は、実を結んでから綿のような種子をとばす。**柳《やなぎ》の絮《わた》**　**柳《やなぎ》の花《はな》**　**柳絮《りゅうじょ》とぶ**　【春】柳の芽・柳　〔吹くからに柳絮の天となりにけり　軽部烏頭子〕

楊梅《やまもも》の花《はな》　雌雄異株で、雄花は黄褐色の花穂を咲かす。**楊梅咲《やまももさ》く**　夏楊梅　〔楊梅の花に雨ふる峠口　丸田　肇〕

木苺《きいちご》の花《はな》　花は純白五弁で、普通の苺の花よりも大きい。**木苺咲《きいちごさ》く**　夏木苺・苺・蛇苺　〔燈台の子に木苺の花早し　高野素十〕

苗代茱萸《なわしろぐみ》　《なはしろぐみ》苗代のできる頃実が紅熟する茱萸。**春茱萸《はるぐみ》**　**たはらぐみ**　秋苗代茱萸の花　〔苗代茱萸石神井川を奔らしむ　石田波郷〕

枸橘《からたち》の花《はな》　蜜柑の花に似た白色五弁の花。甘い香りを放つ。**枳殻《からたち》の花《はな》**　**花《はな》からたち**　**枸殻咲《からたちさ》く**　秋枳殻の実　〔からたちは散りつゝ青き夜となるも　藤田湘子〕

山椒《さんしょう》の花《はな》　《さんせうのはな》葉のつけ根から黄緑色の小さな花が群がって咲きだす。**花山椒《はなさんしょう》**　**山椒咲《さんしょうさ》く**　春山椒の芽　夏青山椒　秋山椒の実　〔死が見ゆるとはなにごとぞ花山椒　斎藤　玄〕

黄楊《つげ》の花《はな》　淡黄色の小さな花が葉腋に群がるように開く。**姫黄楊《ひめつげ》**　**あさま黄楊《つげ》の花《はな》**　〔閑《しづ》かさにひとりこぼれぬ黄楊の花　阿波野青畝〕

岩梨《いわなし》の花《はな》　《いはなしのはな》淡紅色の花を数個穂先に開く。**岩梨咲《いわなしさ》く**　夏岩梨　〔岩梨咲くひとり来し山さみしくて　小川桔梗子〕

接骨木《にわとこ》の花《はな》　《にはとこのはな》緑がかった白色の小花が群がり咲く。**たづの花《はな》**　〔接骨木はもう葉になつて気忙しや　富安風生〕

桑《くわ》の花《はな》　《くはのはな》若葉のわきに淡黄緑色の小花を穂状に垂れる。**やまぐはの花《はな》**　春桑の芽・桑夏桑の実　秋秋桑　〔山桑の淡淡《あはあは》と花盛りなる　高野素十〕

楮《こうぞ》の花《はな》 雌雄同株で、雄花の穂は黄白色、雌花は暗い紫色。かぞの花《はな》 かずの花《はな》 こぞの木《き》の花《はな》 かうぞのはな 楮《かうぞ》咲《さ》く 冬楮晒す〔楮咲かせ連綿として村貧し　千葉 仁〕

一位《いちい》の花《はな》 いちゐのはな 三、四月ごろ花を開き雌雄別株。雄株は小さくて楕円形の穂に集まる。あららぎの花《はな》 秋一位の実〔あららぎの花咲く宇陀の隠れ寺　上田晩春郎〕

樒《しきみ》の花《はな》 枝や葉に一種の芳香があり、葉のつけ根に淡い黄白色の花が群がり咲く。花樒《はなしきみ》 樒《しきみ》咲《さ》く かうしばの花《はな》 はなの木《き》〔樒咲くこの谷を出ず風と姥　山上樹実雄〕

鈴懸《すずかけ》の花《はな》 雌花は淡緑色、雄花は黄色の細い花であまり目につかない。プラタナスの花《はな》 釦《ぼたん》の木《き》〔プラタナスの花咲き河岸に書肆《しょし》ならぶ　加倉井秋を〕

花《はな》筏《いかだ》 淡緑色の小花が葉の表面の真中に集まって咲く、変わった花。筏に花を載せたように見えるところから、この名がある。〔花筏蕾みぬ限なき葉色の面に　中村草田男〕

黄心樹《おがたま》の花《はな》 をがたまのはな 葉のもとから、辛夷《こぶし》の花に似て香りのある白い小さな花を開く。をがたま木蓮《もくれん》〔をがたまの花散る句碑に過去ばかり　桂樟蹊子〕

鶯神楽《うぐいすかぐら》 うぐひすかぐら 淡紅色五裂のラッパ状の花が細い柄の先に下垂して咲く。〔莟《つぼ》みつつうぐひすかぐら日を待てる　井内 勇〕

通草《あけび》の花《はな》 四月ごろ新葉とともに淡紫色の花が総状になって咲く。木通《あけび》の花《はな》 山女《あけび》の花《はな》 あけびかづら 三葉《みつば》通草《あけび》 花通草《はなあけび》 通草《あけび》咲《さ》く 秋通草〔隠栖の垣の通草の咲きにけり　栗原米作〕

郁子《むべ》の花《はな》 通草に似て、白または紫紅色の花を開く。うべの花《はな》 野木瓜《のぼけ》 秋郁子〔郁子の花

散るべく咲いて夜も散れる　大谷碧雲居〕

山帰来《さんきらい》の花《はな》　棘が多く、黄緑色の細かい花が群がり咲く。**さるとりいばら　からたちいばら　山《さん》帰来《きらい》　さるとりの花《はな》**　〔山帰来女波ばかりが足もとに　横山白虹〕

竹《たけ》の秋《あき》　三、四月ごろ、地中の筍を育てるため竹は葉が黄ばんでくる。他の草木の秋のありさまに似ているので、「竹の秋」という。**竹秋《ちくしゅう》　竹《たけ》の秋風《あきかぜ》**　夏若竹・竹の花・竹の皮脱ぐ　秋竹の春・竹の実・竹伐る　〔掘りあてし井戸の深さや竹の秋　長谷川零余子〕

春《はる》の筍《たけのこ》　三月下旬ごろから四月にかけて出るものをいう。**春筍《はるたけのこ》　春筍《しゅんじゅん》　春笋《しゅんじゅん》　早筍《さたけのこ》**　夏筍　〔旅終へて春筍京に溢れをり　角川源義〕

春落葉《はるおちば》　新葉と交替する春の落葉。**春《はる》の落葉《おちば》**　夏常磐木落葉　冬落葉　〔春落葉いづれは帰る天の奥　野見山朱鳥〕

柏《かしわ》落葉《おちば》《かしはおちば》　柏は秋、葉が枯れながらも、落ちずに枝に留まっている。翌年、若芽が出るのに先立って落葉する。**柏散《かしわち》る**　〔日当れる枝より柏散りはじむ　生田目鳥鵲〕

草花

パンジー　花弁が紫・白・黄の三色で彩られているので、この名がある。**三色菫《さんしきすみれ》　遊蝶花《ゆうちょうか》　胡《こ》蝶花《ちょうか》**　春菫　冬冬菫　〔花時計パンジーの辺にひとを待つ　鈴木栄子〕

ねぢあやめ　あやめに似た芳香のある淡青紫色、まれに白色の花が咲く。**馬藺《ばりん》　ばれん　ねぢばれん**　〔廃娼区浦の馬藺を猫嗅ぎゆく　今村俊三〕

黄水仙《きずいせん》　一茎に二、三個の鮮黄色の花をつけ、芳香が強い。 图水仙 〔水を飲み汽車の食卓黄水仙　中西舗土〕

喇叭水仙《らつぱすいせん》　欧州原産の水仙の一種で、ラッパ状の黄色い花を開く。〔点滴も喇叭水仙も声なさず　石田波郷〕

房咲水仙《ふさざきすいせん》　五つから八つの花を房のように咲かせる。香りが強く、趣がある。 **シナ水仙**《すいせん》 〔三寸にして支那水仙の花開く　中川四明〕

浜簪《はまかんざし》　松葉のような葉が無数に群生し、数十輪の簪《かんざし》に似た花をつける。 **アルメリア　まつばかんざし**　〔浜簪を見てをり誰にも会ひたくなし　山城結人〕

花簪《はなかんざし》　銀桃色の小花を総状につけ、花弁は紙のようなカサカサという音をたてる。 **ローダンセ　ヘリプテラム**　〔花簪こぼれて落ちぬ雪の上　田中千代〕

鹿子草《かのこそう》　山野の湿地に生え、淡黄色の小花を群がり咲かせる。 **纈草**《かのこそう》　**はるをみなへし**　〔鹿子草《かのこさう》こたびも手術寧《やす》からむ　石田波郷〕

ストック　白・淡紅・濃紅などの十字形の花をつける。それぞれに匂いがいい。 **あらせいとう　紫羅欄花**《あらせいとう》　**姫**《ひめ》**あらせいとう**　〔誰に聞かむあらせいとうの花言葉　堀口星眠〕

諸葛菜《しよかつさい》　大根の花に似た淡紫色の十字形の花を開く。 **紫大根**《むらさきだいこん》　**紫大根**《むらさきだいこん》**の花**《はな》　〔さきがけて諸葛菜咲く父の墓　古賀まり子〕

華鬘草《けまんそう》　仏具の華鬘に似た形の、淡紅色の花を総状に垂れ下げる。 **華鬘牡丹**《けまんぼたん》　**黄華鬘**《きけまん》　**紫華鬘**《むらさきけまん》　**花華鬘**《はなけまん》　**鯛釣草**《たいつりそう》　〔膝ついて土やはらかし華鬘草　大石悦子〕

雛菊《ひなぎく》 白・紅・淡紅色など、菊に似た花を咲かせる。**デージー** **延命菊**《えんめいぎく》 **長命菊**《ちょうめいぎく》 **ときしらず** ［夏］夏菊 ［秋］菊・野菊 〔雛菊や亡き子に母乳滴りて　柴崎左田男〕

東菊《あずまぎく》 淡紅紫色の菊のような花を一輪開く。**吾妻菊**《あづまぎく》 ［夏］夏菊 ［秋］菊・野菊 〔湯がへりを東菊《あづまぎく》買うて行く妓《こ》かな　長谷川かな女〕

金盞花《きんせんか》 《きんせんくわ》濃い橙色から淡黄色まであり、花の形が盃に似ているのでこの名がある。**常**《じょう》**春花**《しゅんか》 **長春花**《ちょうしゅんか》 **唐金盞**《とうきんせん》 **金盞草**《きんせんそう》 **カレンジュラ** 〔太陽に空洞のあり金盞花　磯貝碧蹄館〕

勿忘草《わすれなぐさ》 瑠璃色の可憐な花をつける。**わするな草**《ぐさ》 **ミヨソティス** 〔血を喀《は》けば勿忘草の瑠璃《るり》かすむ　古賀まり子〕

貝母《ばいも》**の花**《はな》 淡緑黄色に海老茶色の編み目のある六弁花を釣鐘状に開く。〔やうやくに咲きし貝母はさびしき花　森田　峠〕

シネラリア 野菊に似てそれよりもやや大きい頭状花を開く。**蕗菊**《ふきぎく》 **白妙菊**《しろたえぎく》 **富貴菊**《ふうきぎく》 **サイネリア** 〔シネラリア薬で眠るまなうらに　宇咲冬男〕

アネモネ 紅・白・紫などの芥子に似た花を開く。**紅花翁草**《べにばなおきなぐさ》 **はないちげ** **ぼたんいちげ** 〔アネモネやひとりのお茶のしづごころ　日野草城〕

アザレア つつじの一種で、花色は赤・白・桃色など。〔絵馬干すとアザレアにある日を借りぬ　絵馬　寿〕

フリージア 百合形の白・紫・黄など筒状の花を開く。**香雪蘭**《こうせつらん》 **浅黄水仙**《あさぎすいせん》 〔書かぬ日の日記

の上にフリージャ　神蔵 器〕

チューリップ　小アジア原産の球根草花。カップのような花を開く。春を代表する草花の一つ。**鬱金香**《うつこんこう》　**牡丹百合**《ぼたんゆり》　〔チューリップ喜びだけを持つてゐる　細見綾子〕

ロベリア　細い多数の花茎の先に蝶状の小さな花を開く。**瑠璃蝶々**《るりちょうちょう》　〔ロベリアに吾子の手毬の忘れあり　柳川文子〕

イキシア　槍のような葉の上に茎をつきだして、その先に多数の花をつける。**槍水仙**《やりずいせん》　〔イキシアの花空に咲く黄のかげり　石原八束〕

ヘリオトロープ　枝の先端の小さな花が群生して開く。**香水木**《こうすいぼく》　**にほひむらさき**　〔ヘリオトロープ船旅ははや倦《う》む日日に　大津希水〕

スノードロップ　花茎の先端に雪白の花を下向きにつける。**ゆきのはな**　**松雪草**《まつゆきそう》　〔松雪草一茎一花のすがすがし　東白日子〕

スノーフレーク　小さな白い花で、花茎の先にすずらんのように垂れ下がる。**大松雪草**《おおまつゆきそう》　**なつゆきのはな**　〔スノーフレークマリア坐像をうち囲み　上村占魚〕

エリカ　鈴のような紫色の小花を無数につける。**花**《はな》**エリカ**　〔子の日記二行で終る花エリカ　岡部六弥太〕

クロッカス　花茎に漏斗状の六弁の花を開く。[秋]サフランの花　〔子が植ゑて水やり過ぎのクロッカス　稲畑汀子〕

シクラメン　花茎の先に一個ずつ蝶形花を開く。**篝火草**《かがりびそう》　〔シクラメン花のうれひを葉にわか

ち　久保田万太郎〕

ヒヤシンス　花茎を軸にピンク・紅・青紫などの香りのよい小花が集まって開く。**風信子**《ふうしんし》　**夜**《や》**香蘭**《こうらん》　**錦百合**《にしきゆり》　〔銀河系のとある酒場のヒヤシンス　橋　閒石〕

オキザリス　花茎の先端に丸みのある五弁の小花を開く。**花**《はな》**かたばみ**　〔幸福といふ不幸ありオキザリス　石　寒太〕

君子蘭《くんしらん》　橙黄色の花を十～二十個傘状に開く。**大花君子蘭**《おおばなくんしらん》　㊮春蘭　㊌蘭　〔横笛を袋にしまふ君子蘭　伊藤敬子〕

芝桜《しばざくら》　地を覆《おお》って、桜の花に似た小さな五花弁をつける。**苔**《モス》**フロックス**　**花爪草**《はなつめくさ》　〔芝ざくら好天あますところなし　石原舟月〕

群雀《むれすずめ》　晩春、蝶形の花が下向きに咲く。**錦鶏児**《きんけいじ》　〔群すずめ咲き出不精な日がつづく　森田理恵〕

苧環《をだまき》　糸を巻くおだまきの形に似た碧紫色の花をつける。**糸繰草**《いとくりそう》　**深山**《みやま》**をだまき**　〔をだまきの花やみやげに有馬筆　森　澄雄〕

霞草《かすみそう》　かすみさう　純白の、まれに薄紅色の小花が多数群がるように咲く。**むれなでしこ**　〔かすみ草紙人形も二重帯　花谷和子〕

都忘《みやこわす》**れ**　紫色の小菊のような花をつける。正確な名は「のしゅんぎく」**野春菊**《のしゆんぎく》　〔都忘れふるさと捨ててより久し　志摩芳次郎〕

菊の苗《なえ》　きくのなへ　菊の親株から切り離して移植する新芽のこと。**菊苗**《きくなえ》　**菊**《きく》**の芽**《め》　**菊**《きく》**は芽**《め》**に**　㊮菊根

分　[秋]菊　〔菊苗に水やる土の乾きかな　正岡子規〕

菊若葉《きくわかば》　春になって萌え出した菊の若葉のこと。**菊**《きく》**の若葉**《わかば》　[秋]菊　[冬]寒菊・枯菊　〔菊若葉父の老後の安らけく　杉浦澄心子〕

スイートピー　マメ科の蔓草で、白・赤・紫などの蝶形の花をつける。〔花揺れてスイートピーを束ね居る　中村汀女〕

野菜作物

菜《な》**の花**《はな》　菜種は秋に種を蒔《ま》くと、翌春薹《とう》が立ち先端に黄色の十字花をつける。**花菜**《はなな》　**菜種**《なたね》**の花**《はな》　**油菜**《あぶらな》　**花菜種**《はななたね》　**花菜畑**《はななばたけ》　**花菜風**《はななかぜ》　**花菜晴**《はななば》**れ**　**花菜道**《はななみち》　**夕花菜**《ゆうはなな》　**花菜明**《はななあか》**り**　**菜**《な》**の花明**《はなあか》**り**　[春]花菜漬・菜種梅雨　[秋]菜種蒔く　〔菜の花がしあはせさうに黄色して　細見綾子〕

菜《な》**の花蝶**《はなちょう》**と化**《か》**す**《なのはなてふとくわす》　昔からの伝説をそのまま季題としたもの。黄色の菜の花に黄色い蝶の舞うのは、蝶が菜の花から抜け出したように感じるさまをいう。〔菜の花の化したる蝶や法隆寺　松瀬青々〕

大根《だいこん》**の花**《はな》　晩春、白または紫がかった白色の十字形の四弁の花を開く。**花大根**《はなだいこん》　**種大根**《たねだいこん》　[秋]大根蒔く　[冬]大根・大根引　〔大根の花や青空色足らぬ　波多野爽波〕

豆《まめ》**の花**《はな》　豆類の花の総称であるが、古くは蚕豆《そらまめ》の花を指していた。[夏]豆植う　[秋]豆引く　〔豆の花海にいろなき日なりけり　久保田万太郎〕

蚕豆《そらまめ》**の花**《はな》　縁《ふち》に煤黒《すすくろ》の斑《ふ》の入った白色または薄紫色の花。[夏]蚕豆　[秋]蚕豆植う　〔そら豆

の花の黒き目数知れず　中村草田男〕

豌豆《えんどう》の花《はな》《あんどうのはな》　赤みがかった紫の花と白い花が咲く。**花豌豆《はなえんどう》**　[夏]豌豆　〔花ゑんどう蝶になるには風足らず　大串　章〕

苺《いちご》の花《はな》　多くは白色の五弁の花を開くが、まれに黄色・紅色の花もある。**花苺《はないちご》**　[夏]苺　〔花の芯すでに苺のかたちなす　飴山　實〕

葱坊主《ねぎぼうず》《ねぎばうず》　葱の花。玉のようなかたまりの花で形が坊主頭に似ているのでこの名がある。**葱《ねぎ》の花《はな》**　**葱《ねぎ》の擬宝《ぎぼ》**　**葱《ねぎ》の坊主《ぼうず》**　**花葱《はなねぎ》**　**根深《ねぶか》の花《はな》**　**根深咲《ねぶかさ》く**　[冬]葱　〔人間に退屈しをり葱坊主　松崎鉄之介〕

茎《くく》立《だち》　大根、蕪などの菜類が長《た》けて、薹《とう》を高く抜き出して蕾をつけること。**くきだち**　〔茎立や県《あがた》をわかつ潮けむり　斎藤梅子〕

茎立菜《くきたちな》　寒冷地で作る晩生の菜類の一品種。茎が太く柔らかく、苦みがない。**くくたち菜《な》**　**晩《おく》生《な》**　〔茎立菜花ごと漬けてしまひけり　石丸真理女〕

春《はる》菜《な》　春の菜類の総称。**春《はる》の菜《な》**　〔春菜青し尼と泊りし伊豆の寺　長谷川かな女〕

萵《ち》苣《しゃ》　葉または茎を生食するキク科の一、二年草。結球性の玉レタスが一般的。**ちさ**　**かきぢしゃ**　**玉ぢしゃ**　**レタス**　**萵苣苦《ちしゃにが》し**　**萵苣青《ちしゃあお》し**　[夏]萵苣の花・菊萵苣　〔萵苣噛むや左遷さらるる謂れなし　細川加賀〕

菠薐草《ほうれんそう》《はうれんさう》　二、三月ごろが旬で、葉も根も柔らかい。ビタミン、鉄分を多く含む。〔菠薐草スープよ煮えよ子よ癒えよ　西村和子〕

鶯菜《うぐいすな》　小松菜の稚菜といわれている。鶯の鳴くころとれるのでこの名がある。**小松菜**《こまつな》〔井の水のけふ豊かなり鶯菜　石田あき子〕

如月菜《きさらぎな》　中国産の場姑菜《タクチェ》のことで、葉は濃黒緑色で艶があり、縮緬《ちりめん》状で肉が厚い。二月菜《にがつな》と読むのは誤り。**二月菜**《きさらぎな》　【春】三月菜　〔二月菜母を誘ひて母に蹤き　岸田稚魚〕

水菜《みずな》　京都付近が原産。淡泊な味で、煮物、漬け物、鍋料理にする。関東では京菜という。**京菜**《きょうな》　**千筋菜**《せんすじな》　〔京菜洗ふ青さ冷たさ歌うたふ　加藤知世子〕

水灌菜《みずかけな》　富士山麓で、冬の間水田の裏作として、湧き水をかけ流して栽培した菜をいう。〔水灌菜青鮮やかに浸し物　阿部筲人〕

壬生菜《みぶな》　京都、壬生が原産地。葉に京菜のようなぎざぎざがない。**糸菜**《いとな》　〔あをあをと壬生菜一畝《うね》白毫寺《びやくがうじ》　丹野富佐子〕

芥菜《からしな》　小型の十字花をつける。薹立ちした茎葉は漬け物などにする。**芥子菜**《からしな》　**ながらし**　**辛菜**《からな》　【秋】芥菜蒔く　〔からし菜を買ふや福銭のこし置き　長谷川かな女〕

三月菜《さんがつな》　特定の菜ではなく、陰暦三月ごろに食膳に供する菜をいう。〔三月菜洗ふや水もうすみどり　谷　迪子〕

三葉芹《みつばぜり》　白く長い柄の先に三枚の葉が集まっているので「みつば」という。**三葉**《みつば》　〔三葉噛んで光源氏に逢ひたしや　長谷川秋子〕

春大根《はるだいこん》　晩秋に種を蒔き、翌年の四〜六月に収穫する大根。**春だいこ**《はる》　**三月大根**《さんがつだいこん》　**四月大根**《しがつだいこん》　**二年子大根**《にねんこだいこん》　**苗代大根**《なわしろだいこん》　【夏】夏大根　【冬】大根　〔しなしなとして春大根買はれけり　秋元不

死男〕

玉巻《たまま》く甘藍《かんらん》　通常三十枚ぐらいの葉が重なって玉をつくる。**玉巻《たまま》くキャベツ　キャベツ玉巻《たまま》く**
夏甘藍〔かがなべてキャベツ玉巻く春は老ゆ　石塚友二〕

独《う》活《ど》　山野に自生、また栽培もする。浸し物や和え物などに用いる。独特の風味がある。**芽独活《めうど》　山独活《やまうど》　もやし独活《うど》　独活掘《うどほ》る**　夏独活の花　秋独活の実　冬寒独活〔独活浸す水夕空につながりて　村越化石〕

アスパラガス　若芽の伸びたものを食用とする西洋野菜。株の上に土を覆って軟白して収穫する。**松葉独活《まつばうど》　西洋独活《せいようど》**　夏アスパラガスの花〔アスパラガスほのむらさきと掘りあげし　小池文子〕

春《しゅん》菊《ぎく》　葉の独特の芳香と苦みが好まれ、浸し物や鍋物にする。**しんぎく　菊菜《きくな》　高麗菊《こうらいぎく》　花《はな》春菊《しゅんぎく》**〔春菊や袋大きな見舞妻　石田波郷〕

韮《にら》　葉は鮮緑色で独特の臭いがある。和え物、卵とじ、韮雑炊などとして食する。**かみら　みら　ふたもじ　韮摘《にらつ》む　韮《にら》の雨《あめ》　韮粥《にらがゆ》　韮汁《にらじる》　韮雑炊《にらぞうすい》**　夏韮の花〔韮摘んで韮臭き手を夫婦かな　星野麥丘人〕

蒜《にんにく》　大きな地下茎を食用および薬用として用いている。**葫《にんにく》　ひる　大蒜《おおにんにく》　独子蒜《ひとつびる》**　夏蒜の花〔にんにくを吊りて烈日落としたり　糸　大八〕

胡《あさ》葱《つき》　葱に似た細い葉や地中の鱗茎を食用にする。**浅葱《あさつき》　糸葱《いとねぎ》　千本分葱《せんぼんわけぎ》　せんぶき**　春胡葱膾　冬葱〔あさつきの葉を吹き鳴らし奉公す　高野素十〕

分《わけ》葱《ぎ》 葱とほとんど同じだが、葱よりも小さく細く臭いも少ない。 冬葱 〔わけぎの根白く珠なす茹でにけり　草間時彦〕

防《ぼう》風《ふう》《ばうふう》 海岸の砂地に自生。茎や葉柄、若芽を食用にする。 **浜防風《はまぼうふう》**　**はまにがな**　**防風摘《ぼうふうつ》み**　**防風掘《ぼうふうほ》る** 〔ふるさとに防風摘みにと来しわれぞ　高浜虚子〕

山葵《わさび》 山地の山間の清流に自生、栽培もされる。地下の根茎を香辛料とする。 **山葵田《わさびだ》**　**山葵《わさび》沢《ざわ》** 夏山葵の花 〔山葵田を溢るゝ水の岩走り　福田蓼汀〕

茗荷竹《みようがたけ》《めうがだけ》 茗荷の若芽のこと。匂いがよく、吸い物や刺身のつまなどに用いられる。 夏茗荷の子・花茗荷 秋茗荷の花 〔雨やみし空の雫や茗荷竹　飴山 實〕

慈《く》姑《わい》《くわゐ》 水中で栽培。地下の塊茎《かいけい》は冬から春にかけて収穫し、正月に欠かせない食べもの。 **白慈姑《しろぐわい》**　**青慈姑《あおぐわい》** 春慈姑掘る 〔吾ひとり好む慈姑はわれが剝く　富岡掬池路〕

烏芋《くろぐわい》《くろぐわゐ》 泥の中に慈姑《くわい》に似た小型の黒い塊茎があり、これを掘って食べる。 〔烏ぐわい掘りてしづけき池の水　神谷義子〕

春《はる》の苺《いちご》 福羽イチゴ、ビクトリアなどの品種は冬から春に出荷される。 **春苺《はるいちご》** 夏苺 〔はや出でし春の苺や誕生日　永井駒代〕

青《あお》麦《むぎ》《あをむぎ》 春、穂の出る前の葉や茎が青々としている麦のこと。 **青《あお》む麦《むぎ》**　**麦青《むぎあお》む** 春麦踏み 夏麦・麦の秋・麦刈 冬麦蒔・麦の芽 〔麦青む信濃いづくも水走り　森 澄雄〕

種《たね》芋《いも》 冬の間、貯蔵しておいた里芋、馬鈴薯、長芋などの種とする芋。 **芋種《いもたね》**　**芋《いも》の芽《め》**　**藷苗《いもなえ》** 秋芋 〔種芋や旅籠《はたご》の急な梯子段　大峯あきら〕

紫蘇《しそ》の芽《め》　青紫蘇と赤紫蘇の二種類がある。青紫蘇の双葉《ふたば》を青芽という。**芽紫蘇《めじそ》**　夏紫蘇　秋紫蘇の実〔指触れぬ青紫蘇の芽と解るまで　東山　晃〕

蓼《たで》の芽《め》　発芽《はつが》した双葉《ふたば》を採取し、刺身のつまや吸い物に供される。**芽蓼《めたで》**　夏蓼　秋蓼の花〔かはゆさを指のよろこぶ芽蓼摘　辻田克巳〕

野　草

春《はる》の草《くさ》　春になって萌え出た草のこと。**野草《やそう》**　**春草《しゆんそう》**　**はる草《くさ》**　**草芳《くさかんば》し**　**芳草《ほうそう》**　**草《くさ》かぐはし**　〔春草や光りふくるる鳩の胸　松本たかし〕

下《した》　萌《もえ》　早春、大地から草の芽の萌え出てくること。**萌《もえ》**　**草萌《くさもえ》**　**下萌《したも》える**　**草萌《くさも》える**　〔草萌えて土中に楽のおこりたる　星野立子〕

草青《くさあお》む　草の芽からやや時のたった状態で、目にしみるような青い草のこと。**青草《あおくさ》**　〔草青《くさあを》む川べりの土踏みこぼす　上村占魚〕

駒返《こまがえ》る草《くさ》　冬の間、枯れたような草が再び青々と萌え出すこと。**若返《わかがえ》る草《くさ》**　**草駒返《くさこまかえ》る**　〔駒返《こまがへ》る草《くさ》に夕風わたりけり　細木芒角星〕

草《くさ》の芽《め》　春萌え出るもろもろの草の芽。朝顔、桔梗、菖蒲など名のある草の芽は名草の芽という。**芽草《めぐさ》**　**草芽《くさめ》**　**名草《なぐさ》の芽《め》**　**諸草《もろくさ》の芽《め》**　〔甘草《かんぞう》の芽のとびとびのひとならび　高野素十〕

ものの芽《め》　草も木も含めていろいろの芽をいう。**物芽《ものめ》**　〔ものの芽や地ねずみ雪をかき分けて

戸川幸夫〕

末黒《すぐろ》の薄《すすき》 春先、野山を焼いたあとの焼け残りの薄の古株から萌え出た芽。**黒生《くろう》の薄《すすき》** **焼野《やけの》の薄《すすき》** **薄《すすき》の芽《め》** **萩《はぎ》の末黒《すぐろ》** **末黒葦《すぐろあし》** 春焼野 秋芒 〔末黒野の薄や富士の裾長し 堀 胡蝶〕

桔梗《ききよう》の芽《め》《ききやうのめ》 前年の株からいくつもの青い芽が土を盛りあげて出てくる。秋桔梗の花 〔曇天のにはかに日射す桔梗の芽 米山源雄〕

蔦《つた》の芽《め》 赤い芽や白い芽を力強く出す。春蔦若葉 夏青蔦 秋蔦 冬冬蔦・枯蔦 〔まなかひの館の蔦も芽走れり 石塚友二〕

雪間草《ゆきまぐさ》 春になってところどころに残っている雪の間から萌え出てくる草。**ゆきまさう** 春雪間 〔長靴につくづく倦《う》みぬ雪間草 福永耕二〕

若《わか》 草《くさ》 芽を出して間もない草や新しく生え出てきた草のこと。**嫩草《わかくさ》** **新草《にいくさ》** **初草《はつくさ》** **若草野《わかくさの》** **草若《くさわか》し** 〔若草や人よりも先き歩く癖 高木晴子〕

双《ふた》 葉《ば》 大豆、大根、菜類などが芽を出すとき、まっさきに現われる二枚の子葉のこと。**二《ふた》葉《ば》** 〔朝顔の双葉のどこか濡れゐたる 高野素十〕

雀隠《すずめがく》れ 若草や木の芽が雀の姿も隠れるほどに伸びてきたさま。〔雀隠れ母の散歩のポストまで 古賀まり子〕

古《ふる》 草《くさ》 若草にまじって冬を越した前年の草のこと。春駒返る草 〔古池の古草ぞ世にふさふさと 永田耕衣〕

畦青《あぜあお》む《あぜあをむ》 畦焼きのあと、草が萌え、日一日と青さを増すこと。〔雲垂れて遂に触れた

る畦青む　水原秋櫻子〕

若芝《わかしば》　新芽を出した芝。萌え出て青む若々しい芝生である。**春**《はる》**の芝**《しば》　**芝萌**《しばも》**ゆる**　**芝**《しば》**の芽**《め》　**芝青**《しばあお》**む**　**青**《あお》**む芝**《しば》　夏青芝　〔若芝にノートを置けばひるがへる　加藤楸邨〕

草若葉《くさわかば》　若草、春の草、駒返る草より時間を経て若葉になった草を指す。**菊若葉**《きくわかば》　夏若葉　〔草わかば鶏臆病なとさか持つ　鍵和田秞子〕

蔦若葉《つたわかば》　晩春のころの蔦の若葉。春蔦の芽　夏青蔦　秋蔦　〔海見ゆるオランダ坂や蔦若葉　斎藤輝子〕

葛若葉《くずわかば》　葛の葉裏は白いが、若葉はこれが目立たず鮮緑色だけ目にうつる。秋葛・葛の花　〔磐石や二葉の葛のはひそむる　富安風生〕

萩若葉《はぎわかば》　春になって萌え出た萩の卵形の若葉。夏夏萩　秋萩　〔一燭を伐折羅《ばさら》に献じ萩若葉　深見けん二〕

葎若葉《むぐらわかば》　掌状に裂けた葉の形は美しく、鮮緑色の若葉はみずみずしい。夏葎　冬枯葎　〔若葉する伊勢が邸の葎かな　巌谷小波〕

菫《すみれ》　山野に自生し、花は濃紫色で四～五月、横向きに咲く。**菫草**《すみれぐさ》　**相撲取草**《すもうとりぐさ》　**相撲花**《すもうばな》　**花菫**《はなすみれ》　**菫の花**《すみれのはな》　**壺**《つぼ》**すみれ**　**菫濃**《すみれこ》**し**　**初菫**《はつすみれ》　**菫野**《すみれの》　春パンジー　冬冬菫　〔かたまつて薄き光の菫かな　渡辺水巴〕

紫雲英《げんげ》　かつては田の緑肥とした。紅紫色、まれに白い花を開く。**げんげん**　**げげばな**　**五形花**《げげばな》　**蓮華草**《れんげそう》　**げんげ摘**《つ》**む**　春げんげ田　秋紫雲英蒔く　〔野道行けばげんげん〱の束すて

である　正岡子規〕

苜蓿《うまごやし》　欧州原産の野草で、馬に与えると肥えるところからついた名。**うまごやしの花《はな》　苜蓿《もくしゅく》　クローバー**　〔苜蓿やいつも遠くを雲とほる　橋本鶏二〕

薺《なずな》の花《はな》《なづなのはな》　春の七草の一つ。四弁の白い十字形の小花をつける。**花《はな》なづな　三味線草《しゃみせんぐさ》　ぺんぺん草《ぐさ》**　［新］薺　〔旅淋し薺咲く田の涯しらず　阿波野青畝〕

蒲公英《たんぽぽ》　黄色または白色の頭花が花茎に一つつく。**鼓草《つづみぐさ》　白花《しろばな》たんぽぽ　西洋《せいよう》たんぽぽ　蒲公英《たんぽぽ》の絮《わた》　蒲公英《たんぽぽ》の絮《わた》とぶ**　［冬］冬蒲公英　〔蒲公英のかたさや海の日も一輪　中村草田男〕

土筆《つくし》　杉菜の地下茎から出る胞子茎である。**つくづくし　つくしんぼ　筆《ふで》の花《はな》　土筆野《つくしの》　土筆《つくし》和《あ》え　土筆飯《つくしめし》　土筆摘《つくしつ》む　土筆籠《つくしかご》**　〔まゝ事の飯もおさいも土筆かな　星野立子〕

杉菜《すぎな》　土筆におくれて一つの地下茎から出る。鮮緑色で直立し、二〇~四〇センチになる。**接《つ》ぎ松《まつ》　犬杉菜《いぬすぎな》　杉菜《すぎな》生《お》ふ　杉菜《すぎな》道《みち》　杉菜《すぎな》の芽《め》**　〔大雨の杉菜の宵となりにけり　大峯あきら〕

蘩蔞《はこべ》　春の七草の一つ。五弁の白い小花をつける。**はこべら　はくべら　はこべの花《はな》　花《はな》はこべ**　〔はこべらや焦土のいろの雀ども　石田波郷〕

桜草《さくらそう》《さくらさう》　桜の花に似ていることからこの名がある。花茎を立て、淡紅色の五裂の花を五~十個つける。**雛桜《ひなざくら》　乙女桜《おとめざくら》　一花桜《いちげざくら》　プリムラ**　〔まのあたり天降《あも》りし蝶や桜草　芝不器男〕

若紫《わかむらさき》　紫草《むらさき》の若苗のこと。［夏］紫草　〔恋草の若むらさきも萌えにけり　星野麦人〕

雪割草《ゆきわりそう》《ゆきわりさう》 桜草の一種で、早春、花茎を立て、淡紫色の花を開く。**洲浜草**《すはまそう》 **三角草**《みすみそう》 〔みんな夢雪割草が咲いたのね　三橋鷹女〕

翁草《おきなぐさ》 花の外は白い毛に覆われ、内側は紅紫色でうつむいて咲く。**白頭翁**《はくとうおう》 **ねこぐさ** 〔絮とばす茂吉生家のおきな草　加藤三七子〕

一輪草《いちりんそう》《いちりんさう》 キンポウゲ科の野草で、花茎の先に梅の花に似た五弁花を一つ咲かせる。**一花**《いちげ》**草**《そう》 〔道なき谿《たに》一輪草の寂しさよ　加藤知世子〕

二輪草《にりんそう》《にりんさう》 葉も花も一輪草に似るが一輪草よりも丈はやや低い。二、三輪の白い花を開く。**鵝掌草**《がしようそう》 〔片雲やこぼしてゆきし二輪草　矢島渚男〕

虎杖《いたどり》 山野に自生する。独活《うど》に似た芽を出し、若くて柔らかい茎は食べられる。**さいたづま** **深山虎杖**《みやまいたどり》 [夏]虎杖の花 〔いたどりに樋《ひ》の水はやし雨の中　飯田蛇笏〕

酸葉《すいば》 茎も葉も酸味があり「すかんぽ」の名で親しまれている。**すかんぽ** **すいすい** **あかぎしぎし** **すし** 〔すかんぽや死ぬまでまとふからび声　角川源義〕

羊蹄《ぎしぎし》 高さ五〇～一〇〇センチ。葉は長大な楕円形で全体が緑色をしている。**陸**《りく》**じゅんさい** [夏]羊蹄《ぎしぎし》の花《はな》 〔ぎしぎしに海の荒雲押しきたる　村沢夏風〕

歯朶萌ゆ《しだもゆ》 萌黄色《もえぎ》の新葉は柔らかくみずみずしい。[夏]青歯朶　[新]歯朶飾る・歯朶 〔白衣干す滝の行場や歯朶萌ゆる　高取貞子〕

蕨《わらび》 長い柄の先に拳状に葉を巻いた新芽が伸びると、柄ごと摘んで灰汁《あく》抜きをして食べる。**早蕨**《さわらび》 **蕨手**《わらびて》 **老蕨**《おいわらび》 **蕨汁**《わらびじる》 **蕨飯**《わらびめし》 **干蕨**《ほしわらび》 **初蕨**《はつわらび》 **蕨**《わらびた》**長く** **蕨野**《わらびの》 **蕨山**《わらびやま》 [夏]夏蕨　[冬]冬

蕨〔頂上といふも平らに蕨山　畠山譲二〕

薇《ぜんまい》　若芽が銭の形に似ているところからこの名がついたという。**狗背**《ぜんまい》　**紫蕨**《ぜんまい》　**鬼蕨**《おにわらび》　**犬蕨**《いぬわらび》
〔ぜんまいののの字ばかりの寂光土　川端茅舎〕

芹《せり》　春の七草の一つ。水田や湿地に自生。茎、葉ともに香気があり、食用にする。**根白**《ねじろ》**草**《ぐさ》　**つみまし草**《ぐさ》　**根芹**《ねぜり》　**田芹**《たぜり》　**白芹**《しろぜり》　**芹田**《せりだ》　**芹摘**《せりつみ》　**芹**《せり》**の水**《みず》　**芹畑**《せりばたけ》　[夏]芹の花　[冬]寒芹　[新]根白草
〔芹の水葛城山の麓より　矢島渚男〕

野《の》**蒜**《びる》　山野、路傍に自生、葉も地下茎も食用にする。葱に似て臭気が強い。**野**《の》**蒜摘**《びるつ》**む**　[夏]野蒜の花
〔摘みたきもの空にもありて野蒜摘　能村登四郎〕

蟒草《うわばみそう》　うはばみさう　茎は三〇センチ内外、たいてい斜めに出ている。葉のつけ根に黄白色の小さい花がかたまって開く。
〔蟒草摘むとき巒気《らんき》迫り来る　田子六華〕

いぬふぐり　早春、野や畦道などに瑠璃色の小花を咲かせる。形が犬のふぐり（陰嚢《いんのう》）に似ているのでこの名がある。**ひやうたん草**《ぐさ》　**犬**《いぬ》**のふぐり**
〔古利根の春は遅々たり犬ふぐり　富安風生〕

山吹草《やまぶきそう》　やまぶきさう　ケシ科の多年草。山吹の花に似た鮮黄色の四弁花を開く。**草山吹**《くさやまぶき》
〔森陰に山吹草の金散らす　今井千鶴子〕

宝蓋草《さんがいぐさ》　仏の座ともいう。春の七草とは別。高さ二〇センチくらい、春、小さな紅紫色をした唇形の花が咲く。
〔宝蓋草山頂にまだ靄残り　三島文子〕

錨《いかり》**草**《そう》　いかりさう　淡紫色または淡紅色の錨の形をした花を開く。**碇草**《いかりそう》
〔いかり草むかしもいま

も水祀り　佐藤鬼房〕

十二単《じゅうにひとえ》《じふにひとへ》　唇形の淡紫色の小花を穂状につける。女官の装束に見立てた名。〔日を浴びて十二単の草の丈　岡本まち子〕

春蘭《しゅんらん》　根ぎわから花茎を出し淡黄緑色の唇形の花を開く。**ほくり　ほくろ　えくり**　[秋]蘭〔春蘭や雨をふくみてうすみどり　杉田久女〕

化偸草《えびね》　山地に自生するが庭や鉢植にもする。数花を総状花序に開く。**海老根**《えびね》　**えびね蘭**《らん》　**藪**《やぶ》**えびね　鈴**《すず》**ふり草**《そう》　〔隠者には隠のたのしみ花えびね　林　翔〕

熊谷草《くまがいそう》《くまがいさう》　花の形が熊谷直実《くまがいなおざね》の負う母衣に似ているので、この名がある。**ほろかけぐさ　おほぶくろばな**　〔熊谷草甲冑すでにほろびけり　河野南畦〕

金蘭《きんらん》　山林に自生するラン科の多年草。茎の先に黄色い小花をつける。[春]銀蘭　[秋]蘭〔金蘭や降りて明るき山の雨　中牟田千代子〕

銀蘭《ぎんらん》　黄花の金蘭に対して、白花なので銀蘭という。**笹葉銀蘭**《ささばぎんらん》　[春]金蘭　[秋]蘭　〔銀蘭や犬に手を延《の》べ舐《な》められる　上村占魚〕

きらん草《そう》《きらんさう》　葉や茎が地を這ってべったり広がっているので、ジゴクノカマノフタという別名もある。**金瘡小草**《きらんさう》　**地獄**《じごく》**の釜**《かま》**の蓋**《ふた》　〔きらん草畦の地べたに咲くあはれ　山川静人〕

蝮蛇草《まむしぐさ》　山野に自生し、茎の紫褐色の斑紋が蝮蛇の腹に似ているので、この名がある。**蛇**《へび》**の大八**《だいはち》　**山蒟蒻**《やまこんにゃく》　〔まむし草蘂《しべ》覗かむと指触るる　草間時彦〕

金鳳花《きんぽうげ》 日当たりのよい山野や路傍に自生、黄色の五弁花を開く。**毛茛《きんぽうげ》** うまのあしがた

蛙の傘《ひきのかさ》〔山羊の子がしきりにはねる金ぽうげ　高浜虚子〕

水辺に自生し高さ一〇センチ内外。花は金鳳花に似る。**小金鳳花《こきんぽうげ》**〔月光は水のごと降る蛙の傘　川原つう〕

狐の牡丹《きつねのぼたん》 畦道や湿地に多く生え、黄色い五弁の花が咲く。毒草。**毛茛《もうこん》**〔狐にも狐の牡丹咲きにけり　相生垣瓜人〕

一人静《ひとりしずか》 山林の日陰に自生し、三センチぐらいの白い穂状の花をつける。**吉野静《よしのしずか》** **眉掃《まゆはき》草《ぐさ》** 春

二人静《ふたりしずか》 二、三本多いときは七、八本かたまって白い花の穂が立つ。**狐草《きつねぐさ》** **早乙女花《さおとめばな》**〔きみが名か一人静といひにけり　室生犀星〕

春 一人静《ひとりしずか》〔花白き二人静《ふたりしずか》が夜明け待つ　小澤満佐子〕

母子草《ははこぐさ》 春の七草の御行《ごぎょう》はこの草のこと。**ほうこぐさ　ははこ　ほうこ　御行蓬《ごぎょうよもぎ》　おぎやう** 春

父子草 新 御行〔老いて尚なつかしき名の母子草　高浜虚子〕

父子草《ちちこぐさ》 母子草に似ているが、茎も葉も母子草より小さく痩《や》せている。花は赤褐色。春 母子草〔父子草父に抱かれし記憶なし　轡田進〕

蕗の薹《ふきのとう》 薄緑色の卵形の蕗《ふきの》の花芽《たう》。ほろ苦い風味と香りがある。**蕗の芽《ふきのめ》　蕗の花《ふきのはな》** 夏 蕗〔蕗の薹食べる空気を汚さずに　細見綾子〕

春の蕗《はるのふき》 春の葉は柔らかくて香りも高い。夏 蕗〔摘んで煮て少しばかりや春の蕗　草間時彦〕

蓬《よもぎ》　若葉に香気があり、柔らかく、草餅の材料にする。**艾草**《がいそう》　**餅草**《もちぐさ》　**も草**《ぐさ》　**やき草**《くさ》　**さしも草**《ぐさ》　**蓬生**《よもぎう》　**蓬萌**《よもぎも》**ゆ**　**蓬摘**《よもぎつ》**む**　夏夏蓬　〔草蓬あまりにかろく骨置かる　加藤楸邨〕

嫁菜《よめな》　若菜は香りがよく、浸し物や菜飯にする。秋、花をつけると野菊と呼ばれる。**よめがはぎ**　**はぎな**　春嫁菜飯　秋野菊　新よめがはぎ　〔みちのくの摘んでつめたき嫁菜かな　細川加賀〕

明日葉《あしたば》　暖地や海浜に生える常緑多年草。摘んだ翌日に新芽が出るのでこの名がある。〔あした葉や流人を打ちし槌《つち》の疵《きず》　殿村菟絲子〕

茅花《つばな》　イネ科の多年草チガヤの若い花穂のこと。**針茅**《つばな》　**ちばな**　**茅萱**《ちがや》**の花**《はな》　**茅花原**《つばなはら》　**茅花野**《つばなの》　夏茅花流し　〔まなかひに青空落つる茅花かな　芝不器男〕

髢草《かもじぐさ》　イネ科の二年草で、昔、女の子が髪結い遊びをしたのでこの名がある。**雛草**《ひなぐさ》　**鬘草**《かつらぐさ》　〔思い出の道みな細しかもじ草　秋元不死男〕

雀の鉄砲《すずめのてつぽう》　茎の先に淡緑色棒状の痩せた花穂をつける。**雀の槍**《すずめのやり》　**雀の枕**《すずめのまくら》　**槍草**《やりくさ》　〔無造作に雀の槍と教はりぬ　吉本節雄〕

雀の帷子《すずめのかたびら》　イネ科の二年草、高さ二〇センチくらい、弱々しい茎に淡緑色の花をつける。秋雀の稗　〔湾青く雀の帷子伸びすぎし　高島筍雄〕

片栗の花《かたくりのはな》　茎の先に紅紫色の釣鐘状の花が下向きに一つ咲く。**堅香子の花**《かたかごのはな》　〔片栗の一つの花の花盛り　高野素十〕

猩々袴《しようじようばかま》《しやうじやうばかま》　茎の先に淡紅色または濃紫の花を群がりつける。〔猩々袴ささやき先き

に花ふたつ　能村登四郎〕

筆竜胆《ふでりんどう》《ふでりんだう》　高さ六〜九センチの青紫の花で、花の形状からこの名がある。〔倒れ木の臥す林あり筆竜胆　石田波郷〕

苔竜胆《こけりんどう》《こけりんだう》　小さい淡紫色の花をつける高さ五センチくらいの花。〔こけりんだう樝子の花もこゝに濃し　木津柳芽〕

春龍胆《はるりんどう》《はるりんだう》　山野の湿地に生え、青紫色の漏斗形の花をつける。[秋]竜胆　〔春りんだう入日はなやぎてもさみし　安住　敦〕

猫の眼草《ねこのめそう》《ねこのめさう》　茎の先に淡黄の小花が集まってつく。**山猫目草**《やまねこのめそう》　**花猫目草**《はなねこのめそう》　**蔓猫目草**《つるねこのめそう》　〔猫神に猫の目草の点《とも》りけり　磯貝碧蹄館〕

雉《きじ》**蓆**《むしろ》　花は黄色の五弁花。花を終えると葉が大きくなる。地面に広がる葉を雉のすわる蓆に見立てた。〔雉蓆咲く野を長き貨車の列　加藤耕子〕

浜大根《はまだいこん》**の花**《はな》　普通の大根の野性化したもので、淡紅紫色か白色の花を咲かせる。**浜大根**《はまだいこん》　〔浜大根沖の海堡《かいほう》の先づ暮るゝ　石田波郷〕

燈台草《とうだいぐさ》　茎の先にむらがり咲く花は黄緑色。有毒植物。**沢漆**《さわうるし》　**鈴振花**《すずふりばな》　〔見送られ来て燈台草の辺に別る　高所舟〕

野《の》**漆**《うるし》　茎や葉から白い乳汁が出る毒草。ウルシの種類ではない。〔落人の部落野漆日にけむり　長谷部房江〕

水草生ふ《みずくさお》《みづくさおふ》　池や湖、川などの水中の水草が春になって新しい緑色に萌え出すこと。**みく**

さ生《お》ふ　藻草生《もぐさお》ふ　夏水草の花〔水草生ふうなづきながら眠る妻　岸本尚毅〕

萍《うきくさ》生《お》ひ初《そ》む　水面に萍の細かい葉の浮かびはじめたことをいう。**萍《うきくさ》生《お》ふ**　夏萍〔萍の生えそめしより紅なりし　堀　喬人〕

蓴生《ぬなわお》ふ《ぬなはおふ》　蓴は蓴菜《じゅんさい》の古名。地下茎から芽を出し、水面に葉を浮かべる。**蓴菜生《じゅんさいお》ふ**　夏蓴菜〔蓴生ふ沼のひかりに漕ぎにけり　西島麦南〕

小水葱《こなぎ》　一年草の水草でミズアオイ、一名ナギとよく似ているが、形が小さいのでこの名がある。**細水葱《ささなぎ》**　秋小水葱の花〔百歳《ももとせ》の泉の渕の小水葱かな　山口黒子〕

クレソン　アブラナ科の多年草でサラダにして生食したり、肉料理のつけ合わせに欠かせない。**和蘭芥子《おらんだがらし》**〔クレソンに水うなづきて流れゆく　山田みづえ〕

蘆《あし》の角《つの》　水辺に鋭い芽が角のように生い出る。**蘆《あし》の芽《め》　蘆芽《あしかび》　角組《つのぐ》む蘆《あし》　蘆《あし》の錐《きり》**　夏青蘆　秋蘆の花・蘆刈〔ややありて汽艇の波や蘆の角　水原秋櫻子〕

蘆若葉《あしわかば》　蘆の角が生長すると二列の互生した葉を出す。これが蘆の若葉である。**若蘆《わかあし》　蘆《あし》の若《わか》葉《ば》**　夏青蘆　秋蘆の花・蘆刈　冬枯蘆〔若蘆の両岸となり水平ら　高浜年尾〕

角組《つのぐ》む荻《おぎ》《つのぐむをぎ》　荻の芽ばえ。蘆の角と見分けにくい。**荻《おぎ》の角《つの》　荻《おぎ》の芽《め》**　秋荻・荻の声　冬枯荻〔生えそめて水光りけり荻の角　高橋悦男〕

荻若葉《おぎわかば》《をぎわかば》　荻の角から鞘《さや》を割り青々と葉をのばす。**若荻《わかおぎ》　荻《おぎ》の二葉《ふたば》**　秋荻・荻の声　冬枯荻〔養魚池へ湖の水引く荻若葉　大竹孤悠〕

若《わか》菰《こも》　真菰の新苗のこと。秋真菰の花〔若菰に女の水棹《みさを》やさしかり　桜木俊晃〕

真菰の芽《まこものめ》 真菰は旧根から淡紅色をまじえた緑色の新芽を出す。**真菰生ふ**《まこもお》 **かつみの芽**《め》 ［秋］真菰の花 〔さざなみをわづかに淩ぎ真菰生ふ 篠田悌二郎〕

薊《あざみ》 葉も茎も鋭い棘があり、紅紫色の頭花を咲かせる。**野薊**《のあざみ》 **姫薊**《ひめあざみ》 **花薊**《はなあざみ》 ［夏］夏薊 ［秋］山薊 〔妻が持つ薊の棘を手に感ず 日野草城〕

狐薊《きつねあざみ》 アザミ類の花のような紅紫色の頭花をつけるが棘はない。［春］薊 〔狐薊里の子はみな顔汚し 金子本国〕

座禅草《ざぜんそう》《ざぜんさう》 葉の出る前に暗紫色の仏焔苞《ぶつえんほう》をかかげ、その形は水芭蕉に似る。**達磨草**《だるまそう》 〔座禅草踞《かが》み見すれば世はしづか 藤田湘子〕

茸

春椎茸《はるしいたけ》《はるしひたけ》 春に取れる椎茸。**春の椎茸**《はるのしいたけ》 **春子**《はるこ》 ［秋］椎茸 〔日はのぼり尽して暗し春子採り 神尾久美子〕

松露《しょうろ》 海岸の松林に生える球状か塊状をした径二〜三センチの茸。**松露搔く**《しょうろか》 **松露掘る**《しょうろほ》 〔硯《すずり》にも昼のさびしさ松露かき 宇佐美魚目〕

海藻

若布《わかめ》 「め」とは食用になる海藻の総称で、とくに若布についていう。**和布**《わかめ》 **若布汁**《わかめじる》 **和布売**《わかめうり》 **若布干す**《わかめほ》 ［夏］荒布 〔みちのくの淋代《さびしろ》の浜若布寄す 山口青邨〕

搗布《かじめ》《かぢめ》　温暖な海中に産する大型の藻類で、長さ一、二メートルにも達する。**搗布刈る**《かじめか》　**搗布干す**《かじめほ》　**搗布舟**《かじめぶね》　(夏)荒布　〔沖かけてものしきぞかぢめ舟　石塚友二〕

黒布《くろめ》　コンブ科に属する海藻で濃い褐色をしている。〔岩窪に深き海ある黒菜《くろめ》かな　山口誓子〕

鹿尾菜《ひじき》　岩礁に群生する黒褐色の食用藻。**鹿角菜**《ひじき》　**ひじき藻**《も》　**ふくろひじき**　**鹿尾菜干す**《ひじきほ》　**鹿尾菜刈る**《ひじきか》　**鹿尾菜釜**《ひじきがま》　〔波来れば鹿尾菜に縋《すが》り鹿尾菜刈る　土屋海村〕

角叉《つのまた》　糊料《のりりょう》海藻。濃紫紅色で、ときに青紫色または黄色みを帯びたものもある。**おほばつのまた**　**こまた**　**角叉干す**《つのまたほ》　〔ふはふはと角叉踏みて紀に遊ぶ　阿波野青畝〕

海雲《もずく》《もづく》　ぬるぬるした糸状暗褐色の食用海藻。ほんだわらの枝などについて生える。**水雲**《もずく》　**海蘊**《もずく》　**もくづ**　**海雲汁**《もずくじる》　**海雲採り**《もずくと》　**海雲桶**《もずくおけ》　〔海雲桶日のさせば雪散り込みぬ　西村公鳳〕

海松《みる》　浅海の岩礁に生ずる緑色藻類で、長さ二〇～三〇センチ。**みるめ**　**海松房**《みるぶさ》　**黒みる**《くろ》　**長みる**《なが》　**みる刈る**《か》　〔海松刈るや潮の流れに靡《なび》きつつ　細木茂女〕

石蓴《あおさ》《あをさ》　浅海の岩礁につく鮮緑色の食用海藻。**川菜**《かわな》　**石蓴取り**《あおさと》　**石蓴蓆**《あおさむしろ》　**石蓴生ふ**《あおさお》　**石蓴干す**《あおさほ》　〔二人居て声を交はさず石蓴採り　秋沢猛〕

海苔《のり》　紅藻類のアマノリのこと。いまはほとんど養殖する。**甘海苔**《あまのり》　**生海苔**《なまのり》　**乾海苔**《ほしのり》　**焼海苔**《やきのり》　**流れ海苔**《ながれのり》　**拾ひ海苔**《ひろいのり》　**海苔拾ふ**《のりひろ》　**海苔の香**《のりのか》　**浅草海苔**《あさくさのり》　**海苔の砂**《のりのすな》　(冬)新海苔・寒海苔　〔春寒し一朶《だ》の海苔は流れ行く　前田普羅〕

岩海苔《いわのり》 アマノリ科の一種で、浅海の岩礁に生じるもの、または栽培されるものの総称。

〔岩の上に傾け置きぬ海苔《のり》の桶　高浜虚子〕

海髪《うご》 湾内の岩や貝殻につく紅藻類の一種。刺身のつまや酢味噌にする。**おご　おごのり　うごのり　なごや　海髪《うご》を干《ほ》す**

〔海底を掻き掻き一握づつのうご　沢木欣一〕

白藻《しらも》 紅藻類の一種で、生《なま》で酢の物にしたり干して寒天の原料として使う。**蔓白藻**《つるしらも》　**おほおごのり**

〔わたつみの波遊ぶ岩の白藻かな　池上垣義子〕

青海苔《あおのり》 緑藻類の一種で、あざやかな緑色。干して食用にする。**長青海苔**《ながあおのり》　**笹海苔**《ささのり》　**ひとへぐさ**

〔青海苔の乾き上々風上々　上村占魚〕

黒海苔《くろのり》 アサクサノリ一名アマノリの一種で、色は黒いが味はよい。**雪海苔**《ゆきのり》

〔荒海や黒海苔掻きの船揺れつ　東白日子〕

夏

時候

夏《なつ》　立夏から立秋の前日まで、陽暦の五、六、七月にあたる。**炎帝**《えんてい》　**赤帝**《せきてい》　**朱明**《しゆめい》　**朱夏**《しゆか》　**炎夏**《えんか》　**炎陽**《えんよう》　**炎節**《えんせつ》　**三夏**《さんか》　**九夏**《きうか》　〔熱飯に紅生姜夏百日来　森　澄雄〕

初夏《しよか》　夏を三分した最初のおよそ一か月間をいう。夏の初めのころ。**初夏**《はつなつ》　**夏始**《なつはじめ》　**首夏**《しゆか》　〔梨棚や初夏の繭雲うかびたる　水原秋櫻子〕

五月《ごがつ》　初夏の候で新緑すがすがしく、好晴の日が多い。**五月来る**《ごがつく》　**五月憂し**《ごがつう》　**五月尽**《ごがつじん》　**聖**《せい》**五月**《ごがつ》《ごぐわつ》　〔藍々と五月の穂高雲をいづ　飯田蛇笏〕

卯月《うづき》　陰暦四月の異称。現在の五月ごろにあたる。**卯の花月**《はなづき》　夏五月　〔卯月来ぬましろき紙に書くことば　三橋鷹女〕

清和《せいわ》　陰暦四月、陽暦五月の気候の清静温和なこと。**和清**《わせい》**の天**《てん》　〔土踏みし足裏よろこぶ清和月　井沢正江〕

立夏《りつか》　二十四節気の一つ、陽暦五月六日ごろ。**夏立**《なつた》**つ**　**夏**《なつ》**に入**《い》**る**　**夏来**《なつく》**る**　**夏**《なつ》**となる**　**今朝**《けさ》**の夏**《なつ》　**夏始**《なつはじ》**まる**　〔プラタナス夜もみどりなる夏は来ぬ　石田波郷〕

夏浅《なつあさ》**し**　夏に入ってまだ日の浅い候。**浅**《あさ》**き夏**《なつ》　〔夏あさきゆふべの空のいろなりけり　安住　敦〕

夏《なつ》めく　気候も風物もすべて夏らしくなってくることをいう。**夏《なつ》きざす**〔夏めいてくる鏡台のあたりより　黛 執〕

薄《はく》暑《しょ》　初夏、少し暑さを覚える気候。**薄暑光《はくしょこう》**　**薄暑《はくしょ》の夜《よる》**〔しほがまをこぼし切るなる薄暑かな　八木林之助〕

麦《むぎ》の秋《あき》　麦の黄熟すること、またはそのころの季節をいう。**麦秋《むぎあき》**　**麦秋《ばくしゅう》**〔読み返すゴッホの手紙麦の秋　角川春樹〕

小《しょう》満《まん》《せうまん》　二十四節気の一つ、陽暦五月二十一日ごろ。〔小満の風を青しと遊びけり　草間時彦〕

五《ご》月《がつ》尽《じん》《ごぐわつじん》　五月の終わりの日。梅雨、そして盛夏を迎える。〔子を呼べば妻が来てをり　五月尽　加藤楸邨〕

仲《ちゅう》夏《か》　夏の半ばで、五月雨の降る六月ごろにあたる。**夏半《なつなか》ば**〔飛ぶ雲や仲夏の夜半の薄明り　長谷川春草〕

六《ろく》月《がつ》《ろくぐわつ》　仲夏に相当する梅雨の月。[夏]仲夏・皐月〔六月の女すわれる荒筵《あらむしろ》　石田波郷〕

皐《さつ》月《き》　陰暦五月の異称。陽暦では六月ごろ。**五月《さつき》**　**早苗月《さなえづき》**　**橘月《たちばなづき》**　**五月雨月《さみだれづき》**　**田草月《たぐさづき》**　**五月空《さつきぞら》**　**五月寒《さつきざむ》**〔庭土に皐月の蠅の親しさよ　芥川龍之介〕

芒《ぼう》種《しゅ》《ばうしゆ》　二十四節気の一つ、陽暦六月五日ごろ。〔芒種はや人の肌さす山の草　鷹羽狩行〕

入梅《にゅうばい》《にふばい》 暦の上で梅雨の始まる日。立春から百三十五日目、およそ六月十二日前後である。**梅雨**《つゆ》**めく** **梅雨**《つゆ》**の入**《い》**り** **梅雨**《つゆ》**に入**《い》**る** **梅雨入**《つゆい》**り** **梅雨**《つゆ》**はじまる** **梅雨**《つゆ》**の気配**《けはい》 〔梅雨めくや人にまさをき旅路あり　相馬遷子〕

梅雨寒《つゆさむ》 梅雨のころの寒さをいう。**梅雨寒**《つゆさむ》**し** **寒**《さむ》**き梅雨**《つゆ》 **梅雨冷**《つゆび》**え** 〔とびからす病者に啼《な》いて梅雨寒し　石橋秀野〕

夏至《げし》 二十四節気の一つ、陽暦六月二十一日ごろ。一年でいちばん昼の長い日。**夏至**《げし》**の雨**《あめ》 **夏至**《げし》**の日**《ひ》 **夏至白夜**《げしびやくや》 **夏至**《げし》**の夜**《よる》 [冬]冬至 〔夏至今日と思ひつつ書を閉ぢにけり　高浜虚子〕

白夜《はくや》 緯度の高い地方で夏至の前後、日没後も薄明が続きそのまま夜明けとなることをいう。**びやくや** **白夜**《びやくや》**めく** **白夜光**《びやくやこう》 〔むらさきに白夜の孤島火を焚けり　石原八束〕

半夏生《はんげしょう》《はんげしやう》 夏至から十一日目の陽暦七月二日ごろ。半生という毒草が生じるところからこの名があるという。**半夏**《はんげ》 **半夏雨**《はんげあめ》 **半夏水**《はんげすい》 [夏]半夏生草 〔湯沸してつかはずにゐる半夏生　能村登四郎〕

晩夏《ばんか》 暦の上での晩夏は暑さの盛りだが、そこはかとなく秋の気配がただよう。**季夏**《きか》 **晩夏光**《ばんかこう》 〔存在と時間とジンと晩夏光　角川春樹〕

七月《しちがつ》《しちぐわつ》 陽暦では月の中ごろより梅雨が明け、盛夏を迎える。[秋]文月 〔七月の青き水ゆく竹の奥　石原舟月〕

水無月《みなづき》 陰暦六月の異称。陽暦の七月ごろにあたる。**風待月**《かぜまちづき》 **常夏月**《とこなつづき》 **青水無月**《あおみなづき》 〔水無月のと

ほき雲けふもとほくあり　川島彷徨子〕

小暑《しょうしょ》　《せうしょ》二十四節気の一つ、陽暦七月七日ごろ。〔部屋ぬちへ小暑の風の蝶ふたたび　皆吉爽雨〕

梅雨明《つゆあけ》　梅雨が明けること。例年、七月半ば過ぎ。**梅雨**《つゆ》**あがり**　**梅雨**《つゆ》**の明**《あけ》　**梅雨**《つゆ》**あがる**　**梅雨終**《つゆおわ》**る**　**梅雨果**《つゆは》**つ**　〔梅雨明けや胸先過ぐるものの影　吉田鴻司〕

冷夏《れいか》　夏になっても低温が続くこと。**夏寒**《なつさむ》**し**　**寒**《さむ》**き夏**《なつ》　**夏**《なつ》**の冷**《ひ》**え**　**冷害**《れいがい》　〔石屋根に白山とがる冷夏かな　新田祐久〕

夏の色《なつのいろ》　初夏の夏めいてきた風色。**夏**《なつ》**の匂**《にお》**ひ**　**夏**《なつ》**の光**《ひかり》　**夏景色**《なつげしき》　〔坂の上のポストの朱《あ》ケも夏の色　山科道子〕

夏の暁《なつのあかつき》　夏の明け方。涼とした大気は爽快である。**夏暁**《なつあけ》　**夏暁**《かぎょう》　**夏**《なつ》**の夜明**《よあけ》　**夏未明**《なつみめい》　〔槍穂高晴れ極まりし夏暁かな　金尾梅の門〕

夏の朝《なつのあさ》　日のまだ高くない時分の清涼感は快い。**夏朝**《なつあさ》　〔夏の朝病児によべの灯を消しぬ　星野立子〕

炎昼《えんちゅう》　《えんちう》灼けつくような夏の昼間。**夏**《なつ》**の昼**《ひる》　**夏真昼**《なつまひる》　〔炎昼の女体のふかさはかられず　加藤楸邨〕

夏の夕《なつのゆう》　長い夏の日の夕暮れ。暑い一日が暮れ、ほっとするときである。**夏夕**《なつゆう》**べ**　**夏**《なつ》**の暮**《くれ》　**夏**《なつ》**夕暮**《ゆうぐれ》　〔雲焼けて静かに夏の夕かな　高浜虚子〕

夏の夜《なつのよる》　夏も夜になると暑さがやわらぎ、過ごしやすくなる。都市では熱帯夜も。**夏**《なつ》**の夜**《よ》

夏夜《なつよ》　**夜半《よわ》の夏《なつ》**　**夏《なつ》の宵《よい》**　**宵《よい》の夏《なつ》**　[夏]短夜　〔夏の夜や崩れて明けし冷し物　松尾芭蕉〕

短夜《みじかよ》　夏の夜の短いこと。夏至の夜が最も短い。**短夜《たんや》**　**明易《あけやす》し**　**明易《あけやす》**　**明早《あけはや》し**　**明急《あけいそ》ぐ**　**短《みじか》き夜《よ》**　**夜短《よみじか》し**　**夜《よ》のつまる**　[秋]夜長　〔短夜や乳《ち》ぜり泣く児を須可捨焉乎《すてつちまをか》　竹下しづの女〕

土用《どよう》　夏の土用を指す。七月二十一日ごろが土用の入りでその日を土用太郎、二日目を土用二郎、三日目を土用三郎という。**土用前《どようまえ》**　**土用中《どようなか》**　**土用明《どようあけ》**　**土用過《どようす》ぐ**　**土用《どよう》の日《ひ》**　**土用《どよう》雨《あめ》**　**土用雲《どようぐも》**　**土用照《どようで》り**　**土用寒《どようさむ》**　**土用終《どようおわ》る**　[秋]秋土用　[冬]寒土用　〔わぎもこのはだのつめたき土用かな　日野草城〕

盛夏《せいか》　暑さが続く夏の盛り。**真夏《まなつ》**　**夏盛《なつさか》ん**　**夏《なつ》の盛《さか》り**　〔酢は壜の形のままに盛夏過ぐ　糸大八〕

三伏《さんぷく》　初伏・中伏・末伏の総称で、酷暑の候。**初伏《しょふく》**　**中伏《ちゅうふく》**　**末伏《まつぷく》**　〔三伏の月の穢《ゑ》に鳴く荒鵜かな　飯田蛇笏〕

暑《あつ》し　夏の暑さ。**暑《あつ》さ**　**暑《しょ》**　**暑気《しょき》**　**暑《あつ》き灯《ひ》**　**暑《あつ》き風《かぜ》**　**暑《あつ》き町《まち》**　**暑《あつ》き空《そら》**　**暑《あつ》き風《かぜ》**　**暑苦《あつくる》し**　**雲暑《くもあつ》し**　**町暑《まちあつ》し**　[夏]薄暑　[秋]残暑　〔青竹につかまりてゐる暑さかな　藤田あけ烏〕

暑《あつ》き日《ひ》　夏の太陽の暑いこと、またその一日。〔暑き日を海に入れたり最上川　松尾芭蕉〕

大暑《たいしょ》　二十四節気の一つ、陽暦七月二十三日ごろ。夏の暑さの頂点。**大暑来《たいしょく》る**　**大暑《たいしょ》の日《ひ》**　〔兎も片耳垂るる大暑かな　芥川龍之介〕

極暑《ごくしょ》　一年のうちで最も暑い時のこと。その暑さの極みをいう。**酷暑《こくしょ》**　**極暑来《ごくしょく》る**　**極暑《ごくしょ》の夜《よ》**　**極暑《ごくしょ》の日《ひ》**　〔傷つきしものを酷暑の地《つち》におく　長谷川素逝〕

溽《じょく》暑《しょ》 湿度の高い蒸し暑さをいう。**蒸暑《むしあつ》し** **蒸《む》るる夜《よ》** **湿暑《しつしょ》** 〔骨の音させて溽暑の立居かな 大野林火〕

炎《えん》暑《しょ》 真夏の炎えるような暑さをいう。**炎暑来《えんしょく》る** **炎暑《えんしょ》の日《ひ》** **炎暑《えんしょ》の夜《よ》** 〔ゼウス哭《な》くごとく炎暑の腕輪売り 吉田鴻司〕

熱帯夜《ねったいや》 夜に入っても猛暑が衰えず、不快指数はなはだしい夜。気象用語が新しい季語となった。〔トラックを灯で飾りたて熱帯夜 西牧トキ子〕

炎《も》ゆ 真夏の太陽の直射熱によって、すべてのものが炎えるような熱気をいう。**炎日《えんじつ》** **炎《えん》熱《ねつ》** **炎塵《えんじん》** **炎風《えんぷう》** **道炎《みちも》ゆる** **砂炎《すなも》ゆる** **天炎《てんも》ゆる** **雲炎《くもも》ゆる** **海炎《うみも》ゆる** 〔炎熱や勝利の如き地の明るさ 中村草田男〕

灼《や》く 真夏の直射日光のはげしいさま。**灼《や》くる道《みち》** **灼《や》くる岩《いわ》** **灼《や》くる雲《くも》** **夜雲灼《よくもや》く** **舗道灼《ほどうや》く** **灼《や》け渚《なぎさ》** **灼岩《やけいわ》** **日焼岩《ひやけいわ》** 〔ただ灼けて玄奘の道つづきけり 松崎鉄之介〕

涼《すず》し 暑い夏に涼気を覚えること。**涼《りょう》** **涼気《りょうき》** **涼味《りょうみ》** **涼意《りょうい》** **涼《すず》しさ** **朝涼《ちょうりょう》** **朝涼《あさすず》** **夕涼《ゆうすず》** **晩涼《ばんりょう》** **夜涼《やりょう》** **涼夜《りょうや》** **朝涼《あさすず》し** **宵涼《よいすず》し** **夜涼《よるすず》し** **雲涼《くもすず》し** **雨涼《あめすず》し** **灯《ひ》涼《すず》し** 秋 新涼 〔どの子にも涼しく風の吹く日かな 飯田龍太〕

夏深《なつふか》し 夏の盛りの土用のころ。たけなわの夏も終わりに近づく。**夏深《なつふか》む** **夏《なつ》さぶ** **深《ふか》き夏《なつ》** **夏闌《なつた》ける** **夏老《なつお》いる** **夏《なつ》たけなは** 〔渓《たに》遠く越ゆる人声夏深む 村田 脩〕

夏《なつ》の果《はて》 夏の終わりのこと。**夏終《なつおわ》る** **夏果《なつは》て** **夏《なつ》の限《かぎ》り** **夏《なつ》の別《わか》れ** **夏《なつ》の名残《なごり》** **夏過《なつす》ぐ** **行《ゆ》く夏《なつ》** **夏逝《なつゆ》く** **夏尽《なつつ》く** **夏惜《なつお》しむ** **暮《くれ》の夏《なつ》** 〔東京の椎や欅や夏果てぬ 石田波郷〕

秋近《あきちか》し　夏が終わり、秋の間近く感じられるころ。**秋隣《あきどなり》**　**秋隣《あきとな》る**　**秋迫《あきせま》る**　**来《く》る秋《あき》**　〔馬刺食ふ木曾の真闇や秋近し　有馬朗人〕

秋《あき》を待《ま》つ　夏の終わり、暑さに飽きた感じ。**秋待《あきま》つ**　**待《ま》つ秋《あき》**　冬春を待つ　〔秋待つや径ゆきもどり日もすがら　室生犀星〕

夜《よる》の秋《あき》　夏の夜に感じられる秋の気配をいう。**夜《よ》の秋《あき》**　秋秋の夜　〔卓に組む十指もの言ふ夜の秋　岡本眸〕

水無月尽《みなづきじん》　陰暦六月の晦日《みそか》をいう。この日で夏が終わって明日からは秋になる。**水無月終《みなづきおわ》る**　**あす秋《あき》**　**あすは秋《あき》**　**あす来《く》る秋《あき》**　〔紺のれんあせて水無月終りけり　鈴木真砂女〕

天文

夏《なつ》の日《ひ》　夏の太陽、夏の一日にも使われる。**夏日《なつび》**　**真夏日《まなつび》**　**夏日《かじつ》**　**夏日影《なつひかげ》**　**夏日向《なつひなた》**　**夏日《なつび》さす**　**日《ひ》の夏《なつ》**　**夏夕日《なつゆうひ》**　**夏没《なつい》り日《ひ》**　〔真夏日や逃げても逃げても非常口　角川春樹〕

夏《なつ》の空《そら》　夏の空の明るさ、逞しさ、ひろやかさなどの印象をいう。**夏空《なつぞら》**　**夏《なつ》の天《てん》**　**夏天《かてん》**　〔夏空へ雲のらくがき奔放に　富安風生〕

梅雨空《つゆぞら》　梅雨曇となっている空模様のこと。**梅天《ばいてん》**　**五月空《さつきぞら》**　**梅雨《つゆ》の空《そら》**　〔梅天の蝶影となり羽となり　高木晴子〕

夏《なつ》の雲《くも》 夏空に湧く雲。積雲と積乱雲が多い。**夏雲《なつぐも》**　**夏雲《かうん》**　**夏雲群《なつぐもむれ》る**　**夏雲白《なつぐもしろ》し**　**夏雲立《なつぐもた》つ**　〔夏雲や駱駝をわたす大黄河　加藤楸邨〕

雲《くも》の峰《みね》 入道雲といわれる積乱雲のこと。**入道雲《にゅうどうぐも》**　**積乱雲《せきらんうん》**　**峰雲《みねぐも》**　**雲《くも》の峰《みね》つくる**　**雲峰《うんぽう》**　**峰《みね》なす**　**雲《くも》**　**雷雲《らいうん》**　〔厚餡《あつあん》割ればシクと音して雲の峰　中村草田男〕

五月雲《さつきぐも》 五月雨が降るころのうっとうしい雲のこと。**梅雨雲《つゆぐも》**　**梅雨《つゆ》の雲《くも》**　〔梅雨雲の下海に尽く大運河　平賀淑子〕

夏《なつ》の月《つき》 涼しげに見えるときも、暑苦しく見えるときもある。**夏月《なつづき》**　**月涼《つきすず》し**　〔夏月に一星そひて嶺に果つ　飯田龍太〕

夏《なつ》の霜《しも》 夏の夜に月光が照りわたって、地上が白々と霜を置いたように見えることをいう。[夏]夏の月　〔夏の霜おのが神話を語り出す　角川春樹〕

梅雨《つゆ》の月《つき》 梅雨季に出る月。**梅雨月《つゆづき》**　**梅雨満月《つゆまんげつ》**　〔夏の月ありしところに梅雨の月　高野素十〕

夏《なつ》の星《ほし》 夏の夜は鮮やかな星が多い。**夏星《なつぼし》**　**星涼《ほしすず》し**　〔夏星に海も日暮れの音展《ひら》く　飯田龍太〕

梅雨《つゆ》の星《ほし》 梅雨のさなか、不意に晴れあがった空に見える星。**梅雨星《つゆぼし》**　〔むささびや杉にともれる梅雨の星　水原秋櫻子〕

旱《ひでり》　星《ぼし》 炎天続きの夜に、ひでりを象徴するような星。[夏]旱　〔女立たせてゆまるや赤き旱星　西東三鬼〕

夏《なつ》の風《かぜ》 夏の季節風のこと。**夏風《なつかぜ》**　〔夏の風二日の旅の海の音　三好達治〕

南《み》　風《み》 夏の季節風の南風をいう。**南風《みなみかぜ》**　**南風《なんぷう》**　**南吹《みなみふ》く**　**大南風《おおみなみ》**　**正南風《まみなみ》**　**海南風《かいなんぷう》**　〔南風や故

郷を恋へるギリシヤ船　野見山朱鳥〕

はえ　南風の別の呼び名。主として近畿以西で用いられる。九州西部から山陰地方にかけて、古くから言いならわされている。**南風**《はえ》　**正南風**《まはえ》　**南東風**《はえごち》　**南西風**《はえにし》　〔騎馬南風に駆《かり》来て波に乗り入れず　橋本多佳子〕

まじ　太平洋岸で用いられる、南または南西の風の呼び名。**まぜ**　**まじ吹**《ふ》**く**　（春）油まじ・桜まじ　（秋）送りまぜ　〔まじ吹くや藻にからまりて蟹の殻　宮坂北桐〕

くだり　日本海沿岸で用いられる南系統の風の名称。**くだり吹**《ふ》**く**　〔波殺しといふ岩群やくだり凪ぐ　八代八潮〕

ひかた　日のある方、すなわち未申《ひつじさる》の南西方向から吹く風。**しかた**　**ひかた吹**《ふ》**く**　〔わたつみやしかた吹く日の千枚田　村山古郷〕

あいの風《かぜ》　日本海側で吹く風の名。山陰では東または北東風、北にゆくにつれて、北または北西風を指す。**あえの風**《かぜ》　**あゆの風**《かぜ》　**あい**　〔あいの風松は枯れても歌枕　角川源義〕

やませ　北海道や東北地方に吹く冷たい北東風ないし東風。冷害を起こし、飢餓風といわれた。**山瀬風**《やませかぜ》　**山背風**《やませかぜ》　**梅雨**《つゆ》**やませ**　**七日**《なぬか》**やませ**　**やませ寒**《さむ》**し**　**やませ吹**《ふ》**く**　〔やませ音にいでてたためる雲と濤　野澤節子〕

だし　海岸から沖に向かって吹き出す風。船を出すのに適しているのでダシの名がある。**だし雲**《ぐも》　**だし吹**《ふ》**く**　〔だし雲の照り眩しみつ蜑《あま》の妻　桃井風人〕

いなさ　関東地方で多く用いられる風の呼び名で、南東の強風。**たつみ風**《かぜ》　〔辰巳風吹くや古

利根水嵩増し　東白日子〕

黒南風《くろはえ》　梅雨時に吹く南風。**くろばえ**　**荒南風**《あらはえ》　夏南風・白南風　〔黒南風の辻いづくにも魚匂ひ　能村登四郎〕

白南風《しろはえ》　梅雨が明け、空が明るく晴れてくるころから吹く南風。**しろばえ**　**しらはえ**　**しらばえ**　夏黒南風　〔白南風や古きジャズ弾くピアノ・バー　角川春樹〕

ながし　梅雨のころ吹く南風のこと、ながし南風《はえ》ともいう。九州地方では多く梅雨そのものにもいう。〔瀬田川の舟出はらへるながしかな　織田烏不関〕

茅花流し《つばなながし》　茅花のほぐれるころ吹く湿気の多く雨を伴いやすい風。春茅花　〔葛西橋渡りて茅花流しかな　蟇目良雨〕

筍流し《たけのこながし》　筍の生えるころ吹く、湿気が多く雨を伴いやすい風。**筍梅雨**《たけのこづゆ》　**筍黴雨**《たけのこづゆ》　〔ぞんぶんに降って筍流し止む　成瀬櫻桃子〕

麦嵐《むぎあらし》　麦秋のころの風。**麦の秋風**《むぎのあきかぜ》　夏麦秋　〔ひらひらと少年泳ぐ麦嵐　山上樹実雄〕

黄雀風《こうじやくふう》　《くわうじやくふう》陰暦五、六月ごろ吹く南東の風。〔人妻は髪に珊瑚《さんご》や黄雀風　三橋鷹女〕

土用あい《どようあい》　土用中に吹く涼しい北風。〔海の鳶たゞよふ空や土用あい　白根雪丈〕

土用東風《どようごち》　夏の土用に吹く東風。**青東風**《あおごち》　春東風　秋盆東風　新初東風　〔瘠せ夫の服を仕舞ひぬ土用東風　河野多希女〕

御祭風《ごさいかぜ》　土用半ばに一週間ほど吹きつづける北東風。**ごさい**　〔もの言はぬひと日ありけり御祭風　角川春樹〕

青《あお》嵐《あらし》《あをあらし》　青葉をゆるがして吹きわたる風、清新爽快の趣のある明るい大風である。**夏嵐《なつあらし》**　**風清し《かぜきよし》**　**青嵐《せいらん》**　秋初嵐　〔青あらしいま顔にあり膝にあり　森　澄雄〕

薫《くん》風《ぷう》　青葉を吹きわたるすがすがしい風をいう。**風薫る《かぜかおる》**　**薫る《かお》風《かぜ》**　**薫風裡《くんぷうり》**　**風《かぜ》の香《か》**　〔薫風に打つべく口に入れし釘　木下夕爾〕

熱《ねっ》風《ぷう》　夏に吹くかわいた高温の風。日本海側で見られるフェーン現象はこの風によって起こる。**炎風《えんぷう》**　**熱風裡《ねっぷうり》**　**乾風《かんぷう》**　〔熱風の黒衣がつつむ修道女　中島斌雄〕

涼《すず》風《かぜ》　暑い季節に吹く風は、わずかな風さえ涼しく感じる。**涼風《りょうふう》**　**風涼し《かぜすずし》**　〔子の声がして涼風の夜の家　大井雅人〕

朝《あさ》凪《なぎ》　海岸地方で夏の朝、一時無風状態となること。**朝凪ぐ《あさなぐ》**　新初凪　〔朝凪といへども浪は寄せてをり　平井照敏〕

夕《ゆう》凪《なぎ》《ゆふなぎ》　夏の夕方、海風から陸風にかわるとき風が止む状態。**夕凪ぐ《ゆうなぐ》**　新初凪　〔夕凪に乳哺《ふく》ませてゐたるかな　久米三汀〕

土用凪《どようなぎ》　夏の土用中の風のない状態。たまらない暑さである。新初凪　〔夕餉して居どこにまよふ土用凪　石塚友二〕

風死す《かぜしす》　盛夏の候、風がとだえ、耐えられない暑さになること。**風絶ゆ《かぜたゆ》**　〔風が死し草々も死を装へり　相生垣瓜人〕

夏《なつ》の雨《あめ》　夏に降る雨の総称。**夏雨《なつさめ》**　〔夏の雨明るくなりて降り続く　星野立子〕

緑《りょく》雨《う》　青葉のころの雨。〔緑雨なか見事に生命《いのち》ありにけり　沢木欣一〕

青時雨《あおしぐれ》　青葉のころの時雨。**青葉時雨**《あおばしぐれ》　**夏時雨**《なつしぐれ》　【春】春時雨　【秋】秋時雨　【冬】時雨　〔青時雨《あをしぐれ》そば屋の角に城がある　角川春樹〕

卯の花腐し《うのはなくたし》　陰暦四月卯の花の咲くころに降りつづく陰鬱な雨。**卯の花降し**《うのはなくだし》　**卯の花腐し**《うのはなくだし》　【夏】卯月曇　〔かく冷ゆる耶馬《やば》の卯の花腐しかな　稲畑汀子〕

走り梅雨《はしりづゆ》　五月の末ごろに一時、梅雨らしい現象の雨をいう。**迎へ梅雨**《むかへづゆ》　**梅雨の走り**《つゆのはしり》　**前梅雨**《まえづゆ》　【夏】送り梅雨・返り梅雨　〔露天湯の夜雨《よさめ》も梅雨の走りかな　石川桂郎〕

梅雨《つゆ》　六月十二日ごろからおよそ三十日間の雨期をいう。**梅雨**《ばいう》　**黴雨**《ばいう》　**梅雨入雨**《ついりあめ》　**梅霖**《ばいりん》　**青梅雨**《あおつゆ》　**深梅雨**《ふかつゆ》　**荒梅雨**《あらづゆ》　**長梅雨**《ながつゆ》　**梅雨長し**《つゆながし》　**梅雨の日**《つゆのひ》　**梅雨じめり**《つゆ》　**梅雨荒るる**《つゆあ》　**梅雨はげし**《つゆ》　**梅雨深し**《つゆふかし》　**梅雨の川**《つゆのかわ》　**梅雨の町**《つゆのまち》　**梅雨の海**《つゆのうみ》　〔長梅雨の0《ゼロ》が出てゐる電算機　佐野典子〕

雨季《うき》　梅雨の時期。**雨季に入る**《うきにいる》　**雨季さ中**《うきさなか》　**雨季終る**《うきおわる》　**霖雨**《りんう》　【秋】秋霖雨　〔鍵束のひとつが光り雨期はじまる　堀内羊城〕

空梅雨《からつゆ》　梅雨の季節にほとんど雨の降らないことをいう。**涸れ梅雨**《かつゆ》　**旱梅雨**《ひでりづゆ》　〔空梅雨の毛虫の庭となりにけり　青木月斗〕

五月雨《さみだれ》　陰暦五月に降る長雨。**五月雨**《さつきあめ》　**さみだるる**　**五月雨雲**《さみだれぐも》　**五月雨傘**《さみだれがさ》　〔さみだれのあまだればかり浮御堂　阿波野青畝〕

送り梅雨《おくりづゆ》　梅雨のあがるころの大雨。雷鳴を伴うこともある。〔鐘撞いて僧が傘さす送り梅雨　森　澄雄〕

返り梅雨《かえりづゆ》　梅雨《かへりづゆ》が明けたころ、また梅雨に逆戻りしたように長雨の続くこと。**戻り梅雨**《もどりづゆ》

梅雨戻る《つゆもど》　〔しろがねの雨脚ばかり戻り梅雨　井沢正江〕

夏《なつ》**ぐれ**　沖縄方面で梅雨のころに降る夕立をこのように呼ぶ。〔夏雨《なつぐれ》の天水桶へ幹伝ひ　沢木欣一〕

薬降る《くすりふ》　陰暦五月五日を薬日《くすりび》といい、この日の午《うま》の刻（正午）に降る雨。**神水**《しんすい》　〔くすり降るよと手に額《ぬか》にうけとむる　塩崎緑〕

虎《とら》**が雨**《あめ》　陰暦五月二十八日、曾我兄弟の討たれた日の雨。兄十郎の愛人虎御前《とらのごぜん》の嘆きの涙雨。**虎が涙**《とらなみだ》　**虎が涙雨**《とらなみだあめ》　**曾我の雨**《そがあめ》　〔ひとたびの虹のあとより虎が雨　阿波野青畝〕

夕《ゆう》**立**《だち》《ゆふだち》　雷を伴って短時間激しく降る雨。主として午後に降るので夕立という。**ゆだち**　**白雨**《はくう》　**白雨**《しらさめ》　**初夕立**《はつゆうだち》　**夕立雲**《ゆうだちぐも》　**夕立風**《ゆうだちかぜ》　**夕立晴**《ゆうだちばれ》　**夕立前**《ゆうだちまえ》　**大夕立**《おおゆうだち》　**夕立つ**《ゆうだ》　**夕立来る**《ゆうだちく》　**夕立やむ**《ゆうだち》　〔祖母山《そぼさん》も傾《かたむくさん》山も夕立かな　山口青邨〕

夜《よ》**立**《だち》　夜中に降るにわか雨。〔後手に小窓ひらけばよだち来ぬ　石川桂郎〕

驟《しゅう》**雨**《う》《しうう》　夏のにわか雨。夕立のような激しい雨ではなく、さっと降って晴れる。**驟雨過**《しゅううすぎ》　**驟雨中**《しゅううなか》　**夜の驟雨**《よしゅうう》　**驟雨去る**《しゅううさ》　〔競泳のどのコースにも驟雨はげし　鷹羽狩行〕

喜《き》**雨**《う》　旱どきに降る恵みの雨。**雨喜び**《あめよろこ》　**慈雨**《じう》　**喜雨の虹**《きうにじ》　**喜雨の田**《きうた》　**喜雨の夜**《きうよ》　**喜雨休**《きうやすみ》　［夏］旱・雨乞　〔喜雨の中先頭の鉾《ほこ》動き出す　赤尾恵以〕

スコール　熱帯地方で激しく降る驟雨。**スコール過ぐ**《す》　〔スコールの霽《は》れわが旅の終りけり　大久保橙青〕

雹《ひょう》《へう》　積乱雲からにわかに降ってくる球状の氷のかたまり。**氷雨**《ひさめ》　**冰雨**《ひさめ》　**雹降る**《ひょうふ》　**雹来る**《ひょうく》

雹打《ひょうう》つ　雹叩《ひょうたた》く〔雹降りし桑の信濃に入りにけり　吉岡禅寺洞〕

夏《なつ》の露《つゆ》　単に露といえば秋だが、夏の朝夕に見られる露。**露涼《つゆすず》し**　[秋]露〔起きてすぐ手触れしものに夏の露　能村登四郎〕

夏《なつ》の霧《きり》　夏の霧は山地や海辺ではよく発生する。**夏霧《なつぎり》**　[秋]霧　[冬]冬の霧〔夏霧に灯《とも》して箱根町役場　宮下翠舟〕

海霧《じり》　夏の海上では霧の発生することが多い。寒流や冷水域のあるところでも発生する。**ガス　海霧《うみぎり》　海霧《かいむ》**　[秋]霧　[冬]冬の霧〔海霧《うみぎり》や今日は夕刊来ぬ日なり　角川春樹〕

夏霞《なつがすみ》　夏に発生する霞のこと。**夏《なつ》の霞《かすみ》**　[春]霞　[秋]秋の霞　[冬]冬霞〔一戸より高き一樹の夏がすみ　廣瀬直人〕

雲《うん》海《かい》　高山から見下ろしたとき、海のように広がっている雲のこと。〔朝焼の雲海尾根を溢れ落つ　石橋辰之助〕

御来迎《ごらいごう》　《ごらいがう》高山で太陽と反対側の雲霧に映る自分の姿を仏の来迎にたとえていった。現在では高山の頂上で日の出を迎えることをいう。**御来光《ごらいこう》　円虹《まるにじ》**〔御来迎天上に音無かりけり　中島月笠〕

虹《にじ》　日光が空気中の水滴に反射して起こる現象。**朝虹《あさにじ》　夕虹《ゆうにじ》　虹晴《にじば》れ　虹立《にじた》つ　虹《にじ》の帯《おび》　虹《にじ》の橋《はし》　虹美《にじうつく》し　虹消《にじき》ゆ　雲《くも》の虹《にじ》　虹《にじ》の彩《あや》　虹《にじ》の輪《わ》　二重虹《ふたえにじ》　虹見《にじみ》る　虹《にじ》の下《した》**　[春]春の虹　[秋]秋の虹　[冬]冬の虹〔虹なにかしきりにこぼす海の上　鷹羽狩行〕

雷《かみなり》　積乱雲により生ずる空中の放電現象。**神鳴《かみな》り　はたた神《がみ》　鳴神《なるかみ》　いかずち　雷《らい》　日雷《ひがみなり》**

雷鳴《らいめい》 **激雷**《げきらい》 **雷光**《らいこう》 **雷音**《らいおん》 **雷火**《らいか》 **雷火走**《らいかはし》**る** **雷雨**《らいう》 **落雷**《らくらい》 **雷落**《かみなりお》**つ** **遠雷**《えんらい》 **迅雷**《じんらい》 **雷鳴**《かみなりな》**る** **雷轟**《かみなりとどろ》**く** **雷**《かみなり》**ひびく** **雷走**《らいはし》**る** **大雷雨**《だいらいう》 **小雷雨**《しょうらいう》 **雷過**《かみなりす》**ぐ** 【春】初雷・春の雷 【秋】秋の雷 【冬】冬の雷・寒雷〔昇降機しづかに雷の夜を昇る　西東三鬼〕

梅雨雷《つゆかみなり》　梅雨のころに鳴る雷のこと。**梅雨**《つゆ》**の雷**《らい》〔梅雨の雷子にタン壺をあてがはれ　石橋秀野〕

卯月曇《うづきぐもり》　卯の花の咲くころの曇りがちな天候。**卯**《う》**の花曇**《はなぐもり》 【夏】卯の花腐し〔牛蒡たく匂ひに卯月曇かな　青木月斗〕

梅雨曇《つゆぐもり》　梅雨どきの曇り。**梅雨**《つゆ》**の曇**《くも》**り**〔つゆ曇り鐘の音こもる円覚寺　中勘助〕

五月闇《さつきやみ》　梅雨どきの暗雲の垂れた暗さ。昼間の暗さと、夜の暗さにもいう。**梅雨闇**《つゆやみ》 **夏闇**《なつやみ》 【夏】木下闇〔五月闇より石神井《しゃくじゐ》の流れかな　川端茅舎〕

梅雨晴《つゆばれ》　梅雨の晴れ間、また梅雨の終わった晴天をいう場合もある。**梅雨晴**《つゆは》**る** **梅雨晴間**《つゆはれま》 【夏】五月晴〔梅雨晴の月高くなり浴《ゆあ》みしぬ　石橋秀野〕

五月晴《さつきばれ》　五月の晴れ間。【夏】梅雨晴〔かしは手の二つ目は澄み五月晴　加藤知世子〕

朝曇《あさぐもり》　夏の朝、一時的に曇ること。昼から暑くなる兆しでもある。〔河はモネの彩得つつあり朝ぐもり　林翔〕

朝焼《あさやけ》　日の出の空が紅黄色に染まる現象。**朝焼雲**《あさやけぐも》 **朝焼空**《あさやけぞら》 **朝焼**《あさや》**くる** **朝焼映**《あさやけは》**ゆ** **朝焼濃**《あさやけこ》**し** 【夏】夕焼〔大朝焼岳人一人づつ染まる　岡田日郎〕

夕《ゆう》**焼**《やけ》　ゆふやけ　日が沈むとき、西の空が燃えるように染まる現象。四季に見られる現象ではあ

るが、夏の壮麗さはとくに見事である。**ゆやけ　夕映《ゆうば》え　夕焼雲《ゆうやけぐも》　夕焼空《ゆうやけぞら》　大夕焼《おおゆうやけ》　梅雨《つゆ》夕焼《ゆうやけ》**　［夏］朝焼　〔夕焼けて遠山雲の意にそへり　飯田龍太〕

日《ひ》盛《ざかり》　夏の日中、日がいちばん強く照りつける時間帯のこと。**日《ひ》の盛《さか》り**　〔日盛りに蝶のふれ合ふ音すなり　松瀬青々〕

西《にし》日《び》　西の空に傾いた太陽、またはその日ざしのこと。**大西日《おおにしび》　西日《にしび》さす　西日《にしび》赤《あか》し　西日《にしび》濃《こ》し　西日《にしび》焼《や》く　西日《にしび》受《う》く　西日《にしび》窓《まど》　西日《にしび》中《なか》　西日《にしび》照《て》る　西日《にしび》落《お》つ　西日《にしび》暑《あつ》し**　〔西日中電車のどこかつかみてをり　石田波郷〕

炎《えん》天《てん》　灼けつくような暑い空のこと。**炎気《えんき》　炎日《えんじつ》　炎天下《えんてんか》**　〔炎天より僧ひとり乗り岐阜羽島　森澄雄〕

油《あぶら》照《でり》　薄曇りで風がなく脂汗が滲んでくるような蒸暑さ。**脂照《あぶらでり》**　〔血を喀《は》いて眼玉の乾く油照り　石原八束〕

片《かた》蔭《かげ》　夏の日ざしが家や塀の片側に濃い日陰をつくる。**日《ひ》陰《かげ》　夏陰《なつかげ》　片《かた》かげり　片蔭道《かたかげみち》**　〔片蔭の家の奥なる眼に刺さる　西東三鬼〕

旱《ひでり》　連日の日照りで田畑、川や池などの水が乏しくなること。**旱魃《かんばつ》　旱害《かんがい》　旱空《ひでりぞら》　旱天《かんてん》　夏旱《なつひでり》　旱続《ひでりつづ》き　大旱《おおひでり》　旱年《ひでりどし》　大旱《たいかん》　旱雲《ひでりぐも》　旱月《ひでりづき》　旱草《ひでりぐさ》**　［春］春旱　［秋］秋旱　［冬］冬旱・寒旱　〔暗き家に暗く人ゐる旱かな　福田甲子雄〕

地理

夏《なつ》の山《やま》 樹木繁茂した緑山、灼けた熔岩の山、雪渓の残る高山など。 **夏山《なつやま》** **夏嶺《なつね》** **青嶺《あおね》** **夏山《なつやま》家《が》** **夏山路《なつやまじ》** **遠青嶺《とおあおね》** 〔まぼろしの鷹をゑがくや青伊吹 森 澄雄〕

山滴《やましたた》る 滴るような緑の夏の山。 **五月山《さつきやま》** [春]山笑ふ [夏]滴り [秋]山粧ふ [冬]山眠る 〔ひと亡くて山河したゝる大和かな 角川春樹〕

梅雨《つゆ》の山《やま》 梅雨季の山。 **梅雨山《つゆやま》** 〔梅雨の山権現さまの雲下りし 水沢竜星〕

青《あお》岬《みさき》 夏の緑に覆われた岬。 **夏岬《なつみさき》** **夏《なつ》の岬《みさき》** **夏《なつ》の崎《さき》** [春]春岬 [秋]秋岬 [冬]枯岬 〔海胆《うに》の殻《がら》を捨てに来てゐる青岬《あをみさき》 佐川広治〕

夏富士《なつふじ》 夏の富士山。 **青富士《あおふじ》** 〔夏富士のひえびえとして夜を流す 飯田龍太〕

五月富士《さつきふじ》 陰暦五月ごろの、雪も消えて夏山めいた富士。 **皐月富士《さつきふじ》** 〔朝の間は横雲を置きて五月富士 村山古郷〕

雪解《ゆきげ》富士《ふじ》 五月になってかなり雪の解けはじめた富士。 **富士《ふじ》の雪解《ゆきげ》** **富士雪解《ふじゆきげ》** [秋]富士の初雪 〔赤彦の夕陽の歌や雪解富士 角川照子〕

赤富士《あかふじ》 晩夏から初秋にかけて見られる、朝日に赤く染まった富士のこと。 **大赤富士《おおあかふじ》** [新]初富士 〔赤富士に露滂沱《ぼうだ》たる四辺かな 富安風生〕

雪渓《せっけい》 高山や渓谷に、夏も白く残っている雪。 **大雪渓**《だいせっけい》 **雪渓渡る**《せっけいわた》 〔雪渓の水汲みに出る星の中　岡田日郎〕

お花畑《はなばたけ》 いろいろな高山植物が一斉に花を開いているところ。 **お花畑**《はなばた》 秋花野 〔空へ消えゆく人を見てお花畑　加藤三七子〕

夏野《なつの》 日陰もなく草いきれでむせかえるような野原。 **夏の野**《なつの》 **夏野原**《なつのはら》 **夏野道**《なつのみち》 **夕夏野**《ゆうなつの》 〔順礼の棒計《ばかり》行《ゆく》夏野かな　松江重頼〕

青野《あおの》《あをの》 夏草の青く生い茂った野。 〔濡紙《ぬれがみ》に真鯉つつみて青野ゆく　福田甲子雄〕

卯月野《うづきの》 陰暦四月、卯月の野原のこと。 〔卯月野やげんげん褪《あ》せて水光る　青木月斗〕

梅雨穴《つゆあな》 梅雨どきの雨のため地盤のゆるい地などに生ずる陥没。 **墜栗花穴**《ついりあな》 **梅雨の穴**《つゆあな》 〔梅雨穴や庭に育ちし椎の苗　村山古郷〕

夏畑《なつばたけ》 炎暑にかわききった旱畑などをいう。 **夏の畑**《なつはたけ》 **旱畑**《ひでりばた》 〔三つ身の子夏畑は夕まぐれかな　水沢竜星〕

夏の庭《なつにわ》《なつのには》 夏季の涼しげな庭園をいう。 **夏の園**《なつその》 〔翡翠《ひすゐ》石一つ夏庭なせりけり　鈴木芳如〕

夏の水《なつみず》《なつのみづ》 夏期の水すべてをいう。 **夏水**《なつみず》 〔指輪なき指を浸せり夏の水　野澤節子〕

井水増す《いみずま》《ゐみづます》 長梅雨で井戸水が増し、濁りを帯びて見えるのをいう。 **濁り井**《にごい》 **井戸濁る**《いどにご》 冬水涸る 〔井水増すこのごろ苔の色まさり　小沢游湖〕

出水《でみず》《でみづ》 梅雨どきの大雨で河川が氾濫すること。 **夏出水**《なつでみず》 **洪水**《こうずい》 **梅雨出水**《つゆでみず》 **水害**《すいがい》 **水禍**《すいか》 **出**《で》**水川**《みずがわ》 **水禍村**《すいかむら》 **夜の出水**《よるでみず》 **出水宿**《でみずやど》 春春出水 秋秋出水 〔一歩づつ出水を鳴らし夜の往

診　川上季石〕

夏《なつ》の川《かわ》《なつのかは》　五月雨で水量の増した川や、早川、山野の清流などをいう。**夏川《なつがわ》**　**夏河《なつがわ》**　**夏《なつ》の瀬《せ》**　**夏瀬《なつせ》**　**夏河原《なつがわら》**　〔夏の河赤き鉄鎖のはし浸る　山口誓子〕

五月川《さつきがわ》《さつきがは》　降りつづく五月雨のために、水かさの増した川をいう。〔囁《ささや》くや忘れ川なる五月川　長谷川かな女〕

夏《なつ》の池《いけ》　緑に囲まれた夏の池。**夏池《なついけ》**　〔水引いて魚遊ばせつ夏の池　細木茂子〕

夏《なつ》の沼《ぬま》　草いきれの立つ夏の沼。**夏沼《なつぬま》**　〔山中に大きな夏の沼をさらす　高須　茂〕

夏《なつ》の湖《みずうみ》《なつのみづうみ》　深緑に囲まれて、涼風の吹き渡る湖。**夏《なつ》の湖《うみ》**　**夏湖《なつうみ》**　〔米磨ぐや米沈みゆく夏湖へ　加藤楸邨〕

夏《なつ》の浜《はま》　夏の浜辺は避暑客や海水浴の人たちで賑わう。**夏浜《なつはま》**　**夏浜辺《なつはまべ》**　**夏《なつ》の磯《いそ》**　〔よるべなく光あかるし夏の浜　山口誓子〕

夏《なつ》の海《うみ》　紺碧に輝く炎天下の海。**夏海《なつうみ》**　〔寂しきは夏の海なり足二本　永田耕衣〕

夏《なつ》の波《なみ》　夏の波は、太陽に光り輝き、男性的。**夏浪《なつなみ》**　**夏濤《なつなみ》**　**夏怒濤《なつどとう》**　〔夏怒濤ひとりで行けるところまで　大高　翔〕

五月波《さつきなみ》　陰暦五月ごろ、梅雨のころの海上に立つ波。**皐月波《さつきなみ》**　〔身中のくらがりを引くさつき波　中山道輔〕

卯《う》波《なみ》　陰暦四月（陽暦の五月）ごろの波。**卯月波《うづきなみ》**　**卯波晴《うなみば》れ**　**卯波雲《うなみぐも》**　**卯浪走《うなみはし》る**　〔あるときは船より高き卯波かな　鈴木真砂女〕

土用波《どようなみ》　夏の土用のころ主として太平洋沿岸におし寄せる、うねりの高い波のこと。**土用浪**《どようなみ》
〔裸寝の身を打ってをり土用浪　森　澄雄〕

夏《なつ》**の潮**《しお》　《なつのしほ》夏の太陽にきらめく潮。**夏潮**《なつじお》　夏青葉潮・苦潮　秋初潮　〔外海に近き夏潮荒れて来し　稲畑汀子〕

青葉潮《あおばじお》　《あをばじほ》新緑五月のころに勢いよくさしこんでくる潮。**青潮**《あおじお》　**青山潮**《あおやまじお》　**鰹潮**《かつおじお》　〔青葉潮みちくる一期一会なる　細見綾子〕

赤《あか》**潮**《しお》　《あかしほ》海水にプランクトンの急激な繁殖を生じ、黄緑色・赤褐色・暗紫色などに変化する現象。**厄水**《やくみず》　**腐れ潮**《くされじお》　夏苦潮　〔赤潮はよその沙汰《さた》なり握り寿司　阿波野青畝〕

苦《にが》**潮**《しお》　《にがしほ》夏、プランクトンの急激な繁殖により海水が変質した状態。夏赤潮　〔苦潮やざくろの赤き花殖ゆる　角川春樹〕

熱《ねっ》**砂**《さ》　夏の太陽の直射熱で、焼けるように熱くなった砂。**灼け砂**《やけすな》　**焼け砂**《やけすな》　**砂灼く**《すなやく》　〔熱砂ゆく老婆の声もせずなれり　山口誓子〕

地《じ》**ぼてり**　《ぢぼてり》炎熱の夏の大地がむんむんとした熱気を発すること。**地**《ち》**のほてり**　**地熱**《ちねつ》　〔地ぼてりや攻めてゆく蟻かへる蟻　中城浪香〕

代《しろ》**田**《た》　代掻きが終わって、田植えを待つ田。**代田水**《しろたみず》　夏代掻く　〔幣《ぬさ》たれてよき雨のふる代田かな　篠田悌二郎〕

植《うえ》**田**《た》　《うゑた》田植えを終えて間もないころの田。**植**《う》**えし田**《た》　夏田植　〔いとけなく植田となりてなびきをり　橋本多佳子〕

青田《あおた》　稲の苗が生長して青一色になった田。**青田風**《あおたかぜ》　**青田道**《あおたみち》　**青田波**《あおたなみ》　**青田**《あおた》**そよぐ**　**青田**《あおた》**晴**《は》**れ**　**青田圃**《あおたんぼ》　**青田原**《あおたはら》　**青田**《あおた》**の夜**《よる》　**青田月夜**《あおたづきよ》　**青田時**《あおたどき》　**青田売**《あおたうり》　〔みちのくの青田に降りる山の雲　岸田稚魚〕

田水沸《たみずわ》**く**　激しい日ざしに、田水は湯のように熱くなる。〔立山を映して田水沸きにけり　角川春樹〕

日焼田《ひやけだ》　旱のために水が涸れて、稲が焼けついたようになった田。**旱田**《ひでりだ》　**焼**《や》**け田**《だ》　〔旱田を午後ほつそりと牛の貌　渡辺ひろし〕

泉《いずみ》　地下からこんこんと湧き出してくる水。**泉川**《いずみがわ》　**草泉**《くさいずみ》　**泉飲**《いずみの》**む**　**泉汲**《いずみく》**む**　**泉掬**《いずみむすぶ》**ぶ**　**泉**《いず》**鳴**《な》**る**　**泉湧**《いずみわ》**く**　〔泉への道後れゆく安けさよ　石田波郷〕

清《し》**水**《みず》　岩間や野道の脇などからこんこんと湧き、流れだしている水。**真清水**《ましみず》　**岩清水**《いわしみず》　**山清水**《やましみず》　**草清水**《くさしみず》　**苔清水**《こけしみず》　**岨清水**《そばしみず》　**磯清水**《いそしみず》　**崖清水**《がけしみず》　**庭清水**《にわしみず》　**清水湧**《しみずわ》**く**　**清水掬**《しみずむす》**ぶ**　**清水汲**《しみずく》**む**　**清水飲**《しみずの》**む**　**清水鳴**《しみずな》**る**　**清水茶屋**《しみずちゃや》　〔西行の詠みたる清水掬めど澄む　森田　峠〕

滴《したた》**り**　自然に滲み出た水が、岩肌や苔類などをつたって滴り落ちる状態。またその水のこと。**滴**《したた》**る**　**岩滴**《いわしたた》**り**　**崖滴**《がけしたた》**り**　**苔滴**《こけしたた》**り**　**大滴**《おおしたた》**り**　[夏]山滴る　〔耳成《みみなし》も滴る山となりにけり　川崎展宏〕

噴《ふけ》**井**《い》　水が絶えず噴き出ている井戸。**ふき井**《い》　**噴井湧**《ふけいわ》**く**　**噴井鳴**《ふけいな》**る**　〔森の中噴井は夜もかくあらむ　山口青邨〕

滝《たき》　山中の岩の絶壁から垂直をなして落ちる水をいう。**瀑**《たき》　**瀑布**《ばくふ》　**飛瀑**《ひばく》　**滝壺**《たきつぼ》　**滝**《たき》**しぶき**

滝風《たきかぜ》 **滝音**《たきおと》 **女滝**《めだき》 **男滝**《おだき》 **夫婦滝**《めおとだき》 **滝道**《たきみち》 **滝見茶屋**《たきみぢゃや》 **滝垢離**《たきごり》 **滝行者**《たきぎょうじゃ》 **滝浴**《たきよく》 **滝水**《たきみず》 **大滝**《おおたき》 **滝**《たき》**落**《お》**つ** **銀**《ぎん》**の滝**《たき》 **滝聞**《たきき》**こゆ** **滝**《たき》**の糸**《いと》 **夕滝**《ゆうたき》 **月**《つき》**の滝**《たき》 ㊅凍滝 〔滝の上に水現れて落ちにけり 後藤夜半〕

人事

行事

孟夏《もうか》**の旬**《じゅん》 孟《もう》は始めであり、旬《じゅん》は、天皇が政務に臨《のぞ》まれること。陰暦四月一日、季の改まった初めに群臣に宴《うたげ》を賜《たま》う儀式。**扇**《おうぎ》**を賜**《たま》**ふ** **扇**《おうぎ》**の拝**《はい》 〔庭の余花扇の拝に罷《まか》り出づ 青木月斗〕 孟夏旬《まうかのじゆん》

菖蒲《あやめ》**の枕**《まくら》 五月五日の夜、菖蒲を枕の下に敷いて寝ると邪気《じゃき》を払うという。〔きぬぐにとくる菖蒲の枕かな 松瀬青々〕

こどもの日《ひ》 五月五日。端午の節句の日。国民の祝日。**五月五日**《ごがついつか》 〔子供の日小さくなりし靴いくつ 林 翔〕

母《はは》**の日**《ひ》 五月の第二日曜日。母への感謝の日。㊈父の日 〔母の日のかがやくばかり塩むすび 角川照子〕

愛鳥週間《あいちょうしゅうかん》《あいてうしうかん》 五月十日から一週間。鳥類保護の運動や催しが行われる。**バード・ウィーク** **バード・デー** **愛鳥日**《あいちょうび》 **鳥の日**《とりのひ》 〔愛鳥週間《バードウィーク》をんな同士のよく喋り　成瀬櫻桃子〕

電波の日《でんぱのひ》 六月一日。電波法・放送法・電波管理委員会法の三法が施行された記念日。**電波**《でんぱ》**記念日**《きねんび》 〔電波の日つばめ高きに翻《ひるがへ》り　岸風三樓〕

写真の日《しゃしんのひ》 六月一日。天保二年、上野俊介が日本で最初の写真撮影をした日。〔行く船に鷗浮べり写真の日　杉山葱子〕

時の記念日《ときのきねんび》 六月十日。天智天皇が水時計で初めて時刻を知らせた日。**時の日**《ときのひ》 〔時の日の汽笛鳴らせる沖の船　勝又一透〕

父の日《ちちのひ》 六月の第三日曜日。父に感謝する日である。**ファーザーズ・デー** 夏 母の日 〔深く深くプールに潜り父の日よ　林　誠司〕

海の日《うみのひ》 海の記念日。七月二十日。〔海の日の海に日の没《い》る出雲崎　角川春樹〕

施米《せまい》 平安時代に毎年六月、京都周辺の山寺に住む貧窮孤独な僧侶に官から米塩を施した。〔僧のまへ素足となりて施米かな　秋山巳之流〕

端午《たんご》 五月五日の男子の節句。**端午の節句**《たんごのせつく》 **重五**《ちようご》 **五月節句**《ごがつせつく》 **菖蒲の節句**《あやめのせつく》 **菖蒲の節会**《あやめのせちえ》 **菖蒲**《あやめ》**の日**《ひ》 **初節句**《はつぜつく》 **端午の日**《たんごのひ》 〔雨がちに端午ちかづく父子かな　石田波郷〕

幟《のぼり》 端午の節句に立てる布または紙製の幟をいう。**五月幟**《さつきのぼり》 **菖蒲幟**《あやめのぼり》 **鍾馗幟**《しようきのぼり》 **紙幟**《かみのぼり》 **絵幟**《えのぼり》 **初幟**《はつのぼり》 **外幟**《そとのぼり》 **内幟**《うちのぼり》 **幟竿**《のぼりざお》 **幟飾**《のぼりかざ》**る** **幟立**《のぼりた》**つ** **幟吹**《のぼりふ》**く** 夏 鯉幟 〔三輪山に雲ゐてすがし幟立つ　倉橋羊村〕

鯉幟《こいのぼり》《こひのぼり》　鯉をかたどった幟で、端午の節句に立てる。**五月鯉**《さつきごい》　夏幟　〔やはらかき草に降ろして鯉のぼり　小島 健〕

吹流し《ふきながし》　鯉幟と一緒に取り付ける紅白か五色の布をつけた幟。**吹貫**《ふきぬき》　〔雀らも海かけて飛べ吹流し　石田波郷〕

矢車《やぐるま》　幟竿の先端に付けた車輪形の矢羽根。風を受けてよく回る。**矢車鳴る**《やぐるまなる》　**矢車光る**《やぐるまひかる》　〔矢車の止りいくつも止り居り　中村汀女〕

武者人形《むしゃにんぎょう》《むしやにんぎやう》　男子の出生を祝って端午の節句に飾る人形。**かぶと人形**《にんぎょう》　**五月人形**《ごがつにんぎょう》　**武具飾る**《ぶぐかざる》　**甲**《かぶと》**かざる**　**太刀飾る**《たちかざる》　**飾兜**《かざりかぶと》　**馬具飾る**《ばぐかざる》　〔日月《にちげつ》をいたゞく兜飾りけり　大橋櫻坡子〕

菖蒲人形《しょうぶにんぎょう》《しやうぶにんぎやう》　端午の節句に飾った人形。夏武者人形　〔かくやあらぬ作る菖蒲の小人形　松瀬青々〕

菖蒲引く《しょうぶひく》《しやうぶひく》　端午の節句に用いる菖蒲を刈ること。**あやめ引く**《ひく》　**菖蒲刈る**《しょうぶかる》　〔あやめ引砥石《といし》を水の辺に忘れ　飴山 實〕

菖蒲葺く《しょうぶふく》《しやうぶふく》　端午の節句の前夜、火災などの災厄を払うため家々の軒に菖蒲を挿すこと。**軒菖蒲**《のきしょうぶ》　**あやめ葺く**《ふく》　**菖蒲挿す**《しょうぶさす》　**蓬葺く**《よもぎふく》　**樗葺く**《おうちふく》　**かつみ葺く**《ふく》　〔菖蒲葺く千住は橋にはじまれり　大野林火〕

菖蒲湯《しょうぶゆ》《しやうぶゆ》　端午の節句に邪気を払うため菖蒲の根葉を入れて沸かした風呂。**そうぶ湯**《ゆ》　**しようぶの湯**《ゆ》　**菖蒲風呂**《しょうぶぶろ》　夏蘭湯　〔日のいまだ高き菖蒲湯沸きにけり　山崎ひさを〕

蘭湯《らんとう》《らんたう》　端午の日、邪気を払うため蘭の葉を入れた風呂。夏菖蒲湯　〔蘭湯に浴すと

書いて詩人なり　夏目漱石〕

薬狩《くすりがり》　五月五日、山野に出て薬草をとること。その日にとった薬はとくにききめがあるといわれた。**薬**《くすり》**の日**《ひ》　**薬草摘**《やくそうつみ》　**百草摘**《ひゃくそうつみ》　[秋]薬掘る　〔高尾嶺のいまだ空林薬採り　皆吉爽雨〕

儀方《ぎほう》**を書**《か》**く**《ぎはうをかく》　中国の古俗で、端午の日に家の四方に張るお札の一種。呪《まじな》い。**儀方**《ぎほう》**を書**《しょ》**す**　〔妹が子に宿の儀方を書せけり　松瀬青々〕

菖蒲酒《しょうぶざけ》《しやうぶざけ》　刻んだ菖蒲の葉や根を浮かべた酒。**あやめ酒**《ざけ》　**さうぶ酒**《ざけ》　**菖蒲**《あやめ》**の盃**《さかづき》　〔くちつけてすみわたりけり菖蒲酒　飯田蛇笏〕

菖蒲帷子《しょうぶかたびら》《しやうぶかたびら》　五月五日より同月中着る帷子。**あやめ帷子**《かたびら》　**菖蒲浴衣**《あやめゆかた》　**菖蒲帯**《しょうぶおび》　〔あやめ浴衣着て浅草に詣でけり　小玉知利〕

菖蒲《しょうぶ》**の鉢巻**《はちまき》《しやうぶのはちまき》　布で鉢巻をつくり、これに菖蒲を挿したもの。邪気を払うという。**菖蒲**《しょうぶ》**鉢巻**《はちまき》　〔おかつぱに菖蒲はちまきして来たり　安田孔甫〕

菖蒲冑《しょうぶかぶと》《しやうぶかぶと》　檜などで冑の鉢を作り、鉢のいただきに菖蒲を挿した。**あやめ冑**《かぶと》　〔菖蒲冑父がかぶりて吾子の前　塚田ゆうじ〕

菖蒲刀《しょうぶがたな》《しやうぶがたな》　五月の節句に、男の子たちは、柳の木や竹で作った刀や槍《やり》を持って遊んだ。**菖蒲太刀**《しょうぶだち》　**菖蒲脇差**《しょうぶわきざし》　**あやめ刀**《がたな》　**あやめ太刀**《たち》　〔僧籍にある子いとほし菖蒲太刀　羽柴鏡女〕

菖蒲打《しょうぶう》**ち**《しやうぶうち》　端午の日に、束にした菖蒲で地面を打って歩く子供の遊び。**菖蒲切**《しょうぶぎり》　**菖蒲縄**《しょうぶなわ》

菖蒲叩き《しょうぶたたき》〔ご城下やこゝの辻にも菖蒲打　渡辺水巴〕

印地打ち《いんじうち》《いんぢうち》　端午の節句に行った石を投げ合う石合戦。**印地**《いんじ》　**菖蒲印地**《あやめいんじ》　**印地切**《いんじきり》〔籠城や子は印地打つ西の丸　巌谷小波〕

薬　玉《くすだま》　香料を入れた袋に蓬《よもぎ》や菖蒲などをつけ、長い五色の糸を垂らし柱にかける飾りもの。**長命縷**《ちょうめいる》　**続命縷**《しょくめいる》　**五月玉**《さつきだま》〔病室の薬玉にふれ屍《かばね》去る　古賀まり子〕

花湯祭《はなゆまつり》　五月三、四日。鳥取県三朝《みささ》薬師の縁日。名物の大綱引きで賑わう。〔花湯祭の大綱引に湯治客　須之内綾子〕

さくらんぼ祭《まつり》　六月初めから七月十日ごろまで、山形県寒河江《さがえ》市のさくらんぼの祭。**桜桃祭**《おうとうさい》〔月山見ゆる郷のさくらんぼ祭来ぬ　井上十椰子〕

黒船祭《くろふねまつり》　五月十六、十七日。ペリー提督の入港を記念して、伊豆の下田で行われる。横須賀市久里浜町でも七月十四日行われる。**下田黒船祭**《しもだくろふねまつり》　**久里浜黒船祭**《くりはまくろふねまつり》　**ペリー祭**《まつり》〔高潮に黒船祭ユッカ咲く　石原舟月〕

漁夫《ぎょふ》**帰**《かえ》**る**《ぎょふかへる》　北海道へ出稼ぎに出ていた農民らが四、五月ごろそれぞれの故郷へ帰って来る。[春]渡り漁夫　[秋]松前渡る〔海の底くらくつめたし漁夫帰る　松村蒼石〕

大矢数《おおやかず》《おほやかず》　陰暦四、五月ごろ、京都東山三十三間堂で行われた通し矢の数を競う行事。**矢数**《やかず》　**通し矢**《とおしや》　**総一**《そういち》〔朝日子《あさひこ》をそびらに負うて矢数かな　石井露月〕

曾我《そが》**の笠焼**《かさやき》　陰暦五月末、曾我兄弟故事による鹿児島県加世田市竹田神社の行事。小田原市城前寺でも行われる。**曾我**《そが》**どんの傘焼**《かさやき》　**傘篝**《かさかがり》〔傘篝まならうらほてりゐたりけり　萩原

竜二〕

競渡《けいと》　二十六人乗りの舟が、賑やかに囃したてながら競漕する行事。長崎や沖縄などで行われている。**ペーロン　キャロン　爬龍船**《ハーリー》　**競渡船**《けいとせん》　〔ハーリーやくろがねの胸水はじく　沢木欣一〕

川止め《かわど》　昔、梅雨時の増水によって川を渡ることを禁止した。**川**《かわ》**どまり　川**《かわ》**づかへ**　〔川止め《かはどめ》やつれぐに呼ぶ琵琶法師　伊藤松宇〕

山開《やまびらき》　夏山のシーズンの初めに、その年の登山の安全を祈願して各山で行われる儀式。**開**《かい》**山祭**《ざんさい》　**ウエストン祭**《さい》　**お山開**《やまびら》**き**　夏川開・海開　〔山開きたる雲中にこころざす　上田五千石〕

海開《うみびらき》　海水浴場開きのこと。一夏の無事と繁昌を祈って行事が催される。**水泳場開**《すいえいじょうひら》**く**　夏川開・山開　〔女名のヨットひきだす海開き　品川鈴子〕

川開《かわびらき》　各地の川で花火を打ち上げ、その年の河畔の夕涼期間の幕開けとする行事。**両国**《りょうごく》**の川開**《かわびらき》　夏海開・山開　〔川開《かはびらき》きいま夜の色となりしかな　永井東門居〕

独立祭《どくりつさい》　七月四日。アメリカ独立の記念日。〔石坂の雨あをあをと独立祭　古賀まり子〕

パリ祭《さい》　七月十四日。フランスの革命記念日。**パリー祭**《さい》　**巴里祭**《パリさい》　〔濡れて来し少女が匂ふ巴里祭　能村登四郎〕

朝顔市《あさがおいち》　七月六～八日。東京入谷鬼子母神《いりやきしぼじん》境内で開かれる朝顔の市。秋朝顔　〔明け方の雨の白さや朝顔市《あさがほいち》　菖蒲あや〕

鬼灯市《ほおずきいち》 七月九、十日。東京浅草観音の境内に立つ市。**酸漿市**《ほおずきいち》 夏四万六千日 秋鬼灯市〔鬼灯市《ほほづきいち》夕風の立つところかな 岸田稚魚〕

土用灸《どようきゆう》 夏の土用にすえる灸。**土用艾**《どようもぐさ》 **土用の灸**《どようきゆう》 **焙烙灸**《ほうろくきゆう》 春二日灸 秋後の二日灸 冬寒灸 新初灸 〔土用灸《どようきう》腹凹ませて耐へにけり 宮下翠舟〕

水見舞《みずみまい》 梅雨時には各地で洪水や浸水などの被害があるが、災難にあった人を見舞うこと。**出水見舞い**《でみずみま》 夏出水 秋秋出水 〔水見舞《みづみまひ》蠅取りリボン下がりをる 岸本尚毅〕

暑中見舞《しょちゅうみまい》 暑中に親しい人に物を贈ったり、便りをすること。**暑**《しょ》**の見舞**《みまい》 **土用見舞**《どようみまい》 **夏**《なつ》**見舞**《みまい》 冬寒見舞 〔来はじめし暑中見舞《しよちゆうみまひ》の二三枚 遠藤梧逸〕

夏休み《なつやすみ》 学校や諸官庁、会社などでとる夏の休暇。**暑中休暇**《しょちゅうきゅうか》 **暑中休み**《しょちゅうやすみ》 春春休み 冬冬休み 〔旅終へてよりB面の夏休 黛まどか〕

帰省《きせい》 都会で生活している学生や社会人などが暑中休暇を利用して故郷に帰ること。**帰省**《きせい》**子**《し》 **帰**《き》**省**《せい》**の夜**《よ》 〔桑の葉の照るに堪へゆく帰省かな 水原秋櫻子〕

夏期講習会《かきこうしゅうかい》 暑中に開かれる種々の講習会。**夏期講習**《かきこうしゅう》 **夏期大学**《かきだいがく》 〔夏期講習《かきかうしふ》窓の遠嶺を見てゐたり 戸川稲村〕

林間学校《りんかんがっこう》 夏休み、生徒、学生たちの高原や海での共同生活。**林間学舎**《りんかんがくしゃ》 **林間学園**《りんかんがくえん》 **臨**《りん》**海学校**《かいがっこう》 **臨海学園**《りんかいがくえん》 〔林間学校《りんかんがくかう》木と木をつなぎシャツ乾く 青柳志解樹〕

大掃除《おおそうじ》 五月ごろ掃除日を決めて町じゅうで大掃除を行うことが多かった。**畳干す**《たたみほす》 冬煤掃《おほさうじ》 〔竜安寺道ばたばたと大掃除 野見山朱鳥〕

衣

更衣《ころもがえ》 《ころもがへ》春の衣服を夏のものに替えること。**衣更**《ころもか》**ふ** [秋]後の更衣 〔湖《うみ》わたる風はなにいろ更衣 黒田杏子〕

白重《しろがさね》 卯月一日の更衣に、白い下小袖に替える。**白襲**《しらがさね》 〔三味とりし膝の薄さや白重 野村喜舟〕

夏衣《なつごろも》 夏に着る着物の総称。木綿・絹・麻などいろいろ。**夏著**《なつぎ》 **なつぎぬ** **夏**《なつ》**の衣**《ころも》 **夏物**《なつもの》 [夏]単衣 羅 白絣 浴衣 〔朝風に衣桁すべりぬ夏衣 青木月斗〕

袷《あわせ》 《あはせ》合わせ衣の意で、裏をつけて仕立てた着物のこと。**綿抜**《わたぬ》**き** **初袷**《はつあわせ》 **袷時**《あわせどき》 **古袷**《ふるあわせ》 **素袷**《すあわせ》 **絹袷**《きぬあわせ》 **袷着**《あわせき》**る** **袷縫**《あわせぬ》**ふ** [春]春袷 [冬]綿入 〔袷着て母より父を恋ふるかな 安住敦〕

セル 薄手の毛織物で作った単衣《ひとえ》。初夏に男女ともに着た。**セル着**《き》**る** **セル軽**《かる》**し** [秋]秋のセル 〔セル軽く荷風の六区歩きけり 加藤三七子〕

単衣《ひとえ》 《ひとへ》裏地をつけない一重の夏物の着物。**単物**《ひとえもの》 **ひとへの袖**《つむぎ》 **単衣着**《ひとえき》**る** 〔単衣着て若く読みにし書をひらく 能村登四郎〕

帷子《かたびら》 麻または苧麻《からむし》で織った布で仕立てた盛夏用の単衣《ひとえ》。**白帷子**《しろかたびら》 **染帷子**《そめかたびら》 **絵**《え》**帷子**《かたびら》 **黄**《き》**帷子**《びら》 **辻**《つじ》**が花**《はな》 〔帷子の吹かれ曲りしまま歩む 山田みづえ〕

羅《うすもの》 紗《しゃ》や絽《ろ》、明石《あかし》、上布《じょうふ》など、薄く軽やかに織った織物。またそれらで仕立てた単衣《ひとえ》の

こと。**うす衣《ぎぬ》**　**透綾《すきや》**　**軽羅《けいら》**　**綾羅《りょうら》**　**絽《ろ》**　**紗《しゃ》**　〔羅や人悲します恋をして　鈴木真砂女〕

晒布《さらし》　木綿布または麻布を晒《さら》して白くしたもの。**晒川《さらしがわ》**　**奈良晒《ならざらし》**　**さらし布《ぬの》**　〔晒布ひく人涼しさをいひあへり　飯田蛇笏〕

縮布《ちぢみふ》　皺寄せをして縮ませた布地。肌につかない涼しさ、快適さが喜ばれる。**縮《ちぢみ》**　**白縮《しろちぢみ》**　**越《えち》後《ご》ちぢみ**　**明石《あかし》ちぢみ**　〔藍縮家居落ち着くこころあり　森　澄雄〕

夏蒲団《なつぶとん》　涼しそうな柄を配した薄い夏向きの蒲団。**夏衾《なつぶすま》**　**麻布団《あさぶとん》**　**麻衾《あさぶすま》**　**夏掛《なつがけ》**　**薄掛《うすがけ》**　**サマーケット**　**タオル掛《がけ》**　[冬]蒲団　〔夏蒲団ふはりとかゝる骨の上　日野草城〕

上布《じょうふ》《じゃうふ》　細い苧麻糸《からむし》を用い平織にした肌ざわりのよい高級な織物。**白上布《しろじょうふ》**　**薩摩上布《さつまじょうふ》**　**越《えち》後上布《ごじょうふ》**　〔上布買いて夏短きを惜しみけり　渡辺千枝子〕

生布《きぬの》　草木の皮の繊維《せんい》で織り、まだ晒《さら》されていない布。**生平《きびら》**　**葛布《くずふ》**　**貲布《さよみ》**　**太布《たふ》**　**細布《さいみ》**　**麻布《あさふ》**　**芭蕉布《ばしょうふ》**　**藤布《ふじふ》**　**木布《きぬの》**　〔芭蕉布を著て夕立にぬれにけり　青木月斗〕

夏羽織《なつばおり》　夏期専用の単衣《ひとえ》羽織。絽・紗・麻などで作られる。**単羽織《ひとえばおり》**　**薄羽織《うすばおり》**　**麻羽織《あさばおり》**　**絽羽織《ろばおり》**　[冬]羽織　〔身のほどを知る夏羽織着たりけり　久保田万太郎〕

夏袴《なつばかま》　夏にはく絽や麻地の袴のこと。**麻袴《あさばかま》**　**絽袴《ろばかま》**　**単袴《ひとえばかま》**　〔笛吹くに少し間のある夏袴　角川春樹〕

甚平《じんべい》　袖なしの甚平羽織を着物仕立てにしたもの。**甚平衛《じんべえ》**　**じんべ**　〔甚平を着て今にして見ゆるもの　能村登四郎〕

すててこ　クレープなどで作った夏用の膝のあたりまでの長さの下穿き。[冬]股引　〔ステ

テコで隣へ寄るのも佃島　小滝子舟〕

浴《ゆか》衣《た》　木綿で作られた単衣《ひとえ》。入浴時に用いた「湯帷子《ゆかたびら》」の略。くつろいで着る家庭着。**浴《ゆか》衣掛《たがけ》**　**湯帷子《ゆかたびら》**　**貸浴衣《かしゆかた》**　**古浴衣《ふるゆかた》**　**白浴衣《しろゆかた》**　**初浴衣《はつゆかた》**　**藍浴衣《あいゆかた》**　**宿浴衣《やどゆかた》**　**浴衣着《ゆかたぎ》**　〔浴衣着て水のかなたにひとの家　飯田龍太〕

着《き》茣《ご》蓙《ざ》　合羽のように背中に羽織る一枚茣蓙で紐を顎にかける。〔青田風着茣蓙煽《あふ》りつ亘《わた》るなり　石塚友二〕

網襦袢《あみじゅばん》　綿糸やレース糸で網目に作った襦袢。〔刺青《いれずみ》の般若しなびし網襦袢　松浦真青〕

汗《あせ》衫《とり》　汗が着物にしみぬように着る下着。**汗取《あせとり》**　**夏襦袢《なつじゅばん》**　**ガーゼ襦袢《じゅばん》**　〔汗とりや唯泰然と坐りゐて　野村喜舟〕

白《しろ》　服《ふく》　白服は夏の日射しを照り返し、暑さを通さない。〔白服のよごれや愛を疑はず　佐藤鬼房〕

白《しろ》　絣《かすり》　木綿や麻の白地にかすりを織り出した夏の単衣《ひとえ》。**白地《しろじ》**　**白飛白《しろがすり》**　**白地《しろじ》着《き》る**　〔白地着てこの郷愁のどこよりぞ　加藤楸邨〕

レース　レース糸で編んだ透いた布地。**レースカーテン**　**白《しろ》レース**　〔レース編み呉《く》れし少女も老いにけり　堀口星眠〕

半《はん》ズボン　長ズボンに対して短いズボンのこと。**ショートパンツ**　〔半ズボンにて来し教師多弁なる　高木良多〕

夏《なつ》シャツ　麻・縮・綿クレープなどで涼しげに作ったものが多い。**網《あみ》シャツ**　**クレープシャツ**

ポロシャツ　**香港《ほんこん》シャツ**　**白《しろ》シャツ**　[冬]冬シャツ　〔学生楽団白シャツ満ちて楽噴き出す　大串　章〕

開襟《かいきん》シャツ　ネクタイを結ばずに着る襟のひらいたシャツ。**開襟《かいきん》**　〔逢ひに行く開襟の背に風溜めて　草間時彦〕

アロハシャツ　派手な大柄模様を染めた半袖の開襟シャツ。**アロハ**　**アロハ着《き》る**　〔海暮るる岬に哀愁アロハシャツ　秋沢　猛〕

簡単服《かんたんふく》　安価な布、浴衣地などを利用して自分で仕立てた簡単な形の服。**アッパッパ**　〔アッパッパ乳房ひとつや笑ひけり　茨木和生〕

サマードレス　広く夏季に着るワンピース形のタウンドレスやホームドレスのこと。〔ピアノ弾くサマー・ドレスの腕《かひな》かな　角川春樹〕

サンドレス　ワンピース形式の、肩や背中を大きく開けた服。〔湖畔夕月今照らしそむサンドレス　荒川季子〕

サマーコート　女性が夏、洋服の上に羽織るコート。〔サマーコート夜冷えの足の冷たかり　細木茂子〕

海水着《かいすいぎ》　泳ぐときに着る。**水着《みずぎ》**　**水着《みずぎ》干《ほ》す**　**海水帽《かいすいぼう》**　**海浜着《かいひんぎ》**　**ビーチ・コート**　〔水着選ぶいつしか彼の眼となつて　黛まどか〕

サングラス　夏の強烈な紫外線から目を保護するための色のついた眼鏡。**色眼鏡《いろめがね》**　[冬]雪眼鏡　〔サングラス掛けて妻にも行くところ　後藤比奈夫〕

夏襟《なつえり》 夏の半襟。涼しく清潔な感じがする。**夏衿**《なつえり》 〔夏衿のそのおもかげの今になほ　車谷弘〕

夏帯《なつおび》 夏用の帯。薄手の生地で模様も涼しげなものが好まれる。**単帯**《ひとえおび》 **一重帯**《ひとえおび》 **夏の帯**《なつのおび》 〔夏帯を解くや渦なす中にひとり　野澤節子〕

腹当《はらあて》 寝冷えを防ぐために腹に当てる腹掛け。ネル、毛糸編みで作った。**寝冷え知らず**《ねびえしらず》 **腹掛**《はらかけ》 〔腹巻のねぢれて舟子櫂とれる　森田峠〕

編笠《あみがさ》 草などで編んで作った笠。**菅笠**《すげがさ》 **台笠**《だいがさ》 **藺笠**《いがさ》 **檜笠**《ひのきがさ》 〔丈高き深編笠や人の中　高浜虚子〕

日傘《ひがさ》 夏の日射を遮るためにおもに女性の用いる傘。**絵日傘**《えひがさ》 **日**《ひ》**からかさ** **パラソル** **白日傘**《しろひがさ》 **古日傘**《こひがさ》 **日傘売場**《ひがさうりば》 (春)春日傘 (秋)秋日傘 〔日傘して汽笛の音の次を待つ　藤田湘子〕

夏帽子《なつぼうし》《なつばうし》 夏の暑さを防ぐためにかぶる帽子の総称。**夏帽**《なつぼう》 **麦藁帽**《むぎわらぼう》 **かんかん帽**《ぼう》 **経木帽**《きょうぎぼう》 **パナマ帽**《ぼう》 **白夏帽**《しろなつぼう》 (冬)冬帽子 〔むざうさに夏帽投げてすわりけり　渋沢渋亭〕

夏手袋《なつてぶくろ》 礼装用のものだったが、現在は一種のアクセサリーとして用いられている。**夏の手袋**《なつのてぶくろ》 **夏手套**《なつてぶくろ》 **レースの手袋**《てぶくろ》 **網手袋**《あみてぶくろ》 (冬)手袋 〔遠き海夏手套に指《さ》されたる　木下夕爾〕

夏足袋《なつたび》 薄手の生地で縫った夏に履く足袋。**単足袋**《ひとえたび》 **麻足袋**《あさたび》 **縮足袋**《ちぢみたび》 **夏の足袋**《なつのたび》 (冬)足袋 〔夏足袋の白ささみしくはきにけり　成瀬櫻桃子〕

白靴《しろぐつ》 夏用の白い靴。〔白靴の男出てきぬ司祭館　星野麥丘人〕

汗手貫《あせてぬき》 夏、汗で手首が袖口にべたつくのを防ぐため、籐や馬の尾などで作った筒のような

ものを腕にはめる。僧や老人がよく用いた。〔汗手貫忌日まとめて修しけり　草間時彦〕

衣紋竹《えもんだけ》　和服や肌着を掛けておく日本流のハンガー。**衣紋竿《えもんざお》**　**帷子竿《かたびらざお》**　新初衣桁　〔つるす衣の齢《よはひ》ふかれて衣紋竹　桂　信子〕

ハンカチ　汗をぬぐうための布。**汗拭《あせぬぐい》**　**ハンカチーフ**　**ハンケチ**　**汗拭《あせふき》**　**白《しろ》ハンケチ**　〔汗のハンケチ友等貧しさ相似たり　石田波郷〕

食

胡瓜揉《きゆうりも》み《きうりもみ》　胡瓜を薄く刻んで塩もみし、酢のものにしたもの。**瓜揉《うりも》み**　**瓜膾《うりなます》**　**揉《も》み瓜《うり》**　**瓜《うり》揉《も》む**　夏瓜　〔胡瓜もみ蛙の匂ひしてあはれ　川端茅舎〕

瓜漬《うりづけ》　瓜類を塩、味噌、酒粕、糠などで漬けたもの。**胡瓜漬《きゆうりづけ》**　**白瓜《しろうり》づけ**　夏瓜　〔歯こまかき子の音朝餉のきうり漬　古沢太穂〕

乾瓜《ほしうり》　白瓜などの種をとって縦割にして浅塩で一晩圧《お》し、日に干したもの。**雷干《かみなりぼし》**　夏瓜　〔酢を嗜《たしな》む雷干や宵の雨　井上井月〕

茄子漬《なすづけ》　茄子の塩漬・糠漬・粕漬・味噌漬など。辛子に漬けても美味。**なすび漬《づけ》**　**浅漬茄子《あさづけなす》**　**茄子漬《なすつ》ける**　夏茄子　秋秋茄子　〔茄子漬のあしたの色に執着す　米澤吾亦紅〕

鴫焼《しぎやき》　茄子を二つ割りにして焼き、練り味噌をつけて食べる夏料理。**茄子《なす》の鴫焼《しぎやき》**　**茄子田楽《なすびでんがく》**　**焼茄子《やきなす》**　**茄子焼《なすや》く**　〔母の手の杳《えう》たる昏さ茄子を焼く　永作火童〕

梅《うめ》干《ぼし》　青梅を塩漬にして天日で干した保存食。**梅漬《うめづ》け**　**梅干漬《うめぼしづけ》**　**梅干《うめほ》す**　**夜干《よぼし》の梅《うめ》**　**梅漬《うめつ》ける**　**梅筵《うめむしろ》**　**干梅《ほしうめ》**　夏青梅〔梅漬ける甲斐あることをするやうに　細見綾子〕

煮《に》梅《うめ》　青梅に砂糖を加えて煮る。食あたりなどに効き目がある。他に、塩を用いてつくるのもある。〔煮梅して雨の厨にこもりける　目黒孝子〕

伽羅蕗《きゃらぶき》　蕗の皮を剝《む》き、醬油で佃煮風に作ったもの。**伽羅蕗煮《きゃらぶきに》る**　**煮《に》伽羅蕗《きゃらぶき》**　春春の蕗　夏蕗〔伽羅蕗の売つてゐるなり山の寺　佐川広治〕

鱧《はも》の皮《かわ》　《はものかは》刻んで三杯酢にしたり、胡瓜もみにも用いる。**鱧皮《はもかわ》**　夏鱧〔大粒の雨が来さうよ鱧の皮　草間時彦〕

干《ひ》鱧《はも》　小鱧を日干しにしたもの。**風海鱧《ごんきり》**〔干鱧膾《なます》賞づや浪花《なには》のふるき宿　木村悦夫〕

水《みず》鱧《はも》　《みづはも》鱧の出はじめの小さいもの。上方のご馳走。**水鱧《はむ》**　**水《みず》はむ**　夏鱧〔水鱧や京の泊りの膳のもの　村山古郷〕

身欠鰊《みがきにしん》　鰊の頭と尾を取り去り、二つに裂いて干し上げたもの。**かきわり**　**厄身欠《やくみがき》**　春鰊〔手摑みに身欠鰊や茶碗酒　北村古心〕

干河豚《ほしふぐ》　河豚の皮をはぎ、骨をとって干したもの。**塩河豚《しおふぐ》**　**さくら干《ぼし》**　**のしふぐ**　春彼岸河豚・菜種河豚　冬河豚〔干河豚の毒気も美味もからびをり　清水流霞〕

晒《さらし》鯨《くじら》　《さらしくぢら》鯨の肉と皮との間の脂肪層を塩漬にしたもの。**皮鯨《かわくじら》**　**塩鯨《しおくじら》**　冬鯨・鯨汁〔さらしくぢら浅草に来てすこし酔ふ　草間時彦〕

蟹《かに》醢《びしお》　《かにびしほ》蟹をあらくつぶして、塩と唐辛子で漬けたもの。**蟹胥《かにびしこ》**　**蟹醬《かにびしお》**　**蟹漬《かにづけ》**〔島海苔も

そへてくれけり蟹鯷《かにひしこ》　雲　良〕

新節《しんぶし》　その年の初夏にとれた鰹で作った鰹節。　【夏】鰹節製す　〔新節の一途《いちず》焙炉《ほいろ》の火を見たり　古舘曹人〕

生節《なまぶし》　鰹を三枚におろして蒸し、生干しにしたもの。　**なまり　なまり節**《ぶし》　〔生節や豆腐くずるる皿の上　下村槐太〕

水貝《みずがい》《みづがひ》　生の鮑を賽の目に切って冷やしたもの。　**生貝**《なまがい》　〔水貝や一湾窓にかくれなし　浦野芳南〕

船料理《ふなりょうり》《ふなれうり》　船上で料理し、食する料理のこと。　**生洲船**《いけすぶね》　**生簀船**《いけすぶね》　**船生簀**《ふないけす》　**生洲料理**《いけすりょうり》　〔夕焼けて何もあはれや船料理　中村汀女〕

鮎膾《あゆなます》　鮎を、膾にして食すこと。薄く切って酢に浸す。　〔山の香の雨にありけり鮎膾　北川赫士子〕

洗《あら》**膾**《い》《あらひ》　新鮮な魚のそぎ身を、冷水で洗って肉をしめ縮めたもの。　**洗鯛**《あらいだい》　**洗**《あらい》**鱸**《すずき》　**洗鯉**《あらいごい》　**生作り**《いけづくり》　〔昨日より今日を杳《はる》かに洗ひ鯉　角川春樹〕

沖膾《おきなます》　釣船でとった魚をそのまま船中で料理して食べる。　**背越膾**《せごしなます》　**鯵**《あじ》**の背越**《せごし》　〔魚屑を鷗に投げつつ沖膾　高田蝶衣〕

土用鰻《どよううなぎ》　夏負け防止のため夏の土用に食べる鰻。　**鰻**《うなぎ》**の日**《ひ》　**土**《ど》**用丑**《ようし》**の日**《ひ》**の鰻**《うなぎ》　【夏】鰻　〔土用鰻店ぢゆう水を流しをり　阿波野青畝〕

土用蜆《どようしじみ》　夏の土用に食べる蜆は夏負けの薬とされた。　**土**《ど》**用**《よう》**の蜆**《しじみ》　【春】蜆　【冬】寒蜆　〔土用蜆母へ

も少し買ひにけり　星野麥丘人〕

泥鰌鍋《どじようなべ》 《どぢやうなべ》泥鰌を丸のままか、割《さ》いたのを味醂《みりん》と醤油で味つけした出汁《だし》で煮て、刻み葱をあしらって食べる鍋料理。**柳川鍋**《やながわなべ》 **泥鰌汁**《どじようじる》 冬泥鰌掘る 〔更くる夜を上ぬるみけり泥鰌汁　芥川龍之介〕

夏料理《なつりようり》 《なつれうり》見た目も涼しく、味のさっぱりした夏向きの料理の総称。**夏**《なつ》**の料理**《りようり》 〔美しき緑走れり夏料理　星野立子〕

冷《ひや》**奴**《やつこ》 冷した豆腐を賽の目に切り、薬味と醤油で食べる。**冷豆腐**《ひやどうふ》 **水豆腐**《みずどうふ》 冬湯豆腐・凍豆腐 〔冷奴水を自慢に出されたり　野村喜舟〕

冷《ひや》**汁**《じる》 夏季に、味噌汁・すまし汁などを、器と共に冷やして食す。**冷**《ひや》**し汁**《じる》 **煮冷**《にざま》**し** **煮冷**《にびや》**し** 〔怖いもの知らずに生きて冷し汁　鈴木真砂女〕

集《あつめ》**汁**《じる》 大根・牛蒡・芋・豆腐などを一緒に煮た味噌汁またはすまし汁。五月五日に食すると邪気を払うといわれた。**むじつ汁**《じる》 〔あつあつの集め汁かな雨ごもり　小川順一〕

ごり汁《じる》 ごりを白焼きにしてから、味噌汁やすまし汁に加えたもの。**鮴**《ごり》**の汁**《しる》 夏ごり 〔蕨飯をたいてゐる間をごりの汁　星野立子〕

鮓《すし》 魚肉を飯とともに圧したもの。**鮨**《すし》 **すもじ** **圧鮓**《おしずし》 **なれ鮓**《ずし》 **一夜鮓**《いちやずし》 **鮎鮓**《あゆずし》 **鮒鮓**《ふなずし》 **鯖鮓**《さばずし》 **鯛鮓**《たいずし》 **笹鮓**《ささずし》 **ばってら鮓**《ずし》 **早鮓**《はやずし》 **握鮨**《にぎりずし》 **鮓圧**《すしお》**す** **鮓漬**《すしつ》**ける** **鮓桶**《すしおけ》 **鮓**《すし》**の石**《いし》 **鮓**《すし》**の飯**《めし》 **鮓熟**《すしな》**る** 〔鯖ずしのつめたかりける祭かな　日野草城〕

豆《まめ》**飯**《めし》 うすい塩味で、豌豆や蚕豆を炊き込んだ飯。**蚕豆飯**《そらまめめし》 **豌豆飯**《えんどうめし》 〔豆飯食ふ舌にのせ舌

に力入れ　石田波郷〕

筍飯《たけのこめし》　筍を刻んで炊き込んだり、煮た筍を炊き上がった飯に混ぜたりする。**竹**《たけ》**の子**《こ》**飯**《めし》　〔雨ごもり筍飯を夜は炊けよ　水原秋櫻子〕

麦飯《むぎめし》　白米に大麦、裸麦などを混ぜて炊いた飯。**すむぎ**　〔麦飯の一ぜん清《すが》し川の空　飯島晴子〕

乾飯《ほしいい》　天日で乾燥させた飯。**干飯**《ほしいい》　**乾飯**《ほしい》　**かれいひ**　**かれひ**　**引飯**《ひきいい》　**飯干す**《めしほ》　[冬]蒸し飯　〔またたきのさびしくかめる干飯《ほしいひ》かな　吉岡禅寺洞〕

水飯《すいはん》　夏の飲食を促すために米飯に冷水をかけて食べる水漬け飯。**水飯**《みずめし》　**水漬**《みずづけ》　**洗**《あら》**ひ飯**《めし》　〔水飯のごろごろあたる箸の先　星野立子〕

飯饐る《めしすえる》　夏の暑さで飯が汗をかき臭気を放つようになることをいう。**饐飯**《すえめし》　**汗**《あせ》**の飯**《めし》　**飯**《めし》**の汗**《あせ》　〔飯饐る畳のくらさ夜の如し　宇佐美魚目〕

冷索麺《ひやそうめん》　《ひやさうめん》索麺を茹でて冷水で冷やしたもので、冷たい煮出汁《だしじる》で食べる。**冷麺**《ひやめん》　**素麺**《そうめん》　**索**《そう》**麺冷**《めんひ》**やす**　**冷**《ひや》**し索麺**《そうめん》　**索麺流**《そうめんなが》**し**　[冬]素麺干す　〔さうめんの淡き昼餉や街の音　草間時彦〕

冷麦《ひやむぎ》　うどんより細目の麺で、茹でて冷やしたもので、つけ汁で食べる。**冷**《ひや》**し麦**《むぎ》　**切麦**《きりむぎ》　〔冷麦の箸を歯で割く泳ぎきて　中　拓夫〕

葛餅《くずもち》　葛粉を溶いて煮固め、三角に切って黄粉と蜜をかけて食べる。〔葛餅に蜜多すぎることはなし　永井東門居〕

葛《くず》練《ねり》　葛粉を溶いて砂糖を加え煮固めたもの。**葛切《くずきり》**〔葛切の黄昏どきでありにけり　岸田稚魚〕

葛饅頭《くずまんじゆう》《くずまんぢゆう》　葛粉で作った饅頭。桜の葉で包んだものが多い。**葛《くず》ざくら**〔葛ざくら濡れ葉に氷残りけり　渡辺水巴〕

白《しら》玉《たま》　白玉粉を一口大に丸めて茹《ゆ》で、砂糖をかけて食べる。**氷白玉《こおりしらたま》**　**白玉《しらたま》ぜんざい**〔白玉や人づきあひを又歎き　中村汀女〕

ゼリー　ゼラチンを煮溶かし、砂糖や果物の糖蜜などを加え冷やし固めた菓子。**フルーツゼリー**　**コーヒーゼリー**〔うす茜ワインゼリーは溶くるがに　日野草城〕

蜜《みつ》豆《まめ》　賽の目に切った寒天や豌豆、求肥《ぎゆうひ》に蜜をかけた食べ物。**餡蜜《あんみつ》**　**フルーツ蜜豆《みつまめ》**〔蜜豆の寒天の稜《かど》の涼しさよ　山口青邨〕

茹小豆《ゆであずき》《ゆであづき》　**煮小豆《にあずき》**　**冷《ひや》し汁粉《しるこ》**　㊙小豆〔茹小豆ひとり暮しもまたよけれ　葉山柾子〕

水羊羹《みずようかん》《みづやうかん》　あずき餡に寒天を混ぜて作る。寒天の量を少なくしてやわらかく作った羊羹。〔かげ口は淋しきものや水羊羹　長谷川春草〕

金玉糖《きんぎよくとう》《きんぎよくたう》　寒天を溶かして砂糖や色素などを加え、型に入れて冷やした菓子。**錦玉糖《きんぎよくとう》**〔鉢に敷く笹葉透かして金玉糖　長谷川かな女〕

青《あお》挿《ざし》《あをざし》　青麦を煎《い》り、そのままか、あるいは臼《うす》でひいて糸のようによった食物。〔青ざしやとみに生みたる子を思ふ　松瀬青々〕

土用餅《どようもち》　夏の土用に搗いた餅。これを食べると暑気中《あた》りを避けるという。㊇餅〔倶利伽

羅や青笹の香の土用餅　平野文子〕

粽《ちまき》　もち米やうるち米を練って、笹の葉などの葉に包み蒸したもので、端午の節句に食べる。**茅巻**《ちまき》　**粽結**《ちまきゆ》**ふ**　**鉾粽**《ほこちまき》　**菰粽**《こもちまき》　**笹粽**《ささちまき》　**飾**《かざ》**り粽**《ちまき》　**粽笹**《ちまきざさ》　**巻笹**《まきざさ》　**粽食**《ちまきく》**ふ**　**粽買**《ちまきか》**ふ**　**粽解**《ちまきと》**く**　夏 端午〔ふるさとの早き蚊を打ち粽食ふ　皆吉爽雨〕

柏《かしわ》**餅**《もち》　《かしはもち》うるちの粉を練って蒸し、中に餡を入れて柏の葉に包み、再度蒸した餅菓子。夏 端午〔手づくりの柏餅とて志野の皿　水原秋櫻子〕

麨《はつたい》　麦を炒《い》って粉にし、砂糖を加えて食べたり、湯や水で練って食べる。**麦炒粉**《むぎいりこ》　**麦**《むぎ》**こがし**　**麦焦**《むぎいり》　**水**《みず》**の粉**《こ》　**麦香煎**《むぎこうせん》〔はったいの日向臭きをくらひけり　日野草城〕

麦落雁《むぎらくがん》　干菓子の一種。麦炒粉《むぎいりこ》に砂糖・水あめなど加え、型に入れて固めたもの。〔つゝみくれし麦落雁や日のさかり　久保田万太郎〕

心太《ところてん》　天草の煮汁を固め心太突きで押し出して作り、辛子醤油・酢醤油・黒蜜をかけて食べる。**心天**《ところてん》　**こころぶと**　**こころてん**〔心太煙のごとく沈みをり　日野草城〕

冷《ひやし》　**瓜**《うり》　瓜類を清水や井戸、冷蔵庫などで冷やしたもの。**瓜冷**《うりひ》**やす**　**冷**《ひ》**えし瓜**《うり》　**瓜冷**《うりひ》**ゆ**　夏 瓜〔水中に水より冷えし瓜つかむ　上田五千石〕

冷西瓜《ひやしすいか》　井戸水や清水、冷蔵庫などで冷やした西瓜。**氷西瓜**《こおりすいか》　秋 西瓜〔冷し西瓜縞目ゆたかに浮びをり　浅井よし子〕

アイスコーヒー　コーヒーに氷を入れてシロップで甘味をつけた夏の飲料。**冷珈琲**《ひやしコーヒー》　**コールドコーヒー**　**コールコーヒー**　**冷紅茶**《ひやしこうちゃ》　**アイスティー**〔アイスティー伏目に話題探しをり

三浦敬太〉

葛　水《くずみず》　葛粉と砂糖を湯で溶いて冷やしたもの。夏季の飲料で渇きを止めるといわれた。〔葛水《くずみづ》やしん〳〵と昼の遠ざかる　中島月笠〉

砂糖水《さとうみず》　砂糖を冷たい水で溶いた夏の飲みもの。**砂糖水**《さとうすい》〔休日は老後に似たり砂糖水《さたうみづ》　草間時彦〉

炭酸水《たんさんすい》　液化炭酸ガスを水に溶かした無色透明な飲料水。**沸騰散**《ふっとうさん》〔銀座にも冥き夜あり炭酸水　上田晩春郎〉

ラムネ　炭酸・クエン酸を水に溶かし、レモンの匂いを利かせた清涼飲料水。**冷**《ひや》**しラムネ**　**玉**《たま》**ラムネ**　**ラムネ瓶**《びん》　**ラムネ抜**《ぬ》**く**　**ラムネ玉**《だま》　**ラムネ飲**《の》**む**　**ラムネ噴**《ふ》**く**〔ラムネ店なつかしきもの立ちて飲む　鷹羽狩行〉

サイダー　炭酸水にクエン酸・香料・甘味を入れた清涼飲料。**冷**《ひや》**しサイダー**　**シトロン**〔サイダー売一日海に背を向けて　波止影夫〉

ソーダ水《すい》　炭酸ソーダにシロップを入れ、甘味および香りを加えた飲料。**曹達水**《そうだすい》　**プレーンソーダ**　**レモンソーダ**　**オレンジソーダ**　**苺**《いちご》**ソーダ**　**アイスクリームソーダ**〔ソーダ水つつく彼の名出るたびに　黛まどか〉

蜜柑水《みかんすい》　蜜柑の香料を加えた甘味飲料水。㊅蜜柑〔舌先に淡き味あり蜜柑水　細木さか女〉

レモン水《すい》　レモンのシロップやレモンをしぼって作る。**レモンスカッシュ**　**氷**《こおり》**レモン**　㊙檸檬《れもん》

葡萄水《ぶどうすい》 〔妻に客音立てて抜くレモン水　角田独峰〕

冷水にぶどう液またはぶどう酒をたらして作る。**グレープジュース** 秋葡萄〔葡萄水《ぶだうすい》色うすうすと出されけり　山川夏子〕

薄荷水《はっかすい》 砂糖水に薄荷油を二、三滴加えたもの。〔思ひ出の薄荷水父母兄弟亡くて　井上光樹〕

肉桂水《にっけいすい》 桂皮水を薄めて甘味を加え、紅や緑に着色したもの。**につき水《すい》** 〔肉桂《にくけいすい》の瓶で脣《くちびる》切りにけり　青木月斗〕

ミルクセーキ 鶏卵の黄身とミルクを混ぜ合わせて、砂糖蜜と香料を加え、シェーカーでふって作る。〔一息にミルクセーキを飲み干せる　細木茂子〕

メロンジュース メロンをミキサーにかけたり、メロンシロップで作るジュース。〔メロンジュース浅草に恋拾ひけり　久保田万太郎〕

氷水《こおりみず》 削った氷に、蜜やさまざまのシロップをかけた夏の飲みもの。**夏氷《なつごおり》** **削《けづ》り氷《ひ》** **かき氷《ごおり》** **氷店《こおりみせ》** **氷小豆《こおりあずき》** **氷苺《こおりいちご》** **氷《こおり》レモン** **氷宇治《こおりうじ》** **みぞれ** 〔青春のいつかな過ぎて氷水《こほりみづ》　上田五千石〕

苺《いちご》ミルク 苺にコンデンスミルクや牛乳・生クリーム・砂糖などをかけたもの。〔子がなくて苺ミルクの匙なむる　桂　信子〕

氷菓《ひょうか》 氷菓子の総称で、果汁・糖蜜・クリームなどに香料を加え凍らせる。**氷菓子《こおりがし》** **アイスキャンデー** 〔水際のみどりの深き氷菓《ひようくわ》売　岡本　眸〕

アイスクリーム　牛乳に卵、砂糖を混ぜて凍らせた菓子。**ソフトクリーム**　**あづきアイス**　**小倉《おぐら》アイス**　**アイス最中《もなか》**　**シャーベット**　〔アイスクリーム奇麗な雲の流れゆく　角川春樹〕

かちわり　一口大に砕いてなめる氷の塊。**ぶつかき**　**ぶつかき氷《ごおり》**　〔かちわりや父子が同じシャツを着て　白石鳥石〕

飴《あめ》湯《ゆ》　水あめを熱湯で溶かしたもの。暑気忘れになるという。**飴湯売《あめゆうり》**　**冷《ひやし》飴湯《あめゆ》**　〔大阪は月の濁りのひやし飴　細川加賀〕

麦《むぎ》湯《ゆ》　炒った大麦を煎じた飲み物。**麦茶《むぎちゃ》**　**冷麦茶《ひやしむぎちゃ》**　**麦湯釜《むぎゆがま》**　**麦茶冷《むぎちゃひや》し**　〔しんしんと麦湯が煮えぬ母の家　島野光生〕

振舞水《ふるまいみず》　ふるまひみづ　暑い盛りに、通行人に水を振る舞うこと。桶など道に出して自由に飲ませるようにした。**接待水《せったいみず》**　**水振舞《みずふるまい》**　**水接待《みずせったい》**　秋摂待　〔昼過や振舞水に日のあたる　高浜虚子〕

煮《に》酒《ざけ》　二月ごろ造られた酒は夏に味を失うので、摂氏六〇度ぐらいの熱を加えて貯蔵すると、味わいが濃く芳醇な酒となる。**酒煮《さけに》る**　**新酒火入《しんしゅひい》れ**　冬寒造　〔大雨に酒煮る家の灯かな　高田蝶衣〕

麦酒《ビール》　麦を主成分としたアルコール飲料。**生《なま》ビール**　**黒《くろ》ビール**　**スタウト**　**冷《ひやし》ビール**　**ビヤホール**　**ビヤガーデン**　**缶《かん》ビール**　**地《じ》ビール**　〔ビールほろ苦し女傑となりきれず　桂　信子〕

梅《うめ》酒《しゅ》　果実酒の一種で、氷砂糖を加えた焼酎に青梅を漬けたもの。**梅酒《ばいしゅ》**　**梅酒《うめざけ》**　**梅焼酎《うめしょうちゅう》**　**梅《うめ》酒《しゅつ》漬ける**　〔わが死後へわが飲む梅酒遺したし　石田波郷〕

焼酎《しようちゆう》　日本の代表的な蒸留酒でアルコール度が高い。**泡盛**《あわもり》　**粕取焼酎**《かすとりしようちゆう》　**醪取焼酎**《もろみとりしようちゆう》　**酒取**《さかとり》　**焼酎**《しようちゆう》《せうちう》　**甘藷焼酎**《いもしようちゆう》　〔泡盛に足裏まろく酔ひにけり　邊見京子〕

麻地酒《あさじざけ》《あさぢざけ》　うるち米ともち米とを半々に用いて寒の水で仕込み、夏の土用に熟した酒を取り出して飲む。**朝地酒**《あさじざけ》　**浅茅酒**《あさぢざけ》　**土**《つち》**かぶり**　〔目覚ましに試みるなり麻地酒　塩原井月〕

冷酒《ひやざけ》　夏は暑いので、燗をせずそのまま飲む。冷酒用に造られたものも多い。**冷酒**《ひやしざけ》　**冷酒**《れいしゆ》　(秋)温め酒　(冬)熱燗　〔山国やひとりに余る冷し酒　舘岡沙緻〕

甘酒《あまざけ》　もち米の粥に麹を加えて作る一夜酒。熱くして飲む。**一夜酒**《ひとよざけ》　**醴**《こざけ》　**醴酒**《れいしゆ》　**甘酒売**《あまざけうり》　**甘酒屋**《あまざけや》　**甘酒造る**《あまざけつく》　〔夜のかなた甘酒売の声あはれ　原石鼎〕

新茶《しんちや》　晩春、初夏の候に摘んで製造した今年の茶。**走り茶**《はしりちや》　**新茶買う**《しんちやか》　**新茶くむ**《しんちや》　**新茶あまし**《しんちや》　(春)製茶・利茶　〔新茶淹る数日つゞく雨憂くて　及川貞〕

古茶《こちや》　新茶に対して前年の茶のこと。**陳茶**《ひねちや》　〔筒ふれば古茶さん〱と応へけり　赤松蕙子〕

納豆造る《なつとうつく》　一休和尚の製法による夏季に大徳寺でつくる納豆のこと。糸引き納豆ではない。**一休納豆**《いつきゆうなつとう》　**大徳寺納豆**《だいとくじなつとう》　**浜納豆**《はまなつとう》　(冬)納豆　〔松風の納豆仕込む精舎《しようじや》かな　尾崎紅葉〕

奈良漬製す《ならづけせい》　夏土用中に瓜・茄子・大根など酒粕に漬ける。〔古倉や奈良漬つくる桶の数　秋沢青翔〕

酢造る《すつく》　酢の仕込みは醱酵作用の盛んな夏が最も適している。〔酢造るや細々として落る

花　松瀬青々〕

醤油造《しょうゆつく》る《しやうゆつくる》　夏は麦の取り入れの季節であり、発酵作用の盛んな時期でもあるので、醤油を仕込むのに適している。〔松風に醤油をつくる山家かな　高浜虚子〕

住

夏《なつ》館《やかた》　和風洋風をふくめて、夏らしい装いをした家構えをいう。**夏邸《なつやしき》**　**夏《なつ》の宿《やど》**　**夏《なつ》の家《いえ》**　[冬]冬館〔時忠の子の時国の夏館　倉田紘文〕

夏《なつ》の燈《ひ》　夏の夜の燈火。**夏《なつ》ともし**　**灯《ひ》涼《すず》し**　[春]春の燈　[秋]燈下親し・秋の燈　[冬]寒燈〔ある夜ひとりともして夏も老いし灯よ　安住敦〕

夏《なつ》炉《ろ》　北国や山間の奥地では、夏もなお炉を焚くところがある。**夏炉《かろ》**　**夏《なつ》の炉《ろ》**　**夏炉《なつろ》燃《も》ゆ**　**夏炉《なつろ》焚《た》く**　[冬]炉〔木曾人は雨寒しとて夏炉焚く　松本たかし〕

夏座《なつざ》敷《しき》　障子や襖《ふすま》を取り外し、簀戸《すど》をはめたりして涼しげな趣に変えた座敷。**夏《なつ》の座《ざ》敷《しき》**　[冬]冬座敷〔最澄の山が来てゐる夏座敷　角川春樹〕

露《ろ》台《だい》　洋風建築の台状の張り出しの部分。**バルコニー**　**ベランダ**　**テラス**〔灯の中に船の灯もある露台かな　福田蓼汀〕

泉《いずみ》殿《どの》《いづみどの》　庭の泉や池の上に突き出して造られたあずまや。**釣殿《つりどの》**　**水殿《みずどの》**　**水亭《みずてい》**〔よりかかる柱映れり泉殿　池内たけし〕

滝《たき》殿《どの》　滝の近くに造られた滝見の館。〔滝殿や運び来る灯に風見えて　田中王城〕

噴《ふん》水《すい》 公園や庭園などの池に作られた水を噴き上げる仕掛け。**噴上《ふきあ》げ** **噴水《ふんすい》の穂《ほ》** **噴水鳴《ふんすいな》る** 〔噴水の向うで妻が何か言ふ 畠山譲二〕

夏座蒲団《なつざぶとん》 麻や藺《ゐ》で織った夏用の座蒲団。**麻座布団《あさざぶとん》** **藺座布団《いざぶとん》** 〔縁側に夏座布団をすゝめけり 杉田久女〕

革蒲団《かわぶとん》《かはぶとん》 皮で作った夏座蒲団で、ひんやりした感触が夏向き。**革座布団《かわざぶとん》** 〔革布団青き畳に浮みけり 高浜虚子〕

花茣蓙《はなござ》 花模様や山水などの柄を織りだした夏用の茣蓙。**絵筵《えむしろ》** **綾筵《あやむしろ》** 〔花茣蓙に夢の短くきれにけり 鷲谷七菜子〕

寝茣蓙《ねござ》 夏の夜の暑さしのぎに蒲団の上などに敷く茣蓙。**寝筵《ねむしろ》** 〔うちくぼみ浪間のごとき寝茣蓙かな 轡田 進〕

籐筵《とうむしろ》 籐で編んだ敷物で、つめたくて夏向きである。**とむしろ** 〔籐筵ひとり坐しゐる主かな 岸田よし子〕

蒲筵《がまむしろ》 蒲を編んで作った夏向きの敷物。**蒲茣蓙《がまござ》** 〔蒲筵長しと思ひつつ話す 高野素十〕

簟《たかむしろ》 竹を細く割って筵のように編んだ夏の敷物。**竹席《ちくせき》** **竹筵《たけむしろ》** 秋簟名残 〔簟玉ばしりしてこぼれ水 鈴木花蓑〕

円座《えんざ》《ゐんざ》 藺《い》草や茅《かや》などで編んだ円形の敷物。**円座敷《えんざし》く** 〔夕翳《ゆふかげ》の加はる山を円座より 森澄雄〕

敷紙《しきがみ》 紙を厚くはり合わせ渋を塗った敷物。ひんやりとした感触が夏向き。〔敷紙や烈

しき音の山の雨　宇田零雨〕

油団《ゆとん》

和紙を厚くはり合わせ油か漆をひいた敷物。**油団敷**《ゆとんし》**く**〔低く吹く風に身をおき渋油団　桂　信子〕

籠枕《かごまくら》

竹や籐で筒状に編んだ枕。中がからのため風通しがよい。**籐枕**《とうまくら》　**竹枕**《たけまくら》　夏陶枕〔そこにあり見ればさびしき籠枕　森　澄雄〕

陶枕《とうちん》

陶器で作った枕、山水などの涼しげな模様がある。冷たい感触が好まれる。**磁**《じ》**枕**《ちん》　**陶**《たう》**枕**《ちん》　**青磁枕**《せいじちん》　**白磁枕**《はくじちん》　**陶磁枕**《とうじちん》　**石枕**《いしまくら》　**金枕**《かねまくら》　**瓦枕**《かはらまくら》〔陶枕や琉球駄菓子ほろほろと　村沢夏風〕

竹婦人《ちくふじん》

竹や籐で円筒状に編んだかご、寝るときに抱えて涼をとるのでこの名がある。**竹夫**《ちくふ》**人**《じん》　**抱籠**《だきかご》　**添寝籠**《そえねかご》　**竹奴**《ちくど》〔情薄きものの一つや竹婦人　安斎櫻磈子〕

網戸《あみど》

金網やサランなどを張った戸で、風を通し、蚊や蛾などの侵入を防ぐ。〔軽井沢網戸に白みそめしかな　車谷　弘〕

日除《ひよけ》

夏の直射日光を遮るために、簾《すだれ》や布地・ビニールなどで作った覆いのこと。**日覆**《ひおおい》　**日覆捲**《ひおおいま》**く**　**日覆垂**《ひおおいた》**る**〔日覆のはためきつづけ午後の波　桂　信子〕

青《あお》**簾**《すだれ》《あをすだれ》

日を遮るための調度品で、青竹などで編んだもの。**簾**《すだれ》　**夏簾**《なつすだれ》　**竹簾**《たけすだれ》　**葭簾**《よしすだれ》　**玉簾**《たますだれ》　**簾戸**《すだれど》　**掛簾**《かけすだれ》　**絵簾**《えすだれ》　**伊予簾**《いよすだれ》　**古簾**《ふるすだれ》　**軒簾**《のきすだれ》　**簾吊**《すだれつ》**る**　**簾巻**《すだれま》**く**　**夕簾**《ゆうすだれ》　**簾売**《すだれう》**り**　秋秋簾〔簾吊れば現世たちまち隔絶す　相馬遷子〕

夏暖簾《なつのれん》

夏用の暖簾で、麻や木綿などで作られたものが多い。**麻暖簾**《あさのれん》　**白暖簾**《しろのれん》〔父を知る祇

園の女将夏暖簾　大橋敦子〕

葭《よし》簀《ず》　葭を編んで作った日除。**葭簀茶屋《よしずぢゃや》**　**葭簀張《よしずばり》**　〔影となりて茶屋の葭簀の中にをる　山口誓子〕

葭《よし》戸《ど》　葭簀《よしず》をはめこんだ戸や障子のこと。夏、襖や障子の代用にする。**葭障子《よししょうじ》**　**簀戸《すど》**　**葭屏風《よしびょうぶ》**　秋葭戸蔵ふ　〔朝がありタべがありて葭障子　高野素十〕

襖《ふすま》はずす《ふすまはづす》　夏の間、室内の風通しをよくするために襖をはずしておく。**風通し《かざとおし》**　**風通り《かざとおり》**　秋襖入れる　冬襖　〔襖みなはづして鴨居縦横に　高浜虚子〕

籐椅子《とういす》　籐を編んで作った椅子。**籐寝椅子《とうねいす》**　〔籐椅子やひと日かならず夕《ゆふべ》あり　井沢正江〕

竹牀几《たけしょうぎ》《たけしやうぎ》　涼をとるための竹製の腰掛。**竹床几《たけしょうぎ》**　〔木場に生れ木場に老いけり竹床几　小見山希觀子〕

ハンモック　丈夫な紐を編んで作った寝具で、樹木や柱など二本の支柱につって使用する。**吊床《つりどこ》**　**寝網《ねあみ》**　〔山彦のゐてさびしさやハンモック　水原秋櫻子〕

錫《すず》の鉢《はち》　菓子用などの錫製の鉢。光沢が涼しげなので、夏期に多く用いられた。**錫《すず》の皿《さら》**　〔鮮膾や露泛べたる錫の鉢　青木月斗〕

ギヤマン　皿や鉢などの表面に刻みを入れ模様を施したガラス製の器。涼味がある。**カットグラス**　**びいどろ**　**切子《きりこ》**　〔古ぎやまん琥珀《こはく》の酒を満たしけり　戸川稲村〕

水《すい》盤《ばん》　陶製・鉄製の底の浅い花活け。盆石を置いたり、里芋など水栽培して涼味を楽しむ。〔水盤に佐渡の小石をわれ愛す　佐藤春夫〕

飯《めし》笊《ざる》　飯の饐《す》えるのを防ぐための竹製の笊の飯櫃《めしびつ》。**飯《めし》の笊《ざる》**　**笊《ざる》の飯《めし》**　〔母がりの飯笊も亦なつかしき　高野素十〕

蠅《はえ》帳《ちょう》　蠅帳《はへちやう》　箱型の枠に金網を張り、開き戸をつけて食物を入れた。腐敗を防ぐとともに蠅がたからないようにした夏の台所用品。**蠅入《はえい》らず**　〔蠅帳のありし世母の在りしなり　角川照子〕

蠅《はえ》除《よけ》　蠅除《はへよけ》　食物にたかる蠅を防ぐ道具。小さな母衣《ほろ》蚊帳のようなもので、食卓の食物を覆う。**蠅覆《はえおおい》**　〔蠅除をして病人の皿あはれ　中村汀女〕

蠅《はえ》叩《たたき》　蠅叩《はへたたき》　蠅を打ち殺す道具。**蠅打《はえうち》**　〔がらす戸の夕青空やはへたたき　木津柳芽〕

蠅取器《はえとりき》　蠅取器《はへとりき》　蠅とりに用いられる器具。**蠅取紙《はえとりがみ》**　**蠅取《はえとり》リボン**　**蠅取瓶《はえとりびん》**　**蠅取管《はえとりかん》**　〔蠅取リボンきらめく運河べりの家　沢木欣一〕

蚊《か》帳《や》　蚊を防ぐため、麻や木綿などで作って寝床を覆うもの。**蚊帳《かちよう》**　**蚊屋《かや》**　**蟵《かや》**　**枕蚊帳《まくらがや》**　**母衣蚊帳《ほろかや》**　**白蚊帳《しろかや》**　**青蚊帳《あおかや》**　**古蚊帳《ふるかや》**　**蚊帳《かや》の中《なか》**　**蚊帳《かや》吊《つ》る**　**蚊帳《かや》たたむ**　**朝《あさ》の蚊帳《かや》**　**蚊帳《かや》白《しろ》し**　**蚊帳垂《かやた》る**　**蚊帳《かや》外《はず》す**　**初蚊帳《はつかや》**　［秋］秋の蚊帳　〔子の蚊帳に妻ゐて妻もうすみどり　福永耕二〕

紙《し》帳《ちょう》　紙帳《しちやう》　和紙をはり合わせて作った蚊帳。**紙《かみ》の蚊帳《かや》**　〔紙の屋根紙の蚊帳吊る今年かな　石川桂郎〕

蚊遣火《かやりび》　蚊を追うために松葉や蓬《よもぎ》などを焚いていぶした。香取線香も用いられた。**蚊火《かび》**　**蚊《か》いぶし**　**蚊《か》ふすべ**　**蚊《か》を焼《や》く**　**蚊遣草《かやりぐさ》**　**蚊遣香《かやりこう》**　**蚊遣木《かやりぎ》**　**蚊遣粉《かやりこ》**　**香取線香《かとりせんこう》**　**蚊遣焚《かやりた》く**　**蚊火《かび》**

焚《た》く　蚊火燃《かびも》ゆる　蚊火煙《かびけむ》る　夏 蚊　〔ひとすぢの秋風なりし蚊遣香　渡辺水巴〕

掛香《かけこう》　《かけかう》麝香《じやこう》・丁字などの香料を入れた匂い袋を柱などに掛けること。**匂《にお》ひ袋《ぶくろ》**　夏 薫衣香　香水〔掛香のもとの読書に乱世あり　井沢正江〕

薫衣香《くのえこう》　《くのえかう》衣を薫らす香料。**くぬえかう　薫衣香《くんえこう》**　夏 掛香　香水〔くぬえ香髪の油も匂ひけり　野村喜舟〕

香《こう》水《すい》　《かうすい》芳香のある香料で作った化粧品。**香水《こうすい》の香《か》　香水瓶《こうすいびん》　香水売子《こうすいうりこ》**　夏 薫衣香　掛香〔香水の枕詞のごと匂ふ　黛まどか〕

暑気払《しょきばら》ひ　暑さをしのぐために薬や酒をのむこと。**暑気払《しょきはら》ふ　暑気下《しょきくだ》し**〔大粒の梅干ひとつ暑気払ひ　福田甲子雄〕

香薷散《こうじゆさん》　《かうじゆさん》暑さ負けや夏に多い腹痛、下痢などに効果のある漢方薬。〔何くれと母が思ひや香薷散　高浜虚子〕

桃葉湯《とうようとう》　《たうえふたう》風呂に桃の葉を入れると、暑気を払い、汗疹《あせも》の予防に効き目があるといわれた。〔桃の湯の溢るるを兒《こ》に浴せけり　篠原温亭〕

枇杷葉湯《びわようとう》　《びわえふたう》枇杷の葉の干したのを煎じた汁のことで、暑気払いの薬として用いられた。〔枇杷葉湯のむ胸板に風かよひ　寺沢夢宵〕

天瓜粉《てんかふん》　《てんくわふん》汗疹《あせも》などを防ぐために、皮膚につける白色の粉。**天花粉《てんかふん》　汗《あせ》しらず**〔天瓜粉しんじつ吾子は無一物　鷹羽狩行〕

蚤取粉《のみとりこ》　除虫菊の粉を主剤とした殺虫剤。〔蚤取粉買ふや夜の雲いらだたし　大野林火〕

冷房《れいぼう》《れいばう》

室内の温度を外気より下げて、涼をとるための装置。**ルーム・クーラー**　**冷房裡**《れいぼうり》　**冷房車**《れいぼうしゃ》　冬暖房　〔冷房のききて舞台は人殺《あや》む　いさ桜子〕

花氷《はなごおり》《はなごほり》

大きな氷の中に草花などを凍結させたもの。**氷柱**《こおりばしら》　**氷柱**《ひょうちゅう》　〔花氷雨夜のおもひふかめけり　久保田万太郎〕

冷蔵庫《れいぞうこ》《れいざうこ》

食品などの冷却、保存に用いる装置。**氷冷蔵庫**《こおりれいぞうこ》　**電気冷蔵庫**《でんきれいぞうこ》　〔女ひとりの自活に小さき冷蔵庫　瀧春一〕

扇《おうぎ》《あふぎ》

あおいで風を起こし、涼をとる道具。**扇子**《せんす》　**末広**《すえひろ》　**絵扇**《えおうぎ》　**絹扇**《きぬおうぎ》　**古扇**《ふるおうぎ》　**白扇**《しろおうぎ》　**扇店**《おうぎみせ》　**扇買ふ**《おうぎかう》　**扇売**《おうぎうり》　秋秋扇　〔倖《しあはせ》を装ふごとく扇買ふ　馬場移公子〕

団扇《うちわ》《うちは》

主に家庭で使う、あおいで涼をとる道具。**白団扇**《しろうちわ》　**絵団扇**《えうちわ》　**絹団扇**《きぬうちわ》　**渋団扇**《しぶうちわ》　**水団扇**《みずうちわ》　**団扇師**《うちわし》　**団扇掛**《うちわがけ》　**団扇売**《うちわうり》　春団扇作る　秋秋団扇　〔戦争と畳の上の団扇かな　三橋敏雄〕

扇風機《せんぷうき》

電力で三枚、あるいは四枚の羽を回転させて涼風を起こす器具。　〔扇風機大き翼をやすめたり　山口誓子〕

風鈴《ふうりん》

金属やガラス、陶器などでできた鐘形の鈴。**風鈴鳴る**《ふうりんな》　**風鈴売**《ふうりんうり》　**宵風鈴**《よいふうりん》　**竹風鈴**《たけふうりん》　〔風鈴に白波寄せてゐたりけり　大串章〕

釣忍《つりしのぶ》

忍草を舟形や井桁などに作って軒につり、涼しさを味わう。**吊忍**《つりしのぶ》　**忍吊る**《しのぶつ》　**簷忍**《のきしのぶ》　〔つりしのぶ越して来るなりもらひけり　久保田万太郎〕

走馬燈《そうまとう》

ろうそくに火をつけると、内枠の人物や鳥獣が回り、外側の紙に映る燈籠。**回燈籠**《まわりどうろう》

燈籠回《とうろうまわ》**る**〔生涯にまはり燈籠の句一つ　高野素十〕

岐阜提燈《ぎふちようちん》《ぎふちやうちん》　岐阜地方の名産で、盆や納涼に使う。〔岐阜提灯庭石ほのと濡れてあり　杉田久女〕

西瓜提燈《すいかぢようちん》《すいくわぢやうちん》　西瓜の中身をえぐり出して作った提燈。**瓜提燈**《うりぢようちん》　【秋】西瓜〔海風に西瓜提灯消えにけり　渋沢渋亭〕

風炉茶《ふろちや》　茶道では五月から炉を塞いで風炉にする。この風炉に湯釜をかけて茶を点てること。**風炉点前**《ふろてまえ》　**初風炉**《しよぶろ》　**風炉釜**《ふろがま》　**風炉茶釜**《ふろちやがま》　**風炉開**《ふろびら》**き**　【春】炉塞　【秋】風炉の名残　【冬】炉開〔定年の人を主客に風炉点前　富山青沂〕

夏点前《なつてまえ》《なつてまへ》　清涼を眼目とする夏に限っての特殊点前。裏千家流独特のもの。**夏茶**《なつちや》**の湯**《ゆ》　**朝**《あさ》**茶**《ちや》**の湯**《ゆ》　**朝茶**《あさちや》　**名水点**《めいすいだて》　**洗**《あら》**ひ茶巾**《ちやきん》　**夏茶碗**《なつちやわん》　【新】初釜〔胸元にみどり射し込む夏茶碗　殿村菟絲子〕

蒼朮《そうじゆつ》**を焚**《た》**く**《さうじゆつをたく》　蒼朮はおけらの根茎を乾燥したもの。湿気を払うのによいとされる。**うけら焼**《や》**く**　**をけら焼**《や》**く**　**蒼朮**《そうじゆつ》**を焼**《や》**く**　【夏】蒼朮の花〔妻の家に蒼朮を焼く仕《つか》ふかに　石田波郷〕

虫《むし》**干**《ぼし》　黴や害虫を防ぐための衣類、書画、調度品を陰干にすること。**虫払**《むしばら》**ひ**　**土用干**《どようぼ》**し**　**曝**《ばく》**書**《しよ》　**書**《しよ》**を曝**《ばく》**す**　**曝涼**《ばくりよう》　**風入**《かぜいれ》　**お風入**《かぜいれ》　**風入**《かぜい》**るる**〔田が見えて虫干しの大般若経　増成栗人〕

晒《さら》**井**《しい》《さらしゐ》　井戸の底にたまった水垢や塵芥をさらい出し大掃除をすること。**井戸替**《いどがへ》　**井浚**《いざら》**へ**

井戸浚《いどさら》へ　**井《い》を晒《さら》す**　〔井戸浚して星清き夜なりけり　後藤是山〕

日向水《ひなたみず》　《ひなたみづ》たらいなどに入れた水を夏の日向に出してあたため、洗濯や行水に使う。夏行水　〔死水と同じひかりに日向水　綾部仁喜〕

打　水《うちみず》　《うちみづ》庭や道路に水を撒いて暑さをしのぐこと。**水撒《みずま》く**　**水打《みずう》つ**　**水《みず》を打《う》つ**　夏撒水車　〔立山のかぶさる町や水を打つ　前田普羅〕

撒水車《さんすいしゃ》　都市の街路や公園などに、走りながら水を撒く自動車。**撒水車《さつすいしや》**　〔撒水車おのが濡らせし道かへる　富田木荘〕

如雨露《じょうろ》　草木に水をやるための道具。**如露《じょろ》**　〔巨いなる真紅の如露を農婦提ぐ　石田波郷〕

行　水《ぎょうずい》　《ぎやうずい》たらいに湯をたたえて、汗を流す程度の手軽な湯浴み。**行水《ぎょうずい》す**　**行水使《ぎょうずいつか》ふ**　秋行水名残　〔行水に天の夕焼したたれり　相馬遷子〕

シャワー　噴水口から水や湯の出る装置。〔シャワー浴び何すとはなく夜を待つ　角川春樹〕

夜　濯《よすすぎ》　夜になってする洗濯のこと。**夜《よ》の濯《すす》ぎ**　〔夜濯ぎのしぼりし水の美しく　中村汀女〕

水　売《みずうり》　《みづうり》普通の水を売るのと、冷水に白砂糖と白玉だんごを入れたものを売る冷水売とがあった。**冷水売《ひやみずうり》**　〔水売や暑さたとへば雲のごと　加藤楸邨〕

苗　売《なえうり》　《なへうり》野菜や草花などの苗を売ること、またその人。春苗木市　〔苗売やそこばくの土こぼし去り　加藤松薫〕

毒消売《どくけしうり》　食中毒や暑気あたりに効く毒消丸などの解毒剤を売り歩く行商人。〔紺の荷の毒

消売を西日追ふ　大野林火〕

定斎売《じょうさいうり》《ちやうさいうり》 薬櫃《びつ》を天びんで担い、腰で調子をとりながら櫃のかんを鳴らし、売り歩いた薬行商人。**定斎屋《じょうさいや》**　**定斎屋《じよさいや》**　**定斎鳴《じょうさいな》る**　〔定斎売わたりかけたり佃橋　水原秋櫻子〕

農耕狩猟

麦《むぎ》刈《かり》　麦を刈り取ること。**麦刈《むぎか》る**　**麦車《むぎぐるま》**　**麦刈婦《むぎかりふ》**　春麦踏・青麦　冬麦蒔　〔麦刈の餉とし　らるるも遥かかな　飯田龍太〕

麦《むぎ》扱《こき》　刈り取った麦の穂を落とす作業。現在では機械化された。**麦《むぎ》を扱《こ》く**　**麦扱機《むぎこきき》**　〔麦扱いで一家桶風呂荒使ふ　千田一路〕

麦《むぎ》打《うち》　扱き落とした麦の穂を打って芒《のぎ》をとる作業。現在では機械化された。**麦《むぎ》を打《う》つ**　**麦叩《むぎたた》き**　**麦《むぎ》つき**　**麦搗《むぎかち》**　**麦打歌《むぎうちうた》**　**麦埃《むぎぼこり》**　**麦《むぎ》の殻竿《からさお》**　**麦歌《むぎうた》**　**麦焼《むぎや》く**　**麦殻《むぎから》を焼《や》く**　〔麦からを焼く火にひたと夜は来ぬ　長谷川素逝〕

新《しん》麦《むぎ》　その年収穫したばかりの麦のこと。**今年麦《ことしむぎ》**　夏麦刈　麦扱　麦打　〔一トむしろ今年麦干す山家かな　上野節女〕

麦《むぎ》藁《わら》　穂を打って落としたあとの麦の茎。**麦稈《むぎわら》**　夏麦藁籠　〔麦藁の今日の日のいろ日の匂ひ　木下夕爾〕

牛冷《うしひや》す　一日働いた牛を野川に入れて汗や埃を落とし疲れを癒すこと。**冷《ひや》し牛《うし》**　**牛洗《うしあら》ふ**　**洗《あら》ひ牛《うし》**　〔冷やされて牛の貫禄しづかなり　秋元不死男〕

馬冷《うまひや》す 一日働いた馬を川などに入れて洗い疲労を癒すこと。**冷《ひや》し馬《うま》** **馬洗《うまあら》ふ** **洗《あら》ひ馬《うま》** 〔いつまでも暮天のひかり冷し馬 飯田龍太〕

溝浚《みぞさら》へ 田の溝をさらったり、人家の周りの溝をさらったりすること。**溝浚《みぞさら》ふ** ㊅冬池普請 〔溝浚ひなども手伝ひ住みつきぬ 福田蓼汀〕

草《くさ》　肥《ごえ》 田植えに先立って、雑草、木の葉、藻類などを田に鋤き込んで肥料とすること。**刈《かり》敷《しき》** **緑肥《りょくひ》** 〔草肥を積みてより雨つづきけり 大前刀也〕

代搔《しろか》く 田植えの前の水を張った田を搔きならし、発育をよくするようにする。**代搔《しろかき》** **田搔《たか》く** **田《た》の代搔《しろか》く** **田搔馬《たかきうま》** **田搔牛《たかきうし》** **代馬《しろうま》** **代牛《しろうし》** **代搔機《しろかきき》** 春田打 夏代田 〔田搔牛身を傾けて力出す 山口誓子〕

苗《なえ》　取《とり》 田植えをするために苗しろの苗を取ること。**早苗取《さなえとり》** 〔雨脚を手のうちにして早苗取り《なへとり》 落合水尾〕

田《た》　植《うえ》 代搔きのすんだ田へ稲苗を植えること。**田《た》を植《う》う** **田植時《たうえどき》** **田植歌《たうえうた》** **田植人《たうえびと》** **田植《たうえ》衆《しゅう》** **田植男《たうえおとこ》** **田植笠《たうえがさ》** **田植蓑《たうえみの》** **田植飯《たうえめし》** **田植肴《たうえざかな》** **田植牛《たうえうし》** **田植水《たうえみず》** 夏植田 〔田を植ゑ《たうゑ》るしづかな音へ出でにけり 中村草田男〕

早《さ》乙女《おとめ》 年齢にかかわりなく田植えをする女性を指す。紺絣に赤い帯、手拭や菅笠をかぶって苗を植えた。**植女《うえめ》** **田植女《たうえめ》** **五月女《さつきめ》** **早乙女宿《さおとめじゅく》** 〔早乙女《さをとめ》の一枚の田に下りそろふ 後藤夜半〕

田《た》下駄《げた》 深田や湿地に入るときに履く板製のおおきな下駄。**代踏《しろふ》み下駄《げた》** **水下駄《みずげた》** 〔田下駄曳

く百姓の子よ寝にゆきぬ　村上しゅら〕

雨乞《あまごい》　《あまごひ》旱魃《かんばつ》がつづき神に降雨を願い祈ること。**雨を乞**《あめこ》**ふ**　**祈雨**《きう》　**祈雨経**《きうきょう》　**雨乞祭**《あまごいまつり》　**雨乞衆**《あまごいしゅう》　**雨乞踊**《あまごいおどり》　**雨乞**《あまごい》**の火**《ひ》　**雨祈**《あめいの》**る**　〔雨乞のあらぬ方より土けむり　斎藤梅子〕

水喧嘩《みずげんか》　《みづけんくわ》旱が続いて田が干上がると、田水の奪い合いが始まること。**水論**《すいろん》　**水争**《みずあらそ》**ひ**　**水**《みず》**敵**《かたき》　〔水にをる自分の顔や水喧嘩　阿波野青畝〕

水番《みずばん》　《みづばん》田水を盗まれぬため番をすること。**夜水番**《よみずばん》　**堰守**《せきもり》　**水**《みず》**の番**《ばん》　**水番小屋**《みずばんごや》　**水守**《みずまも》**る**　〔水番の莚の上の晴夜かな　福田甲子雄〕

水盗《みずぬす》**む**　《みづぬすむ》水不足のため、よその田の水を盗むこと。**盗**《ぬす》**み水**《みず》　**田水盗**《たみずぬす》**む**　〔水盗むそぶりも見せず遠会釈　西山みつ子〕

雨休《あめやす》**み**　旱続きの田に待望の雨が降ると、その日の野良仕事を休んで雨を祝うこと。**雨祝**《あめいわい》　**喜雨休**《きうやす》**み**　〔草よりも人のはかなき雨祝ひ　小林一茶〕

早苗饗《さなぶり》　田植が終わり田の神を送る祭。またその祝宴や休日。**さのぼり**　**田植仕舞**《たうえじまい》　〔さなぶりや祖霊をやどす酒器の艶　佐川広治〕

田草取《たぐさとり》　稲田の雑草を取り除く作業。昨今は除草剤の普及により労苦から解放された。**田草**《たぐさ》**取**《と》**る**　**一番草**《いちばんぐさ》　**二番草**《にばんぐさ》　**三番草**《さんばんぐさ》　**除草機**《じょそうき》　〔火の如き面てを上げぬ田草取　山本波村〕

草取《くさとり》　草の茂る夏に畑や庭、道路、公園の雑草を取ること。**草**《くさ》**を取**《と》**る**　**草**《くさ》**を引**《ひ》**く**　**草**《くさ》**むしり**　〔育ちゆく子供にかまけ草もとらず　福田蓼汀〕

草刈《くさかり》　家畜の飼料の干草や肥料にするため野の草を刈ること。**草刈**《くさか》**る**　**朝草刈**《あさくさかり》　**夜草刈**《よぐさか》**る**

除草機《じょそうき》《ちよさうき》　田や畑の雑草を除く手押農具。**草刈女**《くさかりめ》　**草刈籠**《くさかりかご》　**草刈鎌**《くさかりがま》　**草刈人**《くさかりびと》　〔草静か刃をすゝめゐる草刈女　橋本多佳子〕〔除草機にすがりてあるくみごもり女《め》　加藤知世子〕

干《ほし》**草**《ぐさ》　冬期の家畜の飼料として刈った草を干すこと。また干した草のこと。**草干**《くさほ》**す**　**草**《くさ》**を干**《ほ》**す**　**刈干**《かりぼし》　**乾草**《ほしくさ》　**乾草匂**《ほしくさにお》**ふ**　夏草刈　〔干草の月夜草履の緒がゆるむ　中拓夫〕

芝《しば》**刈**《かり》　夏は芝の生長がめざましいので、それを刈り揃える。**芝**《しば》**を刈**《か》**る**　**芝刈**《しばか》**る**　**芝刈機**《しばかりき》　春若芝　夏青芝　〔芝刈機ときどき音のつまづける　草間時彦〕

豆植《まめう》**う**　大豆・小豆・ささげ・隠元など、夏至前後に蒔く。**豆蒔**《まめま》**く**　**豆**《まめ》**を植**《う》**える**　**小豆蒔**《あづきま》**く**　**畦**《あぜ》**豆植**《まめう》**う**　春豆の花　〔豆植うや山鳩の鳴く森のかげ　沖田光矢〕

茄子植《なすう》**う**　苗床で三〇センチ前後に伸びた茄子苗を五月初めごろ畑に移し植える。**茄子**《なす》**を植**《う》**う**　**茄子植**《なすう》**える**　春茄子蒔く　夏茄子の花・茄子　〔老農は茄子の心も知りて植う　高浜虚子〕

甘藷植《かんしょう》**う**　苗床の種藷《たねいも》から伸びた蔓を切り取って苗とし、土に挿すように植えていく。**藷挿**《いもさ》**す**　夏新藷　秋甘藷　〔放哉の終焉の島藷を挿す　阿波野青畝〕

粟《あわ》**蒔**《まき》《あはまき》　五、六月ごろに蒔く。**粟蒔**《あわま》**く**　秋粟・粟刈る　〔縁《ゆか》りなき地に嫁ぎきて粟を蒔く　加藤木紫蘖〕

胡麻《ごま》**蒔**《まき》　早蒔と遅蒔があるが、いずれも五、六月ごろ播種する。**胡麻蒔**《ごまま》**く**　夏胡麻の花　秋胡麻　〔胡麻を蒔く靄の日輪宙に浮けり　久保田雅子〕

黍《きび》蒔《まき》 六月中旬から七月に蒔く。北海道では早く五月。**黍蒔《きびま》く** 秋黍 〔富士を真向きに貧しき村や黍を蒔く　小寺白山〕

稗《ひえ》蒔《まき》 畑に蒔く場合は、五、六月ごろ、苗しろにはさらに遅れて種を蒔く。**稗蒔《ひえま》く** 秋稗 〔稗蒔や書くこともなき墨をすり　龍岡　普〕

棉《わた》蒔《まき》 五月ごろ種を湯につけ、木灰にまぶして蒔く。**棉蒔《わたま》く** 夏棉の花 秋棉 〔棉蒔いて一族ここを墳墓とす　坂東菖雨〕

菊《きく》挿《さ》す 菊の茎を五センチくらいに切り、挿し芽をすること。**挿菊《さしぎく》** **菊挿芽《きくさしめ》** 春菊根分 〔菊挿して父また老ゆる日昏かな　宮田正和〕

菜《な》種《たね》刈《がり》 実を結んだ油菜を刈ること。実を搾《しぼ》って菜種油をとる。**菜種刈《なたねか》る** **菜種干《なたねほ》す** **菜種打《なたねう》つ** **菜種殻《なたねがら》** 春菜の花 〔白鷺の飛ぶ曇天の菜種刈　野村喜舟〕

菜《な》殻《がら》火《び》 菜種の種を打ち落とした殻を焚く火。**菜殻焼《ながらや》く** **菜殻燃《ながらも》ゆ** **菜殻焚《ながらた》く** 〔燎原の火か筑紫野の菜殻火か　川端茅舎〕

麻《あさ》刈《かり》 七月ごろ下葉が枯れ、茎が黄みをおびて皮がはげやすくなるので、根もとから刈り取る。**麻刈《あさか》る** **刈麻《かりあさ》** **夏麻引《なつそひ》く** 夏麻 〔麻刈られ土の軟弱日に晒す　野澤節子〕

薄荷《はつか》刈《かり》 北海道・岡山に多い。一番刈りは五月下旬の快晴の日に行う。**薄荷刈《はつかか》る** 〔黒船の噂も知らず薄荷摘み　芥川龍之介〕

藺《い》刈《かり》 七月中・下旬に刈り取る。九州や広島・岡山などで栽培され、畳表の原料。**藺《い》を《ゐかり》刈《か》る** **藺《い》を干《ほ》す** **刈藺《かりい》** **藺草刈《いぐさかり》** **藺車《いぐるま》** 夏藺 冬藺植う 〔雲の裏灼けゐて藺刈昏れ

つゝあり　阿部宵人〉

藍《あい》刈《かり》《あゐかり》　六月ごろ開花に先立ち刈り取る。**藍《あい》を刈《か》る**　**一番藍《いちばんあい》**　**二番藍《にばんあい》**　**藍玉《あいだま》**　**藍扱《あいこ》く**　**藍干《あいほ》す**　[春]藍蒔く　[秋]藍の花　〔日々黒くなりゆく藍を干しにけり　岡安迷子〕

菅《すげ》刈《かり》　刈り取ったものを干すと、白色になり、蓑や笠などを作った。**菅刈《すげか》る**　**菅干《すげほ》す**　**刈菅《かりすげ》**　〔菅干して夕くらがりに川ゆかす　橋本鶏二〕

真《ま》菰刈《こもかり》　葉のいちばんよく繁る盛夏に船を出して刈り取る。**真菰刈《まこもか》る**　**真菰船《まこもぶね》**　**菰刈船《こもかりぶね》**　[夏]真菰　[秋]真菰の花　〔なめらかに山は雲脱ぐ真菰刈　村沢夏風〕

藻《も》刈《かり》　小舟を乗り入れ棹で藻をからめ取ったり、鎌で刈り取ること。**藻刈《もか》る**　**刈藻《かりも》**　**藻船《もぶね》**　**藻刈船《もかりぶね》**　**藻切《もきり》**　**藻掻竿《もかきさお》**　**藻刈川《もかりがわ》**　**藻刈池《もかりいけ》**　**藻刈沼《もかりぬま》**　**藻刈人《もかりびと》**　**藻草刈《もぐさか》る**　**藻草干《もぐさほ》す**　[春]水草生ふ　[夏]藻の花　〔夕影は流るゝ藻にも濃かりけり　高浜虚子〕

荒布《あらめ》刈《かり》　荒布は夏に生長するので刈り取る。**荒布刈《あらめか》る**　**荒布干《あらめほ》す**　**荒布船《あらめぶね》**　[夏]荒布　〔伊豆の国は南へ尖り荒布干す　菅　裸馬〕

昆布《こんぶ》刈《かり》　舟で沖に出て鎌などで取る。**昆布採《こんぶと》り**　**昆布刈《こんぶか》る**　**昆布干《こんぶほ》す**　[新]昆布飾る　[夏]昆布　〔母が刈る子が負ふ昆布夕づけり　林　佑子〕

天草取《てんぐさとり》　寒天や心太の材料となる天草を取ること。海女が潜水して取ってくることが多い。**天草刈《てんぐさか》る**　**天草採《てんぐさと》る**　**心太草刈《ところてんぐさか》る**　**天草撰《てんぐさよ》る**　**天草干《てんぐさほ》す**　**天草小屋《てんぐさごや》**　[夏]天草　[冬]寒天造る　〔波の上は風過ぐばかり天草取　鯉屋伊兵衛〕

海蘿干《ふのりほし》　取ってから、筵《むしろ》の上に広げ日光にあてる。二時間ほど十分ごとに撒水して漂泊する。

主として糊《のり》の材料。**布海苔干《ふのりほ》す**　**海蘿干場《ふのりほしば》**　夏海蘿　〔火の珊瑚《さんご》黒髪に挿し布海苔干す　野見山朱鳥〕

漆《うるし》掻《かき》　漆の木の幹に傷をつけて乳状の樹液を取り、これで漆を造る。六、七月ごろから盛んに行われる。**漆掻《うるしか》く**　**漆採《うるしと》る**　夏漆の花　秋漆の実　〔縄帯をしめて少女や漆掻　下斗米八郎〕

干瓢剝《かんぴょうむ》く　夕顔の果肉をテープ状に剝くこと。天日に晒して乾燥させて仕上げたものが干瓢《かんぺうむく》。**新干瓢《しんかんぴょう》**　**干瓢《かんぴょう》はぐ**　**干瓢干《かんぴょうほ》す**　**干《ほ》し干瓢《かんぴょう》**　〔干瓢の滝なし干され土間暗し　八木絵馬〕

袋《ふくろ》掛《かけ》　果実を病害虫・風害・鳥害などから守るために紙の袋をかぶせること。**袋掛《ふくろか》ける**　〔庭先のすこしのものに袋かけ　下村梅子〕

瓜《うり》番《ばん》　瓜の熟れるころ、盗まれないように畑で番をすること。またその番人のこと。**瓜守《うりもり》**　**瓜小屋《うりごや》**　**瓜番小屋《うりばんごや》**　**瓜《うり》を守《も》る**　**瓜盗人《うりぬすびと》**　〔先生が瓜盗人でおはせしか　高浜虚子〕

木《き》の枝払《えだはら》ふ　生い茂った庭木の枝を払うこと。**木《き》の枝《え》払《はら》ふ**　**枝払《えだはら》ふ**　春剪定　秋松手入　冬枝打　〔枝払ふ池の家鴨のさわがしき　皆川盤水〕

竹植《たけう》う　陰暦五月十三日を竹酔日といい、この日竹を植えると必ず根づくといわれる。**竹植《たけう》える**　**竹植《たけう》うる日《ひ》**　**竹酔日《ちくすいじつ》**　**竹迷日《ちくめいじつ》**　**竹誕日《ちくたんじつ》**　**竹養日《ちくようじつ》**　秋竹伐る　〔竹植ゑて一蝶すぐに絡《から》みけり　大峯あきら〕

鳥黐搗《とりもちつ》く　黐の木の皮を剝ぎ水によく漬けて搗き、繊維を取り除くと粘着力のあるとりもち

ができる。〔鳥黐搗く音に過ぎゆく狐雨　尾上若文〕

虫《むし》篝《かがり》　田畑や果樹園に繁殖した害虫を駆除するために焚かれる篝火。〔虫焦げし火花美し虫篝　高浜虚子〕

誘蛾燈《ゆうがとう》　昆虫が光に集まる習性を利用して田や果樹園の害虫を捕らえるための装置。**誘蛾灯《ゆうがとう》《いうがとう》**　〔死にさそふものの蒼さよ誘蛾燈　山口草堂〕

虫送《むしおく》り　稲の害虫を駆除する願いをこめ、鉦や太鼓を打ち、松明《たいまつ》をつらねて村境や海・川へ虫を送る行事。**虫追《むしお》ひ　虫流《むしなが》し　田虫送《たむしおく》り　稲虫送《いなむしおく》り　実盛祭《さねもりまつり》**　〔御酒《みき》くさき男らに触れ虫送り　鍵和田秞子〕

蛇籠編《じゃかごあ》む　蛇籠は河川の護岸や灌漑用水の水路統御のために置き並べる円筒形の竹籠。中に石を詰め込んだ。〔蛇籠あみまぶしき面をあげにけり　池田北洋子〕

蚕《かいこ》の上蔟《あがり》《かひこのあがり》　蚕は四回の脱皮を終えて繭をつくる。この蚕を別の簀に移して繭をつくりやすいようにする。これを上蔟という。そのころ上蔟祝などをする。**上蔟《じょうぞく》　上蔟団子《あがりだんご》　上蔟《じょうぞく》す　蚕《こ》の上蔟《じょうぞく》　上蔟祝《あがりいわい》　蚕《こ》のあがり　蚕簿《まぶし》**　［春］蚕飼　〔炉火美しく上蔟の夜に入るも　平畑静塔〕

繭《まゆ》　繭を作る蛾類は多いが、蚕の繭をいう。**新繭《しんまゆ》　白繭《しろまゆ》　黄繭《きまゆ》　双《ふた》つ繭《まゆ》　繭掻《まゆか》き　繭買《まゆか》ひ　繭市《まゆいち》　繭市場《まゆいちば》　繭問屋《まゆどんや》　繭相場《まゆそうば》　繭売《まゆう》る　繭干《まゆほ》す　繭籠《まゆかご》　屑繭《くずまゆ》　繭籠《まゆこも》る　繭車《まゆぐるま》　繭糶《まゆせ》る　繭《まゆ》の香《か》　繭煮《まゆに》る**　［春］山繭　［秋］秋繭　［新］繭玉　〔繭干すや農鳥岳にとはの雪　石橋辰之助〕

糸《いと》取《とり》　繭を煮て生糸を取ること。**糸取《いとと》る　糸引《いとひ》く　糸取女《いととりめ》　糸取歌《いととりうた》　糸取鍋《いととりなべ》　糸取車《いととりぐるま》**　〔滂沱《ぼうだ》た

る女の汗や糸を取る　相馬遷子〕

新糸《しんいと》　その年の新しい繭から取った生糸のことをいう。**新生糸**《しんきいと》　**夏引の糸**《なつひきのいと》　**夏蚕の糸**《なつごのいと》　〔新生糸旅の一夜の灯に美し　大須賀秀畦〕

新真綿《しんまわた》　その夏の繭から作った新しい真綿。**真綿取り**《まわたとり》　秋新綿　冬綿　〔子馬ゐて家ぬち冷やかに真綿取り　相馬遷子〕

照射《ともし》　昔の夏の夜の鹿狩りの方法。**火串**《ほぐし》　**獣狩**《けものがり》　**ねらひ狩**《がり》　**鹿の子狩**《かのこがり》　**照射する**《ともしする》　**火串振る**《ほぐしふる》　**火串笛**《ほぐしぶえ》　**川照射**《かわともし》　冬狩　〔暁は土にもえ入る火串かな　高桑闌更〕

川狩《かわがり》《かはがり》　夏季に大量の川魚を一度にとること。**瀬干し**《せぼし》　**川干し**《かわぼし》　**かへぼり**　**毒流し**《どくながし》　夏夜振・夜焚　〔川狩の子供ばかりに人だかり　中村汀女〕

鰻掻《うなぎかき》　鰻採りの一方法。特殊な道具で泥中を掻いて鰻を採る。**鰻釣**《うなぎつり》　〔鰻掻くや顔ひろやかに水の面　飯田蛇笏〕

鵜飼《うかい》《うかひ》　飼いならした鵜を使って鮎を捕ることをいう。**鵜川**《うかわ》　**鵜川人**《うかわにん》　**鵜匠**《うしょう》　**鵜遣**《うづかい》　**荒鵜**《あらう》　**労れ鵜**《つかれう》　**放れ鵜**《はなれう》　**歩行鵜**《かちう》　**鵜縄**《うなわ》　**鵜籠**《うかご》　**鵜船**《うぶね》　**鵜舟**《うぶね》　**鵜飼船**《うかいぶね》　**鵜篝**《うかがり》　**鵜飼火**《うかいび》　**鵜の火**《うのひ》　**鵜飼舸子**《うかいかこ》　**宵鵜飼**《よいうかい》　〔おもしろうてやがて悲しき鵜舟かな　松尾芭蕉〕

夜振《よぶり》　夜、松明《たいまつ》やかんてらなどをともし魚をとる方法。**火振**《ひぶり》　**夜振火**《よぶりび》　**夜振の火**《よぶりのひ》　**夜振人**《よぶりびと》　夏川狩　〔国栖人《くずびと》の面《おもて》を焦がす夜振かな　後藤夜半〕

夜焚《よたき》　夜の海で、舟の上に石油燈などを点じ、集まってくる魚を釣ったり網ですくったりする漁法。**夜焚釣り**《よたきづり》　**夜焚舟**《よたきぶね》　夏川狩　〔まつさをな魚の逃げゆく夜焚かな　橋本多佳

子〕

夜《よ》釣《づり》 夜、河川や池沼、海辺で魚を釣ること。 **夜《よ》釣舟《づりぶね》** **夜《よ》釣火《づりび》** **夜《よ》釣人《づりびと》** 【秋】根釣 【冬】寒釣
〔夜釣舟片頰くらく漕ぎ出づる　大串 章〕

箱眼鏡《はこめがね》 底をガラス張りにした箱で水中を透視して魚を捕らえる道具。 【夏】水中眼鏡 〔箱眼鏡みどりの中を鮎流れ　宇佐美魚目〕

水中眼鏡《すいちゅうめがね》 水中に潜るときかける眼鏡。 **水眼鏡《みずめがね》** 【夏】箱眼鏡 〔水中眼鏡鰭《ひれ》ならぬわが手足見ゆ　福永耕二〕

魚《や》簗《な》 川瀬に仕掛けて魚を捕る漁具。 **簗捕《やなと》り** **簗打《やなう》つ** **簗《やな》さす** **簗瀬《やなせ》** **簗番《やなばん》** **簗見《やなみ》廻《まわ》る** **簗《やな》つくる** **簗守《やなもり》** **簗《やな》の水《みず》** **鰻簗《うなぎやな》** 【春】上り簗 【秋】下り簗・崩れ簗 〔手に足に逆まく水や簗つくる　西山泊雲〕

網《あみ》舟《ぶね》 海や湖沼・河川で、舟の上から網を打って魚をとること。 **夜《よ》網舟《あみぶね》** 〔夜網舟女さみしく坐りけり　大野林火〕

鮎《あゆ》釣《つり》 鮎をとる方法で最も普及しているのは釣である。 **鮎漁《あゆりょう》** **鮎掛《あゆかけ》** **鮎狩《あゆがり》** **囮鮎《おとりあゆ》** **鮎打《あゆう》つ** **鮎《あゆ》釣解禁《つりかいきん》** 【春】若鮎 【夏】鮎 【秋】落鮎 〔山の色釣り上げし鮎に動くかな　原 石鼎〕

鱚《きす》釣《つり》 五〜七月ごろ産卵のため浅瀬や河口に集まる。未明に舟を出し正午ごろまで釣ることが多い。 **鱚子釣《きすつり》** **鱚舟《きすぶね》** 【夏】鱚 〔鱚釣や青垣なせる陸の山　山口誓子〕

べら釣《つり》 釣りやすく、釣餌に面倒がない。 【夏】べら 〔べら釣の向ふの舟も女づれ　今井つる女〕

烏賊釣《いかつり》　烏賊は燈を慕うので集魚燈をつけて漁をする。**烏賊火《いかび》**　**烏賊釣舟《いかつりぶね》**　夏烏賊　〔赤々と烏賊火は遠し寝るときも　桂樟蹊子〕

鰹釣《かつおつり》《かつをつり》　カタクチイワシを撒餌とした一本釣りが主。**鰹船《かつおぶね》**　夏初鰹　〔河口の潮ぶつかけ洗ふ鰹船　瀧　春一〕

鰹節製す《かつおぶしせい》《かつをぶしせいす》　鰹の身を背割にして湯煮にし、たびたび焙《あぶ》って乾し、黴付けをして日光に乾かして固める。**鰹節干す《ふしほ》**　**鰹干す《かつおほ》**　夏生節・新節　〔化粧黴まみれの鰹節《ふし》を干す箙《えびら》　高橋柿花〕

夕河岸《ゆうがし》《ゆふがし》　魚河岸で夕方から立つ市。鯵などが多かった。**夕鯵《ゆうあじ》**　**昼網《ひるあみ》**　〔夕河岸に喪服の女まぎれたる　加倉井秋を〕

斧冷す《おのひや》《をのひやす》　杣人や木樵が炎暑の中で使っていて熱くなった斧を谷水などで冷やすこと。**鎌冷す《かまひや》**　**鑿冷す《のみひや》**　〔後南朝の宮ありし渓斧冷す　鳥越すみこ〕

囲ひ船《かこぶね》　鰊などの漁が終わった船を引き上げて、苫《とま》やシートをかけて囲っておくこと。**船囲《ふねかこ》ふ**　**船囲ひ《ふなかこ》**　〔降りいでて軽鳧《けり》の子寄れり船囲　宮原双馨〕

番屋閉づ《ばんやと》　漁期が終わると番屋を閉じて、翌年まで無人のままに放置しておく。〔番屋閉ぢすでに幾年浪ばかり　岡田日郎〕

氷室《ひむろ》　夏に使うために冬の氷や雪を貯蔵する室。**氷室守《ひむろもり》**　**氷室山《ひむろやま》**　**氷室の雪《ひむろゆき》**　〔氷室から出て来て湯気の大男　田中午次郎〕

遊楽

避暑《ひしょ》　都会の暑さを避けて高原や海岸に出かけたり、滞在すること。**銷夏**《しょうか》　**避暑地**《ひしょち》　**避暑**《ひしょ》**の宿**《やど》　**避暑客**《ひしょきゃく》　**避暑期**《ひしょき》　**避暑**《ひしょ》**の人**《ひと》　**避暑**《ひしょ》**の山**《やま》　**避暑**《ひしょ》**の海**《うみ》　**避暑日誌**《ひしょにっし》　**避暑**《ひしょ》**の子**《こ》　**避暑便**《ひしょだよ》**り**　**避暑**《ひしょ》**期**《き》**去**《さ》**る**　[冬]避寒　〔誰もゐぬ海に置きたる避暑の椅子　角川春樹〕

納涼《すずみ》　夏の夕方、涼しさを求めて水辺や木蔭、橋の上、縁端や門口などに出ること。**納涼**《のうりょう》　**涼**《すず》**む**　**門涼**《かどすず》**み**　**橋涼**《はしすず》**み**　**縁涼**《えんすず》**み**　**庭涼**《にわすず》**み**　**川涼**《かわすず》**み**　**磯涼**《いそすず》**み**　**朝涼**《あさすず》**み**　**夕涼**《ゆうすず》**み**　**夜涼**《よすず》**み**　**宵涼**《よいすず》**み**　**涼**《すず》**み茶屋**《ぢゃや》　**涼**《すず》**み台**《だい》　**涼**《すず》**み船**《ぶね》　**涼**《すず》**み将棋**《しょうぎ》　〔たまきはるいのちにともるすゞみかな　飯田蛇笏〕

川床《ゆか》　川の流れにつき出して桟敷などを造った納涼台。京都加茂川が有名。**川床**《かわゆか》　**床涼**《ゆかすず》**み**　**納涼床**《すずみゆか》　**貴船川床**《きぶねゆか》　**川床座敷**《ゆかざしき》　**河原納涼**《かわらのすずみ》　〔川床涼し一鉢一皿づつ運ばれ　橋本美代子〕

船遊《ふなあそび》　納涼のため川や海、湖に船を出して遊ぶこと。**遊船**《ゆうせん》　**遊**《あそ》**び船**《ぶね》　**遊山船**《ゆさんぶね》　〔遊船の月ふりかはるみよしかな　西島麦南〕

ボート　オールで水を搔いて進む小舟。池や湖に浮かべて遊ぶ。**端艇**《たんてい》　**貸**《かし》**ボート**　**モーターボート**　[春]ボートレース　〔ボート裏返す最後の一滴まで　山口誓子〕

ヨット　海や湖で遊ぶ帆走用の小艇。**ヨット速**《はや》**し**　**ヨットの帆**《ほ》　**ヨットレース**　〔ヨットの帆臀《しり》たくましく担《かつ》ぎゆく　有働亨〕

スカール　左右両側の櫂《かい》を一人または二人で操ってこぐ軽快なボート。**スカル**　**スカル漕**《こ》**ぐ**

〔スカールに篠つく雨となりにけり　堀　柿堂〕

水上《すいじょう》スキー　足にスキー状の板をつけ、モーターボートの後部に結んだ綱を持ちボートに曳かれて水面を滑走する。〔頬にしぶきしつつ水上《すいじょうスキー》スキーとぶ　前田野生子〕

波乗《なみの》り　板や浮き袋に乗り波に乗って遊ぶこと。**サーフィン　サーフボード　サーファー**　〔夏惜しむサーフボードの疵《きず》なでて　黛まどか〕

夏《なつ》スキー　残雪の多い高原の雪渓などで行われるスキー。[春]春スキー　[冬]スキー　〔月山の蒼空冥し夏スキー　渡辺　滋〕

登《と》山《ざん》　夏に高山へ登ること。**山登《やまのぼ》り　登山宿《とざんやど》　登山小屋《とざんごや》　登山口《とざんぐち》　登山道《とざんみち》　登山杖《とざんづえ》　登山笠《とざんがさ》　登《と》山馬《ざんうま》　登山帽《とざんぼう》　登山靴《とざんぐつ》　登山者《とざんしゃ》　登山電車《とざんでんしゃ》　強力《ごうりき》　強力宿《ごうりきやど》**　〔月明の富士にまばたく登山の灯　福田甲子雄〕

ケルン　登山で、道しるべ、また記念のために積み重ねておく石。[夏]登山　〔霧深きケルンに触るゝさびしさよ　石橋辰之助〕

歩荷《ぼっか》　高山に登るとき、荷をかつぎ、道先案内を兼ねた山男。〔ボッカ等のつかのま憩ふいはかがみ　堀口星眠〕

キャンプ　夏に山や湖畔、高原、海岸でテントを張って簡単な自炊で野外生活を楽しむキャンピングの略。**天幕《てんと》　天幕生活《てんとせいかつ》　テント　幕営《ばくえい》　キャンピング　天幕村《てんとむら》　キャンプファイヤー　キャンプの火《ひ》　キャンプ張《は》る　キャンプの夜《よる》**　〔キャンプ張る男言葉を投げ合ひて　岡本　眸〕

サマー・ハウス　避暑用に海辺や高原などに建てられた家。**ビーチ・ハウス**　**海**《うみ》**の家**《いえ》〔男女来て夜の起居透く海の家　横山房子〕

バンガロー　高原や海浜などに避暑用に建てられた簡単な小屋のこと。〔バンガロー隣といふも葛がくれ　鳥居ひろし〕

泳《およ》**ぎ**　海や湖、川、プール等で泳ぐこと。**泳**《およ》**ぐ**　**水泳**《すいえい》　**水練**《すいれん》　**遠泳**《えんえい》　**遊泳**《ゆうえい》　**川泳**《かわおよ》**ぎ**　**海泳**《うみおよ》**ぎ**　**泳**《およ》**ぎ子**《こ》　**泳**《およ》**ぎ女**《め》　**浮袋**《うきぶくろ》　**浮板**《うきいた》　**競泳**《きょうえい》　**夜**《よる》**の泳**《およ》**ぎ**　**抜手**《ぬきて》　**片抜手**《かたぬきて》　**立泳**《たちおよ》**ぎ**　[冬]寒泳　〔愛されずして沖遠く泳ぐなり　藤田湘子〕

プール　水泳競技や練習、娯楽のために人工的につくった水泳用の施設。**夜**《よる》**のプール**　**プールの水**《みず》　**プール開**《びら》**き**　〔ピストルがプールの硬き面に響き　山口誓子〕

ダイビング　近代水上競技の一つ、飛び込み競技のこと。**飛込台**《とびこみだい》　**跳躍台**《ちょうやくだい》　**ダイバー**　**高飛込**《たかとびこみ》　〔高飛込少女ナイフのごと没す　平田羨魚〕

カヌー　軽量・小型の手漕ぎ舟の総称。**カノー**　〔火口湖に星のいろ濃きカヌーかな　角川春樹〕

水《すい》**球**《きゅう》　ハンドボールに似た水中の競技。**ウォーター・ボール**　〔灯蛾降れり水球渦となりたゝかふ　藤田湘子〕

海水浴《かいすいよく》　運動、避暑などのために海で遊ぶこと。**潮浴**《しおあ》**び**　**潮**《しお》**を浴**《あ》**ぶ**　〔潮浴びのルージュなき顔かがやかす　上村占魚〕

ビーチパラソル　海水浴場の砂浜で日ざしを避けるために立てる大きな日傘。**砂日傘**《すなひがさ》　**浜日傘**《はまひがさ》

海岸日《かいがんひ》傘《がさ》　**浜傘《はまがさ》**　夏海水浴　〔ビーチパラソルの私室に入れて貰ふ　鷹羽狩行〕

滝浴《たきあ》び　暑中に滝を浴びて涼をとること。**滝《たき》に打《う》たる**　夏滝　〔滝浴びし貌人間の眼をひらく　横山白虹〕

森林浴《しんりんよく》　夏の森や林の緑に浸り、涼気と新鮮な空気を楽しむこと。〔声高き森林浴の若夫婦　皆川盤水〕

釣《つり》堀《ぼり》　堀や池に鯉や鮒を放流して、有料で釣らせる場所。夏箱釣　〔釣堀にかんかん帽の志賀直哉　増成栗人〕

箱《はこ》釣《づり》　水槽に金魚や目高を入れて釣らせること。夏釣堀　〔箱釣や棚の上なる招き猫　富安風生〕

夜《よ》店《みせ》　神社仏閣の縁日などに出る露店のこと。**夜《よ》見世《みせ》**　**夜《よ》店《みせ》の灯《ひ》**　**夜《よ》店人《みせにん》**　〔モナリザの大小を地に夜店の灯　殿村菟絲子〕

新内《しんない》ながし　夏の夜、花街や料亭のあたりを、三味線をひき、新内を歌って流して歩く芸人。**流《なが》し**　**舟《ふね》ながし**　**声色《こわいろ》ながし**　**町《まち》ながし**　〔手摺あり流しの顔をさへぎりて　森田　峠〕

金魚売《きんぎょうり》　天びん棒で金魚桶をにない売り歩く。最近では縁日や店先で売っている。**金魚屋《きんぎょや》**　夏金魚・金魚玉　〔踏切を一滴ぬらす金魚売　秋元不死男〕

螢《ほたる》売《うり》　丸い曲げ物や箱形の螢籠の中に入れて売った。夏螢　〔四五人の白地が過ぎぬ螢売　加藤楸邨〕

作《つく》り雨《あめ》　屋根などから、水道の水を庭に降らせて涼を添えること。〔風添ひて作り雨とは

思はれず　大橋越央子〕

作《つく》り滝《だき》　人工的にしつらえた滝。〔作り滝木々のみどりを吸ひ落つる　上村占魚〕

西瓜割《すいかわ》り　すいくわわり　前方に西瓜を置き、目隠しをして竹竿《たけざお》で割る。海水浴の折など海岸で行う余興の一つ。〔海の話赤道祭や西瓜割る　及川貞〕

花《はな》火《び》　打ち上げて花のようにひらく打揚花火や、地上に仕掛けた仕掛花火がある。**煙火《はなび》**　**打揚花火《うちあげはなび》**　**仕掛花火《しかけはなび》**　**花火舟《はなびぶね》**　**花火見《はなびみ》**　**花火師《はなびし》**　**花火待《はなびま》つ**　**花火鳴《はなびな》る**　**花火《はなび》ひらく**　**遠花火《とおはなび》**　**昼花火《ひるはなび》**　夏線香花火〔ねむりても旅の花火の胸にひらく　大野林火〕　夏花火〔手花火を命継ぐ如燃やすなり　石田波郷〕

線香花火《せんこうはなび》　せんかうはなび　庭先で楽しむ玩具花火。**花火線香《はなびせんこう》**　**手花火《てはなび》**　**庭花火《にわはなび》**　**鼠花火《ねずみはなび》**

夏場所《なつばしょ》　五月の第二日曜日から東京両国の国技館で行われる大相撲本場所。**五月場所《ごがつばしょ》**　春春場所（三月）　夏名古屋場所（七月）　秋秋場所（九月）　冬九州場所（十一月）　新初場所（一月）〔夏場所やひかへぶとんの水あさぎ　久保田万太郎〕

名古屋場所《なごやばしょ》　六月末から七月初旬にかけて、日曜から日曜まで十五日間の興行。**七月場所《しちがつばしょ》**　春春場所（三月）　夏夏場所（五月）　秋秋場所（九月）　冬九州場所（十一月）　新初場所（一月）〔七月場所はじまる蕎麦をすゝりけり　村沢夏風〕

五月狂言《さつききょうげん》　さつききやうげん　陰暦五月の歌舞伎狂言。**曾我狂言《そがきょうげん》**　**曾我祭《そがまつり》**〔二人交す楽屋鏡や曾我祭　伊藤松宇〕

夏芝居《なつしばい》　なつしばゐ　夏に興行する演劇。水狂言や怪談ものが多い。**夏狂言《なつきょうげん》**　**土用芝居《どようしばい》**　**怪談狂言《かいだんきょうげん》**

[夏]水狂言 [秋]盆狂言 〔夏芝居監物《けんもつ》某《なにがし》出てすぐ死 小澤 實〕

袴能《はかまのう》 暑中、所定の面装束をつけず、紋服袴姿で演ずる能楽。〔伯父といふこはき人あり袴能 草間時彦〕

水狂言《みずきょうげん》 みづきやうげん 夏の芝居で水を使った演し物。**水芸**《みずげい》 [夏]夏芝居 〔本水の殺し場となる水狂言 上田晩春郎〕

涼み浄瑠璃《すずみじょうるり》 すずみじやうるり 夏の夜、個人の家を借りたり、小屋掛けしたりして行った素人の浄瑠璃会。〔涼み浄瑠璃一夜の雨に流れけり 桃山 鼎〕

野外演奏《やがいえんそう》 やぐわいえんそう 納涼を兼ねて、野外音楽堂や広場で催す演奏会。**ナイターコンサート** **納涼**《のうりょう》**映画**《えいが》 〔野外映画海のひびきに星殖ゆる 小泉礼子〕

夏枯《なつがれ》 夏の間の商売の不振をいう商《あきない》の用語。〔夏枯の廓淋しや門涼み 青木月斗〕

鎌倉《かまくら》**カーニバル** 鎌倉在住の久米正雄の提唱で催されるようになった海浜祭。**カーニバル** 〔カーニバル仮装の猿の脂粉の香 木村形型子〕

ダービー 五月末の日曜日に東京・府中市の東京競馬場で行われる明け四歳のサラブレッドの競走。**日本**《にほん》**ダービー** **東京優駿競走**《とうきょうゆうしゅんきょうそう》 〔ダービーの朝明け雀雨に乗り 清水基吉〕

ナイター 暑い夜に行われるプロ野球の夜間試合。**夜間野球**《やかんやきゅう》 **ナイトゲーム** 〔ナイターの風出でてより逆転打 能村研三〕

水遊び《みずあそび》 みづあそび 夏の子供の遊び。**水掛合**《みずかけあい》 **水合戦**《みずがっせん》 **水戦**《みずいくさ》 〔水遊び胸まで濡れて母を呼ぶ 大串章〕

水鉄砲《みずでっぽう》 《みづでつぽう》竹筒から水が飛び出す子供の水遊び玩具。〔身細めて水鉄砲の水となる　後藤比奈夫〕

浮人形《うきにんぎょう》 《うきにんぎやう》人形や金魚、魚、水鳥など水に浮かせて遊ぶ子供の玩具。**浮**《う》**いてこい** 〔浮人形なに物の怪《け》の憑《つ》くらむか　角川源義〕

水機関《みずからくり》 《みづからくり》高い所に水槽を置いて細い管で水を引き、水の噴出する力を利用して水車や玉を転がしたり太鼓をたたかせたりする玩具。〔さびしさや水からくりの水の音　大場白水郎〕

水中花《すいちゅうか》 《すいちゆうくわ》コップの水の中などに入れると美しく開くようにつくられた造花。**酒中花**《しゅちゅうか》 〔ある日妻ぽとんと沈め水中花　山口青邨〕

樟脳舟《しょうのうぶね》 《しやうなうぶね》子供の玩具。セルロイドで作った小舟やヨットの後に樟脳の小片をつけて水の上におくと、樟脳の溶ける勢いで小舟が水上を走りまわる。〔樟脳舟売る暗がりに立ちどまる　戸川稲村〕

水玉《みず たま》 《みづたま》ガラス製の玉の中に色のついた水を入れたもので、夏に女の子がかんざしに挿したり腰下げにしたりした。〔水玉や一夜にくだく挿し忘れ　岡崎ゑん女〕

金魚玉《きんぎょだま》 金魚を飼うガラス製の丸い器。**金魚鉢**《きんぎょばち》 [夏]金魚 〔金魚玉伝法院の人ごみに　いさ桜子〕

稗蒔《ひえ まき》 水盤などに稗を蒔き、発芽した細い緑草を観賞する。 [夏]絹糸草 〔稗蒔や青く淑《しゅく》たる小天地　三輪青舟〕

箱《はこ》**庭**《にわ》　はこには　平箱や鉢に土を入れ、草木や水車、橋、釣人などを配して、自然の風景を模して楽しむ。〔箱庭とまことの庭と暮れゆきぬ　松本たかし〕

蓮《はす》**見**《み》　早朝、開き始めの蓮を見にゆくこと。**蓮見舟**《はすみぶね》　夏蓮　〔ほのぐ と舟押し出すや蓮の中　夏目漱石〕

螢《ほたる》**狩**《がり》　螢の名所を見物したり、螢を追ったりすること。**螢見**《ほたるみ》　**螢見物**《ほたるけんぶつ》　**螢船**《ほたるぶね》　夏螢・螢売　〔身の中のまつ暗がりの螢狩り　河原枇杷男〕

螢《ほたる》**籠**《かご》　螢を放って観賞するための籠。霧を吹いた草を入れる。　夏螢　〔螢籠昏《くら》ければ揺り炎《も》えたたす　橋本多佳子〕

昆虫採集《こんちゅうさいしゅう》　こんちゅうさいしふ　夏、山野で昆虫類を採集すること。**捕虫網**《ほちゅうあみ》　**捕虫器**《ほちゅうき》　**毒瓶**《どくびん》　**植物採集**《しょくぶつさいしゅう》　〔捕虫網買ひ父が先づ捕へらる　能村登四郎〕

草《くさ》**笛**《ぶえ》　草の葉を唇にあてて吹くと音が出る。おもに蘆の草笛が知られている。**草**《くさ》**の笛**《ふえ》　**草笛**《くさぶえ》**吹**《ふ》**く**　**草笛鳴**《くさぶえな》**らす**　夏麦笛　〔草笛や少年牧の戸にもたれ　生島宿雨〕

草《くさ》**矢**《や》　薄や蘆などの細長い葉を裂いて、指に挟んで飛ばす子供の遊び。**草矢射**《くさやい》**る**　**草矢飛**《くさやと》**ばす**　**草矢放**《くさやはな》**つ**　〔大空に草矢放ちて恋もなし　高浜虚子〕

麦《むぎ》**笛**《ぶえ》　麦の茎を短く切って吹くと、やわらかく清澄な音を出す。**麦藁笛**《むぎわらぶえ》　**麦稈笛**《むぎわらぶえ》　**麦笛吹**《むぎぶえふ》**く**　**麦笛鳴**《むぎぶえな》**らす**　夏草笛　〔麦笛や少年と父父が吹く　森 澄雄〕

麦藁籠《むぎわらかご》　麦秋に子供たちは麦稈でいろいろなものを作って遊ぶ。麦藁籠もその一つ。**麦稈籠**《むぎわらかご》　夏麦藁　〔編みくる〳〵麦稈籠や夕明り　高浜虚子〕

起《おこ》し絵《え》《おこしゑ》 芝居《しばゐ》の一場面などを厚紙で切り抜いて組み立て、ろうそくや豆電球をつけて見る玩具。**立版古《たてばんこ》 立《た》て絵《え》 組絵《くみえ》 組立《くみたて》 切抜燈籠《きりぬきどうろう》 組上《くみあげ》** 〔起し絵の男をころす女かな 中村草田男〕

情緒

裸《はだか》 暑さをしのぐために裸になること。**素裸《すはだか》 丸裸《まるはだか》 赤裸《あかはだか》 真裸《まはだか》 裸身《らしん》 裸子《はだかご》 真《ま》つ裸《ぱだか》 裸《はだ》仕事《かしごと》** 〔道問へば路地に裸子充満す 加藤楸邨〕

跣足《はだし》 素足の感触は夏ならではのもの。**跣《はだし》 素足《すあし》** 〔病廊を来たる跣足の小鰺売 石田波郷〕

肌《はだ》脱《ぬぎ》 上半身裸になること。**片肌脱《かたはだぬ》ぎ 諸肌脱《もろはだぬ》ぎ** 〔肌ぬぎやをとめは乳をそびえしめ 日野草城〕

端《はし》居《い》《はしゐ》 縁側や窓の近くで暑さを避けてくつろぐこと。**夕端居《ゆうはしい》 夜《よる》の端居《はしい》** 〔端居して濁《じょ》世《くせ》なかなかおもしろや 阿波野青畝〕

髪洗《かみあら》ふ 夏に汗や埃に汚れた髪を洗うこと。**洗《あら》ひ髪《がみ》** 〔せつせつと眼まで濡らして髪洗ふ 野澤節子〕

汗《あせ》 発汗作用は四季を問わないが、発汗量の多い夏の汗を指す。**汗《あせ》ばむ 玉《たま》の汗《あせ》 汗《あせ》みどろ 汗水《あせみず》 汗匂《あせにお》ふ 汗《あせ》の香《か》 汗流《あせなが》る 汗《あせ》の子《こ》 汗光《あせひか》る 汗《あせ》の粒《つぶ》 汗《あせ》の顔《かお》 汗《あせ》の手《て》 汗《あせ》かく 汗《あせ》拭《ふ》く** 〔ほのかなる少女のひげの汗ばめる 山口誓子〕

日《ひ》焼《やけ》 夏の紫外線の強い日光に照らされて、顔や手足が黒く焼けること。**潮焼《しおやけ》** **日《ひ》焼顔《やけがお》** **日《ひ》焼子《やけご》** **陽《ひ》灼《や》け** **日《ひ》焼《やけ》裸《ら》身《しん》** **日《ひ》焼《やけ》腕《うで》** 冬雪焼 〔塩田夫日焼け極まり青ざめぬ　沢木欣一〕

昼《ひる》寝《ね》 夏は疲れが激しく、夜も眠りにくいので、昼寝は疲労回復のための手軽な方法。**午《ご》睡《すい》** **三尺寝《さんじやくね》** **昼寝《ひるね》覚《ざめ》** **昼寝《ひるね》人《びと》** **昼寝《ひるね》時《どき》** **昼寝《ひるね》子《ご》** **昼寝《ひるね》顔《がお》** 春朝寝 〔はるかまで旅してゐたり昼寝覚　森澄雄〕

外《そと》寝《ね》 暑い屋内をのがれて外で寝ること、昼にも夜にもいう。〔外寝人生きてをるかといぶかりぬ　下村梅子〕

寝《ね》冷《び》え 睡眠中に冷えて、夏風邪や胃腸障害の原因ともなる。**寝《ね》冷子《びえご》** **寝《ね》冷人《びえにん》** **寝《ね》冷腹《びえばら》** 〔寝冷えして犬山城に登城せず　田川飛旅子〕

夏《なつ》の風邪《かぜ》 夏に寝冷えなどをしてひく風邪。**夏風邪《なつかぜ》** 春春の風邪 冬風邪 〔夏風邪の六日の髯を剃りにけり　春日五橋〕

暑気《しょき》中《あた》り 暑さに抵抗力が衰えて起こる食欲不振や疲労倦怠。**暑《あつ》さ負《ま》け** **暑《あつ》さあたり** **中暑《ちゅうしょ》** 〔古妻の遠まなざしや暑気中り　日野草城〕

水中《みずあた》り 飲み水が原因で胃腸を害し、下痢などを起こすこと。〔へこみたる腹に臍あり水中り《みづあたり》　高浜虚子〕

夏《なつ》痩《やせ》 夏の暑さで食欲が減退して、体重が減ったりすること。**夏《なつ》負《ま》け** **夏《なつ》やつれ** **夏痩《なつや》せる** 〔着こなしの上手に夏を痩せにけり　鈴木真砂女〕

脚《かつ》気《け》 ビタミンB_1の欠乏からくる病気で、B_1の消費が盛んな夏に多発した。〔夜風

立つごろりとゐたる脚気の身　本宮銑太郎〕

日射病《にっしゃびょう》　夏の強い直射日光を長時間浴びて起こる病気。　**暍病**《えつびょう》　〔気がつきし瞳に緑葉や日射病《につしやびやう》　中村狭野〕

霍乱《かくらん》　暑気中りが原因で起きる病気の総称。　〔霍乱《くわくらん》や一糸もつけず大男　村上鬼城〕

赤痢《せきり》　発熱と下痢を主症状とする急性伝染病。　**颱風病**《はやて》　**疫痢**《えきり》　〔石塀に大きな葉影赤痢出づ　岡本 眸〕

コレラ　コレラ菌による急性伝染病。　**虎列刺**《コレラ》　**ころり**　**コレラ船**《せん》　〔コレラの家を出し人こちへ来りけり　高浜虚子〕

瘧《おこり》　ハマダラ蚊の媒介で罹病《りびょう》する熱病。　**マラリヤ**　**わらはやみ**　**瘧**《ぎゃく》　〔マラリヤに罹《かか》り帰朝をのばしをり　石垣純二〕

麻疹《はしか》　春から初夏にかけて流行する急性発疹性伝染病。　**麻疹**《はしか》**の子**《こ》　**麻疹**《はしか》**はやる**　〔麻疹子の並びて髪の長さが姉　橋本多佳子〕

汗疹《あせも》　汗の刺激によってできる発疹。乳幼児がかかりやすい。　**あせぼ**　**汗疣**《あせも》　**汗疹**《あせも》**の子**《こ》　〔汗疹して娘は青草のにほひかな　飯田蛇笏〕

水虫《みずむし》　白癬《はくせん》菌という黴の一種が寄生して起こる皮膚病。　〔足投げて水虫ひそかなる水虫《みづむし》を病む　皆吉爽雨〕

宗教

神道

祭《まつり》　夏に行われる祭礼の総称。　**夏祭**《なつまつり》　**祭礼**《さいれい》　**御祭**《おまつり》　**本祭**《ほんまつり》　**陰祭**《かげまつり》　**神輿**《みこし》　**荒神輿**《あらみこし》　**神輿太鼓**《みこしだいこ》　**樽**《たる》　**神輿**《みこし》　**神輿舁**《みこしかき》　**渡御**《とぎょ》　**川渡御**《かわとぎょ》　**舟渡御**《ふなとぎょ》　**祭舟**《まつりぶね》　**御旅所**《おたびしょ》　**祭太鼓**《まつりだいこ》　**祭笛**《まつりぶえ》　**祭獅子**《まつりじし》　**祭囃子**《まつりばやし》　**祭笠**《まつりがさ》　**祭衣**《まつりごろも》　**祭浴衣**《まつりゆかた》　**祭髪**《まつりがみ》　**山車**《だし》　**だんじり**　**祭提燈**《まつりぢょうちん》　**祭宮**《さいぐう》　**祭宿**《まつりやど》　**祭見**《まつりみ》　**夜宮**《よみや》　**宵宮**《よいみや》　**宵祭**《よいまつり》　**祭前**《まつりまえ》　**祭後**《まつりあと》　**祭果**《まつりは》**つ**　**祭牛**《まつりうし》　**祭**《まつり》**の灯**《ひ》　[春]春祭　[秋]秋祭　〔ふるさとの波音高き祭りかな　鈴木真砂女〕

御霊祭《ごりようまつり》《ごりやうまつり》　五月一日から十八日まで、京都上京区の上御霊神社、下御霊神社で行われる。祇園会、今宮祭などもこの種の祭である。　**御霊**《ごりよう》**の神事**《しんじ》　**御霊**《ごりよう》**の御出**《おいで》　〔御霊とは悪霊なりし祭かな　草間時彦〕

諏訪《すわ》**の御柱祭**《おんばしらまつり》《すはのおんばしらまつり》　長野県諏訪大社の寅《とら》・申《さる》にあたる年の大祭。　**御柱祭**《おんばしらまつり》　**諏訪祭**《すわまつり》　**御柱**《おんばしら》　**木落**《きお》**とし**　〔木落しの修羅場へ塩の撒かれたり　伊藤白潮〕

府中祭《ふちゅうさい》　五月五日。東京都府中市大国魂《おおくにたま》神社の祭礼。　**暗闇祭**《やみまつり》　**くらやみ祭**《まつり》　〔やみ祭神輿《みこし》鎮《しず》めの笛を吹く　鈴木太郎〕

競《くらべ》馬《うま》　五月五日。京都上賀茂神社で行われる神事。**賀《か》茂《も》の競《くらべ》馬《うま》　競《けい》馬《ば》　勝《かち》馬《うま》　負《まけ》馬《うま》　きそひ馬《うま》**
〔四囲の山あを〳〵とある競馬かな　鈴木花蓑〕

卯月八日《うづきようか》《うづきやうか》　陰暦四月八日は灌仏会《かんぶつえ》。この日祭礼を行う山の神社は、全国に多い。**天頭花《てんとうばな》　てんと花《ばな》**　〔あまご群れ卯月八日の日に浴す　大野林火〕

今宮祭《いまみやまつり》　五月十五日に近い日曜日。京都市今宮神社の祭礼。〔裃《かみしも》に氏子童《うじこわらは》や今宮祭　小原青鳥〕

松本祭《まつもとまつり》　五月五日。大津市松本の平野神社の祭礼。〔唐橋《からばし》を渡り参りぬ松本祭　村上詩道〕

宇治祭《うじまつり》《うぢまつり》　五月八日～六月八日。京都府宇治神社の祭礼。**離宮祭《りきゅうさい》　大幣神事《たいへいしんじ》　傘鉾《かさぼこ》　傘鉾《からかさぼこ》　傘御幣《からかさごへい》**　〔傘鉾や宇治川青く今日晴れて　多田薙石〕

筑摩祭《つくままつり》　五月三日。滋賀県筑摩神社の祭礼。**鍋祭《なべまつり》　鍋被《なべかむ》り　筑摩鍋《つくまなべ》　鍋乙女《なべおとめ》　鍋冠祭《なべかんむりまつり》**　〔みめよくて浅くかむりぬ鍋祭　本田一杉〕

山崎祭《やまざきまつり》　五月八日。京都府酒解《さかとき》神社の祭礼。〔山崎の祭見にゆく藪《やぶ》抜けて　黒川多佳代〕

八瀬祭《やせまつり》　五月九日。京都八瀬日吉八王子天満宮の祭礼。〔八瀬祭里子の仕著《しぎ》せ褒《ほ》め合ひつ　藤田子角〕

出雲祭《いずもまつり》《いづもまつり》　五月十四日～十六日。島根県大社町の出雲大社（祭神大国主命《おおくにぬしのみこと》）の例大祭。**出雲大祭礼《いずもだいさいれい》**　〔高張《たかばり》に蝶そひたちぬ大社祭　糸賀星人〕

神田祭《かんだまつり》　五月十三～十八日。東京神田明神の祭礼。〔神田川祭の中をながれけり　久保田万太郎〕

葵　祭《あおいまつり》《あふひまつり》　五月十五日。京都上賀茂・下鴨両社の祭礼。**賀茂祭**《かものまつり》　**北祭**《きたのまつり》　**葵鬘**《あおいかずら》　**諸鬘**《もろかずら》　**懸葵**《かけあおい》　**御生祭**《みあれまつり》　**御生**《みあれ》**の日**《ひ》　〔うち笑みて葵祭の老勅使《ちょくし》　阿波野青畝〕

三社祭《さんじゃまつり》　五月十七、十八日に近い金曜日から日曜日。東京都浅草神社の祭礼。**浅草祭**《あさくさまつり》　**びんざさら踊**《おどり》　〔荷風なし万太郎なし三社祭　宇田零雨〕

和歌祭《わかまつり》　五月中旬の土曜または日曜日。和歌山市和歌浦の東照宮の祭礼。**和歌浦祭**《わかうらまつり》　**雑賀祭**《さいがまつり》　**雑賀踊**《さいがおどり》　〔和歌浦祭渡御《とぎょ》きらびやか雑賀武者《むしゃ》　丸岩　晏〕

三船祭《みふねまつり》　五月第三日曜。京都市車折《くるまざき》神社の祭礼。**舟遊祭**《しゅうゆうさい》　**扇流し**《おうぎながし》　**西祭**《にしまつり》　〔舞ひ馴れし扇も流す三船祭　梅本景太郎〕〔稚児《ちご》達の船より流す扇かな　真木芳村〕

楠公祭《なんこうさい》　五月二十五日。神戸市湊川《みなとがわ》神社の祭礼。**楠公忌**《なんこうき》　**正成忌**《まさしげき》　〔瓦煎餅《かはらせんべい》反うつくしや楠公祭　山口青邨〕

伊勢《いせ》**の御田植**《おたうえ》《いせのおたうゑ》　五月二十日ごろ伊勢市楠部、六月二十四日、三重県磯部で、それぞれ行われる伊勢皇大神社の神田の御田植祭。〔一枚の空うすみどりお田植祭　伊藤敬子〕

貴船祭《きふねまつり》　六月一日。京都貴船神社の祭礼。**貴船神事**《きふねしんじ》　**御更祭**《ごこうまつり》　**虎杖祭**《いたどりまつり》　〔鞍馬路を貴船へ折れて祭かな　草間時彦〕

日光東照　宮祭《にっこうとうしょうぐうさい》《にっくわうとうせうぐうさい》　五月十七、十八日。日光東照宮の祭礼。**日光祭**《にっこうさい》　**東照　宮祭**《とうしょうぐうさい》　〔日光祭武者晴々と威《い》を正す　鈴木朗月〕

化物祭《ばけものまつり》　五月二十五日。山形県鶴岡天満宮の祭礼。**鶴岡天満宮祭**《つるおかてんまんぐうさい》　〔化物祭頭巾の美女のしや

がれ声　篠田ミエ〕

熱田祭《あつたまつり》　六月五日。名古屋市熱田神宮の祭礼。**尚武会**《しょうぶえ》　**尚武祭**《しょうぶまつり》　〔尚武会や氏子の子らの小剣士　和田八枝〕

県　祭《あがたまつり》　六月五、六日。京都府宇治市の県《あがた》神社の祭礼。**くらやみ祭**《まつり》　〔暗がりに酔へるも県祭かな　岸風三楼〕

品川祭《しながわまつり》《しながはまつり》　六月上旬の日曜日を挟む三日間。東京荏原《えばら》神社と、品川神社で行われる祭礼。**品川天王祭**《しながわてんのうまつり》　**品川河童祭**《しながわかっぱまつり》　〔品川の海の失せたる祭なか　轡田　進〕

百　万石祭《ひやくまんごくまつり》　六月十三～十五日。金沢尾山神社の祭礼。**尾山祭**《おやままつり》　〔晴れつづき尾山祭の騎馬通る　井上　雪〕

住吉《すみよし》**の御田植**《おたうえ》《すみよしのおたうゑ》　六月十四日。大阪住吉神社にて行われる御田植祭。**御田**《おんだ》　**御田植**《おたうえ》　〔住吉や兄より早苗渡さるゝ　角川春樹〕

ちやぐちやぐ馬つこ　六月十五日。岩手県岩手郡滝沢村で行われる行事。農事用の馬の休日。〔ちやぐちやぐ馬こ苗田そよがす風立てよ　草間時彦〕

江戸山王祭《えどさんのうまつり》《えどさんわうまつり》　六月十四～十六日。東京日枝神社の祭礼。**山王祭**《さんのうまつり》　**日枝祭**《ひえまつり》　**天下祭**《てんかまつり》　〔あぢさゐに降る雨白し山王祭　渡辺亀齢〕

札幌祭《さつぽろまつり》　六月四～十六日。札幌市北海道神宮の祭礼。〔供先きの屯田奴《とんでんや》や札幌祭　千葉　仁〕

江戸浅間祭《えどせんげんまつり》　五月三十一日と六月一日、六月三十日と七月一日。東京浅草浅間神社の祭礼。**浅間祭**《せんげんまつり》　**浅草富士詣**《あさくさふじもうで》　〔歯切よき江戸の古老や浅間祭　土田節洞〕

富士垢離《ふじごり》 陰暦五月末。富士講の山伏が富士禅定を行う前に水垢離をとって身を清める行事。
富士行《ふじぎょう》 **富士小屋《ふじごや》** 夏富士詣 〔富士垢離のほそぼそたつるけむりかな 飯田蛇笏〕

富士詣《ふじもうで》《ふじまうで》 富士山の山開きに頂上へ登り、富士権現の奥の院に参詣すること。**富士道者《ふじどうじゃ》** **富士行者《ふじぎょうじゃ》** **富士禅定《ふじぜんじょう》** **山上詣《やまがみもうで》** **山上《やまがみ》** **富士講《ふじこう》** **浅間講《せんげんこう》** **富士の山開《ふじのやまびらき》** **篠小屋《しのごや》** **お頂上《ちょうじょう》** 夏富士垢離 〔砂走《すばし》りの夕日となりぬ富士詣 飯田蛇笏〕

野馬追《のまおい》《のまおひ》 七月二十三日。福島県相馬郡太田神社・中村神社・小高神社の妙見三社の祭礼。**野馬追祭《のまおいまつり》** **相馬野馬追《そうまのまおい》** **野馬駈《のまがけ》** 〔野馬追も少年の日も杳《はる》かなる 加藤楸邨〕

那智火祭《なちひまつり》 七月十四日。熊野那智大社例祭。**扇祭《おうぎまつり》** 秋火祭 〔火祭の鉾《ほこ》に巻きつく山の霧 野岐ゆり香〕

出羽三山祭《でわさんざんまつり》《ではさんざんまつり》 七月十五日。山形県羽黒神社の祭礼。〔天晴れて出羽三山の祭かな 宗田千燈〕

湯殿詣《ゆどのもうで》《ゆどのまうで》 出羽三山の一つ、修験道の霊地である湯殿山に詣でること。**湯殿行《ゆどのぎょう》** **湯殿垢離《ゆどのごり》** 〔男声ばかりや湯殿詣での宿 皆川盤水〕

博多の祇園祭《はかたのぎおんまつり》 七月一〜十五日。福岡市櫛田《くしだ》神社の祭礼。**山笠《やまがさ》** **博多祭《はかたまつり》** 〔山笠が立てば博多に暑さ来る 下村梅子〕

津島祭《つしままつり》 陰暦六月十四日から三日間。愛知県津島神社の祭礼。**津島笛《つしまぶえ》** **神葭流し《みよしながし》** **津島《つしま》** **天王祭《てんのうまつり》** **芦の御輿《あしのみこし》** **だんじり船《ぶね》** **だんじり** 〔だんじりの青幔幕《まんまく》に水の青 大野林火〕

青祈禱《あおぎとう》《あおぎたう》 七月十五日。和歌山県東牟婁《むろ》地方で、青苗の生育を祈《き》禱《とう》する行事。〔山川の

雨のしぶける青祈禱　森　澄雄〕

祇園会《ぎおんえ》《ぎをんゑ》　七月一〜二十四日。京都八坂神社の祭礼。とくに十七日の鉾巡行が有名。**祇園祭**《ぎおんまつり》　**祇園の会**《ぎおんのえ》　**屏風祭**《びょうぶまつり》　**山鉾**《やまほこ》　**鉾立**《ほこたて》　**長刀鉾**《なぎなたぼこ》　**函谷鉾**《かんこくぼこ》　**菊水鉾**《きくすいぼこ》　**月鉾**《つきぼこ》　**鶏鉾**《とりほこ》　**放下鉾**《ほうかほこ》　**船鉾**《ふなぼこ》　**祇園囃**《ぎおんばやし》　**二階囃**《にかいばやし》　**祇園の神輿洗**《ぎおんのみこしあらい》　**宵山**《よいやま》　**宵飾**《よいかざり》　**鉾粽**《ほこちまき》　**無言詣**《むごんもうで》　〔ゆくもまたかへるも祇園囃子の中　橋本多佳子〕

厳島祭《いつくしままつり》　陰暦六月十七日。広島県厳島神社の祭礼。**厳島管絃祭**《いつくしまかんげんさい》　**管絃祭**《かんげんさい》　〔大鳥居めぐりつどひぬ祭舟　松永竹年〕

すもも祭《まつり》　七月二十日。東京都府中《ふちゅう》市の大国魂《おおくにたま》神社の祭礼。**李祭**《すもももまつり》　**すもも市**《いち》　**烏団扇**《からすうちわ》　〔すもも祭十七人の巫女《みこ》なりし　細見綾子〕

津和野の鷺舞《つわののさぎまい》《つわののさぎまひ》　七月二十日と二十七日。島根県鹿足《かのあし》郡津和野町の弥栄《やさか》神社祇園祭。〔鷺舞や津和野は水の縦横に　草間時彦〕

座摩祭《ざままつり》　七月二十二日。大阪座摩《いかすり》神社の祭礼。**座摩の御祓**《ざまのおはらい》　〔座摩祭古き船場を思ふなり　宗田千燈〕

天満祭《てんままつり》　七月二十五日。大阪市天満宮の祭礼。**天神祭**《てんじんまつり》　**鉾流の神事**《ほこながしのしんじ》　**川渡御**《かわとぎょ》　**どんどこ舟**《ぶね》　**お迎**《むかえ》**人形**《にんぎょう》　**天満御祓**《てんまのおはらい》　**船祭**《ふなまつり》　〔大阪の川の天神祭かな　青木月斗〕

大山祭《おおやままつり》《おほやままつり》　七月二十七日。神奈川県阿夫利《あぶり》神社の祭礼。**大山詣**《おおやまもうで》　**石尊詣**《せきそんもうで》　**納太刀**《おさめだち》　〔大山祭行衣ふはりと着てあゆむ　野村浜生〕

阿蘇祭《あそまつり》　七月二十八、二十九日。熊本県阿蘇一ノ宮町にある阿蘇神社の祭礼。**御田祭**《おんだまつり》　**御田植**《おたうえ》

　神幸式《しんこうしき》〔役場から御田祭の臨時巫女《りんじみこ》　松本きよし〕

唐崎参《からさきまいり》《からさきまゐり》　七月二十八、二十九日。近江唐崎の一つ松神社の祭礼。**唐崎の祓**《からさきのはらい》　**唐崎祭**《からさきまつり》　**唐崎千日参**《からさきせんにちまいり》〔唐崎の宿の床几《しやうぎ》に祭稚児《ちご》　和気魯石〕

千日詣《せんにちもうで》《せんにちまうで》　七月三十一日。京都府愛宕神社にこの日参詣すれば、平日の千日分にあたるといわれる。**愛宕**《あたご》**の千日詣**《せんにちもうで》〔おしんこの味も愛宕のお千日　松本三余〕

名越の祓《なごしのはらえ》《なごしのはらへ》　六月三十日。けがれを祓うために形代流しをしたり、茅の輪をくぐったりする行事。陽暦の現在、七月三十一日に行うところもある。**夏越**《なごし》**の祓**《はらえ》　**御祓**《みそぎ》　**夏越**《なごし》　**夏**《なつ》**祓**《はらえ》　**六月祓**《みなつきはらえ》　**荒和**《あらにご》**の祓**《はらえ》　**川祓**《かわはらえ》　**夕祓**《ゆうはらえ》　**夏越祭**《なごしまつり》　**禊川**《みそぎがわ》　**川社**《かわやしろ》〔雨のあと風の残りし夏越祭　角川春樹〕

茅の輪《ちのわ》　夏越の祓の時、穢れを祓うためくぐる茅や藁で作った輪。**ちなは**　**菅抜**《すがぬき》　**菅貫**《すがぬき》　**茅輪**《ちのわ》　**潜**《くぐ》**り**　**越**《こ》**ゆる輪**《わ》　**輪越**《わごし》**の祓**《はらい》〔淡々と生きて跨ぎし茅の輪かな　能村登四郎〕

形《かた》**代**《しろ》　御祓《みそぎ》のときに流す白紙の人形《ひとがた》。自分の名を書き、身体に触れたり息を吹きかけ、穢れを除くため川へ流す。**人形**《ひとがた》　**贖物**《あがもの》　**祓草**《はらえぐさ》　**祓物**《はらえもの》　**麻**《あさ》**の葉**《は》**流**《なが》**す**〔形代のわが名わが齢《とし》水の上　神尾季羊〕

住吉祭《すみよしまつり》　七月三十一日、八月一日に行われる、大阪市住吉神社の祭礼。**住吉**《すみよし》**の御祓**《おはらい》　**住吉**《すみよし》**の名**《な》**越**《ごし》**の大祓**《おおはらい》　**住吉南祭**《すみよしなんさい》　**住吉**《すみよし》**の火替**《ひがわり》〔住吉祭松に響ける笏拍子《しやくへうし》　宗田千燈〕

夏神楽《なつかぐら》　夏の神事に奏される神楽。**名越**《なごし》**の神楽**《かぐら》　[冬]神楽〔篝火《かがりび》の水にきらめく夏神楽　野澤節子〕

佃祭《つくだまつり》 東京都中央区佃《つくだ》にある住吉神社の祭礼。八月六、七日に近い日曜日を含む三日間（陰祭《かげまつり》の年は六、七日のみ）行われる。**佃島住吉祭**《つくだじますみよしまつり》 〔佃祭よそ者に路地ゆきどまり　鈴木真砂女〕

桑名祭《くわなまつり》《くはなまつり》 八月第一土曜・日曜に行われる、三重県桑名市上本町にある春日神社の祭礼。**石採祭**《いしとりまつり》 **石採神事**《いしとりしんじ》 **比与利祭**《ひよりまつり》 〔早鉦《はやがね》に石採の山車《だし》遅々《ちち》として　里川水章〕

御手洗詣《みたらしもうで》《みたらしまうで》 京都下鴨神社の土用の祓。**御手洗団子**《みたらしだんご》 **糺の納涼**《ただすのすずみ》 **御手洗会**《みたらしえ》 **下鴨の御祓**《しもがものみそぎ》 〔足ひたす母の手を取り御手洗会　田島曳白〕

仏　教

安居《あんご》 僧侶が夏三か月間、遊行を休み、屋内に籠って修する行。**夏安居**《げあんご》 **雨安居**《うあんご》 **夏**《げ》 **一夏**《いちげ》 **夏行**《げぎょう》 **夏籠**《げごもり》 **夏勤**《げづとめ》 **結夏**《けつか》 **結制**《けつせい》 **夏入**《げいり》 **夏の始**《げのはじめ》 **夏百日**《げひゃくにち》 **百日の行**《ひゃくにちのぎょう》 **前安居**《ぜんあんご》 **中安居**《ちゅうあんご》 **後安居**《ごあんご》 **解夏**《げげ》 **夏の終**《げのおわり》 **安居尼**《あんごあま》 **安居寺**《あんごでら》 **夏行僧**《げぎょうそう》 **夏に籠る**《げにこもる》 ［秋］解夏 ［冬］冬安居 〔まつさをな雨が降るなり雨安居　藤後左右〕

夏断《げだち》 安居中、僧侶や信徒が酒肉を断つこと。**夏断する**《げだちする》 ［夏］安居 〔夏断して百合の香骨に沁《し》む思ひ　島田五空〕

夏書《げがき》 安居中、精霊を供養するため写経をすること。**夏経**《げきょう》 **夏書する**《げがきする》 **夏書机**《げがきづくえ》 **夏書人**《げがきにん》 **夏書筆**《げがきふで》 ［夏］安居 〔夏書いま窓の杉の穂きりきりと　皆吉爽雨〕

夏花《げばな》 安居中に諸霊供養のため仏前に供える花。**夏花摘む**《げばなつむ》 ［夏］安居 〔ほころびし衣うれし

き夏花摘　鈴木太郎〕

練供養《ねりくよう》　ねりくやう　五月十四日。奈良当麻寺で行う中将姫の修忌。**当麻《たいま》の練供養《ねりくよう》**　**当麻法事《たいまのほうじ》**　**当麻法会《たいまのほうえ》**　**来迎会《らいごうえ》**　**迎接会《げいせつえ》**　**曼荼羅会《まんだらえ》**　〔葉ばかりとなりし牡丹や練供養　森田木亭〕

千団子《せんだんご》　五月十六〜十八日。大津市三井寺の鬼子母神の祭礼。**千団子祭《せんだんごまつり》**　**千団子詣《せんだんごもうで》**　**栴檀講《せんだんこう》**　**千団講《せんだんこう》**　**鬼子母神参《きしぼじんまいり》**　〔稚児《ちご》抱きて乳母《うば》の詣《まゐ》りぬ千団子　亀井芳花〕

団扇撒《うちわまき》　うちはまき　五月十九日。奈良唐招提寺で法要のあと参詣者に団扇を撒く行事。**梵網会《ぼんもうえ》**　〔クーラーの世は世と団扇撒かれり　百合山羽公〕

閻魔堂大念仏《えんまどうだいねんぶつ》　えんまだうだいねんぶつ　五月一〜三日。京都閻魔堂で行われる狂言。**閻魔堂狂言《えんまどうきょうげん》**　**千本大念仏《せんぼんだいねんぶつ》**　〔からくりの鐘うつ僧や閻魔堂　川端茅舎〕

伝教会《でんぎょうえ》　でんげうゑ　六月四日。比叡山延暦寺で行われる最澄大師の忌日法要。**最澄忌《さいちょうき》**　**伝教大師忌《でんぎょうだいしき》**　**六月会《みなづきえ》**　**長講会《ちょうごうえ》**　〔身に黒子《ほくろ》ふえゐる不思議伝教会　森澄雄〕

鞍馬《くらま》の竹伐《たけきり》　六月二十日。京都鞍馬寺の蓮華会の竹伐りの行事。**竹伐《たけきり》**　**蓮華会《れんげえ》**　[夏]竹植う　[秋]竹伐る　〔竹伐や稚子《ちご》も佩《は》いたる飾太刀　五十嵐播水〕

愛染祭《あいぜんまつり》　大阪市天王寺区の勝鬘院《しょうまんいん》（愛染堂）の会式《えしき》、正しくは勝鬘会《しょうまんえ》といわれ、六月三十日から七月二日に行われる。**愛染参《あいぜんまいり》**　**勝鬘参《しょうまんまいり》**　**勝鬘会《しょうまんえ》**　〔浴衣着を愛染さんの喜ぶ日　後藤比奈夫〕

吉野《よしの》の蛙飛《かわずとび》　よしののかはづとび　七月七日。奈良県吉野郡吉野町にある金峰山《きんぶせん》寺で行われる。**蛙飛《かわずとび》**　**蔵王《ざおう》堂蛙飛《どうかわずとび》**　**蓮華会《れんげえ》**　〔蓮華会や役の小角に母刀良売　民井とほる〕

四万六千日《しまんろくせんにち》 七月十日。東京浅草観世音の結縁日。この日参詣すれば四万六千日参詣したほどの功徳があるという。 **十日詣**《とおかまいり》 夏鬼灯市 〔四万六千日なる大き夜空あり 岸田稚魚〕

閻魔参《えんままいり》 七月十六日、閻魔の大斎日に閻魔堂に参ること。 **閻魔詣**《えんまもうで》 **十王詣**《じゅうおうもうで》 **大斎日**《だいさいにち》 **閻魔**《えんま》**の斎日**《さいじつ》 **閻王**《えんおう》 **閻魔王**《えんまおう》 **宵閻魔**《よいえんま》 〔おしろいのにほふ子供や宵えんま 橋本鶏二〕

恐山大祭《おそれざんたいさい》 七月二十〜二十四日。青森県下北半島霊場菩提寺の地蔵講。 **いたこ** 〔百の供華はや萎れ恐山大祭 檜紀代〕

薪能《たきぎのう》 五月十一、十二日に奈良興福寺で行われる能。 **若宮能**《わかみやのう》 **芝能**《しばのう》 **薪猿楽**《たきぎさるがく》 〔薪能夜天に拍手して終る 堀内薫〕

キリスト教

聖母月《せいぼづき》 五月をいう。カトリック信者は五月を聖母マリアの月としてとくにマリアを崇敬する。 **マリアの月**《つき》 〔鳩踏む地かたくすこやか聖母月 平畑静塔〕

昇天祭《しょうてんさい》 復活祭から四十日目の木曜日。キリストが天に昇られた日。 **昇天日**《しょうてんび》 **御昇天**《ごしょうてん》 〔真水のむ咽喉やはらかき昇天祭 有馬朗人〕

花の日《はなのひ》 五月または六月のある日曜を指すが、六月第二日曜であることが多い。プロテスタントの行事。 **花の日曜**《はなのにちよう》 **薔薇の日曜**《ばらのにちよう》 〔花の日や鳥籠提げて少女来る 永方裕子〕

聖ヨハネ祭《せいさい》 六月二十四日。聖ヨハネの誕生日。 **聖ヨハンネ祭**《せいさい》 **洗者聖ヨハネ誕生日**《せんじゃせいたんじょうび》 〔食中《あたり》ま

た水あたり聖ヨハネ祭　石川桂郎〕

聖《せい》ペトロ祭《さい》　六月二十九日。十二使徒の聖ペトロの殉教した日。**聖《せい》ペテロ祭《さい》**　〔ペトロ祭近し聖堂に鳩白し　鳥羽とほる〕

聖《せい》パウロ祭《さい》　六月三十日。十二使徒の聖パウロの殉教した日。　〔パウロ祭わが白靴を妻こする　加畑吉男〕

聖霊降臨祭《せいれいこうりんさい》《せいれいかうりんさい》　復活祭から第七の日曜日。キリストの弟子たちに聖霊がくだり、使徒たちが布教を始めた日。**聖霊祭《せいれいさい》**　**ペンテコステ**　[春]復活祭　[夏]昇天祭　〔白樺の若葉挿すならひ降臨祭　山口青邨〕

三位祭《さんみさい》　聖霊降臨祭の次の日曜日。聖父・聖子・聖霊の三位一体の祝日。**聖三位祭《せいさんみさい》**　**至聖祭《しせいさい》**　[夏]聖霊降臨祭　〔聖父《ちち》と聖子《こ》と聖霊《みたま》にすがる暮の春　景山筍吉〕

聖体祭《せいたいさい》　聖霊降臨祭後十二日目の木曜日。聖体に対し信者の熱誠を喚起するために定められた祝日。**聖体降福式《せいたいこうふくしき》**　[夏]聖霊降臨祭　〔白雲のゆるく流れて聖体祭　頭島如安〕

聖心祭《せいしんさい》　聖霊降臨祭後二十日目の金曜日。十字架上で示されたキリストの聖心に対し、信心を表し償いをする日。**みこころ祭《さい》**　[夏]聖体祭　〔ほととぎす夜もすがらなり聖心祭　畠山安屯〕

忌　日

隠元忌《いんげんき》　陰暦四月三日。黄檗《おうばく》宗開祖隠元禅師の忌日。寛文十三年（一六七三）没、八十一歳。

〔扉に彫む一顆の桃や隠元忌　後藤夜半〕

時宗忌《ときむねき》　陰暦四月四日。鎌倉幕府の執権北条時宗の忌日。弘安七年（一二八三）没、三十三歳。〔人遠く牡丹崩るる時宗忌　中村きみ子〕

家康忌《いえやすき》《いへやすき》　陰暦四月十七日。江戸幕府初代将軍徳川家康の忌日。元和二年（一六一六）没、七十四歳。〔もつれ糸気長にほどき家康忌　大塚信子〕

北斎忌《ほくさいき》　陰暦四月十八日。江戸末期浮世絵の祖葛飾北斎の忌日。嘉永二年（一八四九）没、八十九歳。〔こめかみの老斑かなし北斎忌　黒田桜の園〕

義経忌《よしつねき》　陰暦四月三十日。武将源義経の忌日。文治五年（一一八九）没、三十歳。〔鄙に残る祭文節や義経忌　名和三幹竹〕

歌麿忌《うたまろき》　陰暦五月三日。江戸後期の浮世絵師喜多川歌麿の忌日。文化三年（一八〇六）没、五十三歳。**喜多川忌**《きたがわき》〔おばしまの女匂へり歌麿忌　友山梅子〕

修司忌《しゅうじき》《しうじき》　五月四日。劇作家・歌人・俳人寺山修司の忌日。昭和五十八年没、四十八歳。**寺山忌**《てらやまき》　**修司の忌**《しゅうじき》〔いつからのこころの錆や寺山忌　角川春樹〕

万太郎忌《まんたろうき》《まんたらうき》　五月六日。小説家・戯曲家・俳人久保田万太郎の忌日。昭和三十八年没、七十四歳。**傘雨忌**《さんうき》〔こでまりのはなの雨憂し傘雨の忌　安住　敦〕

春夫忌《はるおき》《はるをき》　五月六日。小説家・詩人佐藤春夫の忌日。昭和三十九年没、七十二歳。〔春夫忌の猫の蹠《あしうら》うつくしき　鳥越すみ子〕

鑑真忌《がんじんき》　陰暦五月六日。奈良時代の帰化僧鑑真の忌日。天平宝字七年（七六三）没、七十六

歳。〔鼓虫《まひまひ》のはやも涼しき鑑真忌　森　澄雄〕

健吉忌《けんきちき》　五月七日。文学評論家、山本健吉の忌日。本名石橋貞吉。文化勲章受章。昭和六十三年没、八十一歳。『純粋俳句』『現代俳句』『最新俳句歳時記』など多数の評論・著作がある。〔菖蒲湯に浸つてゐたる健吉忌　佐川広治〕

秀頼忌《ひでよりき》　陰暦五月八日。右大臣豊臣秀頼の忌日。慶長十九年（一六一四）没、二十二歳。〔城の石あるひはなでて秀頼忌　佐藤英堂〕

道頓忌《どうとんき》《だうとんき》　陰暦五月八日。大阪城開濠者安井道頓の忌日。元和元年（一六一五）没、八十二歳。〔めしといふ看板ありて道頓忌　草間時彦〕

泡鳴忌《ほうめいき》《はうめいき》　五月九日。小説家・評論家岩野泡鳴の忌日。大正九年（一九二〇）没、四十七歳。〔ホステスの募集は果てず泡鳴忌　江見マサオ〕

四迷忌《しめいき》　五月十日。小説家二葉亭四迷の忌日。明治四十二年（一九〇九）没、四十五歳。**四**《し》**迷**《めい》**の忌**《き》〔四迷忌や借りて重ねし書少し　石田波郷〕

朔太郎忌《さくたろうき》《さくたらうき》　五月十一日。詩人萩原朔太郎の忌日。昭和十七年没、五十四歳。〔朔太郎忌の風がすたすた二階まで　川口比呂之〕

たかし忌《き》　五月十一日。俳人松本たかしの忌日。昭和三十一年没、五十歳。**牡丹忌**《ぼたんき》　**たかしの忌**《き》〔たかし忌の白扇が打つ膝拍子　鷲谷七菜子〕

北枝忌《ほくしき》　陰暦五月十二日。蕉門俳人立花北枝の忌日。享保三年（一七一八）没。**北枝の忌**《ほくしのき》　**趙**《ちよ》**子忌**《うしき》〔北国の涼しき夏や北枝が忌　青木月斗〕

花袋忌《かたいき》 五月十三日。小説家田山花袋の忌日。昭和五年没、五十八歳。**花袋の忌**《かたいのき》 〔恋訥と語る教師や花袋の忌　高野邦夫〕

木堂忌《ぼくどうき》《ぼくだうき》 五月十五日。政治家犬養毅の忌日。書・刀剣に長じていたため木堂と号した。昭和七年没、七十七歳。**犬養忌**《いぬかいき》 〔木堂忌その日駭《おど》きし町に来ぬ　石田波郷〕

透谷忌《とうこくき》 五月十六日。文学者北村透谷の忌日。昭和二十七年自死、二十六歳。〔葉桜に風立ちやすし透谷忌　奥村迢牛〕

四明忌《しめいき》 五月十六日。俳人中川四明の忌日。大正六年（一九一七）没、六十八歳。**四明の忌**《しめいのき》 〔四明忌や城北会は皆故人　名和三幹竹〕

四方太忌《しほうだき》《しはうだき》 五月十六日。俳人坂本四方太の忌日。大正六年（一九一七）没、四十四歳。〔四方太忌や未だ青雲の志　田中寒楼〕

士朗忌《しろうき》《しらうき》 陰暦五月十六日。俳人井上士朗の忌日。文化九年（一八一二）没、七十歳。**枇杷園忌**《びわえんき》 〔萱津よりぬなは届きぬ枇杷園忌　織田烏不関〕

丈山忌《じょうざんき》《じやうざんき》 陰暦五月二十三日。江戸初期の漢詩人石川丈山の忌日。寛文十二年（一六七二）没、八十九歳。〔屋根〳〵に木の葉ふるぶよ丈山忌　松瀬青々〕

らいてう忌《き》 五月二十四日。社会運動家平塚らいてうの忌日。本名奥村明《はる》。昭和四十六年没、八十五歳。〔朝風の女子レガッタやらいてう忌　大野よし子〕

蟬丸忌《せみまるき》 陰暦五月二十四日。平安前期の琵琶法師の祖といわれる蟬丸の忌日。**蟬丸祭**《せみまるまつり》 **関明**《せきのみよう》**神祭**《じんさい》 [秋]逆髪祭 〔夕汐の満ち来る橋や蟬丸忌　角川春樹〕

頼政忌《よりまさき》 陰暦五月二十六日。平安末期の武将・歌人源三位頼政の忌日。治承四年（一一八〇）没、七十六歳。**源三位忌**《げんさんみき》〔頼政忌きのふでありし川の音　関戸靖子〕

辰雄忌《たつおき》 五月二十八日。小説家堀辰雄の忌日。昭和二十八年没、四十九歳。〔辰雄忌《たつをき》の卓に若葉の山葡萄　倉橋羊村〕

業平忌《なりひらき》 陰暦五月二十八日。平安前期の歌人・在五中将在原業平の忌日。元慶四年（八八〇）没、五十五歳。**在五忌**《ざいごき》〔老残のこと伝はらず業平忌　能村登四郎〕

晶子忌《あきこき》 五月二十九日。歌人与謝野晶子の忌日。昭和十七年没、六十四歳。〔素顔もてジャムは煮るべし晶子の忌　中村明子〕

多佳子忌《たかこき》 五月二十九日。俳人橋本多佳子の忌日。昭和三十八年没、六十四歳。〔多佳子忌の浜の昼顔百淡し　百合山羽公〕

青峰忌《せいほうき》 五月三十一日。俳人嶋田青峰の忌日。昭和十九年没、六十二歳。〔青峰忌根元のくらき帚草　秋元不死男〕

信長忌《のぶながき》 陰暦六月二日。武将織田信長の忌日。天正十年（一五八二）没、四十八歳。〔兜煮の目玉をしやぶり信長忌　山崎房子〕

光琳忌《こうりんき》 陰暦六月二日。江戸中期の画家尾形光琳の忌日。享保元年（一七一六）没、五十八歳。〔なかなかに水の暮れざる光琳忌《くわうりんき》　森　澄雄〕

紅緑忌《こうろくき》 六月三日。小説家・俳人佐藤紅緑の忌日。昭和二十四年没、七十五歳。〔紅緑忌他門の人も来て侍り　右田秀道〕

源信忌《げんしんき》 陰暦六月十日。恵心僧都源信の忌日。寛仁元年（一〇一七）没、七十六歳。**恵心忌**《えしんき》〔涼しげにたつる蓮華や源信忌　松瀬青々〕

光秀忌《みつひでき》 陰暦六月十三日。武将明智光秀の忌日。天正十年（一五八二）没。〔戞然《かつぜん》と竹が皮脱ぐ光秀忌　内田哀而〕

杉風忌《さんぷうき》 陰暦六月十三日。蕉門俳人杉山杉風の忌日。享保十七年（一七三二）没、八十五歳。**鯉屋忌**《こいやき》〔杉風忌杉風肥えて暑からん　青木月斗〕

桜桃忌《おうとうき》《あうとうき》 六月十三日。小説家太宰治の忌日。昭和二十三年没、三十九歳。**太宰忌**《だざいき》〔太宰忌やいつか無頼を遠くして　角川春樹〕

季吟忌《きぎんき》 陰暦六月十五日。江戸前期の古典学者・連歌師北村季吟の忌日。宝永二年（一七〇五）没。〔夕涼やかへす忌日の湖月抄　松瀬青々〕

独歩忌《どっぽき》《どくぼき》 陰暦六月二十三日。小説家国木田独歩の忌日。明治四十一年（一九〇八）没、三十七歳。〔独歩忌の水楢の風聴きつくす　石田勝彦〕

秋成忌《あきなりき》 陰暦六月二十七日。江戸時代の小説家・国学者上田秋成の忌日。文化六年（一八〇九）没、七十五歳。〔秋成忌怪しの雨月物語　山科三井〕

芙美子忌《ふみこき》 六月二十八日。小説家林芙美子の忌日。昭和二十六年没、四十七歳。〔太く短く生きし芙美子の忌なりけり　前島みき〕

爽雨忌《そううき》《さううき》 六月二十九日。俳人皆吉爽雨の忌日。昭和五十八年没、八十一歳。〔爽雨忌の白皙に朴残花あり　井沢正江〕

風三楼忌《ふうさんろうき》　七月二日。俳人岸風三楼の忌日。昭和五十七年没、七十一歳。〔風三楼忌《ふうさんらうき》近づくとこそ朴咲きぬ　畠山譲二〕

楸邨忌《しゅうそんき》　七月三日。俳人加藤楸邨の忌日。平成五年没、八十八歳。**達谷忌**《たつこくき》〔かたちなきものを見つむる楸邨忌《しうそんき》　森田公司〕

栄西忌《えいさいき》　陰暦七月五日。臨済宗《りんざいしゅう》の開祖栄西禅師の忌日。建保三年（一二一五）没、七十五歳。〔雪と一字方尺の書や栄西忌　寺山蒼海〕

鷗外忌《おうがいき》　七月九日。小説家・翻訳家森鷗外の忌日。大正十一年（一九二二）没、六十歳。〔町川の鯉金に照り鷗外忌《おうぐわいき》　皆吉爽雨〕

春草忌《しゅんそうき》　七月十一日。俳人長谷川春草の忌日。昭和九年没、四十六歳。〔かしこみてこぼせし酒や春草忌《しゅんさうき》　石田波郷〕

艸心忌《そうしんき》　七月十三日。歌人吉野秀雄の忌日。昭和四十二年没、六十五歳。**秀雄忌**《ひでおき》〔草かしげゐる小雀や艸心忌《さうしんき》　清水基吉〕

八束忌《やつかき》　七月十六日。俳人石原八束の忌日。平成十年没、七十八歳。〔七夕のあをき笹竹八束逝く　佐川広治〕

茅舎忌《ぼうしやき》　七月十七日。俳人川端茅舎の忌日。昭和十六年没、四十五歳。〔茅舎忌《ばうしやき》の夕虹蟇《ひき》をかゞやかす　西島麦南〕

秋櫻子忌《しゅうおうしき》　七月十七日。俳人水原秋櫻子の忌日。昭和五十六年没、八十九歳。**喜雨亭忌**《きうていき》〔朝顔の紺いさぎよし喜雨亭忌　水原春郎〕

河童忌《かっぱき》　七月二十四日。小説家芥川龍之介の忌日。昭和二年没、三十六歳。**餓鬼忌**《がきき》　**芥川忌**《あくたがわき》　**龍之介忌**《りゅうのすけき》　〔河童忌や河童のかづく秋の草　久保田万太郎〕

不死男忌《ふじおき》《ふじをき》　七月二十五日。俳人秋元不死男の忌日。昭和五十二年没、七十五歳。**万座忌**《まんざき》　**甘露忌**《かんろき》　〔甘露忌に白き風呼ぶさるすべり　木内彰志〕

左千夫忌《さちおき》《さちをき》　七月三十日。歌人・小説家伊藤左千夫の忌日。大正二年（一九一三）没、四十九歳。〔左千夫忌の近しと茂吉生家訪ふ　加藤三七子〕

露伴忌《ろはんき》　七月三十日。小説家・随筆家・考証家幸田露伴の忌日。昭和二十二年没、八十歳。**蝸牛忌**《かぎゅうき》　〔片減りの墨の歳月露伴の忌　成瀬櫻桃子〕

谷崎忌《たにざきき》　七月三十日。小説家谷崎潤一郎の忌日。昭和四十年没、七十九歳。**潤一郎忌**《じゅんいちろうき》　〔夕萱に日やあかあかと谷崎忌　青木綾子〕

夕爾忌《ゆうじき》《ゆふじき》　八月四日。詩人・俳人木下夕爾の忌日。昭和四十年没、五十歳。〔駅柵に雲のたたずむ夕爾の忌　朔多　恭〕

草田男忌《くさたおき》《くさたをき》　八月五日。俳人中村草田男の忌日。昭和五十八年没、八十二歳。〔炎天こそすなはち永遠《とは》の草田男忌　鍵和田秞子〕

動物

四足動物

夏《なつ》の鹿《しか》 夏、雌は子育てに忙しく、雄は袋角が伸びはじめる。 **夏野《なつの》の鹿《しか》** **鹿《しか》の親《おや》** **親鹿《おやじか》** **新鹿《しんしか》** 春孕み鹿 秋鹿 〔夏の鹿ものうく奈良の昼の鐘 鶴岡与志野〕

鹿《しか》の子《こ》 鹿の子は五、六月ごろ生まれる。 **鹿《か》の子《こ》** **鹿子《かご》** **子鹿《こじか》** 秋鹿 〔鹿の子にものの見る眼ふたつづつ 飯田龍太〕

袋《ふくろ》角《づの》 五、六月ごろ生え替わる雄鹿の角のことで、皮をかぶり、骨質でなく血管が通っている。 **鹿《しか》の袋角《ふくろづの》** **鹿《しか》の若角《わかづの》** **鹿茸《ろくじょう》** 春落し角 秋鹿・角切 〔袋角熱あるごとく哀なり 中田みづほ〕

蝙蝠《こうもり》 かうもり 鼠に似た黒灰色の哺乳動物。指の間に膜があり、空を飛ぶ。 **かはほり** **蚊喰鳥《かくいどり》** **蚊鳥《かとり》** 〔蝙蝠に暮れゆく水の広さかな 高浜虚子〕

海《うみ》亀《がめ》 体長一メートルに達する海産の大亀。 **赤海亀《あかうみがめ》** **青海亀《あおうみがめ》** **海亀泳《うみがめおよ》ぐ** 春亀鳴く 夏亀の子 〔燈台がともる海亀縛られて 山口誓子〕

亀《かめ》の子《こ》 石亀の子で大きさや形が銅貨に似ているので銭亀《ぜにがめ》ともいう。 **銭亀《ぜにがめ》** **子亀《こがめ》** 春亀鳴く 〔子亀飼ふ太郎二郎とすぐ名づけ 皆吉爽雨〕

青《あお》蛙《がえる》 あをがへる 体長七センチくらいの緑色の蛙。 春蛙 〔草踏めばあをきがとべり青かへる 篠田悌二郎〕

雨《あま》蛙《がえる》 あまがへる 木の枝や繁った葉にとまっている緑色の蛙。地上では茶色になる。 **枝蛙《えだかわず》** 春蛙

〔雨蛙ねむるもつとも小さき相　山口青邨〕

蟇《ひきがえる》
大型の蛙で、背中にたくさんの疣《いぼ》があり動作も鈍い。**蟾蜍**《ひきがえる》　**蟾**《ひき》　**蝦蟇**《がま》　**がまがへる**《ひきがへる》　**蟇交む**《ひきつるむ》　**蟇**《ひき》**の恋**《こい》　[春]蟇穴を出づ　〔蟇歩く到り着く辺のある如く　中村汀女〕

河鹿《かじか》
清流に棲む蛙の一種。澄んだ声で鳴く。**河鹿笛**《かじかぶえ》　**夕河鹿**《ゆうかじか》　**河鹿宿**《かじかやど》　**初河鹿**《はつかじか》　〔ころろと河鹿が鳴くよきつね雨　山上樹実雄〕

山椒魚《さんしょううお》
淡水産の動物で、魚ではない。渓流の岩の下や洞窟中に棲む。**はんざき**　**箱根**《はこね》**山椒魚**《さんしょううお》《さんせううを》　**富士山椒魚**《ふじさんしょううお》　**霞山椒魚**《かすみさんしょううお》　〔はんざきの水に鬱金の月夜かな　飯田龍太〕

蠑螈《いもり》
両棲類で池や沼に棲息。形は守宮《やもり》に似ていて、背中黒く腹が赤い。**井守**《いもり》《ゐもり》　**赤腹**《あかはら》　**蠑螈浮く**《いもりうく》　〔蠑螈かなし神が創りし手をひろげ　橋本鶏二〕

守宮《やもり》
ヤモリ科の爬虫類。蜥蜴に似ている。指の裏の吸盤で天井や外灯に張りつき昆虫を食べる。**壁虎**《やもり》　**家守**《やもり》　**子守宮**《こやもり》　〔壁にいま夜の魔ひそめるやもりかな　久保田万太郎〕

蜥蜴《とかげ》
石垣や草むらに棲む爬虫類の一種。小虫を捕食する。**青蜥蜴**《あおとかげ》　**瑠璃蜥蜴**《るりとかげ》　**縞蜥蜴**《しまとかげ》　**蜥蜴**《とかげ》**の尾**《お》　**尻切れ蜥蜴**《しりきれとかげ》　**子蜥蜴**《ことかげ》　[春]蜥蜴穴を出づ　[秋]蜥蜴穴に入る　〔蜥蜴照り肺ひこひことひかり吸ふ　山口誓子〕

蛇《へび》
夏季に活動する蛇のこと。青大将《あおだいしょう》や縞蛇、山楝蛇《やまかがし》など。蝮を除けば無毒で、害を加えない。**くちなは**　**ながむし**　**大蛇**《おろち》　**巨蟒**《うわばみ》　**山蛇**《やまへび》　**鈴蛇**《すずへび》　**青蛇**《あおへび》　**青大将**《あおだいしょう》　**山楝蛇**《やまかがし》　**縞蛇**《しまへび》　**蛇擲つ**《へびうつ》　**蛇交む**《へびつるむ》　**蛇**《へび》**の舌**《した》　**蛇**《へび》**は樹**《き》**に**　**蛇**《へび》**の首**《くび》　**蛇流る**《へびながる》　**蛇捕り**《へびとり》　**蛇泳ぐ**《へびおよぐ》　[春]蛇穴を出づ　[秋]蛇穴に入る　〔音楽漂ふ岸侵しゆく蛇の飢　赤尾兜子〕

蛇衣《へびきぬ》を脱《ぬ》ぐ　蛇は脱皮して成長する。蛇の衣はその抜け殻で、蛇の形そのままのものもある。**蛇《へび》の衣《きぬ》**　**蛇《へび》の殻《から》**　**蛇《へび》の蛻《もぬけ》**　**蛇皮《へびかわ》を脱《ぬ》ぐ**　[春]蛇穴を出づ　[秋]蛇穴に入る　〔蛇の衣むしやうに午《ひる》の寂しくなる　角川春樹〕

蝮蛇《まむし》　日本にいる代表的な毒蛇。生捕りにして焼酎につけ蝮酒にしたり、黒焼きにして強壮剤として用いる。**蝮《まむし》**　**赤《あか》まむし**　**蝮取《まむしとり》**　**蝮酒《まむしざけ》**　〔曇天《どんてん》や蝮生き居る壜《びん》の中　芥川龍之介〕

飯匙倩《はぶ》　奄美大島や沖縄などに棲息する猛毒をもつ蛇。**ひめはぶ**　〔飯匙倩棲める緑の島に上陸す　湯浅桃邑〕

鳥

羽抜鳥《はぬけどり》　冬羽から夏羽に抜けかわる鳥のこと。**羽抜鶏《はぬけどり》**　**羽脱鶏《はぬけどり》**　**羽抜鴨《はぬけかも》**　**毛《け》を替《か》へる鳥《とり》**　**羽抜雉子《はぬけきじ》**　**鳥《とり》の換羽《かえば》**　〔一塊の肉羽ばたきて羽抜鳥　福田蓼汀〕

時鳥《ほととぎす》　五月ごろから南方から渡ってくる夏を代表する鳥。鳴き声が鋭い。**杜鵑《ほととぎす》**　**子規《ほととぎす》**　**不如帰《ほととぎす》**　**霍公鳥《ほととぎす》**　**蜀魂《ほととぎす》**　**杜宇《ほととぎす》**　**杜魂《ほととぎす》**　〔谺して山ほととぎすほしいまゝ　杉田久女〕

郭《かつ》公《こう》《くわくこう》　夏が深まると高原や高山から、カッコーカッコーと丸くはずむような美しい声で鳴く。**閑古鳥《かんこどり》**　**かつこ鳥《どり》**　**夕閑古《ゆうかんこ》**　〔郭公や韃靼《だったん》の日の没《い》るなべに　山口誓子〕

筒《つつ》鳥《どり》　郭公とよく似ている。ポンポンという声で鳴くが低くて聞き取りにくい。**ぼんぼん鳥《どり》**　〔筒鳥を幽《かす》かにすなる木のふかさ　水原秋櫻子〕

慈悲心鳥《じひしんちょう》《じひしんてう》　十一が動物学上の正しい名前。ジュイッチージュイッチーと鳴くところから。　十一《じゅういち》　〔慈悲心鳥おのが木魂《こだま》に隠れけり　前田普羅〕

仏法僧《ぶっぽうそう》《ぶつぽふそう》　青緑色でくちばしが赤い。濁声《だみごえ》である。**木葉木菟《このはずく》**　〔仏法僧精進の酒過ぎにけり　矢島渚男〕

夜　鷹《よたか》　五月ごろ渡来して低山地に棲み、夜に活動、キュッキョッと鳴く。**怪鴟《よたか》**　**蚊吸鳥《かすいどり》**　〔夜鷹啼く榧の梢に月かかり　福田甲子雄〕

夏雲雀《なつひばり》　繁殖期のあと、夏の換羽期のひばり。**練雲雀《ねりひばり》**　**夏《なつ》の雲雀《ひばり》**　[春]雲雀　[冬]冬雲雀　〔みちのくの果の岬の夏雲雀　福田蓼汀〕

青葉木菟《あおばずく》《あをばづく》　青葉のころ渡って来るフクロウ科の鳥。夜ホーホーと二声ずつ鳴く。**二声鳥《ふたこえどり》**　[冬]木菟《ずく》　〔夫恋《つま》へば吾《われ》に死ねよと青葉木菟　橋本多佳子〕

老　鶯《おいうぐいす》《おいうぐひす》　夏になっても鳴いている鶯をいう。**老鶯《ろうおう》**　**乱鶯《らんおう》**　**残鶯《ざんおう》**　**夏鶯《なつうぐいす》**　**鶯《うぐいす》老《お》ゆ**　**鶯老《うぐいすお》いを啼《な》く**　[春]鶯　[冬]笹鳴　〔老鶯や晴るるに早き山の雨　成瀬櫻桃子〕

鶯《うぐいす》音《ね》を入《い》る《うぐひすねをいる》　繁殖期を過ぎた鶯が囀りをやめて地鳴きだけになること。**鶯《うぐいす》啼《な》きやむ**　**音《ね》を入《い》るる鶯《うぐいす》**　[春]鶯　[冬]笹鳴　〔石庭寺深く鶯音を入るる　桜木俊晃〕

雷　鳥《らいちょう》《らいてう》　日本アルプス・立山などの高山に棲む。特別天然記念物。**雷鶏《らいけい》**　〔雷鳥や霧を呼びつゝ巌かげに　中島斌雄〕

燕の子《つばめのこ》　五月に一番子、六月に二番子が生まれる。**子燕《こつばめ》**　**親燕《おやつばめ》**　**燕孵る《つばめかえる》**　[春]燕・燕の巣　〔ひしめきて落ちこぼれなき燕の子　杉　良介〕

烏《からす》の子《こ》

鴉は縄張り内の樹上の巣で数羽生まれる。三十日から三十五日で巣立つ。**鴉《からす》の子《こ》** **子烏《こがらす》** **親烏《おやがらす》** [冬]寒鴉 〔とん〱と歩く子鴉名はヤコブ　高野素十〕

鳰《にお》の子《こ》

《にほのこ》鳰は梅雨前後に営巣し、その浮巣で孵った子。[夏]浮巣 [冬]鳰 〔鳰の子に淡海の霧のまだ晴れぬ　鷲谷七菜子〕

鶉《うずら》の巣《す》

《うづらのす》草原や牧場などの叢《くさむら》に巣を作る。[春]麦鶉 [秋]鶉 〔浅間の灰ほのとかぶりて鶉の巣　宮津君枝〕

葭《よし》切《きり》

南から渡来する夏鳥で、湖沼や川の葭原に群棲する。ギョギョシギョギョシと鳴く。**行々子《ぎょうぎょうし》** **葭原雀《よしわらすずめ》** **葭雀《よしすずめ》** **葦鶯《あしうぐいす》** **大葭切《おおよしきり》** **小葭切《こよしきり》** 〔よしきりや嬰を横抱きに葛西橋　角川春樹〕

翡《かわ》翠《せみ》

《かはせみ》全体が青緑色、いわゆる翡翠の玉に似た美しい小鳥。**かはせび** **川蟬《かわせみ》** **魚狗《ぎょく》** **せうびん** **翡翠《ひすい》** **山《やま》せみ** 〔はつきりと翡翠色にとびにけり　中村草田男〕

山翡翠《やませみ》

大型のかわせみで背面全体に黒と白の鹿の子斑があり、頭の冠毛が目立つ。**鹿《か》の子《こ》** **翡翠《しょうびん》** **山神主《やまかんぬし》** **川禰宜《かわねぎ》** 〔山翡翠の冠毛立つる蕗の雨　岡田貞峰〕

赤翡翠《あかしょうびん》

五月ごろ渡来する。中型でつぐみほどの大きさ。全身が赤い極彩色なので赤翡翠の名がある。**深山翡翠《みやましょうびん》** **水恋鳥《みずこいどり》** **雨乞鳥《あまごいどり》** **南蛮鳥《なんばんどり》** **きょうろろ** 〔赤翡翠足を濡らして帰りけり　五島克美〕

鷭《ばん》

水鶏《くいな》と同属だが、やや大きく鳩ぐらい。歩くのも巧みで水辺に棲む。クルルックルルッと鳴く。**大鷭《おおばん》** **小鷭《こばん》** **鷭《ばん》の声《こえ》** **鷭《ばん》の脚《あし》** 〔鷭飛びて利根こゝらより大河めく　菅裸

馬〕

浮《うき》巣《す》 鳰などが沼や湖に水草の茎を支柱にして作った巣のこと。**水鳥《みずどり》の巣《す》** **鳰《にお》の浮巣《うきす》** **鷭《ばん》の浮巣《うきす》** **鳰《にお》の巣《す》** 夏鳰の子 冬鳰 〔蒲を編み他をまじへざる浮巣かな　森田 峠〕

夏《なつ》の鴛鴦《おし》 《なつのをし》雄はウィブ、雌はアック、アックと鳴きながら泳いでいるのは夏の涼味をさそう。**鴛鴦《おし》涼《すず》し** 冬鴛鴦 〔をし涼し大雷驟雨過ぎて後　青木月斗〕

通《とお》し鴨《がも》 《とほしがも》夏になっても北へ帰らず沼や湖に残って雛を育てる鴨のこと。春春の鴨・引鴨 冬鴨 〔水暗きところにをりぬ通し鴨　星野麥丘人〕

夏《なつ》鴨《がも》 軽鴨のこと。日本各地に留鳥として繁殖している。**軽鴨《かるがも》** **軽《か》鳧《る》** **黒鴨《くろがも》** **夏《なつ》の鴨《かも》** 冬鴨 〔夏の鴨岩隠りつゝ舟に添ふ　壺井由多花〕

鴨《かも》の子《こ》 春、北に帰らなかった鴨は、夏営巣して子を育てる。**小《こ》鴨《がも》** **鴨《かも》の雛《ひな》** 冬鴨 〔我庭に育ちし子鴨とびにけり　大須賀乙字〕

軽《か》鳧《る》の子《こ》 一年じゅういる軽鴨の子で、六月ごろ生まれる。**軽鴨《かるがも》の子《こ》** 〔軽鳧の子の親を離る水尾引いて　今井つる女〕

鳧《けり》 千鳥に似て足が長い。ケリケリと鳴くのでこの名がある。**鳧《けり》の子《こ》** **水《け》札《り》の子《こ》** 冬田鳧 〔鳧の子はつぶく〵風に吹かれけり　青木月斗〕

鵜《う》 川鵜、海鵜、姫鵜を総称していう。留鳥で鵜飼に使われるのは海鵜。**海鵜《うみう》** **川鵜《かわう》** **鵜《う》の首《くび》** **鵜《う》の嘴《くちばし》** 夏鵜飼 〔波にのり波にのり鵜のさびしさは　山口誓子〕

水《く》鶏《いな》 《くひな》沼や沢などに棲息し、繁殖期の雄はカタカタカタカタと戸を叩くように鳴く。**緋《ひ》水《くい》**

鶏《な》　**姫水鶏《ひめくいな》**　**秧鶏《くいな》**　**水鶏笛《くいなぶえ》**　**水鶏鳴《くいなな》く**　**水鶏叩《くいなたた》く**　〔水鶏鳴くと人のいへばや佐屋泊《さやどま》り　松尾芭蕉〕

青《あお》鷺《さぎ》　鷺の中で最も大型で体は青灰色。水田や湖沼に棲む。**蒼鷺《あおさぎ》**　春鷺の巣　〔青鷺《あをさぎ》は夜とわかるゝ沼を翔《た》つ　石井白村〕

白《しら》鷺《さぎ》　水田や沼などに棲む羽根の白い鷺の総称。春鷺の巣　〔白鷺がとび立つ水を窪ませて　檜紀代〕

五位鷺《ごいさぎ》　中型の鷺で、樹上に群棲、営巣し、夜飛びながらカアカアと鳴く。〔地震怖る五位鷺《ごゐさぎ》鳴けるひとふしに　長谷川かな女〕

葭五位《よしごい》　小型の鷺で、芦や真菰などの叢に棲む。オーオーと低くうなるように鳴く。**葦《あし》五位《ごい》**　〔葭五位《よしごゐ》の身をおく程の葭伸びず　渡辺夏舟〕

笹五位《ささごい》　夜行性で、水辺にでて水生の小動物を捕食する。〔笹五位《ささごゐ》の声ならむ葦の薄月夜　池上垣義子〕

溝五位《みぞごい》　低い山地に営巣し、夜ヴー、ヴーと食用蛙のような大声で鳴く。〔溝五位《みぞごゐ》の徳利立ちに沼暮るる　栗林成美〕

鯵《あじ》刺《さし》　カモメ科の鳥。水上を燕のように飛び、巧みに魚を捕食するのでこの名がある。**鮎刺《あゆさし》**　〔鯵刺《あぢさし》の搏《う》ったる嘴《はし》のあやまたず　水原秋櫻子〕

鮎《あゆ》鷹《たか》　カモメ科の小鯵刺《こあじさし》のこと。全長三〇センチくらい、空中から狙いすまして水面に急降下し鮎などを捕る。鯵刺は海鳥で別。〔池を刺す鮎鷹海を遠くせり　角川源義〕

水薙鳥《みずなぎどり》 南方の海上に棲み北方に渡ってくる鳥で、魚類を食している。〔荒磯路や朝凪に水薙鳥《みづなぎどり》の死　山口野径〕

青鳩《あおばと》 美しい緑色の鳩。オ、ア、オーというような、尺八の音に似た、無気味な声で鳴く。尺八鳩、豊年鳩などの俗称がある。〔遠牧に青鳩《あをばと》鳴けばこたふあり　米谷静二〕

星鴉《ほしがらす》 三〇〇〇メートル級の山で見られる。ガーッガーッと威嚇するような鳴き声である。**岳鴉《だけがらす》**〔星鴉風のあとまた水の音　鈴木六林男〕

大瑠璃《おおるり》 渓流に近い林などに棲息し、ピー、シー、シーと美しい声で囀る。**瑠璃鳥《るりちょう》**〔瑠璃《おほるり》鳴けば蓼科《たでしな》に雲厚くなる　秋山花笠〕

小瑠璃《こるり》 大瑠璃より細身の体形。低い藪などで鳴く。〔小瑠璃鳴き朝は雫す森の径　原柯城〕

三光鳥《さんこうちょう》 ヒタキ科の夏鳥で、ツキヒーホシ（月日星）ホイホイと鳴く。〔三光鳥《さんくわうてう》声かさなりて梢まぶし　泉春花〕

黄鶲《きびたき》 胸から腹にかけて鮮やかな黄色の雀くらいの鳥。ポーピーピピロ、ポーピーピピロと鳴く。[秋]鶲〔黄鶲に焦土のごとく富士くだる　角川源義〕

野鶲《のびたき》 本州高地や北海道平地の草原にいる。ヒローヒローチュウィーチーと囀る。**野鶲鳴《のびたきな》く** **野鶲翔《のびたきと》ぶ** [秋]鶲〔野鶲の少し仰向く風情かな　飯田蛇笏〕

瑠璃鶲《るりびたき》 雀大で、北海道や本州の高地に繁殖。ピョロロ、ヒョロロ、ピチュピチュピーと囀

る。　[秋]鶺鴒　〔沢を吹く歯朶の嵐に瑠璃鶺鴒　山谷春潮〕

眼《め》細《ぼそ》　鶯に似ているが、それより体が細い。ジュリジュリと鳴く。**眼《め》細《ぼそ》虫《むし》喰《くい》**　**大《おお》虫《むし》喰《くい》**　**小《こ》虫《むし》喰《くい》**　〔眼細鳴き岳は眼深に雲の笠　大島民郎〕

仙台虫喰《せんだいむしくい》　《せんだいむしくひ》　鶯に似た小型の鳥で、チーョチーョグィーと低い声で鳴く。〔仙台虫喰牧夫の家は応へなし　堀口星眠〕

藪《やぶ》雨《さめ》　鶯よりも小さい鳥。シンシンシンと尻上がりに鳴く。〔藪雨の滅びの唄を聞きとめぬ　山田みづえ〕

夏《なつ》燕《つばめ》　種別ではなく、夏に見かける燕の意。**夏《なつ》の燕《つばめ》**　[春]燕　[秋]燕帰る　〔むらさきのこゑを山辺に夏燕　飯田蛇笏〕

雨《あま》燕《つばめ》　高山の岩壁に営巣し、群となって猛烈なスピードで飛翔する燕の一種。**針《はり》尾《お》雨《あま》燕《つばめ》**　[春]燕　[秋]燕帰る　〔雨燕怒濤がふさぐ洞の門　原柯城〕

駒《こま》鳥《どり》　高く澄んだ声でヒンカラカラと囀る。古来、鶯、大瑠璃とともに和鳥三名鳥に数えられる。**こま**　**知《こ》更《ま》鳥《どり》**　〔駒鳥や崖をしたたる露のいろ　加藤楸邨〕

虎《とら》鶫《つぐみ》　鳴き声が笛を吹くように寂しく聞こえるので、地獄鳥と呼ぶ地方もある。**鵺《ぬえ》**　**ぬえ**　**鶫《つぐみ》**　[秋]鶫　〔昼は跳ぶ木深き庭の虎鶫　市村究一郎〕

黒《くろ》鶫《つぐみ》　北海道から本州中部の山地で繁殖し、キョロキョロキョキョキョ、キョキョキョチリーと鳴き声は美しい。　[秋]鶫　〔黒つぐみあけぼのの富士雲払ふ　篠田悌二郎〕

赤《あか》腹《はら》　両わき腹が赤茶色をしているのでこう呼ばれる。鳴き声は澄んで美しく遠くまでひ

びく。〔赤腹鳥は厨覗いて剽軽《ひょうきん》もの　富安風生〕

眉白《まみじろ》 北海道、本州に繁殖し、冬は南方へ渡る。チョボイジー、チョボイジーと澄んだ声で鳴く。**まゆじろ　まみじろつぐみ**
〔まみじろに日がな明るく滝の音　目黒十一〕

桑鳸《いかる》 頬や翼が黒く、太い鮮黄色のくちばしが目立つ。ピーペーピーピーポイと抑揚のある鳴き方である。**鵤《いかる》　いかるが　豆《まめ》まはし**
〔いかる来て起きよ佳き日ぞと鳴きにける　水原秋櫻子〕

蒿雀《あおじ》《あをじ》 チリチョロ、チチクイ、チッチョロ、チリリと頬白よりは緩やかに鳴く。**青鵐《あおしとど》**
〔暗き枝の絶えずゆれをり鳴く青鵐　堀口星眠〕

野鵐《のじこ》 多く藪に中にいるので、目にすることが少ない。鳴き声や姿がよいので、古くから飼鳥とされてきた。**野路子《のじこ》**
〔野鵐なり森の水甕の水揺りしは　千代田葛彦〕

頬赤《ほおあか》《ほほあか》 体色、大きさともに頬白に似ているが、耳羽が栗色なのでこの名がある。チョッチチリンジと低く鳴く。**ほあか**　[春]頬白
〔頬赤の鈴割れごゑや空澄む日　堀口星眠〕

眼白《めじろ》 鶯色の小鳥で、目の周りに白い環がある。飼い鳥として親しまれている。**目白《めじろ》　眼《め》白籠《じろかご》　眼白捕《めじろと》り**
〔見えかくれ居て花こぼす目白かな　富安風生〕

四十雀《しじゅうから》《しじふから》 雀よりやや小さい留鳥。ツーピー、ツーピーと張りのある朗《ほが》らかな声で鳴く。
〔山の杉は暗く愚直に四十雀　森　澄雄〕

五十雀《ごじゅうから》《ごじふから》 木の幹を旋回して小昆虫を啄む。澄んだ声でフィフィと七、八声つづけさま

山雀《やまがら》　日雀《ひがら》　小雀《こがら》　柄長《えなが》　雪加《せっか》　岩鷚《いわひばり》　茅潜《かやくぐり》　便追《びんずい》　雷鴫《かみなりしぎ》

に鳴く。**木回り**《きまわり》〔鳴き倦みて蔓ぶらんこの五十雀　長谷川久代〕

四十雀と同じくらいの大きさで、ツッピィー、ツッピーと鳴く。**やまがらめ**〔山雀や蕗《ふき》生ふ沢を登りつめ　水原秋櫻子〕

四十雀よりやや小さく、繁殖期にはツッピン、ツッピンと張りのある声で鳴く。〔啼き声の日雀来てをり醤油蔵　森　澄雄〕

頭上はベレー帽をかぶったように黒く、フチー、フチーフチーと小さいが美しい声で囀る。**こがらめ**〔渡り来し小雀は黐につき易き　太田鴻村〕

四十雀の仲間で、綿を丸めたような体に長い尾羽がついている。シーシー、シーフィーフィーと囀る。〔枯れ蔓に縋り夕日の柄長啼き　小林黒石礁〕

雀より小さく、ヒッ、ヒッと飛びながら鳴き、チャッチャッチャッと舌打ちをするような鳴き声で降りてくる。〔雪加鳴き端居にとほき波きこゆ　水原秋櫻子〕

富士山や日本アルプスの高山などの岩場近くに棲み、雲雀に似た美声で囀る。いはひばり　**岳雀**《だけすずめ》〔天涯に雲屯せり岩ひばり　岡田日郎〕

日本特産の高山鳥。雀ぐらいの大きさで暗褐色、人目につかない。**かやくき**〔かやくぐり聴き天近き尾根わたる　福田蓼汀〕

鳴き声、動作ともに雲雀に似ており、巣も雲雀のように地上に作る。**木雲雀**《きひばり》〔便追や羽黒の朝のきつね雨　皆川盤水〕

三〇センチほどの暗褐色の地に縦縞がある。尾羽を半開きにして風を切り、すさま

じい音を立て空中を舞う。雷鳴の名はこの習性からの俗称。**大地鴫**《おおじしぎ》〔ささらだつ牧の青空大地鴫　平井さち子〕

磯鵯《いそひよどり》　ツグミ科の留鳥。岩礁の多い海岸に棲むのでこの名がある。**磯鵯**《いそひよ》〔磯鵯《いそひよ》や諸鳥いまだ加はらず　森田峠〕

海猫《うみねこ》　カモメ科の海鳥。鳴き声が猫そっくりなのでこの名がある。**ごめ**　**海猫孵る**《ごめかえ》　**ごめの声**《こえ》　春海猫《ごめ》渡る　秋海猫《ごめ》帰る　〔抱卵の海猫のひそめる羽根砦　加藤憲曠〕

魚介

緋鯉《ひごい》《ひ ひご》　黒色の野性の鯉が突然変異で赤色に変じたもの。**斑鯉**《まだらごい》　**金鯉**《きんごい》　**銀鯉**《ぎんごい》　**白鯉**《しろこい》　**錦鯉**《にしきごい》　冬寒鯉〔床下に緋鯉を飼つて鯉屋敷　前田まさを〕

源五郎鮒《げんごろうぶな》《げんごらうぶな》　琵琶湖に産する大型の鮒の一種。**堅田鮒**《かただぶな》〔堅田鮒魞の砦は抜け出せず　鈴木真砂女〕

濁り鮒《にごりぶな》　梅雨のころ、産卵のため増水と濁りに乗じて、水田や小流にのぼってくる鮒。春初鮒・乗込鮒　秋紅葉鮒　冬寒鮒　〔濁り鮒夕雲草に沈みつつ　大嶽青児〕

鯰《なまず》《づなま》　口が大きく長短二対のひげがある。五～六月ごろ水草に卵を生みつける。**梅雨鯰**《つゆなまず》　**ごみ鯰**《なまず》　**鯰鍋**《なまずなべ》　**鯰釣る**《なまずつ》〔大鯰じたばたせずに釣られけり　成瀬櫻桃子〕

鮎《あゆ》　姿、形、味ともによく、川魚の王といわれる。わずか一年の寿命である。**香魚**《こうぎょ》　**年魚**《ねんぎょ》　**浮鮎**《うきあゆ》　**飛ぶ鮎**《とあゆ》　**鮎の川**《あゆかわ》　**鮎焼く**《あゆや》　**鮎の宿**《あゆやど》　**鮎生簀**《あゆいけす》　**鮎走る**《あゆはし》　**鮎光る**《あゆひか》　**鮎籠**《あゆかご》　**鮎時**《あゆどき》　春若鮎

秋落鮎　新押鮎　〔山の色釣り上げし鮎に動くかな　原 石鼎〕

岩魚《いわな》　川魚としては最上流に棲息する。淡泊だが味はよい。**嘉魚**《かぎょ》　**岩魚釣**《いわなつ》**り**　**岩魚焼**《いわなや》**く**　**岩魚挿**《いわなさ》**し**　**岩魚狩**《いわなかり》　**岩魚突**《いわなつ》**く**　**岩魚小屋**《いわなこや》　〔ランプ明り岩魚骨酒《こつざけ》廻し飲み　福田蓼汀〕

山女《やまめ》　渓流釣りの対象として知られ、肉は美味。**山女魚**《やまめ》　**山女釣**《やまめつ》**る**　**山女宿**《やまめやど》　**山女焼**《やまめや》**く**　**山女**《やまめ》**小屋**《ごや》　春雪代山女　秋木葉山女　〔巌を打つ水の雄心山女釣り　飯田龍太〕

やまべ　白鮠《しらはえ》またはハヤと称するところが多い。夏はたやすく釣れるので親しまれている。**白鮠**《しらはえ》　**やまべ釣**《つり》　〔ながれつゝやまべの渦のさかのぼる　軽部烏頭子〕

鰣《はす》　コイ科の淡水魚。体長二五センチほど、体は細長く背部は淡い黒褐色。琵琶湖や安《あ》曇川《どがわ》の河口などにすむ。〔鰣釣の鱠上げたるときに会ふ　森 澄雄〕

金魚《きんぎょ》　鮒の飼養変種。種類が多い。**和金**《わきん》　**蘭鋳**《らんちゅう》　**琉金**《りゅうきん》　**出目金**《でめきん》　**支那金**《しなきん》　**錦蘭子**《にしきらんし》　**銀魚**《ぎんぎょ》　**金魚**《きんぎょ》**池**《いけ》　**金魚釣**《きんぎょつり》　夏金魚売・金魚玉　〔金魚大鱗夕焼の空の如きあり　松本たかし〕

熱帯魚《ねったいぎょ》　熱帯産の魚類の総称。特に鑑賞用淡水魚。**天使魚**《てんしうお》　**天人魚**《てんにんうお》　**エンジェル・フィッシュ**　**グッピー**　**ムーン・フィッシュ**　〔熱帯魚石火のごとくとびちれる　山口誓子〕

闘魚《とうぎょ》　アジアの温帯から熱帯にかけて棲息する観賞用熱帯魚の一種。雄同士で激しく争う習性があることからこの名がある。〔こひびとを待ちあぐむらし闘魚の辺　日野草城〕

目高《めだか》　三センチほどの淡褐色の淡水魚。目が大きく飛びだしているのでこの名がある。**緋**《ひ》**目高**《めだか》　**白目高**《しろめだか》　**ばんだい**　〔水底の明るさ目高みごもれり　橋本多佳子〕

だぼ鯊《はぜ》　ドロメおよびこれに類したアゴハゼの俗称。動きがにぶく、たやすく捕えられるところから、この呼び名がつけられたという。**ちちぶ　ちちかぶり**〔だぼ鯊の尾鰭ひろげて釣られけり　桜木俊晃〕

ごり　琵琶湖では淡水鯊のヨシノボリをごりといい、石川県下では鯊を広くごりと呼んでいる。**鮴**《ごり》　**鮔**《ごり》　**石伏魚**《いしぶし》　**石斑魚**《いしぶし》　**川鰍**《かわかじか》　夏ごり汁〔この顔の大きが鮴ぞ箸の先　滝沢伊代次〕

麦藁鯛《むぎわらだい》《むぎわらだひ》　麦秋の時期にとれるマダイおよびチダイをいう。春桜鯛〔草の戸に麦藁鯛の奢りかな　吉田冬葉〕

黒鯛《くろだい》《くろだひ》　黒灰色で、赤鯛に対して黒鯛と呼ぶ。大阪や瀬戸内海方面では「ちぬ」という。**茅渟**《ちぬ》　**海鰤**《かいづ》　**ちぬ釣**《つり》　春桜鯛〔黒鯛釣を迎へにゆきし帆掛舟　斎藤夏風〕

石鯛《いしだい》《いしだひ》　数本の黒青色の縞があるため、縞鯛ともいう。**縞鯛**《しまだい》〔雨なんぞ石鯛の尺釣り上げし　水沢竜星〕

いさき　背部には太い褐色の帯が頭から尾の方向に走っている。塩焼きがうまい。**いさぎ　伊佐木**《いさき》〔いさき食ふ海に六分の入陽かな　榎本好宏〕

たかべ　青緑色で、体側に一本あざやかな黄色の線がある。塩焼きがうまい。〔たかべ焼く薄むらさきの夕べきて　上田晩春郎〕

初鰹《はつがつお》《はつがつを》　若葉のころとれる最初の鰹。江戸時代はとくに珍重された。**初松魚**《はつがつお》〔初鰹夜の巷に置く身かな　石田波郷〕

鰹《かつお》《かつを》 黒潮に乗って北上し、初夏に土佐・房総方面に姿を現す。**堅魚**《かつお》 **松魚**《かつお》 **えぼし魚**《ぎょ》 **真鰹**《まがつお》 **夜鰹**《よがつお》 **鰹時**《かつおどき》 **鰹売**《かつおうり》 [秋]秋鰹 〔鰹揚ぐ手送りに月滴れり 平松弥栄子〕

鯖《さば》 初夏の産卵期に群をなして近海に現れる。**ほん鯖**《さば》 **ひら鯖**《さば》 **まる鯖**《さば》 **ごま鯖**《さば》 **田植鯖**《たうえさば》 **青鯖**《あおさば》 **鯖火**《さばび》 **鯖火燃**《さばびも》**ゆ** **鯖船**《さばぶね》 **鯖釣**《さばつり》 [秋]秋鯖 〔朝市やまだ海色の鯖を糶る 角川春樹〕

鯵《あじ》《ぢあ》 ふつう、鯵と呼んでいるのは真鯵のこと。日本各地の沿岸に分布し、大衆魚の一つ。**真鯵**《まあじ》 **室鯵**《むろあじ》 **赤鯵**《あかあじ》 **黒鯵**《くろあじ》 **脆鯵**《もろあじ》 **小鯵**《こあじ》 **鯵釣**《あじつり》 **鯵舟**《あじぶね》 **鯵売**《あじう》**り** **鯵割**《あじさ》**く** **鯵干**《あじほ》**す** [秋]秋鯵 〔鯵くふや夜はうごかぬ雲ばかり 加藤楸邨〕

鱚《きす》 黄を帯びた淡青色の細長い魚。味は淡泊で上品。**白鱚**《しろぎす》 **きすご** **海鱚**《うみぎす》 **青鱚**《あおぎす》 **川鱚**《かわぎす》 **沖**《おき》**鱚**《ぎす》 **鱚干**《きすほ》**す** [夏]鱚釣 〔鱚の海紺が紫紺にかはりけり 大橋櫻坡子〕

飛魚《とびうお》《うとびを》 胸鰭《むなびれ》が発達していて水上を滑空する。あごと呼ぶ九州や伊豆諸島では干ものにする。**とびを** **つばめ魚**《うお》 **あご** 〔飛魚の翼はりつめ飛びにけり 清崎敏郎〕

皮剥《かわはぎ》《かははぎ》 外皮が厚いので、食べるときは皮をはいで食べるためこの名がある。**皮剥釣**《かわはぎつり》 〔皮剥釣一夜の髭《ひげ》を剃つてゐる 角川春樹〕

舌鮃《したびらめ》 体形が牛の舌のようなのでこの名がある。いちばんうまいのは赤舌鮃。**赤舌鮃**《あかしたびらめ》 **牛**《うし》**の舌**《した》 **黒牛**《くろうし》**の舌**《した》 **いしわり** 〔舌鮃ひらたく水に洗はるる 宮城信行〕

べら 雄魚がとくに美しい体色をしている。多くは本州中部以南に分布。**青**《あお》**べら** **赤**《あか》**べら** [夏]べら釣 〔赤べらの上に青べら魚籠《びく》の中 吉野十夜〕

おこぜ 頭は凹凸で奇妙な醜い形をしている。吸い物、大阪では冬、ちり鍋に用いて美味。

羽《は》太《た》 **鬼虎魚《おにおこぜ》** **花《はな》おこぜ** **山《やま》おこぜ** 〔鬼おこぜ背の鰭かつと氷詰め　加藤知世子〕
鰭《はた》 灰色をして体長四〇センチくらい。人になつきやすい性質の魚で、刺身にして美味。〔大もの賞の羽太は魚拓にまづとられ　内村才五〕

石首魚《いしもち》 体色は銀灰色で頭の中に固い耳石を二つ持っているのでこの名がある。主に蒲鉾の材料。**ぐち** **にべ** **しろぐち** 〔糶跡《せりあと》の濡れ床石首魚の抛り積み　石川桂郎〕

いなだ 体長四〇センチ前後の鰤をいう。いなだは関東の名称で、関西では「はまち」と呼ぶ。九州では幼魚を津走《つばす》という。**はまち** **津走《つばす》** 図鰤 〔蜑《あま》老いていなだ釣る針検べをり　沢木欣一〕

勘《かん》八《ぱち》 全長一メートル、鰤より丈が短く扁平。刺身や鮨だねとして美味。**かんぱ** **赤鰤《あかぶり》** 〔子規堂を見て勘八を買ひ戻る　大和田三山〕

鱰《しいら》 体長一五〇センチに達する沖魚で頭部が広いのが特徴。**鬼頭魚《しいら》** **まんびき** **九万疋《くまびき》** **かなやま** **たうやく** **ねこづら** 〔海女の丈凌ぐ鱰を海女担ぐ　末次雨城〕

鯒《こち》 海岸の泥砂地帯に棲む。背鰭に棘があり、周囲の砂と見分けがつかない体色。洗膾にすると美味。**牛尾魚《ぎゆうびぎよ》** 〔鯒釣るや濤声四方《よも》に日は滾《たぎ》る　飯田蛇笏〕

赤《あか》鱏《えい》 体長一メートル前後、菱形の平たい体の魚で、尾に猛毒がある。**鱏《えい》** **鱝《えい》** 〔赤鱏《あかえひ》は毛物の如き目もて見る　山口誓子〕

虹《にじ》鱒《ます》 北米原産の、やまめなどと同じ鱒の陸封魚。〔虹鱒を釣る腹背に滝の音　宮下翠舟〕

鱧《はも》　穴子に似た海魚。味は淡泊、関西では大いに賞味される。**祭鱧**《まつりはも》　夏鱧の皮・水鱧　〔友の死に堪へゆく鱧を食べにけり　山田みづえ〕

穴子《あなご》　うなぎによく似ていて海底の砂泥に穴居、夜活動する。うなぎより味は淡泊。**海鰻**《あなご》　**うみうなぎ　まあなご　ぎん穴子**《あなご》　〔ひらかれて穴子は長き影失ふ　上村占魚〕

鰻《うなぎ》　鰻の旬は夏。土用鰻はとくに好まれる。養殖鰻、天然鰻がある。**大鰻**《おおうなぎ》　**鰻突**《うなぎつ》**き**　**鰻捕**《うなぎとり》　**鰻掻**《うなぎか》**く**　**鰻食**《うなぎく》**ふ**　**鰻裂**《うなぎさ》**く**　秋鰻簗・落鰻　冬八目鰻　〔鰻食ふカラーの固さもてあます　皆川盤水〕

章魚《たこ》　頭足類の軟体動物。まだこ、いいだこ、ふなだこなど種類が多い。**蛸**《たこ》　**海蛸子**《うみだこ》　**蛸壺**《たこつぼ》　春飯蛸　秋尾花蛸　〔章魚沈むそのとき海の色をして　上村占魚〕

烏賊《いか》　種類が多く大衆魚として親しまれている。**真烏賊**《まいか》　**やり烏賊**《いか》　**烏賊**《いか》**の墨**《すみ》　**烏賊**《いか》**洗**《あら》**ふ**　春螢烏賊・花烏賊　夏烏賊釣　秋烏賊干す　冬寒烏賊　〔牟婁の海まなうらにあり皿の烏賊　沢村昭代〕

鮑《あわび》　《あはび》岩礁に棲む耳形の巻貝。褐色または青紫色で、すこぶる美味。**鰒**《あわび》　**鮑貝**《あわびがい》　**鮑桶**《あわびおけ》　**鮑海女**《あわびあま》　**鮑取**《あわびとり》　〔夕焼けのながかりしあと鮑食ふ　森　澄雄〕

海酸漿《うみほおずき》　《うみほほづき》数種の巻貝の角質の卵嚢。口の中で吹きならして遊ぶ。**長刀**《なぎなた》**ほほづき**　**軍配酸漿**《ぐんばいほおずき》　**南京酸漿**《なんきんほおずき》　秋鬼灯　〔旅長し海酸漿の美しき　高野素十〕

帆《ほ》**立貝**《たてがい》　《ほたてがひ》殻の形は扇形。肉は食用になり、貝柱は大きくて美味。**海扇**《ほたてがい》　〔帆立貝の帆にさからへる潮かな　細木芒角星〕

手長蝦《てながえび》　体長は九センチ内外で、低地の川や湖沼にすむ。淡泊な味。**杖突蝦**《つえつきえび》　**草蝦**《くさえび》　**たなかせ**　**川蝦**《かわえび》　〔後しざるとき手を伸べて手長蝦　山崎ひさを〕

蝲蛄《ざりがに》　ふつう、アメリカざりがにを指す。体長一〇～一三センチくらいで大きなはさみがある。〔蝲蛄の真赤な怒り退《しざ》りつつ　植平桜史〕

蝦蛄《しゃこ》　蝦に似て体は平たい。初夏が産卵期で、てんぷらや鮨だねなどにする。**蝦蛄**《しゃこ》**の鎧**《よろい》　**蝦**《しゃ》**蛄鍋**《こなべ》　〔朝市の口開けといふ蝦蛄を買ふ　能村研三〕

蝤蛑《がざみ》　ワタリガニ科の蟹である。甲が左右に延びて長い棘《とげ》になっていて、体形は菱形に近い。**がざめ**　**渡蟹**《わたりがに》　〔岩伝ふ水上走りがざめの子　松瀬青々〕

蟹《かに》　磯や山、川や沢などにいる小蟹を指す。**山蟹**《やまがに》　**沢蟹**《さわがに》　**川蟹**《かわがに》　**磯蟹**《いそがに》　**弁慶蟹**《べんけいがに》　**隠蟹**《かくれがに》　**岩蟹**《いわがに》　**谿蟹**《たにがに》　**蟹**《かに》**の子**《こ》　**蟹**《かに》**の爪**《つめ》　**紅**《あか》**き蟹**《かに》　**蟹捕**《かにと》**る**　**蟹**《かに》**の穴**《あな》　**蟹**《かに》**の泡**《あわ》　〔紺青の蟹のさみしき泉かな　阿波野青畝〕

船虫《ふなむし》　磯の岩などに集まる草鞋《わらじ》形の黄褐色の虫。群れをなして行動する。**舟虫**《ふなむし》　〔舟虫に海女はしたたる身を置けり　米澤吾亦紅〕

海月《くらげ》　傘を開いて泳ぐ腔腸動物。種類が多く、毒針で水泳者を悩ますものや、食用となるものなど。**水母**《くらげ》　**赤水母**《あかくらげ》　**蛸水母**《たこくらげ》　**行燈海月**《あんどんくらげ》　**幽霊海月**《ゆうれいくらげ》　**水海月**《みずくらげ》　**海月漂**《くらげただよ》**ふ**　**海月浮**《くらげう》**く**　〔くらげ浮く海の日なたの影もなし　森川暁水〕

海蛸《ほや》　卵形か球形で、外皮が厚く疣《いぼ》状の突起で岩に付着する。外皮をむいて筋肉・内臓の部分を生《なま》か酢のものにして食べる。**保夜**《ほや》　**まぼや**　**あかぼや**　〔酒に海鞘火の気なき炉

に顔寄せあひ　石川桂郎〕

虫

夏《なつ》の蝶《ちょう》《なつのてふ》　夏に飛んでいる蝶のこと。**夏蝶《なつちょう》**　春 蝶　秋 秋の蝶　冬 冬の蝶・凍蝶　〔乱心のごとき真夏の蝶を見よ　阿波野青畝〕

梅雨《つゆ》の蝶《ちょう》《つゆのてふ》　梅雨の晴れ間を飛ぶ蝶の総称。**五月雨蝶《さみだれちょう》**　〔梅雨の蝶人の訃いつもひらりと来　鈴木栄子〕

揚羽蝶《あげはちょう》《あげはてふ》　大型の蝶の仲間でアゲハチョウ科に属する蝶の総称。**鳳羽《あげはちょう》**　**揚羽《あげは》**　**黒揚羽《くろあげは》**　**烏揚羽《からすあげは》**　**大揚羽《おおあげは》**　春 蝶　〔遠く来て夢二生家の黒揚羽　坪内稔典〕

蛾《が》　種類がきわめて多く、蝶と異なり夜間に活動するものが多い。**火蛾《ひが》**　**灯蛾《とうが》**　**燭蛾《しょくが》**　**火《ひ》蛾《が》舞《ま》ふ**　秋 秋の蛾　冬 冬の蛾　〔撲ちすゑし蛾のおののきの止みたる眼　富安風生〕

火取虫《ひとりむし》　夏の夜の灯火に集まってくる蛾や小虫の総称。**火入虫《ひいりむし》**　**火虫《ひむし》**　**灯虫《ひむし》**　**灯取虫《ひとりむし》**　〔吾が胸に悪魔棲みをり火取虫　鈴木真砂女〕

夏《なつ》の虫《むし》　夏季に盛んに繁殖する昆虫の総称。**夏虫《なつむし》**　秋 虫　〔夏虫や寝ねがての灯を悲しうす　佐藤紅緑〕

夏《なつ》蚕《ご》　夏に飼う蚕。**二番蚕《にばんご》**　**夏《なつ》がひこ**　**夏蚕《なつご》眠《ねむ》る**　**夏蚕《なつご》飼《か》ふ**　**夏蚕屋《なつごや》**　**夏蚕《なつご》透《す》く**　春 蚕　〔夏蚕いまねむり足らひぬ透きとほり　加藤楸邨〕

蚕《さん》蛾《が》　蚕は繭の中で蛹《さなぎ》になり、十日ほどすると羽化《うか》して、繭の一方を破って出てくる。こ

れを蚕蛾という。**蚕の蛾**《かいこ が》 **蚕の蝶**《かいこ ちょう》 **繭の蝶**《まゆ ちょう》 **繭の蛾**《まゆ が》 〔蚕蛾生れて白妙いまだ雄に触れず　橋本多佳子〕

樟蚕《くすさん》 ヤママユ科に属する大きな蛾の一種。栗《くり》・樟《くす》・楢《なら》の葉を食べ、六～七月ごろ成熟、網目状の繭を作り、秋、成虫となる。**てぐすむし** **栗虫**《くりむし》 **透し俵**《すかだわら》 〔山の子が透し俵をとり遊ぶ　武見 貞〕

雀の担桶《すずめのたご》 いら蛾の幼虫が小枝などに作った小さな固い繭のこと。〔枝もろとも雀のたごに細雨かな　山本春径〕

毛虫《けむし》 蝶や蛾の幼虫。全身が体毛で覆われたもの。植物の茎、葉を食害。**毛虫焼く**《けむしや》 **毛虫這ふ**《けむしは》 **毛虫歩く**《けむしある》 **毛虫焼く火**《けむしや ひ》 〔毛虫もいまみどりの餉《げ》を終へ歩み初む　中村草田男〕

尺蠖《しゃくとり》 尺蠖蛾の幼虫。屈伸しながら進む様子が尺を計るのに似ているので、この名がある。**尺取虫**《しゃくとりむし》 **寸取虫**《すんとりむし》 **杖突虫**《つえつきむし》 **屈伸虫**《くっしんむし》 **招虫**《おぎむし》 〔尺蠖や夏天の雲のうごくなし　加藤楸邨〕

夜盗虫《よとうむし》 夜盗蛾の幼虫。昼は土中に隠れ、夜に野菜などを食い荒らす害虫。**よたう** **やたうむし** **やたう** **夜盗虫捕り**《よとうむしと》 〔徹夜の目天地に夜盗虫見のがさず　北 山河〕

葉捲虫《はまきむし》 植物の葉を巻いた中にすみ、葉を食害する虫のことで、多く葉捲蛾の幼虫。**茶の葉捲虫**《ちゃ は まき》 〔葉捲虫葉に糸吐きて身をとざす　小林節子〕

根切虫《ねきりむし》 農作物や苗木の根を嚙みきる害虫の総称。〔江山をけむらす西や根切虫　宇佐美魚目〕

螢《ほたる》 腹端にある発光器から光を出す昆虫。川蜷《かわにな》を主食として水のきれいな川に棲む。小

型を平家螢、大型を源氏螢という。**ほうたる** **大螢**《おおぼたる》 **初螢**《はつぼたる》 **飛**《と》**ぶ螢**《ほたる》 **螢火**《ほたるび》 **朝螢**《あさぼたる》 **昼螢**《ひるぼたる》 **夕螢**《ゆうぼたる》 **雨螢**《あめほたる》 **螢合戦**《ほたるがっせん》 **螢買**《ほたるか》**ふ** **螢売**《ほたるう》**り** **螢見**《ほたるみ》 **草螢**《くさぼたる》 **平家螢**《へいけぼたる》 **源氏螢**《げんじぼたる》 **恋螢**《こいぼたる》 [夏]螢狩 [秋]秋の螢〔死なうかと囁かれしは蛍の夜　鈴木真砂女〕

兜虫《かぶとむし》 コガネ虫科の甲虫。雄は頭に兜のような角を持つ。**甲虫**《かぶとむし》 **冑虫**《かぶとむし》 **皀莢虫**《さいかちむし》 **鬼虫**《おにむし》 **源氏虫**《げんじむし》〔兜虫摑みて磁気を感じをり　能村研三〕

鍬形虫《くわがたむし》《くはがたむし》 兜虫より小さく、雄の大顎は鍬形状をなす。兜虫と同様、楢や櫟の樹液を好む。〔鍬形虫も高階の灯の来訪者　中川石野〕

髪切虫《かみきりむし》 長い二本の触覚を持っている甲虫。顎で木の幹や枝に穴をあけ、害を与える。**天牛**《かみきり》〔きりきりと髪切虫の昼ふかし　加藤楸邨〕

玉虫《たまむし》 金緑色で、背中に紅紫色の二枚の筋のある美しい昆虫。**吉丁虫**《きっちょうむし》 **金花虫**《たまむし》 **黒玉虫**《くろたまむし》 **青**《あお》**玉虫**《たまむし》 **姥玉虫**《うばたまむし》〔玉虫の羽のみどりは推古より　山口青邨〕

黄亀子《こがねむし》 大きな羽音を立てて燈火などに飛び込んでくる体長約二センチくらいの甲虫。**黄金**《こがね》**虫**《むし》 **かなぶん** **ぶんぶん** **ぶんぶん虫**《むし》〔金亀子擲《なげう》つ闇の深さかな　高浜虚子〕

天道虫《てんとうむし》《てんたうむし》 半球形の小さい甲虫。美しいさまざまな斑点を持ち光沢がある。**瓢虫**《てんとうむし》 **てんとむし**〔翅《はね》わつててんたう虫の飛びいづる　高野素十〕

穀象《こくぞう》《こくざう》 約三ミリの甲虫で、穀類を食い荒らす害虫。**穀象虫**《こくぞうむし》 **米**《こめ》**の虫**《むし》 **よなむし** **象鼻虫**《ぞうはなむし》〔いまの世に穀象虫ののこりけり　吉田鴻司〕

瓜蝿《うりばえ》《うりばへ》 瓜類を荒らす害虫で体長七、八ミリ。つかまえると悪臭のある体液をだす。**瓜**《うり》

守《ばえ》　瓜葉虫《うりはむし》　瓜虫《うりむし》　〔瓜蝿のすぐ畦草へのがれけり　高田蝶衣〕

斑《はん》猫《みょう》《はんめう》　二センチほどの甲虫。人が来ると飛び立って少し先へ行き、近づくとまた飛ぶ。**道《みち》をしへ　道《みち》しるべ**　〔斑猫の昼の月よりくだるかな　加藤楸邨〕

落《おと》し文《ぶみ》　甲虫が栗や櫟などの葉を巻いて卵を産みつけたもの。その形が巻いた文に似ている。**時鳥《ほととぎす》の落《おと》し文《ぶみ》　鶯《うぐいす》の落《おと》し文《ぶみ》**　〔落し文二人暮しは静かすぎ　今井つる女〕

米搗虫《こめつきむし》　体長一～三センチの甲虫で、ひっくり返しておくと音を立てて飛び上がる。**叩頭虫《こめつきむし》　ぬかづきむし**　〔鼻先に米搗虫や来て搗ける　石塚友二〕

源五郎《げんごろう》《げんごらう》　黒褐色の三センチほどの水棲昆虫。平たい後脚を櫂《かい》のように動かし泳ぐ。**源五《げんご》郎虫《ろうむし》**　〔萍《うきくさ》のとぢてしづみぬ源五郎　木津蕉蔭〕

まひまひ　池や川の水面を輪を描いて舞う六、七ミリの小さな黒い紡錘形の虫。**鼓虫《まいまい》　渦虫《うずむし》　水澄《みずすまし》**　〔まひまひや雨後の円光とりもどし　川端茅舍〕

水馬《あめんぼう》《あめんばう》　三対の長い脚で水面を滑るように走る体長五～三〇ミリの昆虫。**水黽《あめんぼ》　川蜘蛛《かわぐも》　水蜘蛛《みずぐも》　みづすまし　あめんぼ虫《むし》**　〔水すまし平らに飽きて跳びにけり　岡本　眸〕

田《た》亀《がめ》　扁平六角形の水棲昆虫。魚や鮭の生き血を吸う。**河童虫《かっぱむし》　高野聖《こうやひじり》　どんがめ**　〔田亀とび果して天気崩れたる　高橋春灯〕

風船虫《ふうせんむし》　電燈へ来る小さな水棲昆虫。　〔来てくれし風船虫と夜を更かす　西山　誠〕

松藻虫《まつもむし》　体長一・五センチほどで、ボート形の黄褐色に黒斑のある水棲昆虫。　〔松藻虫雲が映れば裏返る　石原八束〕

蝉生る《せみうまる》 地中で生活していた蝉の幼虫が蛹《さなぎ》となると、地上に出て殻を脱ぎ、成虫が羽化する。
[春]春の蝉 [夏]蝉 [秋]秋の蝉 〔蝉生る夢の色して幹のぼる 山口青邨〕

蝉《せみ》 鳴くのは雄で、雌は鳴かない。多くの蝉がいっせいに鳴くのを、蝉時雨《しぐれ》という。**初蝉**《はつぜみ》 **蝉時雨**《せみしぐれ》 **熊蝉**《くまぜみ》 **唖蝉**《おしぜみ》 **朝蝉**《あさぜみ》 **夕蝉**《ゆうぜみ》 **夜蝉**《よぜみ》 **山蝉**《やまぜみ》 **にいにい蝉**《ぜみ》 **にいにい** **油蝉**《あぶらぜみ》 **みんみん蝉**《ぜみ》 **みんみん** **蝉鳴く**《せみなく》 **蝉の声**《せみのこえ》 **蝉声**《せみごえ》 **四方の蝉**《よものせみ》 **蝉涼し**《せみすずし》 **蝉捕り**《せみとり》 **蝉の羽**《せみのはね》 **蝉の森**《せみのもり》 **深山蝉**《みやまぜみ》
[春]春の蝉 [秋]秋の蝉 〔蝉時雨子は担送車に追ひつけず 石橋秀野〕

空蝉《うつせみ》 蝉の脱け殻。**蝉**《せみ》**の殻**《から》 **蝉**《せみ》**の脱殻**《ぬけがら》 **蝉**《せみ》**のもぬけ** [夏]蝉生る・蝉 〔岩に爪たてて空蝉泥まみれ 西東三鬼〕

初蜩《はつひぐらし》 その年初めて聞く蜩の声。**蜩初**《ひぐらしはじ》**めて鳴**《な》**く** 〔紅葉ケ谷か初蜩の籠りしは 永井東門居〕

蜻蛉生る《とんぼうまる》 蜻蛉の幼虫をやごという。水中から草や岸辺に上り、羽化して成虫になる。**やご** **蜻蛉**《とんぼ》**の子**《こ》 [秋]蜻蛉・赤蜻蛉 〔蜻蛉うまれ緑眼煌《くわう》とすぎゆけり 水原秋櫻子〕

糸蜻蛉《いととんぼ》 体が糸のように細い。羽も幅狭く透明で全体になよなよしている。**燈心蜻蛉**《とうしんとんぼ》 **とうすみ蜻蛉**《とんぼ》 **とうしみ蜻蛉**《とんぼ》 [秋]蜻蛉 〔とうすみはとぶよりとまること多き 富安風生〕

川蜻蛉《かわとんぼ》《かはとんぼ》 糸蜻蛉に似た体形だが、体長五～六センチの大型で、水辺に多くいる蜻蛉。**鉄漿蜻蛉**《おはぐろとんぼ》 **かねつけ蜻蛉**《とんぼ》 [秋]蜻蛉 〔川蜻蛉木深き水のいそぎをり 能村登四郎〕

夏茜《なつあかね》 赤蜻蛉の一種で、秋の赤蜻蛉に反して、夏に出るのでこの名がある。[秋]赤蜻蛉
〔電線はくらきを走り夏茜 飯田龍太〕

早苗蜻蛉《さなえとんぼ》《さなへとんぼ》 早苗を植えるころに生まれるのでこの名がある。やんまに近い蜻蛉の種類

でやや小型。**早苗《さなえ》やんま**　［秋］蜻蛉　〔早苗蜻蛉山の五助田水走り　小関雀歩〕

蟷螂生《とうろううま》る《たうらううまる》　数百の卵が固まりとなって葉や梢につき、やがて、うようよと子蟷螂が生まれる。**かまきり生《うま》る**　**蟷螂《とうろう》の子《こ》**　**子《こ》かまきり**　**青《あお》かまきり**　［秋］蟷螂　［冬］枯蟷螂　〔蟷螂の斧をねぶりぬ生《あ》れてすぐ　山口誓子〕

蠅《はえ》《はへ》　食物にたかる昆虫で種類は多い。伝染病の媒介もする。**家蠅《いえばえ》**　**金蠅《きんばえ》**　**銀蠅《ぎんばえ》**　**黒蠅《くろばえ》**　**糞蠅《くそばえ》**　**螫蠅《さしばえ》**　**蒼蠅《あおばえ》**　**馬蠅《うまばえ》**　**牛蠅《うしばえ》**　**縞蠅《しまばえ》**　**蠅《はえ》の声《こえ》**　**蠅《はえ》を追《お》ふ**　**蠅《はえ》たかる**　**蠅《はえ》を打《う》つ**　**蠅《はえ》つるむ**　［春］蠅生る　［秋］秋の蠅　［冬］冬の蠅　〔蠅ひとつ夜深き薔薇に逡巡す　日野草城〕

蛆《うじ》　蠅の幼虫。腐ったものや排泄物に湧く。**蛆虫《うじむし》**　**蛆生《うじうま》る**　**蛆《うじ》たかる**　〔ふとわれの死骸に蛆のたかる見ゆ　野見山朱鳥〕

猩々蠅《しょうじょうばえ》《しやうじやうばへ》　蠅の小型のもので、体長は二、三ミリ。猩々というのは、猿の一種であるという想像上の獣。**猩々《しょうじょう》**　**蠁子《さし》**　**酒蠅《さかばえ》**　〔蠁子飛んで糊桶《のりおけ》の底腐りけり　蘆田秋双〕

蚊《か》　蚊は普段は植物の蜜や甘い汁を吸う。血を吸うのは産卵前の雌だけである。**藪蚊《やぶか》**　**縞蚊《しまか》**　**山蚊《やまか》**　**赤家蚊《あかいえか》**　**昼《ひる》の蚊《か》**　**蚊《か》の声《こえ》**　**蚊《か》を打《う》つ**　**蚊柱《かばしら》**　**蚊《か》の出初《ではじ》む**　**はしり蚊《か》**　［春］春の蚊　［夏］孑孑　［秋］秋の蚊　〔すばらしい乳房だ蚊が居る　尾崎放哉〕

孑《ぼう》孑《ふら》　蚊の幼虫で、池や水槽などのよどんだ水に湧く。泳ぐさまが棒を振っているように見えるのでこの名がある。**ぼうふり**　**棒振虫《ぼうふりむし》**　〔孑孑や大空を覗くかはる〴〵　庄司瓦全〕

ががんぼ　蚊に似た体長約三センチの昆虫。人を刺さない。足は細長く、もげやすい。**蚊蜻蛉《かとんぼ》**

蚋《ぶと》　**蚊**《か》**の姥**《うば》〔蚊の姥に水かけてゐる昼の風呂　榎本好宏〕

体長三～四ミリぐらいの蚊に似た微小な虫で人体の血を吸う。**蟆子**《ぶと》　**ぶゆ**　**ぶよ**　**黄**《き》**脚蚋**《あしぶよ》　**馬蚋**《うまぶよ》　**蚋燻**《ぶといぶ》**し**　**蚋**《ぶと》**さす**　**蚋打**《ぶとう》**つ**　**蚋子**《ぶと》**の跡**《あと》〔野の蟆子や一章のみの子守唄　磯貝碧蹄館〕

蠛蠓《まくなぎ》　ユスリ蚊の一種。人の顔の高さほどのところを群舞する。**めまとひ**　**めまはり**　**めたたき**　**糠蚊**《ぬかが》　**揺蚊**《ゆすりか》〔まくなぎの阿鼻叫喚をふりかぶる　西東三鬼〕

草蜉蝣《くさかげろう》《くさかげろふ》　うす緑色の体長一～二センチほどの虫。この虫の卵が優曇華《うどんげ》。夏 優曇華〔月に飛び月の色なり草かげろふ　中村草田男〕

優曇華《うどんげ》　草蜉蝣《くさかげろう》の卵。卵が花に似ている。夏 草蜉蝣〔うどんげや眠りおちたる深まつげ　長谷川久々子〕

薄翅蜉蝣《うすばかげろう》《うすばかげろふ》　暗褐色の、体長三～五センチぐらいの虫。蟻地獄の成虫。夏 蟻地獄　秋 蜉蝣〔うすばかげろふ翅重ねてもうすき影　山口青邨〕

蟻地獄《ありじごく》《ありぢごく》　縁の下などに擂鉢状の穴を掘り、そこに滑り込む蟻その他の小昆虫を捕食する。うすばかげろうの幼虫。**擂鉢虫**《すりばちむし》　**あとずさり**　**あとさり虫**《むし》　夏 薄翅蜉蝣〔蟻地獄松風を聞くばかりなり　高野素十〕

油虫《あぶらむし》　台所などに出没する害虫で、種類が多い。全身油を塗ったように艶々しているのでこの名がある。**ごきぶり**　**御器**《ごき》**かぶり**　**あまめ**〔売文や夜出て髭《ひげ》の油虫　秋元不死男〕

挟虫《はさみむし》　体長二・五センチほどの細長い虫で、石や草の根元やごみ捨て場に住む。**しりはさ**

み〔岩かげの闇挟みをり挟虫　志水年寿〕

蚤《のみ》　哺乳類や鳥類に寄生して血を吸う昆虫。雌のほうがはるかに大きい。**蚤**《のみ》**の跡**《あと》　**蚤**《のみ》**とぶ**　**蚤取**《のみと》**る**　春春の蚤　冬冬の蚤〔蚤も亦世に容れられず減りゆけり　藤田湘子〕

虱《しらみ》　人間の体に寄生して血を吸ったり、伝染病を媒介する害虫。**虱**《しらみ》**とる**　**虱這**《しらみは》**ふ**　**半風子**《はんぷうし》　春花見虱〔兵たりし日の思ひ出や半風子　天童勝房〕

南京虫《なんきんむし》　夜出てきて人体の血を吸う、五ミリぐらいの害虫。**床虱**《とこじらみ》〔古る母子寮南京虫とイエスが棲む　藤森しん〕

紙《し》**魚**《み》　衣類の糊や和紙を食う虫。体形が魚に似ているのでこの字を当てている。**きらら**　**蠹**《しみ》　**蠹魚**《しみ》　**衣魚**《しみ》　**紙**《かみ》**の虫**《むし》　**雲母虫**《きららむし》　**紙魚**《しみ》**の跡**《あと》　**紙魚這**《しみは》**ふ**　**紙魚走**《しみはし》**る**　**紙魚払**《しみはら》**ふ**　**紙魚食**《しみく》**ふ**〔聖書いま荒野の章に紙魚もをり　井沢正江〕

蟻《あり》　アリ科の昆虫の総称で種類は非常に多い。一般に見られるのは働き蟻。女王蟻や雄蟻は地中にいる。**蟻**《あり》**の道**《みち》　**蟻**《あり》**の列**《れつ》　**蟻**《あり》**の塔**《とう》　**蟻**《あり》**の国**《くに》　**蟻塚**《ありづか》　**蟻走**《ありはし》**る**　**蟻**《あり》**の門渡**《とわた》**り**　**夜**《よる》**の蟻**《あり》　**蟻**《あり》**の穴**《あな》　**山蟻**《やまあり》　**黒蟻**《くろあり》　**赤蟻**《あかあり》　**大蟻**《おおあり》　春蟻穴を出づ　夏羽蟻〔木蔭より総身赤き蟻出づる　山口誓子〕

羽《は》**蟻**《あり》　蟻や白蟻の雌雄は、夏の交尾期になると羽が生じ、空中に出て交尾の相手を探す。**飛蟻**《はあり》　**羽蟻立**《はありた》**つ**　**羽蟻飛**《はありと》**ぶ**　**羽**《は》**蟻**《あり》**の夜**《よ》　**夜**《よ》**の羽蟻**《はあり》〔終ひ湯をつかふ音して羽蟻の夜　清崎敏郎〕

蚜《あり》**巻**《まき》　草木につくアブラムシのことで、主に緑色、葉裏などにびっしり付着している。害

虫。**蟻巻**《ありまき》　**あぶらむし**　〔妻に憎まれつつありまきの淡きみどり　加藤楸邨〕

白《しろ》**蟻**《あり》　木材を食としている昆虫で、家屋や神社仏閣、家具等に損害を与える。**白蟻飛**《しろありと》**ぶ**　**家**《いえ》**白蟻**《しろあり》　夏　蟻・羽蟻　〔白蟻やむなしきまでに貧富の差　井上光樹〕

螻《け》**蛄**《ら》　蟋蟀《こおろぎ》に似た黒褐色の虫。昼土中に棲み、夜灯火に来る。**おけら**　秋　螻蛄鳴く　〔天日に農婦聳えて螻蛄泳ぐ　石田波郷〕

孫《まご》**太**《た》**郎**《ろう》**虫**《むし》《まごたらうむし》　ヘビトンボの幼虫。この虫を乾燥したものは子供の疳の薬として知られている。〔真つ赤なる孫太郎虫の鉤の口　滝沢伊代次〕

蟭《しょう》**螟**《めい》《せうめい》　蚊のまつげに巣くうという想像上・架空の小虫。**焦螟**《しょうめい》　〔蟭螟や人に生れてほ句作り　松根東洋城〕

蜘《く》**蛛**《も》　四対の脚をもち、巣を張って獲物を狙う昆虫。種類が多く、雄のほうが小さい。**大**《おお》**蜘蛛**《ぐも》　**蜘蛛垂**《くもた》**る**　**夜**《よる》**の蜘蛛**《くも》　**女郎蜘蛛**《じょろうぐも》　**黄金蜘蛛**《こがねぐも》　**鬼蜘蛛**《おにぐも》　**脚長蜘蛛**《あしながぐも》　**毒蜘蛛**《どくぐも》　夏　蠅虎　〔わが肩を蜘蛛に貸したる檻の中　角川春樹〕

蜘《く》**蛛**《も》**の囲**《い》《くものゐ》　腹部の出糸突起から分泌される糸でできた巣のこと。**蜘蛛**《くも》**の巣**《す》　**蜘蛛**《くも》**の網**《あみ》　**蜘**《く》**蛛**《も》**の糸**《いと》　〔蜘蛛の囲や朝日射しきて大輪に　中村汀女〕

袋蜘蛛《ふくろぐも》　ジグモの別称。樹木・垣根などの根本に土砂とくも糸で袋状の巣をつくる。**蜘蛛**《くも》**の太鼓**《たいこ》　〔ひとり棲む母を侮り袋蜘蛛　福永耕二〕

蜘蛛《くも》**の子**《こ》　雌蜘蛛の袋が破れると、子蜘蛛が生まれて四方に散る。**子蜘蛛**《こぐも》　〔蜘蛛の子のはじめたのしき風の中　長谷川久々子〕

蠅虎《はえとりぐも》　灰褐色の小型の蜘蛛で、網の巣は作らない。蠅を捕食する。**蠅取蜘蛛**《はえとりぐも》　夏蜘蛛
〔蠅取れぬ蠅虎《はへとりぐも》と時過ぎぬ　加藤楸邨〕

蝨《だに》　植物につくもの、人畜につくものなど種類が多い。**壁蝨**《だに》　**蜱**《だに》　**牛蝨**《うしだに》　**家蝨**《いえだに》　〔壁蝨の口肉に喰ひ込み根づきをり　北　山河〕

蠍《さそり》　エビガニに似て、尾に毒袋と毒針を持つ。日本の内地では見られない。**蝎**《かつ》　〔眼にもせぬ蠍を夢に島泊り　上村占魚〕

馬陸《やすで》　体長二センチぐらいの節足動物。一節に二対ずつの短い脚があって物に触れると丸くなり、臭気を発する。**馬蚰**《やすで》　**臭虫**《くさむし》　**円座虫**《えんざむし》　**筬虫**《おさむし》　**雨彦**《あまびこ》　**銭虫**《ぜにむし》　〔下着洗ふ水に流るる馬陸かな　上川井梨葉〕

百足《むかで》　無数の足があり、害虫を捕食する益虫である。螫《さ》されると激痛がある。**蜈蚣**《むかで》　**赤蜈蚣**《あかむかで》　**赤頭蜈蚣**《あかずむかで》　**百足虫**《むかで》**の子**《こ》　〔百足出づ海荒るる夜に堪へがたく　山口誓子〕

蚰《げじ》**蜒**《げじ》　百足虫《むかで》に似た二センチくらいの益虫。おさえると脚をばらばらに残して逃げる。**げぢ**《げぢげぢ》　**大蚰蜒**《おおげじ》　〔げぢげぢを蹟《つまづ》き追ふや子と共に　石田波郷〕

蛞蝓《なめくじ》　蝸牛の仲間で陸生の軟体動物。這ったあとに銀色の筋が残る。**なめくぢり**　**なめくぢら**《なめくぢ》　**山蛞蝓**《やまなめくじ》　〔来し方を斯《か》くもてらてら蛞蝓　阿波野青畝〕

蝸牛《かたつむり》　陸生の巻貝で土地によりさまざまな呼び名がある。新葉を食べ植物に害を与える。**かたつぶり**　**でで虫**《むし》　**でんでん虫**《むし》　**まひまひ**　〔かたつむり甲斐も信濃も雨のなか　飯田龍太〕

蛭《ひる》 水田や沼などに棲む動物で、人畜の肌に吸いつき血を吸う。**血吸蛭**《ちすいびる》 **山蛭**《やまびる》 **馬蛭**《うまびる》

〔蛭の血の垂れひろがりし腓《こむら》かな 富安風生〕

蚯《み》**蚓**《みず》 土中にすみ、梅雨時などは外に這いだしてくる。**蚯蚓出**《みみずい》**づ** **蚯蚓這**《みみずは》**ふ** 秋蚯蚓鳴く

〔みちのくの蚯蚓短し山坂がち 中村草田男〕

糸蚯蚓《いとみみず》 みみずの一種で水棲のものをいう。**あかご** 夏蚯蚓 〔水底に混沌として糸みみず 安藤正義〕

夜光虫《やこうちゅう》 原生動物の一種で、体内に発光体を持っていて、海中に浮遊し、夜間青白く光る。

〔夜光虫《やくわうちゆう》てのひらばかり昏れずして 岸田稚魚〕

植物

花木

余《よ》**花**《か》 初夏になってなお咲き残っている桜の花。**余**《よ》**花**《か》**の雨**《あめ》 春花・残花 〔飴煮鮎買ふや近江は余花《よくわ》曇 古賀まり子〕

葉《は》**桜**《ざくら》 花のあと若葉となった桜。花とは別の美しさがある。**桜若葉**《さくらわかば》 **桜葉**《さくらは》**となる** **葉**《は》**となる桜**《さくら》 春桜 夏桜の実 〔葉桜の中の無数の空さわぐ 篠原 梵〕

桜《さくら》の実《み》　桜の花のあとにつく果実。熟すと黒褐色になり食べられる。**実桜《みざくら》**　**桜実《さくらみ》となる**　夏さくらんぼ　〔桜の実紅経てむらさき吾子生る　中村草田男〕

薔《ば》薇《ら》　品種が多く、花の姿と香りが愛賞される。**さうび**　**しやうび**　**紅薔薇《べにばら》**　**白薔薇《しろばら》**　**黄薔薇《きばら》**　**西洋薔薇《せいようばら》**　**花薔薇《はなばら》**　**薔薇《ばら》の花《はな》**　**薔薇《ばら》の雨《あめ》**　**夜《よる》の薔薇《ばら》**　**薔薇《ばら》の園《その》**　**薔薇園《ばらえん》**　春薔薇の芽　秋秋薔薇　冬冬薔薇　〔薔薇よりも濡れつつ薔薇を剪《き》りにけり　原田青児〕

利休梅《りきゅうばい》　バラ科の落葉低木で、初夏に白い五弁の花を総状に開く。梨の花の趣に似る。**利久梅《りきゅうばい》《りきうばい》**　**やなぎざくら**　〔利休梅五十はつねの齢ならず　石田波郷〕

牡《ぼ》丹《たん》　芳香のある大輪の豊麗な花を開く。色は紅・紫・白・淡紅など。**ぼうたん**　**深見草《ふかみぐさ》**　**富貴草《ふうきそう》**　**白牡丹《はくぼたん》**　**紅牡丹《べにぼたん》**　**黒牡丹《くろぼたん》**　**大牡丹《おおぼたん》**　**夕牡丹《ゆうぼたん》**　**牡丹園《ぼたんえん》**　**牡丹見《ぼたんみ》**　**牡丹畑《ぼたんばたけ》**　**牡丹咲《ぼたんさ》く**　**牡《ぼ》丹散《たんち》る**　**牡丹《ぼたん》ひらく**　**牡丹燃《ぼたんも》ゆ**　春牡丹の芽　冬寒牡丹・牡丹焚火　〔白牡丹といふといへども紅《こう》ほのか　高浜虚子〕

紫陽花《あじさい》《あぢさゐ》　梅雨のころ小花を集めて毬のような花をつける。白・淡緑・紫・淡紅と花の色が変化する。**あづさゐ**　**手毬花《てまりばな》**　**かたしろぐさ**　**七変草《しちへんぐさ》**　**四葩《よひら》の花《はな》**　**四葩《よひら》**　**七変化《しちへんげ》**　**刺繡花《ししゅうばな》**　**八仙花《はっせんか》**　**瓊花《たまばな》**　**こがく**　**紅《べに》がく**　**しちだんくわ**　**沢紫陽花《さわあじさい》**　**山紫陽花《やまあじさい》**　**藍紫陽花《あいあじさい》**　**紫陽花《あじさい》の毬《まり》**　夏額の花　〔紫陽花の藍きはまると見る日かな　中村汀女〕

花橘《はなたちばな》　大和橘の花で、六月ごろ白色の香りのよい花を開く。**大和橘《やまとたちばな》**　**橘《たちばな》の花《はな》**　**常世花《とこよばな》**　**昔草《むかしぐさ》**　秋橘　新橘飾る　〔橘の花やしたがふ葉三枚　星野立子〕

石楠花《しゃくなげ》　枝先に紅紫色または白色の豊艶な五裂の合弁花を開く。**しやくなぎ**　**しやくなん**　**せ**

きなん〔空の深ささびし石南花さきそめぬ　角川源義〕

百日紅《さるすべり》　梢にピンク・紫・白色の小花が群れ咲く。花期の長い木。**百日紅《ひゃくじつこう》　紫微《しび》　くすぐりの木《き》　百日白《ひゃくじつはく》　白《しろ》さるすべり**〔さるすべり美しかりし与謝郡《よさごほり》　森　澄雄〕

梔子《くちなし》の花《はな》　直径五～六センチの白色一重または八重で、六～七月に強い芳香を放って咲く。**梔子《くちなし》　山梔子《さんしし》　山梔子《くちなし》　花《はな》くちなし**　㊙梔子の実〔今朝咲きしくちなしの又白きこと　星野立子〕

杜鵑花《さつき》　躑躅《つつじ》の一種で、一般のつつじに遅れて時鳥《ほととぎす》の鳴くころ咲くので杜鵑花と書く。**五月《さつき》　躑躅《つつじ》　山躑躅《やまつつじ》　さつき盛《さか》り**〔満開のさつき水面に照るごとし　杉田久女〕

白丁花《はくちょうげ》　はくちやうげ　五、六月ごろ、白色に紅を帯びた漏斗状の小花を咲かせる。〔白丁花ベンチに停年どうしかな　内村才五〕

繍線菊《しもつけ》　バラ科の落葉低木。淡紅色の小花を多数つける。色はほかに濃紅・白など。**繍線花《しもつけ》の花《はな》　繍線花《しもつけ》**〔後の日に知る繍線菊の名もやさし　山口誓子〕

未央柳《びようやなぎ》　びやうやなぎ　枝先に五弁の黄の花を咲かせる。雄しべも美しい。葉が柳に似ている。**美容柳《びようやなぎ》　金糸桃《きんしとう》　美女柳《びじょやなぎ》**〔未央柳年月母のごとく咲く　福原十王〕

繍毬花《てまりばな》　初夏に多数の白みを帯びた青い五弁の花を毬状につけて咲く。**粉団花《てまりばな》　おほでまり　手鞠《てまり》の花《はな》　花手毬《はなてまり》**　㊡こでまりの花〔大でまり小でまり佐渡は美しき　高浜虚子〕

金雀枝《えにしだ》　マメ科の落葉低木で、鮮黄色の蝶形の小花が全枝に群がり開く。**金雀児《えにしだ》　金雀花《えにしだ》**〔金雀枝や基督《キリスト》に抱かると思へ　石田波郷〕

泰山木の花《たいさんぼくのはな》　初夏のころ、白色で香気の強い大輪の花を開く。**大山木の花**《たいさんぼくのはな》　**泰山木蓮**《たいさんもくれん》　**常磐木蓮**《ときわもくれん》　**白蓮木**《はくれんぼく》　**紅背木**《こうはいぼく》　**洋玉蘭**《ようぎょくらん》　〔ロダンの首泰山木は花得たり　角川源義〕

額の花《がくのはな》　白色四弁の胡蝶花が額縁のように囲むためこの名がある。**額紫陽花**《がくあじさい》　**額草**《がくそう》　**額咲く**《がくさく》　**額花**《がくばな》　㊊紫陽花　〔雨つけしまゝ剪《き》らせたる額の花　川崎展宏〕

夾竹桃《きょうちくとう》　けふちくたう　枝先に紅色または白色の花を多数咲かせる。花が桃に似ているところから、この名がついた。**半年紅**《はんねんこう》　**桃葉紅**《とうようこう》　〔夾竹桃しんかんたるに人をにくむ　加藤楸邨〕

南天の花《なんてんのはな》　茎の頂の花穂に白い小花が群れ咲く。**花南天**《はななんてん》　**南天竹**《なんてんちく》　**南天燭**《なんてんしょく》　㊌南天の実　〔花南天実るかたちをして重し　長谷川かな女〕

夏《なつ》　**藤**《ふじ》　なつふぢ　藤は晩春から初夏にかけて咲くが、夏藤は土用に咲く別種。白い蝶形花が一五～三〇センチの総状に集まって開く。**土用藤**《どようふじ》　〔夏藤の揺るる山門父の忌来る　森あさえ〕

蔓手毬《つるでまり》　落葉蔓低木で、六、七月ごろ、梢に額紫陽花に似た白い集散花をつける。**蔓**《つる》**あぢさゐ**　〔つるでまり昼なほ暗くして咲けり　阿波野青畝〕

凌霄の花《のうぜんのはな》　蔓性の落葉樹で漏斗形の鮮やかな橙黄色の花をつける。**凌霄花**《のうぜんか》　**のうぜんかづら**　〔のうぜんの花の明りに蜑《あま》の家　今井杏太郎〕

梯梧の花《でいごのはな》　インド原産の落葉高木で、高さ一五メートルに達する。九州・沖縄などで多く植栽される。四、五月ごろ真紅の花を開く。**海紅豆**《かいこうず》　**梯姑**《でいこ》　**梯梧**《でいご》　〔海紅豆潮の香に髪重くなり　古賀まり子〕

仏桑花《ぶつそうげ》《ぶっさうげ》 真紅のラッパ形の花で、しべの長いのが特徴。ハワイの州花。**ぼさつ花**《ばな》 **扶桑**《ふそう》**花**《げ》 **琉球木槿**《りゅうきゅうむくげ》 **ハイビスカス** 〔屋根ごとに魔除獅子置き仏桑花 轡田 進〕

時計草《とけいそう》《とけいさう》 時計の文字盤のような白または薄紅色の大花を開く。**ぼろんかづら** **ぼんかづら** 〔どの国の時計に似たる時計草 後藤比奈夫〕

金糸梅《きんしばい》 鮮やかな黄色の五弁花。梅の仲間ではない。**金糸梅**《きんしばい》**の花**《はな》 〔朝々の馬場のまはりの金糸梅 長谷川双魚〕

野牡丹《のぼたん》 沖縄原産で、淡紫色の大きな五弁花を枝先に開く。**草野牡丹**《くさのぼたん》 **姫野牡丹**《ひめのぼたん》 〔日だまりにして野牡丹の一花なほ 畠山譲二〕

猩々草《しょうじょうそう》《しやうじやうさう》 黄緑色の釣鐘形の花。葉の形や色が多様であるため主として葉を鑑賞する。〔枕木を井桁に組めり猩猩草 天川静門〕

茉莉花《まつりか》《まつりくわ》 枝先に白色五弁の花をつける。**まうりんか** **まりか** **素馨**《そけい》 **ジャスミン** 〔茉莉花を拾ひたる手もまた匂ふ 加藤楸邨〕

フクシア 園芸種で葉腋から長柄を出して花を垂らす。色は白・桃・紅紫など。**釣浮草**《つりうきそう》 **ホクシヤ** 〔釣浮草癒ゆる日遠き横臥の身 石川義子〕

果樹

柑子の花《こうじのはな》《かうじのはな》 白色五弁の香りある小花。**花柑子**《はなこうじ》 **柑子**《こうじ》**咲**《さ》**く** [秋]柑子 [新]柑子飾る 〔雲の上にのぞく富士あり花柑子 籾山梓月〕

蜜柑《みかん》の花《はな》　白色五弁の甘い香りの花をつける。**花蜜柑《はなみかん》**　**蜜柑咲《みかんさ》く**　［秋］青蜜柑　［冬］蜜柑　〔花みかん正午《ひる》まんまるの影つくり　小野竹喬〕

柚子《ゆず》の花《はな》　葉のつけ根に棘があり、香りの高い白色五弁花。**柚《ゆ》の花《はな》**　**花柚《はなゆ》**　**花柚子《はなゆず》**　［夏］青柚　［秋］柚子　〔柚の花はいづれの世の香ともわかず　飯田龍太〕

橙《だいだい》の花《はな》　蜜柑の花に似た白色五弁花で香りが高い。**花橙《はなだいだい》**　**橙咲《だいだいさ》く**　［冬］橙　［新］橙飾る　〔母病めり橙の花を雀こぼれ　石田波郷〕

九年母《くねんぼ》の花《はな》　香気高い白色五弁の花。**くねぶ咲《さ》く**　**九年母咲《くねんぼさ》く**　［秋］九年母　〔九年母の花村長の頓死報　飯山桜径〕

金柑《きんかん》の花《はな》　白い五弁の小さい花を数個つける。**金柑咲《きんかんさ》く**　［秋］金柑　〔金柑咲き灰納屋《はいなや》朽ちしまま傾ぐ　日下部美津子〕

仏手柑《ぶっしゅかん》の花《はな》　紫がかった白色の五弁花が円錐状に咲く。**仏手柑咲《ぶしゅかんさ》く**　［秋］仏手柑　〔仏手柑の夜も匂ひ咲く下通る　金子本国〕

夏蜜柑《なつみかん》の花《はな》　橙の花に似た白色五弁花。芳香が強い。**夏柑咲《なつかんさ》く**　［夏］夏蜜柑　〔夏柑の花降る下や山羊生る　奥田野菊〕

朱欒《ざぼん》の花《はな》　南国に多い柑橘で、白色で香りの高い花をつける。**文旦《ぶんたん》の花《はな》**　**花朱欒《はなざぼん》**　**朱欒咲《ざぼんさ》く**　［秋］朱欒　〔朱欒咲く五月となれば日の光り　杉田久女〕

オリーブの花《はな》　地中海沿岸原産で、白色四弁の香りのよい花をつける。イスラエルの国花。**花《はな》オリーブ**　**オリーブ咲《さ》く**　［秋］オリーブの実　〔ゆったりと水脈《みを》オリーブの咲く島へ

宮津昭彦〕

栗《くり》**の花**《はな》 長さ一〇〜一五センチの毛虫に似た花穂を垂らす。独特の匂いがある。 **花栗**《はなぐり》 **栗咲**《くりさ》**く** 秋栗〔栗咲く香血を喀《は》く前もその後も　石田波郷〕

柿《かき》**の花**《はな》 入梅のころに咲く、淡黄色の厚みのある小花。 **柿**《かき》**の蔕**《とう》 **柿咲**《かきさ》**く** 夏青柿 秋柿 冬柿 落葉〔柿の花地に落ち侏儒《しゅじゅ》の頭蓋《ずがい》なる　佐藤鬼房〕

石榴《ざくろ》**の花**《はな》 つやつやした葉の間から、朱の鮮やかな筒状の花を咲かす。 **花石榴**《はなざくろ》 **石榴咲**《ざくろさ》**く** 秋石榴〔花石榴雨きらきらと地を濡らさず　大野林火〕

棗《なつめ》**の花**《はな》 淡黄色の小花が数個葉腋に集まって咲く。 **棗咲**《なつめさ》**く** 秋棗〔幽けさは棗の花の月夜かな　光岡朶青子〕

葡萄《ぶどう》**の花**《はな》《ぶだうのはな》 葉の根もとから花軸をのばし、多くの小花を総状につける。 **花葡萄**《はなぶどう》 **葡萄咲**《ぶどうさ》**く** 夏青葡萄 秋葡萄〔訥々と語り葡萄の花を指す　廣瀬直人〕

青《あお》**梅**《うめ》《あをうめ》 梅の実は青いうちに取って、梅干しにしたり梅酒を作る。 **梅**《うめ》**の実**《み》 **実梅**《みうめ》 **実梅売**《みうめうり》 **青梅売**《あおうめうり》 **梅**《うめ》**の実生**《みな》**る** **梅青**《うめあお》**し** **実梅落**《みうめお》**つ** **実梅熟**《みうめう》**る** **梅**《うめ》**もぐ** **梅熟**《うめじゅく》**す** **小梅**《こうめ》 **豊後梅**《ぶんごうめ》 春梅〔青梅の臀《しり》うつくしくそろひけり　室生犀星〕

青《あお》**柿**《がき》《あをがき》 夏の間の青くて小さい柿。 **柿青**《かきあお》**し** 夏柿若葉 秋柿〔青柿や秘仏小さき円通寺　加藤三七子〕

青《あお》**柚**《ゆ》《あをゆ》 直径三センチくらいの真青な柚子のこと。 **青柚子**《あおゆず》 **柚子青**《ゆずあお》**し** 夏柚子の花 秋柚子〔まだ青き柚子をしぼるや磯料理　水原秋櫻子〕

青胡桃《あおくるみ》 あをくるみ 実になったばかりの青い未熟の胡桃。**なま胡桃**《くるみ》 夏胡桃の花 秋胡桃 〔青胡桃しなのの空のかたさかな　上田五千石〕

青無花果《あおいちじく》 あをいちじく 青く固い状態の無花果。秋無花果 〔青無花果次第にくらむ雨やどり　岸田稚魚〕

青葡萄《あおぶどう》 あをぶだう 熟さぬ前の青々としてまだ固い葡萄。**葡萄青し**《ぶどうあお》 夏葡萄の花 秋葡萄 〔待つといふことの寂けさ青葡萄　林　翔〕

青林檎《あおりんご》 あをりんご 堅くて酸味のある早生種の林檎。**早生林檎**《わせりんご》 **林檎青し**《りんごあお》 春林檎の花 秋林檎 〔青りんごたゞ一個買ふ美しく　細見綾子〕

木苺《きいちご》 初夏のころ熟し、透明の橙黄色の実をつける。**木苺熟る**《きいちごう》 春木苺の花 夏苺 〔木苺の熟れしあはれをまのあたり　後藤夜半〕

早桃《さもも》 早生種の水蜜桃。**夏桃**《なつもも》 **早桃熟る**《さももう》 **早桃剝く**《さももむ》 春桃の花 秋桃の実 〔早桃剝かれ昏る海光沁み入りぬ　中島斌雄〕

楊桃《やまもも》 暗紅色球形の一〜二センチくらいの実で甘酸っぱい。**やまうめ** **ももかは** **樹梅**《じゅばい》 **山桃**《やまもも》 **楊梅**《ようばい》 **楊梅の実**《ようばいみ》 **実楊梅**《みようばい》 春楊梅の花 〔楊梅熟る青鬱然と札所寺　松崎鉄之介〕

さくらんぼ 淡紅色または浅黄色の小さな愛らしい果実。**桜桃の実**《おうとうみ》 **桜桃**《おうとう》 春桜桃の花 夏桜の実 〔桜桃のこの美しきもの梅雨の夜に　森　澄雄〕

山桜桃《ゆすらうめ》 梅雨のころ、梅に似た約一センチの赤い実が熟れる。甘酸っぱく食べやすい。**英桃**《ゆすらうめ》 **ゆすら** 春山桜桃の花 〔ふるさとの庭のどこかにゆすらうめ　池内たけし〕

李《すもも》 桃より小ぶりで酸味がある。**牡丹杏《ぼたんきょう》** **酸桃《すもも》** **李熟る《すももうる》** **李《すもも》もぐ** 【春】李の花 〔門川のほとばしり落ち李熟る　山口青邨〕

巴旦杏《はたんきょう》《はたんきやう》 李の一種。赤く熟すものと黄色に熟すものがあるが、いずれも多汁で酸味が強い。【春】巴旦杏の花 〔巴旦杏幼な古ごと皆似たり　水原秋櫻子〕

杏《あん》子《ず》 黄色または橙色の梅よりやや大ぶりの実。**杏《あんず》** **からもも** **杏《あんず》の実《み》** **杏《あんず》もぐ** 【春】杏の花 〔あんずあまさうなひとはねむさうな　室生犀星〕

枇《び》杷《わ》《びは》 夏に小さな鶏卵くらいの実が熟す。種が大きくて、果肉は水気が多く、甘い。**枇杷《びわ》の実《み》** **枇杷《びわ》実《みの》る** **枇杷《びわ》色《いろ》づく** **枇杷《びわ》熟《う》る** **枇杷《びわ》剝《む》く** **枇杷《びわ》の種《たね》** **枇杷《びわ》もぐ** **青枇杷《あおびわ》** 【冬】枇杷の花 〔枇杷の子のぽぽぽとともるほの曇り　平井照敏〕

すぐりの実《み》 白い小花が咲き、その後、強い酸味をもった豆粒大の漿果《しょうか》を結ぶ。〔分校の教師声透きすぐりの実　池上樵人〕

夏蜜柑《なつみかん》 大型で外皮が厚く酸が強い。**夏橙《なつだい》** **夏柑《なつかん》** 【夏】夏蜜柑の花 【秋】青蜜柑 【冬】蜜柑 〔妻の顔夏蜜柑剝《む》くはや酸かり　森　澄雄〕

パイナップル 熱帯原産の果実。多肉で香りが高い。**鳳梨《ほうり》** **あななす** **まつりんご** 〔パイナップル驟雨は香り去るものに　野澤節子〕

パパイヤ 熱帯アメリカ原産で、果肉は多く香りが強い。〔パパイヤ食べ行先のこる地図濡らす　鷹羽狩行〕

バナナ インド原産。総状に実をつけ、熟すと香り高く甘い。**青《あお》バナナ** 〔バナナ、下げて子等

に帰りし日暮かな　杉田久女〕

樹　木

夏木立《なつこだち》　青葉若葉を茂らせた、さかんな木立のさま。**夏木《なつき》**　**夏木陰《なつこかげ》**　**大夏木《おおなつき》**　〔夏〕木下闇　〔冬〕冬木立〔先づたのむ椎《しひ》の木もあり夏木立　松尾芭蕉〕

新樹《しんじゅ》　新鮮な若葉の萌え出た木。**緑樹《りょくじゅ》**　**新樹蔭《しんじゅかげ》**　**夜《よ》の新樹《しんじゅ》**　**新樹冷《しんじゅひ》ゆ**　**新樹燃《しんじゅも》ゆ**　**山新樹《やましんじゅ》**　**新樹《しんじゅ》山《やま》**　**新樹光《しんじゅこう》**　**新樹《しんじゅ》の香《か》**　**新樹風《しんじゅかぜ》**　**新樹雨《しんじゅあめ》**　**新樹晴《しんじゅばれ》**　〔夏〕若葉・青葉・緑蔭〔夕空に新樹の色のそよぎあり　深見けん二〕

若葉《わかば》　すべての樹木の初々しい葉の総称。**うら若葉《わかば》**　**むら若葉《わかば》**　**庭若葉《にわわかば》**　**若葉晴《わかばばれ》**　**若葉風《わかばかぜ》**　**若葉《わかば》曇《ぐもり》**　**若葉寒《わかばざ》む**　**若葉雨《わかばあめ》**　**若葉時《わかばどき》**　**若葉影《わかばかげ》**　**若葉吹《わかばふ》く**　**梅若葉《うめわかば》**　**櫨若葉《はぜわかば》**　**藤若葉《ふじわかば》**　**蔦若葉《つたわかば》**　**榎若《えのきわか》葉《ば》**　**森若葉《もりわかば》**　**若葉山《わかばやま》**　**若葉谷《わかばだに》**　**寺若葉《てらわかば》**　**窓若葉《まどわかば》**　〔夏〕青葉・新緑・万緑・茂〔水晶の念珠に映る若葉かな　川端茅舎〕

青葉《あおば》　《あをば》初夏の若葉が生い茂って緑の濃くなった葉。**青葉若葉《あおばわかば》**　**青葉山《あおばやま》**　**青葉茂《あおばしげ》り**　**青葉照《あおばて》る**　**青葉風《あおばかぜ》**　**槻青葉《つきあおば》**　**欅青葉《けやきあおば》**　**楠青葉《くすのきあおば》**　**青葉《あおば》して**　〔夏〕若葉・新緑・万緑・茂〔しづもりて鯉も青葉の冷にをり　森澄雄〕

新緑《しんりょく》　樹木の萌えたつ若葉の緑をいう。**深緑《ふかみどり》**　**緑新《みどりあたら》し**　**緑《みどり》**　**緑《みどり》さす**　〔夏〕新樹・青葉・若葉・万緑・茂〔摩天楼より新緑がパセリほど　鷹羽狩行〕

茂《しげり》　樹木の枝葉が生い茂ったさま。**茂《しげ》る**　**茂《しげ》み**　**茂《しげ》り葉《ば》**　**茂山《しげりやま》**　**山茂《やましげ》る**　**庭茂《にわしげ》り**　**庭茂《にわしげ》る**

[夏]木下闇〔ややあれば茂り離るる風の筋　中村汀女〕

万《ばん》緑《りょく》 見わたす限り緑に彩られていること。新緑より調子が強く、生命感が溢れる。[夏]緑・新樹・新緑〔万緑の中や吾子の歯生え初むる　中村草田男〕

木下闇《このしたやみ》 鬱蒼《うつそう》と青葉が茂って昼なお暗い樹下のこと。**木《こ》下闇《したやみ》**　**下闇《したやみ》**　**青葉闇《あおばやみ》**　**木の晩《くれ》**　**木暮《こぐれ》**　**木《こ》暮《ぐ》る**　**木《こ》暗《ぐら》し**〔木下闇抜け人間の闇の中　平井照敏〕

緑《りょく》蔭《いん》 夏の緑したたる木陰のこと。語感が明るい。**翠蔭《すいいん》** [夏]木下闇〔緑蔭や矢を獲《え》ては鳴る白き的　竹下しづの女〕

結《むす》葉《びば》 若葉が重なり合って結ばれたようになっているさまをいう。[夏]青葉・若葉・茂〔結葉のかげろふほどの日を仰ぐ　椎橋清翠〕

氷《ひ》室《むろ》の桜《さくら》 春に咲きそめた花を、室に納めて置くこと。また、日のささない氷室のあるあたりで夏に咲いた桜をいう。**氷《ひ》室《むろ》の花《はな》**〔氷室桜奥峰の雪と光り合ふ　柴田ユキ〕

柿若葉《かきわかば》 柔らかな萌黄色でひときわつやつやと明るい。**柿《かき》の若葉《わかば》** [夏]柿の花・青柿 [秋]柿〔柿若葉重なりもして透くみどり　富安風生〕

椎若葉《しいわかば》《しひわかば》 鮮黄緑で、明るく印象的。若葉が伸びると古葉が落ちる。**椎茂《しいしげ》る**　**青椎《あおしい》** [夏]椎の花 [秋]椎の実〔椎若葉一重瞼《ひとへまぶた》を母系とし　石田波郷〕

樫若葉《かしわかば》 種類により葉の形や色は異なるが、革質で艶がある。**樫茂《かししげ》る**　**青樫《あおかし》** [春]樫の花 [秋]樫の実〔樫茂る手垢だらけの解剖書　林　徹〕

樟若葉《くすわかば》 萌黄色《もえぎいろ》で、光沢があり大樹の頂から湧くように萌え出てくる。**樟茂《くすしげ》る**　**青樟《あおくす》**　**楠若葉《くすわかば》**

〔仔牛の角まだやはらかに樟若葉　有働 亨〕

若《わか》楓《かえで》 若葉の楓をいう。黄緑色の葉はとくに美しい。**若葉《わかば》の楓《かえで》** **嫩楓《わかかえで》** **青楓《あおかえで》** **青《あお》き紅葉《もみじ》** **若葉《わかば》の紅葉《もみじ》** **楓若葉《かえでわかば》** 春楓の芽 秋楓 〔雨ふゝむ葉の重みして若楓　原 石鼎〕

葉《は》柳《やなぎ》 青々と茂る夏の柳のこと。**夏柳《なつやなぎ》** **柳茂《やなぎしげ》る** 春柳 秋柳散る 冬枯柳 〔ラララと朝鮮唄や夏柳　高浜虚子〕

土用芽《どようめ》 夏の土用のころに萌え出る新芽。**土用《どよう》の芽《め》** 春木の芽 秋秋芽 冬冬芽 〔土用芽や温泉町《ゆまち》つづきに垣低く　木村蕪城〕

病《わくら》葉《ば》 病虫害や風通しの悪さなどから変色して朽ち落ちる木の葉のこと。**病葉散《わくらばち》る** **病葉落《わくらばお》つ** 冬朽葉 〔病葉のいささか青み残りけり　野村喜舟〕

常磐木落葉《ときわぎおちば》 杉・椎などの常緑樹は新葉が生いそめると古葉を落とす。**常磐木散《ときわぎち》る** **常《とき》磐木落葉《わぎおちば》** 冬落葉 〔掃き集め常磐木落葉《ときはぎおちば》ばかりなる　高浜年尾〕

卯《う》の花《はな》 空木《うつぎ》の花のことをいう。白色五弁の清楚な花を枝先にたくさん群がってつける。**空《うつ》木《ぎ》の花《はな》** **花卯木《はなうつぎ》** **更紗《さらさ》うつぎ** **八重《やえ》うつぎ** **山《やま》うつぎ** **姫《ひめ》うつぎ** **裏白《うらじろ》うつぎ** **日光《にっこう》うつぎ** **初卯《はつう》の花《はな》** **卯《う》の花月夜《はなつきよ》** **卯《う》の花垣《はながき》** **紅卯木《べにうつぎ》** 〔空は我を生みし蒼さや花卯つ木　渡辺水巴〕

忍冬《すいかずら》の花《はな》 葉のつけ根に甘い香りの白色の花を開く。まれに淡紅色、淡紫色もある。**忍冬《にんどう》** **吸葛《すいかずら》** **金銀花《きんぎんか》** **忍冬花《すいかずら》** 〔雨ぐせのはやにんどうに旅二日　石川桂郎〕

箱根《はこね》空木《うつぎ》の花《はな》 咲き初めは白いが、だんだん紅紫色に変わってくる。箱根の名を持つが、箱根には自生しない。**箱根《はこね》卯《う》の花《はな》** **錦《にしき》うつぎ** **錦帯花《きんたいか》** **十姉妹《うつぎ》** 夏卯の花 〔はこねうつぎ

妻遠き日の匂ひあり　石田勝彦〕

茨《いばら》の花《はな》　うばらともいい、本来は棘《とげ》のある木の意味。山野に自生、白色五弁の香り高い花を開く。**野茨《のいばら》　野《の》ばら　花茨《はないばら》　花《はな》うばら　茨《いばら》　うばら**　夏薔薇　秋茨の実　冬枯茨　〔野ばらの苔むしりむしりて青空欲《ほ》る　金子兜太〕

桐《きり》の花《はな》　葉の出る前の枝先に淡紫色の芳香のある花を多数つける。**花桐《はなぎり》　桐咲《きりさ》く**　秋桐の実・桐一葉　〔桐咲いて雲はひかりの中に入る　飯田龍太〕

胡桃《くるみ》の花《はな》　初夏に緑色の花をつける。**花胡桃《はなくるみ》　胡桃咲《くるみさ》く**　夏青胡桃　秋胡桃　〔のぼり来て富士失ひぬ花胡桃　角川源義〕

朴《ほお》の花《はな》　初夏のころ、香りのある黄白色九弁の花を開く。花は散らずにしぼむ。**厚朴《ほお》の花《はな》　朴《ほお》咲《さ》く　朴散《ほおち》る　朴散華《ほおさんげ》**　秋朴の実　冬朴落葉　〔朴散華即ちしれぬ行方かな　川端茅舎〕

槐《えんじゅ》の花《はな》　中国原産で淡黄白色の蝶形の花を梢の上の方に開く。**えにす　くぜまめ　花槐《はなえんじゅ》　槐《えんじゅ》咲《さ》く**　〔花槐ゲーテの家の時計鳴る　岩淵喜代子〕

橡《とち》の花《はな》　山地に自生。白色でやや紅色を帯びた大型の花を開く。**栃咲《とちさ》く**　秋橡の実　〔栃咲くやまぬかれ難き女の身　石田波郷〕

マロニエの花《はな》　赤みを帯びた白色四弁花が群れ咲き、円錐状をなす。〔マロニエや妻と出会ひし駿河台　水原春郎〕

棕櫚《しゅろ》の花《はな》　初夏に黄白色の粟粒のような花を無数につけ、花房を垂れる。**棕梠《しゅろ》の花《はな》　すろ　唐《とう》棕櫚《しゅろ》　花棕櫚《はなしゅろ》　棕櫚咲《しゅろさ》く**　冬棕櫚剝ぐ　〔花棕櫚に海の入日の濃かりけり　丸山哲郎〕

水木《みずき》の花《はな》《みづきのはな》　枝先に白色四弁の小花が総状に密集して咲く。**水木咲《みずきさ》く**　春花水木・土佐みづき　秋水木の実　〔花みづき十あまり咲けりけふも咲く　水原秋櫻子〕

山法師《やまぼうし》の花《はな》《やまぼうしのはな》　落葉高木で山地に自生し、五、六月ごろ白色の頭状花を咲かせる。**山帽《やまぼう》子《し》**　**やまぐは**　〔旅は日を急がぬごとく山法師　森　澄雄〕

アカシアの花《はな》　一般にアカシアといわれているのはニセアカシアのこと。香のある白い総状の花を垂らす。**針槐《はりえんじゅ》**　**にせアカシア**　**アカシア**　**アカシア咲《さ》く**　**花《はな》アカシア**　〔アカシヤの花のうれひの雲の冷え　千代田葛彦〕

山《ぶ》毛欅《な》の花《はな》　高知に多い落葉喬木。雄花は黄色の小花が密生し、雌花は頭状をなし総苞に包まれている。〔ぶなの木の花ほろほろと箱根道　矢澤千旦〕

大山蓮《おおやまれんげ》花
華《げ》《おほやまれんげ》　枝先に香りのある白い花を下向きあるいは横向きに開く。**天女花《おおやまれんげ》**　**深山蓮《みやまれん》華《げ》**　〔信貴の谷匂ひ大山蓮華かな　岡井省二〕

桷《ずみ》の花《はな》　枝いっぱいに、海棠や梨の花に似た白い小花をつける。**小梨《こなし》の花《はな》**　**小梨咲《こなしさ》く**　〔たちよれば深山ぐもりに桷の花　飯田蛇笏〕

蔓梅擬《つるうめもどき》の花《はな》　葉のつけ根に黄緑色の地味な花をつける。秋蔓梅擬　〔葉がくれに花知られずよ蔓もどき　岡本圭岳〕

錦木《にしきぎ》の花《はな》　葉のわきに淡黄緑色の小さい花が集まって咲く。秋錦木　〔錦木の花こぼれつぐ山の駅　青柳志解樹〕

雁皮《がんび》の花《はな》　枝先に沈丁花に似た淡黄色の小花をつける。樹皮の繊維は和紙の原料。**花雁皮《はながんび》**

〔ふた株やがんぴの花のかげひなた　木津柳芽〕

楝《おうち》の花《はな》　あふちのはな　淡紫色の美しい五弁花を総状に開く。**花樗《はなおうち》　樗《おうち》の花《はな》　栴檀《せんだん》の花《はな》　楝咲《おうちさ》く**　秋 栴檀の実　〔切支丹忘れし村の花楝　有馬朗人〕

黐《もち》の花《はな》　黄緑色の小花がかたまって咲く。**細葉《ほそば》冬青《もち》　もちの木《き》　江戸黐《えどもち》　黒鉄黐《くろがねもち》　冬青《もち》の花《はな》　黐咲《もちさ》く**　〔黐の花こぼるる風の重さだけ　能村登四郎〕

椎《しい》の花《はな》　しひのはな　淡黄色の細い花を穂状につける。栗の花に似た強い匂いがある。**花椎《はなしい》　椎咲《しいさ》く**　夏 椎若葉　秋 椎の実　〔椎の花神も漢《をとこ》の匂ひせり　角川春樹〕

榎《えのき》の花《はな》　雌雄同株で淡黄色の花を開く。江戸時代には街道の一里塚に植えた。**榎咲《えのきさ》く**　秋 榎の実　〔懸巣鳴いて榎の花をこぼしけり　大谷句仏〕

榊《さかき》の花《はな》　葉のつけ根に、白い香りのある小さな花を群がりつける。**花榊《はなさかき》　坂樹《さかき》　賢木《さかき》　真榊《まさかき》の花《はな》　竜眼木《りゅうがんぼく》　榊咲《さかきさ》く**　〔裏庭の榊の花も卑しからず　阿部みどり女〕

櫟《くぬぎ》の花《はな》　初夏、葉の間に黄褐色の花を穂のようにつける。**つるばみ　櫟咲《くぬぎさ》く**　秋 団栗　〔雪被つつ櫟は花の死すなかれ　石田波郷〕

木斛《もっこく》の花《はな》　もくこくのはな　細かな白色五弁花を下向きに開く。**花木斛《はなもっこく》　木斛咲《もっこくさ》く**　〔木斛の花におとろへきし夕日　青柳志解樹〕

定家葛《ていかかづら》の花《はな》　ていかかづらのはな　芳香のある白い小花を葉腋や枝端に開く。〔尼寺の定家葛の夜なりけり　大石悦子〕

漆《うるし》の花《はな》　葉のわきから、たくさんの黄緑色の花を円錐花序に開く。**漆咲《うるしさ》く**　夏 漆掻　秋 漆紅

葉・漆の実〔花漆こまごまと咲き日にけぶる　上村占魚〕

櫨《はぜ》の花《はな》　ウルシ科で暖地の山地に自生。葉腋に黄緑色の小花をつける。**櫨咲《はぜさ》く**　秋櫨紅葉・櫨の実・櫨ちぎり〔櫨の花溺るゝ才もなく寧し　佐藤いさむ〕

皂角子《さいかち》の花《はな》　茎・枝に多数の棘があり、緑黄色で四弁の花を開く。**皂莢《さいかち》の花《はな》**　秋皂莢の実〔皀角子の落花しいてゐる静かな　村上鬼城〕

木天蓼《またたび》の花《はな》　梅に似た、直径二センチぐらいの香《かぐわ》しい白い花を開き夏梅ともいう。葉や実を猫に与えると酒に酔ったようになる。**夏梅《なつうめ》**　秋木天蓼〔花またたび驚きやすき雉子に会ふ　加藤憲曠〕

檀《まゆみ》の花《はな》　五、六月ごろ淡緑色の小花をつける。主に弓を作る材料にしたのでこの名がある。**真弓《まゆみ》の花《はな》**　**檀咲《まゆみさ》く**　秋檀の実〔花まゆみ女人の私語の語尾弾み　大石悦子〕

えごの花《はな》　白色の五弁の小花が下向きに咲く。**山苣《やまぢさ》の花《はな》**　**えご咲《さ》く**〔えごの花遠くへ流れ来てをりぬ　山口青邨〕

合歓《ねむ》の花《はな》　花は夕方開く。淡紅色の花が多数集まり頭状をなす。**ねぶの花《はな》**　**花合歓《はなねむ》**　**ねぶりの木《き》**　**ねむり木《ぎ》**　**合歓咲《ねむさ》く**　**合歓閉《ねむとざ》す**　秋合歓の実〔合歓の花沖には紺の潮流る　沢木欣一〕

要《かなめ》の花《はな》　枝先に蕎麦の花に似た小花を笠状につける。**扇骨木《かなめのき》**　**金目黐《かなめもち》**　**かなめ樫《がし》**　**花要《はなかなめ》**　**要咲《かなめさ》く**〔桂離宮凡のかなめの花も仰ぐ　及川貞〕

菩提樹《ぼだいじゆ》の花《はな》　中国産の高木で、強い香りの淡黄色の小花をつける。**菩提《ぼだい》の花《はな》**　**菩提樹咲《ぼだいじゆさ》く**　秋菩提子〔菩提樹の花の真昼の香なりけり　石田勝彦〕

沙羅《さら》の花《はな》　椿に似た白色の五弁花。夏椿が学名。**夏椿《なつつばき》**　**あからぎ**　**しゃらの花《はな》**　**沙羅咲《さらさ》く**〔沙羅の花捨身の落花惜しみなし　石田波郷〕

蘇鉄《そてつ》の花《はな》　南国原産の常緑樹で、樹頭に雌雄異なる花をつける。**ご赦免花《しゃめんばな》**　**蘇鉄咲《そてつさ》く**　**花蘇鉄《はなそてつ》**〔ご赦免花火の島六島従へて　角川源義〕

さびたの花《はな》　山地に自生、額紫陽花に似た白い花をつける。**糊《のり》うつぎの花《はな》**　**のりのきの花《はな》**　**花《はな》さびた**　**さびた咲《さ》く**〔花さびた十勝の国に煙たつ　加藤楸邨〕

玫瑰《はまなす》の花《はな》　バラ科の落葉低木で、紅色五弁の香りのよい花を開く。**浜梨《はまなし》**　**玫瑰咲《はまなすさ》く**〔玫瑰や今も沖には未来あり　中村草田男〕

犬枇杷《いぬびわ》《いぬびは》　春に無花果《いちじく》に似た花をつけ、夏に紫黒色に熟した実をつける。**小無花果《こいちじく》**　**山枇杷《やまびわ》**　**天仙果《てんせんか》**〔犬枇杷の熟れに熟れたる下通る　山田みづえ〕

葛《つづら》藤《ふじ》《つづらふぢ》　七月ごろ淡緑色の小花が円錐状に集まって咲く。蔓は強く、籠など編む。**葛《つづら》**　**籠《か》葛《ずら》**　**青葛《あおかずら》**〔奔端《ほんたん》に垂れて小花の葛藤　住田緑葉〕

桑《くわ》の実《み》《くはのみ》　木苺に似た実で、熟すと赤色から紫黒色になる。甘酸っぱい。**桑苺《くわいちご》**　春 桑解く・桑摘・桑の芽・桑の花　秋 桑括る・秋桑〔桑の実を口のうつろに落す音　高浜虚子〕

苗代苺《なわしろいちご》《なはしろいちご》　苗代どきに淡紫紅色の小さな五弁花をつけ、田植のころには真赤な実となる。**三葉苺《みつばいちご》**　**五月《さつき》いちご**　夏 苺〔よく熟れて苗代苺向ふ岸　岡本圭岳〕

夏茱萸《なつぐみ》　初夏に淡黄色の小さな花をつけ、間もなく赤い実が熟れる。**たはらぐみ**　**唐茱萸《とうぐみ》**　春 苗代茱萸　秋 茱萸〔夏茱萸や妻の居ぬ日はものぐさに　村沢夏風〕

夏桑《なつぐわ》 夏蚕に食べさせるころに茂った桑の葉。 春桑・桑の花 夏桑の実 〔夏桑のしんしんたるは摘みがたし 栗生純夫〕

梧桐《あおぎり》 緑色の樹幹や大きな葉の茂りが、夏を感じさせる。桐とは別種のもの。 **青桐《あおぎり》** **梧桐《あをぎり》** **梧桐《ごどう》** 〔青桐の日の重たしや鳩の街 吉田鴻司〕

女貞の花《ねずみもちのはな》 モクセイ科の常緑小高木で、六月ごろ枝先に白い小花をたくさん円錐状につける。 **女貞花《ねずみもち》** 冬女貞の実 〔ねずみもち咲き終日の片曇 福永耕二〕

海桐の花《とべらのはな》 海岸地方に多い常緑低木で、香りのある白い小花を咲かせ、のち黄色に変わる。 **花海桐《はなとべら》** **海桐咲く《とべらさく》** 秋海桐の実 〔六地蔵まで崖づたいとべら咲く 花谷和子〕

珊瑚樹の花《さんごじゅのはな》 高さ一〇メートルに達し、庭木・生垣として栽培。やや紫色を帯びた白色の小花が集まって開く。 **花珊瑚《はなさんご》** 秋珊瑚樹の実 〔珊瑚樹の花潮たれし網を干す 松崎鉄之介〕

竹落葉《たけおちば》 初夏のころ、竹は新葉が出ると古葉を落とす。 **竹の落葉《たけのおちば》** **竹散る《たけちる》** **笹散る《ささちる》** 春竹の秋 秋竹の春 〔竹落葉時のひとひらづつ散れり 細見綾子〕

竹の皮脱ぐ《たけのかわぬぐ》 夏になり筍から育った竹が皮を脱ぐこと。 **竹の皮散る《たけのかわちる》** **竹の皮《たけのかわ》** **筍脱ぐ《たけのかわぬぐ》** 春竹の秋 秋竹の春 〔竹皮を脱ぐやひかりを撒きちらし 青柳志解樹〕

竹の花《たけのはな》 稲の穂のような形をした花が咲くと竹は枯死する。 **竹咲く《たけさく》** 秋竹の実 〔母の髪逢ふたび白し竹の花 宮下翠舟〕

若竹《わかたけ》 筍が生長し夏に若々しい竹となったもの。 **今年竹《ことしだけ》** **竹の若葉《たけのわかば》** 春竹の秋 秋竹の春

〔たけくらぶ吾子はあらずよ今年竹　角川源義〕

篠《すず》の子《こ》　すず竹などの細い竹の子の類。種類によっては食用になる。**笹《ささ》の子《こ》**　**馬篠《うますず》**　**児篠《ちごすず》**　**五《ご》枚篠《まいすず》**　**芽笹《めざさ》**　〔篠の子や小暗き顔のふり返り　岸田稚魚〕

草　花

杜若《かきつばた》　アヤメ科の多年草で、水辺に群生し、あやめに似た紫色の花を開く。**燕子花《かきつばた》**　**かほ花《ばな》**　**顔佳花《かおよばな》**　〔天上も淋しからんに燕子花　鈴木六林男〕

渓蓀《あやめ》　花菖蒲に似た紫色の優美な大花を開く。黄色や白い花もある。**花《はな》あやめ**　**野《の》あやめ**　**あやめ咲《さ》く**　**あやめの花《はな》**　**黄《き》あやめ**　〔衣をぬぎし闇のあなたにあやめ咲く　桂　信子〕

花菖蒲《はなしょうぶ》　《はなしやうぶ》高い花茎に紫・白・濃紫など色とりどりの大きな花を咲かせる。**花《はな》さうぶ**　**白《しろ》菖蒲《しょうぶ》**　**黄《き》菖蒲《しょうぶ》**　**菖蒲園《しょうぶえん》**　**菖蒲池《しょうぶいけ》**　**野花菖蒲《のばなしょうぶ》**　**菖蒲田《しょうぶだ》**　**菖蒲見《しょうぶみ》**　〔花菖蒲ぢかに地に置く旅鞄　飴山　實〕

菖《しょう》蒲《ぶ》　《しやうぶ》白く太い根を張り、六月ごろ淡黄緑色の穂状の目立たない花をつける。端午の節句に軒にさしたり、湯に入れる。**白菖《はくしょう》**　**水菖蒲《みずしょうぶ》**　**あやめ草《ぐさ》**　〔菖蒲見しこころ漂ふばかりなり　藤田湘子〕

著莪《しゃが》の花《はな》　山野の日蔭に群生し、あやめに似るがやや小型。白色で紫の斑があり、花の中心は黄色。**莎莪《しゃが》**　**著莪《しゃが》咲《さ》く**　**著莪《しゃが》の雨《あめ》**　〔あたらしき柄杓が置かれ著莪の花　川崎展宏〕

庭石菖《にわぜきしょう》　《にはぜきしやう》花茎の先端に青紫色、または白地に紫脈のある六弁花を開く。一日花である。

鳶尾草《いちはつ》　**庭石菖の花**《にわぜきしょうのはな》〔敷居から出てゐる大足庭石菖　飯島晴子〕　中国原産の、紫または白のあやめに似た花を開く。**一八**《いちはつ》　**水蘭**《すいらん》　**紫羅傘**《いちはつ》〔玄関に一八活けて大書院　右城暮石〕

芍薬《しゃくやく》　牡丹に似た大輪の花を数個開く。白・紅・濃紅色など、色は多様で一重・八重咲きがある。**貌佳草**《かおよぐさ》　**花の宰相**《はなのさいしょう》　**芍薬の花**《しゃくやくのはな》　秋芍薬根分〔芍薬の逢瀬のごとき夜があり　森　澄雄〕

アイリス　渓蓀《あやめ》に似た西洋種の球根花。渓蓀より花はやや小さい。白・黄・藍・紫色などがある。〔アイリスを見ゆる一眼にて愛す　日野草城〕

グラジオラス　南アフリカ原産で、白・黄・紅・淡紅色の華麗な花を開く。**唐菖蒲**《とうしょうぶ》　**和蘭菖蒲**《オランダあやめ》〔グラジオラス揺れておの〱席につく　下田実花〕

ダリヤ　大形の白・紅・黄・紫色などの花を開く。メキシコの国花。**ダリア**　**天竺牡丹**《てんじくぼたん》　**ポンダリア**〔鮮烈なるダリヤを挿せり手術以後　石田波郷〕

ユッカ　北米原産で、白い鐘形の花を多くつける。**ユッカの花**《はな》　**ユッカ咲**《さ》**く**　**花**《はな》**ユッカ**〔ユッカ咲く庭芝広く刈られけり　西島麦南〕

向日葵《ひまわり》《ひまはり》　茎や枝の先に、鮮烈な黄色の大型の花をつける。**日車**《ひぐるま》　**日輪草**《にちりんそう》　**天蓋花**《てんがいばな》　**日向葵**《ひゅうがあおい》〔向日葵や信長の首斬り落とす　角川春樹〕

葵《あおい》《あふひ》　立葵のこと。紅・紫・白色などの五弁の花が下から順に咲きのぼる。**花葵**《はなあおい》　**葵咲**《あおいさ》**く**　**立葵**《たちあおい》　**銭葵**《ぜにあおい》　**葵の花**《あおいのはな》　冬冬葵・寒葵〔蝶ひくし葵の花の低ければ　富安風生〕

黄蜀葵《おうしよつき》　花は黄色で、底が暗紫色。日中開花して夕方しぼむ一日花。**とろろあふひ**　〔母の家の水が甘しや黄蜀葵《わうしよくき》　皆川盤水〕

紅蜀葵《こうしよつき》　緋紅色の大きな五弁花を横向きに開く。**もみぢあふひ**　〔紅蜀葵肱《ひぢ》まだとがり乙女達　中村草田男〕〔紅蜀葵《こうしよくき》〕

ゼラニューム　南アフリカ原産の園芸花。和名は天竺葵《てんじくあおい》。長い花柄に深紅・白・ピンクの花をつける。花期が長い。**天竺葵**《てんじくあおい》　〔ヂェラニューム紅しあまりに焦土広し　殿村菟絲子〕

布袋草《ほていそう》　浮遊性の水草で、淡青紫色の六弁花をつける。葉柄の下の方が布袋腹に似ているのでこの名がある。**布袋草の花**《ほていそうのはな》　**布袋葵**《ほていあおい》　**和蘭水葵**《オランダみずあおい》　〔この町の祭りはきのふ布袋草　森澄雄〕

夏水仙《なつずいせん》　花茎を伸ばし、先端に水仙に似た淡紫紅の花を数個ずつつける。〔花かざし夏水仙の独り立ち　沢木欣一〕

罌粟の花《けしのはな》　茎頂に一重または八重の大輪の花を開く。色は真紅・紫・白・絞りなど。**芥子の花**《けしのはな》　**花芥子**《はなげし》　**鴉片花**《あへんか》　㊂罌粟坊主　〔罌粟ひらく髪の先まで寂しきとき　橋本多佳子〕

雛罌粟《ひなげし》　五〇センチほどの茎の先に朱・紅・白色などの美しい四弁の花を開く。**虞美人草**《ぐびじんそう》　**美人草**《びじんそう》　**麗春花**《れいしゆんか》　**ポピー**　〔陽に倦《う》みて雛罌粟いよよくれなゐに　木下夕爾〕

鬼罌粟《おにげし》　茎の先に、罌粟よりも大きい深紅の四弁花を開く。**イギリス牡丹**《ぼたん》　**鬼罌粟の花**《おにげしのはな》　〔屋根の潮錆鬼罌粟鬼となりさかん　野路敏子〕

罌粟坊主《けしぼうず》《けしばうず》　罌粟の花が散ったあとの球形の実。初め青色でのち黄熟する。**芥子坊主**《けしぼうず》　**罌**《け》**粟**《し》**の実**《み》　夏罌粟の花　〔芥子坊主こつんくと遊ぶなり　田村木国〕

夏　菊《なつぎく》　夏に咲く菊の総称。小菊が主。**夏の菊**《なつのきく》　**夏白菊**《なつしらぎく》　**夏菊の花**《なつぎくのはな》　秋菊　冬寒菊　〔夏菊の黄はかたくなに美しき　富安風生〕

蝦夷菊《えぞぎく》　淡紅・藍紫・白色など一重咲きの菊に似た花を開く。**翠菊**《えぞぎく》　**江戸菊**《えどぎく》　**薩摩菊**《さつまぎく》　**アスター**　**蝦夷菊の花**《えぞぎくのはな》　〔供華となすべき蝦夷菊の花盛り　福田甲子雄〕

矢車草《やぐるまそう》《やぐるまさう》　枝先に矢車に似た藍色の花をつける。白・赤・淡紅色の花もある。**矢車菊**《やぐるまぎく》　**矢**《やぐ》**車菊の花**《るまぎくのはな》　〔住み残す矢車草のみづあさぎ　中村汀女〕

錦鶏菊《きんけいぎく》　大型の一重の菊に似た花。花の中心は紫あるいは紫がかった茶色で、花びらは濃い黄色。**錦鶏菊の花**《きんけいぎくのはな》　〔錦鶏菊調律師来て音調ぶ　塚谷きみ江〕

除虫菊《じょちゅうぎく》《ぢよちゆうぎく》　白または紅色の菊に似た一重花。かつては農薬や蚊取線香などの原料用に広く栽培された。**除虫菊の花**《じょちゅうぎくのはな》　〔太陽に午の衰へ除虫菊　鷹羽狩行〕

松葉菊《まつばぎく》　菊に似た紅紫・黄・橙色などの花をつける。**さぼてんぎく**　**松葉菊の花**《まつばぎくのはな》　〔どの家も松葉菊咲く漁の町　森田公司〕

孔雀草《くじゃくそう》《くじやくさう》　黄・橙・赤など球状の頭花を開く。一般にはマリーゴールドの名で親しまれている。**波斯菊**《はるしゃぎく》　**蛇の目草**《じゃのめそう》　**万寿菊**《まんじゅぎく》　**紅黄草**《こうおうそう》　**マリーゴールド**　〔サーカス見たき母の希ひや孔雀草　山田みづえ〕

石　竹《せきちく》　白や紅など撫子に似た五弁花を茎の先につける。**唐撫子**《からなでしこ》　**石の竹**《いしのたけ》　**石竹の花**《せきちくのはな》　**石竹咲く**《せきちくさく》

〔石竹やおん母小さくなりにけり　石田波郷〕

常《とこ》夏《なつ》　撫子の一種で花は濃紅色。**常夏《とこなつ》の花《はな》**　〔常夏の花や紅燃え白ひかる　若木一朗〕

カーネーション　撫子の一種。赤・白・淡紅色の各種がある。母の日の花として親しまれている。**和蘭石竹《オランダせきちく》**　**和蘭撫子《オランダなでしこ》**　**カーネーションの花《はな》**　〔花売女カーネーションを抱き歌ふ　山口青邨〕

虫取撫子《むしとりなでしこ》　枝先に淡紅色の小さい五弁花が傘状に集まって咲く。**蠅取撫子《はえとりなでしこ》**　**小町草《こまちそう》**　〔柾を葺く仮宮かなし小町草　富安風生〕

フロックス　種類が多く、紅・白・紫・斑《ぶち》などの五弁花を開く。**フロックスの花《はな》**　**桔梗撫子《ききようなでしこ》**　〔兄いもと笑顔相似てフロックス　島本きみ子〕

マーガレット　除虫菊に似た白い清楚な花をつける。**マーガレットの花《はな》**　〔マーガレット東京の空よごれたり　阿波野青畝〕

ダチュラ　漏斗状の白い花を上向きに開き、芳香を漂わせる。**朝鮮朝顔《ちょうせんあさがお》**　**曼陀羅華《まんだらげ》**　**気違茄子《きちがいなす》**　〔別の闇ありてダチュラの花匂ふ　青柳志解樹〕

ストケシア　キク科の鑑賞用多年草。紫色の大型の花。白色もある。**ストケシアの花《はな》**　**瑠璃菊《るりぎく》**　**ストークス・アスター**　〔ストケシア庭にころべる毬紅し　堤木灯子〕

アカンサス　地中海沿岸原産。長花茎を出して、白色から淡紫色の花を穂状につける。**アカンサスの花《はな》**　**葉薊《はあざみ》**　〔アカンサス穂に出づ吾子よ職に慣れよ　藤浦道代〕

カラジューム　里芋の葉に似ている南アメリカ原産の観葉植物。黄色または橙色の小花をつ

ける。カラジュームの花《はな》　錦芋《にしきいも》　葉錦《はにしき》　〔裸子は襁褓《むつき》を腰にカラジューム　吉野一路〕

ガーベラ　南アフリカ原産の菊に似た花で、紅・黄・白・橙色など八重もある。**ガーベラの花《はな》**　**アフリカ千本槍《せんぼんやり》**　〔明日の日の華やぐがごとガーベラ挿す　藤田湘子〕

銀盃草《ぎんぱいそう》《ぎんばいさう》　ユキノシタ科の多年草。細い茎の先に桔梗に似た白い五弁花を咲かせる。**銀盃《ぎんさかづき》**　〔一トしづくにて雨やみぬ銀盃草　小松日枝女〕

酔仙翁草《すいせんのう》《すゐせんのう》　紅色・淡紅色あるいは白色の五弁花を花柄の先につける。**酔仙翁《すいせんのう》の花《はな》**　**フランネル草《そう》**　[秋]仙翁花　〔留守にて来て酔仙翁草に去りかねつ　土田早竹〕

竜舌蘭《りゅうぜつらん》　花は毎年咲かず、何年目に咲くかも不明だが、結実すると枯死する。〔死者生者竜舌蘭に刻みし名　西東三鬼〕

月下美人《げつかびじん》　純白大輪の香り高い花。夜開き数時間でしぼむ。〔月下美人は一夜の雌蕊雄蕊かな　加藤楸邨〕

海芋《かいう》　真白の漏斗状の香気高い花を開く。**和蘭海芋《オランダかいう》**　**蕃海芋《ばんかいう》**　**カラー**　**海芋《かいう》の花《はな》**　**海芋《かいう》咲《さ》く**　〔帆を立てて海芋が呼べり湖《うみ》の風　朝倉和江〕

風蝶草《ふうちょうそう》《ふうてふさう》　熱帯アメリカ原産。白・紅紫・淡紅色の四弁花が総状に開き、下から上へ咲きのぼる。**風鳥草《ふうちょうそう》**　**風蝶草《ふうちょうそう》の花《はな》**　〔風蝶草悲しく小さき実を胎す　竹内一笑〕

珠簾《たますだれ》の花《はな》　葉の間に花茎を出し、先端に上向きに純白の花を開く。〔逢ひしことある石仏や玉すだれ　角川照子〕

睡蓮《すいれん》《すゐれん》　沼や池などに自生、水面に浮くように白・黄・紅・紫色の花を開く。**未草《ひつじぐさ》**　**睡《すい》**

蓮《れん》の花《はな》〔睡蓮に雨意《うい》あり胸の釦嵌《ボタンは》む　中村草田男〕

百合《ゆり》　種類も多く、色もさまざまだが、いずれも茎に横向きの香りの高い花をつける。**鬼《おに》百合《ゆり》**　**鉄砲百合《てつぽうゆり》**　**姫百合《ひめゆり》**　**鹿の子百合《かのこゆり》**　**車百合《くるまゆり》**　**山百合《やまゆり》**　**早百合《さゆり》**　**白百合《しらゆり》**　**紅百合《べにゆり》**　**黒百合《くろゆり》**　**笹百合《ささゆり》**　**透百合《すかしゆり》**　**鳴子百合《なるこゆり》**　**百合《ゆり》の花《はな》**　**百合《ゆり》の香《か》**　〔百合折らむにはあまりに夜の迫りをり　橋本多佳子〕

百合《ゆり》蝶《ちょう》と化《か》す　ゆりてふとかす　俗説をそのまま季題としたもの。㊊菜の花蝶と化す　〔百合蝶と化して未練を残しけり　黛まどか〕

含羞草《おじぎそう》　おじぎさう　淡紅色の小花を球状にかたまってつける。葉に触れたり、夜になったりすると葉を閉じる。**眠草《ねむりぐさ》**　**知羞草《おじぎそう》**　**含羞草《おじぎそう》の花《はな》**　〔眠草眠りつくまで窓に置き　神蔵器〕

花菱草《はなびしそう》　はなびしさう　茎の頂に黄・紅・橙色の四弁花を開く。**金英花《きんえいか》**　**花菱草《はなびしそう》の花《はな》**　〔待つ胸に形なして行く花菱草　野崎明子〕

金魚草《きんぎょそう》　きんぎよさう　花の形が尾びれを広げた金魚に似ている。花の色は白・黄・紅・橙など多彩。**金魚草《きんぎょそう》の花《はな》**　〔いろ〳〵な色に雨ふる金魚草　高田風人子〕

花魁草《おいらんそう》　おいらんさう　草丈一メートルほどの茎の先端に、夾竹桃に似た五弁の小花を毬状に開く。**草夾竹桃《くさきょうちくとう》**　**花魁草《おいらんそう》の花《はな》**　〔おいらん草咲いてをりたる宇陀郡《うだごほり》　森　澄雄〕

飛燕草《ひえんそう》　ひえんさう　白・淡紅・青紫色などの花の形が鳥の飛ぶように見える。**飛燕草《ひえんそう》の花《はな》**　**千鳥草《ちどりそう》**　**ラークスパー**　〔目のかぎり紫けぶり飛燕草　加藤楸邨〕

縷紅草《るこうそう》　るこうさう　原産は南米。垣根などにからみ、漏斗状の紅い五弁花をつける。**るこう**　**留紅《るこう》**

草《そう》　るこう咲《さ》く　縷《る》紅草《こうそう》の花《はな》　〔病人の汗は流れず縷紅草　石田波郷〕

松葉牡丹《まつばぼたん》　枝先に赤・白・黄など鮮やかな色の花をつける。葉が松葉のようなのでこの名がある。**日照草**《ひでりそう》　**爪切草**《つめきりそう》　**松葉牡丹**《まつばぼたん》**の花**《はな》　〔おのづから松葉牡丹に道はあり　高浜虚子〕

仙人掌《さぼてん》**の花**《はな》　メキシコ原産の多年草。花は多くは黄・赤・または白色。珍奇な形が愛され鑑賞用に栽培。**覇王樹**《さぼてん》　**仙人掌**《さぼてん》　**花**《はな》**さぼてん**　〔仙人掌の針の中なる蕾かな　吉田巨蕪〕

ジキタリス　斑点のある紅紫色の釣鐘形の花が下から咲き上がる。**きつねのてぶくろ**　**ジギタリスの花**《はな》　〔少年に夢ジキタリス咲きのぼる　河野南畦〕

サルビア　花は穂状花序で長く、ふつう鮮紅色の花をたくさんつける。花期が長い。〔サルビアの焰に雨やパン作り　堀口星眠〕

アマリリス　大型の百合に似た花。濃紅・白・絞など。**アマリリスの花**《はな》　〔アマリリス跣《はだし》の童女はだしの音　橋本多佳子〕

ペチュニア　南アメリカ原産。青紫・紅赤・淡紅・白色の漏斗状の花を開く。**つくばねあさがほ**　**ペチュニアの花**《はな》　〔夕風やペチュニア駄々と咲きつづけ　八木林之助〕

美女桜《びじょざくら》《びぢよざくら》　赤・白・赤紫・薄黄など桜草に似た花をつける。**美女桜**《びじょざくら》**の花**《はな》　〔美女桜ひろがり咲けり尼の寺　荒井照樹〕

日日草《にちにちそう》《にちにちさう》　一日花で、日々咲き代わるのでこの名がある。色は赤・白・桃。**日日花**《にちにちか》　**四時花**《しじか》　**日日草**《にちにちそう》**の花**《はな》　〔日日草なほざりにせし病日記　角川源義〕

百日草《ひやくにちそう》《ひやくにちさう》　赤・ピンク・黄・橙色など菊に似た頭上花。花期が長いので、この名がある。

ジニア **百日草《ひやくにちそう》の花《はな》** 〔百日草がうがう海は鳴るばかり 三橋鷹女〕

千日紅《せんにちこう》 球状の紅・白・橙・紅紫色の花をつける。百日草より花期が長い。**千日紅《せんにちこう》の花《はな》** 〔千日紅雨より長く咲きつづく 宮下塔山〕

丁字草《ちょうじそう》《ちやうじさう》 丁字の花の形に似た紫色の小花をつける。**花丁字《はなちょうじ》** **丁字草《ちょうじそう》の花《はな》** 〔大いなる闇夜に返す丁字の香 松山増美〕

午時花《ごじか》《ごじくわ》 インド原産の一年草。一日花で赤色五弁花を下向きに開く。**金銭花《きんせんか》** **夜落金銭《やらくきんせん》** **日中金銭《にっちゅうきんせん》** **子午花《しごか》** 〔修道院午時花緋色に日は午なり 白川原誠也〕

銀盞花《ぎんせんか》《ぎんせんくわ》 アフリカ原産の一年草。淡黄色の盃状の五弁花。**富栄花《ふえいか》** **朝露草《ちょうろそう》** 〔山里の朝はさびしき銀盞花 崎山千晶〕

ルピナス 草丈四〇～七〇センチ。藤の花を逆さに立てたような形の花で白または藤色。**立藤草《たちふじそう》** **のぼりふじ** **ルピナスの花《はな》** 〔八ヶ嶽見るルピナスをしたがへて 青柳志解樹〕

金蓮花《きんれんか》《きんれんくわ》 一年生蔓草。赤・橙・薄黄・白色の五弁花。**凌霄葉蓮《のうぜんはれん》** **ナスターチューム** 〔金蓮花かゞめば金の濃くなりぬ 草間時彦〕

朝顔の苗《あさがおのなえ》《あさがほのなへ》 本葉が三、四枚出たころ鉢などに定植する。**苗朝顔《なえあさがお》** **朝顔の双葉《あさがおのふたば》** **双葉朝顔《ふたばあさがお》** [春]朝顔蒔く [秋]朝顔・朝顔の実 〔朝顔の苗なだれ出し畚《ふご》のふち 高浜虚子〕

鬼灯の花《ほおずきのはな》《ほほづきのはな》 葉のつけ根に黄白色の小花を下向きに一個ずつつける。**酸漿の花《ほおずきのはな》** **花鬼灯《はなほおずき》** [秋]鬼灯 〔ほほづきの花のひそかに逢ひにけり 安住 敦〕

青鬼灯《あおほおずき》《あをほほづき》 まだ赤くならない青々としたほおずきのこと。**青酸漿《あおほおずき》** [秋]鬼灯 〔青鬼灯少女

も雨をはじきけり　石田波郷〕

小判草《こばんそう》 茎の先にふわふわした小判形の緑色の穂を垂らす。**俵麦**《たわらむぎ》　**小判草**《こばんそう》**の花**《はな》　〔小判草《こばんさう》風来るたびに風笑ふ　池上樵人〕

甘《かん》　**草**《ぞう》 マメ科の薬用植物。薄紫の蝶形花。**あま草**《くさ》　**甘草**《あまくさ》**の花**《はな》　**花甘草**《はなかんぞう》　〔甘草《かんざう》の沖へ凛々しや咲きなびき　秋元不死男〕

鉄線花《てつせんか》 鉄線に似た硬い茎から蔓を出し、白または紫色の六弁花を開く。**菊唐草**《きくからくさ》　**鉄線**《てつせん》　**蓮**《はす》　**てつせんかづら**　**鉄線**《てつせん》**の花**《はな》　**鉄線**《てつせん》　〔鉄線花《てつせんくわ》沈む花にも灯のとどく　阿部みどり女〕

風車《かざぐるま》**の花**《はな》 鉄線花とよく似たキンポウゲ科の蔓草。紫または白色の六弁の大花を開く。**風車草**《かざぐるま》　〔風に遊びつつ風車花散らす　小川桔梗子〕

岩《がん》　**菲**《び》 撫子に似た黄赤色の美しい花を咲かす。白や絞りなども。**雁緋**《がんぴ》　**巌菲仙翁**《がんぴせんのう》　**岩菲**《がんぴ》**の花**《はな》　**花岩菲**《はながんぴ》　〔たまに来るがんぴの花のしゞみ蝶　星野立子〕

紅《べに》**の花**《はな》 枝先に鮮紅黄色の薊に似た花をつける。**紅藍花**《べにばな》　**紅粉花**《べにばな》　**末摘花**《すえつむはな》　〔鳥海はもとより見えず紅の花　森田　峠〕

茴香《ういきょう》**の花**《はな》 ヨーロッパ原産の薬草。枝先に黄色の五弁の小花が群がり咲く。**魂香花**《こんこうか》　**茴**《うい》**香子**《きょうし》　[秋]茴香の実　〔茴香《ういきやう》の花《うのはな》〕

〔茴香の夕月青し百花園　川端茅舎〕

玉簪花《たまのかんざし》 ユリ科ギボウシ属。香りのある白い大きな花を開く。**たまのぎばうし**　**ぎばうし**　**高**《こう》**麗擬宝珠**《らいぎぼうし》　〔垣間見し尼のあはれや玉簪花　林　穆堂〕

京鹿子《きょうかのこ》 バラ科の多年草。茎頂に多数の紅紫色五弁の小花を密集してつける。**京鹿子**《きょうかのこ》**の**

花《はな》　夏雪草《なつゆきそう》　〔京鹿子身籠り妻の言少な　野島天来〕

絹糸草《きぬいとそう》《きぬいとさう》　イネ科の多年草。種子を水盤の脱脂綿に蒔いて鑑賞する。植物名は、大粟還《おおあわかえ》り。**チモシー**　**絹糸草**《きぬいとそう》**の花**《はな》　〔生ひ揃ふことを絹糸草の景　後藤夜半〕

巌《いわ》　**藤**《ふじ》《いはふぢ》　庭藤と呼ばれ庭に栽培。藤とは別種。紅紫色・淡紅色の花をつける。**庭藤**《にわふじ》　**姫**《ひめ》**岩藤**《いわふじ》　〔岩藤にそこはかとあり川の風　津田　好〕

玉巻《たまま》**く芭蕉**《ばしょう》《たままくばせう》　初夏のころ、堅く巻いたままの新葉が茎の中央から伸びてくる。その葉が広がる前の状態の美称。**芭蕉**《ばしょう》**の巻葉**《まきば》　**芭蕉葉**《ばしょうば》**の玉**《たま》　**玉解**《たまと》**く芭蕉**《ばしょう》　**芭蕉玉解**《ばしょうたまと》**く**　[夏]芭蕉の花　[秋]芭蕉・破芭蕉　[冬]枯芭蕉　〔玉解いて即ち高き芭蕉かな　高野素十〕

青芭蕉《あおばしょう》《あをばせう》　初夏、玉を解いてひらいた大型の芭蕉の葉の美しさをいう。**芭蕉若葉**《ばしょうわかば》　**夏芭蕉**《なつばしょう》　〔一株に長き雲の朱夏芭蕉　阿波野青畝〕

芭蕉《ばしょう》**の花**《はな》《ばせうのはな》　葉の芯から緑色の花軸が出て、大きな花穂をつける。**花芭蕉**《はなばしょう》　**芭蕉花咲**《ばしょうはなさ》**く**　[秋]芭蕉・破芭蕉　[冬]枯芭蕉　〔花芭蕉風なき蟻をこぼしけり　篠田悌二郎〕

姫芭蕉《ひめばしょう》《ひめばせう》　芭蕉によく似ているがそれより低く、高さ一〜二メートル。鮮紅色・濃黄色の花を開く。**美人蕉**《びじんしょう》　**姫芭蕉**《ひめばしょう》**の花**《はな》　[秋]芭蕉　〔苞はねて花の淋しき姫芭蕉　平尾九江子〕

野菜作物

苺《いちご》　徳川時代に渡来。広く栽培されているのはオランダ苺。**覆盆子**《いちご》　**草苺**《くさいちご》　**苺摘**《いちごつ》**み**　**苺畑**《いちごばたけ》　[春]苺の花　[夏]蛇苺　[冬]冬苺　〔青春のすぎにしこゝろ苺喰ふ　水原秋櫻子〕

瓜《うり》苗《なえ》《うりなへ》 甜瓜《まくわうり》、胡瓜《きゅうり》、越瓜《しろうり》などの瓜類の総称。**瓜《うり》の苗《なえ》** **苗瓜《なえうり》** **瓜植《うりう》える** 夏瓜の花・瓜
〔瓜苗やたたみてうすきかたみわけ　永田耕衣〕

胡瓜苗《きゅうりなえ》《きうりなへ》 温床で育てた苗は本葉が六、七枚出たところで定植する。**胡瓜《きゅうり》の苗《なえ》** **苗胡瓜《なえきゅうり》** 春胡瓜蒔く 夏胡瓜の花・胡瓜 〔妻は妻子は子で植ゑし胡瓜苗　宮田重雄〕

糸瓜《へちま》苗《なえ》《へちまなへ》 他の瓜類の苗とちがって、子葉の先がややとがり、少し白っぽい。**糸瓜《へちま》の苗《なえ》** 春糸瓜蒔く 秋糸瓜 〔へちま苗日除にほしと思ひつゝ　岩本貞子〕

瓢《ひさご》苗《なえ》《ひさごなへ》 夕顔の変種で、元葉五、六枚のころ定植する。**瓢《ひさご》の苗《なえ》** 夏瓢の花 秋瓢 〔ひさご苗露をためたるやは毛かな　山家海扇〕

茄子《なす》苗《なえ》《なすなへ》 茄子の苗は苗床で育て、三〇センチぐらいになると畑に定植する。**茄子《なす》の苗《なえ》** 春茄子蒔く 夏茄子 秋秋茄子 〔茄子苗はつきたるらしき誕生日　細見綾子〕

瓜《うり》の花《はな》 瓜類の花の総称。いずれの花も白または黄色。五裂合弁花。**瓜咲《うりさ》く** 夏瓜 〔家々によき年寄や瓜の花　森　澄雄〕

胡瓜《きゅうり》の花《はな》《きうりのはな》 皺のある五裂黄色の花を開く。**花胡瓜《はなきゅうり》** **胡瓜咲《きゅうりさ》く** 春胡瓜蒔く 夏胡瓜 〔かぼそくも花をつけたる胡瓜かな　星野麥丘人〕

西瓜《すいか》の花《はな》《すゐくわのはな》 葉腋に小さな黄色五弁の花をつける。**花西瓜《はなすいか》** **西瓜咲《すいかさ》く** 春西瓜蒔く 秋西瓜 〔花西瓜黄がじりじりと日の盛り　森　白梠〕

南瓜《かぼちゃ》の花《はな》 黄色の大きな花をつけその後結実。花に雌雄がある。**花南瓜《はなかぼちゃ》** **南瓜咲《かぼちゃさ》く** **とうなすの花《はな》** 春南瓜蒔く 秋南瓜 〔自愛してかぼちゃや畑の花無数　中西舗土〕

糸瓜《へちま》の花《はな》　雌雄同株で、花は釣鐘形の鮮黄色。花糸瓜《はなへちま》　糸瓜咲《へちまさ》く　春糸瓜蒔く　秋糸瓜　〔糸瓜咲いて痰のつまりし仏かな　正岡子規〕

瓢《ひさご》の花《はな》　夕顔の一変種。夕方、白い五裂の花を開く。ふくべの花《はな》　瓢簞《ひょうたん》の花《はな》　花瓢《はなひさご》　瓢咲《ひさごさ》く　秋青瓢　〔花ひさご機屋《はたや》ひそかになりにけり　北浦幸子〕

夕《ゆう》顔《がお》　ゆふがほ　夕方白い花が開き、朝になるとしぼむ。果実は干瓢《かんぴょう》に製する。夕顔《ゆうがお》の花《はな》　夕顔棚《ゆうがおだな》　夕顔咲《ゆうがおさ》く　夕顔白《ゆうがおしろ》し　白夕顔《しろゆうがお》　夕顔開《ゆうがおひら》く　夕顔明《ゆうがおあか》り　秋朝顔　〔夕顔を蛾の飛びめぐる薄暮かな　杉田久女〕

人参《にんじん》の花《はな》　茎の先に白色五弁の小花を傘状につける。薬用人参は淡緑色の小花をつける。胡《にん》蘿蔔《じん》の花《はな》　花人参《はなにんじん》　人参咲《にんじんさ》く　冬人参　〔人参のうつくしからず花ざかり　広瀬盆城〕

茄子《なす》の花《はな》　紫色の美しい合弁花。花茄子《はななすび》　茄子咲《なすさ》く　夏茄子　秋秋茄子　〔茄子の花朝《あした》の心新しく　阿部みどり女〕

芋《いも》の花《はな》　里芋の花のこと。葉の間から花茎を立て、淡黄色の花を開く。里芋《さといも》の花《はな》　秋芋　〔二三日いけられてあり芋の花　田中王城〕

馬鈴薯《じゃがいも》の花《はな》　白または紫の五角形星形の花。ばれいしよの花《はな》　じゃがたらいもの花《はな》　馬鈴薯咲《ばれいしょさ》く　春馬鈴薯植う　夏新馬鈴薯　秋馬鈴薯　〔馬鈴薯の花に日暮の駅があり　有働　亨〕

甘蔗《さつまいも》の花《はな》　朝顔に似た紅・淡紅色の漏斗状花。かんしよの花《はな》　藷《いも》の花《はな》　薩摩芋《さつまいも》の花《はな》　春甘藷植う　夏新藷　秋甘藷　〔今年まだ村に婚なき藷の花　高橋悦男〕

胡麻《ごま》の花《はな》　一メートルほどの茎に白色でやや淡紫色の筒状の花をつける。下方から上へ咲き

上る。**胡麻咲く**《ごまさ》　**花胡麻**《はなごま》　夏胡麻蒔　秋胡麻　〔足音のすずしき朝や胡麻の花　松村蒼石〕

唐辛子《とうがらし》**の花**《はな》《たうがらしのはな》　葉のつけ根に白色五裂の小さい花を下向きにつける。**蕃椒**《とうがらし》**の花**《はな》　夏青唐辛子　秋唐辛子　〔蕃椒の白花小さく葉かげなる　設楽太草〕

独活《うど》**の花**《はな》　白や淡緑色の五弁の小花が毬のような形に咲く。**花独活**《はなうど》　**独活咲く**《うどさ》　春独活　秋独活の実　〔独活の花見てゐる齢《よはひ》さびしみぬ　勝又一透〕

蒟蒻《こんにゃく》**の花**《はな》　暗い紫褐色の仏焔花《ぶつえんか》を開く。**菎蒻**《こんにゃく》**の花**《はな》　**蒟蒻芋**《こんにゃくいも》**の花**《はな》　春蒟蒻植う　冬蒟蒻掘る　〔蒟蒻の花不ぞろひやとほり雨　佐藤啓子〕

山葵《わさび》**の花**《はな》　日本の特産種。白い十字形の四弁花。**花山葵**《はなわさび》　**花山葵田**《はなわさびだ》　**山葵咲く**《わさびさ》　春山葵　〔花山葵水の流るる家の中　長谷川櫂〕

防風《ぼうふう》**の花**《はな》《ばうふうのはな》　大型傘状の花茎にたくさんの白色の小花をつける。**浜防風**《はまぼうふう》**の花**《はな》　春防風　〔防風咲く午後は変りし海の色　畠山讓二〕

韮《にら》**の花**《はな》　茎の頂に六弁の細かい白い小花を球状につける。**韮咲く**《にらさ》　春韮　〔怠《なま》けては墓場を歩く韮の花　秋元不死男〕

蒜《にんにく》**の花**《はな》　茎の先に薄紫色の小花を傘状につける。**ひるの花**《はな》　**花**《はな》**にんにく**　春蒜　〔大蒜の花咲き寺の隠し畑　小川斉東語〕

野蒜《のびる》**の花**《はな》　葉の間から花茎を出し、紫色を帯びた白色の花を開く。　春野蒜　〔道のべによろめきて咲く野蒜かな　村上鬼城〕

萵苣《ちしや》の花《はな》　畑や菜園に栽培される洋菜。伸びた花茎に黄色の頭状花をつける。苣《ちさ》の花《はな》　苣《ちさ》の薹《とう》　萵苣《ちさ》咲《さ》く　(春)萵苣　〔ちさの花野川にながれ田植前　水原秋櫻子〕

牛蒡《ごぼう》の花《はな》　紫色または、まれに白色の頭花をつける。花牛蒡《はなごぼう》　牛蒡咲《ごぼうさ》く　(秋)牛蒡引く　〔篁の中に日が降る花牛蒡　古舘曹人〕

豌《えん》豆《どう》　初夏、球形の豆を数粒抱いた緑色のつやつやした平たい莢《さや》を結ぶ。豌豆《えんどう》の実《み》　豌《えん》豆摘《どうつ》む　豌豆《えんどう》むく　莢豌豆《さやえんどう》　絹莢《きぬさや》　豌豆引《えんどうひき》　(春)豌豆の花　〔ゑんどうの凛々《りんりん》たるを朝な摘む　山口青邨〕

枝《えだ》豆《まめ》　熟しきらない大豆を塩茹《ゆ》でにして食べる。月見豆《つきみまめ》　夏豆《なつまめ》　〔枝豆や舞子の顔に月上る　高浜虚子〕

蚕《そら》豆《まめ》　楕円形で平たい豆。莢は空に向くのでこの名がある。空豆《そらまめ》　はじき豆《まめ》　蚕豆引《そらまめひき》　(春)蚕豆の花　(秋)蚕豆植う　〔そら豆はまことに青き味したり　細見綾子〕

筍《たけのこ》　竹の地下茎から生ずる若芽のこと。笋《たけのこ》　竹《たけ》の子《こ》　たかんな　たかうな　孟宗竹子《もうそうちくのこ》　淡竹子《はちくのこ》　若竹子《まだけのこ》　初筍《はつたけのこ》　(春)春の筍　(夏)筍飯　〔家の中にも筍が生え父が生え　今瀬剛一〕

蕗《ふき》　花のあと、葉柄が伸び円形の大きな葉を広げる。蕗《ふき》の葉《は》　蕗《ふき》の広葉《ひろば》　青蕗《あおぶき》　秋田《あきた》蕗《ぶき》　蕗《ふき》　若葉《わかば》　蕗畠《ふきばたけ》　蕗採《ふきと》る　(春)蕗の薹　〔蕗切つて煮るや蕗畠暮れにけり　石田波郷〕

瓜《うり》　瓜類の総称。野生のもののほかに、多くの栽培種がある。瓜畑《うりばたけ》　瓜《うり》むく　瓜冷《うりひ》やす　瓜《うり》きざむ　瓜《うり》の種《たね》　瓜盗人《うりぬすつと》　初瓜《はつうり》　瓜《うり》の香《か》　(夏)瓜苗・瓜の花　〔瓜貫ふ太陽の熱さめざるを　山口誓子〕

甜瓜《まくわうり》《まくはうり》　一五センチくらいの果実。丸・楕円・円筒形などがある。香気があって味がよい。**真桑瓜**《まくわうり》　**真瓜**《まくわ》　**黄金甜瓜**《こがねまくわうり》　**甘瓜**《あまうり》　**梨瓜**《なしうり》　【春】甜瓜蒔く　〔まくは瓜をさなき息をあて食ふ　木村蕪城〕

胡瓜《きゆうり》《きうり》　夏野菜の一つ。緑色で細長く、熟すと黄色くなる。**胡瓜**《きゆうり》**もぐ**　**青胡瓜**《あおきゆうり》　【夏】胡瓜揉み・胡瓜の花　〔夕月のいろの香を出す青胡瓜　飯田龍太〕

越瓜《しろうり》　甜瓜《まくわうり》の一変種。完熟前、淡緑色のころ収穫し漬け物として賞味する。**浅瓜**《あさうり》　**白瓜**《しろうり》　〔白瓜や食慾さへ子規に若《し》かざりき　石田波郷〕

青瓜《あおうり》《あをうり》　越瓜《しろうり》の変種。漬け物専用。〔青瓜の畑に来てをり選挙ボス　成瀬詩鳥〕

メロン　瓜の一種で、香味すぐれた美しい球形の果実。**西洋**《せいよう》**メロン**　**マスクメロン**　**青**《あお》**メロン**　〔籐椅子にペルシャ猫をるメロンかな　富安風生〕

茄子《なす》　紫紺・紫黒の茄子の実は、料理の用途が広い。**なすび**　**長茄子**《ながなす》　**丸茄子**《まるなす》　**巾着茄子**《きんちやくなす》　**白茄子**《しろなす》　**青茄子**《あおなす》　**千生茄子**《せんなりなす》　**初茄子**《はつなす》　**茄子汁**《なすじる》　**茄子畑**《なすばたけ》　**茄子**《なす》**もぐ**　**茄子**《なす》**の紺**《こん》　**茄子**《なす》**を煮**《に》**る**　**走**《はし》**り**

茄子《なす》　【夏】鴫焼・茄子漬　【秋】秋茄子　〔茄子の紺ふかく潮騒遠ざかる　木下夕爾〕

トマト　品種が多く、大きさや色もさまざまだが、独特の風味のある果菜。食材、果汁に用途は広い。**蕃茄**《トマト》　**赤茄子**《あかなす》　**蕃茄熟**《なすう》**る**　**トマト畑**《ばたけ》　**トマトもぐ**　〔虹立つやとりぐ熟れしトマト園　石田波郷〕

甘藍《かんらん》　キャベツの名で親しまれている野菜。葉が幾重にも巻き、球状となる。**キャベツ**　**玉**《たま》**菜**《な》　**甘藍**《かんらん》**の渦**《うず》　**キャベツむく**　【春】玉巻く甘藍　【冬】芽キャベツ　〔雷の下キャベツ抱きて

走り出す　石田波郷〕

アスパラガスの花《はな》　淡黄色の小花が垂れ下がって咲く。　㊮アスパラガス　〔アスパラガスの花に籠出し軍鶏《しやも》の声　林　栗堂〕

不断草《ふだんそう》　南ヨーロッパ原産。葉は柔らかいが少々泥臭い。夏菜《なつな》　唐萵苣《とうぢしや》　〔不断草《ふだんさう》のみどり濃く茹で子ら育つ　西川敏子〕

高菜《たかな》　葉は大きく厚い。葉茎とも塩漬けにする。　〔亡き父の耳たぶ揺る高菜畑　池上樵人〕

蔓菜《つるな》　冬地の海岸に自生。新芽・葉は食用。花は小型で黄色。浜菜《はまな》　浜萵苣《はまぢしや》　〔くすりにもすなるつるなのつゆじめり　小沢碧童〕

菊萵苣《きくぢしや》　キク科の野菜。葉を生食する。苦味がある。にがぢしや　はなぢしや　オランダぢしや　㊮萵苣　〔菊萵苣の花や日暮れは色変る　木村安子〕

夏蕪《なつかぶ》　夏、収穫される小蕪。葉柄も柔らかく、根とともに食用。夏の蕪《なつのかぶ》　夏かぶら《なつかぶら》　㊅蕪　〔生国や茶粥に添へし夏かぶら　つじ加代子〕

夏大根《なつだいこん》　春に種を蒔き、夏に収穫する大根。辛みが強い。夏の大根《なつのだいこん》　㊮春大根　㊅大根　〔ふるさとに父訪ふは稀れ夏大根　池上浩山人〕

新藷《しんいも》　さつまいもの早生《わせ》、走り藷のこと。肌が赤く、小ぶり。走り藷《はしりいも》　新甘藷《しんかんしよ》　㊙甘藷　〔うつくしきもの献饌の走り藷　黒田杏子〕

新馬鈴薯《しんじやがいも》　走りの馬鈴薯のこと。皮が薄く小ぶりで淡泊な味。新じやが《しんじやが》　㊙馬鈴薯　〔新馬鈴

薯や農夫掌《てのひら》よく乾き　中村草田男〕

若牛蒡《わかごぼう》　早蒔きしたものを夏の間に抜き、若いまま収穫したもの。色が白く、細くて柔らかい。**新牛蒡**《しんごぼう》　㊢牛蒡蒔く　㊦牛蒡の花　㊤牛蒡引く　〔新牛蒡たゝく俎板ずらしつつ　邊見京子〕

夏《なつ》**葱**《ねぎ》　冬の葱より細く、白い部分がほとんどない。㊢分葱　㊧葱　〔夏葱を刻む乾きし刃音にて　草間時彦〕

刈《かり》**葱**《ぎ》　夏葱の一種。栄養価が高い。**楼子葱**《やぐらねぎ》　**三階葱**《さんかいねぎ》　〔野のすゑやかりぎの畑をいづる月　上島鬼貫〕

玉《たま》**葱**《ねぎ》　中央アジア原産。世界各地で栽培される野菜。鱗茎《りんけい》を食用にする。**玉葱剥く**《たまねぎむく》　㊧葱　〔貧なる父玉葱噛んで気を鎮む　西東三鬼〕

薤《らつ》**韮**《きよう》　らつきやう　鱗茎を食用にする。独特の臭気と辛みがある。**辣韮**《らつきよう》　**大韮**《おおにら》　**らつきよ**　**辣韮掘る**《らつきようほ》　**辣韮漬ける**《らつきようつ》　㊤薤の花　〔手にをどる歓喜のらつきよもみ洗ふ　猶村博子〕

茗荷の子《みようがのこ》　めうがのこ　筍状の茗荷の花穂のこと。香り高く、生食・汁・漬け物にする。**茗荷汁**《みようがじる》　**茗荷掘る**《みようがほ》　㊢茗荷竹　㊤茗荷の花　〔日は宙にしづかなるもの茗荷の子　大野林火〕

パセリ　地中海地方の原産。淡緑色の葉に芳香があり、サラダや肉料理に用いる。**オランダ芹**《ぜり》　〔哀しみをきざむパセリを青く刻む　小坂順子〕

蓼《たで》　葉は辛く、刺身のつま・吸い物・蓼酢として賞味。**本蓼**《ほんたで》　**真蓼**《またで》　**細葉蓼**《ほそばたで》　**あぶさ蓼**《たで》　**糸蓼**《いとたで》　**蓼酢**《たです》　㊤蓼の花　〔刈りかけて去る村童や蓼の雨　杉田久女〕

莧《ひゆ》 葉は菱形で柔らかい。茹でて和え物・お浸しにする。**あをげいと　ひような　赤**《あか》**びゆ**　**紫**《むらさき》**びゆ　花**《はな》**びゆ**　〔野草食莧の胡麻和など恋ひて　石塚友二〕

草石蚕《ちょろぎ》 巻貝に似た塊茎《かいけい》を食用とする。新 草石蚕　〔ねぢれたるちよろぎを嚙める前歯かな　草間時彦〕

紫《し》 **蘇**《そ》 赤紫蘇は梅漬けに、青紫蘇は薬味や天ぷらに用いる。**青紫蘇**《あおじそ》　**赤紫蘇**《あかじそ》　**紫蘇**《しそ》**の葉**《は》　**紫蘇**《しそ》**の香**《か》　**紫蘇**《しそ》**もむ**　**紫蘇**《しそ》**の花**《はな》　**紫蘇畑**《しそばたけ》　春 紫蘇の芽　秋 紫蘇の実　〔紫蘇濃《こゆ》き一途《いちづ》に母を恋ふ日かな　石田波郷〕

青山椒《あおざんしょう》 《あをざんせう》まだ熟さない山椒の青い実。葉とともに香りがよく、辛みがある。**青山椒摘**《あおざんしょうつ》**む**　春 山椒の芽・山椒の花　秋 山椒の実　〔記紀の山いづれもかすみ青山椒　鷲谷七菜子〕

青唐辛子《あおとうがらし》 《あをたうがらし》まだ未熟な唐辛子、葉も実も青々としている。煮物や油炒《いた》めにする。**青蕃**《あおとう》**椒**《がらし》　**葉唐辛子**《はとうがらし》　秋 唐辛子　〔われを知る妻にしくなし葉唐辛子　富安風生〕

蓮《はす》 白・紅・淡紅色の多弁の芳香のある美しい花。実・根は食用。**蓮**《はす》**の花**《はな》　**はちすの花**《はな》　**蓮華**《れんげ》　**紅蓮**《べにはす》　**白蓮**《びやくれん》　**蓮池**《はすいけ》　**蓮咲**《はすさ》**く**　**蓮開**《はすひら》**く**　**蓮剪**《はすき》**る**　**蓮匂**《はすにお》**ふ**　**蓮**《はす》**の露**《つゆ》　夏 蓮見　秋 敗荷　冬 蓮根掘る・枯蓮　〔手にもてば手の蓮に来る夕かな　河原枇杷男〕

浮《うき》 **葉**《は》 蓮が水面に浮かべた丸い新葉。**蓮**《はす》**の浮葉**《うきは》　**蓮浮葉**《はすうきは》　**蓮**《はす》**の葉**《は》　**銭荷**《せんか》　〔葛飾や浮葉のしるきひとの門《かど》　水原秋櫻子〕

麦《むぎ》 初夏に麦は黄褐色に成熟する。**大麦**《おおむぎ》　**小麦**《こむぎ》　**里麦**《さとむぎ》　**裸麦**《はだかむぎ》　**麦**《むぎ》**の穂**《ほ》　**穂麦**《ほむぎ》　**麦生**《むぎう》　**麦田**《むぎた》　**麦**《むぎ》**畑**《ばたけ》　**麦野**《むぎの》　**麦**《むぎ》**の波**《なみ》　**痩麦**《やせむぎ》　**麦**《むぎ》**の風**《かぜ》　**麦**《むぎ》**の波**《なみ》　**麦**《むぎ》**の香**《か》　**麦**《むぎ》**の花**《はな》　**熟**《う》**れ麦**《むぎ》　**麦黄**《むぎき》**ばむ**　**麦**《むぎ》**は黄**《き》**に**

【春】麦踏・青麦　【夏】麦の秋　【冬】麦蒔・麦の芽　〔麦の穂を力につかむ別れかな　松尾芭蕉〕

麦《むぎ》の黒穂《くろほ》　黒穂病にかかった麦は伝染するので抜き捨ててしまう。**黒穂《くろほ》**　**黒穂病《くろほびょう》**　**黒穂抜《くろほぬ》く**　〔旅の靴黒穂を燃やす火を跨《また》ぐ　橋本鶏二〕

烏《からす》麦《むぎ》　燕麦（オート麦）の別称。牧草にしたり食品のオートミールを製造する。**燕麦《えんばく》**　**雀《すずめ》麦《むぎ》**　**茶挽草《ちゃひきぐさ》**　〔からす麦の隙間だらけの穂なりけり　草間時彦〕

早《さ》苗《なえ》　さなへ　苗代から田へ移し植える時期の、若い苗のこと。**玉苗《たまなえ》**　**早苗束《さなえたば》**　**余《あま》り苗《なえ》**　**捨苗《すてなえ》**　**苗《なえ》運《はこ》び**　**苗配《なえくば》り**　**早苗舟《さなえぶね》**　**早苗籠《さなえかご》**　**苗笛《なえぶえ》**　〔月の出や印南野《いなみの》に苗余るらし　永田耕衣〕

帚《ははき》木《ぎ》　枝葉がよく茂り、こんもりと円錐状の形になる。草箒を作り、実はとんぶりと呼び食用。**帚草《ははきぐさ》**　**真木草《まきくさ》**　**はうきぐさ**　**はうきぎ**　**涎衣草《えんいそう》**　〔帚木に影といふものありにけり　高浜虚子〕

棉《わた》の花《はな》　葵に似た白・黄・淡黄色の大きな花を開く。**綿《わた》の花《はな》**　**棉咲《わたさ》く**　【秋】棉　〔棉の花音といふものなき所　細見綾子〕

玉蜀黍《とうもろこし》の花《はな》　たうもろこしのはな　茎の天辺に、芒《すすき》の穂に似た大きな雄花をつける。**南蛮《なんばん》の花《はな》**　**花《はな》なんばん**　【秋】玉蜀黍　〔南蛮の花綴りあふ夜空かな　八木林之助〕

亜麻《あま》の花《はな》　中央アジア原産。五弁の青紫または白色の花。〔黄土剝いて土産となせり亜麻の花　加藤楸邨〕

麻《あさ》　茎を収穫して皮から繊維を作る。**大麻《おおあさ》**　**麻畑《あさばたけ》**　**麻《あさ》の葉《は》**　**麻《あさ》の花《はな》**　**麻《あさ》の風《かぜ》**　**麻刈《あさがり》**　**麻茂《あさしげ》る**

苧《からむし》　［春］麻蒔く〔淡海見ゆ近江今津の麻畠　森 澄雄〕

イラクサ科の多年草。茎の皮から繊維を採り、糸を製して衣を織る。**苧麻**《ちょま》　**真麻**《まお》　**青**《あお》**苧**《そ》　**ラミー**　**苧刈**《からむしか》**る**〔巌暑しからむし草の匂ふまで　石田波郷〕

野　草

夏《なつ》**草**《くさ》　夏に生い茂るもろもろの草の総称。**夏**《なつ》**の草**《くさ》　**青草**《あおくさ》　［冬］冬草〔夏草に汽罐車の車輪来て止まる　山口誓子〕

草《くさ》**茂**《しげ》**る**　夏草が盛んに生い茂り、はびこるさま。**茂**《しげ》**る草**《くさ》　［夏］茂〔さからはず十薬をさへ茂らしむ　富安風生〕

草《くさ》**いきれ**　生い茂った夏草が、炎日に灼かれむせるような熱気と匂いを放つこと。**草**《くさ》**いきり**　**草**《くさ》**の息**《いき》〔草いきれ尾さばきもなき馬の後　能村登四郎〕

青《あお》**芝**《しば》　あをしば　日盛りの下、青々とした夏の芝草のこと。**夏芝**《なつしば》　［春］若芝　［冬］枯芝〔青芝の真昼に近き海の音　原 石鼎〕

青《あお》**蔦**《つた》　あをつた　光沢のある青々とした蔦が、建物や塀を覆っているさまはいかにも夏らしい。**蔦青**《つたあお》**し**　**蔦茂**《つたしげ》**る**　**蔦若葉**《つたわかば》　**蔦青葉**《つたあおば》　**蔦青々**《つたあおあお》　［春］蔦若葉　［秋］蔦　［冬］枯蔦〔青蔦にほのぐ赤き杉の幹　高浜虚子〕

青歯《あおし》**朶**《だ》　あをしだ　青々とした羽状の葉を広げた歯朶のさま。**青羊**《あおし》**歯**《だ》　**歯**《し》**朶**《だ》**青葉**《あおば》　**歯**《し》**朶**《だ》**若葉**《わかば》　［新］歯朶〔晴れあがる雨あし見えて歯朶明り　室生犀星〕

青《あお》芒《すすき》《あをすすき》　青々と茂っている芒。青芒のうちは花穂は出ない。**芒茂《すすきしげ》る**　**芒青《すすきあお》し**　**青萱《あおかや》**　秋芒・尾花　冬枯芒〔青すすき虹のごと崩《く》えし朝の魔羅《まら》　角川源義〕

青《あお》蘆《あし》《あをあし》　春に芽を出し、青々と茂った蘆。一・五～一・八メートルにおよぶ。**青葦《あおあし》**　**蘆《あし》茂《しげ》る**　**蘆青《あしあお》し**　**青蘆原《あおあしはら》**　春蘆若葉・蘆の角　秋蘆の花　冬枯蘆〔青蘆に夕波かくれゆきにけり　松藤夏山〕

夏《なつ》蓬《よもぎ》　夏蓬は枝を多く分岐し、草丈一メートルほどに荒々しく伸び茂る。**蓬長《よもぎた》く**　春蓬〔夏蓬あまりに軽く骨置かる　加藤楸邨〕

夏《なつ》萩《はぎ》　夏に花を開く萩のこと。青々と茂った萩をもいう。**若萩《わかはぎ》**　**青萩《あおはぎ》**　**さみだれ萩《はぎ》**　春萩若葉　秋萩〔青萩や志士と呼ばれてみな若き　林翔〕

葎《むぐら》　蔓にからみながら、蓬々《ほうほう》と茂った雑草をいう。**葎茂《むぐらしげ》る**　**金葎《かねむぐら》**　**八重葎《やえむぐら》**　**葎《むぐら》の宿《やど》**　**葎《むぐら》の門《もん》**　**葎生《むぐらお》ふ**　**山《やま》むぐら**　春葎若葉　冬枯葎〔露葎まだやはらかき蟬の殻　小川竹代〕

玉巻《たまま》く葛《くず》　「玉巻く芭蕉」と同じ美称。**玉真葛《たままくず》**　**玉葛《たまくず》**〔十一が鳴いて玉巻く谿《たに》の葛　波多野爽波〕

石《せき》菖《しよう》《せきしやう》　サトイモ科の多年草。水辺に自生、穂のような黄色の小花をつける。**石《いし》あやめ**〔石菖に雨朝の客迎へけり　大野林火〕

紫《むら》草《さき》　白色の小花を開く。古くはこの根から紫色の染料をとった。**むらさきぐさ**　**ねむらさき**　**花紫《はなむらさき》**　**紫《むらさき》の花《はな》**　春若紫〔紫根《むらさき》草はひそひそ咲きに八幡平　文挾夫佐恵〕

竹煮《たけに》草《ぐさ》　山野や荒地に群生。二メートルほどの茎先に白色の小花をつける。有毒植物。

〔雲を出し富士の紺青竹煮草　遠藤梧逸〕

紫蘭《しらん》　ラン科の多年草。花茎を伸ばし紅紫または白色の花をつける。**紫蘭咲**《しらんさ》**く**　春春蘭　秋蘭　〔ゆふかぜのしゞにしらんの一トたむろ　久保田万太郎〕

風蘭《ふうらん》　樹木に着生する野生蘭の一種。園芸種も多い。微香のある白い花を開く。**桂蘭**《けいらん》　**仙草**《せんそう》　春春蘭　秋蘭　〔風蘭の花垂るる簷《のき》や遠雷す　富安風生〕

胡蝶蘭《こちょうらん》《こてふらん》　野生蘭の一種で、山地の湿った岩や崖に着生する草丈一〇～二〇センチの多年草。可憐な姿から胡蝶蘭・羽蝶蘭の名がある。**羽蝶蘭**《うちょうらん》　**岩蘭**《いわらん》　**有馬蘭**《ありまらん》　〔導かれ来し一卓の胡蝶蘭　後藤夜半〕

鈴蘭《すずらん》　白色吊鐘形の小花を総状につける。芳香がある。**君影草**《きみかげそう》　**鈴蘭**《すずらん》**の花**《はな》　〔すずらんのリリリリリと風に在り　日野草城〕

浜昼顔《はまひるがお》《はまひるがほ》　海岸の砂地に自生。昼顔の花によく似た淡紅色の花が上向きに開く。**浜旋花**《はまひるがお》　夏昼顔　〔ひるがほのほとりによべの渚あり　石田波郷〕

昼顔《ひるがお》《ひるがほ》　朝顔に似たやや小さな淡紅色の花。日中に開花するのでこの名がある。**鼓子花**《ひるがお》　**昼顔**《ひるがお》**の花**《はな》　**昼顔咲**《ひるがおさ》**く**　夏浜昼顔　〔昼顔や流浪はわれにゆるされず　鈴木真砂女〕

月見草《つきみそう》《つきみさう》　夕暮、純白の四弁花を開き、朝方しぼむと淡紅色となる。**月見草**《つきみぐさ》　〔灯を消せよ月見草には月のあり　林原耒井〕

待宵草《まつよいぐさ》《まつよひぐさ》　マツヨイグサ属の帰化植物。オオマツヨイグサ・アレチマツヨイグサなどの総称。黄色の四弁花。**宵待草**《よいまちぐさ》　**大待宵草**《おおまつよいぐさ》　〔雨欲しき待宵草の香のほのか　阿部みどり

女〕

九輪草《くりんそう》《くりんさう》 桜草の種類ではもっとも大型。紅紫色の花が数段に重なって開く。**七階草**《しちかいそう》

〔あたらしき落石のみぞ九輪草　水原秋櫻子〕

擬宝珠の花《ぎぼうしのはな》《ぎばうしのはな》 薄紫または白の筒状の花をつける。蕾の形が欄干の擬宝珠に似ているのでこの名がある。**花擬宝珠**《はなぎぼうし》 **ぎぼしの花**《はな》 **ぎぼし** **擬宝珠咲く**《ぎぼうしさ》 〔這入りたる虻にふくる花擬宝珠　高浜虚子〕

真菰《まこも》 イネ科の多年草。沼沢に大群落をなし自生。葉は菰や俵にした。若芽と種子は食用。**菰**《こも》 **粽草**《ちまきぐさ》 **真菰草**《まこもぐさ》 **真薦**《まこも》 **真菰編む**《まこもあ》 [春]真菰の芽 [夏]真菰刈 [秋]真菰の花 [冬]枯真菰

〔舟の波真菰を越えて田にはしる　加藤楸邨〕

水芭蕉《みずばしょう》《みづばせう》 湿地や小川に群生。葉に先立って真白の苞を開き、黄色い仏焔《ぶつえん》花を咲かせる。

〔影つねに水に流され水芭蕉　木内怜子〕

沢瀉《おもだか》 水田、湿地などに自生する水草。白色三弁の花をつける。**沢瀉の花**《おもだかのはな》 〔荒莚沢瀉細く活けて住む　石田波郷〕

河骨《こうほね》《かうほね》 小川や細流、池沼などに生えるスイレン科の水草。黄色の花が上を向いて開く。**かはほね** **かはと** **河骨の花**《こうほねのはな》 **河骨咲く**《こうほねさ》 **花河骨**《はなこうほね》 〔河骨に月しろがねをひらきつつ　柴田白葉女〕

水葵《みずあおい》《みづあふひ》 青紫色の六弁花。葉の形が葵に似ている。**水葱**《なぎ》 〔餉のあとの旅はさみしき水あふひ　森　澄雄〕

菱《ひし》の花《はな》　池沼・河川に自生。白色四弁の花。**菱咲《ひしさ》く**　【秋】菱の実　〔雨風が微雨になりゆく菱の花　柴田白葉女〕

藺《い》　ゐ　茎の上に淡褐色の小花がかたまって咲く。**藺《い》の花《はな》**　**藺草《いぐさ》**　**細藺《ほそい》**　**燈心草《とうしんぐさ》**　**藺草咲《いぐささ》く**　**燈心草咲《とうしんぐささ》く**　**藺田《いだ》**　【夏】藺刈　【冬】藺植う　〔藺の花に夕べの蝶のとまりゐる　増田龍雨〕

太《ふと》藺《い》　ふとゐ　丈二メートルほどのカヤツリグサ科の多年草。淡黄褐色の花を開く。**大藺《おおい》**　**青《あお》藺《い》**　**唐藺《とうい》**　**丸蒲《まるがま》**　**丸菅《まるすげ》**　**太藺《ふとい》の花《はな》**　〔太藺咲く隙間だらけの通り雨　苅谷敬一〕

蒲《がま》　小川や池などに自生、茎は一メートルくらい、二〜三〇センチの花穂をつける。**蒲《がま》の葉《は》**　**御簾草《みすくさ》**　**蒲茂《がましげ》る**　**蒲《がま》の穂《ほ》**　**蒲《がま》の花《はな》**　【秋】蒲の穂絮　〔蒲咲いて篠つく雨の中が見ゆ　齊藤美規〕

滑《すべり》莧《ひゆ》　広く暖地に見られる雑草。鮮黄色の五弁の小花を開く。**馬歯莧《すべりひゆ》**　**五行草《ごぎょうそう》**　**いはいずる**　〔淋しさや花さへ上ぐる滑莧　前田普羅〕

藜《あかざ》　粒状の黄緑色の細かい花をつける。若葉は食用になり、茎は乾して杖とする。**藜《あかざ》の杖《つえ》**　【秋】藜の実　〔すなどりのもの置く露の藜かな　木村蕪城〕

虎杖《いたどり》の花《はな》　山野に自生、白色の小花を総状につける。**紅虎杖《べにいたどり》**　【春】虎杖　〔いたどりの花月光につめたしや　山口青邨〕

浜木綿《はまゆう》　はまゆふ　ヒガンバナ科の多年草。海岸に自生、白い芳香のある花をつける。**浜木綿《はまゆう》の花《はな》**　**浜万年青《はまおもと》**　**浜木綿咲《はまゆうさ》く**　【秋】浜木綿の実　〔浜木綿に昼餉の海女の一たむろ　中村三山〕

夏《なつ》薊《あざみ》　夏に咲く薊のこと。野薊が代表種。花は紅紫色。【春】薊　【秋】山薊　〔馬とめて妻の

馬待つ夏薊　肥田埜勝美〕

灸花《やいとばな》　山野に自生。白色で、内側が紫色の小花をつける。茎葉に臭気がある。**屁糞葛《へくそかずら》**　**五月《さおと》女葛《めばな》**〔雨の中日がさしてきし灸花　清崎敏郎〕

豚草《ぶたくさ》　北アメリカ原産の帰化植物。七、八月ごろ、黄色い細かい花を穂状につける。繁殖力旺盛。〔戦に敗れ豚草のみおごる　上村占魚〕

岩煙草《いわたばこ》《いはたばこ》　山地の日の当たらない岸壁に自生。紅または白の小花をつける。〔岩煙草岩より咲ける矢倉仏　松本澄江〕

かたばみの花《はな》　可憐な黄色の五弁花。昼開き夜閉じる。**酢漿草《かたばみ**》　**すいもの草《ぐさ》**　**こがね草《ぐさ》**　**花《はな》かたばみ**　**かたばみ咲《さ》く**〔かたばみを見てゐる耳のうつくしさ　横山白虹〕

富貴草《ふつきそう》《ふつきさう》　常緑多年草。白い細かい花を多数つける。**吉字草《きちじそう》**　**吉祥草《きつしょうそう》**〔富貴草雨にも茎を立てて咲く　上村占魚〕

羊蹄《ぎしぎし》の花《はな》　湿地や水辺などに自生。淡緑色の小花が群れ咲く。根は緩下剤。**野大黄《のだいおう》**　**羊蹄根《しのね》**　**牛舌《ぎゆうぜつ》**　春羊蹄〔羊蹄花や仮橋長き干拓地　山田みづえ〕

草合歓《くさねむ》　田の畦などに生ずる丈六〇～一〇〇センチくらいのマメ科の一年草。黄色の蝶形の小花を開く。〔草合歓にこもりて蝶の数知れぬ　米谷静二〕

げんのしょうこ　梅花に似た形の、白または紅色の五弁花。茎や葉を陰干しにして煎じ薬にする。下痢に効く。**現《げん》の証拠《しょうこ》**　**忽草《たちまちぐさ》**　**みこしぐさ**　**いしやいらず**　**牛扁《ぎゆうへん》**〔山の日がげんのしょうこの花に倦《う》む　長谷川素逝〕

萱草の花《かんぞうのはな》《くわんざうのはな》　畦や路傍に自生。百合に似た黄橙色の花を開く。八重咲きは藪萱草、一重が野萱草。**忘草**《わすれぐさ》　**ひるな**　**花萱草**《はなかんぞう》　**藪萱草**《やぶかんぞう》　**野萱草**《のかんぞう》　〔萱草の夕花明り熊野川　森　澄雄〕

車前草の花《おおばこのはな》《おほばこのはな》　草の間から花茎を出し、白色の小花を穂状につける。**大車前**《おおばこ》　**大葉子**《おおばこ》　**かへるば**　**おんばこ**　**花車前草**《はなおおばこ》　**車前草咲く**《おおばこさく》　㊙車前草　〔おほばこの花に日暮の母のこゑ　大嶽青児〕

十薬《じゅうやく》《じふやく》　白い十字の苞をもった淡黄色の花。独特の臭気がある。民間薬として用途が広い。**蕺菜の花**《どくだみのはな》　**十薬**《じゅうやく》　**十薬の花**《じゅうやくのはな》　**十薬咲く**《じゅうやくさく》　〔十薬の花まづ梅雨に入りにけり　久保田万太郎〕

蚊帳吊草《かやつりぐさ》　茎を裂いてひろげると蚊帳を吊ったような形になる。黄褐色の花穂を線香花火に似た形に開く。**莎草**《かやつりぐさ》　**かやつり**　〔淋しさの蚊帳吊草を割きにけり　富安風生〕

踊子草《おどりこそう》《をどりこさう》　初夏に淡紅色の唇形の花を輪状に開く。花は人が笠をかぶって踊る姿に似ているので、この名がある。**踊草**《おどりそう》　**踊花**《おどりばな》　**虚無僧花**《こむそうばな》　〔踊子草踏をむく子に踊りけり　西本一都〕

立浪草《たつなみそう》《たつなみさう》　二〜三〇センチの茎の上に碧紫色または白色の唇形花が穂状をなし波頭のように見える。根は強壮剤。〔立浪草こぞり咲くなり潮仏　加藤三七子〕

連理草《れんりそう》《れんりさう》　スイートピーの仲間。紅紫色の蝶形花を開く。〔界隈の目こぼしのこれ連理草　木津柳芽〕

射干《ひおうぎ》《ひあふぎ》　黄赤色六弁の花をつける。葉が檜扇を開いたような形なのでこの名がある。ぬ

ばたまは、この黒い実。檜扇《ひおうぎ》　うばたま　ぬばたま　烏扇《からすおうぎ》〔射干の花や高野をこころざす　森　澄雄〕

狐《きつね》の提燈《ちょうちん》《きつねのちやうちん》　山野に自生。緑白色の筒状の花を咲かせる。風鈴の形をした宝鐸に花の形が似ている。宝鐸草《ほうちゃくそう》　宝鐸花《ほうちゃくばな》　狐《きつね》の提灯《ちょうちん》の花《はな》〔狐の提灯古みち失せて咲きにけり　水原秋櫻子〕

虎尾草《とらのお》《とらのを》　茎の頂に白い小花を無数につける。花穂が獣の尾に似ているのでこの名がある。岡虎尾草《おかとらのお》　沼虎尾草《ぬまとらのお》　沢虎尾草《さわとらのお》　野虎尾草《のとらのお》〔虎の尾の花や夕闇地より湧く　吉谷実喜夫〕

烏柄杓《からすびしゃく》　サトイモ科の多年草。畑に繁殖する雑草。花茎の頂に仏焔苞《ぶつえんほう》に包まれた肉花穂を立てる。烏柄杓《からすびしゃく》の花《はな》　半夏《はんげ》〔ぬきん出しからすびしゃくの茎あをし　近藤　忠〕

姫女苑《ひめじょおん》《ひめぢよをん》　北アメリカ原産。白色または淡紫色の頭花を開く。繁殖力旺盛な草。〔濁流の洲に残りたる姫女苑　福田甲子雄〕

都草《みやこぐさ》　マメ科の多年草で、黄金色の蝶形花。もと京都に多かったのでこの名がある。黄金《こがね》花《ばな》　金蓮花《きれんげ》　烏帽子花《えぼしばな》　花都草《はなみやこぐさ》〔宇陀の野に都草とはなつかしや　高浜虚子〕

駒繋《こまつなぎ》　萩に似て、紅紫色の小さな蝶形花を穂先に開く。根が強く馬をつなぐことができるというのでこの名がある。うまつなぎ　金剛草《こんごうそう》〔踏んでゐしやさしき花が駒繋　中村若沙〕

捩花《ねじばな》《ねぢばな》　茎頂にねじれた穂を出し、多数の紅色の花を開く。ねぢればな　もぢばな　もぢずり　文字摺草《もじずりそう》〔ねぢ花をゆかしと思へ峡燕　角川源義〕

敦盛草《あつもりそう》 あつもりさう　茎の先に袋状で紫紅色の花を開く。花の形が平敦盛の背負う母衣《ほろ》に似ているのでこの名がある。**敦盛**《あつもり》**の花**《はな》　〔母衣濡れて敦盛草は草のなか　青柳志解樹〕

螢《ほたる}**草**《そう》 ほたるさう　セリ科の多年草。山野に自生し、黄色の小花を開く。根は解熱剤。**まるばさいこ　ほたるさいこ**　〔螢草のそのやさしさへ歩みをり　加藤楸邨〕

藪虱《やぶじらみ》**の花**《はな》　山野に自生し、白色の小五弁花を密生。**のにんじん**　[秋]藪虱　〔すりぬけてきたはずなのにやぶじらみ　鳥居三朗〕

一薬草《いちやくそう》 いちやくさう　山野の林中に自生。茎の上に数個の白い花を下向きに開く。葉はもんで、止血や虫さされの解毒剤となる。**きつかふ草**《そう》　**なしやり草**《そう》　**鹿蹄草**《かていそう》　**鹿飽草**《かほうそう》　〔一薬草病ひの日々の窓に賞づ　吉原伸雨〕

草《くさ》**の王**《おう》 くさのわう　ケシ科の越年草。黄色の四弁の小花を開く。**田虫草**《たむしぐさ》　**草**《くさ》**の黄**《おう》　**白屈菜**《くさのおう》　〔軟弱な路肩ばかりや草の王　佐藤鬼房〕

甘野老《あまどころ》**の花**《はな》　ユリ科の多年草。緑白色の風鈴に似た花が下向きに咲く。茎に甘みがあるのでこの名がある。〔道しるべともなく傾ぎあまどころ　和田暖泡〕

破《やぶ》**れ傘**《がさ》　山地の樹下などに自生。草丈六〇～九〇センチ。葉は大型で深く裂け、破れた傘に似る。白色の頭上花をつける。**兎児傘**《やぶれがさ》　**破**《やぶ》**れ菅傘**《すげがさ》　**狐**《きつね》**の傘**《かさ》　〔破れ傘音なき雨に傘ぬらす　渡辺夏舟〕

鷺《さぎ》**草**《そう》 さぎさう　湿地に自生するラン科の多年草。白鷺が飛ぶ姿に似た純白の花をつける。**連鷺草**《つれさぎそう》　**鷺草**《さぎそう》**の花**《はな》　〔鷺草の鷺は二羽連れ二羽の露　石原八束〕

靭草《うつぼぐさ》　野山に自生、紫色の唇形の花を咲かせる。花の形が矢を入れる靭に似ている。**空穂草**《うつぼぐさ》〔水音のそこに夕づくうつぼ草　村田 脩〕

螢袋《ほたるぶくろ》　山野に自生するキキョウ科の多年草。白または淡紅紫色の大型鐘状の花を開く。**釣鐘草**《つりがねそう》　**提灯花**《ちょうちんばな》　**風鈴草**《ふうりんそう》〔螢袋に指入れ人を悼《いた》みけり　能村登四郎〕

蒼朮《おけら》**の花**《はな》《をけらのはな》　キク科の多年草で、高さ五〇～八〇センチ。白または紅色の頭上花をつける。根茎は健胃・利尿・解熱剤。**うけらの花**《はな》　**蒼朮**《そうじゅつ》**の花**《はな》　**花**《はな》**おけら**　[夏]蒼朮を焚く〔野を越え来うけらの花を胸に点じ　成瀬櫻桃子〕

麒麟草《きりんそう》《きりんさう》　山野に群生し、葉・茎とも多肉。黄色星形の小五弁花が群がり咲く。**黄菜子**《こうさいし》　**麒麟草**《きりんそう》**の花**《はな》　**麒麟草咲く**《きりんそうさ》〔けふよりの給病衣やきりん草　深川正一郎〕

下野草《しもつけそう》《しもつけさう》　淡紅色の細かい花が密集して咲く。花は繡線花《しもつけ》に似ている。**くさしもつけ**〔地下足袋の並ぶ裏口下野草　宮地 淳〕

一つ葉《ひとば》　山野に自生する羊歯の一種。新葉を生ずる夏の姿は涼味がある。**いはぐみ**　**いはのかは**　**唐一葉**《からひとつば》　**石蘭**《せきらん》　**石葦**《せきい》〔夏来てもたゞ一つ葉の一つかな　松尾芭蕉〕

巌檜葉《いわひば》《いはひば》　羊歯《しだ》植物で、西日本の山地の岩に自生。園芸種も多い。檜の葉に似ている。葉は湿気あれば広がり、乾けば巻き縮まる。**巌苔**《いわごけ》　**巌松**《いわまつ》〔巌檜葉に雨残りゐて道急ぐ　山手年二〕

巌千鳥《いわちどり》《いはちどり》　山地の岩壁に生ずる野生蘭の一種。茎の上に淡紫色の唇形花を五、六花つける。**八千代**《やちよ》〔巌千鳥日かげれば尾根はすぐに冷ゆ　牛場施田男〕

半夏生草《はんげしょうぐさ》 ドクダミ科の多年草。六、七月ごろ、茎の先の方の葉が、二、三枚白色に変化すると白い小花をつける。 **三白草**《さんぱくそう》 **片白草**《かたしろぐさ》 夏 半夏生《はんげしやうぐさ》 〔半夏生など挿し心にくかりし　井尾望東〕

水車前《みずおおばこ》《みづおほばこ》 水田や沼・池など水中に生える一年草。紅紫色を帯びた白色の三弁花を水面に開く。 **水朝顔**《みずあさがお》 〔水車前の花咲きながら流れけり　本田一杉〕

衝羽根草《つくばねそう》**の花**《はな》《つくばねさうのはな》 ユリ科の多年草。淡黄緑色の花を開く。葉の形が衝羽根《つくばね》に似ている。〔夕されば湖《うみ》のひかりの衝羽根草　青柳志解樹〕

花茗荷《はなみょうが》《はなめうが》 紅い条《すじ》のある白い花を総状花序に開く。葉が茗荷に似ている。食用にする茗荷の子とは別。〔病人に一と間を貸しぬ花茗荷　星野立子〕

浜豌豆《はまえんどう》《はまゑんどう》 浜辺や河原の砂地に自生するマメ科の多年草。赤紫色の蝶形花を開く。 **野豌豆**《のえんどう》 **浜豌豆**《はまえんどう》**の花**《はな》 〔遊子あり浜豌豆のむらさきに　森田峠〕

梅鉢草《うめばちそう》《うめばちさう》 草原に自生、梅鉢の紋に似た白色の小さな花をつける。〔膝折つて額白牛やうめばち草　杉山岳陽〕

浦島草《うらしまそう》《うらしまさう》 サトイモ科の多年草。暗紫色の仏焔苞《ぶつえんほう》の中から釣糸のような花を垂らす。有毒。〔浦島草夜目にも竿をのばしたる　草間時彦〕

山牛蒡《やまごぼう》**の花**《はな》《やまごばうのはな》 中国原産の多年草。高さ一・五メートルくらいで、花茎の先に多数の白色の小花を総状に開く。〔人が触れゆき花前の山牛蒡　手塚美佐〕

烏瓜《からすうり》**の花**《はな》 ウリ科の蔓性多年草。白い五裂の花が夕方開き、翌朝しぼむ。 秋 烏瓜 〔ほの

ぼのと泡かと咲けり烏瓜　松本たかし〕

蛇苺《へびいちご》 草地・路傍に自生、赤い実をつける。食べられないが毒ではない。**くちなは苺**《いちご》〔蛇苺遠く旅ゆくもののあり　富沢赤黄男〕

夏蕨《なつわらび》 山間や高原で初夏に生える蕨のこと。[春]蕨〔夏わらび手に殖やしゆく塩の道　和知喜八〕

芹の花《せりのはな》 湿地や田の畦《あぜ》に自生。花茎を出し、白色の小花をつける。**花芹**《はなぜり》 [春]芹〔泥におく鷺の足跡芹の花　木村蕪城〕

鋸草《のこぎりそう》《のこぎりさう》 白色の菊に似た小頭花を開く。葉の形が鋸に似ている。**羽衣草**《はごろもそう》〔国境に鋸草などあはれなり　山口青邨〕

石斛の花《せっこくのはな》 山中の樹林や岩に着生する野生蘭。白色または淡紅色の芳香のある花を開く。**巌**《いわと》**木賊**《くさ》　**巌薬**《いわぐすり》〔声あげて石斛の香を感じをり　加藤楸邨〕

風露草《ふうろそう》《ふうろさう》 山野に自生。草丈六〇センチくらいの紅紫色、五弁の花。〔千島風露咲いてオロロン鳥孵る　石原八束〕

蛇の髭《じゃのひげ》 葉の間に花茎を出し、淡紫色の小花を総状につける。細長い葉を髯に見立てて命名。**龍の髯**《りゅうのひげ》　**麦門冬**《ばくもんとう》 [冬]竜の玉〔竜のひげ夕方落葉やみにけり　中村汀女〕

忍《しのぶ》 山地の岩や老木などに着生する羊歯植物。**事無草**《ことなしぐさ》 [夏]釣忍〔大岩にはえて一本忍かな　村上鬼城〕

虎耳草《ゆきのした》 山間や渓谷に自生、白い小さな五弁花を穂状につける。葉は食用・薬用になる。**雪**《ゆき》

の下《した》　虎の耳《とらのみみ》　鴨足草《ゆきのした》　畸人草《きじんそう》　〔かくれ咲く命涼しき鴨足草　富安風生〕

泡盛草《あわもりそう》《あわもりさう》　ユキノシタ科の多年草。白い泡が集まったような花の形からこの名がある。**泡盛**《あわもり》**しょうま**　〔あわもり草足を重たく通り過ぐ　近藤馬込子〕

浜菅《はますげ》　海辺に自生し、根は薬用になる。葉間に茎を立て、濃茶褐色の細い花穂をつける。**こうぶし**　〔浜菅や夕川波に風つのり　水原秋櫻子〕

夕菅《ゆうすげ》《ゆふすげ》　山地や高原に自生。夕方淡黄色の花を開き、翌日の午前中にしぼむのでこの名がある。**黄菅**《きすげ》　〔郭公の声古びゆく黄菅かな　杉山岳陽〕

日光黄菅《にっこうきすげ》《につくわうきすげ》　北海道や本州中部・北部の草原に自生する多年草。扇状に出た葉の芯《しん》から花茎を立てて、橙黄色の花を開く。**禅庭花**《ぜんていか》　**せつていか**　〔夕かはづ日光黄菅野にともる　沢田緑生〕

蠅取草《はえとりぐさ》《はへとりぐさ》　林間、藪などに自生し、根の煎汁は蠅を殺すのに有効。淡紫色の小花を穂状につける。**蠅毒草**《はえどくそう》　**うじころし**　〔蠅取草蠅の声ごと捉へけり　河野多希女〕

岩桔梗《いわぎきょう》《いはぎきやう》　高山植物で、茎の頂に桔梗に似た鮮やかな紫色の花を一、二個横向きにつける。〔夕日消え岩にまぎれし岩桔梗　岡田日郎〕

銀竜草《ぎんりょうそう》《ぎんりようさう》　山地の樹下の暗い場所に生える菌根植物。銀竜草の名は、その姿を銀の竜に見立てたものである。　〔天《あ》もる日や銀竜草が発光す　近藤　忠〕

薄雪草《うすゆきそう》《うすゆきさう》　茎の頂に灰白色の小さな頭状花を集めてつける。**深山薄雪草**《みやまうすゆきそう》　**エーデルワイス**　〔エーデルワイス咲き散るこゝが分水嶺　吉田北舟子〕

衣笠草《きぬがさそう》《きぬがささう》 ユリ科の多年草。亜高山帯の湿り気のあるところに群れをなして生えている。草丈五〇センチくらい。白い大きな花を水平に開く。**花笠草**《はながさそう》〔霧はげし絹笠草を敷き憩ふ　本田一杉〕

風知草《ふうちそう》《ふうちさう》 イネ科の多年草で、山の斜面や渓谷に群生。微風にもそよぐのでこの名がある。**うらは草**《ぐさ》〔北をさすうしほが沖に風知草　七田谷まりうす〕

えぞにうの花《はな》 東北から北海道の山野に多く自生。茎丈二〜三メートルの頂に白い小花を傘状につける。**にうの花**《はな》〔えぞにうの花咲き沼は名をもたず　山口青邨〕

黒百合《くろゆり》 ユリ科の多年生植物。ユリ属には入らないバイモ属。本州中部から北方の高山に自生し、愛好家には栽培される。アイヌの恋の花として知られる。〔黒百合の曇りを蔵す日なりけり　阿部みどり女〕

千島桔梗《ちしまききょう》《ちしまききやう》 砂礫《されき》地帯に生える。外側が紫、内側が淡紫色の花をつける。最初に発見されたのが千島。〔岸壁の亀裂千島桔梗もて埋め　福田蓼汀〕

ちんぐるま 高山植物の一つ。バラ科の落葉小低木。高さ約一〇センチで、白色五弁の花を一個ずつつける。〔ちんぐるま掌にむらさきの日暮れあり　菅野　梢〕

栂桜《つがざくら》 ツツジ科の常緑小低木。花の形は鐘形で、長さ六〜七ミリ、縁は浅く五裂している。葉は栂に、花は桜に似ているのでこの名がつけられた。〔つがざくら見つゝボッカに越されしを　杉山岳陽〕

岩梨《いわなし》《いはなし》 ツツジ科の常緑小低木。直径一センチほどの小さな丸い実がなる。甘ずっぱく

梨の味がする。砂苺《すないちご》　こけもも　越橘《えつきつ》　春岩梨の花　〔岩梨を嚙むや童女の香のしたる　草間時彦〕

苔桃《こけもも》の花《はな》　ツツジ科の常緑小低木。帯紅白色の小花をつける。フレップ　秋苔桃　〔山の餉や花苔桃を渚とし　小林謙光〕

塩竈菊《しおがまぎく》《しほがまぎく》　山地や高山の草原に生える。茎の頂に紅紫色の花を開く。葉の様子が菊に似ているのでこの名がある。**蝦夷塩竈《えぞしおがま》**　**四葉塩竈《よつばしおがま》**　**深山塩竈《みやましおがま》**　**高嶺塩竈《たかねしおがま》**　**樊噲塩竈《はんかいしおがま》**　**小塩竈《こしおがま》**　〔しほがまのむらさき深く越えしなり　望月たかし〕

駒草《こまくさ》　淡紅色の花を開き、形が馬の顔に似る高山植物。**駒草《こまくさ》の花《はな》**　〔駒草や蔵王の強きにはか雨　阿部月山子〕

白根葵《しらねあおい》《しらねあふひ》　亜高山帯の半陰地に生え、草丈三〇センチくらい。大型四弁の淡い菫色の花をつける。〔白根葵病臥に見をり夢ならず　水原秋櫻子〕

白山一花草《はくさんいちげ》　高山植物の一つで、茎頂に数個の白い花をつける。〔夕風のはくさんいちげ茎細き　渡辺千枝子〕

高嶺草《たかねぐさ》　夏、高嶺に生える植物の総称。〔高嶺草夏咲く花を了《をは》りけり　水原秋櫻子〕

小梅蕙草《こばいけいそう》《こばいけいさう》　ユリ科の多年草。高山の日当たりの湿潤なところに、群生している。小梅蕙が正しい名で、梅蕙草の小型という意味である。**小梅蕙《こばいけい》**　〔小梅蕙草行者白雲まとひ来ぬ　岡田日郎〕

岩鏡《いわかがみ》《いはかがみ》　高山の岩場などに群生。花茎の先に紅色または淡紅色の花を横向きに開く。

綿《わた》　菅《すげ》　**岩鏡《いわかがみ》の花《はな》**　**岩鏡咲《いわかがみさ》く**　**大岩鏡《おおいわかがみ》**〔岩かがみ世阿弥の杖の道の辺に　上田五千石〕
高原の湿原に群生し、高さ約五〇センチ。茎の先に小穂をつけ綿帽子をかむったようになる。〔綿すげの風のぐるりといろは沼　山田みづえ〕

苔《こけ》の花《はな》　苔は胞子で増えるので花は咲かない。梅雨のころにつける胞子体を「苔の花」という。**花苔《はなごけ》**〔苔の花踏むまじく人恋ひ居たり　中村汀女〕

苔茂《こけしげ》る　苔類や地衣類の茂ることで、夏期が繁茂期である。**苔青《こけあお》し**　**青苔《あおごけ》**〔苔茂るオランダ塀の上の瀬戸　石原八束〕

松蘿《さるおがせ》《さるをがせ》　地衣類の一群で、針葉樹に着生。糸状でとろろ昆布に似る。**さがりごけ**〔動くもの一夏天のみさるをがせ　加藤楸邨〕

水草《みずくさ》の花《はな》　水草の花の総称。沢瀉《おもだか》、河骨《こうほね》、水葵《みずあおい》など。[春]水草生ふ　[秋]水草紅葉〔水草の花やうつろは旅の午後　森澄雄〕

藻《も》の花《はな》　湖沼に生える藻類の花の総称。水面に淡黄緑色や白色の花をつける。**花藻《はなも》**　**玉藻《たまも》**　**水《みず》藻咲《もさ》く**　**水藻《みずも》の花《はな》**〔晩節やポッと藻の咲く硝子鉢　秋元不死男〕

浅沙《あさざ》の花《はな》　リンドウ科の多年生水草。葉のつけ根に鮮黄色の五弁花を開く。若葉は食用。**莕《あさ》菜《ざ》の花《はな》**　**花莕菜《はなあさざ》**　**菱角草《りょうかくそう》**〔舞ひ落つる蝶ありあさざかしげ咲き　星野立子〕

萍《うきくさ》　ウキクサ科の多年水草。六月ごろまれに白い小花をつける。**萍《うきくさ》の花《はな》**　**浮草《うきくさ》**　**かがみ草《ぐさ》**　**浮草《うきくさ》の花《はな》**　**根無草《ねなしぐさ》**　[春]萍生ひ初む〔萍をしきりに送り舟の棹　石田勝彦〕

青《あお》みどろ《あをみどろ》　夏、緑藻などが繁茂して水面がどろどろの緑色になる。**青《あお》みどり**　**青《あお》みどろな**

す〔青みどろ浮巣の卵孵らむと　山口誓子〕

金魚藻《きんぎょも》 細長い穂を水面に出し、小さな褐色の花をつける。金魚鉢に入れる。**松藻**《まつも》　**松葉藻**《まつばも》　**ほざきのふさも**〔金魚藻に逆立ちもして遊ぶ魚　高浜年尾〕

蛭《ひる》**蓆**《むしろ》 池沼や水田に生える水草。蛭のいそうなところに生えるのでこの名がある。黄緑色の小花を穂状に開く。**眼子菜**《ひるこしろ》　**蛭藻**《ひるも》〔雨雲の風おろしくる蛭蓆　石田波郷〕

蓴《じゅん》**菜**《さい》 池沼に自生する水草。夏、水面に暗紅色三弁の小花を開く。若芽・若葉は食用として珍重される。**蓴**《ぬなわ》　**蓴**《ぬなわ》**の花**《はな》　**蓴採る**《ぬなわと》　**蓴菜採る**《じゅんさいと》　**蓴池**《ぬなわいけ》　**蓴沼**《ぬなわぬま》　**蓴舟**《ぬなわぶね》　[春]蓴生ふ〔沼の日や音たぽたぽと蓴採り　山田みづえ〕

茸

早《さ》**松茸**《まつたけ》 六、七月ごろ出るマツタケに似た茸のこと。**さまつ**　[秋]松茸〔立ち枯れの松しるき山や早松茸　須山桜径〕

木《き》**耳**《くらげ》 山中の朽木に群生する人の耳の形に似た茸。干して食用とする。〔木耳をとるにもあらずうち眺め　高浜虚子〕

梅雨茸《つゆだけ》 梅雨時に生える茸の総称。食用となるものもあるが、多くは食べられない。**梅雨菌**《つゆきのこ》　**梅雨**《つゆ》**の茸**《きのこ》　[秋]茸〔梅雨茸を踏みし不吉のにほふなり　桂樟蹊子〕

黴《かび》 多湿の梅雨どきに生ずる糸状菌。**青黴**《あおかび》　**毛黴**《けかび》　**黒黴**《くろかび》　**白黴**《しろかび》　**黴**《かび》**の香**《か》　**黴匂ふ**《かびにお》　**黴**《かび》**の宿**《やど》　**黴**《かび》**の家**《いえ》　**黴煙**《かびけむり》　**黴拭ふ**《かびぬぐ》　**黴る**《かび》　**黴**《かび》**の花**《はな》〔黴びし物錆びたる物と寂《しづ》かなり　相生垣瓜人〕

海藻

天草《てんぐさ》 ところてんの材料になる紅藻類の一種。紅紫色だが乾くと深紅になる。**ところてん草《ぐさ》** **てぐさ** 夏天草取〔天草も海女も濡れ身はおもしおもし　野澤節子〕

海蘿《ふのり》 海の岩につく紅藻類で、採集してふのりにする。**布海苔《ふのり》** 夏海蘿干〔ぶちまけて選つてをりしは海蘿かな　清崎敏郎〕

荒布《あらめ》 海底の岩に群生するコンブ科の海藻。**黒菜《くろめ》** 夏荒布刈〔濡れし身は無敵荒布を抱き運ぶ　津田清子〕

昆布《こんぶ》 寒海の岩に着生し、海藻のなかでは最も大きい。**こぶ** **ひろめ** **真昆布《まこんぶ》** **長昆布《ながこんぶ》** 新昆布飾る・結昆布　夏昆布刈〔知床を楯として昆布揺れゐたり　阿波野青畝〕

秋

時候

秋《あき》　立秋（八月八日ごろ）から立冬（十一月七日ごろ）前日まで。陽暦では八月、九月、十月。**白蔵**《はくぞう》　**金商**《きんしょう》　**白帝**《はくてい》　**高秋**《こうしゅう》　**金秋**《きんしゅう》　**素秋**《そしゅう》　**三秋**《さんしゅう》　**九秋**《きゅうしゅう》　〔此の秋は何で年よる雲に鳥　松尾芭蕉〕

初秋《はつあき》　秋の初めのころで、立秋を過ぎた陽暦八月にあたる。**初秋**《しょしゅう》　**新秋**《しんしゅう》　**孟秋**《もうしゅう》　**早秋**《そうしゅう》　**上秋**《じょうしゅう》　**秋初**《あきはじ》**め**　**秋**《あき》**の初**《はじ》**め**　**秋口**《あきぐち》　**秋浅**《あきあさ》**し**　〔初秋の蝗《いなご》つかめば柔かき　芥川龍之介〕

八《はち》**月**《がつ》　初秋にあたるがまだ残暑は厳しい。どこかに秋の気配を感じる月である。〔八月《はちぐわつ》の太白《たいはく》低し海の上　正岡子規〕

文《ふみ》**月**《づき》　陰暦七月の異称。陽暦の八月上旬からほぼ九月上旬にあたる。**ふづき**　**文披月**《ふみひろげづき》　**七夕**《たなばた》**月**《づき》　**女郎花**《おみなえし》**月**《づき》　**秋初**《あきは》**月**《づき》　**涼月**《りょうげつ》　**蘭月**《らんげつ》　**盆秋**《ぼんしゅう》　**桐秋**《とうしゅう》　〔文月やそばがらこぼす旅枕　黒田杏子〕

立《りつ》**秋**《しゅう》　《りつしう》二十四節気の一つ。陽暦八月八日前後にあたる。**秋立**《あきた》**つ**　**秋来**《あきく》**る**　**来**《く》**る秋**《あき》　**秋**《あき》**に入**《い》**る**　**秋**《あき》**となる**　〔秋たつや川瀬にまじる風の音　飯田蛇笏〕

今朝《けさ》**の秋**《あき》　立秋の朝。**今日**《きょう》**の秋**《あき》　**今朝**《けさ》**秋**《あき》　[秋]立秋　〔けさ秋の一帆《いっぱん》生みぬ中の海　原石鼎〕

残《ざん》**暑**《しょ》　立秋後の暑さ。秋になってもまだ暑さの残っていること。**残**《のこ》**る暑**《あつ》**さ**　**秋暑**《あきあつ》**し**　**秋**《あき》**の暑**《あつ》

さ　暑《あつ》さ残《のこ》る　秋暑《しゅうしょ》　[春]春暑し　[夏]暑し　〔朝夕がどかとよろしき残暑かな　阿波野青畝〕

秋《あき》めく　九月に入ると、目にも耳にもはっきり秋のたたずまいを感じる。**秋兆《あききざ》す**　**秋《あき》づく**　**秋《あき》めけり**　**秋《あき》のけはひ**　〔秋めくと思ふ貝煮る音の中　岡本眸〕

新《しん》涼《りょう》　《しんりやう》秋になってから立つ涼気。朝夕はこの感が深い。**新《あら》たに涼《すず》し**　**初《はじ》めて涼《すず》し**　**秋涼《あきすず》し**　**秋涼《しゅうりょう》**　**爽涼《そうりょう》**　**初涼《しょりょう》**　**涼新《りょうあら》た**　[夏]涼し　〔新涼の地に置く小さき旅鞄　角川春樹〕

処《しょ》暑《しょ》　二十四節気の一つ。陽暦八月二十三日ごろ。立秋から十五日目にあたる。**処暑《しょしょ》の節《せつ》**　〔鳰の子のこゑする処暑の淡海かな　森澄雄〕

二百十日《にひゃくとおか》　《にひやくとをか》立春から二百十日目。九月一日か二日にあたる。二百二十日はそれから十日後。**厄日《やくび》**　**二百二十日《にひゃくはつか》**　**厄日凪《やくびなぎ》**　**厄日無事《やくびぶじ》**　**大厄日《おおやくび》**　**厄日前《やくびまえ》**　**厄日過《やくびす》ぎ**　〔ひら〳〵と猫が乳呑む厄日かな　秋元不死男〕

八月尽《はちがつじん》　《はちぐわつじん》八月の終わること。**八月果《はちがつは》つ**　〔井戸に汐さして八月終りけり　鈴木真砂女〕

仲秋《ちゅうしゅう》　《ちゆうしう》陰暦八月十五日のことだが、一般には秋も半ばの候として用いられる。**秋半《あきなか》ば**　**秋《あき》の半《なか》ば**　**秋《あき》さ中《なか》**　**中秋《ちゅうしゅう》**　**仲《なか》の秋《あき》**　〔仲秋や互にひろき海と陸　高浜虚子〕

九《く》月《がつ》　《くぐわつ》上旬は残暑が厳しいが、中旬からは秋風の立つ日が多くなる。〔黒揚羽九月の樹間透きとほり　飯田龍太〕

葉《は》月《づき》　陰暦八月の異称。陽暦のほぼ九月にあたる。**月見月《つきみづき》**　**秋風月《あきかぜづき》**　**木染月《こそめづき》**　**紅染月《べにぞめづき》**　**萩月《はぎづき》**　**燕去月《つばめさりづき》**　**雁来月《かりくづき》**　**壮月《そうげつ》**　**葉月尽《はづきじん》**　〔家遠くありて葉月の豆畑　飯田龍太〕

八朔《はっさく》 陰暦八月朔日《ついたち》の略で、陽暦では九月初旬にあたる。**八朔盆**《はっさくぼん》 **八朔**《はっさく》**の祝**《いわい》 【春】八朔柑〔八朔や在所は鯖の刻み物　志太野坡〕

白露《はくろ》 二十四節気の一つ。陽暦九月八日ごろ。処暑から十五日目にあたる。**白露**《はくろ》**の節**《せつ》 【秋】露〔粥食つて腹透き徹る白露かな　福永耕二〕

秋分《しゅうぶん》《しうぶん》 二十四節気の一つ。陽暦九月二十三日か二十四日にあたる。春分からちょうど半年目。【春】春分〔秋分の正午の日ざし真向《まとも》にす　菅 裸馬〕

秋彼岸《あきひがん》 秋の彼岸のこと。**秋**《あき》**の彼岸**《ひがん》 **後**《のち》**の彼岸**《ひがん》 【春】彼岸〔少年のバッグに小犬秋彼岸　八木林之助〕

秋社《しゅうしゃ》《しうしや》 秋の社日。秋分に最も近い戊《つちのえ》の日。**秋**《あき》**の社日**《しゃにち》 【春】春社〔唐黍の風や秋社の戻り人　石井露月〕

竜淵《りゅうふち》**に潜**《ひそ》**む** 秋分のころをいう。春天に昇った竜は、秋分に淵に潜むという伝説。【春】竜天に登る〔竜淵に潜みて刻を待ちにけり　角川照子〕

水初《みずはじ》**めて涸**《か》**る**《みづはじめてかる》 秋分の第三候。陽暦の十月三、四日にあたる。このころ川水がやせ、井水が涸れはじめることをいう。**井水減**《いみずへ》**る** **井水**《いみず》**やせる** 【冬】水涸る〔井水やせて背戸のからから日和かな　山科一惟〕

晩秋《ばんしゅう》《ばんしう》 三秋のなかの末の月。陽暦の十月半ば過ぎにあたる。**末**《すえ》**の秋**《あき》 **季秋**《きしゅう》 **晩秋**《おそあき》 【秋】暮の秋〔帰るのはそこ晩秋の大きな木　坪内稔典〕

十月《じゅうがつ》《じふぐわつ》 秋の深まる月。下旬には野山の紅葉が美しい。〔十月や顳顬《こめかみ》さやに秋刀魚《さんま》食

ふ　石田波郷〕

長月《ながつき》　陰暦九月の異称。陽暦の十月上旬から十一月上旬にあたる。**菊月**《きくづき》　**菊咲月**《きくざきづき》　**色**《いろ》**どる月**《つき》　**小田刈月**《おだかりづき》　〔長月の空色袷きたりけり　小林一茶〕

寒露《かんろ》　二十四節気の一つ。陽暦の十月八、九日ごろ。秋分から十五日目にあたる。**寒露**《かんろ》**の節**《せつ》　〔水底を水の流るる寒露かな　草間時彦〕

雀蛤《すずめはまぐり》**となる**　七十二候の一つで、陽暦では十月十三日ごろから十七日ごろまで。**雀大水**《すずめうみ》**に入**《はい》**り蛤**《はまぐり》**となる**　**雀化**《すずめか》**して蛤**《はまぐり》**となる**　[春]田鼠《でんそ》化して鶉《うずら》となる・鷹化して鳩となる　[冬]雉子《きじ》大水に入りて蛤となる　〔蛤に雀の斑《ふ》あり哀れかな　村上鬼城〕

秋暁《しゅうぎょう》　《しうげう》秋の夜明けのこと。**秋**《あき》**あかつき**　**秋**《あき》**の暁**《あかつき》　**秋**《あき》**の夜明**《よあけ》　[春]春暁　〔秋暁や胸に明けゆくものの影　加藤楸邨〕

秋《あき》**の朝**《あさ》　秋の朝のこと。初秋・仲秋・晩秋によって朝の趣を異にする。**秋朝**《しゅうちょう》　[秋]秋暁　〔砂の如き雲流れゆく朝の秋　正岡子規〕

秋《あき》**の昼**《ひる》　立秋からしばらくは、残暑が厳しいが、秋が深まるにつれ、日中のさわやかさが増してくる。**秋昼**《しゅうちゅう》　**秋真昼**《あきまひる》　〔水の上の澄みしひかりの秋のひる　野見山朱鳥〕

秋《あき》**の暮**《くれ》　秋の夕暮れのこと。**秋夕**《あきゆう》**べ**　**秋**《あき》**の夕**《ゆう》**べ**　**秋暮**《しゅうぼ》　**秋**《あき》**の夕暮**《ゆうぐれ》　**秋夕**《しゅうせき》　[秋]暮の秋　〔此道や行く人なしに秋の暮　松尾芭蕉〕

秋《あき》**の宵**《よい》　《あきのよひ》日が暮れてまだまもない秋の夜。**宵**《よい》**の秋**《あき》　**秋**《あき》**の宵寝**《よいね》　[春]春の宵　[秋]秋の夜　〔客われをじっと見る猫秋の宵　八木絵馬〕

秋の夜《あきのよる》 秋の夜一般をいう。「夜半の秋」は夜が更け渡った時刻のこと。**秋の夜**《あきのよ》 **秋夜**《しゅうや》 **夜半**《よわ》**の秋**《あき》 夏夜の秋 〔子にみやげなき秋の夜の肩ぐるま 能村登四郎〕

夜長《よなが》 秋になって夜が長く感じられること。**長き夜**《ながきよ》 **長夜**《ちょうや》 **夜長人**《よながびと》 **夜長衆**《よながしゅう》 **夜長妻**《よながづま》 **夜長星**《よながぼし》 夏短夜 〔妻がゐて夜長を言へりさう思ふ 森 澄雄〕

秋麗《あきうらら》 秋晴れの日のうららかさをいう。**秋麗**《しゅうれい》 **秋の麗日**《あきのれいじつ》 春麗か 秋秋晴・秋高し 冬冬麗 〔仏掌の上の虚空や秋麗ら 町田しげき〕

秋澄む《あきすむ》 秋になって大気が澄みきることをいう。**秋気澄む**《しゅうきすむ》 **澄む秋**《すむあき》 **澄む**《すむ》 **秋澄めり**《あきすめり》 **澄める秋**《すめるあき》 **空澄む**《そらすむ》 **澄む空**《すむそら》 〔地と水と人をわかちて秋日澄む 飯田蛇笏〕

秋気《しゅうき》 秋の清くさわやかに澄みきった空気の感触をいう。**秋の気**《あきのき》 **秋気満つ**《しゅうきみつ》 **秋の気満**《あきのきみ》**つ** 〔奥入瀬の水に樹にたつ秋気かな 吉田冬葉〕

爽やか《さわやか》 秋に心身ともに心地よいさわやかさを感ずること。**爽気**《そうき》 **爽涼**《そうりょう》 **さやけし** **さやか** 〔しづけさにありて爽やかなりしかな 稲畑汀子〕

冷やか《ひややか》 秋に入って肌に冷気を感ずることをいう。**冷ゆる**《ひゆる》 **冷える**《ひえる》 **ひやひや** **下冷え**《したびえ》 **秋冷**《しゅうれい》 **朝冷え**《あさびえ》 **秋冷やか**《あきひやか》 **夕冷え**《ゆうびえ》 **雨冷え**《あまびえ》 **宵冷える**《よいびえる》 冬冷《つめ》たし 〔紫陽花に秋冷いたる信濃かな 杉田久女〕

身に入む《みにしむ》 秋も深まるにつれ冷たさが身にしむように感じられること。**身に沁む**《みにしむ》 〔さり気なく聞いて身にしむ話かな 富安風生〕

秋寒《あきさむ》 秋に入って覚える寒さ。「冷やか」よりもやや後の季節感。**秋寒し**《あきさむし》 **秋小寒**《あきこさむ》 **秋の寒さ**《あきのさむさ》

そぞろ寒《さむ》 冬寒し 〔秋寒き天狗笑ひに坊更くる　上田五千石〕秋が深くなってきて、うっすらと感じる寒さ。**すずろ寒《さむ》** **そぞろに寒《さむ》し** 冬寒し 〔そゞろ寒鶏の骨打つ台所　寺田寅彦〕

やや寒《さむ》 晩秋になって、なんとなく寒さを感じること。**やや寒《さむ》し** **やうやく寒《さむ》し** **やや寒《さむ》う** **やや寒《さむ》み** **寒《さむ》さやや** 冬寒し 〔やゝ寒く人をうかがふ鼠かな　河合乙州〕

うそ寒《さむ》 秋になって、うっすらと肌に感じとれるほどの寒さ。**うそ寒《さむ》う** **うすら寒《さむ》** **薄寒《うすさむ》** **うすら寒《さむ》し** 冬寒し 〔うそ寒の駅吐かれ出づ旅ひとり　石塚友二〕

肌《はだ》寒《さむ》 肌にひやりと感じられる秋の寒さ。**肌寒《はださむ》し** 冬寒し 〔肌寒と言葉交せばこと足りぬ　星野立子〕

朝《あさ》寒《さむ》 朝方の一時的な寒さをいう。冬が間近ということを実感する。**朝寒《あささむ》し** **朝寒《あささむ》く** **朝寒《あささむ》み** 冬寒し 〔くちびるを出て朝寒のこゑとなる　能村登四郎〕

夜《よ》寒《さむ》 晩秋に夜分寒さを覚えること。**宵寒《よいさむ》** **夜寒《よるさむ》し** **夜《よ》寒《さむ》さ** **夜《よ》を寒《さむ》み** 冬寒夜 〔あはれ子の夜寒の床の引けば寄る　中村汀女〕

霜《そう》降《こう》《さうこう》 二十四節気の一つ。陽暦十月二十四日ごろ。霜がおりるほど寒くなった時期の意。**霜降《そうこう》の節《せつ》** 〔霜降の実の緊《しま》りたるさねかづら　山下喜代子〕

秋《あき》土《ど》用《よう》《あきどやう》 冬至の前の十八日間。冬仕度にそろそろかかるころ。**秋《あき》の土《ど》用《よう》** 夏土用 冬寒土用 〔暮るゝ海みな見てをりぬ秋土用　星野麥丘人〕

冷《すさ》まじ 秋の深まるころの寒さをいう。**冷《すさ》まじく** **冷《すさ》まじき** **月冷《つきすさ》まじ** 冬冷たし 〔山畑に月

すさまじくなりにけり　原 石鼎〕

秋寂《あきさ》び　秋も深まり万物のものさびた状態。**秋寂《あきさ》ぶ**　**秋寂《あきさ》びぬ**　〔秋寂びて鎖の熊が眠りをり　加藤知世子〕

秋深《あきふか》し　晩秋の静けさをいう。秋の哀れ、秋の寂しさがきわまったころ。**秋闌《あきた》ける**　**秋更《あきふ》くる**　**深秋《しんしゅう》**　**秋深《あきふか》む**　**秋《あき》たけなは**　〔秋深き隣は何をする人ぞ　松尾芭蕉〕

暮《くれ》の秋《あき》　秋も終わりに近いころ。「晩秋」とほぼ同義だが、より心理的に捉えている。**暮秋《ぼしゅう》**　**暮《く》るる秋《あき》**　**秋暮《あきく》るる**　[秋]秋の暮・行く秋・秋惜しむ　〔気のつかぬ隣の顔や暮の秋　炭太祇〕

行《ゆ》く秋《あき》　秋の季節が終わることをいう。**秋去《あきさ》る**　**秋過《あきす》ぐ**　**過《す》ぐる秋《あき》**　**去《さ》る秋《あき》**　**秋《あき》の別《わか》れ**　**秋《あき》の末《すえ》**　**秋《あき》の終《お》わり**　**秋《あき》の果《はて》**　**残《のこ》る秋《あき》**　**秋《あき》の行方《ゆくえ》**　〔行く秋の虹の半分奈良にあり　廣瀬直人〕

秋惜《あきお》しむ　去りゆく秋を愛惜する思いをいう。**惜《お》しむ秋《あき》**　**秋《あき》を惜《お》しむ**　[春]春惜しむ　〔戸を叩く狸と秋を惜しみけり　与謝蕪村〕

冬近《ふゆちか》し　冬の到来が間近と感じる候。**冬隣《ふゆどなり》**　**冬隣《ふゆとな》る**　**近《ちか》き冬《ふゆ》**　**冬遠《ふゆとお》からず**　〔冬近し厚きプラトン書の余白　有馬朗人〕

冬《ふゆ》を待《ま》つ　冬を迎える気構えである。**冬待《ふゆま》つ**　**待《ま》つ冬《ふゆ》**　[夏]秋を待つ　[冬]春を待つ　〔山国は山を砦《とりで》に冬を待つ　鷹羽狩行〕

九月尽《くがつじん》　陰暦九月の晦日。陽暦では十一月初旬にあたる。**九月尽《くがつ》く**　**秋尽《あきつ》く**　**九月去《くがつさ》る**　[春]三月尽　〔傾城《けいせい》の小哥《こうた》はかなし九月尽　榎本其角〕

天文

秋《あき》の日《ひ》　秋の一日、または秋の太陽のこと。**秋《あき》の陽《ひ》**　**秋日《あきび》**　**秋陽《あきび》**　**秋《あき》の朝日《あさひ》**　**秋日《あきひ》ざし**　**秋日《あきひ》影《かげ》**　**秋日向《あきひなた》**　**秋日《あきび》照《て》る**　〔鶏頭に秋の日のいろきまりけり　久保田万太郎〕

秋《あき》の色《いろ》　秋らしい景色や気分、気配。**秋色《しゅうしょく》**　〔秋の色糠《ぬか》味《み》噌《そ》壺も無かりけり　松尾芭蕉〕

秋《しゅう》光《こう》《しうくわう》　秋の日ざし、景色、気分。**秋《あき》の光《ひかり》**　**秋景《あきげ》色《しき》**　**秋容《しゅうよう》**　**秋望《しゅうぼう》**　春 春光　〔秋光のつぶさに光る日影かな　村松蒼石〕

菊日和《きくびより》　よく晴れて菊の香りがしみ通るように澄んだ秋の日をいう。〔船つくる音のなかなる菊日和　飯田龍太〕

秋《あき》晴《ばれ》　秋空の澄んで晴れわたることをいう。**秋晴《しゅうせい》**　**秋《あき》の晴《はれ》**　**秋晴《あきは》るる**　**晴《は》るる秋《あき》**　秋 秋日和　〔ほのかなる空の匂ひや秋の晴　高浜虚子〕

秋日和《あきびより》　秋晴れで、風もなくおだやかな天気のこと。**秋《あき》の日和《ひより》**　秋 秋晴　〔みじろぎにきしむ木椅子や秋日和　芝不器男〕

秋《あき》旱《ひでり》　立秋を過ぎても高温の晴天が続き、水も涸れ乾燥することをいう。**秋《あき》の旱《ひでり》**　春 春旱　夏 旱　冬 冬旱　〔火の山の雲厚けれど秋旱　大島民郎〕

秋《あき》の声《こえ》《あきのこゑ》　秋を感じる風音、雨の音、木々の音など。**秋声《しゅうせい》**　**秋《あき》の音《おと》**　〔北上の渡頭《ととう》に立てば

秋の声　山口青邨〕

秋《あき》の空《そら》　さわやかに澄みきった秋の空。天候の変わりやすい空でもある。**秋空《あきぞら》**　**秋天《しゅうてん》**　**秋旻《しゅうびん》**

秋《あき》の天《てん》　[秋]秋澄む・秋高し・秋晴　〔秋空に斑鳩《いかるが》の路地すぐ終る　有馬朗人〕

秋高《あきたか》し　大気が澄み、秋の空が高い感じをいう。**秋高《しゅうこう》**　**天高《てんたか》し**　**空高《そらたか》し**　**高《たか》き天《てん》**　〔痩馬のあはれ機嫌や秋高し　村上鬼城〕

秋《あき》の雲《くも》　さわやかに澄みわたる秋の空を流れゆく雲。変化に富み、湧いては消える雲。**秋雲《あきぐも》**　**秋雲《しゅううん》**　〔眼のなかの秋の白雲あふれ去る　山口誓子〕

鰯《いわし》雲《ぐも》　秋によく見る巻積雲のこと。魚の鱗のように見える。**鱗雲《うろこぐも》**　〔鰯雲炎《も》えのこるもの地の涯《はて》に　石原八束〕

鯖《さば》雲《ぐも》　巻積雲で、鯖の斑紋を思わせるのでこの名がある。〔鯖雲に入り船を待つ女衆　石川桂郎〕

月《つき》　月のさやけさ清々しさは秋に極まるので、単に「月」といえば「秋の月」を指す。**秋《あき》の月《つき》**　**月《つき》の秋《あき》**　**月《つき》の夜《よる》**　**月夜《つきよ》**　**月《つき》さす**　**月照《つきて》らす**　**月光《げっこう》**　**月明《つきあか》り**　**月影《つきかげ》**　**月下《げっか》**　**月《つき》のぼる**　**月隠《つきかく》る**　**昼《ひる》の月《つき》**　**月《つき》の宿《やど》**　**月《つき》の道《みち》**　**月《つき》の入《い》り**　**月《つき》の友《とも》**　**月《つき》の主《あるじ》**　**月《つき》の海《うみ》**　**月《つき》の里《さと》**　**月《つき》の村《むら》**　**月《つき》の町《まち》**　**月《つき》の山《やま》**　**照《て》る月《つき》**　**月悲《つきかな》し**　**月美《つきうつく》し**　**月清《つききよ》し**　**月《つき》の暈《かさ》**　**月《つき》の前《まえ》**　**月天心《つきてんしん》**　**月《つき》の背戸《せと》**　**月高《つきたか》し**　**月《つき》の空《そら》**　**月《つき》の縁《ふち》**　**月仰《つきあお》ぐ**　**薄月《うすづき》**　**遅月《おそづき》**　**庵《いおり》の月《つき》**　**宿《やど》の月《つき》**　**窓《まど》の月《つき》**　**庭《にわ》の月《つき》**　**山《やま》の月《つき》**　**里《さと》の月《つき》**　**峰《みね》の月《つき》**　**浦《うら》の月《つき》**　**海《うみ》の月《つき》**　**池《いけ》の月《つき》**　**水《みず》の月《つき》**　**波《なみ》の月《つき》**　**月傾《つきかたむ》く**　**月落《つきお》つ**　[春]春の月　[夏]夏の月　[冬]冬の月　〔月の人のひとりとならむ車椅子　角川源義〕

月代《つきしろ》 月が出ようとするころの空のほんのりとした明るさ。**月白**《つきしろ》 **月**《つき》**の出**《で》 〔月代やほのかに酔ひて袖振りて 小坂順子〕

上《のぼ》**り月**《づき》 上半月がしだいに丸みを加え、満月になるまでをいう。**上弦**《じょうげん》**の月**《つき》 〔上弦の月いつまでも夕映ゆる 川村柳月〕

降《くだ》**り月**《づき》 満月から一夜ごとに欠けはじめてゆく月。**下弦**《かげん》**の月**《つき》 **望**《もち》**くだり** 〔妻なしの我が身哀れむ降り月 大宅周三〕

盆《ぼん》**の月**《つき》 陰暦七月十五日の盂蘭盆会の夜の満月。秋に入って初めての満月。〔盆の月拝みて老妓座につきし 高野素十〕

初《はつ》**月**《づき》 陰暦八月初めごろの月。名月を待つ心から仲秋初めの月を賞でていう。**初月夜**《はつづきよ》 〔初月夜風流れゆく水の上 大野林火〕

二日《ふつか》**月**《づき》 陰暦八月二日の夜の月。朔《ついたち》の黒い月が初めて光を現す。**繊月**《せんげつ》 **二日**《ふつか》**の月**《つき》 〔あかね雲ひとすぢよぎる二日月 渡辺水巴〕

三日月《みかづき》 陰暦八月三日の月。ほっそりと眉《まゆ》の形に輝き、そして沈む。**三日月**《みつかづき》 **三日**《みつか》**の月**《つき》 **月**《つき》**の眉**《まゆ》 **眉月**《まゆづき》 **新月**《しんげつ》 **若月**《わかづき》 **蛾眉**《がび》 [春]春三日月 [冬]冬三日月 〔三日月やをみな子ひとり授かりて 岡本差知子〕

弓張月《ゆみはりづき》 弓の弦を張ったような形の月。**弦**《ゆみはり》 **上**《かみ》**の弓張**《ゆみはり》 **下**《しも》**の弓張**《ゆみはり》 **弦月**《げんげつ》 **半月**《はんげつ》 **片割月**《かたわれづき》 **月**《つき》**の弓**《ゆみ》 **月**《つき》**の舟**《ふね》 〔弦月や切り離されし絵巻もの 小俣幸子〕

夕月夜《ゆうづきよ》 新月《ゆふづきよ》から、七、八日ごろの上弦までの夜をいう。**ゆふづく夜**《よ》 **夕月**《ゆうづき》 **宵月**《よいづき》 **宵月**《よいづき》

夜《よ》〔都心にも夕月夜あり生活《たつき》あり　高木晴子〕

待宵《まつよい》　陰暦八月十四日、明日の名月を待つ宵をいい、その夜の月をもいう。**待宵**《まつよい》**の月**《つき》　**小望月**《こもちづき》　**小名月**《こめいげつ》　**待宵影**《まつよいかげ》　**十四夜月**《じゅうしやづき》　**十四日月**《じゅうよっかづき》〔待宵や女あるじに女客　与謝蕪村〕

名月《めいげつ》　陰暦八月十五日、仲秋の満月をいう。**明月**《めいげつ》　**満月**《まんげつ》　**望月**《もちづき》　**望**《もち》**の夜**《よ》　**今日**《きょう》**の月**《つき》　**月今宵**《つきこよい》　**今宵**《こよい》**の月**《つき》　**三五**《さんご》**の月**《つき》　**三五夜**《さんごや》　**十五夜**《じゅうごや》　**芋名月**《いもめいげつ》　[秋]良夜・月見・後の月〔十五夜の雲のあそびてかぎりなし　後藤夜半〕

良夜《りょうや》　陰暦八月十五日のよく晴れわたった明るい夜、またはその夜の月をいう。十三夜に用いる場合もある。**良宵**《りょうしょう》　**佳宵**《かしょう》〔山の蟇《ひき》二つ露の眼良夜かな　森　澄雄〕

無月《むげつ》　雲のために名月が隠れて見えないこと。**仲秋無月**《ちゅうしゅうむげつ》　**曇**《くも》**る名月**《めいげつ》　**無月**《むげつ》**の空**《そら》　**月**《つき》**の雲**《くも》〔笛の音の美しかりし無月かな　高野素十〕

雨月《うげつ》　雨のため、名月が見られないこと。**雨名月**《あめめいげつ》　**雨夜**《あまよ》**の月**《つき》　**雨**《あめ》**の月**《つき》　**月**《つき》**の雨**《あめ》〔月の雨ふるだけふると降りにけり　久保田万太郎〕

十六夜《いざよい》　陰暦八月十六日の夜、またはその夜の月。**十六夜**《いざよい》**の月**《つき》　**いざよふ月**《つき》　**既望**《きぼう》　**いざよふ**　いざよひ　**十六夜**《じゅうろくや》　**十六夜月**《じゅうろくやづき》　**二八夜**《にはちや》〔十六夜の翼濡れをり父の椅子　辺見じゅん〕

立待月《たちまちづき》　陰暦八月十七日の月。山の端に出る月を立って待つ心。**立待**《たちまち》　**立待**《たちまち》**の月**《つき》　**十七夜**《じゅうしちや》〔立待やただ白雲の漠々と　原コウ子〕

居待月《いまちづき》　ゐまちづき　陰暦八月十八日の月。名月より一時間余り遅れて出るので座って待たなければならぬ月。**座待月**《いまちづき》　**居待**《いまち》**の月**《つき》　**居待**《いまち》　**十八夜月**《じゅうはちやづき》　**十八夜**《じゅうはちや》**の月**《つき》〔居待月はなやぎもなく

待ちにけり　石田波郷〕

臥待月《ふしまちづき》　陰暦八月十九日の月。月の出るのが遅く、寝て月を待つ意。**臥待**《ふしまち》**の月**《つき》　**寝待月**《ねまちづき》　**寝待**《ねまち》**の月**《つき》　**臥待**《ふしまち》　**寝待**《ねまち》　**十九夜の月**《じゅうくやのつき》　〔寝待月灯のいろに似ていでにけり　五十崎古郷〕

更待月《ふけまちづき》　陰暦八月二十日の月。夜が更けて出る月で、亥《い》の刻（午後十時）に出るというので亥中《いなか》の月の別称がある。**更待**《ふけまち》**の月**《つき》　**更待**《ふけまち》　**亥中**《いなか》**の月**《つき》　**二十日亥中**《はつかいなか》　**二十日**《はつか》**の月**《つき》　**二十日月**《はつかづき》　〔更待や階きしませて寝にのぼる　稲垣きくの〕

宵《よい》**闇**《やみ》《よひやみ》　十五夜のあと、十六日から二十日ごろまでの月の出るまでの闇のことをいう。〔宵闇の牛の温みとすれちがふ　細川加賀〕

有明月《ありあけづき》　夜明けになお空に残っている月。**有明**《ありあけ》　**明**《あけ》**の月**《つき》　**朝**《あさ》**の月**《つき》　**有明月夜**《ありあけづきよ》　**朝月夜**《あさづきよ》　**残**《のこ》**る月**《つき》　**残**《ざん》**月**《げつ》　〔猪の寝に行く方や朝の月　向井去来〕

真夜中《まよなか》**の月**《つき》　陰暦八月二十三日の月。亥《い》の正刻（午後十二時）に出るので、この名がある。**二十三夜月**《にじゅうさんやづき》　**二十三夜**《にじゅうさんや》　〔どの窓も病む窓二十三夜月　村山古郷〕

後《のち》**の月**《つき》　陰暦九月十三日の月。名月に対して後の月、名残の月ともいう。**十三夜**《じゅうさんや》　**十三夜月**《じゅうさんやづき》　**名残**《なごり》**の月**《つき》　**月**《つき》**の名残**《なごり》　**二夜**《ふたよ》**の月**《つき》　**女名月**《おんなめいげつ》　**姥月**《うばづき》　**後**《のち》**の今宵**《こよい》　**後**《のち》**の名月**《めいげつ》　**豆名月**《まめめいげつ》　**栗名月**《くりめいげつ》　[秋]名月　〔後の月雨に終るや足まくら　角川源義〕

秋《あき》**の星**《ほし》　秋の夜空に輝く美しい星。**白鳥座**《はくちょうざ》　**ペガサス**　**秋北斗**《あきほくと》　[春]春の星　[夏]夏の星　[冬]冬の星　〔夕ぞらのいろの中から秋の星　三橋敏雄〕

星月夜《ほしづきよ》　満天に散らばる星の光が、月夜のように明るいことをいう。**ほしづく夜**《よ》　[秋]秋の星

〔寝に戻るのみの鎌倉星月夜　志摩芳次郎〕

天《あま》の川《がわ》　澄みわたった秋の夜空に、大河のように見える恒星群。**銀河《ぎんが》**　**銀漢《ぎんかん》**　**星河《せいが》**　**雲漢《うんかん》**　**天漢《てんかん》**　**河漢《かかん》**　**銀河澄《ぎんがす》む**　**銀河懸《ぎんがかか》る**　**銀河濃《ぎんがこ》し**　**銀河垂《ぎんがた》る**　**銀河夜夜《ぎんがよよ》**　**銀河長《ぎんがなが》し**　**銀河の夜《ぎんがのよ》**　[冬]冬銀河　〔妻二タ夜あらず二タ夜の天の川　中村草田男〕

流《りゅう》星《せい》　《りうせい》星が光を発して飛ぶ現象。**流れ星《ながれぼし》**　**走り星《はしりぼし》**　**夜這星《よばいぼし》**　**星流る《ほしながる》**　**星飛ぶ《ほしとぶ》**　**星走る《ほしはしる》**　〔星一つ命燃えつつ流れけり　高浜虚子〕

碇《いかり》星《ぼし》　北天に見える星座の一つ。カシオペアの和名。**カシオペア**　〔錨星蜑《あま》が外寝も時過ぎぬ　佐野まもる〕

秋《あき》の初風《はつかぜ》　ひんやりと秋の訪れを感じさせるそよ風をいう。**初秋風《はつあきかぜ》**　[秋]初嵐　[新]初風　〔秋初風狭山の夜の藪うごく　長谷川かな女〕

秋《あき》風《かぜ》　初秋から晩秋までの秋風一般をいう。**秋の風《あきのかぜ》**　**秋風《しゅうふう》**　**金風《きんぷう》**　**素風《そふう》**　**秋風裡《しゅうふうり》**　〔秋風や腰のあたりに父の墓　大森健司〕

色《いろ》なき風《かぜ》　身にしみこむような秋風の寂しさをいう。秋に白を感じた中国詩人の考え方に基づく。**風《かぜ》の色《いろ》**　〔姥ひとり色なき風の中に栖む　川崎展宏〕

荻《おぎ》の声《こえ》　《をぎのこゑ》秋風に鳴る荻の葉ずれの音のこと。**荻の風《おぎのかぜ》**　**荻吹く《おぎふく》**　**ささら荻《おぎ》**　〔荻の声舟は人なき夕べかな　服部嵐更〕

爽《そう》籟《らい》　《さうらい》秋風のさわやかなひびきをいう。籟は風が物にあたって発する音の意。〔爽籟や布をゆたかに使ふ袖　朝倉和江〕

鳩吹《はとふ》く風《かぜ》　秋風の別称。[秋]鳩吹　〔大欅鳩吹く風に葉さやぎす　穂刈美津子〕

初《はつ》嵐《あらし》　立秋後、最初に吹く強い風のこと。[夏]青嵐　[秋]野分　〔雨雲の切れ間の藍や初嵐　野村喜舟〕

秋《あき》の嵐《あらし》　台風をおもわせるような強く吹く秋の風。**秋嵐《あきあらし》**　**秋《あき》の大風《おおかぜ》**　**秋大風《あきおおかぜ》**　[春]春疾風　〔夜の坂戻るや秋の嵐浴び　白仁竜平〕

野《の》分《わき》　秋に吹く暴風。野の草木を吹き分ける秋の強風。**野《の》わけ**　**野分立《のわきだ》つ**　**野分浪《のわきなみ》**　**野分川《のわきがわ》**　**野分雲《のわきぐも》**　**野分晴《のわきばれ》**　**野分後《のわきあと》**　**野分跡《のわきあと》**　**野分空《のわきぞら》**　**夕野分《ゆうのわき》**　**野分《のわき》めく**　**野分来《のわきく》る**　**野分月《のわきづき》**　**野分吹《のわきふ》く**　**野分荒《のわきあ》れ**　**夜《よる》の野分《のわき》**　**野分中《のわきなか》**　**野分凪《のわきな》ぐ**　**野分過《のわきす》ぐ**　〔缶蹴れば骨の音して野分川　増成栗人〕

颱《たい》風《ふう》　熱帯性低気圧で暴風雨を伴うもの。**台風《たいふう》**　**颱風来《たいふうく》る**　**颱風来《たいふうく》**　**颱風裡《たいふうり》**　**颱風禍《たいふうか》**　**颱風《たいふう》の眼《め》**　**颱風眼《たいふうがん》**　**颱風圏《たいふうけん》**　**豆颱風《まめたいふう》**　**颱風期《たいふうき》**　〔颱風の心支ふべき灯を点ず　加藤楸邨〕

おしあな　台風に伴う南東の猛烈な強風。主として長崎県の海岸地方で呼ばれていることば。**おしあな南風《ばえ》**　**おしあな東風《ごち》**　〔たつみ吹くおしあなに雀流されて　萩野しのぶ〕

送《おく》りまぜ　陰暦七月の盂蘭盆が過ぎてから吹く南風。**おくりまじ**　**送《おく》り南風《まぜ》**　[春]桜まじ・油まじ　[夏]まじ・南風　〔送りまぜ雪の立山眼前《まさか》にす　黒田逸字〕

盆東風《ぼんごち》　盂蘭盆のころに吹く東風。**盆北風《ぼんぎた》**　[春]東風　[夏]土用東風　[新]初東風　〔盆東風や風呂敷被《き》たる休み機　邊見京子〕

高西風《たかにし》　十月ごろ、上空を急に強く吹く西風。**土用時化《どようじけ》**　〔高西風に秋たけぬれば鳴る瀬かな

飯田蛇笏〕

鮭颪《さけおろし》　鮭漁の始まる仲秋のころに吹く野分のような強い風。〔雄阿寒の俄《にはか》にはれぬ鮭おろし　沢田緑生〕

黍嵐《きびあらし》　黍の実りのころに吹く強風。〔彼も亦無名期ながし黍嵐　能村登四郎〕

芋嵐《いもあらし》　里芋の葉に吹きつける強風。〔案山子翁あち見こち見や芋嵐　阿波野青畝〕

葛嵐《くずあらし》　山野の葛を吹き倒すような強風。〔もやひ船ぶつかりあふよ葛嵐　佐野典子〕

雁渡し《かりわたし》　雁が渡ってくるころに吹く北風。〔草木より人飄《ひるがへ》る雁渡し　岸田稚魚〕

青北風《あおぎた》《あをぎた》　晴天の日に北から吹く季節風。〔青北風が吹いて艶増す五島牛　下村ひろし〕

秋曇《あきぐもり》　秋の曇った天気で秋陰ともいう。**秋陰り**《あきかげり》　**秋陰**《しゅういん》　**秋**《あき》**の陰**《かげ》　**秋**《あき》**の翳**《かげ》　[春]春陰　〔秋曇男の裏地いつも紺　香西輝雄〕

秋湿り《あきじめり》　秋の雨が降り、じめじめすること。〔そそくさとひとりのひるげ秋湿り　吉田　恭〕

秋の雨《あきのあめ》　秋季の雨の総称。**秋雨**《あきさめ》　〔秋雨の瓦斯《ガス》が飛びつく燐寸《マッチ》かな　中村汀女〕

秋霖《しゅうりん》《しうりん》　秋の長雨。**秋黴雨**《あきこさめ》　**秋黴雨**《あきついり》　**秋霖雨**《あきりんう》　[春]春霖　〔秋黴雨咳《しはぶき》落し家を出づ　角川源義〕

洒涙雨《さいるいう》《さるゐう》　陰暦七月七日に降る雨。〔洒涙雨車軸をながす蘇鉄かな　飯田蛇笏〕

洗車雨《せんしゃう》　陰暦七月六日に降る雨。〔よべの星今宵見えずよ洗車雨　根室健太〕

御山洗《おやまあらい》《おやまあらひ》　陰暦七月二十六日、富士山麓に降る雨。**富士**《ふじ》**の山洗**《やまあらい》　**御山洗ふ**《おやまあらふ》　〔お山洗ひ黍の穂高く晴れにけり　吉田冬葉〕

秋時雨《あきしぐれ》 晩秋に降る時雨。**秋《あき》の時雨《しぐれ》** 春春時雨 冬時雨・初時雨 〔見送られゐて秋時雨あきしぐれ 黛まどか〕

富士《ふじ》の初雪《はつゆき》 九月中旬から下旬にかけて富士に降る初雪。**初雪富士《はつゆきふじ》** **富士《ふじ》の新雪《しんせつ》** 夏雪解富士 冬初雪 〔蕎麦ゆがく初雪の富士時に見て 新田祐久〕

秋《あき》の雪《ゆき》 高い山々にいち早く仰ぎ見られる新雪。**秋雪《しゅうせつ》** **秋《あき》の初雪《はつゆき》** 冬雪 〔秋雪のみじろぎもなき甲斐の山 有泉七種〕

秋《あき》の雷《らい》 秋に起こる雷。**秋雷《しゅうらい》** **秋《あき》のかみなり** 春春の雷・初雷 夏雷 〔船中の寝覚に聞くや秋の雷 村上鬼城〕

稲《いな》妻《ずま》《いなづま》 雷鳴はなく電光だけ走る現象。**稲光《いなびかり》** **稲《いね》の殿《との》** **いねつるみ** **いなつるび** **いなたま** 〔みちのくにさらに奥ありいなびかり 神蔵器〕

秋《あき》の虹《にじ》 秋空に立つ虹のこと。淡く消えやすい。**秋虹《あきにじ》** 春春の虹 夏虹 冬冬の虹 〔秋虹の片根は街に立つしづけさ 原田種茅〕

秋《あき》の霞《かすみ》 単に霞といえば春だが、秋にも霞のでることがある。**秋霞《あきがすみ》** **秋霞《しゅうか》** 春霞 夏夏霞 冬冬霞 新初霞 〔照りわたる野や横山の秋がすみ 佐藤悠々〕

霧《きり》 水蒸気が冷たい空気に触れて凝結し、小さな水滴となって浮遊するもの。**霧立《きりた》つ** **朝霧《あさぎり》** **夕霧《ゆうぎり》** **山霧《やまぎり》** **夜霧《よぎり》** **霧夜《きりよ》** **野霧《のぎり》** **狭霧《さぎり》** **霧襖《きりぶすま》** **川霧《かわぎり》** **霧雨《きりさめ》** **霧時雨《きりしぐれ》** **濃霧《のうむ》** **霧《きり》の香《か》** **霧《きり》匂《にお》ふ** **霧風《きりかぜ》** **霧《きり》の海《うみ》** **霧《きり》の中《なか》** **霧《きり》の声《こえ》** **霧脚《きりあし》** **霧走《きりはし》る** **霧《きり》こめる** **霧《き》らふ** **霧晴《きりは》るる** **霧《きり》の町《まち》** **霧深《きりふか》し** **霧月夜《きりづくよ》** **霧冷《きりび》え** **霧笛《むてき》** **霧雫《きりしずく》** **霧降《きりふ》る** 夏夏の霧・海霧 冬冬の霧 〔ランプ売

るひとつランプを霧にともし　安住　敦〕

露《つゆ》　空気中の水蒸気が夜の間に冷えて草木や岩石などについたもの。 **白露**《しらつゆ》 **露の玉**《つゆのたま》 **朝露**《あさつゆ》 **夕露**《ゆうづゆ》 **夜露**《よつゆ》 **露月夜**《つゆづきよ》 **露の宿**《つゆのやど》 **露の道**《つゆのみち》 **露雫**《つゆしずく》 **露の音**《つゆのおと》 **露湿り**《つゆじめり》 **露けし**《つゆけし》 **露葎**《つゆむぐら》 **下露**《したつゆ》 **上露**《うわつゆ》 **露光る**《つゆひかる》 **露こぼる**《つゆこぼる》 **露落つ**《つゆおつ》 **露の中**《つゆのなか》 **草の露**《くさのつゆ》 **露の原**《つゆのはら》 **露の空**《つゆのそら》 **大露**《おおつゆ》 **露晴れ**《つゆばれ》 **露万朶**《つゆばんだ》 **露**《つゆ》**しとど** **露団々**《つゆだんだん》 **芋の露**《いものつゆ》 **露日和**《つゆびより》 **露の秋**《つゆのあき》 [春]春の露 [夏]夏の露 [秋]露寒 [冬]露凝る 〔芋の露連山影を正しうす　飯田蛇笏〕

露時雨《つゆしぐれ》　草や木の葉の露が、時雨のようにこぼれ落ちるさま。 **露の時雨**《つゆのしぐれ》 [秋]露 〔三笠山町は日あたる露しぐれ　松瀬青々〕

露寒《つゆさむ》　晩秋、露が霜を結ぼうとするころの寒さ。 **露寒し**《つゆさむし》 〔露寒や髪の重さに溺れ寝る　長谷川秋子〕

露霜《つゆじも》　露が凍って薄い霜になったもの。 **水霜**《みずしも》 [春]別れ霜 [冬]霜・初霜 〔つゆじもの烏がありく流離かな　加藤楸邨〕

秋の霜《あきのしも》　晩秋に降る霜。農作物を害する。 **秋霜**《しゅうそう》 **秋の初霜**《あきのはつしも》 [春]別れ霜 [冬]霜・初霜 〔痩せし身の眼の生きるのみ秋の霜　飯田蛇笏〕

秋の夕焼《あきのゆうやけ》《あきのゆふやけ》　秋の夕焼は時間的にも短い。ゆく秋への思いを深める。 **秋夕焼**《あきゆやけ》 **秋の夕映**《あきのゆうばえ》 **秋夕映**《あきゆうばえ》 [夏]夕焼 〔俎に流す血黒し秋夕焼　桂　信子〕

釣瓶落し《つるべおとし》　秋の夕日がにわかに落ちること。 **秋の夕日**《あきのゆうひ》 **秋入日**《あきいりひ》 **秋没日**《あきいりひ》 **秋落暉**《あきらっき》 **秋落日**《あきらくじつ》 [冬]短日 〔釣瓶落しといへど光芒しづかなり　水原秋櫻子〕

竜田姫《たつたひめ》　大和国、竜田山に鎮座する女神。野山の美しさを司る女神の名。【春】佐保姫　【冬】うつた姫〔日暮れては野山相寄る竜田姫　兒玉南草〕

地理

秋の山《あきのやま》　秋の山は清澄で鮮やか。紅葉がはなやかに彩る。**秋山**《しゅうざん》　**秋嶺**《しゅうれい》　**秋の峰**《あきのみね》　**山澄む**《やますむ》　**澄む山**《すむやま》　**秋山路**《あきやまじ》　**秋山家**《あきやまが》　**秋の岳**《あきのたけ》　**山の秋**《やまのあき》　〔秋岳ののび極まりてとどまれり　飯田龍太〕

山粧《やまよそお》**ふ**　紅葉・黄葉に彩られた美しい山の形容。**粧**《よそお》**ふ山**《やま》　**山彩**《やまいろど》**る**　**彩**《いろど》**る山**《やま》　**峰粧**《みねよそお》**ふ**　**峡粧**《かいよそお》**ふ**　【春】山笑ふ　【夏】山滴る　【冬】山眠る　〔搾乳《さくにゅう》の朝な夕なを山粧ふ　波多野爽波〕

葉月富士《はづきふじ》　陰暦八月の富士。**秋富士**《あきふじ》　〔さと刷ける帯雲白し葉月富士　吉崎三洞子〕

秋の野《あきのの》　草花が咲き、虫が鳴き、さわやかな風の吹く秋の野。**秋野**《あきの》　**秋郊**《しゅうこう》　**秋の原**《あきのはら》　**野路の秋**《のじのあき》　**野の秋**《ののあき》　【秋】花野　〔秋郊の葛の葉といふ小さき駅　川端茅舎〕

野山の色《のやまのいろ》　秋の草木が紅葉しはじめて野山を彩ること。**野の色**《ののいろ》　**山の色**《やまのいろ》　**野山色づく**《のやまいろづく》　〔大鯉の動きに秋の山のいろ　森澄雄〕

野山の錦《のやまのにしき》　野山が錦のように紅葉・黄葉したさま。**秋の錦**《あきのにしき》　**野の錦**《ののにしき》　**山の錦**《やまのにしき》　**草の錦**《くさのにしき》　**四方の錦**《よものにしき》　**野山の紅**《のやまのくれない》　**時雨の染むる山**《しぐれのそむるやま》　**錦繍の林**《きんしゅうのはやし》　〔眼つむれば今日の錦の野山かな　高浜虚子〕

秋園《しゅうえん》《しうゑん》　秋の草花が咲き、木々は紅葉している公園や庭園。**秋の園**《あきのその》　**秋の苑**《あきのその》　**秋苑**《しゅうえん》　**秋の**《あき》

庭《にわ》 〔秋苑に独りとなれば耳聡き　角田独峰〕

花《はな》畠《ばたけ》 秋の草花を賞でるために庭園などに作った畑。**花壇《かだん》** **花園《はなぞの》** **花圃《かほ》** 夏お花畑 〔花圃に水汲める見てをり手術前　石田波郷〕

花《はな》野《の》 秋のもろもろの草花の咲いた野。**花野風《はなのかぜ》** **夕花野《ゆうはなの》** **花野原《はなのはら》** **花野道《はなのみち》** **花野宿《はなのやど》** **大花野《おおはなの》** **花野人《はなのびと》** **花野晴《はなのばれ》** **花野雨《はなのあめ》** 夏お花畑 秋花畠 〔天渺々《べうべう》笑ひたくなりし花野かな　渡辺水巴〕

秋《あき》の土《つち》 草花を咲かせ、稔りをもたらす秋の土。〔秋の土張り代へし縁に乗りみる人　中村草田男〕

秋《あき》の狩場《かりば》 鷹狩りのための場所。〔宿屋出て秋の狩場を通りけり　松瀬青々〕

秋《あき》の田《た》 稲が成熟して色づいた田をいう。**田《た》の色《いろ》** **秋田《あきた》** **秋田道《あきたみち》** **色《いろ》づく田《た》** 春春の田 夏植田 秋刈田・穭田 〔秋の田の大和を雷の鳴りわたる　下村槐太〕

稲《いな》田《だ》 金色の稲穂の波をたたせている田。**稔田《みのりだ》** **稲熱田《いもちだ》** **早稲田《わせだ》** **晩稲田《おくてだ》** **田色《たいろ》づく** **色《いろ》づく田《た》** **田《た》の色《いろ》** **稲田道《いなだみち》** **稲田人《いなだびと》** **稲田風《いなだかぜ》** **稲田晴《いなだばれ》** **稲田日和《いなだびより》** 〔稲田ゆくまぢかの稲の一つづつ　石川桂郎〕

刈《かり》田《た》 稲を刈り取ったあとの田。**刈田原《かりたはら》** **刈田道《かりたみち》** **刈田面《かりたづら》** **刈田風《かりたかぜ》** **刈田晴《かりたばれ》** **刈田雨《かりたあめ》** **夕刈田《ゆうかりた》** **山刈田《やまかりた》** **刈田雀《かりたすずめ》** **刈田烏《かりたがらす》** **刈田水《かりたみず》** 〔うすうすと刈田の匂ひ日に残り　上村占魚〕

穭《ひつじ》田《だ》《ひつぢだ》 稲を刈りあげたあとの株から新しく萌え出た稲が「ひつじ」で、ひつじの出た田をいう。**稲孫田《ひつじだ》** 〔穭田にゆふべ風吹く塞の神　児玉輝代〕

落《お》し水《みず》《おとしみづ》　田を刈りはじめる前に、畦の一部を切って水を落とすこと。**水落《みずお》とす**　**田水落《たみずお》とす**　**堰外《せきはず》す**　〔暗き夜のなほくらき辺に落し水　木下夕爾〕

秋《あき》の水《みず》《あきのみづ》　秋のころのよく澄みわたった水の総称。**秋水《しゅうすい》**　**秋水走《しゅうすいはし》る**　**秋水鳴《しゅうすいな》る**　**水《みず》の秋《あき》**　[秋]
水澄む　〔十棹とはあらぬ渡しや水の秋　松本たかし〕

水澄《みずす》む《みづすむ》　秋のころのよく澄みわたった水。**澄《す》む水《みず》**　**水澄《みずす》める**　**野川澄《のがわす》む**　**湖澄《うみす》む**　〔水澄みて四方《よも》に関ある甲斐の国　飯田龍太〕

秋《あき》の川《かわ》《あきのかは》　川の水は澄み、岸辺の草木も色づく。**秋川《あきがわ》**　**秋《あき》の河《かわ》**　**秋江《しゅうこう》**　**秋《あき》の江《こう》**　**秋《あき》の瀬《せ》**　**秋《あき》の流《なが》れ**　〔秋川に泳ぎしもののすぐ消えし　中川宋淵〕

秋出水《あきでみず》《あきでみづ》　台風や豪雨により河川の水嵩が増して氾濫し、田や畑に害をおよぼす。台風の高波によるものもある。**洪水《こうずい》**　**秋《あき》の出水《でみず》**　[夏]出水　〔くちなはも流れ着くなり秋出水　中村苑子〕

秋《あき》の池《いけ》　清く澄んだ水の色に秋を感じる池。〔犬も見る夕映しばし秋の池　坂口鉄針〕

秋《あき》の沼《ぬま》　秋空の下に広がる澄んださわやかな沼。〔秋の沼黙《もだ》の極みは石投げて　林　翔〕

秋《あき》の湖《うみ》　秋のさわやかな湖。紅葉した木々や山々が姿を映す。**秋《あき》の湖《みずうみ》**　〔秋の淡海かすみ誰にもたよりせず　森　澄雄〕

秋《あき》の浜《はま》　人影も少なくなった寂しい秋の浜。**秋浜《あきはま》**　**秋浜辺《あきはまべ》**　**秋《あき》の浜辺《はまべ》**　**秋渚《あきなぎさ》**　**秋《あき》の磯《いそ》**　**秋《あき》の浦《うら》**　**浜《はま》の秋《あき》**　**磯《いそ》の秋《あき》**　〔皆で歩し後ひとり歩す秋の浜　三橋鷹女〕

秋《あき》の海《うみ》　さわやかに澄んだ秋の海。秋らしく深い色になる。〔チャップリンの靴が片方秋

の海　磯貝碧蹄館〕

秋《あき》の波《なみ》 夏よりも波は高くなり、波音も清澄な感じになる。**秋濤《しゅうとう》** **秋大濤《あきおおなみ》** **秋白波《あきしらなみ》** **秋《あき》の磯波《いそなみ》** **秋《あき》の浦波《うらなみ》** 〔秋の波たゝみくゝて火の国へ　高浜虚子〕

秋《あき》の潮《しお》《あきのしほ》 秋の潮は、春と同じように干満の差がはなはだしい。**秋《あき》のうしほ** **秋潮《あきしお》** **秋潮《しゅうちょう》** 春春潮 夏夏の潮 冬寒潮 〔秋潮に漂ふものも去りゆきし　中村汀女〕

初潮《はつしお》《はつしほ》 陰暦八月十五日の満月の大潮。**葉月潮《はづきじお》** **望《もち》の潮《しお》** **秋《あき》の大潮《おおしお》** 〔初潮やひそかに鯔《ぼら》の刎《は》ねし音　鈴木真砂女〕

高潮《たかしお》《たかしほ》 台風に伴って潮が高まり、陸上に押し寄せてくる波。**風津浪《かぜつなみ》** **暴雨津波《ぼううつなみ》** 〔高潮ののちの青海舟大工　平畑静塔〕

盆波《ぼんなみ》 盂蘭盆前後に寄せてくる高波。**盆《ぼん》の波《なみ》** **盆荒《ぼんあれ》** 夏土用波 〔盆波にひとりの泳ぎすぐ返す　井沢正江〕

不知火《しらぬい》《しらぬひ》 陰暦八月一日前後の深夜、有明海や八代海沖で、大小無数の火が明滅し、離合する蜃気楼の現象。**龍燈《りゅうとう》** 〔不知火を待つ銀漢の鮮《あざや》かに　渡辺安山〕

行事

重陽《ちょうよう》 陰暦九月九日の節句。九は陽数で、その九の重なることをめでたいとし、重陽《ちょうやう》といった。**重九**《ちょうきゅう》 **重陽の宴**《ちょうようのえん》 **菊の節供**《きくのせつく》 **九日節句**《ここのかせつく》 **菊の日**《きくのひ》 **今日の菊**《きょうのきく》 **菊花宴**《きくかえん》 **菊の宴**《きくのえん》 **菊の節句**《きくのせつく》 〔重陽の風雨に菊を起しけり　安藤橡面坊〕

虫選《むしえらび》 殿上人《てんじょうびと》たちが、嵯峨野《さがの》など京の郊外へ出かけ、鳴く虫を採り、籠に選び入れて宮中に奉ったことをいう。**虫狩**《むしがり》 **虫採**《むしとり》 **虫吹く**《むしふ》 **虫合せ**《むしあわ》 〔啼き絶ゆる虫もあるらん虫合　河東碧梧桐〕

毛見《けみ》 年貢の高を決めるための田の実地検分。**田の検見**《たのけみ》 **検見**《けみ》 **毛見の衆**《けみのしゅう》 **毛見の前**《けみのまえ》 **毛見の日**《けみのひ》 **毛見終る**《けみおわ》 **毛見果**《けみはて》 〔力なく毛見のすみたる田を眺め　高浜虚子〕

終戦記念日《しゅうせんきねんび》 八月十五日。昭和二十年のこの日、太平洋戦争終結の詔勅《しょうちょく》が宣布された。**敗戦日**《はいせんび》 **終戦の日**《しゅうせんのひ》 **終戦日**《しゅうせんび》 **八月十五日**《はちがつじゅうごにち》 **敗戦忌**《はいせんき》 〔終戦日妻子入れむと風呂洗ふ　秋元不死男〕

震災忌《しんさいき》 九月一日。大正十二年（一九二三）のこの日、関東大震災が起き東京府だけでも約七万人の死者を出した。**震災記念日**《しんさいきねんび》 **防災の日**《ぼうさいのひ》 图阪神大震災 〔波の音をりくひゞき震災忌　久保田万太郎〕

敬老の日《けいろうのひ》 九月十五日。昭和二十六年から始まり、昭和四十一年に国民の祝日となった。老人を敬愛し長寿を祝う日。**年寄の日**《としよりのひ》 **老人の日**《ろうじんのひ》 **敬老日**《けいろうび》 **翁**《おきな》**敬ふ**《うやま》 〔老人の日の

〔父昏れてをりしかな　岸田稚魚〕

赤《あか》い羽根《はね》　十月一日から一か月間、社会福祉、厚生保護事業資金運動の募金に協力すると、胸につけてくれる赤い羽根。**愛《あい》の羽根《はね》**　[春]緑の週間　〔赤い羽根つけてどこへも行かぬ母　加倉井秋を〕

体育《たいいく》の日《ひ》　十月十日のある週の月曜日。国民の祝日。昭和三十九年、東京オリンピック開会日を記念して制定。**体育日《たいいくび》**　**体育祭《たいいくさい》**　〔体育の日なり青竹踏むとせむ　草間時彦〕

国民体育大会《こくみんたいいくたいかい》　毎年行われる全国都道府県対抗の体育総会競技大会。**国体《こくたい》**　〔国体の乙女人文字華やかに　渡辺桂子〕

皇后誕生日《こうごうたんじょうび》《くわうごうたんじやうび》　十月二十日。美智子皇后陛下の誕生日。[冬]天皇誕生日　〔落葉松の風や皇后誕生日　大久保白村〕

文化《ぶんか》の日《ひ》《ぶんくわのひ》　十一月三日。自由と平和を愛し、文化をすすめる国民の祝日。明治天皇の誕生日。**明治節《めいじせつ》**　**文化祭《ぶんかさい》**　〔子の尻をていねいに拭き文化の日　小島 健〕

芸術祭《げいじゆつさい》　文化の日を中心に行われる文部省主催の芸術の祭典。[秋]美術の秋　〔蓑虫の空に吹かれて芸術祭　角川春樹〕

硯洗《すずりあらい》《すずりあらひ》　七夕の前夜に、手習いの上達を祈って使っている硯・筆・机などを洗い清めること。**硯洗《すずりあら》ふ**　**机洗《つくえあら》ふ**　**洗硯《せんけん》**　[秋]七夕　[新]初硯　〔硯洗ふ墨あをあをと流れけり　橋本多佳子〕

七夕《たなばた》　陰暦七月七日。またその日の星を祭る行事。**棚機《たなばた》**　**七夕祭《たなばたまつり》**　**星祭《ほしまつり》**　**星祭《ほしまつ》る**　**星祝《ほしいわい》**　**星迎《ほしむかえ》**

星《ほし》の手向《たむけ》　星《ほし》の秋《あき》　星今宵《ほしこよい》　星七草《ほしななくさ》　七夕竹《たなばただけ》　七夕笹《たなばたささ》　七夕棚《たなばただな》　七夕雨《たなばたあめ》　七夕色紙《たなばたしきし》　七夕短冊《たなばたたんざく》〔七夕竹借命《しゃくみょう》の文字隠れなし　石田波郷〕

星《ほし》合《あい》《ほしあひ》　七夕の夜に、牽牛・織女の二星が会うこと。**星逢《ほしあ》ふ夜《よ》　星《ほし》の契《ちぎり》　星《ほし》の恋《こい》　星《ほし》の妹背《いもせ》　星《ほし》の別《わかれ》　別《わか》れ星《ぼし》　星《ほし》の閨《ねや》　星合《ほしあい》の浜《はま》　星合《ほしあい》の空《そら》**〔カクテルの甘くて星の合ふ夜かな　黛まどか〕

二《に》星《せい》　牽牛星と織女星のこと。**二星《じせい》　牛女《ぎゅうじょ》　女夫星《めおとぼし》　燈姫《ともしびひめ》　ともし妻《づま》**〔夕ごころはなやぎ迎ふ二星かな　西島麦南〕

牽《けん》牛《ぎゅう》《けんぎう》　鷲座の首星で、白い光を放つ一等星。織女星の恋人として七夕伝説に名高い。**牛《うし》ひき星《ぼし》　彦星《ひこぼし》　男星《おぼし》　犬飼星《いぬかいぼし》　男七夕《おたなばた》**〔天に牽牛地に女居て糧《かて》を負ふ　竹下しづの女〕

織《しょく》女《じょ》《しよくぢよ》　琴座の首星ヴェガをいう。**織女星《しょくじょせい》　女星《めぼし》　妻星《つまぼし》　星《ほし》の妻《つま》　織姫《おりひめ》　機織姫《はたおりひめ》　棚機津女《たなばたつめ》　女《め》七夕《たなばた》**　[秋]七夕・星合・二星・牽牛・七姫　〔織女星視力弱るを今言はず　殿村菟絲子〕

七《なな》姫《ひめ》　棚機姫《たなばたひめ》の異名七種をいう。傍題の秋去姫《あきさりひめ》以下の七つである。**七夕七姫《たなばたななひめ》　秋去姫《あきさりひめ》　薫姫《たきものひめ》　百子姫《ももこひめ》　糸織姫《いとおりひめ》　朝顔姫《あさがおひめ》　梶《かじ》の葉姫《はひめ》　ささがに姫《ひめ》**　[秋]七夕・星合・二星・織女　〔七姫の光りそめたる梢かな　川村爾童〕

妻迎舟《つまむかえぶね》《つまむかへぶね》　牽牛に会うため織女が天の川を渡る舟のこと。**妻越《つまこ》し舟《ぶね》　妻送《つまおく》り舟《ぶね》　妻呼《つまよ》ぶ舟《ふね》　七種《しちしゆ》の舟《ふね》**〔ちりそめし一葉や星の迎へ舟　飯尾宗祇〕

鵲《かささぎ》の橋《はし》　二星が会う夜、鵲が羽を寄せ並べて天の川の橋となること。**星《ほし》の橋《はし》　行合《ゆきあい》の橋《はし》　寄羽《よりば》**

の橋《はし》　小夜橋《さよはし》　紅葉《もみじ》の橋《はし》　烏鵲《うじゃく》の橋《はし》　〔鵲の橋は石にも成りぬべし　松瀬青々〕

乞巧奠《きこうでん》　七夕の行事。裁縫が上達するよう祈る祭。**きつこうてん**　**乞巧棚**《きつこうだな》　㊎七夕　〔日の入《いり》て空の匂ひや乞巧奠《きかうでん》　椎本才麿〕

願の糸《ねがいのいと》　七夕竹に五色の糸をかけ、願い事を祈ると、三年のうちにかなうという。**願糸**《がんし》　**五色の糸**《ごしきのいと》　〔抱けば子は願の糸《ねがひのいと》にすがりつく　杉山岳陽〕

貸小袖《かしこそで》　棚機津女《たなばたつめ》の織り上げる布の足りないのを悲しんで、衣を貸すという故事から、裁縫が上達するよう小袖などを織女星に手向けること。**星の貸物**《ほしのかしもの》　〔銀燭の更けて露けし貸小袖　伊東松宇〕

梶《かじ》**の葉**《は》　かぢのは　七夕の夜、七枚の梶の葉に歌を書き、星にたむける。**梶**《かじ》**の七葉**《ななは》　**梶葉**《かじのは》**の歌**《うた》　**梶葉**《かじのは》**売**《うり》　〔梶の葉の文字瑞々と書かれけり　橋本多佳子〕

梶《かじ》　**毬**《まり》　かぢまり　七夕の日、京都の飛鳥井・難波の両家が催した蹴鞠《けまり》の会。**梶**《かじ》**の毬**《まり》　**七夕**《たなばた》**の毬**《まり》　**梶**《かじ》**の御毬**《おんまり》　**蹴鞠会**《けまりかい》　〔梶毬や金の菖蒲を画きし袖　山口誓子〕

真菰《まこも》**の馬**《うま》　七夕の飾りの一つ。七月七日に真菰《まこも》で作った馬を祖霊に供える。**たなばた馬**《うま》　**迎馬**《むかえうま》　**草刈馬**《くさかりうま》　㊎茄子の馬　〔ふんばれる真菰の馬の肢《あし》よわし　山口青邨〕

佞武多《ねぶた》　東北地方で陰暦七月七日に行われる燈籠送りの行事。青森市（八月二～七日）、弘前市（八月一～七日、ねぷた）が有名。**ねぷた**　**ねぶた祭**《まつり》　**金魚**《きんぎょ》**ねぶた**　**扇**《おおぎ》**ねぶた**　**ねぶた組**《く》**む**　**ねぶた流**《なが》**す**　**大**《おお》**ねぶた**　**眠**《ねむ》**り流**《なが》**し**　**ねぶた囃子**《ばやし》　**跳人**《はねと》　〔送り絵の美女ばかりなる佞武多かな　増田手古奈〕

竿燈《かんとう》　八月五〜七日、秋田市で行われる眠流し。四十八個または四十六個の提燈を大竹竿に簾状につり、太鼓や笛、囃《はや》しことばに合わせて妙技を競う。〔竿燈の撓《しな》ひ揺げり燈も揺ぐ　久保田月鈴子〕

釜蓋朔日《かまぶたついたち》　陰暦七月一日を、盆の入りとしている土地があり、この日、地獄の釜の蓋《ふた》が開くとされている。〔芋畑にひびくは釜蓋あく音か　滝沢伊代次〕

草市《くさいち》　盆の行事に使われる品々を売る市。「くさ」は種々（くさぐさ）の意。**草の市**《くさのいち》　**盆市**《ぼんいち》　**盆の市**《ぼんのいち》　**手向の市**《たむけのいち》　**荷の葉売**《はすのはうり》　**苧殻売**《おがらうり》　**真菰売**《まこもうり》　**燈籠売**《とうろううり》　**盆太鼓売**《ぼんたいこうり》　〔草市のあとかたもなき月夜かな　渡辺水巴〕

盆支度《ぼんじたく》　盆を迎える準備をすること。仏具磨き、墓場の掃除など。**盆用意**《ぼんようい》　〔盆支度して古町のひそとあり　及川貞〕

七日盆《なぬかぼん》　七月七日を盆行事の始めとして、井戸浚《さら》え・虫払い・墓掃除などをやる。**盆始め**《ぼんはじめ》　**磨き盆**《みがきぼん》　**池替盆**《いけかえぼん》　秋盂蘭盆会　〔草踏んで墓見に来たり七日盆　村上しゅら〕

盆路《ぼんみち》　盆に帰ってくる精霊のため、山から里におりる路をつくること。**精霊路**《しょうりょうみち》　**朔日路**《ついたちみち》　**路刈り**《みちかり》　**刈路作り**《かりみちつくり》　**路薙ぎ**《みちなぎ》　**盆路作る**《ぼんみちつくる》　〔盆路を行く先頭の大薬缶　神蔵器〕

盆花《ぼんばな》　精霊に供える季節の草花のこと。山野で採《と》って来たり、草市で買い求める。**精霊花**《しょうりょうばな》　**花とり日**《はなとりび》　**盆花迎へ**《ぼんばなむかへ》　**盆花売**《ぼんばなうり》　秋盂蘭盆会・盆支度　〔なれゆえにこの世よかりし盆の花　森澄雄〕

苧殻《おがら》　麻の茎の皮をはいで干したもの。精霊棚の敷き物や迎え火・送り火の燃料とす

る。**麻殻《あさがら》　あさぎ　苧殻《おがら》の箸《はし》**〔ひとたばの苧殻のかろさ焚きにけり　轡田　進〕

盆《ぼん》竈《がま》　盆の十四日、屋外に竈《かま》を築き、小豆飯などを炊いて食べる行事。**盆飯《ぼんめし》**　【新】庭竈　〔盆竈に生木くすぶりゐたりけり　棚山波朗〕

盆綱引《ぼんつなひき》　盆にする綱引。年占の一つ。**盆綱《ぼんつな》**　【新】綱引　〔盆綱を編むや浦曲の藁集め　沢木欣一〕

盆休《ぼんやす》み　七月十三～十六日、先祖の霊を祭る盆に農家などが仕事を休むこと。**盆《ぼん》の藪入《やぶいり》**　【秋】後の藪入　【新】藪入　〔長かりし能登の大工の盆休み　大宮広子〕

風《かぜ》の盆《ぼん》　九月一～三日、富山県八尾《やつお》市の盆行事。祖霊を祭る行事と、風害を防ぎ豊作を祈願する風祭とが習合したもの。**おわら祭《まつり》　八尾《やつお》の廻《まわ》り盆《ぼん》**　〔日ぐれ待つ青き山河よ風の盆　大野林火〕

盆《ぼん》の掛乞《かけごい》　昔、盆前に行われた掛け取り。**盆払《ぼんばら》ひ　盆勘定《ぼんかんじょう》　盆節季《ぼんせっき》　盆《ぼん》の掛《かけ》**　【冬】掛乞　〔忘れたる盆勘定に来てくれし　関根晋子〕

中《ちゅう》元《げん》　陰暦七月十五日のこと。世話になった人へ感謝の品を贈る。**お中元《ちゅうげん》　中元贈答《ちゅうげんぞうとう》　盆礼《ぼんれい》　盆《ぼん》の廻礼《かいれい》　盆見舞《ぼんみまい》　盆《ぼん》の贈物《おくりもの》**　【冬】歳暮　〔筆まめの吉宗様へ御中元　小橋久仁〕

刺《さし》鯖《さば》　生身魂《いきみたま》に贈る祝物。鯖を背から開き塩漬けにし、二枚一重ねとした。**差鯖《さしさば》　盆肴《ぼんざかな》**　【秋】生身魂　〔表から来る刺鯖の使ひかな　井上井月〕

後《のち》の藪入《やぶいり》　陰暦七月十六日の藪入。奉公人が休暇をもらって生家に帰ること。正月十六日の藪入に対してのことば。**秋《あき》の藪入《やぶいり》**　【新】藪入　〔藪入や皆見覚えの木槿《むくげ》垣　正岡子規〕

衝突入《つといり》　伊勢の山田地方で陰暦七月十六日、無断で他家に入り、見たいものを見てよいとされた風習。**山田**《やまだ》**のつと入**《いり》　**盆**《ぼん》**のつと入**《いり》　〔衝突入やおのれをかしき足の跡　長谷川零余子〕

八朔《はっさく》**の祝**《いわい》《はつさくのいわひ》　陰暦八月朔日、稲の豊作祈願を行う。**田実**《たのみ》**の節**《せち》　**田面**《たのも》**の節**《せち》　**絵行器**《えぼかい》　**造**《つく》**り雀**《すずめ》　**造**《つく》**り鷺**《さぎ》　[秋]八朔　〔名主先づ謡うて田面祝ひけり　佐々木北涯〕

後《のち》**の二日灸**《ふつかぎゅう》《のちのふつかぎう》　陰暦八月二日に灸をすえること。二月二日の二日灸に対していう。他の日に倍する効きめがあるという。**秋**《あき》**の二日灸**《ふつかやいと》　[春]二日灸　[夏]土用灸　[冬]寒灸　[新]初灸　〔秋に泣くふるき病や二日灸　松瀬青々〕

後《のち》**の出代**《でがわり》《のちのでがはり》　陰暦八月二日、奉公人が交替すること。昔は春の二月二日、秋の八月二日の年二度が、奉公人の交替する時期であった。**秋**《あき》**の出代**《でがわり》　**秋代り**《あきがわり》　[春]出代　〔芒原出代り雨の降りにけり　小林一茶〕

松前帰る《まつまえかえる》《まつまへかへる》　北海道に渡っていた出稼ぎの人が、秋になって内地に帰ってくること。**松**《まつ》**前上る**《まえのぼる》　[春]渡り漁夫　[夏]漁夫帰る　〔松前帰る日の横雲や蝦夷の空　今村露塀〕

馬《うま》**の市**《いち》　農耕馬の糶《せり》市。農業の機械化が進んだ現代ではほとんど行われない。**馬市**《うまいち》　〔馬市や町に峙《そばだ》つ南部富士　田村了咲〕

おくにち　陰暦の九月九日のことで御九日《おくにち》と呼ばれる。九が二つ重なりめでたい日といわれる。十月七〜九日の長崎市諏訪神社、十月二十八日の唐津のおくにちは有名。**おくんち**　**くんち**　〔おくんちや締めてきりきり博多帯　成瀬櫻桃子〕

高《たか》きに登《のぼ》る　重陽の日の行事。茱萸《ぐみ》を入れた袋をもって高い所に登り、その実をうかべた酒をのむと、災厄を祓うとされた。中国の古俗にならった行事。**登高《とうこう》**　秋重陽　〔行く道のままに高きに登りけり　富安風生〕

九日小袖《くにちこそで》　重陽の節句に着用した縹《はなだ》色の小袖。**九日小袖《ここのかこそで》**　新春小袖　〔九日小袖ともわが秋田黄八丈　伊藤さた子〕

後《のち》の雛《ひな》　陰暦九月九日に雛を祭ること。三月三日の雛に対していう。**秋《あき》の雛《ひな》**　**菊雛《きくびな》**　春雛祭　〔後の雛うしろ姿ぞ見られける　泉鏡花〕

十日《とおか》の菊《きく》《とをかのきく》　中国では小重陽といって祝った。ことわざに「六日の菖蒲、十日の菊」といって、間に合わないのを笑うたとえに使っている。**小重陽《こちょうよう》**　**残菊《ざんぎく》の宴《えん》**　**後日《ごにち》の菊《きく》**　秋残菊　〔遊ぶひまありて十日の菊をきる　村松ひろし〕

角《つの》切《きり》　十月ごろ、奈良春日大社で行われる鹿の角切りの行事。**鹿《しか》の角切《つのきり》**　**鹿寄《しかよ》せ**　**春日《かすが》の角《つの》切《きり》**　**鹿釣《しかつり》**　**角《つの》なき鹿《しか》**　春落し角　夏袋角　秋鹿　〔角切会終りてゐたり竹矢来　滝沢伊代次〕

べつたら市《いち》　十月十九、二十日、東京日本橋の稲荷神社の恵比須講の祭。現在は大伝馬町界隈に多くの露店が並ぶ。べったら漬を売る市。**朝漬市《あさづけいち》**　**べたら市《いち》**　冬浅漬　〔べったら市青女房の髪匂ふ　村山古郷〕

美術展覧会《びじゅつてんらんかい》《びじゆつてんらんくわい》　各種の展覧会は、秋に開催されることが多い。**二科展《にかてん》**　**院展《いんてん》**　**日展《にってん》**　秋芸術祭・美術の秋　〔蟷螂の如き裸婦見て二科を出づ　山口青邨〕

美術《びじゅつ》の秋《あき》　秋になると東京上野の美術館などでは、各団体の美術展が始まる。[秋]芸術祭
〔秋は美術の石柱を囲む人ごころ　石原八束〕

休暇明《きゅうかあけ》《きうかあけ》　夏季休暇が終わり、二学期が始まること。**休暇果《きゅうかは》つ**　**休暇終《きゅうかおわ》る**　**二学期《にがっき》**　**新学期《しんがっき》**
〔女教師に縁談二つ休暇明け　角田拾翠〕

運動会《うんどうかい》《うんどうくわい》　秋は学校や、会社、各団体などで運動会が行われる。**秋季運動会《しゅうきうんどうかい》**　**体育祭《たいいくさい》**
〔振れば鳴る紙の旗かな運動会　野村喜舟〕

夜《や》学《がく》　働きつつ夜学ぶこと。夜学校の意にも、夜間の勉強の意にも用いる。**夜学生《やがくせい》**　**夜学子《やがくし》**　**夜学校《やがっこう》**　**夜学《やがく》の灯《ひ》**　**夜学教師《やがくきょうし》**　**夜学人《やがくびと》**　**夜学《やがく》の門《もん》**　〔ややありて遠き夜学の灯も消えぬ　谷野予志〕

衣

秋《あき》の服《ふく》　秋の服装の総称。**秋服《あきふく》**　**秋《あき》の衣《きぬ》**　[春]春服　〔秋服や人の絶信袂より　平畑静塔〕

秋《あき》の帷子《かたびら》　秋になっても暑い日に着る帷子のこと。**秋帷子《あきかたびら》**　[夏]帷子　〔百日忌過ぎてはかなし秋帷子　石本ゆう子〕

後《のち》の更衣《ころもがえ》《のちのころもがへ》　初夏の更衣に対し、秋に行う更衣をいう。袷から綿入れに着替えることをいった。**秋《あき》の更衣《ころもがえ》**　[夏]更衣　〔朝夕の起居や後のころもがへ　細木茂子〕

秋《あき》袷《あわせ》《あきあはせ》　秋冷を覚えて取りだす袷のこと。**秋《あき》の袷《あわせ》**　**後《のち》の袷《あわせ》**　[春]春袷　[夏]袷　〔喪主といふ妻の終《つひ》の座秋袷　岡本眸〕

秋《あき》のセル　秋に用いるセルをいう。**秋《あき》セル**　夏セル　〔川波のほとりにしばし秋のセル　百合山羽公〕

菊《きく》襲《がさね》　宮中や貴人に仕える女房が重陽の日より着用した襲。表が白で裏が蘇枋《すおう》色。〔いくへにもよろこびごとの菊襲　富安風生〕

食

新《しん》酒《しゅ》　その年に収穫された新米で醸造した酒。**今年酒《ことしざけ》**　**早稲酒《わせざけ》**　**新走り《あらばしり》**　**秋造り《あきづくり》**　**利酒《ききざけ》**　**聞酒《もんしゅ》**　**新酒糟《しんしゅかす》**　**新酒樽《しんしゅだる》**　**新酒酌む《しんしゅく》**　**新酒の酔《しんしゅのよい》**　夏煮酒　秋古酒　冬寒造　新年酒　〔人が酔ふ新酒に遠くゐたりけり　加藤楸邨〕

古《こ》酒《しゅ》　新酒に対して、まだ残っている前年の酒をいう。**ふるざけ**　**古酒《こしゅ》の酔《よい》**　**古酒《こしゅ》酌《く》む**　秋新酒　〔古酒の酔泊れといふに帰りけり　星野麦人〕

濁《にごり》酒《ざけ》　清酒に対して糟《かす》をこしていない酒。白く凝《にご》っている。**どぶろく**　**濁酒《だくしゅ》**　**どびろく**　**諸味《もろみ》**　**醪《もろみ》**　**中汲《なかくみ》**　秋新酒　〔濁酒《どぶろく》や酔うて掌《て》をやるぼんのくぼ　石田波郷〕

葡《ぶ》萄《どう》酒《しゆ》醸《かも》す《ぶだうしゆかもす》　熟した葡萄の実から取った汁液を発酵させて醸《かも》す。〔乳房あらはに採りし葡萄を醸すなり　松瀬青々〕

猿《さる》酒《ざけ》　木の空洞や岩窪にたまった木の実が、自然に発酵し酒になったもの。**ましら酒《さけ》**　〔猿酒に一日山を休みけり　嶋田青峰〕

菊《きく》の酒《さけ》　重陽の節句に用いる酒。菊の花びらを酒杯に浮かべ飲む酒。**菊酒《きくざけ》**　**菊花の酒《きくかのさけ》**　〔菊酒

の冷えをうべなふばかりなり　星野麦丘人〕

温め酒《あたためざけ》　重陽の日に酒を温めて飲むと病気にかからないという。また、この日から酒を温めて飲むとよいといわれた。**酒を温める**《さけをあたためる》　**ぬくめ酒**《ざけ》　夏冷酒・煮酒　冬熱燗　〔火美し酒美しやあたためむ　山口青邨〕

新米《しんまい》　その年初めて収穫した米。**今年米**《ことしまい》　**早稲の飯**《わせのめし》　**わさ米**《まい》　**古米**《こまい》　〔新米にまだ草の実の匂ひかな　与謝蕪村〕

新麹《しんこうじ》　今年収穫した米で造った麹。秋新米　〔新麹白さ尊き一トむしろ　古賀渋風〕

焼き米《やきごめ》　新米を籾《もみ》のまま炒り、搗《つ》いて平たくしたもの。**やいごめ**　〔焼米や昔語りの国訛　佐藤英子〕

夜食《やしょく》　夜なべや夜仕事、勉強などの時にとる夜の軽い食事。**夜食食ふ**《やしょくくう》　**夜食とる**《やしょく》　秋夜なべ　〔脇役のかたまってとる夜食かな　角川春樹〕

豇豆飯《ささげめし》　新豇豆をご飯に炊き込んだもの。秋豇豆　〔いつよりの妻の詫び癖豇豆飯　井上光樹〕

零余子飯《むかごめし》　零余子を炊き込んだ飯。**ぬかご飯**《めし》　秋零余子　〔たれかれに供へて熱きぬかご飯　黒田杏子〕

栗飯《くりめし》　栗を炊き込んだ飯。**栗の飯**《くりのめし》　**栗強飯**《くりおこわ》　秋栗　〔栗飯のまつたき栗にめぐりあふ　日野草城〕

松茸飯《まつたけめし》 松茸をうすく切り、炊き込んだ飯。**茸飯**《きのこめし》 秋松茸 〔松茸飯美濃路の別れ明るうす 鍵和田秞子〕

きりたんぽ 秋田県の郷土料理の一つ。新米を固めに炊き、すりつぶし、竹輪状の形にして、炉火で焼いたもの。**たんぽ餅**《もち》 〔とつぷりと窓が昏れゐてきりたんぽ 角田独峰〕

とんぶり 箒草《ほうきぐさ》の実。水につけて保温し、発芽直前のものをいう。長薯《いも》や納豆にまぜたり、酒の肴にしたりする。〔とんぶりを食ふ山旅のコップ酒 皆川盤水〕

橡《とち》**の餅**《もち》 橡の実を粉にし、もち米にまぜて蒸し、餅にしたもの。**橡餅**《とちもち》 **橡団子**《とちだんご》 秋橡の実 〔橡餅を搗く伝来の臼出して 里川水章〕

搗栗作る《かちぐりつく》 栗の実を殻のまま日に干して乾燥させ、臼に搗き、殻と渋皮を除くこと。縁起ものとして珍重された。**打栗作る**《うちぐりつく》 新搗栗飾る 〔搗栗のくちやくちやの皺毛の国の森 澄雄〕

柚餅子《ゆべし》 柚子の汁に味噌、米粉、うどん粉、砂糖などをまぜてこね、柚の実の汁を加え蒸して羊羹のように作った菓子。秋柚子 〔でがらしの古茶こそ柚餅子愛づるかな 石川桂郎〕

柚味噌《ゆみそ》 柚子の汁や皮をすりまぜて酒・砂糖を加えた味噌。または柚子釜にして焼いたもの。**柚子味噌**《ゆずみそ》 **柚子釜**《ゆずがま》 **柚味噌釜**《ゆみそがま》 **柚味噌焼く**《ゆみそや》 **柚味噌なめる**《ゆみそ》 秋柚子 〔咳呆けぬ柚味噌の箸をもちながら 石田波郷〕

焼味噌《やきみそ》 味噌をへらでのばし、炭火で焼いて食べる。春味噌豆煮る 冬味噌搗 〔焼味噌

やふるさとを出ていくとせぞ　牛場施田男〕

干《ほし》　柿《がき》　渋柿の皮をむき日に干すと、白い粉を噴き甘くなる。**吊《つる》し柿《がき》　串柿《くしがき》　甘干《あまぼし》　ころ柿《がき》　白《しろ》柿《がき》　干柿編《ほしがきあ》む　柿干《かきほ》す　柿《かき》すだれ　柿襖《かきぶすま》**　[秋]柿　〔夜空より外しきたり吊し柿　八木林之助〕

柿羊羹《かきようかん》　かきやうかん　柿餡《かきあん》を入れた練羊羹。〔柿羊羹煮る夜や伊吹颪吹く　塩谷鵜平〕

菊《きく》　膾《なます》　食用菊を茹でて酢または三杯酢を加えた膾。[秋]菊　〔菊膾喉もと過ぎてかをりけり　山口草堂〕

鮞《はららご》　鮭の卵巣で紅色透明である。これを塩漬けにしたもの。**はらこ　鮭《さけ》の子《こ》　筋子《すじこ》　すずこ**　〔ほのぼのとはららご飯に炊きこまれ　大野林火〕

土瓶蒸《どびんむ》し　土瓶に松茸を入れ、酒を振って蒸焼きにしたもの。柚子、酸橘《すだち》で風味を添える。〔土瓶蒸し柚したたらす湯気の中　宮路仙花〕

鯷《ひしこ》　漬《づけ》　小型の鯷（かたくち鰯のこと）を塩漬けにしたもの。秋は脂がのって美味。[秋]鯷　〔小鳴門は座に瀬戸ひびく鯷漬　米沢吾亦紅〕

鱁鮧《うるか》　鮎の腸を塩漬けにしたもの。塩辛の一種で独特の苦みと渋みがあり、酒の肴として珍重される。**わたうるか　にがうるか　こうるか**　[夏]鮎　[秋]落鮎　〔腸うるか竜野の美人送り来し　青木月斗〕

氷頭膾《ひずなます》　ひづなます　塩鮭の頭の氷頭《ひず》という軟骨を酢和えにしたもの。[秋]鮭　〔舌に重し雨に番屋の氷頭膾　多田薙石〕

鱲子《からすみ》　鯔《ぼら》・鰤《ぶり》・鰆《さわら》などの卵を胞のまま塩漬けにして、唐墨の形に整え乾燥したもの。〔からすみに枡酒好む能登男　西村公鳳〕

衣《きぬ》　被《かつぎ》　里芋を皮をむかずに丸ごと茹でたもの。衣被《きぬかず》きから転じた。皮をむき塩をつけて食べる。　秋芋　〔今生のいまが幸せ衣被　鈴木真砂女〕

とろろ汁《じる》　自然薯を擂《す》りおろし煮汁でのばしたもの。麦飯とよく合う。**とろろ**　**いも汁《じる》**　**麦《むぎ》とろ**　秋自然薯掘る　〔とろろ汁桂郎の地に隣りをり　吉田鴻司〕

新蕎麦《しんそば》　早刈の蕎麦粉で打った蕎麦。**走り蕎麦《はしそば》**　**初蕎麦《はつそば》**　**秋蕎麦《あきそば》**　秋蕎麦の花　冬蕎麦刈　〔新蕎麦や熊野へつづく吉野山　森川許六〕

新豆腐《しんどうふ》　その年とれた新しい大豆で作った豆腐。　夏冷奴　秋大豆　冬湯豆腐　〔火にかけて水鳴る鍋や新豆腐　原　月舟〕

住

秋の燈《あきのひ》　秋の夜の燈火。澄明の感があり、勉強や読書などに集中できる。**秋燈《あきひ》**　**秋燈《しゅうとう》**　**秋《あき》ともし**　春春燈　秋燈火親しむ《とうくわしたしむ》　〔一つ濃く一つはあはれ秋燈　山口青邨〕

燈火《とうか》親《した》しむ　秋の夜長に燈火の下で読書や団欒をすること。**燈火《とうか》親《した》し**　**燈火《とうか》の秋《あき》**　秋秋の燈・夜長　〔かく秋は灯を低くして親しみぬ　森　澄雄〕

秋《あき》の宿《やど》　旅館や自分の住居・庵・他人の家など。**秋《あき》の家《いえ》**　**秋《あき》の庵《いお》**　**秋《あき》の戸《と》**　〔秋の宿淋しきながら柱有《あり》　松瀬青々〕

秋《あき》の蚊帳《かや》 秋になってもつる蚊帳のこと。**蚊帳《かや》の秋《あき》** **秋蚊帳《あきがや》** **幮《かや》の果《はて》** **幮《かや》の名残《なごり》** **幮《かや》の別《わか》れ** **九月《くがつ》蚊帳《がや》** [夏]蚊帳 〔次の間の燈のさしてゐる秋の蚊帳　大野林火〕

蚊帳《かや》を干《ほ》す 蚊帳をしまう前に干すこと。**幮仕舞《かやしま》ふ** **蚊帳納《かやおさ》め** [夏]蚊帳 〔蚊帳干して貨車過ぎし日をあつめたり　石田波郷〕

秋《あき》扇《おうぎ》《あきあふぎ》 秋になってもまだ使う扇のこと。**秋扇《しゅうせん》** **秋《あき》の扇《おうぎ》** **捨《す》て扇《おうぎ》** **扇置《おうぎお》く** **置《お》く扇《おうぎ》** **忘《わす》れ扇《おうぎ》** **扇《おうぎ》忘《わす》る** **扇仕舞《おうぎしま》ふ** [夏]扇 [冬]冬扇 〔絶筆の秋の扇をひらきけり　鳴瀬芳子〕

秋団扇《あきうちわ》《あきうちは》 秋になってうち捨ててある団扇。**秋《あき》の団扇《うちわ》** **捨《す》て団扇《うちわ》** **団扇置《うちわお》く** **団扇仕舞《うちわしま》ふ** **忘《わす》れ団扇《うちわ》** [春]団扇作る [夏]団扇 〔掃きとりて花屑かろき秋うちは　西島麦南〕

秋《あき》簾《すだれ》 秋になっても日ざしを避けてまだ掛けてある簾。**簾名残《すだれなごり》** **秋《あき》の簾《すだれ》** **簾納《すだれおさ》む** **簾《すだれ》とる** **簾《すだれ》仕舞ふ** **簾《すだれ》はずす** [夏]青簾 〔灯が洩れて秋の簾となりにけり　菖蒲あや〕

秋日《あきひ》傘《がさ》 秋の暑さにさす日傘。**秋《あき》の日傘《ひがさ》** [春]春日傘 [夏]日傘 〔富士五湖の一湖のほとり秋日傘　木内怜子〕

菊《きく》枕《まくら》 菊を干して作った枕。邪気を払い、頭や目をよくするという。**菊《きく》の枕《まくら》** **幽人枕《ゆうじんちん》** 〔年寄りし姉妹となりぬ菊枕　星野立子〕

燈《とう》籠《ろう》 精霊を迎えるために秋草などを描いた提灯《ちょうちん》をつること。切子形に作り、長い白紙をさげたものを切子という。**燈籠《とうろ》** **盆燈籠《ぼんどうろう》** **盆提燈《ぼんぢょうちん》** **高燈籠《たかどうろう》** **揚燈籠《あげどうろう》** **軒燈籠《のきどうろう》** **切子《きりこ》** **白切子《しろきりこ》** **切籠《きりこ》** **墓燈籠《はかどうろう》** **釣燈籠《つりどうろう》** **絵燈籠《えどうろう》** **舟燈籠《ふなどうろう》** **燈籠《とうろう》ともす** **燈籠吊《とうろうつ》る** **昼燈籠《ひるどうろう》** [秋]流燈 〔青空のまだ残りゐる切子かな　岸田稚魚〕

行水名残《ぎょうずいなごり》 ぎやうずいなごり 秋が深まり、行水も終わりとなること。**行水**《ぎょうずい》**の名残**《なごり》 **行水終**《ぎょうずいおわ》**る** **秋行水**《あきぎょうずい》 夏行水〔行水の名残りや月も七日過ぎ　大須賀乙字〕

障子洗《しょうじあら》**ふ** しやうじあらふ 古い障子を貼り替えるために、川や水場で洗うこと。**洗**《あら》**ひ障子**《しょうじ》 冬障子〔みづうみに四五枚洗ふ障子かな　大峯あきら〕

障子貼《しょうじは》**る** しやうじはる 冬の用意に障子を貼り替えること。**障子貼**《しょうじは》**りかへ** **貼**《は》**りかへし障子**《しょうじ》 秋障子洗ふ 冬障子〔障子貼つて月のなき夜のしづかなり　久保田万太郎〕

障子入《しょうじい》**れる** しやうじいれる はずしてあった障子を秋になって入れること。**障子入**《しょうじい》**るる** **秋障子**《あきしょうじ》 冬障子〔夕富士の片裾を入れ秋障子　本土みよ治〕

襖入《ふすまい》**れる** 夏の間はずしておいた襖をたてること。**襖入**《ふすまい》**れ** **襖立**《ふすまた》**て** **襖入**《ふすまい》**るる** **襖立**《ふすまた》**てる** 夏襖はづす 冬襖〔香焚いて香のとゞまる襖入れ　及川　貞〕

葭戸《よしど》**蔵**《しま》**ふ** 夏の間使っていた葭戸をしまうこと。**簀戸**《すど》**しまふ** 夏葭戸〔雨二日三日葭戸を蔵ひけり　小泉迂外〕

簟《たかむしろ》**名残**《なごり》 夏の敷物として愛用した簟も、秋深くなるとしまわれる。夏簟〔山添ひに馴れ簟名残りかな　萩原麦草〕

火《ひ》**恋**《こい》**し** ひこひし 晩秋になり冷えが加わるときに、火が恋しくなる。**炭火**《すみび》**恋**《こい》**し** **炉**《ろ》**火**《び》**恋**《こい》**し** **火**《ひ》**鉢恋**《ばちこい》**し** **炬**《こ》**燵恋**《たつこい》**し**〔旅十日家の恋しく火恋し　勝又一透〕

秋《あき》**の炉**《ろ》 秋に焚く炉。**秋炉**《しゅうろ》 冬炉〔秋の炉をすこしさがりて子をあやす　石原八束〕

風《ふ》**炉**《ろ》**の名**《な》**残**《ごり》 茶の湯では夏の間用いられていた風炉を炉に切り替える。風炉の季節の終わり

にあたって十月ごろ名残の茶会を催す。**風炉《ふろ》名残《なごり》**　**名残《なごり》の茶《ちゃ》**　[夏]風炉茶　[冬]炉開〔小鳥来るこゑのいろいろ風炉名残　森　澄雄〕

冬支度《ふゆじたく》　冬に対するさまざまな支度のこと。**冬用意《ふゆようい》**〔この冬をここに越すべき冬支度　富安風生〕

松手入《まつていれ》　松の木は九、十月ごろ新葉が伸びてくるので、古葉を刈り取り、形を整える。**松《まつ》の手入《ていれ》**　[春]緑摘む〔松手入せし家あらむ闇にほふ　中村草田男〕

庭木《にわき》刈《か》る　にはきかる　夏の間に伸びきった庭木にはさみを入れて刈り整える。**秋手入《あきてい》れ**　[夏]木の枝払ふ〔庭木刈つてみゆる東京タワーの灯　久保田万太郎〕

農耕狩猟

秋耕《しゅうこう》　しうかう　秋の収穫が終わった畑や稲を刈った後の田を鋤《す》き起こすこと。**秋《あき》の耕《たがや》し**　[春]耕し　[冬]冬耕〔秋耕の終りの鋤は土撫づる　能村登四郎〕

八月大名《はちがつだいみょう》　はちぐわつだいみやう　陰暦二月と八月は農閑期。この時期ご馳走をたくさん食べられるところから八月大名といわれた。〔干草を終へて八月大名かな　有馬草秋〕

添水《そうず》　そふづ　鳥獣を追うために、水を利用して竹筒で石に当て音を立てる仕掛け。**僧都《そうず》**　**ぱったんこ**　**添水《そうず》鳴《な》る**　**添水《そうず》聞《き》く**　[秋]案山子・鳴子〔添水鳴ると気のつきしより添水鳴る　西山　誠〕

案山子《かがし》　田畑の農作物を鳥獣の害から避けるために、竹や藁などで作った人形。**かかし**　**捨案《すてか》**

山子《がし》　遠案山子《とおかがし》　破案山子《やぶれかがし》　案山子《かがし》立《た》つ　案山子《かがし》翁《おう》　[春]種案山子　〔案山子立つれば群雀空にしづまらず　飯田蛇笏〕

鳴子《なるこ》　鳥威しの一種で、引板を使ったもの。　鳴竿《なるさお》　鳴子《なるこ》縄《なわ》　鳴子《なるこ》綱《づな》　鳴子《なるこ》守《もり》　鳴子《なるこ》引《ひ》き　鳴子《なるこ》番《ばん》　鳴子《なるこ》鳴《な》る　引板《ひきいた》　鳴子《なるこ》田《た》　夕鳴子《ゆうなるこ》　[秋]案山子・鳥威　〔引かで鳴る夜の鳴子の淋しさよ　夏目漱石〕

鳥《とり》威《おどし》　穀物を荒らす鳥を防ぐさまざまな仕掛けのこと。威し銃は威嚇のための空砲を打つこと。　威《おど》し銃《づつ》　威銃《おどしづつ》打《う》つ　[秋]案山子　〔威し銃最後の威し滲みとほる　宮里流史〕

田《た》守《もり》　鳥獣に田を荒らされぬように番をすること。または、その人。　田《た》守《も》る　小田守《おだもり》　山田《やまだ》守《も》る　稲番《いねばん》　田番小屋《たばんごや》　稲小屋《いねごや》　田《た》の庵《いお》　〔夕映の峡に小田守る翁かな　逸見紀山〕

鹿火屋《かびや》　田畑を荒らす鹿や猪の害を防ぐため火を焚く小屋。　鹿小屋《ししごや》　鹿火屋守《かびやもり》　鹿火《かび》　〔淋しさにまた銅鑼打つや鹿火屋守　原石鼎〕

鹿《しし》垣《がき》　鹿や猪の害を防ぐ垣。馬の尾を焼いて田に立てておくと、悪臭によって獣が近づかないという。これを焼帛という。　猪垣《ししがき》　猪垣《いがき》　猪垣結《いがきゆ》ふ　猪番《ししばん》　焼帛《やきしめ》　〔鹿垣の門鎖《とざ》しゐる男かな　原石鼎〕

稲《いね》刈《かり》　稔った稲を刈り取ること。　稲刈《いねか》る　田刈《たかり》　小田刈《おだかり》　夜田刈《よだかり》　夜刈《よがり》　陸稲刈《おかぼかり》　早稲刈《わせかり》　中稲《なかて》刈《かり》　晩稲刈《おくてかり》　稲束《いねたば》　稲舟《いなぶね》　稲車《いなぐるま》　稲《いね》を積《つ》む　稲束《いねたば》ぬ　[秋]刈田　〔昨夜《よべ》の雨峡田《かひた》は半ば刈られをり　村上しゅら〕

稲干《いねほ》す　刈り取った稲を稲扱《こ》きのために干すこと。　稲《いね》を干《ほ》す　刈干《かりぼし》　干稲《ほしいね》　掛稲《かけいね》　稲掛《いねかけ》　〔稲掛

けて人の如くに松立てり　星野立子〕

稲架《はざ》　刈り取った稲束を乾燥させるため横木に掛けて干す。畦木に棒を渡したり、竹竿や丸太を組んで作る。**はさ　稲架《とうか》　稲木《いなぎ》　稲塚《いなづか》　稲堆《いなにお》　稲城《いなぎ》　稲架組《はざく》む　田母木《たもぎ》　稲棒《ぼっち》　高稲架《たかはざ》　稲架襖《はざふすま》　稲架解《はざと》く　空稲架《からはざ》　稲架明《はざあか》り**　〔群稲棒《むれぼっち》一揆のごとく雨に佇《た》つ　角川源義〕

鎌祝《かまいわい》　《かまいわひ》稲の刈り上げの祝い。**鎌納《かまおさ》め　鎌《かま》あげ　刈上《かりあ》げ**　［冬］箕祭　［新］鍬初　〔最上川ことに晴れをり鎌祝ひ　新海一枝〕

稲扱《いねこき》　干した稲から籾《もみ》を扱《こ》きとること。**稲打《いねうち》　脱穀《だっこく》　稲《いね》を扱《こ》く　稲扱筵《いねこきむしろ》　稲扱機《いねこきき》　稲埃《いなほこり》**　〔稲こきて藁となりたる軽さ投ぐ　吉野義子〕

籾《もみ》　稲の穂から扱き落としたままの、まだ脱穀してない米。**籾干《もみほ》す　籾筵《もみむしろ》　籾殻焼《もみがらや》く　干《ほし》籾《もみ》　籾山《もみやま》　稲滓火《いなしび》**　〔稲滓火の関東平野雪もよひ　角川春樹〕

籾摺《もみすり》　籾を摺《す》って玄米にする作業。**籾磨《もみすり》　籾《もみ》を摺《す》る　籾摺臼《もみすりうす》　籾臼《もみうす》　籾引《もみひき》　臼挽《うすひき》　籾摺歌《もみすりうた》　籾殻《もみがら》**　〔籾すりの月になるまで音すなり　河東碧梧桐〕

夜庭《よにわ》　《よには》夜、土間で籾を摺ること。農家の土間を庭という。**朝庭《あさにわ》　大庭《おおにわ》　小庭《こにわ》　庭揚《にわあ》げ**　〔水飲んで夜庭に戻る男かな　戸川稲村〕

秋収め《あきおさめ》　《あきをさめ》秋の収穫の終わったあとの祝いの飲食のこと。**秋揚《あきあ》げ　秋《あき》仕舞ひ　田仕舞《たじま》ひ　秋《あき》忘《わすれ》**　〔門庭の賑はふ月夜秋をさめ　青木月斗〕

豊年《ほうねん》　五穀、とくに稲のよくできた秋をいう。**出来秋《できあき》　豊《とよ》の秋《あき》　豊作《ほうさく》**　［秋］凶作　〔豊年や汽車の火の粉の美しき　沢木欣一〕

凶作《きょうさく》　冷害や病虫害などで、稲のできが悪かった年をいう。**不作**《ふさく》　**凶年**《きょうねん》　**不作田**《ふさくだ》　**凶作田**《きょうさくだ》　秋豊年　〔草のごと凶作の稲つかみ刈る　山口青邨〕

新藁《しんわら》　今年収穫した稲の新しい藁。新年用の注連飾りを作ったり、縄・筵なども作った。**今年藁**《ことしわら》　冬藁仕事　新福藁　〔新藁や永劫太き納屋の梁《はり》　芝不器男〕

藁塚《わらづか》　稲扱きのすんだ藁を刈田の空地などに積みあげたもの。**藁**《わら》**にほ**　**藁塚**《にお》　**藁**《わら》**ぐろ**　**藁**《わら》**こづみ**　〔藁塚が濡れしままにて夜に入る　鈴木六林男〕

夜《よ》**なべ**　秋の夜長にいつまでも起きて仕事をすること。**夜業**《やぎょう》　**夜仕事**《よしごと》　**夜業**《やぎょう》**の灯**《ひ》　**夜**《よ》**なべ妻**《づま》　**深**《しん》**夜業**《やぎょう》　**夜業帽**《やぎょうぼう》　**夜業**《やぎょう》**の炉**《ろ》　**夜業終**《やぎょうおわ》**る**　**夜業果**《やぎょうは》**つ**　秋夜食　〔お六櫛《ろくぐし》つくる夜なべや月もよく　山口青邨〕

俵編《たわらあみ》《たはらあみ》　新籾や新米を入れるため、新藁を使って俵を編むこと。**俵編**《たわらあ》**む**　**米俵編**《こめだわらあ》**む**　**炭俵**《すみだわら》**編**《あ》**む**　秋新藁　〔月を見てまた坐りたる俵編み　伊藤四郎〕

砧《きぬた》　布を柔らかくし艶を出すため、木や石の板にのせて槌《つち》で打つこと。この布を打つ道具が砧。**砧打**《きぬたう》**つ**　**衣打**《ころもう》**つ**　**遠砧**《とおきぬた》　**宵砧**《よいきぬた》　**昼砧**《ひるきぬた》　**夕砧**《ゆうきぬた》　**小夜砧**《さよきぬた》　**藁砧**《わらきぬた》　**砧**《きぬた》**の音**《おと》　**砧盤**《きぬたばん》　**砧槌**《きぬたづち》　**葛**《くず》**砧**《きぬた》　**紙砧**《かみきぬた》　**砧女**《きぬため》　〔昼砧ゆかしかりける浄瑠璃寺　中村三山〕

渋取《しぶとり》　柿の渋を取ること。蔕《へた》を取って石臼で搗《つ》き、新渋を取る。**渋取**《しぶと》**る**　**渋搗**《しぶつ》**く**　**渋桶**《しぶおけ》　**柿**《かき》**搗歌**《つきうた》　**渋糟**《しぶかす》　〔渋搗の渋がはねたる柱かな　橋本鶏二〕

新渋《しんしぶ》　今年取った渋をいう。最初に取ったものを一番渋と呼ぶ。防水・防腐用として用いられた。**今年渋**《ことししぶ》　**生渋**《きしぶ》　**一番渋**《いちばんしぶ》　**二番渋**《にばんしぶ》　〔新渋の一壺ゆたかに山廬かな　飯田蛇笏〕

若煙草《わかたばこ》　その年の秋採集された新煙草のこと。採取した葉を屋内に懸《か》けて乾燥させる。**今年**《ことし》**煙草**《たばこ》　**新煙草**《しんたばこ》　**煙草干**《たばこほ》**す**　**懸煙草**《かけたばこ》　**干煙草**《ほしたばこ》　㊙煙草の花　〔家じゅうに懸煙草して嫁若し　森田　峠〕

櫨《はぜ》**ちぎり**　紅葉が終わると、櫨の実採りの仕事が始まる。これを櫨ちぎりという。**櫨採**《はぜとり》　**櫨買**《はぜかい》　〔櫨ちぎる梯子の下に落ちゆく日　属朔夏〕

竹伐《たけき》**る**　竹は九～十月ごろに伐るのがよいといわれている。㊎竹の秋　㊍鞍馬の竹伐・竹植う　㊙竹の春　〔竹伐つて横たふ青さあらたまり　皆吉爽雨〕

綿《わた》**取**《とり》　棉の実を摘み取る作業。**綿取**《わたと》**る**　**綿摘**《わたつ》**む**　**綿干**《わたほ》**す**　**綿繰**《わたくり》　**綿打**《わたうち》　**綿弓**《わたゆみ》　**綿初穂**《わたはつほ》　㊍棉の花・棉蒔　㊙棉吹く　㊌綿　〔棉摘むと人びと漂ひはじめけり　熊谷愛子〕

新《しん》**綿**《わた》　今年綿から取った綿。**新綿**《にいわた》　**今年綿**《ことしわた》　㊍新真綿　㊌綿　〔新綿を見てゐて疲れ濃くなりぬ　加藤楸邨〕

新《しん》**絹**《ぎぬ》　その年新たにとった生糸で織った絹。**今年絹**《ことしぎぬ》　**新機**《しんはた》　〔織り上げて藍さやかなり今年絹　古賀まり子〕

糸瓜《へちま》**の水取**《みずと》**る**《へちまのみづとる》　陰暦の名月の夜に取った糸瓜の水は、痰を切る妙薬といわれた。**糸瓜引**《へちまひ》**く**　**糸瓜**《へちま》**の水**《みず》　㊙糸瓜　〔痰一斗糸瓜の水も間に合はず　正岡子規〕

種《たね》**採**《とり》　春に蒔く草花の種を採ること。**種採**《たねと》**る**　**種子収**《たねおさ》**む**　〔手のひらにもんで吹きつつ種を採る　福本鯨洋〕

秋《あき》**蒔**《まき》　秋蒔いた野菜は次の年の春から初夏にかけて収穫期を迎える。**秋蒔野菜**《あきまきやさい》　㊙菜種蒔

く・大根蒔く　〔雁木ふかく暗き秋蒔種もの屋　篠田悌二郎〕

蚕豆植う《そらまめうう》　九月から十月にかけて種を蒔く。　春蚕豆の花　夏蚕豆　〔土塊《つちくれ》の翳《かげ》ふかき朝を空豆蒔く　一之瀬王路〕

豌豆植う《えんどううう》《ゑんどううう》　十月中旬、おそくとも十月二十五日までには種を蒔く。六、七日で発芽する。　春豌豆の花　夏豌豆　〔農閑と云ふも束の間豌豆蒔く　小島静居〕

菜種蒔く《なたねま》　九月から十月にかけて種を蒔く。　春菜の花　〔うしろから山風来るや菜種蒔く　岡本癖三酔〕

芥菜蒔く《からしなま》　九月中旬が播種《はしゅ》の適期。　春芥菜　〔芥菜を蒔いてひるから喪に行けり　武富青火〕

大根蒔く《だいこんま》　八月中旬から九月の上旬に蒔く。**大根蒔く**《だいこま》　春大根の花　冬大根・大根引　〔大根蒔く短かき影をそばに置き　加倉井秋を〕

罌粟蒔く《けしま》　九月から十月、肥えた日当たりのよい場所を選んで蒔く。**芥子蒔く**《けしま》　夏罌粟の花・罌粟坊主　〔芥子蒔くや風に乾きし洗ひ髪　杉田久女〕

紫雲英蒔く《げんげま》　地域によって遅速はあるが、九月から十月が播期。　春紫雲英・げんげ田　〔ひかり蒔くごと父祖の田に紫雲英蒔く　塘　柊風〕

牡丹根分《ぼたんねわけ》　牡丹は秋の彼岸前後に根分、または接木を行う。**牡丹接木**《ぼたんつぎき》　**牡丹植う**《ぼたんう》　春牡丹の芽　夏牡丹　冬寒牡丹・牡丹焚火　〔牡丹根分けして淋しうなりし二本かな　村上鬼城〕

芍薬根分《しゃくやくねわけ》　秋の彼岸のころ株分けする。　夏芍薬　〔僧が僧訪ひ来芍薬根分の日　荒井左人〕

苺根分《いちごねわけ》 九月ごろ古い株を数株に分けて、苗として定植する。 春苺の花 夏苺・蛇苺
〔苺根分すみたる畑に富士遠し 梶原芳心子〕

葛掘る《くずほ》 晩秋、山野に生える葛根を掘り葛粉を取る。葛根湯《かっこんとう》も古来風邪薬として知られている。 **葛根掘る《くずねほ》** 秋葛の花 〔葛根掘る隠国《こもりく》に雲こもるかな 松崎鉄之介〕

薬掘る《くすりほ》 秋に薬草の根を掘ること。くらら・せんぶり・りんどう・ききょうなどが対象。 **薬採る《くすりと》** **薬草掘る《やくそうほ》** **苦参引く《くららひ》** **千振引く《せんぶりひ》** **茜掘る《あかねほ》** 夏薬狩 〔萱原の日にうづもれて薬掘る 木村蕪城〕

自然薯掘る《じねんじょほ》 山野に自生、とろろ汁にして喜ばれる。 **薯蕷掘る《やまのいもほ》** 〔狐ききをり自然薯掘りのひとり言 森 澄雄〕

豆引く《まめひ》 秋に実った豆を収穫すること。 **大豆引く《だいずひ》** **小豆引く《あずきひ》** **豇豆引く《ささげひ》** 春豆の花 夏豆植う
〔豆引くやむなしく青き峡の空 相馬遷子〕

牛蒡引く《ごぼうひ》 十月ごろに収穫する。鉄棒を土中に刺し、周りの土をやわらげて引き抜く。 **牛蒡掘る《ごぼうほ》** **牛蒡抜く《ごぼうぬ》** 春牛蒡蒔く 夏牛蒡の花 〔相模野に雲厚き日や牛蒡引く《ごぼうひく》 佐野美智〕

胡麻刈《ごまかり》 初秋から仲秋にかけて、熟した胡麻の実を刈って干し、叩いて種をとる。 **胡麻刈る《ごまか》** **胡麻を干す《ごまほ》** **胡麻叩き《ごまたた》** **胡麻打つ《ごまう》** **胡麻殻《ごまがら》** 夏胡麻の花 秋胡麻 〔胡麻刈るやしばらく土の朝日影 飯田蛇笏〕

粟刈《あわかり》《あはかり》 九月から十月に収穫。稲の渡来以前の主食。 **粟刈る《あわか》** **粟引く《あわひ》** **粟干す《あわほ》** **粟筵《あわむしろ》** **粟蒔《あわまき》**

秋栗〔栗干して山辺の家は日を迎ふ　臼田亜浪〕

萩刈《はぎかり》　翌年の発芽をよくするために、株の根元から刈りとる。**萩刈《はぎか》る**　春萩根分　夏青萩　秋萩〔萩刈つて土のあらはに白毫寺　伊藤敬子〕

菱取《ひしとり》　菱の実を摘み取ること。実は茹でて食用にする。**菱取《ひしと》る**　**菱《ひし》の実取《みと》る**　**菱採《ひしとり》**　**菱取船《ひしとりぶね》**　**菱船《ひしぶね》**　夏菱の花　秋菱の実〔菱採りのはなるゝひとり雨の中　飯田蛇笏〕

木賊刈《とくさかり》　茎の充実した秋に刈る。刈った茎は塩湯で煮て干して、木材や器物をみがくのに使う。**木賊刈《とくさか》る**　**砥草刈《とくさか》る**　秋木賊〔木賊刈大日輪の申し子ぞ　平畑静塔〕

萱刈《かやかり》　黄色に成熟したころに刈り取る。よく乾燥して屋根葺《やねふ》きなどに使う。**萱刈《かやか》る**　**萱《かや》の軒端《のきば》**　**萱《かや》を負《お》ふ**　秋萱　冬枯萱〔萱刈のここにも山を深めゐし　栗生純夫〕

蘆刈《あしかり》　晩秋、水辺の蘆の枯れるころ刈り取る。屋根を葺《ふ》いたり、葭簀《よしず》の材料にした。**葦刈《あしかり》**　**芦刈《あしかり》**　**蘆《あし》を刈《か》る**　**刈葦《かりあし》**　**蘆舟《あしぶね》**　**蘆刈舟《あしかりぶね》**　春蘆の角　夏青蘆　秋蘆の花　冬枯蘆〔葦刈りしあとの西方明りかな　木内彰志〕

蘆火《あしび》　蘆刈りの人が、芦で焚火《たきび》をしながらぬれた体を乾かしたり、暖をとったりする。また枯蘆原を焼く火をいうこともある。**葦火《あしび》**　**夕蘆火《ゆうあしび》**　**蘆火守《あしびも》る**　**蘆火燃《あしびも》ゆ**〔美しき蘆火一つや暮の原　阿波野青畝〕

草泊《くさどまり》　草原などで仮小屋に泊り込みで行う草刈り。**草山《くさやま》**　夏草刈〔くれなゐの星を真近に草泊　野見山朱鳥〕

桑括《くわくく》る《くはくくる》　冬の風雪から桑の枝を守るため藁または縄で括《くく》ること。**桑《くわ》を結《ゆ》ふ**　**桑結《くわむす》ぶ**　くく

り桑《くわ》 [春]桑解く 〔山風ののこす日向に桑括る 橋本鶏二〕

蔓《つる》たぐり 収穫のとまった瓜や豆類などの枯蔓を切り取ること。**蔓切《つるきり》** **蔓引《つるひき》** 〔糠雨となるつめたさの蔓たぐり 熊澤やすを〕

牧閉《まきとざ》す 放牧していた牛馬を、十月ごろに、牧舎に入れたり、預け主に引き渡し、牧を閉鎖すること。**牧《まき》を閉《と》ぢる** **牧帰《まきがえ》り** **馬下《うまさげ》** **牛下《うしさげ》** [春]牧開・厩出し 〔一人寝の蒲団たゝみて牧閉す 森田 峠〕

魞解《えりと》く 晩秋から冬にかけて魞漁が少なくなるので取り払ってしまう。**魞《えり》を解《と》く** **魞解舟《えりときぶね》** [春]魞挿す [冬]魞簀編む 〔魞解くや湖北連山すでに雪 山本愁星子〕

秋繭《あきまゆ》 秋蚕のつくる繭。春・夏蚕に比べ、収量が少なく品質も劣る。**秋《あき》の繭《まゆ》** [夏]繭 〔秋の繭ことりと影の生れけり 永方裕子〕

初猟《はつりょう》 はつれふ 銃猟解禁日の十一月十五日（北海道は十月一日）に猟に出かけること。**銃猟《じゅうりょう》はじまる** **銃猟期《じゅうりょうき》となる** **猟期来《りょうきく》る** [春]猟期終る [冬]狩 〔初猟の雉子うち返し見せくれし後藤夜半〕

鷹打《たかうち》 鷹狩に用いる鷹をいけどること。**鷹打所《たかうちどころ》** **鷹網《たかあみ》** [秋]荒鷹 [冬]鷹・鷹狩 〔鷹網や囮鶉のひそみ音に 臼田亜浪〕

小鷹狩《こたかがり》 小鷹を使って行う狩。**初鷹狩《はつたかがり》** **初鷹《はつたか》** **初鷹野《はつたかの》** **小鷹野《こたかの》** **初鳥狩《はつとがり》** 〔めし焚いてくれよと這入る小たか狩り 与謝蕪村〕

小鳥狩《ことりがり》 秋に群れをなして渡って来る小鳥を捕らえるために設ける網。現在は禁止されてい

る。小鳥網《ことりあみ》　霞網《かすみあみ》　かすみ　鳥屋師《とやし》　鳥屋《とや》　待網掛《まちあかけ》　網掛《あかけ》　鳥屋場《とやば》　鳥屋道《とやみち》　ひるてん　〔御嶽《おんたけ》の雪バラ色に鳥屋夜明　山口青邨〕

囮《おとり》

《をとり》小鳥を捕らえるとき、その姿や声で仲間をおびき寄せるために用いる鳥のこと。**囮番**《おとりばん》　**囮守**《おとりもり》　**囮籠**《おとりかご》　**囮鳴**《おとりな》**く**　**囮掛**《おとりかけ》　**囮掛**《おとりか》**ける**　〔うつくしき鶲《ひは》も囮よ鳴いてゐる　山口青邨〕

高《たか》**擌**《はご》

擌とは鳥黐《とりもち》を使って鳥を捕る方法の総称。現在は禁止されている。**高羽籠**《たかはご》　**はご**　〔高擌に傷めし尾羽をぬぐひやる　宮岡計次〕

鳩《はと》**吹**《ふき》

両手を合わせて指を組み息を吹きこみ、鳩に似た音を出すこと。もともとは山鳩を捕らえるとき用いたもの。**鳩吹**《はとふ》**く**　**鳩吹**《はとふ》**き**　**鳩笛**《はとぶえ》　㊙鳩吹く風　〔鳩吹や雨となりつゝ遠ざかる　篠原温亭〕

鹿《しし》**狩**《がり》

田畑を鹿が荒したりするので鹿狩をする。**鹿狩**《しかがり》　**鹿笛**《ししぶえ》　**鹿笛**《しかぶえ》　㊙鹿　㊇猪狩　〔鹿笛の一つは谷へ下るらし　大谷繞石〕

下《くだ》**り簗**《やな》

産卵後、川を下る落鮎などの魚をとるためにつくられる簗。**秋**《あき》**の簗**《やな》　㊑上り簗　㊐魚簗　〔下り簗走り過ぎゆく山の雨　椎橋清翠〕

崩《くず》**れ簗**《やな》

漁期を過ぎて不要になった簗が、崩れたまま放置されているさま。**ほつれ簗**《やな》　**簗崩**《くづれやな》　**簗崩**《やなくず》**る**　㊑上り簗　㊐魚簗　〔草の根の生きてかかりぬ崩れ簗　後藤夜半〕

網《あ》**代打**《じろうち》

川瀬に竹や木を編んで網のように立てる仕掛けを網代といい、その杭を川瀬に打ちこむこと。**網代木打**《あじろぎう》**つ**　**網代打**《あじろう》**つ**　㊇網代　〔夜嵐に蓑はゞたくや網代打　高田蝶衣〕

鮭《さけ》打《うち》 晩秋、産卵に川を上ってくる鮭を簗、竿などで打って捕らえる漁法。**鮭打《さけう》つ** **鮭密漁《さけみつりょう》** **鮭網《さけあみ》** **鮭小屋《さけごや》** **鮭漁《さけあさ》る** **鮭《さけ》を突《つ》く** **鮭番屋《さけばんや》** **手負鮭《ておいざけ》** 【秋】鮭 〔密漁の鮭あをあをと打たれけり　村上しゅら〕

鯊《はぜ》釣《つり》 秋の彼岸ごろから釣人が押しかけ、最盛期に入る。**鯊《はぜ》を釣《つ》る** **鯊舟《はぜぶね》** **鯊《はぜ》の竿《さお》** **子持鯊《こもちはぜ》** 【秋】鯊 〔鯊釣や不二暮れそめて手を洗ふ　水原秋櫻子〕

鰯引《いわしひ》く 鰯の漁獲法の一つ。この場合は地引網《じびきあみ》を指す。**鰯網《いわしあみ》** **鰯船《いわしぶね》** **小鰯引《こいわしひ》く** **鰯汲《いわしく》む** 【秋】鰯 〔鰯ひく親船子船夕やけぬ　石田波郷〕

根《ね》釣《づり》 晩秋の季節、岩礁に集まる魚を釣ること。**岸釣《きしづり》** **根魚釣《ねうおづり》** **根釣人《ねづりびと》** 【夏】夜釣 【冬】寒釣 〔月の出の根釣の一人かへるなり　波多野爽波〕

鰻《うなぎ》簗《やな》 秋の生殖期には落鰻となって川を下る。簗をかけてこれをとる。【夏】鰻 【秋】落鰻・下り簗 〔鰻簗出水の人の声高に　佐久間法師〕

烏賊《いか》干《ほ》す するめにする烏賊は秋が最盛期。秋の日を浴び、烏賊がすき間なく並び干されるさま。**烏賊洗《いかあらい》** **烏賊裂《いかさき》** **烏賊襖《いかぶすま》** **塩烏賊《しおいか》** 【夏】烏賊 〔干烏賊に島の日照雨《そばへ》のいくたびも　清崎敏郎〕

海苔《のり》篊《ひび》挿《さ》す 浅い海中に海苔篊を立てること。枝つきの竹を海苔場に植えつけ粗朶《そだ》をからませ、海苔の胞子をつける。**海苔粗朶挿《のりそださ》す** 【春】海苔・海苔掻 〔青海のさざ波に挿す海苔の篊　倉本枝雲〕

遊　楽

踊《おどり》《をどり》　盆踊のこと。**盆踊**《ぼんおどり》　**盆踊歌**《ぼんおどりうた》　**踊子**《おどりこ》　**踊り女**《おどめ》　**踊場**《おどりば》　**踊浴衣**《おどりゆかた》　**踊笠**《おどりがさ》　**踊太鼓**《おどりだいこ》　**踊見**《おどりみ》　**踊**《おどり》**人**《びと》　**踊の夜**《おどりのよ》　**踊り髪**《おどりがみ》　**踊唄**《おどりうた》　**踊の輪**《おどりのわ》　**伊勢踊**《いせおどり》　**おけさ踊**《おどり》　**さんさ踊**《おどり》　**豊年踊**《ほうねんおどり》　**木曾踊**《きそおどり》　**小町踊**《こまちおどり》　**阿波踊**《あわおどり》　**踊笛**《おどりぶえ》　**踊櫓**《おどりやぐら》
〔づかづかと来て踊子にささやける　高野素十〕

おんごく　江戸時代、少女たちが盆歌を唱えながら列をなして歩いた。〔おんごくや堀江に多き隠り露地　本田一杉〕

相撲《すもう》《すまふ》　本来は神事と関係の深いもので、宮廷では初秋の行事だった。**相撲節会**《すまいのせちえ》　**宮相撲**《みやずもう》　**辻相撲**《つじずもう》　**相撲取**《すもうとり》　**勝相撲**《かちずもう》　**負相撲**《まけずもう》　**夜相撲**《よずもう》　**土俵**《どひょう》　**角力**《すもう》　**すまひ**　〔相撲取おとがひ長く老いにけり　村上鬼城〕

草相撲《くさずもう》《くさずまふ》　神社その他の祭礼で行われる宮相撲・辻相撲などの素人相撲。〔脱すてゝ角力になりぬ草の上　炭 太祇〕

秋場所《あきばしょ》　九月に東京・両国の国技館で催される大相撲本場所。**九月場所**《くがつばしょ》　㊤春場所（三月）　㊐夏場所（五月）・名古屋場所（七月）　㊇九州場所（十一月）　㊊初場所（一月）〔秋場所や退かぬ暑さの人いきれ　久保田万太郎〕

地芝居《じしばい》《ぢしばゐ》　秋の収穫のあとの秋祭などに土地の人たちが演じる素人芝居。**地狂言**《じきょうげん》　**村芝居**《むらしばい》　**地歌舞伎**《じかぶき》　〔地芝居のお軽に用や楽屋口　富安風生〕

盆狂言《ぼんきょうげん》《ぼんきやうげん》　盆を中心に各劇場で上演される芝居。水狂言や怪談ものが多い。**盆芝居**《ぼんしばい》　**盆**《ぼん》

替《がわ》り　夏 夏芝居〔遠空を染むる花火や盆芝居　水原秋櫻子〕

名残《なごり》狂言《きょうげん》　一年間の終わりの興行のこと。江戸時代には九月狂言で歌舞伎の興行が終了した。《なごりきやうげん》九月《くがつ》狂言《きょうげん》　九月芝居《くがつしばい》　秋狂言《あききょうげん》　名残《なごり》の狂言《きょうげん》　秋《あき》の芝居《しばい》〔秋芝居妻をともなひ来たりけり　山本慎太〕

月《つき》見《み》　陰暦八月十五日と九月十三日の月を眺め賞ずることをいう。観月《かんげつ》　月見《つきみ》る　月祭《つきまつ》る　月祭《つきまつり》　月《つき》の宴《えん》　月《つき》を待《ま》つ　月《つき》の友《とも》　月《つき》の客《きやく》　月《つき》の主《あるじ》　月見酒《つきみざけ》　月見団子《つきみだんご》　月見茶屋《つきみぢやや》　月見莫蓙《つきみござ》　月見人《つきみびと》　月《つき》の座《ざ》　月見舟《つきみぶね》　月《つき》の宿《やど》〔月見する坐に美しき顔もなし　松尾芭蕉〕

海嬴廻《ばいまわ》し　ばいの殻に蠟や鉛をつめて独楽《こま》をつくり、莫蓙《ござ》盆《ぼん》に回して遊ぶこと。海螺廻《ばいまわ》し　《ばいまはし》ばいばいごま　べいごま　海螺《ばい》打《う》ち　海螺《ばい》を打《う》つ　強海螺《つよばい》　勝海螺《かちばい》　負海螺《まけばい》　海螺《ばい》遊《あそ》び〔海嬴打《うち》にすぐゆふがたが終《しま》ふなり　竹下しづの女〕

菊花展《きくかてん》　《きくくわてん》菊の品評会。菊作りの愛好者たちが丹精こめた鉢を並べ、審査を受ける。菊展《きくてん》〔菊展の賞なき菊も咲き盛る　文挾夫佐恵〕

菊人形《きくにんぎょう》　《きくにんぎやう》菊の花や葉を衣装にして作った人形のこと。菊人形展《きくにんぎょうてん》　菊細工《きくざいく》　菊師《きくし》　秋 菊〔菊人形たましひのなき匂かな　渡辺水巴〕

虫《むし》売《うり》　松虫や鈴虫、轡《くつわ》虫を竹などの籠に入れて夜店や道ばたで売る人。虫屋《むしや》　秋 虫〔虫売や宵寝のあとの雨あがり　富田木歩〕

虫《むし》籠《かご》　鈴虫や松虫など、とくに美しい音色で鳴く虫を入れて飼う籠。むしご　むしこ〔虫籠に朱の二筋や昼の窓　原 石鼎〕

秋《あき》の《の》野遊《あそび》　春の野遊びに対する季語。**秋遊《あきあそび》**　**秋《あき》の山遊《やまあそび》**　**秋《あき》のピクニック**　[春]野遊　[秋]秋興　〔八ケ嶽みな見ゆ秋の山遊び　北　静乃〕

茸狩《たけがり》　秋の山野に自生する茸をとること。**茸狩《きのこがり》**　**茸《きのこ》とり**　**菌狩《きのこがり》**　**松茸狩《まつたけがり》**　**茸籠《きのこかご》**　**茸筵《きのこむしろ》**　**茸山《たけやま》**　**松《まつ》茸山《たけやま》**　[秋]茸・松茸　〔茸狩りの季に入る山の月明り　飯田龍太〕

紅葉狩《もみじがり》《もみぢがり》　紅葉を愛でて山野を逍遥すること。**紅葉見《もみじみ》**　**観楓《かんぷう》**　**紅葉酒《もみじざけ》**　**紅葉茶屋《もみじぢやや》**　**紅葉舟《もみじぶね》**　〔こどもの手いつもあたたか紅葉狩　岡田日郎〕

芋煮会《いもにかい》《いもにくわい》　川原に大鍋を据え、里芋や肉や野菜などを煮て楽しむ行楽。おもに山形地方で行われる秋の行事。〔大鍋を川原に据ゑし芋煮会　佐藤四露〕

情緒

雁瘡《がんがさ》　雁の渡ってくるころ、かゆくなる皮膚病の一種。**雁来瘡《がんがさ》**　**雁瘡《がんそう》**　**雁瘡《がんそう》の子《こ》**　[春]雁瘡癒ゆ　〔雁瘡の子にちりちりと西日憑く　大野林火〕

秋意《しゅうい》《しい》　秋の風情、秋の気分。**秋懐《しゅうかい》**　**秋《あき》の心《こころ》**　**秋情《しゅうじょう》**　**秋《あき》の情《じょう》**　[春]春意　〔帯留に触れたる指の秋意かな　角川照子〕

秋思《しゅうし》《しし》　秋のころの物思い。**秋《あき》あはれ**　**秋淋《あきさび》し**　**秋傷《しゅうしょう》**　**傷秋《しょうしゅう》**　[春]春愁　〔秋淋し綸《いと》を下ろせばすぐに釣れ　久保田万太郎〕

秋《あき》の愁《うれい》《あきのうれひ》　秋になってなんとなく湧く愁い。**秋愁《しゅうしゅう》**　[春]春愁　〔庭草を引きつくす秋の愁かな　伊東月草〕

秋興《しゅうきょう》 しうきよう 秋の趣を味わい楽しむこと。 春春興 秋秋の野遊 〔秋興に暑さはいつか忘れたり 松瀬青々〕

秋渇《あきがわ》**き** 秋になって食欲の増進すること。 〔屈強の男揃ひや秋渇き 斎藤俳小星〕

宗教

神道

秋季皇霊祭《しゅうきこうれいさい》 しうきくわうれいさい 秋分の日、宮中で行われる皇霊祭。 秋秋分の日 〔山萩に皇霊祭の日あたれり 長谷川かな女〕

秋《あき》**祭**《まつり》 新穀を供えて神に感謝し、神と人々とが相喜ぶ祭。神が山に帰るのを送る祭。**秋**《あき》**の祭**《まつり》 **村祭**《むらまつり》 **里祭**《さとまつり》 **浦祭**《うらまつり》 **在祭**《ざいまつり》 春春祭 夏祭 〔漁夫の手に綿菓子の棒秋祭 西東三鬼〕

愛宕火《あたごび》 近畿・山陰地方を中心とした各地で行われる火祭。京都の愛宕神社の千日詣《せんにちもうで》は名高い。〔愛宕火の燃えて遊女の閑な晩 後藤比奈夫〕

二十六夜待《にじゅうろくやまち》 にじふろくやまち 陰暦二十六夜の月の出を拝すること。月光に三尊の姿が現れると言い伝えられた。**二十六夜祭**《にじゅうろくやまつり》 **六夜待**《ろくやまち》 〔山の端や廿六夜の月仏 野村喜舟〕

佃祭《つくだまつり》 八月六、七日に近い日曜日を中心に三日間。東京佃の住吉神社の祭礼。**佃住吉祭**《つくだすみよしまつり》

〔佃祭よそ者に路地行どまり　鈴木真砂女〕

深川祭《ふかがわまつり》　八月十五日。東京江東区深川八幡神社の祭礼。　**富岡祭**《とみおかまつり》　**深川八幡祭**《ふかがわはちまんまつり》　〔深川《ふかがは》の祭《まつり》に葛西囃子かな　深川正一郎〕

秋思祭《しゆうしまつり》　陰暦八月十五日。大阪市北区天満宮の祭神菅原道真を偲ぶ祭事。　〔秋思祭《しうしまつり》すみしやすらぎ月にあり　後藤比奈夫〕

三島祭《みしままつり》　八月十五〜十七日。静岡県三島市三島神社の大祭。　〔一つ二つ三しままつりのおみきかな　岡野知十〕

玉取祭《たまとりまつり》　八月中旬の日曜日。広島県宮島の厳島神社の祭。　**厳島延年祭**《いつくしまえんねんまつり》　**延年頭**《えんねんとう》　〔玉取祭裸形あひ搏《う》つ潮しぶき　長谷川史郊〕

吉田火祭《よしだひまつり》　八月二十六、二十七日。富士吉田市の富士浅間《ふじせんげん》神社の祭礼。　**吉田浅間祭**《よしだせんげんまつり》　**芒祭**《すすきまつり》　**火伏祭**《ひぶせまつり》　〔火の祭富士の夜空をこがしけり　角川源義〕

御射山祭《みさやままつり》　八月二十六〜二十八日。長野県諏訪大社の神事。　**穂屋**《ほや》**の祭**《まつり》　**穂屋祭**《ほやまつり》　**穂屋**《ほや》　**御射山狩**《みさやまがり》　**穂屋**《ほや》**の芒**《すすき》　〔御射山や膳にそなふる芒箸　滝沢伊代次〕

生姜市《しようがいち》　九月十一〜二十一日。東京芝大神宮の祭。生姜を売るので生姜市ともいう。　**芝神明祭**《しばしんめいまつり》　**だらだら祭**《まつり》　**目**《め》**くされ市**《いち》　[秋]生姜　〔花街の昼湯が開いて生姜市　菖蒲あや〕

筥崎祭《はこざきまつり》　九月十二〜十八日。福岡市の筥崎八幡宮の祭。十五日の流鏑馬《やぶさめ》が呼び物。　**筥崎放生会**《はこざきほうじようえ》　〔チャンポンを吹いて筥崎祭かな　梅木蛇火〕

八幡放生会《やわたほうじようえ》　九月十五日ごろ。魚や鳥を各地の八幡宮の池や林に放つ行事。　**放生会**《ほうじようえ》

放生川《ほうじょうがわ》　男山祭《おとこやままつり》　石清水祭《いわしみずまつり》　八幡祭《はちまんまつり》　放《はな》ち鳥《どり》　〔放生会紅紐かけて雀籠　村上鬼城〕

太宰府祭《だざいふまつり》　九月二十二、二十三日。福岡県の太宰府天満宮の祭。〔奏楽の舞の太宰府祭見し　下平銭竜〕

逆髪祭《さかがみまつり》　陰暦九月二十四日。大津市関蝉丸神社の祭礼。逆髪忌《さかがみき》　関明神祭《せきのみょうじんまつり》　関祭《せきまつり》　[夏]蝉丸忌〔羽織着て逆髪詣もう寒く　富安風生〕

伊勢御遷宮《いせごせんぐう》　伊勢の皇大神宮は二十年目ごとに建てかえられる。御遷宮《ごせんぐう》　御遷宮祭《ごせんぐうさい》　[春]伊勢参〔御遷宮万代守護の白鳥座　山口誓子〕

みあれ祭《さい》　十月一～三日。福岡県玄海町の宗像《むなかた》大社の五穀豊穣、大漁感謝の祭。〔船団の灘押し移るみあれ祭　柴田佐知子〕

北野瑞饋祭《きたのずいきまつり》　十月一～五日。京都市北野天満宮の豊作感謝祭。芋茎神輿《ずいきみこし》　瑞饋祭《ずいきまつり》　芋茎祭《ずいきまつり》　〔神酒置いて芋茎祭の牛繋ぐ　吉永淡草〕

佐原祭《さはらまつり》　十月第二日曜を中日に三日間。千葉県佐原市の諏訪神社の秋祭。〔ばつた飛ぶ佐原祭の山車の列　三原清暁〕

大津祭《おおつまつり》《おほつまつり》　十月九、十日。滋賀県大津市の天孫神社の例祭。四宮祭《しのみやまつり》　〔逢坂を越え来て大津祭なる　長谷川花影女〕

金刀比羅祭《ことひらまつり》　十月九～十一日。香川県金刀比羅宮の例大祭。金毘羅祭《こんぴらまつり》　[冬]納の金毘羅　[新]初金毘羅　〔船頭が金刀比羅祭の御符受くる　関屋四郎〕

丹生川上祭《にうかわかみまつり》《にふかはかみまつり》　十月十六日。奈良県東吉野村丹生川上神社の祭。〔大重に丹生の祭の

茸飯　内山芳子〕

宝《たから》の市《いち》　十月十七日。大阪市住吉大社の豊作感謝祭。**枡市《ますいち》**　**住吉《すみよし》の市《いち》**　**取鉢《とりばち》**　**住吉相撲会《すみよしすもうえ》**　〔枡市や月もよせ来る松の上　高田蝶衣〕

神嘗祭《かんなめのまつり》　十月十七日（明治二十一年以前は陰暦九月十七日）。伊勢神宮にその年の新穀で作った神饌《みけ》と神酒《みき》を供える祭。**神嘗祭《かんなめさい》**　**神嘗祭《しんじょうさい》**　〔馬で来る神嘗祭の勅使かな　野田別天楼〕

靖国神社秋季大祭《やすくにじんじゃしゅうきたいさい》《やすくにじんじゃしうきたいさい》　十月十七〜十九日。東京九段の靖国神社秋季大祭。春靖国祭　〔靖国神社大祭の菊静かなり　新藤潤水〕

誓文払《せいもんばらい》《せいもんばらひ》　十月二十日。京都四条寺町の誓文返しの神、官者殿《かじゃ》に参詣し、神罰を免《まぬが》れるように祈る風習。地方により陰暦でも行う。**夷切《えびすぎ》れ**　冬恵比須講　〔人の渦灯の渦誓文払かな　田中九葉子〕

城南祭《じょうなんまつり》《じやうなんまつり》　十月二十日。京都市真幡寸《まはたき》神社の祭礼。**城南神祭《じょうなんじんまつり》**　**城南神《じょうなんじん》**　**城南寺祭《じょうなんじのまつり》**　**血祭《ちまつり》**　**喧嘩祭《けんかまつり》**　〔菊の句を柱にかくや城南神　松瀬青々〕

火《ひ》祭《まつり》　火祭は各地の神社で行われるが、単に火祭という場合は十月二十二日、京都市鞍馬由岐《ゆき》神社の夜祭のことをいう。**鞍馬《くらま》の火祭《ひまつり》**　**鞍馬祭《くらままつり》**　**靭大明神祭《ゆきだいみょうじんまつり》**　秋吉田火祭　〔火祭の戸毎ぞ荒らぶ火に仕ふ　橋本多佳子〕

時代祭《じだいまつり》　十月二十二日。京都市平安神宮の祭事。**平安祭《へいあんまつり》**　〔時代祭華やか毛槍投ぐるとき　高浜年尾〕

天満流鏑馬《てんまやぶさめ》　十月二十五日。大阪市北区天満宮で行われる流鏑馬の神事。〔流鏑馬神事乙矢銜へて駆くるなり　武田年弘〕

仏　教

逆《ぎゃく》**の峰入**《みねいり》　修験者が修行のために秋の峰に入ること。奈良の大峰山に入峰する修験道の儀礼。**逆峰**《ぎゃくみね》　**秋**《あき》**の峰入**《みねいり》　**後**《のち》**の峰入**《みねいり》　【春】峰入　〔逆峰や吉野に雨の降り足りぬ　福島　勲〕

秋遍路《あきへんろ》　秋に四国八十八か所の札所巡りをすること。**秋**《あき》**の遍路**《へんろ》　【春】遍路　〔みなうしろ姿ばかりの秋遍路　野見山朱鳥〕

摂《せっ》**待**《たい》　陰暦七月に、各寺院で参詣人に湯茶を摂待した。門茶ともいう。**門茶**《かどちゃ》　**門茶寺**《かどちゃでら》　【夏】振舞水　〔摂待の寺賑はしや松の奥　高浜虚子〕

解《げ》**夏**《げ》　陰暦七月十六日。一夏《いちげ》の安居《あんご》の修行が終了すること。**夏**《げ》**明**《あ》**き**　**夏**《げ》**の果**《はて》　**送行**《そうあん》　**歓喜日**《かんきび》　**夏書納**《げがきおさめ》　**解夏**《げげ》**の寺**《てら》　**解夏**《げげ》**の雨**《あめ》　**解夏**《げげ》**の僧**《そう》　【夏】安居　【冬】冬安居　〔送行のひとりは雲を見上げをり　飴山　實〕

盆《ぼん》　七月十三日～十六日。各家々では祖先の魂祭を行う。**盂蘭盆**《うらぼん》　**盂蘭盆会**《うらぼんえ》　**お盆**《ぼん》　**盆会**《ぼんえ》　**盆供**《ぼんく》　**盆祭**《ぼんまつり》　**盂蘭盆経**《うらぼんぎょう》　**迎盆**《むかえぼん》　**新盆**《にいぼん》　**初盆**《はつぼん》　**盆前**《ぼんまえ》　**盆三日**《ぼんみっか》　**盆過**《ぼんすぎ》　**盆**《ぼん》**の夜**《よる》　**盆日和**《ぼんびより》　**盆供養**《ぼんくよう》　**盆**《ぼん》**の風**《かぜ》　**盆**《ぼん》**の宿**《やど》　**盆**《ぼん》**の家**《いえ》　**盆**《ぼん》**の海**《うみ》　**盆浴衣**《ぼんゆかた》　**盆**《ぼん》**の客**《きゃく》　**新盆見舞**《にいぼんみまい》　【秋】魂祭・送り盆　〔盆過ぎや人立ててゐる水の際　桂　信子〕

旧《きゅう》**盆**《ぼん》　陰暦により行われる盂蘭盆。**旧**《きゅう》**の盆**《ぼん》　〔旧盆の部屋真ン中に寝たりけり　松本

旭〕

魂祭《たままつり》 盆に祖霊を供養する祭。**霊祭《たままつり》** **聖霊祭《しょうりょうまつり》** **聖霊盆棚《しょうりょうぼんだな》** **新精霊《にいじょうろ》** **魂棚《たまだな》** **霊棚《たまだな》** **盆棚《ぼんだな》** **聖霊《しょうりょう》棚《だな》** **先祖棚《せんぞだな》** **荒棚《あらたな》** **麻柄《おがら》の箸《はし》** **魂祭《たままつ》る** **真菰筵《まこもむしろ》** 〔魂棚や結びてかろき京の湯葉　渡辺桂子〕

棚《たな》経《ぎょう》 盂蘭盆会に僧侶が各檀家を回り、魂棚にお経をあげること。**盆僧《ぼんそう》** **棚経僧《たなぎょうそう》** 〔棚経《たなぎやう》や紫蘇に風吹く頃となり　斎藤夏風〕

生身魂《いきみたま》 盆に父母主人尊者などに贈答する礼、また、尊者をいうこともある。**生御魂《いきみたま》** **生見玉《いきみたま》** **生盆《いきぼん》** (秋)刺鯖 〔海人の家にふどしひとつの生身魂　角川春樹〕

蓮《はす》の飯《めし》 盆の十四、十五日、仏に供える蓮に盛ったご飯。**荷葉《はすは》の飯《めし》** **蓮飯《はすめし》** 〔蓮飯の箸のはこびの葉を破る　皆吉爽雨〕

精霊火《しょうりょうび》 悪霊を退散させるために焚く火。群集が炬火《たいまつ》をともして山を降りる行事。**盆火《ぼんび》** **万灯供養《まんどうくよう》** 〔精霊火《しやうりやうび》消えしいくつや湖の風　山岸治子〕

迎《むかえ》火《び》 七月十三日、盆に入る夕方、先祖の精霊を迎えるために焚く火。**魂迎《たまむかえ》** **魂待《たまま》つ** **盆迎《ぼんむかえ》** **迎火焚《むかえびた》く** (秋)送火 〔迎火《むかへび》やほそき苧殻を折るひびき　渡辺水巴〕

門《かど》火《び》 盆に入る日と送る日の夕方、門前で苧殻を焚く、迎火や送火のこと。**苧殻火《おがらび》** **苧殻焚《おがらた》く** **門火焚《かどびた》く** **門火燃《かどびも》ゆ** 〔門川にうつる門火を焚きにけり　安住 敦〕

茄子《なす》の馬《うま》 茄子や胡瓜で、精霊が盆に往き来するための馬や牛をつくる。**瓜《うり》の馬《うま》** **茄子《なす》の牛《うし》** **送《おく》り馬《うま》** 〔おもかげや二つ傾く瓜の馬　石田波郷〕

墓参《はかまいり》　盆に先祖の墓に詣でること。**墓参《ぼさん》　墓詣《はかもうで》　展墓《てんぼ》　墓掃除《はかそうじ》　掃苔《そうたい》　墓洗《はかあら》ふ　墓拝《はかおが》む**《はかまゐり》　㊎盆　〔墓洗ふ汝のとなりは父の座ぞ　角川源義〕

施餓鬼《せがき》　盆またはその前後の日に、寺々で無縁仏の霊をとむらうこと。**施餓鬼会《せがきえ》　施餓鬼寺《せがきでら》　施餓鬼壇《せがきだん》　施餓鬼棚《せがきだな》　施餓鬼幡《せがきばた》　餓鬼幡《がきばた》　施餓鬼船《せがきぶね》　川施餓鬼《かわせがき》　船施餓鬼《ふなせがき》**　〔施餓鬼の灯一つ消ゆれば一つ点《つ》く　野澤節子〕

流燈《りゅうとう》《りうとう》　盆の終わる十六日の夕方、燈籠を川や海に流す。**燈籠流《とうろうなが》し　精霊流《しょうりょうなが》し**　㊎燈籠　〔闇ふかき天に流燈のぼりゆく　石原八束〕

精霊舟《しょうりょうぶね》《しやうりやうぶね》　盆の供物や飾り物を乗せて川や海に流す舟のこと。**盆舟《ぼんぶね》　送舟《おくりぶね》　麦殻舟《むぎがらぶね》　盆《ぼん》様流《さまなが》し　仏舟《ほとけぶね》　燈籠舟《とうろうぶね》**　〔精霊舟草にかくるゝ舟路あり　米澤吾亦紅〕

送盆《おくりぼん》　盆の間家に迎えていた精霊を送る日。**二十日盆《はつかぼん》　うら盆《ぼん》　しまひ盆《ぼん》　とぼし揚《あ》げ**　〔黍の穂に海あをあと送り盆　石原舟月〕

送火《おくりび》　盆の終わる十六日の夕刻、精霊を送るために門前などで苧殻《おがら》などを焚くこと。**魂送《たまおく》り　送《おく》り火《び》焚《た》く**　㊎迎火　〔送り火の跡ある門を閉ざしけり　上野章子〕

六道参《ろくどうまいり》《ろくだうまゐり》　八月七日から十日までの間に京都六道珍皇寺にお参りして盆の精霊を迎える。**精霊迎《しょうりょうむかえ》　迎鐘《むかえがね》　盆花市《ぼんばないち》　槇売《まきうり》**　〔建仁寺抜けて六道詣りかな　高浜年尾〕

大文字《だいもんじ》　八月十六日夜、如意嶽《にょいがだけ》にともされる火。**大文字《だいもじ》　大文字《だいもんじ》の火《ひ》　妙法《みょうほう》の火《ひ》　船形《ふながた》の火《ひ》　左《ひだり》大文字《だいもじ》　鳥居形《とりいがた》の火《ひ》**　〔妻遠き夜を大文字四方に燃ゆ　三谷　昭〕

六斎念仏《ろくさいねんぶつ》　盆のころに行われる念仏踊り。六斎太鼓の本場は鳥羽の吉祥院天満宮。**六斎《ろくさい》　六讃《ろくさん》**

六斎会《ろくさいえ》 **六斎踊**《ろくさいおどり》 **六斎講**《ろくさいこう》 **六斎太鼓**《ろくさいだいこ》 **六斎勧進**《ろくさいかんじん》 **盆念仏**《ぼんねんぶつ》 **獅子舞六斎**《ししまいろくさい》 〔六斎の一人は鳥羽《とば》の狐かな 松瀬青々〕

奉燈会《ほうとうえ》《ほうとうゑ》 八月二十日の夜、京都嵯峨大覚寺で弘法大師忌の逮夜《たいや》として行われる法要。**万燈会**《まんどうえ》 **万燈**《まんどう》 **宵弘法**《よいこうぼう》 〔万燈会銀河明りをゆくごとく 野澤節子〕

地蔵盆《じぞうぼん》《ぢざうぼん》 八月二十四日。地蔵菩薩の縁日。**地蔵会**《じぞうえ》 **地蔵祭**《じぞうまつり》 **地蔵参**《じぞうまいり》 **辻祭**《つじまつり》 **六地蔵詣**《ろくじぞうまいり》 **地蔵幡**《じぞうばた》 〔行き過ぎて胸の地蔵会明りかな 鷲谷七菜子〕

御難の餅《ごなんのもち》 陰暦九月十二日、胡麻の牡丹餅をつくって日蓮上人の像前に供える。**竜口法難会**《たつのくちほうなんえ》 **牡丹餅会式**《ぼたもちえしき》 〔太鼓うつ御難の餅の腹へらし 島田五空〕

太秦の牛祭《うずまさのうしまつり》《うづまさのうしまつり》 十月十二日夜。京都市広隆寺で行われる厄除《やくよけ》、五穀豊穣を祈る祭。**牛祭**《うしまつり》 **摩陀羅神**《まだらじん》 〔牛祭火焔わななく松の幹 辻田克巳〕

御命講《おめいこう》《おめいかう》 陰暦十月十三日。日蓮上人の忌日に営む追善の法会。**御命講**《おみようこう》 **御影講**《みえいこう》 **日蓮忌**《にちれんき》 **御会式**《おえしき》 **会式**《えしき》 **会式太鼓**《えしきだいこ》 〔御命講《おめいこ》や油のやうな酒五升 松尾芭蕉〕

菊供養《きくくよう》《きくくやう》 十月十八日。東京の浅草寺《せんそうじ》で行われる菊花の供養。〔くらがりに供養の菊を売りにけり 高野素十〕

秋の釈奠《あきのせきてん》 陰暦二月と八月はじめの丁日《ひのと》に行う孔子をまつる行事。**秋**《あき》**のおきまつり** 〔春〕釈奠 〔釈奠の奏楽鵯《ひよ》の声まじゆ 西村公鳳〕

蘭盆勝会《らんぼんしょうえ》《らんぼんしようゑ》 陰暦七月二十六～二十八日。長崎崇福寺の中国風盆行事。**蘭盆**《らんぼん》 **中国盆**《ちゅうごくぼん》 〔蘭盆会大団円の紙銭燃ゆ 下村ひろし〕

キリスト教

被昇天祭《ひしょうてんさい》 八月十五日。聖母マリアの昇天を祝う日。**聖母祭**《せいぼさい》 **聖母昇天祭**《せいぼしょうてんさい》 **聖母被昇天祭**《せいぼひしょうてんさい》 **被昇**《ひしょう》**天**《てん》
〔海と空夕べひとつに聖母祭　ながさく清江〕

聖母聖心祭《せいぼせいしんさい》 八月二十二日。聖母マリアの昇天から一週間目の祝い日。〔あやからんやさし さ聖母聖心祭　本田りょう〕

聖母生誕祭《せいぼせいたんさい》 九月八日。聖母マリアの生誕を祝う日。**暁星祭**《ぎょうせいさい》 〔今朝の露美しマリアの誕生日　景山筍吉〕

十字架祭《じゅうじかさい》《じふじかさい》 九月十四日。ヘラクリオ皇帝がペルシア人より聖十字架を取り戻した記念の日。〔十字架祭洪水の空夜となりぬ　飯田蛇笏〕

聖《せい》**ミカエル祭**《さい》 九月二十九日。カトリック教会の守護者大天使聖ミカエルを祭る日。〔聖ミカエル祭虚空に張つて大欅《けやき》　本宮銑太郎〕

天使祭《てんしさい》 十月二日。天使に対する尊敬を新たにする日。〔星の間に枝伸ばす樹々天使祭　木場田秀俊〕

ロザリオ祭《さい》 十月七日。キリスト教国の軍がトルコ軍と戦い勝利を得た記念日。信者の熱心なロザリオの祈りによるものであったので、十月をロザリオの月という。**ロザリオの祝日**《しゅくじつ》 **ロザリオの月**《つき》 〔父母囲みロザリオ月の夜に祈る　景山筍吉〕

聖体行列《せいたいぎょうれつ》《せいたいぎやうれつ》 聖体祭に行う行列。十月の日曜日に男の子は香を、女の子は花を撒《ま》く。

〔ひざまづき拝する聖体草の花　山口青邨〕

諸聖人祭《しょせいじんさい》　十一月一日。天国にある諸聖人を一斉に尊敬し、ともに喜びあう日。**万聖節**《まんせいせつ》　**万聖節**《ばんせいせつ》　**聖徒祭**《せいとさい》　**聖人祭**《せいじんさい》　〔諸聖人祭数の柿の葉くれなゐ濃く　本宮銑太郎〕

諸霊祭《しょれいさい》　十一月二日。または三日、すべての死者が天国に行けるように祈る日。**奉教諸死者祭**《ほうきょうしょしやさい》　〔深秋の奉教死者のミサの燭　景山筍吉〕

忌日

支倉忌《はせくらき》　陰暦七月一日。遣欧使節支倉常長《つねなが》の忌日。元和八年（一六二二）没、五十二歳。**常長忌**《つねながき》　〔支倉忌カタログ雑誌流行《はや》りけり　鈴木栄子〕

蘆庵忌《ろあんき》　陰暦七月十一日。江戸中期の歌人小沢蘆庵の忌日。享和元年（一八〇一）没、七十九歳。**蘆庵の忌**《ろあんのき》　〔島津邸に鶯老いて蘆庵の忌　沢井金桜子〕

了以忌《りょういき》　陰暦七月十二日。江戸初期の豪商・水利家角倉《すみのくら》了以の忌日。慶長十九年（一六一四）没、六十一歳。**了以の忌**《りょういのき》　〔了以忌やいかづちおこる嵐山　高桑義生〕

応挙忌《おうきょき》　陰暦七月十七日。円山《まるやま》派の祖、画家円山応挙の忌日。寛政七年（一七九五）没、六十三歳。**応挙の忌**《おうきょのき》　〔戸袋の鴛鴦《をし》の引手や応挙の忌　黒田櫻の園〕

文覚忌《もんがくき》　陰暦七月二十日。鎌倉初期の僧文覚の忌日。もと北面の武士遠藤盛遠。生没年不明。**盛遠忌**《もりとおき》　〔那智時雨妙法時雨文覚忌　岡　憲二〕

道灌忌《どうかんき》　**道灌忌**《だうくわんき》　陰暦七月二十六日。関東管領、武人・歌人太田道灌の忌日。文明十八年（一

四八六）没、五十五歳。〔街道に古りし欅《けやき》や道灌忌　君塚定規〕

宗祇忌《そうぎき》　陰暦七月三十日。連歌師飯尾宗祇の忌日。文亀二年（一五〇二）没、八十二歳。**宗祇の忌**《そうぎのき》　〔宗祇忌や旅の残花の白木槿《むくげ》　森　澄雄〕

鬼貫忌《おにつらき》　陰暦八月二日。元禄俳人上島鬼貫の忌日。元文三年（一七三八）没、七十八歳。〔大いなる唐辛子あり鬼貫忌　松根東洋城〕

世阿弥忌《ぜあみき》　陰暦八月八日。能作者・能役者、観世流二世太夫世阿弥の忌日。嘉吉三年（一四四三）没、八十一歳。**世阿弥の忌**《ぜあみのき》　〔世阿弥忌のいづれの幹の法師蝉　森　澄雄〕

守武忌《もりたけき》　陰暦八月八日。伊勢神宮禰宜《ねぎ》の長官、俳諧の祖荒木田守武の忌日。天文十八年（一五四九）没、七十七歳。〔守り継ぐ伊勢の俳諧守武忌　藤波孝堂〕

普羅忌《ふらき》　八月八日。俳人前田普羅の忌日。昭和二十九年没、七十歳。**普羅の忌**《ふらのき》　**立秋忌**《りっしゅうき》　〔普羅の忌の四方《よも》に雲湧く甲斐の国　有泉七種〕

国男忌《くにおき》　八月八日。民俗学者柳田国男の忌日。昭和三十七年没、八十八歳。**柳叟忌**《りゅうそうき》　**国男の忌**《くにをのき》　〔国男忌や世に隠るがに一学徒　白井鉄雷〕

太祇忌《たいぎき》　陰暦八月九日。江戸中期の俳人炭《たん》太祇の忌日。明和八年（一七七一）没、六十三歳。**太祇の忌**《たいぎのき》　**不夜庵忌**《ふやあんき》　〔夜に入りて太祇忌と知る雨の音　星野麦丘人〕

西鶴忌《さいかくき》　陰暦八月十日。俳人・小説家井原西鶴の忌日。元禄六年（一六九三）没、五十二歳。〔まだ鳴かぬ鈴虫そだて西鶴忌　鳴瀬芳子〕

滋酔郎忌《じすいろうき》　八月十日。随筆家江國滋（俳号・滋酔郎）の忌日。平成九年没、六十三歳。

〔滋酔郎忌の貝割菜辛きかな　佐川広治〕

円朝忌《えんちょうき》《えんてうき》　八月十一日。名人落語家三遊亭円朝の忌日。明治三十三年（一九〇〇）没、六十一歳。〔ステテコといふ踊りあり円朝忌　牛山一庭人〕

千樫忌《ちかしき》　八月十一日。歌人古泉千樫の忌日。昭和二年没、四十一歳。**千樫の忌**《ちかしき》　〔千樫忌のひとり大暑に堪へてをり　加藤蕉子〕

健次忌《けんじき》　八月十二日。作家中上健次の忌日。昭和五十一年『岬』で第七十四回芥川賞を受賞。平成四年没、四十五歳。〔焼酎を胃の腑にをさめ健次の忌　佐川広治〕

水巴忌《すいはき》　八月十三日。俳人渡辺水巴の忌日。昭和二十一年没、六十五歳。**白日忌**《はくじつき》　**水巴の忌**《すいはき》　〔水巴忌の一日浴衣着て仕《つか》ふ　渡辺桂子〕

素堂忌《そどうき》《そだうき》　陰暦八月十五日。元禄俳人山口素堂の忌日。享保元年（一七一六）没、七十五歳。**素堂の忌**《そどうき》　〔素堂忌に深川遠き祭かな　増田龍雨〕

松濱忌《しょうひんき》　八月十六日。俳人岡本松濱の忌日。昭和十四年没、六十一歳。〔稿すすむ俳諧史考松濱忌　岡本春人〕

太閤忌《たいこうき》《たいかふき》　陰暦八月十八日。太閤豊臣秀吉の忌日。慶長三年（一五九八）没、六十一歳。**秀吉忌**《ひでよしき》　〔八道の秋も闌《た》けたり太閤忌　庄司瓦全〕

義秀忌《ぎしゅうき》《ぎしうき》　八月十九日。小説家中山義秀の忌日。昭和四十四年没、六十九歳。**義秀の忌**《ぎしゅうき》　**中山忌**《なかやまき》　〔義秀忌の昔の無頼衰へぬ　清水基吉〕

定家忌《ていかき》　陰暦八月二十日。『新古今集』の撰者、歌人藤原定家の忌日。仁治二年（一二四一）

没、七十九歳。**定家《ていか》の忌《き》**〔定家忌の秋草壺を隠すほど　福田蓼汀〕

林火忌《りんかき》《りんくわき》　八月二十一日。俳人大野林火の忌日。昭和五十七年没、七十八歳。〔林火忌のはげしき雨に打たれけり　大串章〕

藤村忌《とうそんき》　八月二十二日。詩人・小説家島崎藤村の忌日。昭和十八年没、七十歳。〔藤村忌鴫立庵《しぎたつあん》も見て来たれ　石田波郷〕

遊行忌《ゆぎょうき》《ゆぎやうき》　陰暦八月二十三日。時宗の開祖一遍上人の忌日。正応二年（一二八九）没、五十歳。**一遍忌《いっぺんき》**　**遊行《ゆぎょう》の忌《き》**〔鵙どりのひとりのしぐさ一遍忌　森澄雄〕

道元忌《どうげんき》《だうげんき》　陰暦八月二十五日。曹洞宗の始祖道元の忌日。建長五年（一二五三）没、五十三歳。**曹洞宗開山忌《そうとうしゅうかいざんき》**　**永平寺《えいへいじ》開山忌《かいざんき》**〔白箸に飲食清め道元忌　本多静江〕

吉野《よしの》太《だ》夫《ゆう》忌《き》《よしのだいふき》　陰暦八月二十五日。京都の名妓吉野太夫の忌日。寛永二十年（一六四三）没、三十七歳。**吉野《よしの》忌《き》**　**吉野《よしの》の忌《き》**〔京人形鉄漿《かね》つけあはれ吉野の忌　荒木法子〕

藤樹忌《とうじゅき》　陰暦八月二十五日。近江聖人陽明学派の祖、中江藤樹の忌日。慶安元年（一六四八）没、四十一歳。**近江聖人忌《おおみしょうにんき》**　**藤樹《とうじゅ》の忌《き》**〔藤樹忌や比良も日枝も雲かぶり　八十島大三〕

耕衣忌《こういき》《かういき》　八月二十五日。俳人永田耕衣の忌日。平成九年没、九十七歳。**夢《む》葱忌《そうき》**〔夏葱を孤独居士とす耕衣の忌　金子晉〕

許六忌《きょろくき》　陰暦八月二十六日。蕉門十哲の一人森川許六の忌日。正徳五年（一七一五）没、六十歳。**五老井忌《ごろうせいき》**　**風狂堂忌《ふうきょうどうき》**　**許六《きょろく》の忌《き》**〔彦根衆集ひて五老井忌を修す　遠藤光星〕

夜半忌《やはんき》　八月二十九日。俳人後藤夜半の忌日。昭和五十一年没、七十八歳。**底紅忌**《そこべにき》〔底紅の花に傳《かしづ》く忌日かな　後藤比奈夫〕

木歩忌《もつぽき》　九月一日。俳人富田木歩の忌日。大正十二年（一九二三）の関東大震災で没、二十六歳。〔川幅や黒き潮さす木歩の忌　原田種茅〕

夢二忌《ゆめじき》　九月一日。詩人・画家竹久夢二の忌日。昭和九年没、五十歳。**夢二**《ゆめじ》**の忌**《き》〔菓子つつむ伊勢千代紙や夢二の忌　稲垣富子〕

温亭忌《おんていき》　九月二日。俳人篠原温亭の忌日。大正十五年（一九二六）没、五十五歳。〔胸板に朝霧さむし温亭忌　石田波郷〕

五千石忌《ごせんごくき》　九月二日。俳人上田五千石の忌日。平成九年没、六十三歳。〔父の忌の壁にかかげて聖母の画　上田日差子〕

迢空忌《ちょうくうき》《てうくうき》　九月三日。歌人・国文学者折口信夫〈釈迢空〉の忌日。昭和二十八年没、六十六歳。**折口忌**《おりぐちき》〔雲ちりぢり学継ぎがたし迢空忌　能村登四郎〕

広重忌《ひろしげき》　陰暦九月六日。浮世絵師安藤広重の忌日。安政五年（一八五一）没、六十二歳。〔谷空に杉の鉾立広重忌　森　澄雄〕

綾子忌《あやこき》　九月六日。俳人細見綾子の忌日。平成九年没、九十歳。〔ちんぐさの花を合唱綾子の忌　沢木欣一〕

蓼太忌《りょうたき》《れうたき》　陰暦九月七日。江戸中期の俳人雪中庵三世、大島蓼太の忌日。天明七年（一七八七）没、七十歳。**蓼太**《りょうた》**の忌**《き》〔小障子の雨昏みして蓼太の忌　村山満仲〕

鏡花忌《きょうかき》《きょうくわき》 九月七日。小説家泉鏡花の忌日。昭和十四年没、六十六歳。**鏡花《きょうか》の忌《き》**〔月下きて猫のたかぶり鏡花の忌　新田祐久〕

素《そ》園忌《えんき》

千代尼忌《ちよにき》 陰暦九月八日。俳人千代尼の忌日。安永四年（一七七五）没、七十二歳。**千代尼《ちよに》の忌《き》**〔千代尼や屋根石灼くる街に佇ち　沢木欣一〕

呑竜忌《どんりゅうき》 九月九日（もと陰暦八月九日）。上州義重山新田寺大光院の開祖呑竜上人の忌日。元和九年（一六二三）没、六十八歳。〔大光院の子育て呑竜の忌日かな　田中星児〕

去来忌《きょらいき》 陰暦九月十日。蕉門十哲の一人向井去来の忌日。宝永元年（一七〇四）没、五十四歳。**去来《きょらい》の忌《き》**〔去来忌や月の出に雨すこし降り　藤田湘子〕

若冲忌《じゃくちゅうき》 陰暦九月十日。江戸中期の画家伊藤若冲の忌日。寛政十二年（一八〇〇）没、八十八歳。〔女あるじひとりの旧家若冲忌　塚田ゆうじ〕

静塔忌《せいとうき》《せいたふき》 九月十一日。俳人平畑静塔の忌日。平成九年没、九十二歳。〔饒舌な旅のをんなや静塔忌　秋山巳之流〕

保己一忌《ほきいちき》 陰暦九月十二日。国学者塙《はなわ》保己一の忌日。文政四年（一八二一）没、七十六歳。**塙忌**《はなわき》〔わが生れ本の神田や保己一忌　池上不二子〕

白雄忌《しらおき》《しらをき》 陰暦九月十三日。江戸中期の俳人加舎《かや》白雄の忌日。寛政三年（一七九一）没、五十四歳（一説に五十七歳）。**白雄《しらお》の忌《き》**〔白雄忌の燭立てしより夜雨の音　中村鹿洞〕

乃木忌《のぎき》 九月十三日。元陸軍大将乃木希典《まれすけ》の忌日。大正元年（一九一二）没、六十三歳。**乃《の》**

木祭《ぎまつり》〔赤坂に住みしことあり乃木祭　山口青邨〕

鳥羽僧正忌《とばそうじょうき》　陰暦九月十五日。画僧鳥羽僧正の忌日。保延六年（一一四〇）没、八十八歳。《とばそうじやうき》**覚猷忌**《かくゆうき》　**僧正忌**《そうじょうき》〔その後の鳥獣に鳥羽僧正忌　鈴木栄子〕

牧水忌《ぼくすいき》　九月十七日。歌人若山牧水の忌日。昭和三年没、四十三歳。〔牧水忌島のひとつは秋まつり　飯田龍太〕

鳳作忌《ほうさくき》　九月十七日。俳人篠原鳳作の忌日。昭和十一年没、三十歳。〔鳳作忌濤《なみ》白ければ乳房伏す　磯貝碧蹄館〕

鬼城忌《きじょうき》　《きじやうき》九月十七日。俳人村上鬼城の忌日。昭和十三年没、七十三歳。**鬼城の忌**《きじょうき》〔あはあはと鬼城忌の蚊や顔の上　羽田貞雄〕

露月忌《ろげつき》　九月十八日。俳人石井露月の忌日。昭和三年没、五十五歳。**山人忌**《さんじんき》　**露月の忌**《ろげつき》　**南瓜忌**《かぼちゃき》〔子規も知る人と露月をまつりける　佐藤杏雨〕

子規忌《しきき》　九月十九日。俳人正岡子規の忌日。明治三十五年（一九〇二）没、三十六歳。**獺祭忌**《だっさいき》　**糸瓜忌**《へちまき》　**子規の忌**《しきき》〔枝豆がしんから青い獺祭忌　阿部みどり女〕

汀女忌《ていじょき》　《ていぢよき》九月二十日。俳人中村汀女の忌日。昭和六十三年没、八十八歳。〔汀女忌のせめて机上の書を正す　村田脩〕

賢治忌《けんじき》　九月二十一日。詩人・児童文学作家宮沢賢治の忌日。昭和八年没、三十七歳。**賢治の忌**《けんじき》〔木の影のやさしくなりぬ賢治の忌　木村史津子〕

かな女忌《じょき》　九月二十二日。俳人長谷川かな女の忌日。昭和四十四年没、八十一歳。**かな女の忌**《じょき》

〔かな女の忌修す深秋の灯をひくく　辺見吉茄子〕

言水忌《ごんすいき》　陰暦九月二十四日。俳人池西言水の忌日。享保七年（一七二二）没、七十三歳。

〔言水忌こころほそめて風を聴く　田中みどり〕

西郷忌《さいごうき》　九月二十四日。西郷隆盛の忌日。明治十年没、五十歳。**南洲忌**《なんしゅうき》

〔南洲忌近づく雲の流れかな　邊見京子〕

八雲忌《やくもき》　九月二十六日。英文学者・小説家ラフカディオ＝ハーン・小泉八雲の忌日。明治三十七年没、五十四歳。**八雲の忌**《やくものき》
〔山陰の午後は降りぐせ八雲の忌　吉田登子〕

秀野忌《ひでのき》　九月二十六日。俳人石橋秀野の忌日。昭和二十二年没、三十八歳。**秀野の忌**《ひでのき》
〔秀野忌のいとゞも影をひきにけり　石田波郷〕

宣長忌《のりながき》　陰暦九月二十九日。国学者本居宣長の忌日。享和元年（一八〇一）没、七十二歳。**鈴の屋忌**《すずやき》
〔父に聞きたき一事ありけり宣長忌　山田みづえ〕

夢窓忌《むそうき》　陰暦九月三十日。僧夢窓国師の忌日。観応二年（一三五一）没、七十六歳。**夢窓国師忌**《むそうこくしき》　**疎石忌**《そせきき》　**夢窓の忌**《むそうのき》
〔夢窓忌や庭拝見の今日も続き　高畠明皎々〕

裕　忌《ゆたかき》　十月二日。俳人原裕の忌日。平成十一年没、六十八歳。
〔裕忌や大和の柿を灯とす　原　和子〕

蛇笏忌《だこつき》　十月三日。俳人飯田蛇笏の忌日。昭和三十七年没、七十七歳。**山廬忌**《さんろき》　**蛇笏の忌**《だこつのき》
〔蛇笏忌や振つて小菊のしづく切り　飯田龍太〕

素十忌《すじゅうき》　十月四日。俳人高野素十の忌日。昭和五十一年没、八十三歳。**金風忌**《きんぷうき》　**素十忌**《すじふき》
〔末弟の

我もやや老い金風忌　村松紅花〕

素逝忌《そせいき》　十月十日。俳人長谷川素逝《そせい》の忌日。昭和二十一年没、三十九歳。〔萩の実に日のさしかげり素逝の忌　藤岡晴丘〕

杢太郎忌《もくたろうき》　十月十五日。詩人・劇作家木下杢太郎の忌日。昭和二十年没、六十歳。**葱南**《そうなん》**忌**《き》〔墨の香や杢太郎忌《もくたらうき》の客座敷　平綿春響〕

晩翠忌《ばんすいき》　十月十九日。詩人・英文学者土井晩翠の忌日。昭和二十七年没、八十一歳。〔雁鳴くと耳覚めてをり晩翠忌　松本丁雨〕

直哉忌《なおやき》《なほやき》　十月二十一日。小説家志賀直哉の忌日。昭和四十六年没、八十八歳。**直哉**《なおや》**の忌**《き》〔ふんだんに炭つぎたさる直哉の忌　宮本白土〕

年尾忌《としおき》《としをき》　十月二十六日。俳人高浜年尾の忌日。昭和五十四年没、七十九歳。〔年尾忌や全集を世に問ふ日来る　稲畑汀子〕

源義忌《げんよしき》　十月二十七日。国文学者・民俗学者・俳人角川源義の忌日。昭和五十年没、五十八歳。**秋燕忌**《しゆうえんき》〔ぬか床のまだ生きてをり秋燕忌　角川照子〕

東洋城忌《とうようじようき》《とうやうじやうき》　十月二十八日。俳人松根東洋城の忌日。昭和三十九年没、八十五歳。**城師**《じようし》**忌**《き》　**東忌**《ひがしき》〔東忌や独り謡へばふと泪　田中拾夢〕

紅葉忌《こうようき》《こうえふき》　十月三十日。小説家・俳人尾崎紅葉の忌日。明治三十六年（一九〇三）没、三十七歳。**十千万堂忌**《とちまんどうき》〔紅葉は癌なりきその紅葉忌　村山古郷〕

動物

四足動物

鹿《しか》 晩秋の交尾期には、雄鹿は牝鹿を呼ぶために ピーと高く強く鳴く。**小鹿**《おじか》 **牡鹿**《おじか》 **牝鹿**《めじか》 **小男鹿**《さおしか》 **狭男鹿**《さおしか》 **雄鹿**《おじか》 **友鹿**《ともじか》 **妻恋ふ鹿**《つまこ・しか》 **鹿の妻**《しか・つま》 **鹿笛**《しかぶえ》 **鹿鳴く**《しかな》 **鹿の声**《しか・こえ》 **夜の鹿**《よる・しか》 **朝の鹿**《あさ・しか》 **啼く鹿**《な・しか》 春孕み鹿・落し角 夏鹿の子 〔雄鹿の前吾もあらあらしき息す 橋本多佳子〕

猪《いのしし》 山林に棲み、昼は穴に眠り、夜、人里に出てきて田畑の作物を食い荒らす。**猪**《しし》 **野猪**《ゐのしし》《いのしし》 **猪道**《ししみち》 **瓜坊**《うりぼう》 **猪出る**《ししで》 **猪罠**《ししわな》 **猪穽**《ししあな》 秋鹿垣 冬猪狩・猪鍋・山鯨 〔猪の出ることを静かに話しをり 後藤夜半〕

馬肥ゆる《うまこ》 秋になると馬は豊かに肥え、毛並もつやつやと美しさを加える。**秋の駒**《あき・こま》 **秋の馬**《あき・うま》 **牧の馬肥ゆ**《まき・うまこ》 春馬の子・若駒 〔馬肥えてかがやき流る最上川 村山古郷〕

熊の架《くま・たな》 月の輪熊が栗の木に登り、栗の実を食べると、枝が折れ棚をかけたようになることをいう。**熊栗架を掻く**《くまくりだな・か》 **熊の栗棚**《くま・くりだな》 冬熊・熊穴に入る 〔栗架を熊は見ねども深山かな 松瀬青々〕

蛇穴《へびあな》に入《い》る　秋の彼岸前後に蛇は穴に入って冬眠する。**穴《あな》まどひ**　**穴《あな》に入《い》る蛇《へび》**　**蛇穴《へびあな》に**を**出づ**　[春]蛇穴を出づ　[夏]蛇〔穴に入る蛇あかあかとかがやけり　沢木欣一〕

蟻穴《ありあな》に入《い》る　春、穴を出た蟻は、晩秋地中に入る。**穴《あな》に入《い》る蟻《あり》**　[春]蟻穴を出づ　[夏]蟻〔蟻穴に入り森閑と庭日なた　山内　靖〕

蜥蜴穴《とかげあな》に入《い》る　蜥蜴は晩秋冬眠する。**穴《あな》に入《い》る蜥蜴《とかげ》**　[春]蜥蜴穴を出る　[夏]蜥蜴〔蜥蜴穴に入る羞らひの細首よ　水沢竜星〕

秋《あき》の蛇《へび》　穴に入る前の秋の蛇。彼岸前後に穴に入るとされている。　[夏]蛇〔秋の蛇人のごとくにわれを見る　山口青邨〕

秋《あき》の蛙《かわず》《あきのかはづ》　涼しくなると蛙は動作がにぶくなり、晩秋には冬眠に入る。**秋蛙《あきかわず》**　**蛙穴《かわずあな》に入《い》る**　**穴《あな》に入《い》る蛙《かわず》**　[春]蛙　[夏]青蛙・雨蛙〔喉ばかり動きゐるなり秋蛙　池谷　彩〕

鳥

鷹《たか》の塒出《とやで》　鷹狩用の鷹は秋に羽が替わり、鳥屋から出して訓練する。**塒出《とやで》の鷹《たか》**　**箸鷹《はしたか》**　**鳥屋勝《とやまさり》**　**片鳥屋《かたとや》**　**両鳥屋《もろとや》**　[冬]鷹・鷹狩〔この鷹や君の覚えも鳥屋勝　高浜虚子〕

荒鷹《あらたか》　人間に慣れぬ、捕われたばかりの訓練されていない鷹のこと。**網掛《あみがけ》の鷹《たか》**　[秋]鷹打〔あら鷹の瞳や雲の行く処　松瀬青々〕

鷹《たか》の山別《やまわかれ》　鷹の子が巣立ちをして親鳥に別れることをいう。**山別《やまわかれ》**　**別《わか》れ鳥《どり》**　**山帰《やまがえ》り**〔山霊雲を餞《みおく》る鷹の別かな　尾崎紅葉〕

鷹渡る《たかわたる》 鷹が越冬のために南方へ渡ること。または冬鳥の鷹が北方から日本に渡ってくること。 春鷹の巣 冬鷹 〔兜煮の目玉を食へば鷹渡る 市村究一郎〕

渡り鳥《わたりどり》 秋に北方から飛来する鳥。 **朝鳥渡る**《あさどりわたる》 **候鳥**《こうちょう》 **鳥の渡り**《とりのわたり》 **鳥風**《ちょうふう》 **鳥渡る**《とりわたる》 春鳥雲に入る・鳥帰る 〔渡り鳥みるみるわれの小さくなり 上田五千石〕

坂鳥《さかどり》 北方から渡来した鳥が、一夜を過ごすと夜明けを待たず早朝に山坂を越えて移動すること。 〔坂鳥や朝の靄脱ぐ峰がしら 徳永山冬子〕

色鳥《いろどり》 秋に渡ってくる小鳥の美称。色彩の美しい鳥が多いのでこの名が生まれた。 **秋小鳥**《あきことり》 春百千鳥 〔色鳥やケーキのやうなベビー靴 轡田進〕

小鳥《ことり》 秋に渡ってくる小鳥や山地から低地に移ってくる小鳥の総称。 **小鳥来る**《ことりくる》 **小鳥渡る**《ことりわたる》 〔小鳥来てうれしきことをいひあへり いさ桜子〕

燕帰る《つばめかえる》 燕は秋に南方へ帰る。 **去ぬ燕**《いぬつばめ》 **燕去ぬ**《つばめいぬ》 **帰る燕**《かえるつばめ》 **帰燕**《きえん》 **巣を去る燕**《すをさるつばめ》 **残る燕**《のこるつばめ》 **秋燕**《あきつばめ》 **秋燕**《しゅうえん》 **かへる燕**《つばめ》 春燕 夏岩燕 冬越冬燕 〔篁《たかむら》に一水まぎる秋燕 角川源義〕

稲雀《いなすずめ》 稲田に群れて稲の穂を啄む雀。 春雀の子 冬寒雀 〔稲雀大菩薩嶺《だいぼさつね》はひるかすむ 飯田蛇笏〕

秋雀《あきすずめ》 稲雀も含めた秋の雀の総称。 新初雀 春雀の子 冬寒雀 〔秋雀軒を伝ひて雨となり 内田百閒〕

鵙《もず》 秋にキーィッ・キーィッ・キキキキと鋭く鳴く。 **百舌鳥**《もず》 **初百舌鳥**《はつもず》 **赤鵙**《あかもず》 **大鵙**《おおもず》 **虎鵙**《とらもず》 **鵙鳴く**《もずなく》 **鵙猛る**《もずたけ》 **鵙の声**《もずのこえ》 **夕鵙**《ゆうもず》 **朝の鵙**《あさのもず》 **鵙日和**《もずびより》 **鵙晴**《もずばれ》 **鵙の晴**《もずのはれ》 **鵙高音**《もずたかね》 春春の鵙 冬冬

の鵙〔かなしめば鵙金色の日を負ひ来　加藤楸邨〕

鵙《もず》の贄《にえ》《もずのにへ》 鵙は捕らえた蛙・昆虫などの餌を木の枝先などに刺して貯えておく。**鵙《もず》の草茎《くさぐき》　鵙《もず》の早贄《はやにえ》　鵙《もず》のさし餌《え》　鵙《もず》の贄刺《にえさし》**〔鵙の贄朝星すでに力なし　山下ふさを〕

懸《かけ》巣《す》 カラス科の留鳥。低山帯の森林で繁殖し、秋冬に人里に降りてくる。**懸巣《かけす》鳴《な》く　懸巣《かけす》飛《と》ぶ**〔夕暮の莨《たばこ》はあましかけす鳴く　横山白紅〕

橿《かし》鳥《どり》 懸巣は、橿《かし》の実を啄《ついば》むので橿鳥の名がある。**樫鳥《かしどり》**〔橿鳥や裾をひろらに真竹山　斎藤優二郎〕

鵯《ひよどり》 ヒヨドリ科の留鳥。晩秋に人里に現れ鋭い声で鳴きたてる。**ひよ　ひえどり　白《ひ》頭《よ》鳥《どり》**〔鵯のこぼし去りぬる実の赤き　与謝蕪村〕

鶫《つぐみ》 十月ごろ大群をなして北方から渡来し、田畑や低い山林に棲息するヒタキ科の中型の小鳥。**鳥馬《ちょうま》　白腹《しろはら》　八丈鶫《はちじょうつぐみ》　鶫鳴《つぐみな》く　鳴《な》く鶫《つぐみ》　鶫罠《つぐみわな》　鶫鍋《つぐみなべ》　鶫焼《つぐみや》く　鶫食《つぐみく》ふ　焼鶫《やきつぐみ》　鶫飛《つぐみと》ぶ**　[夏]虎鶫・黒鶫〔鶫飛び木の葉のやうにさびしきか　細見綾子〕

鶸《ひわ》《はひ》 真鶸は全体に黄緑色で頭の上と尾の先は黒い。**真鶸《まひわ》　唐鶸《からひわ》　金雀《きんじゃく》　金翅雀《きんしじゃく》　紅鶸《べにひわ》　小紅鶸《こべにひわ》　鶸《ひわ》の声《こえ》**　[春]河原鶸〔砂丘よりかぶさつて来ぬ鶸のむれ　鈴木花蓑〕

連《れん》雀《じゃく》 葡萄色がかった褐色で、頭に羽冠がある。**寄生鳥《ほやどり》　緋連雀《ひれんじゃく》　黄連雀《きれんじゃく》**〔緋連雀一斉に立つてもれもなし　阿波野青畝〕

獦子鳥《あとり》 頭部は黒く、胸部と肩は橙色、腹部は白いあざやかな小鳥。秋に欧亜大陸から大群をなして渡ってくる。**あつとり　花鶏《あとり》**〔鳥海山霧巻くと獦子鳥鳴く梢　小島靖朗〕

松毟鳥《まつむしり》　日本最小の鳥で、鶯に似た緑黄色をしている。**菊戴**《きくいただき》〔全容の富士をまともや松毟鳥　森澄雄〕

頭高《かしらだか》　頬白の雌《めす》に似ている。頭部の耳羽が黒く、それを逆立てる癖があるので、この名がある。**かしら**〔かしらだか飛ぶ古藪に水の音　目黒十一〕

交喙鳥《いすか》　頬白ほどの大きさで、上下のくちばしが交差して食い違っている。**交嘴鳥**《いすか》　**鶍**《いすか》　**いすか鳴**《な》**く**〔いすか鳴き雲ただならずわれ包む　香取柏葉〕

鴲《しめ》　北海道で繁殖し、秋、本州に渡来する。**蠟嘴鳥**《しめ》〔鴲飛んで山路のうしろより風が　桜木渓水〕

鶲《ひたき》　ヒーッヒーッカタカタッと火打ち石を叩くように鳴くのでこの名がある。**尉鶲**《じょうびたき》　**火焚鳥**《ひたきどり》　**ひいかち**　**紋鶲**《もんびたき》　**紋付**《もんつき》　**馬鹿**《ばか》**つちよ**　**団子背負**《だんごしよ》**ひ**　〔夏〕黄鶲・野鶲・瑠璃鶲〔いしぶみの色より翔《た》ちて鶲かな　榎本好宏〕

入内雀《にゅうないすずめ》　東北地方で稲害をもたらす鳥として恐れられている害鳥。〔北よりの入内雀《にふないすずめ》空おほふ　滝沢伊代次〕

仙入《せんにゅう》　鶯色を主とした体色で、おもに北海道で繁殖する。**蝦夷仙入**《えぞせんにゅう》　**島仙入**《しませんにゅう》　**牧野仙入**《まきのせんにゅう》〔仙入《せんにふ》や熊が裂きたる立枯木　君塚天光〕

鶺鴒《せきれい》　背黒・黄・白など色合いのすっきりした、水辺に棲む小鳥。石から石へ飛び渡る。**庭**《にわ》**たたき**　**石**《いし》**たたき**　**黄鶺鴒**《きせきれい》　**背黒鶺鴒**《せぐろせきれい》　**白鶺鴒**《しろせきれい》　**薄墨鶺鴒**《うすずみせきれい》〔身の音のほかはひぐれのいしたたき　加藤楸邨〕

田雲雀《たひばり》 セキレイ科で、雲雀とは別。秋に渡来し河原・田・沼地などを好み、越冬する。**犬雲雀《いぬひばり》** **畦雲雀《あぜひばり》** **溝雲雀《みぞひばり》** **川雲雀《かわひばり》** **土雲雀《つちひばり》** 〔たひばりの翔けて柴刈来りけり　木津柳芽〕

椋鳥《むくどり》 大群をなして移動する鳥で、椋の実を啄むのでこの名がある。**白頭翁《はくとうおう》** **小椋鳥《こむくどり》** **椋鳥《むく》渡る《わた》** **椋鳥仰《むくあお》ぐ** **渡《わた》り椋鳥《むく》** 〔北上川《きたかみ》の空伸びちぢみ椋鳥渡る　及川あまき〕

鵲《かささぎ》 鴉より小さく、緑黒色の長い尾が特徴。九州の北部にしかいない留鳥で国の天然記念物。**高麗鴉《こうらいがらす》** **唐鴉《とうがらす》** **筑後鴉《ちくごがらす》** **肥前鴉《ひぜんがらす》** **鵲飛《かささぎと》ぶ** 〔かささぎやここら肥前の麦どころ　邊見京子〕

鶉《うずら》《うづら》 体長二〇センチほど。尾が長く、丸々とした体形。羽は枯草色。肉は美味で卵の需要も多い。**片鶉《かたうずら》** **諸鶉《もろうずら》** **鶉《うずら》の床《とこ》** **鶉籠《うずらかご》** **籠鶉《かごうずら》** **夕鶉《ゆううずら》** [春]麦鶉 〔鳴きごゑの遊んでゐたる鶉かな　岩城久治〕

啄木鳥《きつつき》 キツツキ科の鳥の総称。木の幹を旋回しながら鋭く尖ったくちばしで幹をつつき、樹皮の下の虫などを食う。**木突《きつつき》** **てらつつき** **けらつつき** **けら** **木叩《きたた》き** **番匠鳥《たくみどり》** **赤《あか》げら** **青《あお》げら** **山《やま》げら** **小《こ》げら** **けら叩《たた》く** **けら鳴《な》く** 〔啄木鳥や落葉をいそぐ牧の木々　水原秋櫻子〕

鴫《しぎ》 くちばしが長く、背中の模様が枯草に似ている。田や沼、川岸に棲息する。**田鴫《たしぎ》** **山鴫《やましぎ》** **黄脚鴫《きあししぎ》** **磯鴫《いそしぎ》** **鴫《しぎ》の看経《かんきん》** **鴫《しぎ》の声《こえ》** **鴫立《しぎた》つ** **鴫野《しぎの》** 〔磯鴫や入江にひらく投網の輪　広瀬釣仙〕

朱鷺《とき》 羽や翼の裏面にピンクの美しい色がある白鷺に似た鳥。日本産のものは絶滅。国際

保護鳥。鴇《とき》　桃花鳥《とうかちょう》　〔朱鷺の目にはいま杉の青なだれをり　上野波翠〕

雁《かり》　十月はじめごろ、北方から渡来、翌年三月ごろまでとどまる。色は灰褐色、扁平の大きなくちばしが特徴。**鴈**《がん》　**かりがね**　**雁**《がん》　**真雁**《まがん》　**沼太郎**《ぬまたろう》　**白雁**《はくがん》　**黒雁**《くろがん》　**初雁**《はつかり》　**来**《く》**る雁**《かり》　**雁**《かり》**渡**《わた》**る**　**雁**《かり》**の声**《こえ》　**鳴**《な》**く雁**《かり》　**雁**《かり》**の文字**《もじ》　**雁**《かり》**の棹**《さお》　**雁**《かり》**の列**《れつ》　**雁行**《がんこう》　**雁落**《かりお》**つ**　**落雁**《らくがん》　**田**《た》**の雁**《かり》　**小田**《おだ》**の雁**《かり》　**病雁**《びょうがん》　**月**《つき》**の雁**《かり》　**雨**《あめ》**の雁**《かり》　**夜**《よる》**の雁**《かり》　**昼**《ひる》**の雁**《かり》　**朝**《あさ》**の雁**《かり》　**風**《かぜ》**の雁**《かり》　**雁**《かり》**の雨**《あめ》　**雁**《かり》**の闇**《やみ》　**はぐれ雁**《かり》　**雁**《かり》**の空**《そら》　**雁**《かり》**の天**《てん》　**秋**《あき》**の雁**《かり》　[春]雁帰る　[冬]冬の雁　〔雁の数渡りて空に水尾もなし　森　澄雄〕

初鴨《はつがも》　秋に北方から渡ってくる鴨の一番手。**鴨渡**《かもわた》**る**　**鴨来**《かもきた》**る**　[春]引鴨　[夏]通し鴨・鴨の子　[冬]鴨　〔鴨渡る鍵も小さき旅カバン　中村草田男〕

鶴来《つるきた》**る**　晩秋、越冬のため鶴が渡ってくること。**鶴来**《つるく》**る**　**鶴渡**《つるわた》**る**　**田鶴渡**《たづるわた》**る**　**丹頂鶴来**《たんちょうづるく》**る**　[春]引鶴　[冬]鶴・凍鶴　〔鶴来る天山の砂こぼしつつ　秋山巳之流〕

海猫帰《ごめかえ》**る**　《ごめかへる》産卵・育雛を終えた海猫は、八月中旬ごろから南へ帰っていく。**海猫帰**《うみねこかえ》**る**　**海猫去**《うみねこさ》**る**　**残**《のこ》**る海猫**《ごめ》　**海猫**《ごめ》**残**《のこ》**る**　[春]海猫渡る　[夏]海猫　〔島の蘆風になびくや去る海猫　山道柑子〕

魚　介

秋《あき》**の金魚**《きんぎょ》　秋になり、忘れられたような金魚。[夏]金魚　〔ヘリコプター秋の金魚へ遠くなりぬ　菅　裸馬〕

落鮎《おちあゆ》　鮎は秋に成熟して産卵のため川を下る。体は黒ずみ、腹は赤くなる。**鮎落**《あゆお》**つ**　**錆鮎**《さびあゆ》

渋鮎《しぶあゆ》 **寂鮎《さびあゆ》** **下《くだ》り鮎《あゆ》** **秋《あき》の鮎《あゆ》** **鮎老《あゆお》ゆ** 春若鮎 夏鮎 〔山々は鮎を落して色づきぬ 森 澄雄〕

子持鮎《こもちあゆ》 子をはらんだ鮎。産卵は主に夜間行われる。 春若鮎 夏鮎 〔山見えて暗き二階や子持鮎 殿村菟絲子〕

落鮒《おちぶな》 秋も深くなり水温がさがると、鮒は川や沼の底にひそむ。**秋《あき》の鮒《ふな》** 春初鮒・乗込鮒 夏源五郎鮒 冬寒鮒 〔落鮒の川ひろらかに昼の雲 松村蒼石〕

紅葉鮒《もみじぶな》《もみぢぶな》 木々の紅葉の始まるころ、琵琶湖の源五郎鮒の鰭《ひれ》が赤く色づくこと。 夏源五郎鮒・濁り鮒 〔みづうみのいろづく鮒ももみづりぬ 森 澄雄〕

紅葉鱮《もみじたなご》《もみぢたなご》 晩秋、たなごの鰭《ひれ》のあたりがうっすらと赤みを帯びること。 〔藻をすりて鰭紅葉せし鱮かな 吉田冬葉〕

木葉山女《このはやまめ》 晩秋、渓流に棲む山女が落葉が舞い散るころに川下へ移ること。 春雪代山女 夏山女 〔木葉山女火の山裾は色尽くす 樋口清紫〕

落鰻《おちうなぎ》 天然の鰻は晩秋、産卵の時期になると瀬を下りはじめる。簗をかけて捕らえる。 **下《くだ》り鰻《うなぎ》** 夏鰻 〔川甚の古き暖簾や落鰻 多田香澄〕

落鯛《おちだい》《おちだひ》 真鯛《まだい》は外海から瀬戸に入り産卵をし、十月ごろに再び外海へ下ってゆく。 〔落鯛を篊にとる漁舟濤の中 橋本鶏二〕

江鮭《あめのうお》《あめのうを》 琵琶湖産の山女《やまめ》の近似種なので、琵琶鱒ともいう。 **あめ** **あめうを** **あめます** **みづさけ** **琵琶鱒《びわます》** 〔あめのうを目まで染まりて孕みたる 宮岡計次〕

鰍《かじか》 カジカ科の体長三～五センチの淡水魚。北陸では鮴《ごり》と呼ぶ。**川鰍**《かわかじか》 **石伏**《いしぶし》 **石斑魚**《いしぶし》 **川をこぜ** **をこぜ** **ぐず** **鰍突**《かじかつ》**く** 〔鰍突紅葉了へたる瀬々の雨　黒木野雨〕

黄顙魚《ぎぎ》 鯰《なまず》に近縁の淡水魚。一〇センチほどで、口のまわりに八本のひげがある。**ぎぎう** **ぎぎゆう** **きばち** **ぎばち** 〔釣りし黄顙魚沼暮るるまで魚籠に泣く　山口 満〕

鯔《ぼら》 成長するにつれて、名前が変わる出世魚。おぼこ・いな・名吉《なよし》などと名を変える。海で年を越すと鯔となる。**鯔**《いな》 **真鯔**《まぼら》 **おぼこ** **すばしり** **口女**《くちめ》 **腹**《はら》**ぶと** **鯔飛**《ぼらと》**ぶ** **鯔**《ぼら》**のへそ** [冬]寒鯔 〔鯔を釣り周の天下を待ちにけり　有馬朗人〕

鱸《すずき》 出世魚の一種、美味で上品な魚。稚魚を木っ葉《こっぱ》、次いでせいご、ふっこ、三〇センチ以上のものを鱸《すずき》と呼ぶ。**せいご** **ふっこ** **川鱸**《かわすずき》 **海鱸**《うみすずき》 **鱸網**《すずきあみ》 **鱸釣**《すずきつ》**る** **鱸膾**《すずきなます》 [冬]落鱸 〔まっすぐに鱸の硬き顔が来ぬ　岡井省二〕

鯊《はぜ》 河口や浅場に多く棲む。真鯊《まはぜ》のこと。十数センチで淡褐色、口が大きい。秋の彼岸前後が鯊釣の時期。**沙魚**《はぜ》 **ふるせ** **鯊**《はぜ》**の汐**《しお》 **鯊日和**《はぜびより》 **鯊焼**《はぜや》**く** **沖鯊**《おきはぜ》 **鯊**《はぜ》**の秋**《あき》 **鯊**《はぜ》**の潮**《しお》 [春]子持鯊 〔沙魚焼くや深川晴れて川ばかり　長谷川春草〕

秋《あき》**鰹**《がつお》 《あきがつを》 鰹は九月ごろにもっとも脂《あぶら》がのりきって、濃厚な味になる。[夏]鰹 〔徳利なき夕餉もよけれ秋鰹　上村占魚〕

秋《あき》**鯖**《さば》 本鯖《ほんさば》は紅葉の色づくころ脂《あぶら》がのって、味がよくなる。**秋**《あき》**の鯖**《さば》 [夏]鯖 [秋]刺鯖 〔秋鯖を心祝ひのありて買ふ　宮下翠舟〕

秋《あき》**鰺**《あじ》 《あきあぢ》 秋には脂肪が多くなって美味になり、また、よく釣れる。**秋**《あき》**の鰺**《あじ》 [夏]鰺 〔秋鰺

に遊行寺通り早日暮れ　長谷川かな女〕

鰶《このしろ》　通称小鰭《こはだ》と呼ばれる海魚。腹部が銀白色、濃褐色の斑点がある。体長二〇センチぐらい。**小鰭**《こはだ》　**つなし**　**しんこ**　〔鍛冶の火に鰶焼くと見て過ぎつ　山口誓子〕

鰯《いわし》　秋が旬《しゅん》で、味もよく大漁となる。**真鰯**《まいわし》　**捨鰯**《すていわし》　**鰯売**《いわしうり》　**干鰯**《ほしか》　**干鰯棚**《ほしかだな》　**鰯群来**《いわしくき》　【春】春鰯・目刺　【秋】鰯引く　【冬】潤目鰯　〔夕日尚《なほ》鰯の網の中に在り　安斎櫻磈子〕

鯷《ひしこ》　小魚で、口の大きいかたくち鰯のこと。幼魚を干したものがごまめ。**しこ**　**ひしこ鰯**《いわし》　**しこ鰯**《いわし》　**片口鰯**《かたくちいわし》　**小鰯**《こいわし》　**背黒鰯**《せぐろいわし》　【秋】鯷漬　〔吾家また海人のごとくに鯷乾す　山口誓子〕

わらさ　五〇～六〇センチぐらいに成長した鰤《ぶり》をいう。関西ではめじろという。**小鰤**《こぶり》　〔めでたさやわらさ届きし祝ひ事　秋保進天寺〕

太刀魚《たちうお》　銀白色で、太刀《たち》状をしているのでこの名がある。**たちの魚**《うお》　**帯魚**《たいぎょ》　**たちいを**　〔奈良の旅籠の飯に太刀魚塩辛き　瀧春一〕

秋刀魚《さんま》　三〇センチほど、形が刀に似ているのでこの名がある。脂肪が多く塩焼きにして美味。**初**《はつ》**さんま**　**青**《あお》**さんま**　**秋刀魚出**《さんまで》**る**　**秋刀魚焼**《さんまや》**く**　**秋刀魚食**《さんまく》**ふ**　〔オホーツクの蒼き秋刀魚を焼きにけり　佐川広治〕

鮭《さけ》　鮭は海で育ち六、七年後の秋、産卵のため、大群をなして川をさかのぼる。**初鮭**《はつざけ》　**鼻曲鮭**《はなまがり》　**鮭来**《さけく》**る**　**鮭上**《さけのぼ》**る**　【秋】鮭打ち・鮭颪《さけおろし》　【冬】乾鮭　〔白波の背波立つあり鮭のぼる　皆吉爽雨〕

尾花蛸《おばなだこ》　尾花が咲くころとれる蛸《たこ》のことをいう。【春】飯蛸　〔海に沿ふ一筋の町尾花蛸

沢木欣一〕

花咲蟹《はなさきがに》 樺太《からふと》・千島・北海道に分布するタラバガニ科に属する蟹。十月から十一月にかけてとれる。 冬 鱈場蟹・ずわい蟹 〔鉤《かぎ》打ちて花咲蟹と女云ふ 井桁蒼水〕

𩸽《ほつけ》 アイナメ科の硬骨魚。東北地方や北海道でとれる。体長四〇センチで、灰色・淡褐色の横走斑文がある。 **𩸽売《ほつけう》る** **𩸽漁場《ほつけりょうば》** 〔𩸽日々安くますます獲れにけり 唐笠何蝶〕

虫

秋《あき》の螢《ほたる》 秋に現れる螢。哀れさに趣がある。 **秋螢《あきぼたる》** **秋螢《しゅうけい》** **残《のこ》る螢《ほたる》** **病螢《やみぼたる》** 夏 螢 〔たましひのたとへば秋のほたるかな 飯田蛇笏〕

秋《あき》の蚊《か》 秋が深まり気温も低くなるころの、動きの鈍い弱々しくなっている蚊。 **別《わか》れ蚊《か》** **残《のこ》る蚊《か》** **後《おく》れ蚊《か》** **八月蚊《はちがつか》** **蚊《か》の名残《なごり》** **秋蚊《あきか》** **秋蚊鳴《あきかな》く** **溢《あぶ》れ蚊《か》** **哀《あわ》れ蚊《か》** 春 春の蚊 夏 蚊 冬 冬の蚊 〔秋の蚊のほのかに見えてなきにけり 日野草城〕

秋《あき》の蠅《はえ》 あきのはへ 秋の深まりにつれて、数も減り動作も鈍くなる。 **残《のこ》る蠅《はえ》** **後《おく》れ蠅《ばえ》** **秋蠅《あきばえ》** 春 蠅生る 夏 蠅 冬 冬の蠅 〔日だまりの石を離れず秋の蠅 杉良介〕

秋《あき》の蜂《はち》 蜂は秋が深まっても蜜をもとめて活動する。雄蜂はやがて死に、雌蜂だけが冬を越す場合が多い。 **残《のこ》る蜂《はち》** **秋蜂《あきばち》** 春 蜂 冬 冬の蜂 〔秋の蜂病み臥す顔を歩く日よ 石原八束〕

秋《あき》の蛾《が》 秋になっても飛んでくる蛾のこと。 **秋《あき》の火《ひ》蛾《が》** **秋蛾《あきが》** 夏 蛾 〔秋の蛾のまなこひかり

て灯には来ず　遠藤正年〕

秋《あき》の蝶《ちょう》　《あきのてふ》　秋になって見かける蝶。もの淋しく、哀れをさそう。**秋蝶《あきちょう》**　【春】蝶　【夏】夏の蝶・揚羽蝶　【冬】冬の蝶・凍蝶　〔秋蝶の驚きやすきつばさかな　原石鼎〕

秋《あき》の蟬《せみ》　秋になってもまだ鳴いている蟬。**秋蟬《しゅうせん》**　**残《のこ》る蟬《せみ》**　【春】春の蟬　【夏】蟬・蟬生る　〔蟬おちて鼻つく秋の地べたかな　飯田蛇笏〕

ちつち蟬《ぜみ》　二センチほどの小型の蟬。九、十月ごろまで鳴く。鳴き声からこの名がある。〔チッチ蟬夕日炎となる蔵二階　野澤節子〕

蜩《ひぐらし》　おもに暁方や夕刻、カナカナカナと美しい声で鳴く。**日暮《ひぐらし》**　**茅蜩《ひぐらし》**　**かなかな**　**夕蜩《ゆうひぐらし》**　**夕《ゆう》かなかな**　**朝蜩《あさひぐらし》**　【夏】蟬　【秋】秋の蟬　〔かなかなや少年の日は神のごとし　角川源義〕

つくつく法師《ほうし》　《つくつくほふし》　立秋の頃になると鳴きはじめる。鳴き声から名づけられた。**法師蟬《ほうしぜみ》**　**寒《かん》蟬《せん》**　**つくしこひし**　**つくつくし**　**つく法師《ほうし》**　【夏】蟬　〔なきやみてなほ天を占む法師蟬　山口誓子〕

蜻蛉《とんぼ》　羽の薄く透った美しさもさることながら、大きな複眼が印象的、種類も多い。**とんぼう**　**あきつ**　**蜻蜓《とんぼ》**　**やんま**　**塩辛《しおから》とんぼ**　**墨《すみ》とんぼ**　**麦藁《むぎわら》とんぼ**　**青《あお》とんぼ**　**黄《き》とんぼ**　**山《やま》蜻蛉《とんぼ》**　**夕蜻蛉《ゆうとんぼ》**　**蜻蛉釣《とんぼつ》り**　**群蜻蛉《むれとんぼ》**　**夕《ゆう》あきつ**　【夏】蜻蛉生る・糸蜻蛉・川蜻蛉　【秋】赤蜻蛉　〔とゞまればあたりにふゆる蜻蛉かな　中村汀女〕

精霊蜻蛉《しょうりょうとんぼ》　《しやうりやうとんぼ》　盆のころ群れ飛ぶとんぼのこと。〔放ちやる精霊とんぼ眼の濡れて　成瀬櫻桃子〕

赤蜻蛉《あかとんぼ》 体の赤い小型のとんぼ。赤いのは雄だけで、雌は黄褐色である。**赤**《あか》**やんま** **秋茜**《あきあかね》 **深**《み》**山茜**《やまあかね》〔父祖の地や蜻蛉《あきつ》は赤き身をたるる 角川源義〕

蜉蝣《かげろう》 かげろふ 体長一センチほどの蜻蛉《とんぼ》に似た小さな昆虫。長い尾に透明な羽をもつ。**豊年虫**《ほうねんむし》 **正雪蜻蛉**《しょうせつとんぼ》 **白露虫**《はくろむし》 ［夏］草蜉蝣・薄翅蜉蝣〔一とすぢに飛ぶ蜉蝣や雨の中 増田手古奈〕

虫《むし》 秋に庭や草むらで鳴くすべての虫の総称。**虫鳴**《むしな》**く** **虫**《むし》**の声**《こえ》 **虫**《むし》**の音**《ね》 **虫時雨**《むししぐれ》 **虫**《むし》**の闇**《やみ》 **虫**《むし》**の秋**《あき》 **朝**《あさ》**の虫**《むし》 **昼**《ひる》**の虫**《むし》 **昼鳴**《ひるな》**く虫**《むし》 **夜**《よる》**の虫**《むし》 **虫**《むし》**の夜**《よ》 **虫**《むし》**しげく** **虫聞**《むしき》**く** **虫**《むし》**そぞろ** **森**《もり》**の虫**《むし》 **草**《くさ》**の虫**《むし》 **虫**《むし》**すだく** **虫**《むし》**の宿**《やど》 〔門《かんぬき》をかけて見返る虫の闇 桂 信子〕

残《のこ》**る虫**《むし》 秋の深まりとともに、しだいに細くなってゆく虫の音をいう。**虫音残**《むしねのこ》**る** **虫細**《むしほそ》**る** **虫**《むし》**音細**《ねほそ》**る** ［秋］虫〔残る虫芭蕉生家の通し土間 有馬籌子〕

竈《い》**馬**《とど》 翅がないので鳴かない。強い後肢でよく跳ねる。体は黄褐色。**かまどうま** **竈虫**《かまどむし》 **おかまこほろぎ** **いとど飛**《と》**ぶ** 〔下跳びにいとどは闇へ帰りけり 中村草田男〕

蟋《こお》**蟀**《ろぎ》 こほろぎ 体は黒褐色、大きな羽を擦り合わせて音を出す。種類が多く、秋の虫の中でももっとも身近な虫。**蛬**《こおろぎ》 **蜻**《こおろぎ》 **ちちろ** **ちちろむし** **筆津虫**《ふでつむし》 **つづれさせ** **えんま蟋蟀**《こおろぎ》 **きりぎりす** **ちろろ鳴**《な》**く** 〔蟋蟀が深き地中を覗き込む 山口誓子〕

鈴《すず》**虫**《むし》 リーン、リーンと鈴を振るように鳴く。暗褐色、西瓜の種に似た形をしている。**金**《きん》**鐘児**《しょうじ》 **月鈴児**《げつれいじ》 〔鈴虫の瓶《かめ》と孤老と置かれあり 永井東門居〕

松《まつ》**虫**《むし》 鈴虫よりやや大きく、淡褐色。チンチロリンと澄んだ声で鳴く。**金琵琶**《きんびわ》 **ちんちろ**

ちんちろりん〔松虫といふ美しき虫飼はれ　後藤夜半〕

邯鄲《かんたん》　体長一・五センチほどの全身緑の繊細な虫。ルルルと鳴く。〔ことされてなほ邯鄲のうすみどり　富安風生〕

草雲雀《くさひばり》　コオロギ科。体長は七〜八ミリの淡褐色。触角が長い。朝、夕にフィリリリと鈴を振るように鳴く。**朝鈴**《あさすず》　**金雲雀**《きんひばり》〔朝霧の雨となりゆく草ひばり　富岡掬池路〕

鉦叩《かねたたき》　コオロギ科。体長一センチほどの灰褐色。チンチンと鉦を叩くように鳴く。〔紀の国に闇大きかり鉦叩　森澄雄〕

螽蟖《きりぎりす》　褐色または緑色で、体長四センチぐらい。ギィース・チョンと鳴く。**ぎす**　**ぎす鳴**《な》**く**　**ぎす跳**《と》**ぶ**　**機織**《はたおり》　**機織女**《はたおりめ》〔わが胸の骨息づくやきりぎりす　石田波郷〕

馬追《うまおい》《うまおひ》　きりぎりすの一種で、長い触角を持つ。スイッチョンと鳴く。**すいつちよ**　**すいと**　**くだまき**　**馬追虫**《うまおいむし》　**すいと鳴**《な》**く**〔すいつちよの髭《ひげ》ふりて夜のふかむらし　加藤楸邨〕

轡虫《くつわむし》　緑色または褐色で、ガチャガチャと馬が轡《くつわ》を鳴らすように鳴く。**がちやがちや**〔がちや〳〵の奥の一つを聞きすます　渡辺桂子〕

螇蚸《ばった》　バッタ科に属する昆虫の総称。後肢《こうし》が発達していてよく跳ぶ。飛ぶときキチキチと羽を鳴らす。**蟿螽**《はたはた》　**きちきち**　**ばたばた**　**飛蝗**《ばった》　**殿様**《とのさま》**ばつた**　**大名**《だいみよう》**ばつた**　**きちきちばつた**　**精霊**《しようりよう》**ばつた**　**ばつた飛**《と》**ぶ**〔跳んでみせ俺は殿様ばつたかな　後藤比奈夫〕

蝗《いなご》　緑色で羽は淡褐色。ばったに似てやや小さい。発達している後肢でよく飛ぶ。**螽**《いなご》

稲子《いなご》　**蝗飛《いなごと》ぶ**　**飛《と》ぶ蝗《いなご》**　**干《ほ》し蝗《いなご》**　**蝗捕《いなごと》り**　**蝗串《いなごぐし》**　[冬]冬の蝗　〔一字《ひとあざ》や蝗のとべる音ばかり　水原秋櫻子〕

稲舂虫《いねつきむし》　ばったは、両後肢を持つと、米を搗《つ》くような恰好をするので稲舂虫《いねつきむし》、米搗ばったともいう。**米搗《こめつき》ばつた**　**米搗虫《こめつきむし》**　〔鼻先に米搗虫や来て搗ける　石塚友二〕

稲《いな》　虫《むし》　稲について害を与える虫の総称。**稲《いね》の虫《むし》**　**稲子麿《いなごまろ》**　〔道の辺や小萩にうつる稲の虫　栗田樗堂〕

浮塵子《うんか》　農作物に害を与える害虫の総称。大量発生して雲霞のように稲田などを襲うので、この名がついた。**糠蠅《ぬかばえ》**　**泡虫《あわむし》**　**実盛虫《さねもりむし》**　**浮塵子飛《うんかと》ぶ**　〔かく小さきものの灯を恋ふ浮塵子かな　三宅清三郎〕

横《よこ》　這《ばい》　よこばひ　浮塵子《うんか》に似た昆虫で体長五ミリほど。稲の茎や葉に群がって液汁を吸う害虫。**よこぶよ**　〔よこ這ひの行間それて踏み込まる　阿部筲人〕

蟷《かま》　螂《きり》　蟷螂《とうろう》はかまきりの漢名。緑色の大型の虫。頭は逆三角形、眼は複眼で自由にまわして物を見ることができる。鎌状の前肢で他の虫を捕らえる。益虫。**たうろう**　**蟷螂《とうろう》の斧《おの》**　**鎌切《かまきり》**　**斧虫《おのむし》**　**拝《おが》み太郎《たろう》**　**いぼむしり**　**いぼじり**　**小《こ》かまきり**　[夏]蟷螂生る　[冬]枯蟷螂　〔かりかりと蟷螂蜂の皃《かほ》を食《は》む　山口誓子〕

われから　「蜑《あま》のかる藻に住む虫のわれからとねをこそ鳴かめ世をば恨みじ」という『古今集』の古歌にちなんで生まれた藻に住む虫の名。**藻《も》に住《す》む虫《むし》**　**藻《も》に鳴《な》く虫《むし》**　**藻《も》に住《す》む虫《むし》の音《ね》に鳴《な》く**　〔清夜ふと藻に住む虫の音を聞けり　細木芒角星〕

螻蛄鳴《けらな》く　体長三センチぐらいの茶褐色の昆虫。田畑の土中に棲み、夜、ジージジーと鳴く。

夏 螻蛄　〔螻蛄鳴けり子ら在らぬ夜の閑かさは　林　翔〕

蚯蚓鳴《みみずな》く　蚯蚓は鳴かない。秋の夜に、ジーッ、ジーッと切れ目なく鳴く声を蚯蚓が鳴いているのだとした説話などによるもの。実際には螻蛄の鳴く声であるという。**歌女鳴《かじょな》く**

夏 蚯蚓　〔蚯蚓鳴く六波羅《ろくはら》密寺《みつじ》しんのやみ　川端茅舎〕

地虫鳴《じむしな》く《ぢむしなく》　こがね虫や鍬形虫などの幼虫は鳴かないが、地中で鳴いていると感じること。

春 地虫穴を出づ　〔地虫鳴く声を能面じつと聞く　品川鈴子〕

蓑《みの》　虫《むし》　蓑蛾の幼虫。糸を吐いて木の葉や小枝を綴り合わせて袋状の巣を作り、その中にひそむ。**鬼《おに》の子《こ》**　**鬼《おに》の捨子《すてご》**　**木樵虫《きこりむし》**　**みなしご**　**父乞虫《ちちこうむし》**　**親無子《おやなしご》**　**蓑虫鳴《みのむしな》く**　**蓑虫垂《みのむした》る**　〔蓑虫の父よと鳴きて母もなし　高浜虚子〕

茶立虫《ちゃたてむし》　種類多く、体長二～三ミリ。障子などに止まり、サッサッサッと茶を点てるような音を出す。**茶柱虫《ちゃたてむし》**　**粉茶立《こなちゃたて》**　**隠《かく》れ座頭《ざとう》**　**あづきあらひ**　**茶立虫鳴《ちゃたてむしな》く**　〔茶たて虫俤《おもかげ》はやや遠くなる　加藤楸邨〕

放屁虫《へひりむし》　約二～五センチの甲虫。危機にあうと肛門から悪臭を放つ。**へこき虫《むし》**　**へっぴり虫《むし》**　**三井寺《みいでら》ごみむし**　**三井寺斑猫《みいでらはんみょう》**　**行夜《ぎょうや》**　**気虫《きむし》**　〔屁放《ひ》り虫十和田みやげとなりがたし　林原耒井〕

菊吸虫《きくすいむし》《きくすひむし》　髪切虫の一種で、体長一センチくらいで黒い。菊の害虫。**きくすひ**　**きくすひかみきり**　**菊虎《きくすい》**　**菊牛《きくうし》**　**菊《きく》まくなぎ**　〔菊吸虫灯に照らされて憎まるる　北田　健〕

栗虫《くりむし》 栗の中に入っている白い蛆《うじ》のような虫。くりしぎ象虫《ぞうむし》の幼虫。**栗の虫**《くりのむし》 **栗のしぎ虫**《くりのしぎむし》〔食ひ入て出づるを忘る栗の虫 小檜山繁子〕

刺虫《いらむし》 刺蛾《いらが》の幼虫。柿・林檎・梨その他いろいろの植物の葉を食べる。体長二センチほどの毛虫で、黄緑色。〔野仏の前いらむしに螫されをり 加藤楸邨〕

芋虫《いもむし》 蝶や蛾の幼虫で、芋の葉を好んで食べるので、この名がついた。**とこよむし** **青虫**《あおむし》 **柚子坊**《ゆずぼう》〔芋虫が肥えて気儘な空の艶 飯田龍太〕

菜虫《なむし》 大根や白菜などの菜類を食う幼虫の総称。**菜の青虫**《なのあおむし》 **菜虫とる**《なむしとる》〔霧ごめとなりてちぢめる菜虫かな 宇佐美魚目〕

蜂の子《はちのこ》 地中に巣をつくる地蜂の子。炒《い》ったり、甘露煮《かんろに》や蜂の子飯にして食べる。**地蜂焼**《じばちやき》 **蜂の子捕る**《はちのことる》 春蜂〔蜂の子採り火薬の匂ひまとひ来る 蔓目良雨〕

秋蚕《あきご》 秋に飼う蚕。夏蚕に比べ繭の収量も少なく、品質も劣る。**秋蚕**《しゅうさん》 **秋の蚕**《あきのかいこ》 **初秋蚕**《しょしゅうさん》 **晩秋蚕**《ばんしゅうさん》 **秋の蚕飼**《あきのこがい》 **秋蚕飼ふ**《あきごかふ》 **秋蚕眠る**《あきごねむる》 春蚕・蚕飼 夏夏蚕・繭・蚕の上蔟〔年々に飼ひへらしつゝ秋蚕飼ふ 大橋櫻坡子〕

植物

花木

八朔梅《はっさくばい》　八月一日の八朔前後から咲きはじめる八朔紅梅のこと。**からくれなゐ**　〔八朔梅八百像めぐり咲きかくす　紫舟〕

木犀《もくせい》　甘い香りの小花を多数つける。**木犀**《もくせい》**の花**《はな》　**金木犀**《きんもくせい》　**銀木犀**《ぎんもくせい》　**薄黄木犀**《うすぎもくせい》　**桂**《かつら》**の花**《はな》　**木犀**《もくせい》**の香**《か》　**木犀**《もくせい》**匂**《にお》**ふ**　〔木犀をみごもるまでに深く吸う　文挾夫佐恵〕

木《む》**槿**《くげ》　葵に似た美しい花。朝開いて夕方にはしぼむ。紅紫・ピンク・白・黄色などがある。**もくげ**　**きはちす**　**花木槿**《はなむくげ》　**木槿咲**《むくげさ》**く**　**木槿垣**《むくげがき》　**白木槿**《しろむくげ》　**底紅**《そこべに》　**紅木槿**《べにむくげ》　〔道のべの木槿は馬にくはれけり　松尾芭蕉〕

芙《ふ》**蓉**《よう》　おもに淡紅色の五弁の花を開くが一日でしぼむ。**花芙蓉**《はなふよう》　**白芙蓉**《しろふよう》　**紅芙蓉**《べにふよう》　**酔芙蓉**《すいふよう》　**芙**《ふ》**蓉咲**《ようさ》**く**　[冬]枯芙蓉　〔補陀落といふまぼろしに酔芙蓉　角川春樹〕

秋薔薇《あきばら》　秋に咲く薔薇。**秋**《あき》**の薔薇**《ばら》　**秋**《あき》**さうび**　[春]薔薇の芽　[夏]薔薇・茨の花　[冬]冬薔薇　〔秋ばらのあはれ香もなく崩るるよ　吉田洋一〕

芙蓉《ふよう》**の実**《み》　花のあとほぼ球形の実を結ぶ。五つに割れて、実をこぼす。**実芙蓉**《みふよう》　[秋]芙蓉　〔足

早の僧に日あたる芙蓉の実　井上雪〕

木瓜《ぼけ》の実《み》　楕円形の堅い実で、長さ五～一〇センチ。黄色に熟すると芳香がある。薬用にする。　【春】木瓜の花　【冬】寒木瓜　〔泥鰌屋が来てゐる木瓜の実の庭に　皆川盤水〕

水木《みずき》の実《み》《みづきのみ》　球形の小さな実を結ぶ。はじめは黄紅色だが熟して黒紫色となる。　【春】土佐みづき　【夏】水木の花　〔籠鳥に水吹く昼や水木の実　北原三郎〕

椿《つばき》の実《み》　球形の実は十月ごろ熟して割れ、暗褐色の種子をこぼす。**実椿《みつばき》**　【春】椿　【冬】寒椿　〔椿の実太りて海の荒るるかな　藤田あけ烏〕

枳橘《からたち》の実《み》　花のあと、ピンポン玉ほどの実を結ぶ。**きこくの実《み》**　【春】枳橘の花　〔枳殻の実ふるさとの友眼澄み　石田波郷〕

梔子《くちなし》の実《み》　楕円形の実で、長さ二センチぐらい。黄赤色に熟す。染料、薬用に用いる。**山梔子《くちなし》の実《み》**　【夏】梔子の花　〔山梔子の実のつややかに妻の空　庄司圭吾〕

山茱萸《さんしゆゆ》の実《み》　赤い楕円形の実。強壮剤に用いた。**秋珊瑚《あきさんご》**　【春】山茱萸の花　〔さんしゆゆの実のすきとほる山日和　山本杜城〕

藤《ふじ》の実《み》《ふぢのみ》　扁平で、長さ一〇～二〇センチくらいの細長い実。**藤《ふじ》は実《み》に**　【春】藤　〔藤の実を愁のごとく垂れにけり　富安風生〕

南天《なんてん》の実《み》　花のあと丸い小さな実をたくさんつけ、十月には赤く色づく。**実南天《みなんてん》**　**白南天《しろなんてん》**　**南《なん》天燭《てんしょく》**　【夏】南天の花　〔億年のなかの今生実南天　森澄雄〕

蘇枋《すおう》の実《み》《すはうのみ》　花のあと莢実《さやみ》をつける。**紫荊《すおう》の実《み》**　【春】花蘇枋　〔蘇枋の実からぶる風の四十

雀　石原舟月〕

果　樹

秋果《しゅうか》　しうくわ　秋の果実を総称した語。　**秋果買**《しゅうかか》**ふ**　**秋**《あき》**の果物**《くだもの》　〔旅とほく帰る秋果を網棚に　宇咲冬男〕

桃《もも》**の実**《み》　香り高く、果汁が多くて甘い。　**桃**《もも》　**毛桃**《けもも》　**白桃**《はくとう》　**水蜜桃**《すいみつとう》　**ネクタリン**　**桃**《もも》**の香**《か》　**夜**《よる》**の桃**《もも》　**桃**《もも》**の汁**《しる》　**桃売**《ももうり》　［春］桃の花　［夏］早桃　〔中年や遠くみのれる夜の桃　西東三鬼〕

梨《なし》　さくさくした歯ざわり、水分も甘みも多い果物。　**ありの実**《み》　**水梨**《みずなし》　**洋梨**《ようなし》　**ラ・フランス**　**赤梨**《あかなし》　**青梨**《あおなし》　**長十郎**《ちょうじゅうろう》　**二十世紀**《にじっせいき》　**洋梨**《ようり》　**梨**《なし》**をむく**　**梨売**《なしうり》　**梨出荷**《なししゅっか》　**梨**《なし》**の芯**《しん》　**落梨**《おちなし》　［春］梨の花　〔梨をむく音のさびしく霧降れり　日野草城〕

青蜜柑《あおみかん》　あをみかん　濃い緑色の、まだ色づかない蜜柑。　**蜜柑青**《みかんあお》**し**　**早生蜜柑**《わせみかん》　［夏］蜜柑の花　［冬］蜜柑　〔老の眼の僅《わづ》かにたのし青蜜柑　百合山羽公〕

柿《かき》　日本の秋を代表する果実で、種類が多い。　**渋柿**《しぶがき》　**甘柿**《あまがき》　**富有柿**《ふゆうがき》　**筆柿**《ふでがき》　**次郎柿**《じろうがき》　**こねり柿**《がき》　**禅子丸柿**《ぜんじまるがき》　**柿赤**《かきあか》**し**　**柿**《かき》**の色**《いろ》　**柿**《かき》**ぬし**　**柿**《かき》**ころぶ**　**盆**《ぼん》**の柿**《かき》　**柿**《かき》**の艶**《つや》　**柿**《かき》**の村**《むら》　**柿**《かき》**の皮**《かわ》　**柿**《かき》**の種**《たね》　**柿色**《かきいろ》**づく**　**柿灯**《かきとも》**る**　**柿**《かき》**の籠**《かご》　**店**《みせ》**の柿**《かき》　**柿**《かき》**の秋**《あき》　**樽柿**《たるがき》　**熟柿**《じゅくし》　**柿熟**《かきう》**る**　**うみ柿**《がき》　［夏］柿の花・青柿　［冬］木守　〔潰《く》ゆるまで柿は机上に置かれけり　川端茅舎〕

林檎《りんご》　紅玉、国光、デリシャスなど品種が多い。　**紅玉**《こうぎょく》　**国光**《こっこう》　**林檎熟**《りんごう》**る**　**林檎**《りんご》**の香**《か》　**赤林檎**《あかりんご》　**姫林檎**《ひめりんご》　**林檎赤**《りんごあか》**し**　**デリシャス**　［春］林檎の花　［夏］青林檎　［冬］冬林檎　〔星空へ店より林檎

あふれをり　橋本多佳子〕

葡萄《ぶどう》《ぶだう》　棚に這わせて栽培する。球形の房を垂らす。褐紫色で半透明、緑色・淡紫色など種類が多い。**黒葡萄**《くろぶどう》　**白葡萄**《しろぶどう》　**葡萄園**《ぶどうえん》　**葡萄棚**《ぶどうだな》　**葡萄摘**《ぶどうつ》**む**　**葡萄実**《ぶどうみの》**る**　**葡萄守**《ぶどうもり》　**葡萄粒**《ぶどうつぶ》

夏葡萄の花・青葡萄〔秋を掌《て》にのせしと云へる葡萄かな　永井東門居〕

栗《くり》　実は毬《いが》の中で育ち、成熟すると毬の裂け目からこぼれ落ちる。**毬栗**《いがぐり》　**笑栗**《えみぐり》　**栗笑**《くりえ》**む**　**落栗**《おちぐり》　**栗落**《くりお》**つ**　**丹波栗**《たんばぐり》　**芝栗**《しばぐり》　**ささ栗**《ぐり》　**大栗**《おおぐり》　**山栗**《やまぐり》　**栗**《くり》**の実**《み》　**栗拾**《くりひろ》**ふ**　**栗を剝**《む》**く**　**栗打**《くりう》**つ**　**栗**《くり》**林**《ばやし》　**栗山**《くりやま》　**栗焼**《くりや》**く**　**干栗**《ほしぐり》　**青栗**《あおぐり》　**虚栗**《みなしぐり》　夏栗の花　新搗栗《かちぐり》飾る〔栗食むや若く哀しき背を曲げて　石田波郷〕

無花果《いちじく》　暗紫色または黄緑色に熟する。**白無花果**《しろいちじく》　夏青無花果〔呆けたりや熟無花果の脳を食ふ　森　澄雄〕

石榴《ざくろ》　紅熟した果実が裂けて、淡紅色の種が多数あらわれる。味は甘酸っぱい。**柘榴**《ざくろ》　**実**《み》　**石榴**《ざくろ》　**石榴**《ざくろ》**の実**《み》　**石榴赤**《ざくろあか》**し**　**石榴割**《ざくろわ》**る**　**石榴裂**《ざくろさ》**く**　**石榴笑**《ざくろえ》**む**　**石榴打**《ざくろう》**つ**　**石榴**《ざくろ》**もぐ**　夏石榴の花〔露人《ろじん》ワシコフ叫びて石榴打ち落す　西東三鬼〕

棗《なつめ》　暗紅色に熟れた実は、甘酸っぱい。食用、漢方薬としても用いられる。**棗**《なつめ》**の実**《み》　**棗取**《なつめと》**る**　**実棗**《みなつめ》　**青棗**《あおなつめ》　夏棗の花〔仮住みや棗にいつも風吹いて　細見綾子〕

胡桃《くるみ》　球形の堅い実で、割って食べる。栄養価が高い。**新胡桃**《しんくるみ》　**姫胡桃**《ひめくるみ》　**鬼胡桃**《おにくるみ》　**沢胡桃**《さわくるみ》　**山**《やま》**胡桃**《くるみ》　**胡桃**《くるみ》**の実**《み》　**胡桃拾**《くるみひろ》**ふ**　**胡桃焼**《くるみや》**く**　**胡桃割**《くるみわ》**る**　夏胡桃の花・青胡桃〔胡桃割る胡桃の中に使はぬ部屋　鷹羽狩行〕

酸橘《すだち》　酸味が強く、多汁で香りも高い。料理に使われる。**木酢**《きず》　〔夕風や箸のはじめの酸橘の香　服部嵐翠〕

柚子《ゆず》　扁円形の実で、芳香と酸味が強く、料理に用いられる。**柚**《ゆず》　**青柚**《あおゆず》　**柚子**《ゆず》**の実**《み》　**実柚子**《みゆず》　**柚子匂**《ゆずにお》**ふ**　**柚子**《ゆず》**は黄**《き》**に**　**柚子黄**《ゆずき》**ばむ**　**柚子**《ゆず》**もぐ**　夏柚子の花・青柚　秋柚子味噌　〔柚子買ひしのみ二人子を連れたれど　石田波郷〕

柑子《こうじ》　多汁だが、柑橘類の一種。種が多く、酸味はあるが甘みもある。**柑子蜜柑**《こうじみかん》　夏柑子《かうじ》の花　新柑子飾る　〔柑子の実夕月皓《しろ》くかかりけり　根岸善雄〕

金柑《きんかん》　赤橙色の小さな実、果皮に甘味と香りがある。**金橘**《きんきつ》　**姫橘**《ひめきつ》　**金柑**《きんかん》**の実**《み》　夏金柑の花　〔入日の家金柑甘く煮られゐつ　村越化石〕

九年母《くねんぼ》　蜜柑の一種。皮が厚く表面は堅くきめが粗い。甘みと香りがよい。**香橙**《こうとう》　**乳柑**《にゆうかん》　**くねぶ**　夏九年母の花　〔九年母や吾孫子《あびこ》の駅のたそがれて　石田波郷〕

仏手柑《ぶつしゆかん》　果肉は酸味と苦みが強いので、輪切りにして砂糖漬などにする。**仏手柑**《ぶしゆかん》　夏仏手柑の花　〔仏手柑天上天下指さして　高橋悦男〕

朱欒《ざぼん》　柑橘類の中で最も大きい。外皮は鮮黄色で厚く、独特の芳香を放つ。**文旦**《ぶんたん》　**うちむらさき**　**朱欒**《ざぼん》**もぐ**　夏朱欒の花　〔朱欒割くや歓喜のごとき色と香と　石田波郷〕

オリーブの実《み》　長円形の青い実は、熟すると紫黒色となる。成熟果からオリーブ油をしぼりとる。夏オリーブの花　〔オリーブの実の密放哉《ほうさい》の墓まろし　久保田月鈴子〕

檸檬《れもん》　紡錘《ぼうすい》形で、果汁が多く芳香がある。紅茶や洋食などの香味に用いる。**レモン**　**レモン**

切《き》る　レモン搾《しぼ》る　レモンの香《か》〔檸檬ぬくし癒えゆく胸にあそばせて　鷲谷七菜子〕

榲桲《まるめろ》 黄色い球形の果実。甘酸っぱくて香気がある。主として砂糖漬や缶詰にする。**まるめいら　香円《こうえん》　おにめ**　【春】榲桲の花〔まるめろに北国の朝雨細る　佐藤鬼房〕

榠樝《かりん》《くわりん》 楕円形の果実で、砂糖漬、焼酎漬として賞味する。咳止めにも用いる。**榠樝《かりん》の実《み》　花梨《かりん》の実《み》　唐梨《からなし》　海棠木瓜《かいどうぼけ》**　【春】榠樝の花〔くわりんの実しばらくかぎて手に返す　細見綾子〕

樹　木

紅葉《もみじ》《もみぢ》 木の葉が赤や黄に色づくこと。**紅葉《こうよう》　もみづる　もみぢ葉《ば》　紅葉《こうよう》する　色葉《いろは》　紅葉《もみじ》の錦《にしき》　梢《こずえ》の錦《にしき》　下紅葉《したもみじ》　村紅葉《むらもみじ》　はし紅葉《もみじ》　夕紅葉《ゆうもみじ》　紅葉川《もみじがわ》　紅葉谷《もみじだに》　紅葉映《もみじは》ゆ　紅葉明《もみじあか》り　紅葉《もみじ》の朱《あか》　紅葉《もみじ》の火《ひ》　紅葉焚《もみじた》く　朝紅葉《あさもみじ》　山紅葉《やまもみじ》**　【秋】紅葉且つ散る　【冬】紅葉散る・冬紅葉
〔この樹登らば鬼女となるべし夕紅葉　三橋鷹女〕

初紅葉《はつもみじ》《はつもみぢ》 今年になって初めて見る紅葉。**紅葉《もみじ》し初《そ》む**〔尾根さらに尾根を岐《わか》ちて初紅葉　有働　亨〕

薄紅葉《うすもみじ》《うすもみぢ》 うっすらと色づきはじめた紅葉をいう。〔色づくや豆腐に落ちて薄紅葉　松尾芭蕉〕

黄葉《こうよう》《くわうえふ》 楢《なら》・櫟《くぬぎ》・欅《けやき》・白樺・栃・栗など黄色にもみじしたのをいう。**黄葉《もみじ》　草木黄《くさきき》ばむ　黄葉《こうよう》はげし　黄葉《こうよう》す**〔黄葉して落葉松はなほ曇りをり　有働　亨〕

照《て》　葉《は》　草や木の紅葉が、日光に照らされているさま。**照紅葉《てりもみじ》**　**照葉《てりは》する**　〔照葉して名もなき草のあはれなる　富安風生〕

紅葉《もみじ》且《か》つ散《ち》る《もみぢかつちる》　紅葉しながら、一方では紅葉が散りはじめるさま。**色《いろ》ながら散《ち》る**　**色葉《いろは》散《ち》る**　**木《こ》の葉《は》且《か》つ散《ち》る**　秋黄落　冬紅葉散る　〔一枚の紅葉且つ散る静かさよ　高浜虚子〕

黄《こう》　落《らく》《くわうらく》　黄葉が一斉に散りはじめること。**黄落期《こうらくき》**　**黄落《こうらく》す**　**街黄落《まちこうらく》**　〔黄落といふこと水の中にまで　鷹羽狩行〕

楓《かえで》《かへで》　秋に紅葉する種類のなかで、とくに美しい。もみじといえば、紅葉・黄葉する一般の木の称であるとともに、楓の異称でもある。**鶏冠木《かえで》**　**かへるで**　**楓紅葉《かえでもみじ》**　夏若楓　秋紅葉　〔沼楓色さす水の古りにけり　臼田亜浪〕

柏黄葉《かしわもみじ》《かしはもみぢ》　樹木が高く、葉が大きいので、黄葉も目立つ。この葉で柏餅を作る。**秋柏《あきかしわ》**　春柏落葉　冬冬柏　〔黄をつくす柏黄葉や森の径　山之内洗洞〕

漆紅葉《うるしもみじ》《うるしもみぢ》　葉の表は鮮やかな紅色に、裏は黄色に紅葉する。夏漆の花　秋漆の実　〔うるし紅葉水なにかはと燃えうつる　篠田悌二郎〕

櫨紅葉《はぜもみじ》《はぜもみぢ》　中部以南の山地に自生する。色鮮やかに紅葉する。**櫨《はじ》**　夏櫨の花　秋櫨ちぎり・櫨の実　〔櫨紅葉牛は墓標につながれて　石原八束〕

銀杏黄葉《いちょうもみじ》《いてふもみぢ》　黄葉のなかで最も鮮やかで美しい。銀杏大樹が、黄葉し、落葉するさまは壮観である。**銀杏黄葉《いちょうきば》**　春銀杏の花　秋銀杏散る　冬枯銀杏　〔とある日の銀杏もみ

ぢの遠眺め　久保田万太郎〕

錦木《にしきぎ》　紅葉が美しく、実は真紅で鮮やかである。**錦木紅葉《にしきぎもみじ》**　**錦木の実《にしきぎのみ》**　夏錦木の花　〔錦木や野仏も夜を経たまひぬ　森　澄雄〕

桜紅葉《さくらもみじ》《さくらもみぢ》　ほかの木にさきがけて紅葉し、散りはじめる。**もみづる桜《さくら》**　春桜　夏葉桜
〔桜紅葉しばらく照りて海暮れぬ　角川源義〕

白膠木紅葉《ぬるでもみじ》《ぬるでもみぢ》　楓紅葉とともに、紅葉のなかでも美しいもののひとつ。**ぬるで**　秋五倍子
〔白膠木紅葉ことに明るし恵那聳ゆ　篠原つな子〕

柞《ははそ》　柞は古名、小楢《こなら》のこと。赤や赤紫色に紅葉する。**柞紅葉《ははそもみじ》**　**楢紅葉《ならもみじ》**　〔わがこゑの山に消えゆく柞かな　小坂文之〕

柿紅葉《かきもみじ》《かきもみぢ》　朱・紅・黄色の入り混じった独特の色に紅葉する。**柿《かき》の紅葉《もみじ》**　**柿紅葉《かきもみじ》する**　夏柿の花　秋柿　冬柿落葉　〔紅葉せり柿の葉鮓の柿の葉も　長谷川櫂〕

梅紅葉《うめもみじ》《うめもみぢ》　梅の葉はあまり目立たず、ひっそり紅葉し、枯れてゆく。〔散り行くも二度の歎きや梅紅葉　服部嵐雪〕

櫟紅葉《くぬぎもみじ》《くぬぎもみぢ》　褐色に近い紅葉で、渋みと落着きがある。〔山は今染めんとすなり櫨櫟《はぜくぬぎ》　武定巨口〕

ななかまど　燃えるように美しく紅葉する。真っ赤な小粒の実がなる。**七竈《ななかまど》**　**ななかまど紅葉《もみじ》**　**ななかまどの実《み》**　〔ななかまど夕日より道走りだす　永田耕一郎〕

桐一葉《きりひとは》　大きな桐の葉が音を立てて落ちると、秋の訪れを感じる。**一葉《いちよう》**　**ひとは**　**一葉落《ひとはお》つ**

桐《きり》の葉《は》落《お》つ　一葉《ひとは》散《ち》る　桐《きり》の一葉《ひとは》　散《ち》る一葉《ひとは》　桐《きり》の秋《あき》　一葉《ひとは》の秋《あき》　夏桐の花　秋桐の実

〔桐一葉日当りながら落ちにけり　高浜虚子〕

柳散《やなぎち》る　秋の終わりから初冬にかけて散り尽くす。柳の葉の散るのに、しみじみ秋が感じられる。**散《ち》る柳《やなぎ》　黄柳《きやなぎ》　秋柳《あきやなぎ》　柳黄《やなぎき》ばむ**　春柳　夏葉柳　冬枯柳　〔まっすぐに雨にしたがふ散り柳　富安風生〕

銀杏散《いちょうち》る《いてふちる》　黄金色に銀杏の散るさまは、黄落の季感を代表するもの。**散《ち》る銀杏《いちょう》　銀杏散《いちょうち》りやまず　銀杏散《いちょうち》り敷《し》く**　秋銀杏黄葉・銀杏《ぎんなん》　〔銀杏散るまつたゞ中に法科あり　山口青邨〕

名《な》の木《き》散《ち》る　柞《ははそ》・櫨《はぜ》・楢《なら》など紅葉の美しい名のある木の葉が、散ってゆくさま。〔楢の葉の朝から散るや豆腐桶　小林一茶〕

秋《あき》芽《め》　秋に木の芽や草の芽が出ること。**秋《あき》の芽《め》　秋芽吹《あきめふ》く**　春木の芽　冬冬芽　〔献体のこと思ひゐる秋芽かな　綾部仁喜〕

色変《いろか》へぬ松《まつ》　晩秋、まわりの木々が紅葉したり、散ったりするなかで、常緑のまま色を変えない松をいう。**色《いろ》かへぬ杉《すぎ》**　春松の芯・松の花　〔色変へぬ松したがへて天守閣　鷹羽狩行〕

新松子《しんちぢり》　今年新しくできた松毬《まつかさ》。若々しい緑色が新鮮な感じを与える。**青松毬《あおまつかさ》　松《まつ》ふぐり　松《まつ》ぼくり**　春松の花　〔将門の首を洗ふや新松子　角川春樹〕

五倍子《ふし》　白膠木《ぬるで》の葉にできる袋のようなもの。五倍子虫《ふしむし》が産卵してできた虫こぶ。染料・医

薬品の原料となる。ごばいし 〔山の日は五倍子の蓆に慌し 阿波野青畝〕

木《こ》の実《み》 秋になって熟する木の実の総称。**木《こ》の実落《みお》つ** **木《こ》の実降《みふ》る** **木《こ》の実雨《みあめ》** **木《こ》の実時雨《みしぐれ》** **木《こ》の実独楽《みごま》** **木《こ》の実拾《みひろ》ふ** **木《こ》の実鳴《みな》る** **木《こ》の実の雨《みあめ》** 〔木の実のごとき臍《へそ》もちき死なしめき 森 澄雄〕

朴《ほお》の実《み》 《ほほのみ》長さ一五センチくらいの長楕円形の紅紫色の実。 夏朴の花 冬朴落葉 〔朴の実は赤し激流まつ青に 野見山朱鳥〕

杉《すぎ》の実《み》 二〜三センチくらいの鱗《うろこ》のある小さい丸い実。焦げ茶色に熟す。 春杉の花 〔杉の実のほろほろ墓に詣でむか 増成栗人〕

櫨《はぜ》の実《み》 鮮やかに紅葉し、実は大豆ほどの大きさで扁平。**はじの実《み》** 夏櫨の花 秋櫨ちぎり 〔櫨の実のしづかに枯れてをりにけり 日野草城〕

橡《とち》の実《み》 実は球状、熟すと栗褐色の種を落とす。種を晒して橡餅や橡団子にする。**栃《とち》の実《み》** **橡拾《とちひろ》ふ** 夏橡の花 〔橡の実の山川まろぶひとつかな 飯田蛇笏〕

椋《むく》の実《み》 小豆大の実をつけ、黒色に熟す。甘いので、椋鳥《むくどり》など小鳥が集まって啄《ついば》む。 秋椋鳥 〔椋鳥のこぼして椋の実なりける 岸風三楼〕

一位《いちい》の実《み》 《いちゐのみ》古名は、あららぎ。赤く透きとおったルビーのような実は甘い。**あららぎの実《み》** **おんこの実《み》** 春一位の花 〔手にのせて火だねのごとし一位の実 飴山 實〕

団《どん》 栗《ぐり》 主として櫟《くぬぎ》の実をいうが、櫟《くぬぎ》、楢《なら》、柏《かしわ》、樫《かし》などの大型堅果の総称。**櫟《くぬぎ》の実《み》** **団栗落《どんぐりお》つ** **団栗転《どんぐりころ》ぶ** **団栗独楽《どんぐりごま》** **団栗拾《どんぐりひろ》ふ** 夏櫟の花 〔子の帯を解けば団栗落ちにけり 矢部金柑

子〕

樫《かし》の実《み》　ブナ科の樫と呼ばれる木の実の総称。**橿《かし》の実《み》**　**樫《かし》の実《み》落《お》つ**　**樫拾《かしひろ》ふ**　【春】樫の花　〔樫の実や撫でて小さき去来の碑　中村春逸〕

椎《しい》の実《み》《しひのみ》　大粒、小粒の二種類がある。生食または炒《い》って食べる。**落椎《おちしい》**　**椎拾《しいひろ》ふ**　**椎《しい》の秋《あき》**　【夏】椎の花　〔夜の闇《くら》さ椎降る音の降る音に　竹下しづの女〕

楢《なら》の実《み》　小楢《こなら》と水楢《みずなら》があるが、楕円形の堅果はお椀のような殻斗《かくと》に包まれている。**柞《ははそ》の実《み》**　【秋】柞　〔楢の実は一粒一粒彌撒《ミサ》了る　日々信也〕

檀《まゆみ》の実《み》　淡紅色の実が裂けると、まっ赤な種子が現れる。**真弓《まゆみ》の実《み》**　**山錦木《やまにしきぎ》**　【夏】檀の花　〔旅にをり旅の日和の檀の実　森　澄雄〕

合歓《ねむ》の実《み》　一〇～一三センチの扁平な莢の実を垂らす。**合歓《ねむ》は実《み》に**　【夏】合歓の花　〔合歓は実に頬いろづきぬ農少女　石田波郷〕

栴檀《せんだん》の実《み》　指頭大の楕円形の実で、黄熟する。古名は楝《おうち》。**楝《おうち》の実《み》**　**樗《おうち》の実《み》**　**金鈴子《きんれいし》**　【夏】楝の花　〔手が見えてやがて窓閉づ楝の実　柴田白葉女〕

漆《うるし》の実《み》　大豆くらいの黄褐色の実で、光沢がある。この実から蠟《ろう》がとれる。**実漆《みうるし》**　【夏】漆搔く・漆の花　〔風荒れのひと日暮れ急ぐ漆の実　河野南畦〕

榧《かや》の実《み》　棗《なつめ》に似た楕円形の実。熟すと紫褐色になる。脂肪が多く食べられる。**新榧《しんかや》**　【春】榧の花　【新】榧飾る　〔榧の実は人なつかしく径《みち》に降る　長谷川素逝〕

榛《はしばみ》の実《み》　楕円形で球果は堅い。生で食べたり、炒《い》って食べる。【春】榛の花　〔子とかじる青

はしばみよ岩山に　佐藤鬼房〕

榎の実《えのきのみ》　小豆ぐらいの実で、赤褐色に熟し甘みがある。椋の実とともに小鳥たちの好物。**榎**《え》**の実**《み》　夏榎の花　〔榎の実落つ理路を辿ればたあいなき　菅　裸馬〕

黐の実《もちのみ》　実をつける木とつけない木がある。赤い実だが黄色もある。**黐**《もち》**の木**《き》**の実**《み》　夏黐の花　〔黐の実の黒ずむ兄の忌なりけり　高木良多〕

柾の実《まさきのみ》　熟すと小粒の実が裂け、黄赤色の種子が現れる。〔柾の実籬のうちも砂白く　富安風生〕

楠の実《くすのみ》　大豆ほどの実で、黒く熟する。**樟**《くす》**の実**《み》　〔樟の実の落つる音のみ結跏仏　滝川清峰〕

菩提子《ぼだいし》　菩提樹の実。熟した実を乾燥させて数珠をつくる。**菩提**《ぼだい》**の実**《み》　**菩提樹**《ぼだいじゅ》**の実**《み》　**菩提子**《ぼだいし》**拾**《ひろ》**ふ**　夏菩提樹の花　〔菩提子はかなしほとけは美しき　岸風三楼〕

無患子《むくろじ》　黒く硬い球形種は羽子《はね》つきの羽子の玉や数珠にする。**木患子**《むくろじ》　**無患樹**《むくろじ》**の実**《み》　〔雨の日の雨の無患子深大寺　星野麥丘人〕

衝羽根《つくばね》　卵円形の実の先端に、四片の苞を羽根のようにひろげてつけている。果実は塩漬にして食べる。**胡鬼**《こき》**の子**《こ》　**羽子**《はご》**の木**《き》　〔つくばねの実の塩漬や酒ほしし　石川桂郎〕

橘《たちばな》　柑橘類の一つ。黄色で表面が粗い。酸味が強く生食には向かない。**立花**《たちばな》　**橘**《たちばな》**の実**《み》　夏花橘　新橘飾る　〔旅たのし葉つき橘籠《こ》にみてり　杉田久女〕

枳椇《けんぽなし》　梨の種類ではなく、クロウメモドキ科の落葉高木。小さい球状の紫褐色の実。**玄圃**《けんぽ》**梨**《なし》　**てんぼうなし**　〔けんぽなし干してほいく〳〵屋根ぬくし　浜田波川〕

銀《ぎん》杏《なん》 銀杏の種のこと。焼いたり、茶碗蒸しに使う。**銀杏《いちよう》の実《み》** **銀杏拾《ぎんなんひろ》ふ** **銀杏降《ぎんなんふ》る** **銀杏落《ぎんなんお》つ** 秋銀杏散《いちようち》る 〔銀杏にちり〴〵の空暮れにけり 芝不器男〕

桐《きり》の実《み》 三センチほどの卵形の堅い実。熟すと裂けて翼のある種子を飛ばす。夏桐の花 秋桐一葉 〔桐の実のおのれ淋しく鳴る音かな 富安風生〕

油桐《あぶらぎり》の実《み》 桐とは別の落葉高木。種子からしぼった油を桐油《とうゆ》という。傘《からかさ》や合羽《かつぱ》などに塗った。**桐油《とゆ》の実《み》** 〔とゆの実の土に垂れたる戸口かな 吟 七〕

海桐《とべら》の実《み》 熟すと三つに裂け、十数個の赤い種子が露出する。夏海桐の花 〔とべらの実手折る膝折り子は持たじ 菖蒲あや〕

紫式部《むらさきしきぶ》 小さな実が群がって紫色に熟す。白い実は白式部。**みむらさき** **紫式部《むらさきしきぶ》の実《み》** **小式部《こしきぶ》** **白式部《しろしきぶ》** 〔をみならの山旅の荷に実むらさき 有働 亨〕

楸《ひさぎ》 アカメガシワの古名。赤みをおびた黄色に紅葉する。**あかめがしわ** **楸散《ひさぎち》る** **散《ち》る楸《ひさぎ》** 〔団扇捨てし女と見ばや門楸 松尾竹後〕

臭木《くさぎ》の花《はな》 枝先に香りのある白色の五弁花をつける。葉や茎に悪臭があるためこの名がある。**常山木《くさぎ》の花《はな》** 秋臭木の実 〔ぺかぺかと午後の日輪常山木咲く 飯田蛇笏〕

臭木《くさぎ》の実《み》 星の形に開いた紅紫色の萼《がく》の中心に碧色の実を結ぶ。**常山木《くさぎ》の実《み》** 秋臭木の花 〔臭木の実山も掃かれてありにけり 八木林之助〕

枸杞《くこ》の実《み》 紅色の楕円形の小さな実。生食したり枸杞酒にする。**枸杞子《くこし》** 秋枸杞の花 〔枸杞の実の色づき野川水やせぬ 宮下翠舟〕

枸杞《くこ》の花《はな》 不老長寿に効あるとされる薬草で八〜九月ごろ淡紫色の花冠をもつ。**枸杞《くこ》咲《さ》く** 春枸杞の芽・枸杞飯・枸杞茶 秋枸杞の実 〔枸杞咲いて海女の深井は濤のそば 平峯蜉城〕

樝子《しどみ》の実《み》 梅の実に似た球形の果実で黄熟する。酸味が強く生食に適さない。**草木瓜《くさぼけ》の実《み》** 春樝子の花 〔草木瓜の実に風雲の深空あり 飯田龍太〕

ひよんの実《み》 蚊母樹《いすのき》にできる虫こぶで、実ではない。虫が出たあとのこぶを子供が吹き鳴らして遊ぶ。**ひよん** **瓢《ひょん》の実《み》** **蚊母樹《いすのき》の実《み》** **蚊母樹《いすのき》** **蚊子木《ぶんしぼく》** **ひよんの笛《ふえ》** 〔ひよんの笛わが姓にある犭偏《けものへん》 猪口節子〕

山椒《さんしょう》の実《み》 さんせうのみ 赤く熟し、裂けて黒い艶やかな種をとばす。粉山椒はこれを粉にしたもの。**実山椒《みざんしょう》** 春山椒の花・山椒の芽 夏青山椒 〔観音にまみゆる前の山椒の実 森澄雄〕

山樝子《さんざし》 黄色の実で、薬用。**山樝子《さんざし》の実《み》** 春山樝子《さんざし》の花《はな》 〔山樝子の赤き実うつや朝の雨 相沢暁村〕

木天蓼《またたび》 長楕円形で、熟すと黄色になり食べられる。夏木天蓼の花 〔またたびを喰らふ青鬚越後人 沢木欣一〕

珊瑚樹《さんごじゅ》の実《み》 楕円形で真っ赤に熟す。その色を珊瑚にたとえた名。**実珊瑚《みさんご》** **珊瑚《さんご》熟《う》る** 夏珊瑚樹の花 〔海青く珊瑚樹は実を滝なして 村沢夏風〕

梅擬《うめもどき》 赤い実が美しいので、観賞用に植え、生け花、盆栽に用いる。白梅擬もあり、花も

実も白い。**落霜紅**《うめもどき》　**梅嫌**《うめもどき》　**梅擬**《うめもどき》**の実**《み》　〔大阪やけふよく晴れてうめもどき　森　澄雄〕

蔓梅擬《つるうめもどき》　実が熟すると、三つに裂け黄赤色の種が顔をだす。生け花に用いられる。**つるもどき**　夏蔓梅擬《つるうめもどき》の花《はな》　〔しぐるるもまた好日の蔓もどき　齋藤美規〕

山《やま》　**梨**《なし》　果実は直径二〜三センチで梨によく似ている。酸味や渋味があってまずい。**こなし**　**犬梨**《いぬなし》　春棠梨の花　〔山梨熟れ穂高雪渓眉の上　飯田蛇笏〕

皂角子《さいかち》　三〇センチほどの扁平な豆莢《さや》を結ぶ。**皂莢**《さいかち》　**さいかちの実**《み》　**さいかし**　夏皂角子の花　〔皂莢に秋の日落つる小窓かな　正岡子規〕

茱《ぐ》　**萸**《み》　白い斑点のある紅い小粒の実で、食べると甘酸っぱい。**胡頽子**《ぐみ》　**秋茱萸**《あきぐみ》　**茱萸**《ぐみ》**の実**《み》　春苗代茱萸　夏夏茱萸・茱萸の花　〔秋茱萸の海側ほむらして熟るる　加藤知世子〕

苗代茱萸《なわしろぐみ》**の花**《はな》　《なはしろぐみのはな》　葉のわきから、細い筒形の白花を垂らす。〔宵闇や苗代ぐみの咲きそめし　宮野小提灯〕

がまずみ　昔、この実で衣類を染めたことからこの名がある。実は食べられるが、酸味が強い。**がまずみの実**《み》　〔がまずみの実に太陽のひとつひとつ　阿部みどり女〕

茨《いばら》**の実**《み》　光沢のある、真紅の球形の実。利尿剤に用いる。**野茨**《のいばら》**の実**《み》　**野**《の》**ばらの実**《み》　夏茨の花　冬枯茨　〔野茨の実に日月の凝りしかな　山本悠水〕

秋《あき》　**桑**《くわ》　《あきくは》　秋蚕を飼うための桑。**秋**《あき》**の桑**《くわ》　春桑の花　夏桑の実　〔秋桑や利根とはいへど一瀬にて　水原秋櫻子〕

楤《たら》**の花**《はな》　茎の上に小さい白花を多数つける。春楤の芽　〔楤の花ひろげ曇天つつましく

伊藤凍魚〕

蝦蔓《えびづる》 葉も果実も葡萄に似ているが小さい。熟して黒くなり、食べられる。**蘡薁**《えびづる》 **えびかづら** **蝦蔓**《えびづる》**の実**《み》 〔足音をたのしむ橋やえびかづら 山田みづえ〕

山葡萄《やまぶどう》《やまぶだう》 山地に自生する豌豆ほどの丸い実が房になって下がる。黒く熟すると食べられる。**山葡萄**《やまぶどう》**の実**《み》 秋葡萄 〔山葡萄故山の雲のかぎりなし 木下夕爾〕

野葡萄《のぶどう》《のぶだう》 白・紫・藍色など、いろいろの色の実が一房に集まってつく。食べられない。**野葡萄**《のぶどう》**の実**《み》 〔野葡萄に指染め女人高野かな 木内彰志〕

通草《あけび》 六センチほどの楕円形の実は、熟すと裂け、黒い種を含んだ白い果肉が現れる。食べると甘い。**通草**《あけび》**の実**《み》 **木通**《あけび》 **燕覆子**《あけび》 **烏覆子**《あけび》 **山女**《やまひめ》 **あけぶ** **おめかづら** **かみかづら** 春通草の花 〔むゝと口閉ぢし通草が籠出づる 綾部仁喜〕

蔦《つた》 山林などに自生、木や石垣を這い登る。真っ赤に紅葉する。**蔦**《つた》**かづら** **蔦**《つた》**の門**《もん》 **錦蔦**《にしきづた》 **蔦巻**《つたま》**く** **蔦明**《つたあか》**り** 春蔦若葉 夏青蔦 冬冬蔦・枯蔦 〔桟《かけはし》や命をからむつたかづら 松尾芭蕉〕

蔦紅葉《つたもみじ》《つたもみぢ》 掌状の葉は真っ赤に紅葉する。夏青蔦 〔蔦もみぢ神が登ってゆきにけり 中村苑子〕

正木《まさき》**の鬘**《かずら》《まさきのかづら》 正木の鬘《かずら》は定家葛《かずら》の古名。山地に多い。**柾**《まさき》**の葛**《かずら》 **定家葛**《ていかかずら》 〔弓の木の久しき柾のかづらかな 椎本才麿〕

竹《たけ》**の春**《はる》 秋になると竹は美しく青々と茂る。**竹**《たけ》**も春**《はる》**なる** **竹春**《ちくしゅん》 春竹の秋 夏若竹 秋竹伐

る〔竹の春水きらめきて流れけり　成瀬櫻桃子〕

竹《たけ》の実《み》　竹は種類によって異なるが数年に一度開花し、結実する。**竹実《たけみの》る**　**竹実《たけみ》を結《むす》ぶ**　【春】竹の秋　【夏】竹の花・若竹・竹の皮脱ぐ〔竹の実に寺山あさき日ざしかな　飯田蛇笏〕

草　花

芭《ば》蕉《しょう》《ばせう》　長さ二メートルの葉は鮮緑色の楕円形。大きな苞をもつ花穂をつける。**芭蕉葉《ばしょうば》**　**芭蕉林《ばしょうりん》**　**はせを**　**芭蕉広葉《ばしょうひろば》**　**芭蕉打《ばしょうう》つ風《かぜ》**　【夏】玉巻く芭蕉・青芭蕉・芭蕉の花　【秋】破芭蕉　【冬】枯芭蕉〔芭蕉葉の雨音の又かはりけり　松本たかし〕

破芭蕉《やればしょう》《やればせう》　風雨に傷んで縦に裂けた芭蕉。**芭蕉《ばしょう》の破葉《やれは》**　**芭蕉破《ばしょうやぶ》る**　**破《やぶ》れ芭蕉《ばしょう》**　**芭蕉《ばしょう》の葉《は》傷《いた》む**　【夏】玉巻く芭蕉　【秋】芭蕉　【冬】枯芭蕉〔横に破れ縦に破れし芭蕉かな　高浜虚子〕

檀《だん》特《どく》　カンナ科の多年草。真っ赤な花をつける。**曇華《どんか》**　**蘭蕉《らんしょう》**〔浦々に檀特の花日本海　森　澄雄〕

カンナ　大型の唇形花で、赤・橙・黄・白・絞りなどさまざま。**花《はな》カンナ**　**カンナ咲《さ》く**　**カンナの花《はな》**　**カンナ燃《も》ゆ**　**カンナの緋《ひ》**〔カンナカンナ血のいろとなるまでカンナ　田井三重子〕

サフランの花《はな》　春先に咲くクロッカスと同属。漏斗状《ろうとじょう》の六花弁で淡紫色。**泊夫藍《さふらん》**　**秋咲《あきざ》きサフラン**　【春】クロッカス〔燈台の泊夫藍畠珠洲《すず》岬　沢木欣一〕

ジンジャーの花《はな》　花茎の先に白・黄・橙赤色などの芳香ある花を開く。**花縮砂《はなしゅくさ》**　**ジンジャー咲《さ》く**

〔ジンジャーの香夢覚めて妻在らざりき　石田波郷〕

万年青の実《おもとのみ》　球形の実は初め青々しているが、晩秋には真紅になる。漢方にも用いられる。

夏万年青の花　〔万年青の実楽しむとなく楽しめる　鈴木花蓑〕

蘭《らん》　種類が多く、気品の高い花である。**蘭の花**《らんのはな》　**蘭咲く**《らんさく》　**秋蘭**《しゅうらん》　**秋の蘭**《あきのらん》　**蘭の秋**《らんのあき》　**蘭の香**《らんのか》　**匂ふ蘭**《におふらん》　**糸蘭**《いとらん》　**デンドロビューム**　春春蘭・金蘭・銀蘭・君子蘭　夏胡蝶蘭　〔蘭の香や眉じり細くひきをはる　鷲谷七菜子〕

朝顔《あさがお》　朝、漏斗《ろうと》状の花を咲かせ、昼にはしぼむ。色、形ともに多彩。**蕣**《あさがお》　**朝な草**《あさなぐさ》　**牽牛花**《けんぎゅうか》　**朝顔**《あさがほ》　**朝顔咲く**《あさがおさく》　**朝顔の花**《あさがおのはな》　**白朝顔**《しろあさがお》　春朝顔蒔く　夏夕顔　秋夜顔　〔朝がほや一輪深き淵のいろ　与謝蕪村〕

朝顔の実《あさがおのみ》　秋が深まり、実がからからに乾くと中から黒い種が落ちる。**種朝顔**《たねあさがお》　**朝顔の種採る**《あさがおのたねとる》　**朝顔の実**《あさがほのみ》　春朝顔蒔く　夏朝顔市　秋朝顔　〔朝顔の実にふれ遠き昔あり　高木晴子〕

夜顔《よるがお》　大型の白いラッパ状の花で芳香がある。夕方開花し、翌朝しぼむ。**夜会草**《やかいそう》　夏夕顔　〔月更けて夜会草風にいたみけり　高田蝶衣〕

鶏頭《けいとう》　花の色、形が雄鶏の鶏冠《とさか》に似ているので、この名がある。黄・白色などもある。**鶏頭花**《けいとうか》　**けいと**　**鶏頭の花**《けいとうのはな》　**房鶏頭**《ふさけいとう》　**槍鶏頭**《やりけいとう》　**ちゃぼ鶏頭**《けいとう》　**鶏頭咲く**《けいとうさく》　**鶏頭紅し**《けいとうあか》　**鶏頭燃ゆ**《けいとうも》　春鶏頭蒔く　〔鶏頭の十四五本もありぬべし　正岡子規〕

葉鶏頭《はげいとう》　葉の形が鶏頭に似ており、雁が来るころ葉が色づくので雁来紅《がんらいこう》ともいう。**雁来紅**《がんらいこう》　**かまつか**　**かまつか**　**かまつかの朱**《しゅ》　〔ゆっくりとはたりと暮れぬ葉鶏頭　森　澄雄〕

コスモス　キク科の一年草で、淡紅・白・紅などいろいろある。**秋桜**《あきざくら》　**大**《おお》**はるしやぎく**　〔コスモスの押しよせてゐる厨口《くりやぐち》　清崎敏郎〕

仙翁花《せんのうげ》　《せんをうげ》枝先に濃紅色の美しい花を開く。**紅梅草**《こうばいぐさ》　**剪紅花**《せんこうか》　**仙翁**《せんのう》　[夏]酔仙翁草　〔節黒く仙翁の花夢二の忌　佐治玄鳥〕

緋衣草《ひごろもそう》　《ひごろもさう》花は鮮紅色で、数個集まって輪状に咲く。**緋衣草**《ひごろもそう》**の花**《はな》　**緋衣**《ひごろも》**サルビア**　〔緋衣草那須嶺は鬱と雲被き　宮沢常四郎〕

鬱金《うこん》**の花**《はな》　草丈五〇センチくらいの淡黄色の穂状花。薬用や食品の色付け、染色などに用いられる。**きぞめ草**《ぐさ》　**鬱金咲**《うこんさ》**く**　〔朝露や鬱金畠の秋の風　野沢凡兆〕

白粉花《おしろいばな》　実の中に白い粉があり、夕方咲き翌朝しぼむ。赤・白・黄・絞りなど。**白粉**《おしろい》**の花**《はな》　**白**《おし》**粉咲**《ろいさ》**く**　**夕化粧**《ゆうげしょう》　**白粉草**《おしろいぐさ》　**おしろい**　**金化粧**《きんげしょう》　**銀化粧**《ぎんげしょう》　**野茉莉**《のまつり》　**紫茉莉**《むらさきまつり》　**燕脂花**《えんしか》　**夕錦**《ゆうにしき》　〔白粉花過去に妻の日ありしかな　きくちつねこ〕

鳳仙花《ほうせんか》　《ほうせんくわ》花は葉腋《ようえき》からつり下がり横を向いて咲く。赤・紫・黄・白・絞りなど、八重咲きもある。**つまくれなゐ**　**つまべに**　**つまぐれ**　**染指草**《せんしそう》　〔鳳仙花夕日に花の燃え落ちし　鈴木花蓑〕

鬼灯《ほおずき》　《ほほづき》漿果《しょうか》は球形で熟すると赤くなり、これを包んでいる萼《がく》も色づく。口に含んで鳴らして遊ぶ。**酸漿**《ほおずき》　**鬼灯**《ほおずき》**の実**《み》　**鬼灯**《ほおずき》**ならす**　[夏]鬼灯の花・青鬼灯　[秋]鬼灯市　〔ほほづきのぽつんと赤くなりにけり　今井杏太郎〕

秋海棠《しゅうかいどう》　《しうかいだう》海棠に似た、淡紅色の花がうつむきに咲く。**断腸花**《だんちょうか》　〔病める手の爪美しや秋

海棠　杉田久女〕

菊《きく》　桜と並び称される日本の代表的な花。色、形、大きさなどで数千種もある。**菊《きく》の花《はな》　隠君子《いんくんし》　少女草《しょうじょくさ》　千代見草《ちよみぐさ》　星見草《ほしみぐさ》　かたみ草《ぐさ》　白菊《しらぎく》　黄菊《きぎく》　紅菊《べにぎく》　百菊《ひゃくぎく》　一重菊《ひとえぎく》　八重菊《やえぎく》　大菊《おおぎく》　中菊《ちゅうぎく》　小菊《こぎく》　狂《くる》ひ菊《ぎく》　料理菊《りょうりぎく》　菊《きく》の蕾《つぼみ》　菊白《きくしろ》し　菊《きく》を折《お》る　初菊《はつぎく》　菊《きく》の鉢《はち》　すがれ菊《ぎく》　捨菊《すてぎく》　菊畑《きくばたけ》　菊《きく》の宿《やど》　菊見《きくみ》　菊日和《きくびより》　菊晴《きくば》れ　菊月夜《きくづきよ》　菊《きく》の香《か》　菊匂《きくにお》ふ　菊《きく》売《うり》　菊《きく》の市《いち》　菊作《きくづく》り　厚物咲《あつものざき》　籬《まがき》の菊《きく》　乱菊《らんぎく》**　[春]菊根分・菊植う　[夏]夏菊　[冬]寒菊　〔菊咲けり陶淵明の菊咲けり　山口青邨〕

懸崖菊《けんがいぎく》　菊を盆栽仕立てにして、幹や茎が根よりも低く崖《がけ》のように垂れ下がらせて作ったもの。〔懸崖の菊に幔幕短くす　森田　峠〕

残菊《ざんぎく》　陰暦九月九日、重陽の日以後の菊、もしくは咲き残りの菊をいう。**残《のこ》る菊《きく》　菊残《きくのこ》る　残《のこ》りの菊《きく》**　[秋]十日の菊　〔残菊の一とさかりとも見ゆるかな　清崎敏郎〕

晩菊《ばんぎく》　晩秋に咲くように作られた菊。[秋]菊　〔晩菊や尼の机の細絵筆　西山　誠〕

紫苑《しおん》　草丈二メートルほどで、淡紫色の頭状花を咲かせる。**しをに　鬼《おに》のしこ草《ぐさ》　紫苑《しおん》《しをん》の花《はな》　紫苑咲《しおんさ》く**　〔紫《し》をん咲き静かなる日の過ぎやすし　水原秋櫻子〕

木賊《とくさ》　羊歯植物で、珪酸を含んでいる茎を乾して、物の研磨に用いる。**砥草《とくさ》**　[秋]木賊刈　〔水音生むしぐれ気配の木賊の辺　金子無患子〕

茴香《ういきょう》の実《み》　卵状楕円形の実。香りが高く、酒や菓子の香味料や薬用とされる。**くれの《ういきやうのみ》おもの実《み》**　[夏]茴香の花　〔茴香の実がひとり居の我に落つ　芦田白葉子〕

大毛蓼《おおけたで》《おほけたで》　蓼の仲間では、もっとも大型のもの。淡紅色・濃紅色・紫紅色など、小花が群れて開く。　**紅草**《べにくさ》　秋 蓼の花　〔大毛蓼花瓶にありて結びし実　田子六華〕

弁慶草《べんけいそう》《べんけいさう》　茎の頂に白や淡紅色の小花が群れ咲く。膿《うみ》を吸いだしたり、汗疹《あせも》に効く。　**血止草**《ちどめそう》　**根無草**《ねなしぐさ》　**はちまん草**《そう》　**ふくれ草**《そう》　**はまれんげ**　〔弁慶草立往生の齢《よはひ》なり　秋山巳之流〕

風船葛《ふうせんかずら》《ふうせんかづら》　蔓草で、萌黄《もえぎ》色の実が風船の形に似ていることからこの名がある。　**風船蔓**《ふうせんかずら》　**バルーン・バイン**　〔風船葛海女が番屋の外梯子　六本和子〕

川芎《せんきゆう》**の花**《はな》　細かい白色の五弁花を芹の花のようにつける。　**をんなかづら**　〔川芎の花こそ匂へ小滝道　鬼頭右市〕

野菜作物

西瓜《すいか》《すいくわ》　多汁で甘い。球形または楕円の大型の果物。種なし、黄色の果肉のものもある。　**西瓜割**《すいかわ》**る**　**西瓜切**《すいかき》**る**　**西瓜食**《すいかく》**ふ**　**西瓜赤**《すいかあか》**し**　**西瓜畑**《すいかばたけ》　春 西瓜蒔く　夏 西瓜の花　〔西瓜割る水辺の匂ひ拡げつつ　野澤節子〕

南瓜《かぼちゃ》　果肉や種を食用にし、世界各地で栽培される重要な野菜。　**たうなす**　**なんきん**　**ぼうぶら**　**栗南瓜**《くりかぼちゃ》　**南瓜煮**《かぼちゃに》**る**　**大南瓜**《おおかぼちゃ》　**蔓南瓜**《つるかぼちゃ》　**南瓜畑**《かぼちゃばたけ》　春 南瓜蒔く　夏 南瓜の花　〔日々名曲南瓜ばかりを食はさるゝ　石田波郷〕

冬瓜《とうが》《とうぐわ》　果肉は白色多汁で味は淡泊。吸いものやあんかけなどにする。　**とうぐわん**　**冬瓜**《かもうり》　**冬瓜汁**《とうがじる》　〔山寺や斎《とき》の冬瓜きざむ音　飯田蛇笏〕

紅冬瓜《きんとうが》《きんとうぐわ》　ウリ科の一年生草木。茎・葉・花すべて南瓜に類して、実は楕円形、赤褐色で光沢がある。**紅南瓜**《きんとうが》　**金冬瓜**《きんとうが》　**阿古陀瓜**《あこだうり》〔地蔵会のこどもの色の紅冬瓜　森澄雄〕

糸瓜《へちま》　秋に深緑色の長い実をぶらさげる。糸瓜からとった水は化粧水や咳止めの薬にもなる。**糸瓜**《いとうり》　**長瓜**《ながうり》　**糸瓜垂る**《へちまたる》　**長糸瓜**《ながへちま》　**糸瓜長し**《へちまながし》　**糸瓜棚**《へちまだな》　**糸瓜の水**《へちまのみず》　【夏】糸瓜の花　【秋】糸瓜の水取る〔糸瓜垂れ青しといへど夕景色　長谷川双魚〕

夕顔の実《ゆうがおのみ》《ゆふがほのみ》　実は重さ一五キロくらいにもなる。熟したものは干瓢《かんぴょう》に作られる。【春】夕顔蒔く　【夏】夕顔〔夕顔の実に汽車の音川の音　知久芳子〕

青瓢《あおふくべ》《あをふくべ》　夕顔の一変種で、中央のくびれた独特の風情のある果実。**瓢**《ふくべ》　**ひさご**　**瓢簞**《ひょうたん》　**青瓢簞**《あおひょうたん》　**百生り**《ひゃくなり》　**千生り**《せんなり》　【夏】瓢の花　【秋】種瓢〔病ひよき妻ゆえ眩し青瓢　成田千空〕

種瓢《たねふくべ》　種を採るためにいつまでも生らせておく瓢簞のこと。〔峡《かひ》の家の昼は無人や種ふくべ　星野麥丘人〕

茘枝《れいし》　長楕円形で疣《いぼ》状の突起がある。果皮に苦みがあるので苦瓜と呼ばれる。ムクロジ科の茘枝とは別種。**蔓茘枝**《つるれいし》　**苦瓜**《にがうり》〔茘枝熟れ萩咲き時は過ぎゆくも　加藤楸邨〕

オクラ　粘液質で特有の風味がある。生で食べられる。**アメリカねり**〔オクラ食ひ何か心の沈む宵　山崎ひろし〕

秋茄子《あきなす》　秋に生る茄子。小粒だが実がしまり、紫紺が美しい。**秋の茄子**《あきのなす》　**名残茄子**《なごりなす》　**秋茄子**《あきなすび》　【夏】茄子の花・茄子〔ひとつ盗る秋なすの紺極まれば　角川春樹〕

種茄子《たねなす》　種を採るために畑に残しておく茄子のこと。**種なすび**《たね》　【夏】茄子　【秋】秋茄子〔種茄子

を洗ひざらしの雨降れり　草間時彦〕

馬鈴薯《じやがいも》　じゃがたらいもの略で、食用として用途は広い。**じやがたらいも**　**馬鈴薯**《ばれいしよ》　**薯畑**《いもばたけ》　【夏】馬鈴薯の花・新馬鈴薯　〔薯畑にただ秋風と潮騒と　山本健吉〕

甘藷《さつまいも》　ヒルガオ科の多年草で、肥大した根を食用にする。**藷**《いも》　**甘藷**《かんしよ》　**薩摩薯**《さつまいも》　**琉球薯**《りゆうきゆういも》　**唐藷**《からいも》　**ふかし藷**《いも》　**藷食**《いもく》**ふ**　**甘藷車**《いもぐるま》　**甘藷太**《いもふと》**る**　**甘藷掘**《いもほり》　**甘藷畑**《いもばたけ》　【春】甘藷苗作る　【夏】甘藷植う・甘藷の花・新藷　〔甘藷を掘ることを暮色の中に止む　山口誓子〕

芋《いも》　里芋のこと。「芋の秋」は芋の収穫期のことをいう。**里芋**《さといも》　**親芋**《おやいも》　**子芋**《こいも》　**芋の子**《いものこ》　**八**《や》**つ頭**《がしら》　**芋煮**《いもに》**る**　**芋食**《いもく》**ふ**　**芋畑**《いもばたけ》　**芋の秋**《いものあき》　**芋の葉**《いものは》　**芋掘**《いもほ》**る**　**芋洗**《いもあら》**ふ**　**芋水車**《いもすいしや》　【春】芋植う　【夏】芋の花　【新】芋の頭祝ふ　〔芋の秋初孫ふぐり忘れずに　西島麦南〕

芋茎《ずいき》《ずゐき》　里芋の茎のことで煮たり干して食べる。**芋殻**《いもがら》　**芋茎**《ずいき》**むく**　**芋茎畑**《ずいきばた》　**芋茎干**《ずいきほ》**す**　〔山国の日のつめたさのずいき干す　長谷川素逝〕

自然薯《じねんじよ》　長芋の野生種で、栽培の長芋より粘りが強く美味。**自然生**《じねんじよう》　**山の芋**《やまのいも》　**山芋**《やまいも》　**やまつ芋**《いも》　**自然薯掘**《じねんじよほ》**る**　**自然薯掘**《じねんじよほ》**り**　〔山芋の全貌を地に横たへし　山崎ひさを〕

薯《なが》**蕷**《いも》　ヤマノイモ科の栽培種で、地下に長い棒状の根を生ずる。**長薯**《ながいも》　**駱駝薯**《らくだいも》　【秋】自然薯　〔長薯に長寿の髯の如きもの　辻田克巳〕

仏掌薯《つくねいも》　山芋の栽培種で、仏の手に似ているところからこの名がある。**つく芋**《いも》　**つくね**　**こぶしいも**　〔蔓引きて所在たしかむつくねいも　加藤洋子〕

何首烏芋《かしゆういも》　畑に栽培するヤマトイモ科の多年草。根は黒く大きな塊りで、細いひげ根がある。

零余子《むかご》 **黄独**《けいいも》〔何首烏芋百姓畑を見てまはり　栗原とみ子〕

自然薯・長薯などの葉腋《ようえき》にできる小さな肉芽。茹《ゆ》でたり、飯に炊きこんだりする。**ぬかご　いもこ　零余子取**《むかごとり》　**零余子蔓**《むかごづる》　**零余子**《むかご》**こぼる**　㊙零余子飯〔触れてこぼれひとりこぼれて零余子かな　高野素十〕

菊　芋《きくいも》　菊に似た黄色の花で、地下に紡錘形の塊茎を作るのでこの名がある。〔菊芋の花にぱらぱら雨しろし　小松崎爽青〕

貝割菜《かいわりな》　大根、蕪、小松菜などの種から二葉が開いたころのものをいう。**二葉菜**《ふたばな》　**貝割**《かいわ》**れ菜**《りな》〔ひら〳〵と月光降りぬ貝割菜　川端茅舎〕

間引菜《まびきな》　密生して生え出た蕪、大根、白菜などを間引いた菜。汁の実や浸し物などにする。**抜菜**《ぬきな》　**摘**《つま》**み菜**《な》　**中抜菜**《なかぬきな》　**虚抜菜**《うろぬきな》　**菜間引**《なまび》**く**　**菜**《な》**を間引**《まび》**く**〔椀に浮くつまみ菜うれし病むわれに　杉田久女〕

火焔菜《かえんさい》　西洋の赤大根。茹《ゆ》でて輪切りにしてサラダに用いる。**ビート**〔火焔菜まづは《くわえんさい》もどりし巴里《パリ》の卓　小池文子〕

中抜大根《なかぬきだいこん》　初秋に蒔いた大根は、途中で二回ぐらい間引きをするが、これをいう。根はまだ細いが、漬け物や汁の実にする。**おろ抜**《ぬ》**き大根**《だいこん》　**うろ抜**《ぬ》**き大根**《だいこん》　㊅大根〔うろ抜きの大根を籠に婆独語　石原左武郎〕

茗荷の花《みょうがのはな》　淡黄色の花で一日でしぼむ。夏の花茗荷は別種。**秋茗荷**《あきみょうが》　**茗荷咲**《みょうがさ》**く**　㊡茗荷竹　㊰茗荷の子・花茗荷《めうがのはな》〔茗荷いま咲く月のぼる庭の闇　関根黄鶴亭〕

独活《うど》の実《み》 小さな球形で熟すると黒色になる。 春独活 夏独活の花 冬寒独活 〔独活は実に終の栖を棟上げす 石田波郷〕

紫蘇《しそ》の実《み》 仲秋に小粒の実を結ぶ。赤と青があり、葉と同様香りがある。 **花紫蘇《はなじそ》** **穂紫蘇《ほじそ》** **紫蘇摘《しそつ》む** **紫蘇《しそ》の実摘《みつ》む** 夏紫蘇 〔紫蘇の実も夜明の山も濃紫 木下夕爾〕

辣韮《らっきょう》の花《はな》 紫色の六弁小花を半球状につける。 **薤《らっきょう》の花《はな》** **辣韮咲《らっきょうさ》く** 夏辣韮 〔佐久山やらつきよの花に蝶がつく 細見綾子〕

唐辛子《とうがらし》《たうがらし》 晩秋のころ紅熟する。色づくと辛みが強くなり、干して香辛料にする。 **唐辛《とうがらし》** **蕃椒《とうがらし》** **南蛮《なんばん》** **鷹《たか》の爪《つめ》** 夏唐辛子の花・青唐辛子 〔今日も干す昨日の色の唐辛子 林翔〕

生姜《しょうが》《しやうが》 地下茎の肥大したもので、新生姜は繊維が柔らかくとくに好まれる。 **薑《はじかみ》** **新生姜《しんしょうが》** **葉生姜《はしょうが》** **生姜畑《しょうがばたけ》** **古生姜《ひねしょうが》** 〔命惜しむ如葉生姜を買ひて提《さ》ぐ 石田波郷〕

稲《いね》 穂を垂れ、黄熟した稲をいう。 **初穂《はつほ》** **稲《いね》の穂《ほ》** **稲穂《いなほ》** **稲実《いねみの》る** **稲《いね》の波《なみ》** **稲《いね》の露《つゆ》** **稲垂《いねた》る** **稲《いね》の道《みち》** **稲《いね》の香《か》** **走《はし》り穂《ほ》** **病稲《びょうとう》** **稲《いね》の秋《あき》** 秋稲の花・早稲・中稲・晩稲・陸稲 〔稲穂いま乳《ちち》こもり来し撓《しな》ひにあり 篠原 梵〕

稲《いね》の花《はな》 白い小型の花を群がり咲かせ、晴天の日には開花は午前中で終わる。 秋稲 〔雲にのる雲のひかりや稲の花 鳴瀬芳子〕

陸稲《おかぼ》《をかぼ》 畑で作られる稲をいう。水稲と比べて品質はやや劣る。 **陸稲《りくとう》** **痩《や》せ陸稲《おかぼ》** **陸稲実《おかぼみの》る** **陸稲垂《おかぼた》る** 秋稲 〔痩せ陸稲へ死火山脈の吹きおろし 西東三鬼〕

早稲《わせ》 早く成熟する稲をいう。八月上旬に穂を出し、九月ごろには収穫される。下旬ごろに早場米として出荷する。**早稲実る**《わせみの》 **早稲垂る**《わせた》 **早稲の香**《わせか》 秋稲・中稲・晩稲 〔葛飾や水漬《みづ》きながらも早稲の秋 水原秋櫻子〕

中稲《なかて》 稲の大部分はこれに該当する。九月上旬に穂が出て、十月下旬ごろに収穫する。**中**《なか》**稲実る**《てみの》 秋稲・早稲・晩稲 〔山の湯へ中稲の畦を通りゆく 上川井梨葉〕

晩稲《おくて》 晩秋のころに成熟する稲をいう。**おく** **おしね** **晩稲吹かる**《おくてふ》 秋早稲 〔山に火の見えて晩稲の孕む闇 西村公鳳〕

落穂《おちぼ》 稲刈りのあと田や畦などに落ちている稲穂のこと。**落穂拾ひ**《おちぼひろ》 秋稲刈 〔雨足のゆるくなりたる落穂かな 七田谷まりうす〕

穭《ひつじ》 稲を刈ったあとの株から萌え出てくる緑の芽。**穭田**《ひつじだ》 **穭穂**《ひつじほ》 **穭稲**《ひつじいね》 秋穭田・刈田 〔良寛の雀かくるる穭かな 川崎陽子〕

稗《ひえ》 秋に暗褐色の穂がみのる。食用にしたり小鳥の飼料にする。**畑稗**《はたびえ》 **田稗**《たびえ》 **稗刈**《ひえかり》 **稗刈る**《ひえか》 **稗引く**《ひえひ》 夏稗蒔 〔雨がちに海女《あま》の遅れ田稗多し 石田波郷〕

玉蜀黍《とうもろこし》 イネ科の一年草で、黄色に熟れた実がぎっしりついたさまは味覚をそそる。**南蛮黍**《なんばんきび》 **唐黍**《とうぎび》 夏玉蜀黍の花 〔もろこしを焼くひたすらになつてゐし 中村汀女〕

黍《きび》 五穀の一つで、実は淡黄白色、粟よりも大粒。**真黍**《まきび》 **黍畑**《きびばたけ》 **黍の穂**《きびほ》 **黍の葉**《きびは》 **黍吊る**《きびつ》 **黍刈る**《きびか》 **黍引く**《きびひ》 **夕黍**《ゆうきび》 **黍の雨**《きびあめ》 **黍嵐**《きびあらし》 **黍殻**《きびがら》 **黍焼**《きびやき》 **黍焚**《きびたき》 夏黍蒔 〔秬《きび》焚や青き螽《いなご》を火に見たり 石田波郷〕

高黍《たかきび》　黍の一種、夏のころ二メートルから三メートルになる。秋に茎も葉も茶褐色となり、赤褐色の実を結ぶ。　**高粱**《こうりやん》　**蜀黍**《もろこし》　**もろこしきび**　〔高粱の実り敷きつめ空あるのみ　永井東門居〕

甘蔗《さとうきび》　《さたうきび》高さ三～四メートル、茎をしぼって砂糖を作る。　**砂糖黍**《さとうきび》　〔砂糖黍積みて水辺に馭者憩ふ　大串　章〕

粟《あわ》　《あは》五穀の一つで秋に二、三〇センチの穂を出し、黄熟する。　**粟の穂**《あわのほ》　**鶉草**《うずらそう》　**粟畑**《あわばたけ》　**粟殻**《あわがら》　**粟垂る**《あわた》る　**粟の垂穂**《あわのたれほ》　**粟熟る**《あわう》る　**粟実る**《あわみの》る　夏粟蒔　秋粟刈　〔粟干すや重ねたる穂のみな寂《しづ》か　橋本鶏二〕

蕎麦の花《そばのはな》　茎の頂に白または淡紅色の小花が群がるように咲く。　**蕎麦咲く**《そばさ》く　**花蕎麦**《はなそば》　秋新蕎麦　冬蕎麦刈　〔浅間曇れば小諸は雨よ蕎麦の花　杉田久女〕

大豆《だいず》　《だいづ》食用または味噌・醤油・納豆などに加工される重要食品。　**みそ豆**《まめ》　**新大豆**《しんだいず》　**大豆**《だいず》　**干す**《ほ》す　**大豆煮る**《だいずに》る　夏枝豆　〔奥能登や打てばとびちる新大豆　飴山　實〕

小豆《あずき》　《あづき》赤飯・餡・汁粉・菓子の材料など用途は広い。　**新小豆**《しんあずき》　**小豆干す**《あずきほ》す　**小豆選る**《あずきえ》る　**小豆**《あずき》　**打つ**《う》つ　夏豆植う　〔いつまでも父母遠し新小豆　石田波郷〕

畦豆《あぜまめ》　大豆は畑で栽培されるが、畦にも作られるのでこう呼ばれる。　**田畦豆**《たあぜまめ》　秋大豆　〔畦豆に信濃の霧の凝りにけり　草間時彦〕

隠元豆《いんげんまめ》　若い莢《さや》を食べる莢隠元と熟した豆を食べる品種がある。　**菜豆**《いんげん》　**唐豇**《とうささげ》　**隠元豇**《いんげんささげ》　**莢隠元**《さやいんげん》　**千石豆**《ぜんごくまめ》　**味豆**《あじまめ》　〔摘みくて隠元いまは竹の先　杉田久女〕

豇《ささ》豆《げ》　莢《さや》が上を向いているのでこの名が生まれたとも。**ささぎ　十六豇豆《じゅうろくささげ》　十八豇豆《じゅうはちささげ》　ささげ採《と》る**〔月の夜の十六豇豆湖に出づ　森　澄雄〕

刀《なた》豆《まめ》　莢《さや》の形が鉈《なた》に似ているので、この名がある。福神漬などに用いられる。**鉈豆《なたまめ》　たちはき**〔刀豆の鋭きそりに澄む日かな　川端茅舎〕

藤《ふじ》豆《まめ》《ふぢまめ》　隠元豆の一種。莢《さや》は白緑色の扁平な形で、若いうちにとって煮て食べる。〔山国の空や藤豆生り下り　青木綾子〕

籬《かき》豆《まめ》　一粒の種から八升もの豆がとれたというたとえから、「八升豆」とも呼ばれたと伝えられる。**八升豆《はっしょうまめ》　沿籬豆《えんりまめ》**〔籬の豆赤さ走りぬいざ摘まん　高浜虚子〕

落《らっ》花《か》生《せい》《らくくわせい》　花の基部が地中に潜り、実を結ぶためこの名がある。栄養に富む。**南京豆《なんきんまめ》　唐《とう》人豆《じんまめ》　そこまめ　ピーナッツ**〔落花生喰ひつつ読むや罪と罰　高浜虚子〕

麻《あさ》の実《み》　卵円形でやや扁平な実は、熟すと濃褐色になる。食用また鳥の飼料となる。**苧《お》の実《み》**　春麻蒔く　夏み麻〔麻の実や繋がれて馬白かりき　星野麦丘人〕

ホップ　毬果《きゅうか》はビールに苦味と芳香をつけるために用いられる。**ホップの花《はな》　花《はな》ホップ　ホップ摘《つ》む**〔ホップ青く山の青きにつらなれり　田村了咲〕

ビート　根から砂糖（甜菜糖）をとる。**シュガー・ビート　砂糖大根《さとうだいこん》　甜菜《てんさい》　ビート抜《ぬ》く**〔ビート抜く日中駄雲はびこらせ　新田汀花〕

胡《ご》麻《ま》　刈りとって日に干し、叩いて種をとる。白・黒・茶の三色がある。**新胡麻《しんごま》　胡麻《ごま》の実《み》**　夏胡麻蒔く・胡麻の花　秋胡麻刈〔胡麻はねる政見発表厨まで　国分咲子〕

薄荷《はっか》の花《はな》《はくかのはな》 葉のわきに淡紫色の小花を群がりつける。草全体に芳香がある。**めぐさ** **薄《はっ》荷《か》咲《さ》く** 夏薄荷水 〔湯上がりの着替への硬さ花薄荷 児玉輝代〕

煙草《たばこ》の花《はな》 ラッパ状の淡紅紫色の花をつける。楕円形の大きな葉を煙草に加工する。**花煙草《はなたばこ》** **煙草咲《たばこさ》く** 秋若煙草 〔花たばこ空に明日あり便りまつ 角川源義〕

藍《あい》の花《はな》《あゐのはな》 紅色または白色の小花。茎や葉から染料をとった。**藍咲《あいさ》く** 春藍蒔く 夏藍刈 〔いくつかの藍の言葉を女より 高野素十〕

棉《わた》 茎の高さ六〇センチほどで、木槿《むくげ》に似た淡黄・白色の五弁の花を開く。精製されぬうちは棉と書く。 夏棉蒔・棉の花 秋新棉 冬綿 〔しろがねの一畝の棉の尊さよ 栗生純生〕

棉吹《わたふ》く 桃の形に似た棉の実が成熟して三つに裂け、白い棉毛を出すこと。**棉《わた》の桃《もも》** **桃吹《ももふ》く** 夏棉の花 秋棉・新棉 冬綿 〔中国や棉吹いて空果てしなし 森 澄雄〕

野 草

秋《あき》の芝《しば》 秋の、少し黄ばみはじめた芝生のこと。**秋芝《あきしば》** **秋《あき》の芝生《しばふ》** **芝生黄《しばふき》ばむ** 春若芝 夏青芝・芝刈 〔わが憩ひ子は秋芝を馳せに馳す 轡田 進〕

秋《あき》の蓮《はす》 秋の葉裏をひるがえす蓮。やがて敗荷《やれはす》の様相を呈しはじめる。〔吹かれては波よりしろし秋の蓮 水原秋櫻子〕

蓮《はす》の実《み》 晩秋に蜂の巣状の実の孔《あな》から種を飛ばす。甘くて、生で食べられる。**蓮《はちす》の実《み》** **蓮《はす》の実《み》**

飛《と》ぶ　㊠蓮　〔静さや蓮の実の飛ぶあまたゝび　堀　麦水〕

敗《やれ》荷《はす》　風などで吹き破られた蓮の葉。**破蓮《やれはす》　敗《や》れ蓮《はちす》　敗荷《はいか》　敗《やぶ》れ荷《はす》**　㊠蓮　㊅枯蓮　〔蓮破る雨に力の加はりて　阿波野青畝〕

秋《あき》草《くさ》　野山や庭に咲くもろもろの秋の草花や雑草すべてをいう。**秋《あき》の草《くさ》　色草《いろくさ》　千草《ちぐさ》　野《の》の草《くさ》　八千草《やちぐさ》**　〔秋草のはかなかるべき名を知らず　相生垣瓜人〕

草《くさ》の花《はな》　名のある草の花も、名もない野草の花も含め、もろもろの草の花をいう。**草花《くさばな》　千《ち》草《ぐさ》の花《はな》　野《の》の花《はな》　百草《ももくさ》の花《はな》**　〔やすらかやどの花となく草の花　森　澄雄〕

草《くさ》の香《か》　さまざまな秋の草の匂い。**草の香《こう》**　〔草の香や命たもちて六十九　加藤蕉子〕

草《くさ》の穂《ほ》　秋の雑草から出た穂。ほうけて、綿状になったさまが草の絮である。**穂草《ほぐさ》　草《くさ》の絮《わた》　穂草波《ほぐさなみ》　穂絮飛《ほわたと》ぶ**　〔名を知りてより草の穂のうつくしき　林原耒井〕

草《くさ》の実《み》　秋草の実をいう。**草《くさ》の種《たね》　草《くさ》の実《み》はぜる　草《くさ》の実《み》飛《と》ぶ**　〔払ひきれぬ草の実つけて歩きけり　長谷川かな女〕

草紅葉《くさもみじ》《くさもみぢ》　色づいた山野の草々のこと。**草《くさ》の錦《にしき》　草《くさ》の色《いろ》　草《くさ》の色《いろ》づく　草紅葉《くさもみじ》する**　〔帰る家あるが淋しき草紅葉　永井東門居〕

秋《あき》の七草《ななくさ》　萩、尾花、葛の花、撫子、女郎花、藤袴、朝顔が秋の七草。朝顔のかわりに、いまでは桔梗といわれるようになった。**秋七草《あきななくさ》**　㊔若菜　〔買うて来し秋七草の淋しけれ　高橋淡路女〕

末《うら》枯《がれ》　晩秋草木が枝先や葉の末の方から枯れ色を呈しはじめるさま。**末枯《うらが》るる**　㊅冬枯

〔ひかり飛ぶものあまたゐて末枯るる　水原秋櫻子〕

萩《はぎ》　秋の七草の筆頭に数えられる、白や紅紫色の蝶形の花。**萩咲《はぎさ》く**　**萩《はぎ》の花《はな》**　**庭見草《にわみぐさ》**　**糸《いと》萩《はぎ》**　**小萩《こはぎ》**　**野萩《のはぎ》**　**真萩《まはぎ》**　**白萩《しらはぎ》**　**宮城野萩《みやぎのはぎ》**　**初萩《はつはぎ》**　**萩原《はぎわら》**　**萩《はぎ》むら**　**萩《はぎ》の下風《したかぜ》**　**萩《はぎ》の下露《したつゆ》**　**乱《みだ》れ萩《はぎ》**　**こぼれ萩《はぎ》**　**萩《はぎ》の中《なか》**　**萩《はぎ》さかり**　**萩垂《はぎた》る**　**萩《はぎ》の雨《あめ》**　**雨《あめ》の萩《はぎ》**　**萩《はぎ》の風《かぜ》**　**庭萩《にわはぎ》**　**萩散《はぎち》る**　**萩《はぎ》こぼる**　**萩嵐《はぎあらし》**　【春】萩根分・萩若葉　【夏】青萩　【秋】萩刈　【冬】枯萩　〔萩の風何か急《せ》かるゝ何ならむ　水原秋櫻子〕

萩《はぎ》の実《み》　実が生るのは、仲秋花が終わるとまもないころである。莢《さや》は扁平な楕円形。**萩《はぎ》は実《み》に**　【秋】萩　〔伎芸天のほのかな愁ひ萩は実に　藤江韮菁〕

芒《すすき》　秋を表徴する草。日当たりのよい山野のいたるところに自生する。**薄《すすき》**　**むら芒《すすき》**　**糸芒《いとすすき》**　**芒原《すすきはら》**　**芒野《すすきの》**　**夕芒《ゆうすすき》**　**川芒《かわすすき》**　**芒波《すすきなみ》**　**初芒《はつすすき》**　**芒照《すすきて》る**　**芒光《すすきひか》る**　**ますほの芒《すすき》**　【夏】青芒　【冬】枯芒　〔をりとりてはらりとおもきすすきかな　飯田蛇笏〕

尾《お》花《ばな》《をばな》　芒の穂に出たものをいい、獣の尾に似ていることから、この名がある。**初尾花《はつおばな》**　**むら尾花《おばな》**　**花芒《はなすすき》**　**芒《すすき》の穂《ほ》**　**穂芒《ほすすき》**　**芒《すすき》の絮《わた》**　**尾花《おばな》の波《なみ》**　**尾花照《おばなて》る**　【秋】芒　〔送電塔尾花の風とかかはらず　平松竈馬〕

芒散《すすきち》る　芒の穂がほうけて飛び散るのをいう。**尾花散《おばなち》る**　**散《ち》る芒《すすき》**　【夏】青芒　【秋】芒・尾花　〔芒散るや忘じ難きは人の情　本間福松〕

萱《かや》　芒・刈萱・白茅などイネ科の多年生草木の総称。**萱《かや》の穂《ほ》**　**萱《かや》の花《はな》**　【秋】萱刈・芒・刈萱・茅　〔蝶さきに真野の萱原吹かれゆく　角川源義〕

刈萱《かるかや》 芒に似ているが、花穂が小さく、淋しげな風情がある。 **筧草**《かけいぐさ》 **雌刈萱**《めかるかや》 **雄刈萱**《おかるかや》 〔国引のむかし刈萱よきいろに　宇佐美魚目〕

茅《ち》 原野・路傍に見かける多年草。茎葉は屋根などを葺くのに用いた。 **白茅**《ちがや》 **真茅**《まがや》 **浅茅**《あさじ》 [春]茅花 〔真茅葺くこの世の家は仮の宿　沢木欣一〕

刈安《かりやす》 芒に似ているが、小穂にのぎがない。 **黄草**《きぐさ》 **かきな** **かいな** **そめしば** 〔刈安は黄染の草よ祖母健やか　磯部伸一〕

小鮒草《こぶなぐさ》 葉は竹に似、紫褐色の花を穂状に開く。 〔小鮒草一山煙る雨となり　中田秋康〕

泡立草《あわだちそう》 《あわだちさう》山野に多く、頂に黄の小花を多数つける。北米原産の帰化植物。 **背高泡立草**《せいたかあわだちそう》 〔大利根の曲れば曲る泡立草　角川照子〕

蘆の花《あしのはな》 秋になると三メートルほどに伸び、紫がかった大きな花穂をつける。 **葭の花**《よしのはな》 **蘆の穂**《あしのほ》 **花蘆**《はなあし》 **蘆**《あし》 **蘆花**《ろか》 **蘆原**《あしはら》 **蘆の穂絮**《あしのほわた》 **蘆の秋**《あしのあき》 [春]蘆の角 [夏]青蘆 [秋]蘆刈・蘆火 [冬]枯蘆 〔浦安の子は裸なり蘆の花　高浜虚子〕

荻《おぎ》 《ぎを》水辺に自生。花穂が大きくゆたかで、淡紫色から白に変わる。 **風持草**《かぜもちぐさ》 **風聞草**《かぜききぐさ》 **寝覚草**《ねざめぐさ》 **たはぶれ草**《ぐさ》 **とはれ草**《ぐさ》 **浜荻**《はまおぎ》 **荻原**《おぎはら》 **荻の穂**《おぎのほ》 **荻の花**《おぎのはな》 [春]角組む荻 [秋]荻の声 [冬]枯荻 〔古歌にある沼とて荻の騒ぐなり　森田峠〕

厚岸草《あつけしそう》 《あつけしさう》アカザ科の一年草。北海道釧路厚岸《あつけし》湾の牡蠣島で発見。深緑色の茎は秋を迎えると、しだいに紅紫色に変わって美しい。 **谷地珊瑚**《やちさんご》 **浜杉**《はますぎ》 **珊瑚草**《さんごそう》 〔塩田はすたれあつけし草残る　酒井黙禅〕

真菰《まこも》の花《はな》 高さ一〜二メートル、茎の頂に円錐状の穂を出し淡紫色の小花を開く。**花真菰《はなまこも》** **菰《こも》の花《はな》** 春真菰の芽 夏真菰・真菰刈 冬枯真菰 〔笯《ど》をあぐる真菰の花をこぼしつつ 土山紫牛〕

数珠玉《じゅずだま》 卵形の小粒の実で、緑・黒と変色し熟すと灰白色になる。**ずずこ** **唐麦《とうむぎ》** **ずず玉《だま》** 〔数珠玉や歩いて行けば日暮れあり 森 澄雄〕

葛《くず》 山野に生じ、粗毛のある強い茎が、木や地を這って盛んに生長する。**真葛《まくず》** **葛《くず》かづら** **真葛原《まくずはら》** **葛《くず》の葉《は》** **葛《くず》の葉《は》うら** **葛《くず》の葉《は》返《かえ》す** **葛《くず》の雨《あめ》** **葛垂《くずた》る** **葛《くず》の風《かぜ》** **葛《くず》の谷《たに》** 夏玉巻く葛 秋葛掘る・葛の花 〔全山の葛の衰へ見ゆるかな 高浜虚子〕

葛《くず》の花《はな》 豆の花に似た紅紫色の蝶形花。甘い香りがあり、秋の七草の一つ。**葛咲《くずさ》く** **花葛《はなくず》** 秋葛 〔今落ちしばかりの葛は紅きかな 星野立子〕

郁《む》子《べ》 通草《あけび》に似た実。紫色に熟しても裂けない。果肉は白色で甘い。**郁子《むべ》の実《み》** **ときはあけび** **郁子垣《むべがき》** **郁子垂《むべた》る** 春郁子の花 〔無聊なり郁子もうつろの口ひらく 水原秋櫻子〕

美男葛《びなんかずら》《びなんかづら》 球状の紅色の実で、この茎から得たねばり汁は鬢付油《びんつけ》の代用となった。**南五味子《さねかずら》** **真葛《さねかずら》** **さなかづら** 〔美男かつら誰《た》がつけし名ぞ真くれなゐ 山崎豊女〕

鵯上戸《ひよどりじょうご》《ひよどりじやうご》 南天の実くらいで、美しい紅色となる。毒草だが、鵯が食べるというのでこの名がある。**白英《はくえい》** **鬼目《ほろし》** **蔓珊瑚《つるさんご》** 〔淡く咲きひよどり上戸毒の花 島村茂雄〕

鉄道草《てつどうぐさ》《てつだうぐさ》 明治に入ってきた帰化植物。緑白色の花を円錐状につける。**明治草《めいじそう》** **御一新草《ごいっしんぐさ》** 〔日に三度汽車通ふのみ鉄道草 住吉乃理子〕

藪《やぶ》からし　淡緑色の小花ののち黒い球の実を結ぶ。繁茂して藪も枯らすというのでこの名がある。**貧乏《びんぼう》かづら**　〔老の手の赦《ゆる》さじと引く藪枯し　永井東門居〕

撫子《なでしこ》　淡紅色の五弁花で、秋の七草の一つ。**川原撫子《かわらなでしこ》**　**大和撫子《やまとなでしこ》**　**唐撫子《からなでしこ》**　〔撫子や波出直してやや強く　香西照雄〕

野菊《のぎく》　野山に咲く野生の菊の総称。**紺菊《こんぎく》**　**初野菊《はつのぎく》**　**野路菊《のじぎく》**　**野菊の花《のぎくのはな》**　**野菊咲く《のぎくさ》**　**畦野菊《あぜのぎく》**　**野菊《のぎく》摘《つ》む**　〔頂上や殊に野菊の吹かれ居り　原　石鼎〕

荒地野菊《あれちのぎく》　白緑色の頭状花で、南アメリカ原産の帰化植物。**荒地菊《あれちぎく》**　**荒地菊の花《あれちぎくのはな》**　〔いつも雲影荒地野菊は群れて透く　中島斌雄〕

磯菊《いそぎく》　砂浜に自生、黄色の頭状花を密生する。〔伊師浜の鵜捕切戸の磯小菊　石原八束〕

浜菊《はまぎく》　太平洋岸に自生、中央淡黄緑色の白い花を開く。〔浜菊や見えて径なき野間岬　桂樟蹊子〕

小浜菊《こはまぎく》　浜菊とは別種。花の色は白、形は浜菊より小さい。〔小浜菊砂にかかとを食《は》まれゆく　草村素子〕

貴船菊《きぶねぎく》　淡紅紫色の八重咲きの大きな花を開く。白色のもある。京都の貴船あたりに多く見られたところから、この名がある。**秋明菊《しゅうめいぎく》**　**秋牡丹《あきぼたん》**　**草牡丹《くさぼたん》**　〔観音の影のさまなる貴船菊　阿部みどり女〕

旋覆花《おぐるま》《をぐるま》　原野・水田のほとりに自生、菊に似た黄色の頭花。**小車《おぐるま》**　〔小車や小なゐのあとのつむじ風　長谷川緑〕

嫁菜《よめな》の花《はな》　山野に生えるキク科の多年草。野菊と呼ばれるものの代表である。　[春]嫁菜　[秋]野菊　〔牧に咲く嫁菜よさらば岳に雪　有働 亨〕

田村草《たむらそう》《たむらさう》　草丈一メートル以上の薊《あざみ》に似た紅紫色の花を開く。　**玉《たま》ばうき**　〔田村草兵火に耐へし堂ひとつ　大島民郎〕

朝霧草《あさぎりそう》《あさぎりさう》　蓬《よもぎ》の一種で全体が白い絹糸細工のように見える。　**朝霧草《あさぎりそう》の花《はな》**　**はくさんよもぎ**　〔朝霧草触るれば異国の犬に似て　久保田慶子〕

田五加《たうこぎ》　直径三〜五センチの黄色い花。田の畦に生え、五加《うこぎ》に葉が似ることから、この名がある。　**しらみ草《ぐさ》**　**狼把草《ろうはそう》**　〔虱草さわぐ女に附きやすし　入江伸以知〕

豨薟《めなもみ》　山野に生えるキク科の多年草。秋に葉腋《ようえき》から枝を出し、先端に二、三個の黄色い頭花をつける。「豨薟」は漢名。　**気連草《めなもみそう》**　**もちなもみ**　〔めなもみの花を掌につけ泣きやむ子　加藤知世子〕

葈耳《おなもみ》《をなもみ》　古く大陸から移ってきたと思われる帰化植物。初秋のころ、枝先に黄緑色の頭花を円錐《えんすい》状につける。　〔をなもみをくっつけ合うておくれゆく　近藤 忠〕

めはじき　薄紫の花を階層状につける。子供がこの茎を短く切って瞼にはさんで遊んだのでこの名がある。　**益母草《やくもそう》**　**めはじき草《ぐさ》**　〔めはじきの瞼ふさげば母がある　長谷川かな女〕

狗尾草《えのころぐさ》《ゑのころぐさ》　緑色の花穂を小犬の尾に擬してこの名がある。　**ゑのこ草《ぐさ》**　**犬子草《いのこぐさ》**　**紫狗尾草《むらさきえのころぐさ》**　**金《きん》狗尾草《えのころぐさ》**　**猫《ねこ》じやらし**　〔秋はまづ街の空地の猫じやらし　森 澄雄〕

牛膝《いのこずち》《ゐのこづち》　楕円形の実には棘があって、衣服などにつきやすい。　**ふしだか**　**こまのひざ**

〔錦繍《きんしう》の夕日のそとのゐのこづち　百合山羽公〕

藤袴《ふじばかま》 秋の七草の一つ。淡紅紫色の花が群がり咲く。**蘭草**《らんそう》 〔重なりて木の暮れてをり藤袴　永田耕一郎〕

狗鬼灯《いぬほおずき》《いぬほほづき》 白色の小花のあと、球形の漿果ができるが有毒。**こなすび** **山鬼灯**《やまほおずき》 **黒鬼灯**《くろほおずき》 夏 鬼灯の花 〔狗ほゝづき黒く熟してダム満水　松田民郎〕

鵯花《ひよどりばな》 キク科の多年草で、白、まれに淡紅色の頭状花を密生させる。**山蘭**《さんらん》 **みやう蘭**《らん》 〔ひよどりばな花を了へんとしては燃ゆ　鳥羽とほる〕

藪虱《やぶじらみ》 毛棘のある実は、衣服や動物の毛につく。一度くっつくととりにくいので、藪虱の名がある。**草じらみ**《くさ》 夏 藪虱の花 〔ふるさとのつきて離れぬ草じらみ　富安風生〕

麝香草《じゃこうそう》《じやかうさう》 シソ科の一年草で、淡紅紫色の花。**鈴子香**《れいしこう》 〔立子病む谷戸《やと》の小径の麝香草　片岡一片子〕

山薊《やまあざみ》 薊の一種で、茎の高さは二メートルに近い。**大薊**《おおあざみ》 **鬼薊**《おにあざみ》 **秋薊**《あきあざみ》 春 薊 夏 夏薊 〔秋あざみ振りむけば海きらきらす　野澤節子〕

富士薊《ふじあざみ》 富士山周辺の山の砂場に多く、薊の一種。直径一〇センチほどの紫色の頭状花。**富**《ふ》**士牛蒡**《じごぼう》 **須走牛蒡**《すばしりごぼう》 **薊牛蒡**《あざみごぼう》 春 薊 〔朝霧に岩場削《そ》ぎ立つ富士薊　水原秋櫻子〕

曼珠沙華《まんじゆしやげ》 秋の彼岸のころ、三〇センチほどの茎の上に真っ赤な花を輪状にひらく。**彼岸花**《ひがんばな》 **死人花**《しびとばな》 **天涯花**《てんがいばな》 **幽霊花**《ゆうれいばな》 **捨子花**《すてごばな》 **狐花**《きつねばな》 〔つきぬけて天上の紺曼珠沙華　山口誓子〕

桔梗《ききよう》《ききやう》 鐘の形の、青みがかった紫色の清楚な花。白色もある。秋の七草の一つ。**きち**

かう　一重草《ひとえぐさ》　梗草《こうそう》　桔梗《ききよう》の花《はな》　桔梗咲《ききようさ》く　花桔梗《はなききよう》　白桔梗《しろききよう》　野《の》の桔梗《ききよう》　〔桔梗や男も汚れてはならず　石田波郷〕

沢桔梗《さわぎきよう》《さはぎきやう》　湿地に自生。桔梗の花より小さい。碧紫色の花を開く。**ちやうじな**　〔沢桔梗はらばひ旅の顔浸す　能村登四郎〕

小水葱の花《こなぎのはな》　小川や水田に自生。水葵《みずあおい》に似て碧紫色の花を開く。**水葱**《なぎ》　**花**《はな》**こなぎ**　[春]小水葱　〔小鮒はねて小水葱の花にまぎれけり　山崎富美子〕

八代草《やつしろそう》《やつしろさう》　九州の山の草原に自生するキキョウ科の多年草。竜胆の花に似ている。〔八代草阿蘇の牧馬は尾根好む　熊田明子〕

千屈菜《みそはぎ》　盆花として聖霊棚に水をかける時に使う。淡紅紫色の花。**聖霊花**《しようりようばな》　**鼠尾草**《みそはぎ》　〔みそはぎや水につければ風の吹く　小林一茶〕

釣鐘人参《つりがねにんじん》　茎頂に淡紫色の小さな釣鐘形の花を吊り下げる。干した根は漢方で用いる。**沙参**《しやじん》　**ととき**　〔釣鐘人参の花になぐさむ峠かな　池原信子〕

女郎花《おみなえし》《をみなへし》　五裂の粟のような小さな黄色の花。秋の七草の一つ。**女郎花**《じよろうか》　**をみなめし**　**をみなべし**　**粟花**《あわばな》　**血目草**《ちめぐさ》　[秋]男郎花　〔女の香放ちてその名をみなへし　稲垣きくの〕

男郎花《おとこえし》《をとこへし》　女郎花に似るが、白い花で、丈やや高く、全体にたけだけしい感じ。**をとこめし**　**敗醤**《はいしよう》　[秋]女郎花　〔女郎花少しはなれて男郎花　星野立子〕

吾亦紅《われもこう》《われもかう》　茎の頂に、桑の実に似た暗紅紫色の花をつける。**吾木香**《われもこう》　**我毛香**《われもこう》　〔西へ行く旅はひとりの吾亦紅　角川春樹〕

水引《みずひき》の花《はな》《みづひきのはな》 長い花梗に、濃い赤色の細かな花をつける。祝儀の水引に似ているところからこの名がある。**水引草《みずひきそう》** **金線草《きんせんそう》** **銀水引《ぎんみずひき》** **水引咲《みずひきさ》く** **花水引《はなみずひき》** 〔水引草空の蒼さの水掬《すく》ふ 石田あき子〕

苔《こけ》 桃《もも》 高山の岩石地や裸地に生える。高さ一〇センチ内外で、実が桃に似ているところからこの名がつけられた。**苔桃《こけもも》の実《み》** **フレップ** 夏苔桃の花 〔空深む苔桃の実に色とめて 林 翔〕

釣船草《つりふねそう》《つりふねさう》 法螺貝の形に似た淡紅紫色の花。**吊船草《つりふねそう》** **野鳳仙花《のほうせんか》** **螺貝草《らばいそう》** **紫《むらさき》 釣船《つりふね》** **法螺貝草《ほらがいそう》** 〔吊船草揺れてやすらぐ峠かな 久保田月鈴〕

矢《や》の根草《ねぐさ》 タデ科で湿地に生える一年草。淡赤色の花を開く。〔矢の根草にあそぶ雀を見てゐたり 進藤よしみ〕

龍《りん》 胆《どう》《りんだう》 山野に自生、紫の筒状の花を開く。日が当たると開き、夕方や曇天では閉じる。**笹龍胆《ささりんどう》** **龍胆草《たつのいぐさ》** **龍胆《りんどう》の花《はな》** **龍胆咲《りんどうさ》く** **濃龍胆《こりんどう》** **蔓龍胆《つるりんどう》** **深山龍胆《みやまりんどう》** 春春龍胆 〔野に摘めば野の色なりし濃りんだう 稲畑汀子〕

大文字草《だいもんじそう》《だいもんじさう》 大の字のように白い五弁花をぱちりと開く。**だいもじ草《そう》** 〔鐘釣の大文字草を忘れめや 高浜虚子〕

ぬめり草《ぐさ》 湿地に好んで生え、濃紫色あるいは濃緑色の花を密生する。葉を揉むと「滑《ぬ》める」のでこの名がある。〔百姓はいそがず歩くぬめり草 鳥井紅鳥〕

鼠《ねずみ》の尾《お》《ねずみのを》 イネ科の多年草で、鼠の尾のような花穂をだす。〔五助田は径より高し鼠の

尾　宇都宮伽人〕

点《てん》突《つき》　カヤツリグサ科の一年草で、茶褐色で光沢のある小穂をつける。**点突草《てんつきそう》**〔点突の穂をつけ戻る妻太腰　茶山勉三〕

雄《お》ひじわ《をひじは》　草丈三〇～五〇センチ、根の張りが強く、なかなか引き抜けない。緑色の花穂を放射状に伸ばす。**相撲草《すもうぐさ》**　**角力取草《すもうとりぐさ》**　**力草《ちからぐさ》**〔相撲草父の机に立てし子よ　佐久間法師〕

みせばや　茎の先に、淡紅色の小花が球状に集まって咲く。**たまのを**〔みせばやに凝《こ》る千万の霧雫　富安風生〕

岩蓮華《いわれんげ》《いはれんげ》　岩場に自生。白色五弁の小花がびっしりと群れ咲く。**仏《ほとけ》のつめ**　**仏指草《ぶっしそう》**　**仏甲草《ぶっこうそう》**〔仏法の山に咲きけり岩蓮華　東白日子〕

爪蓮華《つめれんげ》　白い小さな五弁花で、岩や藁屋根に自生。岩蓮華とは別の種類。〔爪蓮華花を咲かせて行者小屋　種田比呂二〕

星《ほし》　草《くさ》　湖や沼の水際に自生。茎の頂に灰白色の花序をつける。**穀精草《みずたまそう》**　**たいこ草《そう》**　**たいこのぶち**　**白玉草《しらたまそう》**　**水玉草《みずたまそう》**〔星草や竹寺に行く川沿ひに　篠原吉之助〕

杜鵑草《ほととぎす》　百合を小さくしたような花で内側に紅紫色の斑点がある。**ほととぎす草《そう》**〔紫の斑《ふ》の賑しや杜鵑草　轡田　進〕

松虫草《まつむしそう》《まつむしさう》　高原に自生し、青紫色の菊に似た頭花をつける。**輪鋒菊《りんぼうぎく》**〔松虫草甲斐の白根《しらね》もいま眼覚む　水原秋櫻子〕

露草《つゆくさ》 瑠璃色の蝶形花で、古くは染料に用いた。**月草**《つきくさ》 **かま草**《くさ》 **うつし花**《ばな》 **青花**《あおばな》 **ばうし花**《ばな》 **百夜草**《ひやくやそう》 **螢草**《ほたるぐさ》〔露草も露のちからの花ひらく　飯田龍太〕

弟切草《おとぎりそう》 《おとぎりさう》黄色の五弁花が円錐状に集まって咲く。薬草。**おとぎりす** **薬師草**《やくしそう》 **青薬**《あおぐすり》〔弟切草咲くばかりなり関の趾　桜木俊晃〕

巴草《ともえそう》 《ともゑさう》山地に自生。黄色大型の五弁花で花弁がよじれて、全体が巴状をなす。**鞆絵草**《ともえそう》〔湖見えずなりし山路や巴草　五十嵐暁声〕

錦草《にしきぐさ》 畑・路傍など、地面に張りつくように生える。赤紫色の小花。**地錦**《ちにしき》 **乳草**《ちちぐさ》 **いちぐさ**〔越路来てバスの轍や錦草　南雲竹乃〕

千振《せんぶり》 紫の条線がある白色の五弁花。草全体が苦い。健胃薬。**当薬**《とうやく》 **千振の花**《せんぶりのはな》〔せんぶりの花も紫高嶺晴　木村蕪城〕

車前草《おおばこ》 《おほばこ》花のあと、黒胡麻の三分の一ぐらいの黒褐色の種ができる。薬草。**おんばこ** **車前草**《おおばこ》**の実**《み》 夏車前草の花〔話しつゝおほばこの葉をふんでゆく　星野立子〕

鳥兜《とりかぶと》 鳥帽子状の濃紫色の花が集まり咲く。**鳥頭**《とりかぶと》 **鳥甲**《とりかぶと》 **兜花**《かぶとばな》 **兜菊**《かぶとぎく》 **山兜**《やまかぶと》 **草鳥頭**《くさうず》〔今生は病む生なりき鳥頭　石田波郷〕

苦参《くらら》 マメ科で山野に自生。この根は苦く、飲むとくらくらするところから、この名が生じた。薬草。**草**《くさ》**ゑんじゅ** **狐**《きつね》**ささげ**〔苦参手折りつつ滝音の方へ行く　貝原古日〕

思草《おもいぐさ》 《おもひぐさ》南蛮煙管の別名。芒などに寄生する一年草で、淡紫色の花を開く。**きせる草**《ぐさ》 **なんばんぎせる** **オランダぎせる**〔思ひ草見てきたる目に盧遮那仏　阿波野青畝〕

忍《しのぶ》草《ぐさ》 軒しのぶの古名で、常緑の羊歯類。**やつめ蘭《らん》** **軒《のき》しのぶ** 〔忍草水音ひそかな岩の辺に 菱沼明ら〕

反魂草《はんごんそう》 キク科の多年草で山野に自生。黄色の頭花を多数つける。〔放馬ゐる野の反魂草《はんごんさう》黄にかげる 石原八束〕

蓼《たで》の花《はな》 紅や白の穂状花で、種類が多い。**蓼《たで》の穂《ほ》** **穂《ほ》蓼《たで》** **花蓼《はなたで》** **蓼紅葉《たでもみじ》** 夏蓼 〔食べてゐる牛の口より蓼の花 高野素十〕

赤《あか》のまんま 犬蓼の花で、紅紫色の穂状の花。**犬蓼《いぬたで》の花《はな》** **赤《あか》のまま** **赤《あか》まんま** **赤《あか》まんま咲《さ》く** 秋蓼の花 〔幸ひなるかなくるすが下の赤のまま 山本健吉〕

溝蕎麦《みぞそば》 葉が蕎麦に似ているのでこの名がある。紅を帯びた白い花を多数つける。**牛《うし》の額《ひたい》** 〔溝そばは群れて淋しき花なりし 稲畑汀子〕

茜草《あかね》 淡黄緑色の小花で、昔はこの根からとった染料で茜染めにした。**あかねかづら** 〔茜草妓女の便りを読みかへす 野沢純〕

野《の》稗《びえ》 野性の稗の総称。**犬《いぬ》びえ** 〔野稗垂れ無医村の家とび〳〵に 大杉メグミ〕

雀《すずめ》の稗《ひえ》 イネ科の多年草で、道端や草地に自生。**雀《すずめ》の粟《あわ》** 春雀の帷子 〔夕日まだ顔焼く雀の稗茂り 島村一燈〕

雀《すずめ》瓜《うり》 烏瓜より全体に軟弱。実は小球形で熟すると灰白色になる。〔雀瓜手押車に婆乗せて 中原菱泉〕

蒲《がま》の穂《ほ》絮《わた》 蒲の果穂のこと。淡黄褐色で長い白毛があって乱れ飛ぶ。**蒲《がま》の絮《わた》** 夏蒲 〔大いな

る蒲の穂絮の通るなり　高野素十〕

烏瓜《からすうり》　楕円球形の実で、熟れると真っ赤になる。**王瓜**《からすうり》　**玉章**《たまずさ》　夏烏瓜の花　〔烏瓜映る水あり藪の中　松本たかし〕

藜の実《あかざのみ》　秋になると枝の先にたくさんの小さい実をつける。平たい球形をしており、中には黒い種が一つずつ入っている。夏藜　〔星空に実を垂れそろふ藜かな　村山古郷〕

浜木綿の実《はまゆうのみ》　果実は丸く、種はたいへん大きい。**浜おもとの実**《はまのみ》　夏浜木綿の花　〔実浜木綿舟傭ひ島の祭見に　八代時江〕

菱の実《ひしのみ》　晩秋、菱形の固い実をつける。粉にして餅にする。夏菱の花　秋菱取　〔菱の実を嚙みをり遠き日が戻る　堺八重野〕

水草紅葉《みずくさもみじ》《みづくさもみぢ》　萍や菱などの水草類が色づくこと。**萍もみぢ**《うきくさ》　**菱紅葉**《ひしもみじ》　春水草生ふ　夏水草の花　〔水草紅葉言葉はそこに置きざりに　山田みづえ〕

解夏草《げげそう》《げげさう》　関東以西の陰地に自生。ユリ科の多年草で薄紫の小花をつける。**観音草**《かんのんそう》　**吉祥草**《きちじょうそう》　〔解夏草を持ちて僧来る海女の家　石原八束〕

茸

茸《きのこ》　山林の湿地や朽木などに生える。種類が多く、形や色もさまざま。**菌**《きのこ》　**茸**《たけ》　**くさびら**　**木茸**《きたけ》　**榎茸**《えのきだけ》　**猪茸**《ししたけ》　**蛇茸**《へびたけ》　**椋茸**《むくたけ》　**煙茸**《けむりたけ》　**茸乾す**《きのこほす》　夏梅雨茸・木耳　秋茸狩　冬寒茸　〔爛々と昼の星見え菌生え　高浜虚子〕

松《まつ》茸《たけ》　赤松林に生え、日本の茸の代表格。**松茸山《まつたけやま》**　**松茸飯《まつたけめし》**　夏 早松茸　秋 松茸飯　〔松茸の今日が底値とすすめられ　稲畑汀子〕

占《しめ》地《じ》　《しめぢ》マッタケ科の茸で「におい松茸、味しめじ」といわれる。**湿地茸《しめじたけ》**　**千本《せんぼん》しめぢ**　**占地籠《しめじかご》**　**占地採《しめじと》る**　〔胃に入りし標茅《しめぢ》の見ゆる月夜かな　森　澄雄〕

初《はつ》茸《たけ》　赤松林に生え、淡赤褐色の、マッタケ科の食用茸。〔月光に濡れて初茸ひらきだす　野村東央留〕

栗《くり》茸《たけ》　傘の径は三〜八センチぐらい、茶褐色の食用茸。〔栗茸のひよろひよろと翳ともなひ　野村浜生〕

椎《しい》茸《たけ》　《しひたけ》椎、栗、櫟、楢などの枯れた幹に生える。栽培も盛ん。**椎茸作《しいたけつく》る**　〔鮮《あたら》しき椎茸に歯を養ひぬ　川崎展宏〕

舞《まい》茸《たけ》　《まひたけ》サルノコシカケ科の茸の一種。茎の部分がいくつも枝分れして、葉牡丹のような形である。〔舞茸の大きな幸よ御師の宿　阿波野青畝〕

岩《いわ》茸《たけ》　《いはたけ》地衣類の一種で、食用になる。高山の中腹や深山の岩壁に自生。〔岩茸とる滴りしげき命綱　加藤知世子〕

桜《さくら》茸《だけ》　傘も柄《え》も桜色をしているので、この名前がある。〔帰りつくころ色失せむ桜茸　朝倉和江〕

毒《どく》茸《たけ》　茸の中で有毒のものの総称。月夜茸・天狗茸・わらい茸・一本占地などがあり、外見だけでは見分けがつかない。〔毒茸を叩いて毒の煙立つ　谷野予志〕

月夜茸《つきよたけ》 山毛欅《ぶな》などの朽木《くちき》に重なり合うようにして生える猛毒の茸。ひだは白色で暗いところでは発光する。〔月夜茸今宵はねむる瀞の雨　堀口星眠〕

紅茸《べにたけ》 傘は紅色または暗紅色で有毒。〔紅茸や人と別れし眼裏に　加藤知世子〕

猿茸《ましらたけ》 朽木や古木に寄生する茸。直径三〇～四〇センチにもなる。**猿**《さる》**の腰掛**《こしかけ》〔猿の腰掛羽黒の宿の大部屋に　皆川盤水〕

鼠茸《ねずみたけ》 箒茸の異称。担子菌類の茸で食用。**ねずたけ**　**箒茸**《ほうきたけ》〔いち日を遊びて山のねずみ茸斎藤優二郎〕

平茸《ひらたけ》 傘は半月形で、鼠色または黄褐色。栽培占地として市販されている。〔平茸や神山ゆゑの縄張りて　小泉千万夫〕

茯苓《ぶくりょう》 サルノコシカケ科の茸。松の古根株の土中に生じる。黒松のものは白茯苓、赤松のものは赤茯苓と呼ぶ。**白茯苓**《しろぶくりよう》　**赤茯苓**《あかぶくりよう》〔茯苓は伏し隠れ松露は露れぬ　与謝蕪村〕

海藻

川海苔《かわのり》 山間の渓流中にできる緑色の線藻。大谷川・芝川などに産する。食用になる。**川苔**《かわのり》《かはのり》〔川海苔を採る女童の髪たれて　内山亜川〕

冬

時候

冬《ふゆ》　立冬（十一月七日ごろ）から立春の前日（二月四日ごろ）まで。陽暦の十一、十二、一月にあたる。**玄冬**《げんとう》　**冬帝**《とうてい》　**黒帝**《こくてい》　**玄帝**《げんてい》　**冬将軍**《ふゆしょうぐん》　**三冬**《さんとう》　**九冬**《きゅうとう》　〔山河はや冬かがやきて位に即けり　飯田龍太〕

初冬《はつふゆ》　初冬・仲冬・晩冬と分けた初めの冬をいう。**初冬**《しょとう》　**孟冬**《もうとう》　**冬**《ふゆ》**のはじめ**　**冬初**《ふゆはじ》**め**　〔初冬の徐々《じょじょ》と来《く》木々に人に町に　星野立子〕

十一月《じゅういちがつ》　十一月《じふいちぐわつ》はおおむね初冬。**十一月終**《じゅういちがつお》**わる**　〔あたたかき十一月もすみにけり　中村草田男〕

神無月《かんなづき》　陰暦十月の異称で、陽暦の十一月前後にあたる。**時雨月**《しぐれづき》　**神去月**《かみさりづき》　**初霜月**《はつしもづき》　[冬]神有月　〔かんかんと鳴り合ふ竹や神無月　山田みづえ〕

神有月《かみありづき》　陰暦十月、出雲に諸国の神々が集まるので、出雲では神在月という。**神在月**《かみありづき》　**神来月**《かみきづき》　[冬]神無月　〔軒先に海あふれたる神来月　原　裕〕

立《りつ》　**冬**《とう》　二十四節気の一つ、陽暦十一月七日ごろ。**冬立**《ふゆた》**つ**　**冬**《ふゆ》**に入**《い》**る**　**冬来**《ふゆく》**る**　**冬来**《ふゆき》**たる**　**今朝**《けさ》**の冬**《ふゆ》　**冬**《ふゆ》**となる**　**冬迎**《ふゆむか》**ふ**　〔冬来れば大根を煮るたのしさあり　細見綾子〕

雉子大水《きじたいすい》**に入**《い》**りて蛤**《はまぐり》**となる**　七十二候の一つ、陰暦十月節の第三候。冬の初めの月に伝わる説

話。[春]田鼠《でんそ》化して鶉《うずら》となる・鷹化して鳩となる　[秋]雀蛤となる　〔雉子哀れまだはまぐりとならず啼く　細岐原濃美坡〕

冬《ふゆ》ざれ　冬の山川草木の荒れさびたさま。**冬《ふゆ》され**　**冬《ふゆ》ざるる**　[冬]冬枯　〔冬ざれや卯の中の薄あかり　秋山卓三〕

小《しょう》雪《せつ》　二十四節気の一つ、陰暦十月節、陽暦十一月二十三日ごろ。**小雪《しょうせつ》の節《せつ》**　[冬]大雪《たいせつ》　〔小雪《せうせつ》や実の紅《くれなゐ》の葉におよび　鷹羽狩行〕

小《こ》春《はる》　陰暦十月の別称。ほぼ陽暦の十一月にあたる。よく晴れて穏やかな暖かい日和の続くこと。**小六月《ころくがつ》**　**小春日《こはるび》**　**小春日和《こはるびより》**　**小春空《こはるぞら》**　**小春凪《こはるなぎ》**　**小春風《こはるかぜ》**　**小春人《こはるびと》**　**野《の》の小春《こはる》**　**園小春《えんこはる》**　**森小春《もりこはる》**　〔小春日や石を噛みゐる赤蜻蛉　村上鬼城〕

冬浅《ふゆあさ》し　冬になったばかりの初冬の感じ。**浅《あさ》き冬《ふゆ》**　[冬]初冬・冬めく　〔茹でゆるるカリフラワー一顆冬浅し　山田みづえ〕

冬《ふゆ》めく　万象がいかにも冬らしくなってきたこと。[冬]初冬・冬浅し　〔はやばやとともる街燈冬めける　富田直治〕

冬暖《ふゆあたた》か　冬に現われる暖かな陽気。**暖冬《だんとう》**　**冬暖《とうだん》**　**冬《ふゆ》ぬくし**　**ぬくき冬《ふゆ》**　[冬]冬晴　〔大き茶碗よわが鼻入れて冬温し　加藤楸邨〕

仲《ちゅう》冬《とう》　陰暦十一月の異称。**冬《ふゆ》なかば**　**冬《ふゆ》さ中《なか》**　〔仲冬の水豊かなる池日ざし　志田素琴〕

十二月《じゅうにがつ》《じふにぐわつ》　一年の最後の月。[冬]師走　〔御仏の貌《かほ》美しき十二月　角川春樹〕

霜《しも》月《つき》　陰暦十一月の異称。霜が降りるころ。陽暦十二月にあたる。**霜降月《しもふりづき》**　**神楽月《かぐらづき》**　**雪待月《ゆきまちづき》**

雪見月《ゆきみづき》　冬十一月　〔雪待月林はもののこゑ透る　加藤楸邨〕

大雪《たいせつ》　二十四節気の一つ、陰暦十一月の節、小雪後十五日、立冬後三十日目。陽暦十二月七日ごろ。**大雪**《たいせつ》**の節**《せつ》　冬小雪《しょうせつ》　〔大雪の鵯《ひよ》聞いてゐる墓の虚子　対馬ひさし〕

冬至《とうじ》　二十四節気の一つで、十二月二十二日ごろ。最も昼の短い日である。**冬至**《とうじ》**の日**《ひ》　**冬至**《とうじ》**寺**《でら》　**一陽来復**《いちようらいふく》　夏夏至　冬柚子湯・冬至粥　〔どうらんの堅さ冬至の楽屋かな　小沢昭一〕

朔旦冬至《さくたんとうじ》　ほぼ二十年に一度ある陰暦十一月一日が冬至にあたることで、めでたいしるしとされた。古代の天皇は朔旦冬至に遇《あ》うと諸臣の賀を受け、祝宴をひらいた。〔雨ながら朔旦冬至ただならぬ　黒柳召波〕

師走《しわす》《しはす》　陰暦十二月の異称であるが、いまでは陽暦の十二月にも用いる。**極月**《ごくげつ》　**臘月**《ろうげつ》　**春**《はる》**待月**《まちづき》　**師走人**《しわすびと》　**町師走**《まちしわす》　**師走空**《しわすぞら》　**師走風**《しわすかぜ》　**師走富士**《しわすふじ》　〔うすうすと紺のぼりたる師走空　飯田龍太〕

節季《せっき》　各季節の終わりのことが本来の意、転じて年の暮れ、金銭取引上の総決算の時期をいう。**大節気**《だいせっき》　〔節気夫婦愚痴も小言も馴れつこに　磯部良〕

年《とし》**の暮**《くれ》　十二月も押し詰まったころの年の終わりをいう。**歳末**《さいまつ》　**歳晩**《さいばん》　**歳暮**《せいぼ》　**暮歳**《ぼさい》　**年末**《ねんまつ》　**年**《とし》**の尾**《お》　**年**《とし》**の末**《すえ》　**年**《とし》**の際**《きわ》　**年**《とし》**の坂**《さか》　**年**《とし》**の峠**《とうげ》　**年**《とし》**の関**《せき》　**年**《とし》**の名残**《なごり》　**年**《とし》**の瀬**《せ》　**年**《とし》**の果**《はて》　**年**《とし》**つまる**　**年迫**《としせま》**る**　**年尽**《としつ》**くる**　**年暮**《としく》**るる**　**年満**《としみ》**つ**　**年**《とし》**の別**《わか》**れ**　**年**《とし》**の限**《かぎ》**り**　**暮**《くれ》　〔年くれぬ笠着て草鞋《わらぢ》はきながら　松尾芭蕉〕

数《かぞ》へ日《び》　年が押し詰まって、あと幾日と数えられるほど、残る日数が少なくなること。冬年の内〔数へ日の小田急電車混み合へり　佐川広治〕

年《とし》の内《うち》　その年も迫って、余す日も少なくなった年内。**年内《ねんない》**　**年内余日《ねんないよじつ》**　〔海苔買ふや年内二十日あますのみ　田中午次郎〕

行《ゆ》く年《とし》　過ぎ去ってゆく年。一年の歳月を惜しみ振り返る気持ち。**暮《く》れゆく年《とし》**　**年逝《としゆ》く**　**年流《としなが》る**　**流《なが》るる年《とし》**　**年去《としさ》る**　**去《い》ぬる年《とし》**　**年送《としおく》る**　**年浪流《ねんろうなが》る**　冬年の暮・年惜しむ　〔年ゆくや天につながるいのちの緒　角川春樹〕

小晦日《こつごもり》　大晦日の前日。陽暦でいえば十二月三十日をいう。〔藁焚きし灰のふくらみ小晦日　本宮哲郎〕

大晦日《おおみそか》　おほみそか　十二月三十一日のこと。**大《おお》つごもり**　**大年《おおとし》**　**除日《じょにち》**　**大歳《おおどし》**　〔大年の法然院に笹子ゐる　森　澄雄〕

年惜《としお》しむ　としをしむ　過ぎゆく年を惜しむ心。**惜《お》しむ年《とし》**　**惜年《せきねん》**　冬行く年　〔雨だれの大きなたまの年惜しむ　安住　敦〕

年《とし》越《こし》　新年へ移る大晦日の晩のこと。**年越《としこ》す**　**大年越《おおとしこし》**　**年移《としうつ》る**　冬年越詣・晦日蕎麦　〔あをあをと年越す北のうしほかな　飯田龍太〕

年《とし》の夜《よ》　大晦日の夜のこと。一年の最後の夜という意。大年・年越と同じである。**年一夜《としいちや》**　**年《とし》の一夜《ひとや》**　**年行《としゆ》く夜《よ》**　**年《とし》の晩《ばん》**　**年夜《としよ》**　冬除夜　〔年の夜やもの枯れやまぬ風の音　渡辺水巴〕

除《じょ》夜《や》《ぢよや》　一年の最後の夜。一年の害を除くという意味で除夜という。冬除夜の鐘　**除夕《じょせき》　除夜《じょや》の闇《やみ》　除《じょ》夜《や》の人《ひと》　除夜《じょや》の妻《つま》　除夜《じょや》の雨《あめ》　除夜《じょや》の雪《ゆき》　除夜《じょや》の星《ほし》　除夜《じょや》の炉火《ろび》**　冬除夜の鐘　〔除夜の妻白鳥のごと湯浴《ゆあ》みをり　森　澄雄〕

一《いち》月《がつ》《いちぐわつ》　一年の最初の月。新睦月　〔一月の川一月の谷の中　飯田龍太〕

寒《かん》の入《いり》　一月五日、六日ごろ、この日から立春の前日まで寒が続く。**寒《かん》に入《い》る　寒《かん》となる　寒《かん》入《い》り**　冬小寒・大寒　春寒明　〔きびきびと万物寒に入りにけり　富安風生〕

小《しょう》寒《かん》《せうかん》　二十四節気の一つ、陽暦一月五日か六日ごろ。冬大寒・寒の内　春寒明　〔小寒のさゞなみ立てて木場の川　山田土偶〕

鵲《かささぎ》初《はじ》めて巣《す》くふ《かささぎはじめてすくふ》　鵲《かささぎ》は俗に、かちがらすといわれ、全身艶のある黒色の鳥で尾が長い。冬至のころから冬の終わりにかけて、初めて巣を作るという。**鵲巣《かささぎす》をくふ　鵲《かささぎ》巣《す》をくひそむる**　〔鵲や松かさ一つ巣のはしら　車　来〕

大《だい》寒《かん》　二十四節気の一つ、陽暦一月二十一日ごろ。冬小寒・寒の内　春寒明・立春　〔大寒の一戸もかくれなき故郷　飯田龍太〕

鶏《にわとりはじ》初めて交《つる》む《にはとりはじめてつるむ》　にわとりの雌雄は大寒の初候（陽暦で一月二十一〜二十五日のころ）に初めて交わるという。**鶏交《とりつる》み初《そ》む　鶏交《とりつる》みす**　〔鶏交り太陽泥をしたゝらし　富沢赤黄男〕

寒《かん》　小寒から大寒の総称で、一月五日ごろから二月四日ごろの立春まで三十日間。四日目を寒四郎、九日目を寒九という。**寒中《かんちゅう》　寒《かん》の内《うち》　寒《かん》の日《ひ》　寒四郎《かんしろう》　寒九《かんく》　寒《かん》の闇《やみ》　寒《かん》ゆ**

るむ　**寒《かん》ぬるむ**　**寒《かん》ぬくし**　**寒永《かんなが》し**　[冬]寒の入　[春]寒明　〔約束の寒の土筆を煮て下さい　川端茅舎〕

寒土用《かんどよう》　立春の前十八日間をいう。**寒《かん》の土用《どよう》**　[夏]土用　[秋]秋土用　〔白絹を裁つ妻と居て寒土用　北野民夫〕

冬《ふゆ》の朝《あさ》　夜明けも遅く、寒気の厳しい朝。**冬暁《ふゆあかつき》**　**冬曙《ふゆあけぼの》**　**寒暁《かんぎょう》**　**寒《さむ》き朝《あさ》**　[秋]朝寒　〔寒の暁ツィーンツィーンと子の寝息　中村草田男〕

冬《ふゆ》の暮《くれ》　冬の日の夕方。**冬《ふゆ》の夕《ゆうべ》**　**寒暮《かんぼ》**　**寒《かん》の暮《くれ》**　**冬《ふゆ》の宵《よい》**　**冬暮《ふゆぼ》光《こう》**　**冬暮色《ふゆぼしょく》**　〔冬の暮灯もさねば世に無きごとし　野見山朱鳥〕

短《たん》日《じつ》　昼の時間が短いこと。冬至に至って最も短くなる。**日短《ひみじか》**　**日短《ひみじか》し**　**短《みじか》き日《ひ》**　**日詰《ひつ》まる**　**暮早《くれはや》し**　**暮易《くれやす》し**　[春]日永・遅日　[秋]釣瓶落し　[冬]日脚伸ぶ　〔短日の梢微塵《みじん》にくれにけり　原石鼎〕

冬《ふゆ》の夜《よ》　冬の夜は長い。**冬《ふゆ》の夜《よる》**　**冬夜《ふゆよ》**　**夜半《よわ》の冬《ふゆ》**　〔冬の夜や海ねむらねば眠られず　鈴木真砂女〕

寒《かん》夜《や》　寒さのとりわけ厳しく感じられる夜のこと。**寒《かん》の夜《よ》**　**寒《さむ》き夜《よ》**　**寒《さむ》き宵《よい》**　[秋]夜寒　〔寒き夜の夫との間の畳の目　山口波津女〕

霜《しも》夜《よ》　霜の置く寒い夜。霜は晴天無風の夜に多い。**霜《しも》の夜《よ》**　**霜降《しもふ》る夜《よ》**　[冬]霜　〔手さぐりに水甕さがす霜夜かな　福田甲子雄〕

冷《つめ》たし　冬の冷え込む寒さをいう。「寒さ」よりも感覚的。**冷《ひ》え**　[秋]冷やか・冷まじ　[冬]寒

し・冴ゆ〔手で顔を撫《な》づれば鼻の冷たさよ　高浜虚子〕

底《そこ》冷《びえ》　しんしんと冷える寒さのこと。**底冷《そこびえ》す**　冬冷たし〔底冷えが卓の四脚を匍《は》ひあがる　富安風生〕

寒《さむ》し　肌に感じる寒さ。**寒《さむ》さ**　**寒気《かんき》**　**寒冷《かんれい》**　**寒《さむ》き日《ひ》**　**雨寒《あめさむ》し**　春春寒　夏夏寒し　秋秋寒　冬厳寒〔水枕ガバリと寒い海がある　西東三鬼〕

冴《さ》ゆる　寒さが極まって透き通るような寒さ。**冴《さ》ゆ**　**冴《さ》え**　**灯冴《ひさ》ゆ**　**音冴《おとさ》ゆ**　**冴《さ》ゆる夜《よ》**　**鐘冴《かねさ》ゆる**　**声冴《こえさ》ゆる**　**汽笛冴《きてきさ》ゆる**　**冴《さ》え冴《ざ》え**　春冴返る〔さえざえと雪後の天の怒濤かな　加藤楸邨〕

凍《こお》る《こほる》　寒気のため物が凍ること。**氷《こお》る**　**凍《こご》ゆる**　**凍《し》む**　**朝凍《あさじ》み**　**夕凍《ゆうし》み**　**月凍《つきこお》る**　**鼻凍《はなこお》る**　**湖凍《みずうみこお》る**　春凍解〔氷る夜の文殊に燭をたてまつる　川端茅舎〕

冱《い》つる　凍ったものばかりでなく、凍るように感じるすべてのものに用いる。**凍《い》つる**　**凍晴《いてばれ》**　**凍《い》てつく**　**天凍《てんい》つ**　**鐘冱《かねい》つ**　**凍《い》て強《つよ》し**　**凍《い》てきびし**　**道凍《みちい》つ**　**頬凍《ほおい》つる**　**凍結《とうけつ》**　**凍窓《いてまど》**　**凍光《いてびかり》**　春凍返る〔駒ヶ岳凍てて巌《いはほ》を落としけり　前田普羅〕

零《れい》下《か》　温度が摂氏零度以下であること。**氷点下《ひょうてんか》**〔人・犬・馬目があり零下三十度　永田耕一郎〕

三寒四温《さんかんしおん》《さんかんしをん》　冬の寒さが三日続くと次の四日間は暖かい日が続く。**三寒《さんかん》**　**四温《しおん》**　**四温日和《しおんびより》**　**三寒《さんかん》の日《ひ》**　**四温《しおん》の夜《よ》**　**四温光《しおんこう》**〔三寒の四温を待てる机かな　石川桂郎〕

厳《げん》寒《かん》　冬きわめて寒いこと。**酷寒《こっかん》**　**極寒《ごっかん》**　**厳冬《げんとう》**　**寒《かん》きびし**〔極寒のちりもとゞめず巌ぶすま

飯田蛇笏〕

しばれる　寒気の最も厳しく極まった感じ。東北や北海道の方言。**しばれ**　**からしばれ**　［冬］凍る・冱つる　〔凍れくる簷《のき》百軒の亜炭掘　松原あきを〕

冬深《ふゆふか》し　厳寒のころの、冬たけなわの時期。**冬深《ふゆふか》む**　**深《ふか》き冬《ふゆ》**　**冬《ふゆ》たけなは**　**真冬《まふゆ》**　**暮《くれ》の冬《ふゆ》**　**冬《ふゆ》さぶ**　〔冬深む蒼空ばかり身延線　森　澄雄〕

日脚伸《ひあしの》ぶ　冬至以後、少しずつ日照時間が伸びてくる。**日脚伸《ひあしの》びる**　**伸《の》びし日脚《ひあし》**　［春］日永・遅日　〔日脚伸ぶどこかゆるみし心あり　稲畑汀子〕

春《はる》を待《ま》つ　春の訪れを待つ心。「春近し」より主観的。**春待《はるま》つ**　**待《ま》つ春《はる》**　**待春《たいしゅん》**　**春待《はるま》たる**　［夏］秋を待つ　［秋］冬を待つ　〔九十の端《はした》を忘れ春を待つ　阿部みどり女〕

春近《はるちか》し　春がすぐそこまで来ていること。**春隣《はるどなり》**　**春隣《はるどな》る**　**春間近《はるまぢか》**　**近《ちか》き春《はる》**　**明日《あす》の春《はる》**　**春信《しゅんしん》**　［冬］春待つ　〔銀鼠色の夜空も春隣り　飯田龍太〕

春遠《はるとお》し　ひたすら春を待ちわびるおもい。**春未《はるいま》だ**　**春《はる》　逡巡《しゅんじゅん》**　〔春遠き梢の上の雲のさま　島谷征良〕

冬終《ふゆお》わる　冬の終わり。**冬尽《ふゆつ》く**　**三冬尽《さんとうつ》く**　**冬《ふゆ》の果《はて》**　**冬去《ふゆさ》る**　**冬送《ふゆおく》る**　**冬《ふゆ》の名残《なごり》**　**冬《ふゆ》の別《わか》れ**　〔うらぶれし冬にも心遺《のこ》すなり　相馬遷子〕

節《せつ》　分《ぶん》　立春の前日、二月三日前後。**節替《せつがわ》り**　［冬］追儺・節分会　〔節分やつもるにはやき町の雪　久保田万太郎〕

年内立春《ねんないりっしゅん》　昔は閏月《うるうづき》があると、旧年に立春のくる年があった。**年《とし》の春《はる》**　**冬《ふゆ》の春《はる》**　**年《とし》の内《うち》の春《はる》**

〔卓布絢爛《けんらん》春既に来たり年の内　中野三允〕

天文

冬《ふゆ》の日《ひ》　冬の太陽をいう。冬の一日にも用いられるが、句作の際は天文か時候かをはっきり区別する必要がある。**冬日《ふゆひ》　冬陽《ふゆひ》　冬日《ふゆひ》ざし　冬日《ふゆひ》さす　冬日消《ふゆひき》ゆ　冬日影《ふゆひかげ》　冬日向《ふゆひなた》　冬日《ふゆひ》没《い》る　冬日落《ふゆひお》つ　冬日燃《ふゆひも》ゆ　冬日低《ふゆひひく》し　冬日《ふゆひ》ぬくし　冬日《ふゆひ》うすし　冬日《ふゆひ》あたる　冬日宙《ふゆひちゅう》　冬日《ふゆひ》遠《とお》し　冬日燦《ふゆひさん》　冬日照《ふゆひて》る　冬朝日《ふゆあさひ》　冬夕日《ふゆゆうひ》　冬日寒《ふゆびさ》む**　〔大仏の冬日は山に移りけり　星野立子〕

冬晴《ふゆばれ》　冬の、風もなく穏やかな晴れた日をいう。**冬《ふゆ》の晴《はれ》　冬日和《ふゆびより》　冬晴《ふゆは》るる**　[冬]小春　〔冬晴のプールの椅子にテロリスト　角川春樹〕

冬麗《うらら》　小春日のうららかに晴れわたったさまをいう。**冬麗《ふゆうらら》か　冬麗《とうれい》**　[春]麗か　[秋]秋麗　〔冬麗の微塵となりて去らんとす　相馬遷子〕

寒《かん》晴《ばれ》　寒中の晴れわたった日和をいう。**寒《かん》の晴《はれ》　寒日和《かんびより》　寒晴《かんは》るる**　[秋]小春　〔寒晴やあはれ舞妓の背の高き　飯島晴子〕

冬《ふゆ》旱《ひでり》　冬季晴天が続き、渇水となること。**冬《ふゆ》の旱《ひでり》**　[春]春旱　[夏]旱　[秋]秋旱　[冬]寒旱　〔菜を茹《ゆ》でて窓くもらする冬旱　岡本眸〕

寒旱《かんひでり》 寒中に雨の少ない日が続くこと。**寒の旱**《かんひでり》 [夏]旱 [秋]秋旱 〔傷なめて傷あまかりし寒旱 能村登四郎〕

冬《ふゆ》**の空**《そら》 曇り日の暗い空。青く晴れ上がった空など。**冬空**《ふゆぞら》 **冬天**《とうてん》 **冬青空**《ふゆあおぞら》 **冬夕空**《ふゆゆうぞら》 〔冬空に大樹の梢朽ちてなし 高浜虚子〕

冬《ふゆ》**の雲**《くも》 低く垂れこめた雲や晴天の日の雲。**冬雲**《ふゆぐも》 〔卵黄のごとくに日あり冬の空 阿波野青畝〕

寒《かん》**の雲**《くも》 寒中の雲。**寒雲**《かんうん》 **凍雲**《いてぐも》 **雲凍**《くもこお》**る** 〔寒雲や太芽かざすは朴《ほお》と橡《とち》 石田波郷〕

冬《ふゆ》**の月**《つき》 寒々と冴えわたった月。**冬月**《ふゆづき》 **冬月夜**《ふゆづきよ》 **冬満月**《ふゆまんげつ》 **月冴**《つきさ》**ゆる** **月氷**《つきこお》**る** **月寒**《つきさむ》**し** [秋]月 [冬]寒月 〔泣くもあり泣かねば冬の月を見る 石原八束〕

寒《かん》　**月**《げつ》 寒中の冴えわたる月を含めて、冬の月の鋭く寒い感じを表す場合に用いる。**寒月光**《かんげっこう》 **寒満月**《かんまんげつ》 [秋]月 [冬]冬の月 〔寒月に水浅くして川流る 山口誓子〕

冬三《ふゆみ》**日**《か》**月**《づき》 冬の夕空に鎌のように鋭くかかる月。**寒三**《かんみ》**日**《か》**月**《づき》 **冬**《ふゆ》**の三**《み》**日**《か》**月**《づき》 [春]春三日月 [秋]三日月 〔父となり冬三日月を負ひ帰る 轡田 進〕

冬《ふゆ》**の星**《ほし》 晴れた冬の空にさむざむとした鋭い光を放つ星。**冬星**《ふゆぼし》 **寒星**《かんぼし》 **冬星座**《ふゆせいざ》 **荒星**《あらぼし》 **凍星**《いてぼし》 **冬**《ふゆ》**の太白**《たいはく》 **星冴**《ほしさ》**ゆ** **冬**《ふゆ》**の流星**《りゅうせい》 **星寒**《ほしさむ》**し** [春]春の星 [夏]夏の星 [秋]秋の星・流星 〔かぞへゐるうちに殖えくる冬の星 上田五千石〕

冬銀河《ふゆぎんが》 冬の冴えた夜空にかかる天の川。**冬銀漢**《ふゆぎんかん》 [秋]天の河 〔冬銀河夜干の工衣のしたたらす 吉田鴻司〕

冬北斗《ふゆほくと》　北斗星は北天の大熊座にある七つの柄杓《ひしやく》状の星のこと。**寒北斗**《かんほくと》　图冬の星　〔生きてあれ冬の北斗の柄の下に　加藤楸邨〕

オリオン　天の赤道の両側にまたがる星座で俗に三つ星というものを含む。**冬**《ふゆ》**オリオン**　**三**《み》**つ星**《ほし》　**辰宿**《しんしゆく》　**酒枡星**《さかますぼし》　〔海を出し寒オリオンの滴れり　山口誓子〕

寒昴《かんすばる》　すばるは牡牛座に属する星団で、六つの星が青白くかたまっている。**寒**《かん》**の昴**《すばる》　图冬の星　〔寒昴幼き星をしたがへて　角川照子〕

天狼《てんろう》《てんらう》　大犬座の主星シリウスの中国名で、全天で最も明るい恒星《こうせい》。**狼星**《ろうせい》　**青星**《あおぼし》　图冬の星　〔墳山《つかやま》の天狼父にまぎれなし　角川春樹〕

冬凪《ふゆなぎ》　冬の強い風が一瞬止んで凪ぎわたることをいう。「冬の油凪は荒《あれ》（シケ）のもと」といわれる。**冬**《ふゆ》**の凪**《なぎ》　**寒凪**《かんなぎ》　**寒**《かん》**の凪**《なぎ》　**冬凪**《ふゆな》**げる**　**凍凪**《いてなぎ》　夏朝凪・夕凪　新初凪　〔寒凪の夜の濤《なみ》一つ轟きぬ　川端茅舎〕

御講凪《おこうなぎ》《おかうなぎ》　陰暦十一月二十八日の親鸞忌の御講のころのおだやかに凪いだ日和。**御講日和**《おこうびより》　图報恩講・御取越　〔門前の島は天草お講凪　河原白朝〕

冬の風《ふゆのかぜ》　冬期吹く風の総称。**冬風**《ふゆかぜ》　**寒風**《かんぷう》　**風寒**《かぜさむ》**し**　**風冴**《かざさ》**ゆる**　**凍**《い》**て風**《かぜ》　图凩・北風・空風　〔寒風に吹きしぼらるる思ひかな　星野立子〕

凩《こがらし》　初冬に吹く強い風で、木を吹き枯らすことから「木枯」という。**木枯**《こがらし》　**木枯**《こがらし》**す**　图北風　〔木枯や目刺にのこる海のいろ　芥川龍之介〕

寒波《かんぱ》　大陸からの寒気団が南下してもたらす厳しい寒さのこと。その冬初めての寒波が

「冬一番」。**寒波来《かんぱく》る** **寒波急《かんぱきゅう》** **冬一番《ふゆいちばん》** [春]春一番 〔磨きゐし薄手グラスや寒波晴 能村研三〕

北《きた》風《かぜ》 北または北西の冬の季節風。**朔風《さくふう》** **北風《きた》** **ならひ** **ならひ吹《ふ》く** **北吹《きたふ》く** **夕《ゆう》ならひ** **北《きた》の風《かぜ》** **北荒《きたあ》れ** **大北風《おおならい》** **荒北風《あらきた》** **強北風《つよきた》** **朝北風《あさきた》** [春]東風《こち》 [夏]南風《みなみ》 [秋]青北風 〔北風吹くや一つ目小僧蹤《つ》いてくる 角川春樹〕

空《から》風《かぜ》 冬の晴れた日に吹く乾燥した北または北西の風。**空《から》つ風《かぜ》** 〔から風の吹きからしたる水田かな 天野桃隣〕

北《きた》颪《おろし》 冬に山から吹きおろす寒い北寄りの空《から》っ風。「おろし」は山の上から吹き降ろす風のこと。**北下《きたおろ》し** **浅間颪《あさまおろし》** **赤城颪《あかぎおろし》** **筑波颪《つくばおろし》** **富士颪《ふじおろし》** **伊吹颪《いぶきおろし》** **比叡颪《ひえいおろし》** **六甲颪《ろっこうおろし》** **北山颪《きたやまおろし》** 〔北おろし一夜吹きても吹きたらず 福田甲子雄〕

ならひ 冬季、東日本の太平洋沿岸、主として関東地方に吹く北寄りの風をいう。冬の季節風である。**北風《ならい》** 〔白波や筑波北風の帆曳き船 石原八束〕

乾《あ》風《なじ》 西日本で、冬季、北西から吹いてくる風をいう。**あなぜ** **あなし** 〔あなじ来とドームの底の影見たり 原田冬水〕

たま風《かぜ》 日本海沿岸に吹く冬の北寄りの風。**たば風《かぜ》** 〔たま風や逢魔ケ刻の雲のさま 須之内夜雨〕

べつとう 東京湾から東海道にかけて漁村でいう北または北西、北東の強風。**べつとう風《かぜ》** **べつとう時化《しけ》** 〔雲とぶやべつとう時化の荒岬 柳原燈家〕

星《ほし》の入東風《いりごち》　畿内《きない》および中国地方の船人のことばであり、陰暦十月中旬に吹く北東の風をいう。〔スバル出て星の入東風吹きどよむ　奥田杏牛〕

神渡《かみわた》し　神無月に吹く西風。出雲へ旅立つ神々を送る風だという。**神立風《かみたつかぜ》**　[冬]神の旅　〔遠山に雪もたらしぬ神渡　吉田巨蕪〕

虎落笛《もがりぶえ》　冬の風が柵や竹垣に吹きつけて発する笛のような音。〔もがり笛風の又三郎やあーい　上田五千石〕

鎌《かま》鼬《いたち》　寒気のため鎌で切ったように手足の皮膚が裂ける現象。**鎌風《かまかぜ》**　〔本を売り心の隅に鎌鼬　赤尾兜子〕

初時雨《はつしぐれ》　その冬初めての時雨のこと。[冬]時雨　〔旅人と我名よばれん初しぐれ　松尾芭蕉〕

時雨《しぐれ》　初冬のころ、降ってはすぐあがる雨。山沿いの地方に多い。**時雨《しぐ》る**　**時雨降《しぐれふ》る**　**時《しぐ》雨来《れく》る**　**朝時雨《あさしぐれ》**　**夕時雨《ゆうしぐれ》**　**村時雨《むらしぐれ》**　**北時雨《きたしぐれ》**　**北山時雨《きたやましぐれ》**　**横時雨《よこしぐれ》**　**片時雨《かたしぐれ》**　**時雨雲《しぐれぐも》**　**小夜時雨《さよしぐれ》**　**時雨《しぐれ》の夜《よ》**　**時雨止《しぐれや》む**　**一《ひ》ト時雨《しぐれ》**　**時雨傘《しぐれがさ》**　**川音《かわと》の時雨《しぐれ》**　**松風《まつかぜ》の時雨《しぐれ》**　**時雨心地《しぐれごこち》**　[春]春時雨　[秋]秋時雨　[冬]初時雨　〔水にまだあをぞらのこるしぐれかな　久保田万太郎〕

冬《ふゆ》の雨《あめ》　冬に降る雨。**冬雨《ふゆさめ》**　**冬小雨《ふゆこさめ》**　〔冬の雨崎のかたちの中に降る　篠原梵〕

寒《かん》の雨《あめ》　寒のうちに降る雨。**寒雨《かんう》**　**寒九《かんく》の雨《あめ》**　〔うつほどに藁の匂ふや寒の雨　金尾梅の門〕

霰《あられ》　水蒸気が空気中で氷結して降る粒。雪霰と氷霰とがある。**初霰《はつあられ》**　**夕霰《ゆうあられ》**　**玉霰《たまあられ》**　**霰降《あられふ》る**　**霰打《あられう》つ**　**霰飛《あられと》ぶ**　**霰跳《あられは》ねる**　**急霰《きゅうさん》**　[夏]雹《ひょう》　〔霰跳ねけふ一日を踏まぬ土　野澤節子〕

霙《みぞれ》　雪と雨が入りまじって降るものをいう。**霙降《みぞれふ》る**　**霙《みぞ》る**　**初霙《はつみぞれ》**　**夕霙《ゆうみぞれ》**　**霙聞《みぞれき》く**　**霙《みぞれ》の夜《よ》**

雪《ゆき》まじり 雪《ゆき》まぜ 〔疲れてはほとほと蒼き夕霙 能村登四郎〕

氷晶《ひょうしょう》《ひやうしやう》 北海道や山岳地帯で見られる大気中にできる氷の結晶。 **氷塵**《ひょうじん》 **氷霧**《ひょうむ》 **霧雪**《むせつ》 〔氷塵の押し移る空樹氷立つ 渡辺立男〕

霧氷《むひょう》 過度に冷えた霧が樹の枝や枯れ草に氷結したもの。 **樹霜**《じゅそう》 **粗氷**《そひょう》 **霧氷咲**《むひょうさ》**く** **霧の花**《きりのはな》 **霧**《む》**氷林**《ひょうりん》 **霧氷の華**《むひょうのはな》 **霧氷界**《むひょうかい》 **霧氷映**《むひょうは》**ゆ** **霧氷燃**《むひょうも》**ゆ** [秋]霧 〔霧氷咲き町の空なる太初の日 相馬遷子〕

樹氷《じゅひょう》 霧氷の一種。霧粒が細氷となり樹木を覆う現象。 **樹氷林**《じゅひょうりん》 **木花**《きばな》 **木華**《きばな》 **花**《はな》**ぼろ** **霧の花**《きりのはな》 **樹氷**《じゅひょう》**かがやく** **樹氷群**《じゅひょうぐん》 **木花咲**《きばなさ》**く** **樹氷界**《じゅひょうかい》 〔樹氷林むらさき湧きて日闌《た》けたり 石橋辰之介〕

雨氷《うひょう》 摂氏零度以下になり、雨が地表・草木などに凍結した現象。 **雨氷林**《うひょうりん》 〔湖畔荘終《つい》の客発つ雨氷かな 山下ふさを〕

初霜《はつしも》 その年になって初めて降りる霜。 **初霜降**《はつしもふ》**る** [春]別れ霜 [秋]秋の霜 [冬]霜 〔初霜の柿や天地を貫けり 瀧井孝作〕

霜《しも》 晴れた夜、気温が零度以下になり、水蒸気が結晶して白く地表に付着したもの。 **霜**《しも》**の花**《はな》 **三の花**《みつのはな》 **はだれ霜**《じも》 **青女**《せいじょ》 **大霜**《おおしも》 **深霜**《ふかしも》 **強霜**《つよしも》 **朝霜**《あさしも》 **夕霜**《ゆうしも》 **夜霜**《よしも》 **薄霜**《うすしも》 **霜晴**《しもばれ》 **霜日和**《しもびより》 **霜凪**《しもなぎ》 **霜気**《しもけ》 **霜雫**《しもしずく》 **霜降**《しもふ》**る** **霜解**《しもど》**け** **霜**《しも》**の声**《こえ》 **畑**《はたけ》**の霜**《しも》 **霜真白**《しもましろ》 **今朝**《けさ》**の霜**《しも》 **霜**《しも》**の朝**《あさ》 **霜光**《しもひか》**る** **霜**《しも》**の墓**《はか》 **霜**《しも》**の道**《みち》 **霜踏**《しもふ》**む** [春]春の霜・別れ霜 [秋]秋の霜 〔霜の墓抱き起されしとき見たり 石田波郷〕

露凝《つゆこ》る　秋の露のように流れず、草木に結ぶ露が冬の寒気に凝結しているさまをいう。**露氷《つゆこお》る**　**凍露《とうろ》**　夏夏の露　秋露・露霜　〔露凝るや一分隙なき庭構　河野多希女〕

雪《ゆき》催《もよい》　ゆきもよひ　今にも雪が降りそうな、どんより暗い空模様のこと。**雪気《ゆきげ》**　**雪雲《ゆきぐも》**　**雪天《せってん》**　**雪空《ゆきぞら》**　〔京まではまだ半空《なかぞら》や雪の雲　松尾芭蕉〕

初《はつ》雪《ゆき》　その年の冬に初めて降る雪。**処女雪《しょじょゆき》**　**新雪《しんせつ》**　秋富士の初雪　〔はじめての雪闇に降り闇にやむ　野澤節子〕

雪《ゆき》　水蒸気が空中で結晶して降るもの。**六花《むつのはな》**　**六花《りっか》**　**雪《ゆき》の花《はな》**　**雪華《せっか》**　**雪明《ゆきあか》り**　**雪降《ゆきふ》る**　**大雪《おおゆき》**　**小雪《こゆき》**　**薄雪《うすゆき》**　**細雪《ささめゆき》**　**深雪《みゆき》**　**飛雪《ひせつ》**　**豪雪《ごうせつ》**　**粉雪《こなゆき》**　**隙間雪《すきまゆき》**　**小米雪《こごめゆき》**　**雪時雨《ゆきしぐれ》**　**朝《あさ》の雪《ゆき》**　**雪《ゆき》の朝《あさ》**　**昼《ひる》の雪《ゆき》**　**雪夜《ゆきよ》**　**夜《よる》の雪《ゆき》**　**雪《ゆき》の夜《よる》**　**暮雪《ぼせつ》**　**宵《よい》の雪《ゆき》**　**雪《ゆき》の宿《やど》**　**凍雪《いてゆき》**　**雪積《ゆきつ》む**　**雪《ゆき》つもる**　**積雪《せきせつ》**　**雪《ゆき》しづく**　**雪深《ゆきふか》し**　**雪《ゆき》の町《まち》**　**雪《ゆき》の門《もん》**　**庭《にわ》の雪《ゆき》**　**雪《ゆき》の上《うえ》**　**窓《まど》の雪《ゆき》**　**雪《ゆき》の峡《かい》**　**雪狂《ゆきくる》ふ**　**雪《ゆき》はげし**　**雪《ゆき》の香《か》**　**雪《ゆき》の声《こえ》**　**雪《ゆき》の径《みち》**　**雪《ゆき》の橋《はし》**　**雪敷《ゆきし》く**　**根雪《ねゆき》**　**古雪《ふるゆき》**　**雪日和《ゆきびより》**　**雪夕《ゆきゆう》べ**　**雪月夜《ゆきづきよ》**　**雪景色《ゆきげしき》**　**雪国《ゆきぐに》**　春春の雪・淡雪・雪の果　〔いくたびも雪の深さを尋ねけり　正岡子規〕

雪《ゆき》晴《ばれ》　雪の降り止んだ翌朝は、快晴無風に恵まれることが多い。**深雪晴《みゆきばれ》**　**雪後《せつご》の天《てん》**　〔深雪晴わが影あをき虚空より　深谷雄大〕

風《かざ》花《はな》　晴れていながら風にのって雪が舞うこと。**風花《かぜばな》**　**かざはな**　**風花《かざはな》す**　**風花散《かざはなち》る**　〔風花のかかりて青き目刺し買ふ　石原舟月〕

吹《ふ》雪《ぶき》　強風にあおられて降る雪。地吹雪は、積もった雪が強風に吹き上げられること。**大《おお》吹雪《ふぶき》**　**猛吹雪《もうふぶき》**　**地吹雪《じふぶき》**　**雪煙《ゆきけむり》**　**雪浪《ゆきなみ》**　**吹雪《ふぶき》の夜《よ》**　**夜吹雪《よふぶき》**　**吹雪《ふぶ》く**　**吹雪来《ふぶきく》る**　**吹雪《ふぶ》く中《なか》**　**吹雪《ふぶ》**

く夜《よる》　吹雪《ふぶ》く窓《まど》　吹雪鳴《ふぶきな》る　〔地吹雪と別に星空ありにけり　稲畑汀子〕

しまき　雪を伴った激しい風のこと。**しまく**　**雪《ゆき》しまき**　**雪《ゆき》じまき**　**風雪《ふうせつ》**　**しまき雲《ぐも》**　**しまき来《く》る**　**しまき風《かぜ》**　[冬]吹雪　〔海に日の落ちて華やぐしまき雲　角川源義〕

雪時雨《ゆきしぐれ》　時雨が雪となり、あるいは雪まじりの雨となり、降ったり止んだりする状態。**雪《ゆき》しぐれ**　〔古町の三つ目の角雪しぐれ　日下部宵三〕

雪女郎《ゆきじょろう》《ゆきぢよらう》　雪国の夜に現れるという幻想的な妖怪。**雪女《ゆきおんな》**　**雪《ゆき》の精《せい》**　**雪坊主《ゆきぼうず》**　〔雪女郎ねむりぐすりに覚めてをり　大森理恵〕

しずり《しづり》　木の枝などから雪のずり落ちること。またその雪。**しづり雪《ゆき》**　**垂《しず》れ**　〔しづり雪誘ひさそはれ淵に落つ　阿波野青畝〕

冬《ふゆ》の雷《らい》　冬に鳴る雷。**冬《ふゆ》かみなり**　**寒雷《かんらい》**　[春]初雷・春の雷　[夏]雷　〔寒雷やびりりびりりと真《ま》夜《よ》の玻璃《はり》　加藤楸邨〕

雪起《ゆきおこ》し　北国で、雪の降る前に鳴る雷。**雪《ゆき》の雷《らい》**　**雪雷《ゆきがみなり》**　〔唯一つ大きく鳴りぬ雪起し　高浜虚子〕

鰤起《ぶりおこ》し　鰤のとれるころ鳴る雷で、鰤の初漁・豊漁のしらせとされてきた。[冬]鰤網・鰤　〔補陀落《ふだらく》やかなた明るき鰤起し　角川春樹〕

うつた姫《ひめ》　冬をつかさどる神。[春]佐保姫　[秋]竜田姫　〔花に似し雪伴ふやうつた姫　鳥越すみこ〕

冬《ふゆ》霞《がすみ》　穏やかな冬の日にたなびく霞。**冬霞《ふゆかす》む**　**寒霞《かんがすみ》**　**冬《ふゆ》の霞《かすみ》**　[春]霞　[秋]秋の霞　〔冬がすみ

日月ところ得て泛けり　新谷ひろし〕

冬《ふゆ》の霧《きり》　冬に湧く霧のこと。**冬霧《ふゆぎり》**　**スモッグ**　**煙霧《えんむ》**　**霧寒《きりさむ》し**　夏夏の霧・海霧　秋霧　〔橋に聞くながき汽笛や冬の霧　中村汀女〕

冬《ふゆ》の靄《もや》　冬に立ちこめる靄のこと。**冬靄《ふゆもや》**　**寒靄《かんあい》**　〔冬の靄クレーンの鉤《かぎ》の巨大のみ　山口青邨〕

スモッグ　煙（スモーク）と霧（フォグ）の混成語。煤煙《ばいえん》や大気中の浮遊塵《ふゆうじん》などが原因となって、都市周辺に濃霧のように立ちこめるもの。冬季にこの現象が多い。**煙霧《えんむ》**　〔スモッグの街ぎりぎりと時計巻く　大中祥生〕

冬《ふゆ》の虹《にじ》　まれに見る冬の虹は印象鮮明。**冬虹《ふゆにじ》**　春春の虹　夏虹　秋秋の虹　〔野にひかるものみな墓群冬の虹　黒田杏子〕

冬《ふゆ》の夕焼《ゆうやけ》《ふゆのゆふやけ》　短い刻の間を赤くもえる冬の夕焼。**冬夕焼《ふゆゆやけ》**　**冬夕映《ふゆゆうばえ》**　**寒夕焼《かんゆうやけ》**　夏夕焼け　〔路地染めて何をもたらす寒夕焼　菖蒲あや〕

冬《ふゆ》茜《あかね》　空が茜色に染まるのが茜空。冬の日の出・日の入り前の空の色。**寒茜《かんあかね》**　**寒《かん》の茜《あかね》**　新初茜　〔寒茜金星はまだ一つ星　森　澄雄〕

名残《なごり》の空《そら》　大晦日の空のこと。**年《とし》の空《そら》**　〔風少し出でて名残の空ありぬ　岸田稚魚〕

地理

冬《ふゆ》の山《やま》　冬、木や草の枯れた山。**冬山《ふゆやま》**　**冬山家《ふゆやまが》**　**冬山路《ふゆやまじ》**　**冬《ふゆ》の嶺《みね》**　**冬山肌《ふゆやまはだ》**　**枯山《かれやま》**　**山枯《やまか》る**　〔冬山やどこまでのぼる郵便夫　渡辺水巴〕

雪《ゆき》の山《やま》　雪に覆われた冬の山。**雪山《ゆきやま》**　**雪嶺《せつれい》**　**雪岳《ゆきだけ》**　**雪富士《ゆきふじ》**　〔雪嶺のひとたび暮れて顕《あら》はるる　森　澄雄〕

冬《ふゆ》の谷《たに》　谷川は涸れ、あたりが蕭々としている谷。**冬谷《ふゆだに》**　**冬渓《ふゆだに》**　**涸渓《かれたに》**　**空谷《からだに》**　〔空谷を踏む音偸《ぬす》み米寿来　富安風生〕

山眠《やまねむ》る　静かに眠るような冬の山の形容。**眠《ねむ》る山《やま》**　[春]山笑ふ　[夏]山滴る　[秋]山粧ふ　〔とぢし眼のうらにも山のねむりけり　木下夕爾〕

枯《かれ》岬《みさき》　草や木の枯れた冬の岬。**冬岬《ふゆみさき》**　**冬《ふゆ》の岬《みさき》**　[春]春岬　[夏]青岬　〔国引きの綱の白さの枯岬　佐川広治〕

冬《ふゆ》野《の》　冬の野原。田畑などを含めた広い冬野の景色。**冬《ふゆ》の野《の》**　**冬《ふゆ》の原《はら》**　**冬野道《ふゆのみち》**　**冬野晴《ふゆのばれ》**　[冬]枯野　〔いつの日も冬野の真中帰りくる　平井照敏〕

雪《ゆき》野《の》　雪に覆われた野原のこと。**雪《ゆき》の野《の》**　**雪《ゆき》の原《はら》**　**雪原《せつげん》**　〔雪原の一樹高しと日はのぼる　石田波郷〕

枯野《かれの》　草の枯れはてた野原。**枯原**《かれはら》　**野**《の》**は枯**《か》**る**　**野**《の》**の枯**《か》**れ**　**枯野道**《かれのみち》　**枯野原**《かれのはら》　**枯野宿**《かれのやど》　**枯野風**《かれのかぜ》　**枯**《かれ》**野人**《のびと》　**枯野**《かれの》**の日**《ひ》　**枯野仏**《かれのぶつ》　**枯野星**《かれのぼし》　**丘枯**《おかが》**る**　**枯**《か》**れ丘**《おか》　**大枯野**《おおかれの》　**野**《の》**の枯色**《かれいろ》　[冬]冬野　〔火を焚くや枯野の沖を誰か過ぐ　能村登四郎〕

朽野《くだらの》　枯野のこと。**くだら野**《の》　〔くだら野や人を喰ふと鳴く鳥　小林一茶〕

冬田《ふゆた》　稲を刈り取ったあと、そのままにしてある田のこと。**冬**《ふゆ》**の田**《た》　**冬田道**《ふゆたみち》　**冬田人**《ふゆたびと》　**冬田鴉**《ふゆたがらす》　**枯田**《かれた》　**冬田面**《ふゆたのも》　**冬田晴**《ふゆたばれ》　[春]春田　[秋]穭田　〔冬田より出でし女の息づかひ　飯田龍太〕

枯園《かれその》　草も木も枯れはてた庭園や公園。**冬**《ふゆ》**の園**《その》　**冬**《ふゆ》**の庭**《にわ》　**冬庭**《ふゆにわ》　**園枯**《そのか》**る**　**庭枯**《にわか》**る**　**寒園**《かんえん》　**枯**《か》**庭**《にわ》　**枯**《か》**るる庭**《にわ》　〔枯園に向ひて硬きカラア嵌《は》む　山口誓子〕

冬景色《ふゆげしき》　草や木の枯れた索漠とした景色。**冬**《ふゆ》**の景**《けい》　**冬**《ふゆ》**の色**《いろ》　**冬景**《とうけい》　[冬]冬ざれ・冬枯　〔冬景に彩のうごくは河原の湯　篠田悌二郎〕

水涸《みずか》**る**《みづかる》　降雨量の少ない冬は川や湖沼が一時涸れる。**水涸**《みずか》**るる**　**川涸**《かわか》**る**　**沼涸**《ぬまか》**る**　**池涸**《いけか》**る**　**滝涸**《たきか》**る**　**井水涸**《いみずか》**る**　**涸沼**《かれぬま》　**涸池**《かれいけ》　**涸川**《かれかわ》　**井涸**《いか》**る**　**涸井**《かれい》　[秋]水初めて涸る　〔ライターの火のポポポポと滝涸るる　秋元不死男〕

冬《ふゆ》**の水**《みず》《ふゆのみづ》　寒々としている冬の水。**水烟**《みずけむ》**る**　〔冬の水佇《たたず》み見たる美しさ　後藤夜半〕

寒《かん》**の水**《みず》《かんのみづ》　寒中の水は、冷たいうえに清らかで、神秘的な効力があるといわれる。**寒水**《かんすい》　**寒九**《かんく》**の水**《みず》　[冬]寒造・寒晒　〔のんですぐ背骨つらぬく寒の水　角川春樹〕

冬《ふゆ》**の泉**《いずみ》《ふゆのいづみ》　冬の、湧きでている泉のこと。**冬泉**《ふゆいずみ》　**寒泉**《かんせん》　〔切株の渦のとなりの冬泉　青柳志解樹〕

冬《ふゆ》の川《かわ》　冬は渇水になりがちで流れも細くなる。**冬川《ふゆかわ》**　**冬川原《ふゆがわら》**　**冬磧《ふゆかわら》**　㊄水涸る〔冬河《ふゆのかは》に新聞全紙浸《つか》り浮く　山口誓子〕

冬《ふゆ》の池《いけ》　寒々と荒涼とした池のさま。**冬池《ふゆいけ》**〔女捨てし白き紙片の冬の池　近藤馬込子〕

冬《ふゆ》の沼《ぬま》　冬の荒涼とした沼。**冬沼《ふゆぬま》**〔冬沼へ日の一掬《いっきく》や藪洩れて　村沢夏風〕

冬《ふゆ》の湖《うみ》　寒々とわびしげな冬の湖。**冬《ふゆ》の湖《みずうみ》**　**冬湖《とうこ》**　**冬《ふゆ》の湖水《こすい》**〔みやげ屋の裏に来てゐし冬の湖　宇都宮沢〕

冬《ふゆ》の浜《はま》　冬の浜辺は海荒れの日も多い。**冬浜《ふゆはま》**　**冬汀《ふゆなぎさ》**　**冬渚《ふゆなぎさ》**　**寒渚《かんなぎさ》**〔冬浜に老婆ちゞまりゆきて消ゆ　西東三鬼〕

冬《ふゆ》の海《うみ》　日本海側と太平洋側とでは趣が異なるが、わびしくすさまじい冬の海。**冬海《ふゆうみ》**　㊄冬の波・寒潮〔切株の外へ外へと冬の海　吉田鴻司〕

冬《ふゆ》の波《なみ》　冬の北西の季節風で荒れる海や湖沼、川の波。**冬浪《ふゆなみ》**　**冬濤《ふゆなみ》**　**冬怒濤《ふゆどとう》**　**寒濤《かんとう》**　**寒波《かんなみ》**　**寒怒濤《かんどとう》**　**寒《かん》の波《なみ》**〔冬波に乗り夜が来る夜が来る　角川源義〕

寒《かん》潮《ちょう》　冬の海の潮のこと。潮の流れを指すことが多い。**冬《ふゆ》の潮《しお》**　**寒《かん》の潮《しお》**　㊄春潮　㊄夏の潮　㊄秋の潮・初潮〔寒潮の飛沫の中に灯る家　千田一路〕

霜《しも》柱《ばしら》　繊維状の氷柱の集まり。**霜《しも》くづれ**　**霜柱踏《しもばしらふ》む**　㊄初霜・霜〔霜柱はがねのこゑをはなちけり　石原八束〕

凍《いて》土《つち》　土の中の水分が凍ってこちこちになること。また隆起してくることもある。**凍土《とうど》**　**凍上《とうじょう》**　**大地凍《だいちい》つ**　**土凍《つちい》てる**　㊄沍つる〔凍土行く生きものの耳我れも立て　村越化石〕

初《はつ》氷《ごおり》 はつごほり　その冬初めて氷の張ること。〔初氷夜も青空の衰へず　岡本眸〕

氷《こおり》 こほり　氷点下の温度にあうと氷となる。 氷点下《ひょうてんか》　厚氷《あつごおり》　氷張《こおりは》る　氷《こお》る　氷面鏡《ひもかがみ》　氷上《ひょうじょう》　氷《ひょう》野《や》　結氷《けつぴょう》　氷田《ひょうでん》　氷塊《ひょうかい》　氷《こお》る池《いけ》　池氷《いけこお》る　氷閉《こおりと》づ　氷《こおり》の声《こえ》　氷《こおり》の花《はな》　春氷解・流氷・薄氷〔蝶墜《お》ちて大音響の結氷期　富沢赤黄男〕

氷《つら》柱《ら》 水の滴りが凍って棒状に垂れ下がったもの。 垂氷《たるひ》　立氷《たちひ》　銀竹《ぎんちく》　大氷柱《おおつらら》　崖氷柱《がけつらら》　氷柱《つらら》太《ふと》る〔みちのくの星入り氷柱われに呉れよ　鷹羽狩行〕

凍《いて》滝《だき》 厳しい寒気のため凍ってしまった滝。 冬滝《ふゆたき》　冬《ふゆ》の滝《たき》　滝凍《たきこお》る　夏滝〔冬滝のきけば相つぐこだまかな　飯田蛇笏〕

氷《ひょう》壁《へき》 寒気のため氷結した山の断崖や急斜面をいう。 雪壁《せっぺき》　アイス・ハーケン〔夜明けむと大雪壁の押出づる　望月たかし〕

氷《ひょう》江《こう》 ひようかう　大きな河の凍った状態をいう。朝鮮や中国東北部に多い。 凍江《とうこう》　川凍《かわこお》る〔氷江を照らして月の高からず　大場白水郎〕

凍《とう》港《こう》 とうかう　氷が張りつめて船の出入りのなくなった港または港町。 港凍《みなとい》てる　氷港《ひょうこう》　冬氷海〔凍港や旧露の街はありとのみ　山口誓子〕

氷《ひょう》湖《こ》 氷結した湖のこと。 湖氷《うみこお》る　結氷湖《けつぴょうこ》　凍湖《とうこ》　氷盤《ひょうばん》〔氷湖ゆく白犬に日の殺到す　岡部六弥太〕

氷《ひ》沼《ぬま》 一面に凍った沼のこと。 沼氷《ぬまこお》る　池氷《いけこお》る　氷《こお》る池《いけ》〔葛飾や氷沼を午の鉦《かね》すめる　角川源義〕

御神渡《おみわたり》 諏訪湖氷結の際大亀裂を起こす現象。諏訪明神の渡御《とぎょ》の道であるといわれてきた。**御渡**《みわたり》〔月ささぬ隈とてあらぬ御神渡　鈴木 元〕

氷橋《こおりばし》 沼や川が凍り、人馬が通れる氷上の道ができる。**氷の橋**《こおりのはし》〔無造作に杣渡りくる氷橋《こほりばし》　千葉 仁〕

氷海《ひょうかい》 一面に結氷した海のこと。**海氷る**《うみこお》 **氷原**《ひょうげん》 **海氷**《かいひょう》 **凍海**《とうかい》 春流氷 冬砕氷船〔氷海の亀裂と亀裂相遭はず　橋本鶏二〕

波の花《なみのはな》 越前能登などの北国の海辺で、波が強い季節風を受けて泡状に湧き立つこと。〔波の花ふたたび波に帰るあり　豊原月右〕

狐火《きつねび》 冬の夜、山野に見える妖怪みを帯びる火。**鬼火**《おにび》 **狐の提燈**《きつねのちょうちん》 冬王子の狐火〔狐火や鯖街道は京を指す　加藤三七子〕

人事

行事

新嘗祭《にいなめまつり》 にひなめまつり 陰暦中の卯の日、現在は十一月二十三日、今年の初穂を神に供える宮中の儀式。現在の勤労感謝の日。**新嘗会**《しんじょうえ》 **大嘗祭**《おおにえまつり》 冬勤労感謝の日〔ゆくりなく見し夜の

富士や新嘗祭　渡辺亀齢〕

鎮魂祭《たましずめまつり》 たましづめまつり 陰暦十一月中の寅《とら》の日（現在は新嘗祭《にいなめさい》の前日）、天皇・皇后の御魂をしずめるための神事である。**鎮魂祭**《ちんこんさい》〔此日降る雪もしづけし魂鎮め　江口竹亭〕

年越《としこし》**の祓**《はらえ》 としこしのはらへ 陰暦十二月晦日に行われた神事で、六月晦日の名越《なごし》の祓に対して、年越の祓、また大祓《おおはらえ》という。**大祓**《おおはらえ》　**御贖物**《おんあがもの》　[夏]名越の祓　〔注連綯ひの役のまだあり大祓　百合山羽公〕

勤労感謝《きんろうかんしゃ》**の日**《ひ》 きんらうかんしやのひ 十一月二十三日。国民の祝日。勤労を尊び、互いに感謝し合う日。[冬]新嘗祭　〔母のエプロン壁に勤労感謝の日　朝倉和江〕

天皇誕生日《てんのうたんじょうび》 てんわうたんじやうび 十二月二十三日。今上天皇の誕生日で、国民の祝日の一つ。[春]皇太后誕生日　[秋]皇后誕生日　〔天皇誕生日やはらかく玉子焼く　佐野典子〕

顔見世《かおみせ》 かほみせ 京都南座の十二月興行。東京歌舞伎座では十一月興行をいう。**面見世**《つらみせ》　**歌舞伎**《かぶき》　**顔見世**《かおみせ》　**足揃**《あしぞろえ》　**顔見世狂言**《かおみせきょうげん》　〔顔見世やおとづれはやき京の雪　久保田万太郎〕

亥《い》**の子**《こ》 ゐのこ 陰暦十月の亥の日、田の神を祭る祝い日。**亥**《い》**の日祭**《ひまつり》　**亥**《い》**の神祭**《かみまつり》　**玄猪**《げんちょ》　**亥**《い》**の子餅**《こもち》　**亥**《い》**の日**《ひ》**餅**《もち》　**亥**《い》**の子石**《こいし》　**亥**《い》**の子突**《こづき》　**おなりきり**　〔あかあかと月の障子や亥の子餅　服部嵐翠〕

十日夜《とおかんや》 とをかんや 西日本の亥《い》の子《こ》に対して、おもに東日本で行われる十日夜《とおかんや》は、陰暦十月十日夜に行われる収穫祭。〔十日夜星殖え子らに藁鉄砲　大野林火〕

案山子揚《かがしあげ》 陰暦十月十日の十日夜《とおかんや》に、おもに長野県で行われるもの。案山子《かがし》を収穫の終わっ

た田から引き揚げて、庭先に祭る行事。そめの年取《としと》り〔すさまじき案山子となりて帰りけり　滝沢伊代次〕

杜氏来《とうじきた》る　日本酒を醸造する寒冷の時期、農村から職人が出稼ぎに来ることをいう。倉入《くらい》り〔宮水が来るが慣ひの丹波杜氏　中村富貴〕

箕《み》祭《まつり》　稲刈り、籾扱《もみこ》き、臼搗《うすつ》きの終わった祝い。箕納《みおさ》め　鍬収《くわおさ》め　[秋]鎌祝・秋収　[新]鍬初〔箕祭もすめば安堵の雪が降る　菅原師竹〕

髪置《かみおき》　陰暦十一月十五日、男女が二、三歳になり、はじめて頭髪をのばす祝儀。櫛置《くしおき》　[冬]袴着・帯解・七五三の祝〔髪置やうしろ姿もみせ歩く　炭 太祇〕

袴着《はかまぎ》　陰暦十一月十五日、五歳になった男子が袴をはく祝儀。被き初《かずぞ》め　[冬]七五三の祝・髪置・帯解〔袴着の足袋の白妙よかりけり　野村喜舟〕

帯解《おびとき》　陰暦十一月十五日、着物の付け紐を取り、帯をつけさせて子供の成長を祝うための儀式。帯直《おびなおし》　紐解《ひもとき》　紐落《ひもおとし》　紐直《ひもなおし》　[冬]七五三の祝・袴着・髪置〔帯解や可愛らしさの長襦袢　籾山梓月〕

七五三《しちごさん》の祝《いわい》　十一月十五日、三歳と五歳の男児、三歳と七歳の女児の祝い。七五三《しちごさん》しめ祝《いわい》《しちごさんのいわひ》　千歳飴《ちとせあめ》〔七五三飴も袂《たもと》もひきずりぬ　原田種茅〕

年末闘争《ねんまつとうそう》　労働組合が年末賞与の要求をかかげて使用者側と闘争をすること。[春]春闘《しゅんとう》　[冬]ボーナス〔年末闘争敗けて冷飯十字に割る　藤田 宏〕

ボーナス　年末に諸官庁、銀行、会社などで支給される賞与金。年末賞与《ねんまつしょうよ》　年末手当《ねんまつてあて》　越年資金《えつねんしきん》

越冬資金《えっとうしきん》 【夏】夏期手当 〔待つのみの島の教師に賞与出づ 伊藤白潮〕

年貢納《ねんぐおさめ》《ねんぐをさめ》 昔、小作人が領主や地主に納めた租税。**年貢**《ねんぐ》 **年貢米**《ねんぐまい》 **小作納**《こさくおさめ》 **年貢馬**《ねんぐうま》 〔年貢米積み〱て山見えずなり 大谷句仏〕

事納《ことおさめ》《ことをさめ》 十二月八日を節日として農事を納めること。〔山の井に大きな蓋や事納 広江八重桜〕

針供養《はりくよう》《はりくやう》 一年間の折れた針を供養する日。関西では十二月八日、関東では二月八日。**針の供養**《はりのくよう》 **針納め**《はりおさめ》 **針休み**《はりやすみ》 【春】針供養 〔針供養女の齢くるぶしに 石川桂郎〕

鬼餅《むうちい》 陰暦十二月八日に沖縄本島で行われる鬼やらいの節句。**鬼餅寒**《むうちいざむ》 〔影法師も独りは一つ鬼餅寒 小熊一人〕

ボロ市《いち》 十二月十五、十六日の両日、また一月十五、十六日の両日、東京世田谷の旧代官屋敷前で開かれる市。**襤褸市**《ぼろいち》 **世田谷**《せたがや》**ぼろ市**《いち》 〔ボロ市に来て遊びをり昼芸者 村山古郷〕

事始《ことはじめ》 おもに近畿地方で、十二月十三日に正月の準備を始めること。**正月の事始**《しょうがつのことはじめ》 **事始の餅**《ことはじめのもち》 【春】事始 〔事始頼まれて書く熨斗《のし》袋 長沢晴雪〕

年用意《としようい》 新年を迎えるために煤掃《すすは》き、餅搗《もちつ》きなど種々の用意をすること。**年設**《としもうけ》 **年の設**《としのもうけ》 **年取物**《としとりもの》 **年取木**《としとりき》 **年の物**《としのもの》 〔年用意靄あたゝかき日なりけり 久保田万太郎〕

春支度《はるじたく》 新年の春着を縫ったり、家の繕いなどをすること。**春の支度**《はるのしたく》 **初春支度**《はつはるじたく》 【秋】冬支度 【冬】年用意 〔抽斗《ひきだし》のものより変へて春支度 増成淡紅子〕

節料物《せちりょうもの》《せちれうもの》 正月を迎えるための用意の品々のこと。**節料米**《せちりょうまい》 **節米**《せちごめ》 **年取米**《としとりまい》 **年の米**《としのこめ》 **せつ**

れう　[冬]年用意〔節料物家君健かに老いけらし　秋田信一〕

年《とし》の市《いち》　正月用品などを売る年の暮れの市。**歳《とし》の市《いち》**　**暮《くれ》の市《いち》**　**師走市《しわすいち》**　**節季市《せっきいち》**　**暮市《くれいち》**　[冬]歳暮売出し〔歳の市青空ひろくなりにけり　角川春樹〕

羽子板市《はごいたいち》　羽子板を売る市。東京浅草観音で立つ市は十二月十七〜十九日。**羽子板売《はごいたうり》**　[新]羽子板〔うつくしき羽子板市や買はで過ぐ　高浜虚子〕

飾売《かざりうり》　正月用の飾り物を売ること。**楪葉売《ゆずりはうり》**　**飾藁売《かざりわらうり》**　**小松売《こまつうり》**　**飾松売《かざりまつうり》**　**歯朶売《しだうり》**　[冬]年の市〔叡山の尖《とが》れる空や飾売　鷲谷七菜子〕

煤《すす》払《はらひ》　《すすはらひ》年末に行う各家庭の大掃除。**煤掃《すすはき》**　**煤払《すすはら》ふ**　**年《とし》の煤《すす》**　**煤竹《すすだけ》**　**煤竹売《すすだけうり》**　**煤納《すすおさめ》**　**煤《すす》の日《ひ》**　**煤見舞《すすみまい》**　**煤風呂《すすぶろ》**　**煤湯《すすゆ》**　**煤箒《すすほうき》**　**煤《すす》の夜《よ》**　**煤騒《すすさわ》ぎ**　[夏]大掃除　[冬]煤籠〔高瀬川木屋町の煤流れけり　高浜虚子〕

煤《すす》籠《ごもり》　煤掃きの日に、老人や病人・子供が一室に引き籠ること。**煤逃《すすに》げ**　**煤籠《すすごも》る**　[冬]煤払〔老夫婦鼻つき合せ煤ごもり　鈴木花蓑〕

松《まつ》迎《むかえ》　《まつむかへ》十二月十三日、事始めの日に門松をはじめ正月に必要な木を山へ取りに行くこと。**松《まつ》ばやし**　[冬]年木樵　[新]門松〔松迎へ小藪分け入り雉子翔たす　池田風信子〕

冬至粥《とうじがゆ》　冬至の日につくる粥。またこの日に南瓜や蒟蒻を食べる慣習もある。**赤豆粥《あずきがゆ》**　**赤豆《あずき》の粥《かゆ》**　**冬至《とうじ》の粥《かゆ》**　**冬至南瓜《とうじかぼちゃ》**　**冬至蒟蒻《とうじこんにゃく》**　[冬]冬至〔賜はりし余生大事に冬至粥　吉田無郷〕

柚子湯《ゆずゆ》　冬至の日にたてる柚子風呂。**柚子風呂《ゆずぶろ》**　**冬至湯《とうじゆ》**　**冬至風呂《とうじぶろ》**　**柚子湯《ゆずゆ》の香《か》**　[夏]菖蒲湯　[冬]冬至〔子の臀《しり》を掌《て》に受け沈む冬至の湯　田川飛旅子〕

熊《くま》祭《まつり》 毎年十二月または一、二月に行うアイヌの人々の熊を祭神とする祭。**熊送《くまおくり》** **贄《にえ》の熊《くま》** **神《かみ》の熊《くま》** **贄熊《にえぐま》** **カムイオマンテ** **イオマンテ** 〔雪の上に魂《たま》なき熊や神事すむ 山口誓子〕

社会鍋《しやかいなべ》《しやくわいなべ》 救世軍が歳末に行う募金運動で、鉄鍋を下げて喜捨を仰ぐ。**慈善鍋《じぜんなべ》** 〔慈善鍋昼が夜となる人通り 中村汀女〕

掛《かけ》乞《ごい》《かけごひ》 掛売りの代金を取り立てること。またその人。昔は、品物を掛けで買って盆と暮に精算した。**掛取《かけとり》** **書出《かきだ》し** **つけ** 秋盆の掛乞 〔殿《しんが》りの大津の米屋掛乞へり 山口誓子〕

節季候《せきぞろ》 十二月末、祝い詞を唱えて町々を回った門付。**せつきぞろ** **胸敲《むねたたき》** **姥等《うばら》** 〔小原女に立交り来る姥等かな 小沢碧童〕

衣《きぬ》配《くばり》 昔、正月用として衣類を親しい者たちに頒《わか》ち与えた。〔衣配り母います時の如くせり 石井露月〕

歳暮売出《せいぼうりだ》し 歳の暮れには贈り物をする人が多いので、商店やデパートでは大売り出しをする。**歳末大売出《さいまつおおうりだ》し** **クリスマス大売出《おおうりだ》し** 秋中元 冬歳暮 〔銀座の灯歳暮売出しあと幾日 成瀬唐門〕

歳《せい》暮《ぼ》 年の暮れの贈り物。**お歳暮《せいぼ》** **歳暮祝《せいぼいわい》** **歳暮《せいぼ》の礼《れい》** **歳暮《せいぼ》の祝《いわい》** 秋中元 冬歳の暮 〔届きたる歳暮の鮭を子に持たす 安住 敦〕

賀《が》状書《じようか》く《がじやうかく》 親しい人や世話になった人に出す年賀状を年末に書くこと。**年賀状書《ねんがじようか》く** 新 賀状 〔賀状書く焙じ茶熱きひとりの夜 山田みづえ〕

日記《にっき》買《か》ふ　来る年の日々に備えて新しい日記を買うこと。**日記出《にっきで》る**　[冬]古日記　[新]初日記
〔我が生は淋しからずや日記買ふ　高浜虚子〕

古日記《ふるにっき》　年末になり、残り少なくなった日記帳のこと。**日記果《にっきは》つ**　**日記終《にっきおわ》る**　[冬]日記買ふ　[新]初日記　〔余白多き古日記とはなり了《をは》す　石塚友二〕

暦《こよみ》売《うり》　歳末にデパートや、街路でも新しい年の暦が売られる。**暦配《こよみくば》り**　**暦売《こよみう》る**　[冬]古暦・暦の果　[新]初暦　〔暦売るリア王のごと地に坐して　草間時彦〕

古《ふる》暦《ごよみ》　年末になって来年用の暦がくると、今年の暦は古暦となる。[冬]暦の果　[新]初暦
〔茶を汲めば風音遠し古暦　鷲谷七菜子〕

暦《こよみ》の果《はて》　年末になって残り日数の少なくなった暦のこと。**暦《こよみ》の終《おわ》り**　**暦果《こよみは》つ**　**終《おわ》る暦《こよみ》**　**巻《ま》き果《は》つる暦《こよみ》**　[冬]古暦　〔ゴヤの裸婦一枚残し暦果つ　井桁蒼水〕

糯米洗《もちごめあら》ふ　餅搗《つ》きのためのもち米を洗うこと。**米洗《こめあら》い**　〔糯米洗ふ竹山そよぎをりにけり　田中午次郎〕

餅《もち》搗《つき》　年末に正月用の餅を搗《つ》くこと。**鏡餅搗《かがみもちつ》く**　**賃餅《ちんもち》**　**引摺《ひきず》り餅《もち》**　**餅搗唄《もちつきうた》**　**餅《もち》を搗《つ》く**　[冬]餅・餅筵・餅配　〔餅搗きし臼のほてりや雪の上　大串章〕

餅《もち》筵《むしろ》　搗《つ》き上げた餅やのし餅を、広げた新筵に並べる。その筵をいう。**餅《もち》の筵《むしろ》**　**青筵《あおむしろ》**　[秋]籾筵　〔林中に日がさし入りて餅筵　柴田白葉女〕

餅《もち》配《くばり》　餅搗きをした家では、近隣や親戚にぼた餅や黄な粉餅をつくって配った。**配《くば》り餅《もち》**　[冬]餅搗　〔餅配夕べ明るき山を見て　伊藤通明〕

餅《もち》の札《ふだ》　江戸の風習で餅搗きの家に乞食が来て、餅を貰ったしるしに門柱へ貼って行った札。〔寒居士《こじ》の面起すや餅の札　松瀬青々〕

門松立《かどまつた》つ　年末に家々の門に門松を立てること。**門松立《かどまつた》てる**　**松立《まつた》てる**　**門松飾《かどまつかざ》る**　**松飾《まつかざ》る**　**門《かど》松《まつ》の営《いとなみ》**　**宵飾《よいかざり》**　㊅松迎　㊪門松　〔門松を立てゝいよ〳〵淋しき町　高浜虚子〕

注連飾《しめかざ》る　門に注連を張り、玄関口には注連飾りをかけること。**一夜飾《いちやかざり》**　㊅注連作　㊪注連飾　〔宵ひそと一夜飾りの幣裁《ぬさた》ちぬ　富田木歩〕

終 相場《しまいそうば》《しまひさうば》　十二月二十八日、その年最終の相場。㊪初相場　〔手打式しやん〳〵と終ひ相場かな　角田栄太〕

御用納《ごようおさめ》《ごようをさめ》　十二月二十八日に各官公庁では仕事じまいをすること。**仕事納《しごとおさめ》**　**御用仕舞《ごようじまい》**　**仕事《しごと》仕舞《じまい》**　㊪御用始　〔真顔して御用納の昼の酒　沢木欣一〕

年 忘《としわすれ》　年末に親友知己や仕事仲間が集まり、その年の労苦をねぎらい合う酒宴。**忘年《ぼうねん》**　**忘《ぼう》年会《ねんかい》**　㊪新年会　〔紙ひとり燃ゆ忘年の山平　飯田龍太〕

臘 日《ろうじつ》《らふじつ》　大晦日《おおみそか》。〔臘日の犬なんぼうでも吠ふ　菅　裸馬〕

掃 納《はきおさめ》《はきをさめ》　大晦日にその年最後の掃除をすること。**年の塵《としのちり》**　**年の埃《としのほこり》**　㊪掃初　〔掃納めした り静かに床のべよ　林　翔〕

千葉笑《ちばわらい》《ちばわらひ》　大晦日に千葉県の千葉寺《せんようじ》で行われた行事。〔眉つつみ狐も出るや千葉笑　松瀬青々〕

年守《としまも》る　除夜を眠らず、元日を迎えること。**年守《としも》る**　**守歳《しゆさい》**　㊅年籠・大晦日　〔炬燵の火埋《い》け

ても熱し年守る　久保田万太郎〕

年《とし》の火《ひ》 大晦日の夜焚く火。〔年の火に焚く反古の中経歴書　松崎鉄之介〕

年《とし》の宿《やど》 年越しをする家、年行く夜をこもる家のこと。**年《とし》の家《いえ》** **年宿《としやど》** 〔暮るるまで海を見てをり年の宿　戸川稲村〕

年《とし》湯《ゆ》 大晦日の夜に入浴すること。**年《とし》の湯《ゆ》** **除夜《じょや》の湯《ゆ》** 新初湯 〔藻のごとき齢《よはひ》と思ふ年湯かな　辺見じゅん〕

晦日蕎麦《みそかそば》 大晦日の夜、長寿を願って年越しの蕎麦を食べること。**年越蕎麦《としこしそば》** **つごもり蕎麦《そば》** 冬年取〔そば打ってつごもりの陽の午後となり　勝野百合子〕

年《とし》取《とり》 一歳年をとること。また、大晦日の夜の食事のこと。**年取る《としとる》** 〔白をもて一つ年とる浮鷗　森澄雄〕

冬休《ふゆやす》み 十二月二十五日から松の内にかけて、小・中・高校は授業を休む。**冬休暇《ふゆきゅうか》** **冬《ふゆ》の休《やす》み** **冬《ふゆ》の休暇《きゅうか》** 春春休み 夏夏休み 〔栴檀《せんだん》の実を碧空に冬休　森田峡生〕

阪神大震災《はんしんだいしんさい》 平成七年（一九九五）一月十七日。淡路島から神戸・大阪にかけて死者六千三百人以上の犠牲者を出したM七・二の大地震。秋震災忌 〔駆け抜ける聖火阪神震災忌　福原知子〕

寒施行《かんせぎょう》 かんせぎやう 餌の乏しくなった寒中、狐や狸に食物を施すこと。**野《の》施行《せぎょう》** **穴施行《あなせぎょう》** **狐施行《きつねせぎょう》** 〔野施行の水を濁して戻りけり　黛執〕

粥施行《かゆせぎょう》 かゆせぎやう 寒中、富者が貧しい人のため粥を煮てふるまった。〔粥施行ありあまる世ぞ

たのもしき　寺野守水老〕

節分会《せつぶんえ》　せつぶんゑ　立春前日の節分に、各神社・寺院で行う追儺の式。家庭では豆撒きを行う。
图節分・年越詣・追儺・豆撒〔無患子《むくろじ》の実の残れるを節分会　細見綾子〕

追儺《ついな》　節分の夜に各地の寺社などで行われる鬼やらいの儀式。**鬼**《おに》**やらひ**　**なやらひ**　**儺**《だ》**を追**《お》**ふ**　**追儺**《ついな》**の夜**《よ》　**追儺豆**《ついなまめ》　**鬼**《おに》**を追**《お》**ふ**　图豆撒〔山国の闇おそろしき追儺かな　原石鼎〕

豆撒《まめまき》　節分の夜、神社仏閣や家庭で行う追儺の豆撒きのこと。**豆打**《まめうち》　**豆**《まめ》**はやす**　**豆**《まめ》**を撒**《ま》**く**　**鬼**《おに》**の豆**《まめ》　**鬼打豆**《おにうちまめ》　**年**《とし》**の豆**《まめ》　**年取豆**《としとりまめ》　**鬼**《おに》**は外**《そと》　**福**《ふく》**は内**《うち》　**福**《ふく》**まねき**　图節分・追儺・柊挿す
〔豆を撒く吾がこゑ闇へ伸びゆかず　石田波郷〕

柊挿《ひいらぎさ》**す**　ひひらぎさす　節分の日、鰯の頭を柊の小枝に刺し、門に挿す。**ひらぎ挿**《さ》**す**　**鰯**《いわし》**の頭**《あたま》**挿**《さ》**す**　**鰯**《いわし》**挿**《さ》**す**　**豆殻挿**《まめがらさ》**す**　**赤鰯挿**《あかいわしさ》**す**　**焼嗅**《やきかが》**し**　图節分〔まだぬくき鰯の頭《かしら》挿しにけり　多田睦子〕

厄落《やくおとし》　節分に、厄年の人が氏神に詣でて厄祓いをすること。**厄落**《やくおと》**す**　**ふぐりおとし**　**厄**《やく》**の薪**《たきぎ》
〔厄落す火の粉とび散る雪の上　福田甲子雄〕

厄払《ばらい》　やくばらひ　節分の夜厄年の人の家々を回る門付。〔厄払ひあとは隈なき月夜かな　大島蓼太〕

大原雑魚寝《おおはらざこね》　おほはらざこね　昔、京洛外大原村産土《うぶすな》江文《えぶみ》神社で節分の夜行われた参籠に伴う雑婚の風習。**雑魚寝**《ざこね》　**雑魚寝布団**《ざこねぶとん》〔月の夜の蔀《しとみ》おろして雑魚寝かな　河東碧梧桐〕

札幌雪祭　さっぽろゆきまつり　毎年二月、札幌市大通公園を中心に行われる雪像作品展。〔首里城が夜空に浮

かぶ雪祭　北光星〕

衣

冬服《ふゆふく》　夏服に対し冬に着る洋服の総称。**冬《ふゆ》の服《ふく》**〔冬服の衣嚢《かくし》が深く手を隠す　山口誓子〕

冬着《ふゆぎ》　洋服・和服・外套その他の、冬に着る衣服の総称。**冬衣**《ふゆごろも》〔悪評や垂れて冬着の前開き　秋元不死男〕

冬《ふゆ》シャツ　化学繊維やウールなど。**毛《け》シャツ**　夏夏シャツ〔支障なし子と冬シャツを違へ着ても　安住敦〕

セーター　毛糸で編んだ上衣のこと。**セーター着る**　**セーター赤し**　冬ジャケツ〔セーターを着るとき垂れ目はつきりと　小島健〕

ジャケツ　ジャケットのことで短い上着の総称。**ジャケット**　**カーディガン**　**厚きジャケツ**〔ジャケツ厚し落葉焚きゐし香をこめて　草間時彦〕

ジャンパー　洋服の上に着る短い上衣だが、ジャケツよりゆったりした上着。**革《かわ》ジャンパー**〔青年の顎ジャンパーが突き上ぐる　今村俊二〕

外套《がいとう》　洋服の上に着る防寒用上衣。**オーバー**　**オーバーコート**　**冬《ふゆ》オーバー**　**古外套**《ふるがいとう》　春外套《ぐわいたう》脱ぐ・春外套〔外套の裏は緋なりき明治の雪　山口青邨〕

コート　和服の上に着る婦人用の外套。**東《あずま》コート**〔逢ひたさが先立つコートまとひけり　早川志津子〕

二重廻し《にじゆうまわし》 男性が外出の際、着物の上に着た外套。袖無し外套にケープがついていて、広げると鳥の翼のようになり、トンビの名がある。インバネスは洋服の上に着る二重廻しで明治時代に流行した。**回し《まわし》** **トンビ** **インバネス** 冬外套 〔背に老いのはやくも二重《にぢゆう》廻《まはし》しかな　久保田万太郎〕

マント 釣鐘形で、袖のないゆったりした外套。**緋《ひ》マント** **マントの子《こ》** **釣鐘《つりがね》マント** 〔弥撒《みさ》にゆく母のマントにつつまれて　津田清子〕

被布《ひふ》 女性の晴れ着や外出着の上に着た外装着。丸襟で前が重なり、胸のところを紐でとめる。〔美しき老刀自《とじ》なりし被布艶に　高浜虚子〕

羽織《はおり》 防寒用に着物の上にはおるもの。**冬羽織《ふゆばおり》** **袷羽織《あわせばおり》** **綿入羽織《わたいればおり》** **半纏《はんてん》** 夏夏羽織 〔羽織紐結びつ解きつついひわけし　吉屋信子〕

皮羽織《かわばおり》 《かはばおり》なめし皮で仕立てた羽織。**革羽織《かわばおり》** 〔老骨をばさと包むや革羽織　芥川龍之介〕

綿《わた》 保温のため夜具や衣服に入れる綿。**真綿《まわた》** **木綿《もめん》わた** **唐綿《とうわた》** 夏新真綿 秋新綿 〔綿を干す寂光院を垣間見ぬ　高浜虚子〕

綿入《わたいれ》 着物の表と裏の間に綿を入れて仕立てた冬着。**布子《ぬのこ》** **古布子《ふるぬのこ》** **布子《ぬのこ》着《き》る** **布子婆《ぬのこばば》** **小袖《こそで》** 〔綿入の絣大きく遊びけり　金尾梅の門〕

綿子《わたこ》 真綿を入れて作った胴着。**負真綿《おいまわた》** 〔たはむれに被《き》てより夜々の負真綿　山田孝子〕

褞袍《どてら》 広袖の綿入れの着物。関西では丹前という。**丹前《たんぜん》** **褞袍着《どてらき》る** 〔昨今の心のなごむ褞袍かな　飯田蛇笏〕

夜《よ》着《ぎ》 夜寝るときに着る衾《ふすま》の意であるが今は搔巻《かいまき》のことをいう。**搔巻《かいまき》** **小夜着《こよぎ》** **夜着《よぎ》の袖《そで》** **夜着《よぎ》の襟《えり》** **木綿夜着《もめんよぎ》** 〔眠り欲《ほ》る小鳥のごとく夜着かむり 岡本 眸〕

蒲《ふ》団《とん》 寒さをふせぐ敷布団、掛布団の総称。**布団《ふとん》** **掛蒲団《かけぶとん》** **敷蒲団《しきぶとん》** **羽蒲団《はねぶとん》** **絹蒲団《きぬぶとん》** **古蒲団《ふるぶとん》** **干蒲団《ほしぶとん》** **蒲団《ふとん》干《ほ》す** **蒲団《ふとん》敷《し》く** **蒲団《ふとん》破《き》る** **藁蒲団《わらぶとん》** **肩蒲団《かたぶとん》** **肩当蒲団《かたあてぶとん》** **背蒲団《せぶとん》** **腰蒲団《こしぶとん》** **膝蒲《ひざぶ》団《とん》** [夏]夏蒲団 〔干蒲団打てば遠山縷《る》のごとし 飯田龍太〕

衾《ふすま》 夜寝るとき、体にかける物。蒲団と同義とみてよい。**掛衾《かけぶすま》** **敷衾《しきぶすま》** **古衾《ふるぶすま》** **冬衾《ふゆぶすま》** **藁衾《わらぶすま》** **紙衾《かみぶすま》** 〔虚実なく臥《ふ》す冬衾さびしむも 野澤節子〕

毛《もう》布《ふ》 毛や化繊で織った寝具。**古毛布《ふるもうふ》** **膝毛布《ひざもうふ》** **電気毛布《でんきもうふ》** 〔寝よと父母毛布に子等をつつむ時 中村草田男〕

角《かく》巻《まき》 雪国の女性が用いる、防寒用の四角い毛布のような肩掛。**角巻女《かくまきめ》** [春]角巻脱ぐ 〔バスを追ひ雪の角巻翼《はね》ひろぐ 岸田稚魚〕

膝《ひざ》掛《かけ》 防寒・保温のために膝に掛けるもの。**膝掛毛布《ひざかけもうふ》** **膝袋《ひざぶくろ》** 〔ひとり居のひざかけをとり人迎ふ 植原抱芽〕

胴《どう》着《ぎ》 上着と下着の間に着る防寒用の綿入。**袖無胴着《そでなしどうぎ》** **筒袖胴着《つつそでどうぎ》** **吾妻胴着《あづまどうぎ》** [春]胴着脱ぐ 〔胴着きて興ほのかなる心かな 飯田蛇笏〕

ちゃんちゃんこ 防寒用の袖無羽織で幼児や老人が主に着る。**袖無羽織《そでなしばおり》** **猿子《さるこ》** **でんち** **袖無《そでなし》** 〔年きけばちゃんちゃんこより指出して 長谷川双魚〕

ねんねこ 赤子をおんぶする時の防寒用の子守半纏《こもりばんてん》。**ねんねこ半纏《ばんてん》** **亀《かめ》の子《こ》半纏《ばんてん》** **子《こ》守半纏《もりばんてん》**

〔ねんねこの子の眼も沖を見てゐたり　畠山譲二〕

厚司《あつし》　太い木綿糸で織られた厚手の羽織に似た冬の上着。アイヌの防寒衣だったが、職人・漁師・仲仕などがよく着ていた。**厚子**《あつし》　**厚司人**《あつしびと》　〔磯の香のにじみ入りたる厚司かな　七戸木賊〕

重ね着《かさねぎ》　防寒のため着物や洋服を重ねて着ること。**厚着**《あつぎ》　**厚着人**《あつぎびと》　〔重ね着て恋の句すこし修飾す　鈴木栄子〕

着《き》**ぶくれ**　衣服を何枚も重ねて着たため、体がふくれて見えること。〔着ぶくれて来ても札所のよく冷ゆる　稲畑汀子〕

紙子《かみこ》　紙で作った着物。丈夫な和紙に柿渋を塗り、もみやわらげて作った。**紙衣**《かみこ》　**紙**《かみ》**ぎぬ**　〔放埒《はうらつ》の顔美しき紙子かな　野村喜舟〕

毛衣《けごろも》　ラッコ・兎・狐・貂《てん》など獣の皮で作った衣。**裘**《かわごろも》　**皮衣**《かわぎぬ》　**狐裘**《こきゆう》　〔海は夕焼裘《けごろも》のぼる坂の町　角川源義〕

毛皮《けがわ》　毛のついたままなめした防寒用の獣皮。外套・襟巻・敷物などにする。**毛皮着**《けがわき》**る**　**毛皮売**《けがわうり》　**毛皮夫人**《けがわふじん》　**毛皮店**《けがわてん》　〔毛皮夫人にその子の教師として会へり　能村登四郎〕

股引《ももひき》　防寒用に着物や洋服の下にはくズボン。**パッチ**　[夏]すててこ　〔膝形に緩《ゆる》む股引足入るる　山畑禄郎〕

もんぺ　はかまの一種で着物の上からはく下衣。**裁着**《たつつけ》　**もつぺ**　〔もんぺ穿き浄発願寺僧ひとり　富岡掬池路〕

雪合羽《ゆきがっぱ》 雪の日に着る合羽。裾が広く長い。**雪蓑**《ゆきみの》〔火に寄れば皆旅人や雪合羽　細見綾子〕

雪袴《ゆきばかま》 雪国で用いる裾を締めた括《くく》り袴《ばかま》ふうの下衣。〔雪袴腰のふくらみ菜を洗ふ　森　澄雄〕

アノラック 共布《ともぬの》の頭巾のついた防寒・防風服。**ウインドヤッケ**〔さざめきて下校児赤きアノラック　中川宇蘭〕

頭巾《ずきん》《づきん》 袋形に縫い、防風・防寒用に頭にかぶる。**角頭巾**《かくずきん》 **焙烙頭巾**《ほうろくずきん》 **丸頭巾**《まるずきん》 **大黒頭巾**《だいこくずきん》 **投頭巾**《なげずきん》 **御高祖頭巾**《おこそずきん》 ㊍春頭巾脱ぐ〔たらちねに送る頭巾を縫《ぬ》ひにけり　杉田久女〕

綿帽子《わたぼうし》 綿を繰り延べて適当な形に作った女性用の帽子。色・形さまざまであったが、今はない。**被綿**《かずきわた》〔声もせで暗き夜舟や綿帽子　炭　太祇〕

冬帽子《ふゆぼうし》 冬にかぶる帽子。**冬帽**《ふゆぼう》 ㊍春春帽子 ㊍夏夏帽子〔くらがりに歳月を負ふ冬帽子　石原八束〕

防寒帽《ぼうかんぼう》《ばうかんぼう》 厳しい寒気を防ぐための帽子。**毛帽子**《けぼうし》 **毛帽**《けぼう》〔馬車をやる防寒帽の前をはね　奈良鹿郎〕

雪帽子《ゆきぼうし》 菅《すげ》・藁《わら》などで編んだ防雪用帽子。現在では皮・毛皮・ラシャ製など。**蓑帽子**《みのぼうし》 **茣蓙帽子**《ござぼうし》 **雪帽**《ゆきぼう》〔相好を崩す雪帽立話　村上麓人〕

頬冠《ほおかむり》《ほほかむり》 寒風を防ぐため、頭から両頬を手ぬぐいなどで包むこと。**頬**《ほお》**かぶり**〔頬かむりして父に似しさみしさよ　青柳志解樹〕

耳袋《みみぶくろ》 毛皮や毛糸で作った耳専用の防寒具。**耳掛**《みみかけ》 **耳の袋**《みみのふくろ》〔耳袋かけおこたらず旅遠き

皆吉爽雨〕

マスク　風邪の予防や防寒のために鼻や口を覆うもの。**マスクする**　**大《おお》マスク**　〔修道尼澄める瞳もてるマスクかな　森田　峠〕

襟巻《えりまき》　首のまわりに巻いて寒さを防ぐもの。絹・毛糸・獣毛など材質もいろいろ。**マフラー**　**首巻《くびまき》**　〔マフラーを巻いて己れといふ荷物　渡辺二三雄〕

襟立《えりたて》　寒さを防ぐため外套などの襟を立てること。**襟《えり》を立《た》つ**　〔外套の襟を立て東京の隅へ帰る　加倉井秋を〕

ショール　外出の際、女性が防寒用に肩にかけるもの。**肩掛《かたかけ》**　**ストール**　［春］春ショール　〔ショールぬぎひとりの顔をとりもどす　渡辺千枝子〕

マッフ　両側から手をさし入れる円筒状のもので、外出用の女性の防寒具。**マフ**　〔玻璃《はり》くもり壁炉の上に古マッフ　栗原とみ子〕

手袋《てぶくろ》　外出時、指や手の保温に用いられる。**手套《しゅとう》**　**皮手袋《かわてぶくろ》**　**手套《しゅとう》ぬぐ**　**絹手袋《きぬてぶくろ》**　［春］春手袋　［冬］マッフ　〔手袋に五指を分ちて意を決す　桂　信子〕

鬚袋《ひげぶくろ》　寒さから守るためあごひげを入れる布製の袋。紐で両耳から吊る仕掛けになっている。**鬚《ひげ》の袋《ふくろ》**　**鬚《ひげ》つつむ**　〔ひよう〳〵と土地大尽の鬚袋　井上光樹〕

足袋《たび》　足に履く布製の防寒具。**革足袋《かわたび》**　**色足袋《いろたび》**　**足袋白《たびしろ》し**　**白足袋《しろたび》**　**黒足袋《くろたび》**　**足袋《たび》をはく**　**足袋《たび》をぬぐ**　**絹足袋《きぬたび》**　**古足袋《ふるたび》**　**足袋《たび》つぐ**　**足袋《たび》を干《ほ》す**　［夏］夏足袋　〔足袋つぐやノラともならず教師妻　杉田久女〕

雪沓《ゆきぐつ》 雪の中で履くもの。藁で作られたものが多かった。**藁沓《わらぐつ》** **深沓《ふかぐつ》** **爪籠《つまご》** **新藁沓《しんわらぐつ》** **すつぺ** **すんべ** **すべ** **雪靴《ゆきぐつ》** 冬 樏 〔蹤《つ》いて来る子の雪沓も鳴りにけり　黒木野雨〕

綱貫《つなぬき》 雪沓の一種。皮製で底に釘を打ったもの。〔綱貫は神々が履く沓に似る　中西碧秋〕

樏《かんじき》 木の枝や蔓などで輪状に作られた、雪中の履き物。**かいじき** **かじき** **がんじき** **金《かね》樏《かんじき》** **輪樏《わかんじき》** **すがり** **まげ** **板樏《いたかんじき》** **樏《かんじき》はく** 〔かんじきの一歩に神の山動く　佐川広治〕

雪下駄《ゆきげた》 雪の凍って固まった上を歩くとすべるので、すべり止めの金具を付けた下駄。冬 雪沓 〔雪下駄に焼印を押し家号継ぐ　山元白樺〕

毛糸編《けいとあ》む 毛糸でセーターなどを編むこと。**毛糸《けいと》** **毛糸玉《けいとだま》** **編棒《あみぼう》** **編針《あみばり》** 〔ルノアルの女に毛糸編ませたし　阿波野青畝〕

春着縫《はるぎぬ》ふ 新年に着る着物を縫うこと。春着は新春の晴れ着であり、春の外出着の意ではない。**春着支度《はるぎじたく》** 新 春着 〔立つことの何かと多し春着縫ふ　佐伯あき子〕

食

餅《もち》 年末、正月用に搗《つ》く餅。**餅焼《もちや》く** **餅切《もちき》る** **切餅《きりもち》** **黴餅《かびもち》** **餅膨《もちふく》る** **餅《もち》の網《あみ》** **餅焦《もちこが》す** **霰餅《あられもち》** 夏 土用餅 冬 餅搗 新 鏡餅 〔餅焼くやちちははの闇そこにあり　森　澄雄〕

寒餅《かんもち》 寒中に搗《つ》いた餅。**寒《かん》の餅《もち》** **寒餅切《かんもちき》る** **寒餅《かんもち》あぶる** 冬 餅・水餅 〔青空がある寒餅をきり並べ　清水径子〕

水《みず》餅《もち》《みづもち》 黴が生えたり割れるのを防ぐため水につけた餅。**水餅造る**《みずもちつく》 **水《みず》の餅《もち》** 〔水餅や雲ふくよかに日をつつむ 鍵和田秞子〕

氷餅造る《こおりもちつく》《こほりもちつくる》 寒餅を紙で包んで藁で連ね、寒夜の戸外で凍らせたもの。**凍餅**《こおりもち》 **氷餅**《こおりもち》 〔凍り餅簾に吊りて湖遮る 河野閑子〕

寒《かん》固《がため》 寒の入りの日、北陸地方で小豆餅などを食べること。〔色町のしきたりかたし寒固 愛宕翠晃〕

寒《かん》晒《ざらし》 穀類を水に漬け、寒中に晒して粉にすること。もち米《ごめ》を晒して作ったものが白玉粉。**寒曝**《かんざらし》 **寒晒粉**《かんざらしこ》 **寒晒造る**《かんざらしつくる》 〔なだるる日簀《す》にせきとめて寒晒 木村蕪城〕

寒《かん》造《づくり》 寒中の水で酒を醸造すること。またその酒をいう。**寒造酒**《かんづくりざけ》 夏煮酒 秋新酒 〔寒造り渚の如く米沈む 山口誓子〕

熱《あつ》燗《かん》 冬の寒さしのぎに、熱めに燗した日本酒のこと。**燗酒**《かんざけ》 **燗熱し**《かんあつし》 夏冷酒 秋温め酒 〔熱燗や討入りおりた者同士 川崎展宏〕

鰭《ひれ》酒《ざけ》 河豚の鰭をあぶって、これに熱燗をそそいだもの。**身酒**《みざけ》 **河豚酒**《ふぐざけ》 冬河豚 〔鰭酒も春待つ月も琥珀色 水原秋櫻子〕

玉子《たまご》酒《ざけ》 清酒に玉子を入れ熱くして飲む。**卵酒**《たまござけ》 冬熱燗・寝酒 〔母の瞳《め》にわれがあるなり玉子酒 原子公平〕

生姜酒《しょうがざけ》《しやうがざけ》 生姜の絞り汁を熱い酒に入れたもの。風邪薬として効果があるという。冬生姜湯 〔老残の咽喉にひりりと生姜酒 宮下翠舟〕

霰酒《あられざけ》　奈良の名物といわれ、味醂にあられを入れたもの。または酒にあられを浮かべたもの。**みぞれ酒**《ざけ》　**霜酒**《しもざけ》　〔つつましく老いし夫婦や霰酒　鴨下流星〕

松葉酒《まつばざけ》　松の新芽を刻んで焼酎に入れた薬用酒。〔松葉酒軒の雨音昨夜《よべ》に似る　林田広司〕

寝酒《ねざけ》　冬の夜、よく眠れるように、体を温めるために飲む酒。〔あとは寝るだけの酒あとひきにけり　中村伸郎〕

ホットドリンクス　寒いときに飲むあたたかい飲料の総称。**ホットワイン**　**ホットウイスキー**　**ホットオレンジ**　**ホットレモン**　〔ホットレモンはや更けまさり団地の灯　大島 功〕

葛湯《くずゆ》　葛粉を熱湯で溶き、砂糖を入れたもの。滋養飲料。㊙葛掘る　〔しみじみとひとりの燈なる葛湯かな　岡本 眸〕

甲羅酒《こうらざけ》《かぶらざけ》　蟹の殻に酒を注いで煮た酒。㊅甲羅煮　〔オホーツクの昏るる見てをり甲羅酒　高野寒甫〕

火酒《かしゅ》　蒸留酒のこと。ウォッカの類。**ウォッカ**　〔火酒ふふみ赤き雪降る独りの夜　小林きそく〕

汁粉《しるこ》　餡汁の中へ餅を入れて煮たもの。**汁粉椀**《しるこわん》　㊦茹小豆　〔帰省子の酒より汁粉好みけり　小川あやめ〕

生姜湯《しょうがゆ》《しやうがゆ》　生姜汁に砂糖を加えて熱湯を注ぐ。体が温まり、風邪に効くという。㊅生姜酒　〔生姜湯に顔しかめけり風邪の神　高浜虚子〕

蕎麦湯《そばゆ》　蕎麦粉を熱湯で溶き砂糖を加えた飲み物。㊙新蕎麦　㊅蕎麦搔　〔一の酉過ぎて

蕎麦湯の淡き味　吉田鴻司〕

蕎麦搔《そばがき》　蕎麦粉を熱湯で練ったもの。醬油や煮汁で食べる。**蕎麦搔餅**《そばかいもち》　**初蕎麦搔**《はつそばがき》　[秋]新蕎麦　[冬]蕎麦湯　〔蕎麦搔や父をひとりにしておきて　八木林之助〕

夜鷹蕎麦《よたかそば》　夜の町に屋台で来る蕎麦屋。またはその蕎麦。**夜鳴蕎麦**《よなきそば》　**夜泣蕎麦**《よなきそば》　**夜鳴饂飩**《よなきうどん》　〔みちのくの雪降る町の夜鷹蕎麦　山口青邨〕

鍋焼《なべやき》　土鍋に肉・野菜などを入れて煮ながら食べる。今は鍋焼うどんのこともいう。[冬]鍋焼饂飩　〔鍋焼ときめて暖簾《のれん》をくぐり入る　西山泊雲〕

鍋焼饂飩《なべやきうどん》　野菜やかまぼこ等を具にして、土鍋でうどんを煮る。[冬]鍋焼　〔ねもごろに鍋焼饂飩あましけり　村上麓人〕

釜揚饂飩《かまあげうどん》　ゆでたうどんを釜から揚げて、熱湯とともに器に入れ、汁をつけて食べる。**釜揚**《かまあげ》　〔釜揚うどんすすり夫婦の仲もどる　長島久江〕

芹鍋《せりなべ》　芹を入れた肉や魚の鍋物。**芹焼**《せりやき》　[春]芹　〔芹焼や裏藪がまた騒ぐ宵　三条素公〕

蠟燭焼《ろうそくやき》　《らふそくやき》魚や鳥の肉のすり身を串に刺して炭火で焼いて食べる。姿がろうそくに似ているのでこの名がある。**鴉田楽**《からすでんがく》　〔うとましや歯の衰えの蠟燭焼　石田軽舟〕

貝焼《かいやき》　《かひやき》帆立貝の殻を鍋代わりにして、魚肉のすき焼きをすること。**かやき**　〔貝焼の火を吹く老の猫背かな　藤井紫影〕

杉焼《すぎやき》　杉板の折に味噌を敷き、魚・貝・鳥肉、野菜類をのせて焼く料理。〔杉焼や盃をおく板の上　佐久間法師〕

河豚汁《ふぐじる》 河豚の身を入れた味噌汁。**ふぐと汁**《じる》 冬河豚鍋・河豚 〔まづ煮立つふぐのしらこを箸にせよ 角川源義〕

河豚鍋《ふぐなべ》 河豚に季節の野菜を入れた鍋。酢味噌や薬味の入ったぽん酢などで食べる。**河豚**《ふぐ》**ちり てつちり 河豚**《ふぐ》**の鍋**《なべ》 冬河豚汁・鰭酒《ひれざけ》・河豚 〔河豚鍋や返しもならぬ人生事 安住 淳〕

葱鮪《ねぎま》 葱と鮪を醤油味で煮ながら食べる料理。**鮪鍋**《まぐろなべ》 **葱鮪鍋**《ねぎまなべ》 **葱鮪汁**《ねぎまじる》 冬鮪 〔ねぎま汁風邪のまなこのうちかすみ 下村槐太〕

狸汁《たぬきじる》 狸の肉に野菜類を煮込んだ、味噌仕立ての汁。冬狸 〔狸汁あすゆく山を月照らし 下田稔〕

納豆汁《なつとうじる》 納豆を擂り込んで作った味噌汁。**なつと汁**《じる》 夏納豆造る 冬納豆 〔板の間に敷く座布団や納豆汁 草間時彦〕

のつぺい汁《じる》 里芋、大根、人参、蒟蒻などを煮込み片栗粉でとろみをつけた汁。**のつぺ汁**《じる》 **のつぺ煮**《に》 〔のつぺ汁伽藍《がらん》にひびく夜の音 渡辺七三郎〕

薩摩汁《さつまじる》 若鶏または豚肉と甘藷、野菜類を入れた味噌汁。鹿児島地方の郷土料理。〔城山が見えて小部屋の薩摩汁 川村哲夫〕

根深汁《ねぶかじる》 葱を入れた味噌汁。**葱汁**《ねぎじる》 冬葱 〔歳月が凡に落着く根深汁 清水基吉〕

蕪 汁《かぶらじる》 蕪を入れた味噌汁。**かぶ汁**《じる》 冬蕪 〔草山に夜の風きて蕪汁 大木あまり〕

干菜汁《ほしなじる》 干菜を実にした味噌汁。冬干菜・干菜風呂 〔電燈の一つ下がりし干菜汁 滝沢

伊代次〕

粕《かす》汁《じる》 鮭や鰤《ぶり》に野菜・酒の粕を入れた味噌汁。**酒《さけ》の粕《かす》**〔粕汁や裏窓にある波がしら 千田一路〕

巻織汁《けんちんじる》 油でいためた豆腐や野菜類をすまし汁にしたもの。**けんちん**〔けんちん汁母ありし日は貧しかりし 松崎鉄之介〕

闇《やみ》汁《じる》 各自が持ち寄った品を、暗闇の中で鍋に入れて煮て食べる。**闇汁会《やみじるかい》**〔闇汁の闇に眼鏡を外《はず》しけり 山崎秋穂〕

塩《しょっ》汁《つる》 塩汁《しょっつる》（一種の魚醤《うおびしお》）を用いた秋田地方の鍋料理。**しょつつる鍋《なべ》**〔塩汁鍋薬缶の水でうすめけり 棚山波朗〕

紅葉鍋《もみじなべ》 鹿肉の鍋。からだが温まるといって薬喰いとした。**鹿鍋《しかなべ》** 秋鹿 冬薬喰〔子の誰も戻らざりける紅葉鍋《もみぢなべ》 林 誠二〕

鋤《すき》焼《やき》 牛肉に葱、春菊、しらたき、焼豆腐などを加え、割り下で煮ながら食べる鍋料理。**牛鍋《ぎゅうなべ》** **鶏《とり》すき**〔すき焼の白たきの濤子と分つ 佐川広治〕

桜《さくら》鍋《なべ》 馬肉を味噌仕立てにした鍋。**馬肉鍋《ばにくなべ》** **けとばし**〔馬肉鍋に何言ふとなく諍《いさか》へり 石川桂郎〕

猪《しし》鍋《なべ》 猪肉の鍋料理。野菜と煮込んで味噌で味つけする。**牡丹鍋《ぼたんなべ》** **ゐのしし鍋《なべ》** 冬山鯨〔星仰ぐ皆猪食ひし息吐きて 茨木和生〕

山《やま》鯨《くじら》 猪の肉のこと。冷え性の人が薬喰いとして多く用いた。**猪肉《ししにく》** **猪《いのしし》の肉《にく》** 秋猪 冬薬

喰・猪狩　〔山鯨狸もろとも吊られけり　石田波郷〕

成吉思汗鍋《じんぎすかんなべ》　羊肉の料理で、独得の鍋で焼き、たれで食べる。〔成吉思汗鍋《ジンギスカンなべ》に身火照《ほて》り冬夜宴　野見山朱鳥〕

寄鍋《よせなべ》　魚介、肉類、季節の野菜などいろいろの具を入れて、煮ながら食べる鍋物。〔又例の寄鍋にてもいたすべし　高浜虚子〕

ちり鍋《なべ》　魚・貝類を野菜や豆腐などと鍋で煮る。ぽん酢・醬油等で食す。**鯛**《たい》**ちり**　**鱈**《たら》**ちり**　〔ちり鍋やぎんなん覗く葱の隙　石塚友二〕

鮟鱇鍋《あんこうなべ》《あんかうなべ》　鮟鱇を豆腐や野菜などと煮込んだ鍋物。[冬]鮟鱇　〔鮟鱇鍋路地に年月重ねたり　鈴木真砂女〕

ちゃんこ鍋《なべ》　相撲部屋でつくられる栄養豊富な鍋料理。〔湯気あげて小部屋めでたしちゃんこ鍋　石田波郷〕

石狩鍋《いしかりなべ》　鮭を使った北海道の鍋料理。**鮭鍋**《さけなべ》　**あきあぢ鍋**《なべ》　[秋]鮭　[冬]三平汁　〔鮭の鰭《ひれ》はみ出してをり石狩鍋　千葉　仁〕

三平汁《さんぺいじる》　鮭と野菜類の汁で、かつては鰊《にしん》だった。北海道の郷土料理。**三平皿**《さんぺいざら》　[冬]石狩鍋　〔どてら着て老の網元三平汁　若狭得自〕

鯨鍋《くじらなべ》《くぢらなべ》　鯨の肉に葱・水菜・牛蒡などを入れてすき焼きのようにしたもの。**鯨汁**《くじらじる》　[夏]晒鯨　[冬]鯨　〔鯨鍋夜の海鳴りに眉をあげぬ　深見涼哉〕

鱈汁《たらじる》　鱈の切り身に野菜などを加えて作った汁。[春]干鱈　[冬]鱈・助宗鱈　〔鱈汁や海鳴

り冥《くら》き父のくに　角川春樹〕

鴨汁《かもじる》　鴨の肉を葱や芹などとともにすまし、または味噌仕立てにした汁。**鴨鍋**《かもなべ》　冬鴨　〔鴨喰うてつくづくひとはさびしいか　角川春樹〕

じぶ煮《に》　鴨や鶫・鶏の肉を団子にして小麦粉をまぶし、甘く煮た金沢の名物料理。**じぶ**　**加**《か》**賀**《が》**煮**《に》　〔月浴びてじぶの山葵に汗し食ふ　西村公鳳〕

御猟焼《おかりやき》　狩場で鴨を鋤焼《すきや》きにしたことから、鋤《すき》の形の鉄鍋で、鴨肉・葱・豆腐などを焼きながら食べる料理。**お狩場焼**《かりばやき》　**狩場焼**《かりばやき》　〔入口に篝火焚かれ狩場焼　萩原あふち〕

薬喰《くすりぐい》　《くすりぐひ》　体力をつけるために寒中栄養食をとること。獣肉など薬と称して食べた。**寒喰**《かんぐい》　〔晴れつくしたる夜が来て薬喰　森　澄雄〕

おでん　蒟蒻、がんもどき、焼豆腐、大根などをだし汁で煮込んだ料理。もともと関東が本場。**関東煮**《かんとうだき》　**串**《くし》**おでん**　**煮込**《にこ》**みおでん**　**おでん屋**《や》　〔おでんの灯文学祭は夜となりぬ　山口青邨〕

風呂吹《ふろふき》　厚切りの大根や蕪を茹《ゆ》で、練味噌をつけて熱いうちに食べる料理。**風呂吹大根**《ふろふきだいこん》　**大根**《だいこん》**煮る**《に》　冬大根　〔風呂吹や闇一塊《いつくわい》の甲斐の国　廣瀬直人〕

湯豆腐《ゆどうふ》　昆布を敷いた鍋で、切った豆腐を煮立て、薬味の入った醤油で食べる。**湯奴**《ゆやっこ》　夏冷奴　〔湯豆腐やいのちのはてのうすあかり　久保田万太郎〕

凍豆腐《しみどうふ》　寒中に豆腐を屋外で凍らせて天日で乾燥したもの。**凍豆腐**《いてどうふ》　**豆腐凍**《とうふこお》**らす**　**高野豆腐**《こうやどうふ》　**氷豆腐**《こおりどうふ》　**寒豆腐**《かんどうふ》　夏冷奴　冬湯豆腐　〔凍豆腐今宵は月に雲多し　松藤夏山〕

煮凝《にこごり》　煮魚が汁もろとも寒さのため凍ったようになったもの。**煮凍《にこごり》**　**凝鮒《こごりぶな》**　〔煮凝やにぎやかに星移りゐる　原 裕〕

寒卵《かんたまご》　寒中の鶏卵は滋養が豊かといわれ、古来珍重されている。**寒玉子《かんたまご》**　**寒《かん》の卵《たまご》**　〔寒卵薔薇色させる朝ありぬ　石田波郷〕

焼鳥《やきとり》　元来は鳥肉を串焼きにしたもの。冬は鳥類のおいしい時期。**焼鳥屋《やきとりや》**　**串焼鳥《くしやきとり》**　〔焼鳥や恋や記憶と古《ふ》りにけり　石塚友二〕

茎漬《くきづけ》　蕪・高菜・大根・広島菜・野沢菜などの漬け物。**菜漬《なづけ》**　**お葉漬《はづけ》**　**青漬《あおづけ》**　**古漬《ふるづけ》**　**近江漬《おうみづけ》**　**茎《くき》の桶《おけ》**　**茎《くき》の石《いし》**　**茎《くき》の水《みず》**　**茎漬《くきつ》ける**　**茎圧《くきお》す**　〔茎漬に霰のやうに塩をふる　細見綾子〕

酢茎《すぐき》　京都加茂特産の蕪の漬け物。蕪菜の一種で、葉、茎ともに漬ける。**酢茎漬《すぐきづけ》**　**酢茎樽《すぐきだる》**　**酢茎売《すぐきうり》**　**酢茎石《すぐきいし》**　**酢茎重石《すぐきおもし》**　**酢茎漬《すぐきつ》ける**　〔日あたりへ出たがる膝やすぐき剝《む》く　草間時彦〕

千枚漬《せんまいづけ》　京都の名産の聖護院蕪の漬け物。〔千枚漬白妙うすく匂ふなり　村山古郷〕

浅漬《あさづけ》　生乾きの大根を麴と砂糖で漬ける。**べつたら漬《づけ》**　**べつたら**　秋べつたら市　〔べつたらの甘かりし世も父もなし　林 翔〕

沢庵《たくあん》　干した大根を米糠《ぬか》と塩で漬けたもの。**沢庵漬《たんあんづけ》**　**沢庵漬製《たくあんづけせい》す**　**沢庵漬《たくあんづけ》つくる**　**沢庵漬《たくあんつ》くる**　**新沢庵《しんたくあん》**　**大根漬《だいこんづけ》**　〔沢庵を漬けたるあとも風荒るる　市村究一郎〕

納豆《なっとう》　煮たり蒸したりした大豆を納豆菌で発酵させたもの。**納豆売《なつとううり》**　**納豆打《なつとうう》つ**　夏納豆造る　冬納豆汁　〔まぎれなき雪の糸ひく納豆かな　久保田万太郎〕

味噌搗《みそつき》 新大豆を煮て塩と麴《こうじ》を加えて臼で搗き、味噌を作ること。臼で搗いたので味噌搗きという。**味噌造る**《みそつく》 **味噌釜**《みそがま》 [春]味噌豆煮る [秋]焼味噌 〔味噌焚きの榾のくづるる昼深し 木村蕪城〕

生姜味噌《しょうがみそ》 《しやうがみそ》粒味噌におろし生姜と酒を少し混ぜて煮たもの。体をよく温め、風邪を防ぐ効き目がある。[冬]生姜掘る 〔一献の一味なりけり生姜味噌 細木芒角星〕

鯛味噌《たいみそ》 《たひみそ》鯛の身をほぐしてそぼろにし、味噌と砂糖で煮ながら練り合わせたもの。[春]桜鯛 〔鯛味噌に風流綺語の主人かな 岡田鱶洲〕

乾鮭《からざけ》 鮭のはらわたを除いて素干しにしたもの。塩の乏しかった昔の製法。現在は保存用として塩引きにされたものが多い。**干鮭**《ほしざけ》 **鼻曲り乾鮭**《はなまがりからざけ》 [秋]鮭 〔みちのくの乾鮭獣《じゅう》の如く吊り 山口青邨〕

塩鮭《しおざけ》 《しほざけ》鮭の内臓を取り出し塩蔵したもの。縄で巻いた薄塩の上等品を新巻といい、塩を濃くしたのを塩引という。**塩**《しお》**じやけ** **塩引**《しおびき》 **新巻**《あらまき》 [秋]鮭 〔新巻の塩のこぼれし賑はひや 角川照子〕

塩鰹《しおがつお》 《しほがつを》鰹を塩蔵したもので、正月用の肴や冬の保存食にした。[夏]鰹 〔年々や家神に供ふ塩鰹 川合仙子〕

塩鰤《しおぶり》 《しほぶり》鰤を塩蔵したもので、正月用の肴として用いられた。[冬]鰤 〔塩鰤も海鳴りも一裸燈下に 村沢夏風〕

塩鱈《しおだら》 《しほだら》鱈を塩蔵したもの [春]干鱈 [冬]鱈 〔納屋深く塩鱈積まれ塩噴けり 千葉仁〕

雲腸《くもわた》 鱈の白子のことで、とくに真鱈の白子は美味。**蓑腸**《みのわた》 **菊腸**《きくわた》 **菊白子**《きくしらこ》 冬鱈 〔くもわたや洛の白味噌汁恋し　多賀越峰〕

海鼠腸《このわた》 海鼠《なまこ》の腸を塩辛にしたもの。冬海鼠 〔海鼠腸をすするかすかに悲しみも　秋山巳之流〕

酢海鼠《すなまこ》 海鼠の酢のもの。冬海鼠 新俵子 〔酢海鼠を掌皿《てざら》に漁夫の咽《のど》鳴らす　榊原碧洋〕

甲羅煮《こうらに》 蟹の甲羅に、蟹味噌と肉を詰めて煮た料理。**甲羅蒸**《こうらむし》 冬甲羅酒 〔甲羅煮《かふらに》に薬味の緑はなちけり　千葉仁〕

新海苔《しんのり》 海苔は冬から早春にかけて採れるが、その出始めのころのものをいう。**初海苔**《はつのり》 春海苔 冬寒海苔 〔新海苔の艶はなやげる封を切る　久保田万太郎〕

寒搗《かんづき》 寒中に米をつくこと。穀象虫がわかないといわれる。**寒の米搗き**《かんのこめつき》 〔掃き溜めし米も寒搗終りかな　安斎桜磈子〕

雑炊《ぞうすい》 味噌汁や鍋物などの残り汁に飯を入れて炊いたもの。**おじや** **餅雑炊**《もちぞうすい》 **鶏雑炊**《とりぞうすい》 **鴨雑炊**《かもぞうすい》 **河豚雑炊**《ふぐぞうすい》 **味噌雑炊**《みそぞうすい》 **芋雑炊**《いもぞうすい》 **にら雑炊**《ぞうすい》 **雑炊鍋**《ぞうすいなべ》 **菜雑炊**《なぞうすい》 〔雑炊《ざふすゐ》もみちのくぶりにあはれなり　山口青邨〕

蒸飯《ふかしめし》 冷たいご飯を蒸して食べること。**蒸し飯**《むしめし》 **温め飯**《ぬくめめし》 **飯**《めし》**ふかし** **飯**《めし》**ふかす** 夏乾飯 〔蒸し飯に星の綺羅なす夜なりけり　井原樹人〕

蒸鮓《むしずし》 まぜ鮓を蒸し、あたたかいうちに食べる。大阪鮓の一種。**ぬく鮓**《ずし》 **ぬくめ鮓**《ずし》 夏鮓 〔蒸し寿司のたのしきまどゐ始まれり　杉田久女〕

蕪《かぶら》鮓《ずし》　蕪と鰤《ぶり》を輪切りにして麴《こうじ》に漬けた熟《な》れ鮓。金沢の名産。【冬】蕪蒸〔白山は雪ぞと食ぶるかぶら鮨　宮下翠舟〕

蕪《かぶら》蒸《むし》　蕪を蒸し葛餡をかけた冬の料理。【冬】蕪鮓〔いつのまに曇りし空やかぶらむし　草間時彦〕

藷《いも》粥《がゆ》　さつまいもを小さく切って炊いた粥。**藷《いも》の粥《かゆ》**　**粥《かゆ》の藷《いも》**　【秋】甘藷〔藷粥吹く寝足りし細眼口細に　矢野絢〕

焼《やき》藷《いも》　焼いたさつまいものこと。**焼藷《やきいも》**　**石焼藷《いしやきいも》**　**焼芋屋《やきいもや》**　**芋《いも》を焼《や》く**　**西京焼《さいきょうやき》**　**壺焼藷《つぼやきいも》**　**大学藷《だいがくいも》**　【秋】甘藷〔焼藷やふるさと違ふ話など　大森理恵〕

蒸饅頭《むしまんじゅう》《むしまんぢゅう》　饅頭を蒸したもの。**酒饅頭《さかまんじゅう》**　**ふかし饅頭《まんじゅう》**　**饅頭《まんじゅう》ふかす**〔蒸饅頭の湯気吹きさらふ軒の風　松下而塘〕

ホットケーキ　小麦粉・牛乳・砂糖・卵等をまぜ合わせ、天火やフライパンで円形に焼いた菓子。〔ホットケーキ一卓は子等ばかりなり　細木茂子〕

今川焼《いまがわやき》《いまがはやき》　水溶きした小麦粉を円形の型に流し込み、餡を包んで焼いたもの。**太鼓焼《たいこやき》**　**巴《ともえ》焼《やき》**　**義士焼《ぎしやき》**　**今川焼屋《いまがわやきや》**〔引き返し夜更の太鼓焼を買ふ　秋山修良〕

鯛《たい》焼《やき》《たひやき》　鯛の形をした、庶民的な焼き菓子の一種。**鯛焼屋《たいやきや》**　【冬】今川焼〔鯛焼のまづ尾の餡をたしかめり　能村登四郎〕

寒天造《かんてんつく》る　天草《てんぐさ》を煮てつくった心太《ところてん》を寒夜に凍結させ、天日に干して寒天を造ること。**寒天《かんてん》製《せい》す**　**寒天小屋《かんてんごや》**　**寒天《かんてん》を晒《さら》す**　【夏】天草〔嶺々わたる日に寒天を晒すなり　木村蕪城〕

氷蒟蒻《こおりこんにやく》 蒟蒻を一度煮て、夜間外で凍らせ、天日に干す。**蒟蒻《こんにやく》凍《こお》らす** 〔枯木かげ夜の蒟蒻氷《こほりこんにやく》りけり　松瀬青々〕

住

冬構《ふゆがまえ》 冬を迎える用意で、寒さ・風・霜・雪などを防ぐための準備をすること。**冬構《ふゆがまえ》する** **冬《ふゆ》を構《かま》える** **冬囲《ふゆがこい》** 〔高き木に梯子かけたり冬構　高浜虚子〕

冬籠《ふゆごもり》 冬の寒さを避けて家にこもっていること。**冬籠《ふゆごも》る** **冬《ふゆ》を籠《こも》る** **雪籠《ゆきごもり》** 〔飲食《おんじき》をせぬ妻とゐて冬籠　森澄雄〕

冬館《ふゆやかた》 「夏館」に対する季語。**冬邸《ふゆやしき》** **冬《ふゆ》の家《いえ》** **冬《ふゆ》の宿《やど》** **冬宿《ふゆやど》** **冬《ふゆ》の館《やかた》** 【夏】夏館 〔ベル押せば深きに応《こた》へ冬館　長谷川浪々子〕

北窓塞《きたまどふさ》ぐ 冬の北風を防ぐため、北の窓をふさぐこと。**北塞《きたふさ》ぐ** **北窓閉《きたまどと》づる** **北窓塗《きたまどぬ》る** 【春】北窓開く 〔北窓を塞ぎし午後の風凪《な》げり　千田一路〕

目貼《めばり》 冬の寒さや風雪を防ぐため、窓や戸の隙間を紙などで貼ること。**目貼《めばり》する** **目貼張《めばりは》る** **隙間貼《すきまは》る** 【春】目貼剝ぐ 〔目張して山河枯るゝにまかせけり　前田普羅〕

隙間風《すきまかぜ》 戸・襖・障子などの隙間から吹き込む寒い風。**ひま洩《も》る風《かぜ》** 〔隙間風座りかへたるところへも　宮下翠舟〕

霜除《しもよけ》 庭木や果樹などを霜の害から守るために藁や筵で囲うこと。**霜覆《しもおおい》** **霜囲《しもかこ》ふ** 【春】霜除解く 〔霜除や月を率《ゐ》てゆくオリオン座　渡辺水巴〕

風《かざ》除《よけ》 冬の強風や海風を防ぐため家の周りに作る塀のこと。**風囲《かぜがこい》** **風垣《かざがき》** **風垣《かぜがき》** **風除作《かざよけつく》る** 春風除解く 冬冬構 〔風除けを出し鶏《とり》吹かれもどりけり 森田 峠〕

雪《ゆき》囲《がこい》《ゆきがこひ》 風雪を防ぐため、家の周りに丸太を組み、藁や菅を結いつけ、積雪を防ぐ設備。**雪垣《ゆきがき》** **雪除《ゆきよけ》** **雪菰《ゆきごも》** **雪囲《ゆきかこ》ふ** **雪囲《ゆきがこい》する** 春雪囲解く 冬冬構 〔雪囲ふ昏《くら》みしんしん湯の滾《たぎ》り 野澤節子〕

雁《がん》木《ぎ》 道に面した家々の軒下に木を組んで廂《ひさし》を作り、共通の通路とするもの。**がぎ** **した** **雁《がん》木市《ぎいち》** **雁木道《がんぎみち》** 冬冬構 〔来る人に灯影ふとある雁木かな 高野素十〕

墓囲《はかかこ》ふ 寒気や積雪のため墓石が破損せぬよう藁や筵で囲う。墓に小屋根を作ることもある。**墓《はか》を囲《かこ》ふ** 〔墓山に藁担ぎゆくは墓囲ふ 細川加賀〕

鶏舎《とや》温《あたた》む 厳寒の鶏舎に電灯を入れて暖めたりする。鶏をいたわり、寒気のため産卵の低下を防ぐ。〔鶏舎煖むほどに艶ますたね卵 千葉 仁〕

藪《やぶ》巻《まき》 雪折れを防ぐため木や竹を筵や縄で巻くこと。**菰巻《こもまき》** **藪巻《やぶま》く** **菰巻《こもま》く** 〔藪巻や晴を見に行く日本海 森 澄雄〕

雪《ゆき》吊《つり》 木の枝が積雪のため折れぬよう縄や針金を張って枝を吊る。**雪吊木《ゆきつりぎ》** **雪吊松《ゆきつりまつ》** 冬冬構 〔雪吊りの中の落日まぶしめり 新田祐久〕

雪《ゆき》搔《かき》 家の門口や道などに積もった雪をとり除くこと。**雪《ゆき》を搔《か》く** **雪《ゆき》を掃《は》く** **除雪《じょせつ》** **除雪夫《じょせつふ》** **除雪婦《じょせつふ》** **雪捨《ゆきす》つ** **除雪車《じょせつしゃ》** **ラッセル車《しゃ》** 〔雪搔のまばらと見えて総出なり 宮津昭彦〕

雪下《ゆきおろ》し 屋根に積もった雪を取り除くこと。**雪卸《ゆきおろし》** **雪下《ゆきおろ》す** 〔父と子と豪気な雪を下ろしけり

本宮哲郎〕

雪《ゆき》踏《ふみ》 雪を踏み固めて通路を作ること。**雪踏《ゆきふ》む** 〔雪踏んで雪より低く寝まりけり 吉田鴻司〕

雪《ゆき》竿《ざお》 積雪の深さを測定するために目盛をつけ地上に立てる竿。**雪棹《ゆきざお》** **雪尺《ゆきじやく》** **スノーポール** 《ゆきざを》〔雪竿の溺れてをりし日向かな 清崎敏郎〕

すが漏《も》り 雪国で屋根の雪が解けて、天井・壁・押入などをぬらすこと。**すが漏《も》る** **すが漏《も》れ** 〔すが漏の天井低く住ひけり 松原地蔵尊〕

雪割燈《ゆきわりとう》 鉄道の凍結を防ぐため融雪用に灯すカンテラ。枕木と枕木の間に灯し、炎が線路の雪を解かす。 春雪割 〔雪割燈貨車一塊となりて着く 吉田北舟子〕

寒《かん》燈《とう》 寒さの厳しい冬の候の燈火のこと。**冬燈《ふゆひ》** **冬《ふゆ》の燈《ひ》** **冬《ふゆ》ともし** **寒《かん》の燈《ひ》** **冬《ふゆ》の燈火《とうか》** **冬燈洩《ふゆひも》る** 春春燈 秋秋の燈 〔神将にまみゆる冬の燭かざし 岡井省二〕

冬座《ふゆざ》敷《しき》 ストーブや炬燵のある、戸障子を閉めきった冬の座敷。**冬《ふゆ》の座敷《ざしき》** 夏夏座敷 新初座敷 〔掛けてある鏡の暗し冬座敷 倉田紘文〕

畳《たたみ》替《がえ》 新年を迎えるために古くなった畳を替えること。表だけを替えるのを表替という。《たたみがへ》 **替畳《かへだたみ》** **畳替《たたみか》へる** 〔畳替すみたる箪笥据わりけり 久保田万太郎〕

障《しょう》子《じ》 《しやうじ》白い薄紙を貼った引戸。冬は、寒風、寒気を防ぐ。**冬障子《ふゆしょうじ》** **そうじ** **腰障子《こししょうじ》** **小《こ》障子《しょうじ》** **明《あか》り障子《しょうじ》** **あづま障子《しょうじ》** **障子白《しょうじしろ》し** **白障子《しろしょうじ》** **障子開《しょうじひら》く** **障子閉《しょうじと》づ** **障子内《しょうじうち》** **障子《しょうじ》の外《そと》** **障子明《しょうじあか》り** **日《ひ》の障子《しょうじ》** **障子鳴《しょうじな》る** **古障子《ふるしょうじ》** **破《やぶ》れ障子《しょうじ》** **障子越《しょうじご》し** 春春障子 秋障子洗ふ・障

子貼る・障子入れる〔しづかなるいちにちなりし障子かな　長谷川素逝〕

襖《ふすま》　障子の一種で、襖障子の略。**唐紙**《からかみ》　**絵襖**《えぶすま》　**襖障子**《ふすましょうじ》　**唐紙障子**《からかみしょうじ》　**冬襖**《ふゆぶすま》　**襖閉**《ふすまし》**める**　**大襖**《おおぶすま》　**襖影**《ふすまかげ》　**古襖**《ふるぶすま》　夏襖はずす　秋襖入れる〔夕映のしばらく倚《よ》るは冬襖　角川源義〕

屏風《びょうぶ》《びやうぶ》　室内に立てて、風や寒さを防ぐ。**金屏風**《きんびょうぶ》　**銀屏風**《ぎんびょうぶ》　**絵屏風**《えびょうぶ》　**枕屏風**《まくらびょうぶ》　**腰屏風**《こしびょうぶ》　**金屏**《きんびょう》　**銀屏**《ぎんびょう》　**古屏風**《ふるびょうぶ》　**屏風売**《びょうぶうり》　**屏風立**《びょうぶた》**つ**　**衝立**《ついたて》　新初屏風〔ひらきゆく屏風に遊女現はるる　下村梅子〕

絨緞《じゅうたん》　獣毛などを用いた毛織物の一種。保温のために敷く。**緞通**《だんつう》　**絨毯**《じゅうたん》　**カーペット**〔絨毯に水のこぼれし夜景かな　長谷川櫂〕

暖炉《だんろ》　火を焚いて室内を暖める炉。壁炉は壁にとりつけられたものをいう。**煖炉**《だんろ》　**壁炉**《へきろ》　**暖**《だん》**炉燃**《ろも》**ゆ**　**暖炉**《だんろ》**の火**《ひ》　**壁炉照**《へきろて》**る**　春暖炉納む・春暖炉　冬炉〔煖炉灼《や》く夫《つま》よタンゴを踊らうか　三橋鷹女〕

ペチカ　ペチカはロシア語、ロシアの厳寒に用いられた暖房装置。**ペーチカ**　**置**《おき》**ペチカ**　**ペーチカ燃**《も》**ゆ**〔ペーチカに蓬《よもぎ》燃やせば蓬の香　沢木欣一〕

暖房《だんぼう》《だんばう》　室内を暖めること。その装置。**煖房**《だんぼう》　**ヒーター**　**暖房車**《だんぼうしゃ》〔身ひとつの旅すぐ睡《ねむ》く暖房車　菖蒲あや〕

スチーム　パイプのなかに蒸気を通して室内を暖める装置。〔スチームにともに凭《よ》るひと母に似し　石田波郷〕

ストーブ　ガス・石油・電気・薪・石炭などを燃料とする暖房装置。**石炭**《せきたん》**ストーブ**　**石油**《せきゆ》**スト**

ーブ　ガスストーブ　電気《でんき》ストーブ　ストーブ燃《も》ゆ　ストーブ赤《あか》し〔ストーブに若き素足を匂はする　能村登四郎〕

温突《オンドル》　韓国や中国東北地方で、家屋の床下に煙道を通し暖をとる装置。〔オンドルや比丘てづからの人参茶　矢野絢〕

電熱器《でんねつき》　ニクロム線を螺旋状に巻いた電気こんろのこと。**電気《でんき》こんろ**〔電熱器故障せしわれうろたへる　山口波津女〕

寒厨《かんちゆう》　冬の寒々とした台所のこと。**寒《かん》くりや　冬厨《ふゆくりや》　冬《ふゆ》の厨《くりや》**〔俎に烏賊の身が透く寒厨　森山比呂志〕

炭《すみ》　楢《なら》、櫟《くぬぎ》、樫《かし》などを蒸焼にした燃料で木炭のこと。**炭火《すみび》　木炭《もくたん》　白炭《しろずみ》　備長《びんちよう》　いぶり炭《ずみ》　花炭《はなずみ》　桜炭《さくらずみ》　黒炭《くろずみ》　堅炭《かたずみ》　切炭《きりずみ》　軟炭《やわらずみ》　廻炭《まわりずみ》　細炭《ほそずみ》　枝炭《えだずみ》　飾炭《かざりずみ》　炭屑《すみくず》　炭《すみ》の香《か》　粉炭《こなずみ》　炭《すみ》の粉《こな》　炭《すみ》はねる　走炭《はしりずみ》　跳炭《はねずみ》　おこり炭《ずみ》　炭《すみ》いぶる　炭《すみ》つぐ　炭切《すみき》る　炭割《すみわ》る　炭挽《すみひ》く　炭鋸《すみのこ》**　㊅炭焼〔学問のさびしさに堪《た》へ炭をつぐ　山口誓子〕

炭売《すみうり》　薪炭屋が炭を売っていること《こ》。山村では山から馬や牛に運ばせ売り歩いた。**炭屋《すみや》**　㊅炭・炭焼〔炭売の娘のあつき手に触りけり　飯田蛇笏〕

埋火《うずみび》　熾《おこ》った炭火に灰をかけて埋めておくこと。またその炭火。長く火を保つ。**火《ひ》を埋《うず》む**〔埋火や歳月煌《かう》と過ぎゆくも　角川春樹〕

消炭《けしずみ》　炭火や燠火を火消壺に入れて消したやわらかい炭。**火消壺《ひけしつぼ》**　㊅炭〔消炭のつやをふくめる時雨かな　室生犀星〕

炭斗《すみとり》 炭俵から小出しにした炭を入れておく器。**炭籠《すみかご》**　**炭《すみ》ひさご**　**炭箱《すみばこ》**　**炭櫃《すびつ》**　**十能《じゆうのう》**　〔炭斗や個中の天地自《おのづか》ら　高浜虚子〕

炭俵《すみだわら》《すみだはら》 藁・葦・萱などで編んだ炭を入れる俵。**炭叺《すみがます》**　〔深く妻の腕《かひな》をのめり炭俵　能村登四郎〕

炭団《たどん》 木炭の粉を布海苔《ふのり》などで丸め、日干しした燃料。**炭団作《たどんつく》る**　**炭団干《たどんほ》す**　**炭団《たどん》の火《ひ》**　**炭団《たどん》法師《ほうし》**　〔裏がへす炭団に夕日うしなひぬ　土田春秋〕

石炭《せきたん》 地中に埋まった太古の植物が炭化したもの。燃料として用いられた。たん　いしずみ　**石炭船《せきたんせん》**　**石炭車《せきたんしゃ》**　**貯炭場《ちよたんば》**　〔燃ゆる石炭棄てて運河の落葉照らす　加藤楸邨〕

煉炭《れんたん》 石炭などの粉末を練りかためた燃料。**豆炭《まめたん》**　**煉炭火鉢《れんたんひばち》**　〔煉炭や屋台歌舞伎は十段目　角川照子〕

炬燵《こたつ》 切炬燵と置炬燵とがある。**火燵《こたつ》**　**切炬燵《きりごたつ》**　**掘炬燵《ほりごたつ》**　**電気炬燵《でんきごたつ》**　**炬燵布団《こたつぶとん》**　**置火燵《おきごたつ》**　**敷炬燵《しきごたつ》**　**炬燵櫓《こたつやぐら》**　**炬燵火《こたつび》**　〔淀舟やこたつの下の水の音　炭太祇〕

炉《ろ》 床の一部を切りあけて、灰を敷き、薪や榾を焚く。暖をとり、物を煮炊きする装置。**囲炉裏《いろり》**　**炉火《ろび》**　**炉明《ろあか》り**　**炉端《ろばた》**　**炉辺《ろべ》**　**炉埃《ろほこり》**　**炉《ろ》の座《ざ》**　**炉《ろ》の主《あるじ》**　**炉火赤《ろびあか》し**　**炉《ろ》を焚《た》く**　**炉《ろ》の鍋《なべ》**　**炉《ろ》を囲《かこ》む**　**炉《ろ》に寄《よ》る**　**炉煙《ろけむり》**　**炉仕事《ろしごと》**　**炉火熾《ろびさか》ん**　[春]春の炉　[夏]夏炉　〔誰もゐる炉火うつくしき座に通る　山口青邨〕

榾《ほた》 木の根や株を乾燥して、割らないでそのまま炉に燃やす燃料のこと。ほだ　**根榾《ねほだ》**　**榾《ほた》火《び》**　**榾《ほた》の火《ひ》**　**榾火燃《ほたびも》ゆ**　**大榾《おおほた》**　**榾明《ほたあか》り**　**榾火赤《ほたびあか》し**　**榾火熾《ほたびさか》ん**　**榾《ほた》の主《ぬし》**　**榾《ほた》の宿《やど》**　**榾《ほた》いぶる**　**榾《ほた》**

埃《ぼこり》　榾煙《ほだけむり》　榾火照《ほたびて》る　榾火守《ほたびも》る　榾《ほた》くべる　榾焚《ほたた》く　榾《ほた》を折《お》る　榾炉《ほだろ》　〔榾の火や風あり暗き日本海　中村苑子〕

火《ひ》鉢《ばち》　灰を中に敷き、炭をおこして使う暖房器具で、金属・陶器・木製などがあった。**大《おお》火《ひ》鉢《ばち》　銅火鉢《どうひばち》　鉄火鉢《てつひばち》　箱火鉢《はこひばち》　長火鉢《ながひばち》　火鉢抱《ひばちだ》く**　〔足袋あぶる能登の七尾の駅火鉢　細見綾子〕

火《ひ》桶《おけ》《ひをけ》　木を丸形に刳《く》り貫《ぬ》いて作った火鉢。内側に銅・真鍮《しんちゅう》の金属板が張ってある。**桐《きり》火《ひ》桶《おけ》　火櫃《ひびつ》　塗火桶《ぬりひおけ》　火桶抱《ひおけだ》く**　〔死病得て爪うつくしき火桶かな　飯田蛇笏〕

火《ひ》吹竹《ふきだけ》　火を吹き起こすのに用いる竹筒のこと。〔山寺の冬夜けうとし火吹竹　原　石鼎〕

薪《まき》割《わり》　冬の燃料である薪を割ること。**たきぎ作《つく》り　薪《まき》を割《わ》る**　〔禅寺の日向薪割る香の甘し　細見綾子〕

助《じょ》炭《たん》　和紙を箱形のものにはり重ね、炉や長火鉢の上にかぶせて、火持ちをよくさせる道具。　[冬]火鉢　〔鉛筆で助炭に書きし覚え書　高浜虚子〕

手《て》焙《あぶり》　小型の火鉢で、穴のあいた蓋や籐の籠をかぶせて、手の暖をとる。**手炉《しゅろ》　手炉《しゅろ》を抱《だ》く**　[冬]足焙　〔手焙りに門前町のきんつば屋　長崎京子〕

足《あし》焙《あぶり》　両足をのせて足先の暖をとる装置。**足温《あしぬくめ》　足炉《あしろ》　足温器《そくおんき》**　[冬]手焙　〔足焙旅ごころまたそこよりす　大野林火〕

行《あん》火《か》《あんくわ》　置炬燵より小型で炭火を入れて手足などを温める。**猫火鉢《ねこひばち》　電気行火《でんきあんか》　按火《あんか》**　〔酔ふほどに行火のあつき雪夜かな　小杉余子〕

湯婆《ゆたんぽ》 陶・金属製の容器に熱湯を入れ、毛布などに包み寝床で用いる暖房具。**たんぽ** **懐中**《かいちゅう》**湯婆**《たんぽ》 **湯婆抱**《たんぽだ》**く** [冬]足焙 〔寂寞と湯婆に足をそろへけり 渡辺水巴〕

懐炉《かいろ》 懐中や背中などに入れて、体の冷えを防ぎ、暖をとる道具。**懐炉灰**《かいろばい》 **懐炉焼**《かいろやけ》 **懐炉抱**《かいろだ》**く** **懐炉**《かいろ》**あつし** **銀懐炉**《ぎんかいろ》 **懐炉**《かいろ》**負**《お》**ふ** **懐炉火**《かいろび》 **白金懐炉**《はっきんかいろ》 〔他郷にて懐炉しだいにあたたかし 桂信子〕

温石《おんじゃく》 腹部を温めるため、蛇紋石などを熱し、布で包んで懐中にした。**塩温石**《しおおんじゃく》 **焼石**《やきいし》 **温石**《おんじゃく》《をんじゃく》**を焼**《や》**く** 〔温石の抱き古びてぞ光りける 飯田蛇笏〕

飯櫃入《おはちいれ》 冬はご飯がすぐ冷めるので、冷めないように飯櫃《めしびつ》をすっぽり収める藁製の容器。**ふご** **飯櫃布団**《おはちぶとん》 **櫃入**《ひついれ》 **お櫃**《はち》**ふご** 〔飯櫃入渋光りとも煤光りとも 高浜虚子〕

冬扇《ふゆおうぎ》 夏用いた扇が冬になって不要になったものをいう。**冬扇**《とうせん》 [夏]扇 [秋]秋扇 〔冬扇《ふゆあふぎ》や嘘言ふ顔は歯を見せず 森田竹千代〕

炉開《ろびらき》 陰暦十月朔日または十月中の亥《い》の日に行われる茶道の行事。また、農家などで囲炉裏を開くのにもいう。**炉**《ろ》**を開**《ひら》**く** **炉**《ろ》**を切**《き》**る** **囲炉裏開**《いろりひら》**く** [春]炉塞 [夏]夏炉・風炉茶 [秋]風炉の名残 〔炉を開く遠野に遠野物語 角川春樹〕

敷松葉《しきまつば》 茶室の露地庭や名苑などに枯松葉を敷きつめること。霜や凍てから苔類を守るため。**松葉敷**《まつばし》**く** 〔木戸を押す今日の客あり敷松葉 富安風生〕

口切《くちきり》 炉開きの日に新茶の茶壺の封を切ること。**壺**《つぼ》**の口切**《くちきり》 **内口切**《ないくちきり》 **茶事**《ちゃじ》 〔口切や日の当りゐるにじり口 星野立子〕

吸入器《きゆうにゆうき》 重曹・食塩水などを霧状にして吸入させる器具。風邪の時などに用いられた。**吸入《きゆうにゆう》《きふにふき》** 〔妹より気弱な兄や吸入器　清水基吉〕

湯気立て《ゆげた》 冬は家の内が乾燥しやすいので湯気を立てて湿度と温度を保つ。**湯気立てる《ゆげた》** **湯気《ゆげ》吹く《ふ》** 〔湯気立てゝひそかなる夜の移りゆく　清原枴童〕

干菜風呂《ほしなぶろ》 大根などの干し菜を入れてたてる風呂。体がよく温まるという。**干菜湯《ほしなゆ》** **干葉湯《ひばゆ》** [冬]干菜 〔息しづかに山の音きく干菜風呂　日美井雪〕

橇《そり》 雪や氷の上を滑らせて人や荷物を運ぶ道具。**雪車《そり》** **雪舟《そり》** **馬橇《ばそり》** **馬《うま》ぞり** **犬橇《いぬぞり》** **のそ手橇《てぞり》** **橇《そり》の鈴《すず》** **橇《そり》の宿《やど》** **橇《そり》の客《きやく》** **荷橇《にぞり》** **郵便橇《ゆうびんぞり》** **橇歌《そりうた》** **橇《そり》の音《ね》** **橇《そり》ひびき** **橇引《そりひ》く** **橇行《そりゆ》く** **橇《そり》に乗《の》る** **橇馳《そりか》ける** **橇《そり》の跡《あと》** **橇《そり》の道《みち》** [春]橇しまふ 〔一点の橇一線の橇の道　稲畑汀子〕

雪上車《せつじようしや》 キャタピラなどを装備し、雪上を走ることができる自動車。〔山裾に入る雪上車《せつじやうしや》浮き沈み　村上しゅら〕

除雪車《じよせつしや》 道に積もった雪をとり除く車。**ラッセル車《しや》** **排雪車《はいせつしや》** **ロータリー車《しや》** 〔日輪に除雪車《ぢよせつしや》雪をあげてすすむ　橋本多佳子〕

融雪溝《ゆうせつこう》 道路の側溝《そつこう》に温水を導入し、路上の雪を融かす装置。〔融雪装置まはり郵便届けらる　杉本清子〕

消雪《しようせつ》パイプ 路上の雪を排除する方法。ポンプが作動して、地下水が噴出し、路上の雪を消す。〔雪やんで消雪パイプ《せうせつぱいぷ》虹生めり　小松沙陀夫〕

スノーチェーン　自動車のタイヤに鎖を巻きつけスリップを防ぐ。〔旧街道スノーチェーンの音過ぎゆく　戸川稲村〕

農耕狩漁

冬耕《とうこう》《とうかう》　冬、田畑を耕すこと。**冬耕**《ふゆうな》**ひ**　**冬耕**《とうこう》**す**　**冬田打**《ふゆたう》**ち**　**土曳**《つちひ》**き**　**客土**《きゃくど》　**寒耕**《かんこう》　[春]耕し・田打　[秋]秋耕〔冬耕の人帰るべき一戸見ゆ　能村登四郎〕

蕎麦刈《そばかり》　秋、蕎麦は晩秋から初冬にかけて刈り取る。**刈蕎麦**《かりそば》　**蕎麦**《そば》**を刈**《か》**る**　**蕎麦干**《そばほ》**す**　[秋]蕎麦の花・新蕎麦　[冬]蕎麦掻・蕎麦湯〔雁の束の間に蕎麦刈られけり　石田波郷〕

甘蔗刈《かんしょかり》　砂糖の原料となる甘蔗を刈ること。**甘蔗刈**《かんしょか》**る**　**甘蔗根掘**《かんしょねほ》**る**　[冬]甘蔗の花〔甘蔗刈りの人夕焼に並びけり　諸石虎城〕

大根引《だいこんひき》　大根を収穫すること。**だいこ引**《ひ》**き**　**大根引**《だいこんひ》**く**　**大根馬**《だいこんうま》　**大根車**《だいこんぐるま》　**大根舟**《だいこんぶね》　[春]大根の花　[秋]大根蒔く　[冬]大根〔島大根引くや背に降る熱き火炭《よな》　淵脇護〕

大根干《だいこんほ》**す**　漬け物にする大根を天日に干すこと。**だいこ干**《ほ》**す**　**懸大根**《かけだいこん》　**干大根**《ほしだいこん》　**新干大根**《しんほしだいこん》　**大根**《だいこん》**掛**《か》**ける**　[春]大根の花　[冬]大根洗ふ・大根・切干〔山の日がうしろに入りぬ掛大根　半谷洋子〕

大根洗《だいこんあら》**ふ**　畑から抜いた大根を洗うこと。**だいこ洗**《あら》**ふ**　**洗大根**《あらいだいこん》〔大根を水くしや〳〵にして洗ふ　高浜虚子〕

切干《きりぼし》　大根を細く切って干したもの。**切干造**《きりぼしつく》**る**　**蚕切干**《こきりぼし》　**千切干**《せんきりぼし》　**輪切干**《わきりぼし》　**割干**《さきぼし》　**白髪切干**《しらがきりぼし》　**花**《はな》

丸切干《まるきりぼし》　**切干大根**《きりぼしだいこん》　**切干刻**《きりぼしきざ》**む**　**切干煮**《きりぼしに》**る**　冬大根　〔切干やいのちの限り妻の恩　日野草城〕

蕪《かぶら》**引**《ひき》　蕪を収穫すること。**蕪菁引**《かぶらひ》**く**　**赤蕪引**《あかかぶひ》**く**　冬蕪　〔乗鞍に雪光る日や蕪引　瀧井孝作〕

干《ほし》**蕪**《かぶら》　蕪を軒下などに干す。煮たり、漬け物にする。**干**《ほし》**かぶ**　**新干蕪**《しんほしかぶら》　冬蕪　〔凡化して寺門を出でず干蕪　大谷句仏〕

干《ほし》**菜**《な》　大根や蕪の茎葉を干したもの。**干菜吊**《ほしなつ》**る**　**吊菜**《つりな》　**菜**《な》**を干**《ほ》**す**　**干菜宿**《ほしなやど》　**釣干菜**《つりほしな》　**干菜影**《ほしなかげ》　冬干菜風呂・干菜汁　〔みのむしの掛菜を喰ふ静さよ　加舎白雄〕

菜《な》**洗**《あら》**ふ**　白菜や高菜など、漬け物にする菜類を洗うこと。**菜**《な》**を洗**《あら》**ふ**　**菜屑**《なくず》　〔水細く筑波は遠し菜を洗ふ　池内友次郎〕

素麺干《そうめんほ》**す**　さうめんほす　素麺は冬に製し、高い木組みを作って滝のように干す。**干素麺**《ほしそうめん》　**素麺**《そうめん》**を干**《ほ》**す**　夏冷素麺　〔素麺干三輪山は裾曳きにけり　工藤雄仙〕

蒟蒻掘《こんにやくほ》**る**　蒟蒻薯を掘ること。**蒟蒻玉**《こんにやくだま》　**蒟蒻干**《こんにやくほ》**す**　**蒟蒻玉干**《こんにやくだまほ》**す**　春蒟蒻植う　夏蒟蒻の花　〔蒟蒻玉ころがしてある入日かな　黛執〕

蓮根《はすね》**掘**《ほ》**る**　蓮の地下茎を掘ること。**蓮根掘**《れんこんほ》**る**　**蓮掘**《はすほ》**り**　夏蓮の花　〔蓮根掘モーゼの杖を摑み出す　鷹羽狩行〕

人参採《にんじんと》**る**　自生する薬用人参を取ることだが、食用人参を引き抜くことにもいう。**人参引**《にんじんひ》**く**　**人参引**《にんじんひき》　夏人参の花　冬人参　〔人参引く胸に溜めきし聖書の語　大沢ひろし〕

生姜掘《しょうがほ》**る**　しやうがほる　生姜の根を掘り取ること。秋生姜　冬生姜酒・生姜湯　〔生姜掘る土や蛙

の生きてあり　佐々木北涯〕

紫根掘る《しこんほ》　紫草《むらさき》の根を掘ること。染料や薬用とした。**紫掘る**《むらさきほ》　**紫の根掘る**《むらさきねほ》　［夏］紫草　〔紫根掘る山ふところの日を浴びて　松元松枝〕

天草踏む《てんぐさふ》　寒天の原料となる天草を水で洗い、臼で搗き、付着している小貝や夾雑物《きょうざつぶつ》を除く作業。**天草搗く**《てんぐさつ》　**天草製す**《てんぐさせい》　［夏］天草・天草取　［冬］寒天造る　〔朝雪はさらさら降れり天草搗　多田薙石〕

葛晒し《くずさら》　葛粉をとるため、葛の根を叩き、細かく砕いて澱粉《でんぷん》が沈殿するまで水に晒すこと。［秋］葛掘る　〔大宇陀は水の豊かに葛さらす　若林とし子〕

麦蒔《むぎまき》　関東では十月、関西・九州地方では十一月に蒔く。**麦を蒔く**《むぎま》　**麦蒔く**《むぎま》　**麦播車**《むぎまきぐるま》　［春］麦踏・青麦　［夏］麦・麦の秋　［冬］麦の芽　〔麦蒔くや仰ぎし天におのが影　市村究一郎〕

蘭植う《いう》《うゑう》　畳表や茣蓙の材料にする蘭の苗を田に植えること。**蘭を植える**《いう》　**蘭草植う**《いぐさう》　**蘭植え**《いう》　［夏］蘭・蘭刈　〔植ゑし蘭の緑のうねり海明けくる　加藤知世子〕

寒肥《かんごえ》　庭木や果樹に寒中施す肥料。寒中の施肥は春の芽出しに効き目がある。**寒ごやし**《かん》　**寒肥**《かんび》　**寒肥まく**《かんごえ》　**寒肥舟**《かんごえぶね》　**寒肥す**《かんごえ》　**寒肥汲み**《かんごえく》　**寒堆肥**《かんたいひ》　［新］初肥　〔寒肥を撒《ま》きて百姓光りけり　伊丹三樹彦〕

フレーム　寒さから植物を保護し、蔬菜や草花を促成栽培するための保温装置。**温床**《おんしょう》　**温室**《おんしつ》　**温室**《むろ》　**花室**《はなむろ》　**花温室**《はなおんしつ》　〔空青しフレームの玻璃したたりて　金子麒麟草〕

狩《かり》　山野で鳥獣を銃や網・罠《わな》などで捕ること。**猟**《りょう》　**狩猟**《しゅりょう》　**遊猟**《ゆうりょう》　**狩場**《かりば》　**猟犬**《りょうけん》　**狩くら**《かり》　**狩山**《かりやま》

狩《かり》の宿《やど》　**狩《かり》の幸《さち》**　**猟銃《りょうじゅう》**　**猟銃音《りょうじゅうおん》**　**狩《かり》の火《ひ》**　**猟期《りょうき》**　春猟期終る　秋狩猟　〔猟銃音湖氷らんとしつつあり　相馬遷子〕

狩人《かりうど》　猟をする人のこと。**猟夫《さつお》**　**猟人《りょうじん》**　**勢子《せこ》**　**またぎ**　**猟師《りょうし》**　**ハンター**　冬狩　〔猟男のあと寒気と殺気ともに過ぐ　森　澄雄〕

夜興引《よこひき》　冬の夜獣猟のため、犬を引いて山に入り、時には山中で泊り込むこと、またその人のこと。**夜引《よひき》**　**夜興引《よこひ》く**　冬狩　〔夜興引やそびらに重き山刀　寺田寅彦〕

熊突《くまつき》　冬の間、穴籠りをしている熊を犬で追い出し、槍で突いて獲ること。**穴熊打《あなぐまうち》**　**熊《くま》を突《つ》く**　**熊狩《くまがり》**　**熊撃《くまう》ち**　春熊穴を出る　冬熊　〔熊撃たる谺《こだま》一つで終りけり　伊藤しげじ〕

猪狩《ししがり》　猪を捕獲すること。**猪道《ししみち》**　**猪《いのしし》を狩《か》る**　秋猪・鹿垣　〔猪狩の衆を恃みて岬通る　細川加賀〕

兎狩《うさぎがり》　兎を鉄砲や網などで捕らえる。**兎網《うさぎあみ》**　**兎罠《うさぎわな》**　冬兎　〔勃海に傾ける野の兎狩り　石田波郷〕

狸罠《たぬきわな》　狸の糞のある場所を中心に罠を仕掛ける。冬狸　〔狸罠かけて後生も願はざる　清原枴童〕

狐罠《きつねわな》　バネ仕掛けの罠や火薬をしかけたものなど。**狐狩《きつねがり》**　**狐落《きつねおと》し**　**狐釣《きつねつり》**　冬狐　〔餌《じ》も失せて風のままなり狐罠　大網信行〕

鼬罠《いたちわな》　鼬を捕るための罠。竹で作った箱罠が多い。冬鼬　〔うすうすと雪のかかれる鼬罠　菊池恒一路〕

鷹狩《たかがり》 飼い慣らした鷹を放って、野鳥を捕らえる狩猟。**放鷹《ほうよう》** **鷹猟《たかりょう》** **鷹野《たかの》** **鷹犬《たかいぬ》** [秋]鷹打・鷹渡る [冬]鷹 〔吹雪とは鷹の名なりし放ちけり 勝又一透〕

鷹匠《たかじょう》 鷹《たかじやう》を飼育訓練し、鷹狩を行う役人の職名。**鷹師《たかし》** 〔鷹匠の放ちし鷹の日に光り 田中王城〕

流黐《ながしもち》 鴨を捕らえるのに用いる黐縄のこと。**黐流《もちなが》し** [冬]鴨 〔流し黐あはれ抜け羽のしたたかに 桑原志朗〕

網代《あじろ》 湖・入江・川などに仕掛ける漁獲法の一種。水中に竹や柴を網状に立てる。**網代床《あじろのとこ》** **網代木《あじろぎ》** **網代杙《あじろぐい》** **網代簀《あじろす》** **網代守《あじろもり》** **網代守《あじろも》る** [秋]網代打 〔宇治山に残る紅葉や網代守る 高浜虚子〕

柴漬《ふしづけ》 沼や川に柴を沈めて集まってきた魚を捕る方法。**柴漬《ふしつ》ける** 〔柴漬や古利根今日の日を沈む 水原秋櫻子〕

竹瓮《たっべ》 竹を紡錘形または円筒形に編み、水中に沈めて、一度魚が入ると出られない仕掛けの漁具。**筌《うえ》** **竹瓮《たつべ》沈《しず》む** 〔沈みたる竹瓮が濁す水の底 前田普羅〕

魞簀《えりす》編《あ》む 春になって湖沼に仕掛ける魞の簀を作って準備すること。魞は簀をめぐらして迷路を作り、魚をとる法。[春]魞挿す [秋]魞解く 〔魞簀編眩ゆき沖を手にかばふ 米沢吾亦紅〕

捕鯨《ほげい》 以前は大船団で南氷洋に赴いたが、資源保護のため現在は調査捕鯨しか認められていない。**鯨突《くじらつ》く** **捕鯨船《ほげいせん》** **勇魚捕《いさなと》り** **鯨番《くじらばん》** **一《いち》の銛《もり》** **鯨捕《くじらと》り** **捕鯨砲《ほげいほう》** [夏]晒鯨 [冬]鯨汁・鯨

〔勇魚捕る碧き氷河に神がゐて　角川春樹〕

鰤網《ぶりあみ》　十二月初旬が初漁で、大謀網《だいぼうあみ》に導入し捕獲する。**鰤敷**《ぶりじき》　**鰤船**《ぶりぶね》　**鰤釣**《ぶりつ》**る**　㊅鰤・鰤起し
〔鰤網に月夜の汐の流る見ゆ　原　柯城〕

泥鰌掘《どじょうほ》**る**　水を落した田や沼の水のなくなったところを掘り返して泥鰌を捕獲すること。**泥鰌掘**《どじょうほ》**り**　**泥鰌捕**《どじょうと》**る**　㊇泥鰌鍋　〔うつむける声のをさなき泥鰌掘り　八木林之助〕

牡蠣剝《かきむ》**く**　小刀様の器具等を用いて牡蠣を素早く剝いていく。**牡蠣割**《かきわ》**る**　**牡蠣剝**《かきむ》**き**　**牡蠣割女**《かきわりめ》　**牡蠣棚**《かきだな》　㊅牡蠣　〔剝かれたる牡蠣の白さをなほ洗ふ　花田春兆〕

採氷《さいひょう》　湖や川・池・沼などの天然氷を切り貯蔵すること。**氷切**《こおりき》**る**　**氷挽**《こおりひ》**く**　**氷採**《こおりと》**る**　**採氷夫**《さいひょうふ》
〔蒼天へ積む採氷の稜《かど》ただし　木村蕪城〕

砕氷船《さいひょうせん》　氷海の氷を割って航路を開く船のこと。㊅氷海　〔砕氷船出て北海はけふも晴れ　西田柚餅子〕

冬杣《ふゆそま》　伐採のため、冬山に入って働く杣。**冬**《ふゆ》**の杣**《そま》　**冬木伐**《ふゆきき》**り**　**冬木樵**《ふゆきこり》　〔火を焚きて眼を燃やしゐる冬木樵　大野林火〕

炭竈《すみがま》　木炭を焼く竈《かまど》。**炭**《すみ》**の竈**《かま》　**炭焼竈**《すみやきがま》　㊅炭焼・炭　〔炭竈やむかし光秀領の山　森　澄雄〕

炭焼《すみやき》　楢《なら》・櫟《くぬぎ》・樫《かし》などで炭を作ること、または炭を作る人。**炭を焼**《すみや》**く**　**炭焼小屋**《すみやきごや》　**炭馬**《すみうま》　**炭荷馬**《すみにうま》　**炭車**《すみぐるま》　**炭焼夫**《すみやきふ》　**炭負**《すみお》**ふ**　**炭焼**《すみや》**く子**《こ》　㊅炭・炭竈　〔炭焼の小屋に白粥ふつふつと　辻岡紀川〕

牡丹焚火《ぼたんたきび》　樹齢を重ねた牡丹の枯れ枝を焚くこと。須賀川牡丹園が有名。**牡丹焚**《ぼたんた》**く**　**牡丹供養**《ぼたんくよう》

[春]牡丹の芽　[夏]牡丹　〔煙なき牡丹焚火の焔《ほのほ》かな　原 石鼎〕

枝打《えだうち》　杉や檜の下枝を切り落として、幹が下から上まで同じような太さに育つように手入れをすること。**枝下《えだお》ろす**　**枯木卸《かれきおろし》**　**枯枝下《かれえだお》ろす**　[春]剪定　[夏]木の枝払ふ　[秋]松手入　〔枝打ちのあなどりがたし頬打たる　奥田杏牛〕

棕櫚剝《しゅろは》ぐ　棕櫚の幹の周りに生えた毛苞の皮を剝ぐ。その繊維は水に浸しても腐りにくく丈夫なので、船の綱や網に利用する。**棕櫚《しゅろ》むく**　[夏]棕櫚の花　〔墓域にて棕櫚剝ぐ音の透きとほる　下村ひろし〕

丸太曳《まるたひき》　伐採した木を丸太に作り、里や川に運び出すこと。細い山道に桟木を小刻みに並べて打ち込み、その上を橇《そり》のようにすべらせて運ぶ。**丸太出《まるただ》し**　**藪出《やぶだ》し**　[春]木流し　〔丸太出し峡水に逆落しかな　岩坪孤羊〕

斧仕舞《おのじまい》《をのじまひ》　年の暮れに山仕事に使われる斧や手斧などの道具休めさせること。山中で山の神に神酒や御飯を供し、酒を飲んで納め祝いすることもある。**手斧仕舞《ちょうなじまい》**　**斧仕舞《おのしま》ふ**　[新]樵初　〔斧仕舞杠《はたざお》伐つて戻りけり　松瀬天浪〕

年木樵《としきこり》　新年用の薪を備えるため、山に入って木を伐ること。**節木樵《せちきこり》**　**年木積《としきつ》む**　**年木樵《としきこ》る**　**年木売《としきうり》**　**年木山《としきやま》**　**年木割《としきわ》る**　[冬]松迎　[新]年木　〔年木積むや凍らんとして湖《うみ》青き　内藤吐天〕

車蔵《くるましま》ふ　雪深い地方では、雪が降り出すと車が使えないので、冬の間馬車や荷車を解体して納屋や小屋にしまい込むこと。**車解《くるまと》く**　[春]車組む　〔車蔵ふ奥の細道のこる路地

駒木逸歩〕

池普請《いけぶしん》　水が少なくなり、利用することも少ない冬の間に、池や野川の掃除や修理などの普請をすること。**川普請**《かわぶしん》　夏溝浚へ　〔残りゐる水の氷りて池普請　深見けん二〕

注連作《しめつくり》　新年の注連飾を作ること。**注連作る**《しめつくる》　**注連綯ふ**《しめなふ》　新注連飾　冬注連飾る　〔葛飾の水田かゞやき注連作り　山口青邨〕

歯朶刈《しだかり》　新年の飾りに使う歯朶を年末に刈りとること。**歯朶**《しだ》**を刈**《か》**る**　**裏白刈る**《うらじろかる》　**ほなが刈**《か》**る**　夏青歯朶　新歯朶　〔湖の今日も静かや歯朶を刈る　高崎雨情〕

藁仕事《わらしごと》　新藁を用いていろいろな用具をつくる、冬の農閑期の仕事。**藁打**《わらう》**つ**　**縄綯**《なわな》**ふ**　**莚編**《むしろあ》**む**　秋新藁　〔藁打つて男が歌ふ子守唄　中村苑子〕

綿打《わたうち》　弓形の具で、まだ精製されていない綿を打って不純物を去り、柔らかくすること。**綿**《わた》**を打**《う》**つ**　**木綿打**《きわたうち》　**綿打唄**《わたうちうた》　夏棉の花　秋棉取・棉吹く　冬綿　〔綿打の母者のうしろ姿かな　飯岡忍冬子〕

紙漉《かみすき》　楮《こうぞ》・三椏《みつまた》・雁皮《がんぴ》などの原料を用いて、和紙を漉くこと。**寒漉**《かんすき》　**紙**《かみ》**を漉**《す》**く**　**紙干**《かみほ》**す**　**紙**《かみ》**漉女**《すきめ》　**紙漉場**《かみすきば》　**紙干場**《かみほしば》　〔日々水に顔をさらして紙漉女　直江るみ子〕

楮蒸す《こうぞむ》　和紙の原料の楮や三椏《みつまた》、雁皮《がんぴ》などを大釜に入れて蒸すこと。蒸し上げてその皮を剝くのである。**楮刈る**《こうぞか》　**楮**《こうぞ》**の皮剝**《かわむ》**く**　**楮踏む**《こうぞふ》　**楮晒す**《こうぞさら》　**楮**《こうぞ》**もむ**　**楮洗ふ**《こうぞあら》　**楮干す**《こうぞほ》　**楮選**《こうぞえ》**る**　**楮打つ**《こうぞう》　**三椏蒸す**《みつまたむ》　春楮の花　冬紙漉　〔楮蒸しきのふ終へたる大竈　坂内佳禰〕

寒糊《かんのり》　寒中、生麩《しょうふ》をとろ火で炊き、糊を作る。寒糊は黴や虫害に耐えるといわれる。**寒炊**《かんたき》

糊《のり》　寒糊炊《かんのりた》く　〔寒糊を煮る竈火《かまどび》の夜の音　杉坂愛珠郎〕

寒紅《かんべに》　寒中に製造された口紅。品質がよく色もとくに美しいといわれている。　**丑紅**《うしべに》　〔寒紅の濃き唇を開かざり　富安風生〕

焚火《たきび》　戸外で暖をとるために枯木や枯枝を焚くこと。　**落葉焚**《おちばたき》　**大焚火**《おおたきび》　**庭焚火**《にわたきび》　**道焚火**《みちたきび》　**山焚火**《やまたきび》　**野焚火**《のたきび》　**朝焚火**《あさたきび》　**夕焚火**《ゆうたきび》　**夜焚火**《よたきび》　**焚火跡**《たきびあと》　**焚火屑**《たきびくず》　**焚火の輪**《たきびのわ》　**焚火の炎**《たきびのほ》　**焚火囲**《たきびかこ》**む**　［春］磯竈　〔落葉焚きゐてさざなみを感じをり　石原八束〕

火の番《ひのばん》　冬の夜、拍子木を打ち町内を回る夜警。寒柝《かんたく》は拍子木の音。　**夜廻**《よまわ》**り**　**夜番**《やばん》　**番屋**《ばんや》　**火の番小屋**《ひのばんごや》　**夜番小屋**《やばんごや》　**夜警**《やけい》　**寒柝**《かんたく》　**火の用心**《ひのようじん》　**夜番の柝**《やばんのたく》　**夜番過**《やばんす》**ぐ**　［冬］火事　〔星空に雪嶺こぞる夜番かな　松本たかし〕

火事《かじ》　《くわじ》　空気が乾き、火に親しむことの多い冬は火事が起こりやすい。　**大火**《たいか》　**小火**《ぼや》　**遠火事**《とおかじ》　**近火**《きんか》　**朝火事**《あさかじ》　**昼火事**《ひるかじ》　**夜火事**《よるかじ》　**火事騒**《かじさわ》**ぎ**　**船火事**《ふなかじ》　**火事明**《かじあか》**り**　**火事跡**《かじあと》　**火事見舞**《かじみまい》　**火事見舞**《かじみま》**ふ**　［冬］火の番・消防車　〔暗黒や関東平野に火事一つ　金子兜太〕

山火事《やまかじ》　《やまくわじ》　山で起こる火事。　［冬］火事　〔山火事を見てゐし男走りだす　塩尻青笳〕

火の見櫓《ひのみやぐら》　火事を発見し、広く知らせるために半鐘台などを設《もう》けた。　**火の見**《ひのみ》　**火の見番**《ひのみばん》　**半鐘台**《はんしょうだい》　**火の見台**《ひのみだい》　〔火の見櫓曇天を冬の刻移る　中村草田男〕

消防車《しょうぼうしゃ》　《せうばうしや》　冬に火事が多いので冬の季語となっている。　**火事装束**《かじしょうぞく》　**火事頭巾**《かじずきん》　**火事羽織**《かじばおり》　**消防**《しょうぼう》**サイレン**　〔消防車群れゆく呼吸困難裡　石田波郷〕

遊楽

九州場所《きゆうしゆうばしよ》 十一月に福岡市で行われる大相撲本場所。**博多場所**《はかたばしよ》 ㊝春場所（三月）㊟夏場所（五月）・名古屋場所（七月）㊕秋場所（九月）・相撲 ㊗初場所（一月）〔博多場所しぐれがちなる中日以後 下村ひろし〕

避寒《ひかん》 寒さを避けて温暖な地に出かけること。**避寒人**《ひかんびと》 **避寒宿**《ひかんやど》 **避寒地**《ひかんち》 **避寒旅行**《ひかんりよこう》 **避寒客**《ひかんきやく》 **寒湯治**《かんとうじ》 ㊟避暑〔避寒して世を逃るるに似たるかな 高浜虚子〕

寒見舞《かんみまい》 夏の暑中見舞いに対する冬の時候見舞。手紙・葉書を出したり、贈り物をしたり、訪問したりする。**寒中見舞**《かんちゆうみまい》 ㊟暑中見舞〔しもふりの肉ひとつつみ寒見舞 上村占魚〕

雪見《ゆきみ》 雪を眺めて賞すること。**雪見の宴**《ゆきみのえん》 **雪見船**《ゆきみぶね》 **雪見酒**《ゆきみざけ》 **雪見行**《ゆきみこう》 **雪見人**《ゆきみびと》 **雪の友**《ゆきのとも》 **雪の人**《ゆきのひと》 **雪見笠**《ゆきみがさ》 ㊝花見 ㊕月見〔比叡《ひえ》一つ前に置たる雪見かな 河井乙州〕

雪見舞《ゆきみまい》 雪国で、雪害のあった時などに見舞うこと。㊟水見舞〔紅爪の五指をそろへて雪見舞 飯田蛇笏〕

探梅《たんばい》 早咲きの梅を山野に訪ねてゆくこと。**梅探る**《うめさぐ》 **探梅行**《たんばいこう》 ㊝梅見・梅 ㊄冬の梅・早梅〔探梅や枝のさきなる梅の花 高野素十〕

牡蠣船《かきぶね》 船中で牡蠣を料理して供する屋形船。㊄牡蠣・牡蠣料理〔牡蠣舟や芝居はねたる橋の音 島村 元〕

牡蠣料理《かきりょうり》　《かきれうり》牡蠣を主にした料理。**牡蠣飯**《かきめし》　**牡蠣雑炊**《かきぞうすい》　**牡蠣**《かき》**の飯**《めし》　**牡蠣鍋**《かきなべ》　**酢牡蠣**《すがき》　**牡蠣酢**《かきす》
［冬］牡蠣・牡蠣剥く　〔牡蠣鍋の葱の切つ先そろひけり　水原秋櫻子〕

寒釣《かんづり》　海・川・湖沼での寒中の魚釣りのこと。**穴釣**《あなづり》　**寒鯉釣**《かんごいつり》　**寒鮒釣**《かんぶなつり》　［夏］夜釣　［秋］根釣　［新］
初釣　〔寒釣りの莨火《たばこび》ともす孤影かな　西島麦南〕

夜咄《よばなし》　冬、囲炉裏ばたに集まり、夜話に興ずること。**炉辺話**《ろへんばなし》　**炉話**《ろばなし》　**夜咄茶事**《よばなしさじ》　〔夜咄の障子
を水のしろさとも　上村占魚〕

根木打《ねつきうち》　根木と呼ぶ棒を土や雪に打ち込む。それを相手が自分の根木を打ちつけて倒す。子
供の遊び。**ねつき**　**根木打**《ねきう》**つ**　**箆打**《へらうち》　**釘打**《くぎうち》　**杙打**《くいうち》　**笄打**《こうがいうち》　**つくし打**《うち》　**ねん棒**《ぼう》　**ねんがら**
〔一人づつ減る夕寒をねつき打　菅　裸馬〕

綾取《あやとり》　細い紐を使って両手の指でいろいろな形を作って遊ぶ。〔あやとりの綾の鼓とな
りて終ふ　草間時彦〕

縄飛《なわとび》　《なはとび》縄を廻して跳躍する遊び。**綱飛**《つなとび》　**縄飛唄**《なわとびうた》　〔縄とびの子が戸隠山《とがくし》へひるがへる
黒田杏子〕

竹馬《たけうま》　二本の竹に足を乗せる横木をつけ、それに乗って歩く。**高足**《たかあし》　**鷺足**《さぎあし》　**竹馬**《たけうま》**の子**《こ》　〔竹
馬やいろはにほへとちり〴〵に　久保田万太郎〕

おしくらまんぢゆう　子供たちがかたまって大勢で押し合い、はみ出した者がまた端に加わっ
て押し合う遊び。〔おしくらまんぢゆう路地を塞ぎて貧などなし　大野林火〕

青写真《あおじやしん》　《あをじやしん》薄い紙に刷ってあるネガに青い種紙をあて、小さな枠つきのガラス板にはめ

て日光にあて絵を写し出す子供の玩具。**日光写真**《にっこうしゃしん》〔影法師しづかに到る青写真　深川正一郎〕

雪《ゆき》**まろげ**　雪の小さいかたまりを転がしてゆき、だんだん大きなかたまりにする遊び。**雪**《ゆき》**まろばし**　**雪**《ゆき》**ころばし**　[冬]雪達磨　〔大小の雪まろげ行きちがひけり　中田みづほ〕

雪合戦《ゆきがっせん》　雪を固めて投げ合う、子供の遊び。**雪投**《ゆきな》**げ**　**雪遊**《ゆきあそ》**び**　**雪礫**《ゆきつぶて》　〔そなさんと知つての雪の礫かな　沢田はぎ女〕

雪達磨《ゆきだるま》　雪で達磨の形を作って、木炭などで目鼻をつける。**雪布袋**《ゆきほてい》　**雪仏**《ゆきぼとけ》　**雪獅子**《ゆきじし》　**雪兎**《ゆきうさぎ》　**雪達**《ゆきだる》**磨**《ま》**作**《つく》**る**　[冬]雪まろげ　〔雪だるま星のおしやべりぺちやくちやと　松本たかし〕

雪《せつ》　**像**《ぞう》　雪でいろいろの物を模して造った像のこと。**雪像展**《せつぞうてん》　**氷像**《ひょうぞう》　〔氷像や歩めば二月の陽がすべる　田中豊洲〕

スキー　雪上を滑走する用具。スケートと並んで冬のスポーツの代表。**スキー場**《じょう》　**スキー列車**《れっしゃ》　**スキー宿**《やど》　**ゲレンデ**　**シャンツェ**　**シュプール**　**スキーの子**《こ》　**スキー行**《こう》　**スキー会**《かい》　**スキー靴**《ぐつ》　**スキー靴下**《くつした》　**スキー服**《ふく》　**スキー帽**《ぼう》　**スキーヤー**　[春]春スキー　[夏]夏スキー・水上スキー　〔スキー靴ぬがずにおそき昼餉とる　橋本多佳子〕

スケート　革製の靴底に金具をつけた氷上スポーツ用具。また氷上を滑走することもスケートと呼ぶ。**氷滑**《こおりすべ》**り**　**スケート場**《じょう》　**スケート靴**《ぐつ》　**スケーター**　**スケートの輪**《わ》　〔スケートの濡れ刃携《たづさ》へ人妻よ　鷹羽狩行〕

アイスホッケー　氷上スケート競技の一種。〔アイスホッケー一列となり敗れ去る　戸川稲

村〕

リュージュ　フランス語で木橇《きぞり》の意。冬期オリンピック正式種目。**ルージュ**　〔リュージュ駆け抜く七彩《いろ》の風となり　黛まどか〕

ボブスレー　氷のコースを鋼鉄橇で滑降する競技。〔ボブスレー曲がり曲がつて空の碧《あを》　吉田鴻司〕

サッカー　ボールを蹴ったり頭でうって、相手のゴールに入れて得点を争う競技。〔サッカーの声援の辺に冷えゐたり　八木林之助〕

ラグビー　フットボール競技の一種で、楕円形のボールを奪い合う。**ラガー**　〔走る走る走るラグビーの男　秋山巳之流〕

寒稽古《かんげいこ》　寒中に行われる武道または音曲の稽古。**寒中稽古**《かんちゅうけいこ》　新稽古始　〔小づつみの血に染まりゆく寒稽古　武原はん〕

寒《かん》**声**《ごえ》《かんごゑ》　寒中、音声を錬磨すること。またその声。**寒声**《かんごえ》**つかふ**　**寒復習**《かんざらい》　〔寒声といふ寒声を出してをり　後藤比奈夫〕

寒《かん》**弾**《びき》　義太夫・長唄・清元・常磐津など三味線の寒中の稽古。新弾初　〔寒弾の盲《めしひ》の面《おも》の紅潮す　大橋櫻坡子〕

寒《かん》**取**《どり》　寒中、力士たちが相撲の稽古に励むこと。**寒角力**《かんずもう》　**寒相撲**《かんずもう》　秋相撲　〔寒取や手取り手取りと言はれ老い　大場白水郎〕

寒《かん》**泳**《えい》　寒中の水泳をいう。**寒中水泳**《かんちゅうすいえい》　**寒泳ぎ**《かんおよぎ》　夏泳ぎ　〔寒泳の衆目を負ふ褌の白　能村登

四郎〕

情緒

風邪《かぜ》 呼吸器系の炎症、疾患。はなみず・くしゃみ・咳・のどの痛み・発熱など症状もさまざま。**ふうじゃ** **感冒《かんぼう》** **流行風邪《はやりかぜ》** **流感《りゅうかん》** **インフルエンザ** **風邪気《かぜけ》** **風邪心地《かぜごこち》** **風邪声《かぜごえ》** **鼻《はな》風邪《かぜ》** **風邪薬《かぜぐすり》** **風邪《かぜ》の神《かみ》** **風邪《かぜ》の子《こ》** **風邪《かぜ》ひく** **風邪《かぜ》もらふ** **風邪寝《かぜね》** **風邪籠《かぜごも》り** 春春の風邪 夏夏の風邪 冬咳・嚔 〔風邪の子に屋根の雪見え雀見え　細見綾子〕

湯《ゆ》ざめ 風呂から上がったのち寒けを覚えること。**湯《ゆ》ざめする** **湯《ゆ》ざめす** **湯《ゆ》ざめ心地《ここち》** 〔湯ざめして遙かなものはるかなり　藤田湘子〕

咳《せき》 寒冷の刺激によって、気管やのどの粘膜に反射的に起こる激しい呼気。**しはぶき** **しはぶく** **咳《せ》く** **咳《せき》の子《こ》** **咳《せき》こぼす** **咳《せき》きざす** **夜《よる》の咳《せき》** **咳地獄《せきじごく》** 冬風邪 〔咳の子のなぞなぞあそびきりもなや　中村汀女〕

嚔《くさめ》 鼻の粘膜にごく軽い刺激が加わると起こる一種の反射運動。**はなひり** **はなひる** **くしやみ** **くつさめ** **嚔《くさめ》す** 〔嚔して仏の妻に見られたる　森　澄雄〕

水《みず》洟《ばな》 みづばな 冷気に鼻の粘膜が刺激されると水のような鼻汁がでる。風邪の時はことに多い。**洟水《はなみず》** **水《みず》つ洟《ばな》** **洟垂《はなた》れ** **洟垂《はなた》るる** **洟垂《はなた》れ子《こ》** **洟垂《はなた》らす** 冬風邪 〔水洟や鼻の先だけ暮れ残る　芥川龍之介〕

息白《いきしろ》し 寒さで吐く息が白く見えること。犬や馬など動物の吐く息をもいう。**白息《しらいき》** 〔息白く

やさしきことを言ひにけり　後藤夜半〕

悴《かじか》む　寒気で手足が凍えて思うように動かなくなること。**悴《かじか》める**　**こごゆ**　**悴《かじか》む手《て》**　〔飴なめて流離《りうり》悴かむこともなし　加藤楸邨〕

懐手《ふところで》　寒さしのぎに懐に手を入れること。〔夫《つま》と子をふつつり忘れ懐手　中村汀女〕

手《て》足荒《あしあ》る　冬は手足の脂肪が抜けて、かさかさに乾いてくる。**指荒《ゆびあ》る**　**手荒《てあ》る**　**足荒《あしあ》る**　**肌荒《はだあ》る**　**寒荒《かんあ》れ**　〔荒るる足の妻を見てより労《いたわ》れる　菅　裸馬〕

胼《ひび》　寒さのため、手足の皮膚に多数の細いひび割れのできるのをいう。**胼切《ひびき》れ**　**胼薬《ひびぐすり》**　**胼《ひび》**　**赤《あか》し**　**胼《ひび》の手《て》**　**胼《ひび》の妻《つま》**　〔身の冬の胼あかぎれの薬かな　久保田万太郎〕

皹《あかぎれ》　胼の症状が進んだもので、皮膚はさらに大きく割れ、痛む。**鞁《あかぎれ》**　**あかがり**　**皹薬《あかぎれぐすり》**　〔鞁といふいたさうな言葉かな　富安風生〕

霜《しも》焼《やけ》　寒気のため手足、耳、頬などが赤紫色に腫《は》れること。温まるとかゆい。**霜腫《しもばれ》**　**凍瘡《とうそう》**　**霜焼薬《しもやけぐすり》**　〔霜やけの子どもねむればねむくなる　飴山　實〕

凍《とう》傷《しょう》《とうしやう》　冬山の登山者などが起こす現象で、強度の寒気のため、全身あるいは局所におこす傷害。㊁凍死　〔凍傷の手もて岳友に花捧ぐ　福田蓼汀〕

凍《とう》死《し》　全身性凍傷にかかると、倦怠感・睡気を催して、卒倒または凍死する。**吹雪倒《ふぶきだお》れ**　**凍《ここ》え死《し》ぬ**　**凍死人《とうしびと》**　**凍死《とうし》する**　**凍え死《ここじに》**　㊁凍傷　〔凍死者に朝の太陽躍り出づ　結城昌治〕

雪《ゆき》焼《やけ》　雪に反射した紫外線により皮膚が焼けること。**雪焼女《ゆきやけめ》**　㊇日焼　〔一人またひとり雪焼け鍋囲む　林　佑子〕

雪《ゆき》眼《め》 積雪に太陽光線が反射して、目に炎症を起こすこと。**雪盲《せつもう》** 冬雪眼鏡 〔雪眼して雪のさだめをうべなふや 深谷雄大〕

雪眼鏡《ゆきめがね》 雪の反射で雪眼になることを防ぐサングラス。夏サングラス 〔雪眼鏡山のさびしさ見て佇《た》てり 村山古郷〕

寒《かん》影《えい》 冬のさむざむとした影法師、またすべての物の影。**冬《ふゆ》の影《かげ》** **寒《さむ》き影《かげ》** 〔美しき寒夜の影をわかちけり 西東三鬼〕

寒《かん》灸《きゆう》 寒中にすえる灸のこと。良く効くといわれる。**寒《かん》やいと** **寒《かん》の灸《きゆう》** 春二日灸 夏土用灸 秋後の二日灸 新初灸 〔そくばくの余命を惜しみ寒灸 西島麦南〕

木《こ》の葉《は》髪《がみ》 冬の抜け毛を落ち葉にたとえていうこと。〔木の葉髪文芸ながく欺《あざむ》きぬ 中村草田男〕

日《ひ》向《なた》ぼこ 冬の日光を浴びて暖をとること。**日《ひ》向《なた》ぼこり** **日《ひ》向《なた》ぼつこ** 〔日向ぼこ死が近く見え遠く遣り 大野林火〕

宗教

神道

明治神宮祭《めいじじんぐうさい》《めいぢじんぐうさい》 十一月三日、明治神宮で行われる例大祭。〔舞楽見るや明治神宮祭の晴れ 尾崎柿峰〕

鎮魂祭《たましずめまつり》《たましづめまつり》 陰暦十一月の中の寅《とら》の日（新嘗祭《にいなめさい》の前日）、天皇・皇后の御魂をしずめるための神事である。**鎮魂祭**《ちんこんさい》〔此日降る雪もしづけし魂鎮め 江口竹亭〕

大正天皇祭《たいしょうてんのうさい》《たいしやうてんわうさい》 十二月二十五日、大正天皇の崩御された日。〔年すでに松売る大正天皇祭 伊藤東吉〕

年越の祓《としこしのはらえ》《としこしのはらへ》 十二月三十一日に宮中で行われる年越の祓。**大祓**《おおはらえ》 ［夏］名越の祓 〔寂れたる末社末社や大祓 鈴鹿野風呂〕

神《かみ》**の旅**《たび》 陰暦十月、諸国の神々が出雲大社に集まるという伝説にちなんで、その出雲への神の旅立ちをいう。 ［冬］神渡し 〔土曜日の午後にはじまる神の旅 今井杏太郎〕

神送《かみおく》**り** 陰暦九月晦日、諸国の神々が出雲へ旅立たれるというのでこれを送ること。**神送**《かみおく》**る** **神送風**《かみおくりかぜ》 **神立**《かみたち》 **神**《かみ》**の旅立**《たびだち》 **旅立**《たびだ》**つ神**《かみ》 **神旅立**《かみたびだ》**つ** 〔神送り出雲へ向ふ雲の脚 正岡子規〕

神《かみ》の留守《るす》　陰暦十月、神々が出雲に集まるので、諸国の神社が神の留守になること。**留守《るす》の宮《みや》**　**留守神《るすがみ》**　**留守詣《るすもうで》**　〔神留守の星のいろ濃き北のくに　本宮哲郎〕

神在祭《かみありまつり》　陰暦十月、神々の集まった出雲大社や佐太神社で行われる祭事。**神在《かみあり》**　**神集《かみあつ》め**　**神集《かみつど》ひ**　**御忌祭《おいみまつり》**　图神在月　〔朝鵙や神在祭の列につく　角川源義〕

神等去出の神事《からさでのしんじ》　旧暦十月に出雲に参集した神々が各地の神社に帰っていくのを送る神事。出雲大社や佐太神社の神事が有名。**加羅佐手《からさで》**　**からさで祭《さい》**　〔袈裟がけに神等去出の雷海を裂く　石原八束〕

神迎《かみむかえ》《かみむかへ》　出雲に参集した神々が、また諸国に戻ってくるのを迎えること。**神迎《かみむか》ふ**　**神々《かみがみ》を迎《むか》ふ**　图神の旅・神還　〔神の木の揺れひとしきり神迎へ　遠藤若狭男〕

神還《かみかえり》《かみかへり》　出雲に参集した神々が陰暦十月晦日、諸国へ帰ってゆくこと。**帰《かえ》ります神《かみ》**　**神《かみ》還《かえ》る**　〔戸隠に雪来て神の還りけり　近藤喜太郎〕

恵比須講《えびすこう》《えびすかう》　陰暦十月二十日に行われる。七福神の一人夷神の祭。**夷講《えびすこう》**　**恵美須講《えびすこう》**　**夷子祭《えびすまつり》**　**夷子切《えびすぎれ》**　〔ふるき寄席《よせ》閉づる噂や恵比須講　水原秋櫻子〕

湯島天満宮祭《ゆしまてんまんぐうさい》　十月十日、東京湯島天神の祭事。**湯島天神祭《ゆしまてんじんさい》**　〔天神祭ひさの盃よしと思ふ　石田波郷〕

御火焚《おほたき》　陰暦十一月または十二月に、京都を中心にした近畿地方の神社で行われる火を焚く祭。**御火焼《おほたき》**　**おひたき**　〔お火焚や霜うつくしき京の町　与謝蕪村〕

鞴祭《ふいごまつり》　十一月八日、鍛冶屋・鋳物師など、鞴を使う職人の祭。**鍛冶祭《かじまつり》**　**蜜柑撒《みかんまき》**　**ふいがう祭《まつり》**

鞴《ふいご》を祭《まつ》る　踏鞴祭《たたらまつり》　新鞴始　〔死ぬまでは働く鞴まつりけり　宮下麗葉〕

子《ね》　祭《まつり》　陰暦十一月子の日の大黒天の祭。子《ね》燈心《とうしん》　燈心売《とうしんうり》　福来《ふくらい》　大黒祭《だいこくまつり》　新初甲子　〔子祭や今宵抱へし奉公人　久保田万太郎〕

尻摘祭《しりつみまつり》　十一月十日、伊豆音無《おとなし》神社の祭。夜間灯火をつけず言葉を発せず、隣の人の尻を突いて戯れる風習。〔樹々暗く尻摘ままるる祭かな　工藤敦畦〕

山《やま》の神祭《かみまつり》　山に生業をもつ人々により、山の神を崇める行事で、地域により時期、形態はさまざま。山《やま》の神講《かみこう》　山《やま》の講《こう》　山《やま》の講祭《こうまつり》　〔山の神祀るや白き野づら昏れ　池田風信子〕

酉《とり》の市《いち》　十一月の酉の日の各地の鷲《おおとり》神社の祭。一の酉、二の酉、年により三の酉もある。東京千束の鷲《おおとり》神社が有名。お酉《とり》さま　酉《とり》の町《まち》　酉《とり》の町詣《まちもうで》　一《いち》の酉《とり》　二《に》の酉《とり》　三《さん》の酉《とり》　頭《かしら》の芋《いも》　おかめ市《いち》　〔七味屋にまづ灯の入りぬ一の酉　伊藤三十四〕

熊《くま》　手《で》　酉の市で売る縁起物の竹製の熊手。熊手市《くまでいち》　熊手買《くまでか》ふ　熊手負《くまでお》ふ　大熊手《おおくまで》　熊手飾《くまでかざ》る　〔大熊手まだ人波を抜け切れず　鶴原暮春〕

神農祭《しんのうさい》　十一月二十二、二十三日、大阪少彦名《すくなひこな》神社の祭。神農《しんのう》の祭《まつり》　神農《しんのう》を祭《まつ》る　神農《しんのう》の虎《とら》　〔神農祭浪速に薬種町残り　米沢吾亦紅〕

秩父夜祭《ちちぶよまつり》　十二月二、三日、埼玉県秩父神社で行われる曳山祭《ひきやままつり》。秩父祭《ちちぶまつり》　秩父山車《ちちぶだし》　〔桑枯れて秩父夜祭来りけり　岡田水雲〕

諸手船神事《もろたぶねのしんじ》　事代主命《ことしろぬしのみこと》と三《み》穂《ほ》津姫命《つひめのみこと》をまつる出雲、美保神社の祭礼。国土奉献《ほうけん》の神話を明らかにする神事。十二月一日から三日間行われる。諸手船《もろたぶね》　八百穂祭《やほのまつり》　御籤奪《みくじばい》　〔づぶ

濡れのかこかんどりや諸手船　米本成川〕

納《おさめ》の水天宮《すいてんぐう》《をさめのすいてんぐう》　十二月五日、水天宮のその年最後の縁日。　[新]初水天宮　〔水天宮納め参りの雨となり　加山穂渓〕

納《おさめ》の金毘羅《こんぴら》《をさめのこんぴら》　十二月十日、金刀比羅宮のその年最終の縁日。　**終《しま》ひ金毘羅《こんぴら》**　[秋]金刀比羅祭　[新]初金毘羅　〔地下鉄出て終ひ金毘羅の人の中　広瀬きよし〕

義士会《ぎしかい》《ぎしくわい》　十二月十四日、赤穂浪士義挙追慕の催し。　**義士《ぎし》の日《ひ》**　**討入《うちいり》の日《ひ》**　[春]義士祭・大石忌　〔義士の日のいつとはなしの円座かな　吉田鴻司〕

春日若宮御祭《かすがわかみやおんまつり》　奈良市若宮神社（春日《かすが》大社の摂社）の祭礼。十二月十五日から四日間行われる奈良最大の恒例行事。　**御祭《おんまつり》**　〔降る雨が雪に変じておん祭　古屋秀雄〕

後日《ごにち》の能《のう》　奈良市の若宮神社の祭礼の後に上演される能である。十二月十八日に演じられる。　**後宴《ごえん》の能《のう》**　〔大藤の後日の能の御紋かな　河合子丑〕

終天神《しまいてんじん》《しまひてんじん》　十二月二十五日、天満宮の最後の縁日。　[新]初天神　〔万燈や終ひ天神にぎやかに　大場活刀〕

神楽《かぐら》　上古に起こった最も代表的な神事芸能。十二月吉日の夜、宮中で奏せられる神楽にその行儀をとどめる。　**神遊《かみあそ》び**　**庭燎《にわび》**　**神楽笛《かぐらぶえ》**　**御神楽《みかぐら》**　**神楽歌《かぐらうた》**　[夏]夏神楽　[冬]里神楽　[新]初神楽　〔三日月に強く吹くなり神楽笛　阿波野青畝〕

里神楽《さとかぐら》　宮中の神楽に対し、それ以外の諸社で行われる神楽のこと。　[冬]神楽　〔面とればをさな顔なり里神楽　田村了咲〕

夜神楽《よかぐら》　里神楽の一種だが、夜を徹して古風な神事舞が奉ぜられる。日向《ひゅうが》神楽、高千穂神楽などは夜神楽。　**神楽宿**《かぐらやど》　**祝者**《ほしゃ》　〔夜神楽の神と人との間かな　後藤比奈夫〕

竈祓《かまばらい》《かまばらひ》　年末に竈《かまど》を祓い清めて、竈にやどる荒神さまを祭ること。　**荒神祓**《こうじんばらい》　**竈の神祭**《かまどのかみまつり》　**竈祭**《かままつり》　**竈注連**《かましめ》　〔母者人荒神祓ひねもごろに　三橋連水〕

大神宮札配《だいじんぐうふだくばり》　年末に伊勢神宮のお札を各家庭に配って回ること。　〔大神宮のお札配りや青袴　加藤登代子〕

札納《ふだおさめ》　歳末に神社やお寺で新しいお札を受け、古いお札を社寺に返納すること。　**納札**《おさめふだ》　〔かちかちと切火かけけり札納め《ふだをさめ》　岡野知十〕

王子の狐火《おうじのきつねび》《わうじのきつねび》　十二月三十一日の夜、東京王子神社の大榎の下に狐が集まったので、たくさんの狐火がみえたという。　冬狐火　〔かの夜かの人王子狐火見しといふ　大月春天子〕

和布刈神事《めかりのしんじ》　十二月三十一日の深夜から元日の払暁《ふつぎょう》に行われる北九州市和布刈神社の神事。　**和布刈禰宜**《めかりねぎ》　**和布刈**《めかり》　〔おだやかに和布刈神事の夜の明ける　磯野充伯〕

除夜詣《じょやもうで》《ぢよやまうで》　大晦日の夜、社寺に参詣すること。　冬年籠・年越詣　〔願ぎごとのなき幸せの除夜詣　上村占魚〕

年越詣《としこしもうで》《としこしまうで》　節分の夜に社寺に参詣すること。　**節分詣**《せつぶんもうで》　冬除夜詣　〔年越の女中おとしと詣でけり　石田波郷〕

年籠《としごもり》　大晦日の夜、寺社に参籠して年を迎えること。　**年参**《としまいり》　〔みづうみの風の荒《すさ》める年籠

木村蕪城〕

厄塚《やくづか》　節分の夜、京都市吉田神社で行われる疫神祓。**厄塚立**《やくづかた》**つる**　**疫神塚**《やくじんづか》　**吉田大祓**《よしだおおはらえ》　〔しづかなる灰となりたり厄塚は　秋庭貞子〕

春日万燈籠《かすがまんとうろう》　節分の夜と八月十五日の夜、奈良の春日大社で参道の石燈籠、回廊の釣り燈籠に一斉に火をともす行事。**春日の万燈**《かすがのまんとう》　〔幾度もつまづく木の根万灯会　細見綾子〕

納の庚申《おさめのこうしん》《をさめのかうしん》　その年最後の庚申の日の縁日。**果の庚申**《はてのこうしん》　**止め庚申**《とめこうしん》　新初庚申　〔納庚申被《ひ》布《ふ》の老女の後につく　長島幸子〕

仏　教

十夜《じゅうや》《じふや》　陰暦十月五日の夜から十五日まで浄土宗の寺院で行う念仏法要。**お十夜**《じゅうや》　**十夜法要**《じゅうやほうよう》　**十夜念仏**《じゅうやねんぶつ》　**蛸十夜**《たこじゅうや》　**十夜粥**《じゅうやがゆ》　**十夜婆**《じゅうやばば》　**十夜寺**《じゅうやでら》　**十夜僧**《じゅうやそう》　**十夜道**《じゅうやみち》　**十夜堂**《じゅうやどう》　**十夜鐘**《じゅうやがね》　**十夜戻り**《じゅうやもど》　**十夜**《じゅうや》**ともし**　**十夜過**《じゅうやす》**ぎ**　**十夜参**《じゅうやまいり》　冬十夜柿　〔お十夜の雨上りたる夕障子　永井東門居〕

維摩会《ゆいまえ》《ゆゐまゑ》　陰暦十月十六日から七日間、奈良興福寺の維摩経の法会。**興福寺維摩会**《こうふくじゆいまえ》　**浄名会**《じょうみょうえ》　〔維摩会にまゐりて俳諧尊者かな　村上鬼城〕

鉢叩《はちたたき》　十一月十三日の空也忌から四十八日間、空也堂の僧が毎夜念仏と和讃を唱えて洛中洛外を巡ること。**空也念仏**《くうやねんぶつ》　**空也和讃**《くうやわさん》　冬空也忌　〔われもいま半僧半俗鉢叩　森澄雄〕

大師講《だいしこう》《だいしかう》 十一月二十四日。天台大師の忌日に行う法華十講の法会。 **天台大師忌**《てんだいだいしき》 **智者大師忌**《ちしやだいしき》 **天台会**《てんだいえ》 **霜月会**《しもつきえ》 **比叡山法華会**《ひえいざんほっけえ》 **大師粥**《だいしがゆ》 **智慧**《ちえ》**の粥**《かゆ》 〔大原女の比叡登りや大師講 北村花影〕

御取越《おとりこし》 浄土真宗の末寺や在家で本山の修忌の前に繰り上げて報恩講を営むこと。 **引上会**《いんじょうえ》 〔歎異鈔いと朗《ほが》らかに御取越 島田五空〕

報恩講《ほうおんこう》《はうおんかう》 陰暦十一月二十八日。浄土真宗の開祖親鸞上人の忌日法会。 **御正忌**《ごしょうき》 **親鸞忌**《しんらんき》 **御七夜**《おしちや》 **御講**《おこう》 **御仏事**《おぶつじ》 **御霜月**《おしもつき》 **親鸞忌**《しんらんき》 **御講粥**《おこうがゆ》 [冬]御取越・御講凪 〔すすりゐる白湯《さゆ》のあまみや親鸞忌 森 澄雄〕

臘八会《ろうはちえ》《らふはちゑ》 釈迦が悟りを開いたという十二月八日を縁として修する法会。禅宗の寺では座禅修行を行う。 **臘八**《ろうはち》 **成道会**《じょうどうえ》 **臘八接心**《ろうはちせっしん》 **臘八粥**《ろうはちがゆ》 **五味粥**《ごみがゆ》 〔臘八や雪を急げる四方の嶺 阿波野青畝〕

大根焚《だいこんたき》 十二月九日、十日。京都市鳴滝了徳寺で行われる大根煮の行事。 **鳴滝**《なるたき》**の大根焚**《だいこたき》 〔日だまりは婆が占めをり大根焚 草間時彦〕

冬安居《ふゆあんご》 夏安居に対し、冬に行う安居のこと。 **雪安居**《ゆきあんご》 [夏]安居 〔竈燃ゆる音のほかなく雪安居 佐野美智〕

終大師《しまいだいし》《しまひだいし》 十二月二十一日。その年最終の弘法大師の縁日。 **果**《はて》**の大師**《だいし》 **終**《しま》**ひ弘法**《こうぼう》 **納**《おさめ》**の弘法**《こうぼう》 [新]初大師 〔寄り添へる果の大師の老夫婦 原田冬扇〕

仏名会《ぶつみょうえ》《ぶつみやうゑ》 陰暦十二月十九日から三日間、宮中と諸寺で営まれた法会。 **御仏名**《おぶつみょう》 **被綿**《かずけわた》 **仏**《ぶつ》

名《みよう》　〔仏名会燭三千はありぬべし　阿波野青畝〕

除夜《じよや》の鐘《かね》　大晦日の夜十二時に各寺社で百八の煩悩を払うためにつく鐘。**百八《ひやくはち》の鐘《かね》**　冬
除夜《ぢよやのかね》　〔除夜の鐘襷《たすき》かけたる背後より　竹下しづの女〕

どやどや祭《まつり》　一月十四日。大阪の天王寺境内六時堂で行われる裸祭。〔どやどやの掛声叫び声となる　喜多繁子〕

寒《かん》参《まいり》《かんまゐり》　寒三十日、神社や寺院に毎夜参詣する。水垢離、大護摩、お百度、裸参りなどさまざまで、白装束が多い。**裸参《はだかまいり》**　**寒詣《かんもうで》**　〔寒詣かたまりてゆくあはれなり　久保田万太郎〕

寒垢離《かんごり》　寒三十日間、神仏に祈願するため、水を浴びたり、滝に打たれて心身を清浄にする修行。**寒中《かんちゆう》水行《すいぎよう》**　**寒行《かんぎよう》**　〔寒垢離や黒髪といふ煩悩は　鍵和田秞子〕

寒念《かんね》仏《ぶつ》　寒中に太鼓や鉦をたたき、念仏やお題目などを唱え市中を歩く寒行の一つ。**寒念仏《かんねんぶつ》**　〔鎌倉はすぐ寝しづまり寒念仏　松本たかし〕

キリスト教

感謝祭《かんしやさい》　十一月最後の日曜日。メイフラワー号でアメリカに渡った清教徒たちの最初の収穫の喜びを記念する日。**収穫感謝祭《しゆうかくかんしやさい》**　**収穫感謝日《しゆうかくかんしやび》**　〔雉子郎の短冊も売り感謝祭　榎本武次郎〕

待降節《たいこうせつ》《たいかうせつ》　クリスマス前、十一月三十日に最も近い日曜日より始まる四週間。**来降節《らいこうせつ》**　**聖《せい》**

アンドレアの祝日《しゆくじつ》〔鳩舎にも待降節の大掃除　中島久子〕

聖《せい》ザビエル祭《さい》　十二月三日。伝道者フランシスコ・ザビエルの永眠した日。**ザビエル祭《さい》**　**ザビエル忌《き》**〔乳母車ザビエル祭の鐘へ押す　有馬ひろこ〕

クリスマス　十二月二十五日。キリスト誕生の祝日。**降誕祭《こうたんさい》**　**聖誕祭《せいたんさい》**　**聖夜《せいや》**　**クリスマス・イブ**　**クリスマス・キャロル**　**聖歌《せいか》**　**聖樹《せいじゅ》**　**クリスマス・ツリー**　**聖菓《せいか》**　**クリスマス・ケーキ**　**クリスマス・プレゼント**　**サンタクロース**　**サンタ**　**聖夜劇《せいやげき》**　**クリスマス・カード**　**聖餐《せいさん》**　**クリスマス・セール**〔聖樹灯り水のごとくに月夜かな　飯田蛇笏〕

聖《せい》ヨハネの祝《いわ》ひ日《び》　十二月二十七日。福音史家聖ヨハネの忌日。**聖《せい》ヨハネ祭《さい》**〔金星のいよよ大粒ヨハネ祭　永方裕子〕

納弥撒《おさめみさ》《をさめミサ》　カトリック教会のその年最後の弥撒。新初弥撒〔星美し納めの弥撒の夜の鐘　千藤しま〕

公現祭《こうげんさい》　一月六日。神がキリストという人間の姿として出現したことを祝う日。**御公現《ごこうげん》**〔公現祭暮れて星空きらびやか　瀬尾富女〕

聖家族祭《せいかぞくさい》　公現祭後の日曜日。一月十日ごろ。〔聖家族祭の夜の燭外は深雪　徳武神亮〕

御潔め祭《おきよめさい》　二月二日キリスト降誕後四十日目、クリスマス聖節の終わりにあたる祝日。**聖燭祭《せいしょくさい》**　**シメオンの祝日《しゆくじつ》**　**聖燭節《せいしょくせつ》**〔聖燭祭新生児室玻璃厚く　平原玉子〕

忌日

宗鑑忌《そうかんき》　陰暦十月二日。室町後期の連歌師・俳人の祖と称される山崎宗鑑の忌日。天文八年（一五三九）以降没。〔宗鑑忌白く灯しの更けしかな　菅 裸馬〕

慈眼忌《じげんき》　陰暦十月二日。天台宗の僧・天海僧正慈眼大師の忌日。寛永二十年（一六四三）没。**慈眼大師忌**《じげんだいしき》　**東叡山開山忌**《とうえいざんかいざんき》　〔慈眼忌や辛くも降らず町の空　矢代幸一〕

来山忌《らいざんき》　陰暦十月三日。元禄期の浪花の俳人小西来山の忌日。享保元年（一七一六）没、六十三歳。〔花と見る高嶺の雪や来山忌　伊藤松宇〕

達磨忌《だるまき》　陰暦十月五日。禅宗の始祖達磨大師の忌日。梁の大通二年（五二八）没と伝えられる。**初祖忌**《しょそき》　**少林忌**《しょうりんき》　〔筆太に描きたる円や達磨の忌　森 澄雄〕

浪化忌《ろうかき》《らうくわき》　陰暦十月九日。井波瑞泉寺十一世住職、蕉門俳人浪化上人の忌日。元禄十六年（一七〇三）没、三十三歳。〔浪化忌や我も句作る一門徒　名和三幹竹〕

芭蕉忌《ばしょうき》《ばせうき》　陰暦十月十二日。俳聖と尊崇された俳人松尾芭蕉の忌日。元禄七年（一六九四）没、五十一歳。**時雨忌**《しぐれき》　**桃青忌**《とうせいき》　**翁忌**《おきなき》　**翁の忌**《おきなのき》　**芭蕉の忌**《ばしょうのき》　**翁の日**《おきなのひ》　〔時雨忌の人居る窓のあかりかな　前田普羅〕

嵐雪忌《らんせつき》　陰暦十月十三日。俳人服部嵐雪の忌日。宝永四年（一七〇七）没、五十四歳。〔嵐雪忌また時雨かな落葉かな　織田烏不関〕

聖一忌《しょういつき》《しやういつき》　陰暦十月十六日。東福寺の開山・聖一国師円爾《えんに》弁円の忌日。弘安三年（一二八〇）没、七十八歳。**聖一国師忌**《しょういつこくしき》　**東福寺開山忌**《とうふくじかいざんき》　〔吾が師家に乏しき弟子や聖一忌　岩井丘秋〕

尊徳忌《そんとくき》 陰暦十月二十日。江戸末期の篤農家二宮尊徳の忌日。安政三年（一八五六）没、六十九歳。**二宮忌《にのみやき》** 〔茶柱に今日を占ふ尊徳忌　滝本文江〕

几董忌《きとうき》 陰暦十月二十三日。蕪村門の俳人高井几董の忌日。寛政元年（一七八九）没、四十八歳。**晋明忌《しんめいき》** **春夜楼忌《しゅんやろうき》** 〔上京のはづれの寺や几董の忌　後藤千津〕

白秋忌《はくしゅうき》 十一月二日。詩人、歌人また俳句も作った北原白秋の忌日。昭和十七年没、五十七歳。〔菱の実の角むらさきに白秋忌　中尾杏子〕

原敬忌《はらけいき》 十一月四日。平民宰相といわれた原敬の忌日。大正十年（一九二一）没、六十五歳。〔大臣の失言重ね原敬忌　田上冬耕子〕

桂郎忌《けいろうき》《けいらうき》 十一月六日。俳人石川桂郎の忌日。昭和五十年没、六十六歳。〔桂郎忌天より烏瓜《からすうり》はづす　神蔵　器〕

亜浪忌《あろうき》《あらうき》 十一月十一日。俳人臼田亜浪の忌日。昭和二十六年没、七十一歳。**亜浪の忌《あろうき》** 〔死ぬものは死に亜浪忌も古りにけり　松崎鉄之介〕

空也忌《くうやき》 陰暦十一月十三日。平安中期の高僧空也上人の忌日。天禄三年（九七二）没、六十九歳。**空也念仏《くうやねんぶつ》** **空也堂踊念仏《くうやどうおどりねんぶつ》** **焼香念仏《しょうこうねんぶつ》** [冬]鉦叩 〔空也忌の十三夜月端山《はやま》より　飯田龍太〕

貞徳忌《ていとくき》 陰暦十一月十五日。江戸前期の歌人・貞門俳諧の祖松永貞徳の忌日。承応二年（一六五三）没、八十三歳。〔茶柱がたちて閑《のど》かや貞徳忌　柴田白葉女〕

碧童忌《へきどうき》 十一月十七日。俳人小沢碧童の忌日。昭和十六年没、六十一歳。〔江戸橋の時雨

に逢ひぬ碧童忌　村林星汀〕

秋声忌《しゅうせいき》　十一月十八日。小説家徳田秋声の忌日。昭和十八年没、七十二歳。〔楽土なき踊場の楽秋声忌　黒田桜の園〕

一茶忌《いっさき》　陰暦十一月十九日。俳人小林一茶の忌日。文政十年（一八二七）没、六十五歳。**一**《いっ》**茶の忌**《さき》　〔一茶忌や父を限りの小百姓　石田波郷〕

勇　忌《いさむき》　十一月十九日。歌人吉井勇の忌日。昭和三十五年没、七十四歳。**かにかく忌**《き》　**紅燈忌**《こうとうき》　〔勇忌の昼より酒や日短し　渡辺笑鬼郎〕

八一忌《やいちき》　十一月二十一日。歌人・書家会津八一の忌日。昭和三十一年没、七十五歳。**八一**《やいち》**の忌**《き》　**秋艸忌**《しゅうそうき》　**渾斎忌**《こんさいき》　〔墨すれば鳴く山鳩よ八一の忌　松田百合子〕

波郷忌《はきょうき》《はきやうき》　十一月二十一日。俳人石田波郷の忌日。昭和四十四年没、五十六歳。**忍冬忌**《にんとうき》　**風鶴忌**《ふうかくき》　**惜命忌**《しゃくみょうき》　**波郷の忌**《はきょうのき》　〔波郷忌のパリの寒さのなかにをり　佐川広治〕

近松忌《ちかまつき》　陰暦十一月二十二日。江戸中期の浄瑠璃・歌舞伎の脚本作家近松門左衛門の忌日。享保九年（一七二四）没、七十二歳。**巣林子忌**《そうりんしき》　〔舟二つ見えて日暮るる近松忌　関戸靖子〕

時頼忌《ときよりき》　陰暦十一月二十二日。鎌倉幕府の執権北条時頼の忌日。弘長三年（一二六三）没、三十六歳。〔大寺に籠る寒さや時頼忌　石塚友二〕

一葉忌《いちようき》《いちえふき》　十一月二十三日。明治の閨秀小説家樋口一葉の忌日。明治二十九年（一八九六）没、二十四歳。〔石蹴りの子に道きくや一葉忌　久保田万太郎〕

三島忌《みしまき》　十一月二十五日。小説家三島由紀夫の忌日。昭和四十五年没、四十五歳。**憂国忌**《ゆうこくき》　**由紀夫忌**《ゆきおき》　**三島の忌**《みしまき》　〔三島の忌顳顬《こめかみ》酒の巡りをり　林　省吾〕

龍雨忌《りゅううき》　十二月三日。俳人増田龍雨の忌日。昭和九年没、六十一歳。**竜雨の忌**《りゅううき》　〔竜雨忌や歯のゆるびたる日和下駄　田口農夫〕

漱石忌《そうせきき》　十二月九日。明治・大正の文豪夏目漱石の忌日。大正五年（一九一六）没、四十九歳。〔うす紅の和菓子の紙や漱石忌　有馬朗人〕

慧玄忌《えげんき》　陰暦十二月十二日。妙心寺の関山慧玄禅師の忌日。延文五年（一三六〇）没。**関山忌**《かんざんき》　**無相忌**《むそうき》　**妙心寺開山忌**《みょうしんじかいざんき》　〔無相忌の鐘に雪雲うごくなり　遠山麦浪〕

吉良忌《きらき》　陰暦十二月十五日。幕臣高家吉良義央の忌日。元禄十五年（一七〇二）没、六十一歳。**義央忌**《ぎおうき》　**吉良の忌**《きらのき》　**高家の忌**《こうけのき》　〔吉良の忌の書院に庫裏《くり》に客溢れ　米津一洋〕

青邨忌《せいそんき》　十二月十五日。俳人山口青邨の忌日。昭和六十三年没、九十六歳。〔青邨忌陶淵明の菊活けて　東　連翹〕

良弁忌《ろうべんき》《らうべんき》　陰暦十一月十六日。奈良東大寺開山良弁大僧正の忌日。宝亀四年（七七三）没、八十四歳。〔邪鬼を踏む鷲の絵馬あり良弁忌　木村夫美〕

石鼎忌《せきていき》　十二月二十日。俳人原石鼎の忌日。昭和二十六年没、六十五歳。〔雁がねのそのゝち知らず石鼎忌　原　裕〕

大燈忌《だいとうき》　陰暦十二月二十二日。紫野大徳寺の開山大燈国師宗峰妙超《みょうちょう》の忌日。延元元年（一三三六）没、五十五歳。**大燈国師忌**《だいとうこくしき》　**大徳寺開山忌**《だいとくじかいざんき》　〔大燈忌室の戸をあけて菜種あり

秋田握月〕

青畝忌《せいほき》　十二月二十二日。俳人阿波野青畝の忌日。平成四年没、九十三歳。**万両忌**《まんりょうき》〔尼寺に小人数なる万両忌　森田 峠〕

几圭忌《きけいき》　陰暦十二月二十三日。蕪村門の俳人高井几圭の忌日。宝暦十年（一七六〇）没、七十三歳。**几圭の忌**《きけいのき》〔几圭忌や山門を吹き抜ける雨　武藤美登利〕

蕪村忌《ぶそんき》　陰暦十二月二十五日。俳諧中興の祖、俳人・画家与謝蕪村の忌日。天明三年（一七八三）没、六十八歳。**春星忌**《しゅんせいき》　**夜半亭忌**《やはんていき》　**蕪村の忌**《ぶそんのき》〔うつくしき炭火蕪村の忌たりけり　岸風三楼〕

哲郎忌《てつろうき》《てつらうき》　十二月二十六日。哲学者和辻哲郎の忌日。昭和三十五年没、七十一歳。〔白け枯る数珠玉和辻哲郎忌　磯部良夫〕

横光忌《よこみつき》　十二月三十日。小説家横光利一の忌日。昭和二十二年没、四十九歳。**利一忌**《りいちき》〔マロニエの細枝《ほそえ》の空や横光忌　米谷静二〕

鉄斎忌《てつさいき》　十二月三十一日。明治・大正の南画家富岡鉄斎の忌日。大正十三年（一九二四）没。〔四暢図《しちょうず》の墨豊かなり鉄斎忌　相生垣瓜人〕

寅彦忌《とらひこき》　十二月三十一日。科学者・随筆家寺田寅彦の忌日。昭和十年没、五十七歳。**冬彦忌**《ふゆひこき》　**寅日子忌**《とらひこき》〔珈琲の苦味かぐはし寅彦忌　牧野寥々〕

一碧楼忌《いつぺきろうき》　十二月三十一日。俳人中塚一碧楼の忌日。昭和二十一年没、五十九歳。〔炭割つて一碧楼忌家居せむ　藤田 尚〕

才麿忌《さいまろき》　陰暦一月二日。元禄の俳人椎本才麿の忌日。元文三年（一七三八）没、八十二歳。〔才麿忌財布《さいふ》に偽《にせ》の小判あり　角川春樹〕

野坡忌《やばき》　陰暦一月三日。蕪門の俳人志太野坡の忌日。元文五年（一七四〇）没、七十七歳。**野坡の忌**《やばき》〔野坡の忌や俳諧の道古きより　島元義之助〕

夕霧忌《ゆうぎりき》　陰暦一月六日。大阪新町の遊女夕霧太夫の忌日。延宝六年（一六七八）没、二十六歳。〔大坂の朧夜さても夕霧忌　山上樹実雄〕

良寛忌《りょうかんき》　陰暦一月六日。江戸後期の禅僧・歌人良寛法師の忌日。天保二年（一八三一）没、七十三歳。〔綿虫の日に漂へる良寛忌　鈴木たか子〕

義政忌《よしまさき》　陰暦一月七日。足利幕府八代将軍足利義政の忌日。延徳二年（一四九〇）没、五十六歳。**慈照院殿忌**《じしょういんでんき》〔義政忌北山しぐれ今日も池に　久保山巨明〕

豊国忌《とよくにき》　陰暦一月七日。浮世絵師初代歌川豊国の忌日。文政八年（一八二五）没、五十七歳。〔豊国忌浮世絵の世ぞなつかしき　山岸静子〕

青々忌《せいせいき》　一月九日。俳人松瀬青々の忌日。昭和十二年没、六十九歳。〔女野に声ひろがらす青々忌　宮下歌梯〕

頼朝忌《よりともき》　陰暦一月十三日。鎌倉幕府初代将軍源頼朝の忌日。正治元年（一一九九）没、五十三歳。〔頼朝忌雨だれ絞る松の瘤　秋元不死男〕

一蝶忌《いっちょうき》　陰暦一月十三日。江戸期の画家英《はなぶさ》一蝶の忌日。享保九年（一七二四）没、七十二歳。〔絹本の墨色浅し一蝶忌　黒田桜の園〕

土芳忌《どほうき》《どはうき》　陰暦一月十八日。蕉門の俳人服部土芳の忌日。享保十五年（一七三〇）没、七十四歳。〔城の上に雲の冷たき土芳の忌　葭葉悦子〕

秀　哉忌《しゅうさいき》《しうさいき》　一月十八日。囲碁の名人本因坊秀哉の忌日。昭和十五年没、六十六歳。〔鶴の如き師の俤よ秀哉忌　柳田泰雲〕

遍昭忌《へんじょうき》《へんぜうき》　陰暦一月十九日。平安初期の歌人・僧、僧正遍昭の忌日。寛平二年（八九〇）没、七十五歳。〔仁和寺の僧もまゐりぬ遍昭忌　太刀川桑園〕

徂徠忌《そらいき》　陰暦一月十九日。江戸中期の儒学者荻生徂徠の忌日。享保十三年（一七二八）没、六十二歳（一説に六十三歳）。〔徂徠忌や其角と並び住みし町　池之上信一〕

義仲忌《よしなかき》　陰暦一月二十日。平安末期の武将源義仲の忌日。寿永三年（一一八四）没、三十歳。〔紅梅を近江に見たり義仲忌　森　澄雄〕

乙字忌《おつじき》　一月二十日。俳論家・俳人大須賀乙字の忌日。大正九年（一九二〇）没、三十九歳。**寒雷忌**《かんらいき》　**二十日忌**《はつかき》〔玻璃窓の夜空うつくし乙字の日　金尾梅の門〕

久女忌《ひさじょき》《ひさぢよき》　一月二十一日。俳人杉田久女の忌日。昭和二十一年没、五十七歳。〔久女忌の空に瑕瑾《かきん》のなかりけり　黛まどか〕

黙阿弥忌《もくあみき》　一月二十二日。幕末・明治の歌舞伎狂言作者川竹黙阿弥の忌日。明治二十六年（一八九三）没、七十七歳。〔殺し場のやうな月出て黙阿弥忌　中　火臣〕

葦平忌《あしへいき》　一月二十四日。小説家火野葦平の忌日。昭和三十五年没、五十三歳。〔ちり鍋の湯気に顔いれ葦平忌　村田黒潮〕

契沖忌《けいちゅうき》　陰暦一月二十五日。江戸前期の国学者・歌人下川契沖の忌日。元禄十四年（一七〇一）没、六十三歳。〔契沖忌昼月を見つつ坂のぼる　山下陸史〕

実朝忌《さねともき》　陰暦一月二十七日。鎌倉幕府第三代将軍・歌人源実朝の忌日。承久元年（一二一九）没、二十七歳。**金槐忌**《きんかいき》〔松籟の武蔵ぶりかな実朝忌　石田波郷〕

草城忌《そうじょうき》　一月二十九日。俳人日野草城の忌日。昭和三十一年没、五十五歳。**凍鶴忌**《いてづるき》　**銀忌**《しろがねき》　**鶴唳忌**《かくれいき》〔風邪臥《ふ》しの背骨の疼《うず》く草城忌　伊丹三樹彦〕

碧梧桐忌《へきごとうき》　二月一日。子規門の高弟、俳人河東碧梧桐《かわひがし》の忌日。昭和十二年没、六十四歳。**寒明忌**《かんあけき》〔白鳥の吃水《きっすい》ふかき寒明忌　鈴木裕之〕

動物

四足動物

熊《くま》　四国・九州・本州にいるのが月輪熊。北海道に棲息しているのが羆《ひぐま》。**羆**《ひぐま》　**赤熊**《あかぐま》　**白熊**《しろくま》　**黒熊**《くろくま》　**月輪熊**《つきのわぐま》　**熊出る**《くまで》　**熊飼ふ**《くまか》　㊙熊の架〔羆《ひぐま》見て来し夜大きな湯にひとり　本宮鉄太郎〕

熊穴に入る《くまあないる》　熊は翌年の雪解けまで、樹の穴や洞穴で冬ごもりする。**穴熊**《あなぐま》〔熊穴に入り蕭条

たる山河　氏家まもる〕

冬《とう》眠《みん》　蛇、亀、蛙などの動物が冬の間、土の中や穴の中で眠るように過ごすこと。冬眠《とうみん》す　蛇冬眠《へびとうみん》　亀冬眠《かめとうみん》　〔冬眠の蝮《まむし》のほかは寝息なし　金子兜太〕

貛《あなぐま》　イタチ科の動物で、狸によく似ているので混同される。あなほり　狢《むじな》　ささぐま　〔遠く近く夜番の声に似て狢　市村究一郎〕

冬《ふゆ》の鹿《しか》　冬になると鹿の白斑は消え、灰褐色となり、保護色を呈する。冬鹿《ふゆじか》　春落し角　夏鹿の子　秋鹿・角切　〔うち臥して冬鹿地より暗き背よ　井沢正江〕

羚《かも》鹿《しか》　本州・四国・九州の険しい山に住む山羊に似た動物。特別天然記念物。かもしし　くらしし　あをしし　〔羚羊の足跡デブリにて絶えし　福田蓼汀〕

狐《きつね》　夜行性の肉食の動物。赤狐《あかぎつね》　黒狐《くろぎつね》　銀狐《ぎんぎつね》　千島狐《ちしまぎつね》　北狐《きたきつね》　寒狐《かんぎつね》　狐鳴《きつねな》く　狐飼《きつねか》ふ　冬狐火・狐罠　〔吉次越《きちじごえ》狐の径《みち》となりて絶ゆ　水原秋櫻子〕

狸《たぬき》　平地や低山に棲み、人家近くにも出没する。たのき　子狸《こだぬき》　狸飼《たぬきか》ふ　冬狸汁・狸罠　〔子狸も親に似てゐるふぐりかな　青木月斗〕

鼬《いたち》　敵に追われ窮すると肛門線から悪臭を放つ。鼬《いたち》の道《みち》　鼬走《いたちはし》る　冬鼬罠　〔火の見櫓《やぐら》の下にて顔出す鼬の仔　池上樵人〕

貂《てん》　森林に棲み、夜、小動物を捕食する。その毛皮は高級品。〔貂隠る樹頭の散り葉俄かなり　細田雨渓〕

むささび　栗鼠《りす》に似ており、肢間に飛膜があって木の梢から滑空する。夜行性の温和な動物。

ももんが　晩鳥《ばんどり》〔むささびや大きくなりし夜の山　三橋敏雄〕

狼《おおかみ》《おほかみ》 行動は機敏で、鳴き声に独特のものがある。**山犬**《やまいぬ》　**ぬくて**　**狼吠**《おおかみほ》**ゆ**　**狼**《おおかみ》**の声**《こえ》〔絶滅のかの狼を連れ歩く　三橋敏雄〕

獐《のろ》 朝鮮半島・中国・シベリアに分布する小型の鹿類だが角はない。夏毛は狐色、冬毛は淡い灰褐色になる。**のろしか**〔獐の眼のやさしその顔なほやさし　細木茂子〕

兎《うさぎ》 行動が敏捷・活発で、繁殖力も強い。肉は食用、毛は筆にする。**野兎**《のうさぎ》　**飼兎**《かいうさぎ》　**黒兎**《くろうさぎ》　**白兎**《しろうさぎ》　[冬]兎狩〔撃たれし血口に含みて兎死す　野見山朱鳥〕

寒猿《かんえん》《かんゑん》 冬に発情期を迎える猿は、かん高く哀傷の声で鳴く。**猿**《さる》**さかる**〔落葉して腸《はらわた》寒し猿の声　立花北枝〕

寒犬《かんけん》 寒中の犬のこと。寒夜に犬の遠吠えを聞くのは心に迫る。**冬**《ふゆ》**の犬**《いぬ》　**雪**《ゆき》**の犬**《いぬ》〔壮行や深雪に犬のみ腰をおとし　中村草田男〕

竈猫《かまどねこ》 竈の上や、灰のぬくみにもぐり込んだ猫。**かじけ猫**《ねこ》　**灰猫**《はいねこ》　**へつつひ猫**《ねこ》　**炬燵猫**《こたつねこ》　[春]猫の子・猫の恋〔何もかも知つてをるなり竈猫　富安風生〕

鯨《くじら》《くちら》 哺乳類で、肉は食用になる。現在、捕獲が禁止されている。**勇魚**《いさな》　**抹香鯨**《まっこうくじら》　**長須**《ながすく》**鯨**《じら》　**座頭鯨**《ざとうくじら》　**背美鯨**《せみくじら》　**鯨潮吹**《くじらしおふ》**く**　[夏]晒鯨　[冬]鯨汁・捕鯨〔鯨の血流れて砂に溜りけり　吉武月二郎〕

海豚《いるか》 鯨類のうち体長が五メートル以下の小型の種類を指す。**真海豚**《まいるか》　**海豚狩**《いるかがり》〔海豚跳ぶ玄界灘を渡るなり　小坂順子〕

海馬《とど》 樺太・千島・北海道など太平洋北部に棲息する食肉目アシカ科の海獣。**海馬追**《とどお》**ふ** **見**《み》**張**《は》**り海馬**《とど》 **海馬**《とど》**の群**《むれ》 〔流氷に海馬乗り来たる礼文島 川村舟月〕

鳥

鷹《たか》 日本の猛禽類を代表する鳥。**大鷹**《おおたか》 **蒼鷹**《もろがえり》 **小鷹**《こたか》 **刺羽**《さしば》 **鷹**《たか》**の目**《め》 **鷹舞**《たかま》**ふ** **鷹**《たか》**の羽**《はね》 **寒鷹**《かんだか》 **鷹**《たか》**の声**《こえ》 **鷹鳴**《たかな》**く** **鷹飛**《たかと》**ぶ** **鷹**《たか》**の天**《てん》 **鷹**《たか》**の面**《つら》 春鷹の巣 秋鷹渡る 冬鷹狩・鷹匠 〔裏山の骨の一樹は鷹の座ぞ 角川春樹〕

隼《はやぶさ》 中型の鷹の一種。中空から急降下して獲物を捕らえる。**隼飛**《はやぶさと》**ぶ** 〔一本松隼がゐて日当れり 宮津昭彦〕

鷲《わし》 鳥の中では最大の体をもち、勇猛なので鳥の王といわれる。**犬鷲**《いぬわし》 **尾白鷲**《おじろわし》 **荒鷲**《あらわし》 **大**《おお》**鷲**《わし》 **磯鷲**《いそわし》 **鷲**《わし》**の眼**《め》 **鷲飛**《わしと》**ぶ** 春鷲の巣 〔檻の鷲さびしくなれば羽搏《はねう》つかも 石田波郷〕

暖鳥《ぬくめどり》 鷹が寒夜に鳥を捕らえ、その体温で自分の足を温ため、翌朝放つという空想上の季題。〔暖鳥の伽《とぎ》参らせむ寝仏に 古市狗之〕

冬《ふゆ》**の鳥**《とり》 冬に見かける鳥の総称。**寒禽**《かんきん》 **冬**《ふゆ》**の鳶**《とび》 **冬**《ふゆ》**の鳩**《はと》 〔寒禽の取り付く小枝あやまたず 西村和子〕

寒苦鳥《かんくどり》 インド大雪山に棲むといわれる想像上の鳥。〔寒苦鳥母をぞ恋ふる夜の写経 小林俠子〕

冬《ふゆ》**の雁**《かり》 秋に渡って来た雁は、冬の間、池沼や湿地などに棲みつく。**冬雁**《ふゆかり》 **寒雁**《かんがん》 **寒**《かん》**のかりが**

ね　[春]雁帰る　[秋]雁　〔冬の雁の腹まざと見しさびしさよ　安住 敦〕

冬《ふゆ》の鷺《さぎ》　鷺には留鳥と漂鳥があるが、前者のこと。「残り鷺」は漂鳥のうち、帰りそこねて日本に残った鷺。**冬鷺《ふゆさぎ》**　**残《のこ》り鷺《さぎ》**　[夏]青鷺・白鷺　〔浦安の海また痩せて冬の鷺　高木喬一〕

冬《ふゆ》の鵙《もず》　鵙は冬になると鳴き止む。**寒《かん》の鵙《もず》**　**冬鵙《ふゆもず》**　**寒鵙《かんもず》**　**凍鵙《いてもず》**　[春]春の鵙　[秋]鵙　〔天辺に個をつらぬきて冬の鵙　福田甲子雄〕

冬《ふゆ》の鶯《うぐいす》《ふゆのうぐひす》　鶯は秋冬の越冬期になると人里に降り、チャッ、チャッと地鳴きする。**冬鶯《ふゆうぐいす》**　**寒鶯《かんおう》**　[春]鶯　[夏]老鶯　[冬]笹鳴　[新]初鶯　〔信楽《しがらき》の壺に陽当り冬鶯　伊藤敬子〕

笹《ささ》鳴《なき》　冬の鶯のチャッ、チャッという地鳴きのこと。笹子はその年生まれの幼鳥。**笹鳴《ささな》く**　**笹子《ささご》鳴《な》く**　**笹子《ささご》**　**鶯《うぐいす》の子《こ》鳴《な》く**　[春]鶯　[夏]老鶯　[冬]冬の鶯　[新]初鶯　〔笹鳴をききゐて眼《まなこ》遠く置く　森 澄雄〕

冬雲雀《ふゆひばり》　冬の雲雀のこと。暖かい日などにまれに見られる。**寒雲雀《かんひばり》**　**冬《ふゆ》の雲雀《ひばり》**　[春]雲雀　[夏]夏雲雀　〔瞑《めつむ》りて冬の雲雀を聴きゐるしか　安住 敦〕

寒《かん》雀《すずめ》　寒中の雀。ふくら雀は、羽毛に空気をとり入れ、羽をふくらませている雀のこと。**冬雀《ふゆすずめ》**　**凍雀《いてすずめ》**　**ふくら雀《すずめ》**　[春]雀の子　[新]初雀　〔寒雀身を細うして闘へり　前田普羅〕

寒《かん》鴉《がらす》　冬の鴉のこと。**寒鴉《かんあ》**　**冬鴉《ふゆがらす》**　[春]鳥の巣　[夏]鳥の子　[新]初鴉　〔寒鴉巳《し》が影の上におりたちぬ　芝不器男〕

雪《ゆき》鳥《どり》　雪中の鳥。餌を求めあぐねたり、凍てかじかんでいたりしているさま。**凍鳥《いてどり》**　**かじけ**

鳥《どり》　**凍死鳥**《とうしちょう》〔雪鳥の鴨と諍ふ昼餉かな　佐川広治〕

梟《ふくろう》

木菟《みみずく》と同種だが、木菟より大きく、羽角《うかく》がない。**梟鳴**《ふくろうな》**く**　**梟淋**《ふくろうさび》**し**〔梟や机の下も風棲《す》める　木下夕爾〕

木菟《みみずく》

梟と同属。耳のように見える飾羽をもち、独特の鳴き声。**木菟**《ずく》　**五郎助**《ごろすけ》　**木菟鳴**《ずくな》**く**　**木菟**《ずく》**の耳**《みみ》　【夏】青葉木菟〔木菟啼けよ虚空の奥に虚空あり　赤尾兜子〕

越冬燕《えっとうつばめ》

燕は秋になると南方へ帰るが、温暖の地で冬になっても帰らず、定着している燕。**冬燕**《ふゆつばめ》　**通し燕**《とおしつばめ》　【春】燕　【夏】燕の子　【秋】燕帰る〔越冬燕雲の切れどの萱山に　皆川盤水〕

鷦鷯《みそさざい》

茶褐色で小さい鳥。冬、人里近く姿を見せる。**三十三才**《みそさざい》　**冑蝶**《かぶとちょう》　**巧婦鳥**《たくみどり》〔みそさゞいちゝといふても日が暮《くる》る　小林一茶〕

水鳥《みずどり》

鴨《かも》・鳰《にお》・雁《かり》・鷗《かもめ》などの水に浮かぶ鳥の総称。水に浮いたまま眠っているのを浮寝鳥という。**浮寝鳥**《うきねどり》　**浮寝**《うきね》**の鳥**《とり》　**水禽**《すいきん》〔一羽また浮寝の鳥となりに来る　後藤兼志〕

鴨《かも》

秋、飛来し、春、北方に帰る。種類が多く、羽色もさまざま。**真鴨**《まがも》　**小鴨**《こがも》　**味鴨**《あじがも》　**鈴鴨**《すずがも》　**葦鴨**《あしがも》　**あぢむら**　**鴨鳴**《かもな》**く**　**鴨**《かも》**の声**《こえ》　**夕鴨**《ゆうがも》　**鴨**《かも》**の群**《むれ》　**鴨翔**《かもた》**つ**　**鴨**《かも》**の陣**《じん》　【春】引鴨・春の鴨　【夏】通し鴨・夏鴨・鴨の子　【秋】初鴨〔海くれて鴨の声ほのかに白し　松尾芭蕉〕

鴛鴦《おしどり》

雌雄離れず、つがいで行動する華やかな水鳥。**をし**　**思羽**《おもいば》　**番鴛鴦**《つがいおし》　**離れ鴛鴦**《はなれおし》　**鴛鴦**《おし》**の沓**《くつ》　**鴛鴦**《おし》**の契**《ちぎり》　**鴛鴦**《おし》**の衾**《ふすま》　**鴛鴦**《おし》**の池**《いけ》　**鴛鴦**《おし》**の水**《みず》　**鴛鴦**《おし》**美**《うつく》**し**〔鴛鴦に月のひかりのかぶさり来　阿波野青畝〕

千鳥《ちどり》

昼は海上、夜は渚や浜辺を歩き回る。哀調のある鳴き声。**鵆**《ちどり》　**鴴**《ちどり》　**磯千**《いそち》**鳥**《どり》　**浜千**《はまち》**鳥**《どり》

川千鳥《かわちどり》　海千鳥《うみちどり》　浦千鳥《うらちどり》　千鳥鳴《ちどりな》く　遠千鳥《とおちどり》　夜の千鳥《よのちどり》　群千鳥《むれちどり》　友千鳥《ともちどり》　夕千鳥《ゆうちどり》　小夜千鳥《さよちどり》　夕波千鳥《ゆうなみちどり》　〔磯ちどり足をぬらして遊びけり　与謝蕪村〕

田鳧《たげり》　チドリ科の鳥で、冬北方から渡ってくる。全長三一センチくらい、ミャー、ミューと鳴く。　[夏]鳧　〔田鳧にも母郷かなしと遠目ぐせ　野村浜生〕

鳰《かいつぶり》　湖や沼などに棲む留鳥。水中に潜って魚をとる。にほ　にほ鳥《どり》　いよめ　むぐり　赤襟《あかえり》　鳰《かいつぶり》　鳰潜《におかず》く　鳰《にお》くぐる　鳰浮《におうか》ぶ　鳰鳴《におな》く　鳰《にお》の湖《うみ》　[夏]鳰の子　〔かいつぶり人は夕映え着て帰る　林　翔〕

都鳥《みやこどり》　百合鷗《ゆりかもめ》の別名。鷗よりやや小さく、翼は淡灰色でほかは白。百合鷗《ゆりかもめ》　〔都鳥狂女のあはれ今もあり　池内友次郎〕

冬鷗《ふゆかもめ》　冬、北から渡ってくる冬鳥。　〔浮寝していかなる白の冬鷗　森　澄雄〕

鶴《つる》　瑞鳥《ずいちょう》とされてきた鳥。日本で越冬する。丹頂《たんちょう》　真鶴《まなづる》　鍋鶴《なべづる》　田鶴《たづる》　[春]引鶴　[秋]鶴来る　〔天に鶴満ちて鶴より他はなき　邊見京子〕

凍鶴《いてづる》　鶴の身じろぎもせぬ姿を寒気に凍てた姿と見立てた。鶴凍《つるい》つ　凍《い》てし鶴《つる》　霜《しも》の鶴《つる》　霜夜《しもよ》の鶴《つる》　[春]引鶴　[秋]鶴来る　[冬]鶴　〔去年《こぞ》の鶴去年のところに凍てにけり　水原秋櫻子〕

七面鳥《しちめんちょう》　頭と頸とに皺のある皮膚が裸出しており、それが種々に変化する。　〔七面鳥《しちめんてう》の裏声人等泡立つ夜　成田千空〕

白鳥《はくちょう》　シベリア東部で繁殖し、十一月ごろ日本に渡ってくる。全身純白で頸の長い大型の水鳥。スワン　鵠《くぐい》　黒鳥《こくちょう》　大白鳥《おおはくちょう》　白鳥来《はくちょうく》る　白鳥翔《はくちょうた》つ　[春]白鳥帰る　〔白鳥《はくてう》といふ

一巨花を水に置く　中村草田男〕

海雀《うみすずめ》　よく太った海鳥で、魚群を追って群れ、漁師の出漁の目標になる。〔海苔麁朶《のりそだ》の月飛び交す海雀　安斎桜磈子〕

魚　介

鮫《さめ》　紡錘形の大型の猛魚。大きなものを鱶《ふか》という。**鱶**《ふか》　**撞木鮫**《しゅもくざめ》　**葭切鮫**《よしきりざめ》　**猫鮫**《ねこざめ》　〔日輪のかゞよふ潮の鮫をあぐ　水原秋櫻子〕

鰰《はたはた》　秋田・山形地方の沿岸で多くとれる、一五センチほどの平たい魚。**雷魚**《はたはた》　**かみなり魚**《うお》　〔雷魚の青き目玉が火に落ちし　土谷青斗〕

魴鮄《ほうぼう》　赤色の海底魚で、鰾《うきぶくろ》を用いて大きな音を出す。〔釣り上げし魴鮄《はうばう》も鳴く寒さかな　高木朱星〕

方頭魚《かながしら》　ホウボウ科の魚。魴鮄より胸鰭が大きくない。**金頭**《かながしら》　**火魚**《ひうお》　〔魚棚に雪かぶり方頭魚赤し　岩木年女〕

鮪《まぐろ》　体長二メートル余の遠洋回遊魚。成長に従って、小さいのをめじ、成長したものを鮪。さらに大きくなったものをしびともいう。**鮪釣る**《まぐろつ》　**鮪舟**《まぐろぶね》　**鮪網**《まぐろあみ》　**大鮪**《おおまぐろ》　**黒鮪**《くろまぐろ》　**しび**　**めばち**　冬　**葱鮪**《ねぎま》　〔此の岸の淋しさ鮪ぶち切らる　加倉井秋を〕

旗魚《かじき》　旗魚鮪と呼ばれるが、鮪とは別種。肉は美味で刺身、バター焼きにする。**旗魚鮪**《かじきまぐろ》　**めかじき**　〔悪童のごとく旗魚《かぢき》の横たはる　福島頬魚〕

鱈《たら》 体長七〇センチほどの海魚で味は淡泊。北陸以北でとれる。**雪魚**《たら》 **真鱈**《まだら》 **本鱈**《ほんだら》 **鱈場**《たらば》 **鱈船**《たらぶね》 **鱈網**《たらあみ》 [春]干鱈 [冬]助宗鱈 〔オホツクの鱈あげて街汚れけり 岡村浩村〕

助宗鱈《すけそうだら》 タラ科に属する魚で、鱈よりもからだが細い。鱈子の採れる雌がことに珍重される。**介党鱈**《すけとうだら》 **佐渡鱈**《さどだら》 **明太魚**《めんたいぎょ》 **紅葉子**《もみじこ》 [冬]鱈 〔助宗鱈干されて襤褸《ぼろ》となりにけり 千葉 仁〕

初鰤《はつぶり》 十二月初めにとれた鰤をとくに初鰤として珍重したもの。〔初鰤に此灘町の人気かな 原 石鼎〕

鰤《ぶり》 成長にしたがって名前の変わる出世魚。近海へ回遊するものが寒鰤で、脂がのってとくに美味。**寒鰤**《かんぶり》 **大鰤**《おおぶり》 **鰤**《ぶり》**の海**《うみ》 [夏]いなだ 〔頭なき鰤が路上に血を流す 山口誓子〕

霜月鰈《しもつきがれい》《しもつきがれひ》 冬にとれた鰈をいう。石鰈・真子鰈《まこがれい》など。**寒鰈**《かんがれい》 [春]干鰈 〔寒鰈箸こまやかに食ふべけり 草間時彦〕

鯥《むつ》 六〇センチほどの深海魚で、身は淡泊。卵巣は鯥の子といい美味。**寒鯥**《かんむつ》 〔寒鯥は口に余れる目のうまし 山志田以代〕

寒鯛《かんだい》《かんだひ》 ベラ科の海魚で、冬には深海にいて味がよくなる。**冬**《ふゆ》**の鯛**《たい》 [春]桜鯛・鯛網 [夏]黒鯛・石鯛・麦藁鯛 〔寒鯛の煮凍《にこご》り箸に挟みけり 原 石鼎〕

甘鯛《あまだい》《あまだひ》 旬は冬季で、塩焼・照焼にもするが、味噌漬が最も賞味される。**赤甘鯛**《あかあまだい》 **白甘鯛**《しろあまだい》 **黄甘鯛**《きあまだい》 〔甘鯛の味噌漬もよし京泊り 矢尾板連草〕

金目鯛《きんめだい》《きんめだひ》 体色は赤く、目が金色で大きい深海魚で、煮つけ、ちり鍋などにする。**錦鯛**《にしきだい》 〔金目鯛大き虹彩の目を持てる 山本 卓〕

金糸魚《いとより》 体長四〇センチほどの鯛型の美しい魚。糸を撚《よ》るようにして泳ぐ。 **糸撚鯛**《いとよりだい》 **糸振**《いとより》 **金線魚**《せんぎょ》 〔金の糸身にちりばめて金線魚　名和隆志〕

鮟鱇《あんこう》《あんかう》 体長一メートル前後の深海魚で、琵琶の形から琵琶魚ともいう。身よりも内臓がうまく、主にちり鍋にする。 **琵琶魚**《びわぎょ》 冬 鮟鱇鍋 〔鮟鱇の骨まで凍ててぶちきらる　加藤楸邨〕

鍋破《なべこわし》《なべこはし》 北日本以北に棲む海魚で味噌汁にして美味。鍋の底まで食べつくすので底がこわれることからの名。〔天窓を鴉がのぞく鍋破　小川千賀〕

寒鰡《かんぼら》 冬は、浅海から海の底へ移るが、このころ脂がのる。 **寒の鰡**《かんのぼら》 **日出鰡**《ひのでぼら》 **盲鰡**《めくらぼら》 **寒鰡釣**《かんぼらつり》 秋 鰡 〔娼家の灯寒鰡つりにはやともり　吉川葵山〕

落鱸《おちすずき》 冬場には比較的暖かい深みに移る。このころの鱸のこと。 **はらふと** 秋 鱸 〔落鱸入江の蘆は日々に折れ　高浜閑歩〕

杜父魚《かくぶつ》 福井県九頭竜川に産する鰍《かじか》の一種で、天然記念物。 **杜夫魚**《かくぶつ》 **霰魚**《あられうお》 **あられがこ** 〔杜父魚やいよいよざらめ雪の相　岡井省二〕

氷魚《ひうお》《ひを》 琵琶湖などに産する鮎の稚魚。体長二センチくらいで、氷のように透きとおっていることからこの名がある。〔あけぼのや湖の微をとる氷魚網　森　澄雄〕

氷下魚《こまい》 鱈の一種で、体長約二五センチ、北海道など寒冷地の産。氷に穴をあけて、そこから釣り糸を垂れて釣る。 **氷下魚釣る**《こまいつる》 **氷下魚汁**《こまいじる》 **乾氷下魚**《ほしこまい》 〔透明な火をなだめては氷下魚釣　北　光星〕

鮃《ひらめ》　海底の砂に棲み、寒の内は脂がのって美味。**比目魚**《ひらめ》　**平目**《ひらめ》　**寒鮃**《かんびらめ》〔子を持ちて鮃うすき身日に透かす　小林妙子〕

河《ふ》　**豚**《ぐ》　丸く腹部がふくらんで愛敬のある形をしている。内臓に猛毒をもつが美味。**ふく**　**ふぐと**　**虎河豚**《とらふぐ》　**赤目河豚**《あかめふぐ》　**真河豚**《まふぐ》　**河豚釣**《ふぐつり》　**箱河豚**《はこふぐ》　**針千本**《はりせんぼん》　春河豚供養　冬河豚鍋・鰭酒・河豚汁〔河豚食うて仏陀の巨体見にゆかん　飯田龍太〕

潤目鰯《うるめいわし》　鰯の一種で、体に丸みがあり、目がうるんで見えるのでこの名がある。干物が美味。**うるめ**　**うるめ焼**《や》**く**　春目刺　秋鰯〔火の色の透りそめたる潤目鰯《うるめ》かな　日野草城〕

柳葉魚《ししゃも》　体長一五センチ前後の柳の葉に似た小魚。北海道の河川でとれる。〔身につきし北国訛《なま》りししゃも焼く　瀬戸美代子〕

寒《かん》　**鯉**《ごい》　寒中の鯉、美味である。**凍鯉**《いてごい》　**冬**《ふゆ》**の鯉**《こい》　夏緋鯉〔寒鯉のごつとぶつかり煙るかな　小島　健〕

寒《かん》　**鮒**《ぶな》　寒中の鮒のことで、脂がのっていて美味。**寒馴**《かんな》**れ鮒**《ぶな》　**こごり鮒**《ぶな》　春子持鮒・乗込鮒　夏濁り鮒　秋紅葉鮒〔寒の鮒俎にのり遠目なす　飴山　實〕

魦《いさざ》　琵琶湖やこれに注ぐ川にのみ見られる八センチほどのハゼ科の小魚。飴煮や佃煮にする。**魦船**《いさざぶね》　**魦網**《いさざあみ》　**魦魞**《いさざえり》〔寝るときの冷えや魦を身のうちに　森　澄雄〕

寒烏賊《かんいか》　寒中にとれる烏賊。針烏賊・鎗《やり》烏賊など。**寒烏賊釣**《かんいかづり》　夏烏賊〔岩鼻や寒烏賊釣の置篝　吉田冬葉〕

八目鰻《やつめうなぎ》　体長三〇～六〇センチの鰻に似た魚。色は灰青色。**八目**《やつめ》　**寒八目**《かんやつめ》　**川八目**《かわやつめ》　**砂八目**《すなやつめ》

夏 鰻〔ゆらゆらと岩に吸ひつき寒八ツ目　市川公吐子〕

鱈場蟹《たらばがに》　鱈のとれる冬に鱈場でとれるため、この名がある。肉量多く美味。 秋 花咲蟹〔雪濡れし目もて届きぬたらば蟹　桂樟蹊子〕

ずわい蟹《がに》　日本海の深海に産し、越前蟹といわれる大型の食用蟹。**せいこ蟹**《がに》　**こうばく蟹**《がに》　**越前蟹**《えちぜんがに》　**松葉蟹**《まつばがに》〔刃を入るる越前蟹の寒さかな　永井東門居〕

海鼠《なまこ》　浅海に棲む円筒形の動物。真海鼠をいう。腸は海鼠腸《このわた》、卵巣は海鼠子《このこ》といい珍重される。**生海鼠**《なまこ》　**黒海鼠**《くろこ》　**金海鼠**《きんこ》　**虎海鼠**《とらこ》　冬 酢海鼠・海鼠腸　新 俵子〔生きながら一つに氷る海鼠かな　松尾芭蕉〕

寒蜆《かんしじみ》　寒中にとれた蜆で、薬効があるという。**寒の蜆**《かんのしじみ》　春 蜆　夏 土用蜆〔妻癒えぬ朝むらさきに寒しゞみ　綾部仁喜〕

海松喰《みるくい》《みるくひ》　本州・九州の海の浅い泥中に棲む長楕円形の厚い二枚貝。長さ一二センチほど。**海松貝**《みるがい》〔海松食や廻廊全く波にうく　紫葉〕

玉珧《たいらぎ》《たひらぎ》　ハボウキガイ科の二枚貝。伊勢湾・瀬戸内海および有明海などに棲息する。**平貝**《たいらがい》　**烏帽子貝**《えぼしがい》〔玉珧を置いて行くぞと又従兄弟　川崎展宏〕

牡蠣《かき》　海岸の岩礁などに付着している二枚貝の一種。肉は滋養に富み、美味。**石花**《かき》　**真牡蠣**《まがき》　**牡蠣殻**《かきがら》　**牡蠣筏**《かきいかだ》　**牡蠣売**《かきうり》　冬 牡蠣船・牡蠣料理・牡蠣剝く〔橙《だいだい》の灯いろしぼれり牡蠣の上　飴山實〕

虫

冬《ふゆ》の蝶《ちょう》 《ふゆのてふ》 冬、暖かい日に弱々しく飛んでいる蝶。**冬蝶《ふゆちょう》** [春]蝶 [夏]夏の蝶・揚羽蝶 [秋]秋の蝶 [冬]凍蝶 〔冬の蝶睦む影なくしづみけり 西島麦南〕

凍《いて》蝶《ちょう》 《いててふ》 じっと凍ったように動かない蝶のこと。**蝶凍《ちょうい》つる** **凍《い》てし蝶《ちょう》** [春]蝶 [冬]冬の蝶 〔蝶凍てゝうたるゝ霜のしづくかな 藤原保吉〕

冬《ふゆ》の蛾《が》 蛹《さなぎ》にならない蛾で冬は弱ってじっとしている。 [夏]蛾 〔冬の蛾と見しが暮靄にまぎれたり 坂間晴子〕

冬《ふゆ》の蜂《はち》 冬に生き残っている蜂。凍蜂はじっと凍ったようにしている蜂のこと。**冬蜂《ふゆばち》** **凍蜂《いてばち》** [春]蜂 〔冬蜂の死にどころなく歩きけり 村上鬼城〕

冬《ふゆ》の蠅《はえ》 《ふゆのはへ》 冬に生き残っている蠅のこと。**冬蠅《ふゆばえ》** **凍蠅《いてばえ》** [春]蠅生る [夏]蠅 [秋]秋の蠅 〔新聞をひらけば付くや冬の蠅 藤田あけ烏〕

冬《ふゆ》の虻《あぶ》 成虫で越冬するので、冬もその姿を見かける。**冬虻《ふゆあぶ》** **凍虻《いてあぶ》** [春]虻 〔冬の虻御苑の晴に乗じけり 牧野寥々〕

枯蟷螂《かれとうろう》 《かれたうらう》 体が緑色から保護色の枯葉色になった蟷螂のこと。**蟷螂《かまきり》枯《か》る** [夏]蟷螂生る [秋]蟷螂 〔蟷螂の全身枯らす沖の紺 野見山朱鳥〕

綿《わた》 虫《むし》 大綿ともいう。初雪の降るころ、雪のように綿のようにふわふわと漂い飛ぶ小虫。雪虫という地方もある。**大綿《おおわた》** **雪婆《ゆきばんば》** **白粉《しろこ》婆《ばば》** **雪螢《ゆきぼたる》** [春]雪虫 〔綿虫やそこは屍《かばね》の出で

ゆく門　石田波郷〕

ざざ虫《むし》 天竜川の川底に棲む川げらの幼虫。佃煮にして賞味する。〔しばらくは没日の翳のざざ虫採り　池上樵人〕

冬《ふゆ》の虫《むし》 冬まで生き残っている虫。**虫《むし》老《お》ゆ**　**虫《むし》絶《た》ゆる**　[秋]虫〔冬の虫ところさだめて鳴きにけり　松村蒼石〕

冬《ふゆ》の蝗《いなご》 冬になっても生き残っている蝗。**冬蝗《ふゆいなご》**　[秋]蝗〔冬蝗力しぼつて飛びにけり　有働木母寺〕

冬《ふゆ》の蚊《か》 成虫で越冬するので、暖かい日など、その姿を見ることがある。**冬蚊《ふゆか》**　[春]春の蚊　[夏]蚊　[秋]秋の蚊〔旅の夜の未明豪雨に冬蚊出づ　岡田日郎〕

冬《ふゆ》の蚤《のみ》 冬に生き残っている蚤。[春]春の蚤　[夏]蚤〔素直なる女中に冬も蚤出づる　斎藤玄〕

植物

花木

冬《ふゆ》の梅《うめ》 冬に咲く梅の総称、多くの種類がある。**冬梅《ふゆうめ》**　**寒梅《かんばい》**　**寒紅梅《かんこうばい》**　[春]梅　[冬]探梅・早梅

〔寒梅のあたりにて日の終りかな　岸田稚魚〕

早梅《そうばい》《さうばい》　春にならないうちに咲き始める梅をいう。**早咲の梅**《はやざきのうめ》　**梅早し**《うめはや》　［春］梅　［冬］寒梅・探梅　〔早梅や深雪《みゆき》のあとの夜々の霜　増田龍雨〕

冬至梅《とうじばい》　冬至のころ咲く梅。白の一重や八重咲きの薄紅色など。［春］梅　〔鯖みちの海に展《ひら》けて冬至梅　福島勲〕

臘梅《ろうばい》《らふばい》　梅とは別種。一、二月葉より先に、蠟のような光沢のある、香りのよい黄花を開く。**唐梅**《からうめ》　**南京梅**《なんきんうめ》　**臘梅花**《ろうばいか》　〔臘梅や雪うち透かす枝のたけ　芥川龍之介〕

帰り花《かえりばな》《かへりばな》　冬、季節外れの暖かさに草木が花をつけること。**返り花**《かえりばな》　**帰り咲**《かえりざき》　**二度咲**《にどざき》　**狂ひ花**《くるばな》　**狂ひ咲**《くるざき》　**忘れ花**《わすればな》　〔返り咲く花を水音逸《そ》れてゆく　原裕〕

室咲《むろざき》　温室で栽培して咲かせた花。**室の花**《むろのはな》　**室咲の花**《むろざきのはな》　**室の梅**《むろのうめ》　**室の椿**《むろのつばき》　**室の桜**《むろのさくら》　〔暗き方は海に雪ふる室の花　篠田悌二郎〕

冬桜《ふゆざくら》　冬に咲く桜で、白色一重。**冬の桜**《ふゆのさくら》　［春］桜　［冬］寒桜　〔冬桜空の碧さとかかはらず　馬場移公子〕

寒桜《かんざくら》　緋寒桜のことで、山桜の変種。花は淡紅色で、暖地では二月ごろ満開となる。**緋寒桜**《ひかんざくら》　［冬］冬桜　〔山の日は鏡のごとし寒桜　高浜虚子〕

冬木の桜《ふゆきのさくら》　葉の落ちつくした冬枯の桜のこと。［春］桜　［冬］冬桜　〔つくづくと淋しき木なり冬桜　角川春樹〕

冬薔薇《ふゆばら》　冬に咲く薔薇のこと。**冬薔薇**《ふゆそうび》　**冬の薔薇**《ふゆのばら》　**寒薔薇**《かんばら》　［夏］薔薇　〔冬薔薇石の天使に石の羽

根　中村草田男〕

寒牡丹《かんぼたん》　冬に咲くように仕立てた牡丹。藁囲いをしたり、温室で育てられる。**冬牡丹**《ふゆぼたん》　**冬**《ふゆ》**の牡**《ぼ》**丹**《たん》　㊩春牡丹の芽　㊩夏牡丹　〔わが胸は妻を蔵せり寒牡丹　森　澄雄〕

寒《かん》**椿**《つばき》　冬の間に早咲きする椿をいう。**冬椿**《ふゆつばき》　**早咲**《はやざ》**きの椿**《つばき》　㊩春椿　㊩秋椿の実　〔火はわが胸中にあり寒椿　角川春樹〕

侘《わび》**助**《すけ》　唐椿の園芸品種。花は一重小輪で、白・紅・赤に白のまじったものなど。**侘介**《わびすけ》　**侘**《わび》**助椿**《すけつばき》　㊩春椿　〔侘助のひとつの花の日数かな　阿波野青畝〕

山茶花《さざんか》　椿より小型の五弁花で、色は白や淡紅・濃紅など。**茶梅**《さざんか》　**ひめつばき**　〔山茶花や渡り廊下のひかりをり　木下ひでを〕

八手《やつで》**の花**《はな》　黄白色の五弁の小花を球状につける。別名天狗の羽団扇。**花八手**《はなやつで》　**八**《や》**つ手咲**《でさ》**く**　**天**《てん》**狗**《ぐ》**の羽団扇**《はうちわ》　〔遺書未だ寸伸ばしきて花八つ手　石田波郷〕

柊《ひいらぎ》**の花**《はな》　葉に鋸葉があり、白色四弁の小花がかたまって開く。芳香がある。**ひらぎの花**《はな》《ひひらぎのはな》　**花**《はな》**ひらぎ**　**柊**《ひいらぎさ》**咲く**　㊩冬柊挿す　〔柊の花やおのれに遠くゐて　森　澄雄〕

茶《ちゃ》**の花**《はな》　白色五弁の小花で香りがよい。多数の金色のしべがある。**茶**《ちゃ》**の木**《き》**咲**《さ》**く**　**お茶**《ちゃ》**の花**《はな》　〔茶の花や働くこゝろのちらばりて　大野林火〕

寒木瓜《かんぼけ》　寒中に咲く木瓜のこと。**冬木瓜**《ふゆぼけ》　㊩春木瓜の花　㊩秋木瓜の実　〔寒木瓜の咲きつぐ花もなかりけり　安住　敦〕

ポインセチア　メキシコ原産の観葉植物。茎の先の緑の苞葉《ほうよう》が冬に鮮紅色に変わる。**猩々木**《しょうじょうぼく》

ポインセチアの花《はな》〔ポインセチアこころに人の棲まずなりぬ　草間時彦〕

千《せん》両《りょう》《せんりやう》 常緑の低木で、葉の上に、かたまって小粒の赤い実をつける。**仙蓼《せんりょう》**　**草珊瑚《くささんご》**　**実《み》千両《せんりょう》**　**千両《せんりょう》の実《み》**〔いくたび病みいくたび癒え実千両　石田波郷〕

万《まん》両《りょう》《まんりやう》 常緑低木で、葉の下に下垂して、千両よりやや大きな深紅色の実をつける。**硃砂根《まんりょう》**　**実《み》万両《まんりょう》**　**万両《まんりょう》の実《み》**〔座について庭の万両憑《つ》きにけり　阿波野青畝〕

枯山吹《かれやまぶき》 葉を落とした山吹。緑の細枝が目立つ。**山吹枯《やまぶきか》る**　[春]山吹〔山吹の枯れゆく不平なき如し　遠藤梧逸〕

枯芙蓉《かれふよう》 葉を落とした枯れ姿の芙蓉。**芙蓉枯《ふようか》る**　[秋]芙蓉〔日溜りに犬は夢みる枯芙蓉　鍵和田秞子〕

青木《あおき》の実《み》 楕円形の実は、冬に紅く熟す。**桃葉珊瑚《とうようさんご》**　[春]青木の花〔かぞへ日となりし日ざしや青木の実《あをきのみ》　久保田万太郎〕

果樹

蜜《み》柑《かん》 柑橘類の代表。**温州蜜柑《うんしゅうみかん》**　**伊予蜜柑《いよみかん》**　**蜜柑山《みかんやま》**　**蜜柑生《みかんな》る**　**蜜柑《みかん》むく**　**蜜柑黄《みかんき》に**　**蜜柑村《みかんむら》**　**蜜《み》柑《かん》ちぎる**　**蜜柑摘《みかんつ》む**　**蜜柑《みかん》もぐ**　[夏]蜜柑の花　[秋]青蜜柑〔葉むらより逃げ去るばか熟蜜柑　飯田蛇笏〕

椪《ぽん》柑《かん》 インド原産の柑橘類で、芳香と甘みに富む。〔ぽんかんを剝く香及びてきたりけり　八木林之介〕

橙《だいだい》　酸味が強く苦みがある。ポン酢はこの絞り汁である。**代々**《だいだい》　**かぶす**　**回青橙**《かいせいとう》　**橙**《だいだい》**の実**《み》

夏橙の花　新橙飾る　〔橙をうけとめてをる虚空かな　上野　泰〕

木守《きまもり》　実のりのころを過ぎて、枝の高い所にぽつんと残っている柿や柚子などのこと。**木**《こ》**もり**　**木**《き》**まぶり**　**木守柿**《きもりがき》　**木守柚**《きもりゆず》　秋柿　〔富士見ゆる村の寧しや木守柿　角川源義〕

十夜柿《じゅうやがき》《じふやがき》　京都黒谷真如堂の十夜法会のころ露店で売られる卵形の小さな甘柿。秋柿　冬十夜　〔十夜柿出そめて町は淋しくなる　水原葵城〕

冬林檎《ふゆりんご》　冬になるまで貯蔵し、店頭に売り出される林檎をいう。**寒林檎**《かんりんご》　春林檎の花　夏青林檎　秋林檎　〔冬りんご海の向かふに海のあり　大森理恵〕

晩三吉《おくさんきち》　晩生の赤梨で一名三吉、新潟の原産で明治のころ多かった。果肉は純白で多汁、甘みに富む。**冬梨**《ふゆなし》　**冬**《ふゆ》**の梨**《なし》　春梨の花　秋梨　〔冬梨を噛みしたたらす火の上へ　加藤楸邨〕

枇杷《びわ》**の花**《はな》《びはのはな》　黄色みを帯びた白い小さな小弁花。芳香を放つ。**花枇杷**《はなびわ》　**枇杷咲**《びわさ》**く**　夏枇杷　〔仏壇の小さき戸じまり枇杷の花　檜　紀代〕

樹　木

冬紅葉《ふゆもみじ》《ふゆもみぢ》　冬になっても残っている紅葉。**残**《のこ》**る紅葉**《もみじ》　**冬**《ふゆ》**の紅葉**《もみじ》　秋紅葉・紅葉かつ散る　〔余生とはかく美しき冬紅葉　高木晴子〕

紅葉散《もみじち》**る**《もみぢちる》　風や時雨によって散る紅葉をいう。散紅葉は散り敷いた紅葉のこと。**散紅葉**《ちりもみじ》

散《ち》る紅葉《もみじ》　散《ち》りそむる紅葉《もみじ》　【秋】紅葉かつ散る・黄落　【冬】落葉　〔散紅葉子の輪に入りてふと淋し　長谷川かな女〕

落葉松《からまつ》散《ち》る　落葉松が黄葉したあと散ったさま。〔きつつきも来て落葉松は梢より散る　中沢文次郎〕

木《こ》の葉《は》　散りつつある木の葉、枝に残る葉、散り敷いている木の葉をいう。**木《こ》の葉《は》散《ち》る**　**散《ち》る**　**木《こ》の葉《は》**　**木《こ》の葉《は》落《お》つ**　**木《こ》の葉《は》雨《あめ》**　**木《こ》の葉《は》時雨《しぐれ》**　**木《こ》の葉《は》舞《ま》ふ**　【冬】木の葉髪　〔木の葉ふりやまずいそぐないそぐなよ　加藤楸邨〕

枯《かれ》　葉《は》　草木の枯れた葉。**枯葉《かれは》鳴《な》る**　**枯葉《かれは》飛《と》ぶ**　**枯葉《かれは》降《ふ》る**　〔南無枯葉一枚の空暮れ残り　佐藤鬼房〕

落《おち》　葉《ば》　散り落ちた木の葉。落ち葉風は落ち葉を誘う風のこと。**落葉《らくよう》**　**落葉《おちば》散《ち》る**　**落葉《おちば》鳴《な》る**　**落葉《おちば》の雨《あめ》**　**落葉《おちば》の時雨《しぐれ》**　**落葉時《おちばどき》**　**落葉期《らくようき》**　**落葉《おちば》風《かぜ》**　**落葉《おちば》山《やま》**　**落葉《おちば》掃《は》く**　**落葉《おちば》掻《か》く**　**落葉《おちば》籠《かご》**　**山《やま》落葉《おちば》**　**落葉《おちば》踏《ふ》む**　**落葉《おちば》道《みち》**　**夕落葉《ゆうおちば》**　**落葉《おちば》の香《か》**　**桜落葉《さくらおちば》**　**楡落葉《にれおちば》**　**槻落葉《つきおちば》**　**槇落葉《まきおちば》**　**欅落葉《けやきおちば》**　**楢《なら》落葉《おちば》**　【夏】常磐木落葉　【秋】銀杏散る　〔手が見えて父が落葉の山歩く　飯田龍太〕

柿落葉《かきおちば》　葉がやや大き目で、色も鮮やかなので、見分けやすい。**柿《かき》の落葉《おちば》**　【夏】柿の花　【秋】柿・柿紅葉　〔いち枚に夕日寝かせて柿落葉　吉田鴻司〕

朴落葉《ほおおちば》《ほほおちば》　食器の代用にされたほど、葉は大きく、黄褐色になって落葉する。**朴散《ほおち》る**　【夏】朴の花　【秋】朴の実　〔朴落葉拾ひて聖《ひじり》ごころかな　木内彰志〕

銀杏落葉《いちょうおちば》《いてふおちば》　街路や寺社の境内で黄一色に落葉しているさまは豪奢である。【秋】銀杏散

る　[冬]枯銀杏　〔敷きつめし銀杏落葉の上に道　池内たけし〕

朽葉《くちば》　木の葉が地に落ちて、朽ちたものをいう。**朽《く》ち葉《は》**　[夏]病葉　〔母の忌や朽葉濡れゐる樹のまはり　堀口星眠〕

冬木《ふゆき》　寒々と立っている樹木の姿をいったもの。**冬木道《ふゆきみち》**　**冬木宿《ふゆきやど》**　**冬木風《ふゆきかぜ》**　**冬木中《ふゆきなか》**　**冬木原《ふゆきばら》**　**冬木町《ふゆきまち》**　**冬木影《ふゆきかげ》**　**寒木《かんぼく》**　[冬]枯木　〔大空に伸び傾ける冬木かな　高浜虚子〕

冬木立《ふゆこだち》　冬木の立ち並んだもの。[夏]夏木立　〔堕《お》ろし来て妻が小さし冬木立　吉田鴻司〕

寒林《かんりん》　葉を落とした寒中の林。[春]春林　〔寒林の夕《ゆふべ》の雲は散り易し　福田蓼汀〕

枯木《かれき》　落葉しつくして、枯れ果てた木のこと。**裸木《はだかぎ》**　**木々枯《きぎか》る**　**枯《か》れし木《き》**　**枯枝《かれえだ》**　**枯木山《かれきやま》**　**枯《かれ》木道《きみち》**　**枯木宿《かれきやど》**　**枯木星《かれきぼし》**　**枯木影《かれきかげ》**　**枯木風《かれきかぜ》**　**枯木坂《かれきざか》**　〔父母の亡き裏口開いて枯木山　飯田龍太〕

枯木立《かれこだち》　枯木の並木、群立した状態。〔今日の日の空を支へて枯木立　星野立子〕

枯銀杏《かれいちょう》　《かれいてふ》落葉して枯れ果てた銀杏。**銀杏枯《いちょうか》る**　**枯《か》れし銀杏《いちょう》**　[秋]銀杏・銀杏散る　〔銀杏枯れ星座は鎖曳きにけり　大峯あきら〕

枯葡萄《かれぶどう》　《かれぶだう》葉を落として枯れ果てた葡萄。**葡萄枯《ぶどうか》る**　**枯《か》れし葡萄《ぶどう》**　[夏]葡萄の花　[秋]葡萄　〔勝沼や枯葡萄棚雪遠嶺　松根東洋城〕

枯櫟《かれくぬぎ》　櫟の枯れたさま。**櫟枯《くぬぎか》る**　**枯《か》れし櫟《くぬぎ》**　**冬櫟《ふゆくぬぎ》**　〔枯櫟群れつゝ猫をさへぎらず　石田波郷〕

枯欅《かれけやき》　葉を落とした枯れた姿の欅。**欅枯《けやきか》る**　**枯《か》れし欅《けやき》**　**冬欅《ふゆけやき》**　〔口重き旅や棒立つ冬けやき

椎名書子〕

枯《かれ》榎《えのき》 葉を落として枯れ果てた榎。**榎枯る《えのきかる》** **枯《か》れし榎《えのき》** **冬榎《ふゆえのき》** 〔榎枯る記紀の綴りし山と河 水沢竜星〕

枯《かれ》柳《やなぎ》 葉を落ちつくした柳。**冬柳《ふゆやなぎ》** **柳枯る《やなぎかる》** [春]柳 [夏]葉柳 [秋]柳散る 〔雑沓や街の柳は枯れたれど 高浜虚子〕

枯《かれ》桑《くわ》《はかれく》 葉が枯れ落ちた桑。**桑枯る《くわかる》** **枯《か》れし桑《くわ》** [春]桑・桑解く [秋]桑括る 〔桑枯れて大菩薩嶺をつらぬけり 水原秋櫻子〕

枯《かれ》茨《いばら》 葉を落として、枝の棘をあらわにした茨の姿。**茨枯る《いばらかる》** **枯《か》れし茨《いばら》** [夏]茨の花 [秋]茨の実 〔枯茨に指刺されたる暮色かな 田中冬子〕

枯《かれ》蔦《つた》 樹や塀などに絡まったまま枯れている蔦のこと。**蔦枯る《つたかる》** **枯《か》れし蔦《つた》** [春]蔦若葉 [夏]青蔦 [秋]蔦 [冬]冬蔦 〔蔦枯れし石の館は石の棺 村上冬燕〕

枯《かれ》蔓《づる》 蔦《つた》、藪《やぶ》からし、藤、通草《あけび》、自然薯《じねんじょ》、茨《いばら》などのツル科の植物の枯れきったさま。〔枯蔓を引くや生《しょう》あるものの声 青柳志解樹〕

冬《ふゆ》枯《がれ》 草木が枯れ果て、野も山も川も枯れ色一色の風景。**枯る《かる》** **木々枯る《きぎかる》** **枯《かれ》** **冬枯道《ふゆがれみち》** [秋]末枯 [冬]枯木・枯野・枯岬・枯草 〔きしきしと帯を纏《ま》きをり枯るる中 橋本多佳子〕

霜《しも》枯《がれ》 一霜ごとに草木が枯れを深めること。**霜枯るる《しもかるる》** [秋]末枯 [冬]霜・冬枯 〔霜枯の罠に吊られし鶏の首 福田甲子雄〕

冬《ふゆ》芽《め》 冬に出る木の芽。**冬芽《とうが》** **冬《ふゆ》の芽《め》** **冬木《ふゆき》の芽《め》** **冬芽《ふゆめ》固《かた》し** **冬芽《ふゆめ》紅《あか》し** [春]木の芽 [夏]土用芽

㊙秋芽〔冬芽粒々《りふりふ》水より空の流れゐつ　野澤節子〕

雪《ゆき》折《おれ》　降り積もった雪の重みのため樹木や枝の折れること。また、折れた木や枝のこと。**雪折木《ゆきおれぎ》**〔だれにともなく雪折れの木がにほふ　矢島渚男〕

深山樒《みやましきみ》　常緑低木で山中の樹下に生える。冬に実が赤く熟す。有毒植物。**太山樒《みやましきみ》**〔人遠しみ山樒のあり所　松瀬青々〕

女貞《ねずみもち》の実《み》　鼠の糞に似た黒紫色の実。㊦女貞の花〔ねずみもちの実の小粒なる垣曲る　小関一水〕

冬珊瑚《ふゆさんご》　一メートルほどの小低木で、冬に果実が赤く熟して美しい。**玉珊瑚《たまさんご》**〔冬珊瑚官退けば人も来ず　荻村汀鳳〕

冬《ふゆ》柏《かしわ》　柏は冬になっても葉が落ちない。柏には葉守の神が宿るといわれる。**柏《かしわ》の枯葉《かれは》**　**枯柏《かれかしわ》**　㊗柏落葉　㊙柏黄葉〔顔寄せて馬が暮れをり枯柏　臼田亜浪〕

冬《ふゆ》蔦《つた》　葉は深緑色で冬も青々している。**木蔦《きづた》**　㊗蔦若葉　㊦青蔦　㊙蔦　㊐枯蔦〔冬蔦や紙一重なる愛と憎　河野多希女〕

冬《ふゆ》苺《いちご》　山地に自生。冬に赤く実が熟し食べられる。**寒苺《かんいちご》**　**きんいちご**　㊦苺〔日あるうち光り蓄めおけ冬苺　角川源義〕

草　花

寒《かん》菊《ぎく》　冬に咲く菊。黄色や白で葉も花も小さい。**冬菊《ふゆぎく》**　**霜菊《しもぎく》**　**しま寒菊《かんぎく》**　**はま寒菊《かんぎく》**　㊙菊

水仙《すいせん》　暖地の海岸に群生、切花用としても栽培する。香りがいい。**水仙花**《すいせんか》　**雪中花**《せっちゅうか》　春黄水仙〔次の間といふうすやみの水仙花　鷲谷七菜子〕〔冬菊のまとふはおのがひかりのみ　水原秋櫻子〕

冬葵《ふゆあおい》　花期は六、七月ごろだが、冬も葉が青いのでこの名がある。夏葵　冬寒葵〔冬を咲く葵にラヂオ付け放し　堂垣内駿人〕

葉牡丹《はぼたん》　花ではなくキャベツの変種。緑・紫・白などの葉が牡丹のように見える。〔葉牡丹を街の霰《あられ》にまかせ売る　中村汀女〕

カトレア　熱帯アメリカ原産の洋蘭。大輪で華麗。**カトレヤ**　秋蘭〔けふ閑暇カトレア動かざるに飽く　上田晩春郎〕

枯菊《かれぎく》　咲き誇っていた菊が冬になって枯れしおれているさま。**菊枯る**《きくか》　**枯菊焚く**《かれぎくた》　春菊若葉・菊根分　秋菊・残菊〔日輪のがらんどうなり菊枯る丶　橋本鶏二〕

枯芭蕉《かればしょう》　枯れ果て、朽ちた芭蕉。**芭蕉枯る**《ばしょうか》　夏玉巻く芭蕉　秋芭蕉・破芭蕉〔枯芭蕉《かればせう》いのちのありてそよぎけり　草間時彦〕

枯蓮《かれはす》　折れ曲がったり、骨のように突ったったりして、茎や葉の枯れ果てた蓮。**枯はちす**《かれ》　**蓮枯る**《はすか》　**蓮の骨**《はすのほね》　夏蓮の花　秋敗荷　冬蓮根掘る〔枯蓮にてのひらほどの水残る　三村純也〕

野菜作物

冬《ふゆ》菜《な》 白菜・小松菜など冬に収穫される菜類の総称。**小松菜《こまつな》** **冬菜畑《ふゆなばた》** **冬菜売《ふゆなうり》** **冬菜洗《ふゆなあら》ふ** **冬《ふゆ》菜干《なほ》す** 〔冬菜洗ふあたりの濡れて昼の月　松村蒼石〕

白《はく》菜《さい》 白い多肉の葉が結球したもので、漬け物、鍋物など用途が広い。**結球白菜《けつきゆうはくさい》** **山東白《さんとうはく》菜《さい》** **白菜畑《はくさいばた》** **白菜漬《はくさいづけ》** 〔洗ひ上げ白菜も妻もかがやけり　能村登四郎〕

芽《め》キャベツ 西洋野菜で、キャベツの一変種。**子持甘藍《こもちかんらん》** ［夏］甘藍 〔芽キャベツのほつ〱畑は清潔に　依田よし子〕

花《はな》キャベツ キャベツの一種でカリフラワーの名で親しまれている。**花野菜《はなやさい》** **花甘藍《はなかんらん》** **カリフラワー** 〔花キャベツ捥《も》ぐ日の渦へ臀立てゝ　名和　翠〕

葱《ねぎ》 独特の香りと辛みがあり、利用法の広い、主要な野菜の一つ。**葱《き》** **根深《ねぶか》** **ひともじ** **葱畑《ねぎばたけ》** **葱《ねぎ》の青《あお》** **葱《ねぎ》の剣《けん》** **葱《ねぎ》の香《か》** **葱《ねぎ》の束《たば》** **青葱《あおねぎ》** **葉葱《はねぎ》** **深葱《ふかねぎ》** **葱刻《ねぎきざ》む** **葱洗《ねぎあら》ふ** ［春］葱坊主 ［冬］根深汁 〔夢の世に葱を作りて寂しさよ　永田耕衣〕

大《だい》根《こん》 年じゅうあるが旬は冬である。最も用途の広い野菜。**だいこ** **おほね** **蘿蔔《だいこん》** **すずしろ** **大根畑《だいこんばたけ》** **土大根《つちだいこん》** **大根《だいこん》の葉《は》** **大根切《だいこんき》る** ［春］大根の花・三月大根・四月大根 ［夏］夏大根 ［秋］大根蒔く ［冬］大根引・風呂吹 〔流れ行く大根の葉の早さかな　高浜虚子〕

人《にん》参《じん》 西アジア原産で中国を経て渡来。主要な根菜の一つ。**胡蘿蔔《にんじん》** **人参畑《にんじんばたけ》** **人参引《にんじんひ》く** **人参《にんじん》煮《に》る** ［夏］人参の花 〔人参あまく煮て独りにもなれず　坂間晴子〕

蕪《かぶ》 球形の根菜。種類が多く、大根より甘みが多い。**蕪《かぶら》** **蕪菁《かぶら》** **かぶ** **かぶらな** **すずな** **天王寺蕪《てんのうじかぶ》** **聖護院蕪《しょうごいんかぶ》** **赤蕪《あかかぶ》** **蕪白《かぶしろ》し** **丸蕪《まるかぶ》** ［春］蕪の花 ［冬］蕪蒸・蕪汁 ［新］菘 〔まだ濡れ

てゐる夕市の紅蕪　新田祐久〕

セロリ　ヨーロッパ原産の独特の香りを持つ野菜。生食したり、スープに入れたりする。**セルリー**　**オランダみつば**　**セロリ畑**《ばたけ》　**セロリの香**《か》　**セロリ嚙**《か》**む**　〔胸に抱く青きセロリと新刊書　舘岡沙緻〕

寒独活《かんうど》　極寒期にとれる独活のこと。[春]独活　[夏]独活の花　〔寒独活に松葉掃き寄せ囲ふなり　杉田久女〕

寒竹《かんちく》**の子**《こ》　晩秋から初冬にかけて出る寒竹の子。**寒筍**《かんたけのこ》　**芽寒竹**《めかんちく》　**ちご寒竹**《かんちく》　[春]春の筍　[夏]筍　〔寒竹はすでに子を持ち二日月　萩原麦草〕

麦《むぎ》**の芽**《め》　芽を出した麦。**芽麦**《めむぎ》　**麦**《むぎ》**の芽出**《めで》**る**　[春]青麦・麦踏　[夏]麦・麦の秋　[冬]麦蒔　〔麦の芽にサーカスの楽とどきけり　加藤三七子〕

甘蔗《かんしょ》**の花**《はな》　長さ五、六〇センチくらいの灰白色の花穂。**砂糖黍**《さとうきび》**の花**《はな》　[秋]甘蔗　[冬]甘蔗刈　〔月夜々にまどかになりぬ甘蔗《きび》の花　船田松葉女〕

野　草

冬《ふゆ》　**草**《くさ》　枯れた草、枯れ残った草、冬も生育する常緑の草の総称。**冬**《ふゆ》**の草**《くさ》　**寒草**《かんそう》　**冬青草**《ふゆあおくさ》　**冬**《ふゆ》**草青**《くさあお》**し**　[夏]夏草　[冬]枯草　〔冬草や耳たぶ汚れなき青年　波多野爽波〕

枯鶏頭《かれけいとう》　茎ごと枯れつくした鶏頭。**鶏頭枯**《けいとうか》**る**　**枯**《か》**れ鶏頭**《けいとう》　[秋]鶏頭　〔水の辺に立つは鶏頭それも枯れぬ　安住敦〕

枯薊《かれあざみ》 色褪せて枯れた薊。**薊枯る《あざみか》** **枯《か》れし薊《あざみ》** 【春】薊 【夏】夏薊 【秋】山薊 〔残りたる絮飛ばさんと枯薊　中村汀女〕

枯龍胆《かれりんどう》 枯れた龍胆のさま。**龍胆枯る《りんどうか》** **枯《か》れし龍胆《りんどう》** 【春】春龍胆 【秋】龍胆 〔枯龍胆叩く狐の尾がむらさき　長谷川かな女〕

枯萱《かれかや》 刈萱《かるかや》・薄・白茅《ちがや》などのイネ科草木の総称、それらが枯れたことをいう。**枯《か》れし萱《かや》** 【秋】萱 〔茅枯れてみづがき山は蒼天《そら》に入る　前田普羅〕

枯葛《かれくず》 木に絡みついたまま枯れたりしている葛。**葛枯る《くずか》** **枯《か》れし葛《くず》** 【秋】葛の花・葛 〔枯葛の一途なる黄に日本海　野見山ひふみ〕

枯草《かれくさ》 個々の草が枯れ果てたさま。**草枯れ《くさが》** **草枯る《くさか》** **枯《か》れし草《くさ》** 〔草々の呼びかはしつつ枯れてゆく　相生垣瓜人〕

枯蘆《かれあし》 下の方から葉が落ち、茎だけになった蘆。**枯芦《かれあし》** **蘆枯る《あしか》** **枯《か》れし蘆《あし》** **枯蘆原《かれあしはら》** **枯葭《かれよし》** 【春】蘆の角 【夏】青蘆 【秋】蘆の花 〔枯蘆の遠きものより夕焼す　山田みづえ〕

枯萩《かれはぎ》 葉を落とした萩。**萩枯る《はぎか》** **枯《か》れし萩《はぎ》** 【春】萩若葉 【夏】青萩 【秋】萩・萩刈る 〔枯萩を刈らむとしつゝ経《へ》し日かな　安住 敦〕

枯芒《かれすすき》 葉も穂も枯れつくした芒のこと。**芒枯る《すすきか》** **枯尾花《かれおばな》** **枯《か》れし芒《すすき》** **冬芒《ふゆすすき》** 【夏】青芒 【秋】芒 【冬】寒芒 〔美しく芒の枯るる仔細《しさい》かな　富安風生〕

枯真菰《かれまこも》 水辺に群生する真菰の荒涼と枯れたさま。**真菰枯る《まこもか》** **枯《か》れし真菰《まこも》** 【夏】真菰 【秋】真菰の花 〔蝶ひとつ流れて枯るる真菰かな　南部憲吉〕

枯歯朶《かれしだ》　枯れた歯朶類のこと。**歯朶枯る**《しだかる》　[春]歯朶萌ゆる　[新]歯朶飾る　〔旅に出て庵主不在や歯朶枯るる　尾崎仁三郎〕

枯芝《かれしば》　芝の枯れたさま。**芝枯る**《しばかる》　**枯**《か》**れし芝**《しば》　**庭芝枯**《にわしばか》**る**　[春]若芝　[夏]青芝　〔枯芝は眼をもて撫《な》でて柔かし　富安風生〕

枯忍《かれしのぶ》　忍は歯朶《しだ》の一種で、山地の岩や老木などに着生する。その忍が枯れたさま。**忍枯る**《しのぶか》　**枯**《か》**れし忍**《しのぶ》　[夏]忍　〔軒に薪積むや頭上の枯忍　佐久間法師〕

枯葎《かれむぐら》　葎は蔓で絡みあいながら茂る雑草の総称。見る影もなく枯れ果てた葎のこと。**葎枯**《むぐらか》**る**　**枯**《か》**れし葎**《むぐら》　[春]葎若葉　[夏]葎　〔あたゝかな雨が降るなり枯葎　正岡子規〕

枯荻《かれおぎ》　水辺や湿地の荻が枯れ果てたさま。**荻枯**《おぎか》**る**　**枯荻原**《かれおぎはら》　[秋]荻　〔枯荻《かれをぎ》に添《そ》ひ立てば我幽《かすか》なり　高浜虚子〕

藪柑子《やぶこうじ》　一〇—二〇センチの常緑低木。小粒の紅色の実をつける。**山橘**《やまたちばな》　[冬]千両・万両　〔藪柑子《やぶかうじ》夢の中にも陽が差して　櫻井博道〕

石蕗《つわ》**の花**《はな》　海辺などに自生するキク科の多年草。鮮やかな黄色の頭状花。**槖吾**《つわぶき》**の花**《はな》　**石蕗**《つわぶき》　**石蕗**《つわ》**咲**《さ》**く**　〔塗椀《ぬりわん》をひとつづつ出し石蕗の花《つはのはな》　岡本高明〕

冬《ふゆ》**菫**《すみれ》　冬に見かける菫のこと。**寒菫**《かんすみれ》　[春]菫・パンジー　〔ふるきよきこころのいろして冬すみれ　飯田龍太〕

冬蒲公英《ふゆたんぽぽ》　冬に見かける蒲公英のこと。　[春]蒲公英　〔冬たんぽぽに日あり帰郷子街へ去る　桑原視草〕

冬《ふゆ》蕨《わらび》 羊歯の類で、冬、葉が山野に生育する。**冬《ふゆ》の花蕨《はなわらび》** **寒蕨《かんわらび》** [春]蕨 [夏]夏蕨 〔寒蕨他もうす味の誕生日　能村登四郎〕

寒《かん》芹《ぜり》 寒のさなかに採れる芹。**冬芹《ふゆぜり》** [春]芹 [夏]芹の花 〔寒芹の根の白々と父の古稀　皆川白陀〕

寒《かん》葵《あおい》 《かんあふひ》シクラメンに似た葉で、暗紫色または緑黄色の小さな花が根元にかたまって咲く。冬葵とは別。〔軒下の日に咲きにけり寒葵　村上鬼城〕

寒《かん》蘭《らん》 芳香のある花を五、六個房のようにして開く。色は淡黄緑色・紅紫色・紅色など。[春]春蘭 [秋]蘭 〔寒蘭のさびしき花をひらきけり　中丸英一〕

寒《かん》芒《すすき》 芒の一種だが、芒よりも茎・葉・花穂とも大型。冬でも葉があるので、常盤芒と呼ばれる。**常磐芒《ときわすすき》** [夏]青芒 [秋]芒 [冬]枯芒 〔とつと翔つ密会雀冬芒　進藤一考〕

寒《かん》菅《すげ》 カヤツリグサ科の多年草で、山地の陰湿の地に自生。大きな株をなし、冬でも青々している。**縞寒菅《しまかんすげ》** 〔縞寒菅風に鳴りゐる庭の木戸　臼井鳥風〕

龍《りゅう》の玉《たま》 龍の髭の実で、冬に熟して美しい碧色の玉になる。**龍《りゅう》の髯《ひげ》の実《み》** **はづみ玉《だま》** **蛇《じゃ》の髯《ひげ》の実《み》** [夏]蛇の髯 〔龍の玉升《のぼ》さんと呼ぶ虚子のこゑ　飯田龍太〕

冬《ふゆ》萌《もえ》 冬に草や木の芽が萌え出していることをいう。[春]下萌 〔冬萌や朝の体温児にかよふ　加藤知世子〕

茸

寒茸《かんたけ》 十一月から四月ごろまでに発生する茸。 秋茸 〔寒茸や伐木の人跼《かが》み寄る 広海隆行〕

雪茸《ゆきたけ》 広葉樹の切り株から生ずる榎茸・滑子の類。雪国に生ずるのでこの名がある。**雪下茸《ゆきのしたたけ》** **雪割茸《ゆきわりたけ》** **ゆきやり** 秋茸 〔雪掘るや雪割茸が頭をつらね 加藤知世子〕

榎茸《えのきだけ》 全体が淡褐色で饅頭《まんじゅう》形の笠を持つ。食用茸。〔榎茸人に知られず朽ちにけり 小堺信子〕

滑子《なめこ》 球形の粘質に覆われた茶褐色の茸。寒い地方で栽培される。**なめたけ** **ふゆたけ** **滑《なめ》子汁《こじる》** 〔塗椀に湯気あそぶなりなめこ汁 飴山 實〕

海　藻

松藻《まつも》 褐藻《かっそう》植物で冬期に繁茂する。酢味噌・三杯酢・汁の実にして美味。〔松藻採るため寒潮に素手を入れ 若木一朗〕

寒海苔《かんのり》 浅草海苔は寒中のものがもっとも上質とされる。 春海苔 冬新海苔 〔いささかな寒海苔干せり香に立ちて 堀端蔦花〕

新年

時候

新《しん》年《ねん》　一年の始めである。**年立《としだ》つ　年新《としあら》た　年頭《ねんとう》　年初《ねんしょ》　年始《ねんし》　改年《かいねん》　初年《はつとし》　明《あ》くる年《とし》　新年《にいどし》　新歳《しんさい》　新《あたら》しき年《とし》　新玉《あらたま》の年《とし》　あら玉《たま》　玉《たま》の年《とし》　改《あらた》まる年《とし》　来《く》る年《とし》　年越《としこ》ゆる　年立返《としたちかえ》る　年変《としかわ》る　年明《としあ》く　年改《としあらた》まる　年《とし》の端《は》　年《とし》の始《はじめ》　年《とし》の花《はな》　年新《としあたら》し　年初《としはじ》め　年始《としはじ》まる　年首《ねんしゅ》　年来《としきた》る　年迎《としむか》ふ**　〔花屋出で満月に年立ちにけり　渡辺水巴〕

正《しょう》月《がつ》《しやうぐわつ》　一年の最初の月、新年を迎えた月のこと。**お正月《しょうがつ》　祝月《いわいづき》　元月《がんげつ》　初春月《はつはるづき》　初空月《はつぞらづき》**

初《はつ》春《はる》　陰暦の習慣に従い、初春といえば新年のこと。今では陽暦一月にも用いる。**新春《しんしゅん》**
［春］旧正月　［新］小正月・女正月　〔正月や日あたる道のさびしけれ　角川春樹〕
明《あけ》の春《はる》　今朝《けさ》の春《はる》　千代《ちよ》の春《はる》　花《はな》の春《はる》　玉《たま》の春《はる》　四方《よも》の春《はる》　御代《みよ》の春《はる》　国《くに》の春《はる》　民《たみ》の春《はる》　庵《いお》の春《はる》　宿《やど》の春《はる》　家《いえ》の春《はる》　窓《まど》の春《はる》　今日《きょう》の春《はる》　老《おい》の春《はる》　君《きみ》が春《はる》　旅《たび》の春《はる》　おらが春《はる》　門《かど》の春《はる》　わが春《はる》　舟《ふね》の春《はる》　浦《うら》の春《はる》　神《かみ》の春《はる》　父《ちち》の春《はる》　母《はは》の春《はる》　書架《しょか》の春《はる》　妻《つま》の春《はる》　［春］初春《しょしゅん》　［新］新年　〔初春の二時うつ島の旅館かな　川端茅舎〕

睦《むっ》月《き》　陰暦一月の異称。陽暦ではほぼ二月ごろ。**むつみ月《づき》　むつび月《づき》　年端月《としはづき》　睦月富士《むつきふじ》**
〔山深く睦月の仏送りけり　西島麦南〕

今《こ》年《とし》　新しく迎えた年のこと。**今年《こんねん》　当年《とうねん》　若《わか》き年《とし》　今年始《ことしはじ》まる　今年《ことし》となる**　〔加茂川の流れ

つづきて今年かな　村山古郷〕

去《こ》年《ぞ》 昨年。年が明けて新年を祝う心と、過ぎ去った年をかえりみる心である。 **去年《きよねん》** **去《きよ》歳《さい》** **去《さ》りし年《とし》** 〔ゆきし年まだ見ゆ山の向ひの灯　森　澄雄〕

旧《きゆう》年《ねん》 年が明けてから、去った前年を指してこう呼ぶ。 **古年《ふるとし》** **旧臘《きゆうろう》** **旧冬《きゆうとう》** 〔旧年の足跡すでに凍てゆるむ　角川源義〕

宵《よい》の年《とし》 大晦日の夜。年が明けてから大年の宵を去年の最後の夜として振り返る気持ちから、新年の季語としたもの。 **初昔《はつむかし》** 〔こころの火落して睡る初昔　鈴木鷹夫〕

去年今年《こぞことし》 一夜明ければ昨日は去年《こぞ》、今日は今年《ことし》と年が改まること。 〔去年今年貫く棒のごときもの　高浜虚子〕

元《がん》日《じつ》 年の初めの第一日で、一月一日のこと。 **お元日《がんじつ》** **日《ひ》の始《はじめ》** **鶏日《けいじつ》** **一月一日《いちがつついたち》** 〔元日や手を洗ひをる夕ごころ　芥川龍之介〕

元《がん》旦《たん》 一月一日の朝。 **元朝《がんちょう》** **大旦《おおあした》** **大旦《だいたん》** **歳旦《さいたん》** **初旦《しょたん》** **改旦《かいたん》** **鶏旦《けいたん》** **年《とし》の朝《あさ》** **初暁《はつあかつき》** 〔ひたすらに風が吹くなり大旦　中川宋淵〕

二《ふつ》日《か》 一月二日のこと。初荷・縫初め・書初めなどさまざまな行事のはじまる日。 **狗日《くじつ》** **正月二日《しょうがつふつか》** **二日《ふつか》の夜《よる》** **二日《ふつか》の酒《さけ》** **二日《ふつか》の富士《ふじ》** **二日《ふつか》の海《うみ》** **二日《ふつか》の町《まち》** **二日《ふつか》はや** 〔文鎮に海の日のさす二日かな　畠山譲二〕

三《みつ》日《か》 一月三日。三が日の終わりの日である。 **猪日《ちょじつ》** **正月三日《しょうがつみつか》** **三日《みつか》果《は》つ** **三日《みつか》はや** 新 三が日〔黒猫の眼が畑にをる三日かな　村上鬼城〕

三《さん》が日《にち》《さんぐわにち》　一月の一日、二日、三日の総称。**正月三《しょうがつさん》が日《にち》**　〔山中の鯉に麸《ふ》をやる三ケ日　森　澄雄〕

四《よっ》日《か》　一月四日のこと。仕事始めの日とするところが多い。**羊日《ようじつ》**　**正月四日《しょうがつよっか》**　〔餅網も焦げて四日となりにけり　石塚友二〕

五《いつ》日《か》　一月五日。四日に次いで仕事始めの日とするところも多い。**牛日《ぎゅうじつ》**　**正月五日《しょうがついつか》**　〔貝塚に吾等五日の声こぼす　岡井省二〕

六《むい》日《か》　一月六日。七日正月の前夜ということで、六日年《むいかどし》という。**馬日《ばじつ》**　**六日年《むいかどし》**　**正月六日《しょうがつむいか》**　〔凭《よ》らざりし机の塵《ちり》も六日かな　安住　敦〕

七《なぬ》日《か》　一月七日。七種の日。**正月七日《しょうがつなのか》**　**七日《なのか》**　〔山畑に火を放ちをる七日かな　大峯あきら〕

人《じん》日《じつ》　中国からきた呼び名で正月七日のこと。**人《ひと》の日《ひ》**　**元七《がんしち》**　新 七日・七種　〔人日の厨《くりや》に暗く独言《ひとりごと》　角川源義〕

七日正月《なぬかしょうがつ》《なぬかしやうぐわつ》　一月七日の祝い。この日は元日からはじまった正月の終わりの日として、七種粥を食べたり、門松をはずしたりする。新 正月・人日　〔七日正月父の貌《かほ》して髭剃るよ　増成栗人〕

松《まつ》の内《うち》　門松を飾っておく期間で、通常元日から七日までの間をいう。**松七日《まつなぬか》**　**注連《しめ》の内《うち》**　新 松過・松納・鳥総松　〔畦焼いて古国《ふるくに》伊豆の松の内　水原秋櫻子〕

松《まつ》過《すぎ》　松の内、つまり門松を立てておく期間の過ぎたことをいう。**松明《まつあけ》**　**注連明《しめあけ》**　新 松の内・門松・松納・鳥総松　〔山川をながるる鴛鴦《をし》に松すぎぬ　飯田蛇笏〕

小正月《こしょうがつ》 こしやうぐわつ 一月十四日の夕から十五、十六日にかけて祝われる正月。元日の大正月に対する呼び名。**十五日正月**《じゅうごにちしょうがつ》 **花正月**《はなしょうがつ》 **望正月**《もちしょうがつ》 [春]旧正月 [新]正月・女正月・十四日年越

〔あたゝかく暮れて月夜や小正月　岡本圭岳〕

女正月《おんなしょうがつ》 をんなしやうぐわつ 一月十五日。一日の大正月を男正月といい、小正月を女正月という。**女正月**《めしょうがつ》 [新]小正月〔折鶴のなかに病む鶴女正月　鷹羽狩行〕

仏正月《ほとけしょうがつ》 ほとけしやうぐわつ 新年に初めて墓参することで、正月十六日にするところが多い。**仏**《ほとけ》**の正月**《しょうがつ》 **仏**《ほとけ》**の日**《ひ》 **仏**《ほとけ》**の年越**《としこし》 **仏**《ほとけ》**の口明**《くちあけ》 **念仏**《ねんぶつ》**の口明**《くちあけ》 **先祖正月**《せんぞしょうがつ》 **寺年始**《てらねんし》 〔ひとり来て仏の正月崖荒し　源　鬼彦〕

花《はな》**の内**《うち》 東北地方では小正月から月末までを、正月の松の内に対してこう言った。〔むなしさの花の内とは誰が言ひし　北　建夫〕

二十日正月《はつかしょうがつ》 はつかしやうぐわつ 一月二十日。小正月から教えて七日目に当たり、この日を正月儀礼の納めとする。**団子正月**《だんごしょうがつ》 **二十日団子**《はつかだんご》 **骨正月**《ほねしょうがつ》 **頭正月**《かしらしょうがつ》 [新]小正月・二十日正月〔文楽に二十日正月とて遊ぶ　大橋敦子〕

初三十日《はつみそか》 一月の晦日のこと。**晦日宵**《みそかよい》 **晦日正月**《みそかしょうがつ》 〔地にこぼす硬貨の音や初三十日　喜多牧夫〕

天文

初《はつ》茜《あかね》 初日がのぼる直前に東の空が茜色に染まること。**初茜《はつあかね》空《ぞら》** **初茜《はつあかね》さす** [冬]冬茜 〔初茜とぢし瞼《まぶた》もうす明り　加倉井秋を〕

初《はつ》東雲《しののめ》 しののめは、暁、明け方の意。元日の夜明けの空をいう。**初《はつ》曙《あけぼの》** 〔初東雲あめつち富士となりて立つ　岡田貞峰〕

初明《はつあか》り 元日の朝の曙光。**初夜《はつよ》明《あけ》** **初明《はつあか》りする** 〔川音の海へ海へと初明り　中島ちなみ〕

初《はつ》日《ひ》 元日の日の出、またはその太陽のこと。**初陽《はつひ》** **初旭《はつあさひ》** **初朝日《はつあさひ》** **若日《わかひ》** **初日《はつひ》の出《で》** **初日《はつひ》出《で》る** **初日《はつひ》のぼる** **初日《はつひ》影《かげ》** **初日《はつひ》さす** **初日《はつひ》受《う》く** **初日《はつひ》待《ま》つ** **初日《はつひ》浴《あ》ぶ** **初日《はつひ》仰《あお》ぐ** **初日《はつひ》向《なた》** **初《はつ》日山《ひやま》** [新]初日拝む 〔田にゐたる鴨が初日をよぎり飛ぶ　水原秋櫻子〕

初《はつ》空《ぞら》 元日の大空のこと。その年初めて明けた空を賞《め》でていう。**初御空《はつみそら》** 〔初空の藍と茜と満たしあふ　山口青邨〕

初《はつ》晴《ばれ》 元日の晴天のこと。元旦が晴れると五穀豊穣の兆しという。〔初晴にはやきく凧のうなりかな　吉田冬葉〕

初《はつ》霞《がすみ》 新春の野山にたなびく霞のこと。**新霞《にいがすみ》** [春]霞　[夏]夏霞　[冬]冬霞 〔初霞して内海の船だまり　石原舟月〕

初《はつ》風《かぜ》 元日に吹く風。**春《はる》の初風《はつかぜ》** **年《とし》の初風《はつかぜ》** [秋]秋の初風 〔初風の蕭々と竹は夜へ鳴れる 臼田亜浪〕

初東風《はつごち》 新年になって初めて吹く東風のこと。**節東風《せちごち》** **初東風《はつごち》す** **初東風《はつごち》渡《わた》る** [春]東風 [夏]土用東風 [秋]盆東風 〔初東風や波にあそべる松ふぐり 田村木国〕

初松籟《はつしょうらい》 新年になって初めての、また正月の間、松の梢に吹く風。**初松風《はつまつかぜ》** **初松韻《はつしょういん》** [秋]爽籟 [新]初風 〔初松風心の鬢《ひだ》にかそかなり 富安風生〕

初《はつ》凪《なぎ》 元日の海の静かに凪いださま。**初凪《はつな》げる** [夏]朝凪・夕凪 [冬]冬凪 〔初凪や千鳥にまじる石たゝき 島村元〕

初《はつ》星《ぼし》 年が明けて初めて見る星。**初春《はつはる》の星《ほし》** **新春《しんしゅん》の星《ほし》** 〔初星への希ひはひとつ相思なる 河野多希女〕

御《お》降《さがり》 元日や三が日の間に降る雨や雪のこと。めでたさを敬していう。**富《とみ》正月《しょうがつ》** 〔お降りのやがて流るる音すなり 大石悦子〕

淑《しゅっ》気《き》 《しゅくき》 新春のめでたい気配を指す。**淑気満《しゅつきみ》つ** 〔雨あとの葡萄畑の淑気かな 棚山波朗〕

地理

初景色《はつげしき》 元日の淑気に満ちたあたりの景色。**初気色《はつげしき》** 新 初山河 〔美しくもろもろ枯れし初景色　富安風生〕

初富士《はつふじ》 元日の富士山である。**初の富士《はつのふじ》** **二日富士《ふつかふじ》** **三日富士《みつかふじ》** 夏 雪解富士・赤富士 〔初富士のかなしきまでに遠きかな　山口青邨〕

初筑波《はつつくば》 元日に見る筑波山である。**初筑波山《はつつくばさん》** 〔初筑波午後へむらさき深めけり　神原栄二〕

初比叡《はつひえい》 元日に望む比叡山のことである。東の「初富士」に呼応する季語。**初日枝《はつひえ》** 〔初比叡五雲の彩《いろ》をたなびかせ　宇咲冬男〕

初浅間《はつあさま》 元日に望み見る浅間山をいう。**初浅間山《はつあさまやま》** 〔初浅間噴煙淡く襞深し　吉沢一葎〕

初秩父《はつちちぶ》 元日に望む秩父嶺のこと。**初秩父嶺《はつちちぶね》** 〔襟巻厚く初秩父嶺を見て来たり　石田波郷〕

初波《はつなみ》 新年の湖や海や川の波。〔初波に舞舞岩《まいまいいわ》の鵜を翔たす　法師浜桜白〕

若菜野《わかなの》 若菜は七種の総称。それを摘む野のこと。**若菜の野《わかなのの》** 〔若菜野のもぐらの土や赤ざらし　宮岡計次〕

初山河《はつさんが》 元日の山河、辺りの風景をいう。〔初山河高架橋下に富士嵌《は》めたり　住田栄次郎〕

初《はつ》泉《いずみ》《はついづみ》 元日の泉。夏 泉 〔初泉底たひらかに諸諸よ　平畑静塔〕

行事

朝《ちょう》賀《が》 てうが　古くは朝廷で天皇が郡臣の祝賀を受ける儀式だった。現在では正月二日に一般国民が皇居内で年賀の記帳をする国民参賀をいう。**朝拝《ちょうはい》**　**拝賀《はいが》**　**参賀《さんが》**　**参賀人《さんがびと》**　新 拝賀式〔参賀記帳すませて風に真向ひぬ　竹下鶴城子〕

国栖奏《くずそう》　陰暦一月十四日（陽暦では二月二十一日ごろ）に奈良県吉野町国栖の浄見原《きよみはら》神社で、祭神の天武天皇の御霊《みたま》を慰めるために行う、古式ゆかしい歌舞。**国栖舞《くずまい》**　**国栖笛《くずぶえ》**　**国栖《くず》歌《うた》**　**国栖人《くずびと》**　**国栖翁《くずのおきな》**〔岩《いは》襖《ぶすま》国栖の翁の舞ひはじむ　森田峠〕

若《わか》水《みず》 わかみづ　元旦の朝、初めて汲む水。中古期の宮中行事。**井華水《せいかすい》**　**初水《はつみず》**　**福水《ふくみず》**　**若水迎《わかみずむかえ》**　**若井《わかい》**　**井開《いびらき》**　**若水桶《わかみずおけ》**　**若水汲《わかみずく》む**　**一番水《いちばんみず》**〔隣人と闇のつづける若井くむ　本多静江〕

歯《は》固《がため》　三が日に健康・長寿を願って、餅や搗栗《かちぐり》など固いものを食べる風習。**歯固《はがため》の餅《もち》**〔歯固や年歯とも言ひ習はせり　高浜虚子〕

雉《き》子《じ》酒《ざけ》　宮中や宮家で参賀客にふるまわれた、雉子の焼肉の入った熱燗のこと。**雉《き》子《じ》酒《しゅ》**　**おきじ**〔吹上の霞まぢかき雉子酒かな　山県瓜青〕

御薬《みくすり》を供《くう》ず　天皇に薬を差し上げる行事。一献《こん》に屠蘇《とそ》、二献に白散《びやくさん》、三献に度嶂散《どしようさん》を、三が日に服するという中国伝来の儀式。**屠蘇《とそ》**　**白散《びやくさん》**　**度嶂散《どしようさん》**　**薬子《くすりご》**〔白散よ酒に交へて生く薬　松瀬青々〕

政《まつりごと》始《はじめ》　昔、宮中で行われた政治の儀式。今は各行政府役所の仕事始め。**政事始《せいじはじめ》**　**政治始《せいじはじめ》**　新御用始〔時めける人々政治始かな　楠部南崖〕

小松引《こまつひき》　一月初の子《ね》の日、野辺に出て小松を取り、千代を祝して歌宴を張った。**初子の日《はつねのひ》**　**子《ね》の日《ひ》の遊《あそ》び**　**子《ね》の日《ひ》**　**初子《はつね》**　**小松引《こまつひき》**　**子《ね》の日山《ひやま》**　**子《ね》の日衣《ひごろも》**　**子《ね》の日《ひ》の宴《えん》**　新子日草〔雪嶺の鬢《ひだ》濃く晴れぬ小松曳　杉田久女〕

卯《う》杖《づえ》《うづゑ》　中古、一月初の卯の日に、一年の邪気を払う祝いとして贈答に用いた杖。**卯《う》の杖《つえ》**　**初卯杖《はつうづえ》**　**卯槌《うづち》**　**祝の杖《いわいつえ》**　**卯杖の祝《うづえいわい》**〔よろめきて老のいただく卯杖かな　町田勝彦〕

若菜《わかな》を供《くう》ず　正月七日、天皇の供御《くご》として七種の若菜を奉った行事。**若菜節会《わかなのせちえ》**〔さむき方に立ちて若菜の御供かな　大伴大江丸〕

白馬節会《あおうまのせちえ》《あをうまのせちゑ》　正月七日、青馬を見ると年中の邪気を除けるという信仰から、古くから宮中で行われた正月三節会の一つ。後に青馬は白馬となった。〔白馬の鼻寒げなる旭かな　内藤鳴雪〕

女王禄《おうろく》《わうろく》　正月八日、白馬節会《あおうまのせちえ》の翌日、女王に禄を賜った行事だが、中世に入って廃れた。**女王禄《おうろく》を賜《たま》ふ**〔女王禄やねびまさりたる御笑顔　正岡子規〕

女叙位《にょじょい》《にょじょゐ》　陰暦正月八日、五位以下の内親王や女王に、位階を授与した中古の儀式。**女叙《おんなじょ》**

位《い》〔盆梅に裃触れゆく女叙位かな　原田蘆風〕

県召除目《あがためしのじもく》　正月十一〜十三日、諸国の国司を宮中で任命した。中古の儀式。**県召**《あがためし》 **春除目**《はるのじもく》〔鬼討つて丹波守が除目かな　安斎桜磈子〕

御薪《みかまぎ》　正月十五日、畿内、在京の文武百官より宮内省に薪を奉る儀式。御竈木《みかまぎ》のこと。**御**《み》**薪**《まき》 **御薪奉る**《みかまぎたてまつ》〔御薪や奥の小楢と記しけり　中村泰山〕

踏歌節会《とうかのせちえ》　中古、正月に、男女の舞人が宮中へ踏歌を奉納する行事で、十五日を男踏歌、十六日を女踏歌といった。**踏歌**《とうか》 **男踏歌**《おとことうか》 **女踏歌**《おんなとうか》 **霰ばしり**《あられ》 **挿頭綿**《かざしのわた》〔瑞髪も結はで妙なる踏歌かな　高田蝶衣〕

賭弓《のりゆみ》　正月十八日、近衛《このえ》・兵衛《ひょうえ》の左右の舎人が射技を競い合った行事。**賭射**《のりゆみ》 **還饗**《かえりあるじ》〔立並び射る賭弓や二人張　友静〕

歌会始《うたかいはじめ》　両陛下をはじめ各皇族のご詠草、また一般国民から詠進した入選歌が披露される宮中新年の歌会。**御会始**《ごかいはじめ》 **和歌御会始**《わかごかいはじめ》 **歌御会始**《うたごかいはじめ》〔歌会始目つむり給ひ天皇は　大井戸千代〕

講書始《こうしょはじめ》　宮中で天皇・皇后はじめ各皇族が学者からご進講を聞かれる新年の行事。**初**《はつ》**講書**《こうしょ》〔しはぶきて講書始の席につく　富田直治〕

鞠始《まりはじめ》　鹿の皮で作った鞠を沓《くつ》で蹴上げ、受けて落とさないようにする遊戯。**蹴鞠始**《けまりはじめ》 **初蹴鞠**《はつけまり》 **初鞠**《はつまり》〔大空に蹴あげて高し鞠始　山崎ひさを〕

拝賀式《はいがしき》　一月一日、職員生徒が学校に参集し、ご真影を拝し、君が代や新年の唱歌を歌う式

のこと。戦後は廃絶された。新朝賀・年賀〔ほほゑみて拝賀の列の中にあり　成瀬正俊〕

三河花祭《みかわはなまつり》《みかははなまつり》　愛知・静岡・長野の県境一帯で伝承される祭で、新年を迎える儀式の性格が強い。**花祭**《はなまつり》　**花神楽**《はなかぐら》　**榊鬼**《さかきおに》〔出番を待つ鬼が酔ひをり花祭　山田洋々〕

達磨市《だるまいち》　開運厄除の福達磨を売る市。**福達磨**《ふくだるま》〔曇りつゝ薄日映えつゝ達磨市　石田波郷〕

成人の日《せいじんのひ》　一月十五日のある週の月曜日。満二十歳になった男女を祝福する国民の祝日。**成人式**《せいじんしき》　**成人祭**《せいじんさい》　**成人日**《せいじんび》　**成年式**《せいねんしき》　**成年祭**《せいねんさい》　**成年日**《せいねんび》〔よそほひて成人の日の眉にほふ　遠山木魂〕

松囃子《まつばやし》　もともとは室町時代に、武将などが正月の祝儀として邸内で各種の芸能を演じたこと。江戸時代の松囃子は、江戸城内で行われた能楽諸流の謡始めの行事を指す。**松拍子**《まつばやし》　**御謡初**《おうたいはじめ》〔一せいに平伏したり松囃子　高橋すゝむ〕

弓始《ゆみはじめ》　新年になって初めて弓を射ることで、もともとは宮廷行事であった。**射場始**《いばはじめ》　**弓場始**《ゆみばはじめ》　**的始**《まとはじめ》　**弓矢始**《ゆみやはじめ》　**射初**《いぞめ》　**初弓**《はつゆみ》〔吐く息のしづかにのぼる弓始　小島 健〕

門松《かどまつ》　新年を祝い家の戸口や門に立てる松。歳神の依代《よりしろ》と考えられた。**御門松**《おんかどまつ》　**松飾**《まつかざり》　**飾**《かざり》　**竹**《たけ》　**門飾**《かどかざり》　**門木**《かどき》　**門の松**《かどのまつ》　**松の門**《まつのかど》　冬門松立つ　新松納〔門松にひそと子遊ぶ町の月　富田木歩〕

藁盒子《わらごうし》《わらがふし》　門松にくくりつけて、門神に献ずる供物を入れる小さい藁の畚《もっこ》。**幸籠**《さいわいかご》　**ヤス**〔よべの飯凍てつきゐるや藁盒子　坂井華溪〕

幸木《さいわいぎ》　《さいはひぎ》地方により異なるが、屋内や内庭に横木を架け、正月用の食べ物を掛けつらね正月二十日ごろまで食べる。**幸木**《さいぎ》　**万懸**《よろずかけ》　**懸**《かけ》**の魚**《うお》　〔幸木てふ名の目出度さよ雁一羽　松瀬青々〕

飾《かざり》　注連飾をはじめ新年の飾りを総称していう。**お飾**《かざり》　**輪飾**《わかざり》　[冬]飾売　〔飾してわれにもちさき書斎あり　黒田杏子〕

注連《しめ》**飾**《かざり》　しめは、神が占有している場所を明らかにする縄のこと。新年の門口に張って魔よけの意を表わす。**注連縄**《しめなわ》　**七五三縄**《しめなわ》　**年縄**《としなわ》　**飾縄**《かざりなわ》　**掛飾**《かけかざり》　**輪注連**《わじめ》　**大飾**《おおかざり》　**飾藁**《かざりわら》　**大根注連**《だいこんじめ》　**牛蒡注連**《ごぼうじめ》　[冬]注連飾る　〔洗はれて櫓櫂《ろかい》細身や注連飾　大野林火〕

蓬《ほう》**莱**《らい》　渤海の東の海中にあるという神仙の山、蓬莱山をかたどった新年の飾り物。三宝に松竹梅を立て、白米、熨鮑《のしあわび》、昆布、野老《ところ》、かち栗、穂俵《ほだわら》、橙《だいだい》などを盛った。**蓬莱飾**《ほうらいかざり》　**蓬莱山**《ほうらいさん》　**懸蓬莱**《かけほうらい》　**組蓬莱**《くみほうらい》　**絵蓬莱**《えほうらい》　**蓬莱台**《ほうらいだい》　**蓬莱盆**《ほうらいぼん》　**包蓬莱**《つつみほうらい》　〔蓬莱や母の枕は箱枕　磯貝碧蹄館〕

食《くい》**積**《つみ》　《くひつみ》年賀の客をもてなすために、重箱に正月料理を詰めたものをいう。**喰積**《くいつみ》　**重詰**《じゅうづめ》　**重詰料理**《じゅうづめりょうり》　**組重**《くみじゅう》　**食積飾**《くいつみかざり》　**食継**《くいつぎ》　〔食積や今年なすべきこと多く　轡田進〕

鏡《かがみ》**餅**《もち》　神仏に二つ重ねにして供える丸い正月の餅。**御鏡**《おかがみ》　**飾餅**《かざりもち》　**据**《すわ》**り餅**《もち》　**具足餅**《ぐそくもち》　**鎧餅**《よろいもち》　[冬]餅　〔鏡餅わけても西の遥かかな　飯田龍太〕

飾海老《かざりえび》　正月、蓬莱台や鏡餅、注連飾りなどに添えて飾る海老。**海老**《えび》**飾**《かざ》**る**　**伊**《い》**勢**《せ》**海老**《えび》**飾**《かざ》**る**　**伊**《い》**勢**《せ》**海老**《えび》**祝**《いわ》**ふ**　[新]伊勢海老　〔飾海老四海の春を湛《たた》へけり　吉田冬葉〕

飾《かざり》炭《ずみ》 門松に炭を結びつけて飾ること。一説に炭は住《すみ》に通じ永住を祝うの意もあるという。 **結炭《ゆいずみ》**〔切口の菊花めでたし飾炭　横関俊雄〕

飾《かざり》臼《うす》 農家が正月の間、臼に注連縄を張り鏡餅を供えて祀ること。臼は農家にとり大切な道具だった。 **臼飾《うすかざり》**　**臼飾《うすかざ》る**〔あかねさす近江の国の飾臼　有馬朗人〕

飾《かざり》米《ごめ》 正月に蓬萊台《ほうらいだい》に飾る白米。米には再生復活の霊力があると信じられていた。 **米飾《こめかざ》る**〔石塊《いしくれ》を立てて一仏飾米　古舘曹人〕

松竹梅飾《しょうちくばいかざ》る 松竹梅を正月に飾ること。いずれも寒さに強く、古来よりめでたいこと、祝事に用いられる。〔松竹梅道に売れるを眺めけり　福井艸公〕

楪飾《ゆずりはかざ》る 《ゆづりはかざる》楪は新葉が開いてから古い葉が落ちるので、正しい世代交替を願って、鏡餅など正月の飾りに用いる。 [新]楪〔追分や楪つけし門並び　鳥越憲三郎〕

歯《し》朶《だ》飾《かざ》る 歯朶は常緑で、葉が双出することから、長寿で夫婦円満を意味するとされた。注連飾、鏡餅などに飾る。 [新]歯朶〔門の歯朶三日の土に落ちてあり　岡本松濱〕

橘飾《たちばなかざ》る 橘は不老長寿の薬と古くから考えられていた。正月にこれを注連飾や蓬萊に添えた。 [夏]花橘　[秋]橘〔橘の床や往時の偲ばるる　竹内　敏〕

橙飾《だいだいかざ》る 橙は代々の意とされ、家が代々続くようにと注連飾や蓬萊、鏡餅に飾る。 [夏]橙の花　[冬]橙〔橙や火入れを待てる窯の前　水原秋櫻子〕

柑子《こうじ》飾《かざ》る 《かうじかざる》橘や橙と同じように不老長寿を願って、注連や蓬萊に飾った。 [夏]柑子の花　[秋]柑子〔柑子飾り山出し旭《ひ》さす一ト間かな　小竹みよ〕

藪柑子《やぶこうじ》飾《かざ》る　蜜柑類のないところでは、これを注連縄や蓬萊に飾った。　冬 藪柑子〔藪柑子《やぶかうじ》飾《かざ》る家運にかげりなし　水沢竜星〕

蜜柑《みかん》飾《かざ》る　江戸から西南、九州にいたるまでの間では、その地方に育成される蜜柑類を正月に飾った。　冬 蜜柑〔蜜柑飾るあるじは紀州由良の人　上田晩春郎〕

串柿《くしがき》飾《かざ》る　正月には、健康や幸福をもたらす食べ物を食べた。串柿もその一つ。注連飾や蓬萊などに飾られた。　**乾柿《ほしがき》飾《かざ》る**　秋 干柿・柿〔胡蘆《ころ》柿の吹き粉を愛《め》でゝ飾りけり　名和三幹竹〕

榧《かや》飾《かざ》る　榧の実は歯固めの一つで、正月のめでたい食物とされた。蓬萊の三方の上に飾った。　春 榧の花　秋 榧の実〔幾年を虫気なき榧飾りけり　服部嵐翠〕

搗栗《かちぐり》飾《かざ》る　搗栗は、栗の実を殻のまま干して、臼で搗《つ》き殻と渋とを取り去ったもの。正月の嘉祥《かしょう》食として蓬萊の三方の上に飾った。　秋 搗栗作る〔武家屋敷今に搗栗飾りけり　金子木国〕

梅干《うめぼし》飾《かざ》る　梅干を蓬萊の三方にのせて飾ること。梅干は健康長寿の正月の嘉祥《かしょう》食と考えられた。　夏 梅干〔家宝のごと梅干飾る盆の上　台　理平〕

昆布《こんぶ》飾《かざ》る　昆布を蓬萊や鏡餅に添えて飾ること。昆布は、よろこぶの語に通じるので縁起を賛して用いる。　**飾昆布《かざりこんぶ》**　**結昆布《むすびこんぶ》祝《いわ》ふ**　新 結昆布　夏 昆布・昆布刈〔わが飾るはどこに漂ひし昆布ならむ　加倉井秋を〕

野老《ところ》飾《かざ》る　野老はヤマイモ科。このいもが極めて長いことから長寿を象徴するとして正月の

飾りにする。**野老祝《ところいわ》ふ**　春野老掘る　新野老　〔ひげの砂こぼし野老を飾りけり　沢木欣一〕

穂俵飾《ほだわらかざ》る　穂俵は褐色藻類の一つで、実が米俵に似ているのでこの名がある。穂も俵もめでたいので蓬萊台に飾る。新穂俵　〔ほんだはら黒髪のごと飾り終る　山口青邨〕

掛鯛《かけだい》　小鯛を二尾腹合わせにして口と鰓に藁を通して結び、正月の神棚の前や下に掛けて飾る。**にらみ鯛《だい》**　新据り鯛　〔懸鯛《かけだひ》に霞つくりぬ釜の湯気　名和三幹竹〕

掛筵《かけむしろ》　正月、神前に新しく掛ける筵のこと。地方によっては門飾に掛けるところもある。**福筵《ふくむしろ》**　**年薦《としごも》**　〔宵の灯に宮居しづもる掛筵　鍋島請江〕

福藁《ふくわら》　正月、門口や庭に敷く藁。清めのためとも年賀の客を迎えるためともいう。**福藁敷《ふくわらし》く**　**ふくさ藁《わら》**　秋新藁　〔鳰《にほ》どりの川に来てゐるふくさ藁　岡井省二〕

初日拝《はつひおが》む　元日の日の出を拝むこと。新初日　〔額づけば初日の雲と杉のこゑ　山口草堂〕

若潮《わかしお》　元日の朝、年男が海水を汲んで神に供える行事。一家がこれを迎えるのが若潮迎え。**若潮迎《わかしおむかえ》**　新若水　〔お松明《たいまつ》若潮《わかしほ》迎への繰出しぬ　田口一穂〕

年男《としおとこ》　正月の神を迎えて一家の祭事を行う男性。現在では追儺式の豆撒きをする者を指す場合が多い。**若男《わかおとこ》**　**役男《やくおとこ》**　**万力男《まんりきおとこ》**　**祝太郎《いわいたろう》**　〔年男《としをとこ》たり牙ありし身を思ひをり　能村登四郎〕

屠蘇《とそ》　年頭に用いる薬酒。長寿を保ち邪気を払うともいう。**屠蘇祝《とそいわ》ふ**　**屠蘇酒《とそしゅ》**　**屠蘇袋《とそぶくろ》**　**屠蘇《とそ》**

雑煮《ぞうに》の酔《よい》　屠蘇《とそ》の酒《さけ》　屠蘇《とそ》飲《の》む　屠蘇《とそ》をくむ　屠蘇《とそ》散《さん》　屠蘇《とそ》の座《ざ》　屠蘇《とそう》受く　屠蘇《とそ》朱盃《しゆはい》　屠蘇《とそ》の盃《さかずき》　屠蘇《とそ》つぐ　〔屠蘇くめや短くなりしいのちの緒　森 澄雄〕

雑煮《ぞうに》祝《いわ》ふ　餅や野菜等を清汁《すまし》あるいは味噌汁仕立てにしたもの。年を祝って食べる。**雑煮《ぞうに》　雑煮《にざふ》　お雑煮《ぞうに》　雑煮《ぞうに》餅《もち》　雑煮《ぞうに》膳《ぜん》　雑煮《ぞうに》椀《わん》　雑煮《ぞうに》食《く》ふ　雑煮《ぞうに》の座《ざ》　雑煮《ぞうに》腹《ばら》**　〔国生みのはじめの島の雑煮餅　川崎展宏〕

芋《いも》の頭《かみ》祝《いわ》ふ　正月の雑煮に入れる芋頭。芋頭は、人の頭に立つ、子が多いの二つの縁起から用いられた。**芋《いも》の頭《かみ》　芋頭《いもがしら》　芋頭《いもがしら》祝《いわ》ふ**　㊙芋　〔朱の椀に一つ残るや芋の頭　中島黒洲〕

大根祝《だいこんいわ》ふ　正月の飾り物や雑煮に入れる大根。**大根飾《だいこんかざ》る**　㊄大根　㊪鏡草　〔年々の朱椀に大根祝ふなり　神谷義子〕

太箸《ふとばし》　雑煮を祝うときに使う柳の白木の太い箸。新たにおろして用いる。**雑煮箸《ぞうにばし》　餅箸《もちばし》　柳箸《やなぎばし》　祝箸《いわいばし》　箸包《はしつつみ》　箸紙《はしがみ》**　〔太箸や日ごろの山に正座して　福島 勲〕

庭竈《にわかまど》　正月に庭に竈を造り、そのまわりで家族が食事をしたり、賀客を饗応したりすることをいう。**にはかまど**　㊙盆竈　〔垣根なる臼に鶏鳴け庭竈　岩谷山梔子〕

年賀《ねんが》　三が日の間に親戚、知人、近隣の人を訪問して新年の賀辞を述べあうこと。**年《とし》の賀《が》　年賀《ねんが》　年始《ねんし》　御年始《おねんし》　年始客《ねんしきやく》　年礼《ねんれい》　初礼《はつれい》　年《とし》の礼《れい》　正月礼《しようがつれい》　門礼《かどれい》　門《かど》の礼《れい》　回礼《かいれい》　年始廻《ねんしまわ》り　年《とし》受《う》く　年祝《としほ》ぎ**　㊗二月礼者　㊪賀状・御慶・礼者　〔廻り道して富士を見る年賀かな　五所平之助〕

御慶《ぎよけい》　年始にお互いに述べあう祝いの詞《ことば》。**賀詞《がし》**　**御慶帳《ぎよけいちよう》**　**賀詞帳《がしちよう》**　**御慶申《ぎよけいもう》す**　**賀詞申《がしもう》す**　新年賀　〔御慶受くふたりのわれの一人より　角川春樹〕

礼者《れいじや》　新年の賀詞を述べに来る年賀人のこと。**初礼者《はつれいじや》**　**門礼者《かどれいじや》**　**年賀人《ねんがびと》**　**年賀客《ねんがきやく》**　**賀客《がきやく》**　**礼者《れいじや》来《く》る**　**礼者去《れいじやさ》る**　春二月礼者　〔靴大き若き賀客の来て居たり　能村登四郎〕

女礼者《おんなれいじや》　女性の年賀客のこと。**女賀客《おんながきやく》**　**女礼《おんなれい》**　新女正月　〔繭の香をまとひし女礼者《をんなれいじや》かな　滝沢伊代次〕

年玉《としだま》　年始回礼に持参する新年の贈物。現在では子供に与える金銭や物品をいう。**お年玉《としだま》**　〔年玉や父の白髪見にゆかむ　鈴木太郎〕

賀状《がじよう》　年賀の挨拶を記した書状。**年賀状《ねんがじよう》**　**年始状《ねんしじよう》**　**年賀郵便《ねんがゆうびん》**　**年賀電報《ねんがでんぽう》**　**年賀《ねんが》はがき**　**賀状《がじよう》来《く》る**　**賀状見《がじようみ》る**　冬賀状書く　新初便り　〔たのしきらし我への賀状《がじやう》妻が読み　加藤楸邨〕

礼帳《れいちよう》　年賀に来た客が姓名を記してゆく帳面。玄関に机・筆硯とともに置く。**礼受帳《れいうけちよう》**　**門《かど》の礼帳《れいちよう》**　新年賀・礼者・礼受・名刺受　〔礼帳《れいちやう》に墨の匂ひのめでたさよ　南上北人〕

礼受《れいうけ》　玄関先に、新年の賀客を迎えて賀詞を受けること。またその人のこと。**礼者受《れいじやうけ》**　〔礼受や雲水の礼うつくしく　岡村浩村〕

名刺受《めいしうけ》　三が日の間、回礼の客のために、玄関先などに名刺入れ用の器を置く。この器のこと。**名刺交換会《めいしこうかんかい》**　〔名刺受雪降りこみて濡れにけり　大場白水郎〕

宝舟《たからぶね》　めでたい初夢を見るため、枕の下に敷く宝船の絵。**宝船《たからぶね》**　**宝船敷《たからぶねし》く**　〔七十路は夢

も淡しや宝舟　水原秋櫻子〕

ひめ始《はじめ》　一般には新年初めて男女が交わることだが、諸説がある。**飛馬始《ひめはじめ》**　**火水始《ひめはじめ》**　**密事始《ひめはじめ》**　**姫始《ひめはじめ》**〔足二本あれば嘘つく姫はじめ　角川春樹〕

書　初《かきぞめ》　新年になって初めて書や絵をかくこと。**試筆《しひつ》**　**試毫《しごう》**　**吉書《きつしよ》**　**吉書始《きつしよはじめ》**　**筆始《ふではじめ》**　**筆を試《こころ》む**〔書初や旅人《たびと》が詠める酒の歌　上村占魚〕

絵筆始《えふではじめ》《ゑふではじめ》　新しい年になって初めて絵筆をとること。**描《か》き初《ぞめ》**〔描初や唇に確かむ筆の先　三木蒼生〕

初　硯《はつすずり》　年頭に初めて硯を用いること。[秋]硯洗　[新]書初〔初硯母にしづかな刻《とき》ありて　永方裕子〕

読　初《よみぞめ》　新年に初めて書物を読むこと。**読書始《どくしよはじめ》**　**読始《よみはじめ》**　**読《よ》み始《はじ》む**　**初読《はつよみ》**〔「いづれの御時にか」読初をこゑに出す　上田五千石〕

仕事始《しごとはじめ》　新年に初めてそれぞれの仕事を始めること。**事務始《じむはじめ》**　**初仕事《はつしごと》**　**初事務《はつじむ》**　[冬]御用納　[新]御用始〔仕事始とて人に会ふばかりなり　大橋越央子〕

初出勤《はつしゆつきん》　新しい年になって初めて出勤すること。〔向ひホームも初出勤の貌ならぶ　河野緋佐子〕

臼《うす》　起《おこし》　年の初めに行われる臼の使い初めの式。**搗始《つきはじめ》**〔臼起し祝へる門を過ぎにけり　田中大浦〕

船乗初《ふなのりぞめ》　正月二日、船霊をまつる船祝いをしたあと、船を乗りだして近くの龍宮・夷・金比

羅などの宮に参ってくること。**船初**《ふなはじめ》　**乗出**《のりだし》　**乗初**《のりはじめ》　**初船乗**《はつふなのり》　〔乗初や帆のはためきに打たれつつ　小杉余子〕

船起《ふなおこし》　正月二日、船霊をまつる行事。**船方祭**《ふなかたまつり》　**起舟**《きしゅう》　**船霊節句**《ふなだませっく》　**船出始**《ふなではじめ》　**漕初**《こぎぞめ》　〔茜さす海の道あり船起し　森　澄雄〕

御用始《ごようはじめ》　一月四日より始まる諸官庁の事務始のこと。[冬]御用納　[新]政始・仕事始　〔うつうつと御用始めを退《ひ》きにけり　細川加賀〕

初市《はついち》　新年に魚・青果その他の市を初めて開くこと。**初市場**《はついちば》　**市始**《いちはじめ》　〔初市に妻と来て買ふ志野茶碗　七田谷まりうす〕

初相場《はつそうば》　証券取引所の、新年初めての商品取引の値段。[冬]終相場　〔百尺の廊下ばなしや初相場《はつさうば》　長谷川春草〕

初商《はつあきない》　新年になって初めての商売をいう。**商始**《あきないはじめ》　**商初**《あきないはじめ》　〔初商《はつあきなひ》の法被《はっぴ》の紺が匂ふなり　古山千代子〕

初糶《はつせり》　新年初めて開く魚・野菜・果実などの市場の糶のこと。**糶始**《せりはじめ》　〔初糶の花荷積まるる雪の上　山谷三郎〕

売初《うりぞめ》　小売業者らが新年初めて販売すること。**初売**《はつうり》　〔初売の街の静かに暮れにけり　志田一女〕

初荷《はつに》　正月二日、卸問屋が取引先に荷を届けること。**初荷馬**《はつにうま》　**初荷牛**《はつにうし》　**飾り馬**《かざりうま》　**初荷車**《はつにぐるま》　**初荷**《はつに》**船**《ぶね》　**初荷橇**《はつにそり》　**初荷駅**《はつにえき》　**初荷来る**《はつにくる》　**初荷旗**《はつにばた》　**初荷トラック**《はつに》　〔大粒の真珠を仕入れ初荷とす

鈴木多江子〕

買初《かいぞめ》 《かひぞめ》新年に初めて買物をすること。**初買**《はつかい》 **初買物**《はつかいもの》 〔坂町や狸の筆を買初す 井桁白陶〕

棚探し《たなさがし》 正月に神棚にまつった供え物を下げて食べること。**棚**《たな》**ばらひ** **棚元探し**《たなもとさがし》 〔棚さがし土鍋に山とうづ高く 有田風蕩之〕

新年会《しんねんかい》 《しんねんくわい》新年を祝って開く宴会。**新年宴会**《しんねんえんかい》 ［冬］年忘 〔いまも師に遠く坐すなり新年会 風間ゆき〕

初会《はつかい》 《はつくわい》新年初めての会。**初寄**《はつより》 **初寄合**《はつよりあい》 **初会合**《はつかいごう》 〔初会や更けて出づれば街は雪 桐山桐郷〕

初句会《はつくかい》 《はつくくわい》新年になって初めての句会。**初運座**《はつうんざ》 **初披講**《はつひこう》 **句会始**《くかいはじめ》 **運座始**《うんざはじめ》 **歳旦開**《さいたんびらき》 〔松とれし町の雨来て初句会 杉田久女〕

初吟行《はつぎんこう》 《はつぎんかう》新年になって初めての吟行。**吟行始**《ぎんこうはじめ》 〔洛北の老尼を訪はむ初吟行 瀬戸秋川〕

出初《でぞめ》 新年の初めに行われる各地消防士の初めての演習。**出初式**《でぞめしき》 **水上消防出初式**《すいじょうしょうぼうでぞめしき》 **消防出初式**《しょうぼうでぞめしき》 **梯子乗**《はしごのり》 **出初の梯子**《でぞめのはしご》 〔出初式ありたる夜の星揃ふ 鷹羽狩行〕

医務始《いむはじめ》 新年初めて、医療事務や医者としての仕事をすること。**医事始**《いじはじめ》 〔電話早や吾を待ちゐし医務始 五十嵐播水〕

七種《ななくさ》 一月七日、七種類の若菜を入れた粥を食べ祝う行事。**七草**《ななくさ》 **七種籠**《ななくさかご》 **七種洗ふ**《ななくさあらふ》 〔苞《つと》とけば七草の菜の青ひらく 能村登四郎〕

七種粥《ななくさがゆ》　七日正月の、七種を入れた粥。これを食べて一年の無病息災を願う。**七日粥**《なのかがゆ》　**薺粥**《なずながゆ》　**七種雑炊**《ななくさぞうすい》　**若菜粥**《わかながゆ》　㊎小豆粥　〔天暗く七種粥の煮ゆるなり　前田普羅〕

薺打つ《なずなうつ》《なづなうつ》　七種粥に入れるため、薺を細かく切り刻み包丁でたたくこと。**薺打**《なずなうち》　**七草**《ななくさ》**たたく**　**七草**《ななくさ》**はやす**　**若菜**《わかな》**はやす**　**打薺**《うちなずな》　〔薺打つ俎板を先づ濡らしけり　山田みづえ〕

若菜摘《わかなつみ》　一月六日に七草を摘むこと。**七種摘**《ななくさつみ》　**若菜摘**《わかなつ》**む**　**若菜狩**《わかなかり》　**若菜**《わかな》**の日**《ひ》　**菜摘歌**《なつみうた》　〔古事記には海なる野辺の若菜摘　赤松蕙子〕

薺摘み《なずなつ》《なづなつみ》　七種粥には七種類の菜を入れるが、春早く芽を出す薺を主とする地方も多い。**薺売**《なずなうり》　㊍薺の花　㊎薺　〔ひとり摘む薺の土のやはらかに　中村汀女〕

七種爪《ななくさづめ》　一月七日、新年になって初めて爪を切る日。邪気を祓うとされた。**七草爪**《ななくさづめ》　**菜爪**《なづめ》　**薺**《なずな》**爪**《づめ》　**六日爪**《むいかづめ》　〔あかんぼの七種爪もつみにけり　飴山實〕

松納《まつおさめ》《まつをさめ》　門松を取り払うこと。**松取**《まつと》**る**　**門松取**《かどまつと》**る**　**松**《まつ》**を納**《おさ》**む**　**松上**《まつあが》**り**　**松倒**《まつたお》**し**　**松下**《まつおろ》**し**　**松**《まつ》**送**《おく》**り**　**松引**《まつひき》　**松直**《まつなお》**し**　**お松払**《まつばら》**ひ**　㊌門松立つ　〔松納夕べの山に星ひとつ　嶺治雄〕

飾納《かざりおさめ》《かざりをさめ》　正月の注連やお飾りを取り払うこと。六日や十四日に行うところが多い。**注連**《しめ》**取**《と》**る**　**飾取**《かざりと》**る**　**飾卸**《かざりおろ》**し**　**お飾**《かざり》**こわし**　㊌飾売　㊎飾　〔注連とりてことに鶏の目夕景色　飯田龍太〕

鳥総松《とぶさまつ》　門松を取り払ったあとに、その松の一枝を挿しておく。**留守居松**《るすいまつ》　㊎松納　〔鳥総松枯野の犬が来てねむる　水原秋櫻子〕

学校始《がっこうはじめ》《がくかうはじめ》　年末年始の休暇が終わって、新年の授業が始まること。**学校始**《がっこうはじ》**まる**　**初講義**《はつこうぎ》

講義始《こうぎはじめ》〔階段に廊下に学校始かな　寺田あい〕

宝恵籠《ほいかご》　一月十日、大阪今宮戎《えびす》神社の初戎に、芸妓や舞妓が美しく着飾って乗る籠。**宝恵駕**《ほいかご》　**戎籠**《えびすかご》　**福助籠**《ふくすけかご》　新十日戎　〔宝恵駕の髷《まげ》がつくりと下り立ちぬ　後藤夜半〕

鏡開《かがみびらき》　一月十一日、歳神に供えた鏡餅を小さく割って雑煮にしたり、汁粉にしたりして食べる祝い。**鏡割**《かがみわり》　**お供**《そな》**へくづし**　**鏡**《かがみ》**ならし**　新鏡餅　〔罅《ひび》に刃を合せて鏡餅ひらく　橋本美代子〕

帳綴《ちょうとじ》　商家が新年に新しい帳簿を作り、上書して祝うこと。**御帳綴**《おちょうとじ》　**帳祝**《ちょういわい》　**帳書**《ちょうがき》　〔帳綴《ちやうとぢ》や古き音なる掛時計　阿片瓢郎〕

帳始《ちょうはじめ》　新年初めて商家などで帳簿をつけ始めること。〔四ツ玉の算盤に慣れ帳始《ちやうはじめ》　岡田有年女〕

蔵開《くらびらき》　一月十一日、商家で新年初めて蔵を開く行事。**御蔵開**《おくらびらき》　〔日射しつつ降る雪の綺羅《きら》蔵開　早川柾子〕

十四日年越《じゅうよっかとしこし》　一月十四日、小正月の年越。**十四日年**《じゅうよっかとし》　**十四日正月**《じゅうよっかしょうがつ》　**小年越**《ことしこし》　冬年越　〔十四日年越《じふよつかとしこし》の坊主おこしかな　籾山梓月〕

餅花《もちばな》　水木・柳の枝などに餅の小片をつけた新年の飾り物。**花餅**《はなもち》　**餅穂**《もちほ》　**餅手毬**《もちでまり》　**餅木**《もちき》　**稲穂**《いなほ》**の餅**《もち》　〔餅花の下に坐つて女の子　草間時彦〕

繭玉《まゆだま》　繭の豊収を願って、餅を繭の形に作り、水木や柳の小枝に刺した新年の飾り物。**繭**《まゆ》**団子**《だんご》　**団子花**《だんごばな》　**繭玉祝**《まゆだまいわ》**ふ**　夏繭　新餅花　〔繭玉やそよろと影もさだまらず　長谷川春

草〕

削《けずり》掛《かけ》《けづりかけ》　小正月の飾りものの一つ。豊作を祈って、柳・水木・白膠木《ぬるで》などの木肌の白いのを薄く削ぎ、縮らせたり反らせたりして花のように作ったもの。**削花《けずりばな》　木花《きばな》　削《けず》掛挿《りかけさ》す　ほんだる　ほんだれ**　〔削りかけ篝火による背寒き　大西花上〕

年木《としぎ》　正月の神祭りのために、歳末に山から切り出しておく薪《たきぎ》のこと。**若木《わかぎ》　節木《せちぎ》　祝木《いわいぎ》　俵木《たわらぎ》**　冬年木樵　〔切口に今年ひしめく年木かな　星野紗一〕

鬼打木《おにうちぎ》　薪や木の一面を削り、どんどの炭で十二月という文字や十二本の線を引いて門に立てる。鬼がまだ十二月かと退散するためであるという。**鬼木《おにぎ》　鬼除木《おによけぎ》　鬼障木《おにさえぎ》　鬼押木《おにおしぎ》**　〔鬼打木雪道あけてたてらるる　清水渓石〕

粥《かゆ》の木《き》　一月十五日の粥を煮る時、年木の一部を削ったのや、竈《かまど》にくべた燃えさしで女の尻を打つ。男子が授かるという俗信。**粥杖《かゆづえ》　福杖《ふくづえ》　粥木《かゆぎ》　祝棒《いわいぼう》**　新嫁叩　〔粥杖や伊賀の局《つぼね》にたぢろぎし　伊藤松宇〕

小豆粥《あずきがゆ》《あづきがゆ》　一月十五日に、邪気を払うために食べる小豆を入れた粥。**望《もち》の粥《かゆ》　十五日粥《じゅうごにちかゆ》　小豆《あずき》粥祝《がゆいわ》ふ**　新七種粥　〔明日死ぬる命めでたし小豆粥　高浜虚子〕

粥《かゆ》柱《ばしら》　正月十五日の粥に餅を入れて食べること。あるいはその餅のことをいう。〔鵯《ひよ》鳴いて相模《さがみ》は晴れぬ粥柱　原　石鼎〕

綱《つな》引《ひき》　一月十五日、農村で行われた行事。村落対抗で行われ、勝った村の方が豊作に恵まれるという占い。**綱曳《つなひき》　縄引《なわひき》**　秋盆綱引　〔綱引の西町に雨ひかり降る　川上季石〕

水《みず》祝《いわい》 正月、前年の新婚者に祝事として水を浴びせかける行事。**水《みず》かけ祝《いわい》** **水《みず》あびせ** **花水祝《はなみずいわい》《みづいわひ》** **水掛振舞《みずかけぶるまい》** 〔美しき男に宵の水祝 坂本四方太〕

嫁《よめ》叩《たたき》 一月十四日、または十五日、子供たちが祝い棒で、新婦の尻を打って回る行事。妊娠出産を祈る呪術的風習。【新】粥の木 〔辛うじて谷に嫁あり嫁叩 相模ひろし〕

成木責《なるきぜめ》 その年の果樹の豊熟を祈願する小正月の行事。木の下で鉈《なた》や鎌や斧を持った男が「成るか成らぬか」と木に言うと、樹上に登った男が木の精に代わって「成る」と誓約する。**木責《きぜめ》** **木《き》を囃《はや》す** **木呪《きまじない》** **成祝《なりいわい》** **果樹責《かじゅぜめ》** 〔越中に父幼なくて成木責め 沢木欣一〕

田遊《たあそ》び 豊作を祈願するため、稲の収穫までの労力を演ずる正月の神事芸能。**御田《おんだ》** **田植舞《たうえまい》** **安女《やすめ》** **太郎次《たろうじ》** 〔ぬかるみへ田あそびの夜の闇やさし 宮津昭彦〕

ちやつきらこ 一月十五日、神奈川県三崎町で行われる歌舞。**初勢踊《はついせおどり》** **日《ひ》やり踊《おどり》** **左義長後祭《さぎちょうあとまつり》** 〔ちやつきらこ舞ふや沖より晴れて来し 吉田木蓉子〕

なまはげ 一月十五日（現在は十二月三十一日）の夜、秋田県男鹿半島で、鬼の姿に仮装した男が家々を訪れ子供を威嚇する風習。**なまもみはぎ** **生身剥《なまみはぎ》** **あまみはぎ** **火斑《ひがた》たくり** 〔藁沓を脱ぎなまはげは酒ねだる 佐川広治〕

かまくら 秋田県横手市で、二月十五、十六日に行われる子供の行事。雪の洞に火を灯し供物を供え、餅を焼き、甘酒などを飲んで遊ぶ。**かまくら祭《まつり》** 〔身半分かまくらに入れ今晩は 平畑静塔〕

土竜打《もぐらうち》 土竜を追って豊作を祈願する、小正月に行われる子供の行事。**もぐら追《おひ》　もぐらおどし　鼴鼠曳《もぐらひき》**〔村中が小豆飯炊《た》く土竜打ち　福島　勲〕

ほとほと 小正月の夜、若者が村の家々の戸をほとほととたたいて物乞いに来る行事。鳥取県・岡山県に多い。**ことこと　かせどり**〔ほとほとの簑に雪乗せ来りけり　梅津　光〕

注連貰《しめもらい》《しめもらひ》 どんどの燃料とするため、注連や飾りを子供たちがもらい歩く行事。**注連取《しめとり》　飾取《かざりとり》　飾盗《かざりと》り**　新左義長〔注連貰の中に我が子を見出せし　高浜虚子〕

左義長《さぎちょう》《さぎちやう》 十四日夜か十五日朝、注連飾りや門松を集めて焚く小正月の火祭行事。**さぎっ長《ちょう》　どんど　とんど　三毬杖《さぎちょう》　飾炊《かざりた》く　飾《かざ》りはやし　吉書揚《きっしょあげ》　どんど焚《た》く　どんど焼《や》く　どんどん焼《や》き　どんど正月《しょうがつ》　どんど小屋《ごや》　どんど燃《も》ゆ　どんど火《び》　どんどの火《ひ》　注連焚《しめた》く　爆竹《ばくちく》**〔雪の上を燃えつつ走る吉書かな　井上白文地〕

上元の日《じょうげんのひ》《じやうげんのひ》 陰暦一月十五日の称。七月十五日の中元、十月十五日の下元《かげん》と合わせて三元と称する。**しょんがん　上元《じょうげん》　上元会《じょうげんえ》　花燈《かとう》の夕《ゆう》べ　元宵《げんしょう》　元夕《げんせき》　花燈会《かとうえ》　上燈《じょうとう》　落燈《らくとう》**〔陳さんの遺児上元の燭ふやす　中尾杏子〕

藪入《やぶいり》 一月十六日、奉公人が生家へ帰ること。**養父入《やぶいり》　里下《さとさが》り　宿下《やどさが》り　宿下《やどお》り　六の餅《ろくのもち》　六入《いり》　親見参《おやげんぞ》**　秋後の藪入〔藪入の新井薬師に凧あがる　皆川盤水〕

春聯《しゅんれん》 新春の門戸に紅紙に吉祥の対句を書いた門聯を貼ること。〔春聯の関帝廟に跪《ひざまず》く　宮本唯人〕

二十日祝《はつかいわい》《はつかいはひ》 正月二十日を二十日正月といい、正月の祝い納めとする風習。**刃柄祝《はつかいわい》　鏡台《きょうだい》**

祝《いわい》 **初顔祝**《はつがおいわい》 **鏡の祝**《かがみいわい》 **鏡台祝**《きょうだいいわ》**ふ** 新 二十日正月〔伝へたる古鏡台も祝ひかな 松瀬青々〕

万歳《まんざい》 正月を迎えた家々を二人一組で訪れ、祝言を述べる門付《かどづけ》芸の一つ。**御万歳**《ごまんざい》 **三河万歳**《みかわまんざい》 **大和万歳**《やまとまんざい》 **尾張万歳**《おわりまんざい》 **千秋万歳**《せんずまんざい》 **知多万歳**《ちたまんざい》 **秋田万歳**《あきたまんざい》 **会津万歳**《あいづまんざい》 **伊予万歳**《いよまんざい》 **万歳太夫**《まんざいだゆう》 **徳若**《とくわか》 **鶴太夫**《つるだゆう》 **万歳扇**《まんざいおうぎ》 新才蔵〔お万歳少しいやしき笑顔かな 高橋淡路女〕

奈良《なら》**の山焼**《やまやき》 一月十五日の夕刻から行われる奈良嫩草山《わかくさやま》の山焼きのこと。**三笠**《みかさ》**の山焼**《やまやき》 **お山焼**《やまやき》 春山焼〔お山焼果てしばかりの闇匂ふ 稲畑汀子〕

才蔵《さいぞう》《さいざう》 二人一組の万歳の脇役。新万歳〔才蔵の素顔さびしき汽車の中 見目冠人〕

獅子舞《ししまい》《ししまひ》 新年に獅子頭《がしら》をかぶり、笛、太鼓で囃しながら家々を訪れて祝福と悪魔払いをする芸能。**太神楽**《だいかぐら》 **竈祓**《かまどばらひ》 **獅子頭**《ししがしら》 **獅子**《しし》**の顔**《かお》 **獅子**《しし》**の舞**《まい》 **舞獅子**《まいじし》 **獅子**《しし》**ばやし** **獅子**《しし》**の歯**《は》 **獅子**《しし》**の笛**《ふえ》 **獅子舞来**《ししまいく》**る**〔獅子舞の胸紅く運河渡るなり 石田波郷〕

大黒舞《だいこくまい》《だいこくまひ》 大黒神を讃え舞う正月の門付芸の一つ。**大黒廻**《だいこくまわ》**し**〔鶏散らし大黒舞の入り来る 加藤憲曠〕

えんぶり 青森県八戸市地方で二月十七日から二十日まで行われる豊年予祝の踊り。**えぶり** **ながえんぶり** **ながえんどう** **御前**《ごぜん》**えんぶり** **門付**《かどづけ》**えんぶり**〔えんぶりの笛いきいきと雪降らす 村上しゅら〕

猿廻《さるまわ》**し**《さるまはし》 新年に猿の芸を披露し、心付けを受け取る芸人。猿は災害を「サル」といって縁起を祝われた。**猿曳**《さるひき》 **猿舞師**《さるまいし》 **舞猿**《まいざる》 **大夫猿**《たゆうざる》〔引くときの綱のほそさよ猿廻し

原 石鼎〕

春駒《はるこま》 正月の家々を回る門付芸人。腰に木製の馬の首形をつけて新年のことほぎを述べる。**春駒舞**《はるこままい》 **春駒万歳**《はるこままんざい》 (春)若駒 〔酔うて来し春駒みれば女なる　前川龍二〕

尾類馬《じゅりうま》 旧正月二十日、梯梧《でいご》の蕾《つぼみ》がわずかにふくらむころ、「ゆいゆい」の掛け声華やかに、商売繁盛を祈願して踊り歩く那覇《なは》市の伝統行事。〔尾類馬や地へ坐す老いの杖ぐるみ　吉田鴻司〕

鳥追《とりおい》 一月十五日ごろ、田畑を荒らす害鳥を追い払い豊作を祈願する行事で、子供たちが鳥追《とりおひ》い歌をうたい家々を回る。また、昔、新年に鳥追い姿で門付けして回った芸人のこともいう。**鳥追小屋**《とりおいごや》 **鳥追櫓**《とりおいやぐら》 **鳥追歌**《とりおいうた》 〔鳥追の日を道の神子とあそぶ　宮津昭彦〕

傀儡師《かいらいし》《くわいらいし》 新年、三番叟《さんばそう》・夷《えびす》・大黒の人形をかついで民家を訪れ、ほめ言葉・祝い言葉を述べる門付芸人。**人形廻し**《にんぎょうまわし》 **木偶廻し**《でくまわし》 **てくぐつ廻し**《まわ》 **山猫廻し**《やまねこまわし》 **夷廻し**《えびすまわし》 **夷かき**《えびす》 **くぐつ** **くぐつ師**《し》 **傀儡**《かいらい》 〔玉の緒のがくりと絶ゆる傀儡《くぐつ》かな　西島麦南〕

ちよろ 京阪地方で行われた正月の門付芸。張り子の福禄寿をかぶって祝言を述べた。**ちよろけん** **長老舞**《ちょろまい》 〔ちよろが来る川のうは手の堤かな　松瀬青々〕

面冠り《めんかぶり》 面をかぶって家々を訪れ、めでたいことをおもしろく歌い舞う門付芸の一つ。〔面冠りたそがれ顔に戻りゆく　天童勝房〕

若夷《わかえびす》 夷神の像を刷ったお札。歳徳神に供え、また門口に貼り、福を祈る。**若夷迎**《わかえびすむかえ》 **若夷**《わかえびす》

懸想文《けそうぶみ》売《うり》〔若夷沖より雪の舞ひ来るよ　金子のぼる〕
けさうぶみ　正月に艶色の体裁の結び文を売り歩いた。縁談や商売繁盛に効き目ありとされた。**懸想文売《けそうぶみうり》**　**化粧文《けしようぶみ》**〔たはむれに懸想文買へりときめきて　山手博子〕

衣

着衣始《きそはじめ》　新年初めて新しい着物を着ること。**著衣始《きそはじめ》**　[新]春着〔囃されてよちよちと着衣始かな　清水基吉〕

春着《はるぎ》　正月に着る晴れ着。**春著《はるぎ》**　**春衣《はるぎ》**　**正月小袖《しようがつこそで》**　**春小袖《はるこそで》**　**花小袖《はなこそで》**　**初衣装《はついしよう》**　**春着《はるぎ》の子《こ》**　[春]春服　[冬]春着縫ふ〔教へ子に逢へば春着の匂ふかな　森田峠〕

初衣桁《はついこう》　はついかう　新年の春着を掛ける衣桁のこと。[夏]衣紋竹　[新]春着〔初衣桁わがあたたかきもの掛かる　富安風生〕

食

年酒《ねんしゆ》　年始回りの賀客に出す酒。**年始酒《ねんしざけ》**　**年酒《としざけ》**　**年《とし》の酒《さけ》**　**年酒《ねんしゆ》の酔《よい》**　**年酒酌《ねんしゆく》む**　**年酒享《ねんしゆう》く**　[秋]今年酒〔年酒くむ午後から別の家に居て　大串章〕

大《おお》服《ぶく》　おほぶく　元旦に若水で沸かした茶。山椒・梅干・昆布などを入れる。**大福《おおふく》**　**御《お》福茶《ふくちや》**　**福茶《ふくちや》**　**大福茶《おおふくちや》**　**大福《おおふく》の茶碗《ちやわん》**〔南窓に日がまはりたる福茶かな　小松崎爽青〕

福《ふく》沸《わかし》　元日に汲んだ若水を沸かすこと。今年初めての煮炊きを祝っての名。**福鍋《ふくなべ》**〔福鍋に

耳かたむくる心かな　飯田蛇笏〕

両《りよう》の物《もの》　正月の雑煮膳の傍に置く小土器《こかわらけ》で、開豆《ひらきまめ》・開牛蒡《ひらきごぼう》を盛った。**料《りよう》の物《もの》**　〔両の物《りやうのもの》ふだんの山に掌《て》を合はす　角川春樹〕

開《ひらき》　豆《まめ》　茹でた大豆のこと。ふくれたことを開くといって縁起を祝った。新両の物　〔開き豆祝ひ納むる二三粒　塚谷きみえ〕

草石蚕《ちょろぎ》　巻貝の形をした草石蚕の塊茎を梅酢につけたもの。正月料理の黒豆に混ぜる。**ちようろぎ　ちょうろく**　夏草石蚕　〔渦をなすちよろぎの紅よ病なし　深谷雄大〕

開牛蒡《ひらきごぼう》　牛蒡を生のまま算木のように切って盛る。開きは開運の縁起。**算木牛蒡《さんぎごぼう》　叩牛蒡《たたきごぼう》　酢牛蒡《すごぼう》**　新両の物　〔何となく酢牛蒡に来し日のひかり　下村塊太〕

葩《は》　煎《ぜ》　もち米を炒《い》ってはぜさせたもの。年賀客に出したといわれる。その年の豊年の予祝。現在でも、大阪の十日戎《とおかえびす》の時、今宮戎神社などで葩煎売りの店が並ぶ。**米花《こめばな》　葩煎売《はぜうり》　葩煎袋《はぜぶくろ》**　〔正月の葩煎のあま味もうすら寒む　上川井梨葉〕

数《かず》の子《こ》　鰊《にしん》の腹子を乾燥させるか、塩漬けにしたもの。**かどの子《こ》**　春数の子製す　〔数の子やさくら色なる花がつを　石井花紅〕

結昆布《むすびこんぶ》　昆布を小さく結んだもので、大福茶や吸いものなどに用いる。**結《むす》びこぶ　睦昆布《むつみこんぶ》**　夏昆布　新昆布飾る　〔ほぐれたる一つも結昆布かな　山崎ひさを〕

据《すわ》り鯛《だい》　元日の食膳に据えられる尾頭つきの焼いた鯛。**据鯛《すわりだひ》**　新掛鯛　〔並べたる朱の塗膳や据り鯛　村山古郷〕

俵子《たわらご》　海鼠《なまこ》の縁起ことば。**煎海鼠**《いりこ》　冬海鼠　〔俵子の膾《なます》や匂ふ杉の箸　野島天来来〕

ごまめ　片口鰯の幼魚を乾燥したものを炒って飴煮にしたおせち料理の一つ。**五万米**《ごまめ》　**田作**《たづくり》　**小殿原**《ことのばら》　**ごまめ噛**《か》**む**　〔どれもこれも目出度く曲るごまめかな　角川照子〕

押鮎《おしあゆ》　鮎を塩押しにしたもの。**年**《とし》**の魚**《うお》　夏鮎　〔押鮎や祖母を超えたる母の齢　金子早苗〕

切山椒《きりざんしょう》《きりざんせう》　しんこに砂糖と実山椒を炒って混ぜ臼でつき、蒸した正月用の菓子。秋山椒の実　〔わかくさのいろも添へたり切山椒　久保田万太郎〕

勅題菓子《ちよくだいかし》《ちよくだいぐわし》　その年の歌会始めの勅題にちなんで和菓子舗で作られた菓子。**勅題菓**《ちよくだいか》　〔ありがたく勅題菓子を戴きぬ　細木芒角星〕

年《とし》**の餅**《もち》　正月の餅をいう。〔いくさなきをねがひつかへす夜の餅　大野林火〕

初炊《はつかし》**ぎ**　新年初めて飯を炊くこと。**炊**《かし》**ぎぞめ**　**炊**《た》**きぞめ**　新初竈　〔初炊ぎ家々窓を開きけり　籾山庭後〕

俎始《まないたはじめ》　新年になって初めて俎を使い、包丁を使って料理すること。**庖丁始**《ほうちょうはじめ》　〔独りにて俎板始めに指切りぬ　角川春樹〕

住

初国旗《はつこつき》　元旦、門前に国旗を掲げること。**初日**《はつひ》**の丸**《まる》　〔初国旗白地はことに森の凍《し》み　大川つとむ〕

初手水《はつちょうず》《はつてうづ》　若水で手や顔を洗うこと。**手水始**《ちょうずはじめ》　〔生き克《か》ちし八十八の初手水　富安風生〕

初釣瓶《はつつるべ》 元旦に若水を汲み上げる釣瓶のこと。〔大楠にまだ空くらし初釣瓶　池上垣義子〕

戸《と》開初《あけぞめ》 一月二日になって大戸を開くこと。**戸《と》あけ始《はじめ》** 〔この家のあるじが戸開き始めとす　木下風草洞〕

使《つか》ひ初《ぞめ》 新年初めて道具や身の回りの物を使い始めること。〔曙に落柿舎句帖使ひ初む　石田波郷〕

掃《はき》初《ぞめ》 一月二日に新年初めて家の中を掃くこと。**初箒《はつぼうき》** **箒初《ほうきぞめ》** **初掃除《はつそうじ》** **掃初《はきぞめ》する** **拭始《ふきはじめ》** (冬)掃納 〔掃きぞめの帚にくせもなかりけり　高浜虚子〕

初座《はつざ》敷《しき》 新年初めて客をもてなす座敷のこと。(夏)夏座敷 (冬)冬座敷 〔初座敷碁盤の重み加はれり　小山梧雨〕

初屏風《はつびょうぶ》《はつびやうぶ》 新年の座敷に立てる屏風のこと。(冬)屏風 〔医者は来ず妻高熱の初屏風　和久すすむ〕

初《はつ》暦《ごよみ》 年頭になって用いる暦。**新暦《しんごよみ》** **伊勢暦《いせごよみ》** **暦開《こよみびらき》** **花暦《はなごよみ》** (冬)古暦・暦の果 〔初暦めくれば月日流れそむ　五十嵐播水〕

初《はつ》湯《ゆ》 新年初めて風呂に入ること。**初風呂《はつぶろ》** **初湯殿《はつゆどの》** **若湯《わかゆ》** **湯殿始《ゆどのはじめ》** **初湯《はつゆ》浴《あ》び** **初湯《はつゆ》の香《か》** (冬)年湯 〔にぎやかな妻子の初湯覗きけり　小島 健〕

初時《はつじ》報《ほう》《はつじはう》 元旦、初めての時報のこと。〔炉に坐る大祖父の背に初時報　森安より子〕

初放送《はつほうそう》《はつはうそう》 新年初めてのラジオ、テレビ放送のこと。**初《はつ》ラジオ** **初《はつ》テレビ** 〔初ラヂオより越天楽《えてんらく》溢れそむ　村山古郷〕

初刷《はつずり》　新年になって初めての印刷物。**刷初**《すりぞめ》　**初新聞**《はつしんぶん》　〔初刷に厨《くりや》のものは湯気立つる　中村汀女〕

初写真《はつしやしん》　新年になってから、初めて撮る写真。**初撮**《はつうつ》**し**　〔子と並びゐて逃られし初写真　深谷雄大〕

初便り《はつだより》　新年初めて出したり受け取ったりする便りのこと。**初郵便**《はつゆうびん》　**初手紙**《はつてがみ》　新賀状　〔初だよりかなしきことをさりげなく　西山　誠〕

初飛脚《はつひきやく》　新年の飛脚便。〔初飛脚とて山科を越えて来し　村山古郷〕

初電話《はつでんわ》　新年になって初めて電話で言葉を交わすこと。**電話始**《でんわはじめ》　〔初電話ありぬ果たして父の声　星野立子〕

笑初《わらいぞめ》《わらひぞめ》　新年になってから初めて笑うこと。**初笑**《はつわらい》　**初笑顔**《はつえがお》　**初**《はつ》**えくぼ**　〔初笑初泣孫が家の芯　下村ひろし〕

泣初《なきぞめ》　新年になって初めて泣くこと。**初泣**《はつなき》　**泣**《な》**きはじめ**　〔泣初の子に八幡《はちまん》の鳩よ来よ　宮下翠舟〕

話初《はなしぞめ》　新年になって初めて人と話をすること。**初話**《はつばなし》　**初咄**《はつばなし》　〔まさぐれば熱き火箸や初話　増田龍雨〕

初燈《はつともし》　新年初めて神前または仏前に燈明をあげること。また燈明そのもの。**初燈明**《はつとうみよう》　〔荒神の昏《くら》き方にも初燈　高田蝶衣〕

初灸《はつきゆう》《はつきう》　新しい年になって初めてすえる灸をいう。**初**《はつ》**やいと**　[春]二日灸　[夏]土用灸　[秋]

後の二日灸　［冬］寒灸　〔初灸へ婆の抱きゆく小座ぶとん　宮岡計次〕

初躓《はつつまず》《はつまづ》き　新年になって初めて躓《つまず》くこと。**初転《はつころ》び**　〔夕まけて初躓きや風の中　石田波郷〕

初喧嘩《はつげんか》《はつげんくわ》　新年になって初めての喧嘩。〔初喧嘩ちんぴら雑魚をぶちまけて　網中 栄〕

初《はつ》　鏡《かがみ》　正月初めて鏡に向かって化粧すること。またその鏡。**初化粧《はつげしょう》**　〔いつまでも女でゐたし初鏡　鈴木真砂女〕

梳《すき》　初《ぞめ》　新年に初めて髪をくしけずること。**梳始《すきはじめ》**　**初梳《はつすき》**　**初櫛《はつぐし》**　〔梳きはじめ鏡台の富士傾けて　秋元不死男〕

初《はつ》　髪《かみ》　新年に初めて髪を結うこと。また結い上げた髪。**初結《はつゆい》**　**結初《ゆいぞめ》**　**初島田《はつしまだ》**　**年《とし》の髪《かみ》**　**初髪匂《はつかみにお》ふ**　〔初髪もにほひぶくろも揺れにけり　安藤久美〕

初日記《はつにっき》　新年に初めてつける日記。**日記始《にっきはじめ》**　**新日記《しんにっき》**　［冬］日記買ふ・古日記　〔初日記いのちかなしとしるしけり　久保田万太郎〕

縫《ぬい》　初《ぞめ》《ぬひぞめ》　新年初めて針をもって、ものを縫うこと。**縫始《ぬいはじめ》**　**初針《はつばり》**　**針起《はりおこ》し**　〔縫ぞめや堺の鋏《はさみ》京の針　高浜虚子〕

裁《たち》　初《ぞめ》　新年初めて、和服類の反物や洋服生地を裁つこと。〔裁ち初めやフランス布の花模様　森田理恵〕

初火熨斗《はつひのし》　火熨斗とは、底のなめらかな金属性の器具で、中に炭火を入れ、その熱気を利用し、布のしわを伸ばすもの。火熨斗を新年になって初めて使うこと。**初《はつ》アイロン**　**火《ひ》のし始《はじめ》**　〔初火のし裁ち板に日の照りそむる　荒井照樹〕

初染《はつぞめ》 新年初めて糸や布を染めること。**染始**《そめはじめ》 〔初染の藍流れ込む紙屋川　岡田ふさの〕

初竈《はつかまど》 元日、初めてかまどを焚くこと。**焚初**《たきぞめ》 〔焚初の二人のものの煮こぼれて　富安風生〕

初火事《はつかじ》《はつくわじ》 新年初めての火事。冬火事 〔初火事に人走りゆく宵籠り　波多野健一〕

生初《いけぞめ》 新年に初めて花を生けること。**生花始**《せいかはじめ》 **挿花始**《そうかはじめ》 〔活け初めやさざめきあひて女弟子　天川静門〕

初釜《はつがま》 新年初めて茶事や茶の湯会を行うこと。**初茶湯**《はつちゃのゆ》 **初点前**《はつてまえ》 **点茶始**《てんちゃはじめ》 **点初**《たてぞめ》 **初茶筌**《はつちゃせん》 **茶湯始**《ちゃのゆはじめ》 **釜始**《かまはじめ》 **点始**《たてはじめ》 夏夏点前 〔初点前ゆたかに膝をまはしけり　森　澄雄〕

掛柳《かけやなぎ》 正月や初釜の床飾りで、床の釘にかけた青竹の花入れから長く柳を垂らしたもの。**柳掛**《やなぎか》**くる** **結柳**《むすびやなぎ》 〔さわさわと畳に音や掛柳　佐々木三味〕

挽初《ひきぞめ》 新年初めて茶臼《うす》でお茶を挽《ひ》いて抹茶《まつちゃ》にすること。**茶**《ちゃ》**の挽初**《ひきぞめ》 〔碾初《ひきぞめ》やその名も古りし極昔　服部嵐翠〕

初門出《はつかどで》 新年初めて我が家の門を出ること。**初朝戸出**《はつあさとで》 **初戸出**《はつとで》 〔初門出はやす雀と出会ひけり　高崎宗方〕

初駅《はつうまや》 新年の宿場のこと。〔初駅に真向の富士がありにけり　成瀬文子〕

乗初《のりぞめ》 電車・列車・船・自動車などに新年初めて乗ること。**初乗**《はつのり》 **初電車**《はつでんしゃ》 **初自動車**《はつじどうしゃ》 **初車**《はつぐるま》 **初列車**《はつれつしゃ》 **初船**《はつぶね》 **初渡舟**《はつわたし》 **初航**《しょこう》 新騎初《のりぞめ》・初飛行 〔初電車まだくらがりの川越えて　有働　亨〕

初飛行《はつひこう》《はつひかう》 新年になって初めて飛行機に乗ること。〔初飛行近畿立体地図の上　日野草城〕

騎初《のりぞめ》 武家時代の年中行事の一つで、新年に初めて馬に乗る儀式。今では新年に初めて馬に乗ることをいう。**騎馬始**《きばはじめ》　**馬場始**《ばばはじめ》　**馬騎初**《うまのりぞめ》　**初騎**《はつのり》　〔木曾馬の宝春号に騎初めす　いさ桜子〕

農耕狩漁

綯初《ないぞめ》《なひぞめ》 縄を一把だけ綯《な》う正月の農事の儀式。また新年初めて縄をなうこと。**縒初**《よりぞめ》　**捌**《さばき》**初**《ぞめ》　**叩初**《たたきぞめ》　**縄祝**《なわいわい》　〔綯初めの縄一筋に終へにけり　山本正堂〕

機始《はたはじめ》 新年初めて機織《はたお》りをすること。**織初**《おりぞめ》　**初機**《はつはた》　**機場始**《はたばはじめ》　**機屋始**《はたやはじめ》　〔雪嶺の上の青空機始め　沢木欣一〕

紡初《つむぎぞめ》 新年初めて紡車で糸を紡ぐこと。**初紡**《はつつむぎ》　〔末裔《まつえい》や紡ぎはじめの膝うすく　水沢竜星〕

綿打初《わたうちぞめ》 新年初めて綿打ちをすることと。またその行事。图綿打　〔燈明に綿打初のほこりかな　高田蝶衣〕

鍬始《くわはじめ》《くははじめ》 新年初めて田畑に出て鍬を使い始める行事。**鍬初**《くわぞめ》　**鋤初**《すきぞめ》　**初鍬**《はつくわ》　**初田打**《はつたうち》　**初鍬入**《はつくわいれ》　**お鍬立**《くわたて》　**農始**《のうはじめ》　〔日を洩らす吉野の雲や鍬始　加藤三七子〕

初肥《はつごえ》 正月に田や畑に初めて肥料を施すこと。**初肥し**《はつこやし》　**肥曳き初**《こえひきぞめ》　**肥背負**《こえしょい》　图寒肥　〔雪清き凍て土ほぐし初肥す　黒田逸字〕

山《やま》始《はじめ》　山の神に供物を供え、山作業の無事を祈願する行事。また新年になって初めて山仕事をすること。**初山《はつやま》**　**山初《やまぞめ》**　**初山入《はつやまいり》**　**初山踏《はつやまぶみ》**　**若山踏《わかやまぶみ》**　**二日山《ふつかやま》**　**初登《はつのぼり》**　〔山始三輪明神は斧知らず　阿波野青畝〕

樵《きこり》初《ぞめ》　御幣《ごへい》や餅を山神に供え、一年の無事を祈る行事。また新年初めて山の木を樵《こ》ること。**木伐初《きぎりぞめ》**　**樵《こ》り始《はじめ》**　**樵《こ》り初《ぞめ》**　**杣初《そまぞめ》**　**初杣《はつそま》**　**斧始《おのはじめ》**　[冬]年木樵・斧仕舞　〔日おもてに谺《こだま》のあそぶ斧始め　木内彰志〕

初《はつ》漁《りよう》《はつれふ》　新年初めて漁に出ること、またその収穫をいう。**漁始《りようはじめ》**　**初漁船《はつりようせん》**　〔藻に棲《す》めるこまかき蝦《えび》を漁始　森田峠〕

初《はつ》釣《づり》　新年になって初めて釣りをすること。**釣初《つりぞめ》**　[夏]夜釣　[秋]根釣　[冬]寒釣　〔初釣や佐原の鮒の濃しと云ふ　中島月笠〕

初《はつ》彫《ぼり》　彫刻家・彫金師・彫物師たちが新年初めて仕事をすること。**彫初《ほりぞめ》**　**初彫刻《はつちようこく》**　**鑿始《のみはじめ》**　〔鑿始木の香匂はせて面を打つ　小川飛仙〕

細工始《さいくはじめ》　新年初めて指物《さしもの》師や錺《かざり》職人が細工物の仕事をすること。**初細工《はつさいく》**　〔細工始めの小槌の音のすぐ止みぬ　杉浦澄心子〕

手斧始《ちようなはじめ》《てうなはじめ》　大工の新年の仕事始めの儀式。**初手斧《はつちような》**　**初鉋《はつかんな》**　**鉋始《かんなはじめ》**　〔神酒《みき》祝ふ手斧始も事なかれ　鹿間松濤楼〕

窯《かま》始《はじめ》　製陶工場や陶芸家が新年初めて焼成する窯のこと。**初窯《はつがま》**　〔一点に炎をあつめたる窯始　谷古宇久子〕

鞴始《ふいごはじめ》　鍛冶職・鋳職・鋳物師など鞴を使う人の仕事始め。**吹革始**《ふいごはじめ》　**初鞴**《はつふいご》　[冬]鞴祭　〔初鞴老の一徹火をちらす　平塚杏堂〕

鍛冶始《かじはじめ》　新年初めて鍛冶屋が仕事をすること。**鎚始**《つちはじめ》　**初鍛冶**《はつかじ》　〔拱《こまね》きて女房立ちて鍛冶始　森田峠〕

鋳始《いはじめ》　新年初めて鋳物師が仕事をすること。**鋳物始**《いものはじめ》　**鋳初**《いぞめ》　〔少年工初鋳きの溶湯《ゆ》に腰ためて　日比信也〕

槌始《つちはじめ》　鉄工場や造船所などで新年初めてハンマーを使うこと。**ハンマー始**《はじめ》　**初**《はつ》**ハンマー**　〔槌始音高々と祝ふなり　村山古郷〕

初入坑《はつにゅうこう》　はつにふかう　新年初めて炭坑・鉱山などの坑内に入ること。〔初入坑男の額灯をかゝげ菅　裸馬〕

遊　楽

歌留多《かるた》　正月の遊びの一つ。一般的には小倉《おぐら》百人一首の歌がるたを指す。**骨牌**《かるた》　**歌**《うた》**がるた**　**花**《はな》**がるた**　**いろは歌留多**《がるた》　**歌留多会**《かるたかい》　**歌留多遊**《かるたあそ》**び**　**歌留多取**《かるたと》**り**　**歌留多箱**《かるたばこ》　**百人一首**《ひやくにんいつしゆ》　**読札**《よみふだ》　**取**《とり》**札**《ふだ》　**トランプ**　**負歌留多**《まけかるた》　**歌留多宿**《かるたやど》　〔封切れば溢れんとするかるたかな　松藤夏山〕

双六《すごろく》　正月の子供の遊び。紙に描いて区画をつくり、骰子《さい》を振って「上《あが》り」に早く到達することを競う。**盤双六**《ばんすごろく》　**双六遊**《すごろくあそ》**び**　**絵双六**《えすごろく》　**双六道中**《すごろくどうちゆう》　**道中双六**《どうちゆうすごろく》　〔双六のはじめの一歩混み合へる　小関菜都子〕

初占《はつうらない》《はつうらなひ》　新年初めて占いをすること。**占《うらな》い始《はじ》め**　〔初占ひ一途《いちず》な願ひ結びつく　牛島富女〕

十六《じゅうろく》むさし《じふろくむさし》　正月の子供の遊び。一個の親駒と十六個の子駒で縦横に線の引かれた枡の上で行う。**十六目石《じゅうろくむさし》**　〔父祖遠し十六むさしまた遠し　瀬戸口民帆〕

投扇興《とうせんきょう》《とうせんきやう》　正月に行われる座敷遊戯の一つ。台の上の蝶の形の的に扇をとばして落とす。**投扇《とうせん》**　**扇投《おうぎなげ》**　〔投扇興高く逸れても美しき　星野高士〕

福《ふく》笑《わら》ひ　お多福の面の輪郭だけをかいた絵の上に、目隠しをして目・鼻などの厚紙を置いたり貼ったりする遊び。**おかめつけ**　〔朝よりの雪に灯を入れ福笑ひ　藤村克明〕

羽《は》子《ね》　無患子《むくろじ》の実に数本の鶏の羽根をつけたもの。羽子板でついて遊ぶ。**羽根《はね》**　**胡鬼《こぎ》の子《こ》**　**懸《かか》り羽子《はね》**　**飾羽子《かざりばね》**　**羽子《はね》美《うつく》し**　**羽子《はね》の路地《ろじ》**　**羽根《はね》白《しろ》し**　**羽根《はね》高《たか》し**　**つくばね**　〔落ち羽子に潮の穂さきの走りて来　山口誓子〕

羽子《はご》板《いた》　羽子つきに用いる板。遊戯用のほか、正月の床飾りともする。**故鬼《こぎ》板《いた》**　**はご**　［冬］羽子板市　〔羽子板や子はまぼろしのすみだ川　水原秋櫻子〕

追羽子《おいばね》《おひばね》　正月の女子の遊びで、羽子板で羽子をつき合って落としたものが負けとなる。**遣羽子《やりばね》**　**揚羽子《あげばね》**　**羽子《はね》つく**　**逸《そ》れ羽子《ばね》**　**羽子日和《はねびより》**　**羽子《はね》の音《ね》**　〔追羽子や日の尾を引いて落ちきたる　川崎展宏〕

手《て》毬《まり》　女の子の正月用の遊び具。色糸でかがった毬。明治以後、ゴム毬のものにかわった。**手《て》鞠《まり》**　**手《て》毬《まり》つく**　**手《て》毬《まり》つき**　**手《て》毬歌《まりうた》**　**毬唄《まりうた》**　**手《て》毬子《まりご》**　〔また一つからの出直し手毬唄　本宮

鼎三〕

独楽《こま》　新年に男の子が遊ぶ玩具。長く廻りつづけることを競ったり、回る力で相手の独楽とはじき合ったりする。**叩独楽**《たたきごま》　**博多独楽**《はかたごま》　**独楽廻し**《こままわし》　**独楽遊び**《こまあそび》　**独楽**《こま》**の子**《こ》　**独楽**《こま》**まはる**　**あばれ独楽**《ごま》　**独楽**《こま》**の紐**《ひも》　**独楽澄む**《こますむ》　**勝独楽**《かちごま》　**独楽打つ**《こまうつ》　[秋]木の実独楽・海蠃　〔ひとり独楽まはす暮色の芯にゐて　上田五千石〕

正月《しょうがつ》**の凧**《たこ》《しやうぐわつのたこ》　女子の追羽子、男子の凧揚げは正月の代表的な遊び。[春]凧　〔兄いもとひとつの凧をあげにけり　安住 敦〕

初《はつ》**ゴルフ**　新年初めてゴルフをすること。**ゴルフ始**《はじめ》　〔初ゴルフ富士玲瓏とありにけり　福村青纓〕

破魔弓《はまゆみ》　正月、子供が遊んだ小さな弓。今は各神社や八幡宮で厄よけとして売られている。**破魔矢**《はまや》　**浜弓**《はまゆみ》　**浜矢**《はまや》　**破魔矢受く**《はまやう》　〔をりからの雪にうけたる破魔矢かな　久保田万太郎〕

毬《ぎつ》**打**《ちよう》《ぎつちやう》　正月の野外の遊戯。槌形の柄の長い木杖で毬を打ち合い、勝負を決めた。**毬杖**《ぎつちよう》　**打毬**《ぎちよう》　**玉打**《たまうち》　〔毬打や浪花より来し女客　瀬戸内一子〕

振《ぶり》**振**《ぶり》　江戸時代、正月に子供が遊んだ玩具。先に槌形の六角形をつけた柄のあるもので、木の玉を打って遊ぶ。後に魔よけの室飾りにも用いた。**振振毬打**《ぶりぶりぎつちよう》　**玉振振**《たまぶりぶり》　〔ぶりぶりや箔古りたれど家の物　松瀬青々〕

宝《ほう》**引**《びき》　昔の福引の一種。端に金銭や品物を結びつけた細縄を束ねてそれを人に引かせる遊

び。**宝引《たからびき》**　**宝引縄《ほうびきなわ》**　**辻宝引《つじほうびき》**　**胴《どう》ふぐり**　**宝引銭《ほうびきぜに》**　〔宝引の大人に童顔ありにけり　国領淑子〕

福《ふく》引《びき》　年の初めに二人で餅を引き合って、取った餅の多少によってその年の禍福を占ったが、今では商店の宣伝の籤引《くじびき》をいう。**笑籤《わらいくじ》**　〔福引やくじと名のつくもの弱く　中村伸郎〕

ぽつぺん　硝子壜の底を薄くし、息を吹きこむとポコペン、ペコンペコンと鳴る江戸時代からの玩具。**ぽぺん**　**ぽこんぽこん**　〔単調な追憶もどるぽつぺんに　大橋敦子〕

稽古始《けいこはじめ》　新年初めてする稽古。武術・謡曲・いけ花など。**初稽古《はつげいこ》**　冬寒稽古　〔長廊下踏みゆく稽古始かな　西沢十七里〕

吹初《ふきぞめ》　新年初めて管楽器・笙・笛・尺八・フルート・クラリネットなどを吹きならすこと。〔吹初はいづこの家や賀茂の橋　渡辺水巴〕

弾初《ひきぞめ》　新年初めて弦楽器、琵琶、三味線、琴、ピアノ、バイオリンなどをひくこと。**初弾《はつひき》**　**琴始《ことはじめ》**　冬寒弾　〔一音を強く叩きて弾き始め　足立幸信〕

謡初《うたいぞめ》《うたひぞめ》　新年に初めて謡曲をうたうこと。**初謡《はつうたい》**　**松謡《まつうたい》**　〔謡初妻に鼓を打たせつつ　坂元雪鳥〕

能始《のうはじめ》　新年になって初めて舞台で能を演ずること。**初能《はつのう》**　**舞台始《ぶたいはじめ》**　**御能始《おのうはじめ》**　〔初島へ向う澪《みを》あり能始　田川飛旅子〕

舞初《まいぞめ》《まひぞめ》　古くは宮中の舞楽を司る家での舞初め式。今は種々の舞踏を含めての舞初めを

指す。**仕舞初**《しまいぞめ》　**仕舞始**《しまいはじめ》〔白扇を日とし月とし舞始め　木内怜子〕

初鼓《はつつづみ》　新年初めて鼓・大鼓・太鼓などを打つこと。**鼓始**《つづみはじめ》　**打初**《うちぞめ》　**初太鼓**《はつだいこ》〔旧山河こだまをかへし初鼓　飯田蛇笏〕

初席《はつせき》　新年初めて寄席に出演すること。また新年の寄席開きのこと。**語初**《かたりぞめ》　**初高座**《はつこうざ》　**正月寄席**《しょうがつよせ》〔初高座何も言はずに笑ふなり　勝田千以〕

初芝居《はつしばい》《はつしばゐ》　正月に行われる歌舞伎をはじめとする芝居興行のこと。**初曾我**《はつそが》　**正月芝居**《しょうがつしばい》　**二**《に》**の替**《かわり》　**春芝居**《はるしばい》　**初春狂言**《はつはるきょうげん》　㊚三の替　㊀顔見世〔初芝居この世の外に遊びけり　今井つる女〕

初場所《はつばしょ》　東京の国技館で一月に行われる大相撲。**一月場所**《いちがつばしょ》　**正月場所**《しょうがつばしょ》　**初相撲**《はつずもう》　**初番付**《はつばんづけ》　㊚春場所（三月）　㊂夏場所（五月）・名古屋場所（七月）　㊍相撲・秋場所（九月）　㊀九州場所（十一月）〔初場所や行司にもある初土俵　鈴木栄子〕

初音売《はつねうり》　昔、元日に鶯笛を売り歩いた。**初音笛**《はつねぶえ》〔竹の香の青き初音を買ひにけり　栗生純夫〕

初旅《はつたび》　新年、初めて旅行することをいう。**初旅行**《はつりょこう》　**旅始**《たびはじめ》　**旅行始**《りょこうはじめ》〔初旅のいつか添ひゐる浮寝鳥　吉田鴻司〕

初映画《はつえいが》　新年初めて見る映画。**初キネマ**《はつ》〔淋しさの場末の町や初映画　高浜虚子〕

初競馬《はつけいば》　新春初めて行われる競馬。**新春競馬**《しんしゅんけいば》〔子が撰りし馬が勝ちたり初競馬　小出紅魚〕

情緒

初夢《はつゆめ》 元日から二日にかけての夜見る夢をいう。**初枕**《はつまくら》 **夢祝**《ゆめいわい》 **夢始**《ゆめはじめ》 〔初夢のなかをわが身の遍路行　飯田龍太〕

獏《ばく》**の枕**《まくら》 悪夢を見ないまじない。獏の絵を枕の下に敷いて寝た。**獏枕**《ばくまくら》 **獏**《ばく》**の札**《ふだ》 〔獏まくらわりなき仲のおとろへず　飯田蛇笏〕

初寝覚《はつねざめ》 元日ないし二日の朝の目覚めをいう。**起初**《おきぞめ》 〔釣上げし鯤《こん》の雫《しづく》や初寝覚　小島 健〕

寝正月《ねしょうがつ》《ねしようぐわつ》 元日または新年の休みを寝て過ごすこと。家に籠っていることをいう場合が多い。〔次の間に妻の客あり寝正月　日野草城〕

寝積む《いねつむ》 正月の忌《い》み詞《ことば》で、寝ることをめでたくいったもの。**寝**《い》**ねを積**《つ》**む** **寝挙**《いねあ》**ぐる** **稲積**《いねつ》**む** 〔寝積や布団の上の紋どころ　阿波野青畝〕

宗教

神道

四方拝《しほうはい》《しはうはい》 元旦、天皇が天地四方を親拝される儀式。〔還暦のこころ無にして四方拝

高橋克郎〕

歳旦祭《さいたんさい》　一月一日、宮中三殿で行われる祭儀。各地の神社で行う祭事もある。**歳旦**《さいたん》**の儀**《ぎ》〔歳旦祭笏《しゃく》を持つ手の赤くなる　安田白巣〕

初　詣《はつもうで》《はつまうで》　新年に氏神やその年の恵方に当たる神社仏閣に詣でること。**初参**《はつまいり》　**初社**《はつやしろ》　**初**《はつ》**祓**《はらひ》　**正　月詣**《しょうがつもうで》　**初庭**《はつにわ》〔初詣あかつきくらき男下駄　石橋秀野〕

歳徳神《としとくじん》　正月に家々に迎えて祭る神のこと。**歳徳**《としとく》　**年神**《としがみ》　**正　月様**《しょうがつさま》　**若年様**《わかとしさま》　**歳徳棚**《としとくだな》　**年棚**《としだな》　**恵方**《えほう》**棚**《だな》〔歳神に荒神すゝけ在《おは》しけり　籾山梓月〕

恵方詣《えほうまいり》《ゑはうまゐり》　新年、恵方にあたる神社仏閣に参詣すること。**恵方拝**《えほうおが》**み**　**恵方**《えほう》　**吉方**《えほう》　**明**《あき》**の方**《かた》　**恵方道**《えほうみち》〔霞網破れてゐたる恵方径《みち》　茨木和生〕

白朮詣《おけらまいり》《をけらまゐり》　一月一日早朝、京都祇園の八坂神社で行われる削り掛けの神事を白朮祭といい、大晦日の深夜から参詣すること。**白朮祭**《おけらまつり》　**白朮火**《おけらび》　**白朮火貰**《おけらびもら》**ひ**　**白朮縄**《おけらなわ》　**吉兆　縄**《きっちょうなわ》　**火**《ひ》**縄売**《なわうり》　**祇園削掛**《ぎおんけずりかけ》**の神事**《しんじ》　**削掛**《けずりかけ》**の神事**《しんじ》　**削掛**《けずりかけ》**の行**《おこない》　**火縄**《ひなわ》**ふる**　**削掛火**《けずりかけび》〔をけら火にとびつく雪となりにけり　風間八桂〕

繞　道祭《にょうどうさい》《ねうだうさい》　一月一日、奈良県桜井の大神《おおみわ》神社の祭事。五十余人の白丁が大松明を持って三輪山麓の末社を巡る行事。**繞　道**《にょうどう》**の火**《ひ》〔国原を繞道の火のはしりをる　阿波野青畝〕

初伊勢《はついせ》　一月一日、伊勢神宮に初詣すること。**初参宮**《はつさんぐう》　［春］伊勢参〔初伊勢や菓舗の大釜湯がたぎり　宮下初子〕

七福神詣《しちふくじんまいり》《しちふくじんまゐり》　正月七日までに七福神を祀る社寺を巡り詣でること。**七福詣**《しちふくまいり》　**福神参**《ふくじんまいり》　**福神**《ふくじん》

巡《めぐり》　福参《ふくまいり》　福詣《ふくもうで》　七福神《しちふくじん》　〔墨汁のごとき川見て福詣　福永耕二〕

初神楽《はつかぐら》　各神社で新年初めて神楽を奏すること。**神楽始**《かぐらはじめ》　[冬]神楽　〔杉はなほ夜の高さに初神楽　鷹羽狩行〕

初神籤《はつみくじ》　新年最初に引くお神籤。〔初神籤吉凶つひに妻に告げず　才記翔子〕

玉せせり《たま》　一月三日、福岡市筥崎《はこざき》宮および玉取恵比須神社で行われる神事。裸の若者たちがせり合いながら玉を奪い合いして社殿に納める正月行事。**玉競**《たませり》　**玉取祭**《たまとりまつり》　**玉競祭**《たませりまつり》　〔幸せの玉は離さじ玉せせり　成瀬櫻桃子〕

太占祭《ふとまにまつり》　一月三日、東京都御岳《みたけ》神社で行われる。檜の轆轤で火をおこし、雄鹿の骨をあぶって五穀豊凶を占う神事。**ふとまに**　〔酒ほてり火ほてり太占祭かな　田中午次郎〕

初水天宮《はつすいてんぐう》　一月五日。新年に入って最初の縁日の水天宮に詣でること。[冬]納の水天宮　〔初水天宮詣でや運河を越えて来て　小川桔梗子〕

五日戎《いつかえびす》　一月五日、奈良の戎四社で行う初戎の行事。[新]十日戎　〔五日戎の鯰《なまず》売る店見て通る　安藤正美〕

鷽《うそ》　**替**《かえ》《うそかへ》　一月七日太宰府天満宮、二十五日東京亀戸天神で行われる神事。木製の鷽に去年の罪や穢れを託して送り、新しい今年の幸運の鷽に替える。**鷽替へる**《うそか》　[春]鷽　〔鷽替やどうせこの世は嘘ばかり　菖蒲あや〕

西宮《にしみや》の居籠《いごもり》《にしみやのゐごもり》　一月九日宵戎《よいえびす》の夜、西宮の夷神が広田神社に神幸するので、氏子は一歩も外へ出ず居籠った故事。**居籠**《いごもり》　〔居籠や犬もありかず人も行かず　岩谷山梔子〕

十日戎《とおかえびす》　とをかえびす　一月十日の夷社の初戎の祭。九日を宵戎、十一日を残り戎という。**初戎**《はつえびす》　**初恵**《はつえ》**比須**《びす》　**宵戎**《よいえびす》　**戎祭**《えびすまつり》　**戎笹**《えびすざさ》　**残り戎**《のこえびす》　**福笹**《ふくざさ》　**福飴**《ふくあめ》　**小判売**《こばんうり》　**残り福**《のこふく》　〔十日戎浪花《なには》の春の埃かな　岡本松濱〕

初金毘羅《はつこんぴら》　一月十日、金刀比羅の縁日に、各地の金毘羅に参詣すること。**初金刀比羅**《はつことひら》　**初十日**《はつとおか》　〔初十日雪の鳥居をくぐりけり　香西鹿毛郎〕

初甲子《はつきのえね》　正月初めての甲子の日は、大黒天の最初の縁日で各地の大黒堂の祭日。**初大黒**《はつだいこく》　**大黒**《だいこく》**祭**《まつり》　**初甲子**《はつかつし》　[冬]子祭　〔葵《あおい》橋に夜は白みけり初甲子　田中田大黄〕

初《はつ》**卯**《う》　正月初めての卯の日のこと。またその日に神社にお詣りすること。**初卯祭**《はつうまつり》　**初卯詣**《はつうまいり》　**卯**《う》**の札**《ふだ》　**二**《に》**の卯**《う》　**三**《さん》**の卯**《う》　〔船障子雪に明けさせ初卯かな　小泉迂外〕

常陸帯《ひたちおび》**の神事**《しんじ》　一月十一日、鹿島神社で行われた祭礼の帯占《おびうら》。帯占は男女の縁を決める占いの一種。**常陸帯**《ひたちおび》**の祭**《まつり》　**常陸帯**《ひたちおび》　**縁結**《えんむす》**びの神事**《しんじ》　**鹿島**《かしま》**の帯**《おび》　〔ちりぢりの願ひのままの常陸帯　赤尾兜子〕

新野《にいの》**の雪祭**《ゆきまつり》　にひののゆきまつり　一月十四日から翌朝まで、長野県下伊那の伊豆神社で行われる豊作を予祝する祭。**雪祭**《ゆきまつり》　**田楽祭**《でんがくまつり》　〔雪の田のしんと一夜の神あそび　野澤節子〕

梵《ぼん》　**天**《てん》　陰暦一月十七日、秋田市赤沼の三吉神社の神事。高さ六尺の梵天を神社に奉納する。**ぼんでん**　**梵天祭**《ぼんてんまつり》　〔梵天の法螺《ほら》貝飛雪の天へ吹く　小林輝子〕

厄神詣《やくじんまいり》　やくじんまゐり　一月十八日、京都石清水八幡宮の厄除大祭にお参りすること。**厄参**《やくまいり》　**厄詣**《やくもうで》　**八**《はち》**幡参**《まんまいり》　**八幡疫神詣**《はちまんえきじんもうで》　**厄神祭**《やくじんさい》　〔病妻に厄除旅の余日かな　松崎鉄之介〕

初愛宕《はつあたご》 一月二十四日、火伏せの神として知られた京都愛宕神社の祭事。〔初愛宕伊勢参宮のうら詣　松本三余〕

初天神《はつてんじん》 一月二十五日、天満宮の初めての縁日。**天神花《てんじんばな》 天神旗《てんじんばた》 宵天神《よいてんじん》 残《のこ》り天神《てんじん》** 图終天神〔初天神友みな遠くなりしかな　星野麥丘人〕

初辰《はつたつ》 正月初辰の日に屋根に水または海水を打って、火災よけのおまじないをすること。**上辰日《じょうしんにち》 初辰《はつたつ》の水《みず》 辰祭《たつまつり》 潮《しお》の水《みず》** 〔初辰や白紙きよらに塗り机　上川井梨葉〕

初弁天《はつべんてん》 正月初の巳の日の弁財天の縁日。またその日に詣でること。**初弁財天《はつべんざいてん》 初巳《はつみ》 初巳《はつみ》の日《ひ》** 〔初弁天窈窕《えうてう》と蓮枯れにけり　安住 敦〕

初庚申《はつこうしん》《はつかうしん》 正月初の庚申の日、帝釈天の縁日。また、その日に詣でること。**帝釈天詣《たいしゃくてんまいり》 帝《たい》釈《しゃく》詣《まいり》 庚申待《こうしんまち》** 图納の庚申〔初庚申都電はゆるく通りけり　高田堅舟〕

初亥《はつい》《はつゐ》 正月初亥の日、摩利支天の縁日。**摩利支天詣《まりしてんまいり》 初亥《はつい》の日《ひ》** 〔初亥詣今年の厄を払ひけり　大月春天子〕

一陽来福《いちようらいふく》《いちやうらいふく》 本来は冬至を指すが、苦しい時期が終わり運が開く意に解され、新宿の穴《あな》八幡《はちまん》神社では立春に貼るお札としている。**一陽来復《いちようらいふく》** 〔一陽来復仏間に春の立ちにけり　角川照子〕

仏　教

初法話《はつほうわ》《はつふは》 新年初めての寺院での法話。〔みあかしは円光ひろげ初法話　藤原風鷲子〕

初勤行《はつごんぎよう》《はつごんぎやう》　新年初めて寺院や仏前で勤める読経。　**初読経**《はつどきよう》　**初諷経**《はつふぎん》　**初太鼓**《はつたいこ》　**初鐘**《はつかね》　**初燈明**《はつとうみよう》　**初開扉**《はつかいひ》　**初法座**《はつほうざ》　**初提唱**《はつていしよう》　**初御寺**《はつみでら》　**初御堂**《はつみどう》　**年始会**《ねんしえ》　**初念仏**《はつねんぶつ》　〔初経のもろ手も凍つる未明かな　原田浜人〕

初護摩《はつごま》　新年になって初めて焚く護摩のこと。　**初護摩焚く**《はつごまたく》　〔初護摩の五臓に響く大太鼓　川澄祐勝〕

初妙　見《はつみようけん》《はつめうけん》　元日に妙見堂にお参りすること。　〔梢より雪ずり落つる初妙見　加藤大虫子〕

初　寅《はつとら》　正月初めての寅の日に、毘沙門天にお参りすること。　**初寅参**《はつとらまいり》　**一の寅**《いちのとら》　**上の寅日**《かみのとらのひ》　**福寅**《ふくとら》　**福掻**《ふくかき》　**畚下し**《ふごおろし》　**鞍馬小判**《くらまこばん》　**百足小判**《むかでこばん》　〔初寅の雪のきざはし鞍馬寺　岸風三楼〕

初地蔵《はつじぞう》《はつぢざう》　一月二日、地蔵菩薩の縁日。　〔タクシーを待たせて拝む初地蔵　草間時彦〕

初薬師《はつやくし》　一月八日、その年最初の薬師如来の縁日。またその日に参詣すること。　〔初薬師より青空を連れ帰る　小澤克己〕

初虚空蔵《はつこくうぞう》《はつこくうざう》　一月十三日、知恵・福徳・音声の菩薩として知られた虚空蔵の初縁日。またその日に参詣すること。　【春】十三詣　〔初虚空蔵詣り嵐山雪散らす　矢崎静湖〕

会　陽《えよう》《ゑやう》　二月第三土曜日、岡山県西大寺《さいだいじ》の修正会《しゆうしようえ》行事。　**西大寺参**《さいだいじまいり》　**神木**《しんぎ》　**裸押し**《はだかおし》　〔水掛けて掛けて会陽を昂ぶらす　牧　恵子〕

初閻魔《はつえんま》　一月十六日、閻魔堂の初縁日。　**閻魔詣**《えんままいり》　**斎日**《さいにち》　**十王詣**《じゆうおうまいり》　〔こんにやくに更けし灯影や初閻魔　河野静雲〕

初聖天《はつしょうてん》《はつしゃうてん》　一月十六日および二十日、聖天宮の縁日。〔年々に夫婦して詣る初聖天　細木芒角星〕

初観音《はつかんのん》《はつくわんおん》　一月十八日、諸所の観音に参詣すること。〔仲見世や初観音の雪の傘　増田龍雨〕

初大師《はつだいし》　一月二十一日、弘法大師の初縁日。**初弘法**《はつこうぼう》　[冬]終大師　〔初大師降りしと見ればやみし雪　鈴木真砂女〕

初不動《はつふどう》　一月二十八日、不動尊の初の縁日。〔駒下駄の橋わたりくる初不動　角川春樹〕

キリスト教

初弥撒《はつミサ》　元日、カトリック教会で行われる新年最初の彌撒。**聖名祭**《せいめいさい》　**彌撒始**《ミサはじ》**め**　**初**《はつ》**のミサ**　[冬]納弥撒　〔初ミサやヨゼフに白き梅を供し　景山筍吉〕

初礼拝《はつれいはい》　初弥撒に参じてキリストに捧げる新年初の礼拝。〔初礼拝に説く原罪のエバ・アダム　村尾菩薩子〕

動物

嫁が君《よめがきみ》　新年三が日の鼠の呼び名。鼠というのを忌んでこう呼ぶ。〔嫁が君飢ゑの記憶の

遠くあり　沢木欣一〕

初《はつ》雀《すずめ》　元日の雀である。【春】雀の子　【冬】寒雀　〔初雀円《えん》ひろがりて五羽こぼれ　中村汀女〕

初《はつ》鴉《がらす》　元日に鳴く鴉の声、あるいはその姿をいう。【春】鳥の巣　【夏】鳥の子　【冬】寒鴉　〔悪声もまた朗々と初鴉　土生重次〕

初《はつ》鶏《とり》　元日の明け方に鳴く鶏のこと。【夏】羽抜鶏　〔初鶏や応へるころも闇の中　河野友人〕

初《はつ》声《こえ》　《はつこゑ》元日に聞くもろもろの鳥の声。〔ひよどりの年のはじめの朝のこゑ　森澄雄〕

初《はつ》鶯《うぐいす》　《はつうぐひす》飼育して新年に鳴かせる鶯をいう。【春】鶯・初音　【夏】老鶯　【冬】冬の鶯・笹鳴　〔初鶯旅は豊かに大切に　加藤知世子〕

初《はつ》鳩《はと》　元日の鳩のこと。〔初鳩や空にひろがる涅槃の手　磯貝碧蹄館〕

初《はつ》鶴《づる》　元日の鶴。**初田鶴《はつたづ》**　【秋】鶴来る　【冬】鶴　〔初田鶴のただ声のみに明けきらず　速水苔石〕

初《はつ》鷗《かもめ》　元日の鷗のこと。【冬】冬鷗　〔初かもめ浮燈台が肩振つて　山田孝子〕

伊勢海老《いせえび》　伊勢で多く捕れるのでいう。蓬萊など新年の飾りに使われる。**鎌倉海老《かまくらえび》**　【新】飾海老　〔伊勢海老や佃《つくだ》の渡しいまもあり　志摩芳次郎〕

植物

楪《ゆずりは》 新葉が開いてから古葉が落ちるので、子孫繁栄の縁起として新年の飾りに使われる。**譲り葉**《ゆずりは》 **交譲葉**《ゆずりは》 **弓弦葉**《ゆずるは》 **親子草**《おやこぐさ》 [新]楪飾る 〔雪山の照り楪も橙も　森 澄雄〕

歯朶《しだ》 正しい名はうらじろで、新年の飾りに用いる。**裏白**《うらじろ》 **鳳尾草**《ほうびそう》 **穂長**《ほなが》 **諸向**《もろむき》 **山草**《やまぐさ》 [春]歯朶萌ゆ [夏]青歯朶 [冬]歯朶刈 [新]歯朶飾る 〔うらじろの反りてかすかに山の声　高崎武義〕

穂俵《ほだわら》《ほだはら》 褐色の海藻類で乾くと鮮緑色となる。その実が米俵の形に似ていることからこの名があり、めでたい名にあやかって新年の飾りにする。**ほんだはら** **たはら藻**《も》 **莫告藻**《なのりそ》 [新]穂俵飾る 〔穂俵に乾ける塩のめでたさよ　後藤比奈夫〕

福寿草《ふくじゅそう》《ふくじゆさう》 黄金色の花と、その名の縁起のよさから正月の床飾りに用いる。**元日草**《がんじつそう》 〔青空の端に出されし福寿草　千葉皓史〕

若菜《わかな》 新年の七種の総称。芹・薺・御行・はこべら・仏の座・すずな・すずしろをいう。**初若菜**《はつわかな》 **朝若菜**《あさわかな》 **磯若菜**《いそわかな》 **磯菜**《いそな》 **京若菜**《きょうわかな》 **千代名草**《ちよなぐさ》 **祝菜**《いわいな》 **粥草**《かゆぐさ》 **七草菜**《ななくさな》 **芹薺**《せりなずな》 **七若菜**《ななわかな》 **若菜屑**《わかなくず》 〔初若菜うらうら海にさそはれて　長谷川かな女〕

根白草《ねじろぐさ》 七種の一つ芹の異称で根茎が白いことによる。**七草の芹**《ななくさのせり》 [春]芹 〔根白草摘み来し妻の手が匂ふ　安住 敦〕

薺《なずな》《なづな》 七種の一つ。七種粥に用いる。**初薺**《はつなずな》 **雪薺**《ゆきなずな》 [春]薺の花 [新]薺打つ・七種粥・薺摘み 〔胞衣塚《えなづか》に産毛《うぶげ》のごとく薺生ふ　辻田克巳〕

御行《おぎょう》《おぎやう》 七種の一つ。母子草ともいう。**御行**《ごぎょう》 **御形**《ごぎょう》 **五形**《ごぎょう》 [春]母子草 〔風あれど日のぬ

くければ御形摘む　文挾夫佐恵〕

仏の座《ほとけのざ》　七種の一つ。葉が数枚円座をなしているのでこの名がある。**たびらこ　かはらけ草《そう》**
〔女童の手がかしこくて仏の座　木村虹雨〕

菘《すずな》　七種の一つ。七種粥に用いる蕪の異称。**鈴菜《すずな》　菁《すずな》**　[冬]蕪　〔すずなすずしろなつかしきものみなむかし　林原耒井〕

蘿《すず》蔔《しろ》　七種の一つ。七種粥に用いる大根の異称。[冬]大根　〔すずしろと書けば七草らしきかな　伊沢　修〕

よめがはぎ　古くは七種の一つに加えられていた。嫁菜の異称。**うはぎ　おはぎ**　[春]嫁菜
〔うらうらと里にさす日やよめがはぎ　的場静乃〕

子日《ねのひ》草《ぐさ》　正月子の日の遊びに引く小松のこと。**子《ね》の日《ひ》の松《まつ》　姫小《ひめこ》松《まつ》　茶筅松《ちゃせんまつ》**　[新]小松引　〔湖見ゆる丘に来て引く子日草　田中平洲〕

野老《ところ》　多くの細根を生じ、老人の鬚を思わせるところから長寿を祝い、新年の飾りに使われる。　[春]野老掘る　[新]野老飾る　〔ひげの砂こぼし野老を飾りけり　沢木欣一〕

鏡《かがみ》草《ぐさ》　大根の異称、鏡餅の上に飾ったのでこの名がある。**加賀見《かがみ》草《ぐさ》**　[冬]大根　[新]大根祝ふ
〔小雪舞ふ厨《くりや》の窓や鏡草　成瀬詩鳥〕

総索引

総索引

現代仮名づかいによる五十音順・ゴシック体（太字）は見出し語を示す

あ

あいあじさい（藍紫陽花） 夏 二五四
あいうう（藍植う） 春 四六
あいオーバー（合オーバー） 春 三五
あいかり（藍刈） 夏 一九〇
あいさく（藍咲く） 秋 四二四
アイスキャンデー 夏 一七三
アイスクリーム 夏 一七四
アイスクリームソーダ 夏 一七三
アイスコーヒー 夏 一七一
アイスティー 夏 一七一
アイスホッケー 冬 五二一
あいぜんまつり（愛染祭） 夏 二一五
あいちょうしゅうかん（愛鳥週間） 夏 一五四
あいなめ（鮎並） 春 八三
あいのかぜ（あいの風） 夏 一四〇
あいのはな（藍の花） 秋 四二四
あいのはね（愛の羽根） 秋 三二三
あいまく（藍蒔く） 春 四六
あいゆかた（藍浴衣） 夏 一六二
アイリス 夏 二七三
あいりんび（愛林日） 春 三三
あおあし（青蘆） 夏 二九二
あおあぶ（青虻） 春 九〇
あおあらし（青嵐） 夏 一四二
あおい（葵） 夏 二七二
あおい（青藺） 夏 二九五
あおいちじく（青無花果） 夏 二六〇
あおいまつり（葵祭） 夏 二〇九
あおうまのせちえ（白馬節会） 新 五七〇
あおうめ（青梅） 夏 二五九
あおうり（青瓜） 夏 二八六
あおかえで（青楓） 夏 二六四
あおがえる（青蛙） 夏 二二五
あおがき（青柿） 夏 二五九
あおがし（青樫） 夏 二六三
あおかび（青黴） 夏 三〇七
あおかや（青萱） 夏 二九二
あおぎた（青北風） 秋 三三四
あおぎとう（青祈禱） 夏 二二一
あおきのはな（青木の花） 春 九六
あおきのみ（青木の実） 冬 五四八
あおきふむ（青き踏む） 春 五三
あおぎり（梧桐） 夏 二七〇
あおくす（青樟） 夏 二六三
あおぐすり（青薬） 秋 四三五
あおぐり（青栗） 秋 三九九
あおくるみ（青胡桃） 夏 二六〇
あおぐわい（青慈姑） 春 一一五
あおげら（青げら） 秋 三八四
あおごけ（青苔） 夏 三〇六
あおごち（青東風） 夏 一四一
あおさ（石蓴） 春 一一八
あおさおう（石蓴生ふ） 春 一一八
あおさぎ（青鷺） 夏 二三二
あおざし（青挿） 夏 一七〇
あおさとり（石蓴取り） 春 一一八
あおさほす（石蓴干す） 春 一一八
あおさむしろ（石蓴蓆） 春 一一八
あおざんしょう（青山椒） 夏 二六九
あおさんま（青さんま） 秋 三八八
あおじ（蒿雀） 夏 二二四
あおしい（青椎） 夏 二六三
あおじお（青潮） 夏 一五一
あおしぐれ（青時雨） 夏 一四三
あおじそ（青紫蘇） 夏 二八九
あおしだ（青歯朶） 夏 二九一
あおしば（青芝） 夏 二九一
あおじゃしん（青写真） 冬 五一〇

あおすすき（青芒）　夏　二九二
あおすだれ（青簾）　夏　一七八
あおた（青田）　夏　一五三
あおづけ（青漬）　冬　四八七
あおつた（青蔦）　夏　二九一
あおつゆ（青梅雨）　夏　一四三
あおとうがらし（青唐辛子）　夏　二八九
あおなし（青梨）　秋　三九八
あおなつめ（青棗）　秋　三九九
あおなめし（青菜飯）　春　三九
あおぬた（青饅）　春　三六
あおね（青嶺）　夏　一四八
あおねぎ（青葱）　冬　五五五
あおの（青野）　夏　一四九
あおのり（青海苔）　春　一二九
あおば（青葉）　夏　二六二
あおばかぜ（青葉風）　夏　二六二
あおはぎ（青萩）　夏　二九二
あおばじお（青葉潮）　夏　一五一
あおばしぐれ（青葉時雨）　夏　一四三
あおばしょう（青芭蕉）　夏　二八一
あおばずく（青葉木菟）　夏　三一八
あおばと（青鳩）　夏　三三三
あおばな（青花）　秋　四三五
あおばやま（青葉山）　夏　二六二
あおばやみ（青葉闇）　夏　二六三
あおばわかば（青葉若葉）　夏　二六二
あおひょうたん（青瓢簞）　秋　四一七
あおびわ（青枇杷）　夏　二六一
あおふき（青蕗）　夏　二八五
あおふくべ（青瓢）　秋　四一七
あおふじ（青富士）　夏　一四八
あおぶどう（青葡萄）　夏　二六〇
あおほおずき（青鬼灯）　夏　二七九
あおぼし（青星）　冬　四五二
あおまつかさ（青松毬）　秋　四〇四
あおみかん（青蜜柑）　秋　三九八
あおみさき（青岬）　夏　一四八
あおみどろ（青みどろ）　夏　三〇六
あおむぎ（青麦）　春　一一五
あおむし（青虫）　秋　三九五
あおむしろ（青筵）　冬　四六九
あおやぎ（青柳）　春　八七
あおやぎ（青柳）　春　一〇一
あおやまじお（青山潮）　夏　一五一
あおゆ（青柚）　夏　二五九
あおゆず（青柚子）　夏　二五九
あおりんご（青林檎）　夏　二六〇
あかあまだい（赤甘鯛）　冬　五四〇
あかあり（赤蟻）　夏　二五〇
あかいえか（赤家蚊）　夏　二四八
あかいはね（赤い羽根）　秋　三三三
あかいわしさす（赤鰯挿す）　冬　四七二
あかえい（赤鱝）　夏　二四〇
あかえりかいつぶり
（赤襟鳰）　冬　五三八
あかがい（赤貝）　春　八七
あかがえる（赤蛙）　春　七五
あかかぶ（赤蕪）　冬　五五五
あかぎおろし（赤城颪）　冬　四五三
あかぎしぎし　春　一二〇
あかぎつね（赤狐）　冬　五三三
あかぎれ（皸）　冬　五一四
あかぐま（赤熊）　冬　五三三
あがけ（網掛）　秋　三五五
あかげら（赤げら）　秋　三八四
あかざ（藜）　夏　二九五
あかざみ（藜の実）　秋　四三七
アカシアのはな
（アカシアの花）　夏　二六六
あかしお（赤潮）　夏　一五一
あかじそ（赤紫蘇）　夏　二六九
あかしょうびん（赤翡翠）　夏　三三九
あがたまつり（県祭）　夏　二二〇
あがためしのじもく
（県召除目）　新　五七一
あかつばき（赤椿）　春　九三
あかとんぼ（赤蜻蛉）　秋　三九一
あかなし（赤梨）　秋　三九八
あかね（茜草）　秋　四三六
あかねほる（茜掘る）　秋　三五三
あかのまんま（赤のまんま）　秋　四三六
あかはだか（赤裸）　夏　二〇四
あかはら（赤腹）　夏　二三三

あかひこき（赤彦忌）	春	七三
あかふうせん（赤風船）	春	五六
あかぶくりょう（赤茯苓）	秋	四三九
あかふじ（赤富士）	夏	一四八
あかめがしわ	秋	四〇八
あかめふぐ（赤目河豚）	冬	五四二
あかやんま（赤やんま）	秋	三九一
あからぎ	夏	二六九
あがりだんご（上蔟団子）	夏	一九二
アカンサス	夏	二七五
あき（秋）	秋	三一〇
あきあかね（秋茜）	秋	三九一
あきあげ（秋揚げ）	秋	三四九
あきあさし（秋浅し）	秋	三一〇
あきあざみ（秋薊）	秋	四三一
あきあじ（秋鯵）	秋	三八七
あきあそび（秋遊）	秋	三六〇
あきあつし（秋暑し）	秋	三一〇
あきあらし（秋嵐）	秋	三三三
あきあわせ（秋袷）	秋	三三九
あきあわれ（秋あはれ）	秋	三六〇
あきいりひ（秋入日）	秋	三一六
あきうちわ（秋団扇）	秋	三四五
あきうらら（秋麗）	秋	三一四
あきおうぎ（秋扇）	秋	三四五
あきおおかぜ（秋大風）	秋	三三三
あきおさめ（秋収め）	秋	三四九
あきおしむ（秋惜しむ）	秋	三一六
あきか（秋蚊）	秋	三八九
あきかしわ（秋柏）	秋	四〇二
あきがすみ（秋霞）	秋	三三五
あきかぜ（秋風）	秋	三三三
あきかぜづき（秋風月）	秋	三一一
あきかたびら（秋帷子）	秋	三三九
あきがつお（秋鰹）	秋	三八七
あきかなく（秋蚊鳴く）	秋	三八九
あきがわ（秋川）	秋	三三九
あきがわき（秋渇き）	秋	三六一
あきがわり（秋代り）	秋	三三七
あききざす（秋兆す）	秋	三一一
あききょうげん（秋狂言）	秋	三五九
あきぎょうずい（秋行水）	秋	三四六
あきくさ（秋草）	秋	四二五
あきぐち（秋口）	秋	三一〇
あきぐみ（秋茱萸）	秋	四一〇
あきぐも（秋雲）	秋	三一八
あきぐもり（秋曇）	秋	三三四
あきくる（秋来る）	秋	三一〇
あきくるる（秋暮るる）	秋	三一六
あきくわ（秋桑）	秋	四一〇
あきげしき（秋景色）	秋	三一七
あきご（秋蚕）	秋	三九五
あきこき（晶子忌）	夏	二三一
あきこさむ（秋小寒）	秋	三一四
あきこさめ（秋黴雨）	秋	三一四
あきことり（秋小鳥）	秋	三八一
あきごねむる（秋蚕眠る）	秋	三九五
あきざきサフラン（秋咲きサフラン）	秋	四一二
あきざくら（秋桜）	秋	四一四
あきさば（秋鯖）	秋	三八七
あきさび（秋寂び）	秋	三一六
あきさびし（秋淋し）	秋	三六〇
あきさむ（秋寒）	秋	三一四
あきさめ（秋雨）	秋	三一四
あきさりひめ（秋去姫）	秋	三三三
あきさる（秋去る）	秋	三一六
あきさんご（秋珊瑚）	秋	三九七
あきしお（秋潮）	秋	三三〇
あきしば（秋芝）	秋	三一五
あきしぐれ（秋時雨）	秋	四一四
あきじめり（秋湿り）	秋	三一四
あきしょうじ（秋障子）	秋	三四六
あきしらなみ（秋白波）	秋	三三〇
あきすぐ（秋過ぐ）	秋	三一六
あきすずし（秋涼し）	秋	三一一
あきすずめ（秋雀）	秋	三八一
あきすだれ（秋簾）	秋	三四五
あきすむ（秋澄む）	秋	三一四
あきせまる（秋迫る）	夏	一三八
あきそうび（秋さうび）	秋	三九六
あきそば（秋蕎麦）	秋	三四四
あきぞら（秋空）	秋	三一八
あきた（秋田）	秋	三一八

あきたかし（秋高し） 秋 三一八
あきたけなわ（秋たけなは） 秋 三一六
あきたける（秋闌ける） 秋 三一六
あきたつ（秋立つ） 秋 三二〇
あきちかし（秋近し） 夏 一三八
あきつ 秋 三九〇
あきつゐり（秋黴雨） 秋 三二四
あきつく（秋尽く） 秋 三一六
あきづく（秋づく） 秋 三一一
あきづくり（秋造り） 秋 三四〇
あきつばめ（秋燕） 秋 三八一
あきていれ（秋手入れ） 秋 三四七
あきでみず（秋出水） 秋 三三九
あきどなり（秋隣） 夏 一三八
あきともし（秋燈し） 秋 三四四
あきどよう（秋土用） 秋 三一五
あきないはじめ（商始） 新 五八〇
あきなかば（秋半ば） 秋 三一一
あきなぎさ（秋渚） 秋 三三九
あきなす（秋茄子） 秋 四一七
あきなくさ（秋七草） 秋 四二五
あきなりき（秋成忌） 夏 二三三
あきにいる（秋に入る） 秋 三一〇
あきにじ（秋虹） 秋 三二五
あきの（秋野） 秋 三二七
あきのあかつき（秋の暁） 秋 三一三
あきのあさ（秋の朝） 秋 三一三
あきのあさひ（秋の朝日） 秋 三一七
あきのあつさ（秋の暑さ） 秋 三二〇
あきのあめ（秋の雨） 秋 三二四
あきのあゆ（秋の鮎） 秋 三八五
あきのあらし（秋の嵐） 秋 三三三
あきのいえ（秋の家） 秋 三四四
あきのいけ（秋の池） 秋 三三九
あきのいそ（秋の磯） 秋 三三九
あきのいそなみ（秋の磯波） 秋 三二〇
あきのいろ（秋の色） 秋 三一七
あきのうしお（秋のうしほ） 秋 三二〇
あきのうま（秋の馬） 秋 三七九
あきのうみ（秋の湖） 秋 三三九
あきのうみ（秋の海） 秋 三三九
あきのうら（秋の浦） 秋 三三九
あきのうらなみ（秋の浦波） 秋 三三〇
あきのうれい（秋の愁） 秋 三六〇
あきのおうぎ（秋の扇） 秋 三四五
あきのおと（秋の音） 秋 三一七
あきのおわり（秋の終り） 秋 三一六
あきのか（秋の蚊） 秋 三八九
あきのが（秋の蛾） 秋 三八九
あきのかいこ（秋の蚕） 秋 三九五
あきのかげ（秋の陰） 秋 三三四
あきのかすみ（秋の霞） 秋 三三五
あきのかぜ（秋の風） 秋 三二三
あきのかた（明の方） 新 六〇四
あきのかたびら（秋の帷子） 秋 三三九
あきのかや（秋の蚊帳） 秋 三四五
あきのかり（秋の雁） 秋 三八五
あきのかりば（秋の狩場） 秋 三一八
あきのかわ（秋の川） 秋 三三九
あきのかわず（秋の蛙） 秋 三八〇
あきのき（秋の気） 秋 三二四
あきのきぬ（秋の衣） 秋 三三九
あきのきんぎょ（秋の金魚） 秋 三八五
あきのくさ（秋の草） 秋 四二五
あきのくだもの（秋の果物） 秋 三九八
あきのくも（秋の雲） 秋 三一八
あきのくれ（秋の暮） 秋 三一三
あきのくわ（秋の桑） 秋 四一〇
あきのけはい（秋のけはひ） 秋 三一一
あきのこう（秋の江） 秋 三三九
あきのこえ（秋の声） 秋 三一七
あきのこころ（秋の心） 秋 三六〇
あきのこま（秋の駒） 秋 三七九
あきのころもがえ（秋の更衣） 秋 三三九
あきのさむさ（秋の寒さ） 秋 三一四
あきのしお（秋の潮） 秋 三三〇
あきのしぐれ（秋の時雨） 秋 三二五
あきのしば（秋の芝） 秋 四二四
あきのしも（秋の霜） 秋 三一六
あきのしゃにち（秋の社日） 秋 三二二
あきのじょう（秋の情） 秋 三六〇
あきのすえ（秋の末） 秋 三一六
あきのせ（秋の瀬） 秋 三三九

あきのせきてん（秋の釈奠）秋 三六八
あきのせみ（秋の蟬）秋 三九〇
あきのセル（秋のセル）秋 三四〇
あきのその（秋の園）秋 三二七
あきのそら（秋の空）秋 三一八
あきのた（秋の田）秋 三一八
あきのたがやし（秋の耕し）秋 三四七
あきのちょう（秋の蝶）秋 三九〇
あきのつき（秋の月）秋 三一八
あきのつち（秋の土）秋 三一八
あきのでがわり（秋の出代）秋 三二七
あきのでみず（秋の出水）秋 三一九
あきのてん（秋の天）秋 三一八
あきのななくさ（秋の七草）秋 四二五
あきのなみ（秋の波）秋 三二〇
あきのにじ（秋の虹）秋 三二五
あきのにしき（秋の錦）秋 三一七
あきのぬま（秋の沼）秋 三一九
あきのの（秋の野）秋 三一七
あきののあそび（秋の野遊）秋 三六〇
あきのはえ（秋の蠅）秋 三八九
あきのはじめ（秋の初め）秋 三一〇
あきのはす（秋の蓮）秋 四二四
あきのはち（秋の蜂）秋 三八九
あきのはつかぜ（秋の初風）秋 三一三
あきのはて（秋の果）秋 三一六
あきのはま（秋の浜）秋 三一九
あきのはら（秋の原）秋 三一七
あきのはれ（秋の晴）秋 三一七
あきのひ（秋の日）秋 三一七
あきのひ（秋の燈）秋 三四四
あきのひが（秋の火蛾）秋 三八九
あきのひかり（秋の光）秋 三一七
あきのひがん（秋の彼岸）秋 三二二
あきのひでり（秋の旱）秋 三一七
あきのひな（秋の雛）秋 三二八
あきのひより（秋の日和）秋 三一七
あきのひる（秋の昼）秋 三一三
あきのふく（秋の服）秋 三二九
あきのふつかやいと（秋の二日灸）秋 三二七
あきのへび（秋の蛇）秋 三八〇
あきのほし（秋の星）秋 三一一
あきのほたる（秋の蛍）秋 三八九
あきのまゆ（秋の繭）秋 三五五
あきのみずうみ（秋の湖）秋 三一九
あきのみず（秋の水）秋 三一九
あきのみね（秋の峰）秋 三一七
あきのみねいり（秋の峰入）秋 三六五
あきのめ（秋の芽）秋 四〇四
あきのやど（秋の宿）秋 三四四
あきのやぶいり（秋の藪入）秋 三二六
あきのやま（秋の山）秋 三一七
あきのやまあそび（秋の山遊）秋 三六〇
あきのゆうぐれ（秋の夕暮）秋 三一三
あきのゆうばえ（秋の夕映）秋 三二六
あきのゆうひ（秋の夕日）秋 三二六
あきのゆうべ（秋の夕べ）秋 三一三
あきのゆうやけ（秋の夕焼）秋 三二六
あきのゆき（秋の雪）秋 三二五
あきのゆくえ（秋の行方）秋 三一六
あきのよあけ（秋の夜明）秋 三一三
あきのよい（秋の宵）秋 三一三
あきのよる（秋の夜）秋 三一四
あきのらい（秋の雷）秋 三一五
あきのらん（秋の蘭）秋 四一三
あきのれいじつ（秋の麗日）秋 三一四
あきのろ（秋の炉）秋 三四六
あきのわかれ（秋の別れ）秋 三一六
あきはじめ（秋初め）秋 三一〇
あきばしょ（秋場所）秋 三五八
あきはづき（秋初月）秋 三一〇
あきばら（秋薔薇）秋 三九六
あきばれ（秋晴）秋 三一七
あきひかげ（秋日影）秋 三一七
あきひがさ（秋日傘）秋 三四五
あきひがん（秋彼岸）秋 三一二
あきひざし（秋日ざし）秋 三一七
あきひでり（秋旱）秋 三一七
あきひなた（秋日向）秋 三一七
あきひややか（秋冷やか）秋 三一四
あきびより（秋日和）秋 三一七
あきふかし（秋深し）秋 三一六

あきふく（秋服） 秋 三二九
あきふじ（秋富士） 秋 三二七
あきへんろ（秋遍路） 秋 三六五
あきほくと（秋北斗） 秋 三二一
あきぼたん（秋牡丹） 秋 四二九
あきまき（秋蒔） 秋 三五一
あきまつ（秋待つ） 夏 一三八
あきまつり（秋祭） 秋 三六一
あきまひる（秋真昼） 秋 三三三
あきまゆ（秋繭） 秋 三五五
あきみょうが（秋茗荷） 秋 四一九
あきめ（秋芽） 秋 四〇四
あきめく（秋めく） 秋 三一一
あきめふく（秋芽吹く） 秋 四〇四
あきやなぎ（秋柳） 秋 四〇四
あきらくじつ（秋落日） 秋 三二六
あきらっき（秋落暉） 秋 三二六
あきりんう（秋霖雨） 秋 三二四
あきわすれ（秋忘） 秋 三四九
あきをおしむ（秋を惜しむ） 秋 三一六
あきをまつ（秋を待つ） 夏 一三八
あくたがわき（芥川忌） 夏 三二四
あけいそぐ（明急ぐ） 夏 一三六
あげどうろう（揚燈籠） 秋 三四五
あけのつき（明の月） 秋 三二一
あけのはる（明の春） 新 五六二
あげはちょう（揚羽蝶） 夏 二四三
あげばね（揚羽子） 新 五九九

あけはやし（明早し） 夏 一三六
あけび（通草） 秋 四二一
あけびのはな（通草の花） 春 一〇五
あけびのみ（通草の実） 秋 四二一
あげひばり（揚雲雀） 春 七七
あけやす（明易） 夏 一三六
あさ（麻） 夏 二九〇
あさがお（朝顔） 秋 四一三
あさがおいち（朝顔市） 夏 一五八
あさがおうう（朝顔植う） 春 四五
あさがおさく（朝顔咲く） 秋 四一三
あさがおのたねとる（朝顔の種採る） 秋 四一三
あさがおのなえ（朝顔の苗） 夏 二七九
あさがおのはな（朝顔の花） 秋 四一三
あさがおのみ（朝顔の実） 秋 四一三
あさがおひめ（朝顔姫） 秋 三三三
あさがおまく（朝顔蒔く） 春 四五
あさかじ（朝火事） 冬 五〇八
あさがすみ（朝霞） 春 二〇
あさがら（麻殻） 秋 三三五
あさかり（麻刈） 夏 一八九
あさぎすいせん（浅黄水仙） 春 一〇八
あさきた（朝北風） 冬 四五三
あさぎり（朝霧） 秋 三三五
あさぎりそう（朝霧草） 秋 四三〇
あさくさのり（浅草海苔） 春 一二八
あさくさまつり（浅草祭） 夏 二〇九

あさぐもり（朝曇） 夏 一四六
あさごち（朝東風） 春 一六
あさざくら（朝桜） 春 九三
あさざのはな（浅沙の花） 夏 三〇六
あさざぶとん（麻座布団） 夏 一七
あささむ（朝寒） 秋 三一五
あさじ（浅茅） 秋 四二七
あさしぐれ（朝時雨） 冬 四五四
あさじざけ（麻地酒） 夏 一七五
あさじみ（朝凍み） 冬 四四八
あさしも（朝霜） 冬 四五五
あさすず（朝鈴） 秋 三九二
あさすずし（朝涼し） 夏 一三七
あさすずみ（朝涼み） 夏 一九六
あさたきび（朝焚火） 冬 五〇八
あさたび（麻足袋） 夏 一六四
あさちゃ（朝茶） 夏 一八三
あさちゃのゆ（朝茶の湯） 夏 一八三
あさつき（胡葱） 春 一一四
あさつきなます（胡葱膾） 春 一一七
あさつきぬた 春 一一七
あさづきよ（朝月夜） 秋 三二一
あさづけ（浅漬） 冬 四八七
あさづけいち（朝漬市） 秋 三三八
あさづけなす（浅漬茄子） 夏 一六五
あさつばめ（朝燕） 春 七八
あさつゆ（朝露） 秋 三三六
あさどりわたる（朝鳥渡る） 秋 三八一

あさなぎ（朝凪）　夏　一四三
あさなぐさ（朝な草）　秋　四二三
あさにじ（朝虹）　夏　一四五
あさにわ（朝庭）　秋　三四九
あさね（朝寝）　春　五七
あさのかぜ（麻の風）　夏　二九〇
あさのしか（朝の鹿）　秋　三七九
あさのつき（朝の月）　秋　三二一
あさのは（麻の葉）　夏　二九〇
あさのはな（麻の花）　夏　二九〇
あさのみ（麻の実）　秋　四三三
あさのゆき（朝の雪）　冬　四五六
あさのれん（麻暖簾）　夏　一七八
あさばおり（麻羽織）　夏　一六二
あさばかま（麻袴）　夏　一六二
あさびえ（朝冷え）　秋　三二四
あさひぐらし（朝蜩）　秋　三九〇
あさひばり（朝雲雀）　春　七七
あさふ（麻布）　夏　一六二
あさぶすま（麻衾）　夏　一六二
あさぶとん（麻布団）　夏　一六二
あさまおろし（浅間颪）　冬　四五三
あさまく（麻蒔く）　春　四七
あさまつげのはな
（あさま黄楊の花）　春　一〇四
あざみ（薊）　春　一三七
あざみかる（薊枯る）　冬　五五七
あざみごぼう（薊牛蒡）　秋　四三一
あさもみじ（朝紅葉）　秋　四〇一
あさやけ（朝焼）　夏　一四六
あざらし（海豹）　春　七四
あさり（浅蜊）　春　八六
アザレア　春　一〇八
あさわかな（朝若菜）　新　六二一
あし（蘆）　秋　四二七
あじ（鰺）　夏　二三九
あしあおし（蘆青し）　夏　二九二
あしあぶり（足焙）　冬　四九七
あしがも（葦鴨）　冬　五三七
あじがも（味鴨）　冬　五三七
あしかり（蘆刈）　秋　三五四
あしかる（蘆枯る）　冬　五五七
あじさい（紫陽花）　夏　二五四
あじさし（鰺刺）　夏　二三一
あししげる（蘆茂る）　夏　二九二
あしぞろえ（足揃）　冬　四六四
あしたば（明日葉）　春　一二四
あしながぐも（脚長蜘蛛）　夏　二五一
あしながばち（足長蜂）　春　九〇
あしぬくめ（足温）　冬　四九七
あしのあき（蘆の秋）　秋　四二七
あじのせごし（鰺の背越）　夏　一六七
あしのつの（蘆の角）　春　一三六
あしのはな（蘆の花）　秋　四二七
あしのほ（蘆の穂）　秋　四二七
あしのめ（蘆の芽）　春　一三六
あしはら（蘆原）　秋　四二七
あしび（馬酔木）　春　九六
あしび（蘆火）　秋　三五四
あしびの（馬酔木野）　春　九六
あしぶね（蘆舟）　秋　三五四
あしへいき（葦平忌）　冬　五三一
あしべおどり（芦辺踊）　春　五四
あじまめ（味豆）　秋　四三三
あしろ（足炉）　冬　四九七
あじろ（網代）　冬　五〇四
あじろうち（網代打）　秋　三五六
あじろぎ（網代木）　冬　五〇四
あしわかば（蘆若葉）　春　一三六
あずき（小豆）　秋　四三三
あずきあらい　秋　三九四
あずきがゆ（小豆粥）　新　五八四
あずきひく（小豆引く）　秋　三五三
あずさのはな（梓の花）　春　一〇三
アスター　夏　二七四
あすのはる（明日の春）　冬　四四九
アスパラガス　春　二一四
アスパラガスのはな
（アスパラガスの花）　夏　二八七
あずまおどり（東踊）　春　五四
あずまぎく（東菊）　春　一〇八
あせ（汗）　夏　二〇四
あぜあおむ（畦青む）　春　二一七
あせしらず（汗しらず）　夏　一八一

あぜたたき（畦叩き）	春	四四
あせてぬき（汗手貫）	夏	一六四
あせとり（汗取）	夏	一六二
あせぬぐい（汗拭）	夏	一六五
あぜぬり（畦塗）	春	四四
あぜのぎく（畦野菊）	秋	四二九
あせのめし（汗の飯）	夏	一六九
あせばむ（汗ばむ）	夏	二〇四
あぜび（畦火）	春	四三
あぜひばり（畦雲雀）	秋	三八四
あせふき（汗拭）	夏	一六五
あぜまめ（畦豆）	秋	四三三
あぜまめうう（畦豆植う）	夏	一八八
あせも（汗疹）	夏	二〇六
あぜやく（畦焼く）	春	四三
あぜをぬる（畦を塗る）	春	四四
あそびぶね（遊び船）	夏	一九六
あそまつり（阿蘇祭）	夏	二二二
あたごび（愛宕火）	秋	三六一
あたたか（暖か）	春	一三
あたためざけ（温め酒）	秋	三四一
あつかん（熱燗）	冬	四八〇
あつぎ（厚着）	冬	四七六
あつきはる（暑き春）	春	一四
あつきひ（暑き日）	夏	一三六
あつけしそう（厚岸草）	秋	四二七
あつごおり（厚氷）	冬	四六二
あつさのこる（暑さ残る）	秋	三一〇
あつし（暑し）	夏	一三六
あつし（厚司）	冬	四七六
あつたまつり（熱田祭）	夏	二二〇
あつめじる（集汁）	夏	一六三
アッパッパ	夏	一六八
あつものざき（厚物咲）	秋	四一五
あつもりそう（敦盛草）	夏	二九九
あとさりむし（あとさり虫）	夏	二四九
あとずさり	夏	二四九
あとり（獦子鳥）	秋	三八二
あなぐま（貛）	冬	五三三
あなぐまうち（穴熊打）	冬	五〇三
あなご（穴子）	夏	二四一
あなじ（乾風）	冬	四五三
あなせぎょう（穴施行）	冬	四七一
あなづり（穴釣）	冬	五一〇
あななす	夏	二六一
あなにいるあり（穴に入る蟻）	秋	三八〇
あなにいるかわず（穴に入る蛙）	秋	三八〇
あなにいるとかげ（穴に入る蜥蜴）	秋	三八〇
あなにいるへび（穴に入る蛇）	秋	三八〇
あなまどい（穴まどひ）	秋	三八〇
アネモネ	春	一〇八
アノラック	冬	四七七
あばれごま（あばれ独楽）	新	六〇〇
あぶ（虻）	春	九〇
あぶらぎりのみ（油桐の実）	秋	四〇八
あぶらこ	春	八三
あぶらぜみ（油蟬）	夏	二四七
あぶらでり（油照）	夏	一四七
あぶらな（油菜）	春	一二一
あぶらまじ（油まじ）	春	一八
あぶらまぜ（油まぜ）	春	一八
あぶらむし（油虫）	夏	二四九
あぶらめ	春	八三
アフリカせんぼんやり（アフリカ千本槍）	夏	二七六
あぶれか（溢れ蚊）	秋	三八九
あへんか（鴉片花）	夏	二七三
あま（海女）	春	五二
あまうそ（雨鷽）	春	七七
あまがえる（雨蛙）	夏	二三五
あまがき（甘柿）	秋	三九八
あまごい（雨乞）	夏	一八七
あまさぎ	春	八四
あまざけ（甘酒）	夏	一七五
あまだい（甘鯛）	冬	五四〇
あまだいだい（甘だいだい）	春	九九
あまちゃ（甘茶）	春	六三
あまちゃそそぐ（甘茶灌ぐ）	春	六三
あまちゃでら（甘茶寺）	春	六三
あまちゃのむ（甘茶飲む）	春	六三

あまちゃぶつ（甘茶仏） 春 六三
あまつばめ（雨燕） 夏 二三三
あまどころのはな（甘野老の花） 夏 二九九
あまのうみ（海女の海） 春 五二
あまのがわ（天の川） 秋 三三三
あまのはな（亜麻の花） 夏 二九〇
あまのふえ（海女の笛） 春 五二
あまのり（甘海苔） 春 一一八
あまびえ（雨冷え） 秋 三一四
あまぼし（甘干） 秋 三四三
あまもぐる（海女もぐる） 春 五二
あまよのつき（雨夜の月） 秋 三二〇
アマリリス 夏 二七八
あみがけのたか（網掛の鷹） 秋 三八〇
あみがさ（編笠） 夏 一六四
あみじゅばん（網襦袢） 夏 一六三
あみシャツ（網シャツ） 夏 一六三
あみだまいり（阿弥陀参） 春 六三
あみてぶくろ（網手袋） 夏 一六四
あみど（網戸） 夏 一七八
あみばり（編針） 冬 四七九
あみぶね（網舟） 夏 一九四
あみぼう（編棒） 冬 四七九
あめさむし（雨寒し） 冬 四四八
あめすずし（雨涼し） 夏 一三七
あめのうお（江鮭） 秋 三八六
あめのつき（雨の月） 秋 三二〇
あめのはぎ（雨の萩） 秋 四二六
あめめいげつ（雨名月） 秋 三二〇
あめやすみ（雨休み） 夏 一八七
あめやなぎ（雨柳） 春 一〇一
あめゆ（飴湯） 夏 一七四
あめよろこび（雨喜び） 夏 一四四
あめんぼう（水馬） 夏 二四六
あやこき（綾子忌） 秋 三七四
あやとり（綾取） 冬 五一〇
あやむしろ（綾筵） 夏 一七七
あやめ（渓蓀） 夏 二七一
あやめいんじ（菖蒲印地） 夏 一五七
あやめがたな（あやめ刀） 夏 一五六
あやめかたびら（あやめ帷子） 夏 一五六
あやめかぶと（あやめ冑） 夏 一五六
あやめぐさ（あやめ草） 夏 二七一
あやめざけ（あやめ酒） 夏 一五六
あやめたち（あやめ太刀） 夏 一五六
あやめのせちえ（菖蒲の節会） 夏 一五四
あやめのせっく（菖蒲の節句） 夏 一五四
あやめのひ（菖蒲の日） 夏 一五四
あやめのぼり（菖蒲幟） 夏 一五四
あやめのまくら（菖蒲の枕） 夏 一五三
あやめゆかた（菖蒲浴衣） 夏 一五六
あゆ（鮎） 夏 二三六
あゆうつ（鮎打つ） 夏 一九四
あゆおつ（鮎落つ） 秋 三八五
あゆおゆ（鮎老ゆ） 秋 三八五
あゆかけ（鮎掛） 夏 一九四
あゆがり（鮎狩） 夏 一九四
あゆくみ（鮎汲） 春 五一
あゆさし（鮎刺） 夏 二三一
あゆずし（鮎鮓） 夏 一六八
あゆたか（鮎鷹） 夏 二三一
あゆつり（鮎釣） 夏 一九四
あゆつりかいきん（鮎釣解禁） 夏 一九四
あゆなます（鮎膾） 夏 一六七
あゆのこ（鮎の子） 春 八五
あゆのぼる（鮎のぼる） 春 八五
あゆりょう（鮎漁） 夏 一九四
あらい（洗膾） 夏 一六七
あらいうし（洗ひ牛） 夏 一八五
あらいうま（洗ひ馬） 夏 一八六
あらいがみ（洗ひ髪） 夏 二〇四
あらいごい（洗鯉） 夏 一六七
あらいしょうじ（洗ひ障子） 秋 三四六
あらいすずき（洗鱸） 夏 一六七
あらいだい（洗鯛） 夏 一六七
あらいだいこん（洗大根） 冬 五〇〇
あらいめし（洗ひ飯） 夏 一六九
あらう（荒鵜） 夏 一九三
あらきた（荒北風） 冬 四五三

あらせいとう（紫羅欄花） 春 一〇七
あらたか（荒鷹） 秋 三八〇
あらたな（荒棚） 秋 三六六
あらたにすずし（新たに涼し） 秋 三一一
あらたまるとし（改まる年） 新 五六二
あらづゆ（荒梅雨） 夏 一四三
あらばしり（新走り） 秋 三四〇
あらぼし（荒星） 冬 四五一
あらまき（新巻） 冬 四八八
あらみこし（荒神輿） 夏 二〇七
あらめ（荒布） 夏 三〇八
あらめかり（荒布刈） 夏 一九〇
あららぎのはな（あららぎの花） 春 一〇五
あららぎのみ（あららぎの実） 秋 四〇五
あられ（霰） 冬 四五四
あられうお（霰魚） 冬 五四一
あられがこ 冬 五四一
あられざけ（霰酒） 冬 四八一
あらればしり（霰ばしり） 新 五七一
あられもち（霰餅） 冬 四七九
あらわし（荒鷲） 冬 五三五
あり（蟻） 夏 二五〇
ありあけ（有明） 秋 三三一
ありあけづき（有明月） 秋 三三一
ありあけづきよ（有明月夜） 秋 三三一
ありあなにいる（蟻穴に入る） 秋 三八〇
ありあなをいづ（蟻穴を出づ） 春 八九
ありじごく（蟻地獄） 夏 二四九
ありそがい（ありそ貝） 春 八七
ありのとわたり（蟻の門渡り） 夏 二五〇
ありのみ（ありの実） 秋 三九八
ありのみち（蟻の道） 夏 二五〇
ありまき（蚜巻） 夏 二五〇
ありまらん（有馬蘭） 夏 二九三
アルメリア 春 一〇七
あれごち（荒東風） 春 一六
あれちぎく（荒地菊） 秋 四二九
あれちのぎく（荒地野菊） 秋 四二九
あろうき（亜浪忌） 冬 五三六
アロハシャツ 夏 一六三
あわ（粟） 秋 四二三
あわがら（粟殻） 秋 四二三
あわかり（粟刈） 秋 三五三
あわしままつり（粟島祭） 春 五九
あわせ（袷） 夏 一六〇
あわせばおり（袷羽織） 冬 四七四
あわだちそう（泡立草） 秋 四二七
あわのたれほ（粟の垂穂） 秋 四二三
あわのほ（粟の穂） 秋 四二三
あわび（鮑） 夏 二四一
あわひく（粟引く） 秋 三五三
あわほす（粟干す） 秋 三五三
あわまき（粟蒔） 夏 一八八
あわみのる（粟実る） 秋 四二三
あわむし（泡虫） 秋 三九三
あわむしろ（粟筵） 秋 三五三
あわもり（泡盛） 夏 一七五
あわもりそう（泡盛草） 夏 三〇三
あわゆき（淡雪） 春 一九
あわれか（哀れ蚊） 秋 三八九
あんか（行火） 冬 四九七
あんご（安居） 夏 二一四
あんこう（鮟鱇） 冬 五四一
あんこうなべ（鮟鱇鍋） 冬 四八五
あんごき（安吾忌） 春 六八
あんず（杏子） 夏 二六一
あんずさく（杏咲く） 春 九八
あんずのはな（杏の花） 春 九八
あんみつ（餡蜜） 夏 一七〇

い

い（藺） 夏 二九五
イースター 春 八七
イースターハット 春 三五
いいだこ（飯蛸） 春 八六
いうう（藺植う） 冬 五〇二
いえざくら（家桜） 春 九三
いえしろあり（家白蟻） 夏 二五一

いえだに（家蝨）	夏	二五三
いえのはる（家の春）	新	五六三
いえばえ（家蠅）	夏	二四八
いえやすき（家康忌）	夏	二一八
いおのはる（庵の春）	新	五六三
イオマンテ	冬	四六八
いか（烏賊）	夏	二四一
いかあらい（烏賊洗）	秋	三五七
いかいちょう（居開帳）	春	八六
いがい（貽貝）	春	六三
いがき（猪垣）	秋	三四八
いがぐり（毬栗）	秋	三九九
いがさ（藺笠）	夏	一六四
いかさき（烏賊裂）	秋	三五七
いかずち	夏	一四五
いかつり（烏賊釣）	夏	一九五
いかなご（鮊子）	春	八三
いかのぼり	春	五五
いかび（烏賊火）	夏	一九五
いかぶすま（烏賊襖）	秋	三五七
いかほす（烏賊干す）	秋	三五七
いかり（藺刈）	夏	一八九
いかりそう（錨草）	春	三一
いかりぼし（碇星）	秋	三三三
いかる（桑鳫）	夏	二三四
いかる（井涸る）	冬	四六〇
イキシア	春	一〇九
いきしろし（息白し）	冬	五一三
いきぼん（生盆）	秋	三六六
いきみたま（生身魂）	秋	三六六
イギリスぼたん（イギリス牡丹）	夏	二七三
いぐさ（藺草）	夏	二九五
いぐさうう（藺草植う）	冬	五〇三
いぐさかり（藺草刈）	夏	一八九
いけかる（池涸る）	冬	四六〇
いけこおる（池氷る）	冬	四六二
いけすぶね（生簀船）	夏	一六七
いけぞめ（生初）	新	五九五
いけづくり（生作り）	夏	一六七
いけぶしん（池普請）	冬	五〇七
いごもり（居籠）	新	六〇五
いさき	夏	二三八
いさざ（魦）	冬	五四二
いさな（勇魚）	冬	五三四
いさなとり（勇魚捕り）	冬	五〇四
いざぶとん（藺座布団）	夏	一七七
いさむき（勇忌）	冬	五二七
いざよい（十六夜）	秋	三二〇
いしあやめ（石あやめ）	夏	二九二
いしかりなべ（石狩鍋）	冬	四八五
いしずみ	冬	四九六
いしだい（石鯛）	夏	二三八
いしだこ	春	八六
いしたたき（石たたき）	秋	三八三
いしのたけ（石の竹）	夏	二七四
いじはじめ（医事始）	新	五八一
いしぶし（石伏魚）	夏	二三八
いしもち（石首魚）	夏	二四〇
いしゃいらず	夏	二九六
いしやきいも（石焼藷）	冬	四九〇
いすか（交喙鳥）	秋	三八三
いすのき（蚊母樹）	秋	四〇九
いずみ（泉）	夏	一五三
いずみがわ（泉川）	夏	一五三
いずみどの（泉殿）	夏	一七六
いずもまつり（出雲祭）	夏	二〇八
いせえび（伊勢海老）	新	六一〇
いせえびかざる（伊勢海老飾る）	新	五七三
いせこう（伊勢講）	春	三二
いせごせんぐう（伊勢御遷宮）	秋	三六三
いせごよみ（伊勢暦）	新	五九二
いせのおたうえ（伊勢の御田植）	夏	二〇九
いせまいり（伊勢参）	春	三一
いそあそび（磯遊）	春	五三
いそあま（磯海女）	春	五三
いそがに（磯蟹）	夏	二四二
いそかまど（磯竈）	春	五一
いそぎく（磯菊）	秋	四二九
いそぎんちゃく	春	八九
いそざくら（磯桜）	春	九三

いそしぎ（磯鴫） 秋 三八四
いそすずみ（磯涼み） 夏 一九六
いそたきび（磯焚火） 春 五一
いそちどり（磯千鳥） 冬 五三七
いそな（磯菜） 新 六二一
いそなげき（磯嘆き） 春 五三
いそなつみ（磯菜摘） 春 五三
いそのあき（磯の秋） 秋 三一九
いそのくちあけ（磯の口明） 春 五一
いそひよどり（磯鵯） 夏 二三六
いそびらき（磯開） 春 五一
いそまつり（磯祭） 春 五三
いぞめ（射初） 新 五七二
いぞめ（鋳初） 新 五九八
いそわかな（磯若菜） 新 六二一
いそわし（磯鷲） 冬 五三五
いたかんじき（板樏） 冬 四七九
いたち（鼬） 冬 五三三
いたちぐさ 春 九五
いたちはぜ 春 九五
いたちわな（鼬罠） 冬 五〇三
いたどり（虎杖） 春 一三〇
いたどりのはな（虎杖の花） 夏 二九五
いたやがい（板屋貝） 春 八六
いちいのはな（一位の花） 春 一〇五
いちいのみ（一位の実） 秋 四〇五
いちがつ（一月） 冬 四四六

いちがつついたち（一月一日） 新 五六三
いちがつばしょ（一月場所） 新 六〇二
いちぐさ 秋 四三五
いちげ（一夏） 夏 二二四
いちげざくら（一花桜） 春 一一九
いちげそう（一花草） 春 一二〇
いちご（苺） 夏 二八一
いちごソーダ（苺ソーダ） 夏 一七二
いちごねわけ（苺根分） 秋 三五三
いちごのはな（苺の花） 春 一二三
いちごミルク（苺ミルク） 夏 一七三
いちじく（無花果） 秋 三九九
いちねんせい（一年生） 春 三三
いちのうま（一の午） 春 二八
いちのとら（一の寅） 新 六〇八
いちのとり（一の酉） 冬 五一八
いちはじめ（市始） 新 五八〇
いちはつ（鳶尾草） 夏 二七三
いちばんしぶ（一番渋） 秋 三五〇
いちばんみず（一番水） 新 五六九
いちやかざり（一夜飾） 冬 四七〇
いちやくそう（一薬草） 夏 二九九
いちやずし（一夜鮓） 夏 一六八
いちよう（一葉） 秋 四〇三
いちょうおちば（銀杏落葉） 冬 五五〇
いちょうかる（銀杏枯る） 冬 五五一
いちようき（一葉忌） 冬 五三七

いちょうきば（銀杏黄葉） 秋 四〇三
いちょうちる（銀杏散る） 秋 四〇四
いちょうのはな（銀杏の花） 春 一〇三
いちょうのみ（銀杏の実） 秋 四〇八
いちょうもみじ（銀杏黄葉） 秋 四〇三
いちようらいふく（一陽来復） 冬 四四四
いちようらいふく（一陽来福） 新 六〇七
いちりんそう（一輪草） 春 一三〇
いつか（五日） 新 五六四
いつかえびす（五日戎） 新 六〇五
いつくしまえんねんまつり（厳島延年祭） 秋 三六二
いつくしままつり（厳島祭） 夏 二一二
いっさき（一茶忌） 冬 五一七
いっちょうき（一蝶忌） 冬 五二〇
いっぺきろうき（一碧楼忌） 冬 五一九
いっぺんき（一遍忌） 秋 三七三
いつる（冱つる） 冬 四四八
いてあぶ（凍虻） 冬 五四四
いてかえる（凍返る） 春 二六
いてかぜ（凍て風） 冬 四五二
いてぐも（凍雲） 冬 四五一
いてごい（凍鯉） 冬 五四二
いてすずめ（凍雀） 冬 五三六
いてだき（凍滝） 冬 四六二
いてちょう（凍蝶） 冬 五四四

いてつく（凍てつく） 冬 四六八
いてつち（凍土） 冬 四六一
いてづる（凍鶴） 冬 五三八
いてづるき（凍鶴忌） 冬 五三三
いてどうふ（凍豆腐） 冬 四八六
いてとく（凍解く） 春 二六
いてどけ（凍解） 春 二六
いてどり（凍鳥） 冬 五三六
いてなぎ（凍凪） 冬 四五二
いてばえ（凍蠅） 冬 五四四
いてばち（凍蜂） 冬 五四四
いてばれ（凍晴） 冬 四四八
いてびかり（凍光） 冬 四四八
いてぼし（凍星） 冬 四五一
いてまど（凍窓） 冬 四四八
いてもず（凍鵙） 冬 五三六
いてもどる（凍戻る） 春 二六
いてゆき（凍雪） 冬 四五六
いてゆるむ（凍ゆるむ） 春 二六
いとうり（糸瓜） 秋 四一七
いとおりひめ（糸織姫） 秋 三三三
いどがえ（井戸替） 夏 一八三
いとざくら（糸桜） 春 九三
いどさらえ（井戸浚へ） 夏 一八三
いとすすき（糸芒） 秋 四二六
いとど（竈馬） 秋 三九一
いととり（糸取） 夏 一九二
いととんぼ（糸蜻蛉） 夏 二四七
いどにごる（井戸濁る） 夏 一四九
いとねぎ（糸葱） 春 一一四
いとはぎ（糸萩） 秋 四二六
いとひく（糸引く） 夏 一九二
いとびな（糸雛） 春 三〇
いとみみず（糸蚯蚓） 夏 二五三
いとやなぎ（糸柳） 春 一〇一
いとゆう（糸遊） 春 二一
いとより（金糸魚） 冬 五四一
いとよりだい（糸撚鯛） 冬 五四一
いとらん（糸蘭） 秋 四一三
いな（鯔） 秋 三八七
いなぎ（稲木） 秋 三四九
いなぐるま（稲車） 秋 三四八
いなご（蝗） 秋 三九二
いなごまろ（稲子麿） 秋 三九三
いなさ 夏 一四〇
いなしび（稲滓火） 秋 三四九
いなすずめ（稲雀） 秋 三八一
いなずま（稲妻） 秋 三三五
いなだ 夏 二四〇
いなだ（稲田） 秋 三一八
いなづか（稲塚） 秋 三四九
いなにお（稲堆） 秋 三四九
いなびかり（稲光） 秋 三三五
いなぶね（稲舟） 秋 三四八
いなほ（稲穂） 秋 四二〇
いなほこり（稲埃） 秋 三四九
いなほのもち（稲穂の餅） 新 五八三
いなむし（稲虫） 秋 三九三
いなりこう（稲荷講） 春 二六
いなりしんこうさい（稲荷神幸祭） 春 六〇
いなりまつり（稲荷祭） 春 六〇
いぬかいき（犬養忌） 夏 二三〇
いぬかいぼし（犬飼星） 秋 三三三
いぬかも（去ぬ鴨） 春 七八
いぬさかる（犬さかる） 春 七三
いぬすぎな（犬杉菜） 春 一一九
いぬぞり（犬橇） 冬 四九九
いぬだてのはな（犬蓼の花） 秋 四二六
いぬなし（犬梨） 秋 四一〇
いぬびえ（犬びえ） 秋 四二六
いぬひばり（犬雲雀） 秋 三八四
いぬびわ（犬枇杷） 夏 二六九
いぬふぐり 春 一二一
いぬほおずき（狗鬼灯） 秋 四二一
いぬるとし（去ぬる年） 冬 四四五
いぬわし（犬鷲） 冬 五三五
いぬわらび（犬蕨） 春 一二一
いね（稲） 秋 四二〇
いねうち（稲打） 秋 三四九
いねかけ（稲掛） 秋 三四八
いねかり（稲刈） 秋 三四八
いねこき（稲扱） 秋 三四九
いねごや（稲小屋） 秋 三四八

いねたば（稲束） 秋 三四八
いねたる（稲垂る） 秋 四三〇
いねつきむし（稲舂虫） 秋 三九三
いねつむ（寝積む） 新 六〇三
いねのあき（稲の秋） 秋 四三〇
いねのか（稲の香） 秋 四三〇
いねのとの（稲の殿） 秋 三三五
いねのはな（稲の花） 秋 四三〇
いねのむし（稲の虫） 秋 三九三
いねばん（稲番） 秋 三四八
いねほす（稲干す） 秋 三四八
いねをこく（稲を扱く） 秋 三四九
いのかい（貽の貝） 春 八六
いのかみまつり（亥の神祭） 冬 四六四
いのこ（亥の子） 冬 四六四
いのこいし（亥の子石） 冬 四六四
いのこぐさ（犬子草） 秋 四三〇
いのこずち（牛膝） 秋 四三〇
いのこづき（亥の子突） 冬 四六四
いのこもち（亥の子餅） 冬 四六四
いのしし（猪） 秋 三七九
いのししなべ（ゐのしし鍋） 冬 四八四
いのはな（藺の花） 夏 二九五
いのひまつり（亥の日祭） 冬 四六四
いのひもち（亥の日餅） 冬 四六四
いはじめ（鋳始） 新 五九八
いばはじめ（射場始） 新 五七二
いばら（茨） 夏 二六五

いばらかる（茨枯る） 冬 五三二
いばらのはな（茨の花） 夏 二六五
いばらのみ（茨の実） 秋 四一〇
いびらき（井開） 新 五六九
いぶきおろし（伊吹颪） 冬 四五三
いぶりずみ（いぶり炭） 冬 四九五
いぼじり 秋 三九三
いぼむしり 秋 三九三
いまがわやき（今川焼） 冬 四九〇
いまち（居待） 秋 三三〇
いまちづき（居待月） 秋 三三〇
いまみやまつり（今宮祭） 夏 二〇八
いまわのかり（いまはの雁） 春 七六
いみずかる（井水涸る） 冬 四六〇
いみずへる（井水減る） 秋 三三二
いみずます（井水増す） 夏 一四九
いみずやせる（井水やせる） 秋 三三二
いむはじめ（医務始） 新 五八一
いも（芋） 秋 四一八
いもあらう（芋洗ふ） 秋 四一八
いもあらし（芋嵐） 秋 三三四
いもうう（芋植う） 春 四七
いもがしら（芋頭） 新 五七七
いもがゆ（藷粥） 冬 四九〇
いもがら（芋殻） 秋 四一八
いもぐるま（甘藷車） 秋 四一八
いもこ 秋 四一九

いもしょうちゅう（甘藷焼酎） 夏 一七五
いもじる（いも汁） 秋 三四四
いもすいしゃ（芋水車） 秋 四一八
いもぞうすい（芋雑炊） 冬 四八九
いもたね（芋種） 春 一一五
いもちだ（稲熱田） 秋 三一八
いもなえ（藷苗） 春 一一五
いもにかい（芋煮会） 秋 三六〇
いもにる（芋煮る） 秋 四一八
いものあき（芋の秋） 秋 四一八
いものかみ（芋の頭） 新 五七七
いものかみいわう（芋の頭祝ふ） 新 五七七
いものこ（芋の子） 秋 四一八
いものつゆ（芋の露） 秋 三三六
いものは（芋の葉） 秋 四一八
いものはじめ（鋳物始） 新 五九八
いものはな（芋の花） 夏 二八三
いものめ（芋の芽） 春 一一五
いもばたけ（薯畑） 秋 四一八
いもほり（甘藷掘） 秋 四一八
いもむし（芋虫） 秋 三九五
いもめいげつ（芋名月） 秋 三三〇
いもり（蠑螈） 夏 二三六
いやほのまつり（八百穂祭） 冬 五一八
いよかん（伊予柑） 春 九九
いよめ 冬 五三八

いらむし（刺虫） 秋 三九五
いりこ（煎海鼠） 新 五九一
いりひがん（入り彼岸） 春 一一
いるか（海豚） 冬 五三四
いるかがり（海豚狩） 冬 五三四
いろかえぬすぎ
　（色かへぬ杉） 秋 四〇四
いろかえぬまつ
　（色変へぬ松） 秋 四〇四
いろくさ（色草） 秋 四三五
いろたび（色足袋） 冬 四七八
いろづくた（色づく田） 秋 三三八
いろどり（色鳥） 秋 三八一
いろどるつき（色どる月） 秋 三一三
いろどるやま（彩る山） 秋 三三七
いろながらちる
　（色ながら散る） 秋 四〇二
いろなきかぜ（色なき風） 秋 三三三
いろは（色葉） 秋 四〇一
いろはがるた
　（いろは歌留多） 新 五九八
いろはちる（色葉散る） 秋 四〇二
いろめがね（色眼鏡） 夏 一六三
いろり（囲炉裏） 冬 四九六
いろりひらく（囲炉裏開く） 冬 四九八
いわいぎ（祝木） 新 五八四
いわいたろう（祝太郎） 新 五七六
いわいづき（祝月） 新 五六二
いわいな（祝菜） 新 六一一
いわいのつえ（祝の杖） 新 五七〇
いわいばし（祝箸） 新 五七七
いわいぼう（祝棒） 新 五八四
いわかがみ（岩鏡） 夏 三〇五
いわぎきょう（岩桔梗） 夏 三〇三
いわぐすり（巌薬） 夏 三〇二
いわごけ（巌苔） 夏 三〇〇
いわし（鰯） 秋 三八八
いわしあみ（鰯網） 秋 三五七
いわしうり（鰯売） 秋 三八八
いわしくき（鰯群来） 秋 三八八
いわしくむ（鰯汲む） 秋 三五七
いわしぐも（鰯雲） 秋 三一八
いわしさす（鰯挿す） 冬 四七二
いわしたたり（岩滴り） 夏 一五三
いわしひく（鰯引く） 秋 三五七
いわしぶね（鰯船） 秋 三五七
いわしみず（岩清水） 夏 一五三
いわしみずまつり
　（石清水祭） 秋 三六二
いわたけ（岩茸） 秋 四三八
いわたばこ（岩煙草） 夏 二九六
いわちどり（巌千鳥） 夏 三〇〇
いわつばめ（岩燕） 春 七八
いわとくさ（巌木賊） 夏 三〇二
いわな（岩魚） 夏 二三七
いわなし（岩梨） 夏 三〇四
いわなしのはな（岩梨の花） 春 一〇四
いわのり（岩海苔） 春 一一九
いわひば（巌檜葉） 夏 三〇〇
いわひばり（岩鷚） 夏 三二五
いわふじ（巌藤） 夏 二八一
いわまつ（巌松） 夏 三〇〇
いわらん（岩蘭） 夏 二九三
いわれんげ（岩蓮華） 秋 四三四
いんくんし（隠君子） 秋 四一五
いんげん（菜豆） 秋 四三三
いんげんき（隠元忌） 夏 二一七
いんげんささげ（隠元豇） 秋 四三三
いんげんまめ（隠元豆） 秋 四三三
いんじ（印地） 夏 一五七
いんじうち（印地打ち） 夏 一五七
いんじきり（印地切） 夏 一五七
いんじょうえ（引上会） 冬 五三三
いんてん（院展） 秋 三三八
インバネス 冬 四七四
インフルエンザ 冬 五一三

う

う（鵜） 夏 二三〇
うあんご（雨安居） 夏 二二四
ういきょうし（茴香子） 夏 二八〇
ういきょうのはな
　（茴香の花） 夏 二八〇
ういきょうのみ（茴香の実） 秋 四一五

ういてこい（浮いてこい） 夏 二〇二
ウインドヤッケ 冬 四七七
うえ（筌） 冬 五〇四
うえきいち（植木市） 春 四五
うえすぎまつり（上杉祭） 春 六〇
ウエストンさい（ウエストン祭） 夏 一五八
うえた（植田） 夏 一五一
うおじま（魚島） 春 八三
ウォッカ 冬 四八一
うおひにのぼる（魚氷に上る） 春 九
うかい（鵜飼） 夏 一九三
うかがり（鵜篝） 夏 一九三
うかご（鵜籠） 夏 一九三
うかれねこ（浮かれ猫） 春 七四
うかわ（鵜川） 夏 一九三
うき（雨季） 夏 一四三
うきくさ（萍） 夏 三〇六
うきくさおいそむ（萍生ひ初む） 春 一二六
うきくさもみじ（萍もみぢ） 秋 四三七
うきごおり（浮氷） 春 二六
うきす（浮巣） 夏 二三〇
うきだい（浮鯛） 春 八三
うきにんぎょう（浮人形） 夏 二〇二
うきねどり（浮寝鳥） 冬 五三七
うきは（浮葉） 夏 二八九
うきぶくろ（浮袋） 夏 一九八
うぐいす（鶯） 春 七六
うぐいすあわせ（鶯合） 春 五五
うぐいすおいをなく（鶯老いを啼く） 夏 三一八
うぐいすおゆ（鶯老ゆ） 夏 三一八
うぐいすかぐら（鶯神楽） 春 一〇五
うぐいすな（鶯菜） 春 一一三
うぐいすねをいる（鶯音を入る） 夏 三一八
うぐいすのおとしぶみ（鶯の落し文） 夏 二四六
うぐいすのこなく（鶯の子鳴く） 冬 五三六
うぐいすのす（鶯の巣） 春 八一
うぐいすのたにわたり（鶯の谷渡り） 春 七六
うぐいすはつね（鶯の初音） 春 七六
うぐいすぶえ（鶯笛） 春 五六
うぐいすもち（鶯餅） 春 三八
うげつ（雨月） 秋 三二〇
うけらのはな（うけらの花） 夏 三〇〇
うけらやく（うけら焼く） 夏 一八三
うご（海髪） 春 一三九
うこぎ（五加木） 春 一〇一
うこぎがき（五加垣） 春 一〇一
うこぎちゃ（五加茶） 春 三九
うこぎつむ（五加摘む） 春 一〇一
うこぎめし（五加木飯） 春 三九
うごをほす（海髪を干す） 春 一二九
うこんのはな（鬱金の花） 秋 四一四
うさぎ（兎） 冬 五三四
うさぎがり（兎狩） 冬 五〇三
うじ（蛆） 夏 二四八
うしあぶ（牛虻） 春 九〇
うしあらう（牛洗ふ） 夏 一八五
うしおまねき（潮招） 春 八八
うじころし 夏 三〇三
うしさげ（牛下） 秋 三五五
うしのひたい（牛の額） 秋 四三六
うしひきぼし（牛ひき星） 秋 三三三
うしひやす（牛冷す） 夏 一八五
うしべに（丑紅） 冬 五〇八
うしまつり（牛祭） 秋 三六八
うじまつり（宇治祭） 夏 二〇八
うじむし（蛆虫） 夏 二四八
うじゃくのはし（烏鵲の橋） 秋 三三三
うしょう（鵜匠） 夏 一九三
うすい（雨水） 春 一〇
うすおこし（臼起） 新 五七九
うすがけ（薄掛） 夏 一六一
うすかざり（臼飾） 新 五七四
うすがすみ（薄霞） 春 二一〇
うすぎぬ（うす衣） 夏 一六〇
うすぎもくせい（薄黄木犀） 秋 三九六
うすこうばい（薄紅梅） 春 九三

うすごおり（薄氷）	春	二六
うすさむ（薄寒）	秋	三一五
うずしお（渦潮）	春	五三
うずしおみ（渦潮見）	春	五三
うすしも（薄霜）	冬	四五五
うすづき（薄月）	秋	三一八
うすばおり（薄羽織）	夏	一六一
うすばかげろう（薄翅蜉蝣）	夏	二四九
うすひき（臼挽）	秋	三四九
うずまさのうしまつり（太秦の牛祭）	秋	三六八
うずみ（渦見）	春	五三
うずみび（埋火）	冬	四九五
うずみぶね（渦見舟）	春	五三
うすもの（羅）	夏	一六〇
うすもみじ（薄紅葉）	秋	四〇一
うすゆき（薄雪）	冬	四五六
うすゆきそう（薄雪草）	夏	三〇三
うずら（鶉）	秋	三八四
うすらい（薄氷）	春	二六
うすらさむ（うすら寒）	秋	三一五
うずらそう（鶉草）	秋	四二三
うずらのす（鶉の巣）	夏	二三九
うそ（鷽）	春	七七
うそかえ（鷽替）	新	六〇五
うそさむ（うそ寒）	秋	三一五
うそどり（鷽鳥）	春	七七
うそのこと（鷽の琴）	春	七七
うそひめ（鷽姫）	春	七七
うたいぞめ（謡初）	新	六〇一
うたかいはじめ（歌会始）	新	五七一
うたがるた（歌がるた）	新	五九八
うたごかいはじめ（歌御会始）	新	五七一
うたまろき（歌麿忌）	夏	二一八
うちあげはなび（打揚花火）	夏	二〇〇
うちいりのひ（討入の日）	冬	五一九
うちぐりつくる（打栗作る）	秋	三四二
うちぞめ（打初）	新	六〇二
うちだら（打鱈）	春	三八
うちなずな（打薺）	新	五八二
うちのぼり（内幟）	夏	一五四
うちみず（打水）	夏	一八四
うちむらさき	秋	四〇〇
うちょうらん（羽蝶蘭）	夏	二九三
うちわ（団扇）	夏	一八二
うちわおく（団扇置く）	秋	三四五
うちわしまう（団扇仕舞ふ）	秋	三四五
うちわつくる（団扇作る）	春	五三
うちわはる（団扇張る）	春	五三
うちわほす（団扇干す）	春	五三
うちわまき（団扇撒）	夏	二一五
うづえ（卯杖）	新	五七〇
うづえのいわい（卯杖の祝）	新	五七〇
うづき（卯月）	夏	一三三
うづきぐもり（卯月曇）	夏	一四六
うづきなみ（卯月波）	夏	一五〇
うづきの（卯月野）	夏	一四九
うつぎのはな（空木の花）	夏	二六四
うづきようか（卯月八日）	夏	二〇八
うっこんこう（鬱金香）	春	一〇九
うつしばな（うつし花）	秋	四三五
うつせみ（空蟬）	夏	二四七
うつたひめ（うつた姫）	冬	四五七
うづち（卯槌）	新	五七〇
うつぼぐさ（靭草）	夏	三〇〇
うど（独活）	春	一一四
うどあえ（独活和）	春	三六
うどなます（独活膾）	春	三六
うどのはな（独活の花）	夏	二八四
うどのみ（独活の実）	秋	四二〇
うどほる（独活掘る）	春	一一四
うどんげ（優曇華）	夏	二四九
うなぎ（鰻）	夏	二四一
うなぎかき（鰻搔）	夏	一九三
うなぎつり（鰻釣）	夏	一九三
うなぎのひ（鰻の日）	夏	一六七
うなぎやな（鰻簗）	秋	三五七
うなみ（卯波）	夏	一五〇
うなみぐも（卯波雲）	夏	一五〇
うなみばれ（卯波晴れ）	夏	一五〇
うなわ（鵜縄）	夏	一九三
うに（海胆）	春	八九
うのつえ（卯の杖）	新	五七〇

うのはな（卯の花）　夏　二六四
うのはなくたし（卯の花腐し）　夏　一四三
うのはなぐもり（卯の花曇）　夏　一四六
うのはなづき（卯の花月）　夏　一三三
うのひ（鵜の火）　夏　一九二
うのふだ（卯の札）　新　六〇六
うばがい（うば貝）　春　八七
うはぎ　新　六二三
うばたま　夏　二九七
うばづき（姥月）　秋　三一一
うばひがん（姥彼岸）　春　九二
うひょう（雨氷）　冬　四五五
うひょうりん（雨氷林）　冬　四五五
うぶね（鵜船）　夏　一九二
うべのはな（うべの花）　春　一〇五
うまあらう（馬洗ふ）　夏　一八六
うまいち（馬市）　秋　三三七
うまうお　春　八四
うまおい（馬追）　秋　三九二
うまおいむし（馬追虫）　秋　三九二
うまごやし（苜蓿）　春　一一九
うまこゆる（馬肥ゆる）　秋　三七九
うまさげ（馬下）　秋　三五五
うまつなぎ　夏　二九八
うまのあしがた　春　一二三
うまのいち（馬の市）　秋　三三七
うまのこ（馬の子）　春　七四
うまのこうまる（馬の子生る）　春　七四
うまのしんじ（午の神事）　春　六〇
うまのりぞめ（馬騎初）　新　五九六
うまひやす（馬冷す）　夏　一八六
うまびる（馬蛭）　夏　二五三
うままつり（午祭）　春　六
うまやだし（厩出し）　春　四一
うみあけ（海明）　春　二六
うみう（海鵜）　夏　二三〇
うみうなぎ　夏　二四一
うみがめ（海亀）　夏　二二五
うみぎり（海霧）　夏　一四五
うみこおる（湖氷る）　冬　四六二
うみこおる（海氷る）　冬　四六三
うみすずき（海鱸）　秋　三八七
うみすずめ（海雀）　冬　五三九
うみすむ（湖澄む）　秋　三三九
うみちどり（海千鳥）　冬　五三七
うみにな（海蜷）　春　八八
うみねこ（海猫）　夏　二三六
うみねこかえる（海猫帰る）　秋　三八五
うみねこわたる（海猫渡る）　春　七九
うみのいえ（海の家）　夏　一九八
うみのひ（海の日）　夏　一五四
うみびらき（海開）　夏　一五八
うみほおずき（海酸漿）　夏　二四一
うみます（海鱒）　春　八四
うめ（梅）　春　九二
うめごち（梅東風）　春　一六
うめさぐる（梅探る）　冬　五〇九
うめざけ（梅酒）　夏　一七四
うめしゅ（梅酒）　夏　一七四
うめしょうちゅう（梅焼酎）　夏　一七四
うめしろし（梅白し）　春　九二
うめちる（梅散る）　春　九二
うめづけ（梅漬け）　夏　一六六
うめにがつ（梅二月）　春　九二
うめのみ（梅の実）　夏　二五九
うめばちそう（梅鉢草）　夏　三〇一
うめはやし（梅早し）　冬　五四六
うめびより（梅日和）　春　九二
うめぼし（梅干）　夏　一六六
うめぼしかざる（梅干飾る）　新　五七五
うめみ（梅見）　春　五三
うめみちゃや（梅見茶屋）　春　五三
うめみづき（梅見月）　春　一〇
うめむしろ（梅筵）　夏　一六六
うめもどき（梅擬）　秋　四〇九
うめもみじ（梅紅葉）　秋　四〇三
うめわかき（梅若忌）　春　七〇
うめわかさい（梅若祭）　春　七〇
うめわかのなみだあめ（梅若の涙雨）　春　七〇
うめわかば（梅若葉）　夏　二六二
うらがれ（末枯）　秋　四二五

うらさのどうおし（浦佐の堂押）	春	六一
うらしまそう（浦島草）	夏	三〇一
うらじろ（裏白）	新	六一一
うらじろかる（裏白刈る）	冬	五〇七
うらちどり（浦千鳥）	冬	五三七
うらないはじめ（占い始め）	新	五九九
うらのはる（浦の春）	新	五六二
うらはぐさ（うらは草）	夏	三〇四
うらぼん（盂蘭盆）	秋	三六五
うらぼんえ（盂蘭盆会）	秋	三六五
うらまつり（浦祭）	秋	三六一
うららか（麗か）	春	一三
うり（瓜）	夏	二八五
うりきざむ（瓜きざむ）	夏	二八五
うりぞめ（売初）	新	五八〇
うりぢょうちん（瓜提燈）	夏	一八三
うりづけ（瓜漬）	夏	一六五
うりなえ（瓜苗）	夏	二八二
うりなます（瓜膾）	夏	一六五
うりぬすびと（瓜盗人）	夏	一九一
うりのうま（瓜の馬）	秋	三六六
うりのか（瓜の香）	夏	二八五
うりのはな（瓜の花）	夏	二八二
うりばえ（瓜蝿）	夏	二四五
うりばたけ（瓜畑）	夏	二八五
うりばん（瓜番）	夏	一九一
うりひやす（瓜冷やす）	夏	一七一
うりぼう（瓜坊）	秋	三七九
うりもみ（瓜揉み）	夏	一六五
うるか（鱁）	秋	三四三
うるしかき（漆掻）	夏	一九一
うるしのはな（漆の花）	夏	二六七
うるしのみ（漆の実）	秋	四〇六
うるしもみじ（漆紅葉）	秋	四〇二
うるめ	冬	五四二
うるめいわし（潤目鰯）	冬	五四二
うろこぐも（鱗雲）	秋	三一八
うろぬきな（虚抜菜）	秋	四一九
うわつゆ（上露）	秋	三三六
うわばみ（巨蟒）	夏	二三六
うわばみそう（蟒草）	春	一二一
うんか（浮塵子）	秋	三九三
うんかい（雲海）	夏	一四五
うんかん（雲漢）	秋	三三三
うんこう（芸香）	春	九五
うんざはじめ（運座始）	新	五八一
うんしゅうみかん（温州蜜柑）	冬	五四八
うんぜんつつじ（雲仙躑躅）	春	九七
うんどうかい（運動会）	秋	三三九
うんぽう（雲峰）	夏	一三九
え		
えい（鱝）	夏	二四〇
えいさいき（栄西忌）	夏	二三三
えいじつ（永日）	春	一三
えいへいじかいざんき（永平寺開山忌）	秋	三七三
えうちわ（絵団扇）	夏	一八二
エーデルワイス	夏	三〇三
エープリル・フール	春	一三
えおうぎ（絵扇）	夏	一八二
えかたびら（絵帷子）	夏	一六〇
えきり（疫痢）	夏	二〇六
えくぼばな（ゑくぼ花）	春	九七
えげんき（慧玄忌）	冬	五一八
えごのはな（えごの花）	夏	二六八
えしんき（恵心忌）	夏	二三三
えすごろく（絵双六）	新	五九八
えすだれ（絵簾）	夏	一七八
えぞぎく（蝦夷菊）	夏	二七四
えぞしおがま（蝦夷塩竈）	夏	三〇五
えぞにゅうのはな（えぞにうの花）	夏	三〇四
えだうち（枝打）	冬	五〇六
えだおろす（枝下ろす）	冬	五〇六
えだかわず（枝蛙）	夏	二二五
えだずみ（枝炭）	冬	四九五
えだのしゅじつ（枝の主日）	春	六六
えだまめ（枝豆）	夏	二八五
えちぜんがに（越前蟹）	冬	五四三
えつきつ（越橘）	夏	三〇四
えっとうつばめ（越冬燕）	冬	五三七

えどうろう（絵燈籠） 秋 三四五
えどぎく（江戸菊） 夏 二七四
えどさんのうまつり（江戸山王祭） 夏 二一〇
えどせんげんまつり（江戸浅間祭） 夏 二一〇
えどひがん（江戸彼岸） 春 九二
えなが（柄長） 夏 三三六
えにしだ（金雀枝） 夏 二五五
えのきかる（榎枯る） 冬 五三一
えのきだけ（榎茸） 冬 五六〇
えのきのみ（榎の実） 秋 四〇七
えのきのはな（榎の花） 夏 二六七
えのきわかば（榎若葉） 夏 二六二
えのこぐさ（ゑのこ草） 秋 四三〇
えのころぐさ（狗尾草） 秋 四三〇
えのころやなぎ（ゑのころ柳） 春 一〇三
えのぼり（絵幟） 夏 一五四
えのみ（榎の実） 秋 四〇七
えひがさ（絵日傘） 夏 一六四
えびかざる（海老飾る） 新 五七三
えびかずら 秋 四一一
えびすかき（夷かき） 新 五八八
えびすかご（戎籠） 新 五八三
えびすぎれ（夷子切） 冬 五一七
えびすこう（恵比須講） 冬 五一七
えびすざさ（戎笹） 新 六〇六
えびすまつり（戎祭） 新 六〇六
えびすまわし（夷廻し） 新 五八八
えびづる（蝦蔓） 秋 四一一
えびね（化偸草） 春 一三三
えびねらん（えびね蘭） 春 一三三
えびょうぶ（絵屏風） 冬 四九四
えぶすま（絵襖） 冬 四九四
えふではじめ（絵筆始） 新 五七九
えぶみ（絵踏） 春 一八
えほう（恵方） 新 六〇四
えほうまいり（恵方詣） 新 六〇四
えほうらい（絵蓬莱） 新 五七三
えぼしがい（烏帽子貝） 冬 五四三
えぼしばな（烏帽子花） 夏 二九八
えみぐり（笑栗） 秋 三九九
えむしろ（絵筵） 夏 一七一
えもんざお（衣紋竿） 夏 一六五
えもんだけ（衣紋竹） 夏 一六五
えよう（会陽） 新 六〇八
エリカ 春 一〇九
えりさす（魞挿す） 春 五一
えりす（魞簀） 春 五一
えりすあむ（魞簀編む） 冬 五〇四
えりたて（襟立） 冬 四七八
えりときぶね（魞解舟） 秋 三五五
えりとく（魞解く） 秋 三五五
えりば（魞場） 春 五一
えりまき（襟巻） 冬 四七八
えんいき（円位忌） 春 六八
えんえい（遠泳） 夏 一九八
えんか（炎夏） 夏 一三三
えんき（炎気） 夏 一四七
えんこうき（円光忌） 春 六四
えんざ（円座） 夏 一七一
えんざむし（円座虫） 夏 二五三
エンジェル・フィッシュ 夏 二三七
えんしか（燕脂花） 秋 四一四
えんじつ（炎日） 夏 一四七
えんじゅのはな（槐の花） 夏 二六五
えんしょ（炎暑） 夏 一三七
えんじん（炎塵） 夏 一三七
えんすずみ（縁涼み） 夏 一九六
えんそく（遠足） 春 三三
えんちゅう（炎昼） 夏 一三五
えんちょうき（円朝忌） 秋 三七三
えんてい（炎帝） 夏 一三三
えんてん（炎天） 夏 一四七
えんてんか（炎天下） 夏 一四七
えんどう（豌豆） 夏 二八五
えんどううう（豌豆植う） 秋 三五三
えんどうのはな（豌豆の花） 春 一一二
えんどうのみ（豌豆の実） 夏 二八五
えんどうめし（豌豆飯） 夏 一六八
えんねつ（炎熱） 夏 一三七
えんばく（燕麦） 夏 二九〇
えんぷう（炎風） 夏 一四三

えんぶり	新	五八七
えんまこおろぎ（えんま蟋蟀）	秋	三九一
えんまどうだいねんぶつ（閻魔堂大念仏）	夏	二二五
えんままいり（閻魔参）	夏	二二六
えんままいり（閻魔詣）	新	六〇八
えんむ（煙霧）	冬	四五八
えんめいぎく（延命菊）	春	一〇八
えんよう（炎陽）	夏	一三三
えんらい（遠雷）	夏	一四五
えんりまめ（沿籬豆）	秋	四一三

お

おいうぐいす（老鶯）	夏	二一八
おいざくら（老桜）	春	九三
おいのはる（老の春）	新	五六二
おいばね（追羽子）	新	五九九
おいまわた（負真綿）	冬	四七四
おいみまつり（御忌祭）	冬	五一七
おいらんそう（花魁草）	夏	二七七
おうか（桜花）	春	九三
おうがいき（鷗外忌）	夏	二三三
おうぎ（扇）	夏	一八二
おうぎおく（扇置く）	秋	三四五
おうぎしまう（扇仕舞ふ）	秋	三四五
おうぎつくり（扇作り）	春	五二
おうぎながし（扇流し）	夏	二〇九
おうぎなげ（扇投）	新	五九九
おうぎのはい（扇の拝）	夏	一五三
おうきょき（応挙忌）	秋	三七〇
おうごんしゅうかん（黄金週間）	春	三
おうじのきつねび（王子の狐火）	冬	五二〇
おうしょっき（黄蜀葵）	夏	二七三
おうたいはじめ（御謡初）	新	五七二
おうちのはな（楝の花）	夏	二六七
おうちのみ（楝の実）	秋	四〇六
おうとうき（桜桃忌）	夏	二三三
おうとうさい（桜桃祭）	夏	一五七
おうとうのはな（桜桃の花）	春	九六
おうとうのみ（桜桃の実）	夏	二六〇
おうばい（黄梅）	春	九四
おうみづけ（近江漬）	冬	四八七
おうろく（女王禄）	新	五七〇
おえしき（御会式）	秋	三六八
おおあかふじ（大赤富士）	夏	一四八
おおあげは（大揚羽）	夏	二四三
おおあさ（大麻）	夏	二九〇
おおあざみ（大薊）	秋	四三一
おおあした（大旦）	新	五六三
おおあり（大蟻）	夏	二五〇
おおい（大藺）	夏	二九五
おおいしき（大石忌）	春	七一
おおいわかがみ（大岩鏡）	夏	三〇五
おおかざり（大飾）	新	五七三
おおかぼちゃ（大南瓜）	秋	四一六
おおかみ（狼）	冬	五三四
おおかみのこえ（狼の声）	冬	五三四
おおかれの（大枯野）	冬	四六〇
おおぎく（大菊）	秋	四一五
おおくまで（大熊手）	冬	五一八
おおぐも（大蜘蛛）	夏	二五一
おおぐり（大栗）	秋	三九九
おおげじ（大蚰蜒）	夏	二五三
おおけたで（大毛蓼）	秋	四一六
おおこぶし（大辛夷）	春	九五
おおさかばしょ（大阪場所）	春	五五
おおしじみ（大蜆）	春	八八
おおしたたり（大滴り）	夏	一五二
おおしも（大霜）	冬	四五五
おおそうじ（大掃除）	夏	一五九
おおたか（大鷹）	冬	五三五
おおたき（大滝）	夏	一五三
おおたきび（大焚火）	冬	五〇八
おおだこ（大凧）	春	五五
おおつごもり（大つごもり）	冬	四四五
おおつまつり（大津祭）	秋	三六三
おおつゆ（大露）	秋	三三六
おおつらら（大氷柱）	冬	四六二
おおでまり	夏	二五五
おおとし（大年）	冬	四四五
おおどし（大歳）	冬	四四五

おおとしこし（大年越） 冬 四五五
おおとりがい（おおとり貝） 春 八七
おおなつき（大夏木） 夏 二六二
おおならい（大北風） 冬 四五三
おおにえまつり（大嘗祭） 冬 四六三
おおにしび（大西日） 夏 一四七
おおにら（大韮） 夏 二八八
おおにわ（大庭） 秋 三四九
おおにんにく（大蒜） 春 一一四
オーバー 冬 四七三
おおはくちょぅ（大白鳥） 冬 五三八
おおばこ（車前草） 秋 四三五
おおばこのはな（車前草の花） 夏 二九七
おおばこのみ（車前草の実） 秋 四三五
おおはなの（大花野） 秋 三一八
おおはまぐり（大蛤） 春 八六
おおはらえ（大祓） 冬 四六四
おおはらざこね（大原雑魚寝） 冬 四七三
おおはるしゃぎく（大はるしやぎく） 秋 四一四
おおひがた（大干潟） 春 二四
おおひでり（大旱） 夏 一四七
おおひばち（大火鉢） 冬 四九七
おおぶく（大服） 新 五八九
おおふくちゃ（大福茶） 新 五八九
おおふくのちゃわん（大福の茶碗） 新 五八九
おおぶすま（大衾） 冬 四九四
おおふぶき（大吹雪） 冬 四五六
おおぶり（大鰤） 冬 五四〇
おおほた（大榾） 冬 四九六
おおぼたん（大牡丹） 夏 二五四
おおまつよいぐさ（大待宵草） 夏 二九三
おおみしょぅにんき（近江聖人忌） 秋 三七三
おおみそか（大晦日） 冬 四四五
おおみなみ（大南風） 夏 一三九
おおみねいり（大峯入） 春 六五
おおむぎ（大麦） 夏 二六九
おおやかず（大矢数） 夏 一五七
おおやくび（大厄日） 秋 三一一
おおやままつり（大山祭） 夏 二二二
おおやまれんげ（大山蓮花） 夏 二六六
おおゆうだち（大夕立） 夏 一四四
おおゆうやけ（大夕焼） 夏 一四六
おおゆき（大雪） 冬 四五六
おおるり（大瑠璃） 夏 二三三
おおわし（大鷲） 冬 五三五
おおわた（大綿） 冬 五四四
おかがみ（御鏡） 新 五七三
おかかる（丘枯る） 冬 四六〇
おがたまのはな（黄心樹の花） 春 一〇五
おかとらのお（岡虎尾草） 夏 二九八
おかぼ（陸稲） 秋 四二〇
おかぼかり（陸稲刈） 秋 三四八
おかぼたる（陸稲垂る） 秋 四二〇
おかぼみのる（陸稲実る） 秋 四二〇
おがみたろう（拝み太郎） 秋 三九三
おかめいち（おかめ市） 冬 五一八
おかめつけ 新 五九九
おがら（苧殻） 秋 三三五
おがらぅり（苧殻売） 秋 三三五
おがらたく（苧殻焚く） 秋 三六六
おがらのはし（苧殻の箸） 秋 三三五
おがらび（苧殻火） 秋 三六六
おかりやき（御狩焼） 冬 四八六
おかるかや（雄刈萱） 秋 四二七
おぎ（荻） 秋 四二七
おきあま（沖海女） 春 五三
おぎかる（荻枯る） 冬 五三八
おきごたつ（置火燵） 冬 四九六
オキザリス 春 一一〇
おきさわら（沖鰆） 春 八二
おきぞめ（起初） 新 六〇三
おきなき（翁忌） 冬 五三五
おきなぐさ（翁草） 春 一三〇
おきなのひ（翁の日） 冬 五三五
おきなます（沖膾） 夏 一六七

おぎのかぜ（荻の風）	秋	三三三
おぎのこえ（荻の声）	秋	三三三
おぎのつの（荻の角）	春	一一六
おぎのはな（荻の花）	秋	四二七
おぎのほ（荻の穂）	秋	四二七
おぎのめ（荻の芽）	春	一一六
おきはぜ（沖鯊）	秋	三八七
おぎはら（荻原）	秋	四二七
おぎふく（荻吹く）	秋	三三三
おぎょう（御行）	新	六一一
おきよめさい（御潔め祭）	冬	五二四
おぎわかば（荻若葉）	春	一一六
おくさんきち（晩三吉）	冬	五四九
おくて（晩稲）	秋	四二一
おくてかり（晩稲刈）	秋	三四八
おくてだ（晩稲田）	秋	三一八
おくにき（お国忌）	春	七三
おくにち	秋	三三七
オクラ	秋	四一七
おくりづゆ（送り梅雨）	夏	一四三
おくりび（送火）	秋	三六七
おくりぼん（送盆）	秋	三六七
おくりまぜ（送りまぜ）	秋	三三三
おぐるま（旋覆花）	秋	四二九
おくれか（後れ蚊）	秋	三八九
おくればえ（後れ蠅）	秋	三八九
おくんち	秋	三三七
おけらなわ（白朮縄）	新	六〇四
おけらのはな（蒼朮の花）	夏	三〇〇
おけらび（白朮火）	新	六〇四
おけらまいり（白朮詣）	新	六〇四
おけらまつり（白朮祭）	新	六〇四
おけらやく（をけら焼く）	夏	一八三
おこ（お蚕）	春	九一
おご	春	一一九
おこう（御講）	冬	五三三
おこうがゆ（御講粥）	冬	五三三
おこうなぎ（御講凪）	冬	四五三
おこうびより（御講日和）	冬	四五三
おこしえ（起し絵）	夏	二〇四
おこぜ	夏	二三九
おこと	春	二八
おことじる（お事汁）	春	二八
おこり（瘧）	夏	二〇六
おこりずみ（おこり炭）	冬	四九五
おさがり（御降）	新	五六七
おさめのこんぴら（納の金毘羅）	冬	五一九
おさめのこうしん（納の庚申）	冬	五一二
おさめのこうぼう（納の弘法）	冬	五一三
おさめのすいてんぐう（納の水天宮）	冬	五一九
おさめばり（納め針）	春	二九
おさめびな（をさめ雛）	春	三〇
おさめふだ（納札）	冬	五二〇
おさめみさ（納弥撒）	冬	五二四
おしあいまつり（押し合ひ祭）	春	六一
おしあな	秋	三三三
おしあゆ（押鮎）	新	五九一
おじか（牡鹿）	秋	三七九
おじぎそう（含羞草）	夏	二七七
おしくらまんじゅう	冬	五一〇
おしぜみ（唖蟬）	夏	二四七
おしちや（御七夜）	冬	五三三
おしどり（鴛鴦）	冬	五三七
おしね	秋	四二一
おしむあき（惜しむ秋）	秋	三一六
おしむとし（惜しむ年）	冬	四四五
おしもつき（御霜月）	冬	五三三
おじや	冬	四八九
おしろいばな（白粉花）	秋	四一四
おじろわし（尾白鷲）	冬	五三五
おすばち（雄蜂）	春	九〇
おせいぼ（お歳暮）	冬	四六八
おそあき（晩秋）	秋	三二二
おそうめ（遅梅）	春	九二
おそきはる（遅き春）	春	九
おそきひ（遅き日）	春	一三
おそざくら（遅桜）	春	九四
おそづき（遅月）	秋	三一八
おそのまつり（獺の祭）	春	一〇

おそはる（おそ春） 春 九
おそれざんたいさい（恐山大祭） 夏 二一六
おたうえ（御田植） 夏 二一〇
おだかり（小田刈） 秋 三四八
おだかりづき（小田刈月） 秋 三一三
おだき（男滝） 夏 一五三
おたなばた（男七夕） 秋 三三三
おだまき（苧環） 春 一一〇
おたまじゃくし（お玉杓子） 春 七五
おちあゆ（落鮎） 秋 三八五
おちうなぎ（落鰻） 秋 三八六
おちぐり（落栗） 秋 三九九
おちしい（落椎） 秋 四〇六
おちすずき（落鱸） 冬 五四一
おちだい（落鯛） 秋 三八六
おちだこ（落凧） 春 五五
おちつばき（落椿） 春 九二
おちなし（落梨） 秋 三九八
おちば（落葉） 冬 五五〇
おちばたき（落葉焚） 冬 五〇八
おちひばり（落雲雀） 春 七七
おちぶな（落鮒） 秋 三八六
おちぼ（落穂） 秋 四二一
おちぼひろい（落穂拾ひ） 秋 四二一
おちゃのはな（お茶の花） 冬 五四七
おつげさい（御告祭） 春 六五
おつげのしゅくじつ（お告げの祝日） 春 六五
おつじき（乙字忌） 冬 五三一
おでん 冬 四八六
おとぎりす 秋 四二五
おとぎりそう（弟切草） 秋 四二五
おとこえし（男郎花） 秋 四二三
おとことうか（男踏歌） 新 五七一
おとこめし 秋 四二三
おとこやままつり（男山祭） 秋 三六二
おどしづつ（威し銃） 秋 三四八
おとしづの（落し角） 春 七四
おとしぶみ（落し文） 夏 二四六
おとしみず（落し水） 秋 三三九
おとめざくら（乙女桜） 春 一一九
おとめつばき（乙女椿） 春 九二
おとり（囮） 秋 三五六
おどり（踊） 秋 三五八
おとりあゆ（囮鮎） 夏 一九四
おどりうた（踊唄） 秋 三五八
おとりかご（囮籠） 秋 三五六
おどりがさ（踊笠） 秋 三五八
おどりがみ（踊り髪） 秋 三五八
おどりこ（踊子） 秋 三五八
おとりこし（御取越） 冬 五三三
おどりこそう（踊子草） 夏 二九七
おとりさま（お酉さま） 冬 五一八
おどりそう（踊草） 夏 二九七
おどりばな（踊花） 夏 二九七
おとりばん（囮番） 秋 三五六
おとりもり（囮守） 秋 三五六
おなもみ（葈耳） 秋 四三〇
おにうちぎ（鬼打木） 新 五八四
おにうちまめ（鬼打豆） 冬 四七三
おにおしぎ（鬼押木） 新 五八四
おにおどり（鬼踊） 春 六四
おにぎ（鬼木） 新 五八四
おにぐも（鬼蜘蛛） 夏 二五一
おにくるみ（鬼胡桃） 秋 三九九
おにげし（鬼罌粟） 夏 二七三
おにさえぎ（鬼障木） 新 五八四
おにつらき（鬼貫忌） 秋 三七一
おにでこ（鬼太鼓） 春 六〇
おにのこ（鬼の子） 秋 三九四
おにのしこぐさ（鬼のしこ草） 秋 四一五
おにのすてご（鬼の捨子） 秋 三九四
おにのまめ（鬼の豆） 冬 四七三
おにはそと（鬼は外） 冬 四七三
おにび（鬼火） 冬 四六三
おにまつり（鬼祭） 春 五八
おにめ 秋 四〇一
おにやらい（鬼やらひ） 冬 四七三
おにゆり（鬼百合） 夏 二七七
おによけぎ（鬼除木） 新 五八四
おにわらび（鬼蕨） 春 二三

見出し	季	頁
おねはん（お涅槃）	春	六一
おのうはじめ（御能始）	新	六〇一
おのじまい（斧仕舞）	冬	五〇六
おのはじめ（斧始）	新	五九七
おのひやす（斧冷す）	夏	一九五
おのみ（苧の実）	秋	四二三
おのむし（斧虫）	秋	三九三
おはぎ	新	六二
おはちいれ（飯櫃入）	冬	四九八
おはちぶとん（飯櫃布団）	冬	四九八
おはづけ（お葉漬）	冬	四八七
おばな（尾花）	秋	四二六
おばなたこ（尾花蛸）	秋	三八八
おばなちる（尾花散る）	秋	四二六
おばなてる（尾花照る）	秋	四二六
おばなのなみ（尾花の波）	秋	四二六
おはなばたけ（お花畑）	夏	一四九
おひじわ（雄ひじわ）	秋	四二四
おひたき	冬	五一七
おびとき（帯解）	冬	四六五
おびな（男雛）	春	三〇
おびなおし（帯直）	冬	四六五
おふだながし（お札流し）	春	六三
おぶつじ（御仏事）	冬	五三三
おぶつみょう（御仏名）	冬	五三三
おへんろ（お遍路）	春	六三
おぼし（男星）	秋	三三三
おほたき（御火焚）	冬	五一七
おぼろ（朧）	春	一六
おぼろづき（朧月）	春	一六
おぼろづきよ（朧月夜）	春	一六
おぼろめく（朧めく）	春	一六
おぼろよ（朧夜）	春	一六
おまつり（御祭）	夏	二〇七
おみずおくり（お水送り）	春	五九
おみずとり（お水取）	春	六二
おみなえし（女郎花）	秋	四二三
おみなえしづき（女郎花月）	秋	三一〇
おみなめし	秋	四二三
おみぬぐい（御身拭）	春	六四
おみょうこう（御命講）	秋	三六八
おみわたり（御神渡）	冬	四六三
おめいこう（御命講）	秋	三六八
おめかずら	秋	四二一
おめみえ（御目見得）	春	二九
おもいぐさ（思草）	秋	四二五
おもいば（思羽）	冬	五三七
おもかげぐさ（面影草）	春	九七
おもだか（沢瀉）	夏	二九四
おもとのみ（万年青の実）	秋	四一三
おやいも（親芋）	秋	四一八
おやがらす（親烏）	夏	二二九
おやげんぞ（親見参）	新	五八六
おやこぐさ（親子草）	新	六二一
おやすずめ（親雀）	春	八〇
おやつばめ（親燕）	夏	二三八
おやどり（親鳥）	春	八一
おやなしご（親無子）	秋	三九四
おやまあらい（御山洗）	秋	三二四
おやまびらき（お山開き）	夏	一五八
およぎ（泳ぎ）	夏	一九八
おらがはる（おらが春）	新	五六二
オランダかいう（和蘭海芋）	夏	二七六
オランダぎせる（オランダぎせる）	秋	四三五
オランダせきちく（和蘭石竹）	夏	二七五
オランダなでしこ（和蘭撫子）	夏	二七五
オランダみつば（オランダみつば）	冬	五五六
オリーブのはな（オリーブの花）	夏	二五八
オリーブのみ（オリーブの実）	秋	四〇〇
オリオン	冬	四五二
おりぐちき（折口忌）	秋	三七四
おりぞめ（織初）	新	五九六
おりひめ（織姫）	秋	三三三
オレンジソーダ	夏	一七二
おろち（大蛇）	夏	二二六
おわらまつり（おわら祭）	秋	三三六
おんあがもの（御贖物）	冬	四六四
おんごく	秋	三五八

おんこのみ（おんこの実）　秋　四〇五
おんしつ（温室）　冬　五〇二
おんじゃく（温石）　冬　四九八
おんしょう（温床）　冬　五〇二
おんていき（温亭忌）　秋　三七四
オンドル（温突）　冬　四九五
おんながきゃく（女賀客）　新　五七八
おんなかずら　秋　四一六
おんなじょい（女叙位）　新　五七〇
おんなしょうがつ（女正月）　新　五六五
おんなとうか（女踏歌）　新　五七一
おんなめいげつ（女名月）　秋　三一二
おんなれい（女礼）　新　五七八
おんなれいじゃ（女礼者）　新　五七八
おんばこ　秋　四三五
おんばしらまつり（御柱祭）　夏　二〇七
おんまつり（御祭）　冬　五一九

か

か（蚊）　夏　二四八
が（蛾）　夏　二四三
ガーゼじゅばん（ガーゼ襦袢）　夏　一六二
カーディガン　冬　四七三
カーニバル　春　六六
カーネーション　夏　二七五
カーペット　冬　四九四
ガーベラ　夏　二七六

かいあわせ（貝合）　春　五六
かいう（海芋）　夏　二七六
かいがんひがさ（海岸日傘）　夏　一九八
かいきんシャツ（開襟シャツ）　夏　一六三
かいこ（蚕）　春　九一
かいこのあがり（蚕の上蔟）　夏　一九二
かいこうず（海豇豆）　夏　二五六
かいこかう（蚕飼ふ）　春　五〇
かいこどき（蚕時）　春　九一
かいざんさい（開山祭）　夏　一五八
かいし（海市）　春　二
かいすいぎ（海水着）　夏　一六三
かいすいぼう（海水帽）　夏　一六三
かいすいよく（海水浴）　夏　一九八
かいせいとう（回青橙）　冬　五四九
かいぞめ（買初）　新　五八一
かいたん（改旦）　新　五六三
かいちゅうたんぽ（懐中湯婆）　冬　四九八
かいちょう（開帳）　春　六三
かいつぶり（鳰）　冬　五三八
かいどう（海棠）　春　九六
がいとう（外套）　冬　四七三
かいどうき（海棠忌）　春　六九
がいとうぬぐ（外套脱ぐ）　春　一三四
かいどうのはな（海棠の花）　春　九六
かいどうぼけ（海棠木瓜）　秋　四〇一

かいな　秋　四二七
かいなんぷう（海南風）　夏　一三九
かいねん（改年）　新　五六二
かいのはな（貝の華）　春　六一
かいひょう（解氷）　春　二六
かいひょう（海氷）　冬　四六三
かいぶし（蚊いぶし）　夏　一八〇
かいまき（掻巻）　冬　四七五
かいむ（海霧）　夏　一四五
かいや（飼屋）　春　五〇
かいやき（貝焼）　冬　四八二
かいやぐら　春　三
かいよせ（貝寄風）　春　一七
かいらい（傀儡）　新　五八八
かいらいし（傀儡師）　新　五八八
かいれい（回礼）　新　五七七
かいろ（懐炉）　冬　四九八
かいろだく（懐炉抱く）　冬　四九八
かいろび（懐炉火）　冬　四九八
かいわりな（貝割菜）　秋　四一九
かえだたみ（替畳）　冬　四九三
かえで（楓）　秋　四〇三
かえでのはな（楓の花）　春　一〇三
かえでのめ（楓の芽）　春　一〇〇
かえでもみじ（楓紅葉）　秋　四〇三
かえでわかば（楓若葉）　夏　二六四
かえりあるじ（還饗）　新　五七一
かえりざき（帰り咲）　冬　五四六

かえりづゆ（返り梅雨）	夏	一四三
かえりばな（帰り花）	冬	五四六
かえるうまる（蛙生る）	春	七五
かえるがっせん（蛙合戦）	春	七五
かえるかも（帰る鴨）	春	六八
かえるかり（帰る雁）	春	六八
かえるこ（蛙子）	春	七五
かえるた（蛙田）	春	七五
かえるつばめ（帰る燕）	秋	三八一
かえるつる（帰る鶴）	春	六八
かえるで	秋	四〇三
かえるとり（帰る鳥）	春	七九
かえるなく（蛙鳴く）	春	七五
かえるのこ（蛙の子）	春	七五
かえるば	夏	二九七
かえんさい（火焔菜）	秋	四一九
かおどり（貌鳥）	春	七六
かおみせ（顔見世）	冬	四六四
かおみせきょうげん（顔見世狂言）	冬	四六四
かおよぐさ（貌佳草）	夏	二七三
かおよばな（顔佳花）	夏	二七一
かおるかぜ（薫る風）	夏	一四三
かがし（案山子）	秋	三四七
かがしあげ（案山子揚）	冬	四六四
かがしおう（案山子翁）	秋	三四七
かがに（加賀煮）	冬	四八六
かがみぐさ（かがみ草）	春	九七
かがみぐさ（かがみ草）	夏	三〇六
かがみぐさ（鏡草）	新	六二三
かがみならし（鏡ならし）	新	五八三
かがみのいわい（鏡の祝）	新	五八六
かがみびらき（鏡開）	新	五八三
かがみもち（鏡餅）	新	五七三
かがみもちつく（鏡餅搗く）	冬	四六九
かがみわり（鏡割）	新	五八三
かかりはね（懸り羽子）	新	五九九
かかん（河漢）	秋	三三三
ががんぼ	夏	二四八
かき（柿）	秋	三九八
かき（牡蠣）	冬	五四三
かきいかだ（牡蠣筏）	冬	五四三
かきいろづく（柿色づく）	秋	三九八
かきうう（柿植う）	春	四七
かきうり（牡蠣売）	冬	五四三
かきおちば（柿落葉）	冬	五五〇
かきがら（牡蠣殻）	冬	五四三
がきき（餓鬼忌）	夏	二二四
かきこうしゅう（夏期講習）	夏	一五九
かきこうしゅうかい（夏期講習会）	夏	一五九
かきごおり（かき氷）	夏	一七三
かきころぶ（柿ころぶ）	秋	三九八
かきず（牡蠣酢）	冬	五一〇
かきすだれ（柿すだれ）	秋	三四三
かきぞうすい（牡蠣雑炊）	冬	五一〇
かきぞめ（書初）	新	五七九
かきだいがく（夏期大学）	夏	一五九
かきだし（書出し）	冬	四六八
かきだな（牡蠣棚）	冬	五〇五
かぎちゃ（かぎ茶）	春	五一
かきつくろう（垣繕ふ）	春	四二
かきつばた（杜若）	夏	二七一
かきていれ（垣手入）	春	四二
かきともる（柿灯る）	秋	三九八
かきな	秋	四二七
かきなべ（牡蠣鍋）	冬	五一〇
かきぬし（柿ぬし）	秋	三九八
かきのあき（柿の秋）	秋	三九八
かきのかご（柿の籠）	秋	三九八
かきのかわ（柿の皮）	秋	三九八
かきのたね（柿の種）	秋	三九八
かきのつや（柿の艶）	秋	三九八
かきのとう（柿の薹）	夏	二五九
かきのはな（柿の花）	夏	二五九
かきのむら（柿の村）	秋	三九八
かきのめし（牡蠣の飯）	冬	五一〇
かきのもみじ（柿の紅葉）	秋	四〇三
かきぶすま（柿襖）	秋	三四三
かきぶね（牡蠣船）	冬	五〇九
かきほす（柿干す）	秋	三四三
かきまめ（籬豆）	秋	四二三
かきむく（牡蠣剝く）	冬	五〇五
かきめし（牡蠣飯）	冬	五一〇

かきもみじ（柿紅葉）　秋　四〇三
がきゃく（賀客）　新　五七八
かぎゅうき（蝸牛忌）　夏　二二四
かぎょう（夏暁）　夏　一三五
かきようかん（柿羊羹）　秋　三四三
かきりょうり（牡蠣料理）　冬　五一〇
かぎろい　春　一二
かきわかば（柿若葉）　夏　二〇三
かきわり　夏　一六六
かきわりめ（牡蠣割女）　冬　五〇五
かきわる（牡蠣割る）　冬　五〇五
がくあじさい（額紫陽花）　夏　二五六
かくいどり（蚊喰鳥）　夏　二三五
かくずきん（角頭巾）　冬　四七七
がくねんしけん（学年試験）　春　三三
がくのはな（額の花）　夏　二五六
かくぶつ（杜父魚）　冬　五四一
かくまき（角巻）　冬　四七五
かくまきぬぐ（角巻脱ぐ）　春　三四
かくゆうき（覚猷忌）　秋　三七六
かぐら（神楽）　冬　五一九
かぐらづき（神楽月）　冬　四四三
かぐらはじめ（神楽始）　新　六〇五
かくらん（霍乱）　夏　二〇六
かくれいき（鶴唳忌）　冬　五三三
かくれざとう（隠れ座頭）　秋　三九四
かけいぐさ（筧草）　秋　四二七
かけいね（掛稲）　秋　三四八

かけかざり（掛飾）　新　五七三
かけごい（掛乞）　冬　四六八
かけこう（掛香）　夏　一八一
がけしたたり（崖滴り）　夏　一五三
かけす（懸巣）　秋　三八二
かけすだれ（掛簾）　夏　一七八
かけだい（掛鯛）　新　五七六
かけだいこん（懸大根）　冬　五〇〇
かけたばこ（懸煙草）　秋　三五一
がけつばき（崖椿）　春　九二
がけつらら（崖氷柱）　冬　四六二
かけとり（掛取）　冬　四六八
かけどり（賭鶏）　春　三〇
かけのうお（懸の魚）　新　五七三
かけぶすま（掛衾）　冬　四七五
かけぶとん（掛蒲団）　冬　四七五
かけほうらい（懸蓬萊）　新　五七三
かけむしろ（掛筵）　新　五七六
かけやなぎ（掛柳）　新　五九五
かげゆき（陰雪）　春　二五
かげろう（陽炎）　春　二二
かげろう（蜉蝣）　秋　三九一
かげんのつき（下弦の月）　秋　三一九
かこいぶね（囲ひ船）　夏　一九五
かごまくら（籠枕）　夏　一七八
かさかがり（傘篝）　夏　一五七
かざぐるま（風車）　春　五六

かざぐるまのはな（風車の花）　夏　二八〇
かささぎ（鵲）　秋　三八四
かささぎのはし（鵲の橋）　秋　三三三
かささぎはじめてすくう（鵲初めて巣くふ）　冬　四四六
かざしのわた（挿頭綿）　新　五七一
かさどめだゆう（傘止太夫）　春　五四
かさねぎ（重ね着）　冬　四七六
かざはな（風花）　冬　四五六
がざみ（蝤蛑）　夏　二四二
かざよけ（風除）　冬　四九二
かざり（飾）　新　五七三
かざりうす（飾臼）　新　五七四
かざりうま（飾り馬）　新　五八〇
かざりうり（飾売）　冬　四六七
かざりえび（飾海老）　新　五七三
かざりおさめ（飾納）　新　五八二
かざりおろし（飾卸し）　新　五八二
かざりかぶと（飾兜）　夏　一五五
かざりごめ（飾米）　新　五七四
かざりこんぶ（飾昆布）　新　五七五
かざりずみ（飾炭）　新　五七四
かざりたく（飾炊く）　新　五八六
かざりたけ（飾竹）　新　五七二
かざりちまき（飾り粽）　夏　一七一
かざりとる（飾取る）　新　五八二
かざりなわ（飾縄）　新　五七三

かざりばね（飾羽子） 新 五九九
かざりはやし（飾りはやし） 新 五八六
かざりまつうり（飾松売） 冬 四六七
かざりもち（飾餅） 新 五七三
かざりわら（飾藁） 新 五七三
かざりわらうり（飾藁売） 冬 四六七
かじ（火事） 冬 五〇八
がし（賀詞） 新 五七八
かじあかり（火事明り） 冬 五〇八
かじあと（火事跡） 冬 五〇八
カシオペア 秋 三三三
かじか（河鹿） 夏 二三六
かじか（鰍） 秋 三八七
かじかぶえ（河鹿笛） 夏 二三六
かじかむ（悴む） 冬 五一四
かじかやど（河鹿宿） 夏 二三六
かじき（旗魚） 冬 五三九
かじきまぐろ（旗魚鮪） 冬 五三九
かじけどり（かじけ鳥） 冬 五三六
かじけねこ（かじけ猫） 冬 五三四
かしこそで（貸小袖） 秋 三三四
がしちょう（賀詞帳） 新 五七八
かじつ（夏日） 夏 一三八
かしどり（橿鳥） 秋 三八二
かじのなは（梶の七葉） 秋 三三四
かじのは（梶の葉） 秋 三三四
かしのはな（樫の花） 春 一〇三
かじのはひめ（梶の葉姫） 秋 三三三
かじのまり（梶の毬） 秋 三三四
かしのみ（樫の実） 秋 四〇六
かじはじめ（鍛冶始） 新 五九八
かしはらまつり（橿原祭） 春 五八
かしひろう（樫拾ふ） 秋 四〇六
かじまつり（鍛冶祭） 冬 五一七
かじまり（梶毬） 秋 三三四
かじみまい（火事見舞） 冬 五〇八
かじめ（搗布） 春 一三八
かしゅ（火酒） 冬 四八一
かしゅういも（何首烏芋） 秋 四一八
かじゅうう（果樹植う） 春 四七
かしゆかた（貸浴衣） 夏 一六二
かじゅぜめ（果樹責） 新 五八五
かしょう（佳宵） 秋 三二〇
がじょう（賀状） 新 五七八
がじょうかく（賀状書く） 冬 四六八
かじょなく（歌女鳴く） 秋 三九四
かしらしょうがつ（頭正月） 新 五六五
かしらだか（頭高） 秋 三八三
かしらのいも（頭の芋） 冬 五一八
かしわおちば（柏落葉） 春 一〇六
かしわかば（樫若葉） 夏 二六三
かしわちる（柏散る） 春 一〇六
かしわのかれは（柏の枯葉） 冬 五三三
かしわもち（柏餅） 夏 一七一
かしわもみじ（柏黄葉） 秋 四〇二
ガス 夏 一四五
かすいどり（蚊吸鳥） 夏 二三八
かすがのつのきり（春日の角切） 秋 三三八
かすがのまんとう（春日の万燈） 冬 五三二
かすがまつり（春日祭） 春 五九
かすがまんとうろう（春日万燈籠） 冬 五三二
かすがわかみやおんまつり（春日若宮御祭） 冬 五一九
かずきぞめ（被き初め） 冬 四六五
かずきわた（被綿） 冬 四七七
かすじる（粕汁） 冬 四八四
かずのこ（数の子） 新 五九〇
かずのこせいす（数の子製す） 春 四〇
かすみ（霞） 春 二〇
かすみあみ（霞網） 秋 三五五
かすみこし（霞濃し） 春 二〇
かすみそう（霞草） 春 一二〇
かすみたつ（霞立つ） 春 二〇
かすみたなびく（霞棚引く） 春 二〇
かすみわたる（霞渡る） 春 二〇
かすむ（霞む） 春 二〇
かぜ（風邪） 冬 五三三
かぜいれ（風入） 夏 一八三
かぜかおる（風薫る） 夏 一四二
かぜかがやく（風かがやく） 春 一七

かぜがき（風垣）　冬　四九二
かぜがきとく（風垣解く）　春　四二
かぜがこい（風囲）　冬　四九二
かぜききぐさ（風聞草）　秋　四二七
かぜきよし（風清し）　夏　一四二
かぜぐすり（風邪薬）　冬　五一三
かぜごえ（風邪声）　冬　五一三
かぜごこち（風邪心地）　冬　五一三
かぜごもり（風邪籠り）　冬　五一三
かぜさむし（風寒し）　冬　四五二
かぜしす（風死す）　夏　一四二
かぜすずし（風涼し）　夏　一四二
かぜつなみ（風津浪）　秋　三三〇
かぜなだれ（風雪崩）　春　二五
かぜね（風邪寝）　冬　五一三
かぜのいろ（風の色）　秋　三三三
かぜのか（風の香）　夏　一四二
かぜのかみ（風邪の神）　冬　五一三
かぜのこ（風邪の子）　冬　五一三
かぜのぼん（風の盆）　秋　三三六
かぜひかる（風光る）　春　一七
かぜまちづき（風待月）　夏　一二四
かぜもちぐさ（風持草）　秋　四二七
かぜよけとく（風除解く）　春　四二
かぞえび（数へ日）　冬　四四五
かたあてぶとん（肩当蒲団）　冬　四七五
かたいき（花袋忌）　夏　二二〇
かたかけ（肩掛）　冬　四七八
かたかげ（片蔭）　夏　一四七
かたかごのはな（堅香子の花）　春　一二四
かたくちいわし（片口鰯）　秋　三八八
かたくりのはな（片栗の花）　春　一二四
かたしぐれ（片時雨）　冬　四五四
かたしろ（形代）　夏　二一三
かたしろぐさ（片白草）　夏　三〇一
かたずみ（堅炭）　冬　四九五
かたつむり（蝸牛）　夏　二五三
かたはだぬぎ（片肌脱ぎ）　夏　二〇四
かたばみ（酢漿草）　夏　二九六
かたばみのはな（かたばみの花）　夏　二九六
かたびら（帷子）　夏　一六〇
かたびらざお（帷子竿）　夏　一六五
かたびらゆき（かたびら雪）　春　一九
かたぶとん（肩蒲団）　冬　四七五
かたみぐさ（かたみ草）　秋　四二五
かたゆき（堅雪）　春　二五
かたりぞめ（語初）　新　六〇二
かたわれづき（片割月）　秋　三一九
かだん（花壇）　秋　三一八
かちぐりかざる（搗栗飾る）　新　五七五
かちぐりつくる（搗栗作る）　秋　三四二
かちごま（勝独楽）　新　六〇〇
かちずもう（勝相撲）　秋　三五八
かちど（陸人）　春　五三
かちどり（勝鶏）　春　三〇
がちゃがちゃ　秋　三九二
かちょう（蚊帳）　夏　一八〇
かちわり　夏　一七四
かつお（鰹）　夏　二三九
かつおじお（鰹潮）　夏　一五一
かつおつり（鰹釣）　夏　一九五
かつおぶしせいす（鰹節製す）　夏　一九五
かつおぶね（鰹船）　夏　一九五
かっけ（脚気）　夏　二〇五
かっこう（郭公）　夏　二二七
がっこうはじめ（学校始）　新　五八二
カットグラス　夏　一七九
かっぱき（河童忌）　夏　二三四
かっぱむし（河童虫）　夏　二四六
かつらぐさ（鬘草）　春　一二四
かつらのはな（桂の花）　秋　三九六
かていそう（鹿蹄草）　夏　二九九
かてん（夏天）　夏　一三八
かと（蝌蚪）　春　七五
かとうえ（花燈会）　新　五八六
かとうまる（蝌蚪生る）　春　七五
かどかざり（門飾）　新　五七二
かどき（門木）　新　五七二
かどざくら（門桜）　春　九三
かどすずみ（門涼み）　夏　一九六
かどちゃでら（門茶寺）　秋　三六五

かとのくに（蝌蚪の国）　春　一二五
かどのはる（門の春）　新　五八二
かとのひも（蝌蚪の紐）　春　一二五
かとのみず（蝌蚪の水）　春　一二五
かどのれいちょう（門の礼帳）　新　五七八
かどび（門火）　秋　三六六
かどびたく（門火焚く）　秋　三六六
かどまつ（門松）　新　五七二
かどまつかざる（門松飾る）　冬　四七〇
かどまつたつ（門松立つ）　冬　四七〇
かどまつとる（門松取る）　新　五八二
かどや（門茶）　秋　三六五
かとり（蚊鳥）　夏　二二五
かとりせんこう（香取線香）　夏　一八〇
カトレア　冬　五五四
かどれい（門礼）　新　五七七
かどれいじゃ（門礼者）　新　五七八
かとんぼ（蚊蜻蛉）　夏　二四八
かながしら（方頭魚）　冬　五三九
かなかな　秋　三九〇
かなじょき（かな女忌）　秋　三七六
かなぶん　夏　二四五
かなめのはな（要の花）　夏　二六八
かに（蟹）　夏　二四二
かにかくき（かにかく忌）　冬　五二七
かにづけ（蟹漬）　夏　一六六
かにびしお（蟹醢）　夏　一六六

カヌー　夏　一九八
かねいつ（鐘冱つ）　冬　四四八
かねかんじき（金樏）　冬　四七九
かねくよう（鐘供養）　春　六五
かねたたき（鉦叩）　秋　三九二
かねむぐら（金葎）　夏　二九二
かのうば（蚊の姥）　夏　二四八
かのこ（鹿の子）　夏　二二五
かのこえ（蚊の声）　夏　二四八
かのこき（かの子忌）　春　六八
かのこそう（鹿子草）　春　一〇七
かのこゆり（鹿の子百合）　夏　二七七
かのなごり（蚊の名残）　秋　三八九
かばいし（河貝子）　春　八八
かばしら（蚊柱）　夏　二四八
かばのはな（樺の花）　春　一〇三
かび（黴）　夏　三〇七
かび（蚊火）　夏　一八〇
かび（鹿火）　秋　三四八
がび（蛾眉）　秋　三一九
かびけむり（黴煙）　夏　三〇七
かびにおう（黴匂ふ）　夏　三〇七
かびのはな（黴の花）　夏　三〇七
かびもち（黴餅）　冬　四七九
かびや（鹿火屋）　秋　三四八
かびる（黴る）　夏　三〇七
かぶ（蕪）　冬　五五五
かふうき（荷風忌）　春　一一三

かぶきかおみせ（歌舞伎顔見世）　冬　四六四
かぶじる（かぶ汁）　冬　四八三
かぶしろし（蕪白し）　冬　五五五
かぶす　冬　五四九
かふすべ（蚊ふすべ）　夏　一八〇
かぶとかざる（甲かざる）　夏　一五五
かぶとぎく（兜菊）　秋　四三五
かぶとちょう（冑蝶）　冬　五三七
かぶとにんぎょう（かぶと人形）　夏　一五五
かぶとばな（兜花）　秋　四三五
かぶとむし（兜虫）　夏　二四五
かぶら（蕪）　冬　五五五
かぶらじる（蕪汁）　冬　四八三
かぶらずし（蕪鮓）　冬　四九〇
かぶらな　冬　五五五
かぶらひき（蕪引）　冬　五〇一
かぶらむし（蕪蒸）　冬　四九〇
かぶわけ（株分）　春　四八
かふんしょう（花粉症）　春　五七
かふんねつ（花粉熱）　春　五七
かほ（花圃）　秋　三一八
かほうそう（鹿飽草）　夏　二九九
かぼちゃ（南瓜）　秋　四一六
かぼちゃうう（南瓜植う）　春　四六
かぼちゃき（南瓜忌）　秋　三七六
かぼちゃにる（南瓜煮る）　秋　四一六

かぼちゃのはな（南瓜の花） 夏 二八二
かぼちゃばたけ（南瓜畑） 秋 四一六
かぼちゃまく（南瓜蒔く） 春 四六
がま（蒲） 夏 二九五
がま（蝦蟇） 夏 二三六
かまあげ（鎌あげ） 秋 三四九
かまあげ（釜揚） 冬 四八二
かまあげうどん（釜揚饂飩） 冬 四八二
かまいたち（鎌鼬） 冬 四五四
かまいわい（鎌祝） 秋 三四九
かまおさめ（鎌納め） 秋 三四九
がまがえる 夏 二三六
かまかぜ（鎌風） 冬 四五四
かまきり（蟷螂） 秋 三九三
かまきりかる（蟷螂枯る） 冬 五四四
かまくさ（かま草） 秋 四三五
かまくら 新 五八五
かまくらえび（鎌倉海老） 新 六一〇
かまくらカーニバル（鎌倉カーニバル） 夏 二〇一
かまくらまつり（かまくら祭） 新 五八五
がまござ（蒲茣蓙） 夏 一一七
がましげる（蒲茂る） 夏 二九五
かましめ（竈注連） 冬 五二〇
かますご 春 八三
かますじゃこ 春 八三
がまずみ 秋 四一〇
かまつか 秋 四一三
かまどうま 秋 三九一
かまどねこ（竈猫） 冬 五三四
かまどのかみまつり（竈の神祭） 冬 五二〇
かまどばらい（竈祓） 新 五八七
かまどむし（竈虫） 秋 三九一
がまのは（蒲の葉） 夏 二九五
がまのほ（蒲の穂） 夏 二九五
がまのほわた（蒲の穂絮） 秋 四三六
がまのわた（蒲の絮） 秋 四三六
かまはじめ（窯始） 新 五九七
かまはじめ（釜始） 新 五九五
かまばらい（竈祓） 冬 五二〇
かまひやす（鎌冷やす） 夏 一九五
かまぶたついたち（釜蓋朔日） 秋 三三五
かままつり（竈祭） 冬 五二〇
がまむしろ（蒲筵） 夏 一一七
かみあそび（神遊び） 冬 五一九
かみあつめ（神集め） 冬 五一七
かみあらう（髪洗ふ） 夏 二〇四
かみありづき（神有月） 冬 四四二
かみありまつり（神在祭） 冬 五一七
かみおき（髪置） 冬 四六五
かみおくり（神送り） 冬 五一六
かみおくりかぜ（神送風） 冬 五一六
かみかえり（神還） 冬 五一七
かみかずら 秋 四一一
かみきづき（神来月） 冬 四四二
かみぎぬ（紙ぎぬ） 冬 四七六
かみきぬた（紙砧） 秋 三五〇
かみきりむし（髪切虫） 夏 二四五
かみこ（紙子） 冬 四七六
かみさりづき（神去月） 冬 四四二
かみすき（紙漉） 冬 五〇七
かみすきば（紙漉場） 冬 五〇七
かみすきめ（紙漉女） 冬 五〇七
かみそりがい（剃刀貝） 春 八七
かみたち（神立） 冬 五一六
かみたつかぜ（神立風） 冬 四五四
かみたびだつ（神旅立つ） 冬 五一六
かみつどい（神集ひ） 冬 五一七
かみなり（雷） 夏 一四五
かみなりうお（かみなり魚） 冬 五三九
かみなりしぎ（雷鴫） 夏 二三五
かみなりぼし（雷干） 夏 一六五
かみのかや（紙の蚊帳） 夏 一八〇
かみのくま（神の熊） 冬 四六八
かみのたび（神の旅） 冬 五一六
かみのとらのひ（上の寅日） 新 六〇八
かみのはる（神の春） 新 五六三
かみのぼり（紙幟） 夏 一五四
かみのゆみはり（上の弓張） 秋 三一九
かみのるす（神の留守） 冬 五一七
かみびな（紙雛） 春 一三〇

かみふぅせん（紙風船） 春 五六
かみぶすま（紙衾） 冬 四七五
かみほしば（紙干場） 冬 五〇七
かみほす（紙干す） 冬 五〇七
かみむかえ（神迎） 冬 五一七
かみわたし（神渡し） 冬 四五四
かみをすく（紙を漉く） 冬 五〇七
カムイオマンテ 冬 四六八
かめとぅみん（亀冬眠） 冬 五三三
かめなく（亀鳴く） 春 七五
かめのこ（亀の子） 夏 二三五
かも（鴨） 冬 五三七
かもぅり（冬瓜） 秋 四一六
かもかえる（鴨帰る） 春 七八
かもがわおどり（鴨川踊） 春 五五
かもきたる（鴨来る） 秋 三八五
かもしか（羚鹿） 冬 五三三
かもじぐさ（髢草） 春 一一四
かもしし 冬 五三三
かもじる（鴨汁） 冬 四八六
かもぞぅすい（鴨雑炊） 冬 四八九
かもたつ（鴨翔つ） 冬 五三七
かもなく（鴨鳴く） 冬 五三七
かもなべ（鴨鍋） 冬 四八六
かものくらべぅま
（賀茂の競馬） 夏 二〇八
かものこ（鴨の子） 夏 二三〇
かものこえ（鴨の声） 冬 五三七
かものじん（鴨の陣） 冬 五三七
かものまつり（賀茂祭） 夏 二〇九
かものむれ（鴨の群） 冬 五三七
かもひく（鴨引く） 春 七八
かもめき（鷗忌） 春 七三
かもわたる（鴨渡る） 秋 三八五
かや（蚊帳） 夏 一八〇
かや（萱） 秋 四二六
かやおさめ（蚊帳納め） 秋 三四五
かやかざる（榧飾る） 新 五七五
かやかり（萱刈） 秋 三五四
かやくぐり（茅潜） 夏 二三五
かやしまう（蟵仕舞ふ） 秋 三四五
かやつりぐさ（蚊帳吊草） 夏 二九七
かやつる（蚊帳吊る） 夏 一八〇
かやのあき（蚊帳の秋） 秋 三四五
かやのなごり（蟵の名残） 秋 三四五
かやののきば（萱の軒端） 秋 三五四
かやのはて（蟵の果） 秋 三四五
かやのはな（榧の花） 春 一〇三
かやのはな（萱の花） 秋 四二六
かやのほ（萱の穂） 秋 四二六
かやのみ（榧の実） 秋 四〇六
かやのわかれ（蟵の別れ） 秋 三四五
かやりぎ（蚊遣木） 夏 一八〇
かやりぐさ（蚊遣草） 夏 一八〇
かやりこう（蚊遣香） 夏 一八〇
かやりび（蚊遣火） 夏 一八〇
かやをほす（蚊帳を干す） 秋 三四五
かゆぐさ（粥草） 新 六一一
かゆせぎょう（粥施行） 冬 四七一
かゆづえ（粥杖） 新 五八四
かゆのいも（粥の藷） 冬 四九〇
かゆのき（粥の木） 新 五八四
かゆばしら（粥柱） 新 五八四
かよいねこ（通ひ猫） 春 七四
カラー 夏 二七六
からいも（唐藷） 秋 四一八
からうめ（唐梅） 冬 五四六
からかぜ（空風） 冬 四五三
からかみ（唐紙） 冬 四九四
からくれない 秋 三九六
からさきまいり（唐崎参） 夏 二一三
からざけ（乾鮭） 冬 四八八
からさでのしんじ
（神等去出の神事） 冬 五一七
からしな（芥菜） 春 一一三
からしなまく（芥菜蒔く） 秋 三五二
カラジューム 夏 二七五
からすあげは（烏揚羽） 夏 二四三
からすうり（烏瓜） 秋 四三七
からすうりのはな
（烏瓜の花） 夏 三〇一
からすおうぎ（烏扇） 夏 二九七
からすがい（烏貝） 春 八八
からすちょう（烏蝶） 春 八九

からすでんがく（鴉田楽） 冬 四八二
からすのこ（鳥の子） 夏 二二九
からすのす（鴉の巣） 春 八一
からすびしゃく（烏柄杓） 夏 二九八
からすみ（鱲子） 秋 三四四
からすむぎ（烏麦） 夏 二九〇
からたちいばら 春 一〇六
からたちのはな（枸橘の花） 春 一〇四
からたちのみ（枳橘の実） 秋 三九七
からだに（空谷） 冬 四五九
からっかぜ（空っ風） 冬 四五三
からつゆ（空梅雨） 夏 一四三
からなし（唐梨） 秋 四〇一
からなでしこ（唐撫子） 夏 二七四
からはざ（空稲架） 秋 三四九
からひとつば（唐一葉） 夏 三〇〇
からひわ（唐鶸） 秋 三八二
からぼけのはな
（からぼけの花） 春 九九
からまつちる（落葉松散る） 冬 五五〇
からむし（苧） 夏 二九一
からもものはな
（からももの花） 春 九八
かり（雁） 秋 三八五
かり（狩） 冬 五〇二
かりあげ（刈上げ） 秋 三四九
かりあし（刈葦） 秋 三五四
かりい（刈藺） 夏 一八九
かりおつ（雁落つ） 秋 三八五
かりかえる（雁帰る） 春 七六
かりがね 秋 三八五
かりぎ（刈葱） 夏 二六八
かりくづき（雁来月） 秋 三一一
かりくよう（雁供養） 春 三三
かりくら（狩くら） 冬 五〇二
かりさる（雁去る） 春 七六
かりそば（刈蕎麦） 冬 五〇〇
かりた（刈田） 秋 三一八
かりのこえ（雁の声） 秋 三八五
かりのさお（雁の棹） 秋 三八五
かりのさち（狩の幸） 冬 五〇二
かりのそら（雁の空） 秋 三八五
かりのてん（雁の天） 秋 三八五
かりのなごり（雁の名残） 春 七六
かりのひ（狩の火） 冬 五〇二
かりのもじ（雁の文字） 秋 三八五
かりのやど（狩の宿） 冬 五〇二
かりのれつ（雁の列） 秋 三八五
かりば（狩場） 冬 五〇二
カリフラワー 冬 五五五
かりも（刈藻） 夏 一九〇
かりやす（刈安） 秋 四二七
かりやま（狩山） 冬 五〇二
かりゅうど（狩人） 冬 五〇三
かりゆく（雁行く） 春 七六
がりょうばい（臥竜梅） 春 九二
かりわたし（雁渡し） 秋 三一四
かりわたる（雁渡る） 秋 三八五
かりん（榠樝） 秋 四〇一
かりんのはな（榠樝の花） 春 九九
かる（軽鳧） 夏 二三〇
かる（枯る） 冬 五五二
かるがも（軽鴨） 夏 二三〇
かるがものこ（軽鴨の子） 夏 二三〇
かるかや（刈萱） 秋 四二七
かるた（歌留多） 新 五九八
かるのこ（軽鳧の子） 夏 二三〇
かれ（枯） 冬 五五二
かれあざみ（枯薊） 冬 五五七
かれあし（枯蘆） 冬 五五七
かれあしはら（枯蘆原） 冬 五五七
かれい（涸井） 冬 四六〇
かれいけ（涸池） 冬 四六〇
かれいちょう（枯銀杏） 冬 五五一
かれいばら（枯茨） 冬 五五二
かれえだ（枯枝） 冬 五五一
かれえのき（枯榎） 冬 五五二
かれおか（枯丘） 冬 四六〇
かれおぎ（枯荻） 冬 五五八
かれおぎはら（枯荻原） 冬 五五八
かれおばな（枯尾花） 冬 五五七
かれかしわ（枯柏） 冬 五五三
かれかや（枯萱） 冬 五五七
かれかわ（涸川） 冬 四六〇

かれき（枯木）	冬	五五一
かれぎく（枯菊）	冬	五五四
かれぎくたく（枯菊焚く）	冬	五五四
かれくさ（枯草）	冬	五五七
かれくず（枯葛）	冬	五五七
かれくぬぎ（枯櫟）	冬	五五一
かれくわ（枯桑）	冬	五五二
かれけいとう（枯鶏頭）	冬	五五六
かれけやき（枯欅）	冬	五五一
かれこだち（枯木立）	冬	五五一
かれしくず（枯れし葛）	冬	五五七
かれしだ（枯歯朶）	冬	五五八
かれしのぶ（枯忍）	冬	五五八
かれしば（枯芝）	冬	五五八
かれすすき（枯芒）	冬	五五七
かれその（枯園）	冬	四六〇
かれた（枯田）	冬	四六〇
かれたに（涸渓）	冬	四五九
かれつた（枯蔦）	冬	五五二
かれつゆ（涸れ梅雨）	夏	一四三
かれづる（枯蔓）	冬	五五二
かれとうろう（枯蟷螂）	冬	五四四
かれにわ（枯庭）	冬	四六〇
かれぬま（涸沼）	冬	四六〇
かれの（枯野）	冬	四六〇
かれは（枯葉）	冬	五五〇
かれはぎ（枯萩）	冬	五五七
かればしょう（枯芭蕉）	冬	五五四
かれはす（枯蓮）	冬	五五四
かれはちす（枯はちす）	冬	五五四
かれはら（枯原）	冬	四六〇
かれぶどう（枯葡萄）	冬	五五一
かれふよう（枯芙蓉）	冬	五四八
かれまこも（枯真菰）	冬	五五七
かれみさき（枯岬）	冬	四五九
かれむぐら（枯葎）	冬	五五八
かれやなぎ（枯柳）	冬	五五二
かれやま（枯山）	冬	四五九
かれやまぶき（枯山吹）	冬	五四八
かれよし（枯葭）	冬	五五七
かれりんどう（枯龍胆）	冬	五五七
カレンジュラ	春	一〇八
かろ（夏炉）	夏	一五六
かわう（川鵜）	夏	二三〇
かわおそうおをまつる（獺魚を祭る）	春	一〇
かわがに（川蟹）	夏	二四三
かわがり（川狩）	夏	一九三
かわかる（川涸る）	冬	四六〇
かわぎぬ（皮衣）	冬	四七六
かわぎり（川霧）	秋	三一五
かわくじら（皮鯨）	夏	一六六
かわこおる（川凍る）	冬	四六二
かわごろも（裘）	冬	四七六
かわざぶとん（革座布団）	夏	一七七
かわジャンパー（革ジャンパー）	冬	四七三
かわず（蛙）	春	七五
かわずあなにいる（蛙穴に入る）	秋	三八〇
かわすすき（川芒）	秋	四三六
かわすずき（川鱸）	秋	三八七
かわすずみ（川涼み）	夏	一九六
かわずのめかりどき（蛙の目借時）	春	一三
かわせがき（川施餓鬼）	秋	三六七
かわせみ（翡翠）	夏	二三九
かわたび（革足袋）	冬	四七八
かわちどり（川千鳥）	冬	五三七
かわつばめ（川燕）	春	七六
かわてぶくろ（皮手袋）	冬	四七八
かわどめ（川止め）	夏	一五八
かわとんぼ（川蜻蛉）	夏	二四七
かわな（川菜）	春	一二八
かわにな（川蜷）	春	八
かわのり（川海苔）	秋	四三九
かわばおり（皮羽織）	冬	四七四
かわはぎ（皮剝）	夏	二三九
かわばたき（川端忌）	春	七三
かわひばり（川雲雀）	秋	三八四
かわびらき（川開）	夏	一五八
かわぶしん（川普請）	冬	五〇七
かわぶとん（革蒲団）	夏	一七七

かわぼし（川干し） 夏 一九三
かわほね 夏 二九四
かわほり 夏 三三五
かわます（川鱒） 春 八四
かわやつめ（川八目） 冬 五四二
かわゆか（川床） 夏 一九六
かわらけそう（かはらけ草） 新 六三
かわらなでしこ（川原撫子） 秋 四二九
かわらひわ（河原鶸） 春 七七
かわりびな（変り雛） 春 三〇
かをうつ（蚊を打つ） 夏 二四八
かをやく（蚊を焼く） 夏 一八〇
かん（寒） 冬 四四六
がん（鴈） 秋 三八五
かんあ（寒鴉） 冬 五三六
かんあい（寒靄） 冬 四五八
かんあおい（寒葵） 冬 五五九
かんあかね（寒茜） 冬 四五八
かんあけ（寒明） 春 八
かんあけき（寒明忌） 冬 五三三
かんあれ（寒荒れ） 冬 五一四
かんいか（寒烏賊） 冬 五四二
かんいちご（寒苺） 冬 五五三
かんいり（寒入り） 冬 四四六
かんう（寒雨） 冬 四五四
かんうど（寒独活） 冬 五五六
かんうん（寒雲） 冬 四五一
かんえい（寒泳） 冬 五一二

かんえい（寒影） 冬 五一五
かんえん（寒猿） 冬 五三四
かんえん（寒園） 冬 四六〇
かんおう（観桜） 春 五四
かんおう（寒鶯） 冬 五三六
かんおよぎ（寒泳ぎ） 冬 五一二
かんおわる（寒終る） 春 八
かんがい（旱害） 夏 一四七
かんかえる（寒返る） 春 九
がんがさ（雁瘡） 秋 三六〇
がんがさいゆ（雁瘡癒ゆ） 春 七七
かんがすみ（寒霞） 冬 四五七
かんがため（寒固） 冬 四八〇
かんがらす（寒鴉） 冬 五三六
かんがれい（寒鰈） 冬 五四〇
かんがん（寒雁） 冬 五三五
かんかんぼう（かんかん帽） 夏 一六四
かんき（寒気） 冬 四四八
がんぎ（雁木） 冬 四九二
がんぎいち（雁木市） 冬 四九二
かんぎく（寒菊） 冬 五五三
かんぎつね（寒狐） 冬 五三三
かんきゅう（寒灸） 冬 五一五
かんぎょう（寒暁） 冬 四四七
かんぎょう（寒行） 冬 五一三
かんきん（寒禽） 冬 五三五
かんく（寒九） 冬 四四六
かんぐい（寒喰） 冬 四八六

かんくどり（寒苦鳥） 冬 五三五
かんくのあめ（寒九の雨） 冬 四五四
かんくのみず（寒九の水） 冬 四六〇
かんくりや（寒くりや） 冬 四九五
かんげいこ（寒稽古） 冬 五一二
かんげつ（寒月） 冬 四五一
かんげつ（観月） 秋 三五九
がんげつ（元月） 新 五六二
かんげっこう（寒月光） 冬 四五一
かんけん（寒犬） 冬 五三四
かんごい（寒鯉） 冬 五四二
かんごいつり（寒鯉釣） 冬 五一〇
かんこう（寒耕） 冬 五〇〇
がんこう（雁行） 秋 三八五
かんこうばい（寒紅梅） 冬 五四五
かんごえ（寒肥） 冬 五〇二
かんごえ（寒声） 冬 五一二
かんこどり（閑古鳥） 夏 二一七
かんごやし（寒ごやし） 冬 五〇二
かんごり（寒垢離） 冬 五一三
かんざくら（寒桜） 冬 五四六
かんざけ（燗酒） 冬 四八〇
かんざらい（寒復習） 冬 五一三
かんざらし（寒晒） 冬 四八〇
かんざんき（関山忌） 冬 五二八
がんし（願糸） 秋 三三四
かんじき（樏） 冬 四七九
かんしじみ（寒蜆） 冬 五四三

がんしち（元七） 新 五六四
がんじつ（元日） 新 五六三
がんじつそう（元日草） 新 六二一
かんしゃさい（感謝祭） 冬 五三三
かんしょ（甘藷） 秋 四一八
かんしょうう（甘藷植う） 夏 一八八
かんしょかり（甘蔗刈） 冬 五〇〇
かんしょく（寒食） 春 二九
かんしょくせつ（寒食節） 春 二九
かんしょねほる（甘蔗根掘る） 冬 五〇〇
かんしょのはな（甘蔗の花） 冬 五五六
かんじょびな（官女雛） 春 三〇
かんしろう（寒四郎） 冬 四四六
がんじんき（鑑真忌） 夏 二一八
かんすい（寒水） 冬 四六〇
かんすき（寒漉） 冬 五〇七
かんすぎる（寒過ぎる） 春 八
かんすげ（寒菅） 冬 五五九
かんすすき（寒芒） 冬 五五九
かんすずめ（寒雀） 冬 五三六
かんすばる（寒昴） 冬 四五二
かんすみれ（寒菫） 冬 五五八
かんずもう（寒角力） 冬 五一二
かんせぎょう（寒施行） 冬 四七一
かんぜり（寒芹） 冬 五五九
かんせん（寒蝉） 秋 三九〇
かんせん（寒泉） 冬 四六〇
かんそう（寒草） 冬 五五六
かんぞう（甘草） 夏 二八〇
がんそう（雁瘡） 秋 三六〇
かんぞうのはな（萱草の花） 夏 二九七
かんだい（寒鯛） 冬 五四〇
かんたいひ（寒堆肥） 冬 五〇二
かんだか（寒鷹） 冬 五三五
かんたきのり（寒炊糊） 冬 五〇七
かんたく（寒柝） 冬 五〇八
かんたけ（寒茸） 冬 五六〇
かんたけのこ（寒筍） 冬 五五六
かんたまご（寒卵） 冬 四八七
かんだまつり（神田祭） 夏 二〇八
かんたん（邯鄲） 秋 三九二
がんたん（元旦） 新 五六三
かんたんふく（簡単服） 夏 一六三
かんちくのこ（寒竹の子） 冬 五五六
かんちゅう（寒厨） 冬 四九五
かんちゅう（寒中） 冬 四四六
かんちゅうけいこ（寒中稽古） 冬 五一二
かんちゅうすいえい（寒中水泳） 冬 五一二
かんちゅうすいぎょう（寒中水行） 冬 五三三
かんちゅうみまい（寒中見舞） 冬 五〇九
かんちょう（観潮） 春 五二
かんちょう（寒潮） 冬 四六一
がんちょう（元朝） 新 五六三
かんちょうせん（観潮船） 春 五二
かんづき（寒搗） 冬 四八九
かんづくり（寒造） 冬 四八〇
かんづくりざけ（寒造酒） 冬 四八〇
かんつばき（寒椿） 冬 五四七
かんづり（寒釣） 冬 五一〇
かんてん（旱天） 夏 一四七
かんてんつくる（寒天造る） 冬 四九〇
かんとう（竿燈） 秋 三三五
かんとう（寒燈） 冬 四九三
かんとう（寒濤） 冬 四六一
かんとうじ（寒湯治） 冬 五〇九
かんどうふ（寒豆腐） 冬 四八六
かんどとう（寒怒濤） 冬 四六一
かんとなる（寒となる） 冬 四四六
かんどよう（寒土用） 冬 四四七
かんどり（寒取） 冬 五一二
カンナ 秋 四一三
かんながし（寒永し） 冬 四四六
かんなぎ（寒凪） 冬 四五二
かんなぎさ（寒渚） 冬 四六一
かんなづき（神無月） 冬 四四二
カンナのはな（カンナの花） 秋 四一三
かんなはじめ（鉋始） 新 五九七
かんなめのまつり（神嘗祭） 秋 三六四
かんなれぶな（寒馴れ鮒） 冬 五四二

かんねぶつ（寒念仏） 冬 五三三
かんのあかね（寒の茜） 冬 四五八
かんのあけ（寒の明け） 春 八
かんのあめ（寒の雨） 冬 四五四
かんのいり（寒の入） 冬 四四六
かんのうち（寒の内） 冬 四四六
かんのかりがね（寒のかりがね） 冬 五三五
かんのくも（寒の雲） 冬 四五一
かんのくれ（寒の暮） 冬 四四七
かんのこめつき（寒の米搗き） 冬 四八九
かんのしお（寒の潮） 冬 四六一
かんのなみ（寒の波） 冬 四六一
かんのはれ（寒の晴） 冬 四五〇
かんのひ（寒の日） 冬 四四六
かんのひ（寒の燈） 冬 四九三
かんのみず（寒の水） 冬 四六〇
かんのもず（寒の鵙） 冬 五三六
かんのやみ（寒の闇） 冬 四四六
かんのよ（寒の夜） 冬 四四七
かんのり（寒糊） 冬 五〇七
かんのり（寒海苔） 冬 五六〇
かんのりたく（寒糊炊く） 冬 五〇七
かんのんそう（観音草） 秋 四三七
かんぱ（寒波） 冬 四五二
かんばい（観梅） 春 三三
かんばい（寒梅） 冬 五四五
かんぱきゅう（寒波急） 冬 四五二
かんぱくる（寒波来る） 冬 四五二
かんぱち（勘八） 夏 二四〇
かんばつ（旱魃） 夏 一四七
かんばら（寒薔薇） 冬 五四六
かんばれ（寒晴） 冬 四五〇
かんぴ（寒肥） 冬 五〇三
がんぴ（岩菲） 夏 二〇〇
かんびき（寒弾） 冬 五一三
がんぴせんのう（巌菲仙翁） 夏 二〇〇
かんひでり（寒旱） 冬 四五一
がんぴのはな（雁皮の花） 夏 二六六
かんひばり（寒雲雀） 冬 五三六
かんぴょうむく（干瓢剝く） 夏 一九一
かんびより（寒日和） 冬 四五〇
かんびらめ（寒鮃） 冬 五四二
かんぷう（乾風） 夏 一四二
かんぷう（観楓） 秋 三六〇
かんぷう（寒風） 冬 四五二
かんぶつ（灌仏） 春 六三
かんぶつえ（灌仏会） 春 六三
かんぶな（寒鮒） 冬 五四二
かんぶなつり（寒鮒釣） 冬 五一〇
かんぶり（寒鰤） 冬 五四〇
がんぶろ（雁風呂） 春 三一
かんべに（寒紅） 冬 五〇八
かんぼ（寒暮） 冬 四四七
かんぼう（感冒） 冬 五一三
かんぼく（寒木） 冬 五五一
かんほくと（寒北斗） 冬 四五二
かんぼけ（寒木瓜） 冬 五四七
かんぼし（寒星） 冬 四五一
かんぼたん（寒牡丹） 冬 五四七
かんぼら（寒鯔） 冬 五四一
かんまいり（寒参） 冬 五三三
かんまんげつ（寒満月） 冬 四五一
かんみかづき（寒三日月） 冬 四五一
かんみまい（寒見舞） 冬 五〇九
かんむつ（寒鯥） 冬 五四〇
かんもうで（寒詣） 冬 五三三
かんもず（寒鵙） 冬 五三六
かんもち（寒餅） 冬 四七九
かんもどる（寒戻る） 春 九
かんや（寒夜） 冬 四四七
かんやいと（寒やいと） 冬 五一五
かんやつめ（寒八目） 冬 五四二
かんゆうやけ（寒夕焼） 冬 四五八
かんゆるむ（寒ゆるむ） 冬 四四六
かんらい（寒雷） 冬 四五七
かんらいき（寒雷忌） 冬 五三一
がんらいこう（雁来紅） 秋 四一三
かんらん（甘藍） 夏 二八六
かんらん（寒蘭） 冬 五五九
かんらんのうず（甘藍の渦） 夏 二八六
かんりん（寒林） 冬 五五一
かんりんご（寒林檎） 冬 五四九

かんれい（寒冷）　冬　四四八
かんろ（寒露）　秋　三三三
かんろき（甘露忌）　夏　三二四
かんろのせつ（寒露の節）　秋　三三三
かんわらび（寒蕨）　冬　五五九

き

き（葱）　冬　五五五
きあまだい（黄甘鯛）　冬　五四〇
きいちご（木苺）　夏　二六〇
きいちごのはな（木苺の花）　春　一〇四
きう（喜雨）　夏　一四四
きう（祈雨）　夏　一八七
きうていき（喜雨亭忌）　夏　二三三
きえん（帰燕）　秋　三八一
ぎおうき（妓王忌）　春　六八
ぎおうき（義央忌）　冬　五一八
きおとし（木落とし）　夏　二〇七
ぎおんえ（祇園会）　夏　二二二
ぎおんけずりかけのしんじ（祇園削掛の神事）　新　六〇四
ぎおんまつり（祇園祭）　夏　二二二
きか（季夏）　夏　一三四
きかくき（其角忌）　春　七〇
きがん（帰雁）　春　七八
ぎぎ（黄顙魚）　秋　三八七
ぎぎう　秋　三八七
きぎかる（木々枯る）　冬　五二一
きぎく（黄菊）　秋　四一五
きぎざけ（利酒）　秋　三四〇
ききちゃ（利茶）　春　五一
きぎのめ（木々の芽）　春　九九
ききょう（桔梗）　秋　四三一
ききょうなでしこ（桔梗撫子）　夏　二七五
ききょうのはな（桔梗の花）　秋　四三一
ききょうのめ（桔梗の芽）　春　一一七
きぎりぞめ（木伐初）　新　五九七
きぎんき（季吟忌）　夏　二三三
きく（菊）　秋　四一五
きくいただき（菊戴）　秋　三八三
きくいも（菊芋）　秋　四一九
きくうう（菊植う）　春　四八
きくうし（菊牛）　秋　三九四
きくうり（菊売）　秋　四一五
きくかえん（菊花宴）　秋　三三一
きくがさね（菊襲）　秋　三四〇
きくかてん（菊花展）　秋　三五九
きくかのさけ（菊花の酒）　秋　三四〇
きくからくさ（菊唐草）　夏　二八〇
きくかる（菊枯る）　冬　五五四
きくくよう（菊供養）　秋　三六八
きぐさ（黄草）　秋　四二七
きくざいく（菊細工）　秋　三五九
きくざきづき（菊咲月）　秋　三一三
きくざけ（菊酒）　秋　三四〇
きくさす（菊挿す）　夏　一八九
きくし（菊師）　秋　三五九
きくしらこ（菊白子）　冬　四八九
きくしろし（菊白し）　秋　四一五
きくすいかみきり　秋　三九四
きくすいむし（菊吸虫）　秋　三九四
きくちしゃ（菊萵苣）　夏　二八七
きくづき（菊月）　秋　三一三
きくづきよ（菊月夜）　秋　四一五
きくづくり（菊作り）　秋　四一五
きくてん（菊展）　秋　三五九
きくな（菊菜）　春　一一四
きくなえ（菊苗）　春　四八
きくなます（菊膾）　秋　三四三
きくにんぎょう（菊人形）　秋　三五九
きくねわけ（菊根分）　春　四八
きくのえん（菊の宴）　秋　三三一
きくのさけ（菊の酒）　秋　三四〇
きくのせっく（菊の節句）　秋　三三一
きくのつぼみ（菊の蕾）　秋　四一五
きくのなえ（菊の苗）　春　一一〇
きくのはち（菊の鉢）　秋　四一五
きくのはな（菊の花）　秋　四一五
きくのひ（菊の日）　秋　三三一
きくばれ（菊晴れ）　秋　四一五
きくびな（菊雛）　秋　三三八
きくびより（菊日和）　秋　三一七
きくまくなぎ（菊まくなぎ）　秋　三九四

きくまくら（菊枕）　秋　三四五
きくみ（菊見）　秋　四一五
きくらげ（木耳）　夏　三〇七
きくわかつ（菊分つ）　春　四八
きくわかば（菊若葉）　春　一一
きくわた（菊腸）　冬　四八九
きけいき（几圭忌）　冬　五三九
きけまん（黄華鬘）　春　一〇七
きけんじょう（喜見城）　春　二一
きげんせつ（紀元節）　春　二七
きこうでん（乞巧奠）　秋　三三四
きこくのみ（きこくの実）　秋　三九七
きござ（着茣蓙）　夏　一六二
きこりぞめ（樵初）　新　五九七
きこりむし（木樵虫）　秋　三九四
きさ（蚶）　春　八七
きさご（細螺）　春　八七
きさらぎ（如月）　春　一〇
きさらぎな（如月菜）　春　一二三
ぎさん（蟻蚕）　春　九一
きじ（雉）　春　七六
ぎしかい（義士会）　冬　五一九
ぎしぎし（羊蹄）　春　一二〇
ぎしぎしのはな（羊蹄の花）　夏　二九六
ぎしさい（義士祭）　春　三一
きじざけ（雉子酒）　新　五六九
きじしゅ（雉子酒）　新　五六九
きじたいすいにいりてはまぐりとなる（雉子大水に入りて蛤となる）　冬　四四二
きしづり（岸釣）　秋　三五七
きじのこえ（雉子の声）　春　七六
きじのす（雉子の巣）　春　八一
ぎしのひ（義士の日）　冬　五一九
きじのほろろ（雉子のほろろ）　春　七六
きしぶ（生渋）　秋　三五〇
きじぶえ（雉子笛）　春　五六
ぎしまつり（義士祭）　春　三一
きじむしろ（雉蓆）　春　一二五
ぎしやき（義士焼）　冬　四九〇
きしゃご　春　八七
きしゅう（季秋）　秋　三一二
ぎしゅうき（義秀忌）　秋　三七二
きしゅん（季春）　春　一
きじょうき（鬼城忌）　秋　三七六
きしょうぶ（黄菖蒲）　夏　二七一
きじんそう（畸人草）　夏　三〇二
きす（鱚）　夏　二三九
きず（木酢）　秋　四〇〇
ぎず　秋　三九二
きずいせん（黄水仙）　春　一〇七
きすげ（黄菅）　夏　三〇三
きすつり（鱚釣）　夏　一九四
きすぶね（鱚舟）　夏　一九四
きせい（帰省）　夏　一五九
きせいし（帰省子）　夏　一五九
きせいのよ（帰省の夜）　夏　一五九
きぜめ（木責）　新　五八五
きせるぐさ（きせる草）　秋　四三五
きそはじめ（着衣始）　新　五八九
きぞめぐさ（きぞめ草）　秋　四一四
きた（北風）　冬　四五三
きたあれ（北荒れ）　冬　四五三
きたおろし（北颪）　冬　四五三
きたかぜ（北風）　冬　四五三
きたがわき（喜多川忌）　夏　二一八
きたきつね（北狐）　冬　五三三
きたけ（木茸）　秋　四三七
きたしぐれ（北時雨）　冬　四五四
きたたき（木叩き）　秋　三八四
きたのかぜ（北の風）　冬　四五三
きたのずいきまつり（北野瑞饋祭）　秋　三六三
きたのなたねごく（北野菜種御供）　春　五九
きたひらく（北開く）　春　四一
きたふさぐ（北塞ぐ）　冬　四九一
きたまどひらく（北窓開く）　春　四一
きたまどふさぐ（北窓塞ぐ）　冬　四九一
きたやまおろし（北山颪）　冬　四五三
きたやましぐれ（北山時雨）　冬　四五四

きちきち 秋 三九二
きちこう 秋 四三一
きちじそう（吉字草） 夏 二九六
きちじょうそう（吉祥草） 秋 四三七
きちょう（黄蝶） 春 八九
きっこうそう 夏 二九九
きっこうだな（乞巧棚） 秋 三三四
きっこうてん 秋 三三四
きっしょ（吉書） 新 五七九
きっしょあげ（吉書揚） 新 五八六
きっしょうそう（吉祥草） 夏 二九六
きっしょはじめ（吉書始） 新 五七九
きづた（木蔦） 冬 五五三
ぎっちょう（毬打） 新 六〇〇
きっちょうなわ（吉兆縄） 新 六〇四
きつつき（啄木鳥） 秋 三八四
きつね（狐） 冬 五三三
きつねあざみ（狐薊） 春 一二七
きつねおとし（狐落し） 冬 五〇三
きつねかう（狐飼ふ） 冬 五三三
きつねがり（狐狩） 冬 五〇三
きつねぐさ（狐草） 春 一二三
きつねささげ（狐ささげ） 秋 四三五
きつねせぎょう（狐施行） 冬 四七一
きつねだな 春 二
きつねつり（狐釣） 冬 五〇三
きつねのかさ（狐の傘） 夏 二九九

きつねのちょうちん（狐の提燈） 夏 二九八
きつねのちょうちん（狐の提燈） 冬 四六三
きつねのてぶくろ 夏 二七八
きつねばな（狐花） 秋 四三一
きつねび（狐火） 冬 四六三
きつねぼたん（狐の牡丹） 春 一二三
きつねわな（狐罠） 冬 五〇三
きとうき（几董忌） 冬 五三六
きながし（木流し） 春 五二
きぬあわせ（絹袷） 夏 一六〇
きぬいとそう（絹糸草） 夏 二八一
きぬがさそう（衣笠草） 夏 三〇四
きぬかつぎ（衣被） 秋 三四四
きぬくばり（衣配） 冬 四六八
きぬさや（絹莢） 夏 二八五
きぬた（砧） 秋 三五〇
きぬたうつ（砧打つ） 秋 三五〇
きぬたづち（砧槌） 秋 三五〇
きぬたび（絹足袋） 冬 四七八
きぬため（砧女） 秋 三五〇
きぬてぶくろ（絹手袋） 冬 四七八
きぬの（生布） 夏 一六一
きぬぶとん（絹蒲団） 冬 四七五
きねんさい（祈年祭） 春 五八
きのえだはらう（木の枝払ふ） 夏 一九一

きのこ（茸） 秋 四三七
きのこがり（茸狩） 秋 三六〇
きのこほす（茸乾す） 秋 四三七
きのこむしろ（茸筵） 秋 三六〇
きのこめし（茸飯） 秋 三四二
きのめ（木の芽） 春 一〇〇
きのめあえ（木の芽和） 春 三六
きのめづけ（木の芽漬） 春 三五
きのめでんがく（木の芽田楽） 春 三六
きのめみそ（木の芽味噌） 春 三六
きはちす 秋 三九六
きばな（木花） 冬 四五五
きばはじめ（騎馬始） 新 五九六
きび（黍） 秋 四二一
きびあらし（黍嵐） 秋 三三四
きびがら（黍殻） 秋 四二一
きびかる（黍刈る） 秋 四二一
きびたき（黄鶲） 夏 二三三
きびたき（黍焚） 秋 四二一
きびばたけ（黍畑） 秋 四二一
きびまき（黍蒔） 夏 一八九
きびやき（黍焼） 秋 四二一
きびら（黄帷子） 夏 一六〇
きびら（生平） 夏 一六一
きぶくれ（着ぶくれ） 冬 四七六
きぶしのはな（木五倍子の花） 春 一〇三

ぎふちょうちん（岐阜提燈）　夏　一八三
きぶねぎく（貴船菊）　秋　四二九
きふねまつり（貴船祭）　夏　二〇九
きぶねゆか（貴船川床）　夏　一九六
きぼう（既望）　秋　三二〇
ぎぼうしのはな（擬宝珠の花）　夏　二九四
ぎほうをかく（儀方を書く）　夏　一五六
きぼりびな（木彫雛）　春　三〇
きまじない（木呪）　新　五八五
きまぶり（木まぶり）　冬　五四九
きまもり（木守）　冬　五四九
きまゆ（黄繭）　夏　一九二
きみかげそう（君影草）　夏　二九三
きみがはる（君が春）　新　五六二
きむし（気虫）　秋　三九四
きもりがき（木守柿）　冬　五四九
きもりゆず（木守柚）　冬　五四九
きゃくど（客土）　冬　五〇〇
ぎゃくのみねいり（逆の峰入）　秋　三六五
ぎゃくみね（逆峰）　秋　三六五
きやなぎ（黄柳）　秋　四〇四
キャベツ　夏　二八六
きやまぶき（黄山吹）　春　九七
ギヤマン　夏　一七九
きゃらぶき（伽羅蕗）　夏　一六六
キャロン　夏　一五八

キャンプ　夏　一九七
キャンプファイヤー　夏　一九七
きゅうかあけ（休暇明）　秋　三三九
きゅうこんうう（球根植う）　春　四七
きゅうさん（急霰）　冬　四五四
ぎゅうじつ（牛日）　新　五六四
きゅうしゅう（九秋）　秋　三一〇
きゅうしゅうばしょ（九州場所）　冬　五〇九
きゅうしゅん（九春）　春　八
ぎゅうじょ（牛女）　秋　三三三
きゅうしょう（旧正）　春　八
きゅうしょうがつ（旧正月）　春　八
ぎゅうぜつ（牛舌）　夏　二九六
きゅうだい（及第）　春　一三
きゅうとう（九冬）　冬　四四二
きゅうとう（旧冬）　新　五六三
ぎゅうなべ（牛鍋）　冬　四八四
きゅうにゅうき（吸入器）　冬　四九九
きゅうねん（旧年）　新　五六三
ぎゅうへん（牛扁）　夏　二九六
きゅうぼん（旧盆）　秋　三六五
きゅうり（胡瓜）　夏　二八六
きゅうりうう（胡瓜植う）　春　四六
きゅうりづけ（胡瓜漬）　夏　一六五
きゅうりなえ（胡瓜苗）　夏　二八二
きゅうりのはな（胡瓜の花）　夏　二八二
きゅうりまく（胡瓜蒔く）　春　四六

きゅうりもみ（胡瓜揉み）　夏　一六五
きゅうろう（旧臘）　新　五六三
きょうえい（競泳）　夏　一九八
きょうかあめ（杏花雨）　春　一九
きょうかき（鏡花忌）　秋　三七五
きょうかそん（杏花村）　春　九八
きょうかのこ（京鹿子）　夏　二八〇
ぎょうきき（行基忌）　春　六四
ぎょうぎぼう（経木帽）　夏　一六四
ぎょうきぼさつき（行基菩薩忌）　春　六四
ぎょうきまいり（行基参）　春　六四
ぎょうきもうで（行基詣）　春　六四
ぎょうぎょうし（行々子）　夏　三一九
きょうさく（凶作）　秋　三五〇
ぎょうずい（行水）　夏　一八四
ぎょうずいなごり（行水名残）　秋　三四六
ぎょうせいさい（暁星祭）　秋　三六九
きょうそう（競漕）　春　五五
きょうだいいわい（鏡台祝）　新　五八六
きょうちくとう（夾竹桃）　夏　二五六
きょうてんし（叫天子）　春　七
きょうな（京菜）　春　一一三
きょうねん（凶年）　秋　三五〇
きょうのあき（今日の秋）　秋　三一〇
きょうのきく（今日の菊）　秋　三三一
きょうのつき（今日の月）　秋　三二〇

きょうのはる（今日の春）　新　五六二
ぎょうや（行夜）　秋　三九四
きょうわかな（京若菜）　新　六二一
ぎょき（御忌）　春　六四
ぎょきもうで（御忌詣）　春　六四
きょくすい（曲水）　春　二七
きょくすいのうたげ（曲水の宴）　春　二七
ぎょけい（御慶）　新　五七八
ぎょけいちょう（御慶帳）　新　五七八
きょさい（去歳）　新　五六三
きょしき（虚子忌）　春　七三
きょねん（去年）　新　五六三
ぎょふかえる（漁夫帰る）　夏　一五七
ぎょふくる（漁夫来る）　春　二一
ぎょふつのる（漁夫募る）　春　二一
ぎょふわたる（漁夫渡る）　春　二一
きよもりき（清盛忌）　春　六七
きょらいき（去来忌）　秋　三七五
きょろくき（許六忌）　秋　三七三
きららき（吉良忌）　冬　五一八
きららむし（雲母虫）　夏　二五〇
きらんそう（きらん草）　春　一三
きり（霧）　秋　三二五
きりぎりす（螽蟖）　秋　三九二
きりこ（切子）　夏　一七九
きりごたつ（切炬燵）　冬　四九六
きりさむし（霧寒し）　冬　四五八

きりさめ（霧雨）　秋　三二五
きりざんしょう（切山椒）　新　五九一
きりしぐれ（霧時雨）　秋　三二五
きりずみ（切炭）　冬　四九五
きりたつ（霧立つ）　秋　三二五
きりたんぽ　秋　三四二
きりづくよ（霧月夜）　秋　三二五
きりなえうう（桐苗植う）　春　四八
きりのあき（桐の秋）　秋　四〇三
きりのこえ（霧の声）　秋　三二五
きりのはおつ（桐の葉落つ）　秋　四〇三
きりのはな（桐の花）　夏　二六五
きりのはな（霧の花）　冬　四五五
きりのみ（桐の実）　秋　四〇八
きりはしる（霧走る）　秋　三二五
きりびえ（霧冷え）　秋　三二五
きりひおけ（桐火桶）　冬　四九七
きりひとは（桐一葉）　秋　四〇三
きりふかし（霧深し）　秋　三二五
きりぶすま（霧襖）　秋　三二五
きりふる（霧降る）　秋　三二五
きりぼし（切干）　冬　五〇〇
きりぼしだいこん（切干大根）　冬　五〇〇
きりもち（切餅）　冬　四七九
きりんそう（麒麟草）　夏　三〇〇
きれだこ（切れ凧）　春　五五
きれんげ（金蓮花）　夏　二九八

きれんじゃく（黄連雀）　秋　三八二
きわたうち（木綿打）　冬　五〇七
きをはやす（木を囃す）　新　五八五
きんえいか（金英花）　夏　二七七
きんえのころぐさ（金狗尾草）　秋　四三〇
きんか（近火）　冬　五〇八
ぎんが（銀河）　秋　三三二
きんかいき（金槐忌）　冬　五三二
ぎんかいろ（銀懐炉）　冬　四九八
きんかん（金柑）　秋　四〇〇
ぎんかん（銀漢）　秋　三三二
きんかんのはな（金柑の花）　夏　二五八
きんかんのみ（金柑の実）　秋　四〇〇
きんきつ（金橘）　秋　四〇〇
ぎんぎつね（銀狐）　冬　五三三
きんぎょ（金魚）　夏　二一七
きんぎょうり（金魚売）　夏　一九九
きんぎょくとう（金玉糖）　夏　一七〇
きんぎょそう（金魚草）　夏　二一七
きんぎょだま（金魚玉）　夏　二〇二
きんぎょばち（金魚鉢）　夏　二〇二
きんぎょも（金魚藻）　夏　三〇七
きんぎょや（金魚屋）　夏　一九九
きんぎんか（金銀花）　夏　二六四
きんけいぎく（錦鶏菊）　夏　二七四
きんげしょう（金化粧）　秋　四一四
ぎんげしょう（銀化粧）　秋　四一四

きんこ（金海鼠） 冬 五四三
ぎんこうはじめ（吟行始） 新 五八一
ぎんさかづき（銀盃） 夏 二七六
きんしとう（金糸桃） 夏 二五五
きんしばい（金糸梅） 夏 二五七
きんしゅう（金秋） 秋 三一〇
きんしゅうのはやし
（錦繡の林） 秋 三一七
きんしょう（金商） 秋 三一〇
きんしょうじ（金鐘児） 秋 三九一
きんせんか（金盞花） 春 一〇八
きんせんか（金銭花） 夏 二七九
ぎんせんか（銀盞花） 夏 二七九
きんせんぎょ（金線魚） 冬 五四一
きんせんそう（金線草） 秋 四三三
きんたいか（錦帯花） 夏 二六四
ぎんちく（銀竹） 冬 四六二
きんとうが（紅冬瓜） 秋 四一七
ぎんなん（銀杏） 秋 四〇八
ぎんなんのはな
（ぎんなんの花） 春 一〇三
ぎんなんひろう（銀杏拾ふ） 秋 四〇八
ぎんなんふる（銀杏降る） 秋 四〇八
ぎんばいそう（銀盃草） 夏 二七六
きんばえ（金蠅） 夏 二四八
ぎんばえ（銀蠅） 夏 二四八
きんひばり（金雲雀） 秋 三九二
きんびょうぶ（金屛風） 冬 四九四
ぎんびょうぶ（銀屛風） 冬 四九四
きんびわ（金琵琶） 秋 三九一
きんぷう（金風） 秋 三一三
きんぷうき（金風忌） 秋 三一七
ぎんぽ 春 八三
きんぽうげ（金鳳花） 春 一一三
ぎんみずひき（銀水引） 秋 四三三
きんめだい（金目鯛） 冬 五四〇
きんもくせい（金木犀） 秋 三九六
ぎんもくせい（銀木犀） 秋 三九六
きんらん（金蘭） 春 一一三
ぎんらん（銀蘭） 春 一一三
ぎんりょうそう（銀竜草） 夏 三〇三
きんれいし（金鈴子） 秋 四〇六
きんれんか（金蓮花） 夏 二七九
きんろうかんしゃのひ
（勤労感謝の日） 冬 四六四
ぎんろばい（銀縷梅） 春 一〇一

く

くいうち（杙打） 冬 五一〇
くいつぎ（食継） 新 五七三
くいつみ（食積） 新 五七三
くいつみかざり（食積飾） 新 五七三
くいな（水鶏） 夏 二三〇
くいのにな（杭の蜷） 春 八八
くうかいき（空海忌） 春 六二
くうやき（空也忌） 冬 五二六
くうやどうおどりねんぶつ
（空也堂踊念仏） 冬 五二六
くうやねんぶつ（空也念仏） 冬 五二二
くうやわさん（空也和讃） 冬 五二二
くかいはじめ（句会始） 新 五八一
くがつ（九月） 秋 三一二
くがつがや（九月蚊帳） 秋 三四五
くがつきょうげん
（九月狂言） 秋 三五九
くがつさる（九月去る） 秋 三一六
くがつしばい（九月芝居） 秋 三五九
くがつじん（九月尽） 秋 三一六
くがつつく（九月尽く） 秋 三一六
くがつばしょ（九月場所） 秋 三五八
くぎうち（釘打） 冬 五一〇
くきおす（茎圧す） 冬 四八七
くきたちな（茎立菜） 春 一一三
くきづけ（茎漬） 冬 四八七
くぐい（鵠） 冬 五三八
くくだち（茎立） 春 一一三
くぐつ 新 五八八
くぐつし（くぐつ師） 新 五八八
くくりくわ（くくり桑） 秋 三五四
くこ（枸杞） 春 一〇〇
くこさく（枸杞咲く） 秋 四〇九
くこし（枸杞子） 秋 四〇八
くこちゃ（枸杞茶） 春 三九
くこつむ（枸杞摘む） 春 一〇〇

くこのはな（枸杞の花） 秋 四〇九
くこのみ（枸杞の実） 秋 四〇八
くこのめ（枸杞の芽） 春 一〇〇
くこめ（枸杞芽） 春 一〇〇
くこめし（枸杞飯） 春 三九
くこめつむ（枸杞芽摘む） 春 一〇〇
くさあおむ（草青む） 春 一一六
くさいきれ（草いきれ） 夏 二九一
くさいずみ（草泉） 夏 一五三
くさいち（草市） 秋 三三五
くさいちご（草苺） 夏 二八一
くさうず（草烏頭） 秋 四三五
くさえんじゅ（草ゑんじゆ） 秋 四三五
くさおぼろ（草朧） 春 一六
くさかぐわし（草かぐはし） 春 一一六
くさかげろう（草蜉蝣） 夏 二四九
くさかり（草刈） 夏 一八七
くさかりうま（草刈馬） 秋 三三四
くさかる（草枯る） 冬 五五七
くさききばむ（草木黄ばむ） 秋 四〇一
くさぎのはな（臭木の花） 秋 四〇八
くさぎのみ（臭木の実） 秋 四〇八
くさきょうちくとう（草夾竹桃） 夏 二七七
くさごえ（草肥） 夏 一八六
くさこまかえる（草駒返る） 春 一一六
くささんご（草珊瑚） 冬 五四八
くさしげる（草茂る） 夏 二九一
くさしみず（草清水） 夏 一五三
くさしもつけ 夏 三〇〇
くさじらみ（草じらみ） 秋 四三一
くさずもう（草相撲） 秋 三五八
くさたおき（草田男忌） 夏 三三四
くさつむ（草摘む） 春 五三
くさどまり（草泊） 秋 三五四
くさとり（草取） 夏 一八七
くさにしき（草の錦） 秋 四三五
くさねむ（草合歓） 夏 二九六
くさのいき（草の息） 夏 二九一
くさのいち（草の市） 秋 三三五
くさのいろ（草の色） 秋 四三五
くさのおう（草の王） 夏 二九九
くさのか（草の香） 秋 四三五
くさのこう（草の香） 秋 四三五
くさのたね（草の種） 秋 四三五
くさのつゆ（草の露） 秋 三三六
くさのにしき（草の錦） 秋 三三七
くさのはな（草の花） 秋 四三五
くさのほ（草の穂） 秋 四三五
くさのみ（草の実） 秋 四三五
くさのみとぶ（草の実飛ぶ） 秋 四三五
くさのみはぜる（草の実はぜる） 秋 四三五
くさのめ（草の芽） 春 一一六
くさのもち（草の餅） 春 三八
くさのわた（草の絮） 秋 四三五
くさばな（草花） 秋 四三五
くさひばり（草雲雀） 秋 三九二
くさびら 秋 四三七
くさぶえ（草笛） 夏 二〇三
くさぼけ（草木瓜） 春 一〇三
くさぼけのみ（草木瓜の実） 秋 四〇九
くさほす（草干す） 夏 一八八
くさぼたん（草牡丹） 秋 四二九
くさむしり（草むしり） 夏 一八七
くさめ（草芽） 春 一一六
くさめ（嚔） 冬 五一三
くさもえ（草萌） 春 一一六
くさもち（草餅） 春 三八
くさもみじ（草紅葉） 秋 四三五
くさや（草矢） 夏 二〇三
くさやく（草焼く） 春 四三
くさやま（草山） 秋 三五四
くされじお（腐れ潮） 夏 一五一
くさわかし（草若し） 春 一一七
くさわかば（草若葉） 春 一一八
くしおき（櫛置） 冬 四六五
くしがき（串柿） 秋 三四三
くしがきかざる（串柿飾る） 新 五七五
くじつ（狗日） 新 五六三
くじゃくそう（孔雀草） 夏 二七四
くしゃみ 冬 五一三
くじら（鯨） 冬 五三四
くじらしおふく（鯨潮吹く） 冬 五三四

くじらじる（鯨汁） 冬 四八五
くじらつく（鯨突く） 冬 五〇四
くじらとり（鯨捕り） 冬 五〇四
くじらなべ（鯨鍋） 冬 四八五
くじらばん（鯨番） 冬 五〇四
くず（葛） 秋 四一八
くずあらし（葛嵐） 秋 三一四
くずうた（国栖歌） 新 五六九
くずかずら（葛かづら） 秋 四一八
くずきぬた（葛砧） 秋 三五〇
くずきり（葛切） 夏 一七〇
くずさく（葛咲く） 秋 四一八
くずざくら（葛ざくら） 夏 一七〇
くずさらし（葛晒し） 冬 五〇二
くすさん（樟蚕） 夏 二四四
くずそう（国栖奏） 新 五六九
くすだま（薬玉） 夏 一五七
くずねほる（葛根掘る） 秋 三五三
くずねり（葛練） 夏 一七〇
くずのあめ（葛の雨） 秋 四一八
くずのおきな（国栖翁） 新 五六九
くずのかぜ（葛の風） 秋 四一八
くすのきあおば（楠青葉） 夏 二六二
くずのたに（葛の谷） 秋 四一八
くずのは（葛の葉） 秋 四一八
くずのはな（葛の花） 秋 四一八
くすのみ（楠の実） 秋 四〇七
くずびと（国栖人） 新 五六九
くずふ（葛布） 夏 一六一
くずぶえ（国栖笛） 新 五六九
くずほる（葛掘る） 秋 三五三
くずまい（国栖舞） 新 五六九
くずまんじゅう（葛饅頭） 夏 一七〇
くずみず（葛水） 夏 一七三
くずもち（葛餅） 夏 一六九
くずゆ（葛湯） 冬 四八一
くすりがり（薬狩） 夏 一五六
くすりぐい（薬喰） 冬 四八六
くすりご（薬子） 新 五七〇
くすりのひ（薬の日） 夏 一五六
くすりふる（薬降る） 夏 一四四
くすりほる（薬掘る） 秋 三五三
くずれやな（崩れ簗） 秋 三五六
くすわかば（樟若葉） 夏 二六三
くずわかば（葛若葉） 春 一一八
ぐそくもち（具足餅） 新 五七三
くだながし（管流し） 春 五三
くだまき 秋 三九二
くだらの（朽野） 冬 四六〇
くだり 夏 一四〇
くだりあゆ（下り鮎） 秋 三八五
くだりうなぎ（下り鰻） 秋 三八六
くだりづき（降り月） 秋 三一九
くだりやな（下り簗） 秋 三五六
くちあけまつり（口明祭） 春 五一
くちきり（口切） 冬 四九八
くちなしのはな（梔子の花） 夏 二五五
くちなしのみ（梔子の実） 秋 三九七
くちなわ 夏 三三六
くちなわいちご（くちなは苺） 夏 三〇二
くちば（朽葉） 冬 五二一
くちめ（口女） 秋 三八七
くっさめ 冬 五一三
グッド・フライデー 春 六六
グッピー 夏 二一七
くつわむし（轡虫） 秋 三九二
くにおき（国男忌） 秋 三七一
くにちこそで（九日小袖） 秋 三三八
くにのはる（国の春） 新 五六二
くぬぎかる（櫟枯る） 冬 五五一
くぬぎのはな（櫟の花） 夏 二六七
くぬぎのみ（櫟の実） 秋 四〇五
くぬぎもみじ（櫟紅葉） 秋 四〇三
くねんぼ（九年母） 秋 四〇〇
くねんぼのはな（九年母の花） 夏 二五八
くのえこう（薫衣香） 夏 一八一
くばりもち（配り餅） 冬 四六九
ぐびじんそう（虞美人草） 夏 二七三
くびまき（首巻） 冬 四七八
くぶつき（句仏忌） 春 六〇七
くま（熊） 冬 五二三
くまあないづ（熊穴出づ） 春 七四

くまあなにいる (熊穴に入る) 冬 五二三
くまあなをでる (熊穴を出る) 春 七四
くまうち (熊撃ち) 冬 五〇三
くまおくり (熊送) 冬 四六八
くまがいそう (熊谷草) 春 一三三
くまかう (熊飼ふ) 冬 五二三
くまがり (熊狩) 冬 五〇三
くまぜみ (熊蟬) 夏 二四七
くまつき (熊突) 冬 五〇三
くまで (熊手) 冬 五一八
くまでいち (熊手市) 冬 五一八
くまでおう (熊手負ふ) 冬 五一八
くまでかう (熊手買ふ) 冬 五一八
くまでかざる (熊手飾る) 冬 五一八
くまのくりだな (熊の栗棚) 秋 三七九
くまのたな (熊の架) 秋 三七九
くまばち (熊蜂) 春 九〇
くままつり (熊祭) 冬 四六八
くまをつく (熊を突く) 冬 五〇三
ぐみ (茱萸) 秋 四一〇
くみあゆ (汲鮎) 春 五一
くみじゅう (組重) 新 五七三
ぐみのみ (茱萸の実) 秋 四一〇
くみほうらい (組蓬萊) 新 五七三
くめき (久米忌) 春 六九
くも (蜘蛛) 夏 二五一
くもこおる (雲凍る) 冬 四五一
くもすずし (雲涼し) 夏 一三七
くもにいるとり (雲に入る鳥) 春 七九
くもにとり (雲に鳥) 春 七九
くものあみ (蜘蛛の網) 夏 二五一
くものい (蜘蛛の囲) 夏 二五一
くものいと (蜘蛛の糸) 夏 二五一
くものこ (蜘蛛の子) 夏 二五一
くものす (蜘蛛の巣) 夏 二五一
くものたいこ (蜘蛛の太鼓) 夏 二五一
くものにじ (雲の虹) 夏 一四五
くものみね (雲の峰) 夏 一三九
くもるめいげつ (曇る名月) 秋 三三〇
くもわた (雲腸) 冬 四八九
くらいり (倉入り) 冬 四六五
くらげ (海月) 夏 二四二
グラジオラス 夏 二七二
くらしし 冬 五三三
くらびらき (蔵開) 新 五八三
くらべうま (競馬) 夏 二〇八
くらまこばん (鞍馬小判) 新 六〇八
くらまのたけきり (鞍馬の竹伐) 夏 二一五
くらまのはなくよう (鞍馬の花供養) 春 六三
くらまのひまつり (鞍馬の火祭) 秋 三六四
くらままつり (鞍馬祭) 秋 三六四
くらら (苦参) 秋 四三五
くららひく (苦参引く) 秋 三五三
くり (栗) 秋 三九九
くりうつ (栗打つ) 秋 三九九
くりえむ (栗笑む) 秋 三九九
くりおこわ (栗強飯) 秋 三四一
くりおつ (栗落つ) 秋 三九九
くりかぼちゃ (栗南瓜) 秋 四一六
クリスマス 冬 五二四
クリスマス・イブ 冬 五二四
クリスマスおおうりだし (クリスマス大売出し) 冬 四六八
くりたけ (栗茸) 秋 四二八
くりのしぎむし (栗のしぎ虫) 秋 三九五
くりのはな (栗の花) 夏 二五九
くりのみ (栗の実) 秋 三九九
くりはまくろふねまつり (久里浜黒船祭) 夏 一五七
くりばやし (栗林) 秋 三九九
くりひろう (栗拾ふ) 秋 三九九
くりむし (栗虫) 秋 三九五
くりめいげつ (栗名月) 秋 三三一
くりめし (栗飯) 秋 三四一
くりやく (栗焼く) 秋 三九九
くりやま (栗山) 秋 三九九
くりをむく (栗を剝く) 秋 三九九

くりんそう（九輪草）　夏　二九四
くるあき（来る秋）　秋　三一〇
くるいぎく（狂ひ菊）　秋　四一五
くるいざき（狂ひ咲）　冬　五四六
くるいばな（狂ひ花）　冬　五四六
くるかり（来る雁）　秋　三八五
くるとし（来る年）　新　五六二
くるまくむ（車組む）　春　四二
くるましまう（車蔵ふ）　冬　五〇六
くるまだす（車出す）　春　四二
くるまとく（車解く）　冬　五〇六
くるまゆり（車百合）　夏　二七七
くるみ（胡桃）　秋　三九九
くるみのはな（胡桃の花）　夏　二六五
くるみのみ（胡桃の実）　秋　三九九
くるるあき（暮るる秋）　秋　三一六
くれ（暮）　冬　四四四
くれいち（暮市）　冬　四六七
クレープシャツ　夏　一六二
グレープジュース　夏　一七三
くれおそし（暮遅し）　春　一三
くれかぬる（暮れかぬる）　春　一三
クレソン　春　一一六
くれのあき（暮の秋）　秋　三一六
くれのいち（暮の市）　冬　四六七
くれのおものみ
（くれのおもの実）　秋　四一五
くれのなつ（暮の夏）　夏　一二七
くれのはる（暮の春）　春　一四
くれのふゆ（暮の冬）　冬　四四九
くれはやし（暮早し）　冬　四四七
くれやすし（暮易し）　冬　四四七
くれゆくとし（暮れゆく年）　冬　四四五
くろあげは（黒揚羽）　夏　二四三
くろあり（黒蟻）　夏　二五〇
くろうさぎ（黒兎）　冬　五三四
くろうそ（黒鷽）　春　七七
クローバー　春　一一九
くろかび（黒黴）　夏　三〇七
くろがも（黒鴨）　夏　二三〇
くろがん（黒雁）　秋　三八五
くろぎた（黒北風）　春　一七
くろぎつね（黒狐）　冬　五三三
くろくま（黒熊）　冬　五三三
くろぐわい（烏芋）　春　一一五
くろずみ（黒炭）　冬　四九五
くろだい（黒鯛）　夏　二三八
くろたび（黒足袋）　冬　四七八
クロッカス　春　一〇九
くろつぐみ（黒鶫）　夏　二三三
くろぬり（畦塗り）　春　四四
くろのり（黒海苔）　春　一二九
くろはえ（黒南風）　夏　一四一
くろぶどう（黒葡萄）　秋　三九九
くろふねまつり（黒船祭）　夏　一五七
くろほ（黒穂）　夏　二九〇
くろほおずき（黒鬼灯）　秋　四三一
くろぼたん（黒牡丹）　夏　二五四
くろほびょう（黒穂病）　夏　二九〇
くろまぐろ（黒鮪）　冬　五三九
くろめ（黒菜）　春　一二八
くろめ（黒布）　夏　三〇八
くろもじのはな
（黒文字の花）　春　一〇三
くろゆり（黒百合）　夏　三〇四
くわ（桑）　春　一〇一
くわい（慈姑）　春　一一五
くわいちご（桑苺）　夏　二六九
くわいほる（慈姑掘る）　春　四九
くわうう（桑植う）　春　四八
くわうり（桑売り）　春　五〇
くわおさめ（鍬収め）　冬　四六五
くわかご（桑籠）　春　五〇
くわがたむし（鍬形虫）　夏　二四五
くわかる（桑枯る）　冬　五三二
くわきる（桑剪る）　春　五〇
くわぐるま（桑車）　秋　三五四
くわくくる（桑括る）　春　五〇
くわこ（桑子）　春　九一
くわぞめ（鍬初）　新　五九六
くわつみ（桑摘）　春　五〇
くわつみうた（桑摘唄）　春　五〇
くわつみめ（桑摘女）　春　五〇
くわとく（桑解く）　春　五〇

くわなまつり（桑名祭）	夏	二一四
くわのは（桑の葉）	春	一〇一
くわのはな（桑の花）	春	一〇四
くわのみ（桑の実）	夏	二六九
くわのみち（桑の道）	春	一〇一
くわのめ（桑の芽）	春	一〇一
くわはじめ（鍬始）	新	五九六
くわばたけ（桑畑）	春	一〇一
くわほどく（桑ほどく）	春	五〇
くわむすぶ（桑結ぶ）	秋	三五四
くんえこう（薫衣香）	夏	一八一
くんしらん（君子蘭）	春	一一〇
くんち	秋	三三七
くんぷう（薫風）	夏	一四二

け

げ（夏）	夏	二一四
げあき（夏明き）	秋	三六五
げあんご（夏安居）	夏	二一四
けいこはじめ（稽古始）	新	六〇一
けいじつ（鶏日）	新	五六三
げいじゅつさい（芸術祭）	秋	三三二
げいしゅんか（迎春花）	春	九四
けいたん（鶏旦）	新	五六三
けいちつ（啓蟄）	春	一〇
けいちゅうき（契沖忌）	冬	五三二
けいと（競渡）	夏	一五八
けいと	秋	四一三
けいと（毛糸）	冬	四七九
けいとあむ（毛糸編む）	冬	四七九
けいとう（鶏頭）	秋	四一三
けいとうか（鶏頭花）	秋	四一三
けいとうかる（鶏頭枯る）	冬	五五六
けいとうさく（鶏頭咲く）	秋	四一三
けいとうのはな（鶏頭の花）	秋	四一三
けいとうまく（鶏頭蒔く）	春	四六
けいとせん（競渡船）	夏	一五八
けいとだま（毛糸玉）	冬	四七九
けいば（競馬）	夏	二〇八
けいも（黄独）	秋	四一八
けいらん（桂蘭）	夏	二九三
けいろうき（桂郎忌）	冬	五五六
けいろうのひ（敬老の日）	秋	三三一
けいろうび（敬老日）	秋	三三一
げがき（夏書）	夏	二一四
けかび（毛黴）	夏	三〇七
けがわ（毛皮）	冬	四七六
げきょう（夏経）	夏	二一四
げぎょう（夏行）	夏	二一四
げきらい（激雷）	夏	一四五
げげ（解夏）	秋	三六五
げげそう（解夏草）	秋	四三七
げげた（げげ田）	春	一四
けご（毛蚕）	春	九一
げごもり（夏籠）	夏	二一四
けごろも（毛衣）	冬	四七六
けさのあき（今朝の秋）	秋	三一〇
けさのしも（今朝の霜）	冬	四五五
けさのなつ（今朝の夏）	夏	一三三
けさのはる（今朝の春）	新	五六二
けさのふゆ（今朝の冬）	冬	四四二
げし（夏至）	夏	一三四
げじ	夏	二五二
げじげじ（蚰蜒）	夏	二五二
けしずみ（消炭）	冬	四九五
げしのあめ（夏至の雨）	夏	一三四
けしのはな（罌粟の花）	夏	二七三
げしのひ（夏至の日）	夏	一三四
けしのみ（罌粟の実）	夏	二七四
げしのよる（夏至の夜）	夏	一三四
けしぼうず（罌粟坊主）	夏	二七四
けしまく（罌粟蒔く）	秋	三五二
けシャツ（毛シャツ）	冬	四七三
けしょうぶみ（化粧文）	新	五八九
けずりかけ（削掛）	新	五八四
けずりかけさす（削掛挿す）	新	五八四
けずりかけのおこない（削掛の行）	新	六〇四
けずりかけのしんじ（削掛の神事）	新	六〇四
けずりかけび（削掛火）	新	六〇四
けずりばな（削花）	新	五八四
けそうぶみ（懸想文）	新	五八九
けそうぶみうり（懸想文売）	新	五八九

げだち（夏断）　夏　二二四
げっか（月下）　秋　三一八
げっかびじん（月下美人）　夏　二七六
げっこう（月光）　秋　三一八
げっとき（月斗忌）　春　七一
けっぴょう（結氷）　冬　四六二
けっぴょうこ（結氷湖）　冬　四六二
けづりひ（削り氷）　夏　一七三
げつれいじ（月鈴児）　秋　三九一
げのはて（夏の果）　秋　三六五
げばな（夏花）　夏　二一四
けぼうし（毛帽子）　冬　四七七
けまりかい（蹴鞠会）　秋　三三四
けまりはじめ（蹴鞠始）　新　五七一
けまんそう（華鬘草）　春　一〇七
けまんぼたん（華鬘牡丹）　春　一〇七
けみ（毛見）　秋　三三一
けむし（毛虫）　夏　二一四
けむりたけ（煙茸）　秋　四三七
けものさかる（獣さかる）　春　七三
けものつるむ（獣交む）　春　七三
けもも（毛桃）　秋　三九八
けやきあおば（欅青葉）　夏　二六二
けやきおちば（欅落葉）　冬　五五〇
けやきかる（欅枯る）　冬　五五一
けら（螻蛄）　夏　二五一
けらつつき　秋　三八四
けらなく（螻蛄鳴く）　秋　三九四

けり（鳧）　夏　二三〇
けりのこ（鳧の子）　夏　二三〇
ケルン　夏　一九七
ゲレンデ　冬　五二一
けんがいぎく（懸崖菊）　秋　四二五
けんかまつり（喧嘩祭）　秋　三六四
げんかん（厳寒）　冬　四四八
けんきちき（健吉忌）　夏　二一九
けんぎゅう（牽牛）　秋　三三三
けんぎゅうか（牽牛花）　秋　四一三
げんげ（紫雲英）　春　一一八
げんげだ（げんげ田）　春　二四
げんげつ（弦月）　秋　三一九
げんげつむ（げんげ摘む）　春　一一八
げんげまく（紫雲英蒔く）　秋　三五二
げんげん　春　一一八
げんげんのた
（げんげんの田）　春　二四
けんこうき（兼好忌）　春　六八
けんこくきねんび
（建国記念日）　春　二七
げんごろう（源五郎）　夏　二四六
げんごろうぶな（源五郎鮒）　夏　二三六
げんさんみき（源三位忌）　夏　二三一
げんし（元巳）　春　二九
けんじき（健次忌）　秋　三七二
けんじき（賢治忌）　秋　三七六
げんじむし（源氏虫）　夏　二四五

げんしょう（元宵）　新　五六六
げんしんき（源信忌）　夏　二三三
げんせいき（元政忌）　春　六八
げんせき（元夕）　新　五六六
げんちょ（玄猪）　冬　四六四
けんちんじる（巻繊汁）　冬　四八四
げんてい（玄帝）　冬　四四二
げんとう（玄冬）　冬　四四二
げんとう（厳冬）　冬　四四八
げんのしょうこ　夏　二九六
けんぽうきねんび
（憲法記念日）　春　一一八
けんぼなし（枳椇）　秋　四〇七
けんぽなし（玄圃梨）　秋　四〇七
げんよしき（源義忌）　秋　三七八

こ

こ（蚕）　春　九一
こあゆ（小鮎）　春　八五
こあゆくみ（小鮎汲）　春　五一
ごいさぎ（五位鷺）　夏　二三一
こいすずめ（恋雀）　春　七九
こいちじく（小無花果）　夏　二六九
ごいっしんぐさ（御一新草）　秋　四二八
こいねこ（恋猫）　春　七四
こいのぼり（鯉幟）　夏　一五五
こいも（子芋）　秋　四一八
こいわし（小鰯）　秋　三八八

こいわしひく（小鰯引く） 秋 三五七
こういか（甲烏賊） 春 八六
こういき（耕衣忌） 秋 三七三
こううんき（耕耘機） 春 四三
こうえつき（光悦忌） 春 六七
こうえん（香円） 秋 四〇一
こうおうそう（紅黄草） 夏 二七四
こうがいうち（笄打） 冬 五一〇
ごうかく（合格） 春 三三
こうぎはじめ（講義始） 新 五八二
こうぎゅう（耕牛） 春 四三
こうぎょ（香魚） 夏 二三六
こうぎょく（紅玉） 秋 三九八
こうけのき（高家の忌） 冬 五二八
こうげんさい（公現祭） 冬 五二四
こうごうたんじょうび
（皇后誕生日） 秋 三三三
こうさ（黄沙） 春 一八
こうさいし（黄菜子） 夏 三〇〇
こうじ（柑子） 秋 四〇〇
こうじかざる（柑子飾る） 新 五七四
こうしさい（孔子祭） 春 六四
こうじのはな（柑子の花） 夏 二五七
こうしばのはな
（かうしばの花） 春 一〇五
こうじみかん（柑子蜜柑） 秋 四〇〇
こうじゃくふう（黄雀風） 夏 一四一
こうしゅう（高秋） 秋 三一〇

こうじゅさん（香薷散） 夏 一八二
こうしょっき（紅蜀葵） 夏 二七三
こうしょはじめ（講書始） 新 五七一
こうじん（黄塵） 春 一八
こうじん（耕人） 春 四三
こうじんばらい（荒神祓） 冬 五二〇
こうしんまち（庚申待） 新 六〇七
こうすい（香水） 夏 一八一
こうずい（洪水） 夏 一四九
ごうせつ（豪雪） 冬 四五六
こうせつらん（香雪蘭） 春 一〇八
こうぞあらう（楮洗ふ） 冬 五〇七
こうそう（梗草） 秋 四三一
こうぞうつ（楮打つ） 冬 五〇七
こうぞえる（楮選る） 冬 五〇七
こうぞかる（楮刈る） 冬 五〇七
こうぞさらす（楮晒す） 冬 五〇七
こうぞのかわむく
（楮の皮剝く） 冬 五〇七
こうぞのはな（楮の花） 春 一〇五
こうぞふむ（楮踏む） 冬 五〇七
こうぞほす（楮干す） 冬 五〇七
こうぞむす（楮蒸す） 冬 五〇七
こうぞもむ（楮もむ） 冬 五〇七
こうたろうき（光太郎忌） 春 七二
こうたんえ（降誕会） 春 六三
こうたんさい（降誕祭） 冬 五二四
こうちょう（候鳥） 秋 三八一

こうとう（香橙） 秋 四〇〇
こうとうき（紅燈忌） 冬 五二七
ごうな 春 八八
こうなご 春 八三
こうば（耕馬） 春 四三
こうばい（紅梅） 春 九二
こうばいぐさ（紅梅草） 秋 四一四
こうばくがに（こうばく蟹） 冬 五四三
こうふくじもんじゅえ
（興福寺文殊会） 春 六五
こうふくじゆいまえ
（興福寺維摩会） 冬 五三一
こうぶんぼく（好文木） 春 九二
こうぼうき（弘法忌） 春 六二
こうほね（河骨） 夏 二九四
こうま（仔馬） 春 七四
こうまとぶ（仔馬跳ぶ） 春 七四
こうめ（小梅） 夏 二五九
こうめのはな（こうめの花） 春 九六
こうもり（蝙蝠） 夏 二三五
こうやどうふ（高野豆腐） 冬 四八六
こうよう（紅葉） 秋 四〇一
こうよう（黄葉） 秋 四〇一
こうようき（紅葉忌） 秋 三七八
こうらいがらす（高麗鴉） 秋 三八四
こうらいぎく（高麗菊） 春 一一四
こうらく（黄落） 秋 四〇二
こうらくき（黄落期） 秋 四〇二

こうらざけ（甲羅酒） 冬 四八一
こうらに（甲羅煮） 冬 四八九
こうらむし（甲羅蒸） 冬 四八九
こうりゃん（高粱） 秋 四三三
こうりんき（光琳忌） 夏 三三一
こうれいさい（皇霊祭） 春 二七
こうろくき（紅緑忌） 夏 三三一
こえしょい（肥背負） 新 五九六
こえひきぞめ（肥曳き初） 新 五九六
ごえんのう（後宴の能） 冬 五一九
コート 冬 四七三
コーヒーゼリー 夏 一七〇
こおり（氷） 冬 四六三
こおりあずき（氷小豆） 夏 一七三
こおりいちご（氷苺） 夏 一七三
こおりうく（氷浮く） 春 二六
こおりがし（氷菓子） 夏 一七三
こおりきる（氷切る） 冬 五〇五
こおりこんにゃく（氷蒟蒻） 冬 四九一
こおりしらたま（氷白玉） 夏 一七〇
こおりすいか（氷西瓜） 夏 一七一
こおりすべり（氷滑り） 冬 五二一
こおりどうふ（氷豆腐） 冬 四八六
こおりどけ（氷解） 春 二六
こおりとず（氷閉づ） 冬 四六三
こおりとる（氷採る） 冬 五〇五
こおりのこえ（氷の声） 冬 四六三
こおりのはな（氷の花） 冬 四六三
こおりばし（氷橋） 冬 四六三
こおりひく（氷挽く） 冬 五〇五
こおりみず（氷水） 夏 一七三
こおりもち（凍餅） 冬 四四〇
こおりもちつくる（氷餅造る） 冬 四四〇
こおりレモン（氷レモン） 夏 一七三
こおる（凍る） 冬 四四八
コールコーヒー 夏 一七一
ゴールデン・ウィーク 春 三三
コールドコーヒー 夏 一七一
こおろぎ（蟋蟀） 秋 三九一
こがい（蚕飼） 春 五〇
ごかいはじめ（御会始） 新 五七一
こかご（蚕籠） 春 五〇
ごがつ（五月） 夏 一三三
ごがついつか（五月五日） 夏 一五三
ごがつくる（五月来る） 夏 一三三
ごがつさい（五月祭） 春 三三
ごがつじん（五月尽） 夏 一三三
ごがつせっく（五月節句） 夏 一五四
ごがつにんぎょう（五月人形） 夏 一五五
ごがつばしょ（五月場所） 夏 二〇〇
こがねぐさ（こがね草） 夏 二九六
こがねぐも（黄金蜘蛛） 夏 二五一
こがねばな（黄金花） 夏 二九八
こがねむし（黄亀子） 夏 二四五
こがはらひわ（小河原鶸） 春 二七
こかまきり（小かまきり） 秋 三九三
こがめ（子亀） 夏 二二五
こがも（小鴨） 冬 五二七
こがら（小雀） 夏 二三五
こがらし（凩） 冬 四五二
こがらす（子烏） 夏 二二九
こぎいた（故鬼板） 新 五九九
こぎく（小菊） 秋 四一五
こぎぞめ（漕初） 新 五八〇
こきのこ（胡鬼の子） 秋 四〇七
こぎのこ（胡鬼の子） 新 五九九
ごきぶり 夏 二四九
こきゅう（狐裘） 冬 四七六
ごぎょう（御行） 新 六〇一
ごぎょうそう（五行草） 夏 二九五
ごぎょうよもぎ（御行蓬） 春 一三三
こきりぼし（蚕切干） 冬 五〇〇
こくう（穀雨） 春 一四
ごくげつ（極月） 冬 四四四
こくしょ（酷暑） 夏 一三六
ごくしょ（極暑） 夏 一三六
こくぞう（穀象） 夏 二四五
こくぞうむし（穀象虫） 夏 二四五
こくたい（国体） 秋 三三三
こくちさい（告知祭） 春 六五
こくちょう（黒鳥） 冬 五三八
こくてい（黒帝） 冬 四四二

こくてんし（告天子） 春 七七
こくみんたいいくたいかい（国民体育大会） 秋 三三三
こぐも（子蜘蛛） 夏 二五一
こけあおし（苔青し） 夏 三〇六
こけしげる（苔茂る） 夏 三〇六
こけしたたり（苔滴り） 夏 一五三
こけしみず（苔清水） 夏 一五三
こけのはな（苔の花） 夏 三〇六
こけもも（苔桃） 秋 四三三
こけもものはな（苔桃の花） 夏 三〇五
こけもものみ（苔桃の実） 秋 四三三
こげら（小げら） 秋 三八四
こけりんどう（苔竜胆） 春 一三五
ごこうすい（五香水） 春 六三
こごえじに（凍え死） 冬 五一四
ここのかこそで（九日小袖） 秋 三一八
ここのかせっく（九日節句） 秋 三三一
こごめざくら（小米桜） 春 九七
こごめばな（小米花） 春 九七
こごめゆき（小米雪） 冬 四五六
こごゆる（凍ゆる） 冬 四四八
こごりぶな（凝鮒） 冬 四八七
こころてん（こころてん） 夏 一七一
こころぶと（こころぶと） 夏 一七一
こざ（蚕座） 春 五〇
ごさい 夏 一四一
ございかぜ（御祭風） 夏 一四一

ござかり（蚕ざかり） 春 九一
こさくおさめ（小作納） 冬 四六六
こさふる（胡沙降る） 春 一八
ござぼうし（莫蓙帽子） 冬 四七七
こさん（古参） 春 二九
こじか（子鹿） 夏 二三五
ごじか（午時花） 夏 二七九
ごしきのいと（五色の糸） 秋 三三四
ごしきのみず（五色の水） 春 六三
こしきぶ（小式部） 秋 四〇八
こしたやみ（木下闇） 夏 二六三
こしびょうぶ（腰屏風） 冬 四九四
こしぶとん（腰蒲団） 冬 四七五
ごしゃめんばな（ご赦免花） 夏 二六九
こしゅ（古酒） 秋 三四〇
ごじゅうから（五十雀） 夏 二三四
こじゅけい（小綬鶏） 春 七七
ごじゅんせつ（五旬節） 春 六六
こしょうがつ（小正月） 新 五六五
ごしょうき（御正忌） 冬 五三三
ごしょざくら（御所桜） 春 九三
ごしょびな（御所雛） 春 三〇
ごすい（午睡） 夏 二〇五
こずえのにしき（梢の錦） 秋 四〇一
こすずめ（子雀） 春 八〇
コスモス 秋 四一四
ごせんぐう（御遷宮） 秋 三六三
ごせんごくき（五千石忌） 秋 三七四

こぞ（去年） 新 五六三
こぞことし（去年今年） 新 五六三
こそで（小袖） 冬 四七四
こぞのゆき（去年の雪） 春 二五
こそめづき（木染月） 秋 三一一
こたか（小鷹） 冬 五三五
こたかがり（小鷹狩） 秋 三五五
こたかの（小鷹野） 秋 三五五
こたつ（炬燵） 冬 四九六
こたつこいし（炬燵恋し） 秋 三四六
こたつしまう（炬燵しまふ） 春 四一
こたつねこ（炬燵猫） 冬 五三四
こたつのなごり（炬燵の名残） 春 四一
こたつび（炬燵火） 冬 四九六
こたつふさぐ（炬燵塞ぐ） 春 四一
こたつぶとん（炬燵布団） 冬 四九六
こたつやぐら（炬燵櫓） 冬 四九六
こだな（蚕棚） 春 五〇
こだぬき（子狸） 冬 五三三
こち（東風） 春 一六
こち（鯒） 夏 二四〇
こちゃ（古茶） 夏 一七五
こちょう（胡蝶） 春 八九
こちょうか（胡蝶花） 春 一〇六
こちょうよう（小重陽） 秋 三三八
こちょうらん（胡蝶蘭） 夏 二九三
こづかれ（蚕疲れ） 春 五〇

こっかん（酷寒） 冬 四四八
ごっかん（極寒） 冬 四四八
こっこう（国光） 秋 三九八
こつごもり（小晦日） 冬 四四五
こつばめ（子燕） 夏 三一八
こでまりのはな（こでまりの花） 春 九七
ごどう（梧桐） 夏 二七〇
ことおさめ（事納） 冬 四六六
ことし（今年） 新 五六二
ことしぎぬ（今年絹） 秋 三五一
ことしこし（小年越） 新 五八三
ことしざけ（今年酒） 秋 三四〇
ことししぶ（今年渋） 秋 三五〇
ことしだけ（今年竹） 夏 二七〇
ことしたばこ（今年煙草） 秋 三五一
ことしまい（今年米） 秋 三四一
ことしむぎ（今年麦） 夏 一八五
ことしわた（今年綿） 秋 三五一
ことしわら（今年藁） 秋 三五〇
ことなしぐさ（事無草） 夏 三〇二
ことのばら（小殿原） 新 五九一
ことはじめ（事始） 春 二九
ことはじめ（事始） 冬 四六六
ことはじめ（琴始） 新 六〇一
ことび（事日） 春 二九
ことひきどり（琴弾鳥） 春 七七
ことひらまつり（金刀比羅祭） 秋 三六三
ことまつり（事祭） 春 二九
こどものひ（こどもの日） 夏 一五三
ことようか（事八日） 春 二八
ことり（小鳥） 秋 三八一
ことりあみ（小鳥網） 秋 三五五
ことりかえる（小鳥帰る） 春 七九
ことりがり（小鳥狩） 秋 三五五
ことりくる（小鳥来る） 秋 三八一
ことりのこい（小鳥の恋） 春 七九
ことりのす（小鳥の巣） 春 八〇
ことりひく（小鳥引く） 春 七九
ことりわたる（小鳥渡る） 秋 三八一
こなぎ（小水葱） 春 一三六
こなぎのはな（小水葱の花） 秋 四三三
こなし 秋 四一〇
こなしのはな（小梨の花） 春 一〇一
こなしのはな（小梨の花） 夏 二六六
こなすび 秋 四三一
こなずみ（粉炭） 冬 四九五
こなちゃたて（粉茶立） 秋 三九四
こなゆき（粉雪） 冬 四五六
ごなんのもち（御難の餅） 秋 三六八
ごにちのきく（後日の菊） 秋 三三八
ごにちののう（後日の能） 冬 五一九
こにわ（小庭） 秋 三四九
ごにんばやし（五人囃し） 春 三〇
こねこ（子猫） 春 七五
こねりがき（こねり柿） 秋 三九八
このあがり（蚕のあがり） 夏 一九二
このしたやみ（木下闇） 夏 二〇三
このじょうぞく（蚕の上族） 夏 一九二
このしろ（鰶） 秋 三八八
このにおい（蚕の匂ひ） 春 九一
このねむり（蚕の眠り） 春 九一
このは（木の葉） 冬 五五〇
このはあめ（木の葉雨） 冬 五五〇
このはかつちる（木の葉且つ散る） 秋 四〇二
このはがみ（木の葉髪） 冬 五一五
このはしぐれ（木の葉時雨） 冬 五五〇
このはずく（木葉木菟） 夏 二二八
このはまう（木の葉舞ふ） 冬 五五〇
このはやまめ（木葉山女） 秋 三八六
このみ（木の実） 秋 四〇五
このみあめ（木の実雨） 秋 四〇五
このみうう（木の実植う） 春 四七
このみしぐれ（木の実時雨） 秋 四〇五
このめ（木の芽） 春 九九
このめあめ（木の芽雨） 春 九九
このめかぜ（木の芽風） 春 九九
このめどき（木の芽時） 春 一三
このめはる（木の芽張る） 春 九九
このめばれ（木の芽晴） 春 九九
このめやま（木の芽山） 春 九九

このわた（海鼠腸）	冬	四八九
こばいけいそう（小梅蕙草）	夏	三〇五
ごばいし	秋	四〇四
こはぎ（小萩）	秋	四二六
こはだ（小鰭）	秋	三八八
こはまぎく（小浜菊）	秋	四二九
こはる（小春）	冬	四四三
こはるび（小春日）	冬	四四三
こはるびより（小春日和）	冬	四四三
こばんうり（小判売）	新	六〇六
こばんそう（小判草）	夏	二八〇
こひがさ（古日傘）	夏	一六四
こひがん（小彼岸）	春	九三
こぶし（辛夷）	春	九五
こぶしいも	秋	四一八
こぶしちる（辛夷散る）	春	九五
こぶしのはな（辛夷の花）	春	九五
こぶしはじかみ	春	九五
こぶなぐさ（小鮒草）	秋	四二七
こぶり（小鰤）	秋	三八八
ごぼうじめ（牛蒡注連）	新	五七三
ごぼうぬく（牛蒡抜く）	秋	三五三
ごぼうのはな（牛蒡の花）	夏	二八五
ごぼうひく（牛蒡引く）	秋	三五三
ごぼうほる（牛蒡掘る）	秋	三五三
ごぼうまく（牛蒡蒔く）	春	四六
こぼれはぎ（こぼれ萩）	秋	四二六
こま（独楽）	新	六〇〇
ごま（胡麻）	秋	四二三
こまあそび（独楽遊び）	新	六〇〇
こまい（氷下魚）	冬	五四一
こまい（古米）	秋	三四一
こまいじる（氷下魚汁）	冬	五四一
こまいつる（氷下魚釣る）	冬	五四一
ごまうつ（胡麻打つ）	秋	三五三
こまがえるくさ（駒返る草）	春	一一六
ごまがら（胡麻殻）	秋	三五三
ごまかり（胡麻刈）	秋	三五三
こまくさ（駒草）	夏	三〇五
こますむ（独楽澄む）	新	六〇〇
ごまたたき（胡麻叩き）	秋	三五三
こまちき（小町忌）	春	七一
こまちそう（小町草）	夏	二七五
こまつうり（小松売）	冬	四六七
こまつな（小松菜）	春	一一三
こまつなぎ（駒繋）	夏	二九八
こまつひき（小松引）	新	五七〇
こまどり（駒鳥）	夏	二三三
ごまのはな（胡麻の花）	夏	二八三
こまのひざ	秋	四二〇
ごまのみ（胡麻の実）	秋	四二三
こまぶえ（駒鳥笛）	春	五六
ごままき（胡麻蒔）	夏	一八八
こままわし（独楽廻し）	新	六〇〇
ごまめ	新	五九一
ごみがゆ（五味粥）	冬	五三三
こむぎ（小麦）	夏	二八九
こむくどり（小椋鳥）	秋	三八四
こむそうばな（虚無僧花）	夏	二九七
ゴムふうせん（ゴム風船）	春	五六
ごめ	夏	二三六
こめあらい（米洗）	冬	四六九
こめいげつ（小名月）	秋	三二〇
ごめかえる（海猫帰る）	秋	三八五
こめかざる（米飾る）	新	五七四
ごめくる（ごめ来る）	春	七九
こめだわらあむ（米俵編む）	秋	三五〇
こめつきばった（米搗ばつた）	秋	三九三
こめつきむし（米搗虫）	夏	二四六
ごめのこる（海猫残る）	秋	三八五
こめのむし（米の虫）	夏	二四五
こめばな（米花）	新	五九〇
こめやなぎ（米やなぎ）	春	九七
ごめわたる（海猫渡る）	春	七九
こも（菰）	夏	二一四
こもかりぶね（菰刈船）	夏	一九〇
こもちあゆ（子持鮎）	秋	三八六
こもちかんらん（子持甘藍）	冬	五五五
こもちすずめ（子持雀）	春	七九
こもちづき（小望月）	秋	三二〇
こもちどり（子持鳥）	春	七九
こもちはぜ（子持鯊）	春	八三
こもちぶな（子持鮒）	春	八五

こもちまき（菰粽） 夏 一七二
こものはな（菰の花） 秋 四二八
こもまき（菰巻） 冬 四九二
こもり（木もり） 冬 五四九
こもりなます（子守膾） 春 三七
こや（蚕屋） 春 五〇
こやしょうじ（蚕屋障子） 春 五〇
こやすがい（子安貝） 春 八七
こやまぶき（濃山吹） 春 九七
こゆき（小雪） 冬 四五六
こよいのつき（今宵の月） 秋 三二〇
ごようおさめ（御用納） 冬 四七〇
ごようはじめ（御用始） 新 五八〇
こよぎ（小夜着） 冬 四七五
こよみうり（暦売） 冬 四六九
こよみくばり（暦配り） 冬 四六九
こよみのはて（暦の果） 冬 四六九
こよみびらき（暦開） 新 五九二
ごらいこう（御来光） 夏 一四五
ごらいごう（御来迎） 夏 一四五
ごり 夏 二三八
ごりじる（ごり汁） 夏 一六八
こりぞめ（樵り初） 新 五九七
こりはじめ（樵り始） 新 五九七
ごりょうまつり（御霊祭） 夏 二〇七
こりんどう（濃龍胆） 秋 四三三
ゴルフはじめ（ゴルフ始） 新 六〇〇
こるり（小瑠璃） 夏 二三二
コレラ 夏 二〇六
ごろうせいき（五老井忌） 秋 三七三
ころがき（ころ柿） 秋 三四三
ころくがつ（小六月） 冬 四四三
ごろすけ（五郎助） 冬 五三七
ころもうつ（衣打つ） 秋 三五〇
ころもがえ（更衣） 夏 一六〇
こわごち（強東風） 春 一六
こんぎく（紺菊） 秋 四三九
ごんきり（風海鱧） 夏 一六六
こんこうか（魂香花） 夏 二八〇
こんごうそう（金剛草） 夏 二九八
こんさいき（渾斎忌） 冬 五三七
ごんずい 春 八三
ごんすいき（言水忌） 秋 三七七
こんちゅうさいしゅう（昆虫採集） 夏 二〇三
こんにゃくうう（蒟蒻植う） 春 四七
こんにゃくこおらす（蒟蒻凍らす） 冬 四九一
こんにゃくだま（蒟蒻玉） 冬 五〇一
こんにゃくだまほす（蒟蒻玉干す） 冬 五〇一
こんにゃくのはな（蒟蒻の花） 夏 二八四
こんにゃくほす（蒟蒻干す） 冬 五〇一
こんにゃくほる（蒟蒻掘る） 冬 五〇一
こんねん（今年） 新 五六二
こんぴらまつり（金毘羅祭） 秋 三六三
こんぶ（昆布） 夏 三〇八
こんぶかざる（昆布飾る） 新 五五五
こんぶかり（昆布刈） 夏 一九〇

さ

サーファー 夏 一九七
サーフィン 夏 一九七
サーフボード 夏 一九七
さいおうき（西翁忌） 春 七三
さいかくき（西鶴忌） 秋 三七一
さいかし 秋 四一〇
さいかち（皂角子） 秋 四一〇
さいかちのはな（皂角子の花） 夏 二六八
さいかちのみ（さいかちの実） 秋 四一〇
さいがまつり（雑賀祭） 夏 二〇九
さいぎ（幸木） 新 五七三
さいぎょうき（西行忌） 春 六八
さいきょうやき（西京焼） 冬 四九〇
さいくはじめ（細工始） 新 五九七
さいごうき（西郷忌） 秋 三七七
ざいごき（在五忌） 夏 二三二
さいごのばんさん（最後の晩餐） 春 六六
さいせいき（犀星忌） 春 七一
さいぞう（才蔵） 新 五八七

サイダー 夏 一七二
さいだいじおおちゃもり（西大寺大茶盛） 春 六四
さいだいじまいり（西大寺参） 新 六〇八
さいたん（歳旦） 新 五六三
さいたんさい（歳旦祭） 新 六〇四
さいたんのぎ（歳旦の儀） 新 六〇四
さいたんびらき（歳旦開） 新 五八一
さいちょうき（最澄忌） 夏 二一五
さいとうき（西東忌） 春 七三
さいにち（斎日） 新 六〇八
サイネリア 春 一〇八
さいばん（歳晩） 冬 四四四
さいひょう（採氷） 冬 五〇五
さいひょうせん（砕氷船） 冬 五〇五
さいひょうふ（採氷夫） 冬 五〇五
さいまつ（歳末） 冬 四四四
さいまつおおうりだし（歳末大売出し） 冬 四六八
ざいまつり（在祭） 秋 三六一
さいまろき（才麿忌） 冬 五三〇
さいるいう（洒涙雨） 秋 三三四
さいれい（祭礼） 夏 二〇七
さいわいかご（幸籠） 新 五七二
さいわいぎ（幸木） 新 五七三
さえ（冴え） 冬 四四八
さえかえる（冴返る） 春 九
さえずり（囀） 春 七九
さおしか（小男鹿） 秋 三七九
さおとめ（早乙女） 夏 一八六
さおとめばな（早乙女花） 春 一三三
さおとめばな（五月女葛） 夏 二九六
さおひめ（佐保姫） 春 二〇
さかがみき（逆髪忌） 秋 三六三
さかがみまつり（逆髪祭） 秋 三六三
さかきおに（榊鬼） 新 五七二
さかきのはな（榊の花） 夏 二六七
さかぐちき（坂口忌） 春 六八
さかずきながし（盃流し） 春 二七
さがだいねんぶつ（嵯峨大念仏） 春 六二
さかどり（坂鳥） 秋 三八一
さがのおたいまつ（嵯峨の御松明） 春 六二
さがはしらたいまつ（嵯峨の柱松明） 春 六二
さかますぼし（酒枡星） 冬 四五二
さがりごけ 夏 三〇六
さかるとり（さかる鳥） 春 七九
さぎあし（鷺足） 冬 五一〇
さぎそう（鷺草） 夏 二九九
さぎちょう（左義長） 新 五八六
さぎちょうあとまつり（左義長後祭） 新 五八五
さぎのす（鷺の巣） 春 八一
さきぼし（割干） 冬 五〇〇
さぎり（狭霧） 秋 三三五
さくたろうき（朔太郎忌） 夏 二一九
さくたんとうじ（朔旦冬至） 冬 四四四
さくふう（朔風） 冬 四五三
さくら（桜） 春 九三
さくらいか（桜烏賊） 春 八六
さくらうお（桜魚） 春 八四
さくらうぐい（桜鯎） 春 八四
さくらえび（桜蝦） 春 八八
さくらおちば（桜落葉） 冬 五三〇
さくらがい（桜貝） 春 八七
さくらがさね（桜がさね） 春 三四
さくらがり（桜狩） 春 五四
さくらき（桜忌） 春 七三
さくらごち（桜東風） 春 一六
さくらごろも（桜衣） 春 三四
さくらさく（桜咲く） 春 九三
さくらしべふる（桜蘂降る） 春 九四
さくらずみ（桜炭） 冬 四九五
さくらそう（桜草） 春 一一九
さくらだい（桜鯛） 春 八二
さくらだけ（桜茸） 秋 四三八
さくらづき（桜月） 春 一二
さくらづきよ（桜月夜） 春 九三
さくらづけ（桜漬） 春 三六
さくらどき（桜時） 春 一三
さくらなべ（桜鍋） 冬 四八四

さくらのみ（桜の実） 夏 二五四
さくらはとなる（桜葉となる） 夏 二三三
さくらばな（桜花） 春 九三
さくらびと（桜人） 春 五四
さくらふぶき（桜吹雪） 春 九四
さくらぼし（さくら干） 夏 一六六
さくらまじ（桜まじ） 春 一七
さくらみ（桜見） 春 五四
さくらもち（桜餅） 春 三八
さくらもみじ（桜紅葉） 秋 四〇三
さくらもり（桜守） 春 五四
さくらゆ（桜湯） 春 三六
さくらわかば（桜若葉） 夏 二三三
さくらんぼ 夏 二六〇
さくらんぼのはな（さくらんぼの花） 春 九六
さくらんぼまつり（さくらんぼ祭） 夏 一五七
ざくろ（石榴） 秋 三九九
ざくろのはな（石榴の花） 夏 二五九
ざくろのみ（石榴の実） 秋 三九九
さけ（鮭） 秋 三八八
さけあみ（鮭網） 秋 三五七
さけうち（鮭打） 秋 三五七
さけおろし（鮭颪） 秋 三三四
さけごや（鮭小屋） 秋 三五七
さけなべ（鮭鍋） 冬 四八五
さけにる（酒煮る） 夏 一七四
さけのかす（酒の粕） 冬 四八四
さけのこ（鮭の子） 秋 三四三
さけばんや（鮭番屋） 秋 三五七
さけみつりょう（鮭密漁） 秋 三五七
さごし 春 八三
さごち 春 八三
ざこね（雑魚寝） 冬 四七三
ざこねぶとん（雑魚寝布団） 冬 四七三
さざえ（栄螺） 春 八六
さざえのつぼやき（栄螺の壺焼） 春 三八
さざえやく（栄螺焼く） 春 八六
ささがにひめ（ささがに姫） 秋 三三三
ささぎ 秋 四三三
ささぐま 冬 五三三
ささぐり（ささ栗） 秋 三九九
ささげ（豇豆） 秋 四三三
ささげとる（ささげ採る） 秋 四三三
ささげひく（豇豆引く） 秋 三五三
ささげめし（豇豆飯） 秋 三四一
ささご（笹子） 冬 五三六
ささごい（笹五位） 夏 二三一
ささごなく（笹子鳴く） 冬 五三六
ささずし（笹鮓） 夏 一六八
ささちまき（笹粽） 夏 一七一
ささなき（笹鳴） 冬 五三六
ささなぎ（細水葱） 春 一三六
ささなく（笹鳴く） 冬 五三六
ささのこ（笹の子） 夏 二七一
ささのり（笹海苔） 春 一二九
ささばぎんらん（笹葉銀蘭） 春 一二三
ざざむし（ざざ虫） 冬 五四五
ささめゆき（細雪） 冬 四五六
ささらおぎ（ささら荻） 秋 三三三
ささりんどう（笹龍胆） 秋 四三三
さざんか（山茶花） 冬 五四七
さし（鑞子） 夏 二四八
さしき（挿木） 春 四八
さしぎく（挿菊） 夏 一八九
さしさば（刺鯖） 秋 三三六
さしどこ（挿床） 春 四八
さしば（挿葉） 春 四八
さしば（刺羽） 冬 五三五
さしほ（挿穂） 春 四八
さしめ（挿芽） 春 四八
さしもぐさ（さしも草） 春 二一四
ざぜんそう（座禅草） 春 一一七
さそり（蠍） 夏 二五三
さたけのこ（早筍） 春 一〇六
さちおき（左千夫忌） 夏 三一四
さつお（猟夫） 冬 五〇三
サッカー 冬 五三二
さつき（皐月） 夏 一三三
さつき（杜鵑花） 夏 二五五
さつきあめ（五月雨） 夏 一四三

さつきがわ（五月川）	夏	一五〇
さつききょうげん（五月狂言）	夏	二〇〇
さつきぐも（五月雲）	夏	一三九
さつきごい（五月鯉）	夏	一五五
さつきざむ（五月寒）	夏	一三三
さつきぞら（五月空）	夏	一三八
さつきだま（五月玉）	夏	一五七
さつきつつじ（五月躑躅）	夏	二五五
さつきなみ（五月波）	夏	一五〇
さつきのぼり（五月幟）	夏	一五四
さつきばれ（五月晴）	夏	一四六
さつきふじ（五月富士）	夏	一四八
さつきやま（五月山）	夏	一四八
さつきやみ（五月闇）	夏	一四六
さっすいしゃ（撒水車）	夏	一八四
さっぽろまつり（札幌祭）	夏	二一〇
さっぽろゆきまつり（札幌雪祭）	冬	四七二
さつまいも（甘藷）	秋	四一八
さつまいものはな（甘蔗の花）	夏	二八三
さつまぎく（薩摩菊）	夏	二七四
さつまじる（薩摩汁）	冬	四八三
さといも（里芋）	秋	四一八
さといもうう（里芋植う）	春	四七
さといものはな（里芋の花）	夏	二八三
さとうきび（甘蔗）	秋	四二三
さとうきびのはな（砂糖黍の花）	冬	五五六
ざとうくじら（座頭鯨）	冬	五三四
さとうすい（砂糖水）	夏	一七三
さとうだいこん（砂糖大根）	秋	四二三
さとうみず（砂糖水）	夏	一七三
さとかぐら（里神楽）	冬	五一九
さとさがり（里下り）	新	五八六
さどだら（佐渡鱈）	冬	五四〇
さとまつり（里祭）	秋	三六一
さなえ（早苗）	夏	二九〇
さなえかご（早苗籠）	夏	二九〇
さなえたば（早苗束）	夏	二九〇
さなえづき（早苗月）	夏	一三三
さなえとり（早苗取）	夏	一八六
さなえとんぼ（早苗蜻蛉）	夏	二四七
さなえぶね（早苗舟）	夏	二九〇
さなぶり（早苗饗）	夏	一八七
さねかずら（南五味子）	秋	四二八
さねともき（実朝忌）	冬	五三三
さねもりむし（実盛虫）	秋	三九三
さば（鯖）	夏	二三九
さばきぞめ（捌初）	新	五九六
さばぐも（鯖雲）	秋	三一八
さばずし（鯖鮓）	夏	一六八
さはらまつり（佐原祭）	秋	三六三
さびあゆ（錆鮎）	秋	三八五
ザビエルき（ザビエル忌）	冬	五二四
ザビエルさい（ザビエル祭）	冬	五二四
さびたのはな（さびたの花）	夏	二六九
サフランのはな（サフランの花）	秋	四一三
さぼてん（仙人掌）	夏	二七八
さぼてんぎく	夏	二七四
さぼてんのはな（仙人掌の花）	夏	二七八
ざぼん（朱欒）	秋	四〇〇
ざぼんのはな（朱欒の花）	夏	二五八
ざぼんもぐ（朱欒もぐ）	秋	四〇〇
サマーケット	夏	一六一
サマーコート	夏	一六三
サマードレス	夏	一六三
サマーハウス	夏	一九八
ざままつり（座摩祭）	夏	二一一
さみだれ（五月雨）	夏	一四三
さみだれちょう（五月雨蝶）	夏	二四三
さみだれづき（五月雨月）	夏	一三三
さむきかげ（寒き影）	冬	五一五
さむきつゆ（寒き梅雨）	夏	一三四
さむきなつ（寒き夏）	夏	一三五
さむきはる（寒き春）	春	九
さむさ（寒さ）	冬	四四八
さむし（寒し）	冬	四四八
さめ（鮫）	冬	五三九
さもも（早桃）	夏	二六〇
さやいんげん（莢隠元）	秋	四二三

さやえんどう（莢豌豆） 夏 二六五
さやか 秋 三一四
さやけし 秋 三一四
さゆり（早百合） 夏 二七七
さゆる（冴ゆる） 冬 四四八
さよきぬた（小夜砧） 秋 三五〇
さよしぐれ（小夜時雨） 冬 四五四
さよちどり（小夜千鳥） 冬 五三七
さよはし（小夜橋） 秋 三三三
さより（鱵） 春 八三
さらさぼけ（更紗木瓜） 春 一〇二
さらさもくれん（更紗木蓮） 春 九七
さらし（晒布） 夏 一六一
さらしい（晒井） 夏 一八三
さらしがわ（晒川） 夏 一六一
さらしくじら（晒鯨） 夏 一六六
さらしぬの（さらし布） 夏 一六一
さらのはな（沙羅の花） 夏 二六九
ざりがに（蝲蛄） 夏 二四二
さるあき（去る秋） 秋 三一六
さるおがせ（松蘿） 夏 三〇六
さるかも（去る鴨） 春 七八
さるかり（去る雁） 春 七八
さるこ（猿子） 冬 四七五
さるさかる（猿さかる） 冬 五三四
さるざけ（猿酒） 秋 三四〇
さるすべり（百日紅） 夏 二五五
さるとりいばら 春 一〇六
さるのこしかけ（猿の腰掛） 秋 四三九
ざるのめし（笊の飯） 夏 一八〇
サルビア 夏 二七八
さるひき（猿曳） 新 五八七
さるまいし（猿舞師） 新 五八七
さるまつり（申祭） 春 五九
さるまつり（申祭） 春 六〇
さるまわし（猿廻し） 新 五八七
さわあじさい（沢紫陽花） 夏 二五四
さわがに（沢蟹） 夏 二四二
さわぎきょう（沢桔梗） 秋 四三三
さわくるみ（沢胡桃） 秋 三九九
さわとらのお（沢虎尾草） 夏 二九八
さわやか（爽やか） 秋 三一四
さわら（鰆） 春 八三
さわらごち（鰆東風） 春 一一六
さわらび（早蕨） 春 一三〇
さわらぶね（鰆船） 春 八三
さんうき（傘雨忌） 夏 二一八
ざんおう（残桜） 春 九四
ざんおう（残鶯） 夏 三一八
さんが（蚕蛾） 夏 二四三
さんが（参賀） 新 五六九
ざんか（残花） 春 九四
さんがいぐさ（宝蓋草） 春 一三二
さんかき（山家忌） 春 六八
さんがつ（三月） 春 一〇
さんがつおわる（三月終る） 春 一一
さんがつきょうげん（三月狂言） 春 一五五
さんがつじん（三月尽） 春 一二
さんがつせっく（三月節句） 春 二九
さんがつつく（三月尽く） 春 一二
さんがつばしょ（三月場所） 春 一二三
さんがつな（三月菜） 春 五五
さんがにち（三が日） 新 五六四
さんかん（三寒） 冬 四四八
さんかんしおん（三寒四温） 冬 四四八
さんきき（三鬼忌） 春 七三
ざんぎく（残菊） 秋 四二五
ざんぎくのえん（残菊の宴） 秋 三一八
さんきらいのはな（山帰来の花） 春 一〇六
サングラス 夏 一六三
ざんげつ（残月） 秋 三一一
さんこうちょう（三光鳥） 夏 二三三
さんごじゅのはな（珊瑚樹の花） 夏 二七〇
さんごじゅのみ（珊瑚樹の実） 秋 四〇九
さんごそう（珊瑚草） 秋 四二七
さんごのつき（三五の月） 秋 三一〇
さんごや（三五夜） 秋 三一〇
さんざし（山楂子） 秋 四〇九
さんざしのはな（山楂子の花） 春 九七

さんざしのみ（山楂子の実） 秋 四九九
さんし（山市） 春 二二
さんしきすみれ（三色菫） 春 一〇六
さんしし（山梔子） 夏 二五五
さんじゃくね（三尺寝） 夏 二〇五
さんじゃまつり（三社祭） 夏 二〇九
さんしゅう（三秋） 秋 三一〇
さんしゅゆ（山茱萸） 春 九四
さんしゅゆさく（山茱萸咲く） 春 九四
さんしゅゆのはな（山茱萸の花） 春 九四
さんしゅゆのみ（山茱萸の実） 秋 三九七
さんしゅん（三春） 春 八
ざんしょ（残暑） 秋 三一〇
さんしょうあえ（山椒和） 春 三六
さんしょううお（山椒魚） 夏 二三六
さんしょうくい（山椒喰） 春 二七
さんしょうのはな（山椒の花） 春 一〇四
さんしょうのみ（山椒の実） 秋 四九九
さんしょうのめ（山椒の芽） 春 一〇〇
さんしょうみそ（山椒味噌） 春 三六
さんじんき（山人忌） 秋 三七六
さんすいしゃ（撒水車） 夏 一八四
ざんせつ（残雪） 春 二五
サンタクロース 冬 五三四
さんていき（三汀忌） 春 六九
さんとう（三冬） 冬 四四二
さんとうつく（三冬尽く） 冬 四九九
サンドレス 夏 一六三
さんのう（三の卯） 新 六〇六
さんのうま（三の午） 春 二八
さんのうまつり（山王祭） 春 六〇
さんのかわり（三の替） 春 五五
さんのとり（三の酉） 冬 五一八
さんぱくそう（三白草） 夏 三〇一
さんぷうき（杉風忌） 夏 二三三
さんぷく（三伏） 夏 一三六
さんぺいじる（三平汁） 冬 四八五
さんぼうかん（三宝柑） 春 九九
さんま（秋刀魚） 秋 三六八
さんみさい（三位祭） 夏 二一七
さんらん（山蘭） 秋 四三一
さんらんし（蚕卵紙） 春 五四
さんろき（山盧忌） 秋 三七七

し

しいたけ（椎茸） 秋 四三八
しいたけつくる（椎茸作る） 秋 四三八
しいのあき（椎の秋） 秋 四〇六
しいのはな（椎の花） 夏 二六七
しいのみ（椎の実） 秋 四〇六
しいひろう（椎拾ふ） 秋 四〇六
しいら（鱰） 夏 二四〇
しいわかば（椎若葉） 夏 二六三
じう（慈雨） 夏 一四四
しえん（紙鳶） 春 五五
しおあび（潮浴び） 夏 一九八
しおいか（塩烏賊） 秋 三五七
しおおんじゃく（塩温石） 冬 四九八
しおがつお（塩鰹） 冬 四八八
しおがまぎく（塩竈菊） 夏 三〇五
しおくじら（塩鯨） 夏 一六六
しおざくら（塩桜） 春 三六
しおさけ（塩鮭） 冬 四八八
しおだら（塩鱈） 冬 四八八
しおに 秋 四一五
しおのみず（潮の水） 新 六〇七
しおひ（潮干） 春 二四
しおひがた（潮干潟） 春 二四
しおひがり（汐干狩） 春 五三
しおびき（塩引） 冬 四八八
しおふき（潮吹） 春 八七
しおふぐ（塩河豚） 夏 一六六
しおぶり（塩鰤） 冬 四八八
しおまねき（望潮） 春 八八
しおやけ（潮焼） 夏 二〇五
しおん（紫苑） 秋 四一五
しおん（四温） 冬 四四八
しおんこう（四温光） 冬 四四八
しおんさく（紫苑咲く） 秋 四一五
しおんのはな（紫苑の花） 秋 四一五

しおんびより（四温日和） 冬 四四八
しか（鹿） 秋 三七九
しかがり（鹿狩） 秋 三五六
しかけはなび（仕掛花火） 夏 二〇〇
しがつ（四月） 春 一一
しがつおわる（四月終る） 春 一五
しがつじん（四月尽） 春 一五
しがつばか（四月馬鹿） 春 一二
しかつり（鹿釣） 秋 三二八
しかなく（鹿鳴く） 秋 三七九
しかなしのはな（鹿梨の花） 春 一〇一
しかなべ（鹿鍋） 冬 四八四
しかのこ（鹿の子） 夏 二三五
しかのこえ（鹿の声） 秋 三七九
しかのつのおつ（鹿の角落つ） 春 七四
しかのつのきり（鹿の角切） 秋 三二八
しかのつま（鹿の妻） 秋 三七九
しかはらむ（鹿孕む） 春 七四
しかぶえ（鹿笛） 秋 三七九
じかぶき（地歌舞伎） 秋 三五八
しかよせ（鹿寄せ） 秋 三二八
しぎ（鴫） 秋 三八四
しきがみ（敷紙） 夏 一七七
しきき（子規忌） 秋 三七六
しきごたつ（敷炬燵） 冬 四九六
しぎたつ（鴫立つ） 秋 三八四
ジキタリス 夏 二七八
しぎの（鴫野） 秋 三八四
しぎのこえ（鴫の声） 秋 三八四
しきぶすま（敷衾） 冬 四七五
しきぶとん（敷蒲団） 冬 四七五
しきまつば（敷松葉） 冬 四九八
しきみのはな（樒の花） 春 一〇五
しぎやき（鴫焼） 夏 一六五
じきょうげん（地狂言） 秋 三五八
シクラメン 春 一〇九
しぐれ（時雨） 冬 四五四
しぐれき（時雨忌） 冬 五三五
しぐれづき（時雨月） 冬 四四二
しげり（茂） 夏 二六三
しげるくさ（茂る草） 夏 二九一
じげんき（慈眼忌） 冬 五三五
じげんだいしき（慈眼大師忌） 冬 五三五
しごう（試毫） 新 五七九
しごか（子午花） 夏 二七九
じごくのかまのふた（地獄の釜の蓋） 春 一一三
しこくへんろ（四国遍路） 春 六三
しこくめぐり（四国巡り） 春 六三
じこすり（地こすり） 春 二五
しごとおさめ（仕事納） 冬 四七〇
しごとはじめ（仕事始） 新 五七九
しこんほる（紫根掘る） 冬 五〇二
しし（猪） 秋 三七九
ししあな（猪穽） 秋 三七九
しじか（四時花） 夏 二七八
ししがき（鹿垣） 秋 三四八
ししがしら（獅子頭） 新 五八七
ししがり（鹿狩） 秋 三五六
ししがり（猪狩） 冬 五〇三
ししごや（鹿小屋） 秋 三四八
ししたけ（猪茸） 秋 四三七
ししなべ（猪鍋） 冬 四八四
ししにく（猪肉） 冬 四八四
ししのふえ（獅子の笛） 新 五八七
ししのまい（獅子の舞） 新 五八七
じしばい（地芝居） 秋 三五八
ししばやし（獅子ばやし） 新 五八七
ししばん（猪番） 秋 三四八
ししぶえ（鹿笛） 秋 三五六
ししまい（獅子舞） 新 五八七
しじみ（蜆） 春 八八
しじみじる（蜆汁） 春 二七
ししみち（猪道） 冬 五〇三
しじみちょう（しじみ蝶） 春 八九
しじみとる（蜆捕る） 春 八八
しじみぶね（蜆舟） 春 八八
ししゃも（柳葉魚） 冬 五四二
しじゅうから（四十雀） 夏 二三四
ししゅうばな（刺繍花） 夏 二五四
しじゅんせつ（四旬節） 春 六六

じしょういんでんき (慈照院殿忌)	冬	五三〇
じしょうのひ (時正の日)	春	一一
ししわな (猪罠)	秋	三七九
じすいろうき (滋酔郎忌)	秋	三七一
しずり	冬	四五七
しずりゆき (しづり雪)	冬	四五七
しずれ (垂れ)	冬	四五七
じせい (二星)	秋	三三三
じぜんなべ (慈善鍋)	冬	四六八
しそ (紫蘇)	夏	二八九
じぞうえ (地蔵会)	秋	三六八
じぞうぼん (地蔵盆)	秋	三六八
じぞうまつり (地蔵祭)	秋	三六八
しそつむ (紫蘇摘む)	秋	四三〇
しそのはな (紫蘇の花)	夏	二八九
しそのみ (紫蘇の実)	秋	四三〇
しそのみつむ (紫蘇の実摘む)	秋	四三〇
しそのめ (紫蘇の芽)	春	一一六
しだ (歯朶)	新	六二一
しだあおば (歯朶青葉)	夏	二九一
じだいまつり (時代祭)	秋	三六四
しだうり (歯朶売)	冬	四六七
しだかざる (歯朶飾る)	新	五七四
しだかり (歯朶刈)	冬	五〇七
しだかる (歯朶枯る)	冬	五五八
したたり (滴り)	夏	一五三
したつゆ (下露)	秋	三三六
したびえ (下冷え)	秋	三一四
したびらめ (舌鮃)	夏	二三九
したもえ (下萌)	春	一一六
したもみじ (下紅葉)	秋	四〇一
しだもゆ (歯朶萌ゆ)	春	一二〇
したやみ (下闇)	夏	二六三
しだりざくら (しだり桜)	春	九三
しだれうめ (枝垂梅)	春	九二
しだれざくら (枝垂桜)	春	九三
しだれもも (枝垂桃)	春	九八
しだれやなぎ (枝垂柳)	春	一〇一
しだわかば (歯朶若葉)	夏	二九一
しちかいそう (七階草)	夏	二五四
しちがつ (七月)	夏	一三四
しちがつばしょ (七月場所)	夏	二〇〇
しちごさん (七五三)	冬	四六五
しちごさんのいわい (七五三の祝)	冬	四六五
しちしゅのふね (七種の舟)	秋	三三三
しちじゅんせつ (七旬節)	春	六六
しちふくじんまいり (七福神詣)	新	六〇四
しちふくまいり (七福詣)	新	六〇四
しちへんげ (七変化)	夏	二五四
しちめんちょう (七面鳥)	冬	五三八
しちょう (紙帳)	夏	一八〇
じちん (磁枕)	夏	一七八
しでこぶし (幣辛夷)	春	九五
しどみのはな (樝子の花)	春	一〇三
しどみのみ (樝子の実)	秋	四〇九
シトロン	夏	一七三
しながわまつり (品川祭)	夏	二二〇
ジニア	夏	二七八
シネラリア	春	一〇八
じねんじょ (自然薯)	秋	四一八
じねんじょう (自然生)	秋	四一八
じねんじょほる (自然薯掘る)	秋	三五三
しのね (羊蹄根)	夏	二九六
しのぶ (忍)	夏	三〇三
しのぶかる (忍枯る)	冬	五五八
しのぶぐさ (忍草)	秋	四三六
しのぶつる (忍吊る)	夏	一八二
しのみやまつり (四宮祭)	秋	三六三
しばあおむ (芝青む)	春	一一八
しばかり (芝刈)	夏	一八八
しばかる (芝枯る)	冬	五五八
しばぐり (芝栗)	秋	三九九
しばざくら (芝桜)	春	一一〇
しばしんめいまつり (芝神明祭)	秋	三六二
じばち (地蜂)	春	九〇
じばちやき (地蜂焼)	秋	三九五
しばのめ (芝の芽)	春	一一八
しばび (芝火)	春	四三

しばふきばむ（芝生黄ばむ） 秋 四三四
しばもゆる（芝萌ゆる） 春 一一八
しばやく（芝焼く） 春 四三
しばりょうたろうき（司馬遼太郎忌） 春 六八
しばれる 冬 四四九
しび（紫微） 夏 二五五
しび 冬 五三九
じひしんちょう（慈悲心鳥） 夏 三一八
しひつ（試筆） 新 五七九
しびとばな（死人花） 秋 四三一
しぶあゆ（渋鮎） 秋 三八五
しぶおけ（渋桶） 秋 三五〇
しぶがき（渋柿） 秋 三九八
しぶつく（渋搗く） 秋 三五〇
しぶとり（渋取） 秋 三五〇
じふぶき（地吹雪） 冬 四五六
しほうだき（四方太忌） 夏 二三〇
しほうはい（四方拝） 新 六〇三
じぼてり（地ぼてり） 夏 一五一
しまいこうぼう（終ひ弘法） 冬 五三三
しまいこんぴら（終ひ金毘羅） 冬 五一九
しまいそうば（終相場） 冬 四七〇
しまいぞめ（仕舞初） 新 六〇一
しまいだいし（終大師） 冬 五三三
しまいてんじん（終天神） 冬 五一九
しまいはじめ（仕舞始） 新 六〇一
しまいひがん（終ひ彼岸） 春 二
しまいぼん（しまひ盆） 秋 三六七
しまか（縞蚊） 夏 二四八
しまかんぎく（しま寒菊） 冬 五五三
しまかんすげ（縞寒菅） 冬 五五九
しまき 冬 四五七
しまきかぜ（しまき風） 冬 四五七
しまきぐも（しまき雲） 冬 四五七
しまだい（縞鯛） 夏 三三八
しまばらのたゆうのどうちゅう（島原の太夫の道中） 春 五四
しまへんろ（島遍路） 春 六三
しまんろくせんにち（四万六千日） 夏 二二六
しみ（紙魚） 夏 二五〇
しみかえる（しみ返る） 春 九
しみず（清水） 夏 一五三
しみどうふ（凍豆腐） 冬 四八六
しむ（凍む） 冬 四四八
じむしあなをいづ（地虫穴を出づ） 春 九八
じむしいづ（地虫出づ） 春 九八
じむしなく（地虫鳴く） 秋 三九四
じむはじめ（事務始） 新 五七九
しめ（鴫） 秋 三八三
しめあけ（注連明） 新 五六四
しめいき（四迷忌） 夏 二二九
しめいき（四明忌） 夏 二三〇
しめいわい（しめ祝） 冬 四六五
シメオンのしゅくじつ（シメオンの祝日） 冬 五一四
しめかざり（注連飾） 新 五七三
しめかざる（注連飾る） 冬 四七〇
しめじ（占地） 秋 四三八
しめじかご（占地籠） 秋 四三八
しめじたけ（湿地茸） 秋 四三八
しめじとる（占地採る） 秋 四三八
しめたく（注連焚く） 新 五八六
しめつくり（注連作） 冬 五〇七
しめとり（注連取） 新 五八六
しめとる（注連取る） 新 五八二
しめなう（注連綯ふ） 冬 五〇七
しめなわ（注連縄） 新 五七三
しめのうち（注連の内） 新 五六四
しめもらい（注連貰） 新 五八六
しも（霜） 冬 四五五
しもおおい（霜覆） 冬 四九一
しもおおいとく（霜覆解く） 春 四一二
しもがこいとる（霜囲とる） 春 四一二
しもかこう（霜囲ふ） 冬 四九一
しもかる（霜枯る） 冬 五三二
しもがれ（霜枯） 冬 五三二
しもぎく（霜菊） 冬 五三三
しもくすべ（霜くすべ） 春 五〇
しもくずれ（霜くづれ） 冬 四六一
しもくれん（紫木蓮） 春 九七

しもけ（霜気）	冬	四五五
しもざけ（霜酒）	冬	四八一
しもしずく（霜雫）	冬	四五五
しもだくろふねまつり（下田黒船祭）	夏	一五七
しもつき（霜月）	冬	四四三
しもつきえ（霜月会）	冬	五三三
しもつきがれい（霜月鰈）	冬	五四〇
しもつけ（繍線菊）	夏	二五五
しもつけそう（下野草）	夏	三〇〇
しもどけ（霜解け）	冬	四五五
しもなぎ（霜凪）	冬	四五五
しものこえ（霜の声）	冬	四五五
しものつる（霜の鶴）	冬	五三八
しものなごり（霜の名残）	春	二〇
しものはか（霜の墓）	冬	四五五
しものはて（霜の果）	春	二〇
しものはな（霜の花）	冬	四五五
しものゆみはり（下の弓張）	秋	三一九
しものわかれ（霜の別れ）	春	二〇
しもばしら（霜柱）	冬	四六一
しもばれ（霜晴）	冬	四五五
しもばれ（霜腫）	冬	五一四
しもふりづき（霜降月）	冬	四四三
しもふる（霜降る）	冬	四五五
しもふるよ（霜降る夜）	冬	四四七
しもましろ（霜真白）	冬	四五五
しもやけ（霜焼）	冬	五一四
しもよ（霜夜）	冬	四四七
しもよけ（霜除）	冬	四九一
しもよけとく（霜除解く）	春	四三
しもよのつる（霜夜の鶴）	冬	五三八
しゃ（紗）	夏	一六〇
シャーベット	夏	一七四
しゃおんかい（謝恩会）	春	三三
しゃかいなべ（社会鍋）	冬	四六八
じゃがいも（馬鈴薯）	秋	四一八
じゃがいもうう（馬鈴薯植う）	春	四七
じゃがいものはな（馬鈴薯の花）	夏	二八三
じゃかごあむ（蛇籠編む）	夏	一九二
じゃがたらいも	秋	四一八
じゃがたらいものはな（じやがたらいもの花）	夏	二八三
しゃがのはな（著莪の花）	夏	二七一
しゃくしがい（杓子貝）	春	八六
しゃくそんこうたんさい（釈尊降誕祭）	春	六三
じゃくちゅうき（若冲忌）	秋	三七五
しゃくとうえ（積塔会）	春	六一
しゃくとり（尺蠖）	夏	二四四
しゃくとりむし（尺取虫）	夏	二四四
しゃくなげ（石楠花）	夏	二五四
しゃくみょうき（惜命忌）	冬	五一七
しゃくやく（芍薬）	夏	二七二
しゃくやくねわけ（芍薬根分）	秋	三五二
ジャケツ	冬	四七三
ジャケット	冬	四七三
しゃこ（蝦蛄）	夏	二四二
じゃこうそう（麝香草）	秋	四三二
しゃじん（沙参）	秋	四三三
しゃしんのひ（写真の日）	夏	一五四
ジャスミン	夏	二五七
しゃにくさい（謝肉祭）	春	六六
しゃにち（社日）	春	一一
しゃにちもうで（社日詣）	春	一一
じゃのひげ（蛇の髯）	夏	三〇二
じゃのひげのみ（蛇の髯の実）	冬	五五九
じゃのめそう（蛇の目草）	夏	二七四
しゃぼんだま（石鹼玉）	春	五六
しゃみせんぐさ（三味線草）	春	一一九
しゃらのはな	夏	二六九
シャワー	夏	一八四
シャンツェ	冬	五二一
ジャンパー	冬	四七三
しゅうい（秋意）	秋	三三〇
じゅういち（十一）	夏	二二八
じゅういちがつ（十一月）	冬	四四二
じゅういちがつおわる（十一月終る）	冬	四四二
しゅういん（秋陰）	秋	三三四

しゅうう（驟雨） 夏 一一四
しゅううん（秋雲） 秋 三一八
しゅうえん（秋園） 秋 三一七
しゅうえん（秋苑） 秋 三一七
しゅうえん（秋燕） 秋 三八一
しゅうえんき（秋燕忌） 秋 三七八
しゅうおうしき（秋櫻子忌） 夏 二三三
じゅうおうまいり（十王詣） 新 六〇八
しゅうか（秋果） 秋 三九八
しゅうか（秋霞） 秋 三三五
しゅうかい（秋懐） 秋 三六〇
しゅうかいどう（秋海棠） 秋 四一四
しゅうかくかんしゃさい（収穫感謝祭） 冬 五三三
じゅうがつ（十月） 秋 三一二
しゅうき（秋気） 秋 三一四
しゅうきうんどうかい（秋季運動会） 秋 三三九
しゅうきこうれいさい（秋季皇霊祭） 秋 三六一
しゅうきすむ（秋気澄む） 秋 三一四
しゅうきみつ（秋気満つ） 秋 三一四
じゅうきゅうやのつき（十九夜の月） 秋 三一二
しゅうきょう（秋興） 秋 三六一
しゅうぎょう（秋暁） 秋 三一三
しゅうこう（秋光） 秋 三一七
しゅうこう（秋耕） 秋 三四七

しゅうこう（秋高） 秋 三一八
しゅうこう（秋郊） 秋 三一七
しゅうこう（秋江） 秋 三一九
じゅうごにちがゆ（十五日粥） 新 五八四
じゅうごにちしょうがつ（十五日正月） 新 五六五
じゅうごや（十五夜） 秋 三二〇
しゅうさいき（秀哉忌） 冬 五三一
しゅうさん（秋蚕） 秋 三九五
しゅうざん（秋山） 秋 三一七
じゅうさんまいり（十三詣） 春 三
じゅうさんや（十三夜） 秋 三一二
じゅうさんやづき（十三夜月） 秋 三一一
しゅうし（秋思） 秋 三六〇
じゅうじかさい（十字架祭） 秋 三六九
しゅうじき（修司忌） 夏 二一八
じゅうしちや（十七夜） 秋 三二〇
しゅうしまつり（秋思祭） 秋 三六二
しゅうしゃ（秋社） 秋 三一二
じゅうしやづき（十四夜月） 秋 三二〇
しゅうしゅう（秋愁） 秋 三六〇
しゅうしょ（秋暑） 秋 三一〇
しゅうしょう（秋傷） 秋 三六〇
しゅうじょう（秋情） 秋 三六〇
しゅうしょく（秋色） 秋 三一七
しゅうすい（秋水） 秋 三一九

しゅうせい（秋晴） 秋 三一七
しゅうせい（秋声） 秋 三一七
しゅうせいき（秋声忌） 冬 五三七
しゅうせき（秋夕） 秋 三三三
しゅうせつ（秋雪） 秋 三三五
しゅうせん（鞦韆） 春 五七
しゅうせん（秋扇） 秋 三四五
しゅうせん（秋蟬） 秋 三九〇
しゅうせんきねんび（終戦記念日） 秋 三二一
しゅうそう（終霜） 春 二〇
しゅうそう（秋霜） 秋 三一六
しゅうそうき（秋艸忌） 冬 五二七
しゅうそんき（楸邨忌） 夏 二二三
じゅうたん（絨緞） 冬 四九四
じゅうづめ（重詰） 新 五七三
じゅうにがつ（十二月） 冬 四四三
じゅうにひとえ（十二単） 春 一三三
じゅうのう（十能） 冬 四九六
じゅうはちささげ（十八豇豆） 秋 四三三
じゅうはちやづき（十八夜月） 秋 三二〇
しゅうびん（秋旻） 秋 三一八
しゅうふう（秋風） 秋 三三三
しゅうふうり（秋風裡） 秋 三三三
しゅうぶん（秋分） 秋 三二二
しゅうぼ（秋暮） 秋 三一三

しゅうめいぎく（秋明菊）	秋	四一九
しゅうや（秋夜）	秋	三一四
じゅうや（十夜）	冬	五二一
じゅうやがき（十夜柿）	冬	五四九
じゅうやがゆ（十夜粥）	冬	五二一
じゅうやく（十薬）	夏	二九七
じゅうやでら（十夜寺）	冬	五二一
じゅうやねんぶつ（十夜念仏）	冬	五二一
じゅうやばば（十夜婆）	冬	五二一
じゅうやほうよう（十夜法要）	冬	五二一
じゅうやまいり（十夜参）	冬	五二一
しゅうよう（秋容）	秋	三一七
じゅうよっかしょうがつ（十四日正月）	新	五八三
じゅうよっかづき（十四日月）	秋	三二〇
じゅうよっかとしこし（十四日年越）	新	五八三
しゅうらい（秋雷）	秋	三二五
しゅうらん（秋蘭）	秋	四一三
しゅうりょう（秋涼）	秋	三一一
じゅうりょうじまる（銃猟はじまる）	秋	三三五
しゅうりん（秋霖）	秋	三二四
しゅうれい（秋麗）	秋	三一四
しゅうれい（秋冷）	秋	三一四
しゅうれい（秋嶺）	秋	三一七
しゅうろ（秋炉）	秋	三四六
じゅうろくささげ（十六豇豆）	秋	四一三
じゅうろくむさし（十六むさし）	新	五九九
じゅうろくや（十六夜）	秋	三一〇
じゅうろくやづき（十六夜月）	秋	三一〇
しゅか（朱夏）	夏	一三三
しゅか（首夏）	夏	一三七
シュガー・ビート	秋	四二三
じゅくし（熟柿）	秋	三九八
じゅくせつ（受苦節）	春	六六
じゅけん（受験）	春	三
じゅけんき（受験期）	春	三
じゅけんし（受験子）	春	三
じゅけんせい（受験生）	春	三
じゅけんび（受験日）	春	三
しゅごしゃさい（守護者祭）	春	六五
しゅさい（守歳）	冬	四七〇
じゅずだま（数珠玉）	秋	四一八
じゅそう（樹霜）	冬	四五五
じゅたいこくちび（受胎告知日）	春	六五
しゅちゅうか（酒中花）	夏	二〇二
しゅっき（淑気）	新	五六七
しゅとう（種痘）	春	三四
しゅとう（手套）	冬	四七八
じゅなんしゅう（受難週）	春	六六
じゅなんせつ（受難節）	春	六六
じゅなんび（受難日）	春	六六
しゅにえ（修二会）	春	六一
じゅひょう（樹氷）	冬	四五五
じゅひょうかい（樹氷界）	冬	四五五
じゅひょうぐん（樹氷群）	冬	四五五
じゅひょうりん（樹氷林）	冬	四五五
シュプール	冬	五一一
しゅもくざめ（撞木鮫）	冬	五三九
しゅらおとし（修羅落し）	春	五三
じゅりうま（尾類馬）	新	五八八
しゅりょう（狩猟）	冬	五〇二
しゅろ（手炉）	冬	四九七
しゅろのにちようび（棕櫚の日曜日）	春	六六
しゅろのはな（棕櫚の花）	夏	二六五
しゅろはぐ（棕櫚剝ぐ）	冬	五〇六
しゅろむく（棕櫚むく）	冬	五〇六
しゅろをだく（手炉を抱く）	冬	四九七
しゅんい（春意）	春	五八
じゅんいちろうき（潤一郎忌）	夏	三二四
しゅんいん（春陰）	春	三
しゅんう（春雨）	春	一八
しゅんえん（春園）	春	二四
しゅんえん（春怨）	春	五八

しゅんかん（春寒） 春 九
しゅんかんき（俊寛忌） 春 七〇
しゅんかんりょうしょう（春寒料峭） 春 九
しゅんぎく（春菊） 春 一一四
しゅんきこうれいさい（春季皇霊祭） 春 二七
しゅんきとうそう（春季闘争） 春 三三
しゅんきゅう（春窮） 春 四〇
しゅんきょう（春興） 春 五七
しゅんぎょう（春暁） 春 三
しゅんきん（春禽） 春 七六
しゅんけい（春景） 春 一五
しゅんげつ（春月） 春 一六
しゅんこう（春光） 春 一五
しゅんこう（春郊） 春 三
しゅんこう（春江） 春 三三
しゅんこう（春耕） 春 四三
じゅんさい（蓴菜） 夏 三〇七
じゅんさいおう（蓴菜生ふ） 春 一三六
しゅんさん（春霰） 春 一九
しゅんじつ（春日） 春 一五
しゅんじつちち（春日遅々） 春 三
しゅんしゃ（春社） 春 二
しゅんしゅう（春愁） 春 五八
しゅんじゅん（春筍） 春 一〇六
しゅんしょ（春曙） 春 三
しゅんしょう（春宵） 春 三
しゅんしょく（春色） 春 一五
しゅんしん（春信） 冬 四四九
しゅんじん（春塵） 春 一八
しゅんすい（春水） 春 三
しゅんすい（春睡） 春 五七
しゅんせい（春星） 春 一六
しゅんせいき（春星忌） 冬 五二九
しゅんせつ（春雪） 春 一九
しゅんせん（春蟬） 春 九一
しゅんそう（春霜） 春 二〇
しゅんそう（春装） 春 二四
しゅんそう（春草） 春 一六
しゅんそうき（春草忌） 夏 二三三
しゅんだん（春暖） 春 三
しゅんちゅう（春昼） 春 三
しゅんちょう（春潮） 春 二四
しゅんちょう（春朝） 春 三
しゅんでい（春泥） 春 二五
しゅんてん（春天） 春 一五
しゅんとう（春闘） 春 三三
しゅんとう（春燈） 春 四〇
しゅんとう（春濤） 春 三三
しゅんとうか（春燈火） 春 四〇
じゅんのみねいり（順の峰入） 春 六五
しゅんぷう（春風） 春 一六
しゅんぷく（春服） 春 三四
しゅんぶん（春分） 春 二
しゅんぶんのひ（春分の日） 春 二七
しゅんぼう（春望） 春 一五
しゅんみん（春眠） 春 五七
しゅんや（春夜） 春 三
しゅんやろうき（春夜楼忌） 冬 五二六
しゅんらい（春雷） 春 二〇
しゅんらん（春蘭） 春 一三
しゅんりん（春霖） 春 一八
しゅんりん（春林） 春 一〇〇
しゅんれい（春嶺） 春 三
しゅんれん（春聯） 新 五八六
しょ（暑） 夏 一三六
しょういつき（聖一忌） 冬 五二五
しょういつこくしき（聖一国師忌） 冬 五二五
しょうが（生姜） 秋 四二〇
しょうがいち（生姜市） 秋 三六二
しょうがざけ（生姜酒） 冬 四八〇
しょうがつ（正月） 新 五六二
しょうがつこそで（正月小袖） 新 五八九
しょうがつしばい（正月芝居） 新 六〇二
しょうがつのことはじめ（正月の事始） 冬 四六六
しょうがつのたこ（正月の凧） 新 六〇〇

しょうがつばしょ (正月場所) 新 六〇三
しょうがつもうで (正月詣) 新 六〇四
しょうがつよせ (正月寄席) 新 六〇三
しょうがつれい (正月礼) 新 五七七
しょうがばたけ (生姜畑) 秋 四三〇
しょうがほる (生姜掘る) 冬 五〇一
しょうがみそ (生姜味噌) 冬 四八八
しょうがゆ (生姜湯) 冬 四八一
しょうかん (小寒) 冬 四四六
じょうげん (上元) 新 五八六
じょうげんのつき (上弦の月) 秋 三一九
じょうげんのひ (上元の日) 新 五八六
しょうごいんかぶ (聖護院蕪) 冬 五五五
しょうこんさい (招魂祭) 春 六〇
じょうさいうり (定斎売) 夏 一八五
じょうざんき (丈山忌) 夏 三二〇
しょうじ (障子) 冬 四九三
じょうし (上巳) 春 二九
しょうじあらう (障子洗ふ) 秋 三四六
しょうじいれる (障子入れる) 秋 三四六
じょうしき (城師忌) 秋 三七八
しょうじはる (障子貼る) 秋 三四六
しょうしゅう (傷秋) 秋 三六〇
じょうしゅう (上秋) 秋 三一〇

じょうしゅん (上春) 春 八
じょうしゅんか (常春花) 春 一〇八
しょうしょ (小暑) 夏 一三五
しょうじょうそう (猩々草) 夏 二五七
しょうじょうばえ (猩々蠅) 夏 二四八
しょうじょうばかま (猩々袴) 春 一三四
しょうじょうぼく (猩々木) 冬 五四七
しょうじょぐさ (少女草) 秋 四一五
じょうしんにち (上辰日) 新 六〇七
しょうせつ (小雪) 冬 四四三
しょうせつのせつ (小雪の節) 冬 四四三
しょうせつパイプ (消雪パイプ) 冬 四九九
じょうそうき (丈草忌) 春 六九
じょうぞく (上蔟) 夏 一九二
しょうちくばいかざる (松竹梅飾る) 新 五七四
しょうちゅう (焼酎) 夏 一七五
しょうてんさい (昇天祭) 夏 二一六
じょうとう (上燈) 新 五八六
じょうどうえ (成道会) 冬 五三三
じょうなんまつり (城南祭) 秋 三六四
しょうのうぶね (樟脳舟) 夏 二〇二
じょうはいさい (浄配祭) 春 六五
じょうびたき (尉鶲) 秋 三八三
しょうびん 夏 二三九

しょうひんき (松濱忌) 秋 三七二
しょうぶ (菖蒲) 夏 二七一
じょうふ (上布) 夏 一六一
しょうぶいけ (菖蒲池) 夏 二七一
しょうぶうち (菖蒲打ち) 夏 一五六
しょうぶえん (菖蒲園) 夏 二七一
しょうぶおび (菖蒲帯) 夏 一五六
しょうぶがたな (菖蒲刀) 夏 一五六
しょうぶかたびら (菖蒲帷子) 夏 一五六
しょうぶかぶと (菖蒲冑) 夏 一五六
しょうぶかる (菖蒲刈る) 夏 一五五
しょうぶぎり (菖蒲切) 夏 一五六
しょうぶざけ (菖蒲酒) 夏 一五六
しょうぶさす (菖蒲挿す) 夏 一五五
しょうぶたたき (菖蒲叩き) 夏 一五六
しょうぶだち (菖蒲太刀) 夏 一五六
しょうぶなわ (菖蒲縄) 夏 一五六
しょうぶにんぎょう (菖蒲人形) 夏 一五五
しょうぶねわけ (菖蒲根分) 春 四九
しょうぶのはちまき (菖蒲の鉢巻) 夏 一五六
しょうぶひく (菖蒲引く) 夏 一五五
しょうぶふく (菖蒲葺く) 夏 一五五
しょうぶぶろ (菖蒲風呂) 夏 一五五
しょうぶゆ (菖蒲湯) 夏 一五五

しょうぶわきざし（菖蒲脇差） 夏 一五六
しょうぼうサイレン（消防サイレン） 冬 五〇八
しょうぼうしゃ（消防車） 冬 五〇八
しょうまん（小満） 夏 一三三
しょうみえいく（正御影供） 春 六三
じょうみもち（上巳餅） 春 二九
じょうみょうえ（浄名会） 冬 五二一
しょうめい（蟭螟） 夏 二五一
しょうゆつくる（醤油造る） 夏 一七六
しょうようき（逍遥忌） 春 六九
しょうらいう（小雷雨） 夏 一四五
じょうらくえ（常楽会） 春 六二
しょうりょうえ（聖霊会） 春 六二
しょうりょうだな（聖霊棚） 秋 三六六
しょうりょうとんぼ（精霊蜻蛉） 秋 三九〇
しょうりょうながし（精霊流し） 秋 三六七
しょうりょうばな（精霊花） 秋 三三五
しょうりょうばな（聖霊花） 秋 四三三
しょうりょうび（精霊火） 秋 三六六
しょうりょうぶね（精霊舟） 秋 三六七
しょうりょうまつり（聖霊祭） 秋 三六六
しょうりょうむかえ（精霊迎） 秋 三六七
しょうりんき（少林忌） 冬 五二五
しょうろ（松露） 春 一二七
じょうろ（如雨露） 夏 一四四
しょうろかく（松露掻く） 春 一二七
しょうろほる（松露掘る） 春 一二七
しょうわのひ（昭和の日） 春 二八
じょおうばち（女王蜂） 春 九〇
ショートパンツ 夏 一六三
ショール 冬 四七八
しょか（初夏） 夏 一三二
しょかつさい（諸葛菜） 春 一〇七
しょかのはる（書架の春） 新 五六三
しょき（暑気） 夏 一三六
しょきあたり（暑気中り） 夏 二〇五
しょきくだし（暑気下し） 夏 一八一
しょきばらい（暑気払ひ） 夏 一八一
しょくが（燭蛾） 夏 二四三
しょくじゅさい（植樹祭） 春 三三
しょくじゅしき（植樹式） 春 三三
しょくじょ（織女） 秋 三三三
じょくしょ（溽暑） 夏 一三七
しょくじょせい（織女星） 秋 三三三
しょくぶつさいしゅう（植物採集） 夏 二〇三
しょくりん（植林） 春 四八
しょこう（初航） 新 五九五
しょしゅう（初秋） 秋 三一〇
しょしゅうさん（初秋蚕） 秋 三九五
しょしゅん（初春） 春 八
しょしょ（処暑） 秋 三一一
しょじょゆき（処女雪） 冬 四五六
しょせいじんさい（諸聖人祭） 秋 三七〇
じょせき（除夕） 冬 四四六
じょせつ（除雪） 冬 四九二
じょせつしゃ（除雪車） 冬 四九二
じょせつしゃ（除雪車） 冬 四九九
じょそうき（除草機） 夏 一八八
しょそき（初祖忌） 冬 五二五
しょたん（初旦） 新 五六三
じょたん（助炭） 冬 四九七
じょちゅうぎく（除虫菊） 夏 二七四
しょちゅうきゅうか（暑中休暇） 夏 一五九
しょちゅうみまい（暑中見舞） 夏 一五九
しょちゅうやすみ（暑中休み） 夏 一五九
しょっつる（塩汁） 冬 四八四
しょとう（初冬） 冬 四四二
じょにち（除日） 冬 四四五
しょふく（初伏） 夏 一三六
しょぶろ（初風炉） 夏 一八三
じょや（除夜） 冬 四四六
じょやのかね（除夜の鐘） 冬 五三三
じょやのゆ（除夜の湯） 冬 四七一
じょやもうで（除夜詣） 冬 五二〇

しょりょう（初涼）	秋	三一一
しょれいさい（諸霊祭）	秋	三七〇
じょろうか（女郎花）	秋	四三三
じょろうぐも（女郎蜘蛛）	夏	二五一
しょんがん	新	五八六
しらいき（白息）	冬	五一三
しらうお（白魚）	春	八三
しらうおめし（白魚飯）	春	三九
しらお	春	八三
しらおき（白雄忌）	秋	三七五
しらがきりぼし（白髪切干）	冬	五〇〇
しらかばのはな（白樺の花）	春	一〇三
しらぎく（白菊）	秋	四一五
しらさぎ（白鷺）	夏	三三一
しらさめ（白雨）	夏	一四四
しらす（白子）	春	三七
しらすぼし（白子干）	春	三七
しらたま（白玉）	夏	一七〇
しらたまぜんざい（白玉ぜんざい）	夏	一七〇
しらたまそう（白玉草）	秋	四三四
しらつゆ（白露）	秋	三三六
しらぬい（不知火）	秋	三三〇
しらねあおい（白根葵）	夏	三〇五
しらはえ（白鮠）	夏	二二七
しらはぎ（白萩）	秋	四二六
しらふじ（白藤）	春	九七
しらみ（虱）	夏	二五〇
しらみぐさ（しらみ草）	秋	四三〇
しらも（白藻）	春	一三九
しらもも（白桃）	春	九八
しらゆり（白百合）	夏	二七七
しらん（紫蘭）	夏	二九三
じり（海霧）	夏	一四五
しりつみまつり（尻摘祭）	冬	五一八
しるこ（汁粉）	冬	四八一
しるこわん（汁粉椀）	冬	四八一
しろあさがお（白朝顔）	秋	四一三
しろあまだい（白甘鯛）	冬	五四〇
しろあり（白蟻）	夏	二五一
しろいちじく（白無花果）	秋	三九九
じろうがき（次郎柿）	秋	三九八
しろうき（士朗忌）	夏	三三〇
しろうさぎ（白兎）	冬	五三四
しろうし（代牛）	夏	一八六
じろうしゅ（治聾酒）	春	三九
しろうちわ（白団扇）	夏	一八三
しろうま（代馬）	夏	一八六
しろうり（越瓜）	夏	二八六
しろうりづけ（白瓜づけ）	夏	一六五
しろお	春	八三
しろおうぎ（白扇）	夏	一八三
しろがき（白柿）	秋	三四三
しろかく（代掻く）	夏	一八六
しろがさね（白重）	夏	一六〇
しろがすり（白絣）	夏	一六三
しろがすり（白飛白）	夏	一六三
しろかたびら（白帷子）	夏	一六〇
しろがねき（銀忌）	冬	五三三
しろかび（白黴）	夏	三〇七
しろききょう（白桔梗）	秋	四三一
しろきにちようび（白き日曜日）	春	六七
しろきりこ（白切子）	秋	三四五
しろぐつ（白靴）	夏	一〇四
しろくま（白熊）	冬	五三三
しろぐわい（白慈姑）	春	一一五
しろこばば（白粉婆）	冬	五四四
しろざけ（白酒）	春	三八
しろじ（白地）	夏	一六二
しろしきぶ（白式部）	秋	四〇八
しろシャツ（白シャツ）	夏	一六二
しろしょうぶ（白菖蒲）	夏	二七一
しろずみ（白炭）	冬	四九五
しろぜり（白芹）	春	一三
しろた（代田）	夏	一五一
しろたび（白足袋）	冬	四七八
しろたみず（代田水）	夏	一五一
しろちぢみ（白縮）	夏	一六一
しろちょう（白蝶）	春	八九
しろつつじ（白躑躅）	春	九七
しろつばき（白椿）	春	九二
しろなつぼう（白夏帽）	夏	一六四
しろなんてん（白南天）	秋	三九七

しろのれん（白暖簾） 夏 一七八
しろはえ（白南風） 夏 一四一
しろばなたんぽぽ（白花たんぽぽ） 春 一一九
しろはら（白腹） 秋 三八二
しろひがさ（白日傘） 夏 一六四
しろふく（白服） 夏 一六三
しろぶくりょう（白茯苓） 秋 四三九
しろぶどう（白葡萄） 秋 三九九
しろふよう（白芙蓉） 秋 三九六
しろぼけ（白木瓜） 春 一〇一
しろまゆ（白繭） 夏 一九二
しろむくげ（白木槿） 秋 三九六
しろやまぶき（白山吹） 春 九七
しろゆかた（白浴衣） 夏 一六三
しわす（師走） 冬 四四四
しわすいち（師走市） 冬 四六七
しわすかぜ（師走風） 冬 四四四
しわすぞら（師走空） 冬 四四四
しわすふじ（師走富士） 冬 四四四
しわぶき 冬 五一三
しんあずき（新小豆） 秋 四三三
しんいと（新糸） 夏 一九三
しんいも（新藷） 夏 二八七
しんおうき（晋翁忌） 春 七〇
しんがく（進学） 春 二二
しんかずのこ（新数の子） 春 四〇
しんがっきゅう（新学級） 春 二二
しんかや（新榧） 秋 四〇六
しんかんしょ（新甘藷） 夏 二八七
しんぎ（神木） 新 六〇八
しんきいと（新生糸） 夏 一九三
じんぎすかんなべ（成吉思汗鍋） 冬 四八五
しんぎぬ（新絹） 秋 三五一
しんきゅう（進級） 春 二二
しんきゅうしけん（進級試験） 春 二二
しんきろう（蜃気楼） 春 二一
しんくるみ（新胡桃） 秋 三九九
しんげつ（新月） 秋 三一九
しんこうじ（新麹） 秋 三四一
しんごぼう（新牛蒡） 夏 二八八
しんごま（新胡麻） 秋 四二三
しんごよみ（新暦） 新 五九二
しんさい（新歳） 新 五六二
しんさいき（震災忌） 秋 三二一
しんさいきねんび（震災記念日）
しんざん（新参） 春 一九
しんし（蜃市） 春 二一
しんしき（晋子忌） 春 七〇
じんじつ（人日） 新 五六四
しんしぶ（新渋） 秋 三五〇
ジンジャーのはな（ジンジャーの花） 秋 四一三
しんしゃいん（新社員） 春 二二
しんじゃがいも（新馬鈴薯） 夏 二八七
しんしゅ（新酒） 秋 三四〇
しんじゅ（新樹） 夏 二六二
しんしゅう（新秋） 秋 三一〇
しんしゅう（深秋） 秋 三一六
しんしゅく（辰宿） 冬 四五三
しんしゅん（新春） 新 五六二
しんしゅんけいば（新春競馬） 新 六〇二
しんしゅんのほし（新春の星） 新 五六七
しんじょうえ（新嘗会） 冬 四六三
しんしょうが（新生姜） 秋 四二〇
しんじょうさい（神嘗祭） 秋 三六四
しんすい（神水） 夏 一四四
しんせつ（新雪） 冬 四五六
しんそば（新蕎麦） 秋 三四四
しんだいず（新大豆） 秋 四二三
しんたくあん（新沢庵） 冬 四八七
しんたばこ（新煙草） 秋 三五一
しんちぢり（新松子） 秋 四〇四
しんちゃ（新茶） 夏 一七五
じんちょう（沈丁） 春 九五
じんちょうげ（沈丁花） 春 九五
じんちょうのか（沈丁の香） 春 九五
しんどうふ（新豆腐） 秋 三四四

しんないながし（新内ながし）　夏　一九九
しんにっき（新日記）　新　五九四
しんにゅうしゃいん（新入社員）　春　三三
しんにゅうせい（新入生）　春　三三
しんねん（新年）　新　五六二
しんねんかい（新年会）　新　五八一
しんのうさい（神農祭）　冬　五一八
しんのうのとら（神農の虎）　冬　五一八
しんのみ（新蚤）　春　九〇
しんのり（新海苔）　冬　四八九
しんはた（新機）　秋　三五一
しんぶし（新節）　夏　一六七
じんべい（甚平）　夏　一六一
しんほしだいこん（新干大根）　冬　五〇〇
しんまい（新米）　秋　三四一
しんまゆ（新繭）　夏　一九二
しんまわた（新真綿）　夏　一九三
しんむぎ（新麦）　夏　一八五
しんめいき（晋明忌）　冬　五三六
しんめたつ（新芽立つ）　春　九九
しんやぎょう（深夜業）　秋　三五〇
じんらい（迅雷）　夏　一四五
しんらんき（親鸞忌）　冬　五三三
しんりょう（新涼）　秋　三一一
しんりょく（新緑）　夏　二六二
しんりんよく（森林浴）　夏　一九九
しんろう（蜃楼）　春　二一
しんわた（新綿）　秋　三五一
しんわら（新藁）　秋　三五〇
しんわらぐつ（新藁沓）　冬　四七九

す

すあし（素足）　夏　二〇四
すあわせ（素袷）　夏　一六〇
スイートピー　春　一二
すいいん（翠蔭）　夏　二六三
すいえい（水泳）　夏　一九八
すいえいじょうひらく（水泳場開く）　夏　一五八
すいか（西瓜）　秋　四一六
すいか（水禍）　夏　一四九
すいがい（水害）　夏　一四九
すいかうう（西瓜植う）　春　四六
すいかずら（吸葛）　夏　二六四
すいかずらのはな（忍冬の花）　夏　二六四
すいかちょうちん（西瓜提燈）　夏　一八三
すいかのはな（西瓜の花）　夏　二八二
すいかばたけ（西瓜畑）　秋　四一六
すいかまく（西瓜蒔く）　春　四六
すいかわり（西瓜割り）　夏　二〇〇
ずいき（芋茎）　秋　四一八
ずいきまつり（芋茎祭）　秋　三六三
すいきゅう（水球）　夏　一九八
すいきん（水禽）　冬　五三七
すいじょうスキー（水上スキー）　夏　一九七
すいせん（水仙）　冬　五五四
すいせんのう（酔仙翁草）　夏　二七六
すいちゅうか（水中花）　夏　二〇三
すいちゅうめがね（水中眼鏡）　夏　一九四
すいっちょ　秋　三九二
すいと　秋　三九二
すいば（酸葉）　春　一二〇
すいはき（水巴忌）　秋　三七三
すいはん（水飯）　夏　一六九
すいばん（水盤）　夏　一七九
すいふよう（酔芙蓉）　秋　三九六
すいみつとう（水蜜桃）　秋　三九八
すいものぐさ（すいもの草）　夏　二九六
すいらん（水蘭）　夏　二七三
すいれん（睡蓮）　夏　二七六
すいれんうう（睡蓮植う）　春　四七
すうど（酢独活）　春　三六
すえつむはな（末摘花）　夏　二八〇
すえのあき（末の秋）　秋　三三二
すえのはる（末の春）　春　一四
すえひろ（末広）　夏　一八二
すえめし（饐飯）　夏　一六九

すおう（紫荊） 春 九五
すおうのみ（蘇枋の実） 秋 三九七
スカール 夏 一九六
すがき（酢牡蠣） 冬 五一〇
すがくれ（巣隠） 春 八〇
すかしご（透蚕） 春 九一
すがもり（すが漏り） 冬 四九三
すがもる（すが漏る） 冬 四九三
すがらす（巣鴉） 春 八一
すがれぎく（すがれ菊） 秋 四一五
すかんぽ 春 一二〇
スキー 冬 五二一
スキーぐつ（スキー靴） 冬 五二一
スキーじょう（スキー場） 冬 五二一
スキーふく（スキー服） 冬 五二一
スキーぼう（スキー帽） 冬 五二一
スキーヤー 冬 五二一
スキーやど（スキー宿） 冬 五二一
スキーれっしゃ（スキー列車） 冬 五二一
すきぞめ（梳初） 新 五九四
すきぞめ（鋤初） 新 五九六
すぎな（杉菜） 春 一一九
すぎなおう（杉菜生ふ） 春 一一九
すぎのかふん（杉の花粉） 春 一〇三
すぎのはな（杉の花） 春 一〇三
すぎのみ（杉の実） 秋 四〇五
すきはじめ（梳始） 新 五九四
すきまかぜ（隙間風） 冬 四九一
すきまはる（隙間貼る） 冬 四九一
すきまゆき（隙間雪） 冬 四五六
すきやき（鋤焼） 冬 四八四
すぎやき（杉焼） 冬 四八二
ずきん（頭巾） 冬 四七七
ずきんぬぐ（頭巾脱ぐ） 春 三四
ずく（木菟） 冬 五三七
すぐき（酢茎） 冬 四八七
すぐきうり（酢茎売） 冬 四八七
ずくなく（木菟鳴く） 冬 五三七
ずくのみみ（木菟の耳） 冬 五三七
すぐりのみ（すぐりの実） 夏 二六一
すぐるあき（過ぐる秋） 秋 三一六
すぐろ（末黒） 春 三三
すぐろの（末黒野） 春 三三
すぐろのすすき（末黒の薄） 春 一一七
スケーター 冬 五二一
スケート 冬 五二一
スケートぐつ（スケート靴） 冬 五二一
スケートじょう（スケート場） 冬 五二一
すげがさ（菅笠） 夏 一六四
すげかり（菅刈） 夏 一九〇
すけそうだら（助宗鱈） 冬 五四〇
すけとうだら（介党鱈） 冬 五四〇
スコール 夏 一四四
すごもり（巣籠） 春 八〇
すごろく（双六） 新 五九八
すさまじ（冷まじ） 秋 三一五
すし（鮓） 夏 一六八
すしおけ（鮓桶） 夏 一六八
すじこ（筋子） 秋 三四三
すじだわら（すぢ俵） 春 四四
すしなるる（鮓熟るる） 夏 一六八
すしのめし（鮓の飯） 夏 一六八
すじまき（すぢ蒔） 春 四五
すじゅうき（素十忌） 秋 三七七
すすおさめ（煤納） 冬 四六七
すずかけ（鈴懸） 春 九七
すずかけのはな（鈴懸の花） 春 一〇五
すずかぜ（涼風） 夏 一四二
すずがも（鈴鴨） 冬 五三七
すすき（芒） 秋 四二六
すずき（鱸） 秋 三八七
すすきあおし（芒青し） 夏 二九二
すすきかる（芒枯る） 冬 五五七
すすきしげる（芒茂る） 夏 二九二
すすきちる（芒散る） 秋 四二六
すすきてる（芒照る） 秋 四二六
すずきなます（鱸膾） 秋 三八七
すすきまつり（芒祭） 秋 三六二
ずずこ 秋 四二八
すすごもり（煤籠） 冬 四六七
すすさわぎ（煤騒ぎ） 冬 四六七
すずし（涼し） 夏 一三七

すずしろ 冬 五五五
すずしろ（蘿蔔） 新 六二二
すすだけ（煤竹） 冬 四六七
すすだけうり（煤竹売） 冬 四六七
ずずだま（ずず玉） 秋 四二八
すずな（菘） 新 六二三
すすにげ（煤逃げ） 冬 四六七
すずのこ（篠の子） 夏 二七一
すずのさら（錫の皿） 夏 一七九
すずのはち（錫の鉢） 夏 一七九
すすのひ（煤の日） 冬 四六七
すずのやき（鈴の屋忌） 秋 三七七
すすのよ（煤の夜） 冬 四六七
すすはき（煤掃） 冬 四六七
すすはらい（煤払） 冬 四六七
すすぶろ（煤風呂） 冬 四六七
すすほうき（煤箒） 冬 四六七
すずみ（納涼） 夏 一九六
すずみじょうるり
（涼み浄瑠璃） 夏 二〇一
すすみまい（煤見舞） 冬 四六七
すずみゆか（納涼床） 夏 一九六
すずむし（鈴虫） 秋 三九一
すずめうお（雀魚） 春 八四
すずめうみにはいりはまぐり
となる
（雀大水に入り蛤となる） 秋 三一三
すずめうり（雀瓜） 秋 四三六
すずめがくれ（雀隠れ） 春 一一七
すずめかしてはまぐりとなる
（雀化して蛤となる） 秋 三一三
すずめかたびら（雀の帷子） 春 一二四
すずめご（雀子） 春 八〇
すずめさかる（雀交る） 春 七九
すずめのあわ（雀の粟） 秋 四三六
すずめのこ（雀の子） 春 八〇
すずめのす（雀の巣） 春 八一
すずめのたご（雀の担桶） 夏 二四四
すずめのてっぽう
（雀の鉄砲） 春 一二四
すずめのひえ（雀の稗） 秋 四三六
すずめのひな（雀の雛） 春 八〇
すずめはまぐりとなる
（雀蛤となる） 秋 三一三
すすゆ（煤湯） 冬 四六七
すずらん（鈴蘭） 夏 二九三
すずりあらい（硯洗） 秋 三三三
すずりあらう（硯洗ふ） 秋 三三三
すずろさむ（すずろ寒） 秋 三一五
すだち（酸橘） 秋 四〇〇
すだち（巣立） 春 八一
すだちどり（巣立鳥） 春 八一
すだれ（簾） 夏 一七八
すだれがい（簾貝） 春 八六
すだれしまう（簾仕舞ふ） 秋 三四五
すだれつる（簾吊る） 夏 一七八
すだれど（簾戸） 夏 一七八
すだれとる（簾とる） 秋 三四五
すだれなごり（簾名残） 秋 三四五
すだれはずす（簾はづす） 秋 三四五
すだれまく（簾巻く） 夏 一七八
スチーム 冬 四九四
すつくる（酢造る） 夏 一七五
すつばめ（巣燕） 春 八一
すていわし（捨鰯） 秋 三八八
すてうちわ（捨て団扇） 秋 三四五
すておうぎ（捨て扇） 秋 三四五
すてかがし（捨案山子） 秋 三四七
すてぎく（捨菊） 秋 四一五
すてご（捨蚕） 春 九一
すてごばな（捨子花） 秋 四三一
すてずきん（捨頭巾） 春 三四
すてぞり（捨橇） 春 四二
すててこ 夏 一六一
すてびな（捨雛） 春 三〇
すど（簀戸） 夏 一七九
ストークス・アスター 夏 二七五
ストーブ 冬 四九四
ストーブのぞく
（ストーブ除く） 春 四一
ストール 冬 四七八
ストケシア 夏 二七五
すどしまう（簀戸しまふ） 秋 三四六
ストック 春 一〇七

すどり（巣鳥）　春　八〇
すなあらし（砂あらし）　春　一八
すないちご（砂苺）　夏　三〇四
すなひがさ（砂日傘）　夏　一九八
すなまこ（酢海鼠）　冬　四八九
すなやく（砂灼く）　夏　一五一
すなやつめ（砂八目）　冬　五四二
スノーチェーン　冬　五〇〇
スノードロップ　春　一〇九
スノーフレーク　春　一〇九
スノーボール　冬　四九三
すのきじ（巣の雉子）　春　八一
すのたか（巣の鷹）　春　八〇
すのとび（巣の鳶）　春　八一
すのとり（巣の鳥）　春　八〇
すのわし（巣の鷲）　春　八〇
すばこ（巣箱）　春　八〇
すばしり　秋　三八七
すばしりごぼう（須走牛蒡）　秋　四三二
すはだか（素裸）　夏　二〇四
すばち（巣蜂）　春　九〇
すはまぐり（酢蛤）　春　八六
すはまそう（洲浜草）　春　一三〇
すびつ（炭櫃）　冬　四九六
スプリング　春　三五
すべりひゆ（滑莧）　夏　二九五
すまいのせちえ（相撲節会）　秋　三六八
すみ（炭）　冬　四九五
すみいぶる（炭いぶる）　冬　四九五
すみうま（炭馬）　冬　五〇五
すみうり（炭売）　冬　四九五
すみおう（炭負ふ）　冬　五〇五
すみかご（炭籠）　冬　四九六
すみがま（炭竈）　冬　五〇五
すみがます（炭叺）　冬　四九六
すみきる（炭切る）　冬　四九五
すみくず（炭屑）　冬　四九五
すみぐるま（炭車）　冬　五〇五
すみだわら（炭俵）　冬　四九六
すみだわらあむ（炭俵編む）　秋　三五〇
すみつぐ（炭つぐ）　冬　四九五
すみとり（炭斗）　冬　四九六
すみにうま（炭荷馬）　冬　五〇五
すみのか（炭の香）　冬　四九五
すみのかま（炭の竈）　冬　五〇五
すみのこ（炭鋸）　冬　四九五
すみのこな（炭の粉）　冬　四九五
ずみのはな（桷の花）　夏　二六六
すみばこ（炭箱）　冬　四九六
すみはねる（炭はねる）　冬　四九五
すみび（炭火）　冬　四九五
すみひく（炭挽く）　冬　四九五
すみびこいし（炭火恋し）　秋　三四六
すみひさご（炭ひさご）　冬　四九六
すみや（炭屋）　冬　四九五
すみやき（炭焼）　冬　五〇五
すみやきがま（炭焼竈）　冬　五〇五
すみやきふ（炭焼夫）　冬　五〇五
すみよしすもうえ（住吉相撲会）　秋　三六四
すみよしのいち（住吉の市）　秋　三六四
すみよしのおたうえ（住吉の御田植）　夏　二一〇
すみよしまつり（住吉祭）　夏　二一三
すみれ（菫）　春　一一八
すみれの（菫野）　春　一一八
すみわる（炭割る）　冬　四九五
すみをやく（炭を焼く）　冬　五〇五
すむ（澄む）　秋　三一四
すむあき（澄む秋）　秋　三一四
すむぎ　夏　一六九
すもう（相撲）　秋　三五八
すもうぐさ（相撲草）　秋　四三四
すもうとり（相撲取）　秋　三五八
すもうとりぐさ（相撲取草）　春　一一八
すもうとりぐさ（角力取草）　秋　四三四
すもうばな（相撲花）　春　一一八
すもじ　夏　一六八
スモッグ　冬　四五八
すもも（李）　夏　二六一
すももさく（李咲く）　春　九八
すもものはな（李の花）　春　九八
すももまつり（すもも祭）　夏　二二三
すりぞめ（刷初）　新　五九三

ずわいがに（ずわい蟹） 冬 五四三
すわのおんばしらまつり（諏訪の御柱祭） 夏 二〇七
すわまつり（諏訪祭） 夏 二〇七
すわりだい（据り鯛） 新 五九〇
すわりもち（据り餅） 新 五七三
スワン 冬 五三八

せ

ぜあみき（世阿弥忌） 秋 三七一
せいアンドレアのしゅくじつ（聖アンドレアの祝日） 冬 五二三
せいか（盛夏） 夏 一三六
せいか（聖歌） 冬 五二四
せいか（聖菓） 冬 五二四
せいが（星河） 秋 三三三
せいかいさい（聖灰祭） 春 六六
せいかいすいようび（聖灰水曜日） 春 六六
せいかすい（井華水） 新 五六九
せいかぞくさい（聖家族祭） 冬 五二四
せいかはじめ（生花始） 新 五九五
せいきんようび（聖金曜日） 春 六六
せいげつき（霽月忌） 春 六八
せいご 秋 三八七
せいごがつ（聖五月） 夏 一三三
せいこがに（せいこ蟹） 冬 五四三

せいザビエルさい（聖ザビエル祭） 冬 五二四
せいさん（聖餐） 冬 五二四
せいしき（誓子忌） 春 七一
せいじはじめ（政事始） 新 五七〇
せいじゅ（聖樹） 冬 五二四
せいしゅうかん（聖週間） 春 六六
せいしゅうき（聖週期） 春 六六
せいしゅん（青春） 春 八
せいじょ（青女） 冬 四五五
せいしょくさい（聖燭祭） 冬 五二四
せいしょくせつ（聖燭節） 冬 五二四
せいしんさい（聖心祭） 夏 二一七
せいじんさい（聖人祭） 秋 三七〇
せいじんしき（成人式） 新 五七三
せいじんのひ（成人の日） 新 五七三
せいせいき（青々忌） 冬 五三〇
せいそんき（青邨忌） 冬 五三八
せいたいぎょうれつ（聖体行列） 秋 三六九
せいたいさい（聖体祭） 夏 二一七
せいたかあわだちそう（背高泡立草） 秋 四一七
せいたんさい（聖誕祭） 冬 五二四
せいちゃ（製茶） 春 五一
せいてい（青帝） 春 八
せいとうき（静塔忌） 秋 三七五
せいとさい（聖徒祭） 秋 三七〇

せいどようび（聖土曜日） 春 六七
せいパウロさい（聖パウロ祭） 夏 二一七
せいペトロさい（聖ペトロ祭） 夏 二一七
せいぼ（歳暮） 冬 四六八
せいほうき（青峰忌） 夏 二一一
せいぼうりだし（歳暮売出し） 冬 四六八
せいほき（青畝忌） 冬 五二九
せいぼさい（聖母祭） 秋 三六九
せいぼしょうてんさい（聖母昇天祭） 秋 三六九
せいぼせいしんさい（聖母聖心祭） 秋 三六九
せいぼせいたんさい（聖母生誕祭） 秋 三六九
せいぼづき（聖母月） 夏 二一六
せいミカエルさい（聖ミカエル祭） 秋 三六九
せいめい（清明） 春 一一
せいめいさい（清明祭） 春 五九
せいめいさい（聖名祭） 新 六〇九
せいめいせつ（清明節） 春 一一
せいもくようび（聖木曜日） 春 六六
せいもんばらい（誓文払） 秋 三六四
せいや（聖夜） 冬 五二四
せいやげき（聖夜劇） 冬 五二四

せいよう（青陽）	春	八
せいようかりん（西洋榠樝）	春	九九
せいようたんぽぽ（西洋たんぽぽ）	春	一一九
せいようみざくら（西洋実桜）	春	九六
せいようメロン（西洋メロン）	夏	二八六
せいヨセフさい（聖ヨセフ祭）	春	六五
せいヨハネさい（聖ヨハネ祭）	夏	二一六
せいヨハネのいわいび（聖ヨハネの祝ひ日）	冬	五五四
せいらん（青嵐）	夏	一四二
せいれいこうりんさい（聖霊降臨祭）	夏	二一七
せいれいさい（聖霊祭）	夏	二一七
せいわ（清和）	夏	一三三
セーター	冬	四七三
せがき（施餓鬼）	秋	三六七
せがきえ（施餓鬼会）	秋	三六七
せがきでら（施餓鬼寺）	秋	三六七
せき（咳）	冬	五一三
せきい（石葦）	夏	三〇〇
せきさい（釈菜）	春	六四
せきじごく（咳地獄）	冬	五一三
せきしゅん（惜春）	春	一四

せきしょう（石菖）	夏	二九二
せきせつ（積雪）	冬	四五六
せきぞろ（節季候）	冬	四六八
せきたん（石炭）	冬	四九六
せきちく（石竹）	夏	二七四
せきていき（石鼎忌）	冬	五一八
せきてん（釈奠）	春	六四
せきながし（堰流し）	春	五三
せきねん（惜年）	冬	四四五
せきのこ（咳の子）	冬	五一三
せきはずす（堰外す）	秋	三一九
せきまつり（関祭）	秋	三六三
せきらん（石蘭）	夏	三〇〇
せきらんうん（積乱雲）	夏	一三九
せきり（赤痢）	夏	二〇六
せきれい（鶺鴒）	秋	三八三
せく（咳く）	冬	五一三
せぐろいわし（背黒鰯）	秋	三一八
せこ（勢子）	冬	五〇三
せごしなます（背越膾）	夏	一六七
ぜぜがい（ぜぜ貝）	春	八七
せちぎ（節木）	新	五八四
せちきこり（節木樵）	冬	五〇六
せちごち（節東風）	新	五六七
せちごめ（節米）	冬	四六六
せちりょうまい（節料米）	冬	四六六
せちりょうもの（節料物）	冬	四六六
せっか（雪加）	夏	二三五

せっか（雪華）	冬	四五六
せつがわり（節替り）	冬	四四九
せっき（節季）	冬	四四四
せっきいち（節季市）	冬	四六七
せっけい（雪渓）	夏	一四九
せっけいわたる（雪渓渡る）	夏	一四九
せつげん（雪原）	冬	四五九
せつこき（節子忌）	春	七三
せっこくのはな（石斛の花）	夏	三〇二
せつごのてん（雪後の天）	冬	四五六
せつじょうしゃ（雪上車）	冬	四九九
せつぞう（雪像）	冬	五一一
せったい（摂待）	秋	三六五
せったいみず（接待水）	夏	一七四
せっちゅうか（雪中花）	冬	五五四
せってん（雪天）	冬	四五六
せつぶん（節分）	冬	四四九
せつぶんえ（節分会）	冬	四七二
せつぶんもうで（節分詣）	冬	五二〇
せっぺき（雪壁）	冬	四六二
せつもう（雪盲）	冬	五一五
せつれい（雪嶺）	冬	四五九
せとがい（瀬戸貝）	春	八六
ぜにあおい（銭葵）	夏	二七二
ぜにがめ（銭亀）	夏	二三五
ぜにむし（銭虫）	夏	二五二
せぶとん（背蒲団）	冬	四七五
せぼし（瀬干し）	夏	一九三

せまい（施米）	夏	一五四
せみ（蟬）	夏	二四七
せみうまる（蟬生る）	夏	二四七
せみくじら（背美鯨）	冬	五三四
せみしぐれ（蟬時雨）	夏	二四七
せみのぬけがら（蟬の脱殻）	夏	二四七
せみのもぬけ（蟬のもぬけ）	夏	二四七
せみまるき（蟬丸忌）	夏	二三〇
せみまるまつり（蟬丸祭）	夏	二三〇
ゼラニューム	夏	二七三
せり（芹）	春	一二
ゼリー	夏	一七〇
せりだ（芹田）	春	一二
せりつみ（芹摘）	春	一二
せりなずな（芹薺）	新	六二一
せりなべ（芹鍋）	冬	四八二
せりのはな（芹の花）	夏	三〇二
せりのみず（芹の水）	春	一二
せりはじめ（糶始）	新	五八〇
せりばたけ（芹畑）	春	一二
せりやき（芹焼）	冬	四八二
セル	夏	一六〇
セロリ	冬	五五六
せんがくじぎしたいさい（泉岳寺義士大祭）	春	三
せんきゅうのはな（川芎の花）	秋	四一六
せんきりぼし（千切干）	冬	五〇〇
せんげつ（繊月）	秋	三一九
せんけん（洗硯）	秋	三三二
せんげんまつり（浅間祭）	春	五九
せんこうか（剪紅花）	秋	四一四
せんこうはなび（線香花火）	夏	二〇〇
せんし（剪枝）	春	四八
せんしそう（染指草）	秋	四一四
ぜんじまるがき（禅子丸柿）	秋	三九八
せんしゃう（洗車雨）	秋	三二四
せんしゅん（浅春）	春	九
せんす（扇子）	夏	一八二
せんそう（仙草）	夏	二九三
せんぞしょうがつ（先祖正月）	新	五六五
せんだいむしくい（仙台虫喰）	夏	二三三
せんだんご（千団子）	夏	二二五
せんだんごまつり（千団子祭）	夏	二二五
せんだんのはな（梅檀の花）	夏	二六七
せんだんのみ（梅檀の実）	秋	四〇六
せんてい（剪定）	春	四八
せんていえ（先帝会）	春	一六〇
ぜんていか（禅庭花）	夏	三〇三
せんていさい（先帝祭）	春	一六〇
ぜんどうき（善導忌）	春	一七〇
せんなり（千生り）	秋	四一七
せんにちこう（千日紅）	夏	二七九
せんにちもうで（千日詣）	夏	二一三
せんにゅう（仙入）	秋	三八三
せんねんがい（先年貝）	春	八七
せんのう（仙翁）	秋	四一四
せんのうげ（仙翁花）	秋	四一四
せんぷうき（扇風機）	夏	一八二
せんぶり（千振）	秋	四三五
せんぶりのはな（千振の花）	秋	四三五
せんぶりひく（千振引く）	秋	三五三
せんぼんしめじ（千本しめぢ）	秋	四三八
せんぼんわけぎ（千本分葱）	春	一二四
ぜんまい（薇）	春	一二
せんまいづけ（千枚漬）	冬	四八七
せんもうき（剪毛期）	春	五〇
せんりょう（千両）	冬	五四八
せんりょうのみ（千両の実）	冬	五四八

そ

そういち（総一）	夏	一五七
そういんき（宗因忌）	春	七二
そううき（爽雨忌）	夏	二一三
そうがい（霜害）	春	二〇
そうかはじめ（挿花始）	新	五九五
そうかんき（宗鑑忌）	冬	五三五
そうき（爽気）	秋	三一四
そうぎき（宗祇忌）	秋	三七一
そうきゅうき（蒼虬忌）	春	七〇

そうげつ（壮月）　秋　三一一
そうこう（霜降）　秋　三一五
そうこうのせつ（霜降の節）　秋　三一五
そうしゅう（早秋）　秋　三一〇
そうじゅつのはな（蒼朮の花）　夏　三〇〇
そうじゅつをたく（蒼朮を焚く）　夏　一八三
そうじゅつをやく（蒼朮を焼く）　夏　一八三
そうしゅん（早春）　春　九
そうじょうき（僧正忌）　秋　三七六
そうじょうき（草城忌）　冬　五二三
そうしんき（艸心忌）　夏　二三三
そうず（添水）　秋　三四七
ぞうすい（雑炊）　冬　四八九
そうすいえ（送水会）　春　五九
ぞうすいなべ（雑炊鍋）　冬　四八九
そうせきき（漱石忌）　冬　五二八
そうたい（掃苔）　秋　三六七
そうてい（蒼帝）　春　八
そうとうしゅうかいざんき（曹洞宗開山忌）　秋　三七三
そうなんき（葱南忌）　秋　三七八
ぞうに（雑煮）　新　五七七
ぞうにばし（雑煮箸）　新　五七七
そうばい（早梅）　冬　五四六
そうまとう（走馬燈）　夏　一八二
そうめん（素麺）　夏　一六九
そうめんながし（素麺流し）　夏　一六九
そうめんひやす（素麺冷やす）　夏　一六九
そうめんほす（素麺干す）　冬　五〇一
そうらい（爽籟）　秋　三三三
そうりょう（爽涼）　秋　三一一
そうりんしき（巣林子忌）　冬　五二七
そえねかご（添寝籠）　夏　一七八
そえんき（素園忌）　秋　三七五
ソーダすい（ソーダ水）　夏　一七三
そがきょうげん（曾我狂言）　夏　二〇〇
そがのあめ（曽我の雨）　夏　一四四
そがのかさやき（曾我の笠焼）　夏　一五七
そくおんき（足温器）　冬　四九七
そけい（素馨）　夏　二五七
そこなだれ（底雪崩）　春　二五
そこびえ（底冷）　冬　四四八
そこべに（底紅）　秋　三九六
そこべにき（底紅忌）　秋　三七四
そこまめ　秋　四二三
そしゅう（素秋）　秋　三一〇
そせいき（素逝忌）　秋　三七八
そせきき（疎石忌）　秋　三七七
そぞろさむ（そぞろ寒）　秋　三一五
そつぎょう（卒業）　春　二三
そてつのはな（蘇鉄の花）　夏　二六九
そでなしぬぐ（袖無し脱ぐ）　春　二四
そどうき（素堂忌）　秋　三七二
そとね（外寝）　夏　二〇五
そとのぼり（外幟）　夏　一五四
そばがき（蕎麦掻）　冬　四八二
そばかり（蕎麦刈）　冬　五〇〇
そばさく（蕎麦咲く）　秋　四二三
そばのはな（蕎麦の花）　秋　四二三
そばほす（蕎麦干す）　冬　五〇〇
そばゆ（蕎麦湯）　冬　四八一
そひょう（粗氷）　冬　四五五
そふう（素風）　秋　三一三
ソフトクリーム　夏　一七四
そまぞめ（杣初）　新　五九七
そめかたびら（染帷子）　夏　一六〇
そめしば　秋　四二七
そめたまご（染卵）　春　六七
そめのとしとり（そめの年取り）　冬　四六四
そめはじめ（染始）　新　五九五
そらいき（徂徠忌）　冬　五二一
そらすむ（空澄む）　秋　三一四
そらたかし（空高し）　秋　三一八
そらまめ（蚕豆）　夏　二八五
そらまめうう（蚕豆植う）　秋　三五二
そらまめのはな（蚕豆の花）　春　一一一
そらまめめし（蚕豆飯）　夏　一六八
そり（橇）　冬　四九九

そりうた（橇歌） 冬 四九九
そりしまう（橇しまふ） 春 四二
そりのみち（橇の道） 冬 四九九
そんとくき（尊徳忌） 冬 五二六

た

たあぜまめ（田畦豆） 秋 四三三
たあそび（田遊び） 新 五八五
ダービー 夏 二〇一
たいあみ（鯛網） 春 五一
たいいくのひ（体育の日） 秋 三三三
たいか（大火） 冬 五〇八
だいがくいも（大学藷） 冬 四九〇
だいかぐら（太神楽） 新 五八七
だいがさ（台笠） 夏 一六四
たいかん（大旱） 夏 一四七
だいかん（大寒） 冬 四四六
だいぎ（砧木） 春 四八
たいぎき（太祇忌） 秋 三七一
たいぎょ（帯魚） 秋 三八八
だいこ 冬 五五五
たいこうき（太閤忌） 秋 三七二
たいこうせつ（待降節） 冬 五三三
だいこくまい（大黒舞） 新 五八七
だいこくまつり（大黒祭） 新 六〇六
だいこくまわし（大黒廻し） 新 五八七
たいこそう（たいこ草） 秋 四三四
たいこのぶち 秋 四三四
たいこやき（太鼓焼） 冬 四九〇
だいこん（大根） 冬 五五五
だいこんあらう（大根洗ふ） 冬 五〇〇
だいこんいわう（大根祝ふ） 新 五七七
だいこんうま（大根馬） 冬 五〇〇
だいこんかざる（大根飾る） 新 五七七
だいこんぐるま（大根車） 冬 五〇〇
だいこんじめ（大根注連） 新 五七三
だいこんたき（大根焚） 冬 五三三
だいこんづけ（大根漬） 冬 四八七
だいこんにる（大根煮る） 冬 四八六
だいこんのは（大根の葉） 冬 五五五
だいこんのはな（大根の花） 春 一一一
だいこんばたけ（大根畑） 冬 五五五
だいこんひき（大根引） 冬 五〇〇
だいこんぶね（大根舟） 冬 五〇〇
だいこんほす（大根干す） 冬 五〇〇
だいこんまく（大根蒔く） 秋 三五二
たいさんぼくのはな（泰山木の花） 夏 二五六
だいしがゆ（大師粥） 冬 五三三
だいしけん（大試験） 春 三三
だいしこう（大師講） 冬 五三三
たいしゃくてんまいり（帝釈天詣） 新 六〇七
たいしゃくまいり（帝釈詣） 新 六〇七
だいしゅうかん（大週間） 春 六六
たいしゅん（待春） 冬 四四九
たいしょ（大暑） 夏 一三六
たいしょうてんのうさい（大正天皇祭） 冬 五一六
だいじんぐうふだくばり（大神宮札配） 冬 五二〇
だいず（大豆） 秋 四三三
たいずし（鯛鮓） 夏 一六八
だいずにる（大豆煮る） 秋 四三三
だいずひく（大豆引く） 秋 三三三
だいずほす（大豆干す） 秋 四三三
たいせつ（大雪） 冬 四四四
だいせっき（大節気） 冬 四四四
だいせっけい（大雪渓） 夏 一四九
たいせつのせつ（大雪の節） 冬 四四四
だいだい（橙） 冬 五四九
だいだいかざる（橙飾る） 新 五七四
だいだいのはな（橙の花） 夏 二五八
だいだいのみ（橙の実） 冬 五四九
だいたん（大旦） 新 五六三
だいちいつ（大地凍つ） 冬 四六一
たいちり（鯛ちり） 冬 四八五
たいつりそう（鯛釣草） 春 一〇七
たいとう（駘蕩） 春 一三
だいとうき（大燈忌） 冬 五二八
だいとうこくしき（大燈国師忌） 冬 五二八
だいとくじかいざんき（大徳寺開山忌） 冬 五二八

だいねんぶつ（大念仏） 春 六二
たいのはまやき（鯛の浜焼） 春 三七
ダイバー 夏 一九八
ダイビング 夏 一九八
たいふう（颱風） 秋 三三三
たいへいしんじ（大幣神事） 夏 二〇八
たいみそ（鯛味噌） 冬 四八八
だいもじそう（だいもじ草） 秋 四三三
だいもんじ（大文字） 秋 三六七
だいもんじそう（大文字草） 秋 四三三
だいもんじのひ
（大文字の火） 秋 三六七
たいやき（鯛焼） 冬 四九〇
だいらいう（大雷雨） 夏 一四五
たいらがい（平貝） 冬 五四三
たいらぎ（玉珧） 冬 五四三
だいりびな（内裏雛） 春 一三〇
たいろづく（田色づく） 秋 三一八
たうえ（田植） 夏 一八六
たうえじまい（田植仕舞） 夏 一八七
たうえまい（田植舞） 新 五八五
たうこぎ（田五加） 秋 四三〇
たうち（田打） 春 四四
たうちざくら（田打桜） 春 九五
たおこし（田起し） 春 四四
タオルがけ（タオル掛） 夏 一六一
たか（鷹） 冬 五三五
たかあし（高足） 冬 五一〇

たかあみ（鷹網） 秋 三五五
たかいぬ（鷹犬） 冬 五〇四
たかうち（鷹打） 秋 三五五
たがえし（田返し） 春 四四
たがえる（田蛙） 春 七五
たかかしてはととなる
（鷹化して鳩となる） 春 一〇
たかがり（鷹狩） 冬 五〇四
たがき（田掻） 春 四四
たかきうし（田掻牛） 夏 一八六
たかきうま（田掻馬） 夏 一八六
たかきてん（高き天） 秋 三一八
たかきにのぼる
（高きに登る） 秋 三二八
たかきび（高黍） 秋 四三三
たかく（田掻く） 夏 一八六
たかこき（多佳子忌） 夏 三一
たかさごいいだこ
（高砂飯蛸） 春 八六
たかし（鷹師） 冬 五〇四
たかしお（高潮） 秋 三三〇
たかしき（節忌） 春 六〇七
たかしき（たかし忌） 夏 二一九
たかじょう（鷹匠） 冬 五〇四
たかすだつ（鷹巣立つ） 春 八一
たかどうろう（高燈籠） 秋 三四五
たかな（高菜） 夏 二六七
たかにし（高西風） 秋 三三三

たかねぐさ（高嶺草） 夏 三〇五
たかの（鷹野） 冬 五〇四
たかのこえ（鷹の声） 冬 五三五
たかのす（鷹の巣） 春 八〇
たかのつめ（鷹の爪） 秋 四二〇
たかのつら（鷹の面） 冬 五三五
たかのてん（鷹の天） 冬 五三五
たかのとやで（鷹の塒出） 秋 三八〇
たかのはね（鷹の羽） 冬 五三五
たかのめ（鷹の目） 冬 五三五
たかのやまわかれ
（鷹の山別） 秋 三八〇
たかはご（高筴） 秋 三五六
たかはざ（高稲架） 秋 三四九
たかはととかす
（鷹鳩と化す） 春 一〇
たかべ 夏 二三八
たかまう（鷹舞ふ） 冬 五三五
たかむしろ（簟） 夏 一七
たかむしろなごり（簟名残） 秋 三四六
たがめ（田亀） 夏 二四六
たがやし（耕し） 春 四三
たかやままつり（高山祭） 春 六〇
たからがい（宝貝） 春 八七
たからのいち（宝の市） 秋 三六四
たからびき（宝引） 新 六〇〇
たからぶね（宝舟） 新 五七八
たかり（田刈） 秋 三四八

たかりょう（鷹猟）	冬	五〇四
たかわたる（鷹渡る）	秋	三八一
たかんな	夏	二六五
たき（滝）	夏	一五三
たきあび（滝浴び）	夏	一九九
たきおつ（滝落つ）	夏	一五三
たきおと（滝音）	夏	一五三
だきかご（抱籠）	夏	一七八
たきかぜ（滝風）	夏	一五三
たきかる（滝涸る）	冬	四六〇
たきぎのう（薪能）	夏	二二六
たきぎょうじゃ（滝行者）	夏	一五三
たきこおる（滝凍る）	冬	四六二
たきじき（多喜二忌）	春	六九
たきしぶき（滝しぶき）	夏	一五三
たきぞめ（焚初）	新	五九五
たきつぼ（滝壺）	夏	一五三
たきどの（滝殿）	夏	一七六
たきのいと（滝の糸）	夏	一五三
たきび（焚火）	冬	五〇八
たきみず（滝水）	夏	一五三
たきみち（滝道）	夏	一五三
たきみぢゃや（滝見茶屋）	夏	一五三
たきものひめ（薫姫）	秋	三三三
たきよく（滝浴）	夏	一五三
たくあん（沢庵）	冬	四八七
たくあんづけせいす（沢庵漬製す）	冬	四八七

たぐさづき（田草月）	夏	一三三
たぐさとり（田草取）	夏	一八七
だくしゅ（濁酒）	秋	三四〇
たくぼくき（啄木忌）	春	七三
たくみどり（番匠鳥）	秋	三八四
たくみどり（巧婦鳥）	冬	五三七
たけ（茸）	秋	四三七
たけうう（竹植う）	夏	一九一
たけうま（竹馬）	冬	五一〇
たけうまのこ（竹馬の子）	冬	五一〇
たけおちば（竹落葉）	夏	二七〇
たけがり（茸狩）	秋	三六〇
たけきり（竹伐）	夏	二一五
たけきる（竹伐る）	秋	三五一
たけしょうぎ（竹牀几）	夏	一七九
たけすだれ（竹簾）	夏	一七八
たげた（田下駄）	夏	一八六
たけにぐさ（竹煮草）	夏	一九二
たけのあき（竹の秋）	春	一〇六
たけのおちば（竹の落葉）	夏	二七〇
たけのかわ（竹の皮）	夏	二七〇
たけのかわちる（竹の皮散る）	夏	二七〇
たけのかわぬぐ（竹の皮脱ぐ）	夏	二七〇
たけのこ（筍）	夏	二六五
たけのこづゆ（筍梅雨）	夏	一四一
たけのこながし（筍流し）	夏	一四一

たけのこめし（筍飯）	夏	一六九
たけのはな（竹の花）	夏	二七〇
たけのはる（竹の春）	秋	四二一
たけのみ（竹の実）	秋	四二三
たけのわかば（竹の若葉）	夏	二七〇
たけまくら（竹枕）	夏	一七八
たけみのる（竹実る）	秋	四二三
たけみをむすぶ（竹実を結ぶ）	秋	四二三
たけむしろ（竹筵）	夏	一七七
たけやま（茸山）	秋	三六〇
たげり（田鳧）	冬	五三八
たこ（凧）	春	五五
たこ（章魚）	夏	二四一
たこあげ（凧揚げ）	春	五五
たこうな	夏	二六五
だこつき（蛇笏忌）	秋	三七七
ださいき（太宰忌）	夏	三三三
だざいふまつり（太宰府祭）	秋	三六三
だし	夏	一四〇
だし（山車）	夏	二〇七
たしぎ（田鴫）	秋	三八四
だしぐも（だし雲）	夏	一四〇
たじまい（田仕舞ひ）	秋	三四九
たぜり（田芹）	春	一二一
たたきごま（叩独楽）	新	六〇〇
たたきぞめ（叩初）	新	五九六
たたみがえ（畳替）	冬	四九三

たたみほす（畳干す） 夏 一五九
たたらまつり（踏鞴祭） 冬 五一七
たちあおい（立葵） 夏 二七三
たちうお（太刀魚） 秋 三八八
たちおよぎ（立泳ぎ） 夏 一九八
たちかざる（太刀飾る） 夏 一五五
たちぞめ（裁初） 新 五九四
たちのうお（たちの魚） 秋 三八八
たちはき 秋 四三三
たちばな（橘） 秋 四〇七
たちばなかざる（橘飾る） 新 五七四
たちばなづき（橘月） 夏 一三三
たちばなのみ（橘の実） 秋 四〇七
たちひ（立氷） 冬 四六二
たちびな（立雛） 春 三〇
たちふじそう（立藤草） 夏 二七九
たちまち（立待） 秋 三三〇
たちまちぐさ（忽草） 夏 二九六
たちまちづき（立待月） 秋 三三〇
ダチュラ 夏 二七五
たつおき（辰雄忌） 夏 三一一
たづくり（田作） 新 五九一
たつこき（立子忌） 春 七〇
だっこく（脱穀） 秋 三四九
たっこくき（達谷忌） 夏 三三三
だっさい（獺祭） 春 一〇
だっさいき（獺祭忌） 秋 三七六
だっさいぎょ（獺祭魚） 春 一〇
たつじき（達治忌） 春 七三
たつたひめ（竜田姫） 秋 三三七
たっつけ（裁着） 冬 四七六
たつなみそう（立浪草） 夏 二九七
たつのいぐさ（龍胆草） 秋 四三三
たっぺ（竹瓮） 冬 五〇四
たつまつり（辰祭） 新 六〇七
たつみかぜ（たつみ風） 夏 一四〇
たづる（田鶴） 冬 五三八
たで（蓼） 夏 二八八
たてぞめ（点初） 新 五九五
たでのはな（蓼の花） 秋 四三六
たでのほ（蓼の穂） 秋 四三六
たでのめ（蓼の芽） 春 一一六
たてはじめ（点始） 新 五九五
たでもみじ（蓼紅葉） 秋 四三六
たどん（炭団） 冬 四九六
たないけ（種池） 春 四四
たないど（種井戸） 春 四四
たなぎょう（棚経） 秋 三六六
たなさがし（棚探し） 新 五八一
たなばた（七夕） 秋 三三三
たなばたあめ（七夕雨） 秋 三三三
たなばたけ（七夕竹） 秋 三三三
たなばただな（七夕棚） 秋 三三三
たなばたづき（七夕月） 秋 三二〇
たなばたつめ（棚機津女） 秋 三三三
たなばたななひめ（七夕七姫） 秋 三三三
たなばたまつり（七夕祭） 秋 三三三
たなばらい（棚ばらひ） 新 五八一
たなもとさがし（棚元探し） 新 五八一
だに（蝨） 夏 二五二
たにざきき（谷崎忌） 夏 二二四
たにし（田螺） 春 八八
たにしあえ（田螺和） 春 三七
たぬき（狸） 冬 五三三
たぬきじる（狸汁） 冬 四八三
たぬきわな（狸罠） 冬 五〇三
たねあさがお（種朝顔） 秋 四一三
たねい（種井） 春 四四
たねいも（種芋） 春 一一五
たねいもうう（種芋植う） 春 四七
たねうり（種売） 春 四四
たねえらび（種選び） 春 四四
たねおけ（種桶） 春 四四
たねおろし（種おろし） 春 四五
たねかがし（種案山子） 春 四五
たねがみ（蚕卵紙） 春 五〇
たねだいこん（種大根） 春 一一一
たねだわら（種俵） 春 四四
たねつける（種浸ける） 春 四四
たねどこ（種床） 春 四五
たねとり（種採） 秋 三五一
たねなす（種茄子） 秋 四一七

たねなすび（種なすび） 秋 四一七
たねひたし（種浸し） 春 四四
たねふくべ（種瓢） 秋 四一七
たねぶくろ（種袋） 春 四四
たねまき（種蒔） 春 四五
たねまつり（種祭） 春 三
たねもの（種物） 春 四四
たねや（種屋） 春 四四
たねより（種選り） 春 四四
たねをまく（種を蒔く） 春 四五
たのいろ（田の色） 秋 三一八
たのみのせち（田実の節） 秋 三二七
たのものせち（田面の節） 秋 三二七
たばこさく（煙草咲く） 秋 四二四
たばこのはな（煙草の花） 秋 四二四
たばこほす（煙草干す） 秋 三五一
たはらも（たはら藻） 新 六二一
たばんごや（田番小屋） 秋 三四八
たび（足袋） 冬 四七八
たびえ（田稗） 秋 四二一
たびだつかみ（旅立つ神） 冬 五一六
たびのはる（旅の春） 新 五六三
たびはじめ（旅始） 新 六〇三
たひばり（田雲雀） 秋 三八四
たびらこ 新 六二三
たびらゆき（たびら雪） 春 一九
たふ（太布） 夏 一六一
だぼはぜ（だぼ鯊） 夏 三三八

たまあられ（玉霰） 冬 四五四
たまうち（玉打） 新 六〇〇
たまおくり（魂送り） 秋 三六七
たまかぜ（たま風） 冬 四五三
たまござけ（玉子酒） 冬 四八〇
たまさんご（玉珊瑚） 冬 五五三
たましずめまつり（鎮魂祭） 冬 五一六
たまずさ（玉章） 秋 四三七
たますだれ（玉簾） 夏 一七八
たますだれのはな
（珠簾の花） 夏 二七六
たませせり（玉せせり） 新 六〇五
たませり（玉競） 新 六〇五
たませりまつり（玉競祭） 新 六〇五
たまだな（魂棚） 秋 三六六
たまつばき（玉椿） 春 九二
たまとくばしょう
（玉解く芭蕉） 夏 二八一
たまとりまつり（玉取祭） 秋 三六三
たまとりまつり（玉取祭） 新 六〇五
たまな（玉菜） 夏 二六六
たまなえ（玉苗） 夏 二九〇
たまねぎ（玉葱） 夏 二六八
たまのあせ（玉の汗） 夏 二〇四
たまのお 秋 四二四
たまのかんざし（玉簪花） 夏 二八〇
たまのとし（玉の年） 新 五六三
たまのはる（玉の春） 新 五六二

たまばな（瓊花） 夏 二五四
たまぶりぶり（玉振振） 新 六〇〇
たまぼうき（玉ばうき） 秋 四三〇
たままくかんらん
（玉巻く甘藍） 春 一一四
たままくキャベツ
（玉巻くキャベツ） 春 一一四
たままくくず（玉巻く葛） 夏 二九二
たままくばしょう
（玉巻く芭蕉） 夏 二八一
たままつ（魂待つ） 秋 三六六
たままつり（魂祭） 秋 三六六
たまむかえ（魂迎） 秋 三六六
たまむし（玉虫） 夏 二四五
たまも（玉藻） 夏 三〇六
たみずおとす（田水落す） 秋 三一九
たみずわく（田水沸く） 夏 一五三
たみのはる（民の春） 新 五六二
たむけのいち（手向の市） 秋 三三五
たむしぐさ（田虫草） 夏 二九九
たむらそう（田村草） 秋 四三〇
ためともき（為朝忌） 春 七〇
たもぎ（田母木） 秋 三四九
たもり（田守） 秋 三四八
たゆうざる（大夫猿） 新 五八七
たゆうのどうちゅう
（太夫の道中） 春 五四
たら（鱈） 冬 五四〇

たらあみ（鱈網）　冬　五四〇
たらじる（鱈汁）　冬　四八五
だらだらまつり（だらだら祭）　秋　三六二
たらちり（鱈ちり）　冬　四八五
たらのはな（楤の花）　秋　四一〇
たらのめ（楤の芽）　春　一〇〇
たらば（鱈場）　冬　五四〇
たらばがに（鱈場蟹）　冬　五四三
たらぶね（鱈船）　冬　五四〇
たらめ（楤芽）　春　一〇〇
ダリアうう（ダリア植う）　春　四七
ダリヤ　夏　二七三
たるがき（樽柿）　秋　三九八
たるひ（垂氷）　冬　四六二
だるまいち（達磨市）　新　五七三
だるまかん（達磨柑）　春　九九
だるまき（達磨忌）　冬　五五五
だるまそう（達磨草）　春　一二七
たわぶれぐさ（たはぶれ草）　秋　四二七
たわむれねこ（戯れ猫）　春　七四
たわらあみ（俵編）　秋　三五〇
たわらぎ（俵木）　新　五八四
たわらご（俵子）　新　五九一
たわらむぎ（俵麦）　夏　二八〇
たをうつ（田を打つ）　春　四四
だをおう（儺を追ふ）　冬　四七三
たをかえす（田を返す）　春　四四

たをすく（田を鋤く）　春　四四
たんあんづけ（沢庵漬）　冬　四八七
だんう（暖雨）　春　一三
たんご（端午）　夏　一五四
だんごしょうがつ（団子正月）　新　五六五
たんごのせっく（端午の節句）　夏　一五四
だんごばな（団子花）　春　九七
だんごばな（団子花）　新　五八三
たんさんすい（炭酸水）　夏　一七三
たんじつ（短日）　冬　四四七
たんじょうえ（誕生会）　春　六三
たんじょうぶつ（誕生仏）　春　六三
だんじり　夏　二〇七
だんじりぶね（だんじり船）　夏　二一一
たんぜん（丹前）　冬　四七四
たんちょう（丹頂）　冬　五三八
だんちょうか（断腸花）　秋　四一四
だんつう（緞通）　冬　四九四
だんとう（暖冬）　冬　四四三
だんどく（檀特）　秋　四一三
たんばい（探梅）　冬　五〇九
たんばいこう（探梅行）　冬　五〇九
たんばぐり（丹波栗）　秋　三九九
だんびらゆき（だんびら雪）　春　一九
たんぽ　冬　四九八
だんぼう（暖房）　冬　四九四

だんぼうしゃ（暖房車）　冬　四九四
たんぽだく（湯婆抱く）　冬　四九八
たんぽぽ（蒲公英）　春　一一九
たんぽぽのわた（蒲公英の絮）　春　一一九
たんや（短夜）　夏　一三六
だんろ（暖炉）　冬　四九四
だんろおさむ（暖炉納む）　春　四一
だんろしまう（暖炉しまふ）　春　四一
だんろはずす（暖炉外す）　春　四一

ち

ち（茅）　秋　四二七
ちえのかゆ（智慧の粥）　冬　五三三
ちえもうで（知恵詣）　春　三三
ちえもらい（知恵貰ひ）　春　三三
ちがい（血貝）　春　八七
ちかしき（千樫忌）　秋　三七三
ちかまつき（近松忌）　冬　五一七
ちがや（白茅）　秋　四二七
ちがやのはな（茅萱の花）　春　一二四
ちからぐさ（力草）　秋　四三四
ちくごがらす（筑後鴉）　秋　三八四
ちぐさ（千草）　秋　四二五
ちぐさのはな（千草の花）　秋　四二五
ちくしゅう（竹秋）　春　一〇六
ちくしゅん（竹春）　秋　四二一
ちくすいじつ（竹酔日）　夏　一九一

ちくせき（竹席） 夏 一七七
ちくど（竹奴） 夏 一七八
ちくふじん（竹婦人） 夏 一七八
ちくめいじつ（竹迷日） 夏 一九一
ちくれいき（竹冷忌） 春 七一
ちごかんちく（ちご寒竹） 冬 五五六
ちさ 春 一二三
ちさのはな（苣の花） 夏 二八五
ちじつ（遅日） 春 一二
ちしまききょう（千島桔梗） 夏 三〇四
ちしまぎつね（千島狐） 冬 五三三
ちしゃ（萵苣） 春 一二三
ちしゃだいしき（智者大師忌） 冬 五二三
ちしゃのはな（萵苣の花） 夏 二八五
ちしゅん（遅春） 春 九
ちすいひる（血吸蛭） 夏 二五三
ちちぐさ（乳草） 秋 四三五
ちちこうむし（父乞虫） 秋 三九四
ちちこぐさ（父子草） 春 一二三
ちちのはる（父の春） 新 五六二
ちちのひ（父の日） 夏 一四四
ちちぶだし（秩父山車） 冬 五一八
ちちぶまつり（秩父祭） 冬 五一八
ちちぶよまつり（秩父夜祭） 冬 五一八
ちぢみ（縮） 夏 一六一
ちぢみたび（縮足袋） 夏 一六四
ちぢみふ（縮布） 夏 一六一

ちちろ 秋 三九一
ちちろむし 秋 三九一
ちっちぜみ（ちつち蟬） 秋 三九〇
ちとせあめ（千歳飴） 冬 四六五
ちどめそう（血止草） 秋 四一六
ちどり（千鳥） 冬 五三七
ちどりそう（千鳥草） 夏 二七七
ちにしき（地錦） 秋 四三五
ちぬ（茅渟） 夏 三一八
ちねつ（地熱） 夏 一五一
ちのほてり（地のほてり） 夏 一五一
ちのわ（茅の輪） 夏 二二三
ちのわくぐり（茅輪潜り） 夏 二二三
ちばな 春 一二四
ちばわらい（千葉笑） 冬 四七〇
ちまき（粽） 夏 一七一
ちまきぐさ（粽草） 夏 二九四
ちまきざさ（粽笹） 夏 一七一
ちまきゆう（粽結ふ） 夏 一七一
ちまつり（血祭） 秋 三六四
ちめいさい（知命祭） 春 六五
ちめぐさ（血目草） 秋 四三三
チモシー 夏 二八一
ちゃえん（茶園） 春 五〇
ちゃぐちゃぐ馬っこ（ちやぐちやぐ馬つこ） 夏 二一〇
ちゃじ（茶事） 冬 四九八
ちゃせんまつ（茶筅松） 新 六一三

ちゃたてむし（茶立虫） 秋 三九四
ちゃっきらこ 新 五八五
ちゃつくり（茶作り） 春 五一
ちゃつみ（茶摘） 春 五〇
ちゃのきさく（茶の木咲く） 冬 五四七
ちゃのはな（茶の花） 冬 五四七
ちゃのひきぞめ（茶の挽初） 新 五九五
ちゃのゆはじめ（茶湯始） 新 五九五
ちゃばたけ（茶畑） 春 五〇
ちゃひきぐさ（茶挽草） 夏 二九〇
ちゃぼけいとう（ちやぼ鶏頭） 秋 四一三
ちゃもみ（茶揉み） 春 五一
ちゃやま（茶山） 春 五〇
ちゃやまどき（茶山時） 春 五〇
ちゃをせいす（茶を製す） 春 五一
ちゃんこなべ（ちやんこ鍋） 冬 四八五
ちゃんちゃんこ 冬 四七五
チャンチャンコぬぐ（チャンチャンコ脱ぐ） 春 二四
ちゅうか（仲夏） 夏 一二三
ちゅうぎく（中菊） 秋 四一五
ちゅうげん（中元） 秋 三二六
ちゅうげんぞうとう（中元贈答） 秋 三二六
ちゅうごくぼん（中国盆） 秋 三六八
ちゅうしゅう（仲秋） 秋 三二一
ちゅうしゅう（中秋） 秋 三二一

ちゅうしゅうむげつ（仲秋無月） 秋 三二〇
ちゅうしゅん（仲春） 春 一〇
ちゅうしょ（中暑） 夏 二〇五
ちゅうそえ（中宗会） 春 七一
ちゅうとう（仲冬） 冬 四四三
ちゅうにち（中日） 春 一一
ちゅうふく（中伏） 夏 一三六
チューリップ 春 一〇九
ちょう（蝶） 春 八九
ちょういつる（蝶凍つる） 冬 五四四
ちよういわい（帳祝） 新 五八三
ちょううまる（蝶生る） 春 八九
ちょうが（朝賀） 新 五六九
ちょうがき（帳書） 新 五八三
ちょうきゅう（重九） 秋 三三一
ちょうくうき（沼空忌） 秋 三七四
ちょうご（重五） 夏 一五四
ちょうごうえ（長講会） 夏 二二五
ちょうさん（重三） 春 二九
ちょうじ（丁字） 春 九五
ちょうしき（趙子忌） 夏 二一九
ちょうじそう（丁字草） 夏 二七九
ちょうじな 秋 四三三
ちょうじゅうろう（長十郎） 秋 三九八
ちょうしゅんか（長春花） 春 九六
ちょうずはじめ（手水始） 新 五九一
ちょうせんあさがお（朝鮮朝顔） 夏 二七五
ちょうちょう（蝶々） 春 八九
ちょうちんばな（提灯花） 夏 三〇〇
ちょうとじ（帳綴） 新 五八三
ちょうとぶ（蝶飛ぶ） 春 八九
ちょうなじまい（手斧仕舞） 冬 五〇六
ちょうなはじめ（手斧始） 新 五九七
ちょうはい（朝拝） 新 五六九
ちょうはじめ（帳始） 新 五八三
ちょうふう（鳥風） 秋 三八一
ちょうま（鳥馬） 秋 三八二
ちょうめいぎく（長命菊） 春 一〇八
ちょうや（長夜） 秋 三一四
ちょうよう（重陽） 秋 三三一
ちょうようのえん（重陽の宴） 秋 三三一
ちょうりょう（朝涼） 夏 一三七
ちょうろそう（朝露草） 夏 二七九
ちょくだいがし（勅題菓子） 新 五九一
ちょじつ（猪日） 新 五六三
ちよなぐさ（千代名草） 新 六〇一
ちよにき（千代尼忌） 秋 三七五
ちよのはる（千代の春） 新 五六二
ちよみぐさ（千代見草） 秋 四一五
ちょろ 新 五八八
ちょろぎ（草石蚕） 夏 二八九
ちょろぎ（草石蚕） 新 五九〇
ちょろまい（長老舞） 新 五八八
ちりなべ（ちり鍋） 冬 四八五
ちりめん 春 一二七
ちりめんじゃこ 春 一二七
ちるいちょう（散る銀杏） 秋 四〇四
ちるこのは（散る木の葉） 冬 五三〇
ちるつばき（散椿） 春 九三
ちるはな（散る花） 春 九四
ちるひとは（散る一葉） 秋 四〇三
ちるもみじ（散る紅葉） 冬 五四九
ちるやなぎ（散る柳） 秋 四〇四
ちんぐるま 夏 三〇四
ちんこんさい（鎮魂祭） 冬 五一六
ちんじゅき（椿寿忌） 春 七三
ちんちろ 秋 三九一
ちんちろりん 秋 三九一
ちんもち（賃餅） 冬 四六九

つ

ついたて（衝立） 冬 四九四
ついな（追儺） 冬 四七三
ついなまめ（追儺豆） 冬 四七三
ついり（梅雨入り） 夏 一三四
ついりあめ（梅雨入雨） 夏 一四三
つがいおし（番鴛鴦） 冬 五三七
つかいぞめ（使ひ初） 新 五九二
つがざくら（栂桜） 夏 三〇四
つかれう（労れ鵜） 夏 一九三

つき（月） 秋 三一八
つきあかり（月明り） 秋 三一八
つきうつくし（月美し） 秋 三一八
つきおちば（槻落葉） 冬 五五〇
つきおつ（月落つ） 秋 三一八
つきおぼろ（月朧） 春 一六
つきかくる（月隠る） 秋 三一八
つきかげ（月影） 秋 三一八
つきかたむく（月傾く） 秋 三一八
つきかなし（月悲し） 秋 三一八
つぎき（接木） 春 四八
つぎきなえ（接木苗） 春 四八
つききよし（月清し） 秋 三一八
つきくさ（月草） 秋 四三五
つきこおる（月凍る） 冬 四四八
つきこおる（月氷る） 冬 四五一
つきこよい（月今宵） 秋 三二〇
つきさす（月さす） 秋 三一八
つきさむし（月寒し） 冬 四五一
つきさゆる（月冴ゆる） 冬 四五一
つきしろ（月代） 秋 三一九
つきすさまじ（月冷まじ） 秋 三一五
つきすずし（月涼し） 夏 一三九
つきたかし（月高し） 秋 三一八
つきてらす（月照らす） 秋 三一八
つきてんしん（月天心） 秋 三一八
つきのあき（月の秋） 秋 三一八
つきのあめ（月の雨） 秋 三二〇

つきのいり（月の入り） 秋 三一八
つきのうめ（月の梅） 春 九三
つきのえん（月の宴） 秋 三五九
つきのかさ（月の暈） 秋 三一八
つきのきゃく（月の客） 秋 三五九
つきのくも（月の雲） 秋 三二〇
つきのざ（月の座） 秋 三五九
つきので（月の出） 秋 三一九
つきのなごり（月の名残） 秋 三二一
つきのふね（月の舟） 秋 三一九
つきのぼる（月のぼる） 秋 三一八
つきのみち（月の道） 秋 三一八
つきのわぐま（月輪熊） 冬 五三二
つきはじめ（搗始） 新 五七九
つきひがい（月日貝） 春 八六
つぎほ（接穂） 春 四八
つきまつり（月祭） 秋 三五九
つきみ（月見） 秋 三五九
つきみざけ（月見酒） 秋 三五九
つきみそう（月見草） 夏 二九三
つきみだんご（月見団子） 秋 三五九
つきみぢゃや（月見茶屋） 秋 三五九
つきみづき（月見月） 秋 三一一
つきみまめ（月見豆） 夏 二八五
つきよ（月夜） 秋 三一八
つきよたけ（月夜茸） 秋 四三九
つくいも（つく芋） 秋 四一八
つくえあらう（机洗ふ） 秋 三二三

つくし（土筆） 春 一一九
つくしあえ（土筆和え） 春 一一九
つくしうち（つくし打） 冬 五二〇
つくしの（土筆野） 春 一一九
つくしんぼ 春 一一九
つくだまつり（佃祭） 夏 二一四
つくづくし 春 一一九
つくつくほうし（つくつく法師） 秋 三九〇
つくねいも（仏掌薯） 秋 四一八
つくばおろし（筑波颪） 冬 四五三
つくばね（衝羽根） 秋 四〇七
つくばね 新 五九九
つくばねあさがお 夏 二七八
つくばねそうのはな（衝羽根草の花） 夏 三〇一
つくまなべ（筑摩鍋） 夏 二〇八
つくままつり（筑摩祭） 夏 二〇八
つぐみ（鶫） 秋 三八二
つくりあめ（作り雨） 夏 一九九
つくりさぎ（造り鷺） 秋 三三七
つくりすずめ（造り雀） 秋 三三七
つくりだき（作り滝） 夏 二〇〇
つげのはな（黄楊の花） 春 一〇四
つごもりそば（つごもり蕎麦） 冬 四七一
つじがはな（辻が花） 夏 一六〇
つじずもう（辻相撲） 秋 三五八

つじほうびき（辻宝引） 新 六〇〇
つじまつり（辻祭） 秋 三六八
つしままつり（津島祭） 夏 二一一
つた（蔦） 秋 四一一
つたあおし（蔦青し） 夏 二九一
つたあおば（蔦青葉） 夏 二九一
つたあかり（蔦明り） 秋 四一一
つたかずら（蔦かづら） 秋 四一一
つたかる（蔦枯る） 冬 五三三
つたしげる（蔦茂る） 夏 二九一
つたのめ（蔦の芽） 春 一一七
つたのもん（蔦の門） 秋 四一一
つたまく（蔦巻く） 秋 四一一
つたもみじ（蔦紅葉） 秋 四一一
つたわかば（蔦若葉） 春 一一八
つちいてる（土凍てる） 冬 四六一
つちがえる（土蛙） 春 七五
つちぐもり（つちぐもり） 春 一八
つちこいし（土恋し） 春 二四
つちだいこん（土大根） 冬 五五五
つちにおう（土匂ふ） 春 二四
つちのはる（土の春） 春 二四
つちはじめ（槌始） 新 五九八
つちひき（土曳き） 冬 五〇〇
つちびな（土雛） 春 三〇
つちひばり（土雲雀） 秋 三八四
つちふる（霾） 春 一八
つつじ（躑躅） 春 九七
つつどり（筒鳥） 夏 二二七
つづみぐさ（鼓草） 春 一一九
つづみはじめ（鼓始） 新 六〇三
つつみほうらい（包蓬莱） 新 五七三
つづらふじ（葛藤） 夏 二六九
つづれさせ 秋 三九一
つといり（衝突入） 秋 三三七
つなとび（綱飛） 冬 五一〇
つなぬき（綱貫） 冬 四七九
つなひき（綱引） 新 五八四
つねながき（常長忌） 秋 三七〇
つのおとすしか（角落す鹿） 春 七四
つのきり（角切） 秋 三三八
つのぐむあし（角組む蘆） 春 一三六
つのぐむおぎ（角組む荻） 春 一三六
つのなきしか（角なき鹿） 秋 三三八
つのまた（角叉） 春 一二八
つのまたほす（角叉干す） 春 一二八
つばき（椿） 春 九二
つばきごち（椿東風） 春 一六
つばきみ（椿の実） 秋 三九七
つばきもち（椿餅） 春 三八
つばくら 春 七六
つばくらめ 春 七六
つばくろ 春 七六
つばな（茅花） 春 一二四
つばなながし（茅花流し） 夏 一四一
つばめ（燕） 春 七六
つばめいぬ（燕去ぬ） 秋 三八一
つばめかえる（燕帰る） 秋 三八一
つばめくる（燕来る） 春 七六
つばめさりづき（燕去月） 秋 三一一
つばめなく（燕鳴く） 春 七六
つばめのこ（燕の子） 夏 二一八
つばめのす（燕の巣） 春 八一
つぶあえ（つぶ和） 春 三七
つぼのくちきり（壺の口切） 冬 四九八
つぼやき（壺焼） 春 三八
つぼやきいも（壺焼藷） 冬 四九〇
つまおくりぶね（妻送り舟） 秋 三三三
つまぐれ 秋 四一四
つまくれない 秋 四一四
つまご（爪籠） 冬 四七九
つまこうしか（妻恋ふ鹿） 秋 三七九
つまこしぶね（妻越し舟） 秋 三三三
つまのはる（妻の春） 新 五六二
つまべに 秋 四一四
つまぼし（妻星） 秋 三三三
つまみな（摘み菜） 秋 四一九
つまむかえぶね（妻迎舟） 秋 三三三
つまよぶふね（妻呼ぶ舟） 秋 三三三
つみくさ（摘草） 春 五三
つむいそな（摘む磯菜） 春 五三
つむぎぞめ（紡初） 新 五九六
つめきりそう（爪切草） 夏 二七八
つめたし（冷たし） 冬 四四七

つめれんげ（爪蓮華）	秋	四二四
つゆ（梅雨）	夏	一四三
つゆ（露）	秋	三一六
つゆあけ（梅雨明）	夏	一三五
つゆあな（梅雨穴）	夏	一四九
つゆおわる（梅雨終る）	夏	一三五
つゆかみなり（梅雨雷）	夏	一四六
つゆきのこ（梅雨菌）	夏	三〇七
つゆくさ（露草）	秋	四三五
つゆぐも（梅雨雲）	夏	一三九
つゆぐもり（梅雨曇）	夏	一四六
つゆけし（露けし）	秋	三一六
つゆこおる（露氷る）	冬	四五六
つゆこる（露凝る）	冬	四五六
つゆさむ（梅雨寒）	夏	一三四
つゆさむ（露寒）	秋	三一六
つゆしぐれ（露時雨）	秋	三一六
つゆじも（露霜）	秋	三一六
つゆすずし（露涼し）	夏	一四五
つゆぞら（梅雨空）	夏	一三八
つゆだけ（梅雨茸）	夏	三〇七
つゆづきよ（露月夜）	秋	三一六
つゆでみず（梅雨出水）	夏	一四九
つゆなまず（梅雨鯰）	夏	一三六
つゆにいる（梅雨に入る）	夏	一三四
つゆのあき（露の秋）	秋	三一六
つゆのあけ（梅雨の明）	夏	一三五
つゆのあな（梅雨の穴）	夏	一四九
つゆのたま（露の玉）	秋	三一六
つゆのちょう（梅雨の蝶）	夏	一四三
つゆのつき（梅雨の月）	夏	一三九
つゆのはしり（梅雨の走り）	夏	一四三
つゆのはら（露の原）	秋	三一六
つゆのほし（梅雨の星）	夏	一三九
つゆのやま（梅雨の山）	夏	一四八
つゆのらい（梅雨の雷）	夏	一四六
つゆばれ（梅雨晴）	夏	一四六
つゆはれま（梅雨晴間）	夏	一四六
つゆばんだ（露万朶）	秋	三一六
つゆびえ（梅雨冷え）	夏	一三四
つゆびより（露日和）	秋	三一六
つゆまんげつ（梅雨満月）	夏	一三九
つゆむぐら（露葎）	秋	三一六
つゆめく（梅雨めく）	夏	一三四
つゆやま（梅雨山）	夏	一四八
つゆやみ（梅雨闇）	夏	一四六
つゆゆうやけ（梅雨夕焼）	夏	一四六
つよきた（強北風）	冬	四二三
つよしも（強霜）	冬	四三五
つらみせ（面見世）	冬	四六四
つらら（氷柱）	冬	四六二
つりうきそう（釣浮草）	夏	二五七
つりがねくよう（釣鐘供養）	春	六五
つりがねそう（釣鐘草）	夏	三〇〇
つりがねにんじん（釣鐘人参）	秋	四三二
つりがま（釣釜）	春	四一
つりしのぶ（釣忍）	夏	一八二
つりぞめ（釣初）	新	五九七
つりどうろう（釣燈籠）	秋	三四五
つりどこ（吊床）	夏	一七九
つりどの（釣殿）	夏	一七六
つりな（吊菜）	冬	五〇一
つりふねそう（釣船草）	秋	四三三
つりほしな（釣干菜）	冬	五〇一
つりぼり（釣堀）	夏	一九九
つる（鶴）	冬	五三八
つるあじさい（蔓あぢさゐ）	夏	二五六
つるいつ（鶴凍つ）	冬	五三八
つるうめもどき（蔓梅擬）	秋	四一〇
つるうめもどきのはな（蔓梅擬の花）	夏	二六六
つるおかてんまんぐうさい（鶴岡天満宮祭）	夏	二〇九
つるかえる（鶴帰る）	春	七八
つるかぼちゃ（蔓南瓜）	秋	四一六
つるきたる（鶴来る）	秋	三八五
つるきり（蔓切）	秋	三五五
つるさる（鶴去る）	春	七六
つるさんご（蔓珊瑚）	秋	四二八
つるしがき（吊し柿）	秋	三四三
つるたぐり（蔓たぐり）	秋	三五五
つるでまり（蔓手毬）	夏	二五六
つるな（蔓菜）	夏	二八七

つるのす（鶴の巣） 春 八〇
つるのすごもり（鶴の巣籠） 春 八〇
つるのまい（鶴の舞） 春 七九
つるひき（蔓引） 秋 三五五
つるひく（鶴引く） 春 七八
つるべおとし（釣瓶落し） 秋 三三六
つるもどき 秋 四一〇
つるりんどう（蔓龍胆） 秋 四三三
つるれいし（蔓茘枝） 秋 四一七
つるわたる（鶴渡る） 秋 三八五
つれさぎそう（連鷺草） 夏 二一九
つわののさぎまい（津和野の鷺舞） 夏 二一三
つわのはな（石蕗の花） 冬 五五八
つわぶき（石蕗） 冬 五五八

て

てあしある（手足荒る） 冬 五一四
てあぶり（手焙） 冬 四九七
ていかかずら（定家葛） 秋 四二一
ていかかずらはな（定家葛の花） 夏 二六七
ていかき（定家忌） 秋 三七三
でいごのはな（梯梧の花） 夏 二五六
ていじょき（汀女忌） 秋 三七六
ていとくき（貞徳忌） 冬 五二六
デージー 春 一〇八
ておいさけ（手負鮭） 秋 三五七
でかいちょう（出開帳） 春 六三
でがわり（出代） 春 二九
でがわりめ（出替女） 春 二九
できあき（出来秋） 秋 三四九
てくぐつまわし（てくぐつ廻し） 新 五八八
てぐさ 夏 三〇八
でくまわし（木偶廻し） 新 五八八
でぞめ（出初） 新 五八一
でぞめしき（出初式） 新 五八一
てぞり（手橇） 冬 四九九
てっさいき（鉄斎忌） 冬 五三九
てっせんか（鉄線花） 夏 二八〇
てっせんかずら 夏 二八〇
てっせんはす（鉄線蓮） 夏 二八〇
てっちり 冬 四八三
てつどうぐさ（鉄道草） 秋 四二八
てつひばち（鉄火鉢） 冬 四九七
てっぽうゆり（鉄砲百合） 夏 二七七
てつろうき（哲郎忌） 冬 五三九
ででむし（でで虫） 夏 二五三
てながえび（手長蝦） 夏 二四三
てはなび（手花火） 夏 二〇〇
てぶくろ（手袋） 冬 四七八
てまり（手毬） 新 五九九
てまりうた（手毬歌） 新 五九九
てまりばな（繍毬花） 夏 二五五
でみず（出水） 夏 一四九
でみずがわ（出水川） 夏 一四九
でみずみまい（出水見舞い） 夏 一五九
でみずやど（出水宿） 夏 一四九
てらうけしょうもん（寺請証文） 春 六八
テラス 夏 一七六
てらつつき 秋 三八四
てらやまき（寺山忌） 夏 二一八
てりうそ（照鷽） 春 一七
デリシャス 秋 三九八
てりは（照葉） 秋 四〇三
てりもみじ（照紅葉） 秋 四〇三
てるつき（照る月） 秋 三一八
でわさんざんまつり（出羽三山祭） 夏 二一一
てん（貂） 冬 五三三
てんいつ（天凍つ） 冬 四四八
てんがいばな（天蓋花） 夏 二七三
てんがいばな（天涯花） 秋 四三一
でんがく（田楽） 春 三六
でんがくさし（田楽刺） 春 三六
でんがくとうふ（田楽豆腐） 春 三六
でんがくまつり（田楽祭） 新 六〇六
でんがくやき（田楽焼） 春 三六
てんかふん（天瓜粉） 夏 一八一
てんかん（天漢） 秋 三三三
でんきあんか（電気行火） 冬 四九七

でんききねんび
（電気記念日） 春 二六
でんきごたつ（電気炬燵） 冬 四九六
でんきこんろ（電気こんろ） 冬 四九五
でんきのひ（電気の日） 春 二六
でんきもうふ（電気毛布） 冬 四七五
でんぎょうえ（伝教会） 夏 二一五
でんぎょうだいしき
（伝教大師忌） 夏 二一五
てんぐさ（天草） 夏 三〇八
てんぐさせいす（天草製す） 冬 五〇二
てんぐさつく（天草搗く） 冬 五〇二
てんぐさとり（天草取） 夏 一九〇
てんぐさふむ（天草踏む） 冬 五〇二
てんぐのはうちわ
（天狗の羽団扇） 冬 五四七
てんさい（甜菜） 秋 四三三
てんじくあおい（天竺葵） 夏 二七三
てんじくぼたん（天竺牡丹） 夏 二七二
てんしさい（天使祭） 秋 三六九
てんじんおんき（天神御忌） 春 五九
てんせんか（天仙果） 夏 二六九
でんそうずらとかす
（田鼠鶉と化す） 春 一四
でんそかしてうずらとなる
（田鼠化して鶉となる） 春 一四
てんだいえ（天台会） 冬 五三三
てんだいだいしき
（天台大師忌） 冬 五三三
てんたかし（天高し） 秋 三一八
でんち 冬 四七五
てんちゃはじめ（点茶始） 新 五九五
てんつき（点突） 秋 四三四
てんつきそう（点突草） 秋 四三四
でんでんむし（でんでん虫） 夏 二五三
テント 夏 一九七
てんとうむし（天道虫） 夏 二四五
デンドロビューム 秋 四一三
でんねつき（電熱器） 冬 四九五
てんのうじかぶ（天王寺蕪） 冬 五五五
てんのうたんじょうび
（天皇誕生日） 冬 四六四
でんぱきねんび
（電波記念日） 夏 一五四
でんぱのひ（電波の日） 夏 一五四
てんぼ（展墓） 秋 三六七
てんぼうなし 秋 四〇七
てんぼがに（てんぼ蟹） 春 八八
てんままつり（天満祭） 夏 二一三
てんまやぶさめ
（天満流鏑馬） 秋 三六五
てんろう（天狼） 冬 四五二
てんろうき（天狼忌） 春 七一
でんわはじめ（電話始） 新 五九三

と

とあけぞめ（戸開初） 新 五九二
とうい（唐藺） 夏 二九五
とういす（籐椅子） 夏 一七九
どうおしまつり（堂押祭） 春 六一
とうか（稲架） 秋 三四九
とうが（冬瓜） 秋 四一六
とうが（灯蛾） 夏 二四三
とうが（冬芽） 冬 五五二
とうかい（凍海） 冬 四六三
とうかしたしむ
（燈火親しむ） 秋 三四四
とうかしゅ（桃花酒） 春 三九
とうがじる（冬瓜汁） 秋 四一六
とうかちょう（桃花鳥） 秋 三八四
とうかのせちえ（踏歌節会） 新 五七一
とうかのせっく
（桃花の節句） 春 二九
とうがらし（唐辛子） 秋 四二〇
とうがらしのはな
（唐辛子の花） 夏 二八四
とうがらす（唐鴉） 秋 三八四
とうがん 秋 四一六
どうかんき（道灌忌） 秋 三七〇
どうぎ（胴着） 冬 四七五
どうぎぬぐ（胴着脱ぐ） 春 三四
とうきび（唐黍） 秋 四二一

とうぎょ（闘魚）　夏　二三七
とうけい（闘鶏）　春　三〇
とうけい（冬景）　冬　四六〇
とうけいし（闘鶏師）　春　三〇
とうけつ（凍結）　冬　四八
どうげんき（道元忌）　秋　三七三
とうこ（冬湖）　冬　四六一
とうこ（凍湖）　冬　四六二
とうこう（凍港）　冬　四六二
とうこう（冬耕）　冬　五〇〇
とうこう（登高）　秋　三一八
とうこう（凍江）　冬　四六二
とうこうす（冬耕す）　冬　五〇〇
とうこくき（透谷忌）　夏　二三〇
とうささげ（唐豇）　秋　四三三
とうし（凍死）　冬　五一四
とうじ（冬至）　冬　四四四
とうじかぼちゃ（冬至南瓜）　冬　四六七
とうじがゆ（冬至粥）　冬　四六七
とうじきたる（杜氏来る）　冬　四六五
とうじこんにゃく（冬至蒟蒻）　冬　四六七
とうしちょう（凍死鳥）　冬　五三六
とうじでら（冬至寺）　冬　四四四
とうじばい（冬至梅）　冬　五四六
とうしびと（凍死人）　冬　五一四
とうじぶろ（冬至風呂）　冬　四六七
とうしみとんぼ（とうしみ蜻蛉）　夏　二四七
とうじゆ（冬至湯）　冬　四六七
とうしゅう（桐秋）　秋　三一〇
とうじゅき（藤樹忌）　秋　三七三
とうしゅろ（唐棕櫚）　夏　二六五
とうしょう（凍傷）　冬　五一四
とうじょう（凍上）　冬　四六一
とうしんうり（燈心売）　冬　五一八
とうしんぐさ（燈心草）　夏　二九五
とうしんとんぼ（燈心蜻蛉）　夏　二四七
とうじんまめ（唐人豆）　秋　四三三
とうすみとんぼ（とうすみ蜻蛉）　夏　二四七
とうせい（踏青）　春　五三
とうせいき（桃青忌）　冬　五二五
とうせん（冬扇）　冬　四九八
とうせん（投扇）　新　五九九
とうせんきょう（投扇興）　新　五九九
とうそう（凍瘡）　冬　五一四
とうそんき（藤村忌）　秋　三七三
とうだいぐさ（燈台草）　春　一二五
とうだん（冬暖）　冬　四四三
どうだんつつじ（満天星躑躅）　春　九七
どうだんのはな（満天星の花）　春　九七
どうちゅうすごろく（道中双六）　新　五九八
とうちん（陶枕）　夏　一七八
とうてい（東帝）　春　八
とうてい（冬帝）　冬　四四三
とうてん（冬天）　冬　四五一
とうど（凍土）　冬　四六一
どうとんき（道頓忌）　夏　二二九
とうなす　秋　四一六
とうなすのはな（とうなすの花）　夏　二八二
とうなすまく（とうなす蒔く）　春　四六
とうねいす（籐寝椅子）　夏　一七九
とうねん（当年）　新　五六二
どうひばち（銅火鉢）　冬　四九七
とうふくじかいざんき（東福寺開山忌）　冬　五二五
どうふぐり（胴ふぐり）　新　六〇〇
とうふこおらす（豆腐凍らす）　冬　四八六
とうまくら（籐枕）　夏　一七八
どうみょうじまつり（道明寺祭）　春　八六
とうみん（冬眠）　冬　五三三
とうむぎ（唐麦）　秋　四二八
とうむしろ（籐筵）　夏　一七七
とうもろこし（玉蜀黍）　秋　四二二

とうもろこしのはな（玉蜀黍の花）　夏　二九〇
とうやく（当薬）　秋　四三五
とうようこう（桃葉紅）　夏　二二六
とうようさんご（桃葉珊瑚）　冬　五四八
とうようじょうき（東洋城忌）　秋　三七八
とうようとう（桃葉湯）　夏　一八一
とうれい（冬麗）　冬　四五〇
とうろ（凍露）　冬　四五六
とうろう（燈籠）　秋　三四五
とうろううまる（蟷螂生る）　夏　二四八
とうろううり（燈籠売）　秋　三三五
とうろうつる（燈籠吊る）　秋　三四五
とうろうながし（燈籠流し）　秋　三六七
とうろうのおの（蟷螂の斧）　秋　三九三
とうろうのこ（蟷螂の子）　夏　二四八
とうろうぶね（燈籠舟）　秋　三六七
とうわた（唐綿）　冬　四七四
とおあおね（遠青嶺）　夏　一四八
とおかえびす（十日戎）　新　六〇六
とおがえる（遠蛙）　春　七五
とおかがし（遠案山子）　秋　三四七
とおかじ（遠火事）　冬　五〇八
とおがすみ（遠霞）　春　二〇
とおかのきく（十日の菊）　秋　三三八
とおかんや（十日夜）　冬　四六四
とおきぬた（遠砧）　秋　三五〇
とおしがも（通し鴨）　夏　二三〇
とおしつばめ（通し燕）　冬　五二七
とおしや（通し矢）　夏　一五七
とおちどり（遠千鳥）　冬　五二七
とおなだれ（遠雪崩）　春　二五
とおのび（遠野火）　春　四三
とおはなび（遠花火）　夏　二〇〇
とおやまび（遠山火）　春　四三
とかげ（蜥蜴）　夏　二三六
とかげあなにいる（蜥蜴穴に入る）　秋　三八〇
とかげあなをいづ（蜥蜴穴を出づ）　春　七五
とき（朱鷺）　秋　三八四
ときのきねんび（時の記念日）　夏　一五四
ときのひ（時の日）　夏　一五四
ときむねき（時宗忌）　夏　二一八
とぎょ（渡御）　夏　二〇七
ときよりき（時頼忌）　冬　五二七
ときわあけび　秋　四二八
ときわぎおちば（常磐木落葉）　夏　二六四
ときわすすき（常磐芒）　冬　五五九
どくぐも（毒蜘蛛）　夏　二五一
どくけしうり（毒消売）　夏　一八四
とくさ（木賊）　秋　四一五
とくさかり（木賊刈）　秋　三五四
どくしょはじめ（読書始）　新　五七九
どくたけ（毒茸）　秋　四三八
どくだみのはな（蕺菜の花）　夏　二九七
どくながし（毒流し）　夏　一九三
どくりつさい（独立祭）　夏　一五八
とくわかつるだゆう（徳若鶴太夫）　新　五八七
とけいそう（時計草）　夏　二五七
とこじらみ（床虱）　夏　二五〇
とこなつ（常夏）　夏　二七五
とこぶし（常節）　春　八七
とこよばな（常世花）　夏　二五四
とこよむし　秋　三九五
ところ（野老）　新　六一三
ところいわう（野老祝ふ）　新　五七五
ところかざる（野老飾る）　新　五七五
ところてん（心太）　夏　一七一
ところてんぐさ（ところてん草）　夏　三〇八
ところほる（野老掘る）　春　四九
とさみづき（土佐みづき）　春　九五
とざん（登山）　夏　一九七
としあらた（年新た）　新　五六二
としいちや（年一夜）　冬　四四五
としうつる（年移る）　冬　四四五
としおき（年尾忌）　秋　三七八
としおくる（年送る）　冬　四四五
としおしむ（年惜しむ）　冬　四四五

としおとこ（年男）	新	五七六
としがみ（年神）	新	六〇四
としかわる（年変る）	新	五六二
としぎ（年木）	新	五八四
としきうり（年木売）	冬	五〇六
としきこり（年木樵）	冬	五〇六
としきたる（年来る）	新	五六二
としきつむ（年木積む）	冬	五〇六
としきやま（年木山）	冬	五〇六
としきわる（年木割る）	冬	五〇六
としくるる（年暮るる）	冬	四四四
としごいのまつり（年祈ひの祭）	春	二七
としこし（年越）	冬	四四五
としこしそば（年越蕎麦）	冬	四七一
としこしのはらえ（年越の祓）	冬	五一六
としこしもうで（年越詣）	冬	五二〇
としごも（年薦）	新	五七六
としごもり（年籠）	冬	五二〇
としざけ（年酒）	新	五八九
としさる（年去る）	冬	四四五
としせまる（年迫る）	冬	四四四
としたつ（年立つ）	新	五六二
としだな（年棚）	新	六〇四
としだま（年玉）	新	五七八
としつくる（年尽くる）	冬	四四四
としつまる（年つまる）	冬	四四四
としとくじん（歳徳神）	新	六〇四
としとくだな（歳徳棚）	新	六〇四
としとり（年取）	冬	四七一
としとりぎ（年取木）	冬	四六六
としとりまい（年取米）	冬	四六六
としとりまめ（年取豆）	冬	四七二
としとりもの（年取物）	冬	四六六
としながる（年流る）	冬	四四五
としなわ（年縄）	新	五七三
としのあさ（年の朝）	新	五六三
としのいえ（年の家）	冬	四七一
としのいち（年の市）	冬	四六七
としのうお（年の魚）	新	五九一
としのうち（年の内）	冬	四四五
としのうちのはる（年の内の春）	冬	四四九
としのお（年の尾）	冬	四四四
としのが（年の賀）	新	五七七
としのかぎり（年の限り）	冬	四四四
としのかみ（年の髪）	新	五九四
としのきわ（年の際）	冬	四四四
としのくれ（年の暮）	冬	四四四
としのこめ（年の米）	冬	四六六
としのすえ（年の末）	冬	四四四
としのすす（年の煤）	冬	四六七
としのせ（年の瀬）	冬	四四四
としのせき（年の関）	冬	四四四
としのそら（年の空）	冬	四五八
としのちり（年の塵）	冬	四七〇
としのとうげ（年の峠）	冬	四四四
としのなごり（年の名残）	冬	四四四
としのは（年の端）	新	五六二
としのはじめ（年の始）	新	五六二
としのはつかぜ（年の初風）	新	五六七
としのはて（年の果）	冬	四四四
としのはな（年の花）	新	五六二
としのはる（年の春）	冬	四四九
としのばん（年の晩）	冬	四四五
としのひ（年の火）	冬	四七一
としのひとや（年の一夜）	冬	四四五
としのほこり（年の埃）	冬	四七〇
としのまめ（年の豆）	冬	四七三
としのもち（年の餅）	新	五九一
としのもの（年の物）	冬	四六六
としのやど（年の宿）	冬	四七一
としのゆ（年の湯）	冬	四七一
としのよ（年の夜）	冬	四四五
としのれい（年の礼）	新	五七七
としのわかれ（年の別れ）	冬	四四四
としはじめ（年初め）	新	五六二
としはづき（年端月）	新	五六二
としほぎ（年祝ぎ）	新	五七七
としまいり（年参）	冬	五二〇
としまもる（年守る）	冬	四七〇
としみつ（年満つ）	冬	四四四
としむかう（年迎ふ）	新	五六二

としもうけ（年設） 冬 四六六
としゆ（年湯） 冬 四七一
としゆく（年逝く） 冬 四四五
としよ（年夜） 冬 四四五
としようい（年用意） 冬 四六六
どしょうさん（度嶂散） 新 五七〇
どじょうじる（泥鰌汁） 夏 一六八
どじょうなべ（泥鰌鍋） 夏 一六八
どじょうほる（泥鰌掘る） 冬 五〇五
としよりのひ（年寄の日） 秋 三三一
としわすれ（年忘） 冬 四七〇
とそ（屠蘇） 新 五七六
とちだんご（橡団子） 秋 三四二
とちのはな（橡の花） 夏 二六五
とちのみ（橡の実） 秋 四〇五
とちのもち（橡の餅） 秋 三四二
とちひろう（橡拾ふ） 秋 四〇五
とちまんどうき（十千万堂忌） 秋 三七八
とちもち（橡餅） 秋 三四二
トッカリ 春 七四
どっぽき（独歩忌） 夏 二三三
どてら（褞袍） 冬 四七四
とど（海馬） 冬 五三五
とどおう（海馬追ふ） 冬 五三五
とどのむれ（海馬の群） 冬 五三五
とのさまがえる（殿様蛙） 春 七五

とばそうじょうき（鳥羽僧正忌） 秋 三七六
とびうお（飛魚） 夏 二三九
とびうめ（飛梅） 春 九二
とびすだつ（鳶巣立つ） 春 八一
とびのす（鳶の巣） 春 八一
どひょう（土俵） 秋 三五八
どびんむし（土瓶蒸し） 秋 三四三
とぶさまつ（鳥総松） 新 五八二
どぶろく 秋 三四〇
とべらのはな（海桐の花） 夏 二七〇
とべらのみ（海桐の実） 秋 四〇八
どほうき（土芳忌） 冬 五三一
トマト 夏 二八六
とみおかまつり（富岡祭） 秋 三六二
とみしょうがつ（富正月） 新 五六七
とめこうしん（止め庚申） 冬 五三一
ともえそう（巴草） 秋 四三五
ともえやき（巴焼） 冬 四九〇
ともし（照射） 夏 一九三
ともじか（友鹿） 秋 三七九
ともじき（友二忌） 春 六八
ともしづま（ともし妻） 秋 三三三
ともしびひめ（燈姫） 秋 三三三
ともちどり（友千鳥） 冬 五三七
とや（鳥屋） 秋 三三五
とやあたたむ（鶏舎温む） 冬 四九二
とやし（鳥屋師） 秋 三三五

とやでのたか（塒出の鷹） 秋 三八〇
どやどやまつり（どやどや祭） 冬 五三三
とゆのみ（桐油の実） 秋 四〇八
どよう（土用） 夏 一三六
どようあい（土用あい） 夏 一四一
どようあけ（土用明） 夏 一三六
どようあめ（土用雨） 夏 一三六
どよううなぎ（土用鰻） 夏 一六七
どようおわる（土用終る） 夏 一三六
どようきゅう（土用灸） 夏 一五九
どようぐも（土用雲） 夏 一三六
どようごち（土用東風） 夏 一四一
どようさむ（土用寒） 夏 一三六
どようじけ（土用時化） 秋 三三三
どようしじみ（土用蜆） 夏 一六七
どようしばい（土用芝居） 夏 二〇〇
どようすぐ（土用過ぐ） 夏 一三六
どようでり（土用照り） 夏 一三六
どようなか（土用中） 夏 一三六
どようなぎ（土用凪） 夏 一四二
どようなみ（土用波） 夏 一五一
どようふじ（土用藤） 夏 二五六
どようぼし（土用干し） 夏 一八三
どようまえ（土用前） 夏 一三六
どようみまい（土用見舞） 夏 一五九
どようめ（土用芽） 夏 二六四
どようもぐさ（土用艾） 夏 一五九

どようもち（土用餅） 夏 一七〇
とよくにき（豊国忌） 冬 五三〇
とよのあき（豊の秋） 秋 三九九
とらがあめ（虎が雨） 夏 一四四
とらがなみだあめ（虎が涙雨） 夏 一四四
とらこ（虎海鼠） 冬 五四三
とらつぐみ（虎鶫） 夏 二三三
とらのお（虎尾草） 夏 二九八
とらのみみ（虎の耳） 夏 三〇三
とらひこき（寅彦忌） 冬 五三九
とらふぐ（虎河豚） 冬 五四三
トランプ 新 五九八
とりあわせ（鶏合） 春 三〇
とりおい（鳥追） 新 五八八
とりおどし（鳥威） 秋 三四八
とりがい（鳥貝） 春 八〇
とりかえる（鳥帰る） 春 七九
とりかぜ（鳥風） 春 二一
とりかぶと（鳥兜） 秋 四三五
とりき（取木） 春 四八
とりくも（鳥雲） 春 二一
とりくもに（鳥雲に） 春 七九
とりくもにいる（鳥雲に入る） 春 七九
とりぐもり（鳥曇） 春 二一
とりさえずる（鳥囀る） 春 七九
とりさかる（鳥交る） 春 七九
とりすき（鶏すき） 冬 四〇四
とりすだつ（鳥巣立つ） 春 八一
とりぞうすい（鶏雑炊） 冬 四八九
とりつるむ（鳥つるむ） 春 七九
とりのいち（酉の市） 冬 五一八
とりのかえば（鳥の換羽） 夏 二一七
とりのけあい（鶏の蹴合） 春 三〇
とりのこい（鳥の恋） 春 七九
とりのす（鳥の巣） 春 八〇
とりのすだち（鳥の巣立） 春 八一
とりのすばこ（鳥の巣箱） 春 八〇
とりのたまご（鳥の卵） 春 八〇
とりのつまごい（鳥の妻恋） 春 七九
とりのひ（鳥の日） 夏 一五四
とりのまちもうで（酉の町詣） 冬 五一八
とりのわたり（鳥の渡り） 秋 三八一
とりひく（鳥引く） 春 七九
とりもちつく（鳥黐搗く） 夏 一九一
とりわたる（鳥渡る） 秋 三八一
とろろ 秋 三四四
とろろあおい 夏 二七三
とろろじる（とろろ汁） 秋 三四四
とわれぐさ（とはれ草） 秋 四二七
どんか（曇華） 秋 四一三
どんぐり（団栗） 秋 四〇五
どんぐりごま（団栗独楽） 秋 四〇五
どんたく 春 三三
どんたくばやし（どんたく囃子） 春 三三
とんど 新 五八六
どんど 新 五八六
どんどび（どんど火） 新 五八六
どんどんやき（どんどん焼き） 新 五八六
トンビ 冬 四七四
とんぶり 秋 三四二
とんぼ（蜻蛉） 秋 三九〇
とんぼうまる（蜻蛉生る） 夏 二四七
とんぼのこ（蜻蛉の子） 夏 二四七
どんりゅうき（呑竜忌） 秋 三七五

な

なあらう（菜洗ふ） 冬 五〇一
ないくちきり（内口切） 冬 四九八
ないぞめ（綯初） 新 五九六
ナイター 夏 二〇一
ナイターコンサート 夏 二〇一
ナイトゲーム 夏 二〇一
なえあさがお（苗朝顔） 夏 二七九
なえいち（苗市） 春 四五
なえうり（苗売） 夏 一八四
なえうり（苗瓜） 夏 二八二
なえぎいち（苗木市） 春 四五
なえぎうう（苗木植う） 春 四八
なえぎうり（苗木売） 春 四五

なえきゅうり（苗胡瓜）	夏	二八三
なえしょうじ（苗障子）	春	四五
なえだ（苗田）	春	二四
なえどこ（苗床）	春	四五
なえとり（苗取）	夏	一八六
なえふだ（苗札）	春	四五
なおやき（直哉忌）	秋	三七八
ながあおのり（長青海苔）	春	一二九
ながいも（薯蕷）	秋	四一八
ながうり（長瓜）	秋	四一七
ながきひ（永き日）	春	一三
ながきよ（長き夜）	秋	三一四
なかくみ（中汲）	秋	三四〇
ながこんぶ（長昆布）	夏	三〇八
ながし	夏	一四一
ながしびな（流し雛）	春	三〇
ながしもち（流黐）	冬	五〇四
ながすくじら（長須鯨）	冬	五三四
ながつかき（長塚忌）	春	八七
ながつき（長月）	秋	三一三
ながつゆ（長梅雨）	夏	一四三
なかて（中稲）	秋	四二一
なかてかり（中稲刈）	秋	三四八
なかてみのる（中稲実る）	秋	四二一
ながなす（長茄子）	夏	二八六
なかぬきだいこん（中抜大根）	秋	四一九
なかぬきな（中抜菜）	秋	四一九
なかのあき（仲の秋）	秋	三一一
ながひばち（長火鉢）	冬	四九七
ながへちま（長糸瓜）	秋	四一七
なかやまき（中山忌）	秋	三七二
ながらたく（菜殻焚く）	夏	一八九
ながらび（菜殻火）	夏	一八九
ながらもゆ（菜殻燃ゆ）	夏	一八九
ながらやく（菜殻焼く）	夏	一八九
ながるるとし（流るる年）	冬	四四五
ながれのり（流れ海苔）	春	一二八
ながればし（流れ星）	秋	三一三
なきあわせ（啼合）	春	五五
なきぞめ（泣初）	新	五九三
なくかり（鳴く雁）	秋	三八五
なぐさのめ（名草の芽）	春	一一六
なくしか（啼く鹿）	秋	三七九
なくず（菜屑）	冬	五〇一
なごし（夏越）	夏	二二三
なごしのはらえ（名越の祓）	夏	二二三
なごしまつり（夏越祭）	夏	二二三
なごやばしょ（名古屋場所）	夏	二〇〇
なごやふぐ（名古屋河豚）	春	八五
なごりきょうげん（名残狂言）	秋	三五九
なごりなす（名残茄子）	秋	四一七
なごりのかり（名残の雁）	春	七八
なごりのきょうげん（名残の狂言）	秋	三五九
なごりのしも（名残の霜）	春	二〇
なごりのそら（名残の空）	冬	四五八
なごりのちゃ（名残の茶）	秋	三四六
なごりのつき（名残の月）	秋	三一二
なごりのはな（名残の花）	春	八四
なごりのゆき（名残の雪）	春	一九
なごりのりょう（名残の猟）	春	五五
なし（梨）	秋	三九八
なしのはな（梨の花）	春	九八
なす（茄子）	夏	二八六
なすうう（茄子植う）	夏	一八八
なすづけ（茄子漬）	夏	二七九
ナスターチューム	夏	一六五
なずな（薺）	新	六二一
なずなうつ（薺打つ）	新	五八二
なずなうり（薺売）	新	五八二
なすなえ（茄子苗）	夏	二八二
なずながゆ（薺粥）	新	五八二
なずなつみ（薺摘み）	新	五八二
なずなづめ（薺爪）	新	五八二
なずなのはな（薺の花）	春	一一九
なすのうし（茄子の牛）	秋	三六六
なすのうま（茄子の馬）	秋	三六六
なすのしぎやき（茄子の鴫焼）	夏	一六五
なすのはな（茄子の花）	夏	二八三
なすび	夏	二八六
なすびづけ（なすび漬）	夏	一六五

なすびでんがく（茄子田楽） 夏 一六五
なすまく（茄子蒔く） 春 四六
なすやく（茄子焼く） 夏 一六五
なぞうすい（菜雑炊） 冬 四八九
なたねがら（菜種殻） 夏 一八九
なたねがり（菜種刈） 夏 一八九
なたねごく（菜種御供） 春 五九
なたねづゆ（菜種梅雨） 春 一九
なたねのはな（菜種の花） 春 一一一
なたねふぐ（菜種河豚） 春 八五
なたねまく（菜種蒔く） 秋 三五二
なたまめ（刀豆） 秋 四三三
なだれ（雪崩） 春 二五
なちひまつり（那智火祭） 夏 二二一
なつ（夏） 夏 一三三
なつあかね（夏茜） 夏 二四七
なつあけ（夏暁） 夏 一三五
なつあさし（夏浅し） 夏 一三三
なつあざみ（夏薊） 夏 二九五
なつあらし（夏嵐） 夏 一四二
なついりひ（夏没り日） 夏 一三八
なつうぐいす（夏鶯） 夏 一三八
なつうめ（夏梅） 夏 二六八
なつえり（夏襟） 夏 一六四
なつおしむ（夏惜しむ） 夏 一三七
なつおび（夏帯） 夏 一六四
なつおわる（夏終る） 夏 一三七
なつかぐら（夏神楽） 夏 一一三
なつかげ（夏陰） 夏 一四七
なつがけ（夏掛） 夏 一六一
なつがすみ（夏霞） 夏 一四五
なつかぶ（夏蕪） 夏 二八七
なつがも（夏鴨） 夏 二三〇
なつがれ（夏枯） 夏 二〇一
なつがわら（夏河原） 夏 一五〇
なつかん（夏柑） 夏 二六一
なつき（夏木） 夏 二六三
なつぎく（夏菊） 夏 二七四
なつきざす（夏きざす） 夏 二三三
なつきょうげん（夏狂言） 夏 二〇〇
なつぎり（夏霧） 夏 一四五
なつくさ（夏草） 夏 二九一
なつぐみ（夏茱萸） 夏 二六九
なつぐも（夏雲） 夏 一三九
なつくる（夏来る） 夏 一三三
なつぐれ（夏ぐれ） 夏 一四四
なつぐわ（夏桑） 夏 二七〇
なづけ（菜漬） 冬 四八七
なつげしき（夏景色） 夏 一三五
なつご（夏蚕） 夏 二四三
なつごおり（夏氷） 夏 一七三
なつこかげ（夏木陰） 夏 二六三
なつこだち（夏木立） 夏 二六三
なつごろも（夏衣） 夏 一六〇
なつさかん（夏盛ん） 夏 一三六
なつざしき（夏座敷） 夏 一七六
なつさぶ（夏さぶ） 夏 一三七
なつざぶとん（夏座蒲団） 夏 一七七
なつさむし（夏寒し） 夏 一三五
なつさめ（夏雨） 夏 一四三
なつしぐれ（夏時雨） 夏 一四三
なつしば（夏芝） 夏 二九一
なつしばい（夏芝居） 夏 二〇〇
なつシャツ（夏シャツ） 夏 一六三
なつじゅばん（夏襦袢） 夏 一六三
なつずいせん（夏水仙） 夏 二七三
なつスキー（夏スキー） 夏 一九七
なつすぐ（夏過ぐ） 夏 一三七
なつすだれ（夏簾） 夏 一七六
なつぞら（夏空） 夏 一三八
なつだい（夏橙） 夏 二六一
なつだいこん（夏大根） 夏 二八七
なつたけなわ（夏たけなは） 夏 一三七
なつたける（夏闌ける） 夏 一三七
なつたつ（夏立つ） 夏 一三三
なつたび（夏足袋） 夏 一六四
なつちかし（夏近し） 春 一四
なつちゃのゆ（夏茶の湯） 夏 一八三
なつちゃわん（夏茶碗） 夏 一八三
なつづき（夏月） 夏 一三九
なつつく（夏尽く） 夏 一三七
なつつばき（夏椿） 夏 二六九
なつつばめ（夏燕） 夏 二三三
なつてぶくろ（夏手袋） 夏 一六四

なつてまえ（夏点前）	夏	一八三
なつでみず（夏出水）	夏	一四九
なっとう（納豆）	冬	四八七
なっとううり（納豆売）	冬	四八七
なっとうじる（納豆汁）	冬	四八三
なっとうつくる（納豆造る）	夏	一七五
なつどとう（夏怒濤）	夏	一五〇
なつともし（夏ともし）	夏	一七六
なつな（夏菜）	夏	二八七
なつなかば（夏半ば）	夏	一三三
なつにいる（夏に入る）	夏	一三三
なつね（夏嶺）	夏	一四八
なつねぎ（夏葱）	夏	二八八
なつの（夏野）	夏	一四九
なつのあかつき（夏の暁）	夏	一三五
なつのあさ（夏の朝）	夏	一三五
なつのあめ（夏の雨）	夏	一四二
なつのうみ（夏の海）	夏	一五〇
なつのおし（夏の鴛鴦）	夏	二三〇
なつのかぜ（夏の風）	夏	一三九
なつのかぜ（夏の風邪）	夏	二〇五
なつのかわ（夏の川）	夏	一五〇
なつのきり（夏の霧）	夏	一四五
なつのくも（夏の雲）	夏	一三九
なつのくれ（夏の暮）	夏	一三五
なつのころも（夏の衣）	夏	一六〇
なつのさかり（夏の盛り）	夏	一三六
なつのざしき（夏の座敷）	夏	一七六
なつのしお（夏の潮）	夏	一五一
なつのしか（夏の鹿）	夏	二三五
なつのしも（夏の霜）	夏	一三九
なつのそら（夏の空）	夏	一三八
なつのちょう（夏の蝶）	夏	二四三
なつのつき（夏の月）	夏	一三九
なつのつゆ（夏の露）	夏	一四五
なつのてん（夏の天）	夏	一三八
なつのなごり（夏の名残）	夏	一三七
なつのなみ（夏の波）	夏	一五〇
なつのにわ（夏の庭）	夏	一四九
なつのぬま（夏の沼）	夏	一五〇
なつのはて（夏の果）	夏	一三七
なつのはま（夏の浜）	夏	一五〇
なつのひ（夏の日）	夏	一三八
なつのひ（夏の燈）	夏	一七六
なつのひえ（夏の冷え）	夏	一三五
なつのほし（夏の星）	夏	一三九
なつのみず（夏の水）	夏	一四九
なつのみずうみ（夏の湖）	夏	一五〇
なつのむし（夏の虫）	夏	二四三
なつのやま（夏の山）	夏	一四八
なつのゆう（夏の夕）	夏	一三五
なつのよる（夏の夜）	夏	一三五
なつのれん（夏暖簾）	夏	一七八
なつのろ（夏の炉）	夏	一七六
なつのわかれ（夏の別れ）	夏	一三七
なつばおり（夏羽織）	夏	一六一
なつばかま（夏袴）	夏	一六一
なつはぎ（夏萩）	夏	二九二
なつはじめ（夏始）	夏	一三三
なつばしょ（夏場所）	夏	二〇〇
なつばしょう（夏芭蕉）	夏	二八一
なつばたけ（夏畑）	夏	一四九
なつはて（夏果て）	夏	一三七
なつはまべ（夏浜辺）	夏	一五〇
なつはらえ（夏祓）	夏	二二三
なつび（夏日）	夏	一三八
なつひかげ（夏日影）	夏	一三八
なつひきのいと（夏引の糸）	夏	一九三
なつひばり（夏雲雀）	夏	二三八
なつふかし（夏深し）	夏	二三七
なつふじ（夏富士）	夏	一四八
なつふじ（夏藤）	夏	二五六
なつぶすま（夏衾）	夏	一六一
なつぶとん（夏蒲団）	夏	一六一
なつぼう（夏帽）	夏	一六四
なつぼうし（夏帽子）	夏	一六四
なつまけ（夏負け）	夏	二〇五
なつまつり（夏祭）	夏	二〇七
なつまひる（夏真昼）	夏	一三五
なつまめ（夏豆）	夏	二八五
なつみうた（菜摘歌）	新	五八二
なつみかん（夏蜜柑）	夏	二六一
なつみかんのはな（夏蜜柑の花）	夏	二五八

なつみさき（夏岬）　夏　一四八
なつみまい（夏見舞）　夏　一五九
なつみめい（夏未明）　夏　一三五
なつめ（棗）　秋　三九九
なづめ（菜爪）　新　五八二
なつめく（夏めく）　夏　一三三
なつめとる（棗取る）　秋　三九九
なつめのはな（棗の花）　夏　二五九
なつめのみ（棗の実）　秋　三九九
なつもの（夏物）　夏　一六〇
なつもも（夏桃）　夏　二三〇
なつやかた（夏館）　夏　一七六
なつやしき（夏邸）　夏　一七六
なつやすみ（夏休み）　夏　一五九
なつやせ（夏痩）　夏　二〇五
なつやなぎ（夏柳）　夏　二六四
なつやま（夏山）　夏　一四八
なつやみ（夏闇）　夏　一四六
なつゆうぐれ（夏夕暮）　夏　一三五
なつゆうひ（夏夕日）　夏　一三八
なつゆうべ（夏夕べ）　夏　一三五
なつゆきそう（夏雪草）　夏　二八〇
なつゆく（夏逝く）　夏　一三七
なつよ（夏夜）　夏　一三五
なつよもぎ（夏蓬）　夏　二九二
なつりょうり（夏料理）　夏　一六八
なつろ（夏炉）　夏　一七六
なつわらび（夏蕨）　夏　三〇二

なでしこ（撫子）　秋　四二九
ななかまど　秋　四〇三
ななくさ（七種）　新　五八一
ななくさがゆ（七種粥）　新　五八二
ななくさぞうすい（七種雑炊）　新　五八二
ななくさたたく（七草たたく）　新　五八二
ななくさつみ（七種摘）　新　五八二
ななくさづめ（七種爪）　新　五八二
ななくさな（七草菜）　新　六二一
ななくさのせり（七草の芹）　新　六二一
ななくさはやす（七草はやす）　新　五八二
ななひめ（七姫）　秋　三三三
ななわかな（七若菜）　新　六二一
なにわおどり（浪花踊）　春　五四
なにわばしょ（浪花場所）　春　五五
なぬか（七日）　新　五六四
なぬかしょうがつ（七日正月）　新　五六四
なぬかぼん（七日盆）　秋　三三五
なのあおむし（菜の青虫）　秋　三九五
なのか（七日）　新　五六四
なのかがゆ（七日粥）　新　五八二
なのきちる（名の木散る）　秋　四〇四
なのはな（菜の花）　春　一一一

なのはなあかり（菜の花明り）　春　一一一
なのはなき（菜の花忌）　春　六八
なのはなちょうとかす（菜の花蝶と化す）　春　一一一
なのはなづけ（菜の花漬）　春　一三六
なのりそ（莫告藻）　新　六二一
なべかむり（鍋被り）　夏　二〇八
なべこわし（鍋破）　冬　五四一
なべづる（鍋鶴）　冬　五三八
なべまつり（鍋祭）　夏　二〇八
なべやき（鍋焼）　冬　四八二
なべやきうどん（鍋焼饂飩）　冬　四八二
なまがい（生貝）　夏　一六七
なまくるみ（なま胡桃）　夏　二三〇
なまこ（海鼠）　冬　五四三
なまさざえ（生栄螺）　春　八六
なまず（鯰）　夏　二三六
なまのり（生海苔）　春　一二八
なまはげ　新　五八五
なまぶし（生節）　夏　一六七
なまりぶし（なまり節）　夏　一六七
なみのはな（波の花）　冬　四〇三
なみのり（波乗り）　夏　一九七
なむし（菜虫）　秋　三九五
なめくじ（蛞蝓）　夏　二五三
なめくじら　夏　二五三
なめくじり　夏　二五三

なめこ（滑子）　冬　五六〇
なめこじる（滑子汁）　冬　五六〇
なめし（菜飯）　春　二九
なめたけ　冬　五六〇
なやらい　冬　四七三
ならい　冬　四五三
ならおちば（楢落葉）　冬　五五〇
ならづけせいす（奈良漬製す）　夏　一七五
ならのみ（楢の実）　秋　四〇六
ならのやまやき（奈良の山焼）　新　五八七
ならもみじ（楢紅葉）　秋　四〇三
なりいわい（成祝）　新　五八五
なりひらき（業平忌）　夏　二二一
なるかみ（鳴神）　夏　一四五
なるきぜめ（成木責）　新　五八五
なるこ（鳴子）　秋　三四八
なるこづな（鳴子綱）　秋　三四八
なるこなる（鳴子鳴る）　秋　三四八
なるこなわ（鳴子縄）　秋　三四八
なるこばん（鳴子番）　秋　三四八
なるこひき（鳴子引き）　秋　三四八
なるこもり（鳴子守）　秋　三四八
なるさお（鳴竿）　秋　三四八
なるたきのだいこたき（鳴滝の大根焚）　冬　五三三
なれずし（なれ鮓）　夏　一六八

なわいわい（縄祝）　新　五九六
なわしろ（苗代）　春　二四
なわしろいちご（苗代苺）　夏　二六九
なわしろかき（苗代搔）　春　二四
なわしろかわず（苗代蛙）　春　七五
なわしろぐみ（苗代茱萸）　春　一〇四
なわしろぐみのはな（苗代茱萸の花）　秋　四一〇
なわしろざむ（苗代寒）　春　二四
なわしろだ（苗代田）　春　二四
なわしろまつり（苗代祭）　春　三一
なわしろみず（苗代水）　春　二四
なわしろみち（苗代道）　春　二四
なわとび（縄飛）　冬　五一〇
なわとびうた（縄飛唄）　冬　五一〇
なわなう（縄綯ふ）　冬　五〇七
なわひき（縄引）　新　五八四
なをほす（菜を干す）　冬　五〇一
なをまびく（菜を間引く）　秋　四一九
なんきん　秋　四一六
なんきんうめ（南京梅）　冬　五四六
なんきんまめ（南京豆）　秋　四二三
なんきんむし（南京虫）　夏　二五〇
なんこうき（楠公忌）　夏　二〇九
なんこうさい（楠公祭）　夏　二〇九
なんしゅうき（南洲忌）　秋　三七七
なんてんしょく（南天燭）　秋　三九七
なんてんのはな（南天の花）　夏　二五六

なんてんのみ（南天の実）　秋　三九七
なんばん（南蛮）　秋　四二〇
なんばんぎせる　秋　四二五
なんばんきび（南蛮黍）　秋　四二一
なんばんのはな（南蛮の花）　夏　二九〇
なんぷう（南風）　夏　一三九

に

にあずき（煮小豆）　夏　一七〇
にいがすみ（新霞）　新　五六六
にいじょうろ（新精霊）　秋　三六六
にいどし（新年）　新　五六二
にいなめまつり（新嘗祭）　冬　四六三
にいにいぜみ（にいにい蟬）　夏　二四七
にいののゆきまつり（新野の雪祭）　新　六〇六
にいぼん（新盆）　秋　三六五
にいわた（新綿）　秋　三五一
にうかわかみまつり（丹生川上祭）　秋　三六三
にうめ（煮梅）　夏　一六六
にえぐま（贄熊）　冬　四六八
にえのくま（贄の熊）　冬　四六八
にお（藁塚）　秋　三五〇
にお　冬　五三八
におどり（匂鳥）　春　七六
においぶくろ（匂ひ袋）　夏　一八一
におうかぶ（鳰浮ぶ）　冬　五三八

におかずく（鳰潜く） 冬 五三八
におくぐる（鳰くぐる） 冬 五三八
におどり（にほ鳥） 冬 五三八
におのうきす（鳰の浮巣） 夏 二三〇
におのうみ（鳰の湖） 冬 五三八
におのこ（鳰の子） 夏 二三九
におのす（鳰の巣） 夏 二三〇
にがうり（苦瓜） 秋 四一七
にがしお（苦潮） 夏 一五一
にがつ（二月） 春 八
にがつおわる（二月終る） 春 一〇
にがっき（二学期） 秋 三二九
にがつじん（二月尽） 春 一〇
にがつつく（二月尽く） 春 一〇
にがつどうのおこない（二月堂の行ひ） 春 六一
にがつはつ（二月果つ） 春 一〇
にがつゆく（二月逝く） 春 一〇
にがつれいじゃ（二月礼者） 春 二八
にかてん（二科展） 秋 三三八
にかわり（二替） 新 六〇二
にきゃらぶき（煮伽羅蕗） 夏 一六六
にぎりずし（握鮨） 夏 一六八
にげみず（逃水） 春 二五
にこごり（煮凝） 冬 四八七
にごりい（濁り井） 夏 一四九
にごりざけ（濁酒） 秋 三四〇
にごりぶな（濁り鮒） 夏 二三六

にざけ（煮酒） 夏 一七四
にざまし（煮冷し） 夏 一六八
にじ（虹） 夏 一四五
にしきいも（錦芋） 夏 二七五
にしきぎ（錦木） 秋 四〇三
にしきぎのはな（錦木の花） 夏 二六六
にしきぎのみ（錦木の実） 秋 四〇三
にしきぎもみじ（錦木紅葉） 秋 四〇三
にしきぐさ（錦草） 秋 四三五
にしきだい（錦鯛） 冬 五四〇
にしきづた（錦蔦） 秋 四一一
にじきゆ（虹消ゆ） 夏 一四五
にじたつ（虹立つ） 夏 一四五
にじっせいき（二十世紀） 秋 三九八
にじのあや（虹の彩） 夏 一四五
にじのおび（虹の帯） 夏 一四五
にじのはし（虹の橋） 夏 一四五
にじのわ（虹の輪） 夏 一四五
にじばれ（虹晴れ） 夏 一四五
にしび（西日） 夏 一四七
にしびあつし（西日暑し） 夏 一四七
にしびおつ（西日落つ） 夏 一四七
にしびさす（西日さす） 夏 一四七
にしびなか（西日中） 夏 一四七
にしびまど（西日窓） 夏 一四七
にじます（虹鱒） 夏 二四〇
にしみやのいごもり（西宮の居籠） 新 六〇五

にじゅうさんや（二十三夜） 秋 三一一
にじゅうさんやづき（二十三夜月） 秋 三一一
にじゅうまわし（二重廻し） 冬 四七四
にじゅうろくせいじんさい（二十六聖人祭） 春 六五
にじゅうろくやまち（二十六夜待） 秋 三六一
にしん（鰊） 春 八二
にしんあみ（鰊網） 春 八二
にしんがま（鰊釜） 春 八二
にしんぎょふ（鰊漁夫） 春 八二
にしんくき（鰊群来） 春 八二
にしんくむ（鰊汲む） 春 八二
にしんぐもり（鰊曇） 春 一二
にしんごや（鰊小屋） 春 八二
にしんぞら（鰊空） 春 一二
にしんば（鰊場） 春 八二
にしんぶね（鰊舟） 春 八二
にしんほす（鰊干す） 春 八二
にしんりょう（鰊漁） 春 八二
にせアカシア 夏 二六六
にせい（二星） 秋 三三三
にちにちか（日日花） 夏 二七八
にちにちそう（日日草） 夏 二七八
にちりんそう（日輪草） 夏 二七三
にちれんき（日蓮忌） 秋 三六八
にっきおわる（日記終る） 冬 四六九

にっきかう（日記買ふ）	冬	四六九
にっきすい（につき水）	夏	一七三
にっきはじめ（日記始）	新	五九四
にっけいすい（肉桂水）	夏	一七三
にっこうきすげ（日光黄萱）	夏	三〇三
にっこうごうはんしき（日光強飯式）	春	六三
にっこうしゃしん（日光写真）	冬	五一〇
にっこうとうしょうぐうさい（日光東照宮祭）	夏	二〇九
にっしゃびょう（日射病）	夏	二〇六
にっちゅうきんせん（日中金銭）	夏	二七九
にってん（日展）	秋	三三八
にどざき（二度咲）	冬	五四六
にな（蜷）	春	八八
になのみち（蜷の道）	春	八八
にのう（二の卯）	新	六〇六
にのうま（二の午）	春	二八
にのとり（二の酉）	冬	五一八
にのみやき（二宮忌）	冬	五二六
にはちや（二八夜）	秋	三二〇
にばんしぶ（二番渋）	秋	三五〇
にひゃくとおか（二百十日）	秋	三一一
にひゃくはつか（二百二十日）	秋	三一一
にゅうえん（入園）	春	二三
にゅうがく（入学）	春	二三
にゅうがくき（入学期）	春	二三
にゅうがくじ（入学児）	春	二三
にゅうがくしき（入学式）	春	二三
にゅうがくしけん（入学試験）	春	二二
にゅうかん（乳柑）	秋	四〇〇
にゅうしゃしき（入社式）	春	二三
にゅうどうぐも（入道雲）	夏	一三九
にゅうないすずめ（入内雀）	秋	三八三
にゅうのはな（にうの花）	夏	三〇四
にゅうばい（入梅）	夏	一三四
にゅうぶ（入峯）	春	六五
にょうどうさい（繞道祭）	新	六〇四
にょうどうのひ（繞道の火）	新	六〇四
にょじょい（女叙位）	新	五七〇
にら（韮）	春	一一四
にらぞうすい（韮雑炊）	春	一一四
にらつむ（韮摘む）	春	一一四
にらのはな（韮の花）	夏	二八四
にらみだい（にらみ鯛）	新	五七六
にりんそう（二輪草）	春	一二〇
にれおちば（楡落葉）	冬	五五〇
にわあげ（庭揚げ）	秋	三四九
にわうめのはな（郁李の花）	春	九六
にわかまど（庭竈）	新	五七七
にわきかる（庭木刈る）	秋	三四七
にわざくら（庭桜）	春	九三
にわしばかる（庭芝枯る）	冬	五五八
にわすずみ（庭涼み）	夏	一九六
にわぜきしょう（庭石菖）	夏	二七一
にわたきび（庭焚火）	冬	五〇八
にわたたき（庭たたき）	秋	三八三
にわとこのはな（接骨木の花）	春	一〇四
にわとりはじめてつるむ（鶏初めて交む）	冬	四四六
にわはぎ（庭萩）	秋	四二六
にわはなび（庭花火）	夏	二〇〇
にわび（庭燎）	冬	五一九
にわふじ（庭藤）	夏	二八一
にわみぐさ（庭見草）	秋	四二六
にんぎょうまわし（人形廻し）	新	五八八
にんじん（人参）	冬	五五五
にんじんとる（人参採る）	冬	五〇一
にんじんのはな（人参の花）	夏	二八三
にんじんひく（人参引く）	冬	五〇一
にんどう（忍冬）	夏	二六四
にんとうき（忍冬忌）	冬	五三七
にんにく（蒜）	春	一一四
にんにくのはな（蒜の花）	夏	二八四
にんにくひる（葫ひる）	春	一一四

ぬ

ぬいぞめ（縫初）	新	五九四

ぬいはじめ（縫始） 新 五九四
ぬかが（糠蚊） 夏 二四九
ぬかご 秋 四一九
ぬかごめし（ぬかご飯） 秋 三四一
ぬかばえ（糠蠅） 秋 三九三
ぬきな（抜菜） 秋 四一九
ぬくきふゆ（ぬくき冬） 冬 四四三
ぬくし 春 一三
ぬくて 冬 五三四
ぬくめざけ（ぬくめ酒） 秋 三四一
ぬくめずし（ぬくめ鮓） 冬 四八九
ぬくめどり（暖鳥） 冬 五三五
ぬくめめし（温め飯） 冬 四八九
ぬけまいり（抜参） 春 三一
ぬなわ（蓴） 夏 三〇七
ぬなわおう（蓴生ふ） 春 一三六
ぬのこ（布子） 冬 四七四
ぬばたま 夏 二九七
ぬまかる（沼涸る） 冬 四六〇
ぬまこおる（沼氷る） 冬 四六三
ぬまとらのお（沼虎尾草） 夏 二九八
ぬめりぐさ（ぬめり草） 秋 四三三
ぬりあぜ（塗畦） 春 四四
ぬりひおけ（塗火桶） 冬 四九七
ぬるで 秋 四〇三
ぬるでもみじ（白膠木紅葉） 秋 四〇三
ぬるむみず（温む水） 春 三三

ね

ねあみ（寝網） 夏 一七九
ねうおづり（根魚釣） 秋 三五七
ネーブル 春 九九
ねがいのいと（願の糸） 秋 三三四
ねぎ（葱） 冬 五五五
ねきうつ（根木打つ） 冬 五一〇
ねぎじる（葱汁） 冬 四八三
ねぎぬた（葱ぬた） 春 三六
ねぎのぎぼ（葱の擬宝） 春 一三三
ねぎのはな（葱の花） 春 一三三
ねぎぼうず（葱坊主） 春 一三三
ねぎま（葱鮪） 冬 四八三
ねぎまじる（葱鮪汁） 冬 四八三
ねぎまなべ（葱鮪鍋） 冬 四八三
ねきりむし（根切虫） 夏 二四四
ネクタリン 秋 三九八
ねこうまる（猫生る） 春 七五
ねござ（寝茣蓙） 夏 一七七
ねこさかる（猫さかる） 春 七四
ねこざめ（猫鮫） 冬 五三九
ねこじゃらし（猫じゃらし） 秋 四三〇
ねこのおや（猫の親） 春 七五
ねこのこ（猫の子） 春 七五
ねこのこい（猫の恋） 春 七四
ねこのつまこい（猫の妻恋） 春 七四
ねこのめそう（猫の眼草） 春 一二五
ねこのわかれ（猫の別れ） 春 七四
ねこひばち（猫火鉢） 冬 四九七
ねこやなぎ（猫柳） 春 一〇三
ねざけ（寝酒） 冬 四八一
ねざめぐさ（寝覚草） 秋 四二七
ねじあやめ 春 一〇六
ねじばな（捩花） 夏 二九八
ねしゃか（寝釈迦） 春 六一
ねしょうがつ（寝正月） 新 六〇三
ねじろぐさ（根白草） 新 六二一
ねじろぐさ（根白草） 春 一二三
ねずたけ 秋 四三九
ねずみお（鼠の尾） 秋 四三三
ねずみたけ（鼠茸） 秋 四三九
ねずみもちのはな
（女貞の花） 夏 二七〇
ねずみもちのみ（女貞の実） 冬 五五三
ねぜり（根芹） 春 一二三
ねじればな 夏 二九八
ねっき 冬 五二〇
ねっきうち（根木打） 冬 五二〇
ねっさ（熱砂） 夏 一五一
ねったいぎょ（熱帯魚） 夏 二三七
ねったいや（熱帯夜） 夏 一二七
ねっぷう（熱風） 夏 一四二
ねづり（根釣） 秋 三五七
ねづりびと（根釣人） 秋 三五七
ねとうしん（子燈心） 冬 五一八

ねなしぐさ（根無草）	夏	三〇六
ねのひ（子の日）	新	五七〇
ねのひぐさ（子日草）	新	六一二
ねのひのまつ（子の日の松）	新	六一二
ねはんえ（涅槃会）	春	六一
ねはんえ（涅槃絵）	春	六一
ねはんがゆ（涅槃粥）	春	六一
ねはんず（涅槃図）	春	六一
ねはんぞう（涅槃像）	春	六一
ねはんにし（涅槃西風）	春	一七
ねはんのひ（涅槃の日）	春	六一
ねはんぶき（涅槃吹）	春	一七
ねはんゆき（涅槃雪）	春	六一
ねびえ（寝冷え）	夏	二〇五
ねびえご（寝冷子）	夏	二〇五
ねびえしらず（寝冷え知らず）	夏	一四四
ねぶか（根深）	冬	五五五
ねぶかさく（根深咲く）	春	一二三
ねぶかじる（根深汁）	冬	四八三
ねぶかのはな（根深の花）	春	一二三
ねぶた（佞武多）	秋	三一四
ねぷた	秋	三一四
ねほだ（根榾）	冬	四九六
ねまち（寝待）	秋	三一一
ねまちづき（寝待月）	秋	三一一
ねまちのつき（寝待の月）	秋	三一一
ねまつり（子祭）	冬	五一八
ねむしろ（寝筵）	夏	一七七
ねむのはな（合歓の花）	夏	二六八
ねむのみ（合歓の実）	秋	四〇六
ねむはみに（合歓は実に）	秋	四〇六
ねむりぎ（ねむり木）	夏	二六八
ねむりぐさ（眠草）	夏	二七七
ねむりご（眠り蚕）	春	九一
ねむりながし（眠り流し）	秋	三一四
ねむりばな（睡花）	春	九六
ねむるちょう（眠る蝶）	春	八九
ねむるやま（眠る山）	冬	四五九
ねむれるはな（ねむれる花）	春	九六
ねゆき（根雪）	冬	四五六
ねりくよう（練供養）	夏	二一五
ねわけ（根分）	春	四八
ねんが（年賀）	新	五七七
ねんがきゃく（年賀客）	新	五七八
ねんがじょう（年賀状）	新	五七八
ねんがじょうかく（年賀状書く）	冬	四六八
ねんがはがき（年賀はがき）	新	五七八
ねんがびと（年賀人）	新	五七八
ねんぐ（年貢）	冬	四六六
ねんぐうま（年貢馬）	冬	四六六
ねんぐおさめ（年貢納）	冬	四六六
ねんぐまい（年貢米）	冬	四六六
ねんし（年始）	新	五六二
ねんしえ（年始会）	新	六〇八
ねんしきゃく（年始客）	新	五七七
ねんしざけ（年始酒）	新	五八九
ねんしじょう（年始状）	新	五七八
ねんしまわり（年始廻り）	新	五七七
ねんしゅ（年酒）	新	五八九
ねんしゅ（年首）	新	五六二
ねんしょ（年初）	新	五六二
ねんとう（年頭）	新	五六二
ねんない（年内）	冬	四四五
ねんないよじつ（年内余日）	冬	四四五
ねんないりっしゅん（年内立春）	冬	四四九
ねんねこ	冬	四七五
ねんぶつのくちあけ（念仏の口明）	新	五六五
ねんまつ（年末）	冬	四四四
ねんまつしょうよ（年末賞与）	冬	四六五
ねんまつてあて（年末手当）	冬	四六五
ねんまつとうそう（年末闘争）	冬	四六五
ねんれい（年礼）	新	五七七
ねんろうながる（年浪流る）	冬	四四五
の		
のあざみ（野薊）	春	一二七
のあそび（野遊）	春	五三
のあやめ（野あやめ）	夏	二七一

のいばら（野茨）　夏　二六五
のいばらのみ（野茨の実）　秋　四一〇
のいばらのめ（野茨の芽）　春　九四
のうぐいち（農具市）　春　四二
のうさぎ（野兎）　冬　五三四
のうぜいき（納税期）　春　三三
のうぜん（凌霄花）　夏　二五六
のうぜんかずら　夏　二五六
のうぜんのはな（凌霄の花）　夏　二五六
のうぜんはれん（凌霄葉蓮）　夏　二七九
のうはじめ（能始）　新　六〇一
のうはじめ（農始）　新　五九六
のうむ（濃霧）　秋　三三五
のうりょう（納涼）　夏　一九六
のうるし（野漆）　春　一二五
のえんどう（野豌豆）　夏　三〇一
のがわすむ（野川澄む）　秋　三三九
のかんぞう（野萱草）　夏　二九七
のぎき（乃木忌）　秋　三七五
のぎく（野菊）　秋　四二九
のぎくさく（野菊咲く）　秋　四二九
のぎくつむ（野菊摘む）　秋　四二九
のぎくのはな（野菊の花）　秋　四二九
のきしのぶ（軒しのぶ）　秋　四三六
のきしょうぶ（軒菖蒲）　夏　一五五
のきどうろう（軒燈籠）　秋　三四五
のぎまつり（乃木祭）　秋　三七五
のぎり（野霧）　秋　三三五
のこぎりそう（鋸草）　夏　三〇二
のこりえびす（残り戎）　新　六〇六
のこりがも（残り鴨）　春　七九
のこりさぎ（残り鷺）　冬　五三六
のこりふく（残り福）　新　六〇六
のこるあき（残る秋）　秋　三一六
のこるあつさ（残る暑さ）　秋　三一〇
のこるか（残る蚊）　秋　三八九
のこるかも（残る鴨）　春　七九
のこるかり（残る雁）　春　七八
のこるきく（残る菊）　秋　四一五
のこるこおり（残る氷）　春　二六
のこるごめ（残る海猫）　秋　三八五
のこるさくら（残る桜）　春　九四
のこるさむさ（残る寒さ）　春　九
のこるせみ（残る蟬）　秋　三九〇
のこるつき（残る月）　秋　三三一
のこるつばめ（残る燕）　秋　三八一
のこるつる（残る鶴）　春　七八
のこるはえ（残る蠅）　秋　三八九
のこるはくちょう
（残る白鳥）　春　七八
のこるはち（残る蜂）　秋　三八九
のこるはな（残る花）　春　九四
のこるほたる（残る蛍）　秋　三八九
のこるむし（残る虫）　秋　三九一
のこるもみじ（残る紅葉）　冬　五四九
のこるゆき（残る雪）　春　二五
のじぎく（野路菊）　秋　四二九
のじこ（野鵐）　夏　三二四
のじのあき（野路の秋）　秋　三二七
のしふぐ　夏　一六六
のしゅんぎく（野春菊）　春　一一〇
のせぎょう（野施行）　冬　四七一
のだいおう（野大黄）　夏　二九六
のたきび（野焚火）　冬　五〇八
のちのあわせ（後の袷）　秋　三二九
のちのこよい（後の今宵）　秋　三三一
のちのころもがえ
（後の更衣）　秋　三二九
のちのつき（後の月）　秋　三三一
のちのでがわり（後の出代）　秋　三二七
のちのひがん（後の彼岸）　秋　三三三
のちのひな（後の雛）　秋　三二八
のちのふつかぎゅう
（後の二日灸）　秋　三二七
のちのみねいり（後の峰入）　秋　三六五
のちのめいげつ（後の名月）　秋　三三一
のちのやぶいり（後の藪入）　秋　三三六
のっこみだい（乗込鯛）　春　八二
のっこみぶな（乗込鮒）　春　八五
のっぺいじる（のつぺい汁）　冬　四八三
のどか（長閑）　春　一三
のどかなる（長閑なる）　春　一三
のどけし　春　一三
のどやか　春　一三

季語	季	頁
のとらのお（野虎尾草）	夏	二九八
のにんじん	夏	二九九
ののあき（野の秋）	秋	三一七
ののいろ（野の色）	秋	三一七
ののかれいろ（野の枯色）	冬	四六〇
ののききょう（野の桔梗）	秋	四三一
ののくさ（野の草）	秋	四二五
ののにしき（野の錦）	秋	三一七
ののはな（野の花）	秋	四二五
のはぎ（野萩）	秋	四二六
のばら（野ばら）	夏	二六五
のばらのみ（野ばらの実）	秋	四一〇
のび（野火）	春	四三
のびえ（野稗）	秋	四三六
のびきゆ（野火消ゆ）	春	四三
のびたき（野鶲）	夏	二二一
のびもり（野火守）	春	四三
のびる（野蒜）	春	一二一
のびるつむ（野蒜摘む）	春	一二一
のびるのはな（野蒜の花）	夏	二八四
のふじ（野藤）	春	九七
のぶどう（野葡萄）	秋	四二一
のぶどうのみ（野葡萄の実）	秋	四二一
のぶながき（信長忌）	夏	二一一
のほうせんか（野鳳仙花）	秋	四三三
のぼけ（野木瓜）	春	一〇五
のぼたん（野牡丹）	夏	二五七
のぼり（幟）	夏	一五四
のぼりあゆ（上り鮎）	春	八五
のぼりかざる（幟飾る）	夏	一五四
のぼりづき（上り月）	秋	三一九
のぼります（上り鱒）	春	八四
のぼりやな（上り簗）	春	五一
のまおい（野馬追）	夏	二一一
のまおいまつり（野馬追祭）	夏	二一一
のまつり（野茉莉）	秋	四一四
のみ（蚤）	夏	二五〇
のみでる（蚤出る）	春	九〇
のみとりこ（蚤取粉）	夏	一八一
のみはじめ（鑿始）	新	五九七
のみひやす（鑿冷す）	夏	一九五
のやき（野焼）	春	四三
のやく（野焼く）	春	四三
のやまいろづく（野山色づく）	秋	三一七
のやまのいろ（野山の色）	秋	三一七
のやまのくれない（野山の紅）	秋	三一七
のやまのにしき（野山の錦）	秋	三一七
のやまぶき（野山吹）	春	九七
のり（海苔）	春	一二八
のりうつぎのはな（糊うつぎの花）	夏	二六九
のりかき（海苔掻）	春	四九
のりかご（海苔籠）	春	四九
のりかわく（海苔乾く）	春	四九
のりしょうじ（海苔障子）	春	四九
のりす（海苔簀）	春	四九
のりそだ（海苔粗朶）	春	四九
のりそださす（海苔粗朶挿す）	秋	三五七
のりぞめ（乗初）	新	五九五
のりぞめ（騎初）	新	五九六
のりだし（乗出）	新	五七九
のりとる（海苔採る）	春	四九
のりながき（宣長忌）	秋	三一七
のりのきのはな（のりのきの花）	夏	二六九
のりのすな（海苔の砂）	春	一二八
のりはじめ（乗初）	新	五七九
のりひび（海苔篊）	春	四九
のりひびさす（海苔篊挿す）	秋	三五七
のりひろう（海苔拾ふ）	春	一二八
のりぶね（海苔舟）	春	四九
のりほす（海苔干す）	春	四九
のりゆみ（賭弓）	新	五七一
のろ（獐）	冬	五二四
のろしか	冬	五二四
のわき（野分）	秋	三三三
のわきあと（野分後）	秋	三三三
のわきあれ（野分荒れ）	秋	三三三
のわきがわ（野分川）	秋	三三三
のわきぐも（野分雲）	秋	三三三
のわきづき（野分月）	秋	三三三

のわきなか（野分中） 秋 三三三
のわきなぐ（野分凪ぐ） 秋 三三三
のわきなみ（野分浪） 秋 三三三
のわきばれ（野分晴） 秋 三三三
のわきふく（野分吹く） 秋 三三三
のわけ（野わけ） 秋 三三三
のをやく（野を焼く） 春 四三
のをやくひ（野を焼く火） 春 四三

は

はあざみ（葉薊） 夏 二七五
バード・ウィーク 夏 一五四
バード・デー 夏 一五四
パーム・サンデー 春 六六
はあり（羽蟻） 夏 二五〇
ハーリー（爬龍船） 夏 一五八
ばい（霾） 春 一八
ばいあそび（海螺遊び） 秋 三五九
ばいう（梅雨） 夏 一四三
ばいうち（海螺打ち） 秋 三五九
ばいおうき（梅翁忌） 春 七三
はいか（敗荷） 秋 四二五
はいが（拝賀） 新 五六九
ばいかごく（梅花御供） 春 五九
ばいかさい（梅花祭） 春 五九
はいがしき（拝賀式） 新 五七一
ばいかせつ（梅花節） 春 二七
ばいし（貝子） 春 八七
ばいしゅ（梅酒） 夏 一七四
はいしょう（敗醤） 秋 四二三
はいせつしゃ（排雪車） 冬 四九九
はいせんき（敗戦忌） 秋 三三一
はいせんび（敗戦日） 秋 三三一
ばいてん（霾天） 春 一八
ばいてん（梅天） 夏 一三八
パイナップル 夏 二六一
はいねこ（灰猫） 冬 五三四
はいのすいようび（灰の水曜日） 春 六六
ハイビスカス 夏 二五七
ばいまわし（海贏廻し） 秋 三五九
ばいものはな（貝母の花） 春 一〇八
ばいりん（梅林） 春 九二
ばいりん（梅霖） 夏 一四三
はえ（蝿） 夏 二四八
はえ 夏 一四〇
はえ（鮠） 春 八四
はえ（南風） 夏 一四〇
はえいらず（蝿入らず） 夏 一八〇
はえうち（蝿打） 夏 一八〇
はえうまる（蝿生る） 春 九一
はえおおい（蝿覆） 夏 一八〇
はえたたき（蝿叩） 夏 一八〇
はえちょう（蝿帳） 夏 一八〇
はえどくそう（蝿毒草） 夏 三〇三
はえとりがみ（蝿取紙） 夏 一八〇
はえとりき（蝿取器） 夏 一八〇
はえとりぐさ（蝿取草） 夏 三〇三
はえとりぐも（蝿虎） 夏 二五三
はえとりなでしこ（蝿取撫子） 夏 二七五
はえとりリボン（蝿取リボン） 夏 一八〇
はえのこ（蝿の子） 春 九一
はえよけ（蝿除） 夏 一八〇
はえをうつ（蝿を打つ） 夏 二四八
はおり（羽織） 冬 四七四
はおりぬぐ（羽織脱ぐ） 春 一三四
はかあらう（墓洗ふ） 秋 三六七
ばかがい（馬鹿貝） 春 八七
はかかこう（墓囲ふ） 冬 四九二
はかそうじ（墓掃除） 秋 三六七
はかたのぎおんまつり（博多の祇園祭） 夏 二一一
はかたばしょ（博多場所） 冬 五〇九
はかたまつり（博多祭） 夏 二一一
はがため（歯固） 新 五六九
はかどうろう（墓燈籠） 秋 三四五
はかまいり（墓参） 秋 三六七
はかまぎ（袴着） 冬 四六五
はかまのう（袴能） 夏 二〇一
はかもうで（墓詣） 秋 三六七
はぎ（萩） 秋 四二六
はぎあらし（萩嵐） 秋 四二六

はきおさめ（掃納） 冬 四七〇
はぎかり（萩刈） 秋 三五四
はぎかる（萩枯る） 冬 五五七
はぎさかり（萩さかり） 秋 四二六
はぎさく（萩咲く） 秋 四二六
はきぞめ（掃初） 新 五九二
はきたて（掃立） 春 五〇
はぎちる（萩散る） 秋 四二六
はぎづき（萩月） 秋 三一一
はぎねわけ（萩根分） 春 四九
はぎのあめ（萩の雨） 秋 四二六
はぎのかぜ（萩の風） 秋 四二六
はぎのしたかぜ（萩の下風） 秋 四二六
はぎのしたつゆ（萩の下露） 秋 四二六
はぎのなか（萩の中） 秋 四二六
はぎのはな（萩の花） 秋 四二六
はぎのみ（萩の実） 秋 四二六
はぎはみに（萩は実に） 秋 四二六
はぎむら（萩むら） 秋 四二六
はきょうき（波郷忌） 冬 五三七
はぎわかば（萩若葉） 春 一一八
はぎわら（萩原） 秋 四二六
はくう（白雨） 夏 一四四
はくえい（白英） 秋 四二八
ばくえい（幕営） 夏 一九七
ばぐかざる（馬具飾る） 夏 一五五
はくがん（白雁） 秋 三八五
はくさい（白菜） 冬 五五五
はくさいづけ（白菜漬） 冬 五五五
はくさいばた（白菜畑） 冬 五五五
はくさんいちげ（白山一花草） 夏 三〇五
はくさんよもぎ 秋 四三〇
はくじつき（白日忌） 秋 三七二
ばくしゅう（麦秋） 夏 一三三
はくしゅうき（白秋忌） 冬 五五六
はくしょ（薄暑） 夏 一三三
ばくしょ（曝書） 夏 一八三
はくしょう（白菖） 夏 二七一
はくしょこう（薄暑光） 夏 一三三
はくぞう（白蔵） 秋 三一〇
ばくちく（爆竹） 新 五八六
はくちょう（白鳥） 冬 五三八
はくちょうかえる（白鳥帰る） 春 七八
はくちょうくる（白鳥来る） 冬 五三八
はくちょうげ（白丁花） 夏 二五五
はくちょうざ（白鳥座） 秋 三一一
はくちょうたつ（白鳥翔つ） 冬 五三八
はくてい（白帝） 秋 三一〇
はくとう（白桃） 秋 三九八
はくとうおう（白頭翁） 秋 三八四
ばくのまくら（獏の枕） 新 六〇三
はくばい（白梅） 春 九二
ばくふ（瀑布） 夏 一五二
はくぼたん（白牡丹） 夏 二五四
はくもくれん（白木蓮） 春 九七
ばくもんとう（麦門冬） 夏 三〇二
ばくりょう（曝涼） 夏 一三四
はくや（白夜） 夏 一八三
はくれん（白れん） 春 九七
はくろ（白露） 秋 三一二
はくろのせつ（白露の節） 秋 三一二
はげいとう（葉鶏頭） 秋 四一三
ばけものまつり（化物祭） 夏 二〇九
はご 新 五九九
はごいた（羽子板） 新 五九九
はごいたいち（羽子板市） 冬 四六七
はごいたうり（羽子板売） 冬 四六七
ばこう（馬耕） 春 四三
はこざきまつり（筥崎祭） 秋 三六二
はこづり（箱釣） 夏 一九九
はこどり（杲鳥） 春 七六
はこにわ（箱庭） 夏 二〇三
はこねうつぎのはな（箱根空木の花） 夏 二六四
はごのき（羽子の木） 秋 四〇七
はこひばち（箱火鉢） 冬 四九七
はこふぐ（箱河豚） 冬 五四二
はこべ（蘩蔞） 春 一一九
はこべら 春 一一九
はこめがね（箱眼鏡） 夏 一九四
はごろもそう（羽衣草） 夏 三〇二
はざ（稲架） 秋 三四九

はざあかり（稲架明り） 秋 三四九
はざくむ（稲架組む） 秋 三四九
はざくら（葉桜） 夏 二五三
はざふすま（稲架襖） 秋 三四九
はさみむし（挟虫） 夏 二四九
はじ（櫨） 秋 四〇二
はしい（端居） 夏 二〇四
はしか（麻疹） 夏 二〇六
はしがみ（箸紙） 新 五七七
はじかみ（薑） 秋 四二〇
はじきまめ（はじき豆） 夏 二八五
はしごのり（梯子乗） 新 五八一
はしすずみ（橋涼み） 夏 一九六
はしたか（箸鷹） 秋 三八〇
ばじつ（馬日） 新 五六四
はしつつみ（箸包） 新 五七七
はじのみ（はじの実） 秋 四〇五
はしばみのはな（榛の花） 春 一〇三
はしばみのみ（榛の実） 秋 四〇六
はじめてすずし（初めて涼し） 秋 三一一
はしもみじ（はし紅葉） 秋 四〇一
ばしょう（芭蕉） 秋 四一三
ばしょううつかぜ（芭蕉打つ風） 秋 四一三
はしょうが（葉生姜） 秋 四二〇
ばしょうかる（芭蕉枯る） 冬 五五四
ばしょうき（芭蕉忌） 冬 五三五
ばしょうたまとく（芭蕉玉解く） 夏 二六一
ばしょうのはいたむ（芭蕉の葉傷む） 秋 四一三
ばしょうのはな（芭蕉の花） 夏 二六一
ばしょうのまきば（芭蕉の巻葉） 夏 二六一
ばしょうのやれは（芭蕉の破葉） 秋 四一三
ばしょうば（芭蕉葉） 秋 四一三
ばしょうひろば（芭蕉広葉） 秋 四一三
ばしょうふ（芭蕉布） 夏 一六一
ばしょうやぶるる（芭蕉破るる） 秋 四一三
ばしょうりん（芭蕉林） 秋 四一三
ばしょうわかば（芭蕉若葉） 夏 二六一
はしらたいまつ（柱松明） 春 六三
はしりいも（走り藷） 夏 二六七
はしりずみ（走炭） 冬 四九五
はしりそば（走り蕎麦） 秋 三四四
はしりちゃ（走り茶） 夏 一七五
はしりづゆ（走り梅雨） 夏 一四三
はしりほ（走り穂） 秋 四二〇
はしりぼし（走り星） 秋 三三三
はす（鯆） 夏 二三七
はす（蓮） 夏 二六九
はすいけ（蓮池） 夏 二六九
はすうう（蓮植う） 春 四七
はすかる（蓮枯る） 冬 五五四
はすねほる（蓮根掘る） 冬 五〇一
はすのうきは（蓮の浮葉） 夏 二六九
はすのつゆ（蓮の露） 夏 二六九
はすのは（蓮の葉） 夏 二六九
はすのはうり（荷の葉売） 秋 三三五
はすのはな（蓮の花） 夏 二六九
はすのほね（蓮の骨） 冬 五五四
はすのみ（蓮の実） 秋 四二四
はすのみとぶ（蓮の実飛ぶ） 秋 四二四
はすのめし（蓮の飯） 秋 三六六
はすはのめし（荷葉の飯） 秋 三六六
はすほり（蓮掘り） 冬 五〇一
はすみ（蓮見） 夏 二〇三
はずみだま（はづみ玉） 冬 五五九
はすみぶね（蓮見舟） 夏 二〇三
はぜ（鯊） 秋 三八七
はぜ（葩煎） 新 五九〇
はぜうり（葩煎売） 新 五九〇
はせお 秋 四一三
はぜかい（櫨買） 秋 三五一
はせくらき（支倉忌） 秋 三七〇
はぜちぎり（櫨ちぎり） 秋 三五一
はぜつり（鯊釣） 秋 三五七
はぜとり（櫨採） 秋 三五一
はぜのあき（鯊の秋） 秋 三八七
はぜのしお（鯊の汐） 秋 三八七
はぜのはな（櫨の花） 夏 二六八

はぜのみ（櫨の実） 秋 四〇五
はぜびより（鯊日和） 秋 三八七
はぜぶくろ（葩煎袋） 新 五九〇
はぜぶね（鯊舟） 秋 三五七
はぜもみじ（櫨紅葉） 秋 四〇二
はぜやく（鯊焼く） 秋 三八七
パセリ 夏 二八八
はぜわかば（櫨若葉） 夏 二六二
ばそり（馬橇） 冬 四九九
はた（羽太） 夏 二四〇
はたうち（畑打） 春 四四
はたうつ（畑打つ） 春 四四
はたおり（機織） 秋 三九二
はたおりひめ（機織姫） 秋 三三三
はたおりめ（機織女） 秋 三九二
はだか（裸） 夏 二〇四
はだかおし（裸押し） 新 六〇八
はだかぎ（裸木） 冬 五五一
はだかご（裸子） 夏 二〇四
はだかまいり（裸参） 冬 五三三
はたけかえす（畑返す） 春 四四
はたけすく（畑鋤く） 春 四四
はたけやく（畑焼く） 春 四三
はださむ（肌寒） 秋 三一五
はだし（跣足） 夏 二〇四
はたたがみ（はたた神） 夏 一四五
はだぬぎ（肌脱） 夏 二〇四
はたはじめ（機始） 新 五九六
はたはた（鰰） 冬 五三九
はたはた（蟿螽） 秋 三九二
ばたばた 秋 三九二
はたばはじめ（機場始） 新 五九六
はたびえ（畑稗） 秋 四二二
はたやき（畑焼） 春 四三
はたやくひ（畑焼く火） 春 四三
はたやはじめ（機屋始） 新 五九六
はたらきばち（働き蜂） 春 九〇
はだらゆき（はだら雪） 春 一九
はだれ（斑雪） 春 一九
はだれじも（はだれ霜） 冬 四五五
はだれの（斑雪野） 春 一九
はだれみね（斑雪嶺） 春 一九
はだれやま（斑雪山） 春 一九
はだれゆき（はだれ雪） 春 一九
はたんきょう（巴旦杏） 夏 二六一
はたんきょうのはな（巴旦杏の花） 春 九八
はち（蜂） 春 九〇
はちがつ（八月） 秋 三一〇
はちがつか（八月蚊） 秋 三八九
はちがつじゅうごにち（八月十五日） 秋 三二二
はちがつじん（八月尽） 秋 三一一
はちがつだいみょう（八月大名） 秋 三四七
はちがつはつ（八月果つ） 秋 三一一
はちじゅうはちや（八十八夜） 春 一四
はちじょうつぐみ（八丈鶫） 秋 三八二
はちすのはな（はちすの花） 夏 二八九
はちすのみ（蓮の実） 秋 四〇四
はちたたき（鉢叩） 冬 五三一
はちのうめ（鉢の梅） 春 九二
はちのこ（蜂の子） 秋 三九五
はちのす（蜂の巣） 春 九〇
はちのすばこ（蜂の巣箱） 春 九〇
はちのはこ（蜂の箱） 春 九〇
はちまんえきじんもうで（八幡疫神詣） 新 六〇六
はちまんそう（はちまん草） 秋 四一六
はちまんまいり（八幡参） 新 六〇六
はつアイロン（初アイロン） 新 五九四
はつあかつき（初暁） 新 五六三
はつあかね（初茜） 新 五六六
はつあかねぞら（初茜空） 新 五六六
はつあかり（初明り） 新 五六六
はつあき（初秋） 秋 三一〇
はつあきかぜ（初秋風） 秋 三三三
はつあきない（初商） 新 五八〇
はつあけぼの（初曙） 新 五六六
はつあさま（初浅間） 新 五六八
はつあたご（初愛宕） 新 六〇七
はつあらし（初嵐） 秋 三三三
はつあられ（初霰） 冬 四五四

はつあわせ（初袷） 夏 一六〇
はつい（初亥） 新 六〇七
はついかだ（初筏） 春 五三
はついこう（初衣桁） 新 五八九
はついしょう（初衣装） 新 五八九
はついずみ（初泉） 新 五六八
はついせ（初伊勢） 新 六〇四
はついせおどり（初勢踊） 新 五八五
はついそ（初磯） 春 五一
はついち（初市） 新 五八〇
はついちば（初市場） 新 五八〇
はつう（初卯） 新 六〇六
はつうぐいす（初鶯） 新 六一〇
はつうたい（初謡） 新 六〇一
はつうづえ（初卯杖） 新 五七〇
はつうつし（初撮し） 新 五九三
はつうま（初午） 春 二八
はつうまいり（初卯詣） 新 六〇六
はつうまきょうげん
（初午狂言） 春 二八
はつうましばい（初午芝居） 春 二八
はつうまだんご（初午団子） 春 二八
はつうまつり（初卯祭） 新 六〇六
はつうまもうで（初午詣） 春 二八
はつうまや（初駅） 新 五九五
はつうらない（初占） 新 五九九
はつうり（初瓜） 夏 二八五
はつうり（初売） 新 五八〇

はつうんざ（初運座） 新 五八一
はつえいが（初映画） 新 六〇三
はつえがお（初笑顔） 新 五九三
はつえくぼ（初えくぼ） 新 五九三
はつえびす（初戎） 新 六〇六
はつえんま（初閻魔） 新 六〇八
はつおばな（初尾花） 秋 四二六
はつか（初蚊） 春 九〇
はつかい（初買） 新 五八一
はつかい（初会） 新 五八一
はつかいごう（初会合） 新 五八一
はつかいなか（二十日亥中） 秋 三二二
はつかいひ（初開扉） 新 六〇八
はつかいもの（初買物） 新 五八一
はつかいわい（二十日祝） 新 五八六
はつかえさい（二十日会祭） 春 五九
はつかえる（初蛙） 春 七五
はつがおいわい（初顔祝） 新 五八六
はつかがみ（初鏡） 新 五九四
はっかかり（薄荷刈） 夏 一八九
はつかき（二十日忌） 冬 五三一
はつかぐら（初神楽） 新 六〇五
はっかさく（薄荷咲く） 秋 四二四
はつかじ（初火事） 新 五九五
はつかじ（初鍛冶） 新 五九八
はつかしぎ（初炊ぎ） 新 五九一
はつかしょうがつ
（二十日正月） 新 五六五

はっかすい（薄荷水） 夏 一七三
はつがすみ（初霞） 新 五六六
はつかぜ（初風） 新 五六七
はつかだんご（二十日団子） 新 五六五
はつがつお（初鰹） 夏 二三八
はつかづき（二十日月） 秋 三三一
はつかっし（初甲子） 新 六〇六
はつかどで（初門出） 新 五九五
はつかね（初鐘） 新 六〇八
はつかのつき（二十日の月） 秋 三三一
はっかのはな（薄荷の花） 秋 四二四
はつかぼん（二十日盆） 秋 三六七
はつがま（初釜） 新 五九五
はつがま（初窯） 新 五九七
はつかまど（初竈） 新 五九五
はつかみ（初髪） 新 五九四
はつかみなり（初かみなり） 春 二〇
はつがも（初鴨） 秋 三八五
はつかもめ（初鷗） 新 六二〇
はつかや（初蚊帳） 夏 一八〇
はつがらす（初鴉） 新 六二〇
はつかり（初雁） 秋 三八五
はっかん（八柑） 春 九九
はつかんな（初鉋） 新 五九七
はつかんのん（初観音） 新 六〇九
はづき（葉月） 秋 三一一
はつぎく（初菊） 秋 四一五
はづきじお（葉月潮） 秋 三三〇

はづきじん（葉月尽）	秋	三一一
はつキネマ（初キネマ）	新	六〇二
はつきのえね（初甲子）	新	六〇六
はづきふじ（葉月富士）	秋	三一七
はつきゅう（初灸）	新	五九三
はっきんかいろ（白金懐炉）	冬	四九八
はつぎんこう（初吟行）	新	五八一
はつくかい（初句会）	新	五八一
はつくさ（初草）	春	一一七
はつぐし（初櫛）	新	五九四
はつぐるま（初車）	新	五九五
はつくわ（初鍬）	新	五九六
はつくわいれ（初鍬入）	新	五九六
はつげいこ（初稽古）	新	六〇一
はつけいば（初競馬）	新	六〇二
はつげしき（初景色）	新	五六八
はつげしょう（初化粧）	新	五九四
はつけまり（初蹴鞠）	新	五七一
はつげんか（初喧嘩）	新	五九四
はっこう（八荒）	春	一一七
はっこう（八講）	春	六一
はつこうぎ（初講義）	新	五八二
はつこうざ（初高座）	新	六〇二
はつこうしょ（初講書）	新	五七一
はつこうしん（初庚申）	新	六〇七
はっこうのあれ（八講の荒れ）	春	一一七
はつこうぼう（初弘法）	新	六〇九
はつこえ（初声）	新	六一〇
はつごえ（初肥）	新	五九六
はつごおり（初氷）	冬	四六二
はつこくうぞう（初虚空蔵）	新	六〇八
はつごち（初東風）	新	五六七
はつこっき（初国旗）	新	五九一
はつことひら（初金刀比羅）	新	六〇六
はつごま（初護摩）	新	六〇八
はつこやし（初肥し）	新	五九六
はつごよみ（初暦）	新	五九二
はつゴルフ（初ゴルフ）	新	六〇〇
はつころび（初転び）	新	五九四
はつごんぎょう（初勤行）	新	六〇八
はつこんぴら（初金毘羅）	新	六〇六
はつさいく（初細工）	新	五九七
はっさく（八朔）	秋	三一三
はっさく（八朔）	春	九九
はっさくかん（八朔柑）	春	九九
はっさくのいわい（八朔の祝）	秋	三一七
はっさくばい（八朔梅）	秋	三九六
はっさくぼん（八朔盆）	秋	三一三
はつざけ（初鮭）	秋	三八八
はつざしき（初座敷）	新	五九二
はつさんが（初山河）	新	五六八
はつさんぐう（初参宮）	新	六〇四
はつさんま（初さんま）	秋	三八八
はつしお（初潮）	秋	三三〇
はつしぐれ（初時雨）	冬	四五四
はつしごと（初仕事）	新	五七九
はつじぞう（初地蔵）	新	六〇八
はつじどうしゃ（初自動車）	新	五九五
はつしののめ（初東雲）	新	五六六
はつしばい（初芝居）	新	六〇二
はつじほう（初時報）	新	五九二
はつじむ（初事務）	新	五七九
はつしも（初霜）	冬	四五五
はつしもづき（初霜月）	冬	四四二
はつしゃしん（初写真）	新	五九三
はつしゅっきん（初出勤）	新	五七九
はつしゅっしゃ（初出社）	春	三三
はつしょういん（初松韻）	新	五六七
はつしょうてん（初聖天）	新	六〇九
はっしょうまめ（八升豆）	秋	四一三
はつしょうらい（初松籟）	新	五六七
はつしんぶん（初新聞）	新	五九三
はつすいてんぐう（初水天宮）	新	六〇五
はつすき（初梳）	新	五九四
はつすすき（初芒）	秋	四一六
はつすずめ（初雀）	新	六一〇
はつすずり（初硯）	新	五七九
はつずもう（初相撲）	新	六〇二
はつずり（初刷）	新	五九三
はつせき（初席）	新	六〇二
はつぜっく（初節句）	夏	一五四

はつぜみ（初蟬） 夏 二四七
はつせり（初糶） 新 五八〇
はっせんか（八仙花） 夏 二二四
はつそうじ（初掃除） 新 五九二
はつそうば（初相場） 新 五八〇
はつそが（初曾我） 新 六〇二
はつそば（初蕎麦） 秋 三四四
はつそま（初杣） 新 五九七
はつぞめ（初染） 新 五九五
はつぞら（初空） 新 五六六
はつぞらづき（初空月） 新 五六二
ばった（螇蚸） 秋 三九二
はったい（麨） 夏 一七一
はつたいこ（初太鼓） 新 六〇八
はつだいこく（初大黒） 新 六〇六
はつだいし（初大師） 新 六〇九
はつたうち（初田打） 新 五九六
はつたか（初鷹） 秋 三三五
はつたかがり（初鷹狩） 秋 三三五
はつたかの（初鷹野） 秋 三三五
はつたけ（初茸） 秋 四三八
はつたけのこ（初筍） 夏 二八五
はつたつ（初辰） 新 六〇七
はつたづ（初田鶴） 新 六一〇
はつたつのみず（初辰の水） 新 六〇七
はつたび（初旅） 新 六〇二
はつだより（初便り） 新 五九三
ぱったんこ 秋 三四七
パッチ 冬 四七六
はつちちぶ（初秩父） 新 五六八
はつちゃせん（初茶筌） 新 五九五
はつちゃのゆ（初茶湯） 新 五九五
はつちょう（初蝶） 春 八九
はつちょうこく（初彫刻） 新 五九七
はつちょうず（初手水） 新 五九一
はつちょうな（初手斧） 新 五九七
はつづき（初月） 秋 三一九
はつづきよ（初月夜） 秋 三一九
はつつくば（初筑波） 新 五六八
はつつづみ（初鼓） 新 六〇二
はつつばめ（初燕） 春 七八
はつつまずき（初躓き） 新 五九四
はつつむぎ（初紡） 新 五九六
はつづり（初釣） 新 五九七
はつづる（初鶴） 新 六一〇
はつつるべ（初釣瓶） 新 五九二
はつていしょう（初提唱） 新 六〇八
はつてがみ（初手紙） 新 五九三
はつてまえ（初点前） 新 五九五
ばってらずし（ばってら鮓） 夏 一六八
はつテレビ（初テレビ） 新 五九二
はつでんしゃ（初電車） 新 五九五
はつてんじん（初天神） 新 六〇七
はつでんわ（初電話） 新 五九三
はつとうみょう（初燈明） 新 五九三
はつとおか（初十日） 新 六〇六
はつとがり（初鳥狩） 秋 三三五
はつどきょう（初読経） 新 六〇八
はつとし（初年） 新 五六二
はつともし（初燈） 新 五九三
はつとら（初寅） 新 六〇八
はつとらまいり（初寅参） 新 六〇八
はつとり（初鶏） 新 六一〇
はつなき（初泣） 新 五九三
はつなぎ（初凪） 新 五六七
はつなずな（初薺） 新 六一一
はつなつ（初夏） 夏 二一三
はつなみ（初波） 新 五六八
はつに（初荷） 新 五八〇
はつにじ（初虹） 春 一二〇
はつにっき（初日記） 新 五九四
はつにゅうこう（初入坑） 新 五九八
はつにわ（初庭） 新 六〇四
はつね（初音） 春 七六
はつね（初子） 新 五七〇
はつねうり（初音売） 新 六〇三
はつねざめ（初寝覚） 新 六〇三
はつねぶえ（初音笛） 新 六〇二
はつねんぶつ（初念仏） 新 六〇八
はつのう（初能） 新 六〇一
はつのぎく（初野菊） 秋 四二九
はつのぼり（初幟） 夏 一二四
はつのぼり（初登） 新 五九七
はつのり（初海苔） 冬 四八九

はつのり（初乗） 新 五九五
はつのり（初騎） 新 五九六
はつはぎ（初萩） 秋 四二六
はつばしょ（初場所） 新 六〇三
はつはた（初機） 新 五九六
はつはと（初鳩） 新 六一〇
はつはな（初花） 春 九三
はつばなし（初話） 新 五九三
はつはなづき（初花月） 春 一〇
はつはらい（初祓） 新 六〇四
はつばり（初針） 新 五九四
はつはる（初春） 新 五六二
はつはるきょうげん（初春狂言） 新 六〇三
はつはるじたく（初春支度） 冬 四八六
はつはるづき（初春月） 新 五六二
はつはるのほし（初春の星） 新 五八七
はつばれ（初晴） 新 五八六
はつばんづけ（初番付） 新 六〇三
はつハンマー（初ハンマー） 新 五九八
はつひ（初日） 新 五八六
はつひえい（初比叡） 新 五八八
はつひおがむ（初日拝む） 新 五七六
はつひかげ（初日影） 新 五八六
はつひき（初弾） 新 六〇一
はつひきゃく（初飛脚） 新 五九三
はつひぐらし（初蜩） 夏 二四七
はつひこう（初飛行） 新 五九六
はつひこう（初披講） 新 五八一
はつひのし（初火熨斗） 新 五九四
はつひので（初日の出） 新 五六六
はつひのまる（初日の丸） 新 五九一
はつひばり（初雲雀） 春 七七
はつびょうぶ（初屏風） 新 五九二
はつふいご（初鞴） 新 五九八
はつふじ（初富士） 新 五六八
はつふどう（初不動） 新 六〇九
はつぶな（初鮒） 春 八四
はつふなのり（初船乗） 新 五七九
はつぶね（初船） 新 五九五
はつふゆ（初冬） 冬 四四三
はつぶり（初鰤） 冬 五四〇
はつぶろ（初風呂） 新 五九二
はつべんざいてん（初弁財天） 新 六〇七
はつべんてん（初弁天） 新 六〇七
はつほ（初穂） 秋 四二〇
はつぼうき（初箒） 新 五九二
はつほうざ（初法座） 新 六〇八
はつほうそう（初放送） 新 五九二
はつほうわ（初法話） 新 六〇七
はつぼし（初星） 新 五六七
はつぼたる（初螢） 夏 二四四
はつぼり（初彫） 新 五九七
はつぼん（初盆） 秋 三六五
はつまいり（初参） 新 六〇四
はつまくら（初枕） 新 六〇三
はつまつかぜ（初松風） 新 五六七
はつまり（初鞠） 新 五七一
はつみ（初巳） 新 六〇七
はつみくじ（初神籤） 新 六〇五
はつミサ（初弥撒） 新 六〇九
はつみず（初水） 新 五六九
はつみそか（初三十日） 新 五六五
はつみそら（初御空） 新 五六六
はつみぞれ（初霙） 冬 四五四
はつみでら（初御寺） 新 六〇八
はつみどう（初御堂） 新 六〇八
はつみどり（初緑） 春 一〇〇
はつみょうけん（初妙見） 新 六〇八
はつむかし（初昔） 新 五六三
はつもうで（初詣） 新 六〇四
はつもず（初百舌鳥） 秋 三八一
はつもみじ（初紅葉） 秋 四〇一
はつもろこ（初諸子） 春 八四
はつやいと（初やいと） 新 五九三
はつやくし（初薬師） 新 六〇八
はつやしろ（初社） 新 六〇四
はつやま（初山） 新 五九七
はつやまいり（初山入） 新 五九七
はつやまぶみ（初山踏） 新 五九七
はつゆ（初湯） 新 五九二
はつゆあび（初湯浴び） 新 五九二
はつゆい（初結） 新 五九四

はつゆうだち（初夕立） 夏 一四
はつゆうびん（初郵便） 新 五九三
はつゆかた（初浴衣） 夏 一六二
はつゆき（初雪） 冬 四五六
はつゆきふじ（初雪富士） 秋 三三五
はつゆどの（初湯殿） 新 五九二
はつゆのか（初湯の香） 新 五九二
はつゆみ（初弓） 新 五七二
はつゆめ（初夢） 新 六〇三
はつよあけ（初夜明） 新 五六六
はつよみ（初読） 新 五七九
はつよりあい（初寄合） 新 五八一
はつらい（初雷） 春 一二〇
はつラジオ（初ラジオ） 新 五九二
はつりょう（初猟） 秋 三三五
はつりょう（初漁） 新 五九七
はつりょうせん（初漁船） 新 五九七
はつりょこう（初旅行） 新 六〇二
はつれい（初礼） 新 五七七
はつれいじゃ（初礼者） 新 五七八
はつれいはい（初礼拝） 新 六〇九
はつれっしゃ（初列車） 新 五九五
はつわかな（初若菜） 新 六一一
はつわたし（初渡舟） 新 五九五
はつわらい（初笑） 新 五九三
はてのこうしん（果の庚申） 冬 五三二
はてのだいし（果の大師） 冬 五三三
はとうがらし（葉唐辛子） 夏 二八九

はととかすたか（鳩と化す鷹） 春 一〇
はとぶえ（鳩笛） 秋 三五六
はとふき（鳩吹） 秋 三五六
はとふくかぜ（鳩吹く風） 秋 三三三
はな（花） 春 九三
はなあおい（花葵） 夏 二七二
はなアカシア（花アカシア） 夏 二六六
はなあかり（花明り） 春 九三
はなあさざ（花荇菜） 夏 三〇六
はなあざみ（花薊） 春 一二七
はなあし（花蘆） 秋 四二七
はなあしび（花馬酔木） 春 九六
はなあぶ（花虻） 春 九〇
はなあやめ（花あやめ） 夏 二七一
はなあんず（花杏） 春 九八
はないか（花烏賊） 春 八六
はないかだ（花筏） 春 一〇五
はないちご（花苺） 春 一二三
はないちょう（花銀杏） 春 一〇三
はないばら（花茨） 夏 二六五
はなうぐい（花うぐひ） 春 八四
はなうつぎ（花卯木） 夏 二六四
はなうど（花独活） 夏 二八四
はなうばら（花うばら） 夏 二六五
はなえしき（花会式） 春 六四
はなえんじゅ（花槐） 夏 二六五
はなえんどう（花豌豆） 春 一二三

はなおうち（花樗） 夏 二六七
はなおおばこ（花車前草） 夏 二九七
はなおけら（花おけら） 夏 三〇〇
はなオリーブ（花オリーブ） 夏 二五八
はなおわる（花了る） 春 九三
はなおんしつ（花温室） 冬 五〇二
はながい（花貝） 春 八七
はなかいどう（垂糸海棠） 春 九六
はなかえで（花楓） 春 一〇二
はなかえまつり（花換祭） 春 五九
はなかがり（花篝） 春 五四
はなかぐら（花神楽） 新 五七二
はなかげ（花影） 春 九三
はながさそう（花笠草） 夏 三〇四
はなかし（花樫） 春 一〇三
はなかぜ（鼻風邪） 冬 五一三
はなかたばみ（花かたばみ） 夏 二九六
はなかなめ（花要） 夏 二六八
はなかぼちゃ（花南瓜） 夏 二八二
はながるた（花がるた） 新 五九八
はなかんざし（花簪） 春 一〇七
はなかんぞう（花萱草） 夏 二九七
はなカンナ（花カンナ） 秋 四一三
はなかんば（花かんば） 春 一〇三
はながんぴ（花雁皮） 夏 二六六
はながんぴ（花岩菲） 夏 二八〇
はなかんらん（花甘藍） 冬 五五五
はなききょう（花桔梗） 秋 四三一

はなぎぼうし（花擬宝珠）	夏	二九四
はなキャベツ（花キャベツ）	冬	五五五
はなきゅうり（花胡瓜）	夏	二八二
はなぎり（花桐）	夏	二六五
はなくず（花屑）	春	九四
はなくず（花葛）	秋	四二八
はなくよう（花供養）	春	二
はなぐもり（花曇）	春	六三
はなぐり（花栗）	夏	二五九
はなくるみ（花胡桃）	夏	二六五
はなげし（花芥子）	夏	二七三
はなけまん（花華鬘）	春	一〇七
はなこうじ（花柑子）	夏	二五七
はなこうほね（花河骨）	夏	二九四
はなごおり（花氷）	夏	一八二
はなこおる（鼻凍る）	冬	四四八
はなごけ（花苔）	夏	三〇六
はなござ（花茣蓙）	夏	一七七
はなこそで（花小袖）	新	五六九
はなこなぎ（花こなぎ）	秋	四三三
はなこぶし（花辛夷）	春	九五
はなごぼう（花牛蒡）	夏	二八五
はなごま（花胡麻）	夏	二八三
はなごよみ（花暦）	新	五九二
はなごろも（花衣）	春	三四
はなさかき（花榊）	夏	二六七
はなざかり（花盛り）	春	九三
はなさきがに（花咲蟹）	秋	三八九
はなさきづき（花咲月）	春	二
はなさく（花咲く）	春	九三
はなざくろ（花石榴）	夏	二五九
はなさびた（花さびた）	夏	二六九
はなさぼてん（花さぼてん）	夏	二七八
はなざぼん（花朱欒）	夏	二五八
はなさんご（花珊瑚）	夏	二七〇
はなさんざし（花山査子）	春	九七
はなさんぶ（花三分）	春	九三
はなしい（花椎）	夏	二六七
はなしきみ（花樒）	春	一〇五
はなしぐれ（花時雨）	春	一八
はなしずめまつり（鎮花祭）	春	五九
はなじそ（花紫蘇）	秋	四二〇
はなしぞめ（話初）	新	五九三
はなしどみ（花櫨子）	春	一〇三
はなしゅくさ（花縮砂）	秋	四三三
はなしゅろ（花棕櫚）	夏	二六五
はなしょうがつ（花正月）	新	五六五
はなしょうぶ（花菖蒲）	夏	二七一
はなしらかば（花白樺）	春	一〇三
はなしろし（花白し）	春	九三
はなすいか（花西瓜）	夏	二八二
はなずおう（花蘇枋）	春	九五
はなすぎ（花過ぎ）	春	三
はなすすき（花芒）	秋	四三六
はなずみ（花炭）	冬	四九五
はなすみれ（花菫）	春	一八
はなすもも（花李）	春	九八
はなぜり（花芹）	夏	三〇二
はなそてつ（花蘇鉄）	夏	二六九
はなぞの（花園）	秋	三八
はなそば（花蕎麦）	秋	四三三
はなだ（花田）	春	二四
はなだいこん（花大根）	春	二一
はなだいだい（花橙）	夏	二五八
はなたちばな（花橘）	夏	二五四
はなたで（花蓼）	秋	四三六
はなだね（花種）	春	四四
はなだねかう（花種買ふ）	春	四四
はなだねまく（花種蒔く）	春	四五
はなたばこ（花煙草）	秋	四二四
はなたれ（洟垂れ）	冬	五一三
はなたれこ（洟垂れ子）	冬	五一三
はなちょうじ（花丁字）	夏	二七九
はなちる（花散る）	春	九四
はなづかれ（花疲れ）	春	五四
はなづきよ（花月夜）	春	九三
はなづけ（花漬）	春	三六
はなつつじ（花躑躅）	春	九七
はなつばき（花椿）	春	九二
はなてまり（花手毬）	夏	二五五
はなどき（花時）	春	三
はなどきのあめ（花時の雨）	春	一八
はなとべら（花海桐）	夏	二七〇
はなどり（花鳥）	春	七六

はなとりび（花とり日） 秋 三三五
はなな（花菜） 春 一一一
バナナ 夏 二六一
はななあかり（花菜明り） 春 一一一
はななかぜ（花菜風） 春 一一一
はななし（花梨） 春 九八
はななずな（花なづな） 春 一一九
はななすび（花茄子） 夏 二八三
はななたね（花菜種） 春 一一一
はななづけ（花菜漬） 春 三六
はななばたけ（花菜畑） 春 一一一
はななばれ（花菜晴れ） 春 一一一
はななみち（花菜道） 春 一一一
はななんてん（花南天） 夏 二五六
はななんばん（花なんばん） 夏 二九〇
はなによう（花に酔ふ） 春 九三
はなにんじん（花人参） 夏 二八三
はなにんにく（花にんにく） 夏 二八四
はなねぎ（花葱） 春 一一三
はなねむ（花合歓） 夏 二六八
はなの（花野） 秋 三一八
はなのあめ（花の雨） 春 一八
はなのあめ（花野雨） 秋 三一八
はなのあるじ（花の主） 春 九三
はなのうたげ（花の宴） 春 五三
はなのうち（花の内） 新 五六五
はなのか（花の香） 春 九三
はなのかげ（花の陰） 春 九三
はなのかぜ（花野風） 秋 三一八
はなのき（はなの木） 春 一〇五
はなのくも（花の雲） 春 九三
はなのころ（花の頃） 春 一三
はなのさいしょう（花の宰相） 夏 二七二
はなのそで（花の袖） 春 二四
はなのたもと（花の袂） 春 二四
はなのちゃや（花の茶屋） 春 五三
はなのちり（花の塵） 春 九四
はなのてら（花の寺） 春 九三
はなのとう（花の塔） 春 六三
はなのぬし（花の主） 春 五四
はなのはら（花野原） 秋 三一八
はなのはる（花の春） 新 五六二
はなのばれ（花野晴） 秋 三一八
はなのひ（花の日） 夏 二一六
はなのひえ（花の冷え） 春 一三
はなのびと（花野人） 秋 三一八
はなのひる（花の昼） 春 九三
はなのみち（花野道） 秋 三一八
はなのもん（花の門） 春 九三
はなのやど（花の宿） 春 九三
はなのやど（花野宿） 秋 三一八
はなのやま（花の山） 春 九三
はなのやみ（花の闇） 春 九三
はなのよい（花の酔） 春 五三
はなのよる（花の夜） 春 九三
はなばしょう（花芭蕉） 夏 二八一
はなばたけ（花畠） 秋 三一八
はなばち（花蜂） 春 九〇
はなび（花火） 夏 二〇〇
はなびえ（花冷え） 春 一三
はなひさご（花瓢） 夏 二八三
はなびし（花火師） 夏 二〇〇
はなびしそう（花菱草） 夏 二七七
はなびと（花人） 春 五三
はなびぶね（花火舟） 夏 二〇〇
はなびみ（花火見） 夏 二〇〇
はなひゆる（花冷ゆる） 春 一三
はなひらぎ（花ひらぎ） 冬 五四七
はなひり 冬 五一三
はなびわ（花枇杷） 冬 五四九
はなふじ（花藤） 春 九七
はなぶどう（花葡萄） 夏 二五九
はなふぶき（花吹雪） 春 九四
はなふよう（花芙蓉） 秋 三九六
はなへちま（花糸瓜） 夏 二八三
はなほおずき（花鬼灯） 夏 二七九
はなぼこり（花埃） 春 九三
はなホップ（花ホップ） 秋 四一三
はなぼんぼり（花雪洞） 春 五四
はなまがり（鼻曲鮭） 秋 三八八
はなまこも（花真菰） 秋 四一八
はなまつり（花祭） 春 六三
はなまつり（花祭） 新 五七二

パナマぼう（パナマ帽）	夏	一六四
はなまるきりぼし（花丸切干）	冬	五〇〇
はなまんかい（花満開）	春	九三
はなみ（花見）	春	五三
はなみがさ（花見笠）	春	五三
はなみかん（花蜜柑）	夏	二五八
はなみきゃく（花見客）	春	五三
はなみごろも（花見衣）	春	五四
はなみざけ（花見酒）	春	五三
はなみしゅう（花見衆）	春	五三
はなみじらみ（花見虱）	春	九〇
はなみず（洟水）	冬	五一三
はなみずいわい（花水祝）	新	五八五
はなみずき（花水木）	春	九五
はなみずひき（花水引）	秋	四三三
はなみだい（花見鯛）	春	八二
はなみづかれ（花見疲れ）	春	五四
はなみづき（花見月）	春	二
はなみつまた（花三椏）	春	九五
はなみどう（花御堂）	春	六三
はなみのざ（花見の座）	春	五三
はなみびと（花見人）	春	五三
はなみぶね（花見船）	春	五三
はなみやこぐさ（花都草）	夏	二九八
はなみょうが（花茗荷）	夏	三〇一
はなむくげ（花木槿）	秋	三九六
はなむしろ（花筵）	春	五三

はなむらさき（花紫）	夏	二九二
はなむろ（花室）	冬	五〇二
はなめぐり（花巡り）	春	五四
はなも（花藻）	夏	三〇六
はなもち（花餅）	新	五八三
はなもっこく（花木斛）	夏	二六七
はなもり（花守）	春	五四
はなやさい（花野菜）	冬	五五五
はなやつで（花八手）	冬	五四七
はなゆ（花柚）	夏	二五八
はなゆず（花柚子）	夏	二五八
はなゆすら（花ゆすら）	春	九六
はなユッカ（花ユッカ）	夏	二七二
はなゆまつり（花湯祭）	夏	一五七
はなりんご（花林檎）	春	九八
はなれおし（離れ鴛鴦）	冬	五三七
はなわき（塙忌）	秋	三七五
はなわさび（花山葵）	夏	二八四
はなをはく（花を掃く）	春	九三
ばにくなべ（馬肉鍋）	冬	四八四
はにしき（葉錦）	夏	二七五
はぬけどり（羽抜鳥）	夏	二三七
はね（羽子）	新	五九九
はねぎ（葉葱）	冬	五五五
はねずみ（跳炭）	冬	四九五
はねつく（羽子つく）	新	五九九
はねぶとん（羽蒲団）	冬	四七五
パパイヤ	夏	二六一

ははきぎ（帚木）	夏	二九〇
ははきぐさ（帚草）	夏	二九〇
ははこぐさ（母子草）	春	一一三
ははそ（柞）	秋	四〇三
ははそのみ（柞の実）	秋	四〇六
ははそもみじ（柞紅葉）	秋	四〇三
ははのはる（母の春）	新	五六二
ははのひ（母の日）	夏	一五三
ばばはじめ（馬場始）	新	五九六
はぶ（飯匙倩）	夏	二二七
はぼたん（葉牡丹）	冬	五五四
はまえんどう（浜豌豆）	夏	三〇一
はまおぎ（浜荻）	秋	四二七
はまおもと（浜万年青）	夏	二九五
はまおもとのみ（浜おもとの実）	秋	四三七
はまがさ（浜傘）	夏	一九八
はまかんぎく（はま寒菊）	冬	五五三
はまかんざし（浜簪）	春	一〇七
はまぎく（浜菊）	秋	四二九
はまきむし（葉捲虫）	夏	二四四
はまぐり（蛤）	春	八六
はまぐりほる（蛤掘る）	春	八六
はますぎ（浜杉）	秋	四二七
はますげ（浜菅）	夏	三〇三
はまだいこん（浜大根）	春	一二五
はまだいこんのはな（浜大根の花）	春	一二五

はまち　夏　二四〇
はまちどり（浜千鳥）　冬　五三七
はまつゆ（蛤つゆ）　春　八六
はまな（浜菜）　夏　二八七
はまなし（浜梨）　夏　二六九
はまなすのはな（玫瑰の花）　夏　二六九
はまなべ（蛤鍋）　春　八六
はまのあき（浜の秋）　秋　三三九
はまひがさ（浜日傘）　夏　一九八
はまひるがお（浜昼顔）　夏　二九三
はまぼうふう（浜防風）　春　一一五
はまぼうふうのはな（浜防風の花）　夏　二八四
はまや（破魔矢）　新　六〇〇
はまやうく（破魔矢受く）　新　六〇〇
はまやき（浜焼）　春　三七
はまゆう（浜木綿）　夏　二九五
はまゆうのみ（浜木綿の実）　秋　四三七
はまゆみ（破魔弓）　新　六〇〇
はまれんげ　秋　四一六
はも（鱧）　夏　二四一
はものかわ（鱧の皮）　夏　一六六
はや　春　八四
はやざきのうめ（早咲の梅）　冬　五四六
はやざきのつばき（早咲きの椿）　冬　五四七
はやずし（早鮓）　夏　一六八
はやなぎ（葉柳）　夏　二六四
はやぶさ（隼）　冬　五三五
はやまぶき（葉山吹）　春　九七
はやりかぜ（流行風邪）　冬　五一三
ばら（薔薇）　夏　二五四
はらあて（腹当）　夏　一六四
ばらえん（薔薇園）　夏　二五四
はらかけ（腹掛）　夏　一六四
はらけいき（原敬忌）　冬　五五六
パラソル　夏　一六四
ばらのめ（薔薇の芽）　春　九四
はらふと　冬　五四一
はらみうま（孕み馬）　春　七四
はらみじか（孕み鹿）　春　七四
はらみすずめ（孕み雀）　春　七九
はらみねこ（孕猫）　春　七四
ばらめたつ（薔薇芽立つ）　春　九四
はららご（鮞）　秋　三四三
パリーさい（パリー祭）　夏　一五八
はりえんじゅ（針槐）　夏　二六六
はりお（針魚）　春　八三
はりおこし（針起し）　新　五九四
はりおさめ（針納め）　春　二九
はりおさめ（針納め）　冬　四六六
はりくよう（針供養）　春　二九
はりくよう（針供養）　冬　四六六
パリさい（パリ祭）　夏　一五八
はりせんぼん（針千本）　冬　五四二
はりのきのはな（はりの木の花）　春　一〇三
はりのはな（榛の花）　春　一〇三
はりまつり（針祭）　春　二九
はりやすみ（針休み）　冬　四六六
はりやままつる（針山祭る）　春　二九
はる（春）　春　八
はるあかね（春茜）　春　三
はるあさし（春浅し）　春　九
はるあした（春あした）　春　三
はるあそび（春遊）　春　五三
はるあつし（春暑し）　春　一四
はるあらし（春嵐）　春　一七
はるあられ（春の霰）　春　一九
はるあれ（春荒）　春　一七
はるあわし（春淡し）　春　九
はるあわせ（春袷）　春　一三四
はるいち（春一）　春　一七
はるいちばん（春一番）　春　一七
はるいまだ（春未だ）　冬　四四九
はるいろり（春囲炉裏）　春　四〇
はるいわし（春鰯）　春　八三
はるうごく（春動く）　春　九
バルーン・バイン　秋　四一六
はるおおゆき（春大雪）　春　一九
はるおき（春夫忌）　夏　三一八
はるおくる（春送る）　春　一四
はるおしみづき（春惜月）　春　二

はるおしむ（春惜しむ）春 一四
はるおそし（春遅し）春 九
はるおちば（春落葉）春 一〇六
はるおわる（春終る）春 一四
はるがいとう（春外套）春 三五
はるかくる（春蚊来る）春 九〇
はるがすみ（春霞）春 二〇
はるかぜ（春風）春 一六
はるかぜひく（春風邪ひく）春 二七
はるかなく（春蚊鳴く）春 九〇
はるかみなり（春かみなり）春 二〇
はるぎ（春着）新 五八九
はるきざす（春きざす）春 九
はるぎじたく（春着支度）冬 四七九
はるきた（春北風）春 一七
はるぎぬう（春着縫ふ）冬 四七九
はるきゅうか（春休暇）春 三三
はるぐみ（春茱萸）春 一〇四
はるくる（春来る）春 八
はるくるる（春暮るる）春 一四
はるげしき（春景色）春 一五
はるご（春蚕）春 九一
はるコート（春コート）春 三五
はるこがねばな（春黄金花）春 九四
はるごころ（春心）春 五八
はるこそで（春小袖）新 五八九
はるごたつ（春炬燵）春 四〇
はるごと（春ごと）春 二九
バルコニー 夏 一七六
はるごはく（春蚕掃く）春 五〇
はるこま（春駒）新 五八八
はるこま（春駒）春 七四
はるこままい（春駒舞）新 五八八
はるこまんざい（春駒万歳）新 五八八
はるごろも（春ごろも）春 二四
はるさき（春さき）春 九
はるさむ（春寒）春 九
はるさむし（春寒し）春 九
はるさめ（春雨）春 一八
はるさめがさ（春雨傘）春 一八
はるさる（春去る）春 一四
はるざれ（春ざれ）春 九
はるさんばん（春三番）春 一七
はるしいたけ（春椎茸）春 一二七
はるしぐれ（春時雨）春 一八
はるじたく（春支度）冬 四六六
はるしばい（春芝居）新 六〇二
はるしゃぎく（波斯菊）夏 二七四
はるしゅうう（春驟雨）春 一九
はるしゅんじゅん（春逡巡）冬 四四九
はるしょうじ（春障子）春 四〇
はるショール（春ショール）春 三五
はるスキー（春スキー）春 五五
はるすぐ（春過ぐ）春 一四
はるストーブ（春ストーブ）春 四〇
はるセーター（春セーター）春 三五
はるぜみ（春蟬）春 九一
はるた（春田）春 二四
はるだいこん（春大根）春 一三
はるたうち（春田打）春 四四
はるたく（春闌く）春 一四
はるたけなわ（春たけなは）春 一四
はるたつ（春立つ）春 八
はるたのし（春たのし）春 二七
はるたばれ（春田晴）春 二四
はるたみち（春田道）春 二四
はるたんぼ（春田圃）春 二四
はるだんろ（春暖炉）春 四〇
はるちかし（春近し）冬 四四九
はるちち（春遅々）春 九
はるつきよ（春月夜）春 一六
はるつく（春尽く）春 一四
はるつげぐさ（春告草）春 九二
はるつげどり（春告鳥）春 七六
はるてぶくろ（春手袋）春 三五
はるでみず（春出水）春 二六
はるとおし（春遠し）冬 四四九
はるとっぷう（春突風）春 一七
はるどとう（春怒濤）春 三三
はるどなり（春隣）冬 四四九
はるともし（春燈）春 四〇
はるどろみち（春泥道）春 二五
はるな（春菜）春 一三

はるなかば（春半ば）　春　一〇
はるならい（春北風）　春　一七
はるにばん（春二番）　春　一七
はるねむし（春眠し）　春　五七
はるの（春野）　春　一三
はるのあかつき（春の暁）　春　一二
はるのあけぼの（春の曙）　春　一二
はるのあさ（春の朝）　春　一二
はるのあさけ（春の朝明）　春　一二
はるのあせ（春の汗）　春　一四
はるのあつさ（春の暑さ）　春　一四
はるのあめ（春の雨）　春　一八
はるのいけ（春の池）　春　一三
はるのいそ（春の磯）　春　一三
はるのいちご（春の苺）　春　一一五
はるのいて（春の凍て）　春　二六
はるのいろ（春の色）　春　一五
はるのうま（春の馬）　春　七四
はるのうみ（春の湖）　春　一三
はるのうみ（春の海）　春　一三
はるのうれい（春の愁）　春　五八
はるのえ（春の江）　春　一三
はるのおね（春の尾根）　春　一二
はるのか（春の蚊）　春　九〇
はるのかぜ（春の風邪）　春　五七
はるのかぜ（春の風）　春　一六
はるのかたかけ（春の肩掛）　春　二五
はるのかも（春の鴨）　春　七九
はるのかり（春の雁）　春　七六
はるのかわ（春の川）　春　一三
はるのき（春の樹）　春　一〇〇
はるのきたかぜ（春の北風）　春　一七
はるのきゅう（春の灸）　春　二九
はるのくさ（春の草）　春　一二六
はるのくも（春の雲）　春　一五
はるのくれ（春の暮）　春　一二
はるのこおり（春の氷）　春　二六
はるのこたつ（春の炬燵）　春　四〇
はるのこと（春の事）　春　二九
はるのさむさ（春の寒さ）　春　九
はるのしお（春の潮）　春　二四
はるのしか（春の鹿）　春　七四
はるのしぐれ（春の時雨）　春　一八
はるのしば（春の芝）　春　一一八
はるのしも（春の霜）　春　二〇
はるのじもく（春除目）　新　五七一
はるのしゅうう（春の驟雨）　春　一九
はるのじょう（春の情）　春　五八
はるのしょく（春の燭）　春　四〇
はるのせ（春の瀬）　春　一三
はるのせみ（春の蟬）　春　九一
はるのその（春の園）　春　二四
はるのそら（春の空）　春　一五
はるのたけのこ（春の筍）　春　一〇六
はるのたび（春の旅）　春　五三
はるのちょう（春の蝶）　春　八九
はるのちり（春の塵）　春　一八
はるのつき（春の月）　春　一六
はるのつち（春の土）　春　二四
はるのつつみ（春の堤）　春　二四
はるのつゆ（春の露）　春　二〇
はるのともし（春の燈）　春　二四
はるのどて（春の土手）　春　四〇
はるのとり（春の鳥）　春　七六
はるのどろ（春の泥）　春　五三
はるのながあめ（春の長雨）　春　一八
はるのなぎさ（春の汀）　春　一三
はるのなごり（春の名残）　春　一四
はるのなみ（春の波）　春　一三
はるのにおい（春の匂）　春　一五
はるのにじ（春の虹）　春　二〇
はるのにわ（春の庭）　春　二四
はるのぬま（春の沼）　春　一三
はるのねこ（春の猫）　春　七四
はるのねむり（春の眠り）　春　五七
はるのの（春の野）　春　一二
はるののべ（春の野辺）　春　一二
はるののみ（春の蚤）　春　九〇
はるのはえ（春の蠅）　春　九一
はるのはじめ（春の初め）　春　八
はるのはつかぜ（春の初風）　新　五六七
はるのはて（春の果）　春　一四
はるのはま（春の浜）　春　一三

はるのパラソル（春のパラソル） 春 三五
はるのひ（春の日） 春 一五
はるのひ（春の陽） 春 一五
はるのひ（春の灯） 春 四〇
はるのひかり（春の光） 春 一五
はるのひざし（春の陽ざし） 春 一五
はるのひばち（春の火鉢） 春 四〇
はるのひょう（春の雹） 春 二〇
はるのひる（春の昼） 春 一二
はるのふき（春の蕗） 春 一三
はるのふく（春の服） 春 二四
はるのふな（春の鮒） 春 八四
はるのほし（春の星） 春 一六
はるのマフラー（春のマフラー） 春 三五
はるのみさき（春の岬） 春 八
はるのみず（春の水） 春 一二
はるのみぞれ（春の霙） 春 一九
はるのみち（春の道） 春 八
はるのみち（春野道） 春 一二
はるのもず（春の鵙） 春 一七
はるのもり（春の森） 春 一〇〇
はるのやま（春の山） 春 一二
はるのやみ（春の闇） 春 一六
はるのゆうだち（春の夕立） 春 一九
はるのゆうべ（春の夕） 春 一二
はるのゆうやけ（春の夕焼） 春 一二

はるのゆき（春の雪） 春 一九
はるのゆくえ（春の行方） 春 一四
はるのゆめ（春の夢） 春 五八
はるのよ（春の夜） 春 一二
はるのよあけ（春の夜明） 春 一二
はるのよい（春の宵） 春 一二
はるのよそおい（春の装ひ） 春 二四
はるのらい（春の雷） 春 二〇
はるのろ（春の炉） 春 四〇
はるのわかれ（春の別れ） 春 一四
はるのわたぐも（春の綿雲） 春 一五
はるはくぼ（春薄暮） 春 一二
はるばしょ（春場所） 春 五五
はるはやし（春早し） 春 九
はるはやち（春はやち） 春 一七
はるはやて（春疾風） 春 一七
はるひ（春灯） 春 四〇
はるび（春日） 春 一五
はるひおけ（春火桶） 春 四〇
はるひかげ（春日影） 春 一五
はるひがさ（春日傘） 春 三五
はるひきいと（春挽糸） 春 五〇
はるひききいと（春挽生糸） 春 五〇
はるひさす（春日さす） 春 一五
はるひでり（春旱） 春 一二
はるひてる（春日照る） 春 一五
はるひなた（春日向） 春 一五
はるひばち（春火鉢） 春 四一

はるびより（春日和） 春 一五
はるふかし（春深し） 春 一四
はるふかむ（春深む） 春 一四
はるふく（春更く） 春 一四
はるふじ（春富士） 春 一二
はるぶなつり（春鮒釣） 春 五三
はるふぶき（春吹雪） 春 一九
はるぼうし（春帽子） 春 三五
はるほくと（春北斗） 春 一六
はるぼこり（春埃） 春 一八
はるまじか（春間近） 冬 四四九
はるまちづき（春待月） 冬 四四四
はるまつり（春祭） 春 五八
はるまひる（春真昼） 春 一二
はるまんげつ（春満月） 春 一六
はるみかづき（春三日月） 春 一六
はるみかん（春蜜柑） 春 九九
はるみさき（春岬） 春 一二
はるみゆき（春深雪） 春 一九
はるむかう（春迎ふ） 春 八
はるめく（春めく） 春 九
はるやすみ（春休み） 春 一三
はるやま（春山） 春 一二
はるやまが（春山家） 春 一二
はるやまじ（春山路） 春 一二
はるやまべ（春山辺） 春 一二
はるゆく（春行く） 春 一四
はるゆやけ（春夕焼） 春 一二

はるよばん（春四番）　春　一七
はるらいう（春雷雨）　春　二〇
はるりんう（春霖雨）　春　一八
はるりんどう（春龍胆）　春　一三五
はるれっぷう（春烈風）　春　一七
はるをおしむ（春を惜しむ）　春　一四
はるをまつ（春を待つ）　冬　四四九
ばれいしょ（馬鈴薯）　秋　四一八
ばれいしょう（馬鈴薯植う）　春　四七
ばれいしょのはな（ばれいしよの花）　夏　二六三
バレンタインデー　春　六五
バレンタインのひ（バレンタインの日）　春　六五
ばん（鷭）　夏　二三九
ばんか（晩夏）　夏　一三四
ばんかこう（晩夏光）　夏　一三四
ハンカチ　夏　一六五
ハンカチーフ　夏　一六五
バンガロー　夏　一九八
ばんぎく（晩菊）　秋　四一五
ばんぐせつ（万愚節）　春　三三
はんげ（半夏）　夏　一三四
はんげあめ（半夏雨）　夏　一三四
はんげしょう（半夏生）　夏　一三四
はんげしょうぐさ（半夏生草）　夏　三〇一
はんげすい（半夏水）　夏　一三四
ハンケチ　夏　一六五
はんげつ（半月）　秋　三一九
はんごんそう（反魂草）　秋　四三六
はんざき　夏　二三六
パンジー　春　一〇六
ばんしゅう（晩秋）　秋　三三三
ばんしゅうさん（晩秋蚕）　秋　三九五
ばんしゅん（晩春）　春　一一
はんしょうだい（半鐘台）　冬　五〇八
はんしんだいしんさい（阪神大震災）　冬　四七一
ばんすいき（晩翠忌）　秋　三七八
ばんすごろく（盤双六）　新　五九八
はんズボン（半ズボン）　夏　一六三
ばんせいせつ（万聖節）　秋　三七〇
はんせんぎ（半仙戯）　春　七七
ばんそう（晩霜）　春　二〇
ハンター　冬　五〇三
はんてん（半纏）　冬　四七四
ばんどり（晩鳥）　冬　五三三
はんのはな（榛の花）　春　一〇三
はんぷうし（半風子）　夏　二五〇
ハンマーはじめ（ハンマー始）　新　五九八
はんみょう（斑猫）　夏　二四六
ハンモック　夏　一七九
ばんや（番屋）　冬　五〇八
ばんやとず（番屋閉づ）　夏　一九五
ばんりょう（晩涼）　夏　一三七
ばんりょく（万緑）　夏　二六三

ひ

ひあしのぶ（日脚伸ぶ）　冬　四四九
ひいかち　秋　三八三
ヒーター　冬　四九四
ビーチコート　夏　一六三
ビーチハウス　夏　一九八
ビーチパラソル　夏　一九八
ビート　秋　四三三
ビートぬく（ビート抜く）　秋　四三三
びいどろ　夏　一七九
ひいな　春　三〇
ピーナツ　秋　四三三
ひいらぎさす（柊挿す）　冬　四七二
ひいらぎのはな（柊の花）　冬　五四七
ビール（麦酒）　夏　一七四
ひうお（氷魚）　冬　五四一
ひうお（火魚）　冬　五三九
ひえ（稗）　秋　四三二
ひえ（冷え）　冬　四四七
ひえいおろし（比叡颪）　冬　四五三
ひえいざんほっけえ（比叡山法華会）　冬　五三三
ひえかり（稗刈）　秋　四三一
ひえかる（稗刈る）　秋　四三一

ひえどり　秋　三八二
ひえひく（稗引く）　秋　四二一
ひえまき（稗蒔）　夏　一八九
ひえまき（稗蒔）　夏　二〇二
ひえまつり（日吉祭）　春　二一〇
ひえまつり（日枝祭）　夏　六〇
ひえる（冷える）　秋　三一四
ひえん（飛燕）　春　七八
ひえんそう（飛燕草）　夏　二七七
ひおうぎ（射干）　夏　二九七
ひおおい（日覆）　夏　一七八
ひおけ（火桶）　冬　四九七
ひおけだく（火桶抱く）　冬　四九七
ひか（飛花）　春　九四
ひが（火蛾）　夏　二四三
ひがい（鰉）　春　八五
ひかげ（日陰）　夏　一四七
ひがさ（日傘）　夏　一六四
ひがさうりば（日傘売場）　夏　一六四
ひがしき（東忌）　秋　三七八
ひかた　夏　一四〇
ひがた（干潟）　春　二四
ひがたあそび（干潟遊び）　春　五三
ひがたなみ（干潟波）　春　二四
ひがみなり（日雷）　夏　一四五
ひがら（日雀）　夏　二三五
ひからかさ（日からかさ）　夏　一六四
ひかるかぜ（光る風）　春　一七
ひかん（避寒）　冬　五〇九
ひがん（彼岸）　春　一二
ひがんあけ（彼岸明け）　春　一二
ひがんえ（彼岸会）　春　六三
ひかんきゃく（避寒客）　冬　五〇九
ひがんこう（彼岸講）　春　六三
ひかんざくら（緋寒桜）　冬　五四六
ひがんざくら（彼岸桜）　春　九三
ひがんじお（彼岸潮）　春　二四
ひがんすぎ（彼岸過）　春　一二
ひがんたろう（彼岸太郎）　春　一二
ひがんだんご（彼岸団子）　春　六三
ひかんち（避寒地）　冬　五〇九
ひがんちゅうにち（彼岸中日）　春　一二
ひがんなみ（彼岸波）　春　二四
ひがんにいる（彼岸に入る）　春　一二
ひがんにし（彼岸西風）　春　一七
ひがんばな（彼岸花）　秋　四三一
ひかんびと（避寒人）　冬　五〇九
ひがんふぐ（彼岸河豚）　春　八五
ひがんまいり（彼岸参）　春　六三
ひがんまえ（彼岸前）　春　一二
ひがんみち（彼岸道）　春　一二
ひがんもうで（彼岸詣）　春　六三
ひかんやど（避寒宿）　冬　五〇九
ひかんりょこう（避寒旅行）　冬　五〇九
ひき（蟾）　夏　二三六
ひきあなをいづ（蟇穴を出づ）　春　七五
ひきあなをでる（蟇穴を出る）　春　七五
ひきいい（引飯）　夏　一六九
ひきがえる（蟇）　夏　二三六
ひきがも（引鴨）　春　七八
ひきずりもち（引摺り餅）　冬　四六九
ひきぞめ（挽初）　新　五九五
ひきぞめ（弾初）　新　六〇一
ひきづる（引鶴）　春　七八
ひきつるむ（蟇交む）　夏　二三六
ひきどり（引鳥）　春　七九
ひきのかさ（蛙の傘）　春　一三三
ひきのこい（蟇の恋）　夏　二三六
びくしょうき（微苦笑忌）　春　六九
ピクニック　春　五三
ひぐま（羆）　冬　五三二
ひぐらし（蜩）　秋　三九〇
ひぐるま（日車）　夏　二七二
ひけしつぼ（火消壺）　冬　四九五
ひげぶくろ（鬚袋）　冬　四七八
ひごい（緋鯉）　夏　二三六
ひこいし（火恋し）　秋　三四六
ひこばえ（蘖）　春　一〇〇
ひこばゆ　春　一〇〇
ひこぼし（彦星）　秋　三三三

ひごろもサルビア（緋衣サルビア）　秋　四一四
ひごろもそう（緋衣草）　秋　四一四
ひごろもそうのはな（緋衣草の花）　秋　四一四
ひさかきのはな（柃の花）　春　一〇三
ひざかけ（膝掛）　冬　四七五
ひざかけもうふ（膝掛毛布）　冬　四七五
ひざかり（日盛）　夏　一四七
ひさぎ（楸）　秋　四〇八
ひさぎちる（楸散る）　秋　四〇八
ひさご（ひさご）　秋　四一七
ひさごなえ（瓢苗）　夏　二八二
ひさごのはな（瓢の花）　夏　二八三
ひさじょき（久女忌）　冬　五三一
ひざぶくろ（膝袋）　冬　四七五
ひざぶとん（膝蒲団）　冬　四七五
ひさめ（氷雨）　夏　一四四
ひざもうふ（膝毛布）　冬　四七五
ひじき（鹿尾菜）　春　一二八
ひじきがま（鹿尾菜釜）　春　一二八
ひじきかる（鹿尾菜刈る）　春　一二八
ひじきほす（鹿尾菜干す）　春　一二八
ひじきも（ひじき藻）　春　一二八
ひしこ（鯷）　秋　三八八
ひしこいわし（ひしこ鰯）　秋　三八八
ひしこづけ（鯷漬）　秋　三四三
ひしとり（菱取）　秋　三五四
ひしとりぶね（菱取船）　秋　三五四
ひしのはな（菱の花）　夏　二九五
ひしのみ（菱の実）　秋　四三七
ひしのみとる（菱の実取る）　秋　三五四
ひしぶね（菱船）　秋　三五四
ひしもち（菱餅）　春　三八
ひしもみじ（菱紅葉）　秋　四三七
びじゅつてんらんかい（美術展覧会）　秋　三三八
びじゅつのあき（美術の秋）　秋　三三九
ひしょ（避暑）　夏　一九六
ひしょうてんさい（被昇天祭）　秋　三六九
びじょざくら（美女桜）　夏　二七八
ひしょち（避暑地）　夏　一九六
びじょやなぎ（美女柳）　夏　二五五
びじんしょう（美人蕉）　夏　二八一
びじんそう（美人草）　夏　二七三
ひすい（翡翠）　夏　二三九
ひすずし（灯涼し）　夏　一七六
ひずなます（氷頭膾）　秋　三四三
ひせつ（飛雪）　冬　四五六
ひぜんがらす（肥前鴉）　秋　三八四
ひたき（鶲）　秋　三八三
ひたきどり（火焚鳥）　秋　三八三
ひたちおびのしんじ（常陸帯の神事）　新　六〇六
ひだら（干鱈）　春　三八
ひついれ（櫃入）　冬　四九八
ひつじ（穭）　秋　四三二
ひつじいね（穭稲）　秋　四三二
ひつじぐさ（未草）　夏　二七六
ひつじせんもう（羊剪毛）　春　五〇
ひつじだ（穭田）　秋　三八
ひつじのけかる（羊の毛刈る）　春　五〇
ひつじほ（穭穂）　秋　四三二
ひつつじ（緋躑躅）　春　九七
ひつまる（日詰まる）　冬　四四七
ひでおき（秀雄忌）　夏　二三三
ひでのき（秀野忌）　秋　三七七
ひでよしき（秀吉忌）　秋　三七三
ひでよりき（秀頼忌）　夏　二一九
ひでり（旱）　夏　一四七
ひでりぐさ（旱草）　夏　一四七
ひでりぐも（旱雲）　夏　一四七
ひでりそう（日照草）　夏　二七八
ひでりぞら（旱空）　夏　一四七
ひでりだ（旱田）　夏　一五二
ひでりづき（旱月）　夏　一四七
ひでりつづき（旱続き）　夏　一四七
ひでりづゆ（旱梅雨）　夏　一四三
ひでりどし（旱年）　夏　一四七
ひでりばた（旱畑）　夏　一四九
ひでりぼし（旱星）　夏　一三九
ひとえ（単衣）　夏　一六〇

ひとえおび（単帯） 夏 一六四
ひとえぎく（一重菊） 秋 四一五
ひとえぐさ（一重草） 秋 四三一
ひとえざくら（一重桜） 春 九三
ひとえたび（単足袋） 夏 一六四
ひとえつばき（一重椿） 春 九二
ひとえばおり（単羽織） 夏 一六一
ひとえばかま（単袴） 夏 一六一
ひとえもの（単物） 夏 一六〇
ひとつば（一つ葉） 夏 三〇〇
ひとのひ（人の日） 新 五六四
ひとは 秋 四〇三
ひとはおつ（一葉落つ） 秋 四〇三
ひとはちる（一葉散る） 秋 四〇三
ひとはのあき（一葉の秋） 秋 四〇三
ひとまるき（人丸忌） 春 七一
ひとまるさい（人丸祭） 春 七一
ひとまろき（人麿忌） 春 七一
ひともじ 冬 五五五
ひとよざけ（一夜酒） 夏 一七五
ひとりしずか（一人静） 春 一三三
ひとりむし（火取虫） 夏 二四三
ひなあかり（雛灯り） 春 三〇
ひなあそび（雛遊び） 春 三〇
ひなあられ（雛あられ） 春 三八
ひなあわせ（雛合せ） 春 三〇
ひないち（雛市） 春 三〇
ひなうりば（雛売場） 春 三〇

ひなおくり（雛送り） 春 三〇
ひなおさめ（雛納） 春 三〇
ひなが（日永） 春 一三
ひなかう（雛買ふ） 春 三〇
ひなかざり（雛飾り） 春 三〇
ひながし（日永し） 春 一三
ひながし（雛菓子） 春 三八
ひなぎく（雛菊） 春 一〇八
ひなぐさ（雛草） 春 一二四
ひなげし（雛罌粟） 夏 二七三
ひなざくら（雛桜） 春 一一九
ひなしまう（雛仕舞ふ） 春 三〇
ひなたぼこ（日向ぼこ） 冬 五一五
ひなたぼこり（日向ぼこり） 冬 五一五
ひなたぼっこ（日向ぼっこ） 冬 五一五
ひなたみず（日向水） 夏 一八四
ひなだん（雛段） 春 三〇
ひなながし（雛流し） 春 三〇
ひなにんぎょう（雛人形） 春 三〇
ひなのいえ（雛の家） 春 三〇
ひなのいち（雛の市） 春 三〇
ひなのえん（雛の宴） 春 三〇
ひなのかご（雛の駕籠） 春 三〇
ひなのきゃく（雛の客） 春 三〇
ひなのさかずき（雛の盃） 春 三〇
ひなのさけ（雛の酒） 春 三〇
ひなのせっく（雛の節句） 春 二九
ひなのつかい（雛の使） 春 三〇

ひなのひ（雛の灯） 春 三〇
ひなのひ（雛の日） 春 三〇
ひなのま（雛の間） 春 三〇
ひなのまえ（雛の前） 春 三〇
ひなのみせ（雛の店） 春 三〇
ひなのもち（雛の餅） 春 三八
ひなのやど（雛の宿） 春 三〇
ひなのよい（雛の宵） 春 三〇
ひなびょうぶ（雛屛風） 春 三〇
ひなぼんぼり（雛ぼんぼり） 春 三〇
ひなまつり（雛祭） 春 三〇
ひなりょうり（雛料理） 春 三〇
ひなわうり（火縄売） 新 六〇四
ひなわふる（火縄ふる） 新 六〇四
びなんかずら（美男葛） 秋 四一八
ひぬま（氷沼） 冬 四六二
ひねしょうが（古生姜） 秋 四二〇
ひねちゃ（陳茶） 夏 一七五
ひのきがさ（檜笠） 夏 一六四
ひのさかり（日の盛り） 夏 一四七
ひのしはじめ（火のし始） 新 五九四
ひのでぼら（日出鯔） 冬 五四一
ひのながさ（日の永さ） 春 一三
ひのはじめ（日の始） 新 五六三
ひのばん（火の番） 冬 五〇八
ひのばんごや（火の番小屋） 冬 五〇八
ひのみやぐら（火の見櫓） 冬 五〇八
ひのようじん（火の用心） 冬 五〇八

ひばく（飛瀑） 夏 一五三
ひばち（火鉢） 冬 四九七
ひばちこいし（火鉢恋し） 秋 三四六
ひばちだく（火鉢抱く） 冬 四九七
ひはも（干鱧） 夏 一六六
ひばゆ（干葉湯） 冬 四九九
ひばり（雲雀） 春 七七
ひばりかご（雲雀籠） 春 七七
ひばりごち（雲雀東風） 春 一六
ひばりの（雲雀野） 春 七七
ひばりのす（雲雀の巣） 春 八一
ひばりぶえ（雲雀笛） 春 五六
ひび（胼） 冬 五一四
ひびきれ（胼切れ） 冬 五一四
ひびぐすり（胼薬） 冬 五一四
ひびつ（火櫃） 冬 四九七
ひびのつま（胼の妻） 冬 五一四
ひびのて（胼の手） 冬 五一四
ひふ（被布） 冬 四七四
ひふきだけ（火吹竹） 冬 四九七
ひぶせまつり（火伏祭） 秋 三六二
ひぶり（火振） 夏 一九三
ひまつり（火祭） 秋 三六四
ひまもるかぜ（ひま洩る風） 冬 四九一
ひまわり（向日葵） 夏 二七二
ひみじか（日短） 冬 四四七
ひむかえ（日迎へ） 春 三一
ひむし（火虫） 夏 二四三

ひむろ（氷室） 夏 一九五
ひむろのさくら（氷室の桜） 夏 二六三
ひめあざみ（姫薊） 春 一二七
ひめあさり（姫浅蜊） 春 八六
ひめあぶ（姫虻） 春 九〇
ひめいわふじ（姫岩藤） 夏 二八一
ひめがい（姫貝） 春 八六
ひめきつ（姫橘） 秋 四〇〇
ひめくるみ（姫胡桃） 秋 三九九
ひめこぶし（姫辛夷） 春 九五
ひめこまつ（姫小松） 新 六一三
ひめじょおん（姫女苑） 夏 二九八
ひめつげ（姫黄楊） 春 一〇四
ひめつばき 冬 五四七
ひめはじめ（ひめ始） 新 五七九
ひめばしょう（姫芭蕉） 夏 二八一
ひめます（姫鱒） 春 八四
ひめゆり（姫百合） 夏 二七七
ひめりんご（姫林檎） 秋 三九八
ひもおとし（紐落） 冬 四六五
ひもかがみ（氷面鏡） 冬 四六二
ひもとき（紐解） 冬 四六五
ひもなおし（紐直） 冬 四六五
ひもも（緋桃） 春 九八
ビヤガーデン 夏 一七四
ひゃくぎく（百菊） 秋 四一五
びゃくさん（白散） 新 五七〇
ひゃくじっこう（百日紅） 夏 二五五

ひゃくそうつみ（百草摘） 夏 一五六
ひゃくなり（百生り） 秋 四一七
ひゃくにちそう（百日草） 夏 二七八
ひゃくにんいっしゅ（百人一首） 新 五九八
ひゃくはちのかね（百八の鐘） 冬 五三三
ひゃくまんごくまつり（百万石祭） 夏 二一〇
びゃくや 夏 一二四
ひゃくやそう（百夜草） 秋 四三五
びゃくれん（白蓮） 夏 二八九
ひやけ（日焼） 夏 二〇五
ひやけだ（日焼田） 夏 一五三
ひやざけ（冷酒） 夏 一七五
ひやしうし（冷し牛） 夏 一八五
ひやしうま（冷し馬） 夏 一八六
ひやしうり（冷瓜） 夏 一七一
ひやしこうちゃ（冷紅茶） 夏 一七一
ひやしコーヒー（冷珈琲） 夏 一七一
ひやしサイダー（冷サイダー） 夏 一七三
ひやしじる（冷し汁） 夏 一六八
ひやししるこ（冷し汁粉） 夏 一七〇
ひやしすいか（冷西瓜） 夏 一七一
ひやしそうめん（冷し索麺） 夏 一六九
ひやしむぎ（冷し麦） 夏 一六九
ひやしむぎちゃ（冷麦茶） 夏 一七四

ひやしラムネ（冷ラムネ） 夏 一七三
ひやじる（冷汁） 夏 一六八
ヒヤシンス 春 一一〇
ひやそうめん（冷索麺） 夏 一六九
ひゃっきえんき（百鬼園忌） 春 七三
ひゃっけんき（百閒忌） 春 七三
ひやどうふ（冷豆腐） 夏 一六八
ひやひや 秋 三一四
ビヤホール 夏 一七四
ひやみずうり（冷水売） 夏 一八四
ひやむぎ（冷麦） 夏 一六九
ひやめん（冷麺） 夏 一六九
ひややか（冷やか） 秋 三一四
ひややっこ（冷奴） 夏 一六八
ひやりおどり（日やり踊） 新 五八五
ひゆ（莧） 夏 二六九
ひゅうがあおい（日向葵） 夏 二七三
ひゆる（冷ゆる） 秋 三一四
ひよ 秋 三八二
ひょう（雹） 夏 一四四
ひょううつ（雹打つ） 夏 一四四
ひょうか（氷菓） 夏 一七三
ひょうかい（氷海） 冬 四六三
ひょうかい（氷塊） 冬 四六二
ひょうくる（雹来る） 夏 一四四
ひょうげん（氷原） 冬 四六三
ひょうこ（氷湖） 冬 四六二
ひょうこう（氷江） 冬 四六二
ひょうこう（氷港） 冬 四六二
ひょうしょう（氷晶） 冬 四五五
ひょうじょう（氷上） 冬 四六二
ひょうじん（氷塵） 冬 四五五
ひょうぞう（氷像） 冬 五二一
ひょうたたく（雹叩く） 夏 一四四
ひょうたん（瓢簞） 秋 四一七
ひょうたんのはな（瓢簞の花） 夏 二八三
ひょうでん（氷田） 冬 四六二
ひょうてんか（氷点下） 冬 四六二
びょうとう（病稲） 秋 四二〇
ひょうばん（氷盤） 冬 四六二
びょうぶ（屏風） 冬 四九四
ひょうふる（雹降る） 夏 一四四
ひょうへき（氷壁） 冬 四六二
びょうぼ（苗圃） 春 四五
ひょうむ（氷霧） 冬 四五五
ひょうや（氷野） 冬 四六二
びょうやなぎ（未央柳） 夏 二五五
ひよけ（日除） 夏 一七八
ひよどり（鵯） 秋 三八二
ひよどりじょうご（鵯上戸） 秋 四二八
ひよどりばな（鵯花） 秋 四三一
ひょん 秋 四〇九
ひょんのふえ（ひょんの笛） 秋 四〇九
ひょんのみ（ひょんの実） 秋 四〇九
ひらきごぼう（開牛蒡） 新 五九〇
ひらぎのはな（ひらぎの花） 冬 五四七
ひらきまめ（開豆） 新 五九〇
ひらたけ（平茸） 秋 四三九
ひらはっこう（比良八荒） 春 一七
ひらはっこう（比良八講） 春 六一
ひらはっこうのあれ（比良八講の荒れ） 春 一七
ひらめ（鮃） 冬 五四二
ひる（蛭） 夏 二三三
ひるがお（昼顔） 夏 二九三
ひるかじ（昼火事） 冬 五〇八
ひるがすみ（昼霞） 春 二〇
ひるきぬた（昼砧） 秋 三五〇
ひるこしろ（眼子菜） 夏 三〇七
ひるつばめ（昼燕） 春 七八
ひるどうろう（昼燈籠） 秋 三四五
ひるな 夏 二九七
ひるね（昼寝） 夏 二〇五
ひるねがお（昼寝顔） 夏 二〇五
ひるねご（昼寝子） 夏 二〇五
ひるねざめ（昼寝覚） 夏 二〇五
ひるねどき（昼寝時） 夏 二〇五
ひるねびと（昼寝人） 夏 二〇五
ひるのつき（昼の月） 秋 三一八
ひるのゆき（昼の雪） 冬 四五六
ひるはなび（昼花火） 夏 二〇〇
ひるむしろ（蛭蓆） 夏 三〇七
ひるも（蛭藻） 夏 三〇七

ひれざけ（鰭酒）　冬　四八〇
ひれんじゃく（緋連雀）　秋　三八二
ひろいのり（拾ひ海苔）　春　一二八
ひろしげき（広重忌）　秋　三七四
ひわ（鶸）　秋　三八二
びわ（枇杷）　夏　二六一
びわえんき（枇杷園忌）　夏　二三〇
びわぎょ（琵琶魚）　冬　五四一
ひわのこえ（鶸の声）　秋　三八二
びわのはな（枇杷の花）　冬　五四九
びわます（琵琶鱒）　秋　三八六
びわようとう（枇杷葉湯）　夏　一八一
ひをうずむ（火を埋む）　冬　四九五
びんずい（便追）　夏　二三五
びんちょう（備長）　冬　四九五
びんぼうかずら
（貧乏かづら）　秋　四二九

ふ

ファーザーズ・デー　夏　一五四
ふいごはじめ（鞴始）　新　五九八
ふいごはじめ（吹革始）　新　五九八
ふいごまつり（鞴祭）　冬　五一七
ふいごをまつる（鞴を祭る）　冬　五一七
ふうえん（風炎）　春　三
ふうかくき（風鶴忌）　冬　五二七
ふうきぎく（富貴菊）　春　一〇八
ふうきそう（富貴草）　夏　二五四
ふうきょうどうき
（風狂堂忌）　秋　三七三
ふうさんろうき（風三楼忌）　夏　二三三
ふうしんし（風信子）　春　一一〇
ふうせいき（風生忌）　春　六九
ふうせつ（風雪）　冬　四五七
ふうせん（風船）　春　五六
ふうせんうり（風船売）　春　五六
ふうせんかずら（風船葛）　秋　四一六
ふうせんだま（風船玉）　春　五六
ふうせんむし（風船虫）　夏　二四六
ふうちそう（風知草）　夏　三〇四
ふうちょうそう（風蝶草）　夏　二七六
ふうらん（風蘭）　夏　二九三
ふうりん（風鈴）　夏　一八二
ふうりんうり（風鈴売）　夏　一八二
ふうりんそう（風鈴草）　夏　三〇〇
プール　夏　一九八
プールびらき（プール開き）　夏　一九八
ふうろそう（風露草）　夏　三〇二
ふえいか（富栄花）　夏　二七九
フェーン　春　三
ふか（鱶）　冬　五三九
ふかがわまつり（深川祭）　秋　三六二
ふかぐつ（深沓）　冬　四七九
ふかしいも（ふかし藷）　秋　四一八
ふかしめし（蒸飯）　冬　四八九
ふかしも（深霜）　冬　四五五
ふかつゆ（深梅雨）　夏　一四三
ふかねぎ（深葱）　冬　五五五
ふかみぐさ（深見草）　夏　二五四
ふかみどり（深緑）　夏　二六二
ふき（蕗）　夏　二八五
ふきあげ（噴上げ）　夏　一七七
ふきい（ふき井）　夏　一五二
ふきおき（不器男忌）　春　六九
ふきかえ（葺替）　春　四三
ふきぞめ（吹初）　新　六〇一
ふきながし（吹流し）　夏　一五五
ふきぬき（吹貫）　夏　一五五
ふきのとう（蕗の薹）　春　一三三
ふきのとうみそ
（蕗の薹味噌）　春　三六
ふきのは（蕗の葉）　夏　二八五
ふきのはな（蕗の花）　春　一三三
ふきのめ（蕗の芽）　春　一三三
ふきはじめ（拭始）　新　五九二
ふきみそ（蕗味噌）　春　三六
ふきわかば（蕗若葉）　夏　二八五
ふぐ（河豚）　冬　五四二
ふくあめ（福飴）　新　六〇六
ふくかき（福掻）　新　六〇八
ぶぐかざる（武具飾る）　夏　一五五
ふぐくよう（河豚供養）　春　三
ふぐざけ（河豚酒）　冬　四八〇
ふくざさ（福笹）　新　六〇六

ふくさわら（ふくさ藁）　新　五七六
フクシア　夏　二五七
ふくじゅそう（福寿草）　新　六一一
ふぐじる（河豚汁）　冬　四八三
ふくじんまいり（福神参）　新　六〇四
ふくじんめぐり（福神巡）　新　六〇四
ふくすけかご（福助籠）　新　五八三
ふぐぞうすい（河豚雑炊）　冬　四八九
ふくだるま（福達磨）　新　五七二
ふくちゃ（福茶）　新　五八九
ふぐちり（河豚ちり）　冬　四八三
ふくづえ（福杖）　新　五八四
ふぐつり（河豚釣）　冬　五四二
ふぐと　冬　五四二
ふぐとじる（ふぐと汁）　冬　四八三
ふくとら（福寅）　新　六〇八
ふくなべ（福鍋）　新　五八九
ふぐなべ（河豚鍋）　冬　四八三
ふぐのなべ（河豚の鍋）　冬　四八三
ふくはうち（福は内）　冬　四七二
ふくびき（福引）　新　六〇一
ふくべ（瓢）　秋　四一七
ふくべのはな（ふくべの花）　夏　二八三
ふぐほうじょう（河豚放生）　春　三三
ふくまいり（福参）　新　六〇四
ふくまねき（福まねき）　冬　四七二
ふくみず（福水）　新　五六九
ふくむしろ（福筵）　新　五七六
ふくもうで（福詣）　新　六〇四
ふくらい（福来）　冬　五一八
ふくらすずめ（ふくら雀）　冬　五三六
ぶくりょう（茯苓）　秋　四三九
ふくれそう（ふくれ草）　秋　四一六
ふくろう（梟）　冬　五三七
ふくろうさびし（梟淋し）　冬　五三七
ふくろうなく（梟鳴く）　冬　五三七
ふくろかけ（袋掛）　夏　一九一
ふくろぐも（袋蜘蛛）　夏　二五一
ふくろづの（袋角）　夏　二三五
ふくわかし（福沸）　新　五八九
ふくわら（福藁）　新　五七六
ふくわらい（福笑ひ）　新　五九九
ふけい（噴井）　夏　一五二
ふけまち（更待）　秋　三三一
ふけまちづき（更待月）　秋　三三一
ふご　冬　四九八
ふごおろし（畚下し）　新　六〇八
ふさく（不作）　秋　三五〇
ふさけいとう（房鶏頭）　秋　四一三
ふさざきすいせん（房咲水仙）　春　一〇七
ふし（五倍子）　秋　四〇四
ふじ（藤）　春　九七
ふじあざみ（富士薊）　秋　四三一
ふじおき（不死男忌）　夏　二三四
ふじおろし（富士颪）　冬　四五三
ふじごぼう（富士牛蒡）　秋　四三一
ふじごり（富士垢離）　夏　二一一
ふしだか　秋　四三〇
ふじたるる（藤垂るる）　春　九七
ふしづけ（柴漬）　冬　五〇四
ふじなみ（藤波）　春　九七
ふじのしんせつ（富士の新雪）　秋　三三五
ふじのたな（藤の棚）　春　九七
ふじのはつゆき（富士の初雪）　秋　三三五
ふじのはな（藤の花）　春　九七
ふじのふさ（藤の房）　春　九七
ふじのみ（藤の実）　秋　三九七
ふじのやまあらい（富士の山洗）　秋　三二四
ふじのゆきげ（富士の雪解）　夏　一四八
ふじばかま（藤袴）　秋　四三一
ふじはみに（藤は実に）　秋　三九七
ふじふ（藤布）　夏　一六一
ふしまち（臥待）　秋　三三一
ふしまちのつき（臥待の月）　秋　三三一
ふしまちづき（臥待月）　秋　三三一
ふじまめ（藤豆）　秋　四三三
ふじみ（藤見）　春　九七
ふじもうで（富士詣）　夏　二一一
ぶしゅかん（仏手柑）　秋　四〇〇
ふじわかば（藤若葉）　夏　二六二

ふじわらまつり（藤原祭） 春 六五
ふすま（衾） 冬 四七五
ふすま（襖） 冬 四九四
ふすまいれる（襖入れる） 秋 三四六
ふすまかげ（襖影） 冬 四九四
ふすましょうじ（襖障子） 冬 四九四
ふすまたてる（襖立てる） 秋 三四六
ふすまはずす（襖はずす） 夏 一七九
ふそうげ（扶桑花） 夏 二五七
ぶそんき（蕪村忌） 冬 五二九
ぶたいはじめ（舞台始） 新 六〇一
ふたえにじ（二重虹） 夏 一四五
ふだおさめ（札納） 冬 五二〇
ぶたくさ（豚草） 夏 二九六
ふたこえどり（二声鳥） 夏 二一八
ふたば（双葉） 春 一一七
ふたばあさがお（双葉朝顔） 夏 二七九
ふたばな（二葉菜） 秋 四一九
ふたよのつき（二夜の月） 秋 三三一
ふたりしずか（二人静） 春 一三三
ふだんそう（不断草） 夏 二八七
ふちゅうさい（府中祭） 夏 二〇七
ふつか（二日） 新 五六三
ぶっかき 夏 一七四
ふつかきゅう（二日灸） 春 二九
ふつかづき（二日月） 秋 三一九
ふっかつさい（復活祭） 春 六七
ふっかつせつ（復活節） 春 六七

ふつかのつき（二日の月） 秋 三一九
ふつかはや（二日はや） 新 五六三
ふつかふじ（二日富士） 新 五六八
ふつかやいと（二日やいと） 春 二九
ふつかやま（二日山） 新 五九七
ふづき 秋 三一〇
ふっきそう（富貴草） 夏 二九六
ふっこ 秋 三八七
ぶっこうそう（仏甲草） 秋 四三四
ぶっしそう（仏指草） 秋 四三四
ぶっしゅかん（仏手柑） 秋 四〇〇
ぶっしゅかんのはな（仏手柑の花） 夏 二五八
ぶっしょうえ（仏生会） 春 六三
ぶっそうげ（仏桑花） 夏 二五七
ぶったんえ（仏誕会） 春 六三
ふっとうさん（沸騰散） 夏 一七三
ぶっぽうそう（仏法僧） 夏 二一八
ぶつみょう（仏名） 冬 五三三
ぶつみょうえ（仏名会） 冬 五三三
ふでがき（筆柿） 秋 三九八
ふでつむし（筆津虫） 秋 三九一
ふでのはな（筆の花） 春 一一九
ふではじめ（筆始） 新 五七九
ふでりんどう（筆竜胆） 春 一三五
ぶと（蚋） 夏 二四九
ふとい（太藺） 夏 二九五
ぶどう（葡萄） 秋 三九九

ぶどうえん（葡萄園） 秋 三九九
ぶどうかる（葡萄枯る） 冬 五五一
ぶどうしゅかもす（葡萄酒醸す） 秋 三四〇
ぶどうすい（葡萄水） 夏 一七三
ぶどうだな（葡萄棚） 秋 三九九
ぶどうつぶ（葡萄粒） 秋 三九九
ぶどうつむ（葡萄摘む） 秋 三九九
ぶどうのはな（葡萄の花） 夏 二五九
ぶどうみのる（葡萄実る） 秋 三九九
ぶどうもり（葡萄守） 秋 三九九
ふところで（懐手） 冬 五一四
ふとばし（太箸） 新 五七七
ふとまに 新 六〇五
ふとまにまつり（太占祭） 新 六〇五
ふとん（蒲団） 冬 四七五
ふなあそび（船遊） 夏 一九六
ふないけす（船生簀） 夏 一六七
ふなおこし（船起） 新 五八〇
ふなかじ（船火事） 冬 五〇八
ふながたのひ（船形の火） 秋 三六七
ふなずし（鮒鮓） 夏 一六八
ふなせがき（船施餓鬼） 秋 三六七
ふなだませっく（船霊節句） 新 五八〇
ふなではじめ（船出始） 新 五八〇
ふなど（舟人） 春 五三
ふなどうろう（舟燈籠） 秋 三四五
ふななます（鮒膾） 春 三七

ふなのすだち（鮒の巣立） 春 八五
ふなのすばなれ（鮒の巣離れ） 春 八五
ぶなのはな（山毛欅の花） 夏 二六六
ふなのりぞめ（船乗初） 新 五七九
ふなはじめ（船初） 新 五七九
ふなむし（船虫） 夏 二四三
ふなりょうり（船料理） 夏 一六七
ふねかこう（船囲ふ） 夏 一九五
ふねのはる（舟の春） 新 五六二
ふのり（海蘿） 夏 三〇八
ふのりほし（海蘿干） 夏 一九〇
ふぶき（吹雪） 冬 四五六
ふぶきだおれ（吹雪倒れ） 冬 五一四
ふぶきのよ（吹雪の夜） 冬 四五六
ふぶく（吹雪く） 冬 四五六
ふみえ（踏み絵） 春 一八
ふみこき（芙美子忌） 夏 二三三
ふみづき（文月） 秋 三一〇
ふみひろげづき（文披月） 秋 三一〇
ふやあんき（不夜庵忌） 秋 三七一
ふゆ（冬） 冬 四四二
ぶゆ 夏 二四九
ふゆあおい（冬葵） 冬 五五四
ふゆあおくさ（冬青草） 冬 五五六
ふゆあおぞら（冬青空） 冬 四五一
ふゆあかつき（冬暁） 冬 四四七
ふゆあかね（冬茜） 冬 四五八

ふゆあけぼの（冬曙） 冬 四四七
ふゆあさし（冬浅し） 冬 四四三
ふゆあたたか（冬暖か） 冬 四四三
ふゆあぶ（冬虻） 冬 五四四
ふゆあんご（冬安居） 冬 五二三
ふゆいちご（冬苺） 冬 五五三
ふゆいちばん（冬一番） 冬 四五二
ふゆいなご（冬蝗） 冬 五四五
ふゆうがき（富有柿） 秋 三九八
ふゆうぐいす（冬鶯） 冬 五三六
ふゆうない（冬耕ひ） 冬 五〇〇
ふゆうめ（冬梅） 冬 五四五
ふゆうらら（冬麗） 冬 四五〇
ふゆえのき（冬榎） 冬 五五二
ふゆおうぎ（冬扇） 冬 四九八
ふゆオーバー（冬オーバー） 冬 四七三
ふゆおくる（冬送る） 冬 四四九
ふゆオリオン（冬オリオン） 冬 四五二
ふゆおわる（冬終る） 冬 四四九
ふゆか（冬蚊） 冬 五四五
ふゆがこい（冬囲） 冬 四九一
ふゆがこいとる（冬囲とる） 春 四二
ふゆかしわ（冬柏） 冬 五五三
ふゆがすみ（冬霞） 冬 四五七
ふゆがまえ（冬構） 冬 四九一
ふゆがまえとく（冬構解く） 春 四二
ふゆかみなり（冬かみなり） 冬 四五七
ふゆかもめ（冬鷗） 冬 五三八

ふゆがらす（冬鴉） 冬 五三六
ふゆかり（冬雁） 冬 五三五
ふゆがれ（冬枯） 冬 五五二
ふゆがれみち（冬枯道） 冬 五五二
ふゆがわら（冬川原） 冬 四六一
ふゆき（冬木） 冬 五五一
ふゆぎ（冬着） 冬 四七三
ふゆきかげ（冬木影） 冬 五五一
ふゆきかぜ（冬木風） 冬 五五一
ふゆききり（冬木伐り） 冬 五〇五
ふゆぎく（冬菊） 冬 五五三
ふゆきこり（冬木樵） 冬 五〇五
ふゆきなか（冬木中） 冬 五五一
ふゆきのさくら（冬木の桜） 冬 五四六
ふゆきのめ（冬木の芽） 冬 五五二
ふゆきばら（冬木原） 冬 五五一
ふゆきまち（冬木町） 冬 五五一
ふゆきみち（冬木道） 冬 五五一
ふゆきやど（冬木宿） 冬 五五一
ふゆきゅうか（冬休暇） 冬 四七一
ふゆぎんが（冬銀河） 冬 四五一
ふゆぎんかん（冬銀漢） 冬 四五一
ふゆくさ（冬草） 冬 五五六
ふゆくぬぎ（冬櫟） 冬 五五一
ふゆくりや（冬厨） 冬 四九五
ふゆくる（冬来る） 冬 四四二
ふゆげしき（冬景色） 冬 四六〇
ふゆけやき（冬欅） 冬 五五一

ふゆこさめ（冬小雨） 冬 四五四
ふゆこだち（冬木立） 冬 五五一
ふゆごもり（冬籠） 冬 四九一
ふゆごろも（冬衣） 冬 四七三
ふゆさぎ（冬鷺） 冬 五三六
ふゆざくら（冬桜） 冬 五四六
ふゆざしき（冬座敷） 冬 四九三
ふゆさなか（冬さ中） 冬 四四三
ふゆさぶ（冬さぶ） 冬 四四九
ふゆさめ（冬雨） 冬 四五四
ふゆさる（冬去る） 冬 四四九
ふゆざるる（冬ざるる） 冬 四四三
ふゆざれ（冬ざれ） 冬 四四三
ふゆさんご（冬珊瑚） 冬 五五三
ふゆじたく（冬支度） 秋 三四七
ふゆシャツ（冬シャツ） 冬 四七三
ふゆしょうぐん（冬将軍） 冬 四四二
ふゆしょうじ（冬障子） 冬 四九三
ふゆすすき（冬芒） 冬 五五七
ふゆすずめ（冬雀） 冬 五三六
ふゆすみれ（冬菫） 冬 五五八
ふゆせいざ（冬星座） 冬 四五一
ふゆぜり（冬芹） 冬 五五九
ふゆそうび（冬薔薇） 冬 五四六
ふゆそま（冬杣） 冬 五〇五
ふゆぞら（冬空） 冬 四五一
ふゆた（冬田） 冬 四六〇
ふゆたうち（冬田打ち） 冬 五〇〇

ふゆたがらす（冬田鴉） 冬 四六〇
ふゆたき（冬滝） 冬 四六二
ふゆたけ 冬 五六〇
ふゆたけなわ（冬たけなは） 冬 四四九
ふゆたつ（冬立つ） 冬 四四二
ふゆたのも（冬田面） 冬 四六〇
ふゆたばれ（冬田晴） 冬 四六〇
ふゆたびと（冬田人） 冬 四六〇
ふゆたみち（冬田道） 冬 四六〇
ふゆたんぽぽ（冬蒲公英） 冬 五五八
ふゆちかし（冬近し） 秋 三一六
ふゆちょう（冬の蝶） 冬 五四四
ふゆちょう（冬蝶） 冬 五四四
ふゆづき（冬月） 冬 四五一
ふゆづきよ（冬月夜） 冬 四五一
ふゆつく（冬尽く） 冬 四四九
ふゆつた（冬蔦） 冬 五五三
ふゆつばき（冬椿） 冬 五四七
ふゆつばめ（冬燕） 冬 五三七
ふゆとおからず
（冬遠からず） 秋 三一六
ふゆどとう（冬怒濤） 冬 四六一
ふゆどなり（冬隣） 秋 三一六
ふゆとなる（冬となる） 冬 四四二
ふゆともし（冬ともし） 冬 四九三
ふゆな（冬菜） 冬 五五五
ふゆなあらう（冬菜洗ふ） 冬 五五五
ふゆなうり（冬菜売） 冬 五五五

ふゆなかば（冬なかば） 冬 四四三
ふゆなぎ（冬凪） 冬 四五二
ふゆなぎさ（冬汀） 冬 四六一
ふゆなし（冬梨） 冬 五四九
ふゆなばた（冬菜畑） 冬 五五五
ふゆなほす（冬菜干す） 冬 五五五
ふゆにいる（冬に入る） 冬 四四二
ふゆにじ（冬虹） 冬 四五八
ふゆにわ（冬庭） 冬 四六〇
ふゆぬくし（冬ぬくし） 冬 四四三
ふゆの（冬野） 冬 四五九
ふゆのあさ（冬の朝） 冬 四四七
ふゆのあぶ（冬の虻） 冬 五四四
ふゆのあめ（冬の雨） 冬 四五四
ふゆのいえ（冬の家） 冬 四九一
ふゆのいけ（冬の池） 冬 四六一
ふゆのいずみ（冬の泉） 冬 四六〇
ふゆのいなご（冬の蝗） 冬 五四五
ふゆのいぬ（冬の犬） 冬 五三四
ふゆのいろ（冬の色） 冬 四六〇
ふゆのうぐいす（冬の鶯） 冬 五三六
ふゆのうみ（冬の湖） 冬 四六一
ふゆのうみ（冬の海） 冬 四六一
ふゆのうめ（冬の梅） 冬 五四五
ふゆのか（冬の蚊） 冬 五四五
ふゆのが（冬の蛾） 冬 五四四
ふゆのかげ（冬の影） 冬 五一五
ふゆのかぜ（冬の風） 冬 四五二

ふゆのかり	（冬の雁）	冬	五三五
ふゆのかわ	（冬の川）	冬	四六一
ふゆのきり	（冬の霧）	冬	四五八
ふゆのくさ	（冬の草）	冬	五五六
ふゆのくも	（冬の雲）	冬	四五一
ふゆのくれ	（冬の暮）	冬	四四七
ふゆのけい	（冬の景）	冬	四六〇
ふゆのこい	（冬の鯉）	冬	五四二
ふゆのさぎ	（冬の鷺）	冬	五三六
ふゆのしお	（冬の潮）	冬	四六一
ふゆのしか	（冬の鹿）	冬	五三三
ふゆのその	（冬の園）	冬	四六〇
ふゆのそま	（冬の杣）	冬	五〇五
ふゆのそら	（冬の空）	冬	四五一
ふゆのたい	（冬の鯛）	冬	五四〇
ふゆのたいはく	（冬の太白）	冬	四五一
ふゆのたに	（冬の谷）	冬	四五九
ふゆのつき	（冬の月）	冬	四五一
ふゆのとうか	（冬の燈火）	冬	四九三
ふゆのとび	（冬の鳶）	冬	五三五
ふゆのとり	（冬の鳥）	冬	五三五
ふゆのなごり	（冬の名残）	冬	四四九
ふゆのなみ	（冬の波）	冬	四六一
ふゆのにじ	（冬の虹）	冬	四五八
ふゆのにわ	（冬の庭）	冬	四六〇
ふゆのぬま	（冬の沼）	冬	四六一
ふゆののみ	（冬の蚤）	冬	五四五
ふゆのはえ	（冬の蠅）	冬	五四四
ふゆのはち	（冬の蜂）	冬	五四四
ふゆのはて	（冬の果）	冬	四四九
ふゆのはと	（冬の鳩）	冬	五三五
ふゆのはなわらび	（冬の花蕨）	冬	五五九
ふゆのはま	（冬の浜）	冬	四六一
ふゆのはる	（冬の春）	冬	四四九
ふゆのはれ	（冬の晴）	冬	四五〇
ふゆのばれ	（冬野晴）	冬	四五九
ふゆのひ	（冬の日）	冬	四五〇
ふゆのひ	（冬の燈）	冬	四九三
ふゆのほし	（冬の星）	冬	四五一
ふゆのみず	（冬の水）	冬	四六〇
ふゆのみち	（冬野道）	冬	四五九
ふゆのみね	（冬の嶺）	冬	四五九
ふゆのむし	（冬の虫）	冬	五四五
ふゆのめ	（冬の芽）	冬	五五二
ふゆのもず	（冬の鵙）	冬	五三六
ふゆのもみじ	（冬の紅葉）	冬	五四九
ふゆのもや	（冬の靄）	冬	四五八
ふゆのやど	（冬の宿）	冬	四九一
ふゆのやま	（冬の山）	冬	四五九
ふゆのゆうべ	（冬の夕）	冬	四四七
ふゆのゆうやけ	（冬の夕焼）	冬	四五八
ふゆのよ	（冬の夜）	冬	四四七
ふゆのよい	（冬の宵）	冬	四四七
ふゆのらい	（冬の雷）	冬	四五七
ふゆのりゅうせい	（冬の流星）	冬	四五一
ふゆのわかれ	（冬の別れ）	冬	四四九
ふゆばえ	（冬蠅）	冬	五四四
ふゆばおり	（冬羽織）	冬	四七四
ふゆはじめ	（冬初め）	冬	四四二
ふゆばち	（冬蜂）	冬	五四四
ふゆばら	（冬薔薇）	冬	五四六
ふゆばれ	（冬晴）	冬	四五〇
ふゆひ	（冬日）	冬	四五〇
ふゆひ	（冬燈）	冬	四九三
ふゆひいる	（冬日没る）	冬	四五〇
ふゆひおつ	（冬日落つ）	冬	四五〇
ふゆひかげ	（冬日影）	冬	四五〇
ふゆひきゆ	（冬日消ゆ）	冬	四五〇
ふゆひこき	（冬彦忌）	冬	五二九
ふゆひざし	（冬日ざし）	冬	四五〇
ふゆひさす	（冬日さす）	冬	四五〇
ふゆひでり	（冬旱）	冬	四五〇
ふゆひなた	（冬日向）	冬	四五〇
ふゆひばり	（冬雲雀）	冬	五三六
ふゆひもゆ	（冬日燃ゆ）	冬	四五〇
ふゆひもる	（冬燈洩る）	冬	四九三
ふゆびより	（冬日和）	冬	四五〇
ふゆふかし	（冬深し）	冬	四四九
ふゆふく	（冬服）	冬	四七三
ふゆぶすま	（冬衾）	冬	四七五
ふゆぶすま	（冬襖）	冬	四九四

ふゆぼう（冬帽） 冬 四七七
ふゆぼうし（冬帽子） 冬 四七七
ふゆほくと（冬北斗） 冬 四五三
ふゆぼけ（冬木瓜） 冬 五四七
ふゆぼこう（冬暮光） 冬 四四七
ふゆぼしょく（冬暮色） 冬 四四七
ふゆぼたん（冬牡丹） 冬 五四七
ふゆまつ（冬待つ） 秋 三一六
ふゆまんげつ（冬満月） 冬 四五一
ふゆみかづき（冬三日月） 冬 四五一
ふゆみさき（冬岬） 冬 四五九
ふゆむかう（冬迎ふ） 冬 四四二
ふゆめ（冬芽） 冬 五五二
ふゆめく（冬めく） 冬 四四三
ふゆもえ（冬萌） 冬 五五九
ふゆもず（冬鵙） 冬 五三六
ふゆもみじ（冬紅葉） 冬 五四九
ふゆもや（冬靄） 冬 四五八
ふゆやかた（冬館） 冬 四九一
ふゆやしき（冬邸） 冬 四九一
ふゆやすみ（冬休み） 冬 四七一
ふゆやなぎ（冬柳） 冬 五五二
ふゆやまが（冬山家） 冬 四五九
ふゆやまじ（冬山路） 冬 四五九
ふゆやまはだ（冬山肌） 冬 四五九
ふゆゆうぞら（冬夕空） 冬 四五一
ふゆゆうばえ（冬夕映） 冬 四五八
ふゆようい（冬用意） 秋 三四七
ふゆりんご（冬林檎） 冬 五四九
ふゆわらび（冬蕨） 冬 五五九
ふゆをまつ（冬を待つ） 秋 三一六
ぶよ 夏 二四九
ふよう（芙蓉） 秋 三九六
ふようかる（芙蓉枯る） 冬 五四八
ふようさく（芙蓉咲く） 秋 三九六
ふようのみ（芙蓉の実） 秋 三九六
ふらき（普羅忌） 秋 三七一
ふらここ 春 五七
プラタナスのはな
（プラタナスの花） 春 一〇五
ふららこ 春 五七
ぶらんこ 春 五七
フランネルそう
（フランネル草） 夏 二七六
ぶり（鰤） 冬 五四〇
ぶりあみ（鰤網） 冬 五〇五
フリージア 春 一〇八
ぶりおこし（鰤起し） 冬 四五七
ぶりじき（鰤敷） 冬 五〇五
ぶりつる（鰤釣る） 冬 五〇五
ぶりのうみ（鰤の海） 冬 五四〇
ぶりぶね（鰤船） 冬 五〇五
ぶりぶり（振振） 新 六〇〇
プリムラ 春 一一九
ふるあわせ（古袷） 夏 一六〇
フルーツゼリー 夏 一七〇
フルーツみつまめ
（フルーツ蜜豆） 夏 一七〇
ふるおうぎ（古扇） 夏 一八二
ふるがいとう（古外套） 冬 四九三
ふるくさ（古草） 春 一一七
ふるごよみ（古暦） 冬 四六九
ふるざけ（ふるざけ） 秋 三四〇
ふるす（古巣） 春 八〇
ふるせ 秋 三八七
ふるたび（古足袋） 冬 四七八
ふるづけ（古漬） 冬 四八七
ふるとし（古年） 新 五六三
ふるにっき（古日記） 冬 四六九
ふるぬのこ（古布子） 冬 四七四
ふるびな（古雛） 春 一三〇
ふるぶすま（古衾） 冬 四七五
ふるぶとん（古蒲団） 冬 四七五
ふるまいみず（振舞水） 夏 一七四
ふるもうふ（古毛布） 冬 四七五
ふるゆかた（古浴衣） 夏 一八二
ふるゆき（古雪） 冬 四八六
フレーム 冬 五〇二
プレーンソーダ 夏 一七二
フレップ 秋 四三三
ふろがま（風炉釜） 夏 一八三
ふろちゃ（風炉茶） 夏 一八三
ふろちゃがま（風炉茶釜） 夏 一八三
フロックス 夏 二七五

ふろてまえ（風炉点前） 夏 一〇三
ふろのなごり（風炉の名残） 秋 三四六
ふろびらき（風炉開き） 夏 一〇三
ふろふき（風呂吹） 冬 四八六
ふろふきだいこん（風呂吹大根） 冬 四八六
ぶんかさい（文化祭） 秋 三三三
ぶんかのひ（文化の日） 秋 三三三
ぶんしぼく（蚊子木） 秋 四〇九
ふんすい（噴水） 夏 一七七
ぶんたん（文旦） 秋 四〇〇
ぶんたんのはな（文旦の花） 夏 二五八

へ

へいあんまつり（平安祭） 秋 三六四
べいごま 秋 三五九
ペーロン 夏 一五八
ペガサス 秋 三三一
へきごとうき（碧梧桐忌） 冬 五三三
へきどうき（碧童忌） 冬 五三六
へきろ（壁炉） 冬 四九四
へくそかずら（屁糞葛） 夏 二九六
へこきむし（へこき虫） 秋 三九四
へそみかん（臍蜜柑） 春 九九
ペチカ 冬 四九四
へちま（糸瓜） 秋 四一七
へちまうう（糸瓜植う） 春 四六
へちまき（糸瓜忌） 秋 三七六
へちまだな（糸瓜棚） 秋 四一七
へちまたる（糸瓜垂る） 秋 四一七
へちまなえ（糸瓜苗） 夏 二八二
へちまながし（糸瓜長し） 秋 四一七
へちまのはな（糸瓜の花） 夏 二八三
へちまのみず（糸瓜の水） 秋 四一七
へちまのみずとる（糸瓜の水取る） 秋 三五一
へちまひく（糸瓜引く） 秋 三五一
へちままく（糸瓜蒔く） 春 四六
ペチュニア 夏 二七八
べったらいち（べったら市） 秋 三三八
べったらづけ（べったら漬） 冬 四八七
へっついねこ（へっつひ猫） 冬 五三四
べっとう 冬 四五三
へっぴりむし（へっぴり虫） 秋 三九四
べにいたどり（紅虎杖） 夏 二九五
べにがい（紅貝） 春 八七
べにぎく（紅菊） 秋 四一五
べにくさ（紅草） 秋 四一六
べにしだれ（紅枝垂） 春 九二
べにぞめづき（紅染月） 秋 三一一
べにたけ（紅茸） 秋 四三九
べにつばき（紅椿） 春 九二
べにのはな（紅の花） 夏 二八〇
べにはす（紅蓮） 夏 二八九
べにばな（紅藍花） 夏 二八〇
べにふよう（紅芙蓉） 秋 三九六
べにぼたん（紅牡丹） 夏 二五四
べにます（紅鱒） 春 八四
べにむくげ（紅木槿） 秋 三九六
べにもくれん（紅木蓮） 春 九七
べにゆり（紅百合） 夏 二七七
へび（蛇） 夏 二三六
へびあなに（蛇穴に） 秋 三八〇
へびあなにいる（蛇穴に入る） 秋 三八〇
へびあなをいづ（蛇穴を出づ） 春 七五
へびいちご（蛇苺） 夏 三〇二
へびかわをぬぐ（蛇皮を脱ぐ） 夏 二三七
へびきぬをぬぐ（蛇衣を脱ぐ） 夏 二三七
へびたけ（蛇茸） 秋 四三七
へびとうみん（蛇冬眠） 冬 五三三
へびのから（蛇の殻） 夏 二三七
へびのきぬ（蛇の衣） 夏 二三七
へびのもぬけ（蛇の蛻） 夏 二三七
へひりむし（放屁虫） 秋 三九四
べら 夏 二三九
へらうち（篦打） 冬 五一〇
べらつり（べら釣） 夏 一九四
ベランダ 夏 一七六
ペリーまつり（ペリー祭） 夏 一五七
ヘリオトロープ 春 一〇九

ヘリプテラム 春 一〇七
へんきかんき（偏奇館忌） 春 七三
べんけいそう（弁慶草） 秋 四一六
へんじょうき（遍昭忌） 冬 五三一
ぺんぺんぐさ（ぺんぺん草） 春 一一九
へんろ（遍路） 春 六三
へんろがさ（遍路笠） 春 六三
へんろづえ（遍路杖） 春 六三
へんろびと（遍路人） 春 六三
へんろやど（遍路宿） 春 六三

ほ

ほいかご（宝恵籠） 新 五八三
ほいろ（焙炉） 春 五一
ほいろば（焙炉場） 春 五一
ポインセチア 冬 五四七
ぼううつなみ（暴雨津波） 秋 三三〇
ほうおんこう（報恩講） 冬 五三三
ぼうかんぼう（防寒帽） 冬 四七七
ほうきぐさ 夏 二九〇
ほうきぞめ（箒初） 新 五九二
ほうきたけ（箒茸） 秋 四三九
ほうこもち（母子餅） 春 三八
ほうさいき（放哉忌） 春 七三
ぼうさいのひ（防災の日） 秋 三三一
ほうさく（豊作） 秋 三四九
ほうさくき（鳳作忌） 秋 三七六
ほうしぜみ（法師蟬） 秋 三九〇
ぼうしばな（ぼうし花） 秋 四三五
ぼうしゃき（茅舎忌） 夏 二三三
ぼうしゅ（芒種） 夏 一三三
ほうしゅん（芳春） 春 八
ほうせんか（鳳仙花） 秋 四一四
ほうそうきねんび（放送記念日） 春 二七
ほうそうのひ（放送の日） 春 二七
ぼうだら（棒鱈） 春 三八
ほうちゃくそう（宝鐸草） 夏 二九八
ほうちょうはじめ（庖丁始） 新 五九一
ほうとうえ（奉燈会） 秋 三六八
ほうねん（豊年） 秋 三四九
ぼうねん（忘年） 冬 四七〇
ぼうねんかい（忘年会） 冬 四七〇
ほうねんき（法然忌） 春 六四
ほうねんしょうにんき（法然上人忌） 春 六四
ほうねんむし（豊年虫） 秋 三九一
ほうびき（宝引） 新 六〇〇
ほうびきぜに（宝引銭） 新 六〇〇
ほうびきなわ（宝引縄） 新 六〇〇
ほうびそう（鳳尾草） 新 六二一
ぼうふう（防風） 春 一二五
ぼうふうのはな（防風の花） 夏 二八四
ぼうふら（孑孑） 夏 二四八
ぼうぶら 秋 四一六
ぼうふり 夏 二四八
ぼうふりむし（棒振虫） 夏 二四八
ほうぼう（魴鮄） 冬 五三九
ほうめいき（泡鳴忌） 夏 二一九
ほうよう（放鷹） 冬 五〇四
ほうらい（蓬萊） 新 五七三
ほうらいかざり（蓬萊飾） 新 五七三
ほうらいかん（宝萊柑） 春 九九
ほうらんき（抱卵期） 春 八〇
ほうり（鳳梨） 夏 二六一
ほうれんそう（菠薐草） 春 一三三
ほおあか（頰赤） 夏 二三四
ほおおちば（朴落葉） 冬 五五〇
ほおかむり（頰冠） 冬 四七七
ほおざし 春 三七
ほおじろ（頰白） 春 七七
ほおずき（鬼灯） 秋 四一四
ほおずきいち（鬼灯市） 夏 一五九
ほおずきならす（鬼灯ならす） 秋 四一四
ほおずきのはな（鬼灯の花） 夏 二七九
ほおずきのみ（鬼灯の実） 秋 四一四
ほおちる（朴散る） 冬 五五〇
ボート 夏 一九六
ボートレース 春 五五
ボーナス 冬 四六五
ほおのはな（朴の花） 夏 二六五
ほおのみ（朴の実） 秋 四〇五
ほきいちき（保己一忌） 秋 三七五

ほぐさ（穂草） 秋 四三五
ほくさいき（北斎忌） 夏 二一八
ほぐさなみ（穂草波） 秋 四三五
ほぐし（火串） 夏 一九三
ほくしき（北枝忌） 夏 二一九
ホクシヤ 夏 二五七
ぼくすいき（牧水忌） 秋 三七六
ぼくどうき（木堂忌） 夏 二二〇
ほげい（捕鯨） 冬 五〇四
ほげいせん（捕鯨船） 冬 五〇四
ぼけのはな（木瓜の花） 春 一〇一
ぼけのみ（木瓜の実） 秋 三九七
ほこちまき（鉾粽） 夏 一七一
ぽこんぽこん 新 六〇一
ぼさい（暮歳） 冬 四四四
ほざきのふさも 夏 三〇七
ぼさつばな（ぼさつ花） 夏 二五七
ぼさん（墓参） 秋 三六七
ほしあい（星合） 秋 三三三
ほしい（乾飯） 夏 一六九
ほしいい（乾飯） 夏 一六九
ほしいね（干稲） 秋 三四八
ほしいわい（星祝） 秋 三三二
ほしうめ（干梅） 夏 一六六
ほしうり（乾瓜） 夏 一六五
ほしおぼろ（星朧） 春 一六
ほしか（干鰯） 秋 三六八
ほしがき（干柿） 秋 三四三

ほしがきかざる（乾柿飾る） 新 五七五
ほしかだな（干鰯棚） 秋 三六八
ほしかぶら（干蕪） 冬 五〇一
ほしがらす（星鴉） 夏 二三三
ほしがれい（干鰈） 春 三七
ほしくさ（星草） 秋 四二四
ほしくさ（乾草） 夏 一八八
ほしぐさ（干草） 夏 一八八
ほしぐり（干栗） 秋 三九九
ほしこまい（乾氷下魚） 冬 五四一
ほしこよい（星今宵） 秋 三三三
ほしざけ（干鮭） 冬 四八八
ほしさむし（星寒し） 冬 四五一
ほしさゆ（星冴ゆ） 冬 四五一
ほしすずし（星涼し） 夏 一三九
ほじそ（穂紫蘇） 秋 四二〇
ほしそうめん（干素麺） 冬 五〇一
ほしだいこん（干大根） 冬 五〇〇
ほしたばこ（干煙草） 秋 三五一
ほしだら（乾鱈） 春 三八
ほしづきよ（星月夜） 秋 三三一
ほしとぶ（星飛ぶ） 秋 三三三
ほしな（干菜） 冬 五〇一
ほしなかげ（干菜影） 冬 五〇一
ほしながる（星流る） 秋 三三三
ほしなじる（干菜汁） 冬 四八三
ほしなつる（干菜吊る） 冬 五〇一
ほしななくさ（星七草） 秋 三三二

ほしなぶろ（干菜風呂） 冬 四九九
ほしなやど（干菜宿） 冬 五〇一
ほしなゆ（干菜湯） 冬 四九九
ほしのあき（星の秋） 秋 三三二
ほしのいりごち（星の入東風） 冬 四五四
ほしのかしもの（星の貸物） 秋 三三四
ほしのこい（星の恋） 秋 三三三
ほしのたむけ（星の手向） 秋 三三三
ほしのちぎり（星の契） 秋 三三三
ほしのつま（星の妻） 秋 三三三
ほしのはし（星の橋） 秋 三三三
ほしのり（乾海苔） 春 三八
ほしのわかれ（星の別） 秋 三三三
ほしはしる（星走る） 秋 三三二
ほしふぐ（干河豚） 夏 一六六
ほしぶとん（干蒲団） 冬 四七五
ほしまつり（星祭） 秋 三三二
ほしみぐさ（星見草） 秋 四一五
ほしむかえ（星迎） 秋 三三三
ほしもみ（干籾） 秋 三四九
ぼしゅう（暮秋） 秋 三一六
ぼしゅん（暮春） 春 一四
ほしわらび（干蕨） 春 一二〇
ほすすき（穂芒） 秋 四二六
ぼせつ（暮雪） 冬 四五六
ほそずみ（細炭） 冬 四九五
ほた（榾） 冬 四九六

ほだ　冬　四九六
ほたあかり（榾明り）　冬　四九六
ぼだいし（菩提子）　秋　四〇七
ぼだいしひろう（菩提子拾ふ）　秋　四〇七
ぼだいじゅのはな（菩提樹の花）　夏　二六八
ぼだいじゅのみ（菩提樹の実）　秋　四〇七
ぼだいのはな（菩提の花）　夏　二六八
ぼだいのみ（菩提の実）　秋　四〇七
ほだけむり（榾煙）　冬　四九六
ほたで（穂蓼）　秋　四三六
ほたてがい（帆立貝）　夏　二四一
ほたのひ（榾の火）　冬　四九六
ほたび（榾火）　冬　四九六
ほたびあかし（榾火赤し）　冬　四九六
ほたびさかん（榾火熾ん）　冬　四九六
ほたびもゆ（榾火燃ゆ）　冬　四九六
ほたぼこり（榾埃）　冬　四九六
ほたる（螢）　夏　二四四
ほたるいか（螢烏賊）　春　八五
ほたるうり（螢売）　夏　一九九
ほたるかご（螢籠）　夏　二〇三
ほたるがり（螢狩）　夏　二〇三
ほたるぐさ（螢草）　秋　四三五
ほたるけんぶつ（螢見物）　夏　二〇三
ほたるさいこ　夏　二九九

ほたるそう（螢草）　夏　二九九
ほたるぶくろ（螢袋）　夏　三〇〇
ほたるぶね（螢船）　夏　二〇三
ほたるみ（螢見）　夏　二〇三
ほだわら（穂俵）　新　六二一
ほだわらかざる（穂俵飾る）　新　五七六
ぼたん（牡丹）　夏　二五四
ぼたんうう（牡丹植う）　秋　三五二
ぼたんえん（牡丹園）　夏　二五四
ぼたんき（牡丹忌）　夏　二一九
ぼたんくよう（牡丹供養）　冬　五〇五
ぼたんざくら（牡丹桜）　春　九三
ぼたんたきび（牡丹焚火）　冬　五〇五
ぼたんたく（牡丹焚く）　冬　五〇五
ぼたんつぎき（牡丹接木）　秋　三五二
ぼたんなべ（牡丹鍋）　冬　四八四
ぼたんねわけ（牡丹根分）　秋　三五二
ぼたんのき（釦の木）　春　一〇五
ぼたんのめ（牡丹の芽）　春　九四
ぼたんゆき（牡丹雪）　春　一九
ぼたんゆり（牡丹百合）　春　一〇九
ほちゅうあみ（捕虫網）　夏　二〇三
ほちゅうき（捕虫器）　夏　二〇三
ぼっか（歩荷）　夏　一九七
ほっき　春　八八
ほっきうり（北寄売）　春　八八
ほっきがい（北寄貝）　春　八八
ほっきなべ（北寄鍋）　春　八八

ほっきぶね（北寄舟）　春　八八
ほっけ（𩸽）　秋　三九九
ぼっち（稲棒）　秋　三四九
ホットウイスキー　冬　四八一
ホットオレンジ　冬　四八一
ホットケーキ　冬　四九〇
ホットドリンクス　冬　四八一
ホットレモン　冬　四八一
ホットワイン　冬　四八一
ホップ　秋　四二三
ホップつむ（ホップ摘む）　秋　四二三
ホップのはな（ホップの花）　秋　四二三
ぽっぺん　新　六〇一
ほつれやな（ほつれ簗）　秋　三五六
ほていあおい（布袋葵）　夏　二七三
ほていそう（布袋草）　夏　二七三
ほとけしょうがつ（仏正月）　新　五六五
ほとけつめ（仏のつめ）　秋　四三四
ほとけのうぶゆ（仏の産湯）　春　六三
ほとけのくちあけ（仏の口明）　新　五六五
ほとけのざ（仏の座）　新　六二二
ほとけのとしこし（仏の年越）　新　五六五
ほとけのひ（仏の日）　新　五六五
ほとけぶね（仏舟）　秋　三六七
ほととぎす（時鳥）　夏　二一七
ほととぎす（杜鵑草）　秋　四三四

ほととぎすそう（ほととぎす草）	秋	四三四
ほととぎすのおとしぶみ（時鳥の落し文）	夏	二四六
ほとほと	新	五八六
ほなが（穂長）	新	六一一
ほねしょうがつ（骨正月）	新	五六五
ポピー	夏	二七三
ボブスレー	冬	五一三
ほむぎ（穂麦）	夏	二八九
ほや（海鞘）	夏	二四三
ぼや（小火）	冬	五〇八
ほやどり（寄生鳥）	秋	三八二
ほやまつり（穂屋祭）	秋	三六二
ぼら（鯔）	秋	三八七
ほらがいそう（法螺貝草）	秋	四三三
ほりごたつ（掘炬燵）	冬	四九六
ほりぞめ（彫初）	新	五九七
ボロいち（ボロ市）	冬	四六六
ほろし（鬼目）	秋	四一八
ポロシャツ	夏	一六二
ぼろんかずら	夏	二五七
ほわたとぶ（穂絮飛ぶ）	秋	四三五
ぼん（盆）	秋	三六五
ぼんあれ（盆荒）	秋	三三〇
ぼんいち（盆市）	秋	三三五
ぼんおどり（盆踊）	秋	三五八
ぼんがま（盆竈）	秋	三三六
ぼんがわり（盆替り）	秋	三五八
ぽんかん（椪柑）	冬	五四八
ぼんぎた（盆北風）	秋	三三三
ぼんきょうげん（盆狂言）	秋	三五八
ぼんく（盆供）	秋	三六五
ぼんくよう（盆供養）	秋	三六五
ぼんごち（盆東風）	秋	三三三
ぼんさまながし（盆様流し）	秋	三六七
ぼんじたく（盆支度）	秋	三三五
ぼんしばい（盆芝居）	秋	三五八
ぼんしゅう（盆秋）	秋	三一〇
ぼんすぎ（盆過）	秋	三六五
ぼんたいこうり（盆太鼓売）	秋	三三五
ぼんだな（盆棚）	秋	三六六
ほんだはら	新	六一一
ほんだら（本鱈）	冬	五四〇
ほんだる	新	五八四
ぼんぢょうちん（盆提燈）	秋	三四五
ぼんつな（盆綱）	秋	三三六
ぼんつなひき（盆綱引）	秋	三三六
ぼんてん（梵天）	新	六〇六
ぼんてんまつり（梵天祭）	新	六〇六
ぼんどうろう（盆燈籠）	秋	三四五
ぼんなみ（盆波）	秋	三三〇
ぼんねんぶつ（盆念仏）	秋	三六七
ぼんのいち（盆の市）	秋	三三五
ぼんのうめ（盆の梅）	春	九二
ぼんのおくりもの（盆の贈物）	秋	三三六
ぼんのかいれい（盆の廻礼）	秋	三三六
ぼんのかき（盆の柿）	秋	三九八
ぼんのかけごい（盆の掛乞）	秋	三三六
ぼんのかぜ（盆の風）	秋	三六五
ぼんのつき（盆の月）	秋	三一九
ぼんのなみ（盆の波）	秋	三三〇
ぼんのやぶいり（盆の藪入）	秋	三三六
ぼんのよる（盆の夜）	秋	三六五
ぼんばい（盆梅）	春	九二
ぼんはじめ（盆始め）	秋	三三五
ぼんばな（盆花）	秋	三三五
ぼんばないち（盆花市）	秋	三六七
ぼんび（盆火）	秋	三六六
ぼんびより（盆日和）	秋	三六五
ぼんぶね（盆舟）	秋	三六七
ポンポンダリア	夏	二七二
ぼんまえ（盆前）	秋	三六五
ほんます（本鱒）	春	八四
ぼんまつり（盆祭）	秋	三六五
ぼんみち（盆路）	秋	三三五
ぼんみっか（盆三日）	秋	三六五
ぼんみまい（盆見舞）	秋	三三六
ぼんむかえ（盆迎）	秋	三六六
ぼんめし（盆飯）	秋	三三六
ほんもろこ（本諸子）	春	八四
ぼんやすみ（盆休み）	秋	三三六

ぼんようい（盆用意） 秋 三三五
ぼんれい（盆礼） 秋 三三六

ま

マーガレット 夏 二七五
まいか（真烏賊） 春 八六
まいざる（舞猿） 新 五八七
まいじし（舞獅子） 新 五八七
まいぞめ（舞初） 新 六〇一
まいたけ（舞茸） 秋 四三八
まいまい 夏 二四六
まいるか（真海豚） 冬 五三四
まいわし（真鰯） 秋 三八八
まがき（真牡蠣） 冬 五四三
まがきのきく（籬の菊） 秋 四一五
まがも（真鴨） 冬 五三七
まがや（真茅） 秋 四二七
まきうり（槇売） 秋 三六七
まきおちば（槇落葉） 冬 五五〇
まきがえり（牧帰り） 秋 三三五
まきとざす（牧閉す） 秋 三三五
まきのうまこゆ（牧の馬肥ゆ） 秋 三七九
まきび（真黍） 秋 四二一
まきびらき（牧開） 春 四九
まきわり（薪割） 冬 四九七
まくず（真葛） 秋 四二八
まくずはら（真葛原） 秋 四二八
まくなぎ（蠛蠓） 夏 二四九
まくらびょうぶ（枕屏風） 冬 四九四
まぐろ（鮪） 冬 五三九
まぐろあみ（鮪網） 冬 五三九
まぐろつる（鮪釣る） 冬 五三九
まぐろなべ（鮪鍋） 冬 四八三
まぐろぶね（鮪舟） 冬 五三九
まくわ（真瓜） 夏 二八六
まくわうう（甜瓜植う） 春 四六
まくわうり（甜瓜） 夏 二八六
まくわまく（甜瓜蒔く） 春 四六
まけかるた（負歌留多） 新 五九八
まけずもう（負相撲） 秋 三五八
まけどり（負鶏） 春 三〇
まごたろうむし（孫太郎虫） 夏 二五一
まごち（正東風） 春 一六
まこも（真菰） 夏 二九四
まこもうり（真菰売） 秋 三三五
まこもおう（真菰生ふ） 春 一二七
まこもかり（真菰刈） 夏 一九〇
まこもかる（真菰枯る） 冬 五五七
まこもぐさ（真菰草） 夏 二九四
まこものうま（真菰の馬） 秋 三三四
まこものはな（真菰の花） 秋 四三八
まこものめ（真菰の芽） 春 一二七
まこもぶね（真菰船） 夏 一九〇
まこもむしろ（真菰筵） 秋 三六六
まこんぶ（真昆布） 夏 三〇八
まさかきのはな（真榊の花） 夏 二六七
まさきかずら（正木の鬘） 秋 四二一
まさきのみ（柾の実） 秋 四〇七
まさしげき（正成忌） 夏 二〇九
まじ 夏 一四〇
まじじみ（真蜆） 春 八八
ましみず（真清水） 夏 一五三
ましらさけ（ましら酒） 秋 三四〇
ましらたけ（猿茸） 秋 四三九
ます（鱒） 春 八四
ますいち（枡市） 秋 三六四
マスク 冬 四七八
マスクメロン 夏 二八六
ますつり（鱒釣） 春 八四
ますほのすすき（ますほの芒） 秋 四二六
まぜ 夏 一四〇
まただぎ 冬 五〇三
またたび（木天蓼） 秋 四〇九
またたびのはな（木天蓼の花） 夏 二六八
まだら（真鱈） 冬 五四〇
まだらゆき（まだら雪） 春 一九
まちあがけ（待網掛） 秋 三五五
まちこうらく（街黄落） 秋 四〇二
まつあがり（松上り） 新 五八二
まつあき（待つ秋） 夏 一三八
まつあけ（松明） 新 五六四

まついか 春 八五
まつうう（松植う） 春 四八
まつうたい（松謡） 新 六〇一
まつおくり（松送り） 新 五八二
まつおさめ（松納） 新 五八二
まつおろし（松下し） 新 五八二
まつかざり（松飾） 新 五七三
まつかざる（松飾る） 冬 四七〇
まつかぜのしぐれ
（松風の時雨） 冬 四五四
まっこうくじら（抹香鯨） 冬 五三四
まつすぎ（松過） 新 五六四
まつぜみ（松蟬） 春 九一
まつたおし（松倒し） 新 五八二
まつたけ（松茸） 秋 四三八
まつたけがり（松茸狩） 秋 三六〇
まつたけめし（松茸飯） 秋 三四三
まつたけやま（松茸山） 秋 三六〇
まつたけやま（松茸山） 秋 四三八
まつたてる（松立てる） 冬 四七〇
まつていれ（松手入） 秋 三四七
まつとる（松取る） 新 五八二
まつなおし（松直し） 新 五八二
まつなぬか（松七日） 新 五六四
まつのうち（松の内） 新 五六四
まつのかど（松の門） 新 五七三
まつのかふん（松の花粉） 春 一〇二
まつのしん（松の芯） 春 一〇〇
まつのはな（松の花） 春 一〇三
まつのみどり（松の緑） 春 一〇〇
まつのみどりつむ
（松の緑摘む） 春 四二
まつばがに（松葉蟹） 冬 五四三
まつばかんざし 春 一〇七
まつばぎく（松葉菊） 夏 二七四
まつばざけ（松葉酒） 冬 四八一
まつばしく（松葉敷く） 冬 四九八
まつばぼたん（松葉牡丹） 夏 二七八
まつばも（松葉藻） 夏 三〇七
まつばやし（松囃子） 春 三三
まつばやし（松ばやし） 冬 四六七
まつばやし（松囃子） 新 五七三
まつはる（待つ春） 冬 四四九
まつひき（松引） 新 五八二
マッフ 冬 四七八
まっぷく（末伏） 夏 一三六
まつふぐり（松ふぐり） 秋 四〇四
まつふゆ（待つ冬） 秋 三一六
まつぼくり（松ぼくり） 秋 四〇四
まつまえかえる（松前帰る） 秋 三三七
まつまえのぼる（松前上る） 秋 三三七
まつむかえ（松迎） 冬 四六七
まつむし（松虫） 秋 三九一
まつむしそう（松虫草） 秋 四三四
まつむしり（松毟鳥） 秋 三八三
まつも（松藻） 冬 五六〇
まつも（松藻） 夏 三〇七
まつもとまつり（松本祭） 夏 二〇八
まつもむし（松藻虫） 夏 二四六
まつゆきそう（松雪草） 春 一〇九
まつよい（待宵） 秋 三三〇
まつよいかげ（待宵影） 秋 三三〇
まつよいぐさ（待宵草） 夏 二九三
まつよいのつき（待宵の月） 秋 三三〇
まつり（祭） 夏 二〇七
まつりか（茉莉花） 夏 二五七
まつりごとはじめ（政始） 新 五七〇
まつりだいこ（祭太鼓） 夏 二〇七
まつりはも（祭鱧） 夏 二四一
まつりばやし（祭囃子） 夏 二〇七
まつりぶえ（祭笛） 夏 二〇七
まつりんご 夏 二六一
まて（馬刀） 春 八七
まてがい（馬蛤貝） 春 八七
まてつき（馬刀突） 春 八七
まてほり（馬刀掘） 春 八七
まどのはる（窓の春） 新 五六二
まとはじめ（的始） 新 五七二
まないたはじめ（俎始） 新 五九一
まなつ（真夏） 夏 一三六
まなつび（真夏日） 夏 一三八
まなづる（真鶴） 冬 五三八
まはえ（正南風） 夏 一四〇
まはぎ（真萩） 秋 四二六

まはだか（真裸） 夏 二〇四
まびきな（間引菜） 秋 四一九
まひわ（真鶸） 秋 三八二
まふぐ（真河豚） 冬 五四二
まぶし（蚕簿） 夏 一九二
まふゆ（真冬） 冬 四四九
マフラー 冬 四七八
まぼら（真鰡） 秋 三八七
まみじろ（眉白） 夏 二三四
まみなみ（正南風） 夏 一三九
まむし（蝮蛇） 夏 二二七
まむしぐさ（蝮蛇草） 春 一三三
まめうう（豆植う） 夏 一八八
まめうち（豆打） 冬 四七二
まめがらさす（豆殻挿す） 冬 四七二
まめたいふう（豆颱風） 秋 三三三
まめたん（豆炭） 冬 四九六
まめのはな（豆の花） 春 一一一
まめはやす（豆はやす） 冬 四七二
まめひく（豆引く） 秋 三五三
まめまき（豆撒） 冬 四七二
まめまく（豆蒔く） 夏 一八八
まめめいげつ（豆名月） 秋 三三一
まめめし（豆飯） 夏 一六八
まめをまく（豆を撒く） 冬 四七二
まやだし（まや出し） 春 四一
まやもうで（摩耶詣） 春 六〇
まゆ（繭） 夏 一九二
まゆだま（繭玉） 新 五八三
まゆだまいわう（繭玉祝ふ） 新 五八三
まゆだんご（繭団子） 新 五八三
まゆづき（眉月） 秋 三一九
まゆみのはな（檀の花） 夏 二六八
まゆみのみ（檀の実） 秋 四〇六
まよなかのつき（真夜中の月） 秋 三一一
マラリヤ 夏 二〇六
マリーゴールド 夏 二七四
まりしてんまいり（摩利支天詣） 新 六〇七
まりはじめ（鞠始） 新 五七一
まるかぶ（丸蕪） 冬 五五五
まるがま（丸蒲） 夏 二九五
まるすげ（丸菅） 夏 二九五
まるただし（丸太出し） 冬 五〇六
まるたひき（丸太曳） 冬 五〇六
まるなす（丸茄子） 夏 二八六
まるにじ（円虹） 夏 一四五
まるばさいこ 夏 二九九
まるはだか（丸裸） 夏 二〇四
まるめいら 秋 四〇一
まるめろ（榲桲） 秋 四〇一
まるめろのはな（榲桲の花） 春 九八
マロニエのはな（マロニエの花） 夏 二六五
まわし（回し） 冬 四七四
まわた（真綿） 冬 四七四
まわたとり（真綿取り） 夏 一九三
まわりずみ（廻炭） 冬 四九五
まわりどうろう（回燈籠） 夏 一八二
まんかいのさくら（満開の桜） 春 九三
まんげつ（満月） 秋 三一〇
まんざい（万歳） 新 五八七
まんざいおうぎ（万歳扇） 新 五八七
まんざいだゆう（万歳太夫） 新 五八七
まんさく（金縷梅） 春 一〇一
まんじゅぎく（万寿菊） 夏 二七四
まんじゅしゃげ（曼珠沙華） 秋 四三一
まんせいせつ（万聖節） 秋 三七〇
まんだらげ（曼陀羅華） 夏 二七五
まんたろうき（万太郎忌） 夏 二一八
マント 冬 四七四
まんどう（万燈） 秋 三六八
まんどうえ（万燈会） 秋 三六八
まんどうくよう（万灯供養） 秋 三六六
まんとうび（万燈日） 春 一一
まんねんあわび（万年鮑） 春 八七
まんりきおとこ（万力男） 新 五七六
まんりょう（万両） 冬 五四八
まんりょうき（万両忌） 冬 五三九
まんりょうのみ（万両の実） 冬 五四八

み

みあれさい（みあれ祭）　秋　三六三
みいでらごみむし（三井寺ごみむし）　秋　三五四
みいでらはんみょう（三井寺斑猫）　秋　三五四
みうめ（実梅）　夏　二五九
みうるし（実漆）　秋　四〇六
みえいく（御影供）　春　六三
みえいこう（御影講）　春　六三
みおさめ（箕納め）　冬　四六五
みかいこう（未開紅）　春　九三
みかいちょう（御開帳）　春　六三
みがきにしん（身欠鰊）　夏　一六六
みかぐら（御神楽）　冬　五一九
みかげまいり（御蔭参）　春　三一
みかさのやまやき（三笠の山焼）　新　五八七
みかづき（三日月）　秋　三一九
みかまぎ（御薪）　新　五七一
みかわはなまつり（三河花祭）　新　五七二
みかん（蜜柑）　冬　五四八
みかんうう（蜜柑植う）　春　四七
みかんかざる（蜜柑飾る）　新　五七五
みかんきに（蜜柑黄に）　冬　五四八
みかんすい（蜜柑水）　夏　一七二
みかんのはな（蜜柑の花）　夏　二五八
みかんまき（蜜柑撒）　冬　五一七
みかんやま（蜜柑山）　冬　五四八
みくさおう（みくさ生ふ）　春　一二五
みくじうばい（御籤奪）　冬　五一八
みくすりをくうず（御薬を供ず）　新　五七〇
みこし（神輿）　夏　二〇七
みこしぐさ　夏　二九六
みざくら（実桜）　夏　二五四
みざくろ（実石榴）　秋　三九九
みざけ（身酒）　冬　四八〇
ミサはじめ（彌撒始）　新　六〇九
みさやままつり（御射山祭）　秋　三六二
みさんご（実珊瑚）　秋　四〇九
みざんしょう（実山椒）　秋　四〇九
みじかきひ（短き日）　冬　四四七
みじかよ（短夜）　夏　一三六
みしまき（三島忌）　冬　五三八
みしままつり（三島祭）　秋　三六二
みずあおい（水葵）　夏　二九四
みずあさがお（水朝顔）　夏　三〇一
みずあそび（水遊び）　夏　二〇一
みずあたり（水中り）　夏　二〇五
みずあらそい（水争ひ）　夏　一八七
みずいくさ（水戦）　夏　二〇一
みずいわい（水祝）　新　五八五
みずうつ（水打つ）　夏　一八四
みずうみこおる（湖凍る）　冬　四四八
みずうり（水売）　夏　一八四
みずおおばこ（水車前）　夏　三〇一
みずおとす（水落す）　秋　三三九
みずがい（水貝）　夏　一六七
みずかけあい（水掛合）　夏　二〇一
みずかけな（水灌菜）　春　一一三
みずかけぶるまい（水掛振舞）　新　五八五
みずがっせん（水合戦）　夏　二〇一
みずからくり（水機関）　夏　二〇二
みずかる（水涸る）　冬　四六〇
みずぎ（水着）　夏　一六三
みずきのはな（水木の花）　夏　二六六
みずきのみ（水木の実）　秋　三九七
みずきょうげん（水狂言）　夏　二〇一
みすぐさ（御簾草）　夏　二九五
みずくさおう（水草生ふ）　春　一二五
みずくさのはな（水草の花）　夏　三〇六
みずくさもみじ（水草紅葉）　秋　四二七
みずげい（水芸）　夏　二〇一
みずけむる（水烟る）　冬　四六〇
みずげんか（水喧嘩）　夏　一八七
みずしも（水霜）　秋　三三六
みずしょうぶ（水菖蒲）　夏　二七一
みずすむ（水澄む）　秋　三三九
みずせったい（水接待）　夏　一七四
みずたま（水玉）　夏　二〇二

みずたまそう（水玉草） 秋 四二四
みずづけ（水漬） 夏 一六九
みずっぱな（水つ洟） 冬 五一三
みずてい（水亭） 夏 一七六
みずでっぽう（水鉄砲） 夏 二〇三
みずどうふ（水豆腐） 夏 一六八
みずどの（水殿） 夏 一七六
みずとり（水取） 春 六三
みずどり（水鳥） 冬 五二七
みずどりのす（水鳥の巣） 夏 二三〇
みずな（水菜） 春 一二三
みずなぎどり（水薙鳥） 夏 二三三
みずなし（水梨） 秋 三九八
みずぬすむ（水盗む） 夏 一八七
みずぬるむ（水温む） 春 二三
みずのあき（水の秋） 秋 三二九
みずのこ（水の粉） 夏 一七一
みずのはる（水の春） 春 二三
みずはじめてかる（水初めて涸る） 秋 三一二
みずばしょう（水芭蕉） 夏 二九四
みずばな（水洟） 冬 五一三
みずはも（水鱧） 夏 一六六
みずばん（水番） 夏 一八七
みずひきさく（水引咲く） 秋 四三三
みずひきそう（水引草） 秋 四三三
みずひきのはな（水引の花） 秋 四三三
みずふるまい（水振舞） 夏 一七四
みずまく（水撒く） 夏 一八四
みずまもる（水守る） 夏 一八七
みすみそう（三角草） 春 一二〇
みずみまい（水見舞） 夏 一五九
みずむし（水虫） 夏 二〇六
みずめがね（水眼鏡） 夏 一九四
みずめし（水飯） 夏 一六九
みずもち（水餅） 冬 四八〇
みずもちつくる（水餅造る） 冬 四八〇
みずものはな（水藻の花） 夏 三〇六
みずようかん（水羊羹） 夏 一七〇
みせばや 秋 四三四
みせんりょう（実千両） 冬 五四八
みそかしょうがつ（晦日正月） 新 五六五
みそかそば（晦日蕎麦） 冬 四七一
みそがま（味噌釜） 冬 四八八
みそかよい（晦日宵） 新 五六五
みそぎ（御祓） 夏 二三三
みぞごい（溝五位） 夏 二三一
みそさざい（鷦鷯） 冬 五三七
みぞさらえ（溝浚へ） 夏 一八六
みそぞうすい（味噌雑炊） 冬 四八九
みぞそば（溝蕎麦） 秋 四三六
みそだま（味噌玉） 春 三九
みそだまほす（味噌玉干す） 春 三九
みそつき（味噌搗） 冬 四八八
みそつくる（味噌造る） 冬 四八八
みそはぎ（千屈菜） 秋 四二三
みぞひばり（溝雲雀） 秋 三八四
みそまめ（みそ豆） 秋 四一二
みそまめにる（味噌豆煮る） 春 三九
みぞるる（霙るる） 冬 四五四
みぞれ（霙） 冬 四五四
みぞれざけ（みぞれ酒） 冬 四八一
みぞれのよ（霙の夜） 冬 四五四
みたらしもうで（御手洗詣） 夏 二一四
みだれはぎ（乱れ萩） 秋 四二六
みちいつ（道凍つ） 冬 四四八
みちおしえ（道をしへ） 夏 二四六
みちざねき（道真忌） 春 五九
みちしるべ（道しるべ） 夏 二四六
みちたきび（道焚火） 冬 五〇八
みっか（三日） 新 五六三
みっかづき（三日月） 秋 三一九
みっかはつ（三日果つ） 新 五六三
みっかはや（三日はや） 新 五六三
みっかふじ（三日富士） 新 五六八
みつのはな（三の花） 冬 四五五
みつば（三葉） 春 一一三
みつばき（実椿） 秋 三九七
みつばぜり（三葉芹） 春 一一三
みつばち（蜜蜂） 春 九〇
みつひでき（光秀忌） 夏 二一三
みつほし（三つ星） 冬 四五二
みつまたのはな（三椏の花） 春 九五

みつまたむす（三椏蒸す） 冬 五〇七
みつまめ（蜜豆） 夏 一七〇
みとまつり（みと祭） 春 三一
みどり（緑） 夏 二六二
みどりたつ（緑立つ） 春 一〇〇
みどりつむ（緑摘む） 春 四二
みどりなすまつ（緑なす松） 春 一〇〇
みどりのしゅうかん（緑の週間） 春 三三
みどりのはね（緑の羽根） 春 三三
みどりのひ（みどりの日） 春 二八
みなくちまつり（水口祭） 春 三一
みなしぐり（虚栗） 秋 三九九
みなしご 秋 三九四
みなづき（水無月） 夏 一三四
みなづきえ（六月会） 夏 二二五
みなづきおわる（水無月終る） 夏 一三八
みなづきじん（水無月尽） 夏 一三八
みなつきはらえ（六月祓） 夏 二二三
みなつめ（実棗） 秋 三九九
みなみ（南風） 夏 一三九
みなみかぜ（南風） 夏 一三九
みなんてん（実南天） 秋 三九七
みにしむ（身に入む） 秋 三二四
みねいり（峰入） 春 六五
みねぐも（峰雲） 夏 一三九
みのぼうし（蓑帽子） 冬 四七七
みのむし（蓑虫） 秋 三九四
みのりだ（稔田） 秋 三一八
みのわた（蓑腸） 冬 四八九
みはりとど（見張り海馬） 冬 五三五
みぶきょうげん（壬生狂言） 春 六四
みぶな（壬生菜） 春 一一三
みふねまつり（三船祭） 夏 二〇九
みぶねんぶつ（壬生念仏） 春 六四
みぶまつり（壬生祭） 春 六四
みふよう（実芙蓉） 秋 三九六
みまき（御薪） 新 五七一
みまつり（箕祭） 冬 四六五
みまんりょう（実万両） 冬 五四八
みみかけ（耳掛） 冬 四七七
みみず（蚯蚓） 夏 二三三
みみずく（木菟） 冬 五三七
みみずなく（蚯蚓鳴く） 秋 三九四
みみぶくろ（耳袋） 冬 四七七
みむらさき 秋 四〇八
ミモザ 春 九五
みやぎのはぎ（宮城野萩） 秋 四二六
みやこおどり（都踊） 春 五四
みやこぐさ（都草） 夏 二九八
みやこどり（都鳥） 冬 五三八
みやこわすれ（都忘れ） 春 一一〇
みやずもう（宮相撲） 秋 三五八
みやまあかね（深山茜） 秋 三九一
みやまいたどり（深山虎杖） 春 一二〇
みやまうすゆきそう（深山薄雪草） 夏 三〇三
みやまおだまき（深山をだまき） 春 一一〇
みやまきりしま（深山霧島） 春 九七
みやましきみ（深山樒） 冬 五三三
みやまほおじろ（深山頬白） 春 七七
みやまりんどう（深山龍胆） 秋 四三三
みやまれんげ（深山蓮華） 夏 二六六
みゆき（深雪） 冬 四五六
みゆきばれ（深雪晴） 冬 四五六
みゆず（実柚子） 秋 四〇〇
みょうがさく（茗荷咲く） 秋 四一九
みょうがじる（茗荷汁） 夏 二六八
みょうがたけ（茗荷竹） 春 一一五
みょうがのこ（茗荷の子） 夏 二六八
みょうがのはな（茗荷の花） 秋 四一九
みょうしんじかいざんき（妙心寺開山忌） 冬 五三八
みょうほうのひ（妙法の火） 秋 三六七
みょうらん（みやう蘭） 秋 四三一
ミヨソティス 春 一〇八
みよのはる（御代の春） 新 五六二
みる（海松） 春 一一八
みるがい（海松貝） 冬 五四三
みるくい（海松喰） 冬 五四三
ミルクセーキ 夏 一七三
みわたり（御渡） 冬 四六三

みんみんぜみ（みんみん蟬）　夏　二四七

む

むいか（六日）　新　五六四
むいかづめ（六日爪）　新　五八二
むいかどし（六日年）　新　五六四
むうちい（鬼餅）　冬　四六六
むうちいざむ（鬼餅寒）　冬　四六六
ムーン・フィッシュ　夏　二三七
むかえうま（迎馬）　秋　三三四
むかえがね（迎鐘）　秋　三六七
むかえづゆ（迎へ梅雨）　夏　一四三
むかえび（迎火）　秋　三六六
むかえびたく（迎火焚く）　秋　三六六
むかえぼん（迎盆）　秋　三六五
むかご（零余子）　秋　四一九
むかごづる（零余子蔓）　秋　四一九
むかごとり（零余子取）　秋　四一九
むかごめし（零余子飯）　秋　三四一
むかしぐさ（昔草）　夏　二五四
むかで（百足）　夏　二五二
むかでこばん（百足小判）　新　六〇八
むぎ（麦）　夏　二六九
むぎあおむ（麦青む）　春　一一五
むぎあき（麦秋）　夏　一三三
むぎあらし（麦嵐）　夏　一四一
むぎいりこ（麦炒粉）　夏　一七一
むぎうずら（麦鶉）　春　七七
むぎうた（麦歌）　夏　一八五
むぎうち（麦打）　夏　一八五
むぎがらぶね（麦殻舟）　秋　三六七
むぎかり（麦刈）　夏　一八五
むぎこうせん（麦香煎）　夏　一七一
むぎこがし（麦こがし）　夏　一七一
むぎこき（麦扱）　夏　一八五
むきしじみ（むき蜆）　春　八八
むぎたたき（麦叩き）　夏　一八五
むぎちゃ（麦茶）　夏　一七四
むぎとろ（麦とろ）　秋　三四四
むぎの（麦野）　夏　二六九
むぎのあき（麦の秋）　夏　一三三
むぎのあきかぜ（麦の秋風）　夏　一四一
むぎのかぜ（麦の風）　夏　二六九
むぎのくろほ（麦の黒穂）　夏　二九〇
むぎのなみ（麦の波）　夏　二六九
むぎのはな（麦の花）　夏　二六九
むぎのほ（麦の穂）　夏　二六九
むぎのめ（麦の芽）　冬　五五六
むぎはきに（麦は黄に）　夏　二六九
むぎばたけ（麦畑）　夏　二六九
むぎぶえ（麦笛）　夏　二〇三
むぎふみ（麦踏）　春　四三
むぎぼこり（麦埃）　夏　一八五
むぎまき（麦蒔）　冬　五〇二
むぎまきぐるま（麦播車）　冬　五〇二
むぎめし（麦飯）　夏　一六九
むぎやく（麦焼く）　夏　一八五
むぎゆ（麦湯）　夏　一七四
むぎゆがま（麦湯釜）　夏　一七四
むぎらくがん（麦落雁）　夏　一七一
むぎわら（麦藁）　夏　一八五
むぎわらかご（麦藁籠）　夏　二〇三
むぎわらだい（麦藁鯛）　夏　二三八
むぎわらぶえ（麦藁笛）　夏　二〇三
むぎわらぼう（麦藁帽）　夏　一六四
むぎをふむ（麦を踏む）　春　四三
むくげ（木槿）　秋　三九六
むくげがき（木槿垣）　秋　三九六
むくげさく（木槿咲く）　秋　三九六
むくたけ（椋茸）　秋　四三七
むくどり（椋鳥）　秋　三八四
むくのみ（椋の実）　秋　四〇五
むぐら（葎）　夏　二九二
むぐらおう（葎生ふ）　夏　二九二
むぐらかる（葎枯る）　冬　五五八
むぐらしげる（葎茂る）　夏　二九二
むぐらやど（葎の宿）　夏　二九二
むぐらわかば（葎若葉）　春　一一八
むぐり　冬　五三八
むくろじ（無患子）　秋　四〇七
むくろじのみ（無患樹の実）　秋　四〇七
むげつ（無月）　秋　三三〇
むげつのそら（無月の空）　秋　三三〇
むこぎ　春　一〇一

むささび	冬	五三三
むし（虫）	秋	三九一
むしあつし（蒸暑し）	夏	一三七
むしあなをでる		
（虫穴を出る）	春	八九
むしあわせ（虫合せ）	秋	三三一
むしうり（虫売）	秋	三五九
むしえらび（虫選）	秋	三三一
むしおい（虫追ひ）	夏	一九二
むしおくり（虫送り）	夏	一九二
むしおゆ（虫老ゆ）	冬	五四五
むしかがり（虫篝）	夏	一九二
むしかご（虫籠）	秋	三五九
むしがり（虫狩）	秋	三三一
むしがれい（蒸鰈）	春	三〇七
むししぐれ（虫時雨）	秋	三九一
むしずし（蒸鮓）	冬	四八九
むしすだく（虫すだく）	秋	三九一
むしそぞろ（虫そぞろ）	秋	三九一
むしだし（虫出し）	春	二〇
むしだしのらい		
（虫出しの雷）	春	二〇
むしたゆる（虫絶ゆる）	冬	五四五
むじつじる（むじつ汁）	夏	一六八
むしとり（虫採）	秋	三三一
むしとりなでしこ		
（虫取撫子）	夏	二七五
むじな（貉）	冬	五三三
むしなく（虫鳴く）	秋	三九一
むしのあき（虫の秋）	秋	三九一
むしのこえ（虫の声）	秋	三九一
むしのね（虫の音）	秋	三九一
むしのやみ（虫の闇）	秋	三九一
むしのよ（虫の夜）	秋	三九一
むしはまぐり（蒸蛤）	春	八六
むしふく（虫吹く）	秋	三三一
むしぼし（虫干）	夏	一八三
むしほっき（蒸北寄）	春	八八
むしまんじゅう（蒸饅頭）	冬	四九〇
むしめし（蒸し飯）	冬	四八九
むしや（虫屋）	秋	三五九
むしゃにんぎょう		
（武者人形）	夏	一五五
むしろあむ（莚編む）	冬	五〇七
むすびきのはな（結香の花）	春	九五
むすびこんぶ（結昆布）	新	五九〇
むすびば（結葉）	夏	二六三
むすびやなぎ（結柳）	新	五九五
むせつ（霧雪）	冬	四五五
むそうき（夢窓忌）	秋	三七七
むそうき（夢惹忌）	秋	三七三
むそうき（無相忌）	冬	五一八
むそうこくしき		
（夢窓国師忌）	秋	三七七
むつ（鯥）	冬	五四〇
むつ	春	八三
むつき（睦月）	新	五六二
むつきふじ（睦月富士）	新	五六二
むつごろう（鯥五郎）	春	八三
むつのはな（六花）	冬	四五六
むつひきあみ（鯥曳網）	春	八三
むつふくろあみ（鯥袋網）	春	八三
むつみこんぶ（睦昆布）	新	五九〇
むつみづき（むつみ月）	新	五六二
むてき（霧笛）	秋	三三五
むねたたき（胸敲）	冬	四六八
むひょう（霧氷）	冬	四五五
むひょうかい（霧氷界）	冬	四五五
むひょうさく（霧氷咲く）	冬	四五五
むひょうのはな（霧氷の華）	冬	四五五
むひょうりん（霧氷林）	冬	四五五
むべ（郁子）	秋	四一八
むべがき（郁子垣）	秋	四一八
むべのはな（郁子の花）	春	一〇五
むべのみ（郁子の実）	秋	四一八
むらおばな（むら尾花）	秋	四三六
むらさき（紫草）	夏	二九二
むらさきえのころぐさ		
（紫狗尾草）	秋	四三〇
むらさきけまん（紫華鬘）	春	一〇七
むらさきしきぶ（紫式部）	秋	四〇八
むらさきしきぶのみ		
（紫式部の実）	秋	四〇八
むらさきしじみ（紫蜆）	春	八八

むらさきだいこん（紫大根） 春 一〇七
むらさきつりふね（紫釣船） 秋 四三三
むらさきねほる（紫の根掘る） 冬 五〇二
むらさきのはな（紫の花） 夏 二九二
むらさきほる（紫掘る） 冬 五〇二
むらさきまつり（紫茉莉） 秋 四一四
むらしぐれ（村時雨） 冬 四五四
むらしばい（村芝居） 秋 三五八
むらすすき（むら芒） 秋 四二六
むらまつり（村祭） 秋 三六一
むらもみじ（村紅葉） 秋 四〇一
むらわかば（むら若葉） 夏 二六二
むれすずめ（群雀） 春 一一〇
むれちどり（群千鳥） 冬 五三七
むろ（温室） 冬 五〇二
むろざき（室咲） 冬 五四六
むろのうめ（室の梅） 冬 五四六
むろのさくら（室の桜） 冬 五四六
むろのつばき（室の椿） 冬 五四六
むろのはな（室の花） 冬 五四六

め

めいおうかい（銘鶯会） 春 五五
めいげつ（名月） 秋 三三〇
めいしうけ（名刺受） 新 五七八
めいしこうかんかい（名刺交換会） 新 五七八
めいじじんぐうさい（明治神宮祭） 冬 五一六
めいじせつ（明治節） 秋 三三二
めいじそう（明治草） 秋 四一八
めいせつき（鳴雪忌） 春 六九
めうど（芽独活） 春 一二四
メーデー 春 一三
めおとだき（夫婦滝） 夏 一五二
めおとぼし（女夫星） 秋 三三三
めかえで（芽楓） 春 一〇〇
めかじき 冬 五三九
めかり（和布刈） 冬 五二〇
めかりがま（若布刈鎌） 春 四九
めかりざお（若布刈竿） 春 四九
めかりどき（目借時） 春 一三
めかりねぎ（和布刈禰宜） 冬 五二〇
めかりのしんじ（和布刈神事） 冬 五二〇
めかりぶね（若布刈舟） 春 四九
めかるかえる（めかる蛙） 春 一三
めかるかや（雌刈萱） 秋 四二七
めかんちく（芽寒竹） 冬 五五六
めぎ（芽木） 春 九
めキャベツ（芽キャベツ） 冬 五五五
めぐさ（芽草） 春 一一六
めぐさ 秋 四二四
めくされいち（目くされ市） 秋 三六二
めぐむ（芽ぐむ） 春 九
めぐむやま（芽ぐむ山） 春 九
めくらぼら（盲鯔） 冬 五四一
めぐりみずのとよあかり（曲水の豊明） 春 二七
めくわ（芽桑） 春 一〇一
めざし（目刺） 春 二七
めざしいわし（目刺鰯） 春 二七
めさんしょう（芽山椒） 春 一〇〇
めじか（牝鹿） 秋 三七九
めしざる（飯笊） 夏 一八〇
めしすえる（飯饐る） 夏 一六九
めじそ（芽紫蘇） 春 一一六
めしのあせ（飯の汗） 夏 一六九
めしほす（飯干す） 夏 一六九
めしょうがつ（女正月） 新 五六五
めじろ（眼白） 夏 二三四
めだか（目高） 夏 二二七
めだき（女滝） 夏 一五二
めだち（芽立ち） 春 九
めだちどき（芽立時） 春 一三
めだちまえ（芽立前） 春 一三
めたで（芽蓼） 春 一一六
めたなばた（女七夕） 秋 三三三
メドラー 春 九
めなもみ（豨薟） 秋 四三〇
めなもみそう（気連草） 秋 四三〇
めはじき 秋 四三〇
めはじきぐさ（めはじき草） 秋 四三〇

めばち	冬	五三九
めばり（目貼）	冬	四九一
めばりとる（目貼とる）	春	四一
めばりはぐ（目貼剝ぐ）	春	四一
めばりはる（目貼張る）	冬	四九一
めばる（眼張）	春	八二
めびな（女雛）	春	三〇
めぶきそむ（芽吹き初む）	春	九九
めぶく（芽吹く）	春	九九
めぶくき（芽吹く木）	春	九九
めぼし（女星）	秋	三三三
めぼそ（眼細）	夏	二三三
めぼたん（芽牡丹）	春	九四
めまとい	夏	二四九
めむぎ（芽麦）	冬	五三六
めやなぎ（芽柳）	春	一〇〇
メロン	夏	二六六
メロンジュース	夏	一七三
めんかぶり（面冠り）	新	五八八
めんたいぎょ（明太魚）	冬	五四〇
も		
もうかのじゅん（孟夏の旬）	夏	一五三
もうこかぜ（蒙古風）	春	一八
もうしゅう（孟秋）	秋	三一〇
もうしゅん（孟春）	春	八
もうとう（孟冬）	冬	四四二
もうふ（毛布）	冬	四七五
もうふぶき（猛吹雪）	冬	四五六
モーターボート	夏	一九六
もかり（藻刈）	夏	一九〇
もがりぶえ（虎落笛）	冬	四五四
もかりぶね（藻刈船）	夏	一九〇
もきちき（茂吉忌）	春	六九
もくあみき（黙阿弥忌）	冬	五三一
もくげ	秋	三九六
もぐさ（も草）	春	一二四
もぐさおう（藻草生ふ）	春	一三五
もぐさかる（藻草刈る）	夏	一九〇
もくしゅく（苜蓿）	春	一一九
もくず	春	一一八
もくせい（木犀）	秋	三九六
もくせいのはな（木犀の花）	秋	三九六
もくたろうき（杢太郎忌）	秋	三七八
もくたん（木炭）	冬	四九五
もぐらうち（土竜打）	新	五八六
もぐらおい（もぐら追）	新	五八六
もぐらおどし	新	五八六
もぐらひき（鼴鼠曳）	新	五八六
もくれん（木蓮）	春	九七
もくれんか（木蓮花）	春	九七
もくれんき（木蓮忌）	春	一七三
もじずり	夏	二九八
もじずりそう（文字摺草）	夏	二九八
もじばな	夏	二九八
もず（鵙）	秋	三八一
もずく（海雲）	春	一二六
もずくおけ（海雲桶）	春	一二六
もずくじる（海雲汁）	春	一二六
もずくとり（海雲採り）	春	一二六
もずのこえ（鵙の声）	秋	三八一
もずのにえ（鵙の贄）	秋	三八二
もずばれ（鵙晴）	秋	三八一
もずびより（鵙日和）	秋	三八一
もち（餅）	冬	四七九
もちき（餅木）	新	五八三
もちきる（餅切る）	冬	四七九
もちぐさ（餅草）	春	一二四
もちくだり（望くだり）	秋	三一九
もちくばり（餅配）	冬	四六九
もちこがす（餅焦す）	冬	四七九
もちごめあらう（糯米洗ふ）	冬	四六九
もちしょうがつ（望正月）	新	五六五
もちぞうすい（餅雑炊）	冬	四八九
もちつき（餅搗）	冬	四六九
もちづき（望月）	秋	三一〇
もちでまり（餅手毬）	新	五八三
もちながし（黐流し）	冬	五〇四
もちなもみ	秋	四三〇
もちのあみ（餅の網）	冬	四七九
もちのかゆ（望の粥）	新	五八四
もちのき（もちの木）	夏	二六七
もちのきのみ（黐の木の実）	秋	四〇七
もちのしお（望の潮）	秋	三三〇

もちのはな（穤の花） 夏 二六七
もちのふだ（餅の札） 冬 四七〇
もちのみ（穤の実） 秋 四〇七
もちのよ（望の夜） 秋 三三〇
もちばし（餅箸） 新 五七七
もちばな（餅花） 新 五八三
もちふくる（餅膨る） 冬 四七九
もちほ（餅穂） 新 五八三
もちむしろ（餅筵） 冬 四六九
もちやく（餅焼く） 冬 四七九
もっこくのはな（木斛の花） 夏 二六七
もっぽき（木歩忌） 秋 三七四
もどりづゆ（戻り梅雨） 夏 一四三
もどるいて（戻る凍） 春 二六
もにすむむし（藻に住む虫） 秋 三九三
もになくむし（藻に鳴く虫） 秋 三九三
ものだね（物種） 春 四四
ものだねまく（物種蒔く） 春 四五
もののたね（物の種） 春 四四
もののめ（ものの芽） 春 一一六
ものはな（藻の花） 夏 三〇六
ものめ（物芽） 春 一一六
もみ（籾） 秋 三四九
もみうす（籾臼） 秋 三四九
もみうり（揉み瓜） 夏 一六五
もみおろす（籾おろす） 春 四五
もみがら（籾殻） 秋 三四九
もみがらやく（籾殻焼く） 秋 三四九
もみじ（紅葉） 秋 四〇一
もみじ（黄葉） 秋 四〇一
もみじあおい 夏 二七三
もみじあかり（紅葉明り） 秋 四〇一
もみじかつちる（紅葉且つ散る） 秋 四〇二
もみじがり（紅葉狩） 秋 三六〇
もみじがわ（紅葉川） 秋 四〇一
もみじこ（紅葉子） 冬 五四〇
もみじざけ（紅葉酒） 秋 三六〇
もみじしそむ（紅葉し初む） 秋 四〇一
もみじたく（紅葉焚く） 秋 四〇一
もみじたなご（紅葉鱮） 秋 三八六
もみじだに（紅葉谷） 秋 四〇一
もみじぢゃや（紅葉茶屋） 秋 三六〇
もみじちる（紅葉散る） 冬 五四九
もみじなべ（紅葉鍋） 冬 四八四
もみじのあか（紅葉の朱） 秋 四〇一
もみじのにしき（紅葉の錦） 秋 四〇一
もみじのはし（紅葉の橋） 秋 三三三
もみじのひ（紅葉の火） 秋 四〇一
もみじば（もみぢ葉） 秋 四〇一
もみじはゆ（紅葉映ゆ） 秋 四〇一
もみじぶな（紅葉鮒） 秋 三八六
もみじぶね（紅葉舟） 秋 三六〇
もみじみ（紅葉見） 秋 三六〇
もみすり（籾摺） 秋 三四九
もみすりうす（籾摺臼） 秋 三四九
もみつける（籾つける） 春 四四
もみひき（籾引） 秋 三四九
もみひたす（籾浸す） 春 四四
もみほす（籾干す） 秋 三四九
もみまく（籾蒔く） 春 四五
もみむしろ（籾筵） 秋 三四九
もみやま（籾山） 秋 三四九
もみをする（籾を摺る） 秋 三四九
もめんわた（木綿わた） 冬 四七四
もも（桃） 秋 三九八
ももうう（桃植う） 春 四七
ももうり（桃売） 秋 三九八
ももくさのはな（百草の花） 秋 四二五
ももこひめ（百子姫） 秋 三三三
ももちどり（百千鳥） 春 七六
もものか（桃の香） 秋 三九八
もものさけ（桃の酒） 春 三九
もものしる（桃の汁） 秋 三九八
もものせっく（桃の節句） 春 二九
もものはな（桃の花） 春 九八
もものひ（桃の日） 春 二九
もものみ（桃の実） 秋 三九八
もものむら（桃の村） 春 九八
ももばたけ（桃畑） 春 九八
ももばやし（桃林） 春 九八
ももひき（股引） 冬 四七六
ももびより（桃日和） 春 九八
ももふく（桃吹く） 秋 四二四

ももんが	冬	五三三
もやしうど（もやし独活）	春	一一四
もゆ（炎ゆ）	夏	一三七
もりたけき（守武忌）	秋	三七一
もりとおき（盛遠忌）	秋	三七〇
もりわかば（森若葉）	夏	二六二
もろがえり（蒼鷹）	冬	五三五
もろこ（諸子）	春	八四
もろこうお（諸子魚）	春	八四
もろこし（蜀黍）	秋	四三三
もろこしきび	秋	四三三
もろこつる（諸子釣る）	春	八四
もろこはえ（諸子鮠）	春	八四
もろたぶねのしんじ（諸手船神事）	冬	五一八
もろはだぬぎ（諸肌脱ぎ）	夏	二〇四
もろみ（醪）	秋	三四〇
もろむき（諸向）	新	六二一
もんがくき（文覚忌）	秋	三七〇
もんきちょう（紋黄蝶）	春	八九
もんしゅ（聞酒）	秋	三四〇
もんしろちょう（紋白蝶）	春	八九
もんぺ	冬	四七六

や

やいちき（八一忌）	冬	五一七
やいとばな（灸花）	夏	二九六
やえがすみ（八重霞）	春	二一〇
やえぎく（八重菊）	秋	四一五
やえざくら（八重桜）	春	九四
やえつばき（八重椿）	春	九二
やえむぐら（八重葎）	夏	二九二
やえやまぶき（八重山吹）	春	九七
やがいえんそう（野外演奏）	夏	二〇一
やかいそう（夜会草）	秋	四一三
やがく（夜学）	秋	三三九
やがくし（夜学子）	秋	三三九
やがくせい（夜学生）	秋	三三九
やかず（矢数）	夏	一五七
やがっこう（夜学校）	秋	三三九
やきいし（焼石）	冬	四九八
やきいも（焼藷）	冬	四九〇
やきかがし（焼嗅し）	冬	四七二
やきくさ（やき草）	春	一二四
やきごめ（焼き米）	秋	三四一
やきさざえ（焼栄螺）	春	三八
やきさざえ（焼栄螺）	春	八六
やきしめ（焼帛）	秋	三四八
やきとり（焼鳥）	冬	四八七
やきなす（焼茄子）	夏	一六五
やきのり（焼海苔）	春	三八
やきはたつくる（焼畑つくる）	春	四三
やきはまぐり（焼蛤）	春	八六
やきはら（焼原）	春	四三
やきみそ（焼味噌）	秋	三四二
やぎょう（夜業）	秋	三五〇
やく（灼く）	夏	一三七
やくおとこ（役男）	新	五七六
やくおとし（厄落）	冬	四七二
やくしじはなえしき（薬師寺花会式）	春	八二
やくしそう（薬師草）	秋	四三五
やくじんさい（厄神祭）	新	六〇六
やくじんづか（疫神塚）	冬	五二一
やくじんまいり（厄神詣）	新	六〇六
やくそうつみ（薬草摘）	夏	一五六
やくそうほる（薬草掘る）	秋	三五三
やくづか（厄塚）	冬	五二一
やくのたきぎ（厄の薪）	冬	四七二
やくばらい（厄払）	冬	四七二
やくび（厄日）	秋	三一一
やくびすぎ（厄日過ぎ）	秋	三一一
やくびなぎ（厄日凪）	秋	三一一
やくびぶじ（厄日無事）	秋	三一一
やくびまえ（厄日前）	秋	三一一
やくまいり（厄参）	新	六〇六
やくみがき（厄身欠）	夏	一六六
やくみず（厄水）	夏	一五一
やくもうで（厄詣）	新	六〇六
やくもき（八雲忌）	秋	三七七
やくもそう（益母草）	秋	四三〇
やぐるま（矢車）	夏	一五五
やぐるまぎく（矢車菊）	夏	二七四

やぐるまそう（矢車草） 夏 二七四
やけい（夜警） 冬 五〇八
やけいわ（灼岩） 夏 一三七
やけすな（灼け砂） 夏 一五一
やけだ（焼け田） 夏 一五三
やけの（焼野） 春 三三
やけのはら（焼野原） 春 三三
やけはら（焼原） 春 三三
やけやま（焼山） 春 四三
やこうちゅう（夜光虫） 夏 二五三
やしょく（夜食） 秋 三四一
ヤス 新 五七二
やすくにじんじゃしゅうきたいさい（靖国神社秋季大祭） 秋 三六四
やすくにまつり（靖国祭） 春 六〇
やすで（馬陸） 夏 二五三
やすなりき（康成忌） 春 七三
やすらい（安良居） 春 五九
やすらいまつり（安良居祭） 春 五九
やせおかぼ（痩せ陸稲） 秋 四二〇
やせがえる（痩蛙） 春 七五
やせまつり（八瀬祭） 夏 二〇八
やそう（野草） 春 一一六
やちぐさ（八千草） 秋 四二五
やちさんご（谷地珊瑚） 秋 四二七
やちよ（八千代） 夏 三〇〇
やつおのまわりぼん（八尾の廻り盆） 秋 三二六
やつかき（八束忌） 夏 二三三
やつがしら（八つ頭） 秋 四一八
やっこだこ（奴凧） 春 五五
やつしろそう（八代草） 秋 四三三
やつでのはな（八手の花） 冬 五四七
やつめ（八目） 冬 五四二
やつめうなぎ（八目鰻） 冬 五四二
やつめらん（やつめ蘭） 秋 四三六
やとうむし 夏 二四四
やどかり（寄居虫） 春 八八
やどかりうり（寄居虫売） 春 八八
やどさがり（宿下り） 新 五八六
やどのはる（宿の春） 新 五六二
やどゆかた（宿浴衣） 夏 一六三
やな（魚簗） 夏 一九四
やなうつ（簗打つ） 夏 一九四
やながわなべ（柳川鍋） 夏 一六八
やなぎ（柳） 春 一〇二
やなぎあおし（柳青し） 春 一〇二
やなぎかくる（柳掛くる） 新 五九五
やなぎかる（柳枯る） 冬 五五二
やなぎきばむ（柳黄ばむ） 秋 四〇四
やなぎざくら 夏 二五四
やなぎたる（柳垂る） 春 一〇一
やなぎちる（柳散る） 秋 四〇四
やなぎのめ（柳の芽） 春 一〇〇
やなぎはえ（柳鮠） 春 八四
やなぎばし（柳箸） 新 五七七
やなぎむしがれい（柳むしがれひ） 春 三七
やなぎもろこ（柳諸子） 春 八四
やなさす（簗さす） 夏 一九四
やなせ（簗瀬） 夏 一九四
やなとり（簗捕り） 夏 一九四
やなばん（簗番） 夏 一九四
やなもり（簗守） 夏 一九四
やねがえ（屋根替） 春 四三
やねふく（屋根葺く） 春 四三
やのねぐさ（矢の根草） 秋 四三三
やば（野馬） 春 二一
やばい（野梅） 春 九二
やばき（野坡忌） 冬 五三〇
やばん（夜番） 冬 五〇八
やはんき（夜半忌） 秋 三七四
やはんていき（夜半亭忌） 冬 五二九
やばんのたく（夜番の拆） 冬 五〇八
やぶいり（藪入） 新 五六六
やぶうぐいす（藪鶯） 春 七六
やぶえびね（藪えびね） 春 一三三
やぶか（藪蚊） 夏 二四八
やぶからし（藪からし） 秋 四三九
やぶかんぞう（藪萱草） 夏 二九七
やぶこうじ（藪柑子） 冬 五五八
やぶこうじかざる（藪柑子飾る） 新 五七五
やぶさめ（藪雨） 夏 二三三

やぶじらみ（薮虱） 秋 四三一
やぶじらみのはな（薮虱の花） 夏 二九九
やぶだし（薮出し） 冬 五〇六
やぶつばき（薮椿） 春 九二
やぶまき（薮巻） 冬 四九二
やぶれかがし（破案山子） 秋 三四七
やぶれがさ（破れ傘） 夏 二九九
やぶれすげがさ（破れ菅傘） 夏 二九九
やぶればしょう（破れ芭蕉） 秋 四二二
やぶれはす（敗れ荷） 秋 四三五
やまあざみ（山薊） 秋 四三一
やまあじさい（山紫陽花） 夏 二五四
やまあり（山蟻） 夏 二五〇
やまいぬ（山犬） 冬 五三四
やまいも（山芋） 秋 四一八
やまいろどる（山彩る） 秋 三三七
やまうど（山独活） 春 一一四
やまおちば（山落葉） 冬 五五〇
やまか（山蚊） 夏 二四八
やまがいこ（山蚕） 春 九一
やまがさ（山笠） 夏 三一一
やまかじ（山火事） 冬 五〇八
やまがすみ（山霞） 春 一〇
やまがに（山蟹） 夏 二四二
やまかぶと（山兜） 秋 四三五
やまがら（山雀） 夏 二三五
やまかりた（山刈田） 秋 三一八

やまかる（山枯る） 冬 四五九
やまぎり（山霧） 秋 三三五
やまぐさ（山草） 新 六一一
やまくじら（山鯨） 冬 四八四
やまぐり（山栗） 秋 三九九
やまくるみ（山胡桃） 秋 三九九
やまげら（山げら） 秋 三八四
やまごぼうのはな（山牛蒡の花） 夏 三〇一
やまこんにゃく（山蒟蒻） 春 一三三
やまざきまつり（山崎祭） 夏 二〇八
やまざくら（山桜） 春 九三
やましぎ（山鴫） 秋 三八四
やましたたる（山滴る） 夏 一四八
やましみず（山清水） 夏 一五三
やますむ（山澄む） 秋 三三七
やませ 夏 一四〇
やませみ（山翡翠） 夏 二三九
やまぞめ（山初） 新 五九七
やまたきび（山焚火） 冬 五〇八
やまたちばな（山橘） 冬 五五八
やまぢさのはな（山苣の花） 夏 二六八
やまちょう（山蝶） 春 八九
やまつつじ（山躑躅） 春 九七
やまつばき（山椿） 春 九二
やまとたちばな（大和橘） 夏 二五四
やまとなでしこ（大和撫子） 秋 四二九
やまどり（山鳥） 春 七七

やまなし（山梨） 秋 四一〇
やまなしさく（棠梨咲く） 春 一〇一
やまなしのはな（山梨の花） 春 一〇一
やまにしきぎ（山錦木） 秋 四〇六
やまねこまわし（山猫廻し） 新 五八八
やまねむる（山眠る） 冬 四五九
やまのあき（山の秋） 秋 三三七
やまのいも（山の芋） 秋 四一八
やまのいもほる（薯蕷掘る） 秋 三五三
やまのいろ（山の色） 秋 三三七
やまのかみこう（山の神講） 冬 五一八
やまのかみまつり（山の神祭） 冬 五一八
やまのこう（山の講） 冬 五一八
やまのにしき（山の錦） 秋 三三七
やまのぼり（山登り） 夏 一九七
やまはじめ（山始） 新 五九七
やまび（山火） 春 四三
やまひめ（山女） 秋 四一一
やまびもゆ（山火燃ゆ） 春 四三
やまびらき（山開） 夏 一五八
やまびる（山蛭） 夏 二五三
やまびわ（山枇杷） 夏 二六九
やまぶき（山吹） 春 九七
やまぶきかる（山吹枯る） 冬 五四八
やまぶきそう（山吹草） 春 一三一
やまぶきなます（山吹膾） 春 三七
やまふじ（山藤） 春 九七

やまぶどう（山葡萄） 秋 四二一
やまぶどぅのみ（山葡萄の実） 秋 四二一
やまべ 夏 二三七
やまぼうしのはな（山法師の花） 夏 二六六
やまほおずき（山鬼灯） 秋 四三一
やまほこ（山鉾） 夏 二三三
やままゆ（山繭） 春 九一
やまめ（山女） 夏 二三七
やまもくれん（山木蓮） 春 九五
やまもみじ（山紅葉） 秋 四〇一
やまもも（楊桃） 夏 二六〇
やまもものはな（楊梅の花） 春 一〇四
やまやき（山焼） 春 四三
やまやく（山焼く） 春 四三
やまやくひ（山焼く火） 春 四三
やまゆきげ（山雪解） 春 二五
やまゆり（山百合） 夏 二七七
やまよそおう（山粧ふ） 秋 三三七
やまわらう（山笑ふ） 春 二一
やまをやく（山を焼く） 春 四三
やみじる（闇汁） 冬 四八四
やみぼたる（病螢） 秋 三八九
やみまつり（暗闇祭） 夏 二〇七
やもり（守宮） 夏 二三六
ややさむ（やや寒） 秋 三三五
やよい（弥生） 春 一一
やよいきょぅげん（弥生狂言） 春 二五
やよいじん（弥生尽） 春 一一
やよいづき（弥生月） 春 一一
やよいつく（弥生尽く） 春 一一
やよいの（弥生野） 春 一二
やよいのせっく（弥生の節句） 春 二九
やよいやま（弥生山） 春 一二
やらくきんせん（夜落金銭） 夏 二七九
やりけいとぅ（槍鶏頭） 秋 四二三
やりばね（遣羽子） 新 五九九
やりょぅ（夜涼） 夏 一三七
やればしょう（破芭蕉） 秋 四二三
やれはす（敗荷） 秋 四二五
やわたほうじょうえ（八幡放生会） 秋 三六二
やわのひな（夜半の雛） 春 三〇
やわらずみ（軟炭） 冬 四九五
ヤンシュくる（ヤンシュ来る） 春 一二
やんま 秋 三九〇

ゆ

ゆいきょぅえ（遺教会） 春 六一
ゆいきょうぎょうえ（遺教経会） 春 六一
ゆいずみ（結炭） 新 五七四
ゆいぞめ（結初） 新 五九四
ゆいまえ（維摩会） 冬 五二一
ゆぅあしび（夕蘆火） 秋 三五四
ゆぅあられ（夕霰） 冬 四五四
ゆぅおちば（夕落葉） 冬 五五〇
ゆうがお（夕顔） 夏 二八三
ゆうがおのみ（夕顔の実） 秋 四一七
ゆうがおまく（夕顔蒔く） 春 四五
ゆうがくき（幽学忌） 春 七〇
ゆうがし（夕河岸） 夏 一九五
ゆぅかじか（夕河鹿） 夏 二三六
ゆぅがすみ（夕霞） 春 二〇
ゆうがとう（誘蛾燈） 夏 一九二
ゆぅがも（夕鴨） 冬 五三七
ゆぅかりた（夕刈田） 秋 三一八
ゆぅきぬた（夕砧） 秋 三五〇
ゆぅきび（夕黍） 秋 四二一
ゆぅぎり（夕霧） 秋 三三五
ゆうぎりき（夕霧忌） 冬 五三〇
ゆぅげしょぅ（夕化粧） 秋 四一四
ゆぅこくき（憂国忌） 冬 五一八
ゆぅごち（夕東風） 春 一六
ゆぅし（遊糸） 春 二一
ゆうじき（夕爾忌） 夏 三二四
ゆぅしぐれ（夕時雨） 冬 四五四
ゆぅしみ（夕凍み） 冬 四四八
ゆぅしも（夕霜） 冬 四五五
ゆうすげ（夕菅） 夏 三〇三

ゆうすず（夕涼）	夏	一三七
ゆうすすき（夕芒）	秋	四二六
ゆうすずみ（夕涼み）	夏	一九六
ゆうすだれ（夕簾）	夏	一七八
ゆうせつこう（融雪溝）	冬	四九九
ゆうせん（遊船）	夏	一九六
ゆうたきび（夕焚火）	冬	五〇八
ゆうだち（夕立）	夏	一四四
ゆうだちかぜ（夕立風）	夏	一四四
ゆうだちぐも（夕立雲）	夏	一四四
ゆうだちばれ（夕立晴）	夏	一四四
ゆうだちまえ（夕立前）	夏	一四四
ゆうだつ（夕立つ）	夏	一四四
ゆうちどり（夕千鳥）	冬	五三七
ゆうちょうか（遊蝶花）	春	一〇六
ゆうづき（夕月）	秋	三一九
ゆうづきよ（夕月夜）	秋	三一九
ゆうつばき（夕椿）	春	九二
ゆうつばめ（夕燕）	春	七八
ゆうづゆ（夕露）	秋	三三六
ゆうながし（夕長し）	春	一三
ゆうなぎ（夕凪）	夏	一四二
ゆうなつの（夕夏野）	夏	一四九
ゆうなみちどり（夕波千鳥）	冬	五三七
ゆうならい（夕ならひ）	冬	四五三
ゆうにじ（夕虹）	夏	一四五
ゆうにしき（夕錦）	秋	四一四
ゆうのわき（夕野分）	秋	三三三
ゆうばえ（夕映え）	夏	一四六
ゆうはしい（夕端居）	夏	二〇四
ゆうはだれ（夕斑雪）	春	一九
ゆうはなの（夕花野）	秋	三一八
ゆうびえ（夕冷え）	秋	三一四
ゆうひぐらし（夕蜩）	秋	三九〇
ゆうひばり（夕雲雀）	春	七七
ゆうぼたん（夕牡丹）	夏	二五四
ゆうみぞれ（夕霙）	冬	四五四
ゆうもくれん（夕木蓮）	春	九七
ゆうもみじ（夕紅葉）	秋	四〇一
ゆうやけ（夕焼）	夏	一四六
ゆうやけぐも（夕焼雲）	夏	一四六
ゆうやけぞら（夕焼空）	夏	一四六
ゆうやなぎ（夕柳）	春	一〇一
ゆうりょう（遊猟）	冬	五〇二
ゆうれいばな（幽霊花）	秋	四三二
ゆか（川床）	夏	一九六
ゆかざしき（川床座敷）	夏	一九六
ゆかすずみ（床涼み）	夏	一九六
ゆかた（浴衣）	夏	一六二
ゆかたがけ（浴衣掛）	夏	一六二
ゆかたぎ（浴衣着）	夏	一六二
ゆかたびら（湯帷子）	夏	一六二
ゆき（雪）	冬	四五六
ゆきあいのはし（行合の橋）	秋	三三三
ゆきあか（雪垢）	春	二五
ゆきあかり（雪明り）	冬	四五六
ゆきあそび（雪遊び）	冬	五二一
ゆきあんご（雪安居）	冬	五三三
ゆきうさぎ（雪兎）	冬	五二一
ゆきおき（由紀夫忌）	冬	五一八
ゆきおこし（雪起し）	冬	四五七
ゆきおれ（雪折）	冬	五三三
ゆきおれぎ（雪折木）	冬	五三三
ゆきおろし（雪下し）	冬	四九二
ゆきおんな（雪女）	冬	四五七
ゆきかき（雪掻）	冬	四九二
ゆきがき（雪垣）	冬	四九二
ゆきがきとく（雪垣解く）	春	四二
ゆきがこい（雪囲）	冬	四九二
ゆきがこいとく（雪囲解く）	春	四二
ゆきかこう（雪囲ふ）	冬	四九二
ゆきがっせん（雪合戦）	冬	五二一
ゆきがっぱ（雪合羽）	冬	四七七
ゆきがみなり（雪雷）	冬	四五七
ゆききり（雪切）	春	四一
ゆきくずれ（雪くづれ）	春	二五
ゆきぐつ（雪沓）	冬	四七九
ゆきぐに（雪国）	冬	四五六
ゆきぐも（雪雲）	冬	四五六
ゆきくるう（雪狂ふ）	冬	四五六
ゆきげ（雪解）	春	二五
ゆきげ（雪気）	冬	四五六
ゆきげかぜ（雪解風）	春	二五
ゆきげこう（雪解光）	春	二五

ゆきけし（雪消） 春 四一
ゆきげしき（雪景色） 冬 四五六
ゆきげぞら（雪解空） 春 二五
ゆきげた（雪下駄） 冬 四七九
ゆきげた（雪解田） 春 二五
ゆきげだに（雪解谷） 春 二五
ゆきげづき（雪消月） 春 一〇
ゆきげの（雪解野） 春 二五
ゆきげばた（雪解畑） 春 二五
ゆきげばれ（雪解晴） 春 二五
ゆきげふじ（雪解富士） 夏 一四八
ゆきげみず（雪解水） 春 二五
ゆきげみち（雪解道） 春 二五
ゆきけむり（雪煙） 冬 四五六
ゆきげもや（雪解靄） 春 二五
ゆきげやま（雪解山） 春 二五
ゆきごも（雪菰） 冬 四九二
ゆきごもり（雪籠） 冬 四九一
ゆきざお（雪竿） 冬 四九三
ゆきしぐれ（雪時雨） 冬 四五七
ゆきじし（雪獅子） 冬 五一一
ゆきしまき（雪しまき） 冬 四五七
ゆきじゃく（雪尺） 冬 四九三
ゆきじょろう（雪女郎） 冬 四五七
ゆきしる（雪汁） 春 二五
ゆきしろ（雪しろ） 春 二五
ゆきしろいわな（雪代岩魚） 春 八五
ゆきしろみず（雪しろ水） 春 二五
ゆきしろやまめ（雪代山女） 春 八五
ゆきぞら（雪空） 冬 四五六
ゆきたけ（雪茸） 冬 五六〇
ゆきだけ（雪岳） 冬 四五九
ゆきだるま（雪達磨） 冬 五一一
ゆきだるまつくる（雪達磨作る） 冬 五一一
ゆきづきよ（雪月夜） 冬 四五六
ゆきつばき（雪椿） 春 九二
ゆきつぶて（雪礫） 冬 五一一
ゆきつり（雪吊） 冬 四九二
ゆきつりぎ（雪吊木） 冬 四九二
ゆきづりとく（雪吊解く） 春 四二
ゆきつりまつ（雪吊松） 冬 四九二
ゆきどけ（雪解） 春 二五
ゆきどり（雪鳥） 冬 五三六
ゆきどろ（雪泥） 春 二五
ゆきなげ（雪投げ） 冬 五一一
ゆきなずな（雪薺） 新 六二一
ゆきなだれ（雪なだれ） 春 二五
ゆきなみ（雪浪） 冬 四五六
ゆきにごり（雪濁り） 春 二五
ゆきねぶり（雪ねぶり） 春 二二
ゆきの（雪野） 冬 四五九
ゆきのあさ（雪の朝） 冬 四五六
ゆきのいぬ（雪の犬） 冬 五三四
ゆきのおわり（雪の終り） 春 一九
ゆきのかい（雪の峡） 冬 四五六
ゆきのこえ（雪の声） 冬 四五六
ゆきのこる（雪残る） 春 二五
ゆきのした（虎耳草） 夏 三〇二
ゆきのした（雪下茸） 冬 五六〇
ゆきのせい（雪の精） 冬 四五七
ゆきのたえま（雪の絶間） 春 二五
ゆきのとも（雪の友） 冬 五〇九
ゆきのなごり（雪の名残） 春 一九
ゆきのはし（雪の橋） 冬 四五六
ゆきのはて（雪の果） 春 一九
ゆきのはな（雪の花） 冬 四五六
ゆきのひと（雪の人） 冬 五〇九
ゆきのひま（雪のひま） 春 二五
ゆきのやま（雪の山） 冬 四五九
ゆきのよる（雪の夜） 冬 四五六
ゆきのらい（雪の雷） 冬 四五七
ゆきのり（雪海苔） 春 一二九
ゆきのわかれ（雪の別れ） 春 一九
ゆきばかま（雪袴） 冬 四七
ゆきばれ（雪晴） 冬 四五六
ゆきばんば（雪婆） 冬 五四四
ゆきびより（雪日和） 冬 四五六
ゆきふじ（雪富士） 冬 四五九
ゆきふみ（雪踏） 冬 四九三
ゆきぼう（雪帽） 冬 四七七
ゆきぼうし（雪帽子） 冬 四七七
ゆきぼうず（雪坊主） 冬 四五七
ゆきぼたる（雪螢） 冬 五四四

ゆきほてい（雪布袋）	冬	五一一
ゆきぼとけ（雪仏）	冬	五一一
ゆきほり（雪掘）	春	四一
ゆきま（雪間）	春	一二五
ゆきまぐさ（雪間草）	春	一一七
ゆきまじり（雪まじり）	冬	四五四
ゆきまぜ（雪まぜ）	冬	四五四
ゆきまちづき（雪待月）	冬	四四三
ゆきまつり（雪祭）	新	六〇六
ゆきまろげ（雪まろげ）	冬	五一一
ゆきみ（雪見）	冬	五〇九
ゆきみがさ（雪見笠）	冬	五〇九
ゆきみこう（雪見行）	冬	五〇九
ゆきみざけ（雪見酒）	冬	五〇九
ゆきみづき（雪見月）	冬	四四三
ゆきみの（雪蓑）	冬	四七七
ゆきみのえん（雪見の宴）	冬	五〇九
ゆきみびと（雪見人）	冬	五〇九
ゆきみぶね（雪見船）	冬	五〇九
ゆきみまい（雪見舞）	冬	五〇九
ゆきむし（雪虫）	春	八九
ゆきめ（雪眼）	冬	五一五
ゆきめがね（雪眼鏡）	冬	五一五
ゆきもよい（雪催）	冬	四五六
ゆきやけ（雪焼）	冬	五一四
ゆきやけめ（雪焼女）	冬	五一四
ゆきやなぎ（雪柳）	春	九七
ゆきやま（雪山）	冬	四五九
ゆきやり	冬	五六〇
ゆきゆうべ（雪夕べ）	冬	四五六
ゆきよ（雪夜）	冬	四五六
ゆぎょうき（遊行忌）	秋	三七三
ゆきよけ（雪除）	冬	四九二
ゆきよけとる（雪除とる）	春	四二
ゆきわり（雪割）	春	四一
ゆきわりそう（雪割草）	春	一二〇
ゆきわりたけ（雪割茸）	冬	五六〇
ゆきわりとう（雪割燈）	冬	四九三
ゆくあき（行く秋）	秋	三六六
ゆくかも（行く鴨）	春	七八
ゆくかり（行く雁）	春	七八
ゆくとし（行く年）	冬	四四五
ゆくなつ（行く夏）	夏	二三七
ゆくはる（行く春）	春	一四
ゆげたて（湯気立て）	冬	四九九
ゆげふく（湯気吹く）	冬	四九九
ゆざめ（湯ざめ）	冬	五一三
ゆざめごこち（湯ざめ心地）	冬	五一三
ゆさんぶね（遊山船）	夏	一九六
ゆしまてんじんさい（湯島天神祭）	冬	五一七
ゆしまてんまんぐうさい（湯島天満宮祭）	冬	五一七
ゆず（柚子）	秋	四〇〇
ゆずがま（柚子釜）	秋	三四二
ゆずきばむ（柚子黄ばむ）	秋	四〇〇
ゆずにおう（柚子匂ふ）	秋	四〇〇
ゆずのはな（柚子の花）	夏	二五八
ゆずのみ（柚子の実）	秋	四〇〇
ゆずはきに（柚子は黄に）	秋	四〇〇
ゆずぶろ（柚子風呂）	冬	四六七
ゆずぼう（柚子坊）	秋	三九五
ゆずみそ（柚子味噌）	秋	三四二
ゆずもぐ（柚子もぐ）	秋	四〇〇
ゆずゆ（柚子湯）	冬	四六七
ゆずゆのか（柚子湯の香）	冬	四六七
ゆすらうめ（山桜桃）	夏	二六〇
ゆすらのはな（山桜桃の花）	春	九六
ゆすりか（揺蚊）	夏	二四九
ゆずりは（楪）	新	六二一
ゆずりはうり（楪葉売）	冬	四六七
ゆずりはかざる（楪飾る）	新	五七四
ゆたかき（裕忌）	秋	三七七
ゆたんぽ（湯婆）	冬	四九八
ユッカ	夏	二七三
ゆであずき（茹小豆）	夏	一七〇
ゆどうふ（湯豆腐）	冬	四八六
ゆどのはじめ（湯殿始）	新	五九二
ゆどのもうで（湯殿詣）	夏	三一一
ゆとん（油団）	夏	一七八
ゆのはな（柚の花）	夏	二五八
ゆべし（柚餅子）	秋	三四二
ゆみそ（柚味噌）	秋	三四二
ゆみそがま（柚味噌釜）	秋	三四二

ゆみはじめ（弓始）　新　五七三
ゆみばはじめ（弓場始）　新　五七三
ゆみはり（弦）　秋　三一九
ゆみはりづき（弓張月）　秋　三一九
ゆみやはじめ（弓矢始）　新　五七二
ゆめいわい（夢祝）　新　六〇三
ゆめじき（夢二忌）　秋　三七四
ゆめはじめ（夢始）　新　六〇三
ゆめみづき（夢見月）　春　一
ゆやけ　夏　一四六
ゆやっこ（湯奴）　冬　四八六
ゆり（百合）　夏　二七七
ゆりうう（百合植う）　春　四七
ゆりかもめ（百合鷗）　冬　五三八
ゆりちょうとかす
（百合蝶と化す）　夏　二七七

よ

よいえびす（宵戎）　新　六〇六
よいかざり（宵飾）　冬　四七〇
よいきぬた（宵砧）　秋　三五〇
よいこうぼう（宵弘法）　秋　三六八
よいさむ（宵寒）　秋　三一五
よいすずし（宵涼し）　夏　一三七
よいすずみ（宵涼み）　夏　一九六
よいづき（宵月）　秋　三一九
よいづきよ（宵月夜）　秋　三一九
よいのあき（宵の秋）　秋　三一三
よいのとし（宵の年）　新　五六三
よいのなつ（宵の夏）　夏　一三五
よいのはる（宵の春）　春　二一
よいのゆき（宵の雪）　冬　四五六
よいひえる（宵冷える）　秋　三一四
よいまちぐさ（宵待草）　夏　二九三
よいまつり（宵祭）　夏　二〇七
よいみや（宵宮）　夏　二〇七
よいやま（宵山）　夏　二一三
よいやみ（宵闇）　秋　三一一
よういびのきんよう
（用意日の金曜）　春　六六
ようえん（陽焔）　春　二一
ようかてん（養花天）　春　二一
ようきひざくら（楊貴妃桜）　春　九三
ようぎょくらん（洋玉蘭）　夏　二五六
ようさん（養蚕）　春　五〇
ようじつ（羊日）　新　五六四
ようしゅん（陽春）　春　八
ようず　春　一八
ようなし（洋梨）　秋　三九八
ようやくさむし
（やうやく寒し）　秋　三一五
ようり（洋梨）　秋　三九八
よか（余花）　夏　二五三
よかぐら（夜神楽）　冬　五二〇
よがり（夜刈）　秋　三四八
よかん（余寒）　春　九
よぎ（夜着）　冬　四七五
よぎり（夜霧）　秋　三一五
よくぶつ（浴仏）　春　六三
よくぶつえ（浴仏会）　春　六三
よぐわつむ（夜桑摘む）　春　五〇
よこがすみ（横霞）　春　二〇
よこしぐれ（横時雨）　冬　四五四
よこばい（横這）　秋　三九三
よこひき（夜興引）　冬　五〇三
よこぶよ　秋　三九三
よこみつき（横光忌）　冬　五二九
よざくら（夜桜）　春　九三
よさむ（夜寒）　秋　三一五
よしおき（良雄忌）　春　七一
よしきり（葭切）　夏　三一九
よしきりざめ（葭切鮫）　冬　五三九
よしごい（葭五位）　夏　三一一
よしごと（夜仕事）　秋　三五〇
よししょうじ（葭障子）　夏　一七九
よしず（葭簀）　夏　一七九
よしすずめ（葭雀）　夏　三一九
よしすだれ（葭簾）　夏　一七八
よしずちゃや（葭簀茶屋）　夏　一七九
よしずばり（葭簀張）　夏　一七九
よしだおおはらえ
（吉田大祓）　冬　五二一
よしだせんげんまつり
（吉田浅間祭）　秋　三六二

よしだひまつり（吉田火祭） 秋 三六二
よしつねき（義経忌） 夏 二一八
よしど（葭戸） 夏 一七九
よしどしまう（葭戸蔵ふ） 秋 三四六
よしなかき（義仲忌） 冬 五三一
よしのき（吉野忌） 秋 三七三
よしのざくら（吉野桜） 春 九三
よしのしずか（吉野静） 春 一三三
よしのだゆうき（吉野太夫忌） 秋 三七三
よしののかわずとび（吉野の蛙飛） 夏 二一五
よしののはなえしき（吉野の花会式） 春 六四
よしのはな（葭の花） 秋 四一七
よしびょうぶ（葭屏風） 夏 一七九
よしまさき（義政忌） 冬 五三〇
よしも（夜霜） 冬 四五五
よすすぎ（夜濯） 夏 一八四
よすずみ（夜涼み） 夏 一九六
よずもう（夜相撲） 秋 三五八
よせなべ（寄鍋） 冬 四八五
よそおうやま（粧ふ山） 秋 三三七
よたか（夜鷹） 夏 二一八
よたかそば（夜鷹蕎麦） 冬 四八二
よだかり（夜田刈） 秋 三四八
よたき（夜焚） 夏 一九三
よたきづり（夜焚釣り） 夏 一九三
よたきび（夜焚火） 冬 五〇八
よたきぶね（夜焚舟） 夏 一九三
よだち（夜立） 夏 一四四
よっか（四日） 新 五六四
ヨット 夏 一九六
よつゆ（夜露） 秋 三三六
よづり（夜釣） 夏 一九四
よづりび（夜釣火） 夏 一九四
よづりびと（夜釣人） 夏 一九四
よづりぶね（夜釣舟） 夏 一九四
よとうむし（夜盗虫） 夏 二四四
よなが（夜長） 秋 三一四
よながしゅう（夜長衆） 秋 三一四
よながづま（夜長妻） 秋 三一四
よながびと（夜長人） 秋 三一四
よながぼし（夜長星） 秋 三一四
よなきうどん（夜鳴饂飩） 冬 四八二
よなきそば（夜鳴蕎麦） 冬 四八二
よなぐもり（霾曇） 春 一八
よなべ（夜なべ） 秋 三五〇
よなぼこり（霾ぼこり） 春 一八
よにわ（夜庭） 秋 三四九
よのちどり（夜の千鳥） 冬 五二七
よばいぼし（夜這星） 秋 三二三
よばなし（夜咄） 冬 五一〇
よばなしさじ（夜咄茶事） 冬 五一〇
よひき（夜引） 冬 五〇三
よひら（四葩） 夏 二五四
よぶこどり（呼子鳥） 春 七六
よふぶき（夜吹雪） 冬 四五六
よぶり（夜振） 夏 一九三
よぶりび（夜振火） 夏 一九三
よぶりびと（夜振人） 夏 一九三
よまわり（夜廻り） 冬 五〇八
よみせ（夜店） 夏 一九九
よみぞめ（読初） 新 五七九
よみはじめ（読始） 新 五七九
よみや（夜宮） 夏 二〇七
よめがきみ（嫁が君） 新 六〇九
よめがはぎ 新 六〇三
よめたたき（嫁叩） 新 五八五
よめな（嫁菜） 春 一二四
よめなのはな（嫁菜の花） 秋 四二〇
よめなめし（嫁菜飯） 春 三九
よもぎ（蓬） 春 一二四
よもぎう（蓬生） 春 一二四
よもぎつむ（蓬摘む） 春 一二四
よもぎふく（蓬葺く） 夏 一五五
よもぎもち（蓬餅） 春 三八
よもぎもゆ（蓬萌ゆ） 春 一二四
よものにしき（四方の錦） 秋 三三七
よものはる（四方の春） 新 五六二
よりぞめ（縒初） 新 五九六
よりともき（頼朝忌） 冬 五三〇
よりばのはし（寄羽の橋） 秋 三三三
よりまさき（頼政忌） 夏 二三一

よるがお（夜顔） 秋 四一三
よるかじ（夜火事） 冬 五〇八
よるすずし（夜涼し） 夏 一三七
よるのあき（夜の秋） 夏 一三八
よるのしか（夜の鹿） 秋 三七九
よるのせき（夜の咳） 冬 五一三
よるのつばき（夜の椿） 春 九二
よるのでみず（夜の出水） 夏 一四九
よるののび（夜の野火） 春 四三
よるののわき（夜の野分） 秋 三三三
よるのはな（夜の花） 春 九三
よるのもも（夜の桃） 秋 三九八
よるのゆき（夜の雪） 冬 四五六
よろいもち（鎧餅） 新 五七三
よろずかけ（万懸） 新 五七三
よわのあき（夜半の秋） 秋 三一四
よわのなつ（夜半の夏） 夏 一三五
よわのはる（夜半の春） 春 一二
よわのふゆ（夜半の冬） 冬 四四七

ら

らい（雷） 夏 一四五
らいう（雷雨） 夏 一四五
らいうん（雷雲） 夏 一三九
らいおん（雷音） 夏 一四五
らいか（雷火） 夏 一四五
らいこう（雷光） 夏 一四五
らいこうせつ（来降節） 冬 五一三
らいざんき（来山忌） 冬 五一五
らいちょう（雷鳥） 夏 二一八
らいちょうき（らいてう忌） 夏 二二〇
らいはしる（雷走る） 夏 一四五
らいめい（雷鳴） 夏 一四五
ライラック 春 九六
ラガー 冬 五一三
らくがん（落雁） 秋 三八五
らくだい（落第） 春 三三
らくだいも（駱駝薯） 秋 四一八
らくとう（落燈） 新 五八六
ラグビー 冬 五一二
らくよう（落葉） 冬 五五〇
らくようき（落葉期） 冬 五五〇
らくらい（落雷） 夏 一四五
らしん（裸身） 夏 二〇四
らっか（落花） 春 九四
らっかせい（落花生） 秋 四三三
らっきょう（薤韮） 夏 二六八
らっきょうさく（辣韮咲く） 秋 四二〇
らっきょうのはな（辣韮の花） 秋 四二〇
ラッセルしゃ（ラッセル車） 冬 四九九
らっぱすいせん（喇叭水仙） 春 一〇七
らばいそう（螺貝草） 秋 四三三
ラ・フランス 秋 三九八
ラムネ 夏 一七二
らん（蘭） 秋 四一三
らんおう（乱鶯） 夏 二一八
らんぎく（乱菊） 秋 四一五
らんげつ（蘭月） 秋 三一〇
らんさく（蘭咲く） 秋 四一三
らんしょう（蘭蕉） 秋 四一二
らんせつき（嵐雪忌） 冬 五一五
らんそう（蘭草） 秋 四三一
らんとう（蘭湯） 夏 一五五
らんにおう（蘭匂ふ） 秋 四一三
らんのあき（蘭の秋） 秋 四一三
らんのか（蘭の香） 秋 四一三
らんのはな（蘭の花） 秋 四一三
らんぼん（蘭盆） 秋 三六八
らんぼんしょうえ（蘭盆勝会） 秋 三六八

り

りいちき（利一忌） 冬 五一九
りか（梨花） 春 九八
りきゅうき（利休忌） 春 六九
りきゅうさい（離宮祭） 夏 二〇八
りきゅうばい（利休梅） 夏 二五四
りくとう（陸稲） 秋 四二〇
りっか（立夏） 夏 一三二
りっか（六花） 冬 四五六
りっしゅう（立秋） 秋 三一〇
りっしゅうき（立秋忌） 秋 三七一
りっしゅん（立春） 春 八

りっしゅんだいきち（立春大吉）	春	八
りっとう（立冬）	冬	四四二
りゅううき（龍雨忌）	冬	五二八
りゅうかん（流感）	冬	五一三
りゅうがんぼく（竜眼木）	夏	二六七
りゅうきゅういも（琉球薯）	秋	四一八
りゅうきゅうむくげ（琉球木槿）	夏	二五七
りゅうげえ（竜華会）	春	六三
リュージュ	冬	五一三
りゅうじょ（柳絮）	春	一〇三
りゅうしょう（流觴）	春	二七
りゅうせい（流星）	秋	三一三
りゅうぜつらん（竜舌蘭）	夏	二七六
りゅうそうき（柳叟忌）	秋	三七一
りゅうてんにのぼる（竜天に登る）	春	二
りゅうとう（龍燈）	秋	三三〇
りゅうとう（流燈）	秋	三六七
りゅうのすけき（龍之介忌）	夏	二二四
りゅうのたま（龍の玉）	冬	五五九
りゅうのひげ（龍の髯）	夏	三〇二
りゅうのひげのみ（龍の髯の実）	冬	五五九
りゅうひょう（流氷）	春	六六
りゅうひょうばん（流氷盤）	春	六六
りゅうふちにひそむ（竜淵に潜む）	秋	三一三
りょう（涼）	夏	一二七
りょう（猟）	冬	五〇二
りょうあらた（涼新た）	秋	三二一
りょういき（了以忌）	夏	三〇六
りょうかくそう（菱角草）	秋	三七〇
りょうかんき（良寛忌）	冬	五三〇
りょうき（涼気）	夏	一二七
りょうき（猟期）	冬	五〇二
りょうきおわる（猟期終る）	春	五五
りょうきくる（猟期来る）	秋	三五五
りょうげつ（涼月）	秋	三一〇
りょうけん（猟犬）	冬	五〇二
りょうごくかわびらき（両国の川開）	夏	一五八
りょうし（猟師）	冬	五〇三
りょうじゅう（猟銃）	冬	五〇三
りょうじゅうおん（猟銃音）	冬	五〇三
りょうしょう（料峭）	春	九
りょうしょう（良宵）	秋	三一〇
りょうじん（猟人）	冬	五〇三
りょうたき（蓼太忌）	秋	三七四
りょうなごり（猟名残）	春	五五
りょうのもの（両の物）	新	五九〇
りょうはじめ（漁始）	新	五九七
りょうぶ（令法）	春	一〇一
りょうふう（涼風）	夏	一四二
りょうぶちゃ（令法茶）	春	一〇一
りょうぶつむ（令法摘む）	春	一〇一
りょうぶめし（令法飯）	春	一〇一
りょうや（良夜）	秋	三三〇
りょうや（涼夜）	夏	一二七
りょうりぎく（料理菊）	秋	四一五
りょくいん（緑蔭）	夏	二六三
りょくう（緑雨）	夏	一四二
りょくじゅ（緑樹）	夏	二六二
りょこうはじめ（旅行始）	新	六〇二
りょっかしゅうかん（緑化週間）	春	三
リラ	春	九六
リラのはな（リラの花）	春	九六
リラびえ（リラ冷え）	春	九六
りんう（霖雨）	夏	一四三
りんかいがっこう（臨海学校）	夏	一五九
りんかき（林火忌）	秋	三七三
りんかんがっこう（林間学校）	夏	一五九
りんご（林檎）	秋	三九八
りんごのか（林檎の香）	秋	三九八
りんごのはな（林檎の花）	春	九八
りんどう（龍胆）	秋	四三三
りんどうかる（龍胆枯る）	冬	五五七
りんどうさく（龍胆咲く）	秋	四三三
りんどうのはな（龍胆の花）	秋	四三三

りんのうじごうはんしき（輪王寺強飯式） 春 六三
りんぽうぎく（輪鋒菊） 秋 四二四

る

ルージュ 冬 五一三
ルーム・クーラー 夏 一八二
るこうそう（縷紅草） 夏 二七七
るすいまつ（留守居松） 新 五八二
るすがみ（留守神） 冬 五一七
るすのみや（留守の宮） 冬 五一七
るすもうで（留守詣） 冬 五一七
ルピナス 夏 二七九
るりぎく（瑠璃菊） 夏 二七五
るりちょう（瑠璃鳥） 夏 二三三
るりびたき（瑠璃鶲） 夏 二三三

れ

れいうけ（礼受） 新 五七八
れいうけちょう（礼受帳） 新 五七八
れいか（冷夏） 夏 一三五
れいか（零下） 冬 四四八
れいがい（冷害） 夏 一三五
れいし（茘枝） 秋 四一七
れいしこう（鈴子香） 秋 四三一
れいじつ（麗日） 春 一二
れいじゃ（礼者） 新 五七八
れいじゃうけ（礼者受） 新 五七八
れいしゅ（冷酒） 夏 一七五
れいしゅんか（麗春花） 夏 二七三
れいぞうこ（冷蔵庫） 夏 一八二
れいちょう（礼帳） 新 五七八
れいぼう（冷房） 夏 一八二
レース 夏 一六二
レースのてぶくろ（レースの手袋） 夏 一六四
レガッタ 春 五五
レタス 春 一一一
れもん（檸檬） 秋 四〇〇
レモンすい（レモン水） 夏 一七三
レモンスカッシュ 夏 一七三
レモンソーダ 夏 一七三
れんぎょう（連翹） 春 九五
れんぎょうき（連翹忌） 春 七三
れんげ（蓮華） 夏 二六九
れんげそう（蓮華草） 春 一一八
れんげつつじ（蓮華つつじ） 春 九七
れんこんほる（蓮根掘る） 冬 五〇一
れんじゃく（連雀） 秋 三八二
れんたん（煉炭） 冬 四九六
れんたんひばち（煉炭火鉢） 冬 四九六
れんにょき（蓮如忌） 春 七一
れんりそう（連理草） 夏 二九七

ろ

ろ（炉） 冬 四九六
ろ（絽） 夏 一六〇
ろあかり（炉明り） 冬 四九六
ろあんき（蘆庵忌） 秋 三七〇
ろうおう（老鶯） 夏 二一八
ろうかき（浪化忌） 冬 五一五
ろうげつ（臘月） 冬 四四四
ろうじつ（臘日） 冬 四七〇
ろうじんのひ（老人の日） 秋 三三一
ろうせい（狼星） 冬 四五二
ろうそくやき（蠟燭焼） 冬 四八二
ろうどうさい（労働祭） 春 一三
ろうどうせつ（労働節） 春 一三
ろうばい（臘梅） 冬 五四六
ろうばい（老梅） 春 九二
ろうばいか（臘梅花） 冬 五四六
ろうばいき（老梅忌） 春 六九
ろうはそう（狼把草） 秋 四三〇
ろうはち（臘八） 冬 五三三
ろうはちえ（臘八会） 冬 五三三
ろうはちがゆ（臘八粥） 冬 五三三
ろうはちせっしん（臘八接心） 冬 五三三
ろうべんき（良弁忌） 冬 五一八
ロータリーしゃ（ロータリー車） 冬 四九九
ローダンセ 春 一〇七
ろか（蘆花） 秋 四二七
ろくあみだ（六阿弥陀） 春 六二

ろくあみだもうで（六阿弥陀詣）	春	六三
ろくいり（六入）	新	五八六
ろくがつ（六月）	夏	一三三
ろくさい（六斎）	秋	三六七
ろくさいねんぶつ（六斎念仏）	秋	三六七
ろくさん（六讃）	秋	三六七
ろくじぞうまいり（六地蔵詣）	秋	三六八
ろくじゅんせつ（六旬節）	春	六六
ろくじょう（鹿茸）	夏	二二五
ろくどうまいり（六道参）	秋	三六七
ろくのもち（六の餅）	新	五八六
ろげつき（露月忌）	秋	三七六
ろけむり（炉煙）	冬	四九六
ロザリオさい（ロザリオ祭）	秋	三六九
ろしごと（炉仕事）	冬	四九六
ろだい（露台）	夏	一七六
ろっこうおろし（六甲颪）	冬	四五三
ろのあるじ（炉の主）	冬	四九六
ろのざ（炉の座）	冬	四九六
ろのなごり（炉の名残）	春	四一
ろのなべ（炉の鍋）	冬	四九六
ろのわかれ（炉の別れ）	春	四一
ろばおり（絽羽織）	夏	一六一
ろばかま（絽袴）	夏	一六一
ろばた（炉端）	冬	四九六
ろばなし（炉話）	冬	五一〇
ろはんき（露伴忌）	夏	二二四
ろび（炉火）	冬	四九六
ろびこいし（炉火恋し）	秋	三四六
ろびさかん（炉火熾ん）	冬	四九六
ろびらき（炉開）	冬	四九八
ろふさぎ（炉塞）	春	四一
ろべ（炉辺）	冬	四九六
ロベリア	春	一〇九
ろへんばなし（炉辺話）	冬	五一〇
ろほこり（炉埃）	冬	四九六
ろをきる（炉を切る）	冬	四九八
ろをたく（炉を焚く）	冬	四九六
ろをふさぐ（炉を塞ぐ）	春	四一
わ		
わかあし（若蘆）	春	一三六
わかあゆ（若鮎）	春	八五
わかい（若井）	新	五六九
わかえびす（若夷）	新	五八八
わかおぎ（若荻）	春	一三六
わかおとこ（若男）	新	五七六
わかかえで（若楓）	夏	二六四
わかがえるくさ（若返る草）	春	一一六
わかぎ（若木）	新	五八四
わかきとし（若き年）	新	五六二
わかくさ（若草）	春	一一七
わかくさの（若草野）	春	一一七
わかごかいはじめ（和歌御会始）	新	五七一
わかごぼう（若牛蒡）	夏	二六八
わかごま（若駒）	春	七四
わかこも（若菰）	春	一三六
わかさぎ（公魚）	春	八四
わかさぎぶね（公魚舟）	春	八四
わかさぎりょう（公魚漁）	春	八四
わかざくら（若桜）	春	九三
わかざり（輪飾）	新	五七三
わかしお（若潮）	新	五七六
わかしおむかえ（若潮迎）	新	五七六
わかしば（若芝）	春	一八
わかたけ（若竹）	夏	二七〇
わかたばこ（若煙草）	秋	三五一
わかづき（若月）	秋	三一九
わかな（若菜）	新	六二一
わかながゆ（若菜粥）	新	五八三
わかなくず（若菜屑）	新	六二一
わかなつみ（若菜摘）	新	五八三
わかなの（若菜野）	新	五六八
わかなのせちえ（若菜節会）	新	五七〇
わかなはやす（若菜はやす）	新	五八三
わかなをくうず（若菜を供ず）	新	五七〇
わかば（若葉）	夏	二六三
わかばあめ（若葉雨）	夏	二六三
わかばかげ（若葉影）	夏	二六三

わかばかぜ（若葉風） 夏 二六二
わかはぎ（若萩） 夏 二九二
わかばぐもり（若葉曇） 夏 二六二
わかばざむ（若葉寒む） 夏 二六二
わかばだに（若葉谷） 夏 二六二
わかばどき（若葉時） 夏 二六二
わかばやま（若葉山） 夏 二六二
わがはる（わが春） 新 五六二
わかひ（若日） 新 五六六
わかまつ（若松） 春 一〇〇
わかまつり（和歌祭） 夏 二〇九
わかみず（若水） 新 五六九
わかみずむかえ（若水迎） 新 五六九
わかみどり（若緑） 春 一〇〇
わかみどりつむ（若緑摘む） 春 四三
わかむらさき（若紫） 春 一一九
わかめ（若布） 春 一二七
わかめあえ（若布和） 春 三六
わかめうり（和布売） 春 一二七
わかめかる（若布刈る） 春 四九
わかめじる（若布汁） 春 一二七
わかめとる（若布採る） 春 四九
わかめぶね（若布舟） 春 四九
わかめほす（若布干す） 春 四九
わかやまぶみ（若山踏） 新 五九七
わかゆ（若湯） 新 五九二
わかれか（別れ蚊） 秋 三八九
わかれじも（別れ霜） 春 二〇
わかれどり（別れ鳥） 秋 三八〇
わかれぼし（別れ星） 秋 三三三
わかんじき（輪樏） 冬 四七九
わきりぼし（輪切干） 冬 五〇〇
わくらば（病葉） 夏 二六四
わけぎ（分葱） 春 一一五
わさび（山葵） 春 一一五
わさびざわ（山葵沢） 春 一一五
わさびだ（山葵田） 春 一一五
わさびづけ（山葵漬） 春 三三
わさびのはな（山葵の花） 夏 二八四
わし（鷲） 冬 五三五
わしのす（鷲の巣） 春 八〇
わしのめ（鷲の眼） 冬 五三五
わじめ（輪注連） 新 五七三
わすれうちわ（忘れ団扇） 秋 三四五
わすれおうぎ（忘れ扇） 秋 三四五
わすれぐさ（忘草） 夏 二九七
わすれじも（忘れ霜） 春 二〇
わすれづの（忘れ角） 春 七四
わすれなぐさ（勿忘草） 春 一〇八
わすればな（忘れ花） 冬 五四六
わすれゆき（忘れ雪） 春 一九
わせ（早稲） 秋 四二一
わせかり（早稲刈） 秋 三四八
わせざけ（早稲酒） 秋 三四〇
わせだ（早稲田） 秋 三一八
わせたる（早稲垂る） 秋 四二一
わせのか（早稲の香） 秋 四二一
わせのめし（早稲の飯） 秋 三四一
わせみかん（早生蜜柑） 秋 三九八
わせみのる（早稲実る） 秋 四二一
わせりんご（早生林檎） 夏 二六〇
わた（棉） 秋 四二四
わた（綿） 冬 四七四
わたいれ（綿入） 冬 四七四
わたいればおり（綿入羽織） 冬 四七四
わたうお 春 八四
わたうち（綿打） 冬 五〇七
わたうち（綿打） 秋 三五一
わたうちうた（綿打唄） 冬 五〇七
わたうちぞめ（綿打初） 新 五九六
わたくり（綿繰） 秋 三五一
わたこ（黄鯝魚） 春 八四
わたこ（綿子） 冬 四七四
わたすげ（綿菅） 夏 三〇六
わたつむ（綿摘む） 秋 三五一
わたとり（綿取） 秋 三五一
わたぬき（綿抜き） 夏 一六〇
わたのはな（棉の花） 夏 二九〇
わたのもも（棉の桃） 秋 四二四
わたはつほ（綿初穂） 秋 三五一
わたふく（棉吹く） 秋 四二四
わたぼうし（綿帽子） 冬 四七七
わたほす（綿干す） 秋 三五一
わたまき（棉蒔） 夏 一八九

わたむし（綿虫） 冬 五四四
わたゆき（綿雪） 春 一九
わたゆみ（綿弓） 秋 三五一
わたりがに（渡蟹） 夏 二四二
わたりぎょふ（渡り漁夫） 春 二一
わたりどり（渡り鳥） 秋 三八一
わびすけ（侘助） 冬 五四七
わびすけつばき（侘助椿） 冬 五四七
わらいくじ（笑籤） 新 六〇一
わらいぞめ（笑初） 新 五九三
わらうつ（藁打つ） 冬 五〇七
わらうやま（笑ふ山） 春 二一
わらきぬた（藁砧） 秋 三五〇
わらぐつ（藁沓） 冬 四七九
わらごうし（藁盒子） 新 五七三
わらさ 秋 三八八
わらしごと（藁仕事） 冬 五〇七
わらづか（藁塚） 秋 三五〇
わらにお（藁にほ） 秋 三五〇
わらび（蕨） 春 一三〇
わらびがり（蕨狩） 春 五三
わらびじる（蕨汁） 春 一三〇
わらびつみ（蕨摘み） 春 五三
わらびの（蕨野） 春 一三〇
わらびめし（蕨飯） 春 一三〇
わらびもち（蕨餅） 春 三八
わらびやま（蕨山） 春 一三〇
わらぶすま（藁衾） 冬 四七五

わらぶとん（藁蒲団） 冬 四七五
われから 秋 三九三
われもこう（吾亦紅） 秋 四二一

●

編者略歴

俳人。昭和17年富山県生まれ。抒情性の恢復を提唱する俳句結社誌「河」を継承し、副主宰として後進の指導、育成に力を注ぐ。句集に『信長の首』（芸術選奨文部大臣新人賞・第6回俳人協会新人賞）、『流され王』（第35回読売文学賞）、『花咲爺』（第24回蛇笏賞）、『檻』、『存在と時間』、『いのちの緒』など。著作に『「いのち」の思想』、『詩の真実』、翻訳に『光の彼方へ』、編著に『現代俳句歳時記』など多数。

季寄せ
角川春樹 編

二〇〇〇年三月 八 日第一刷発行
二〇二三年六月二八日第四刷発行

発行者 角川春樹
発行所 株式会社角川春樹事務所
〒一〇二−〇〇七四
東京都千代田区九段南二−一−三〇 イタリア文化会館
電話 〇三−三二六三−五八八一（営業）
〇三−三二六三−五二四七（編集）
印刷・製本 中央精版印刷株式会社
装幀者 伊藤鑛治

定価は函および帯に表示してあります
落丁・乱丁はお取り替えいたします
ISBN4-89456-174-3 C0592